李瑛诗歌研究文选

上卷

万叶 编

华藝出版社
HUA YI PUBLISHING HOUSE

图书在版编目（CIP）数据

李瑛诗歌研究文选 / 万叶编著. —北京：华艺出版社，
2015.12

ISBN 978-7-80252-352-4

Ⅰ. ①李… Ⅱ. ①万… Ⅲ. ①诗歌研究-中国-当代-文集

Ⅳ. ①I207.22—53

中国版本图书馆 CIP 数据核字（2016）第 004041 号

李瑛诗歌研究文选

著　　　者：	万　叶 编	
责任编辑：	郑再帅	
封面设计：	张　杰	
出版发行：	华艺出版社	
社　　　址：	北京市海淀区北四环中路 229 号海泰大厦 10 层	
电　　　话：	010-82885151	
邮　　　编：	100083	
电子信箱：	huayip@vip. sina. com	
网　　　站：	www. huayicbs. com	
印　　　刷：	北京天正元印务有限公司	
开　　　本：	710 毫米×1000 毫米　1/16	
印　　　张：	74.75	
字　　　数：	1 200 000	
版　　　次：	2016 年 4 月第一版	
印　　　次：	2016 年 4 月第一次印刷	
书　　　号：	ISBN 978-7-80252-352-4	
定　　　价：	156.00 元	

李瑛小传

　　1926年12月8日生，男，汉族，河北省丰润县人。1945年考入北京大学中国语言文学系，边读书边从事进步学生运动并加入中国共产党。1949年春，毕业后参加中国人民解放军随军南下，任南下新闻队队长。1950年底调总政治部，历任部队文艺刊物编辑、总编辑、出版社社长、总政治部文化部部长等，获中央军委颁发的胜利功勋荣誉章。1956年加入中国作家协会，历任中国作协第三、四、五届理事及第四、五届主席团委员，中国文联第五、六届委员及副主席。1942年开始写作并发表作品，先后出版长短诗集及诗论集61种，2010年中国文联出版社出版了《李瑛诗文总集》十四卷。此前其所出单行本，曾获全国图书奖、全国优秀诗集奖、鲁迅文学奖等多种重要奖项。1982年和1984年，两次作为中国作家代表团成员参加中美作家会议，曾先后应邀访问过亚非拉欧美等许多国家，有多部诗集和组诗被译成多国文字出版和发表。

前　言

　　李瑛是我国当代杰出的抒情诗人,他从十六岁读中学时开始写诗并发表作品,至今已年届九十,在 70 多年风风雨雨的文学创作生涯中,除因客观原因被迫辍笔的一些年头外,始终没停止对诗的思考和实践,至今前后共出版了诗集和诗论集 61 种,在我国军内外产生了广泛深刻的影响,获得过国家和军队许多重要奖项,深为广大读者所喜爱。李瑛的作品在如此漫长的时间跨度中,数量之丰,质量之厚,在我国诗歌界是不多见的。

　　长期以来,随着他作品的不断发表和出版,文学界和读者对他的文艺思想、作品及创作生平的研究,从上世纪五六十年代就已开始,特别是新时期以来,一些学者和评论家,包括大专院校在读的博士生,对他作品所写的评介文字,或为专题论文,或为评介赏析,屡见报刊和各种出版物,研究领域不断拓宽,研究的深度、广度、撰写的角度和方法也都有新的拓展,不少文章提出了许多颇有见地的看法和观点,这也说明李瑛在诗歌创作上所取得的巨大成就,和在文学史上所应占有的重要位置。

　　对李瑛作品的研究,1983 年,解放军文艺出版社出版过由茅盾作序的作为《中国当代文学研究资料丛书》之一的《李瑛研究专集》;之后 1986 年,又有研究他创作的学术理论专著《新诗别一奇葩——李瑛诗论》问世;1987 年,又有《李瑛诗论》一书出版。至今,这些书由于年代久远,都已很难寻获了。与此同时,大量研究评介李瑛诗作的文章,多散见于全国各地出版的报刊上,包括各地大专院校编印的《学报》以及一些出版社出版的文学史、诗歌史一类图书中的有关章节,但由于当时未刻意收集保存,未汇总编印出版,许多年来,一些诗歌研究机构和学者专家们纷纷提出,为便于进行研究和使读者更好地了解李瑛的写作道路、诗学思想及其作品,同时也有助于了解我国诗歌的发展轨迹,期望能把这些文字搜集起来,加以整理,结集出版,为读者和研究者提供一些方便和帮助,拖了多年后,近年又不断有人催促,才有了编印此书的想法。但开始这件工作后,限于人力和条件,要在70多年漫长时间和浩如烟海的报刊中搜集文稿,工程浩繁,难度很大,经我们百般设法,尽了最大努力,始寻到或长或短的有关文字400多篇,这是一个极不完全的数字,通读文稿后,又经多次认真筛选,现从中选出175篇,它们大体上能反映出我国各个时期诗歌研究的现状,也基本上能反映出李瑛的诗歌成就、得失及对其诗作深化认识的过程。

为便于读者查阅,将它们分编为三个部分。

第一部分　诗作综合性研究

从这部分文章中可以看出,研究者对李瑛在各个不同历史时期所写的诗作的总体性评价。把李瑛诗作的思想内容、艺术表现、形式探索、美学追求等方面,放在我国现代文学发展历程的大背景下进行考察,从而做出综合性评述。这里应该指出的是,每个人都是生活在自己所处的时代和环境之中,自然不能不受历史条件的制约和影响,因此其作品必然带有时代的印记。

第二部分　单行本暨具体诗作研究

李瑛在漫长岁月里,出于对国内重大事件的关切,满怀激情地写了不少政治抒情诗,除此之外,更多的是抒情短章。在其创作前期,由于在部队工作,得以不断深入部队基层,遂写了许多充满浓郁生活气息的表现战士思想情感和内心世界的诗篇;在他创作的中后期,离职之后,写军旅题材的诗少了,所抒发的多是对自然、社会、家国、人生、爱情、和平等为内容的思考,思想更为深邃,视野更加宏阔。李瑛的诗数量很多,但他的每一首诗都是严格追求、精益求精的,他善于用生动的语言和鲜明的形象表现时代精神,善于以恰切的意象和细节表现事物本质,他的每一首诗都有内容,有激情,有意境,有完整精巧的构思。他是以自己全部的尊严、思想、感情和智慧进行创造的,他始终是把自己的笔、自己的观察、理解乃至全部生命都放在天平上,作为寻找生命之真和艺术之美的筹码,他始终致力于将自己的直观感觉和深刻体悟与艺术表现融为一体。他的这些短诗编成的单行本,几乎每出版一册,报刊上随之便有评介文字刊出。这里所收入的文章是依各单行本出版先后为序排列的。

第三部分　访问记　访谈录

这部分作品，大都是在不同历史年代，许多诗人、记者和读者以散文笔调抒写的对李瑛的访问，从中可以看出李瑛的生活、性格、作风、情趣，可以看出他对社会的观察、生命的认识、艺术的追求和他在喜怒哀乐之中的成长。了解这些，自然直接有助于对他的人生和他诗作的更深理解。

相信这部书的出版不仅对李瑛个人的创作经验得失具有宝贵教益和深刻的启示，而且对我国社会主义文学，特别是诗学建设和诗歌的繁荣和发展，也都具有重要的历史意义和现实意义。

这本书能够编就出版，首先应归功于李瑛的女儿、诗人李小雨的大力促成，在前期工作中，她多方查找文稿，进行初读初编，做了大量细致繁琐的基础性工作，不幸的是，她未能最后编完全书便因病去世，未能看到它的出版，着实使人悲痛难抑。在此期间，诗歌评论家杨志学同志用很多时间和心血帮助阅读了部分文稿，并提出了很多很好的意见和建议；在出版方面，全得益于华艺出版社的大力支持，才使它能和读者见面，在此谨致以深深的感谢！

万　叶

2015 年 10 月 31 日

目　录

上　卷

诗作综合性研究

下　卷

单行本暨具体诗作研究

访问记　访谈录

附　录

上　卷

诗作综合性研究

起点的意义

——关于 20 世纪 40 年代李瑛诗学追求的一些资料和思考

孙玉石

20 世纪后半叶坎坷艰难的风风雨雨中，李瑛走过了自己诗创作 60 年的道路。在研讨李瑛的诗学思想与创作成就的时候，我于思考中常常会向自己提出这样一个困惑的话题：一直坚持以军旅生活题材为主流，努力遵循文艺为现实服务的方向进行诗歌创作的诗人李瑛，虽然也曾有过创作生涯失衡状态的发生，在一个时期里也写了一些如他自己说的"只能是自生自灭"的东西。[①] 其他一些作品，也大多存在多直露、少蕴藏、多模式化、少求新变异的瑕疵，但是，他并没有如那个时期里一些诗人那样，让自己心血浇灌的艺术果实随着历史的逝去而沉埋，却最终能够跨越时间经历的种种风浪、艰险与曲折，不仅留下了一些经得起历史检验的、让读者不能忘却的佳篇，而且能够在自己勤奋不倦的探求与开拓中，于新时期里逐步走向了一个属于自己，也属于艺术探索的新的天地、新的创作高潮。

这究竟是为什么呢？

因素可能很多。这里，我只想通过发掘和运用一些远初性资料，从一个新的角度，进入对于这个困惑的讨论：如何重新认识 1940 年代李瑛诗学追求的价值的问题，以及这一追求的美学思想探索，在他后来的诗歌经历中，有着怎样值得追寻的制衡性的"起点的意义"。

---

① 《李瑛诗选·自序》，《李瑛诗选》，四川人民出版社 1981 年版。

一

这个"起点的意义",对于一个诗人李瑛来说,首先是大学校园这一文学生存特殊环境对他产生的影响。三年多的北京大学的学习,给李瑛文化素质与文学修养的养成,提供了一个非常适宜的土壤与空间。

李瑛入学第二年时,一篇介绍北京大学的文章里说:西南联大北迁后复校的北京大学中国语言文学系,分语言文学组和文学组,"从大一课程上看还分不出组来。头一年谁都得受共同必修科的磨炼,这也不仅是国文系如此。第二年开始,也还有共同必修课,不过这可就是系里的东西了。不论哪一组,文字学、声韵学、词选、诗选、小说选、戏剧选、曲选、中国文学史,都必须修的,古文选及近代文选都还要有习作。——当然,这一大堆东西,一年是学不完的,可以分作两年学。其实三年学完它,也是可以的"。"很多爱好文学、喜欢写作的朋友,都打算进国文系,想到过去北大的教授们在新文学上的成绩,更会'心向往之'的。现在还有几位当年写作很多的教授,像俞平伯、废名、杨振声、沈从文等,可惜的是这当年弄新文学的健将,觉得以前太浅薄,把自己的'过去'否定了。现在说起俞平伯来,大家都恭维他的'清真词'和旧诗讲得好,废名也以为'不朽之盛事,经国之大业'莫若'绍武孔孟',谈谈陶渊明了,只剩下杨沈两位教授还是记挂着新文学的,平津报纸的《星期文艺》的编者就有四个是他们,可见对于创作是相当注意的。杨教授也以为现代新文学该'维新'一下,'打开一条生路'了。他们的课程有'现代文学、传记文学'等,还让同学必修'欧洲文学名著选读',用意在矫正学中国文学而不懂西洋文学的偏向。"在当时以"弄老古董"风气很重的情况下,"倡导创作的沈(从文)教授,也似乎觉得一将创作和生活联系起来,便不免流行浅薄。课堂上津津有味地讲着一篇文章的'设计',一首小诗字句的安排等"。同时,当时西方语文学系,朱光潜先生"教翻译和英诗","从不缺课,很少迟到";冯至先生"教德文,很认真"。"外籍教师中,燕卜孙原是瑞恰兹弟子,因而对'晦涩'和'基本英语'都下过功夫,脑筋也清楚,是现代英国有名的诗人之一;他讲莎士比亚,是细琢细磨，另外担任现代诗，和四年散文及作文。"① 复原后的北京大学中文系，及相关学科名师荟萃、课程丰富，既重国学训练，又在文坛创作活跃，空气自由，天地广阔，为当时其他大学所少见。李瑛后来的回忆，也印证了这样的事实。他叙述了他当时所听的课程，对于各位教授们的印象，以及他与杨振声、沈从文、冯至等老师们之间的交往，并由此给予他的深刻影响，他在图书馆里汲取知识的情形，等等。② 可以想象，这样的文学教学与学习环境，这样的课程讲授内容与课外熏陶，对于一个如饥似渴的爱好文学创作的青年来说，是怎样满足了他读书的愿望，激活了他潜在的文学才华，使他怎样将一种高起点的艺术要求化作了他血液中流淌的文化素质，应该是不言而喻的。李瑛后来就说："在大学期间，我有条件读到了更多的书籍——中外古代文学的遗产、19 世纪的外国文学名著、我国五四时期的作品，特别是能从同学手中悄悄地找到一些苏联当代的革命文学和解放区的文艺作品，我怀着新的感情读着它们。"③ 大学里丰富多彩的生活，以及听那么多有才学的老师们的讲课，与他们的接触，"大大地开阔了我的胸襟和视野，提高了辨析的能力，逐渐较深地懂得了文学是什么、艺术是什么、诗是什么、美是什么"。④

当时的北京大学，校园内学生的社团活动，也是非常丰富多样的。仅以诗歌创作方面为例，就有 1944 年成立于西南联大的北大诗社，⑤ 他们经常举行朗诵会、报告会等一些活动，有时还常常见诸报端。如"北大'新诗社'为纪念成立三周年，特定于九日下午六时半，在该校北楼礼堂举行诗歌朗诵会，及社员同乐会，欢迎各界参加。届时并请冯至教授主讲《杜甫传》。朗诵节目有《马凡陀山歌》、《诗人们歌唱起来吧》（臧克家）、《等待着我吧》

---

① 《北大 1946—1948》，北大半月刊社编印，转引自王学珍郭建荣主编《北京大学史料》第四卷（1946—1948），第 607—609 页，北京大学出版社 2000 年版。

② 李瑛：《我的大学生活》，《新文学史料》2001 年第 1 期。

③ 《李瑛诗选·自序》，《李瑛诗选》，四川人民出版社 1981 年版。

④ 李瑛：《我的大学生活》，《新文学史料》2001 年第 1 期。

⑤ 新诗社 1944 年成立于西南联大，"后来联大新诗社随着南开、清华、北大三校回到平津，组织上分为三个，而精神却始终是一致的"（冯至《从前和现在——为新诗社四周年作》，《北大》半月刊 1948 年第 4 期）。

（西蒙诺夫），及全体合诵《火把》等十余首"。① 第二年的四月，又有报道："北京大学'新诗社'四周年纪念晚会定于今（二十三）晚七时，在北大北楼礼堂，盛大举行，庆祝节目已排定。（一）讲演：李广田，冯至；（二）化装集体朗诵；（三）集体朗诵《你是谁》（独诵，1. 新诗，2. 庆祝的礼炮）。"② 这些活动，同学们自己热心参与，也得到教师们的认真指导。清华的新诗社先后也举行类似的活动，朱自清的《日记》里就有记载。③

李瑛是在 20 世纪 40 年代初年开始发表诗歌创作的。1945 年秋天，他在抗战胜利的热潮中，迈入北京大学校门之后，更自觉地进行新诗的探索与创作，参与校园里的北大文艺社及其他进步文学活动，并在黑暗与光明决战前夕的古城，参加了地下党组织，做一些团结文化教育界知名人士及青年学生的工作。"那时，我在课余写了许多诗拿给教我的教授和周围的同学们看，其中有些被他们拿走发表在报纸的文艺副刊和一些文学刊物上。""沈从文先生教'创作实习'……我记得非常清楚，大二开学不久，他在课堂上讲解了一些写作体验和提示之后，便在黑板上写了'钟声'二字，命题作文。由于先生当时在编 3 家报纸的文艺副刊，所以大家都愿努力把文章写好，希望被他拿走发表；我写的《钟声》这篇短文，不久便被他第一次在报纸的文艺副刊上刊出……心中十分高兴，更加激发了我的创作热情和信心。"④

这个时期里，李瑛曾先后在当时有很大影响的北平和天津的《大公报·星期文艺》、《大公报·文艺》、《益世报·文艺周刊》、《平明日报·文学周刊》、《华北日报·文学》等报纸副刊，《文学杂志》、《文艺时代》、《新路周刊》、《中国新诗》等文学杂志上，发表了不少诗歌和散文作品。在走向军旅

---

① 《北大新诗社今举行朗诵会》，北平《益世报》，1947 年 4 月 9 日。第二日该报又报道："新诗社于九日晚，在北楼礼堂举行三周年纪念会，并有诗歌朗诵等许多精彩节目。"（《壁报撕不尽，春风吹又生》，《益世报》1947 年 4 月 10 日）

② 《教育拾零》，北平《益世报》1948 年 4 月 23 日。

③ 朱自清 1947 年 4 月 9 日《日记》也有参加清华新诗社活动的记载："晚参加《新诗》社晚会，并讲演。"1948 年 4 月 29 日《日记》又载："参加《新诗》社晚会，到者甚少，但讨论却颇精彩。"（见《朱自清全集》第 10 卷，第 475 页，第 504 页，江苏教育出版社 1998 年版）

④ 李瑛：《我的大学生活》，《新文学史料》2001 年第 11 期。

生活之前，他已经成了一位在学校文化生活中相当活跃的"校园诗人"。①

与此同时，他还在京津一些重要报纸副刊与文艺刊物上，发表了几篇有关诗歌批评的文章，初步展示了自己作为一个严肃的诗学思考者的姿态，在当时曾产生了一定的影响。这些论文，就我现在看到的主要有：《两个危机》（《文艺时代》月刊第 1 卷第 3 期，1946 年 8 月）、《读郑敏的诗》（天津《益世报·文学周刊》，1947 年 3 月 22 日）、《读〈穆旦诗集〉》（天津《益世报·文学周刊》，1947 年 9 月 27 日）、《论绿原的道路（上）》（《诗号角》第 4 期，1948 年 11 月 1 日年）、《读十四行集》（《华北日报·文学》第 34 期，1948 年 10 月 31 日）。这些评论，写得都比较长，常是七八千字到近万字，多占整版或大半版的篇幅，有的似乎可能就是编者的约稿。《诗号角》编者说："《论绿原的道路》这篇深入的精细的诗论，全文有一万字，我们准备两期登完。绿原的道路，也可作为每一个突破旧的柳梏向新的生长的知识分子的缩影，他们被人钦佩，因为他们是不断地在克服自己，在改造自己，因此他们走的路是正确而明晰的。"② 这段时间里，李瑛的诗创作，数量虽不算少，但还没有沿着自己的方向获得最富有个性的丰厚果实，就因时代大变革的需要与自己从军南下生活的选择，改变了艺术探索的走向。但是，他的这些理论与批评实践中留给人们的启示，它在李瑛后来新诗创作发展中所起的制约性影响，它留给人们的关于当代文艺创造者"起点的意义"的思考，却具有一种永久性的价值。

---

① 这个时期里，李瑛已经出版了诗集《石城底青苗》（五人诗合集，1944 年，唐山文艺社）、《枪》（1948 年，青岛文艺出版社）。他自己说："我在大三、大四时曾化名陆续写了许多反映当时学生运动和我们战斗决心的诗，抄在墙报上，贴在红楼和民主墙上，记得最后一首是 1948 年 12 月写的篇幅较长的朗诵诗《中国学联，我们的旗》，刊载在铅印的学联出版的刊物封面上，并在中法大学组织的文艺晚会上朗诵过。"（《我的大学生活》）李瑛当时参加了"北大文艺社"，现查到，在《诗号角》第 5 期（1949 年 3 月 15 日）上，作为第一篇刊载的较长的朗诵诗《中国学联，我们的旗》，署名"北大文艺社"，即李瑛所作。

② 编者：《编后的话》，《诗号角》第 1 卷第 4 期，1948 年 11 月 1 日。《论绿原的道路（上）》，后出的几期《诗号角》没有继续发表。1949 年冬，《诗号角》即改组，成立大众诗歌社，筹办《大众诗歌》月刊，并于 1950 年 1 月创刊，王亚平、沙鸥任主编。

二

这"起点的意义"思考，更重要的，是他的艺术和文学思想教育的阅读与接受，影响他形成了怎样一种诗歌创作观念和美学追求。这种观念和追求，包涵了那些在当时是十分可贵，后来虽然不再以显形的理论形式得到重申，却以隐在的意识形式制衡创作。也就是说，他的诗无论进入怎样主流形态的境域，他都不忘记对于诗歌本身艺术特质的重视。这种意识在政治与艺术时时出现可能失衡的情况下，尽可能地起着呼唤他不要丢掉艺术美的制衡的作用。"起点的意义"在这样的契机上，就具有了超越观念和时潮趋向以上的艺术力量。

探索"起点的意义"的思考，对于李瑛来说，首先是表现在他对于东西优秀文化吸收中艺术走向的自觉选择。

1942 年之后，中国文化与中国现代文学的发展，明显地出现了激进的大众化的革命趋向与坚持文学本身特性的自由主义文学潮流的分野。在新诗创作领域里，重视诗的现实服务功能，还是在关注现实的同时更注重坚守诗歌本身的艺术特性，成为当时每一个诗人艺术选择面临的尖锐问题。一边读书，一边在学生运动的激流中过日子，政治意识逐渐增强的李瑛，由于他的艺术接受和审美情趣，却在艺术上拒绝了前者，而自觉地选择了后者。以沈从文、朱光潜、废名为代表的北平文人，和他们主编的《文学杂志》、《大公报》及《益世报》等文艺副刊，曹辛之、王辛笛等在上海创办的《中国新诗》杂志，正是后者这一倾向的代表。当时李瑛的创作，大都是在这些刊物上发表的，他的创作思想与实践，与这一倾向保持着一种深密的联系。

他 1947 年在一篇关于郑敏诗的批评文章里，一方面坚持文学对于现实社会与人民苦难时代的热切关注，批评北方沦陷区的一些诗歌的寂寞与冷清，它怎样"搁浅，冻结，被抛置在一个无人过问的角落冷禁起来"，而有社会良知的诗人，密切关注"生活在一个被灾害的土地上，完全是被统治者看着奴隶而活着"的人民的命运："他们的屈辱与忍受与教训，到处打动着每个青年英雄的思想，而在文化上正胎育了一个艺术突起的狂潮。"而就诗歌来说，抗日战争结束以后，受到内地文风的"冲击"，北方的诗歌也有了"突进"的发展。他认为，这种"艺术突起的狂潮"的"突进"的表现是多方面的，"或者嘹亮成为勇者的讴歌，或者深邃成为灵魂的震颤，或者勇敢成为时代的暴露，或者激愤成为苦难的控诉，所有的它的活动，却携带了一种启示与一种力量，同时在诗人的灵魂中，全人类经过其逆境的各种姿态，像得到一种亲切的慰藉，更重要的是爱怜、希望、战栗与生存，同一个虔诚的教徒得到了福音一样。英雄的时代需要英雄的表现"。非常明显，他认同诗歌艺术与苦难的现实之间这种宗教一样虔诚的关系，他凝视诗的启示与力量，诗人灵魂拥有的爱、希望、战栗和生存，也就是在强调诗人应该具有的强烈现实人文关怀以外，更清醒地坚守诗歌作为一种艺术本身的创造这一更为艰难的责任。在文章中，他引用了李健吾论述 30 年代卞之琳、何其芳等北平"少数的先锋诗人"和 T. S. 艾略特的一些话，强调在现代人的生命已然跃进一个"繁复的现代"，我们需要有个"繁复的情思与表现"。要求诗要用新的形式，"去感觉与体会和人生一致的真淳"，无论什么派别和主义，"在它所有的要求之中，只要不是浪子式的情感挥霍，只要认清楚崇高的人性与创作艺术的良心，而不阻碍艺术的苗长"。他鼓励"多方面的尝试"与"多方面的创造"，因为"真实的创造不过是发展"。李瑛在文章的末尾，针对一些流行的理论，甚至这样申明："我们不承认有一些人所强调的'今日的诗必须要反映现实的诗'，因为他们所说的现实，只有狭义包括了政治诗、讽刺诗、朗诵诗等。那些诗在这突进的时代当然也只能算作是另一枝，而限制住诗的是文化上的罪人、艺术上的罪人。"① 类似这样的观点，在他早些时候写的一篇短论里，有更为明显的体现。那篇短论的全文是这样的：

> 当今文坛上有两种危机，一种是政客们把文学曲解为"宣传品"，一种是奸商们把文学制造成"毒素"，这种现象从早就有的，但以现在为甚。
>
> 把小说论文甚至诗歌做成"传单"、"广告"、"标语"，的确是一种高明的很大胆的举动，尤其是今日，当社会各党派相互竞争宣传的阶段，把文学变成为有力的工具，诚然是武装了作品，但另一方面却抹杀了艺术的良心。

---

① 李瑛：《读郑敏的诗》，天津《益世报·文学周刊》第 33 期，1947 年 3 月 22 日。

一件好的作品，当然要求它强有力的内容，我们并不反对"文学即宣传"，但首先要看到宣传的是什么，用什么方式来宣传，和谁来宣传。

把文学作为"宣传品"的，是艺术的罪人，而且抹杀了真善美。

用文学作"商品"，是艺术的耻辱，那些商人是不可饶恕的"骗子"。①

李瑛显然不赞成当时流行的狭隘地讲"诗必须要反映现实的诗"这样主流形态的诗学理论，而主张在现实与艺术关系上，要采取多元宽容而又坚守艺术的态度：不能忽略诗人关怀现实，但更不能让现实限制了诗，他明确地坚持和追求一种现实与艺术的平衡。在当时，面对时代气氛与主流思想的批评姿态，这种既坚持诗歌反映现实，又强调不能让现实扼杀诗的艺术创造，并且明确提出了"把文学作为'宣传品'的，是艺术上的罪人"，它既"抹杀了真善美"，也"抹杀了艺术的良心"。如果任现实限制了艺术，就是"文化上的犯罪，艺术上的犯罪"，这样大胆而鲜明的观点，应该说是十分难能可贵的。

我们今天所关注的，不是李瑛后来是不是坚守或放弃了这样的观点，而是注意当时的李瑛，这种审美趣味与美学选择，所体现的诗要在现实与艺术之间追求平衡的美学理想。这种美学理想，自觉的与不自觉的，显在的或潜在的，支撑他在多年的创作中，除非万不得已的艺术创作处于窒息的情况下，只要有一点自由的空间，他就不要让自己走上为了政治和现实而完全丧失了艺术创造的路。这种诗歌美学思想的选择，事实上已经作为他后来创作中潜在的制衡力量而存在，成为可能起到在写诗过程中一种不断规范和约束自己的一种非自觉的或自觉的意识。

三

在思考"起点的意义"的时候，非常值得注意的另一个现象，是李瑛对

---

① 李瑛：《两种"危机"》，《文艺时代》第 1 卷第 3 期，1946 年 8 月 15 日。

当时青年先锋性诗歌创作实绩与美学探索的真诚肯定。他在自己的诗歌评论里，对于西南联大三个勇于进行探索的青年诗人，对于"七月"派青年诗人绿原，对于带领新诗由"青年"迈入"中年"的冯至的《十四行集》，都给予了热情关注和很高的评价。这些评论对象选择本身，就充分显示了李瑛诗学眼光的先锋性与现代性。

当时的评论中，一个至今仍被认可的见解是，穆旦、杜运燮、郑敏等，被称为是"一群自觉的现代主义者"，绿原代表的一些诗人们"果敢地进击"，则"不自觉地走向了诗的现代化的道路"。这两个"相互补充，相互救助又相互渗透"的"浪峰"所组成的"诗的新生代"，和以他们为主组成的"大合唱"，促进着新"现代化运动的合流与开展"。① 还在这个评论发表之前，李瑛的诗歌评论，就已经独具慧眼地在众多青年诗人中，偏偏关注于穆旦、郑敏以及绿原等诗人，称他们是开垦诗领土中"年轻的一群"。这种选择本身，就具有非常敏锐的先锋性的眼光，蕴涵了一种现代性的美学追求的取向。

也许是出于一种青年人的艺术敏感和审美偏爱，他在论述穆旦诗歌创作的时候，就从 20 世纪新诗发展的总体链条中，截取并对 40 年代一些先锋性年轻诗人独特价值与意义，给予了颇带现性与情感的定位性的论述。他说："对于当代诗领土的开垦，献力最多的是属于年轻的一群。20 世纪那些痛苦的理解着今天生活的少男少女们，生长在这样一个过渡的时代，一切都在脱节之中。现实的环境，使他们不能不对旧的社会以及一切发生的坏事物，感到厌恶，不能忍受，而提出严重的控告。另一面，他们又以殷切的心，对于一个美丽的世界有所憧憬，以及属于光荣的时光，他们为那些垂死的事物变成殓帛，织入了三重的诅咒，同时像等待一个新的婴儿产生一样，他们忍耐了神圣的痛苦，催唤好的时代早点来临。"

他说，穆旦、郑敏、杜运燮等西南联大一些青年诗人"都是在自我主观尊重下把庄严和诚恳，谨慎地放在完整的艺术里面，得到进取"成绩的代表。打开穆旦的诗，"好像走进了一片丰饶的林薮，里面的句子如同一张叶片摇颤着温暖的阳光"。他的诗，代表了整个中国小知识分子在苦闷的时代普遍地感到伤害、冷酷，从他这里面，我们可以看出一个年轻人思想经历的

---

① 唐湜：《诗的新生代》，《诗创造》第 1 卷第 8 辑，1948 年。

过程，在怎样的爱惜里走着弯曲不平的道路，怎样陷在焦忧泥沼里拔不出脚，怎样感到自己动摇的痛苦，而迫切渴望援手。穆旦的《赞美》等诗，表现了他的心都是"舒贴贴地紧印在那些真实过生活人的心上"，穆旦的诗"比一个大的快乐还要丰富，它给我们蕴蓄着的爱情、快乐和荣耀，以适当地表现我们不成熟的思想，我们隐蔽的心情，我们被压抑的欲望和需要，将一齐从他作品中启示出来，赋予和谐和完整，这种给我们过重的情感，给我们高度的激情以解放的，就是我们欠给一切伟大抒情诗的珍贵的债务，但另一方面，他又加给我们一个沉重的负担"。① 李瑛高度评价称赞郑敏的才华和诗歌，认为这位新诗创造中的"年轻人"，"在她自己的智慧的世界之中，到处都充满了赤裸裸的童真与高贵的热情，在现阶段的诗文学中是一个难得的天才"。他指出，郑敏是一个极富热情的人，而又是一个极富理智的人，因此既有人道的浪漫的倾向，也有重于理智与现实的自然主义作品，"在诗中，她歌颂了友谊与忍耐，歌颂了战争与工作，而且更从极细小的地方谈到极大的问题，从鄙陋到高贵，从丑恶的地方谈到美，她的错纵的笔，勾出了一张匀整的网罟的影像，或者说是她用手指弹动着高低的琴键，飞舞着一些有着节拍的距离的音符"。李瑛论述了郑敏的诗，继承了艾略特、里尔克、惠特曼、笛金生，甚至雪莱、拜伦的长处，这些使得郑敏在创造上"叙写得很为细致，美丽又淳朴，率直又坦白，她的消化之后的表现，使她再生为一种风格，一种独立，达到艺术的高点"。与此同时，李瑛也指出郑敏诗的弱点与不足，"郑君的诗仿佛是已经成为一种定型的风格。在她自己说，仿佛是更应该扩大自己的诗领土才好，因为在本质上，含有箴言似的抽象的迷离的形而上的气质，时常囿困于自己真实的感受，而打破完整的美的情感和美的境界，使读者会因之感觉到一种隔离，不亲切与不谐调，作者似乎是更应该注重诗的情绪的组织及其效能，以求得最高的和谐"。② 当时李瑛只有 21 岁，郑敏的第一本诗集《诗集 1942—1947》还没有出版，这些评论主要是以读了郑敏在天津《益世报·文学周刊》、《大公报·文学周刊》发表的诗作为依据。从这些评论可以看出，李瑛自己当时所积蓄的美学蕴藏，他的艺术追求趋向的深刻和带有前瞻性的眼光。这些思考的深

---

① 李瑛：《读〈穆旦诗集〉》，天津《益世报·文学周刊》第 59 期，1947 年 9 月 27 日。
② 李瑛：《读郑敏的诗》，天津《益世报·文学周刊》第 33 期，1947 年 3 月 22 日。

层意蕴力量，存在于他的艺术起点中，也没有丧失在他未来的创造里。

四

"起点的意义"的思考，还有一个让人瞩目的方面，是李瑛在各种文学思潮冲击中保持他对诗的艺术本质的正确体认。他发表于 1948 年末的《论绿原的道路》一文，虽然较之两年前，在诗与现实的关系上已经有了很大的突进，如他对于诗人的某种定位性评价说："时代前进着，诗前进着——艾青、田间、马凡陀，便是诗探险队勇敢的旗手，而在更年轻的一群里，我们尤喜爱绿原。"表面看起来，这些表述，与主流理论的诗学思想，已经没有什么差异。但是，在他思考的更深层的思想里，作为评价诗人绿原创作的前提，他还是基于他对于诗歌与现实生活关系的理解，集中地阐述了他对于诗的艺术本质认识的诗学观念。

李瑛在文章中特别强调了诗的经验与生活经验之间的差异，他说："如果把诗歌作为各人经验的揉圆解，毫无疑问的，诗的真实的经验是来自生活的经验，但这并不等于它，并不止于生活的经验。在二种经验之间，必有一个反刍消化的过程，而最后的表现，不是原有的经验的深刻，而是许多不同经验相互综合的产品，而是一张真实的合股的网络。假如我这个想法不错，那么今日的诗便应该是诗人拥抱世界的姿态，是一种潜入现实深广的记录，是民间战斗意识的晴雨表，是人与人之间心的碰击而爆发的火花。诗人凭着他对真理的执着，而热爱艺术，热爱生活，热爱战斗，是作为今日诗人的一个最低的要求，而对一个诗工作者的认识也是要从这里出发。"基于这种主客观结合、诗的经验高于生活经验的诗学观念，一方面，李瑛非常注重诗的时代责任，他以一种知识分子宝贵的忧患意识，珍视新诗关注人民苦难命运的宝贵传统。他说："打开我国诗的发展史及流变史，看它曾经走了多少弯曲回旋的道路，然而今天它毕竟随着祖国人民的战斗，而坚实地铺在这块多苦难而充满饥谨与杀戮的土地上了，并且在今天，它帮助人民取得了教育人民、改造人民的效果，尤其是抗战到现在，一些努力于诗的工作者从各方面去探讨，追求他们的新方法、新主题、新形式，而共同标出了一个可喜的箭头，强烈地指示出诗现代化的道路，使得诗更被光辉的利用到各方面，而为人类服务。"另一方面，他在"诗现代化的道路"的追求中，仍然执着地反对为了单纯政治宣传而忽略了艺术的错误观念，他这样明确地说：

> 当然这之间对于诗的学习，往往也有人的观念是严重错误的，如有人误解以为硬性的文字即为有力的文字，实则这是荒唐得很的，它们只是一种粗暴的姿势，或是粗鲁的放野，以高声的喧嚣代替雄辩。他们或是深深地强调了作为口号标语的名词，或是盲目地行动，没有足够的生命力支持他们思想的重量，这都不能成为一首结实的诗，正如一个钢铁人型的骨架，没有真实的感情，血肉与灵魂一样。相反的，也有一种作品，以庞大的时代的影子，掩饰思想感觉的贫乏；这同是畸形，同是丑陋，同是一种失败的成品。

> 现时代的诗，必须应该是从经验里提高经验，从真实里提高真实。

> 现时代的诗，必须应该是以大众的生活取得支持，以政治改革的一部分取得支持，以个人强烈的爱憎、思想与信仰，取得支持。①

李瑛强调诗的经验与真实，应该比现实生活更高，更有个人"拥抱世界"并"反刍"生活获得的"潜入"性与"综合"性，诗应该是"从经验里提高经验，从真实里提高真实"，它应在获得人民的支持的同时包含个人"强烈的爱憎、思想与信仰"，反对诗的过分政治化（"以硬性的文字即为有力的文字"）与"标语口号"化，或"以庞大的时代影子，掩饰思想感觉的贫乏"。他将这种忽略艺术表现，没有真实的感情的诗，看作是艺术的"畸形"与"丑陋"，这是"诗现代化道路"的一种自觉探索，也是科学的诗学观念的一种清醒坚守。

这种诗学观念的探索与坚守，在充分认识和尊重诗的艺术本质这一点上，与当时生活在北京或上海的《中国新诗》诗人群的美学思考，有着内在上的一致性。《中国新诗》的诗人们主张："绝对肯定诗应包含、应解释、应反映的人生现实性，但同样地绝对肯定诗作为艺术时必须被尊重的诗的实质。"反对诗"摆脱任何政治生活影响的意念"，也反对"诗是政治的武器或宣传的工具"的主张，力求在"制约中求自由，屈服中求克服"中，达到一

---

① 李瑛：《论绿原的道路》，《诗号角》第 1 卷第 4 期，1948 年 11 月 1 日。

种"诗的艺术特质"的实现。① 诗不能尽唱"梦呀，玫瑰呀，眼泪呀"，这样就"走出了人生"。诗也不能尽唱"愤怒呀，热血呀，光明呀"，这样又"走出了艺术"，诗应该"首先要扎根在现实里，但又要不给现实绑住"，将人生与现实，艺术与政治，诗与哲学……这一切都"综合交错起来"，才有可能开掘出新诗创造的"多方面的可能性"。② 李瑛所坚持的诗的观念，他所探求的诗的艺术本质，与《中国新诗》同人的这些意见，大体上是一致的。1948 年 6 月《中国新诗》在上海创刊，刚刚一个月，上海左翼的新诗潮社的《新诗潮丛刊》上就发表文章，激烈地批评说"在这种发霉的天气里，《中国新诗》以一种代表的姿态出现了，它不但包罗了上海的货色，而且也吸收了北平的'沈从文集团'的精髓"，这一本《中国新诗》"也就是沈从文和陈敬容的私生子，从南到北的才子才女的大会串"。这里面虽然并没有沈从文的作品，然而"它的骨子里，都流着沈从文的血液"，虽然只出了一期，但它已经"走向了一个极恶劣的道路"，"播下了不可挽救"的"毒素"：腐臭的感伤气氛，自我夸狂的炽炫和吹嘘，贪鄙无耻的个人主义，不知所云的梦呓和空虚，悠闲的才子佳人的剩余感情的卖弄，表现了"一个没落阶级的流行的通病"，所以它"完全是中国新诗的恶流"。③ 在紧接着的一期刊物上，再次发表文章，批评《中国新诗》上的陈敬容等人的作品，充满了"朦胧、暧昧、难懂、歇斯底里的情绪"，是"死咬住象征主义和唯美派的烂行头不丢"，表示必须要把《中国新诗》"连根连叶一起从诗坛上拔出去"。④ 就在发表李瑛的《绿原的道路》一文的同期刊物上，也发表了三篇批评袁可嘉的诗和诗论的文章，其中就涉及到了诗的观念和方向问题。文章认为，袁可嘉等人的创作和诗的观念与"方向"，是一种"旧的渣滓的挣扎"，是"出身没落阶层的诗人在玩弄他们语言的魔术"，"仅仅让自己套上一副不合时宜的瑞恰慈、艾略特之类的外物羁轭，两眼望天地想为自己凭空

---

① 袁可嘉：《新诗现代化——新传统的寻求》，1947 年 3 月 30 日天津《大公报·星期文艺》。

② 默弓（陈敬容）：《真诚的声音——略论郑敏、穆旦、杜运燮》，《诗创造》第 12 期，1948 年 6 月；陈敬容：《和方敬谈诗》，《诗创造》第 12 期。

③ 张羽：《南北才子才女的大会串——评〈中国新诗〉》，《新诗潮丛刊》第 3 辑，1948 年 7 月。

④ 舒波：《评〈中国新诗〉》，《新诗潮丛刊》第 4 期，1948 年 8 月。

创造一个诗的王国"。① 当时主流诗歌与《中国新诗》诗人群体之间的这样
纷争，实质上是出于对于诗的艺术本质不同理解而产生的诗学观念的差异。
李瑛在这场争论中，选择了《中国新诗》的立场，不但在理论上与他们的观
点保持了认同与支持的关系，而且在这个诗人群体已经受到尖锐批评的情况
下，还坚持自己一贯的重视诗的特质的艺术立场，而且用自己的诗的创作实
践，加入了这个诗人群的行列。1948 年 10 月出版的《中国新诗》第 5
集，就刊登了李瑛的《沉痛的悼念四章》。该组诗共四首：《背影》、《悼念
一》、《悼念二》、《悼念三》。诗是为悼念朱自清的病逝而写的，其中如："你
点起红灯，你要休息了/我们安排你的背影在历史的/海面，上升，下降/青
山和繁星在你的面前都不过多 // ……一个背影，一个背影/剖解的映在一场
影幕上永远向我们赤裸的显示着：/爱，严肃和完整。"（《背影》）"你走
了，留下赤裸的我们/留下一段凝固的历史/和一片火药的风景。"情感的表
述方式与意象的选择视角，都与《中国新诗》的诗人群非常相近。一直到
1948 年 10 月 15 日，李瑛写于北大西斋的评论冯至《十四行集》的文章
里，他还这样表述："作为一个神圣的艺术家的义务之一，便是如何要把活
动的游移的大自然中的一切生长、力量，妥置于一件艺术品上，完成它崇高
的价值。我们不能把一匹野猪的标本，或一片割下的真实的白菜叶子死板板
地贴放在一张画布上，因为你移动了它们原有的适当的位置，把它们生硬地
安放在诗里，虽然是真实的，却早已失掉了灵魂的光彩和机能，所以如何把
自然里的一切都重现于艺术品中，使我们得到教育或者启示，该是我们学习
的基本任务之一。"他推举里尔克和冯至，是坚持这种用心灵的体验与高超
的技术，把人生和自然里的"一切都重现于艺术中"，"完成它崇高的价值"
的人，是与那些刻板地反映现实的诗截然不同的"真实的艺术工作者"。因
为他知道，坚持诗的本质，也就是坚持诗的艺术本质。他在文章结尾，引用
冯至先生《十四行集》再版自序里的一句话："一本诗集本来应该和一座雕
刻或一幅画一样，除却它本身外不需要其他的说明。"然后说："是的，我很
喜欢这几句话，他正指出了真实的诗应该是以怎样赤裸的姿态展现在读者的
面前。""一切活在那里而不是钉在那里，是生长在那里而不是插在那里。"②

---

① 宁可：《袁可嘉和他的"方向"》，《诗号角》第 1 卷第 4 期，1948 年 11 月 1 日。
② 李瑛：《读十四行集》，1948 年 10 月 31 日《华北日报·文学》副刊。

在这些朴素的表述里，我们看到李瑛 40 年代诗学观念中对于"真实的诗"的追求与非真实的诗、假诗、伪诗之间的根本差异了。

论郑敏诗的时候，李瑛说，我曾在另一篇文章里说过："作为一个真实的诗人有什么可以骄傲的呢，只有在战胜了自己感情的堡垒之后，掳获的一点经验同他的自由。他像上帝用智慧创造了万有，恣意的然而严肃的，并且谨慎地赋予他们一个高贵的生命和伟大的灵魂。一直保守着他们的秘密，生存下来没有死亡，如塔索所说的那句大胆而真实的话：只有上帝和诗人配受'创造者'的称号。现在当我看到围绕在我们四周的那些不朽的伟大的作品，仍旧是庄严地尽它的职责，不因时间而消失它的价值，我们只有惭愧，而对于那些创造了它们的劳苦的工作者，只剩下衷心的感谢。"①

李瑛起点的思考，几乎带有一种不同凡响的性质。作为一个忠于现实与艺术的"真实的诗人"，他渴慕与追求的是这样的"创造者"的境界：重视战胜自己"感情的堡垒"获得的诗的经验与创造的自由，"恣意的然而严肃的"，"谨慎地"赋予自己作品以"高贵的生命和伟大的灵魂"。他当时与后来的诗创作，都很难说在多大程度上达到了这样的境界，他尝到了自己的曲折、丧失和新的探求的欣喜的各种滋味。但这种严肃的追求与庄严的思考，在他的创作起点中所形成的艺术情趣与审美心理，或称为"创造者"深层意识中所自觉承担的庄严的"职责"，所给予他的一种无形的制衡力，在他后来各个时期的创作中经常发生了潜在的作用，才使他能够多数情况下顶住压力与超越暗礁，在当代新诗创作中，特别在进入新时期后的收获期里，为我们留下了为数不少的"不因时间而消失它的价值"的作品。对于李瑛"起点的意义"的探索和思考，或许也就因此获得了文学史现象研究的一种普遍性价值。

原载《新文学史料》2004 年第 2 期

---

① 李瑛：《读郑敏的诗》，天津《益世报·文学周刊》第 33 期，1947 年 3 月 22 日。该处李瑛所说的他的"另一篇文章"，内容及发表处，不详待查。

论 40 年代的李瑛

段美乔

李瑛是中国当代诗人中创作时间跨度最大、创作实绩最为丰富的诗人之一。近 60 年的创作生涯中，李瑛至少经历过三次重大的转折。50 年代初期，李瑛以校园诗人的身份投入革命军队，经过几年的适应和摸索，开始形成鲜明的个人风格，到 60 年代中期臻于成熟，并带动了整个军旅诗歌表达方式的变化。1976 年，李瑛发表了著名的抒情长诗《一月的哀思》，从此其创作开始从短篇的军旅诗歌转向了长篇的政治抒情诗。90 年代以来，李瑛的诗歌创作呈现出新的特点，他突破了既有的美学观念和文化视野，将诗思延伸到文化、哲学和历史领域，开始以历史批判和文化批评的目光解读这个时代，具有西方现代派诗歌的某些倾向。在我看来，这三次重大的转型，对任何一个诗人来说，都不是容易的事。然而李瑛的每一次转折都是非常"适时"的，你可以说李瑛善于跟随时代的脚步，但李瑛显然并非仓促应战。能抓住时代步伐的人很多，但能在每一个重要历史时期都留下传诵一时的佳作的却不多见，而这使得李瑛始终站在中国当代新诗界的前列。

在历史洪流的辗转中，与其同时代的诗人逐渐淡出诗坛，淡出读者的视线，但李瑛始终保持着旺盛的文学创造力，能不断突破自己、超越自己，开辟出创作的新天地，迎来新的创作高潮，这本身就是值得我们研究和思考的：他的写作动力来自哪里？他是如何使自己始终走在文学潮流发展的前列？

李瑛的诗歌创作始于 40 年代，其最具影响力的作品主要写于 60—80 年代，学界对于李瑛的研究也往往集中在这些时段。然而，无论就心理学还是社会学来说，少年时代的境遇对于一个人的成长有着不可忽视的潜在影响，研究李瑛 40 年代的创作对于理解"当代"李瑛大有裨益。在以往的研究中，凡谈到其 40 年代的创作，大多引用《李瑛诗选》中收入的几首作品，从这些充满革命激情和强烈的政治意识同时又不乏艺术想象的作品看 50 年代后的李瑛，似乎李瑛的道路是顺序而行，理所当然。然而仔细考查李瑛在 40 年代发表的 200 多首诗作，就会发现这一时期李瑛的创作呈现出多种不同的诗歌风格和写作姿态。概括而言，40 年代的李瑛呈现出三种不同的面目：其一，"青苗"时期的李瑛；其二，革命激流中的李瑛；其三，"沈从文集团"中的李瑛。"青苗"时期主要包括李瑛在沦陷时期的文学经历和创作，而后面两个不同的李瑛，则同时出现在抗战胜利后就读北大中文系的四年间，三个"李瑛"的诗作在历史内涵、审美方式、美学风格等方面各不相同。事实上，在李瑛 50 年代后的多次转折中呈现出的美学风格、诗歌观念上的变化，我们都能在其 40 年代的作品中发现端倪。

一

李瑛，河北丰润人，1926 年生于辽宁锦州。父亲是铁路工人，他的童年时代是在震耳欲聋的火车汽笛声和单调的车轮辗动铁轨的单调轰响中度过的。1937 年，抗战爆发后，李瑛在天津的家和学校被炸毁，他被送到唐山，读完了小学和初中。读书期间，李瑛结识了一些志趣相投的诗友，开始了他的文学之路，"打开诗歌王国的大门，去追寻诗的奥秘"成为他和诗友们的共同志向。[①]

据李瑛的中学同窗杨金忠回忆说，那时候的李瑛"高高的个子，修长身材，说话时还略带一丝腼腆"。中学时代的李瑛在审美倾向上表现出对于精致柔美的、富于想象力和技巧性的作品的偏爱，他"喜欢丽尼的《鹰之歌》、何其芳的《画梦录》，还有戴望舒、徐志摩等人的诗歌"。有一次，他的父亲狠心用工资为他买了一本泰戈尔的《飞鸟集》，他高兴极了，还向诗友推荐这本带有哲理味的诗集。一个偶然的机会，李瑛和杨金忠获得了唐山一家小报的一个副刊版面，从此有了一块属于自己的园地。专刊初名《学校生活》，后更名为

---

① 杨金忠：《诗海初泳——忆与诗人李瑛同窗的岁月》，唐山一中校刊 2002 年第 2 期（总第 3 期）。以下引文未注明出处者，皆引自此处。

《田园》文艺半月刊。这个小刊物不仅吸引了唐山的文友，也得到了天津、北京、秦皇岛等地的青年文友的支持。

在醉心于精致而柔美的艺术技巧之外，日军铁蹄下的荒芜、凋敝和饥饿也促使李瑛将目光朝向现实生活。1943年，李瑛初中毕业，开始了在唐山和天津的流浪生活。流浪中的李瑛饱尝生活的苦难，对那些挣扎在死亡线上的奴隶与被侮辱、被损害的祖国充满了深切的爱和苦痛。杨金忠回忆说："我们如饥似渴地阅读着何其芳的《还乡日记》、鲁迅的《野草》，还有李广田、朱自清等名家的散文，我们还偷偷阅读了鲁迅的《二心集》，这对我们抛弃咏叹调，开始向生活贴近，向社会贴近，起到了潜移默化的促进作用。"

1944年5月，李瑛与5名"田园"文友，各自挑选了一些在报刊上发表过的作品，共同出版了一本诗集，名为《石城底青苗》（"石城"是唐山的古称）。在《石城底青苗》一书中，李瑛以"郑梦"为笔名，发表了共17首诗歌。这些作品大多写于流浪期间，描绘了流浪生活中的所见所想。其中，最常为人们引用的《播谷鸟的故事》，细腻地表达了李瑛面对凋敝的乡村、没落的荒城和流离的难民时的苦闷和悲伤。诗歌围绕一个意象——布谷鸟的啼声，没有骚动没有呐喊，只有"噙着泪"的悲悯：

> 播谷——忙着唱
> 忙着催人播种罢
> 荒乱的土地没人收拾
> 有饿的时代将你蹂躏
> 噙了泪，凝伫异乡的田野
> 呼唤着呼唤着
> 丛林的小径
> 失却耕耘的木车
> 我不愿再怀求栖之心
> 播谷鸟滴落眼泪了
> 仍没有人来撒下种籽
>
> 挽悼的泪，枯槁的土地
> （播谷鸟竭死在墓旁）
> 夏将老去

蜈虫在飞，蝗虫也在飞

我们的枕畔

铺一个饥荒的梦

在《石城底青苗》收入的 17 首诗中，像《播谷鸟的故事》这样直面现实苦难的作品并不多见，更多的作品则抒发内心幽微的感伤：寂寞、无奈和悠远的惆怅。这种"幽微的感伤"并不仅仅是何其芳似的"青春的忧郁"，而是这个十六七岁的少年在流浪生活中得到的生命体验，所有的无奈、寂寞和"青春的忧郁"沉淀为恒久的"离别"和"等待"。《雪夜》中的"我"享受着雪夜的宁静，却又盼望着有人能打破这种宁静，漂泊的苦辛敌不过对故乡的遥想，"远方也有这样的雪落吗/飘飘的像飞，又敲屋门"。《征辞》中的旅人走过暝蒙的原野，看过晓风残月，经历了彻夜无眠，想要展开双翅，却只能卷起无尽的沙土。

无论是对现实的控诉，还是对个人生命体验的抒发，都是柔和而克制的，这一方面与李瑛个性上的腼腆与平和有关，另一方面则归因于诗人对个体经验的沉淀和深化。《冥祭》中的"我"在初春的和风中祭奠着自己早夭的亲人，与那个已经消逝的幼小身影玩耍嬉戏。在这"泪的日子"里，"我哼着催眠曲拍着你/虽然你已是大人了"，在诗人的心中，早夭的亲人在另一个时空中与自己一同成长，最终"我"没有哭泣，怀念却将止于怀念。《征辞》中的旅人虽然看遍人间苦难，却没有迷失在苦难之中，他在风雪飘摇中逐渐成长，最终"学会站立的方法"。《古长城》里，李瑛将国仇家恨的痛苦、对现实的控诉和胸中的愤懑隐藏在中华民族悠远历史的追忆中，在对历史遗迹的凭吊中："血和泪叠着历史的册页/砖垣上印记着苦楚的图案/聆一声月落胡马的悲嘶/怕明日会有凄楚的风雨。"此外，李瑛还跳出个人体验，从他人的经验中以一种类似戏谑的方式探索着生命的价值和理解生活的意义。《伽蓝怨》中，与古老寺庙中"羽化的梦"相对的是一个愁眉不展的小和尚，"一声钟响，愁深一寸/有些辽远的日子/是这样敲碎了的/——幼僧垂下烦恼的眼睛"。《挽歌》中的为这人世凭吊的，有"彩虹的血滴在秋的画卷上"，也有"年老的云游僧泪染袈裟"，还有"满山谷的恶狼的饥叫"，让人不禁追想那被凭吊的"人世"又将是怎样一幅景象？

值得注意的是，李瑛这一时期的诗歌大量运用传统诗歌中的意象，如夕阳、黄昏、流水、残月、孤枕、路边的荒冢、冷风卷起的沙土和寻梦的旅人，营造出中国古典诗词的意境，构建了一个幽暗、冷清的心灵世界。《晚巷》中的小巷"蝙蝠拍扇着黄昏／人家的窗前灯亮了／古槐垂下困倦的眼睛／灰色的砖墙使长巷更长"，流泻着冷清而悠长的历史感；《归客》中的倦旅者"听汐水呜咽／心间涌起了长风／八月淡淡底情怀／也沉到黄昏去"，千里迢迢回到"古城"，在"今宵准有关山的梦了"的信念中沉入梦乡。事实上，整个沦陷时期的华北诗坛，都充满了浓郁的中国古典诗歌传统的气息。"古典派的内容"与"现代派的手法"的融合是沦陷区诗人普遍性的诗艺追求，这也许是在侵略者的枪托下延续中国文化传统的一种方式。

二

1945 年，李瑛结束流浪生活，考入北京大学中文系。在北大中文系读书的四年间，国内局势日益严峻，事件频繁。从"反甄审活动"到"反新闻检查制度"，从内战的全面展开，到反美游行的暴发，进步学生运动风起云涌，如火如荼。多年以后，李瑛满怀激情地回忆他的这段校园生活："我永远也忘不了我在大学时那一段峥嵘岁月。那里，我是在一边读书、一边在学生运动的激流中度过的——我们组织社团活动，我们秘密印发传单，和同学们一起游行示威，攀上天安门华表基座的石栏，贴上一条条标语。"①

抗战胜利后平津地区的大中学校中，左翼文学界具有极大的影响力。②1946 年新学年伊始，在中共地下党和进步学生的组织下，各高校成立了各种文学社团，文学活动蓬勃开展。通过读书会、讨论会、诗歌朗诵会等多种活动，苏联作品如《母亲》、《铁流》等，解放区作品如《李有才板话》、《李家庄的变迁》等广泛传播；周扬、钱俊瑞、光未然等左翼作家受邀介绍延安的文化活动和分析时局，艾青、郭沫若、何其芳、袁水拍等左翼诗人的作品

① 李瑛：《李瑛诗选·自序》，《李瑛诗选》，第 5 页，四川人民出版社 1981 年版。
② 国民党统治的政治压力，十几所大学云集北平以及无数东北学生滞留北平的事实，促使左翼文学界将目光投向了学生和学校。1946 年 2 月 1 日，中共晋察冀中央局发出了《对北平工作方针的意见》，提出将北平工作的重点放在青年学生中，要求在青年学生中进行政治启蒙和文学宣传，然后通过学生推动市民运动，从而开辟出反对国民党统治的"第二条战线"。

风靡一时。1945 年冬到 1946 年暑假，北平地下党还组织北平大中学生参观张家口解放区，与丁玲、萧军、艾青等延安文艺界名人交流，观看《白毛女》、《黄河大合唱》等解放区优秀文艺剧目。① 在回忆读书生涯时，李瑛特别提到了这些进步文艺书籍对自己的影响："在大学期间，我有条件读到了更多的书籍——中外古代文学遗产，19 世纪的外国文学名著，我国五四时期的作品，特别是能从同学手中悄悄找到一些苏联当代的革命文学和解放区的文艺作品……接触到党的地下组织……读到了一些马克思列宁主义的书籍，一些关于哲学、政治经济学、文学和美学方面的书籍和报纸。"他总结自己大学四年的思想道路说："最初是怀着政治上的苦闷、精神上的压抑在彷徨和思考，后来则变成了积极的反抗和对革命的追求。"② 1947 年李瑛终于加入了中国共产党，作为中共地下党员的青年诗人李瑛，公开表示赞同马雅可夫斯基"诗和歌，这就是我们的旗帜和炸弹"的口号，认为"在这几乎没有我们生存权利的高压的中国"，"诗和歌，是任何武器不能陷毁的，也是永远不会失败的工具"。③ 在诗歌创作上，李瑛用充满战斗热情的笔墨呼唤战斗的文学，化名写了多首反映当时学生运动和表示战斗决心的朗诵诗，贴在红楼和民主墙上。④

《石头：奴隶们的武器》、《再见》、《脊背》、《春的告诫》、《纵火》等诗歌，控诉民众的苦难，号召阶级觉醒，呼喊战斗与革命，这些作品以鲜明的时代感和强烈政治意识受到研究者的注意。但不少研究者在涉及李瑛 40 年代的创作时，只看到这几首诗作，并且将其视为李瑛 40 年代诗歌创作的主体，然而，事实上，40 年代的李瑛下了很大功夫写作，诗作数量最多，但最引人注目的并非这一类作品。在 40 年代后期的批评界，李瑛的名字经常是与沈从文、朱光潜、冯至等原"京派"作家，以及与他们密切相关的新生代诗人如袁可嘉、穆旦、郑敏等连在一起的。1947 年六七月间，隶属于左翼文艺体系的《泥土》、《新诗潮》、《蚂蚁小集》等杂志先后发表了《文艺骗

---

① 参见《中国共产党北京历史》，中共北京市委党史研究室，北京出版社 2001 年版；《解放战争时期北平第二条战线的文化斗争》，中共北京市委党史研究室，北京出版社 1998 年版。

② 李瑛：《李瑛诗选·自序》，《李瑛诗选》，第 5 页，四川人民出版社 1981 年版。

③ 李瑛：《论绿原的道路》，《诗号角》第 4 期，1948 年 2 月。

④ 李瑛：《我的大学生活》，《新文学史料》2001 年第 1 期。

子沈从文和他的集团》、《南北才子才女的大会串——评〈中国新诗〉》、《原形毕现的袁可嘉》、《形式主义片论》等文章将李瑛与朱光潜、卞之琳、郑敏、穆旦、袁可嘉等人共同列入了"北平'沈从文集团'",① 对以这些人为主体的平津地区的自由主义文学思潮给予严厉的批判。

在《我的大学生活》中,李瑛回忆说:"在大学读书期间,我的生命和我的诗一起得到了成长,不能不感谢这四年轰轰烈烈的沸腾生活和那些德高望重、诲人不倦的先生的教导。"② 这里所说的"德高望重、诲人不倦的先生"主要是指随同西南联大等内迁高校复员回到北大任教的沈从文、朱光潜、冯至、废名等为代表的坚持自由主义文学精神的原"京派"和近"京派"作家。

抗战胜利后,原沦陷区的作家反省沦陷八年以来文艺界的种种弊端,重振文坛的呼声日益强烈。随着文化复员的展开,华北平原上的文化和文学活动逐渐活跃和丰富起来。北方文坛逐渐为两种文学力量所占据:其一是随同西南联大等内迁高校复员而来的以沈从文、朱光潜等为代表的坚持自由主义文学精神的原"京派"和近"京派"作家,其二是共产党领导的解放区文学活动以及国统区内的左翼文学活动,这两种文学力量对李瑛未来的文学道路上都产生了非常重要的影响。

1946 年 5 月,西南联大宣布复员,教职员工各回原校。1946 年夏秋之交,沈从文、朱光潜、杨振声、冯至、废名等自由主义作家先后回到了平津地区,成为沉寂多年的平津文坛和文化界最为期待的复兴文学、振兴文化的力量。对于这些文学名家的归来,20 岁的李瑛是满怀喜悦的。他的喜悦不仅是出于复兴文坛的现实考虑,更多的是他对沈、朱等人极力主张和提倡的自由主义文学观念和文学倾向的赞同。1946 年 8 月,李瑛的短论《两种危机》刊登在抗战胜利后华北地区较早出现的大型文学刊物《文艺时代》上,在这篇短论中,李瑛直接继承了 30 年代"京海论争"中"京派"文人的文学观念,将"政客们把文学曲解为'宣传品'"和"奸商们把文学制成毒素"看作是中国文学复兴的两大障碍,他严厉地批评了文学的商业化和政治化倾向,极力肯定文学的独立价值。李瑛提出,在未来北方文坛的复兴

---

① 初犊:《文艺骗子沈从文和他的集团》,《泥土》第 4 辑,1947 年 9 月。

② 李瑛:《我的大学生活》,《新文学史料》2001 年 1 期。

中，应当要求以更纯正的态度进行文学创作，才能推进文学发展，[①] 这篇带有宣言性质的评论可以说是对流亡八年之后初回古城的这些原"京派"文人的最好的欢迎。10 个月之后，1947 年 6 月，《文学杂志》复刊，朱光潜在《复刊卷首语》中提出的超越于政治文艺和商业文艺的"纯文艺"的办刊目标："采取宽大自由而严肃的态度，集合全国作者和读者的力量，来培养一个较合理的文学刊物，借此在一般民众中树立一个健康的纯正的文学风气。"这是对李瑛等一批倾心于其文学观念的青年知识分子的最好的回答。沈、朱等人不负重托，在 1946—1949 年间，沈从文、朱光潜、杨振声、卞之琳、废名、冯至、常风等原"京派"作家，以及一批青年作家、批评家和文学研究者，如汪曾祺、郑敏、袁可嘉、穆旦、吴小如、王忠、萧望卿等，共同推进了平津地区自由主义文学思潮的兴起，年轻的李瑛也成为这一文学探索活动的积极参与者。这一文学探索活动的出现对于李瑛来说，可谓是期待已久：八年抗战的生活苦难与文化困境，"屈辱与忍受与教训，到处打动着每个青年英雄的思想，而在文化上正胎育了一个艺术突起的狂潮，于是在战争结束之后，内地文风冲击而来，各方面的突进是必然的"。[②]

复原后的北京大学文学院名师荟萃，课程丰富。中文系有俞平伯的"词选"和"清真词"，沈从文的"创作实习"，杨振声的"现代文学"，常风的文学理论，废名的"陶渊明研究"；西文系有朱光潜的"西方文学名著"和"美学"，冯至的德国文学，还有外籍教师燕卜荪的"现代诗"。从国学经典到时下的新文学，从古老的莎士比亚到最前沿的西方现代诗，可谓是天地广阔、空气自由。[③]

与其他大学更大的不同在于，这批坚守文学自由主义精神的北大教师在教给学生知识和方法的同时，还有着为中国新文学"打开一条生路"的决心。沈从文、朱光潜、冯至、废名等不仅是大学的教师，同时还是文学创作者和批评者，他们掌握了此时期平津文坛最主要的文学期刊和报纸文学副刊，并有意识地引导着文学发展方向，以实践自己的文学理想。例如，从 1946 年 12 月到 1947 年 3 月，《益世报·文学周刊》、《大公报·星期文艺》

---

① 李瑛：《两个倾向》，《文艺时代》第 1 卷第 3 期，1946 年 8 月。

② 李瑛：《读郑敏的诗》，《益世报·文学周刊》第 33 期，1947 年 3 月 22 日。

③ 有关抗战胜利后北京大学的教师和课程情况，参见《北京大学史料》第 4 卷（1946—1948），北京大学出版社 2000 年版，第 607—609 页。

和《经世日报·文学周刊》上共有六篇题名为《钟声》的作品发表，而且不少作品在文末都标明是"钟声习作"，这些《钟声》中的一篇便出自李瑛。李瑛至今还清楚地记得，大二开学不久，沈从文在课堂上讲解了一些写作体验后便在黑板上写了"钟声"二字，要求学生命题作文，"由于沈先生当时在三家报纸的文艺副刊兼任编辑，因而学生们都很想把文章写好，希望能被他拿去发表。……我写的这篇短文《钟声》，不久便被沈先生拿走，第一次在大报纸上的文艺副刊上发表了，还得了点小稿费补助伙食，心中十分高兴，更激发了我创作的热情与信心。"此后，李瑛时常去沈从文家请教，每次沈从文都会热情地沏上一杯茶或冲上一杯牛奶，之后给他讲做人的道理、写作的心得，还不时送李瑛几本自己的著作。多年以后，李瑛对此仍然心存感激："他对我的扶助与教导，我铭记在心，难以忘怀。"

沈从文等将课堂教学和创作实践相结合，从而引导青年学生加入到他们所倡导的文学实验和探索中来，这一做法在青年学生中确实产生了一定的效果。李瑛回忆自己的文学生涯时，肯定了沈从文、朱光潜等文学前辈在文学审美倾向和文学观等问题上对自己的影响，"我从中学开始写诗，但对文学没有多少正确的认识，也没有判断好坏的能力"，经历了丰富多彩的大学生活，接触了那么多有才华的老师，"开阔了我的胸襟和视野，提高了辨析的能力，逐渐较深地懂得了文学是什么，艺术是什么，诗是什么，美是什么"。①

在北京大学读书期间，李瑛的文学道路越走越通畅。这一时期，李瑛在《大公报·星期文艺》、《大公报·文艺》、《益世报·文学周刊》、《平明日报·文学周刊》、《华北日报·文学》、《文学杂志》、《中国新诗》、《新路》等影响较大的知名报刊上发表了不少诗作、散文与评论文章，这些文学刊物或多或少与沈从文、朱光潜、冯至、杨振声等北大教师有一定的关系。沈从文曾经不无得意地谈到自己借由报刊副刊和杂志来引导文学发展方向，推荐新人的成果，对"新生代"作家充满赞扬："在刊物上露面的作者，最年轻的还只有十六七岁！即对读者保留崭新印象的两位作家，一个穆旦，年纪也还只二十五六岁；一个郑敏女士，还不到廿五。作新诗论特有见地的袁可嘉，年纪且更轻。写穆旦及郑敏诗评文章极好的李瑛，还在大二读书，写书

---

① 李瑛：《我的大学生活》，《新文学史料》2001 年第 1 期。

评文笔精美见解透辟的少若，现在大三读书。更有部分作者，年纪都在二十以内，作品和读者对面，并且是第一回。"① 在沈、朱等人的大力提携之下，李瑛已然成为平津诗坛最为活跃的新生代诗人之一，与穆旦、郑敏、袁可嘉等一起被平津文坛寄予厚望。当时的平津文学评论界曾经这样评价道：袁可嘉、萧望卿的论文已经成为"替换老辈"的优秀成果，"丰满遒劲的穆旦已代替了神情偶傥的卞之琳"，成为最可注意的青年诗人，其他如"王忠的朴质、汪曾祺的清隽、毕基初的深厚、李瑛的亢爽，十年二十年也许成为一代宗师"。②

三

作为"沈从文集团"的一分子，李瑛在诗歌观念和创作倾向出现了一个飞跃。在《读〈穆旦诗集〉》、《读郑敏的诗》、《读〈十四行集〉》、《论绿原的道路》等一系列的诗评文章中，李瑛明确表达了自己对于"诗是什么，美是什么"的理解。随着抗战的结束、国内革命形势的发展，坚持文学独立还是重视文学的现实服务功能，成为整个中国现代文学和文化界面临的尖锐问题。在经历了民族的悲剧、人民的苦难之后，沈从文、朱光潜等文学自由主义者对文学与现实的关系的理解发生了很大的变化，③ 文学的独立性依然要保持，但"文学应当反映现实"的论点也为他们所接受。这些文学自由主义者口中的"现实"，与激进地追求大众化、将"现实"唯一化的革命潮流不同，其内涵更为丰富和广泛。在以"人民"为中心的文艺体系里，"现实"仅存在于前线战场和后方与敌人的斗争中，必须体现时代主流，代表光明倾向。在这个问题上，李瑛坚定地与袁可嘉、穆旦、郑敏、陈敬容等站在一起。

---

① 沈从文：《新废邮存底（三二四）》，《益世报·文学周刊》第 63 期，1947 年 10 月 25 日。

② 莎生：《文学杂志的来去今》，《民国日报·文艺》第 111 期，1948 年 2 月 19 日。

③ 例如，沈从文在《"文艺政策"探讨》、《文运的重建》等多篇文章中讨论起如何"善用文艺政策"，改进"文艺政策"的认识和运用方法，使其能够为文学的发展、为建国发挥作用。希望用文学作品培养出一批的"未来的政治家"，这些"未来的政治家"将使政治具有"更深远的意义"。

李瑛回顾新诗发展史，肯定新诗对于时代、对于现实的责任。他说："随着祖国人民的战斗，而坚实地铺在这块多苦难而充满饥馑与杀戮的土地上了，并且在今天，它更帮助人民取得了教育人民、改造人民的效果。"① 对于诗歌而言，"现实"是重要的、不可或缺的，但诗歌所包含的却不止于这样的"现实"。李瑛旗帜鲜明地对"现实"唯一化的激进文学观表示了不满："我们不承认有一些人所强调的'今日的诗必须要反映现实的诗'，因为他们所说的现实，只有狭义包括了政治诗、讽刺诗、朗诵诗等，那些诗在这突进的时代当然也只能算作是另一枝。"他认为现代的诗歌应当丰富而广泛地反映"全人类经过其逆境的各种姿态"，可以"嘹亮成为勇者的讴歌，或者深邃成为灵魂的振颤，或者勇敢成为时代的暴露，或者激愤成为苦难的控诉"。②

作为文学题材的"现实"与文学作品的"现实"并不完全一致，在《论绿原的道路》中，李瑛说："诗的真实的经验是来自生活的经验，但这并不等于它，并不止于生活的经验。在二种经验之间，必有一个反刍消化的过程，而最后的表现，不是原有的经验的深刻，而是许多不同经验相互综合的产品。"李瑛特别强调了"人生现实"与"诗现实"、"生活经验"与"诗经验"的差异，认为现代的诗应当是"综合"的诗，"应该是以大众的生活取得支持，以政治改革的一部分取得支持，以个人强烈的爱情、思想与信仰，取得支持"。据此，他将诗歌的艺术本质概括为"诗人拥抱世界的姿态"，以个人经验——爱情、思想与信仰等来"反刍"现实生活；诗歌的艺术价值与现实服务功能同等重要不可偏废，好的诗歌不仅是"民族战斗意识的晴雨表"，同时也是"人与人之间心的碰击而爆发的火花"。③

在诗歌的表达方式上，李瑛对当时评论界称为"一群自觉的现代主义者"，包括穆旦、郑敏、袁可嘉、陈敬容，"不自觉地走向了诗的现代化的道路"的绿原，④ 以及被后来的研究者称为"通向新现代主义的桥梁"的冯至⑤等，给予极大的关注。李瑛推崇袁可嘉提出的"诗现代化"道路，把

① 李瑛：《论绿原的道路》，《诗号角》第 4 期，1948 年 2 月。

② 李瑛：《读郑敏的诗》，《益世报·文学周刊》第 33 期，1947 年 3 月 22 日。

③ 李瑛：《论绿原的道路》，《诗号角》第 4 期，1948 年 2 月。

④ 唐湜：《诗的新生代》，《诗创造》第 1 卷第 8 辑，1948 年。

⑤ 孙玉石：《中国现代主义诗潮史论》，北京大学出版社 1999 年版，第 282 页。

"立体的结构"看作是诗歌现代化的特征之一，①并用"诗现代化"的标准来考察时下的诗歌创作。他称赞穆旦是当前得到最丰盛收获的青年诗人，认为穆旦的诗具有"一种新颖和超越形式"，以"词句的组织，近时代哲学的高扬与自己感情的调和"形成"匀整网络"的诗风，而"经验、思想和情感三者赋予他的产品以一种惊人的溶解综合力"。②他认为郑敏的诗"吸收了艾略特、惠特曼、狄金生、里尔克这些诗人的许多优长，甚至更远的雪莱与拜伦"，"在创造上叙写得很为细致，美丽而淳朴、率直又坦白，她的消化之后的表现，使她再生为一种风格，一种而且独立，达到艺术最高的一点"。③冯至的《十四行集》则是李瑛的最爱，他高度赞美冯至将"自然里的一切都重现于艺术品中"，"那么多变化，多创造，多发现，然而所追求的同是一个艺术的完整性，调谐性和不可分性"。④

李瑛自己的诗作也在不断地向"新诗现代化"靠拢，"青苗"时期那个忧郁、孤独的李瑛消失了，他的诗歌从营造冷清缥缈的意境、捕捉错综迷离的情绪，转而开始尝试着将情绪客观化和抒情"非个人化"，寻求经验、思想和情感的沉淀与综合；走出个人的情感世界，开始理性面对经验世界，从熟悉的日常生活出发，引发形而上的思索，展示了李瑛对于生命意义的多种可能性的思考。40 年代后期的中国正处在一个新时代方生旧时代未死的转折时代，如何面对过去、现在和未来是这一时期知识分子不得不思考的问题，而这也是这一时期李瑛诗歌最重要的主题。在《生日》中，李瑛对于生命历程做了冷静的解剖：走出过去是必然的生命路径，"谁都看不见我们的影子甚至时间/因为我们是走着螺旋的道路"。走出过去同时也是一次偶然的人生选择，你可以抓住过去"诅咒生命的秋天"，也可以让"一切重新开始，从这里突破"，向人生的更高一步探索。生命就是这样不断前进的过程，他感叹道："围绕在我四周的那些点缀/为伴，陪着我走上更高的一步/我们都闭上眼，不要喧哗/学习冷静的岩石，冷静的花树//我们歌颂那些忘记生辰的物体/他们小小的幸福使我们羡慕/走罢！吝啬不可以，奢侈也不能够/历史的旅店写着我们的名字。"诗歌《死和变》讨论死亡与超越的问

---

① 李瑛：《论绿原的道路》，《诗号角》第 4 期，1948 年 2 月。
② 李瑛：《读穆旦诗集》《益世报·文学周刊》第 59 期，1947 年 9 月 27 日。
③ 李瑛：《读郑敏的诗》，《益世报·文学周刊》第 33 期，1947 年 3 月 22 日。
④ 李瑛：《读〈十四行集〉》《华北日报·文学》第 43 期，1948 年 10 月 31 日。

题，这首诗直接脱胎于冯至的《十四行集》，冯至从歌德、里尔克那里领悟到"死和变"的死亡哲学："死"只是一个走向更高的生命的过程，由于死而得到新生，抛却过去而展开将来。"死和变"渗透了洞彻人生的感悟和智慧，是冯至在人近中年后理智与情感平衡的结果，年轻的李瑛在阐释这一主题时，与冯至自不相同。冯至对"死和变"的理解着重于"死"与"变"之间的辩证关系，李瑛以青年人的梦想和希望，在对"死"进行先行定位之后投入"变"，从哲学式的思考和领悟回归到现实生活。在他看来，"死和变"是一种积极而主动的人生选择，"不断的分裂，不断的遗忘／这是一切适应的顶峰／对于自然的匆忙，这是秩序／对于愚蠢的人类，这是觉醒"。李瑛把"死"看作是对过去的一种反抗，树巅的柳蝉和破茧的蚕蛹，"它们痛苦的一生叫我们感动／如果你醒来，你会看见：／它反抗它的昨天像一场战争"。对于"死"后之"变"，李瑛满怀热情和期待："我们抚摸着自己的肉体，在感觉里／像刚刚苏醒，刚刚成形／我们拥抱着是一片蓝天／窗外的一树扁柏，门外的一棵冬青。"在经历了痛苦的"死"之后，柳蝉才得以"歌唱炎热的时代，歌唱光明"，人类才终于能够迎来新生。

李瑛热切地等待着"死和变"的到来。在《砂》里，李瑛赞美平凡的砂砾却承受了不平凡的"死和变"，从"屹立终古的岩石"到"散碎的砂砾"，"它在勇敢的绝望中／改变得痛苦，死得美丽"。他说："我们虔诚的祈祷这些危险／会在自己的时间得到赞许／看着这些砂砾闪光的眼睛／是爱，是一场壮烈火灾的欢喜。"李瑛喜欢描写暴风雨来临时的压抑和沉闷，他把暴风雨看成是自然界的"一场庄严的葬仪"，"无论教皇和国王都不能同它相比：／有声色的仗仪走在前面／遵从着自然的指挥，简单的法律"（《暴风雨之前·又一章》）。无论是树与树的纠结、麻雀的惊飞还是野狗的狂吠，"所有的都在等待着承受／溅开来的一点悲哀和一点欢喜"（《暴风雨之前》）。然而，在李瑛笔下，这一种近乎"死"的状态的压抑和沉闷，始终承载着一丝期待："在这样沉闷的雨未来之前／一切都仿佛有个神奇的记忆，而且战栗的倾听着／等待一个突破的消息和／一点痛苦，一点烦躁／像是用了最大的焦炙的忍耐。"而当暴风雨到来之时，"我要到山野里去／同我的朋友，同我的爱人／迎接这一场暴风雨的到来／我便会想起在灿烂的阳光底下／那些用具相碰击的铿锵的音响／想起工作时的快乐"（《雨前》）。

那种冯至式的从日常生活、从自然现象中升华出哲学式思考和领悟的诗思，在李瑛这一时期的诗歌中表现得极为突出。《圆圆的露珠滴落下来了》一诗把目光投向了清晨凝结在草尖上的小小的露珠，在圆圆的露珠上，看到了一个丰富的宇宙："小小的露水/像每个神奇的星球/夜空上，各有自己的星座/在它们彼此相互的匆忙中：/吸引、旋转、运行/揭不透宇宙的秘密/像谣言，又像真理。"滴落的露珠滋润了土地和草禾，在这最简单的自然过程中，李瑛却看到了生的喜悦与死的忧伤，如同"普罗美修斯的眼泪"，"一半接近美丽/一半接近死亡"。最寻常的乡村风光，也给李瑛以新的视角，从中发现了人类在寻求群体温暖和保持独立个性上的矛盾，"一条小河拥抱了田野/庭院的树林搂紧了房屋/人类都一点没有觉察/它们在孤独里得到了温情"，然而"真实相爱多么短暂/没有界线的拥抱只剩下哭泣/因为森林的枝干压坍了屋子/小河的水吞噬了平原"（《拥抱》）。

在李瑛的诗歌中，大自然是一个特别的存在，它既是心灵的皈依，又映射着人类的生活和命运。在《树叶》中，从初春相似的柔嫩到盛夏各自的繁盛，树叶在悄悄地生长，李瑛从中看到了平凡世界中最伟大的生的喜悦："每片绿叶都有相同的脉络/有相同的颜色，相同的声音/就这样等待在时间的蜕变里/那一点点赤裸的吐露/使我们每个人都感到吃惊//于是我发现我自己了/我会比一片树叶还简单/而在它们喜悦的喧哗中/我仿佛看见有声响的阳光，开始/泼在那些强烈欲望的树叶上。"在《猎罢归来》里，李瑛用人类野性的残忍同仁慈而丰富的大自然做对照，"丰饶的林子孕育得多么饱满/丰饶的林子，夕阳燃烧着/太庄严，我不能述说/太美了，但寂寞"，而这"一切都为了人类/一切都是附庸的摆设/花草的香，野族的嚣叫/我不明白'友谊'这两个字儿"。面对自然的丰厚，人类显得如此贫瘠，"灾难同忧愁在一起啜泣/我的觅获太少，丢失太多：八月的风/九月的金黄的禾秆/十月的阳光同雨滴"（《我的心如此贫瘠》）。

在《让我领你走上这条路》中，李瑛以远行者的旅途所感重塑了人与自然在原初状态下的亲密无间的关系，表现出强烈的赞美自然、回归自然的观念。诗歌一开始便是一段人与自然和谐共处的景象："路！让我拥抱你吧，在朋友面前/我要以独轮的木车，老旱船，驴子的铁蹄/我要以野花的蔓，庄禾的叶片，草木的须根/我要以一切拥抱你/夏天有早晨的露水，冬天有雪花。"这条路既是现实中的旅行之途，同时也是虚设的人生道路。现实中的旅行之途让人们领略到自然的丰厚，虚设的人生道路上则充满了不同的可能，"远离开的我的朋友和我的爱人/他们都是从窗前这条路走出去的/而渐渐远了，远了，远了/沉落下移动的影子，和他们入梦的步履"。当人们陷入"没有方向的阡陌，丢失了名字"，唯一能做的就是"重新踏出一条更大的路来"，至于路在何方，"太阳已经对准那些先知/和经典里的预言升起了"。

尾　声

现当代文学的嬗变是一个非常有意义的课题，吸引了众多研究者的目光。以政治—文化等理论框架来阐释这段历史是当前的转折时代研究中的主要研究方式，这样的研究思路常常能导出具有震撼效果的结论，却容易陷入模式化，将丰富的文学和文化现象简单化。在转折时代，不同作家基于各自不同的思考做出各自的选择，或者放弃写作，或者顺利转型，又或者努力挣扎着却始终无力靠近。有些作家的选择尽管相似，原因却各不相同。在现有的研究阶段，我以为梳理作家个体在这转折时代的文学道路，比探求所谓框架和规律更有意义。看不清"现代"的李瑛，我们在理解"当代"李瑛时就会出现很多困惑：从 40 年代的复杂而丰富，到 50 年代的单纯而鲜明，再到八九十年代的丰厚而深沉，我们总在迷惑这其中经历了什么，是自觉的选择还是现实压力的推动？"当代"的李瑛是从"现代"出发的，40 年代李瑛的艺术观和创作尝试，都可以在李瑛"当代"时期多次从容而淡定的转型中找到蛛丝马迹。40 年代的李瑛，在文学观念和审美追求上，对自由主义的文学观念和美学理想充满向往，积极探索新诗现代化道路，然而从政治意识来说，他是偏向于共产党的。确定了这一基本认识，我们再来探讨李瑛在"当代"的转变，才能跳出理论的樊篱，厘清所谓"时代文化接缝"问题，[①] 讨论现当代文学的嬗变。

2008 年

原载《中国现代文学研究丛刊》2008 年第 4 期

---

① 程光炜：《在历史话语的转换之间——对李瑛作品文本的一次"重读"》，《诗探索》1994 年第 3 期，原载《中国现代文学研究丛刊》2008 年第 4 期。

为民众和大地的"新的战栗"

——读李瑛早期诗作随想

孙玉石

    我在几年前曾在一篇文章里，论及了从李瑛于 1940 年代后半期发表的关于穆旦、郑敏、绿原、冯至等诗人的评论里，看出李瑛走近诗歌创作时思想取向和艺术选择所体现的某种先锋性，为他后来诗歌艺术创作的弥久不衰、日渐升华，提供了怎样一个较高艺术"起点"的基础。这里，我想另就李瑛 40 年代发表的一些新诗作品，以及近年来创作追求的踪迹，来继续猜摸他的那些"起点"蕴涵的艺术追求，在创作上如何得到体现，并由此给新诗带来了怎样一些启示。

    刚过了 20 岁的年轻诗人，充满了真诚贴近民众和叛逆精神性格的北大校园诗人李瑛，在他初期的诗作里，很早就已经有这样一种自觉的艺术意识：写诗是一个非常严肃的创造过程，最重要的，是要发现、选取、提炼那些来自生活的具象，但也同时必须要进行艺术的升华抽象。因为有了富有个人生命感和现实生活气息的具象，才有了区别于当时某种流行新诗以政论口号直接抒情的散文式说教；因为进行了与具象紧密结合的抽象，才能够使所书写诗歌意象的蕴涵，得到更高的富有哲理性质的升华，产生出比一般浮泛抒情和直露呼喊的诗所缺乏的一种超越性的传达力量。

    读李瑛当时的一些诗，感觉到其诗作的外壳很现代，有的甚至很朦胧，但诗的内里面，却饱含着最现实、最阔大的人类爱、民众爱的襟怀，饱含着一个青年的诗心对于那个不公平的世界所蕴涵的"神圣的愤怒"，正由于此，他的一些优秀诗作里，大都蕴藏着沉甸甸的锐利而深刻的人类的爱与憎的思想和情绪，它们可以切入时代脉搏而又具属于永久的超越性。至今读他的那些诗篇，我仍然可以获得一种走近真实历史生活的感觉，仍然可以产生一种共鸣和感动，借用老诗人雨果褒赞波特莱尔一个著名用语，我们可以说，李瑛贡献给予我们这个时代的，是他的诗里带给读者的那种为中国底层民众和苦难中国大地呼号抗争的一种艺术的"新的战栗"。

例如《鹰》、《圆圆的露珠滴下来了》这两首诗，里面都提到了为一切叛逆人类所赞美的普罗米修斯为人类盗取天火隐含的悲壮献身具有的永恒性质的精神意义。从他所创造的不同意象和抒情构思，或深或浅地隐匿地告诉人们：真正的人的最伟大的悲悯和牺牲，都包含着为人类的最壮丽献身的无边大爱与自我奉献。

《鹰》写于 1947 年春天的北大，这是个黑暗光明激烈交战的黎明前的时刻。他在《鹰》的小序里说："我不相信，当大神宙斯把窃火者普洛米修士缚在高加索山脚下的时候，你们会成群地剥啄他的脑壳和肺叶。"诗人逆向历史神话的思考，显然为了对于鹰的意象进行更新意义的开掘，以完成自己塑造一种叛逆性意象并进行热诚的抒情。他赞颂鹰的美丽矫健和健康和勇敢，而且用许多升华性的"抽象"书写，把人们引向另一种更让人灵魂震撼的深思，即他所着重凝视并倾情抒写的鹰的另一种智者的灵敏和姿态："你不是该感到骄傲么/因为，只有你清晰地听见地球/在寒冷里急促转动的声音/和那些星云之间的/摩擦，击撞，牵引/落在地球上的两块石头/以怎样的姿态相守着孤寂/相守着秘密和贫穷/而拥挤在赤道下的沙砾们/会怎样因太阳焦炙地燃烧而疾跳。"鹰所清晰听见的"寒冷里"转动的声音，所看到的为星之摩擦击撞而落下的石头之间相守的"孤寂"与"贫穷"，拥挤的沙"砾隐"们被焦炙地燃烧下的痛苦，这些看似陌生模糊的意象和诗句里，显然蕴涵了人间的被摧残者被压榨者无边苦难的处境。正是通过这样长长的暗喻象征式的书写之后，作者才于诗末迸发出如此沉痛悲悯如此愤怒倔强的"为了生命的沉压而惊动"的声音：

> 为此，为这些
> 我不能不悲伤着哭泣
> 因为一个生命只有一颗心
> 只有一份血浆和眼泪
> 而且我痛苦地理解

> 一切都为了生命的沉压而惊动

这些看似绕弯地抒发隐而不露的"哭泣"和声音，由具象和抽象纠结而成的诗句，隐藏地传达出了诗人深埋心底令人战栗的愤怒和赞美之情。

几乎同时创作的另一首诗《圆圆的露珠滴下来了》，诗人写了露珠向痛苦的土地，向无知的禾苗，洒下的爱怜多情，但很快就像"多情的哭泣，述说一个短暂的命运"，由此他发现，从土地、禾苗的干枯，对露珠仅仅带给人间短暂的滋润，一方面认为"露珠是最危险的一种"，但同时又看到露珠这微小生命短暂的美丽所蕴涵的人类思想的价值和意义：

> 然而小小的露水
> 像每个神奇的星球
> 夜空上，各有自己的星座
> 在他们彼此的匆忙中
> 吸引、旋转、运行
> 揭不透宇宙的秘密
> 像谣言又像真理
> （孩子的胰子泡渐渐高升了
> 一半接近美丽
> 一半接近死亡）

这里已经转入全力赞颂露珠的神奇美丽而又迅速消失，它所象征的，也是一种生命的牺牲与升华。然而，诗里继续写道，由和爱人一起告别死亡丧仪归来，记起一段古代神话传说里，说坟头草尖的露珠，是"个个智慧的伊甸"，渴望它可以让自己的爱躲避死亡的"完美的世界"，由此而进入这样的书写：

> 于是我想起郊野
> 水里有无数无数粒珍珠
> 山里有无数无数粒石子
> 而且我想起了农园
> 夏天有无数无数颗露珠

秋天有无数无数粒谷米

那些都是数计不清的

（于是在我心上

便沉落了一个一个的影子

那是普洛米修士滴下的眼泪）

　　诗人在这里，将具象的描绘和抽象的升华，进入于自己的抒情构想中，隐隐传达这样一种生命哲学：露珠以自己微小生命消亡的奉献，带来秋天谷粒丰收的获得，由此进一步升华地暗示传达出了自己对于为人间盗火的伟大牺牲者普洛米修士，怎样以自己生命奉献为人间获取永久的果实个中所体现的大爱精神的赞美。无数小小露珠带给诗人灵感的大启示：他从自己心里沉落下一个一个的"影子"里，惊讶地发现，原来"那是普洛米修士滴下的眼泪"。

　　我们可以说，诗人李瑛内心诗的优势，来自对于人类、对于民族、对于最广大底层民众的精神美与深痛苦难，进行最深的开掘。这些开掘，为他新诗的书写美学，所提供的，是与波特莱尔《恶之花》象征诗所带给接受者不同的另一种形式的"新的战栗"，它属于奉献给渴望光明与美丽生命的人类的声音，属于别一番世界的一个新生人群的声音，更属于托斯妥耶夫斯基说的广大被侮辱与被损害者的"湿漉漉抹布"者们的声音。从这些"一半是死亡，一般是美丽"的象征性呼唤，带给一个曙光即将来临时代更多的渴望者们，即将获得拯救者和正在进行搏斗的抗争者们，所能够感受和体味到的一种新的期待和刺激，一种与波特莱尔诗所给予的全然不同的"新的战栗"。

　　李瑛诗歌创作带来的这种"新的战栗"，属于人们精神世界开掘传达的新收获，也属于新诗艺术美学探索的新拥有，它奠定了李瑛一生诗歌创作探索走向一个坚实的起点。这样的诗歌探索美学的"起点"，从两个方面，带给李瑛自身创作审美选择的"自控意识"。

　　一个是他将诗歌凝视的眼光，投向那个被侮辱与被损害的人群生活与命运的深处，那些微弱渺小的生命和存在，在那里面，发掘人间的不幸与诗意、悲剧和美。从他早期与友人合出的诗集《石城底青苗》（1944 年 5 月河北唐山出版）和个人诗集《枪》（"星诗丛"之一，1948 年冬在青岛出版），以及当时未曾发表而今天收在《诗文总集》中《布谷鸟初鸣》、《方生与未死之间的歌》两部诗集里的作品（其中包括早期曾刊发却"多数已遭散失"者之外"迄今为止所寻到的部分及少数当时未能发表偶然保存下来的作品"，见《李瑛诗文总集》编纂说明）里，我们可以读到很多属于这样一类悲悯抗争的诗篇。如在恐惧和忍耐中生长，和阳光与风雨一起"同装点人类的尊严"的一片"简单"的绿叶（《树叶》），那些"再没有生命和历史"，"再没有爱"，将被驱逐出境的"抽搐着干瘪的鼻孔"的犹太人（《从菜市上走出来》），在脊背上"燃烧着一群奴隶命运"、"竖立着酒店和牢狱"的贫穷者（《脊背》），以及其他一些直接透视社会底层里如托斯妥耶夫斯基称之为被人们蔑视却闪光的"抹布"一类的诗，如《在马房里》、《苍白的战栗之夜歌》、《娼妓》、《私生子》、《饥饿》、《谣言》、《窗》、《木厂》、《北平》等等。这些诗，尽管写的大都是非常现实的题材，书写了为下层人命运不幸的抗争，作者能够避开概念口号的呼喊和空泛平淡的抒情，大多能够在具体新颖意象中熔铸进或深或浅的诗意，成为留给后人走近历史思考的艺术文本。

另一个是诗人在阅读穆旦、郑敏、绿原诗系过程中，经过理性沉思，将一种属于现代性很强的哲学思辨和诗歌语言陌生化的紧张与抽象，引进自己抒情的凝想化和沉思性的过程，使得一些诗作的创造，呈现抽象升华与现实具象融合为一的特色，看得到学习模仿的些微痕迹，却带有李瑛自己的抒情特色。李瑛诗作"起点"中，明显带有穆旦诗艺术影响的影子。他写过论穆旦诗的理论批评文章，较好理解和把握了穆旦诗现代性的重要特征：以意象的"交织矛盾与纠结"，抽象和具象巧妙配合，形成抒情气势及语言的紧张和张力。如读一下《死和变》、《沙》、《暴风雨之前》等一些诗，就可能明显地看出李瑛与穆旦诗作之间这种艺术影响与接受之间内在联系的脉络和痕迹。这是《暴风雨之前》：

一

偌大的天空失却了形体，
一切沉沉的感觉、沉沉的呼吸。
群山大声地咳嗽，壮强胆子，
海水痛苦地要抓破自己。

而这一刻都变成了仇敌，

树与树的头发都纠缠在一起。
一只只麻雀都觉得奇怪，
抽筋似的飞去却跨不出距离。

所有的都在等待着承受，
离开来的一点悲哀和一点欢喜。
野狗向天空狂吠两声，
挤不出眼泪又疯狂的躲避。

有数不清的火蛇在云层里钻，
一切在支离又拼成整体。
沉闷后的汁液泼流下来，
干裂的地球变成了一团烂泥。

二

这是一场庄严的葬仪，
无数的教皇和国王都不能同它比。
有声色的仪仗队走在前面，
遵从着自然的指挥，简单的法律。

疾病太快地割断了它的生命，
没留下遗嘱，没留下死前的眼泪。
科学家实验室的晴雨表，
接到了第一份讣闻，又发布出去。

大地准备好盛装的祭礼，
战栗中，等待着，又哭泣。
灰暗的铁床翻倾下来，
倒泻出破碎的、变冷的尸体。

这首诗写暴风雨来临的前夕，自然万物中所呈现的风狂、混乱、死亡与新生急剧蜕变的状态，以自然的骤变暗示时代蜕变的即将来临的渴望。诗里面充满了极端的破裂、慌乱、无助、绝望、等待、承受、死亡、战栗、天空和大地的最后的悲哀，用对于自然现象想像集中浓缩的描绘，象征暗示了时代骤变来临之前人类的复杂感情。它是一种预言，一种诅咒，也是一种大的渴望和呼唤。诗里色彩强烈意象的选择，紧张结构的句式，尖锐矛盾而富有张力的抒情，如"抽筋似的飞去却跨不出距离"、"挤不出眼泪又疯狂的躲避"、"一切在支离又拼成整体"、"接到了第一份讣闻，又发布出去"，抽象书写和具象抒情纠结缠绕在一起，构成一种紧张的抒情氛围，等等，这一切，都明显带有接受穆旦诗语言影响的痕迹。

李瑛的这首诗，写于 1947 年 10 月 30 日的北大西斋。在写作此诗的三天前，刚满 21 岁的李瑛，在 1947 年 9 月 27 日出版的天津《益世报·文学周刊》上，发布了题为《读〈穆旦诗集〉》的那篇九千余字的长文。在文章中，李瑛热情赞美穆旦、杜运燮、郑敏等西南联大的一些年轻诗人："他们都是在自我主观的尊重下把庄严和诚恳，谨慎地放在完整的艺术里面，得到进取。"穆旦个人拥有的独特生活经历和内敛性格，给他的诗带来了一种别人无法复制的格调和色彩，"他像是急促地穿行在'时间'与'空间'之间，为的尽量捕捉映在他心的网罟上的一点点可珍的影像。他思索、糅合、舐润，像老蚌磨琢它的珠子，吐出它的纤丝，在辛苦与忍耐中，完成一首真实的歌。""环境的铸造使他性格上见出'向内'与'向外'的错综，所以他感到内在的矛盾。他有时要保这地，但有时也要突破。有时把自己囿于黑暗里，但却又渴望看见光明。"穆旦以深湛的抒情写出来的诗作，常常显露出他"经验、思想和情感三者赋予他的作品以一种惊人的溶解综合力"。对于穆旦的诗，李瑛提出的深刻认知，同样也以自己理解和创造的风格，表现在《暴风雨之前》等一些诗作里面。它们给予接受者的，确然也是新与旧、光明与黑暗激烈搏战中所拥有的一种复杂而又紧张，矛盾而又统一，爆烈而又深警，狂放而又内敛这样复杂思想情感交织而成的"一种惊人的溶解综合力"。

李瑛以这样的艺术"起点"，穿越历史，完成了他为时代、为军旅、为广大人民歌唱的艺术之路。虽然因为时代的变幻多舛，文艺风云气候的调控制约，使他不可能一直沿着自己这条富有"溶解综合力"的艺术道路，进行全部诗歌"高层次"的创作，也不免会出现了一些以更多政治色彩代替悠久性艺术探索的曲折，也产生了一些不那么具有深厚艺术生命的作品，但是，因为艺术"起点"所潜隐的视创造为生命的意识，或强或弱地仍时时在向他内心发出呼唤，并给予他一种创作的制衡和呼唤，这就使他即使是在面临最政治化的主题的时候，也能够葆有自己构思运象时宝贵的迂回余地，因此能够以带有某种超越性更深锐的诗的发现眼光，写出一些超越于当时那种时代艺术氛围流行的一般空泛政治抒情之上的坚实性作品来，如诗集《枣林村集》就是。当进入新时期之后，诗人获得了一种前所未有的创造精神的解放和自由，因此也迈进了一个由自我艺术坚守而进一步自由升华为诗歌写作灵感与艺术迸发的"黄金时代"，他所贡献的许多诗作，也由既有的沉潜性探索之路，走进了更富有沉思、睿智、具象、凝练特色的艺术新境界。无论是迈出国门，书写国际政治抒情和写景书怀的题材，无论是关注国内现实生活、广大民众命运心声的思考凝视，他的诗都能在一种不断超越一般创造可能性也不断超越自己原有的范围，产生了一些"杰作"性质的诗篇，它们不仅给人以真实生活力量的激励鼓舞，也同时给人以心灵美的凝想沉思。即使是在一些应现实任务之约，涉笔于一些重大性题材的时候，他依然多是不随着习惯思维和平冗构思，轻易地送给人们一些看似闪光而实则空泛的"礼物"，而是认真构想锤炼，经得起咀嚼，经得起品味，经得起历史老人无情眼光审视的美的精品。我反复读过的李瑛先生晚年的一些新作，如为纪念鲁迅诞辰 120 周年而写的《鲁迅》、为纪念共和国诞生 60 周年而创作的给祖国母亲的倾诉等诗篇，都从中得到具有坚凝的意象和沉厚的真情的，一颗忠于时代也忠于艺术的诗心的跃动和闪光。我想，今天祝贺《李瑛诗文总集》的出版，回顾李瑛走过近六十年的创作道路，启示于我们今天和未来思考的，艺术生命"起点"高度和丰厚的深刻意义，忠于人民和忠于艺术融而为一的诗心，在一位诗人整个创造生命中，与他的所坚守、所获得的艺术成就之间，有着怎样重要的不可侵害的潜深的联系，是一份怎样珍贵的精神遗产。

2011 年 1 月 10 日于京郊蓝旗营

一个士兵的歌唱

——中国当代诗人李瑛

谢　冕

　　1949 年，在反动统治最严酷的上海，出现了一本新的诗刊《中国新诗》。在它的首刊上，一位诗人向着风雨如磐的旧中国发出了《春的告诫》：

> 凡是陈旧的姿态都应该突破，
> 凡是不堪积压的都急速突破。
> 让生者倔强地爆裂开土地，
> 让死者埋下去填补他的空位。
> 呵！那些渴求着光和热的，
> 我给你们年轻的时间。
> 过时不再，过时不再。

　　写这首诗的就是李瑛，当时他才 22 岁。年轻的诗人在诗中表达了他对"陈旧"与"积压"的否定，表达了他对"爆裂开土地"的"生者"的讴歌。中国黎明前的黑暗是沉重的，但诗人对未来却满怀着希望。

　　生活果如诗人所希望的，那些"渴求着光和热"的，获得了"年轻的时间"，一年过去，中华人民共和国在隆隆的炮声中诞生了。

　　1949 年年初，李瑛在北京大学文学院学习，并开始创作的尝试。他站在刚刚获得新生的北京古城墙上，谛听着滚荡在中国大地上的沉雷般的炮声。这炮声召唤他，他来不及等到取得毕业证书，便参加了中国人民解放军，作为随军记者，奔向了硝烟弥漫的尚待解放的南方。这个大学时代便初露才华的温文尔雅的诗人，开始了新的歌唱，诗人在新生活的激流中前进。

1926 年出生在中国北部一个铁路工人家庭的李瑛，如今用他的诗歌唱了 30 年。

1950 年冬，诗人来到了冰天雪地的朝鲜战场，他看见废墟上的火光，看见死亡威胁着的没有哭泣的朝鲜女孩和为反侵略而斗争的战士，为此，他度过一个又一个痛苦不安的夜晚。"记住这一片废墟！"诗人这么喊着。自从李瑛成为一名士兵，他的新的抒情形象出现了：一个士兵的歌唱，为真理而斗争，为人类的进步事业而歌唱，李瑛诗中始终活跃着这样的战士的形象。

1953 年，中国开始了蓬勃的建设。在和平建设的年代里，李瑛唱着优美的抒情诗。但是，他在这些诗篇里，从来也没有中断过战歌的旋律。他写山、写水、写花，也写流云，但在他的优美的形象里，总掺和着士兵特有的严峻。一朵普通的云，使他想起战争年代那贫穷得"甚至没有一片流云"的山区母亲。他在《深山行进》中深沉地唱道：

> 我们的山区是贫困的，
> 但最贫困的却是山区的母亲。
> 你知道，有什么属她，
> 除了自己干枯的双手，瘦瘠的腰身，
> 她，甚至没有一片流云……
> ……
> 她在山洞
> 用仅有的一粒盐，
> 为我们冲洗伤口。
> 用仅有的一把米，
> 为我们熬粥暖身。
> ……
> 一勺勺、一勺勺地——
> 喂养着战士，
> 喂养着革命，
> 喂养着我的横卧在千山万水间的祖国。

中国的过去，是用苦难的血水浸泡的，为此，中国的诗人总感受着这个

多灾多难的古老民族的忧伤，他们唱了一代又一代的悲歌。李瑛是属于新时代的，他唱着今天的歌。30年来，诗人踏遍祖国大地，他唱着一曲又一曲新生活的欢乐的歌。他行走在黄河岸上，看到远古的余晖漂流在浅滩下的烂篷布上，也就是此刻，他的笔下出现了鬓边插着红野花的姑娘在驾舟飞渡。李瑛看到，黄河已经改变了旧日的容颜，但当他歌唱黄河的今天，他仍忘不了黄河的昨日："一轮轮哭泣的大水车，太疲倦了，已走不动路，一只只吞吐在浪尖上的皮筏子，再不忍看茫茫水路。"李瑛总是在新生活中看到中国旧日的灾难，在仍然是贫穷落后的今天，看到中国的希望和明天。

在他的诗歌形象中，有意地让新与旧、欢乐和痛苦做鲜明的对照，这种对照，造成揭示生活的深刻性。热爱自己的土地，歌唱战士为保卫这一片广袤的土地所作的英勇的斗争，这是李瑛诗歌的基本主题。祖国的高山、大海、江河、原野是他的生命，即使是戈壁荒滩，在他的笔下也富有生气。《戈壁日出》简直是雄壮威武的新生活的宣战：

> 太阳醒来了——
> 它双手支撑大地，昂然站起，
> 窥视一眼凝固的大海，
> 便拉长了我们的影子。
> ……
> 忽然，它好像暴怒起来，
> 一下子从马头前跳上我们的背脊，
> 接着便抛一把火给冰冷的荒滩，
> 然后又投出十万金矢……

李瑛的诗，就风格而言，主要是委婉和细腻中含着刚劲。李瑛的诗，有着精巧的构思，他总是精心地写他的诗，犹如一个玉工认真地对待他的劳作。

李瑛善于敏锐地捕捉客观生活中的美。在南方的山中，他看见"早晨雾像无声的雨，山鹰扑打着露珠飞起"；在北国的原野，他发现"春从冰缝里溢出来了"；海滩上一只普通的贝壳，也会引起他一个奇异而绮丽的联想："我虽然死了，却留下一只金色的耳朵，为了倾听，倾听这时代的歌！"

从海滩上一只贝壳，而飞跃到可以倾听时代之歌的金耳朵，他的想象力是丰富的。而尤为可贵的是，这绝非一个偶然的例子，一条普普通通的小河，其实只是一条人工挖就的灌溉渠，但在李瑛看来，却是：

> 草原牧女又多了一面镜子，
> 马场小伙又多了一条带子，
> 乳厂师傅又多了一根弦子，
> 亮晶晶光闪闪的小河水。

当他审视自然、观察社会时，表现了充满柔情的一往情深，但李瑛诗的风格不仅仅是柔婉的，他通过华丽的形象、精致的语言，绘出了炮火的火光，响起了进行曲的节拍。他的诗，表达了一个中国士兵素有的刚健。他在一首题为《战斗的城》的诗中写道：

> 中国，不只在马可·波罗的航海日记里，
> 她，有闪光的丝绸，但也有火药！

这也正是李瑛的诗：既有丝绸的闪光，也有火药的爆炸。李瑛能以细致的，甚至是华丽的风格表现一个士兵的斗争意志，他的抒情诗人的性格中融进了为正义而奋斗的勇士的豪情。

外在的委婉，是一个诗人的艺术素质造成的，而内在的刚健，却源于人民的力量。李瑛的诗，表现了人民的力量。前面提到的那个贫困的山区母亲的形象，正是诗人对于哺育了革命，也哺育了他的人民——伟大母亲的概括。李瑛说："我热爱新时代和我所生长的土地，是她们使我逐渐认识了人民和祖国，认识了斗争和生活，也认识了诗。"李瑛从朝鲜战场回来后，一直在《解放军文艺》编辑部工作。1959年，他曾沿着红军二万五千里长征的足迹进行访问。1958年和1961年，他曾两次去海防部队当兵，在战士中生活了一年，以后他又多次深入部队和农村生活、工作，还到过舟山群岛、海南岛、黑龙江林区、内蒙古草原、新疆戈壁和西藏高原，去冬今春又到了我国南海西沙群岛以及南方边防线等地采访。30年来，他一边深入生活，一边情不自已地歌唱。他是这样地爱着他的国家和人民，他什么时候都不能扼制这样激情的倾泻，即使当他飞行在天山的上空，他也要向他的母亲——大地致敬："温慈的大地母亲呵，你孕育了多少欢乐的生命，一块块

彩玻璃，一张张花地毯，我在碧空间向我们的人民致敬。"

李瑛把这种对国家和人民的诚挚的爱，融化在他的抒情诗中，这成为他的诗歌的基石。深得人民喜爱的长篇抒情诗《一月的哀思》是悼念人民伟大儿子周恩来的诗篇，它表现了人民的情感。真挚沉痛的抒情和庄严尖锐的政论，在这首气势宏大的诗中得到了高度的统一。李瑛的诗，总是这样与人民的爱憎保持着最密切的联系。

李瑛了解人民昔日的苦难，也了解人民为改变贫困、创造未来而拥有的坚韧和勤奋。因而，他能在他所看到的事物上面寄托他对祖国和人民的炽烈的情怀。他曾漫行在荒凉的戈壁滩上，那里默默无闻的植物：红柳、沙枣、白茨，使他产生了对人民的激情。特别是红柳，他是如此地喜欢这个名字。他把它当作自己 10 年诗选的书名——《红柳集》。李瑛这样歌唱那些不引人注目的植物：

> 它们很贫穷，
> 甚至没有一片丰腴的叶子，
> 它们很单薄，
> 甚至不愿占空间更多的位置。
>
> 它们索取得最少，
> 甚至没有一点雨露的滋润；
> 它们献出得最多，
> 甚至自己的影子……

这是对中国人民的素质的形象概括。中国是贫困的，但中国存在着顽强的生机，它充满了希望，如同沙漠上与风沙、干旱、贫瘠苦斗的红柳、沙枣、白茨。

诗人的眼光向着世界，他注视变幻着的烟云，"我虽然住在北京这条僻静的胡同里，但风暴般的世界，却紧摇着我的房门。"李瑛这么说。表现国际题材的诗集，在这近 20 部诗集中占不可忽视的地位。

亚洲山野的金达莱，非洲的谷地盛开的中国茶花，海洋上的浪花和飞鸟，世界各地吹来的风，一齐凝聚在李瑛诗中。这类诗中，他把对祖国和人民的爱扩展了，他爱世界上被压迫的人民，以及创造着人类财富与文明的人民，他为他们写出一行行热情的诗句。

李瑛的确是一个弹奏优美乐曲的歌手，他的声音柔和而华彩，但是，当他谈及严肃的论题：生存、主权、独立、自由以及庄严的人类和平时，他的声音便充满了严峻，甚至显得严厉。他毕竟不是一个一般的抒情诗人，他是一名士兵：

> 对于真正的战士，
> 斗争就是唯一的歌，
> 纵使镣铐扣进你的皮肉，
> 请问，它又能锁住什么？

李瑛是勤奋的，1955 年以后，由于他一直做编辑工作，写诗只能在业余时间，但他已经出了 19 本诗集。不久，他将着手编选 30 年诗歌选集。李瑛尽管已到了他的艺术成熟期，但是他说："已经出版的诗集，我愿意它们只是我的尝试和准备，我要前进。"

原载《中国文学》（英、法文）1979 年第 10 期

李瑛的军旅诗述略

陈 辽 方全林

一

　　李瑛是全国解放后成名的诗人，他是河北省丰润县人，1949 年春参加中国人民解放军。参军后写作了不少军事题材的诗歌，1951 年出版了他的反映解放战争的诗集《野战诗集》，1952 年、1954 年又相继出版了表现中国人民志愿军斗争生活的诗集《战场上的节日》和《天安门上的红灯》。李瑛的军事题材诗歌，在清新、激情中显示出真挚、柔和，具有一种与众不同的风格，组诗《海边抒情诗》最能体现李瑛军事诗歌的艺术特色。

> 云在海面上大步疾走，
> 海上便腾起一片喧响的雾；
> 雨呀、雨呀，穿不透的墙，
> 紧紧地遮住了四方的路。
>
> 我们的舰队要顶浪出港，
> 用灯光对信号台说着告别的话。
> 脚下，波涛的鹿砦绊不倒它，
> 头上，雨的绳缆也索不住。

——《云在海面上大步疾走》

　　他不正面描写舰队的战斗事迹，而只是通过对气候、环境的渲染，烘托出"我们的舰队"的战斗雄姿。似柔实刚，颇见匠心。他写哨兵的巡逻，也是那么一往情深，饱含着对战士的热爱和崇敬："你什么时候才巡逻回去/直到日落、直到夜深？/云，不要遮住月光吧/风，不要掀起他们衣襟/他在带枪守卫祖国/面对海洋监视着敌人/你看他踏出的那一串浅浅的沙窝里/哪一个没留下他的一双眼睛/一双耳朵和一颗跳动的滚烫的心……"即使是写志愿军司令员彭德怀，李瑛也是用他独有的眼光、独有的手法，因而展现在读者面前的是李瑛心目中的独特的彭德怀司令员："尽管他面前是荒原和鲜血/尽管他也曾流泪，为了朝鲜的母亲/但他永远相信明天破晓/将是一个多么灿烂的和平的早晨//我看见他，我很怕打搅他/我看见他坐在那里/仿佛在历史上跳动、发光/一颗大心紧紧地贴着我们。"（《在朝鲜战场上有这样一个人》）。李瑛在军事题材诗歌中长于抒情，这种"情"既是人民军队指战员所共有的，又是李瑛自己的，"百炼钢化为绕指柔"则是李瑛军事题材诗歌的抒情特色，组诗《井冈山上》就是如此，"二十年前从这儿走出的人/如今已散遍祖国，多么遥远/但是在风中、雨中、黎明或者傍晚/他们一定会同时想起这可爱的小径、可爱的山/——那儿是不笼罩了一层薄雾？/——那儿是不为雪花遮掩?"（《小路》）人民的子弟兵，在敌人面前是无坚不摧的战士，但他们对故乡的山、故乡的路，却充满了柔情蜜意。如此抒写人民军队指战员的情怀，其实是把他们的形象刻画得更加丰满、更加多彩了。即使写毛主席的大智大勇，诗人采用的依然是他特有的笔墨，温柔、亲切而又凝练、刚健：

> 云雾遮掩着我们毛主席，
> 云雾遮掩着我们的树和山。
> 毛主席看山脚的敌人清清楚楚，
> 敌人向山上望却什么也不见
> ……白狗子把这架山围了三天三夜，
> 毛主席把山上的人家全都访遍，
> 以后他离开这里慢慢走下山去，
> 敌人刚撤出三里，他连看也不看。
>
> ——《传说》
>
> 我们的大炮永远说严厉的话，
> 但它却有最软的心肠。
>
> ——《海鸥，你不要飞远》

这两句话，用之于概括李瑛的军事题材的诗风，也是很合适的。

二

李瑛自 50 年代初期显露诗才,本时期在诗的创作上更趋成熟。他于 1958 年在福建海防前线当了一年兵,1959 年到 1962 年,他又去新疆、内蒙古等边疆地区深入生活采访,写下了《寄自海防前线的诗》、《静静的哨所》、《花的原野》、《早晨》等诗集,1963 年出版的诗集《红柳集》是他自 50 年代中期至 1963 年的短诗选集。从这些诗集中我们可以看到他在部队基层生活的锻炼,边疆访问之行,大大开阔了他的视野,丰富了他对生活的感受,他的诗歌创作有明显的进展,逐渐形成了自己的特色。他的思想、感情、经验和才能,在部队这个伟大集体中间,年复一年地成长起来,"虽然不能说是完全摆脱了知识分子趣味和学生腔,但十分可贵的是,他学会了用革命战士的眼光来观察世界、观察人,用战士的心胸来感受、思考现实生活中许多动人的事物,并且力求作为普通战士的一员,用健美的语言,向广大读者倾吐自己认真体验过、思考过、激动过的种种诗情画意。"的确,在他精湛的抒情短章里,他以战士的眼光和感情描绘生活,倾吐对生活的激动和情思。他歌颂前线的水兵、炮兵、号兵、侦察员、飞行员、边防哨兵、草原上巡逻的骑兵……战士平凡的日常生活:站岗、巡逻、早晨鸡鸣、夜间熄灯号、部队紧急集合、月夜潜听、戈壁行军、风雨巡航……在他的诗中被描绘得美妙而又散发芬芳诗意,似一幅幅淡雅、隽永的画图给人以美的享受。他在《哨所鸡啼》这首吟物诗里曾这样题句:"莫非是学习了战士的性格,所以才如此豪迈、威严;只因为它是战士的伙伴,所以才唱出了士兵的情感!"这用来评价李瑛自己诗创作是恰当不过的。正是由于他长期坚持不懈地向战士学习,成为战士们最忠实的伙伴,他才能那样委婉、细腻地传递出战士生活的神韵和美的情怀。

李瑛对生活中的美有着敏锐的和新鲜的形象感受力。他的诗很少正面表现重大事件,往往从小处着笔,透过日常细微的事件发掘出蕴涵的美,揭示丰富的内涵。就是人们最常见的景物,在他笔下也变幻出多姿多彩的形态:"今夜,有多少颗心穿在雨上/今夜,有多少颗心翻在海里!"(《大海的骑士》)"夜是肌肉,我们是神经。"(《月夜潜听》)"静静的哨所静悄悄/电话机,紧绷着神经在倾听/望远镜,大睁着眼睛在寻找。"(《哨所静悄俏》)阵

地旁一朵小花，边疆一棵小树、一条小河，海边一个贝壳，都是作者吟唱的
对象，寄寓着撩拨人心弦的情思。他是那么富于想象，诗感觉那样精微，仿
佛时时都睁大着对生活感到惊喜的眼睛，在注视，在赞叹，在捕捉新生活中
的诗料，并用灵巧的手拨动诗的琴弦。如《雨中》，作者通过平常的生活场
景，细致地描摹出行驶在大戈壁中的汽车兵生活的艰辛和乐观的情愫：

> 一朵云，
> 拧下一阵雨，
> 匆匆地掠过车篷。
>
> 汽车兵，
> 从车窗伸出一只手，
> 想接住一把水擦擦眼睛。
>
> 雨呢？雨呢？
> 好像顽皮的云朵，
> 在逗引我们的汽车兵。
>
> 亮晶晶的雨没落就干了，
> 大戈壁呀仍如炉火熊熊；
> 汽车兵一笑，又睁大了眼睛。
>
> "干！"焦裂的唇边蹦出一个字，
> 车队切开大戈壁，
> 辗出一道七彩的虹……

诗中没有一句空洞概念的语言，那精细与奇幻的诗句，传神地透示出生
活的意蕴。又如《巡逻晚归》，具体地描写了边防战士巡逻时对牧区和平宁
静生活的感觉："听鱼群扑啦啦打着苇箔/惊起几只白水鸟/远处，牧女的银
镯子一亮/羊群回圈了……"富有动态神韵。诗人通过对充满生机的生活景
象的描写，把战士对祖国的热爱刻画得真挚感人。又如在《戈壁日出》中诗
人写沙漠骑兵对日出瑰丽景象的感受，《月夜潜听》写海防战士夜哨的寂静
气氛；《果子沟山路上》写山沟小路人来车往，欢声笑语情景；《炮击间隙

里》写阵地小黄花……这些诗，色彩、音响、情调都是惹人喜爱的，它们像花苞初放，像泉水涓涓，像月笼平沙。读着这些诗，像尝着葡萄美酒一般醉人。诗人细微的笔触似乎不是蘸着墨水，而是蘸着情感在写，诗人用耳朵、用眼睛、用整个心灵去感受大自然和战士生活美妙的色彩和声音，然后铸成自己的诗句，具有很强的艺术感染力。

李瑛诗的风格，如张光年同志所评述的"写得细微，细微而不流于纤巧。一般地说，他能够把细微和刚健结合起来，寓刚健于细微之中"。李瑛很善于通过自己细微的观察、精到的揣摩，巧妙地把战士日常生活中的场景诗意化，以自己丰富的想象、新鲜的比喻，造成明丽的形象和隽永的意境："你问牧场有多大/蓝天多大它有多大/片片云彩都飘累了/也没找到码头休息一下。"（《我们的牧场》）"昨天，我曾在高空看到你/你像片翠绿的叶子落在山谷。"（《夜过赛里木湖》）"太阳醒来了——/它双手支撑大地/昂然站起。"在他的诗作里，这样的诗句俯拾皆是。他写战士生活，不是拘泥于描绘事物表象，而是寄寓着兵的感情、兵的性格，他以自己的心去贴近战士的心，去表现战士"日益丰富的内心世界和心灵的隐秘"，他以灵敏的感知，将战士的品格和情感倾注在所描绘的景物形象中，造成一种跃动的生命的火花，焕发出思想的力量："既然你属于祖国，可爱的小鸟/在战士的心的天平上/你就是巨大的砝码，多么重/即使你脱落的一片轻软的绒毛……"（《台风过了》）"云霞扯起无数面旗号/海上铺满了翎羽和珠串/黎明为迎接我们舰队出港/把水天筑成一片辉煌的宫殿。"（《出港》）"嘿！冲破终点线云散天开/看朝阳献花，山风喝彩/昂首立山巅，喝一口水，敞开胸怀/把十万大山抱起来。"（《爬山赛》）这些诗行，清丽的词句与战士劲健的风骨互相映照，刚柔相济，阅读时感受到一种动人的力量。

李瑛的诗精美、轻巧，但也有不足之处。他对纷繁的现实生活的观察、理解往往不够深刻，因此，有些诗尽管清新、优美、富有朝气，但缺乏应有的深度，对战士强健豪勇的美缺乏深入的表现。

三

1966年"文化大革命"开始"，对处在"四人帮"淫威之下挣扎生长的部队诗作是不应做过分苛求的，尽管可以举出许多不足，但我们不能否认它的劳绩，特别是这时期，部队里涌现了一批新的诗歌作者，雷抒雁、叶文福、韩作荣、时永福、邓海南、王颖等，是军事生活触发了他们的诗情，走上诗歌创作的道路，有的后来成为令人瞩目的诗人。特别应当提到的是，部队诗人李瑛，他写下的诗集《红花满山》仍达到较高的水准。他用深情的笔墨、多彩的语言，从各个不同的角度，热情歌颂日夜守卫祖国边防的英雄战士。他对边防战士并不只做表面的赞美，而是力图深入到战士的精神世界里去。他在《山鹰》、《青松》诗中，选择"山鹰"、"青松"富有诗意的形象，以那凌空翱翔、搏击风浪的山鹰的矫健身影，以青松那苍劲挺拔、巍然屹立的坚强身姿，借景抒情，寓意深刻地表达对边防战士的敬意与深情。在《进山第一天》中，作者通过一个第一天进山的战士看到的和想到的，把战士的形象和心理状态真切地描绘出来，着力刻画了山的气势，同时赋予它战士的性格，情景交融，托物喻志，因物寄兴。《木筏天上来》以精练的语言描写战士的形象、思想、感情、性格，是一幅优美的图画："绕险滩，过悬崖/一霎时，把座座大山都吓呆/一转舵，云破天开/两颗红星飞出山峡来。"透过画面，仿佛可以看到战士英俊威武的形象。李瑛的诗是多样的，既有大刀阔斧的勾勒（如《山鹰》、《青松》、《泅渡》等），又有精巧细致的描绘（如《笛声》、《一束稻穗》等），这些诗出自李瑛手笔，保持了清丽隽永的特色。做到这一点，在那样高压严酷的年代里，很不容易。

四

在改革开放的历史新时期，1979 年在云南边防爆发了一场自卫还击战，这之中歌唱得最好、最深情的当推诗人李瑛。

李瑛，这个把自己的作品看作"我们的战士和人民的战斗生活的回声"的诗人，他总是用战士的眼光观察社会、审视自然，也总是用战士的心胸贴进大地，感受生活和时代的脉搏。在祖国劫后复苏时，他以"一个前线战士的崇敬"献出了心中的歌——《一月的哀思》，激起全国亿万人民的共鸣。他倾注着广大人民和战士对老一辈革命家的深厚感情，凝聚着他对祖国、对时代命运的思考："真挚沉痛的抒情和庄严尖锐的政论，在这首气势宏大的诗中得到高度的统一。"这首诗，标志着李瑛的诗创作，进入一个崭新的阶段。如果说，他以前的诗显得精致、细腻，浸润着对新生活美好的喜悦，那么，在经过十年浩劫之后，他的诗显得深挚、凝重了。他的心灵时时蒙绕着对"流血带伤"但却是"充满生命的朝气蓬勃的祖国"前途的关切，深挚的爱恋。当战火在祖国南疆燃烧时，他一如既往，满怀激情地为祖国、为人民、为战士及时地献出一支支昂扬、深沉的歌。诗集《在燃烧的战场》汇集了他在还击战中写下的 34 首诗，这些诗凝聚着诗人在自卫还击战中的独特的发现，这就是他重新认识了祖国："在七十年代的最后一个春天/在南方/在战场上/我重新认识了祖国。"（《我重新认识了祖国》）这一发现，成了诗集《在燃烧的战场》的总主题。诗人在战士们夜渡红河时"团团怒火/在胸腔冲撞，眼里燃烧"中重新认识了祖国，在战士们雾中"向敌后穿插，急匆匆像一支带火的箭"的行动里重新认识了祖国，诗人从烈士李成文分明已经挂花，"却又毅然托起炸药，把敌堡炸响"的壮举中重新认识了祖国，从一位勇士"不幸被地雷炸断了双腿，他仍然挣扎着爬起来，战斗，一步，一步也不后退"的顽强斗志里重新认识了祖国，从战士在周总理诞生的日子（3月 5日）向周总理表示"现在，只有奋勇杀敌"的誓言里重新认识了祖国，从傣家姐妹昨天"见流血，还害怕；/遇生人，还羞愧；/而今，却变成了冲天的火，爆炸的雷"的变化中重新认识了祖国，从战士抢救越南婴儿的事迹里重新认识了祖国，诗人也就以《我重新认识了祖国》这首诗作为他这本"献给对越自卫还击保卫边疆的英雄的祖国儿女们和他们的枪"的诗集的终篇：

> 在七十年代的最后一个春天，
> 在南方，在战场上，我重新认识了祖国——
> 认识了给我们无敌的力量，
> 给我们纯洁的鲜血，
> 给我们忠诚的肝胆和豪情，
> 以及给我们至高无尚的荣耀和永垂不朽的胜利
> 祖国——我的亲爱的祖国！

诗人用多彩的笔墨把还击战中新一代最可爱的人生动地描绘出来，塑造了一尊尊新时代的"中国的脊梁"的青铜雕象，在这些战士形象的歌颂中寄予对祖国命运的思索。诗人重新认识了祖国的发现是独特的也是创造性的，在祖国经过了十年内乱以后，有人对祖国的前途和未来失去了信心，但是诗人却从自卫还击战的胜利中，从还击战中英雄战士和英雄民工的无畏和英勇作战中，认识到尽管祖国遭受到了严重创伤，但她仍然是那么可爱，那么有力量，那么前程无量。因为她有着新一代的儿女，新一代的儿女如此热爱着祖国！这一崭新的发现，照亮了诗集中的每一首诗，又使每一首诗有了与众不同的新意。整本诗集，保留了李瑛一贯含蓄细腻的风格，却又具有豪放、磅礴的特色，并使两者在诗意浓郁、感情热烈的诗句中得到了较好的统一。

原载《中国革命军事文学史略》，昆仑出版社 1987 年版

花为战士而开

——论李瑛的诗歌创作

黎山峣

一

美，在我们的生活中几乎是俯拾即是的珍宝，但又不易引起我们的注意，因为它是自然形态的璞玉浑金，内在的精蕴往往被掩着。而在李瑛的作品中，许多不大为人注目的事物，泛出了新彩，溢出了诗情，显露了金玉的本来面目。善于从平凡的事物中发现美，是李瑛构思的特点之一。战士雨中站岗放哨，似乎平平淡淡没有什么好写的吧，但诗人却在《雨》中通过别出机杼的联想和想象，生动地表现了战士普通生活的诗意。开始，诗人勾勒了一幅雨景的有声画："满山是野草的清香，满山是发光的新绿，满山是喧闹的小溪。"这是写景，也是以景写情，因为只有感情丰富美好的战士，才能感受到雨景的无限生机。所以，敲打哨所淅沥的雨声，不仅没有给战士造成单调枯燥的感觉，反而成了催发想象的契机："我想起了金色的沙滩，我想起了蕉叶的烟雨，我想起了塞北的马蹄。那里呵，都有我住过的村庄，都有我走过的小路，都有我难忘的战友和兄弟。"这一壮美的境界，可以说是哨所的广阔背景。接着，天南地北的想象又转为哨棚上雨声的联想：莫不是战友怀念我，才借着雨声一句句叮嘱着"警惕"。诗作最后的画龙点睛之笔，含蓄地表现了战士丰富的情思和脚踏实地精神的统一。

善于从细致的感受中选取题材，是诗人构思的又一特点。让我们看看诗人访问瑞士写的《枪与花》，诗人在旅途中，看见一位妇女"擦完了枪，一掠头发，又走到窗台前，洒水浇花"，然后"转过身向我微微一笑，眼中含满信心、脸上映满朝霞"。这偶然短暂的一瞥，一般人也就忽略过去了，然而诗人抓住了这个具有丰富内涵的瞬间，不仅具体地展示了那位妇女别有洞天的精神世界，而且借以表现了枪与花也就是武装与自由之间深刻的辩证法：

> 下了班——擦枪——种花，
> 它们亲密的血缘像是一家。
>
> 不是吗？如果人间没有花，
> 那生活定枯燥得像戈壁瀚海。
>
> 而今天，若你们手里没有枪，
> 花将如何吐蕾，叶该怎样发芽？

尺水兴波，因小及大，从典型的高度创造美，是李瑛构思时提炼主题的特点。举《斗争》为例，一个资本主义世界的作家，为贫困所迫，要出卖自己的眼睛来抚养他的四个孩子，这在西方说来不为稀罕不为惊人的小事，却在诗人的心中激起了大澜。怎样来写呢？诗人从个别与一般的生动联系中，提炼出不要出卖眼睛而要奋起斗争的主题之后，剪除了这件事的其他枝蔓，而以诗人的劝阻和期望为中心来进行抒情，"啊，普恩特内布罗"，诗的起句，就是对要出卖眼睛的作家一声远远的呼唤。劝阻之急，情蕴之深，也就可想而知了。接着诗人从东方急忙赶来，"听见锁链响在西班牙上空，饥饿吞噬着马德里"。简练的几笔形象地揭示了个人命运与整个社会的联系，正是从这个思想高度上，诗人发出了劝阻："不要！不要去向大人先生们乞讨，不要用你的眼睛，换一个生锈的太阳，换一片黑暗的大地，换一顿可怜的早餐。"接着又从不同的角度反复渲染了这种劝阻：假若你出卖了自己的一双眼睛，将使你的祖国失去一双战士的眼睛，同时也将使生活美的反映失去一双作家的眼睛，不仅看不见黄昏灯火的自然佳色，更不能看见"从你的倔强的人民手中，一轮红日正冉冉升起"辉煌的壮观；假若你出卖了自己的一双眼睛，还将使"四个花朵一样美好的儿女"，失去一双父亲的眼睛——"那么，你将怎样在傍晚，找回你出去玩耍的女儿，怎样面对着她们，把她们抱在怀里……"诗人的谆谆诲语，时而波翻涛涌，率直抒怀，时而微波细澜，委曲传意，起伏跌宕，俯仰具足，最后推出诗人话题的中心：

"对于你呀，普恩特内布罗，斗争便是粮食！斗争便是河水！斗争便是土地！"由出卖眼睛换钱抚养孩子，转到通过斗争争取生存的权利，开辟解放和幸福的道路，这是诗人情深之至的期望，也是全诗命意之所在。

李瑛的构思在表现形式方面的特点——善于运用象征的手法，也是非常鲜明、特别出色的。60 年代的《哨所鸡啼》、《杨柳和士兵》、《红柳、沙枣、白茨》，到 70 年代末期的《钻塔礼赞》、《西沙群岛情思（其一）》、《灯塔的赞歌》，都是这一类较好的诗篇。如果说上述作品侧重于审美对象风貌的描写的话，那么在 1980 年的《我骄傲，我是一棵树》一诗中，则侧重于丰富而又微妙的内心世界的表现了。让我们看看这首诗的最后一节：

> 假如有一天，我死去，
> 我便平静地倒在大地上，
> 我的年轮里有——
> 我的记忆、我的懊悔、我的梦的颜色，
> 和我经过的隆隆的暴风雪的声音，
> 和我脚下的小溪淙淙流响的歌，
> 甚至可以发现，
> 熄灭的光、熄灭的灯火，
> 和我引为骄傲的幸福和欢乐……
>
> 那是我对泥土的礼赞，
> 那是我对大地的感谢，
> 如果你俯下身去，会听见：
> 我的每一个细胞都在轻轻地说，
> 让我尽快地变成煤炭
> ——沉积在地下的乌黑的煤炭
> 为的是将来献给人间
> 纯洁的光，
> 炽烈的热！

这里没有一般的叙述和空洞的说教，也没有无所依傍的直接抒情和客观的细致描绘，而是运用独特的象征和自由的联想构成的鲜明的形象，生动地表现了像海洋一样浩瀚、像万物一样多彩、像水晶一样明净、像赤子一样纯洁的无产阶级战士的精神世界。当然,这不是说,战士的主观世界是十全十美的了,因为在浩瀚的海洋中也有泥沙,在多彩的万物中也有腐草,在明净的水晶中也有杂质,在纯洁的赤子之身也有污物。所以诗人说:"我的年轮里有——我的记忆、我的懊悔……"在这里,我们看到了一个真实的"自我"及其微妙的内心活动。但是,海洋毕竟不同于浅沼,水晶终归有别于尘灰,因而诗中的"自我"是"大我"的生动体现,微妙的内心活动是真正的现实生活的战士形象的反映。

对比形式在李瑛构思中的运用,也同样是成功的,例如《阿尔卑斯山雪岭记游》。这首诗通过写景,表现了对于生命和青春的赞美,而诗作却是从雪岭的静寂写起的。诗人乘缆车到达了雪岭的上空,这里没有人声,也没有泥土、小路和风灯,这是正面写静。同时也从反面写静,用风起雪飞宛如万马驰骋,霎时又复归于静的景象,加重静寂感:"仿佛空间全部凝进了坚冰,仿佛时间也停止了流动。"后来又写只听见咖啡店的钟摆声,更其显得这里缺乏真正活跃的生命。诗人这样对静寂的反复渲染,在整体的构思上,是为了引出矫健如飞的滑雪者,用对比的形式反衬他们生命的美、动态的美、青春的美:"突然,从哪里飞来一支箭,不,是鹰!不,是星!……呵,一个生命,在天地间划出一道线,原来,这里是人间——人间并不是一片冷酷的冰!看——在这冰峰雪谷间,正跃动着多少活跃的生命!"这一曲生命之歌、青春之歌、生活之歌之所以给人以清新隽永的美感,是与构思对比形式的运用分不开的。李瑛的构思,由于运用了象征、对比等多种表现形式,因而扩大了作品的容量,提高了反映现实生活,特别是提高了反映精神世界的能力。

二

想象是诗歌的生命,没有想象也就没有诗歌,而在想象这个无边无垠的领域中,李瑛有时徐步,有时疾走,有时飞腾。但无论怎样变化,我们还是熟悉他那富有个性特色的身影。

夜空的繁星,以它特有的魅力曾经赐给诗人以千百次的灵感,吟咏它的篇什真是难以计数。于是这个题材显得平淡、苍老了,赞美的歌声也越来为稀落。而李瑛却以他出色的想象力，做了翻新之唱，使这个古老的题材再次闪耀出令人心驰神往的光芒："夜深，满天星星会拍着翅膀，纷纷到大海沐浴，据说：一颗颗，一颗颗，有的变成宝石，有的变成金沙，有的变成闪光的种子，在海底发芽……"想象真是新颖极了。星星的光芒闪烁不定，不像是翅膀一下一下地拍动吗？海中倒映的星影摇曳，不像是星星沐浴嬉戏吗？而更富于传奇色彩和生活情趣的地方，是繁星似乎钟情于海，不愿再返回天空了，有的变成宝石、金沙，有的变成种子在海底发芽。星星发芽，真是闻所未闻，但看大海到处流动的奇彩异光，说是星星发的芽，也是有几分相似的。这里诗人精微的想象，又兼有一种飞动之美。既体物象之微，又状飞动之趣，这两者的结合是李瑛想象的一个显著特色。

李瑛的想象，非常注意虚实的有机结合，而结合的方式又是多种多样的。有的想象是寓实于虚，在《玉门》中，诗人写将告别石油城的心情："那乌黑乌黑的原油啊，粘住了我的心儿一半……"石油粘住了心儿，虽是虚幻之辞，但却表现了富于生活情趣的依恋石油城的真情。

有的想象是实中含虚，《弹片》一诗，控诉美帝国主义的弹片杀害朝鲜人民："它也许杀死了年轻的母亲——她刚梳完头，对镜子微微一笑；它也许杀死了五岁的孩子——她刚帮助妈妈抱来一捆稻草……"弹片杀害的母亲，是热爱生活具有审美情感的母亲；杀害的孩子，是刚刚懂事就懂得勤劳，刚刚滋生感情就滋生了美好情感的孩子。这里句句为实，也句句含虚，帝国主义的残虐，读者从其一端，就可推知众端了。

有的想象是虚实并列，组合于一个句子中："他的窗边挂着两把琴——窗里是三弦，窗外是飞泉；他的身上有两只翅膀——一只是革命的歌，一只是扁担。"（《我们的炊事员》）炊事员忙里忙外，而在生活中雅兴不减，不仅常用三弦抒发情怀，也借飞泉抒述壮志。至于工作中，他更是意气风发，一路行，一路歌，歌声给他增添了力量，插上了翅膀。他那疾行中负重的扁担，上下闪动，轻快如飞，不也像是一只翅膀吗？两把琴一实一虚，两只膀翅则一虚一实。虚实结合，生动地描绘了炊事员的风貌。

有的想象是从实到虚，层层推进。《月色如银》中写一位养马人夜巡："可有一匹马失群走散？听听鸣声，辨辨蹄音——条条缰都系在耳根。"头二句是如实的描写，第三句是由实及虚。第三句如说"系在手上"，则过实；改说"系在心上"，又太空；今说"系在耳根"，才形象地表现了潜心辨听鸣声和蹄音的情态，做到了虚中有实。又如《在军事分界线北侧》中的一段：

> 一片国土被分成两半！
> 一朵云被分成两半！
> 一颗心也被分成两半……

这里如果没有朝鲜三千里江山分割的现实，也就没有云被分割的辛酸和心被分割的痛楚，虚是由实转化而来的；而云和心分割之句，不知概括了多少亲人生离死别之苦，多少挚友翘首相望之情，这又虚中有实，虚是向实转化的。

三

诗的美，主要决定于意境的美。意境，是将生活美提炼为艺术美而形成的内情与外物融合一致的境界。

在李瑛的诗境中，我们可以看到诗和画这一对艺术姐妹携起手来，构成诗情画意双美合璧的境界。首先是比较注意色彩的运用，构成"诗中画"，如《木筏天上来》："战士出山送草药，草药一载歌一载；看筏上，战斗的激情火样红，看筏下，月下的江水银子样白……"月下江水的银白色，是实有的色彩，而当用以渲染富于诗意的环境，映衬战士火红的激情的时候，又是实中有虚。在这里，红与白是相得益彰的。红无白，不仅色彩单调，并难以突出它的象征意义；白无红，就会失去生气盎然的内涵，并有可能转化为"东船西舫悄无言，惟见江心秋月白"那种压人心头的冷色。

李瑛的"诗中画"，还常有另一种胜境，那就是"有声画"、"动态画"。为了造成这种境界，诗人常常使用化静为动的手法。例如："牧歌声声，催开多少野马兰，是星多呢？是花多呢？好静的夜呵，月色如银……"（《月色如银》）"大踏步走去的是铁塔，琤琤地流来的是水渠。"（《绿色的北方》）化静为动的目的，是为了变换人们审美活动的角度，即从动态中体察静态景象的特点，来感受它们生动的气韵；有了牧歌声声，月色如银、繁花似锦的夜，才显得更加静谧和美好；有了大踏步行进的姿态，高压线铁塔的气势才有蓬勃的生机。

李瑛诗作的意境，一方面充满了诗情画意，另一方面又使人感到这种诗情画意不是碎金散玉，而是自然浑成的瑰宝。旧说意境的发展有初境（意触）、拓境（意展）和凌境（飞跃）等三个阶段，创作虽不必拘泥于此，但注意意境的逐步深化是必要的。现举《海的怀念》为例，战士从海边移防高山时，思绪牵绕着原来的防地，目光中的景物，仍然闪现着海的影光："……看群山也像大海的波澜，莽苍苍，起伏颠连，我们的哨所莫不是浪里的征帆！……看云雾也像那碧波一片，迷蒙蒙，奔腾舒卷，云中的山鹰莫不是浪尖的海燕！"这仅仅是对海的怀念，或者是对山的赞美吗？不！诗人情缘景转，意随境高，烁烁生华的诗句突如晓日跃出："是的，我爱海，但我也同样爱山，大海，高山，分挑在战士的双肩；只因，祖国——这就是你呀，你每寸土地都浸透战士的情感。"原来，在战士的心目中，山和海象征着伟大的祖国，对于山海的抒情，不过是热爱祖国每一寸领土的颂歌波翻浪涌、起伏回旋的具体表现罢了，所以："今天，我们守卫在深山，但海的潮汛仍涌起我心的波澜；而明日，如果党又命令我去守卫大海，这群山也将屹立在我的心坎。"意境的发展过程，实际上就是形象思维由感性到理性的发展过程。设想一下，把这首诗中点明立意的第四段（即"是的，我爱海；但我也同样爱山"这一段）调到前面去，全诗的立意固然一开始就明朗了，但却有意而无境，意与境相乖离。

李瑛诗境的自然浑成，既注意意境作为时间过程的发展，同时又注意意境的局部和整体的关系。请看《巡逻晚归》：

> 我们巡逻队回来了，
> 淡淡的风里马蹄轻敲；
> 绿草湖边饮饮马，
> 冲尽一天疲劳。
>
> 听鱼群扑啦啦打着苇箔，
> 惊起几只白水鸟；
> 远处，牧女的银镯子一亮，
> 羊群回圈了……
>
> 今晚该有多少快乐的梦，
> 滞留在一天走过的巡逻道！

　　掐一把野花带回去，
　　把它和情况一起报告。

　　看眼前，我们的地窝子多么美，
　　地平线上的玻璃窗似火烧，
　　是姐姐剪的窗花？是妻子寄的喜报？
　　——一朵绛红的云在天边上飘⋯⋯

　　这首只有四段的抒情小诗写得相当精美，胜意迭出，簇簇生新。每一段都是相对独立的境界，而又相互联系构成一个浑成的整体。第一段是湖边饮马、和风拂煦的动态和马蹄轻敲的音响，构成的短句中有奔放、闲逸中有豪气的"有声画"的佳境。第二段以动写静，描状饮马时的所闻所见。这里所呈现的和平静谧的气氛，谁都知道是与战士的巡逻分不开的，但诗人却不正面点明，只从写景曲曲叙出，蕴借处有挹之不尽的情思。第三段主要是抒情，内情由隐到显。"掐一把野花"这一笔，点染了这里的画面，抒发了战士优美的感情。最后一段缘情写景，关华曜树，状溢目前，这与第二段"珠玉潜水"的隐美境界显而有别。在红云这一景物中，着上了浓厚的感情色彩，因此它像是火烧，像是窗花，也像是喜报，欢乐之情，跃然纸上。上述四个局部境界，情绪显隐不同，色调浓淡有别，而又前后映衬，交相辉映，组成了生气流注、意脉贯通的境界，显示了诗人裁云缝月不着痕迹的功力。

　　现在，我们想谈一谈李瑛诗境的风格问题。在他的诗境中，有溪流和短笛的轻歌，有江河和长号的壮语，有花草和星月的异彩，有松柏和战士的英姿。在这多样化的诗境中，有个一以贯之的基本特征，这就是阴柔之美和阳刚之美的结合。在其他许多诗人的诗境中，我们也可看到这种结合的因素，但是结合的方式不同，程度不同。例如郭小川的诗，就偏于阳刚之美，而于豪放中见俊逸、雄奇中出清新。李瑛式的结合，则外溢阴柔之美，内孕阳刚之性，构成了柔中有骨力、有韧劲、有豪气的一种劲秀的风格。请看诗人在对越自卫还击战中写的《担架》，这首诗说的是傣家姑娘的一段故事：她们是负责运送伤员的，有一次却少了一副担架。怎么办？只见她们脱下两件黑统裙，做成了一件简单的运载工具，把伤员拽上就走。这对姑娘来说是为难的事情，这时却不为难地做到了。诗人赞叹道："不是吗？

昨天，她们犹似轻柔的白云，轻得那样胆怯，柔得那样妩媚，见流血，还害怕；遇生人，还羞愧；而今，却变成了冲天的火，爆炸的雷。"在我们新一代的姑娘身上，轻柔的云和冲天的火是统一的；在李瑛的诗境中，这二者也是和谐地统一的。再看一首《西沙群岛情思（其一）》：

> 白天，你是片片云影，
> 夜晚，你是阵阵涛声。
>
> 你是一朵朵花，怒放的小白花，
> 你是一颗颗星，雨后的星。
>
> 你是一枚枚大海遗落的贝壳，
> 是贝壳，却并未失去生命。
>
> 你是一粒粒天宇滑落的石子，
> 是石子，却有血管和神经。
>
> 你是一只只待发的舰艇，
> 只等待警铃骤响。
>
> 你是一座座威严的城，
> 转眼，会使山呼海啸，天摇地动！

多么美的西沙啊！白天披露云彩一般的情影，晚上弹唱怀中的阵阵涛声，它是祖国花圃的一朵朵小花，也是母亲心上的一颗颗亮星……西沙和我们的姑娘一样，也有柔性美的一面，但同时还有火与雷的刚性美，它是南疆一只只保持警惕的舰艇，镇守海防一座座威严的坚城。我们还可看看《一月的哀思》，在那里，柔肠寸断的至哀和壮怀激烈的至壮的情愫，水乳交融地灌注着整个境界，这是撕人肝肠的哀乐，和励人奋行的壮歌组成的不同寻常的二重奏。在新作《我骄傲，我是一棵树》的诗境中，柔性美和刚性美的精神花朵，开遍了一个革命战士的内心世界，造成了令人激赏的奇观。

从上我们可以看出，李瑛诗境的柔性，是百炼而成的绕指之柔，是热爱祖国热爱人民的情深之柔。在这种柔性里，注入了战士高尚的理想、坚贞的节操、丰富的情思。换句话说，战士的思想、性格和情感，构成了这种柔性的内质，因而根本有别于无骨的靡柔、无刚的娇柔，成为刚柔结合、柔中透刚的诗人独特的创作个性。

诗人的这种创作个性，即使在以柔美为主的爱情诗中，也可体现出来。请看《海风对你说了些什么》：

> 风带着许多消息吹过，
> 好像有什么秘密要对人说，
> 港岸上的树在低语，一棵传给一棵。
>
> 树呵，你能不能告诉我，
> 海风对你说了些什么？
> 它是不是说到那远方的海岛，
> 岛上的太阳，岛上的云朵？
>
> 你不知那儿的小路通向我的心，
> 我的心紧跟着一个人的脚窝，
> 他窗前的一丝风，一丝雨，
> 都会把我的心花儿打落。
>
> 我心上的人在那座岛上，
> 他现在巡逻还是睡着？
> 树呵，你能不能、能不能告诉我，
> 海风对你说了些什么？

这里的境界是明朗的，基调是积极的，感情是真挚、强烈和细腻的。也许有人会说，一丝风一丝雨会把心花打落的心情，是不是纤弱了一些？也许是，但这正是写出了爱情的个性特点和生活气息——有所爱才会有所忧。细细品之，还可看出，我们的姑娘不仅爱我们的战士，同时也爱我们的港湾，爱我们的祖国，诗中开阔的景色的描写，不是侧面透出了这个讯息吗？当然，诗着重表现的是前者，但后者作为隐隐约约的背景，还是依稀可辨的。

一个诗人应该自觉地使自己的创作为人民服务，为社会主义事业服务，在军队应该为提高部队的战斗力服务，因此就应在整个艺术实践中，体现鲜明的思想倾向和强烈的时代精神。但这不应也不能要求每首诗都是这样，因为个别总是不能完全体现一般的，而且二者联系的方式又有曲直隐显的不同；如果离开表现对象具体的个性特点，一以绳之地去要求"立意高度"、"思想深度"，那只能破坏艺术的真和美。反之，个别又是不能完全脱离一般的。如果作品的境界中，看不到现实生活的一缕光彩、祖国风貌的一片新叶，听不到时代精神的一支音符、美好情韵的一丝声息，那同样是不足取的。在这方面，李瑛的创作是否为我们提供了一点有益的经验呢？

四

诗歌对于语言的要求是最高的，李瑛诗作的艺术魅力，在相当程度上得力于他语言的精美。

李瑛的语言是很有文采的，甚至可以说是绚烂的。请看"细雨轻轻地打着草原，像抖动千里绿毡；草叶子亮得刺眼，野花儿红得正鲜"（《春歌》）。可以看出，语言的这种丽色，是事物的内质散发为外在的斑斓色彩。再看一个例子："巡逻到前山，风弱雨停，头上照出来一天月明；三把刺刀泻下来三条白银，皎洁的月光镀亮阿嫂的窗棂。"（《风雨中》）镀亮了窗棂的，不仅有柔和的月光，而且也有与之水乳交融的刺刀的亮色和战士内心的光华。这里语言的华美，可以说是战士内在美的映照，是生活美底蕴的折光。所以，李瑛的语言华美而不华靡，绚丽而不淫丽，而于华美中见本色，绚烂中显质朴。

李瑛语言的精美，在炼字炼句上是很见功力的。例如，"春从冰缝里溢出来了，挂满东技，缀满西桠……"（《第一支渔歌》）这里经过"溢"、"挂"、"缀"等字的拟态，不仅将无形的初春形象化了，而且显示了不可抑阻的一派生机。《一月的哀思》中，炼字出色的地方更多，如："为人民，你洒的是汗，泼的是血，捧的是心，拼的是力！"其中"泼"、"捧"二字用得特别精当。血不用"流"字而用"泼"字，像是一个强音震颤了我们的心弦，人有几许血，能作水来泼呵！而那个"捧"字，更是生动地映照了周总理丹心如镜、一尘不染、捧献人民、虔诚之至的精神。在诗句的锤炼上，李瑛常用对照的手法揭示发人深省的哲理，"胸膛可以射穿，战歌不会死去。"（《听一位黑人诗人朗诵诗》）这里生动地阐明了革命的生死观。又如写一位战士的光荣牺牲:"他不再呼吸,不再需要光和氧,他生命在燃烧,他本身就是氧和光……是的,他心房的最后一滴血,已经流尽,但,他作为一滴纯洁的血,却注进党的心脏。"(《最后的申请》)这里深刻地表现了烈士虽死犹生、浩气长存的精神。在《战斗的城》中,诗人面对敌人的挑衅,义正辞严地宣告:"中国,不只在马可·波罗的航海日记里,她,有闪光的丝绸,但也有火药。"对朋友,我们用丝绸铺出友谊的道路;对敌人,我们用火药掀起仇恨的风暴。两种态度,泾渭分明,形象地表现了中国人民坚定的立场和刚柔结合的英雄性格。

原载《解放军文艺》1981年第2期

他的诗，由钻石和波涛组成

——谈李瑛的诗

谢　冕

　　当代这位诗人，对我们都不陌生，我们能从众多的歌唱中，辨认出他的声音来。这位前北京大学文学院的学生，在解放战争的隆隆炮声中随军南下，30 年来，戎装在身，他一直是个战士，"从战士的脚步获得了节拍，从炮火的红光获得了色泽。"（《读萨阿达拉的诗》）人民战士的生活、思想、情怀，是李瑛诗的"三原色"。他以此在他的诗的调色板上调融出那令人目眩的色彩来，这是李瑛诗创作的基础。他总是用战士的眼光观察社会，审视自然，并赋予中国普通士兵的性格与情怀。他的抒情主人公的形象，始终都是战士。

　　30 年来，他几乎遍走全国。他观察社会的特别是军队的生活，他也感受一切山水之美。他说："我走过的山川成了我生命的一部分。"但他从不把自己看作纯粹的"山水诗人"，他总把热爱祖国和人民的激情，寄托在山水之间。李瑛特别爱山，他认为，没有山就没有我们的革命，我们今天的一切是从山沟中来的。李瑛把山的形象和战士的形象融在了一起：雄伟而平凡，质朴而崇高，坚韧而持重。李瑛写山、写水、写花也写云，但总是一位士兵在感受，在抒发，在咏唱！有时，天边涌来云涛，他能够想象这在保卫过海的士兵眼中，一定"看云雾也像那碧波一片"；有时，天顶悠悠飘过一朵云，他会蓦地想起战争岁月中"甚至没有一片流云"的贫困的山区母亲；有时，他会用"一朵云被分成两半"来表达中国士兵对兄弟之邦朝鲜国土被分割的痛苦。的确，在士兵眼中，云彩也是严峻的。当然，李瑛笔下出现过许多美丽轻柔的云，那只是由于新生活在它的忠诚保卫者眼里泛出了异彩。

"谁在清早穿一身白罩衫，比五月草尖上的云彩还要轻"（《养鹿姑娘》），这朵云就秀丽。战士——诗人眼中的云影波光，总是被恰当地寄托着戍边征战的人民子弟兵的壮丽情怀。

在一首题为《战斗的城》的诗中，李瑛写道：

> 中国，不只在马可·波罗的航海日记里，
>
> 她，有闪光的丝绸，但也有火药！

一方面有丝绸的闪光，一方面又有火药的爆炸，这，正是李瑛的诗。李瑛有他自己的抒情个性，我们不仅可以把他和不是部队的诗人加以区别，而且可以把他和同是部队的诗人加以区别，他已是一个有着独立的艺术风格的诗人。作为部队的一个成员，他的诗同样充满了战斗旋律，体现了中国士兵素有的刚毅勇武，但却又有自己的艺术表现方式。他的诗，精致，细腻，甚至有些华丽。李瑛怀着对保卫祖国的士兵的挚爱，来写他的每一首诗。他曾说，不能把我们的战士理解并表现得粗鲁、刻板和僵硬，我了解他们，我特别要写出他们美好的情操，我要表现他们生活的诗意。也许，有人以为李瑛笔下显得文雅的战士形象，未免缺了些什么，但不曾缺少的却是李瑛个性化的艺术追求。李瑛当然不是雄而不丽的诗人，却也不是丽而不雄的诗人，他把雄丽如水乳般化在他的诗中。李瑛以自己特有的抒情个性来写豪迈的、粗犷的生活与斗争，他把雄丽、刚柔这些看来对立的特点糅合起来，形成了他自己的艺术风格。

这特点，在李瑛国际题材的诗篇中，表现尤为明显。李瑛认为，中国诗人应当向着全世界发言，应当对世界上发生的重大事件表示自己肯定与否定的意见。诗人的目光向着地球的每一个角落，他的心中，汹涌着被压迫民族斗争的风浪，他的笔下，震响着求解放人民战斗的呐喊。中国诗人与世界隔绝的时间太久了，在这点，李瑛有理由自豪。诗人的房门，向着烽烟滚滚的世界敞开。李瑛的诗中，有燃烧的血、有箭镞的雨、有斗争中崛起的英雄民族的形象：火团般站立，狮子般迈着阔步。《玩具》有让人战栗的主题。《斗争》写一个同样悲惨的故事：一个生活在资本主义世界的作家，为了抚养他的四个女儿而愿意出卖他的眼睛。李瑛向他发出深情的呼唤：

> 不要！不要去向大人先生们乞讨，

不要用你的眼睛，

　　换一个生锈的太阳，

　　换一片黑暗的大地，

　　换一顿可怜的早餐。

假若你出卖了一双眼睛，

　　你的祖国便失去了一双眼睛……

这语言，已经没有了那种流云和露珠般的轻柔，愤怒和斗争充溢在他那仍然精美的形象中。尽管如此，他的声音仍然不是粗犷的。诗人说，假若你出卖了眼睛——"那么，你将怎样在傍晚找回你出去玩耍的女儿，怎样面对着她们，把她们抱在怀里。"这才是华美的形象和精巧的构思活跃着的李瑛坚强的诗之魂。这是斗争中的战士的心血凝成的，这颗心，不仅为他的祖国人民而跳动，也为世界受苦的和斗争的人民而跳动。

他写的是一种壮丽华美的战斗之歌，亚洲山野美丽的金达莱，黑非洲谷地盛开的中国茶花，海洋上闪光的浪花和飞鸟，地层下坚硬而晶莹的钻石，装点了李瑛这些雷鸣电吼的诗篇。他用"鞭子抽打陀螺"来形容他对一个被压迫的国度的同情，他用老人乞讨的破草帽里"只有一天的冷雨和小姐的唾液"来表达他为一个饥饿的民族的控诉。李瑛就是这样，用青铜来装饰觉醒民族的胸膛，用利剑来比拟人民奋起的目光，用深情而精细的语言——"没有星星的夜，一声枪响，打穿了窗纸，惊醒了黑非洲"，来描写那令人警醒的"燃烧的血"。

以华彩写粗放，以精致写豪迈，李瑛手里仿佛有一柄锐利而灵巧的雕刀，能够把质地坚硬的象牙镂空成33层精致的象牙球。读李瑛的每一首诗，总感到他在精心镌刻一件艺术品。他的诗，从不是一蹴而就的敷衍之作。他总让每一个字很熨帖地站在自己的位置上，他总赋予每一个对象以新颖美妙的形象。李瑛不停地写了30年的抒情诗，从最早的《野战诗集》到《难忘的一九七六》，他出了18部诗集。应当说，构思和某些形象的重复是难免的，但就主要倾向而言，他总是日新又新地创造着每一首诗——每一件艺术品。当代诗歌粗制滥造的东西太多了，对照起来，李瑛始终一贯的、严肃的创造精神是令人生敬的。

的确，李瑛的气质是内蕴的，他很少火山喷射般的力量的爆发。每个诗人都有属于他的确定的才情，都有属于他的独有的呼喊方式。李瑛的呼喊并不粗放，他极少有那股"野性"。他的歌唱不是不假思索的，即使是愤怒的喊，乃至悲哀的哭，深沉如海的哀思，在他，都显得缜密而总有经过推敲的字斟句酌。《一月的哀思》是极哀痛的撕裂心灵的呼喊，但"至哀无文"仍然对这首诗不适用。即使在这首诗中，李瑛也没有放弃他精心构思、精心塑造形象的一贯追求。我们不能要求李瑛改变他华美的声音而使之"奔放豪迈"起来，那样，李瑛的个人风格也随之消失了，应当允许诗人有各自的歌唱和塑造艺术形象的方式：

> 他用闪闪的钻石做语言，
> 他用滚滚的波涛做韵律。
>
> ——《听一位黑人朋友朗诵诗》

这就是李瑛，这就是李瑛的诗，用钻石和波涛组成的诗。

凡是诗人，总能从对祖国和人民的爱中得到灵感。海涅说："我的心胸是德国感情的文库。"李瑛诗的力量，源于对人民的挚爱。一个霜降时节，战士值夜归来，刺刀上凝结着昨夜的霜。一缕情思升上心头，诗人想起了一个普通村庄的普通大娘："大娘呵，大娘，我不能到你那里，去替你加一件衣裳。"（《霜降》）在这里，人民的儿子向伟大的母亲遥寄挚爱之情。他的笔墨是细腻的，甚至是有点缠绵的，但却有着坚韧的内在的力。李瑛常常把这种对人民的热情倾注在母亲的形象之中，《过小河》：他想起一位为子弟兵洗衣而被杀害在河心的大娘。人民不朽，他无限深情地看到："当年那块洗衣石，像是大娘一颗心，日夜跳动在深山里。"《深山行进》：这里又有一位母亲，她贫困，但她却慷慨；用仅有的一粒盐，为战士冲洗伤口；用仅有的一把米，为战士熬粥暖身。他从不用赤裸裸的呼喊来表达他对祖国和人民的情爱，但我们从这些亲切的形象中，感受到了诗人心中奔腾的激流。

在李瑛看来，诗是战斗的，也一定是艺术的。阐发诗的思想力量，仅仅在于通过艺术。离开了艺术的诗，也将是失去了内容的诗。对祖国命运的思考，对人民未来的祝愿，决定着李瑛诗的思想力量。但他不满足，他总是为此精心探求独到的艺术表达。一条普普通通的小河水，它是闪光的、飘动的、清亮的，李瑛想象说："草原牧女又多了一面镜子，马场小伙又多了一条带子，乳厂师傅又多了一根弦子，亮晶晶光闪闪的小河水。"只用三个比

喻，说尽了这条无名小河的美妙。一个沙原上平凡的"傍晚"，李瑛也尽心
吟咏。当它在勘探队员篝火的跳荡下出现，李瑛说"太阳像只红灯，一半沉
进沙浪"；当那些畅谈明天的人们头顶出现了星光，李瑛又说："月亮像只红
灯，一半浮在沙浪。"开始是太阳，后来是月亮，一个沉下去，一个升起
来，同是一盏"红灯"，装点这沙原上其妙无比的"傍晚"。这当然有诗人的
一颗巧心，但难道不是极为缜密的观察体验造就的奇迹？

李瑛善于选择最富典型意义的形象，以唤起人们的激动，而这，正是诗
歌抒情的目的。当别人习惯于照直地说"帝国主义的弹片杀死了朝鲜的妇女
儿童"时，李瑛不仅用鲜明生动的形象启迪读者，而且"加重"这形象使之
压迫着你，如《弹片》：

> 它也许杀死了年轻的母亲，
> ——她刚梳完头，对镜子微微一笑；
> 它也许杀死了五岁的孩子，
> ——她刚帮助妈妈抱来一捆稻草……

只讲杀死年轻母亲和五岁孩子，还不能带给人以令人窒息的悲愤，他只
加上一个神态：对镜微微一笑；加上一个动作：帮妈妈抱来稻草，便把帝国
主义的暴虐全盘托出，调动了读者的情感。在李瑛笔下，也许根本不存在不
借助形象喊出的政治口号。他一般不说"我抗议"、"我控诉"，他的抗议和
控诉是用血淋淋的暴行的画面来表述的。他抗议沙皇俄国掠夺我国领土是
"像切走一块蛋糕"，他控诉他们杀害中国人民是"用我们婴儿的襁褓擦亮了
刺刀"。李瑛总是用形象说明着思想，即使在用诗回答事件的必要性时，也
力图避免抽象的阐述。修水库，他不会说：这为了征服洪水，而会说：山要
一面镜子，云要一只杯盏，万顷小麦要一瓶足够的奶汁，快乐的小鸟要一片
树林做摇篮。

李瑛遍行祖国大地，到处都留下他辛勤的足迹，他曾沿着红军长征的道
路，追逐过先辈雄伟的进军。他走一路，也唱了一路。他把中国的昨天和中
国的今日对比着写，把胜利的欣悦和夺取胜利的艰辛对比着写，这使他的抒
情诗具有了生活的深度。他会在古老的黄河渡口，配上一个鬓边簪着野花的
年轻的"艄公"（《过渡口》）；他也会通过一架"像茫茫的雪原一般古老"
的白桦皮做的小摇车，来衬托鄂温克人的今日生活（《小摇车》）。李瑛利用

这种对比，娴熟地再现了截然对立的情景，在有力的图景中，在单纯的对照里，有效地显示持重的感情。《大海骑士》是很突出的：一艘海军小艇在黑夜的风暴里寻找倾覆的船只。阴沉的天宇下，疯狂的风浪中，那小艇在"飞"，在"打滚"，我们望见船头上站着水兵：

> 夜的海上，这是唯一的脉搏了——
> 一只螺旋桨，几颗跳动的水兵的心。

黑夜、暴雨、狂涛，一切是骚动的，仿佛又是绝望的，这是动中之静；然而，在这全然失去脉搏的死寂中，却有着"唯一的脉搏"，这静中有动。通过这对比，这一只螺旋桨，这几颗跳动的心，益发显得崇高。生活素材在诗人手中，他反复揣摩，力求有最新最巧的剪裁，最完美的缝缀。要是让我们在李瑛式的讲求艺术和泛滥成灾的粗制滥造之间选择，可以相信，所有的人都会赞成前者而唾弃后者。

李瑛知道在生活的花的原野上，撷取诗的蓓蕾。他的艺术成就，应当归功于他不仅懂得选择诗的材料，而且还会按照诗的特殊规律改造它。普通的生活，在李瑛那里，会泛出奇妙的诗意之光。歌德说："在每一个艺术家身上都有一颗勇敢的种籽，没有它，就不能设想会有才能。"艺术家的才能是和勇敢联系在一起的，我们从李瑛平凡无奇的一个形象中，看到了这种勇敢。井冈山上有著名的五大哨口，许多诗人都歌唱过它，说它是炮口，是铁拳，是战旗，是梭标，是雄碑。李瑛不肯这么认为，他坚持自己看到的：这是黑暗中国大地上的"五堆篝火"。这一不落俗套的形象，使他的诗焕然一新。李瑛总是这样，以他的锦心绣口不竭地创造性地歌唱着。至于想象，当然是生活的启示。生活对于所有诗人是同样优惠的，而想象力的强度，却把他们分出了高低。

李瑛严肃地生活着，而且贪婪地积累着生活。他总是一看，再看，不到真有感受时不轻易提笔。他去过西藏，而且喜欢它，但一首未写。他在酝酿着，他等待生活的发酵。最近写的关于西沙的组诗，那是埋藏了 20 年的诗情的喷射。"我的诗是我走过的道路的记录"，他严肃地生活着，写着。一个春天的夜晚，李瑛对我说："诗人的岗位就是战士的单人掩体，诗应该与刺刀、手榴弹同在。"说这话时，李瑛充满了战士的豪情。

李瑛毕竟不是一个纯粹的抒情诗人，他毕竟是个士兵。对于战士，斗争就是唯一的抒情诗；李瑛的诗，是战士心头的歌。那歌声是，既有钻石的光彩和坚硬，也有波涛的流动和气势，华美和斗争精神在李瑛诗中融汇了。布莱希特在《题一个中国茶树根狮子》一诗中写道：

> 坏人惧怕你的利爪。
> 好人喜欢你的优美。
> 我愿意听人
> 这样
> 谈我的诗。

我想，李瑛也一定怀有同样的愿望。

"五四" 60 周年于蔚秀园

原载《诗刊》1979 年第 10 期

谈诗意和李瑛的诗

宋　垒

诗意：饱含着美好崇高感情的美的想象

　　抒情诗，和其他样式的文学作品一样，是实际生活在人们头脑中反映的产物。所不同的，它是特殊强烈的感情的反映的产物；它对生活的反映，又不像小说和戏剧那样，主要是通过描写人物的活动、人物关系、矛盾冲突等等，按照生活的原有形式加以艺术地再现。因此，人们在阅读抒情诗时，如果仅能得到像从小说或戏剧中所能得到的那种美的享受，是不会满足的。人们希望从抒情诗中得到它所特有的美感和特有的艺术享受，因而要求：抒情诗要有诗意。常常听人说：现在有不少诗没有诗意。但是，究竟什么是诗意？怎样才能获得和表现出诗意呢？

　　诗意，常常被人解释得过于玄奥，似乎它是一种只可意会而不可言传、不可捉摸的东西。其实，作为一种概念，"诗意"是抽象的，作为生活和作品中的一种实际存在，诗意又是具体的。我以为，扼要地说，诗意是一种饱含着美好崇高感情的美的想象；完备一些说，它是特定的艺术境界或生活境界所引起的，一种经过艺术提炼、高于生活而又符合于生活真实、饱含着美好崇高感情的、独创性的美的想象——那优美、壮美或谐趣的美的想象。以李瑛的诗为例，如《夜过赛里木湖》中：

　　　　昨天，我曾在高空看到你，
　　　　你像片翠绿的叶子落在山谷。

这里所引起的是一种优美的想象。如《塞上新曲》中：

　　　　那讲野史的老人正谈着历史，

说："月下边关笳声急。"
突然从我身边驰过一匹马，
套马杆紧锁着昨天向天边飞去。

它引起一种壮美的想象。在《养鹿姑娘》里，著名的养鹿姑娘沙玛尔汗吸引了许多人的爱慕，森林中的青年猎手、草地上的青年牧工……都老远地跑来，说是要看小鹿仔，听"呦呦的鹿鸣"，但：

她赶起鹿群下草场去了，
留下个空鹿圈，让他们去看、去听。

这儿所引起的是一种谐趣的美的想象。

在实际生活中，有许多富有诗意的事物现象，其中有一些更具典型性的，本身就提供了丰富的美的想象。诗作者以敏锐的感觉，从纷纭复杂的生活中将这闪光的一点撷取出来，赋之以诗的形式，把人们不太注意的美发现出来，写下来，能够引起人们美的想象，有时便会有一定的诗意。如李瑛的《第一条河》中：

我没有尽头，
但又到处都是我的尽头，
你去看那稻穗上的每一粒米，
青菜的叶子，野生的花朵……

我们常认为小河的尽头应是江海，但小河的水渗进土壤，渗进植物的根株，渗透到每一片叶子，每一朵花……叶和花确实是小河的尽头，现实生活中本来就是这样，不过我们没有发现，诗人第一个发现了，并毫无渲染、毫无华丽的装饰，就这样朴素地表现出来，使我们产生一种美的想象。但是，生活中还有许多虽然是富有诗意的事物现象，却并不是一写在诗中便会诗意盎然，需要作者以更多创造性的想象，使生活中本来不很明显的美，突出起来，放大起来。当客观对象的诗意和作者充满激情的美的想象之间达到完美的契合，便会形成一种艺术境界中的美的想象，形成作品中浓郁的诗意。

不过，究竟什么叫作想象呢？提起想象，有些同志就认为，它是随着感情的驰骋，各种各样镜头在自己头脑中交替连贯的出现。例如，想到高山、大海，想到游行的行列、工厂的机器轰鸣、农村的金色的秋收，等等——这只是生活中一般的想象，还不是诗的想象。如果把这些都写进作品，虽然也是意象的排列，却是那样的散乱无章，怎能构成一首诗，怎样出现诗意呢？

有人把诗的想象主要规定为"经验向未知的出发"，这种看法是表面的，它只能助长那种离心的、不着边际的"想象"，妨碍诗歌更为精练集中地表达感情和塑造形象。在诗的创作中所更为需要的，是以诗的形象、主题为中心的，向心地概括的想象，是诗作者的感情受到外界事物现象的刺激，而又熔铸着外界事物现象，进行艺术的综合和形象上的概括的那种想象。诗的想象，主要是诗作者的已知经验在特定感情状态和特定的美感下的新的综合，它是诗人的主观感情和客观对象取得融洽契合的结果，而不是仅凭主观感情架空地"向未知出发"。

向心地概括的想象，是诗的想象的特征之一。诗的想象，又是超越空间和时间限制的想象。正如刘勰《文心雕龙》中所说："寂然凝虑，思接千载；悄焉动容，视通万里。吟咏之间，吐纳珠玉之声；眉睫之前，卷舒风云之色。"诗的想象，又是对事物现象加以新的综合，加以适度的变形的想象。诗人，常常有着特殊的敏感和热情；当他为生活中的事物现象深深激动时，他的思维迅速、剧烈地活跃起来，收集着眼前的和过去的经验中各种与此相联系的印象，甚至远在天涯海角、相距千年万载的事物现象，也一齐奔凑到他的面前。诗人是戴着感情的"有色眼镜"来反映生活的，他总是把生活中的事物现象染上浓烈的感情色彩，甚至打破事物之间本来的联系，甚至改变事物原有的某些特征，按照感情的需要和美的要求重新组织。于是，狂欢时鸟兽齐唱、山河起舞，愤怒时天崩海啸、电掣雷鸣，悲伤时河水呜咽、庭花溅泪，恐怖时神号鬼哭、草木皆兵。充满强烈的希望，可以使缓慢的动作化作刹那的飞跃；绝望的情绪袭击着心房，于是明丽的自然顿时昏暗无光。当这一切都不足以表达诗人的感情时，他甚至寻求超现实的形象，飞翔于幻想世界，天上地下融为一体……诗人使他的充满激情的飞腾的想象，在每着诗作中或抒怀或咏颂或写景或状物的总的构想要求下，集中凝为形象，用文字固定下来，便成为语言的彩锦。现实生活经过诗人的脑海这三棱镜的折射，把平常的日光展现成七彩的光辉。

诗意，这独创性的美的想象，是我们从任何一个优秀诗人的作品中都可以经常接触到的。我想，从李瑛同志的诗作中，就可以得到不少启示。李瑛的诗，近两年来愈写愈出色了。他的诗经常有比较饱满、蓬勃的激情，而又表现得比较含蓄。虽然还没有写出传诵一时和震动整个诗坛的名篇，但他的作品大多能够有力地吸引着读者，原因之一就是他的许多作品都有着诗意，诗人的形象思维的触须，经常从生活深处和心灵深处伸向想象的神奇瑰丽的空间。

分析起来，他的诗作中有各种不同的想象。

"我知道每缕炊烟下都有张熟悉的脸，每个村寨里都忙些什么……"《早晨》——这样的想象把读者的思绪带向辽阔的视野，肉眼所不能见的事物，由心灵的眼代替做了鸟瞰式的观察，因而引起美的情思，这是超越空间限制的想象。

"像其他一千个平凡的早晨，我听见一片欢乐的舂米的声音。"《五指山行·舂米》——这里所引起的主要是超越时间限制的想象。

"看，它们起伏得多么柔美——不断扩大着的这一片金光"《小麦》——这是光线和色彩变幻的想象。

以上都可说是视觉的想象，还有一种听觉的想象：

> 哪里传来震天的鼓声，
> 响彻了大地和苍穹？
> 它惊散林间的云朵，
> 引来万座山头的齐鸣。
>
> ——《鼓》

从这样的诗句里，我们仿佛听到隆隆的鼓声从四面的岩壁上撞击回来，并在整个山谷中发出共鸣，冲向天空。

变形的想象，在李瑛的诗中是非常之多的。

有的，是打乱事物之间原有的联系，予以重新组织，按照诗意的想象赋予新的联系。如：

> 三更星乱飞，
> 战士怀里落多少。
> 炮管挑起一轮月，

好像提来灯笼送喜报！

——《炮击金门后》

星是不会落到战士怀里的，炮管也不能挑起月亮，更不能把月亮当成灯笼提着来送喜报，这样的写法违反了表面现象的"真实"。但在炮击敌人阵地后，依据着一种胜利的喜悦心情，却完全可以这样想象。满天乱飞的星斗变成了祝捷的礼花，亿万里外的月球也变成了贺喜的灯笼。这样的想象违反了表面现象的"真实"，却完全符合一个革命战士的感情的真实，更生动地传达出战士的狂欢之情。

也有的，是改变事物内在的或外形的特征，赋予新的特征。

朋友，夜晚推开窗望吧，

他仍然守卫在那里；

大海母亲高举着他，

用无数晶莹的闪光的手指。

——《墓》

大海的浪头，在诗人的想象中变成无数闪光的手指。这样的想象，表达了对前线海岛上牺牲的战士更深切的怀念和敬爱。

还有的，是象征性的想象。

我看见肥胖的白色的手抓着鞭子

抽打你，像抽打一只陀螺。

我看见一个民族倒在羊群里，

从赤裸的背脊渗出血珠。

——《澳大利亚，我听见你在哭》

用一个人的形象来象征整个澳大利亚，作为一个民族的缩影而写出她的苦难，这是极高的形象概括。

诗意的想象，主要诉诸读者的感性，有一些纯然是理性的思维，往往较难产生诗意，这是哲理抒情诗不易写好的一个重要原因。但是，诗人在展开想象时，他的全部思维力量都在紧张地活动，有一些紧密联系着感性但也直接诉诸理性的想象，却可能产生诗意。

硝烟尘雾中，

那是什么？

辎重，炮车，马匹，

载着整个古巴的意志。

你前进，带着骄傲，

你战斗，带着血滴；

凝在成排的刺刀尖上的，

是一个民族的威严和胜利。

——《古巴，我看见了你》

"意志"、"威严"、"胜利"都是抽象概念，在这些诗句中，诗意的想象诉诸读者的感性，同时直接诉诸读者的理性。这样的写法，用得好，甚至可以有更大的概括性。

以上的例子可以说明想象有着各种不同的形态，其中有些例子是较富诗意的，则因为所表现的不是一般的想象，而是饱含着激情的或一种美的想象。或者是大自然的美，或者是社会生活中的美，或者是阶级力量的美，或者是人的精神状态的美。这美的想象，又是经过了诗人较大程度的艺术加工而形成的，但是，在我们细加分析时，有各种各样的想象；具体写作某一首诗时，不同形态的想象却得到综合的应用。

太阳醒来了——

它双手支撑大地，昂然站起，

窥视一眼凝固的大海，

便拉长了我们的影子。

我们匆匆策马前行，

迎着壮丽的一轮旭日，

哈，仿佛只需再走几步，

就要撞进它的怀里。

忽然，它好像暴怒起来，

一下子从马头前跳上我们的背脊，

接着便抛一把火给冰冷的荒滩，
然后又投出十万金矢……

于是一片燥热的尘烟，
顿时便从戈壁腾起，
干旱熏烤得人喊马嘶，
几小时便经历了四季……

——《戈壁日出》

这里，有空间的想象，有时间的想象，有视觉的想象，有听觉的想象，有光线变化和色彩变化的想象……这各种各样的想象，统一在诗歌整体形象的塑造中。

局部的诗意和整体的形象

诗的想象，不是感情的装饰品，而是为了更传神地传达作者的思想感情和表现客观对象的本质，达到主观感情和客观对象的完美契合。在具体的诗作中，就必须以丰富的想象塑造整体的形象，才能使以上这一切得到更有力的表现。一般地说，优秀的抒情诗，总是饱含着激情和诗意，并塑造了完美的整体形象的：其中或者主要是抒情诗主人公的形象，或者主要是客观对象的形象，或者是集体形象，或者是象征的形象。一首诗中，局部的诗意如果服从于塑造整体形象的任务，便会使作品更加饱含诗意。如果局部的诗意与塑造整体形象的任务相游离，整首诗便可能显得松散（这是就一般的抒情诗而言。在哲理诗、格言诗、杂感诗和歌谣中，有些并不一定有鲜明的整体形象，而以闪光的思想，机智、巧思等取胜）。一首诗，只有它的整体形象极富诗意，能够激发起饱含着美好崇高感情的美的想象，而不是仅仅具有零零星星的局部的诗意，它才会是一首优秀的诗篇，它才能更有力地撼动读者的心灵。李瑛的诗，在抒情诗形象的创造方面，也是有值得重视的成就，有自己的特长的，以《花店》为例：

不用问低沉的驼铃，
不用问赶脚的长鞭，

过去黄风摇着小店，
墙头的枯草、颓圮的土圈。

门前布招迎来过往的行脚，
深夜土坑上睡不着觉，
一袋旱烟，两声长叹，
染苦了整个塞北草原。

如今我来借宿，
车窗内外笑满脸，
窗前好花向阳开，
一身疲劳顿飞散。

铺的皮褥子，
盖的羊毛毯，
"同志，你去哪?"——"南下架桥！"
"你呢?"——"北上勘探！"

"哈哈，说什么出门在外，
有这么多同志，这车，这店，
塞北再大也显得小了……"
"小了，来往只像家里转！"

又一阵笑语飞出屋，
又一挂大车赶进院：
"同志，这地方叫个什么名?"
"过去叫风岗子，新改叫花店！"

诗的主题是别人用过很多的、新旧对比的主题，可是这首诗却写得如此新颖别致。它不是一般地概念地去对比旧社会的生活，而是写出了塞上一座小店的典型形象：它过去的荒凉孤寂和今天的繁荣。它写的又不仅是一座小店的繁荣，而是祖国飞跃建设的一个缩影，响着生活前进的步伐，有着昂扬的时代的声音。正由于塑造了这样的形象，便富有感染力地加强了作品的思想。

在《花店》中，"一袋旱烟，两声长叹，染苦了整个塞北草原"，"小了，来往只像家里转"，这些句子都是富有诗意的。但作者和读者都不会仅仅满足于这一些好的句子，而要求局部的诗意服从于整体形象的塑造，创造出完整的艺术品来。

政治抒情诗中议论成分较多，不一定要塑造十分集中的形象，但比较完美的整体形象仍是需要的，在《古巴情思》中：

朋友从古巴回来，
带给我一颗石子，
……

我把它放在书桌上，
我便看见了
倔强的安第列斯的山脊，
——这整个古巴的土地；……

那绛红色的花纹，
就是你的朝霞，
闪光的白点，
就是你亮晶晶的雨……
……

据说，过去，当游击队员
在战斗中打光了子弹，
石头，就是武器。
据说，在保卫祖国的战斗中，
民兵的鲜血
染红了山岩，
那石头，就变作一面抖动的旗帜。

传说，在古巴，
当人民战斗的血滴到地上，
夜晚，就凝成

一颗颗坚硬的石子；
——这就是为什么，
古巴呀，你的每一块石头，
都蕴藏着火的种子……

古巴的弟兄们，
望着它，
我就像看见了你们高昂的头，
从骄傲的目光中，
感到了你们跳动的脉搏和呼吸；
……

这首诗由小见大，通过一块从古巴带来的石头所引起的想象，塑造了革命的古巴人民的英雄形象，这是难能可贵的。

李瑛的许多诗都塑造了鲜明的形象，不过，他的塑造形象的本领还不够多样化。他擅长于塑造客观对象的形象，在抒情诗主人公形象和集体形象的塑造上，显得差一些，这对创作水平的进一步提高以及胜任地驾驭各种不同的题材来说，未始不是一种局限。他的作品中，也有一些仅有局部的诗意，未能塑造出整体的形象，因而显得不够完美。有些政治抒情诗稍嫌散文化，显得像是形象化了的议论。

为了不断写出富有诗意的想象和完美的整体形象的诗篇，诗人的头脑里需要有两个仓库：一个是生话素材的仓库，一个是形象的"半制品"和形象的"预制构件"的仓库。诗人不断从生活中汲取素材，贮入他的第一仓库，又经常提炼着纷纭复杂的生活素材，凝成各色各样片段的意象，作为形象的预制构件而贮入第二仓库，以供写作具体作品的需要。这两年来，李瑛的诗常常写得很快，固然由于才思敏捷，和长期的创作经验使他熟能生巧，也由于他时刻注意观察生活，不倦地思索，一点一滴地积累，在他的第一和第二仓库中逐渐有着丰富的贮藏，因而在不断写出的新作中，不断地有新颖的意象出现。他在运用"预制构件"时，还有程式化的现象。例如，写到逝去的时代时，就说成是用车辆拖曳或骆驼驮载而去；写到新社会的幸福时，就说是头上的太阳像挂着红灯，或飘动着红旗；对未来的憧憬，则往往是到处开放着花朵之类。在《澳大利亚，我听见你在哭》这首诗中，把澳大利亚比成被人抽打的陀螺,是新颖的。《寄战斗的古巴》中又把古巴比成被抽打的陀螺,则显得重复了。

诗意的想象从何而来

　　丰富的诗意的想象和完美的整体形象的塑造,都依赖于生活的深度和广度、思想感情的高度、艺术感觉的敏锐和表现技巧的熟练。要写出真正富有诗意的诗歌,首要的是,能不能从生活中感受到真正富有诗意的事物现象。其次,要将这捉到了的生活中的诗意,提升到更高的艺术境界,并在作品中表现出来。至于诗意的表现,其方式是多种多样的:不同的作品,有着不同的途径;不同的诗人,有着不同的特色。李瑛近年来的作品中,朴素地直抒其情及白描手法的诗比较少,多是抒写客观对象的形象,而又以创造性的想象来加强其诗意。这种创造性的想象,如前所说,是一种向心的概括的想象,是事物现象的新的综合。从任何一个例子都可看到,首先,它是一种综合。如果我们仅仅写出"高原"这一种事物,是不会马上出现诗意的。有了两种以上的事物现象,如果仅仅是一种任意的综合,例如说"高原和绿柳",也不会形成诗意,但是:

　　　　——一枝枝嫩绿的柳丝,
　　正蘸着高原的黄色,
　　写春的诗篇……

　　　　　　　　　　　　　　　　　　——《高原一瞥》

便有了诗意。同样是两种以上事物现象的综合,但这是饱含着特定的感情和特定的美感的综合。经过这样的综合,便不是对"高原和绿柳"的如实记录,而是写出了新时代的感情和一定的艺术感觉,一定的诗意。因此我们可以说,通过两种以上事物现象的新的综合,写出特定的感情和美感,便有可能形成创造性的诗意的想象,这是抒情诗对现实生活进行提炼的一种特殊方式。这种新的综合,又是多种多样的,它依靠作者的激情和艺术感觉。从李瑛的诗作中可以看出,他常常通过一些重要的手法如拟人化、动词的锤炼,等等,来进行这种综合,来加强诗意的想象。

　　拟人化的手法,在李瑛的诗中被大量运用,如:

在新疆，太阳很晚才醒，

八点钟才睁开一只眼睛。

—— 《在天山上空飞行》

在诗人眼中，本来没有生命的事物变得有了生命，于是从平凡中化出神奇。拟人化手法的本身便是一种综合——物与人之间的综合，它是诗的想象的结果，又反转来丰富了诗的想象。

李瑛很重视并擅长于炼字，特别是动词的锤炼，这同样是加强诗意的想象的一种重要方法。诗人脑海中经过不断酝酿，由于诗意的想象逐步形成一定的意象，需要用最恰当的语言把这意象凝固下来，因而必须寻觅和提炼字词。张子野《天仙子》词中的"云破月来花弄影"，通过一个"弄"字加强了视觉的美的想象，因而富有诗意。贾岛的"僧推月下门"仅有视觉的想象，而"僧敲月下门"兼有视觉和听觉的美的想象，因而更生动，更富诗意。李瑛诗作中许多动词的锤炼，也常常是加强了诗中的想象而传达出浓烈的诗意。

一朵云，

拧下一阵雨，

匆匆地掠过车篷。

……

车队切开大戈壁，

辗着一道七彩的虹。

—— 《雨中》

云是无法去"拧"的，但这儿用了"拧"字，我们便仿佛看见有什么手在拧着云朵，洒下雨来。车队是无法把大戈壁切开的，但这儿用了"切"字，我们便更鲜明地想象到车队所辗过的彩虹般的路。

"太阳像只红灯，一半沉进沙浪。""月亮像只红灯，一半浮在沙浪。"（《傍晚》）这儿的"沉"字"浮"字用得别致。"今夜呵，有多少颗心穿在雨上。"（《大海的骑士》）一个"穿"字，把人们对暴风雨中海上未归人的挂念表现得多么深沉！"一袋旱烟，两声长叹，染苦了整个塞北草原。"（《花店》）这是写新中国成立前塞北的荒凉悲苦景象，这个"染"字用得特别出色！本来是悲苦的草原引人长叹,现在反过来,让长叹声染苦草原,就不仅把"苦"这个抽象概念具体化了,而且加深了悲苦的气氛。

古今中外的诗人在炼字时,更重视动词的锤炼。对于形容词的锤炼,也往往在把形容词改作动词用的时候,获得甚为生动的效果。因为:一是动词代表不同的动作,而不同的动作所引起的是不同程度甚至不同性质的想象,如"推"与"敲";二是动词最善于把两种事物现象并合起来,它可以说是变形的想象的一个枢纽;这一事物现象采取了那一事物现象的动作,那么这两种事物现象便可能纠结在一起,形成一种奇异的美感的综合,形成诗意的想象。

必须是独创性的美的想象,才会富有诗意。同一意象或构思已有别人(或自己)用过,再用,诗意便可能减弱。李瑛在炼字时最喜欢用切、拾、拉、载、举、推、扛等字,绝大多数用得很好,也有的缺乏进一步的创造。

他还有一种本领,能够有意识地避开一些陈旧的想象。

> 挤奶员想着忍不住笑,
> 一颗心全泡在奶浆里了,
> 泡在奶浆里的还有一片蓝天,
> 火红的头巾,嫩绿的草。
>
> ——《挤奶员》

人们喜欢把湖水、泉水……比喻为镜子,这个比喻用得很俗了。李瑛在这儿实际上仍是把奶桶比为镜子,因此才能从中看见蓝天和火红的头巾。但他压根儿不提"它像一面镜子"之类,而采用了另外的写法,于是仍能给人以新颖的富有诗意的感觉,这种方法是巧妙的。

李瑛还善于用蒙太奇式的联想,生动的譬喻、夸张、象征、对比、衬托……各式各样的手法来增强诗意的想象。艺术表现确实是十分重要的,但,必须有丰富的诗意的想象,才能据此加以表现,而诗意的想象则是从实际生活而来。李瑛写得较早的诗集《天安门上的红灯》是 1952—1953 年在朝鲜战场访问期间的诗作,《友谊的花束》是 1954 年访问苏联及东欧社会主义国家的诗作。这两个诗集中有不少佳作,总的看来以写真人真事真景为主,着重从生活中撷取美的、富有诗意的事物象加以歌颂。1955—1956年,他沿着红军长征的路线,并到东海、南海的一些岛屿采访旅行,其间诗作收在诗集《早晨》中，从这个诗集中可以看出他的想象力在显著地丰富起来。我想，这是由于他经历了比较丰富的生活，纷纭复杂、五光十色的生活印象的积累，向他提供了进行想象加工的丰富的素材。

但是，不能认为只要有了丰富的生活印象和生活素材，有了一定的表现技巧，就能形成诗意的想象。诗意的想象绝不是无动于衷的一些镜头的迭替，离开了作者的激情，纷纭的生活印象就难以艺术地凝聚起来。熟练的表现技巧也必然没有用武之地，至多只能做些形式上的雕饰。美好崇高的感情，是诗意的核心。想象，是感情的外壳。没有了想象，诗歌便失去它的艺术生命；没有美好崇高的感情，诗歌将失去它全部的生命。无论任何时代，思想性艺术性较高的诗作，总是一种美好崇高感情的产物。

李瑛的生活面是比较广的，读的书也比较多。他是大学文学系的学生，参军后到过国内国外的许多地方，这对他的创作带来了很多好处。"行万里路，读万卷书"对一个诗人来说无疑是十分重要的，但生活的广度仍须以生活的深度为基础，否则一个诗人便难以在沸腾的时代和英雄的人民中更深地扎下根去。1956—1957年时文艺界曾经流行一种看法，仿佛诗人只要到处旅行便能写出好作品，这种看法有着片面的道理，但无论如何它还是片面的。毛主席号召作家到火热的斗争中去，到工农兵生活中去，对任何一个无产阶级作家说来，都是正确的。李瑛在1958年到海防前线的一个连队去当兵，对他的思想感情的锻炼和此后创作上的飞跃提高，显然起了重要作用。诗集《寄自海防前线的诗》，记录了他这一年思想和生活的变化，《哨子响了》记载着他由于农村老大娘的关怀而发自内心的对于劳动人民真诚的爱。在其他许多诗作中，他深深感动地写下了许多普通战士、班长、炊事员和前线群众的崇高的精神品质。

近两年来，李瑛又写了一二百首短诗和一部抒情长诗，他进入了一个创作力非常旺盛的时期，诗情不断喷涌，佳作鱼贯而来。他的许多近作的一个重要特点是：无产阶级战士的革命激情和丰富诗意的想象有时能达到较完美的结合。一系列以《新兵日记》和《海防战士抒情诗》为题的组诗中，充满了对革命战士的崇高品质和紧张而愉快的连队生活的热情歌颂。他在先后北上内蒙古、包钢和西去甘肃、新疆的一系列旅行印象的诗中，尽情讴歌飞速前进的社会主义事业和祖国的如画江山，尤其许多国际斗争题材的政治抒情诗，受到人们异口同声的赞誉。李瑛的诗有着强烈的时代感，作者的精神状态始终饱满昂扬，时刻关注着祖国社会主义建设前进的步伐，关注着被压迫的民族和人民的命运和他们的斗争。他的创作已经进入一个新的时期，这是他遵循毛泽东文艺方向，也是他自己艰苦努力所取得的成就，是他努力学习政治，深入生活，锻炼提高思想，和艺术上刻苦钻研的结果。近两年来写出的许多优秀诗作，说明了他是一位有才华和极有前途的青年诗人。希望他继续遵循毛泽东文艺方向，更加刻苦努力，创作出思想性艺术性更高、诗意更浓烈的作品来！

1962 年 5—6 月

原载《解放军文艺》1962 年第 9 期

读李瑛诗的两点印象

易　征

　　新中国建国以来，在一大批成长起来的诗坛新人中，李瑛同志的作品已经形成了自己的若干特色，在读者中具有一定的影响。同时，他的诗也带上了一些缺陷和问题。这篇文字只是读了李瑛诗以后的两点想法，讨论的作品主要是以下四册：《红柳集》、《寄自海防前线的诗》、《花的原野》、《静静的哨所》。因为我觉得，这四本书似乎可以概括李瑛诗创作的风貌。

　　李瑛诗的第一特点，是努力使自己作品的思想感情革命化、战士化。这一点是诗人一辈子要努力的事情，是一个漫长的奋斗过程。当然还远不能说，李瑛的诗创作已经这样"化"了。但是，我们从他的作品中，可以看到这种鲜明的革命倾向，可以看到诗人是在迎着这个"化"字走去的。站在小资产阶级立场上的文艺家，是不可能把工农兵写像、写好的。毛主席《在延安文艺座谈会上的讲话》中指出，这些人"对于工农兵群众，则缺乏接近，缺乏了解，缺乏研究，缺乏知心朋友，不善于描写他们；倘若描写，也是衣服是劳动人民，面孔却是小资产阶级知识分子"。这里所说写什么像什么的问题，根本的一条就是立场和思想感情的问题，写工农兵就一定要在思想感情上像工农兵。诗歌不同于其他文艺样式，它往往用诗人直抒胸臆的方式反映生活，反映其对工农兵的认识、理解和感受等，因此更加掺不得假。不把自己努力改造成为战士的一员，就不可能真正把战士写像。而在李瑛的作品中，有不少是把战士写像了的、写活了的、写美了的，这是诗人一个首要的成就。

　　一册《寄自海防前线的诗》为我们报道了个中消息。1958年，诗人到东海前线当了一年兵，那儿的火热斗争，不仅赠给了诗人一管粗犷有劲的笔，并且使他获得了宝贵的思想感情的冶炼。这些作品的生活气息和战斗气派表明，诗人是努力用战士的姿态和心灵进入生活、感受生活的。面对着金门的蒋帮，诗人在这本小书里，为我们集中地描绘了海防第一线众多的英雄图，"鸟儿自管叫，花儿自管开，有我守海防，丢不了一丝白云彩。"这一篇柔里见刚的战士《决心书》，写得朴实自然、豪气四溢；诗人适度的夸张，分明附丽于战士的必胜信念。在暴雨烈日下，汽车兵奔驰往返，不舍昼夜，眼睛爬满血丝，嘴巴干渴欲裂，这一切在诗人眼里，不是平静的画面，而是感同身受："今天甘愿流汗水，明天敌人用血还。"（《汽车兵》）至于为什么有那么强大的战斗韧性，诗人写道："六亿双手推着咱。"有时候，他虽然不写具体的事物，也能让读者感受到战士的气度，看看这个炮兵班的浮雕：

> 六双肩头挑祖国，
> 六副胸膛挡风暴，
> 六个铁环锁大门，
> 六块砖石拦海涛，
> 六把剑，六面鼓，
> 为了六亿人民永欢笑！
>
> ——《我们全班六个人》

这里所刻画的革命士兵英姿是壮丽的，诗人从心底热爱他们，因此他才从战士身上发现了那如铁环、如砖石、如鼓如剑的潜在形象，而以"挑"、"挡"、"锁"、"拦"四个动词概括出这一种英雄的气魄。在《看金门》这首诗里，诗人更进一步描写了战士们的理想和抱负：他们面对着的是灾难的金门岛，而在他们内心深处，却早已为解放后的金门岛设计了一张美丽的蓝图，"一把镐，一张琴，一棵树"，他们要在建设金门的热潮中回首眺望风雪昆仑的红旗。甚至在前哨听那一声鸡啼，诗人也觉得有了格外的分量。其实，到处的鸡叫都是一样的，为什么诗人却特别为之动了感情？原来他是这样去听鸡叫的："莫非你学习了战士的性格，所以才如此豪迈，威严；只因为它是战士的伙伴，所以才唱出了士兵的情感！"我们也可以这样说，李瑛所以能够写出一些好诗来，首先也因为他学习了战士的性格和情感。

然而，表现战士的感情，并不只是限于写战士。如果诗人有一颗真正的革命战士的心，用此去审度周围的事物，那么，他去写别的题材，也能够开掘出战斗的主题和美，李瑛的诗创造也可以说明这一点。他的题材是十分宽广的，诗人走南闯北，从东到西，登临高山，涉猎草原，各式各样激动过他的人物和场景，他都尽量酿成诗料，这里面的确给了我们一些耐人寻味的篇章。而这一类作品，也莫不是因为诗人以战士的胸怀去感受生活，认识生活的缘故。比方北国的风沙，本来是个没有生命的东西，那千年大漠，古人奈何它不得，到了王维笔下，虽说有了一个名句"大漠孤烟直"，充其量不过给人以一种荒冷的感觉罢了。李瑛的一首《致风沙》却是那样有精神，有魄力，有一股战士的豪情在掀动，你听："我说，真正威严的绝不是你们，六亿双手正在改地换天，什么风的淫威，沙的凶残，让包兰路牵起，给全国人民看。"包兰铁路在诗人笔下，竟然变成了一条长绳。干什么？它要牵起这茫茫的大漠，按照全国人民建设社会主义的意志，去改变面貌。战士眼底，沙漠不再是个可怕的东西，而是可以征服、可以"牵"得起来的东西。那一个奇警的"牵"字，在这儿活脱脱地写出了战士的伟力、快乐和骄傲。

诗人去参观蒙古族人民的射箭表演，有沉思之心、无猎奇之意。那矫健的射手，连同他们精湛的武艺，以及草原的蓝天、云朵、欢笑，这一切投影在诗人的反光镜上，遂凝结为一个高远的境界：

> 此刻我分明看见一个英武的民族，
> 正策马驰骋在历史的高原——
> 飞掠的云朵是骏马，
> 一弯彩虹是弓箭。
>
> ——《射箭》

蒙古族人民簇新的时代生活，借着射箭的一瞬间，被诗人把握住了，这不是简单的特写镜头，而是思想的闪光。甚至在《红柳·沙枣·白茨》这样的小型哲理诗里，也分明寄寓了一种淳朴憨厚的战士情。这些不大受人注目的植物，经过诗人的眼光，予以放大的渲染，便突出了它们可爱的属性，从而使它们按照战士的审美方式，呈现在我们眼前："它们很贫穷，甚至没有一片丰腴的叶子；它们很谦卑，甚至不愿占空间更多的位置"，但是，"看它们踏伏万顷流沙，肩擎住一天雷雨，倒下去又支撑起来，眼中瞩望的只有胜利"。这样的形象和精神不正是战士的写照吗？诗人说："年轻的同志呵，它们不正是你们的影子！"不错，诗人正是用了战斗者的敏锐眼光，才发现了、捕捉了、放大了这"影子"的。

这一类例子表明，诗要写得深、写得美，写得有益于我们的时代和人民，那么，不管怎样的题材，首先就要求诗人具有一颗战士的心，革命的心，年轻的心。李瑛一些其他的较好的作品如《大海的骑士》、《一袋麦粒》、《巡逻晚归》、《小树》、《给防风林》等等，莫不印证着这一点。我们时代的诗意，一刻不能离开无产阶级革命和战斗。没有抽象的诗意，只有具体的、阶级的诗意，一刻也不能忽略诗意的时代内容。评价李瑛的诗，就应当从这里着眼。有人在谈李瑛诗的文章里说："诗意是一种饱含着美好崇高感情的美的想象，完备一些说，它是特定的艺术境界或生活境界所引起的，一种经过艺术提炼、高于生活而又符合于生活真实、饱含着美好崇高感情的、独创的美的想象——那优美、壮美或谐趣的美的想象。"① 这样的诗论，未免太笼统吧！"崇高美好"的感情究竟是哪个阶级的感情？对于"崇高美好"，各个阶级的人们理解不同，因之内容也不同。而且，把诗意仅仅归结为"美的想象"也是皮相的。不错，想象在诗歌创作中是一个经常出现的典型化方法，但是，一经把它同诗意完全画上等号，就把它夸大成唯一的、绝对的东西了，从而也就排斥了诗意来自生活与斗争这样一个马克思主义的反映论和艺术观。

事实正是这样。在李瑛的诗中，凡是那些写得缺乏诗意，甚至朦胧晦涩的作品，都直接导源于诗人游离了生活斗争，缺乏了战士感情。在这一类作品中，你不能说诗人没有想象。但是，那些想象一如断线风筝，飘忽无定，而最后不知坠落何处。比方《黎明时我来看大海》这首诗，诗人说了一番大海的景致之后，写道：

> 啊！大海啊，你浸透了我的心，
> 你把我的灵魂和祖国一同高举；
> 我爱你，我要忠实地把你守卫，
> 你是我们全部的颜色，全部的声音，全部的蜜！

"我的灵魂"究竟有什么理由，要大海来把自己"高举"，并且交代大

---

① 《解放军文艺》1962年9月《谈诗意和李瑛的诗》。

海，在"高举"的时候要"和祖国一同"？这是谁都无法理解的。至于一连几个"全部"，不是太虚玄、太费解了吗！这些问题，我想诗人自己也很难回答。战士的感情十分丰富多彩，但是怎么也不会有这类扑朔迷离的感情。在《灯塔亮了》这首诗里，诗人写道："薄暮中我走上哨所，在山巅拍祖国入睡。"初看仿佛形象高大，很有气魄，然则再一分析，真正的战士是不会把自己夸大到这种地步的。是谁给了这"我"以如此神奇的能耐，能够高于祖国，大于祖国，乃至"拍"其入睡？把"祖国"任意缩小，用以夸张"我"的高大，这也绝不是战士的感情方式。这种情形在李瑛的其他若干作品如《南方的山》、《夜光杯》、《在天山上空飞行》中，也都或多或少或明或暗地存在着。虽然这类作品在李瑛诗中只是少数，但它流露了诗人某些不健康的艺术趣味。如果用"美的想象"来作为衡量诗意的标准，就很难指出诗人创作中这类虚弱部分。因此，思想感情的进一步革命化，艺术趣味的进一步战士化，我想这正是李瑛同志迫切需要进一步解决的主要课题，这一点十分值得我们共勉。

李瑛诗的第二个特点是诗中有画。

在当前的新诗创作中，以画入诗的作品很多，我觉得，李瑛在这个方面相当突出。他的不少作品，锐意追求诗情和画意的统一，这正是他的一个长处。所谓诗中有画，这里的"诗中"二字特别值得留意。画，不是为画而画，而必须是在"诗中"。换言之，"有画"就必须服膺于意境的创造，服膺于"诗中"的思想感情的表达。"天晴一雁远，海阔孤帆迟"（李白）；"鸡声茅店月，人迹板桥霜"（温庭筠）；"大漠孤烟直，长河落日圆"（王维）；"春潮带雨晚来急，野渡无人舟自横"（韦应物），等等，都是画。这里边的形象、画面显然都是根据诗人的思想感情和艺术趣味刻意挑选，惨淡经营过的；加之一些"孤"、"迟"、"横"之类的字眼儿，使人透过画面，便探得了它背后那种或孤寂或萧索或清冷的意绪。诗人不是画匠，两者的任务不同，因此，对诗中有画这个特点的分析，也同样不能离开诗人的思想感情。

李瑛诗中的画，有一个总的特点，这就是努力去把握和表现现实生活斗争中的美。诗人无论是写军事斗争，写草原风情，写大海，写远山，写沙漠，写高原，他都随身携带着一块多彩的调色板。而且，在大部分作品里，他的画总是附丽于那种战斗的豪情的，它们以各种方式呈现在我们眼前：

> 三更星乱飞，
> 战士怀里落多少。
> 炮管挑起一轮月，
> 好像提来灯笼送喜报！
>
> ——《炮击金门后》

这是一种白描的笔法。轻轻几笔，勾勒出一幅神采飞动的炮兵阵地图。炮管与月亮本无多少相干，经诗人这么一"挑"，一种清新、刚健、潇洒的境界便脱颖而出，诗人也便自自然然地用之传达出那种战斗胜利的喜悦。你说这是诗人在作画呢？还是在倾吐对海防战士的一往深情？这两者确实是统一了。再看：

> 阵地小黄花，
> 何时一下开放了；
> 滚在旁边的弹壳呵，
> 青青的烟在冒……
>
> ——《炮击间隙里》

这是一种速写的笔法。一方面，勾画是如此细致：那"小黄花"和"青青的烟"，要是不留心，是会"溜号"的。诗人却不但发现了它们，而且捕捉和表现了它们，用以组合成一个颇具战地特点的小幅，使读者犹如置身现场似的。一方面，诗人透过这个小幅，愈是渲染"炮击间隙里"的寂静，就愈是衬托和加强了全诗的主题："祖国河山几万里，好像一齐屏息等捷报。"那片刻的潜藏于小幅之内的宁静，分明是更大的胜利的前奏。在诗人笔下，就是这么小小的一角，也是抹上了感情的油彩的啊。如果说，这属于静画一类，那么像：

> 轻轻，再轻轻，
> 躲开月光，沿低谷潜行；
> 三块岩石，却有三双耳朵，
> 三簇野草，却有三双眼睛。
>
> ——《月夜潜听》

则是静中有动，动中有静的笔法了。除了作品直接提供的形象之外，"躲"、"潜"等字也下得见功夫，它使我们神驰于那斑驳的月色之中，去贴近有如岩石般坚强、有如野草般灵动的哨兵。不但画面本身是丰富的，它的语言节奏也是短促的，跳跃的，符合于特有的情景。有趣的是，诗人有时候并不去刻画具体实在的形象，却仍然能在你眼前打开一幅画图：

> 它们激战已一夜，
> 累了睡了不言语，
> 它那勇敢的灵魂呵，
> 仍然呼啸在云霄里。
>
> ——《我们的飞机》

这样的画面，似乎看不到什么线条和色彩，其实细看之后，我倒觉得它很耐人寻味。在这里，对于我英雄的人民空军的颂歌，可以说找到了一个奇特的角度——他们即使在睡梦之中，也在保卫着祖国的青空——与其说这是诗人的夸张，毋宁说正是对于英雄们的真实写照。

从这一类例子中，可以看到李瑛作品中的"画"，总是同作品的思想感情契合在一起的。李瑛努力在革命斗争的火光中去发掘战士生活的美，这种追求已经取得了成就。与这个特色相联系，李瑛的诗还时常能把一些平凡的事物写得不平凡，甚至写得很美。他的诗往往在容易流于一般化的地方飘出新意，讲究语言的锤炼。那塞里木湖，我虽然没有去过，但是当我看了诗人关于它的描写，便很快惊喜于它的晶莹秀美，比如："昨天，我曾在高空看到你，你像片翠绿的叶子落在山谷。"（《夜过塞里木湖》）一切不必要的修饰被诗人"过滤"了，剩下的这片"叶子"，不是已很抢眼、很明快了吗。你看过塞外驭手套着马车在大道上欢乐地行走吗？诗人写道："马车的鞭花开在北方。"（《长城线上》）这一朵"花"，至少对于我这样的南方人来说，是开得很奇的。从这朵"花"里，我似乎看到它比诗句本身更多的东西。又比方"你住何处"这样一个单调的问句，到诗人笔下有时也换了个新鲜的提法："长城头，黄河尾，家在哪片彩云下？"（《托儿所》）这不能看作是搔首弄姿，因为今天长城内外，新的生活本身就有那种如长天飘拂不尽的彩云，诗人为什么不可以写它呢？至于旧时代的塞上游子，那唏嘘慨叹，满肠愁绪，真是写不胜写。可是一来到诗人笔尖，那一切遂熔成了一支深沉的悲歌："一袋旱烟，两声长叹，染苦了整个塞北草原。"（《花店》）不着声色，而声色自在其中；"染"和"苦"的搭配，以"味觉"去感受昔日灾难的草原，亦虚亦实，只在新颖中见深度。即使是一支飞箭疾驰而过，诗人也不放手："谈笑间他已收弓勒马，一箭已把整个草原射成两半。"（《射箭》）箭的速度，我们一直在拿光阴同它相比，其快可知。这箭虽然转瞬即逝，诗人却把它的速度、它的雄劲、它的锐气，统留在一句"把整个草原射成两半"里边了。箭早已射了出去，那眨眼即过的印象却通过诗人的构思留在纸上，留在我们的脑海里。形容时间如此，形容空间又如何？也有一例："你问这牧场有多大，蓝天多大，它有多大；片片云彩都飘累了，也没找到码头休息一下。"（《我们的牧场》）一个"累"字，境界全出，这一笔濡染，可谓"精言不能追其极，壮语可得喻其真"了。此外如："半碗水里泡着一句话"（《初到哨所》），"一朵云，拧下一阵雨"（《雨中》），"把万匹风暴系在脚下"（《给防风林》），"把大地浸在汗里，我们便会收获"（《挑土谣》），"山坡挂下的大道"（《玉门》），等等，这些诗歌的语言材料都说明李瑛是重视锤炼的。有人以为诗得靠"天籁"，而把锤炼和雕琢混为一谈，这是不妥当的。写诗就要讲究精练，没有什么"文章本天成"的神话。有个外国人说过这样一段话："凡小儿都可说是诗人，一天一小女儿说电线是'邮藤'……天生的诗的想象……想象起源于感情。"[①] 这些话不对。"想象"绝不会"天生"，也不"起源于感情"，它亲自生活斗争，是一种特殊的反映生活的方式。李瑛的诗告诉我们，如果一个诗人不是经常地深入生活，思考生活；如果对我们的时代并不热爱，不投身在时代的激流中，那么诗意将与之无缘。张光年同志在为《红柳集》作的序言里说，李瑛"力求作为普通战士的一员，用健美的语言，向广大读者倾吐自己认真体验过、思考过、激动过的种种诗情画意"，这一番话，可算是探源之论。如果不是有了这一条，李瑛的艺术也就失去了任何意义。

当然，不能说李瑛的作品都写得很美。美不美？首先看内容。内容空洞，思想感情不对头，即使文辞漂亮，也不能说美。李瑛的诗在这个问题上也有其值得注意的地方，比如《长城线上》，诗人笔下的长城就没有什么新意："尽管你身边仍坚冰满野，残堞间却飞起了一片纸鸢……"你看，1963年的诗篇，却给人带来一股施施然的古气。诗人为什么选中了"残堞"一类缺乏时代色彩的形象呢？这儿表现得不是美，而是清冷和萧条。又如诗人

---

① 《诗之研究》。

《上皋兰》，在大街上看到人们植树，绿化城乡，便联想到绿化之后，"再来度假日，绿荫深处听莺啭"。看来貌似很美，其实却并没有把握住绿化的诗意所在。因为绿化不仅仅为了给人"听莺啭"、"度假日"而已。有的作品，诗人立意不高，只满足于平面构图，因之尽管在文字上下功夫，读来也使人觉得轻飘寡味，像《静悄悄的海上》。全诗如下：

> 静悄悄的海上，
> 一张帆在远行，
> 在那遥远的水天尽头，
> 仍然有我们的岛，我们的城。
>
> 帆在海的光洁的胸脯上滑着，
> 太远了，看不见动——
> 像南方中午堤边的蝴蝶，
> 那样静，那样轻。

全诗写来写去，无非是"海大帆轻"，我们所看到的，不会比字面提供的东西更多些，这显然是偏重形式而忽略了内容。像这类即兴式的作品，往往更需要诗人的深思熟虑和劳动，不然你就超不过读者，不能把读者引向更高的境界。此外，李瑛有些作品过分追求语言的魅力，弄得很不通俗，形成过去的学生腔，如"风霜里卷曲过多少冬夏"（《白云鄂博短曲》），"大黑河埋下了一个时代的俘虏"（《昭君墓》），"我知道笛声下有一行脚印，脚印该是笛声的河床水滩"（《笛声》），"春天吻着牧马姑娘的发尖"（《柳絮》）之类都是。虽然诗人下了一番功夫，刻意经营，但都不能给人美感，恰恰相反，它们给人以雕琢的感觉。从这些材料看来，更加表明思想感情的革命化对于艺术形式首先是诗腔、语言的重要。

　　李瑛正处在诗创作的青春，这几年来，他的作品有了很快的进步。一个诗人首先应当是战士，怀着这一点祝愿，只就个人读他的诗以后所得到的两点主要印象，草成了这篇文字，很可能不着边际，请李瑛同志和读者指正。

1964 年秋于广州

原载《诗的艺术》，广西人民出版社 1978 年版

刺刀映着红花

——试谈李瑛的抒情个性

韦 苇

　　屠格涅夫:"是的,重要的是自己的声音,重要的是生动的、
特殊的、自己个人所有的音调,这些音调在其他每一个人的喉咙里
是发不出来的……"①
　　高尔基:"到处去寻找自我吧,这样您就常常能为大家找到美
好而珍贵的东西。"②

　　抒情个性就是抒情诗人在表达诗的主旨时所流露的艺术个性,它由诗人
的世界观、美学理想、性格、气质、艺术修养诸种因素凝聚熔铸而成。抒情
诗人以形象美来表现他在特定环境中的个性化感受,构成了抒情诗的特质。
抒情诗作品有没有艺术个性,是关系着它们有没有长久的生命力、有没有艺
术魅力的至关重要的问题。诗歌兴衰的历史经验告诉我们:新诗创作的真正
繁荣,有期于我们对艺术独创性的鼓励,给本来无限丰富的风格、流派、个
性和爱好的发展以广阔天地,诗人们可以像鸥鸟一样在那上头自由自在地飞
翔。可是很不幸,30 年来我们的诗人们并不总是有这样的广阔天地,诗人
们为自由飞翔而生长的翅膀,不是长年被紧紧捆缚,就是被残忍地折损了!
　　纵观李瑛 30 余年来的产品,基本上可以说是又多又好。他在诗创作中
舒展了自己独异的艺术气质,写出了风格,写出了特色,在国内发生了较大
影响,近些年来又被翻译流传到国外。探讨李瑛的抒情个性,无疑是有价

---

① 转引自《诗人的青春》,《新文学论丛》1979 年第 2 期。
② 见高尔基 1907 年 2 月 7 日在喀普里致亚·谢·切列·姆诺夫的信。

值、有意义的。

李瑛的抒情个性的形成

抒情诗较之其他文学样式更适宜于直抒胸臆，反映强烈的感情，因此也就更能表现作者个性。个性特点越鲜明就越能吸引读者，越可能成为诗中的珍品。李瑛30年来，始终执着地坚持个性化的艺术追求。在新中国成长起来的卓有成就的抒情诗人中，李瑛的抒情个性是鲜明的。他的有些诗章，即使隐去作者的名字，也不难从题材、构思、设譬、语言和韵味等方面所表现的个性特点上判别：这是李瑛的诗。

李瑛的抒情个性的形成，首先与他一贯地坚持以战士身份反映生活有关。50年代他在诗中宣称："我，一个跟着红旗前进的士兵，曾经默默地用行军的脚步，丈量对祖国的爱情……"70年代末，他还依然如故："因为我是士兵，我才更懂得生命。"李瑛从1949年开始发表反映部队生活的诗，其后，曾身处和走访过驻守在祖国东南西北的各种部队，在热血沸腾的战士中间，诗人把自己的感情概括成了两句诗："看那满山满谷的红花，是战士的生命和青春。"（诗集《红花满山》题记）李瑛大量的诗歌红花，就是由祖国保卫者壮丽而热烈的"生命和青春"浇灌、培养出来的，所以，他的诗作中处处闪耀着祖国保卫者的忠诚和自豪。在李瑛放射思想、艺术光辉的诗篇里，有闪光的刺刀，有油亮的步枪，有威严的大炮，有战地的硝烟，有高山的寒露，有大海的波涛，有戈壁的风沙，有泥土的芬芳……重要的是，所有这一切都被注入了诗人——战士的豪迈雄丽的激情，风格并不是诗人主观的东西，题材在客观上对诗人的风格起着某种规定性的作用。李瑛独特的反映角度，使他的抒情个性鲜明而突出，战士的襟怀，诗人的艺术——这就是李瑛。

李瑛的抒情个性的形成，还由于他比较解放地在诗创作过程中外在表现自己的世界观、性格、情趣、爱好和审美理想。诗人的足迹踏遍了祖国的山山水水，从著名的井冈山哨口到哨所门前无名的小河畔，在北国呼伦贝尔开花的草原上，在西南边陲景颇山寨的老榕树底下，都留下了诗人深情的身影，留下了战士隽永的吟唱。但是，李瑛不是一般的"山水诗人"、"旅行诗人"，他笔下的山、水、风、花、雪、月、云，总是寄托着扎实的、深刻的、火焰般的热爱祖国、热爱人民的激情，总是让大自然的美、社会生活中的美和精神状态的美三者水乳交融，浑然天成。"是的，我爱海，但我也同样爱山，大海，高山，分挑在战士的双肩。"李瑛用这种壮美的战士情怀来广泛地感受、抒唱。战士的爱憎正像阴阳电、南北极之不能离开对立一方而存在：当他们把死亡倾覆到敌人头上的时候，他们是无情无畏的；当他们面对他们所保卫的一切，他们又是性婉情柔的。在南海，《台风过了》，抗风桐上摔下几只白绒球般的小鸟，它们扑动翅膀，惊惶地叫着，于是：

> 连长命令，快出动，送它们回巢！
> 可哪棵树是你们的家？
> 你们的父母一定已经肠断心焦！
>
> 既然你属于祖国，可爱的小鸟，
> 在战士心的天平上，你就是巨大的砝码，
> 多么重，即使你脱落的一片轻软的绒毛……
>
> 待明天长大，你定会征服那风雨狂涛，
> 掠过艇桅，伴我们一起巡逻，
> 栖息窗前，和我们一起放哨……

很难再找到第二个诗人能像李瑛这样善于把我们士兵的勇武刚毅和文雅多情这两种看来对立的品格辩证地用精美的艺术统一起来，从而显示出中国战士的美质，同时，也就显示出诗人特别善于从战士身上发现美的才能。

李瑛的抒情个性的形成，还与他对诗歌功能的认识有关。别林斯基在回答为什么席勒的诗歌要比歌德的诗歌更能引发人们的共鸣这一问题时指出：因为"歌德缺乏历史的和社会的因素"。[①] 作为"历史的和社会的"诗人李瑛，他总是让包括五大洲人民在内的痛苦和欢乐紧系着自己的神经。请看他诗中燃烧的热血、愤怒的泪眼、战斗的鼓声、胜利的焰火……别林斯基说过："诗人比任何人都更应该是他自己时代的儿子。"[②] 马雅可夫斯基也曾明确指出："要把艺术与政治无关的神话捶得粉碎。"[③] 无产阶级先进战士的责

---

① 参见《别林斯基选集》第二卷，上海文艺出版社 1963 年版，第 506、508 页。
② 参见《别林斯基选集》第一卷，同上，第 216 页。
③ 参见马雅可夫斯基《怎样写诗？》，《世界文学》1959 年 10、11、12 月号，萧三译。

任感使李瑛不能对国际国内重大斗争和事件保持沉默，而正是在这一点上，诗人表现了他可贵的政治热情。但李瑛毕竟是个清醒的诗艺术家，他绝不堕落到用自己的诗笔去图解政治。当然，李瑛浩繁的诗卷中难免也有今天看来不相宜甚至明显过时的东西，但那也不是他图解政治的结果，谁都清楚，那原因是复杂的。

李瑛的抒情个性的形成，也与他曾经是老北京大学文学院学生的深厚文学涵养有关。我们不研究缪斯是不是曾赐予了诗人以神笔，我们相信学力。明代万历年间的公安派领袖们就强调诗人要有学力：有学力方能"命意铸词，其发脉也甚远"，① 方能"取其菁华，皆可发人神智"，方能卓然自立。清代诗歌评论家沈德潜也说："有第一等襟抱、第一等学识，斯有第一等真诗。"② 这就是为什么李瑛一跻身于诗坛就显得比一些同辈诗人老练、成熟，并且在50年代就产生了一批铸炼得颇有分量的、人们交口称赞的好诗，如《玩具》、《弹片》和《斗争》等情深耿耿、底蕴丰实的上乘之作，今天读来依然味未减、劲未衰，震荡心魄、摇撼灵魂。李瑛从他诗歌创作的开始阶段就抓住了诗艺中最本质的东西：诗味。他较早地懂得：诗要"有'诗味'和有'特色'，达到形象鲜明、情景交融"，方能"取得余音绕梁、三日不绝的效果"。③ 他如此强调"诗味"和"特色"，是可以从他大量的诗章中得到有力印证的。

与李瑛的抒情个性有关的，还有诗人对诗歌形式、语言、艺术手段、表现技巧的选择。李瑛长年在着意追求含蓄美，并且明显地，他是用古今中外的丰富的诗歌艺术来营养自己、众采百家、取其所长、为他所用，从字、词、句到节奏都严格锤炼，熔工致、细腻、流丽、豪壮、雄健、华美于一炉，创立了一种健美的、清新的李瑛式诗风。

李瑛的抒情个性在感情上表现为：真实、亲切、深挚

正如血液对人体之不可少，真情使诗通体闪耀生命的光华。诗人要比别

① 转引自《古代文学理论研究》中《公安派的创作论》一文。
② 参见沈德潜《说诗晬语》，人民文学出版社 1979 年版。
③ 参见李瑛《指路的明灯　强大的武器》，《诗刊》1978 年 1 月号。

人承担更多苦难，享受更多快乐，爱得更火热，恨得更强烈，真正的诗人不会冷漠地对待时代的命运、民族的前途。

在李瑛的诗中，正是把诗人体验到的对于时代、祖国、人民及其命运的关切和思考，通过艺术构思表现得真切、生动、充沛，以此唤起读者的共鸣，而诗人消融在诗情里的思想也就在共鸣中悄悄地渗进了读者的心地。

李瑛的著名抒情长诗《一月的哀思》①，一见诸报端就很快被人们传诵。作品真切的诗情对读者产生强大的感染力，读者要把自己对周总理生前的敬仰和死后的悲恸表达出来，而李瑛恰是成功地用形神兼备的诗歌艺术深沉地抒发了这种感情。

当时李瑛自己就"攥一张冰冷的报纸，静静地伫立在长安街的暮色里。任一月的风，撩起我的头发；任傍晚的天光，照着冰冷的泪滴，等待着，等待着，载着你的遗体的灵车，辗过我的心；等待着，等待着，把一个前线战士的崇敬献给你……"李瑛亲眼看见了这一切："多少人喊着你，扑向灵车；多少人跑向你，献上花束，表达由衷的敬意！多少人想和你攀谈知心的话题……"诗人静穆地伫立在万民之中，回顾周总理为人民鞠躬尽瘁、死而后已的一生。从诗人眼前徐徐"辗过一个峥嵘的世纪"的灵车，遂幻化而为总理生前站立过的敞篷汽车，他正挥手向万民致意。诗人情不自禁地对着敞篷汽车说："呵，风凉了，警卫员同志，请为我们敬爱的总理，披上件大衣……"读着这样的诗句，怎能不叫人感同身受，撕心裂肺呢？

由此可见，只要诗人的感情与人民的喜怒哀乐息息相通，让"每一个人一方面承认他是不可比拟地高于自己的人，另一方面，又认识到自己和他是具有血缘关系的"，②那么他的诗就能在人民心中找到湿润的土地，扎根、吐绿、舒叶、开花。这里，我们可以进一步悟出这样一个道理：诗，愈是人民的、愈是人情的、愈是人道的，就愈容易引起共鸣，愈能长久地感染人。这里，也就找到了"大跃进"时期的部分所谓民歌，动乱年间大量"诗歌"之读而生厌、啧有烦言、败兴伤胃、众人讥诟的重要原因了。人们是为了获取美感、为了鉴赏美或为了寻找感情寄托才来读诗的，而没有真就没有

---

① 参见 1977 年 1 月 7 日《光明日报》，1979 年人民教育出版社节选入全日制高中《语文》第二册时作者稍有改动。

② 参见《别林斯基选集》第二卷，上海文艺出版社 1963 年版，第 506、508 页。

美，感情寄托也无从谈起了。

下面再举两首短诗为例，一首题为《哨子响了……》：

> 铺草还了，缸挑满了，哨子响了，
> 部队集合就要离村；
> 老妈妈，老妈妈，好像不是我们出发，
> 是你撒出了这群小鹞鹰。
>
> 你望着望着，为什么出神，
> 取出来青的线，白的针，
> 你要为我钉一颗小小的钮扣，
> 你说："可别让风吹着你们。"
>
> 滴着难舍的泪，缝呵，缝呵，
> 你颤抖的手拉着我的衣襟；
> 哨子响过，我站进队里，
> 呵！衣襟上钉上了一颗滚烫的心！

另一首题材相近的诗，题为《霜降》：

> 一夜潜伏归来，
> 刺刀上凝着昨夜的霜；
> 论节气呵，已是霜降。
>
> 大娘呵，大娘，
> 我不能到你那里，
> 去替你加一件衣裳……
>
> 只在一年前，这时节，
> 我们还驻在你小小的村庄——
> 那小河环绕、枣林掩映的村庄。
>
> 那一天夜半，忽觉身下发烫，
> 大娘，是你呵，一抱草，

为我们烘起一铺热炕。

然后又一针针、一针针，
缝补我们磨破的衣裳，
针呵，线呵，直牵来破晓的阳光。

闪亮的白发、摇曳的灯火，
干练的手指、深情的目光，
永远印在我心上⋯⋯

入伍来，曾度过多少"霜降"，
人民总按时送来新的棉装——
送来阶级的情深意长。

此刻呵，我们仍像睡在你身旁，
江南塞北的母亲哟，正是你如火的爱，
融化了窗外的万里寒霜⋯⋯

这两首抒写军民情谊的诗，在李瑛的 20 来本诗集中是有代表性的，它们表现战士和人民的心灵美。这种美是到处都存在的，李瑛的才能在于发现并艺术地表现了这种美，而发现又源于诗人对战士和人民这两个艺术对象的深挚的热爱。因为心爱，诗人就千方百计表现得完美、耐读，其绵绵邈邈、缠缠绻绻，真可谓情深无限！对于战士来说，人民是亲爱的母亲，而诗人通过情节表达出来的，正是这种人民母亲对子弟兵的真挚深情，子弟兵对人民母亲的火热的赤子之心。诗，就应当这样写：让读者一读就心动神摇！

李瑛的抒情个性在构思上表现为：精致、清新、优美

已故当代诗人郭小川从他顽强的艺术探求中，总结体会说：抒情诗"要精、要新，要美"，又说："诗是创作，一切要新。"还说，诗人一生都要"与平庸作斗争"。"新"，作为评价诗歌的一条重要准则，是古已有之的：

"诗家窠臼宜翻洗",① "人未尝言之,而自我始言之",② 等等,言异而意同的说法很不少。在外国也复如此。马雅可夫斯基用下棋做喻阐明这个道理:"最有天才的一着是不能在下一盘棋的同样形势下再重复的,战胜对手只有令人出乎意外的棋子。"③

具有独特个性的新意常常是深藏着的,只有善于观察、勤于思考的诗人才能发现。诗的构思考验着作者视野的广度、思想的高度、生活的深度以及对美的感受力,有为的诗人总是能在纷纭复杂的现实生活中,发现足以表现时代精神的东西,获得独特的感受,捕捉到诗情和诗的形象,找到出人意外的表现角度,然后通过新巧的构思,造成诗的意境,让读者在诗人设造的意境中享受诗的艺术美。

李瑛是个对山有特殊感情的诗人,他在《进山第一天》里用战士的语言写道:"我轻轻拍拍它的背:嘿,咱们真个是有缘相见……莫道我们是新相识,三十年前父辈已在这里扎过营盘。"诗人认为,山曾经是我们革命的摇篮,今天这样一支强大的中国人民解放军便是从山沟里走出来的。李瑛在父辈扎过营盘的山沟里,用战士和诗人的眼光发现了新颖的诗情,创造了一批构思不同凡响的、光灿灿的成功之作。其间,最有代表性的是《深山行进——致山区的母亲》:

> 一个阴雨的早晨,
> 我们在深山行进,
> 这峡谷,这小溪,这密林,
> 忽然使我想起山区的母亲。
>
> 在屈辱的日子里,
> 你可曾看见她一天劳动之后,
> 在火堆边拉过他饥寒的孩子,
> 缝补他破烂的衣襟!
> 看母亲那沾着草节的蓬松的头发,

---

① 参见薛雪《一瓢诗话》,人民文学出版社1979年版。
② 参见薛雪《一瓢诗话》,人民文学出版社1979年版。
③ 参见马雅可夫斯基:《怎样写诗?》,《世界文学》1959年10、11、12月号,萧三译。

像怒号的山风摇着的森林。

风紧，夜深，
云压着山，山锁着云，
此刻，你会听见
她深沉的呼唤——
像执拗的手摇着山头，
召唤她的儿子去迎击敌人……

我们的山区是贫困的，
但最贫困的是山区的母亲。
你知道，有什么属于她，
除了自己干枯的双手，瘦瘠的腰身，
她，甚至没有一片流云……
但我们倔强的母亲，
十分悭吝却又十分慷慨，
十分严峻却又十分温顺，
她在山洞——
用仅有的一粒盐，
为我们冲洗伤口；
用仅有的一把米，
为我们熬粥暖身；
而自己却煮着一锅草根。
看她呵，一拢头发，
便用粗糙的手，
一勺勺、一勺勺地——
喂养着战士，
喂养着革命
喂养着我的横卧在千山万水间的祖国，
以及饥饿年代里，
我们整个民族的命运……

> 如果你不了解山区的母亲，
> 你就不懂得革命的艰辛。
>
> 今天，我们在深山行进，
> 人人心底都叮嘱：
> 不要忘记，不要忘记，
> 沸腾群山里，
> 跳动着的母亲的心！

这首诗是凝练、精致的。当我们读完这首抒情短诗，面前就站立了一位山区的母亲。这位始终和革命共同着脉搏的母亲的外貌，我们甚至能看到她蓬松的头发上沾着草节；这位与子弟兵心贴心的母亲的灵魂，我们甚至能看到她为革命而慷慨献出仅有的一粒盐、仅有的一把米，而自己却煮吃草根！这位母亲令人爱，因为她实在很平凡；这位母亲令人敬，因为她确实很崇高！诗人构思的特殊本领在于这样一个题材，他能开掘得这样深，向读者展开了如此宽远的境界；在于这么一首精致的小诗里压进了一部小说也未必能达到的如此深厚的内涵（包括读者由此展开的遐想），在于在一位山区母亲的形象里，缩影了中国革命史的一个重要侧面。

这首诗是新颖、别致的。深山的峡谷、小溪和密林是会触发诗情的，但触发起什么样的诗情则因诗人而异。这里，诗人把自己阅历的储蓄，对人民解放的胜利、欢欣的认识，对过去、今天和未来联系起来的思索，用一个新颖别致的构思，优选出能体现崇高灵魂的几个细节，表现得叫读者耳目一新，其珠串一般的传神之笔，诵之能令人永志不忘。

这首诗也是清丽、优美的。诗美不美，要看它把生活的内在美揭示得如何。无疑，这首诗深湛地歌颂了一种美的道德、一个美的灵魂。这首诗中，为了突出山区母亲的一无所有，李瑛写道："她，甚至没有一片流云……"有了这句诗，这首诗就更鲜明地带上了李瑛抒情个性的特点。

山区母亲的精神是不朽的！当诗人1979年春"背着枪，打着绑腿，从长城脚下"来到云南中越边境，他又一次看到这种不朽的精神生动地再现在今天自卫还击战的阵地上。那里，支前的傣族少女，"昨天，她们犹似轻柔的白云……而今天，却变成了冲天的火、爆炸的雷"。这实际上是中华民族的精神，反复以不同的构思，脉络分明地贯穿在李瑛的诗作中。

构思上精新美的诗篇总是耐读的，总是能开拓我们的思路，加深我们对生活内涵的理解，帮助我们抓住现时代最本质的东西。他近年写的抒情长诗《对先烈的回答》①，在描绘了一系列为人类崇高理想而忘我献身的烈士形象之后，作者这样写：

> 他们把自己
> 　　小小的一份纯洁的血，
> 从容地注进
> 　　祖国的脉搏，
> 便无愧无悔地倒下了，
> 　　——即使倒在
> 　　荒草离离的山谷，
> 却也抱着
> 　　坚定的信念和
> 　　　苦难的祖国……

曾有多少诗人为追怀烈士而写下了成功之作啊！但李瑛在上面这些诗句中还是写出了新意，比同类题材的作品有更深的开掘，有更多新的发现。正是在这"新"和"深"的地方，体现了李瑛的抒情个性。

李瑛是一位严肃的、责任感很强的诗人，回荡在他诗中的旋律、表现在他诗中的格调有的是十分豪壮严峻的。可是他在军营、哨所里发现的诗，又大量是清新、轻快而饱蕴着浓郁的生活情趣的。我们快意地感到诗人把醇酒般的诗情注入了他美丽的画面，请看：高得"要飞上青天"的哨所，"白天，太阳从门口蹀过，夜晚，花似的繁星落满窗前"（《我们的哨所》）。在又小又险的哨所里，战士的心是与祖国紧紧相连的："为回答祖国的叮嘱，我们挥手，用一缕炊烟。"（同上）哨所里的炊事员，生活也富有诗情画意。你看，"群山抱着我们这小小哨所，哨所的炊烟又抱着群山"（《我们的炊事员》）。再让我们的目光投落到哨所炊事员的窗口，"他的窗边挂着两把琴——窗里是三弦，窗外是飞泉"（同上）。夜间，遥望褐色云头上的哨所，景象是这样的："大粒的星星一颗颗亮了，银河边，一堆篝火在燃饶。"

---

① 参见《作品》1978 年 9 月号。

（《笛声》）夜色沉沉，危岩和刺蓬包围中的哨所里，活跃着大山真正的生命。那里，战士的情怀是感人的，"嗬，我们这小小的高山哨所，也许真正是一叶海上帆篷；祖国的亲人呵，当你向夜空遥望，那最远的星斗，就是我们的桅灯！"（《高山哨所》）哨所桅灯下所发生的故事就更能拨动诗人的琴弦。一个在哨所值勤的战士，连他自己都忘记了今天是生日，可是他的连长没有忘。连长从山下煮了一个鸡蛋送到哨所，战士这才记起今天正是自己的生日，于是"沉甸甸滚热的鸡蛋，猛然把我的记忆牵向遥远：儿时的伙伴，妈妈的容颜，家乡的中午，鸡鸣一片……"（《我的生日》）啊！愿世人都听听李瑛的这支歌！——在中国这个山巅哨所里，我们有这样的连长，他威严，可在他五颗整整齐齐的钮扣后面却跳荡着一颗慈母的心！这首小诗里，诗人匠心独运：只写连长"塞鸡蛋"一个动作。这时，言语是多余的。"此时无声胜有声！"李瑛的夺人之处，在于灵敏地从生活中淘洗到金粒，并且通过独到的构思把金粒熔铸成光彩逼人的艺术品。

为了说明李瑛构思诗篇的过程中对独创性的刻意追求，说明他的诗常常能给人以"别出心裁"之感，值得提一下《哨所鸡啼》这首咏物诗。这首诗共20行，后8行这样写：

> 看它昂立在群山之上，
> 拍一拍翅膀，引颈高唱；
> 牵一线阳光在边境降临，
> 霎时便染红了万里江山。
>
> 莫非是学习了战士的性格，
> 所以才如此豪迈、威严；
> 只因为它是战士的伙伴，
> 所以才唱出了士兵的情感！

写鸡啼，是从《诗经》开始就不断有的，曾产生过"雄鸡一声天下白"（唐·李贺）、"鸡声茅店月，人迹板桥霜"（唐·温庭筠）这样的名句、佳句，可是李瑛的"哨所鸡鸣图"自是独辟蹊径。诗人把自己在哨所得到的独特感受、体验赋予了晨曦中的鸡鸣，通过对哨所雄鸡的赞美，赞美了哨所战士，从而从侧面独具一格地表现了我们的士兵豪爽、乐观的精神风貌。由此我们看到李瑛诗歌艺术的一个特点：大中取小，小中见大。

李瑛创作的严肃性也就表现在不出新意不罢休，不出新意不示人。"良工不示人以朴"——李瑛无愧是当代中国抒情诗的一名"良工"。

李瑛的抒情个性在想象和语言上
表现为：细腻、丰富、奇丽

为了把诗的感受表现得鲜明生动，诗人总是力求使自己的诗可触、可视、可闻、可嗅、可味、可感，一句话，诉诸读者和听众的感官。"诗的生命在真实性之成了美的凝结，有重量与硬度的体质，无论是梦是幻想，必须是固体。"[①] 这种把无形的感受"固体化"的要求，迫使诗人大量采用联想和想象——迅速动员全部的生活知识积蓄，把一事物和更能启迪人思索、回味的其他事物联系起来，突出、放大捕捉到的形象。"思接千载、视通万里"，"精骛八极、心游万仞"，此之谓也。联想和想象是按照诗的主旨和美的要求对事物进行新的综合、组织，它们能使一切片段的局部的事物变为圆满的完全的整体，离开美的想象不能形成艺术境界。对于诗人，想象力的强弱可以决定他诗创作的成败。想象是诗人的彩翼，想象的重要性决定了比兴、象征、拟人、夸张等手法往往与诗人形影不离。诗人李瑛把这种"固体化"的工作做得细腻、丰富、奇丽，他巧于把电影的蒙太奇手法广泛地用在他的创作中，使自己的诗如雨后彩虹般令读者不厌其赏，常常给人以惊喜、以艺术享受上的满足。

请看李瑛在描摹一个饥饿异邦时怎样运用联想和想象：

饥饿，
统治着
每一个工人和贫农的胃，
占领了
他们的每一个家庭，
每一只碗，每一口锅。

---

① 参见艾青：《诗论》，第 138 页。

看呵，

她还未来得及

吃下挖来的野菜，

便咯着血倒在田野，

只有风，

撩着她枯萎的头发；

他，刚从卖血站

踉跄地回来，

便晕倒在码头上，

沉重的货箱，

从他的肩头滑落……

在加尔各答，

在来自莫斯科的豪华的芭蕾舞海报底下，

在可口可乐广告的霓虹灯管底下，

虽然，老人乞讨的手，

执拗地伸着，

像不落的扬旗，

而破草帽里，

却只有一天冷雨，

和小姐的唾沫……

在德里，

街头，垃圾箱边，

老鼠正嚼着

婴儿的眼睛和耳朵……

在这里，诗人没有乏力的政治喊叫，艺术形象自己对读者发生着强大的魅力。

李瑛有一双很管用的想象的慧眼，当这双慧眼转向澳大利亚，他看见"一只肥胖的手抓着鞭子，抽打你，像抽打一只陀螺。一个民族倒在羊群里，从赤裸的背脊渗出血珠"。当这双慧眼转到非洲，他看到"没有星星的夜，一声枪响，打穿了窗纸，惊醒了黑非洲"。当这双慧眼转到了拉丁美洲，他看到那里的人民"已把剑在祖先的墓石上磨利"。当诗人看向开满金达莱花的土地，他看到那里上空有"一朵云被分成两半"。当诗人读着中俄边界的有关史料，诗人分明看到我国的北方领土被沙皇的大兵霸占"——像切走一块蛋糕"，他们"用我们婴儿的襁褓擦亮了刺刀"！当诗人得悉我国陕西省出土了一只唐代从波斯传来的玛瑙杯，他"闻到一股浓烈的酒香，仿佛酒花儿又在杯中泛起"。

联想和想象与诗人的灵感有关，灵感就是诗人受到某种触动和启发，于是联想和想象的翅膀翩然四翔，从而完成了诗的构思。当我们看到李瑛诗中妙语如珠的地方，往往就同时看到诗人想象彩翼的腾飞，看到他把诗的触须从生活与心灵的深处伸向想象的神奇瑰丽的空间。

谁都见过水库，可是我们的诗人笔下的水库是"山要一面镜子，云要一只杯盏。我们的万顷小麦，要一瓶足够的奶汁"。流过哨所门前的一条小溪，诗人感到分外亲切，不但"一闪一闪，向我眨眼，它轻轻絮语，和我攀谈"，而且"为我们弹响琴弦"。战士的责任就在于保卫它们，"因为即使这乱石间的一湾细流，也是伟大祖国母亲的乳腺"。我们从童年时代就望星星，但是李瑛《西沙群岛情思》中的星星是奇妙无比的："深夜，满天星星会拍着翅膀，纷纷到大海沐浴，据说：一颗颗，一颗颗，有的变成宝石，有的变成金沙，有的变成闪光的种子，在海底发芽……"（《诗刊》1979 年 3 月号）祖国的西沙有多美，诗人对它爱得多深沉，看诗就是了。

善于想象，也就能从平凡生活中发现激动人心的具有典型意义的东西，也就能开掘那些不足为人道的事物所蕴涵的深邃意义。井冈山一条掩埋在草丛间的小路，诗人能看到当年烈士闪光的斑斑血点，从而想到那难忘的峥嵘岁月。而漫空的细雨之中，他又能谛听到祖国亲人对战士的叮嘱：警惕！

善于想象的诗人也必定是善于观察的诗人，李瑛的观察是惊人的细致缜密，他能灵巧地抓住变化着的一瞬间，思想的一闪光；

> 当残雪溶化，枯草间露出一丝鹅黄。
>
> ——《一九七八年的春天》①

春从冰缝里溢出来了，

---

① 参见《诗刊》1978 年 2 月号。

挂满东枝，缀遍西桠；
看那冲下的水沫草节间，
漂下一瓣山桃花。

                ——《第一支渔歌》

远处，牧女的银镯子一亮，
羊群回圈了……

                ——《巡逻晚归》

一朵云，
拧下一阵雨，
匆匆地掠过车篷。

                ——《雨中》

在敦煌，
风沙很早就醒了，
像群蛇贴紧地面，
一边滑动，一边嘶叫。

                ——《敦煌的早晨》

阵地小黄花，
何时一下开放了。
滚在旁边的弹壳啊，
青青的烟在冒……

                ——《炮击间隙里》

有的路呵，又哪里是路：
也许只是一条古藤，
垂挂在峡谷……

                ——《山间小路》

谈笑间他已收弓勒马，
一箭已把整个草原射成两半。

                ——《射箭》

太阳醒来了——
它双手支撑大地，昂然站起……

                ——《戈壁日出》

在新疆，太阳很晚才醒，
八点钟才睁开一只眼睛。

——《在天山上空飞行》

车队切开大戈壁
辗着一道七彩的虹。

——《雨中》

李瑛的诗歌语言明显地继承了我国古典诗词和民歌的优良传统，即使自由诗中也不例外，研究李瑛的诗歌，这是不可忽视的一个方面。

李瑛有时化用古典诗词，装配在他的诗中，使诗显得典雅、秀美："篝火边的晨霜暮雪呵，马背上的月落日出……"（《山间小路》）"最是乡亲情意重，生死一道守边关。"（《告别深山》）"阿佤山——惊涛裂岸云海涌，玉龙山——万古积雪茶花红……"（《澜沧江畔寄北京》）"一川清歌飞红雨，满谷稻香染流风！"（同上）李瑛这种点化古诗词而用的情况并不多见，如果强调这方面，那是脱离李瑛诗歌的实际的。

李瑛有时也尝试用民歌的诗段对仗，韵味别致，婉约多姿。

谁在清早穿一身白罩衫，
比五月草尖上的云彩还要轻？
——我们的姑娘沙玛尔汗，
提一篮子奶瓶走进幼鹿棚。

谁在傍晚披一条花头巾，
比天边的彩霞还丰盈？
——我们的姑娘沙玛尔汗，
到河边去洗饲料桶。

——《养鹿姑娘》

这种尝试当然是成功的，但我们仍不应过分地在李瑛的诗歌中强调这方面。我们所应强调的只能是：一、李瑛因题材、内容而异，大胆尝试、不倦探索的精神——一个有成就的诗人所不可缺少的可贵精神；二、李瑛始终是一个把功夫下在诗外的、坚持刻苦炼意的诗人。

中国现代优秀诗人艾青在他的《诗论》中说："诗是语言的艺术，语言是诗的元素。""诗人以形象使一切抽象的变成具体，诗人是语言的艺术家，诗人的财富是语言。""诗人的剑是语言。"诗人运用语言应当具有蜜蜂从花丛采集蜜汁的本领，李瑛就是具有这种本领的艺术家。他为磨砺语言这柄剑下了大功夫，特别是动词的锤炼成绩卓著，其例子犹如大海遗落在海滩上那五色斑斓的贝壳，处处诱人眼目。

他炼句而出警：

> 我们的刺刀就是一座最陡的山峰。
>
> ——《青松》
>
> 时间呵，给予我们每一个人的——
> 都同样忠实，同等短长！
>
> ——《钟表》①
>
> 如果懂得生命的意义和价值，
> 那——牢房和刑场又有何用！
>
> ——《生命》②

他炼词而传神：

> 数不尽的汽车、战车、炮车，
> 每个发烫的轮子都呼唤着速度。
>
> ——《通往前沿的路》
>
> 一袋旱烟，两声长叹，
> 染苦了整个塞北草原。
>
> ——《花店》
>
> 我们匆匆地策马前行，
> 迎着壮丽的一轮旭日，
> 哈，仿佛只需再走几步，

---

① 参见李瑛组诗《阿尔卑斯山下》，《人民文学》1980 年 2 月号。
② 参见李瑛组诗《红花歌》，《十月》1979 年 4 月号。

就要撞进他的怀里。

———《戈壁日出》

让我们把深沉的感情接种给你（树），
让我们把革命的信念接种给你。

———《植树歌》①

他炼字而味长：

祖国睡去了，
枕着大海的涛声。

———《月夜潜听》

头上照出来一天月明，
三把刺刀泻下三条白银，
皎洁的月光镀亮阿嫂的窗棂。

———《风雨中》

你问这牧场有多大，
蓝天多大，它有多大，
片片彩云都飘累了，
也找不着码头休息一下。

———《我们的牧场》

半碗水里泡着一句话。

———《初到哨所》

炮管挑起一轮月。

———《炮击金门后》

烟雨里，
我来过古渡口；
黄河呵，
可否借我一只羊皮舟？

———《过黄河渡口》

---

① 参见《诗刊》1978年2月号。

沈德潜有言："古人不废炼字法，然以意胜而不以字胜，故能平字见奇、常字见险、陈字见新、朴字见色。"这话用来说明李瑛对诗语的锤炼是恰好的。

在本文结束的时候，我要借李瑛的两句诗来说明标题的来源，诗人在《歌女民兵阿华》的结尾时唱道：

> 她站起了，她唱起了，一掠头发，
> 刺刀上映出她鬓边一朵小红花……

如果，祖国卫士们手持的锃亮的刺刀，在人民心目中有着忠诚、威严和可以信赖的品格；红花，又使我们联想到精美、鲜活、工细、热烈、深情、亲切、流丽、清奇、华赡，那么，这两者交相辉映，不正好可以用"刺刀映着红花"来概括李瑛同志的抒情诗的富有个性的艺术风格吗？[①]

> 1980 年 3—4 月初稿于云南
> 1980 年 10 月修改于浙江师范
> 原载《浙江师院学报》1981 年第 1 期

[①] 附注：本文所引诗句，除注明出处者外，均引自李瑛诗集《红花满山》、《红柳集》、《站起来的人民》、《在燃烧的战场》、《北疆红似火》、《进军集》、《花的原野》。

新的尝试和探索

——读李瑛的近作

洪子诚

　　1976 年 10 月以来，李瑛出版了四个诗集，它们是《难忘的一九七六》、《早春》、《在燃烧的战场》和《我骄傲，我是一棵树》。另有一个集子《南海》已经付排，虽还未问世，但其中大多数篇章已在报刊上发表过，读者对它们并不陌生。

　　《难忘的一九七六》收有五首长诗和一组短诗，它们"半是悲愤"：对这一年中相继去世的几位伟大领袖的沉痛哀悼，对蹂躏真理、蹂躏人民的野心家的愤慨谴责。它们又"半是狂喜"：在党和祖国重新获得生命，严冬已逝，春潮汛涨时的喜悦和对未来充满信心的展望。《早春》是李瑛 1977 年春天到 1978 年底的作品，集中的大部分，给我们传达了辽阔土地上劳动者行进的脚步声，描述他们矫健的姿态。我们在飞腾于戈壁滩的疾驰的车轮上，在为改变黄河面貌而奋战的沸腾工地上，在渴望把贫困烧成死灰而焦急着投入战斗的待命战士的心跳中，可以看到祖国在饱受摧残而重生之后那庄严而生气勃勃的身影。1979 年春天，爆发了对越自卫还击战争，李瑛作为人民解放军的一员，对祖国和战士的热爱和忠诚，驱使他迅速奔赴前线，在滇南边境前沿的掩体和堑壕的硝烟炮火中，他呈献出一册《在燃烧的战场》，给予那些保卫边疆的"英雄的祖国儿女们和他们的枪"（诗集扉页题词）。《南海》集中的四十几首作品，则是诗人 1978 年底造访南海和西沙群岛之后的产品，它们与收录在《我骄傲，我是一棵树》中歌唱张志新烈士和托物寄情、言志抒怀的篇什一样，是李瑛在新的历史条件下，对人生道路和社会理想所做的思索，对革命者的思想品格、感情世界的内容所做的揭示，因而从一个侧面，回答了当前社会生活中提出的某些迫切的问题。

披阅着李瑛的这些作品，我们会得到这样的印象。一、他作为诗歌园地的严肃辛勤的耕耘者，依然保持着旺盛的生命力；近年来，他的收获同样是丰硕的。二、这些作品的水平并不很一致，有某些诗，尤其是粉碎"四人帮"后一段时间的某些作品，有些生涩，思想形象显得有些苍白，但也有相当一部分诗章，闪射着光彩，显露了对李瑛来说是值得注意的新的思想艺术因素，达到了创作道路上的新的水平。因而，我们也许可以做出这样的判断：李瑛是在诗歌艺术新的尝试与探求的阶梯上迈进了重要的一步。

1963 年，李瑛曾在他的第一个自选集《红柳集》后记中说，这个选集里的作品"内容上的芜杂而欠深刻，形式上的不一致，就清楚地说明了我在这一段业余的创作实践中，只是在进行一些尝试和探索"。实际上，60 年代初期，李瑛诗歌的特色已相当显著，并趋于稳定，到了 70 年代初的《红花满山》、《北疆红似火》更臻纯熟，就好像是一部机器，它已经在不断的琢磨调整中成为运转得相当和谐的整体。本来，只要继续添加些润滑剂，就可以保证它的运转，但是，李瑛并不满足于这种稳定，并不想一再重复、模仿自己那些即使是很精致的成品。艺术上新的更高的追求，使他迫切感到有某些重要的机件需要改造、需要调换，而这样做的结果，必然打破已经形成的相对稳定和整齐，在"尝试和探索"中出现瑕瑜互见的不一致，又在这种不一致中取得对原有水平的突破，这是在艺术阶梯上做艰苦而奋力登攀的作家出现的正常现象，李瑛正是这样做的。这里，我们愿意对他近几年的行程，做些粗浅的评述和说明。

—

在与共和国一起成长的诗人中，李瑛是取得突出成就、拥有不少读者的作者之一。关于他的诗的创作特色，不少评论者已有切合实际的概括：在思想内容上，他的诗的最大部分是歌唱我们的人民，尤其是部队战士的生活和战斗的，他善于以一个战士的心胸、眼光去观察、感受和理解世界，去发现生活中、自然中的美，发现蕴藏在人的心灵中的美。在取材和表现方式上，他习惯于"因小及大"，在对平凡具体的日常生活情景的描述抒写中，尽量展示其中蕴涵的时代气息，提炼其中包容的诗情画意。他的不少作品，联想丰富，构思巧妙，形象和感情细腻新颖。这些，构成了李瑛诗作的独特色调：清新、柔美、精致。当然，精致而并不纤巧，清新而并不柔弱，因为他并不停留在对局部的生活现象的摹写上，也不是着意去挖掘那虽真实却狭窄卑微的思想感情状态。因此，这些大都是短小的诗章，与其说是清晨草叶上虽晶莹却易于消逝的露滴，毋宁说是长河中溅起的明亮的水珠。

但是，毋庸讳言，李瑛诗的长处也包含着它的弱点。诗人带着我们惊喜地去发现新的生活和感情的美，有时却对其中复杂的一面缺乏深入体察，这给他的有的诗的形象和感情带来略嫌淡泊、深度不足的缺憾。

应该说，我们是需要各种各样的诗歌作品的。有的如长河中的潜流，沉郁而深厚；有的则如飞瀑溅起的水花，闪烁着令人惊异的光彩——这种差异并不需要加以统一。不过，对李瑛来说，他显然不肯安于他所达到的境界。李瑛早已确定的创作原则和诗的美学观念，并不是只关注、欣赏大自然的"风景线"，而主要是关注着"时代风景线"。他追求的，是对我们时代和人民斗争的本质的、深刻的理解，真实地表达人民的意志和愿望，这决定了他不能无视他某些作品思想感情深度不足这一问题。特别是近些年来，我们国家社会生活产生的急剧变动，十年浩劫期间历史出现的巨大断裂，人民群众的痛苦遭遇和复杂斗争，以及四个现代化进程所带来的在人与人关系，在人们生活和思想方式上的广泛重大变化，对李瑛必然产生强烈的推动，促使他自觉地捕捉、分析这些新因素，并努力从生活深处，用更宽阔的心胸、更深沉的眼光来审视、感受我们的生活，在美与丑、善与恶的对立矛盾中，对生活有更多的真知灼见的发现，融入更深刻的思考。这，正是李瑛一个时期来艺术探索的着重点。

这种探索，首先表现在选材和表现角度上。李瑛在继续发挥他那种从具体生活情景入手，揭示其思想和美学的时代特征的特长的同时，也尝试从正面，从比较广泛的生活范围和历史背景上，去反映我们时代的重大冲突、重大事件。这种尝试，在 70 年代初已经开始（《进军集》中的《向二〇〇〇年进军》等是典型的例子）。而近年来，则占有更为重要的位置。这类作品的数量也大为增加，包括《一月的哀思》、《九月献诗》、《欢呼胜利的十月》、《九月的汇报》、《关于生命》、《关于今天的战斗》和《为一个永远活着的共产党人而歌》等。广阔的生活画面，对时代气氛、社会矛盾和人民群众的情绪所做的大幅度概括，以诗人对这些重大社会事件和社会问题的哲理性思考作为结构作品，选择、组织形象的依据和贯串线索，感情表达上较少制约，较多重视流贯和激荡，这些，是上述长篇政治抒情诗的特点。其中，主要部分写于周恩来同志逝世当时，而在粉碎"四人帮"后续作的《一月的哀思》，得到广泛的赞赏。对于这一事件，李瑛的理解是有相当深度的。他并不想对这位伟大人物做全面的历史评价，而是从领袖与千百万家庭、与亿万普通群众的联系上，去阐述这一伟大生命的时代特征和价值，去抒发失去这一伟人的时代性的悲痛。开阔而深刻的思想，为诗人那用复沓方式表现出来的真挚、深切的感情所贯穿，而产生动人的艺术力量。但是，李瑛的这类作品，并不是每一首都能达到这样的思想艺术水平。

其次，在李瑛为加强自己作品的思想感情的时代感而写作长篇政治抒情诗的同时，另一方面，对于那些描述具体生活情景的短章，也竭力不做孤立的观察，而是从与生活主要潮流的联系上，去提炼自己的情感，阐发事件的意义。表现对越自卫还击战争的诗集《在燃烧的战场》都是短抒情诗，它们各以具体的前沿战斗生活场景，某一英雄动人事迹作为素材。诗人不是从一般敌我力量的较量上去看这场战争，而且也不是从一般的英雄性格上去表现我们的战士。他把这场自卫还击战，看作是劫后重生的岁月里对我们民族、人民的精神性格的新的考验。因此，李瑛把歌颂作为我们祖国和人民性格象征的"磅礴而威严"的《南方的山》放在卷首，而以《我重新认识了祖国》作为诗集的总结。李瑛写道，在70年代最后一个春天，在南方战场上，我重新认识了祖国。他看到，在战火的检验中，十年动乱对崇高信念和真善美的蹂躏并未能摧毁儿女对祖国的爱和忠诚，未能使战士纯洁的鲜血遭到污染，未能使我们丧失那无敌的力量。于是，不论是记叙在茫茫大雾中敌后穿插的尖刀连（《雾中》），还是歌唱把敌人炮火引向自己，用年轻身躯承受漫山烈火的士兵（《歌英雄李启》）；不论是表现在寂静的夜的堑壕里等待出击的英雄儿女对故乡的怀想（《在堑壕里》），还是赞颂原来"犹似轻柔的白云"的姑娘在战斗中变为"冲天的火，爆炸的雷"的成长（《担架》）……李瑛在写这一切时，都是在写对时代的责任，写对祖国的感情，都是在表示对我们民族世代繁衍的大地的崇敬，在表彰"一个民族的力量和骄傲"（《花》）。

第三，为了加强自己诗作的思想力量和感情深度，李瑛对社会生活提出的迫切问题有了更加热情的关切，力求更加努力去准确把握现实跳动的脉搏。读着他的近作，我们不难看出，有一个问题吸引着他的注意力，他不惜思想形象的某些重复，在一系列作品中反复加以思考。这个问题是，在当前社会生活发生巨大变动的形势下，革命战士的生活道路、感情状态、精神境界、人的有限的生命如何才是美的、真实的、有价值的？如何才能超越时间和空间的限制而获得永恒的存在？……在哀悼毛主席、周总理和刘少奇同志的诗篇中，他通过记述他们为人民、为党的事业奋斗的光辉生涯做了回答。在怀念张志新、赞颂对越自卫还击战的战士时，他对这些英雄的生活志向、斗争精神和英勇行动做了回答。1978 年，李瑛还在《致青年战友》的总题下，写了三首披露他对这一问题的观点的长诗。李瑛说，"这里，不需要诗人的浪漫主义和想象"，而给这些长诗加上《关于生命》、《关于今天的战斗》、《关于对先烈的回答》这样议论性的标题，并多少有些舍弃形象，常常直接用政论式语言对这些问题进行说明。另外，更为重要的是，李瑛也在南海，在海声、海鸥、沙滩上的贝壳、海岛上的仙人掌上，在黄河边长城下的树木上，在阿尔卑斯山的雪岭以及平凡无奇到处都存在的石头中，发现对于他所憧憬的壮丽生命的象征，而托物言志，在对这些形象的刻画中，传达他热烈而美好的情思。

对这一具有现实紧迫感的问题，李瑛的回答具有自己明确的思想逻辑线索。与 50 年代初踏上诗坛的一批诗人一样，李瑛是在我们共和国充满信心和希望的岁月里形成人生观的，是在党和人民军队的怀抱里受到革命精神的哺育和锤炼的。解放前祖国、人民包括自己所经受的忧患，解放战争（还有朝鲜战争）炮火的洗礼，是他们生命之河中的重要段落。因此，对于应该有怎样的生活观，人的心灵、道德情操、感情世界怎样才是壮丽、怎样才是美的问题，李瑛指出，重要的是恢复、保持、发扬我们宝贵的革命传统。在《西沙群岛情思》（其五）里，诗人写到他在南海的珊瑚岛上望着那无涯的大海，这时，忽然觉得他看见了"曾认识的万千江河小溪"。这种联想粗粗看起来是有些奇怪的，实际上却有它生活上和思想上的依据。这不仅因为我们大地上的万千江河和小溪都注入大海，自然现象触发了诗人这一想象，更重要的是揭示了诗人对于我们的现实生活与过去的历史行程处在什么样的联系的理解。望着大海，诗人记起那沉在他童年记忆里的"阴云紧锁的呜咽的江河"，记起"流过我年轻的心头"的"映着硝烟炮火的雄浑的江河"，以及"昨天在我眼前匆匆闪过的"、"汽笛烟缕、千帆竞渡的江河"。接着，诗人提出了这样的问题：

> 哦，我们生命的千山万水哟，
> 你们是否还记得我和当年的岁月？
> ——有风霜，有阳光，也有云雨……
> 如今，在这奔腾汹涌的大海边，
> 我一齐寻到了你们以及那些
> 失却的故事，逝去的日子。

当这些"失却的故事、逝去的日子"被寻找到并"重新一一流过我的枕边"的时刻，诗人写道，"今夜，我该有快乐的梦了"，它们"使我想起时间、空间、人生和我自己……"

从现实的迫切问题出发去追寻历史、回顾过去革命斗争的道路，从已逝的有着阳光，也有着风霜、云雨的日子中寻找答案——这不只出现在李瑛近作的个别地方。在《贝壳》里，躺在海滩上的贝壳虽然梦见自己变成天边的星，但是它更"挣扎着寻找失去的海"，因为过去那些由风雨、炎阳、浩荡的万顷烟波所构成的斗争生活，是它的生命的最主要内容。长诗《九月的汇报》记述了毛主席逝世后一年间我们国家发生的一系列巨大变化，在这里，诗人有更为明确的表达："我们该怎样寻找以前认识的东西，比如：我们美好的记忆，我们无产阶级的尊严，我们的革命传统、作风、理想和情操……"

不应该忘却过去的日子，因为我们的生命是历史上那些慷慨地献出自己一腔热血的革命者伟大生命的"延续和收获"；今天，必须找到曾经一度失却的故事，把一度为暴风雨所阻隔的传统、作风、理想和情操连接起来，把与斗争，与不息的跃动，与对祖国、人民的忠诚和毫不犹豫的献身为内容的原则重新确立，把"革命的信仰，战斗的活力"重新注入我们的血液，让我们都能是钻石、煤炭、钢锭，"能熠熠发光，能熊熊燃烧，能铿锵轰鸣"——这就是李瑛近作中对生命意义的艺术的回答，就是他近作中流动着的"历史感"的主要内容。这种回答，体现了李瑛对我们生活着的世界的理解，也与他30年来作品的思想形象相衔接。

二

李瑛在加强自己作品的思想感情深度上所做的努力，当然不限于上面粗略提到的几点，另外，这种努力也存在着一个发展的过程。大体上说，在粉碎"四人帮"之后的一段时间里，由于李瑛对自己诗歌艺术的革新尚处在一种摸索阶段（下面还要谈到），更由于他对当时的社会生活矛盾的认识还不像后来的深入，这种努力受到较为明显的限制。比如在《早春》这个集子中，我们强烈地感觉到诗人对生活有一种单纯、热情的理解和美丽的展望，但却显得有些简单，甚至可以说，有些天真。当然，这是不应苛求于李瑛的：在经历了十年阴暗、刺骨严寒的漫漫冬日之后，春天和暖的阳光，化冰解冻的淙淙流水声，空气中浮动的温煦气息，容易使我们从强烈的对比中产生一种单纯的幸福感，而对现实诸多问题的回顾和思考，则需要在狂喜的心情稍稍平静之后才能进行。李瑛的这些作品，也是当时社会情绪的真实反映。

从 1978 年底以后，李瑛诗的思想形象深度有了明显加强。一方面，当然是由于诗人对生活的认识的深化，另一方面，在艺术上的追求的方向似乎也更为确定。诗人感觉到，诗歌以艺术的手段反映生活（包括人的内心世界）深度和力量的加强，不一定表现为诗中描述的生活面的扩大，更不一定表现为诗人把他对社会问题所做的思索以明确的、观念式的语言表达出来。密切关注现实的矛盾和社会思潮，取得对历史过程的深刻认识，在这样的基础上去体验，感受作家所熟悉的生活，去凝聚独特的、闪光的诗的晶体，应该是更为重要的。

我们知道，李瑛的诗歌创作，特别是 50 年代后期以来，是在不倦地追求着表现生活的美、自然美，尤其是新人的品格、心灵美的。而生活、感情状态的和谐，是他追求的美的主要特征。在他过去的抒情短章中，可以感受到他所歌颂的热情的生命力与带有理想色彩的自然现象、生活现象之间的协调，因而，他的诗是在启示人们的心灵向往崇高纯净的境界。在李瑛的近作中，这些仍然是他追求的焦点。然而，又可以看到诗人对自然现象和社会生活的风浪、艰险、曲折的渲染和强调，或者说，强调理想的和谐境界的达到需要经历艰苦曲折的斗争。在写南海的诗中，《舢板》突出地显示了李瑛对生活、对历史认识的这种侧重点的变化，乘坐小舢板航行在南海的浪涛间，"望着倾斜的海，倾斜的天"，诗人心间升起一种庄严的情感：这就是人类的历史，经历了"多少回失败，多少次艰险，多少次必将付出的血，必须付出的汗"的历史。为了强调历史发展过程的动荡曲折的认识，李瑛运用了他过去诗中罕见的比喻。他说，假如有一天海沉默了，没有风的节律，浪的流韵，雷的突暴，那么，大海就会成为"一个巨大的尸体/——黄色的、蓝色的、黑色的尸体/冰冷地丢在沙滩上"。对于大海中的珍珠，诗人惊异的也不再仅是它们的晶莹和璀璨，而更多地探究它的"心里"所蕴藏的海风吹拂、波涛喧响（《珍珠》）。诗人告诉我们，无论对于人，对于社会，还是对于自然界，倾斜、搏动、喧响是维持生命活力的最基本保证，是通向理想境界的必经阶段。这种认识，是在我们国家遭受巨大灾难、人民经历失败和艰苦斗争之后，对历史更接近真实的认识。

在李瑛描绘南海和西沙群岛风光景色的四十几首诗中，《海》这首诗所表现的思想感情，是这套"组曲"的主旋律。诗人用细腻但却磅礴的笔触，描绘了这浩瀚变幻的形象，并通过海，概括了李瑛对自然史、社会史的观点。诗人写道，海，它既是"广阔无垠"的，"却又多么渺小"；有时它"寂静得可怕"，寂静中却又"充满抗争和呼号"；诗人曾经看到海的"和谐、自然而完整"，如今，他指出，和谐中却"又满含矛盾和冲突"。这里是"庞杂而繁复"与"单调"的统一，"情意缠绵的追逐"与"凶残的厮杀和咆哮"的统一，也是"信赖和诚实"与"谎言和欺骗"的统一，而大海（生活这个更复杂的海洋也一样）的一切，都无可逃避地要在这"寂灭和诞生中获得自己的位置"。在单纯与复杂、宁静与骚动、美与丑、光明向上与黑暗腐败的统一中来看待社会历史过程，来暗示现实的复杂矛盾，而又坚定地肯定前进的声响，青春的精神、纯洁忠贞的灵魂所昭示的生活准则是我们时代的主流——这正是李瑛这些作品取得某种突破的思想基础。

在这样的对自然、对社会的理解的基础上，李瑛通过诗歌的抒情形象所"塑造"的革命战士形象，他的感情世界要更加丰富，更加充实，更加宽广，也更加深沉，他思想感情中的理想因素也更加扎根于现实矛盾的丰厚土壤。1980年春天，李瑛发表了《我骄傲，我是一棵树》和《石头》等重要作品。树，作为比喻和象征，作为人物活动的环境和人物性格的衬托，经常出现在李瑛的诗中。50年代中期他写道"我要变成一棵树"，去"挡住风沙挡住雨雪"（《给防风林》）；60 年代初，他用小树来表现筑路战士的志愿，让它在黄河岸边，"挽住大风沙和雨雪晨雾"（《小树》）。李瑛还以西北沙漠中索取得最少但献出最多的红柳、沙枣、白茨等来比喻支援边疆建设的青年人的品质。树，在李瑛诗中，与开放的花朵、成熟的果实、鸣啾的小鸟连接在一起。诗人所歌颂的，是对于困难（主要是艰苦的生活环境）的无畏，献出自己一切的牺牲精神和通过艰苦劳动建设美好生活的向往。

在《我骄傲，我是一棵树》中，对于人的感情世界、思想品格的概括，已远不限于上述的内容。这棵生长在黄河岸边、长城脚下的树，身上流动着更多的我们民族传统精神的汁液，比起 50 年代、60 年代李瑛诗中写到的那些小树来，他意识到并且承担着更多、更艰巨的责任。他有更加强烈而坚定的斗争精神，而且，已经不限于抵挡自然界的风沙、抵御冰雹雷火，他更把自己坚强而柔嫩的手伸向社会，伸向人群。他不仅要给我们的生活增添温暖和色彩，摘下耀眼的星星给新婚的嫁娘做闪光的耳环，挽住轻软的云霞给辛勤的母亲做擦汗的手帕。而且，他更要为弥补生活的缺陷和不足而斗争，为社会的弱者和不幸者献身：

> 哪里有孩子的哭声，我便走去，
> 用柔嫩的枝条拥抱他们，
> 给他们一只红艳艳的苹果；
> 哪里有老人在呻吟，我便走去，
> 拉着他们黄色的、黑色的、白色的多茧的手，
> 给他们温暖，使他们欢乐。

他的社会理想，对未来的展望，也更为宽广，更为美好，更符合千百万普通人民群众的愿望："我相信总有一天/我将再也看不见——/饿得发蓝的眼睛/卖血之后的苍白的嘴唇/抽泣时颤动的肩膀/以及浮肿得变形的腿、脚和胳膊……"即使他——这棵树倒下了，也要让自己尽快地变成煤炭，好献给人间"纯洁的光，炽烈的热"。

李瑛这些热烈温柔的诗行，既是对于理想社会的宣言，也是对为创建这个社会而献身的人们美的心灵的颂歌。读着它们，我们会禁不住想起艾青抗战时期《给太阳》、《黎明的通知》中光辉的思想，我们心头会流过读郭小川《致大海》时体验过的那种温暖的情绪。不同生活经历、不同艺术风格的诗

人在自己诗作中产生的思想形象上的联系，不是一种偶然的现象。可以说，这是共产党人的崇高志向、不倦斗争精神与我们民族博大宽厚心胸结合的产物，是我们国家几十年来为推动历史发展的多灾多难、曲折迂回道路的产物。当诗人们更加深入现实生活土壤，更贴近人民群众的胸间，更深刻体验到人民坚强、韧性、仁慈、大度的、优秀的，永远也不会被摧毁、被磨灭的性格时，他们的对社会理想的深远展望便不可避免地产生这种一致性。当然，20多年前郭小川在抒发这种感情时，更多的带着乐观和豪迈，今天，李瑛的柔和乐观的歌声里，有着不难觉察的凝重和沉郁，这也是历史道路在诗人感情上的投影。李瑛在他开始诗歌创作生活不久时所"栽"下的小树，由于历史风雨的锻炼考验，它长高了，根扎得更深了，也逐渐壮实起来。因为，它的养分，来自黄河岸边、长城脚下的土壤——李瑛所深深热爱的我们中华民族亿万劳动者千百年来开垦、耕耘的土地。这一点，对于李瑛今天的和以后的创作来说，也许不是无足轻重的因素。

三

思想感情的深化，不可避免地要寻找新的艺术形式，而带动艺术上的突破。

李瑛确定诗歌创作道路是在50年代初，当时，革命刚取得胜利，经济建设大规模展开，抒发对祖国、对党的感情，表现工农兵的劳动斗争生活，塑造他们的形象是诗歌的主要内容。在诗歌的表现手段上，对生活景象和生活事件的描述，成为最重要的手段，即使是某些抒情诗，也大多有人物的轮廓和简单的情节。当时，运用这样的艺术手法曾经产生过一些好的作品，不过，单纯地描绘景象，叙述事件毕竟有很大的限制：从体裁的艺术特点上看，并不是诗歌所擅长的。一些诗人，已经意识到了这一点，他们寻求在表现工农兵生活的基础上的突破。那些在50年代初开始踏上诗坛的年轻诗人，也自觉不自觉地进行这方面的努力。闻捷在描述生活情景的同时，加强对人物情感心灵的探索，加强表现上的抒情性和歌唱性，这是他的《天山牧歌》。公刘对于平凡的生活现象所包含的时代内容做较深入的挖掘，他的抒情诗的概括和哲理的力量常使读者有新的惊奇的发现，这是他的《在北方》。李瑛艺术特色的形成要稍晚一些，却同样是鲜明的，他发挥了他对事物情状，尤其是对自然景物特征敏锐细腻的捕捉和感受能力以及在此基础上的想象力，使他对生活现象的描述饱含着浓厚的感情色彩，而避免了平淡和琐碎，使诗人的思想感情得到曲折鲜明的表现。

李瑛是个对大自然的色彩、音调、形态、气氛感受精微的诗人，他从我国古典诗词和西欧多种流派的诗歌作品中，吸取了比较丰富的表现手法来传达他的感受。20 多年来，他的那些受到较高评价的作品，有相当部分是描绘自然景象，或借景物来歌颂新的人物、新的生活的。因此，那些丰富的、有鲜明特征的、容易寄托流动变幻的美的地区的景物，是他取材的集中点，如南方美丽绿色的山峦、变幻壮丽的戈壁滩、辽阔悠远的内蒙古草原、东北边境的茂密林区……理解了这一点，我们也懂得他为什么那样爱海、写海。过去，他就写过不少有关东海、南海的诗，而 1978 年底到最近，他又集中用 40 多首诗的篇幅来描写南海，歌唱南海。海的瑰丽、奇幻，使他陶醉；这里，有繁丽的色彩，"赭黄、淡绿、深青、藏蓝"，有"天蓝的鳍，金黄的尾巴"，"朱红的、淡黄的、墨绿的"珊瑚骨骼；这里，有多姿的形态，"闪电般掠过迷蒙的涛浪"的疾风的鸟，"炸雷般的轰响的搏动的惊涛，微细的低语的波动"；这里，有丰富的音响，海浪有时发出"迸裂的金属"声，有时又"轻轻絮语"，既能如"万乘铁骑，一声长嘶"，又会琴弦震颤、钟吕轻敲，唱出"轻抚万物的歌谣"……这对于一个擅长以自然景色作为手段去把握、表现社会生活的诗人来说，无异于为他展开可供深入耕耘的宽阔领域。而且，李瑛不仅在对景物的刻画中来传达他的思想感情，即使他在表现某种抽象的思想观念时，也常把它化为一种自然界的形象。讲到没有解放的仍陷于痛苦之中的国度，李瑛说那里有"没有光的河水，没有颜色的树叶，没有温度的太阳"（《献给阿非利加的情歌》）；讲到人民斗争，李瑛又"用蓝色的星星，耀眼的灯光，滴露的草叶，或清晨的鸡啼"来谈论胜利（《和阿尔及利亚朋友谈胜利》）。70 年代初的抒情诗《雨》、《亮晶晶光闪闪的小河水》，在这类诗作中达到相当高的和谐完整的程度。目前，李瑛的这种艺术手段和表现方式，仍在他的近作中得到继续，而且在他以后的创作道路上，也仍将发挥重要的作用，实际上，对这种方法的开掘，也还有极大的余地。

但是，像任何一种艺术手段（表现方式）都有其所长，又有其所短一样，李瑛的这种方法在对生活做更广阔而深入的展示，从正面去反映重大题材和历史事件时，便显得有些难以胜任。因此，当李瑛更加直接关注时代风云时，他的艺术表现方法也相应发生了变化。

他首先运用了在五六十年代很流行的长篇政治抒情诗的体式，创作了一批反映重大历史事件和时代问题的作品，这些作品的质量是参差不齐的。前面说过，《一月的哀思》等有较高的水平，而《欢呼胜利的十月》、《致青年战友》等则处于李瑛诗作的水平线以下。除了思想上的原因外，艺术上的弱点也很明显。对于这种诗体（包括形象、抒情手段、章法句式等），李瑛并没有自己的创造。艺术上形象组织和抒情方式的因袭套用，曾经使这种富于生命力的体式走向令人生厌的反面。李瑛既然未能将这一艺术形式向前推进一步，就李瑛的这些诗也不能完全避免因袭的弱点。比如，像这样的抒情、概括方式："就是这样沸腾的年月呵，红旗翻飞，烟尘滚滚，就是这样庄严的时刻呀，朝霞似锦，战鼓如潮"；"南昌的枪声，浏阳的红缨，三湾的红枫，井冈的军号"（《九月的汇报》），我们已经非常熟悉。又如这样的"形象"构成："强大的犁刀和南泥湾的镢头相辉映，在耀耀闪光，四十匹马力的拖拉机和'穷棒子'的'三条驴腿'相激励，无比自豪"（《九月的汇报》），是对贺敬之 50 年代《放声歌唱》的模仿。李瑛的《一月的哀思》之所以成功，在艺术手法上恰恰在于坚持他捕捉、刻画具体细腻的思想感情的长处，并没有完全丢弃他的那种在"写实"的基础上突出感受的方法。

所幸的是，李瑛在上述的尝试上并没有停留很长时间，他也许觉察到，完全与建立在他的性格、气质和文化艺术修养的基础上的艺术表现特点相割裂，转而去重新掌握与他原来的风格距离较大的方法，并非十分合适。当然，不去进行新的探索，简单地回到他原来的出发点，这却是一种怠惰，也会与他所要表现的思想内容存在不协调。于是，在写南海的不少作品中，在《我骄傲，我是一棵树》集中的部分作品中，选择了另一条可能是更有成效的道路。它们大概是这样的情况：诗人继续遵循他原来从感受极深的具体事物、情景入手的取材办法，但又努力超脱具体生活情景对他所要表现的思想的限制，而达到更深更广的概括。一方面，他继续保留、发挥他那种清新动人的富于生活实感的描绘方式和想象方式，另一方面，又使描述的实体带着象征的色彩，并加强诗歌抒情的哲理性。李瑛所骄傲地歌唱的"一棵树"，已经不是某一棵具体的树，并不和某一特定的生活景物相连，这个形象，具有更广泛的概括。然而，诗人对它的描绘仍然是具体的、可感的：

> 雨雪纷飞——
>
> 我伸展手臂，覆盖他们低矮的小屋，
>
> 做他们的伞。
>
> 使每个人都有宁静的梦；
>
> 月光如水——
>
> 我便弹响无弦琴，
>
> 抚慰他们劳动回来的疲倦的身子，
>
> 为他们唱歌。

不为特定生活事件所束缚、限制，把诗人对具体生活情景的感受触发提炼为更有概括力的艺术晶体，从中透射出多种角度的折光，这就是李瑛最近所做的努力。这种艺术追求，在他近两年的作品中有相当部分是通过咏物的方式来达到的。托物抒情言志的咏物诗在中外都有不少作品，李瑛以前也有类似的创作，不同的是，李瑛近作中的这类作品，不再仅是简单地借助一种比喻、一种象征，来阐明他的某种单纯的情绪和观点，所托之物往往只起观点的具体化、形象化的作用。在这些作品中，大海、海的声音、海滩上的贝壳、海上舢板、石头和树等形象，本身就带着从生活中提炼概括的具体性和丰富性，它们不是某种现成观念的外壳，而是如李瑛在《石头》中所描述的那样：

> 这里有沟鳞鱼，有恐龙，
>
> 有巨象的肋骨、树叶和草丛，
>
> 有波涛起伏的旋律，
>
> 旋律中，小鱼在快乐地游泳；
>
> 还有某一天的落霞残照，
>
> 还有某一天的雨后飞虹；
>
> 还有盘古的巨斧，后羿的箭镞，
>
> 或者，还有不死的胚芽，准备滋生。

总之，历史的、现实的广阔画面和运动的"千般身影，万种风情"，以及它们所包含的丰富含义，凝结在这"石头"——也是这诗的晶体之中。读着这样的诗，我们获得的不只是对一个简单的思想的生动印证，而是引导我们以感情、以思考去深入探索生活和人生。

伴随着思想的深化、感情的深沉，李瑛那惊异、欣羡的目光也不只是对准闪光的河、滴银的夜、金黄的贝壳、绿色的春日。那平凡质朴、缺乏色彩的变幻，没有温度、知觉和梦的石头，也引起了诗人的惊异。他惊异的不是因为它是天边璀璨的星、是树上晶亮的露水，而是因为它有那么深远的由"汗和泪"凝成的历史记忆和生活内容。对一个追求美丽奇幻色彩的诗人来说，把石头称作"人间的精英，宇宙的精英"，并认为我们的每块石头都叫作星星——这是诗人思想和美学观念的重大变化和发展。是他，发现了这种不被许多人顾盼的物体的美。它的美，不在于外形、色泽，而在于它的内容。它的每个断面、每层纹路中所郁积的历史的雷雨、风暴，它心中深深埋藏的痛苦、幸福、憎恨、爱情，它在历史行程中的刚直坚定，它如死寂一般的外表中孕育新的生命的充沛精力……既注视着天空、地面的缤纷色彩，又探究着褐色、棕色的深厚地层；既描绘人民的外貌，又深入他们的心间；既观察着现实生活的状况，又从历史的发展过程中把这种观察引向深刻的真实——这就是李瑛近作所预示的值得祝贺的新的因素。

1981 年 8 月

原载《文学评论丛刊》第 12 辑

李瑛和他的诗

宋 垒

诗人李瑛，河北丰润县人，曾在唐山度过了艰辛的少年时代——

"日本帝国主义侵占了天津，我们在车站边的家和学校被炸毁，我们失去了仅有的一个铜板又一个铜板积蓄的衣物。

"从此我们便失去了祖国。

"之后，我便不得不离开天津回到离故乡较近的小城市唐山去，在那里勉强读完小学和初中。"

——摘自《李瑛诗选·自序》

一

李瑛从对越自卫反击战的边防前线回来，有一次偶然谈起，他已经出到第 20 本诗集了。我听了起先一愣，但仔细想想，也就不再惊讶了：——他从事创作已经 30 多年，除了"文化大革命"期间受到干扰，有几年没有写诗之外，平均一年多时间出一本诗集，这样的速度、这样的产量，应当说是正常的。

可是，他是长期从事业余创作的，本职工作很忙，全部利用晚上和节假日时间写作，从这一角度来说，又不能不承认他是位多产作家了。

从新中国建国初期起，我开始从报刊上读到李瑛的诗，给我的印象是，他的诗感情细腻，想象丰富，构思精巧，语言优美，用通俗点的话来说就是，他的诗很秀气，我总以为他是个学生。那时我和他没有见过面，对他的情况是了无所知的。大约是 1955 年或 1956 年，在北京南河沿中苏友协俱乐部举行的一次欢迎外国诗人的集会上，他和蓝曼、许翰如、纪鹏，都一式绿军装，气宇轩昂，迈着军人特有的步伐，敲得地板咚咚直响，风一样进了会场，马上就在会议桌旁坐成一排，满面笑容，却一动不动……这才知道他原来是位人民解放军军官，那时他只有 20 多岁。

1959 年，我在河北怀来县农村下放劳动锻炼，和李瑛的爱人在一个小组。有一次李瑛去探亲，于是又见面了。当时他已出版过好几本诗集，但接触之中，只觉得他谦虚、朴实、热情而平易近人，和有些青年作者的自命不凡形成鲜明的对照。以后和他的接触逐渐多了一些，但这个最初的印象却始终没有改变过。

二

我们的时代，有许多作家只上过中学甚至小学，更多的知识是参加革命队伍后才学到手的，唯独李瑛在北京解放时恰恰是北大中国语言文学系的毕业生。这能不能说明，读了大学文学系，才会更有利于创作呢？

这个问题不易回答，毛泽东同志也曾批评过大学中文系的学生写不出文艺作品。掌握更多的知识，多接受前人的经验，显然对从事创作是有利的，但基本的问题恐怕还在于作者本人的生活实践和艺术实践。

李瑛和人民解放军同龄，50 多岁了。但他生得晚，参军时，只赶上战争年代的末尾，戎马倥偬、战火纷飞的岁月经历不多。作为一位部队诗人，这显然是有欠缺的，不过他已尽可能补充了这方面的不足。

他在北平解放前读大学时，即参加了党的外围组织（这时他已做了一些写作尝试）。新中国成立后参军南下，在"活捉蒋介石，解放全中国"的人民解放战争高潮中，在猎猎红旗下跨过黄河、长江、珠江。后来他做部队机关工作，先后当过记者、干事、秘书，又长期做《解放军文艺》的编辑工作。他在 50 年代，曾到朝鲜战场和祖国边疆各地采访，访问过苏联、东欧，下连队当过兵，并曾沿着红军长征的路线，一步步踏勘过当年老一辈革命家走过的足迹。每一个阶段，他都写了不少诗。到 60 年代初，他的作品的思想性艺术性都更臻于成熟，陆续出版了《野战诗集》、《战场上的节日》、《天安门上的红灯》、《友谊的花束》、《早晨》、《时代纪事》、《颂歌》、《寄自海防前线的诗》、《花的原野》、《静静的哨所》等诗集。

1963 年，人民文学出版社编选了当时较有代表性的六位青年诗人的选集，其中有李瑛的《红柳集》，老诗人张光年亲自为他写了序言，对他的诗颇多奖掖，做出了较高的评价。

作为一位光荣的中国共产党党员，在李瑛宽阔的胸怀中，强烈的爱国主义精神和崇高的国际主义精神是紧密结合的。他写过不少优秀的国际政治抒情诗，其中充满了革命战士烈火般的战斗激情，支援世界被压迫民族和人民的斗争，这些诗许多已收进 1964 年出版的诗集《献给火的年代》。《枣林村集》写农村生活，也是"文化大革命"前陆续写起，1971 年完成，1972 年出版。

"文化大革命"中，李瑛受到冲击，他的工作单位解放军文艺社被林彪、"四人帮"解散，他被调到基层去。直到"九·一三"事件后，周恩来总理于 1972 年批准《解放军文艺》复刊，他才又调回编辑部。最近几年，他曾到过东北中苏边界哨所和内蒙古边境，也到过云南、西藏的边防部队和西沙群岛采访，到大港油田深入生活，又到对越自卫反击前线工作和生活，并参加中国作家代表团访问了瑞士，出版了《红花满山》、《北疆红似火》、《站起来的人民》、《进军集》、《早春》和《在燃烧的战场》等诗集。

收在《难忘的一九七六》中的抒情长诗《一月的哀思》，是他创作上的一个高峰。这首诗热情歌颂敬爱的周总理，表达了亿万人民对周总理的由衷爱戴和怀念之情，记述了十里长街送总理的感人场景，强烈控诉了"四人帮"的滔天大罪和卑劣行径。这首诗曾在许多朗诵会上被朗诵，广播电台也多次广播，听众们一次次被感动得潸然泪下，许多评论文章都对这首诗做出高度评价。这首诗是在 1976 年 1 月总理逝世后不久写的，当时无处发表。粉碎"四人帮"后，又补写了最后一节才公开见诸报章，立即传遍全国。

三

李瑛在艺术上最重要的特点是，他的诗不仅较好地做到了毛泽东同志所要求的"革命的政治内容和尽可能完美的艺术形式的统一"，而且也较好地做到了恩格斯所要求的"倾向应当从场面和情节中自然而然地流露出来，而不应当特别把它指点出来"。李瑛是一位具有鲜明的倾向性的诗人，这一点通常并不为人们所注意，而之所以不为人们注意，正因为他达到了这种不易达到的高度。他的诗，并不回避对山川草木、风花雪月的描写，相反，正是这些方面的描写，给人以特殊的美感，而隐藏在这后面的，却是一个诗人和战士崇高的革命情怀。诗人的主观思想感情和客观对象的美，是融洽得如此天衣无缝，使人不知不觉间受到一种高尚情操的感染。

他善于撷取生活中的美，并创造出艺术美来，这一点，在他的诗集中几乎到处可见（可参阅拙作《谈诗意和李瑛的诗》，见 1963 年 1 月号《解放军文艺》）。李瑛的诗中，艺术感觉的敏锐和艺术表现的精巧，常常是令人惊异的。他对生活的观察特别细致，由此引起的联想特别神奇，往往能"发人之所未发"，在艺术表现上达到小中见大、平中见奇。举他近几年的诗为例吧，我们不少人是到过油田参观访问，看到过各式各样的钻头的。当我们听到油田技术人员的介绍时，引起的直接联想也许是：我们国产钻头的质量还不过关，而进口的钻头又是那样昂贵，真需要发奋图强，赶超国际先进水平啊……而李瑛的《一个钻头的联想》是怎样写的呢？一开始便是：

> 它，伫候在向二〇〇〇年进军的火线上，
> 它，伫候在"红——三井"轰鸣的钻台上。
>
> 谁说它是一具钻头，三牙轮钻头。
> 分明，它有血有肉，甚至有崇高的思想。
>
> 看通身：三副牙齿，三只水眼，
> 为的是战斗时付出三倍的力量。
>
> 钻进，钻进，钻进，心中只有一个高亢的口号，
> 钻进，钻进，钻进，眼前只有一个坚定的方向。

这既是拟人化，又是象征，它把诗人自己和许多人共有的发奋图强的心情，在一个钻头上表现出来，而诗的进一步发展，又使人们的精神境界更为提高：

> 此刻啊，莫看它不声不响，
> 周身却焦急得都在发烫！

听见了吗？它像在说："快考验我吧，
看我怎样来恶战一场！

"历史啊，我不会愧对你，
我要让顽石统统化作齑粉泥浆！"

如果你理解待命战士的心情，
你就会知道它的心在怎样跳荡。

啊，它不是一块钢，是生命，顽强的生命，
看，革命的意志，战斗的青春在闪光。

《一个钻头的联想》在最后礼赞着："它，多像我们英雄的钻井工——不论是小伙子还是姑娘！"其实，如果不要这最后两句，我倒觉得整首诗更有普遍意义，能够留给读者更多的联想。但，无论有没有最后两句，整首诗这种以小见大的写法，是可以有代表性地说明李瑛艺术构思上的一个重要特点的。我还想再举一首短诗为例，凡是在部队生活和战斗过的同志都知道，站岗放哨是部队中十分重要又十分平凡的劳动，要把站岗放哨写成诗，是十分困难的，但我们看看李瑛的《边寨夜歌》吧！

边疆的夜，静悄悄，
山显得太高，月显得太小，
月，在山的肩头睡着，
山，在战士肩头睡着。

村寨边，篝火熄了。
草房里，圹火弱了，
暮霭茫茫的山环里，
一声声夜鸟在叫。

沿着悬崖，拨开荒草，
闪动着巡逻战士的刺刀；
七亿人民的嘱托频频叮咛：
警惕！警惕那狼豺虎豹。

地里，种子在笑，

梦里，孩子在笑，

伟大祖国又跨过一天，

又亮又圆的露珠滴下来了……

你看他把平凡的生活写得多么美！多像一幅写意的水墨画！确实，这首先由于李瑛热爱生活，才能善于发掘生活中的美。如果换一个总是埋怨生活平凡的人，是绝发现不了这种美的。可是，仅仅热爱生活也不够，还要善于发现、善于表现。李瑛的诗中，无论是小中见大、平中见奇，都有一种诗所特有的构思，这也许就是刘熙载《艺概》中所说的"睹影知竿"吧。他往往是写"影"不写"竿"，往往是回避对客观对象的正面描绘。他明明写水库，却又不写水库，只是说山要一面镜子，云要一只杯盏，万顷小麦要一瓶足够的奶汁，快乐的小鸟要一片树林做摇篮……之类。丰富的想象，新颖而独特的譬喻，从侧面写，从对面写，从空中写，从周围写……而又绝不脱离他所要描绘的客观对象。其实刘熙载所说的"睹影知竿"和苏轼所说的"赋诗必此诗，定知非诗人"，严羽所说的"空中之音，相中之色，水中之月，镜中之象"，颇有类似的意义，甚至这也就是司空图《诗品》中最早提出的"离形得似"，而后来不少"诗话"中又强调提出的要"不粘不脱"，"不即不离"。这是诗歌创作中一条重要的艺术经验，是撷取生活美创造艺术美的一个重要途径，也是留给读者更多想象和思考的余地，并在欣赏中进行再创造的机会。李瑛在他的长期艺术实践中，很熟练地掌握了诗的这种创作方法，用以表现时代的生活，并且已经取得卓越的艺术成就。他在诗歌形式的创造，音乐性的追求，通感、色调、构图、超越时空的想象等方面，都有很成功的经验。

四

有一次李瑛对我说："搞创作的人并不是没有理论指导的，不过没有写成理论文章。"他的话是对的。根据我的印象，他在理论上特别强调生活对创作的作用，认为一个搞创作的人最重要的是生活，从中越边境回来，他对这一点感受尤深。他说，许多在自卫反击战中的英雄形象，一直萦回在他的脑际，驱使他不得不写诗赞颂他们。从他的生活经历和创作经历中，是完全可以印证他的理论的，他的 20 本诗集中的每一首诗，都是沿着他走过的足印撒下的花朵。他说过："文艺的唯一源泉是生活，思想产生于生活，形象也必须在生活中发现，这就决定了诗歌须在对生活的观察中，而不是从观念中产生。这里就又有了作家对生活的认识，熟悉和理解的问题，以及不断提高自己的艺术素养的问题。"（《诗刊》1978 年 1 月号 18 页）举一首他写英雄的诗：《最后的申请》，是可以说明他的理论和实践的：

> 战斗结束，他牺牲在战场，
> 仰卧在茅草丛中，向着太阳。
>
> 这泥土般朴实的面容啊，
> 这大地般宽阔的胸膛。
>
> 他不再呼吸，不再需要光和氧，
> 他生命在燃烧，他本身就是氧和光。
>
> 谁知道在他弥留的最后时刻，
> 滚滚思潮啊，该把哪句话留在世上？
>
> 在火线，找不到一片纸表达心意，
> 只能写在手心：我申请入党。
>
> 党啊，这是他临终前唯一的渴望，
> 是他最后的请求，最后的向往。
>
> 蘸着硝烟，从容而又安详，
> 他艰难地写完最后一笔，才告别太阳。
>
> 他去了，留下对祖国、大地美好的憧憬，
> 留一颗赤诚的心，像仍在峡谷跳荡。
>
> 留一片搏斗的战场，在他身下，
> 留七具敌人的尸体，在他身旁。

山风萧萧，天海苍苍，
手上这五个大字闪着红光。

茅草啊，匆匆长起，为他遮荫悬帐，
野花啊，匆匆绽蕾，为他开放送香。

战场像铁砧，检验了他的每一个细胞，
说："他英武的形象正是党的形象！"

是的，他心房的最后一滴血已经流尽，
但他作为一滴纯洁的血却注进了党的心脏。

1979年，在北京举行的对越自卫反击战美术展览会上，曾展出过穿插战斗中牺牲的杨霞烈士的两幅剪纸和一首诗："生当为人杰，死亦为英雄。边陲驱豺狼，碎骨也甘心。鲜血洒战场，山河永青春。亲人欲念吾，九天见忠魂。"读了李瑛的《最后的申请》，我立刻想起了这仿佛就是写的杨霞烈士。当然，他写的绝不是杨霞，但他写出了成千上万祖国的儿子共有的崇高精神境界。

关于诗歌的性质和作用，李瑛也有独特的见解。他从瑞士访问归国后，1980年春节期间我去看他，他兴致勃勃地说起这个国家的情况，接着又谈到诗。他认为：

"诗歌应起对人民进行美育的作用。"
"诗要塑造美的形象，以塑造人们美的思想感情，高尚的品质和美的灵魂。"
"从诗的精神，到画面、语言、形式、音乐性、旋律……都应是美的。"
"政治、哲学、生活、诗和美是一致的，互相结合的。"
"在我们诗歌创作领域内，对美的精神力量和精神价值研究得太少。"

确实，李瑛从理论到实践都是这样的。从上面引的《最后的申请》这样的诗中，我们就可看到"高尚的品质和美的灵魂"，看到诗人的主观和描写对象的客观是如何紧紧交融在一起，塑造了美的形象。

我只想补充一点：要从生活美创造出艺术美，首先是诗人自己要有高尚的品质和美的灵魂，要有进步的世界观，才能对生活中高尚美好的事物有敏锐的感受力，才能创造优美的诗篇，进而"塑造人们美的思想感情、高尚的品质和美的灵魂"。在这一点上，李瑛有特别值得我们学习之处。王国维在《人间词话》中说："纷吾既有此内美兮，又重之以修能。"文字之中，于此二者，不能缺一。然词乃抒情之作，故尤重内美。"诗要美，首先诗人要有"内美"。应当说，李瑛是具备这种"内美"的。从多年的印象中，我以为李瑛的政治品质和道德品质都是好的，他忠实、诚恳、正直、谦虚、稳重。在多年的政治风浪中，他不是那种反复无常的"弄潮儿"，而是原则性强、是非分明、表里如一、作风正派，善于辨别生活中的美与丑、善与恶、真与伪。举例说，1975 年，当诗坛上有人拼命拉着诗人们写诗"批邓、反击右倾翻案风"时，有些诗人上了当，写了；有些诗人却没有写，李瑛就是其中的一个。那么，他在 1975 年写了什么呢？写了抒情长诗《向二○○○年进军》和许多国际政治抒情诗。当然，政治品质和道德品质不是与生俱来的，李瑛根据他 30 多年的创作道路，他的体会是这样的："到现实火热的斗争中去，了解人民的愿望，倾听人民的呼声，使自己的和工农兵的思想感情息息相通，从而发现我们的生活中那些最本质的事物，那些闪耀着灿烂火花的美好的思想和感情，并从生活实际去概括和提炼素材。""不积极参加斗争实践和生活实践，没有敏锐的政治感觉和艺术感觉，只靠自己头脑里的观念来概念地表达主题，把抽象的东西当成真实生活，怎能写出新鲜的有'特色'、有'诗味'的东西呢?"（《诗刊》1977 年 1 月号 81 页）诗品与人品并不是绝对地成正比例，品质好的人很多，不一定每个人都能写出好诗。缺乏艺术感觉和艺术表现能力，也不可能把生活美转化为艺术美，但归根结底，仍然是"诗品出于人品"。

五

近几年李瑛写抒情长诗比较多，这些诗，充满了他一贯的战士情怀，回荡着生活呼啸前进的声音。而在艺术上有成有败，妍媸互见。应当如何评价这一现象呢？有一种意见，认为李瑛的风格不适于奔放豪迈，否则就会丧失原有的风格。这种意见有一定的道理，不过可以商榷。任何一位艺术家，创作风格总不是一成不变的，不能要求他从小到老只能固守住一种风格。随着时代的前进，生活经验和思想的逐渐丰富，艺术观的变化和社会要求的变化，风格也会变化的，而且真正优秀的艺术家总是刻意追求这种变化的。李瑛的风格在 50 年代末 60 年代初曾经有过一次重大的变化，最近我浏览了他近几年的诗作，虽然没有深刻研究，只有些粗浅的印象，却使我隐隐约约感觉到，他正在经历着第二次风格上的重大变化。如果说他第一次的"变"是从秀丽变向雄奇，那么这第二次的"变"却是从雄奇而含蓄变向雄浑而苍劲。他的第一次的"变"是成功的，目前正在进行的这第二次的"变"，则还没有完成，还在过渡阶段之中。他正背着沉重的纤绳，在峻峭的川江岸边挥汗如雨，费力地前行，远远传来的号子声是昂扬的，但是船还没有上滩，需要同伴们汇聚到他的身旁，和他共渡雄关。

我以为，"法"和"变"二者是密不可分的，没有"法"，就不可能有所谓"变"。要"变"，也必须相应地有新的"法"，不然就不能完成新的"变"。风格的"变"，是从内容、手法到形式的"变"，三者缺一不可。李瑛创作风格第一次的"变"，是经历了 60 年代初三年暂时困难的考验，锻炼了一个共产主义战士更坚强的意志；学习人民，学习民歌和古典诗歌，力求民族化、群众化，又使他的诗在手法和形式上达到了与思想内容的适应和统一，因此，他完成了第一次的"变"。近些年的政治风浪，特别在粉碎"四人帮"后，从无穷无尽的山重水复到突然出现了柳暗花明，他的眼前展现了色彩缤纷的无限广阔的前景，掠过神州大地的春风吹拂着诗人坦荡的胸襟，四个现代化和人类最美好的共产主义事业胜利有望。这鼓舞着亿万人民前进的步伐，也激励着诗人喷涌出潮水般的情思。这一切，正是他第二次"变"的思想根据。要求诗人不要"变"，要求他回到原有的风格吧，大概是不可能的。即将成形的鹰雏正在猛啄蛋壳，从蛋壳上的小孔，已经投射进一线光辉，那么，这种劳动是不能停顿的，停顿就意味着窒息。

我也建议李瑛还要多写几十行以内的、自己更为得心应手的短诗，但抒情长诗也要写，写起来就要全力以赴、努力突破，不要裹足不前，不要回避奔放豪迈。既然胸中滚动着万壑沉雷，就要让豪情飞泻而出。其次，我以为诗歌的爱好者主要是青年，诗歌的教育对象也主要是青年，诗歌要"塑造人们美的思想感情、高尚的品质和美的灵魂"，主要也是塑造青年一代。因此，李瑛要进一步了解和熟悉现在青年一代的生活和思想感情、兴趣爱好、理想抱负，要和他们的心灵更加沟通，要找到青年们最关切的问题，心心相印，娓娓而谈、循循善诱，而不仅仅是激昂慷慨发一通议论，那么李瑛的诗会得到更多青年的喜爱，是不难做到的。此外，在诗的表现手法、表现形式上，也应有相应的变化和创造。"大篇决流，小篇敛芒"。我也多少有点犹疑：李瑛所擅长抒写的许多优美而曲折的巧思，会不会拦阻感情的洪流一泻无遗？李瑛所擅长的令人深思的博喻、象征、复意，能不能保证浩荡的春潮在阔大的河床中畅通无阻？李瑛一贯比较善于塑造客观对象的形象，在塑造抒情主人公形象方面，还不能说是经验十分丰富。李瑛一贯比较善于运用小中见大、平中见奇的表现方法，如何从大处着墨，也需做不断的探求。我建议李瑛在诗的容量、形象的塑造和手法的运用等等方面，既要用其所长避其所短，更要发挥其所长克服其所短；绝不能弃己手法之所长，而要艰苦探索，有所变化，结合到新的形式中去。此外，是否也可多多研读古今中外一些直抒胸臆的优秀诗歌、散文以至论说文章，掌握其多样化的技巧，这对抒情长诗的构思、意境、塑造更为完整的艺术形象和表现主题，等等，也许会有触类旁通之效的。预祝李瑛突破、再突破！

原载《唐山师专学报》1982 年第 2 期

李瑛诗歌中的景物描写

秦兆基　　李　宁

李瑛同志是位勤奋而又有独特风格的诗人，他的诗歌有很强的生命力，尽管物换星移，但仍像带露折下的玫瑰花那样新鲜、迷人。

揭示李瑛诗歌的艺术奥秘，需要多方面的研究，本文仅就他的诗歌中的景物描写做一些探讨。

诗美的追求与战士的情怀

诗美是诗人对生活强烈感受和创造性想象的结晶，捕捉诗美、表现诗美，是诗歌获得强大生命力的前提之一。

诗歌不是亦步亦趋直接描摹现实人生，而是把人们的精神世界的活动提炼、升华，并凭着想象、联想和重新组合而构成诗歌形象，直接作用于人们的感情。

诗歌中的景物描写不是设置人物活动的环境，而是创造出新的艺术境界，传达出诗人对现实人生的自我感受，让读者去领略、鉴赏的。不同时代、不同阶级的诗人，对自然描写，都渗透自己的审美观点，在意境的创造上表现出不同的艺术个性。

李瑛不是吟风弄月的文人骚客，也不是咀嚼品味身边琐事的行吟歌手，而是位战士诗人。30多年来，他涉历了祖国的大海高山、丛林大泽、沙漠草原，他轻勾重描，深情地追求并表现祖国江山的诗美，讴歌战士的情怀。

我们的战士，为了保卫祖国，踏遍了从北疆前哨到南方边陲的山山水水，战士的情思，自然地充盈着对祖国山水美的深切感受，战士们把自己的爱、把对远方亲人的思念以及对幸福的珍惜和对未来的向往，自然地融化到眼前的景物之中；眼前的景物又反过来作为鉴赏的对象，把战士的万般情思诱发出来。只有深入体会战士们对景物的感受，才能揭示出他们感情世界微妙而丰富多样的活动。

有些人认为金戈铁马与晓风残月互不相容，写战士生活只求把火药味搞浓，而回避写景。其实这是误解，殊不知"物有恒姿"，"思无定检"，自然景物在不同的条件下，可以触发和寄寓战士们各种不同的感情。

李瑛写过两首《南方的山》，一首是他在 1955 年沿着红军长征的足迹远行南方时写的：

> 对于我们南方的山，
> 我的诗怎能用喑哑的语言，
> 满天阳光，满天云雾，满天雨水，
> 碧绿、深紫，好不奇幻！
>
> 而且还有满坑满谷的大树，
> 而且还有亘古轰响的飞泉，
> 既然你微笑着站起身迎接我，
> 我就停下："你好，南方的山！"

这里诗人是用恬静的心情、欢快的笔调，描绘出南方山峦及自然界奇幻的景色，记下了他对云南边疆最初的印象。

20 多年以后，1979 年，他又来到祖国的南方。那时，正逢对越自卫还击战，他写了另一首《南方的山》，诗中把战士维护祖国尊严、决心严惩越寇的心情都融合到山的形象里。诗人紧紧扣住南方山势的特点，赋予山以战士的性格：

> 大地邃远，莫不是为使你，
> 颠连逶迤，恣意伸展，
> 苍穹浩瀚，莫不是为使你
> 轰轰烈烈，屹立人间！

嶙嶙山岩呵，

纯青、褐紫，如钢浇铁铸，

绵绵山脊呵，

峥嵘，竣峭，似壁立九天；

山在战士眼中，化为先民在南方群山中的休养生息图，化为亿万军民同仇敌忾反击侵略者的壮丽画面。当然，这里的作者情志的抒发，离不开南方的山本身的固有特征，离不开"青竹"、"木棉"、"山鹰"、"山茶"等带有地方特色的景物。

对入侵的贼寇，这里

没有一块怯懦的石头，

没有一根颤抖的枝条，

没有一张飘零的叶片……

山和依附于它的自然物，构成完整、和谐的图画，诗人凭借想象重新组合，把升腾的感情，投射到自然界去，又从自然景色——山形、山势、山色的变幻中，得到启发，使自己的感情升腾飞跃，达到新的境界。这两首诗，从景物描写中，显露了我们民族伟大的性格和灵魂，传达了时代的紧迫要求。

文艺作品中的山水有自己的"个性特征"，有自己的"气质"，它的特征常常由于诗人世界观、艺术个性和主观感受的不同而有差异。即使是同一诗人，由于情境、心情乃至选择的角度或侧面的不同，而使笔下的景物变换了感情的色调。同样是南方的山，同样出于李瑛的诗笔，由于时间不同、具体的历史条件不同、心境不同、诗体长短容量不同，景物的形象也就各异。

李瑛是诗人，但他首先是战士。正像他赞扬马雅可夫斯基那样，他的诗也"同战士的刺刀一样忠诚"，因为诗就是他"忠贞的血，火炽的心"。他的心与我们战士的心一起跳动，他也自然善于用战士的情去讴歌我们祖国壮丽的山川，倾吐自己的万斛情思。

瑰奇的山川与崇高的心灵

诗境和一切艺术境界一样，是千姿万态的。明代诗人袁宏道说过："善为诗者师森罗万象。"① 这里说的"森罗万象",既指客观存在自然景象,也是指人主观思维的精神世界。但不论如何千变万化,在诗歌中,都是情景交融、互相渗透的。

李瑛善于运用艺术的手法,精心地创造出祖国山川的壮丽瑰奇的景物美与战士胸怀中崇高可贵的心灵美融为一体的诗境。

海以它磅礴的气势和变幻不定的形象诱引诗人去题咏,李瑛《海的怀念》不主故常,它用战士看惯大海的眼睛去看高山,勾出了战士对大海的深情的依恋。海与山的形象叠合了,战士忆海的情与恋山的情融合在一起了,构成了更深的晶莹瑰奇的景,抒写出战士更深的挚爱祖国每寸土地的感情。

> 昨天还守卫在海边,
> 今天却移驻在高山,
> 烟波浩渺的白浪呀,
> 好像仍在我眼前翻卷。
>
> 也许是由于爱海,
> 看群山也像大海的波澜,
> 莽苍苍,起伏颠连,
> 我们的哨所莫不是浪里的征帆!
>
> 也许是由于爱海,
> 看云雾也像那碧波一片,
> 迷蒙蒙,奔腾舒卷,
> 云中的山鹰莫不是浪尖的海燕!

诗人直接抒写了战士的心境,"大海、高山,分挑在战士的双肩",点明了主题,因为祖国"你每寸土地都浸透战士的情感"。

祖国大自然的景色是多种多样的,茫茫戈壁、漠漠海天、溶溶月夜、山村溪流、哨所灯光。有壮景,有柔景;有大景,有小景;有动景,有静景。战士的情也是多种多样的,豪情与柔情、热烈与深沉、勇猛与坚韧,他们的

---

① 参见袁宏道《叙竹林集》。

感情世界并不乏波澜。李瑛善于以轻柔洒脱的笔去抒写恬静的自然风光，写出了更深一层的情，爱与恨交织在一起，是一种多层次的抒情。

《风雨中》抒写一位山村阿嫂刚生下来的婴儿的啼哭声，触发了战士的深情。雨过天晴，月儿照着幽静的山谷，大山又多了一个儿子，祖国又多了一名士兵。

> 巡逻到前山，风弱雨停，
> 头上照出一天月明；
> 三条刺刀泻下三条白银，
> 皎洁的月光镀亮了阿嫂的窗棂。
>
> 母亲睡了，婴儿睡了，
> 山环的夜柔和而宁静，
> 我们的山也像产后的母亲，
> 紧张后透出一片轻松。

诗人用风雨、明月，乃至大山的温顺、柔和、善良而多情，烘托出士兵美好的心灵。

鲁迅说过"呼唤血和火的"，"赏味幽林和秋月的，都要真的神往的心，否则一样是空洞"。[①] 李瑛以战士诗人"真的神往的心"来写血和火，刺刀和红花，山村和幽林，曙光和夜月，表现了我们的时代精神。

歌德说过："不要说现实生活没有诗意，人的本领，正在于他有足够的智慧，能从惯见的平凡事物中见出引人入胜的一个侧面。"[②] 李瑛善于在平凡的景物中发现它所包孕的诗意。江山秀丽壮美，可以激发战士保卫祖国的热情；山隘险阻、风雪肆虐，也会反衬出战士征服自然的献身精神。李瑛善于把景物与人物、景物与景物组合起来，表现出很高的写景才能，"片言可明百意，坐驰可役万景"。他的一千多首诗中，不乏写景的佳篇，它为我们展现了各种各样的境界，从各个侧面、各个角度赞美了战士崇高的心灵。

---

① 参见《鲁迅全集》第七卷，第 720 页。
② 参见《歌德谈话录》，第 6 页。

景物的描写与艺术的创造

写景，也就是再现和创造艺术境界，这绝不是纯客观地描摹自然。静默观察，得其精神，凭胸臆，艺术家要决定取舍，重新组合，才能进行艺术的创造。"夫意以曲而善托，调以杳而弥深"。① 景物描写也要"曲""杳"，使诗作有巨大的艺术容量，翻出新意，写出深念。

李瑛诗笔下的景色，常写常新，引导人们进入新的感情世界。从美学角度来揭示它的奥秘，就是"窥意匠以运斤"，就是在景色描写中，根据表达主题的要求，运用艺术想象、艺术虚构、夸张，把虚与实、静与动、大与小、隐与显对立着的两方面结合起来。

李瑛善于处理实景与虚景的艺术辩证关系，他往往既把实景虚写，又把虚景实写，创造虚实相生、错综交织的意境。

《井冈山哨口》一开始就把井冈山哨口描述为"严峻但又慷慨的山"，五座哨口被比作五堆篝火在中国的暗夜里熊熊燃烧。实景虚写，"星火燎原"的时代特点表现得新鲜、形象、独特。接着又通过诗人想象中构成的历史画面，概括地追述当年的斗争，虚景中又有实景，"我抚摸你险峻的峭壁，寻找你的工事，你的火焰"，抒情借景物加强了它的形象性，找到了感情的触发点：

> 不要迷住我的眼睛，
> 三十年的风、雪、雷、电；
> 对我讲吧，讲吧，
> 贴在断崖的月亮，闪光的飞泉。

这里从实转化为虚，把壮丽的历史斗争的场景与壮美的自然结合起来了。

李瑛的诗歌善于处理静景和动景的辩证关系，在《高山哨所》中，他把动荡奔腾的大海转化为静立的山峰：

> 从什么时候起，

---

① 蔡小石：《拜石山房词序》。

> 这大海忽然静止了奔腾？
>
> 威严，雄伟，峥嵘，
>
> 凝成这险峻的山峰。

接着又通过战士的联想、想象，反转过来把高山幻化为波涛汹涌的大海中的岛屿，哨所则成了"一叶海上帆篷"，"祖国的亲人呵，当你向夜空遥望，那最远的星斗，就是我们的桅灯"！

　　静景动写，要写得独特新颖，有动感。《西沙群岛情思》中，天上的星星会拍着翅膀飞到大海沐浴，有的变成金沙，有的变成闪光的种子，在海底发芽。"摛文铺彩"，想象神奇。我们看诗人捕捉的西沙的形象：

> 到处是流动的色彩，
>
> 到处是奇幻的光，
>
> 到处是跃动的活泼的生命。
>
> 呵，西沙！

强烈的光影效应，把诗人意识深处真切的感受写了出来。

　　李瑛景物描写的突出成就，还表现在他善于小景大写或大景小写上。

　　山间小路，本是平常的山区小景，几乎没有什么可写的，但由于诗人展开了想象的羽翼，从眼前"窄得如一条绳索"的小路，联想到战士心上铺着的险峻的路，像"纱带"，像"云梯"；有的，哪里是路，"也许只是多年雨水，冲刷的河道"，"也许只是一条古藤，垂挂在峡谷……"诗人还把小路与中国革命的历程联系起来，讴歌我们的革命前辈，他们"穿险山、越恶水"，"飞深涧、攀绝壁"，终于找到了新中国。

　　小景大写，看起来是诗人驾驭题材的能力问题，实际上也是诗人的思想高度问题。诗人从一物一景中，逐步展现它可能具有的时代内容，而且显得很有诗味时，小景也显得气象万千了。

　　大景，辽阔无垠的境地，在短短的抒情诗中，不宜于铺开写。李瑛从一个角落望开去，让人们用自己的想象来补充，在脑海中展示了宽阔的画面。

　　《戈壁日出》，诗人抓住了沙漠地带的地理气候特征，通过诗人的独特感受，把人们引入到一个雄伟神奇的境界中。作者着力去写太阳，强化了这幅景物画的立体感：

太阳醒来了——
它双手支撑大地，昂然站起，
窥视一眼凝固的大海，
便拉长我们的影子。

我们匆匆地策马前行，
迎着壮丽的一轮旭日，
哈，仿佛只需再走几步，
就要撞进它的怀里。

这两节诗写出这里日出的速度是很快的，一下子站在骑兵的面前，仿佛再走几步就会撞到他的怀里了。诗人利用人们的幻觉，把景面缩小，反衬出骑兵战士的威武雄壮。

李瑛诗歌的景物描写，常常是含而不露的，它像画家一样，精心选择特定的富有动作性的片刻，引导读者向更远的方向去看，让读者去领略作者所没有直接说出的意念。

"枕上一夜春风起，行尽江南数千里。"由无景处见到景，由无色处见到色，空中点染，转虚为实。在画家精心构思留下的空白处，我们会想象到大山、深谷、飘浮的云烟……李瑛诗歌的景物描写也有同样的意境。

"我把诗看作是我的第二个祖国"，[①] 李瑛用自己的艺术创造把这块国土装扮得分外多娇。

原载《徐州师范学院学报》1982 年第 2 期

---

① 《李瑛诗选·自序》。

情、巧、美

——浅析李瑛写部队生活的诗作

王伟中

李瑛是一位勤奋多产的诗人，又是一位给他的缪斯紧系上裹腿和武装带的诗人。在他写下的 21 本诗集中，给人印象最深的还是那些反映部队生活的抒情短章。李瑛不仅在当代部队诗人中成就很高，而且，他那独树一帜的艺术风格几乎影响了一代部队诗人。本文试就李瑛部队诗歌的思想艺术特色，发表一点浅见。

情

"诗缘情"，我国古代的评论家这样说；"没有感情就没有诗人"（别林斯基语），外国的评论家也这样说。但是前人给诗总结的这个基本特征，一度与诗分家了。于是，诗的"缘情"这一特征只能成为某些诗人作品的特色了，李瑛便是这些优秀诗人中的一个。

李瑛认为，"诗是属于感情领域、美学范畴的一种特殊的文学表现形式"，"诗人对人的感情世界应该比任何人都更理解、更熟悉。诗人的职责就是通过他和他的积极的感情力量，帮助人们建设新世界和新生活，使人们生活得更加纯洁而健康"（《李瑛诗选·自序》）。从李瑛的整个创作实践看，他是忠于自己的艺术主张的。30 多年来，他始终以战士的感情世界为表现对象，尤其是他后期的诗歌，如《红柳集》、《红花满山》等，这一特点更为明显。

诗要有情是优秀诗人的共同特征，如何抒情以及感情的形态，却各不相同，造成后者的重要原因，是诗人的生活经历。

李瑛在北京解放的那一年，跨出学校大门，参加了解放军。30 多年来，他一直是这个伟大集体的一员。正如他自己所说："我最大限度地使用自己的全部感官，目光炯炯地注视着，专注地倾听着和感受着身边发生的一切"，"使我越深刻地发现了战士美好的思想感情和心灵的隐秘"（《李瑛诗选·自序》）。他熟悉了战士的生活和心理，并学会了用战士的眼光来观察世界，观察人，用战士的心胸来感受思考现实生活中许多动人的事物。在李瑛诗中，"作为抒情主人公的诗人之情和他所歌颂的战士之情完全交融在一起了"（《中国当代文学史初稿》）。读着李瑛的诗，似乎读者和被表现的战士之间，并无一个作为第三者的诗人，是那些直率的战士在袒露自己的胸怀，读者和战士的感情直接沟通了，更易发生情感共鸣，增强了艺术感染力。

当然，以战士之笔抒战士之情，不只是抒情角度的问题，它的实质是，作者深刻准确地把握了战士的思想感情，因而能够真实地表现出战士丰富的感情世界。李瑛诗歌所表现的不论是一瞬间的感受，生活的一点希望、追求，或是某种爱憎，都是战士感情世界的真实产物。如许多人都爱山，爱却各有不同。战士也爱山：

> 没有你们这份神奇，这般险，
> 怎来练就我的这身筋骨，这颗胆；
> 没有你们这副性格，这气势，
> 怎配来和我们相依为伴。
>
> ——《进山第一天》

显然，只有战士才能这样爱山。再如《紧急集合》，兵贵神速，况且是集合又加上"紧急"，一切更要快。快，造成了一种急促的气氛，这气氛使人心情紧张，作者用急促的节奏、反复重叠而简练的字眼，如："快走！快走！快走"，"让路！让路！让路"，"叫他！叫你！叫我"等，准确地描绘了战士的这种心理状态。但这只是问题的一面，平时刻苦训练，可谓养兵千日，而紧急集合则是用兵之时，是战士报效祖国的时刻，战士的心情激动兴奋，充满自信，所以诗人又写道："叫起一座座山，赶快列队集合"，"看我们这回去'掏麻雀'，嘿！保险他难逃脱！"若无对战士生活的真切感受，是很难把战士的内心世界表现得这样准确生动的。

李瑛诗歌情感的真实性，还在于他对战士的情感产生的来龙去脉，也把握得细致准确。他在表现某种情感时，能够揭示出这种情感的产生是因为另一种情感的诱发，使他所表现的情感，合乎逻辑和生活的规律，包含着辩证的因素。

诗情是用形象来表现的，景真才能意切。情由景生，景是抒情的基石，没有真景，哪来真情。李瑛诗歌情感表现得真，原因之一是景真，写什么像什么。请看下面几段描写："雪花卷进了马的鼻孔，它奔跑着打着嚏喷"（《雪夜》），寥寥数语，把雪中奔马，刻画得惟妙惟肖。参加爬山赛的战士，"身边又扑来湿淋淋的云彩"（《爬山赛》），用"湿淋淋"三字写大山早晨的云彩，极为逼真。戈壁兵站的炊事员端来一锅水，竟"沉着半锅沙"，而且是"从几百里外运来兵站"（《戈壁兵站》），这就准确地写出了兵站生活的艰苦性。李瑛写景状物，不仅形似而且能做到神似。在事物外形真实的基础上求本质的真实，用点睛的办法，传达出事物的精神来。如写山的气势，作者选取了山的颜色："黝黑，深紫，透出一片铁青"（《高山哨所》），使我们感受到山的严峻、威武。古来写军旅生活的诗歌，大都写得慷慨悲壮，但战士的生活是丰富的，他们有战场的肉搏，也有平淡优美的日常生活，有多少种生活，就有多少种情感；有多少情感，就有多少种诗。难能可贵的是，李瑛同志通过长期探索，让我们看到了战士心灵另一面的"隐秘"，成功地扩大了军事题材诗歌的表现领域。如在《婴儿的哭声》一诗中，诗人竟能在炮火连天的战场上，敏感地听到婴儿的哭声，这选材首先使人耳目一新，而选材的独到性是与作者所抒发的情感的特殊性相联系的。战士为婴儿想得多么细致入微，这情感只能出自一副细腻温柔的心肠。

在李瑛诗中，细腻优美的情感往往是通过线条清丽、精雕细琢的描写来表现的，这种描写主要体现在作者善于捕捉一些平淡不惹人眼或过于精微不易捕捉的细节。如《霜降》，战士"去替大娘加一件衣裳"，这是多么平淡细微而不足道的念头，可是一旦放入诗中，却恰到好处地表达了细腻的情感。这些细节稍纵即逝，但被作者捉到了，用它们表现出了甜美细致的情思。

巧

李瑛的诗歌向来以精巧受人称道，他的精巧主要是由选材、立意、构思决定的。

老作家张光年说："这位诗人惯于也善于采取因小及大的手法，或者说，从一件小事情上，逐步展开它可能有的时代内容。"（《红柳集》序）这评价是精当的。李瑛在为他的诗歌选材时，目光一般放在战士的身边事，如《刺杀》、《巡逻晚归》、《过小河》、《戈壁行军》、《有一天休假》；或战士眼前的一景一物，如《山鹰》、《青松》、《灯》；或一人，如《我们的炊事员》、《歌一名机枪手》、《歌一名喷火手》；或某种思绪，如《海的怀念》、《霜降》；即使写一些雄伟的场面、景物，也是选择几处细节，以局部显示整体，如《高山哨所》、《婴儿的哭声》。总之，他着眼于生活中的小镜头，而这些小镜却像一扇心灵的窗户，使人们看到战士丰富深广的感情世界，和时代在这个世界的投影。这种选材方法是巧妙的，巧在它以较少的笔墨表现了丰富的内容，从一滴水看到太阳。

李瑛诗歌的精巧还表现在立意上，立意贵在新奇，立意新奇则是精思巧思的结果。李瑛的思索能够达到别人难以想到的地方，从别人见惯不惊的生活现象中挖掘出诗意，从别人表现过的题材中发现新的含意。例如，通过月夜潜听这样普通的生活事件，发掘出"夜是肌肉，我们是神经"（《月夜潜听》）这样巧妙的诗意；从《我们的炊事员》这样平凡的人物身上，诗人让我们看到了"两只桶挑来了壮丽的天地，一头——红日，一头——青山"这样新奇的情思。

但是，最能体现李瑛诗歌精巧特色的还是他的构思。有经验的诗人都认为，构思是创作中的一个难关，构思得巧就更难了，李瑛却在这条最艰难的道路上勇于探索，刻意追求精巧，显示出艺术的独创性。

李瑛诗歌构思常用的办法是：通过细腻的观察、精到的揣摩，抓住事物的某一特征，以此为依托，加以开掘、生发、深化，揭示出事物所包含的全部思想内容，完成一首诗的构思。如《霜降》中的霜降——寒冷，就是作者用来生发的依托。

李瑛诗歌构思另一常用的办法是：移情入物，把战士的某一思想感情、性格特征，赋予自然界的某一事物，似写物，实写人。李瑛在使用这种方法时，善于由此及彼的联想，敏感地发现两种差异很大，很难连在一起的事物的内在联系，使他的寄托出人意料之外，却又非常贴切，给人以巧妙之感。例如，在《哨所鸡啼》、《山鹰》这样的诗中，诗人却能感受到：在万山之上引颈高唱的雄鸡，那种豪迈威严的气势，与战士的气质多么相同；翱翔在浩瀚长空的雄鹰，它的坚强生命，多么像守卫在深山哨卡的战士。这种隐蔽于事物内部的相同点，被作者的慧眼看到了，就使他的寄托新颖，构思清新巧妙。

美

李瑛同志说，"可不可以说诗是精神美的一种表现形式"，"让我们在所生活的活跃的社会中，积极地发现那些美好的事物，并把它以生动的美的形象表现出来吧——因为从某种意义上来说，人们需要诗就是需要美"（《李瑛诗选·自序》）。诗人从美学的角度对诗歌进行的认识是可贵的。艾青同志说："一首诗的胜利，不仅是那诗所表现的思想胜利，同时也是那诗美学的胜利——而后者竟常被理论家所忽视。"（《诗论》）其实，不仅是忽视，多年来，美在文学领域内往往被视为离经叛道的东西，尤其是反映战士生活的作品，似乎美是资产阶级的专利品。李瑛同志不仅认识到了诗的美学价值，尤为可贵的是，他的诗歌发掘了美、发扬了美、创造了美，给人以美的享受。

李瑛诗歌的美，表现于各个方面，在这里，我们着重要分析的是李瑛诗歌的意境美。

对于美的事物，李瑛同志有一双敏感的眼睛，他善于捕捉美的形象入诗。在清晨的军港，他看到了："云霞扯起无数面旗号，海上铺满了翎羽和珠串，黎明为迎接我们舰队出港，把水天筑成一座辉煌的宫殿"（《出港》）；简陋的地窝子，作者却看出了："我们的地窝子多么美，地平线上，玻璃小窗似火烧，是姐姐剪的窗花？是妻子寄的喜报？——一朵绛红的云在天边上飘。"（《巡逻晚归》）如果说云霞、翎羽、珠串、绛红的云等是自然美的形象，那么喜报、窗花、宫殿等则是含有社会美的形象。

值得指出的是，作者还善于以战士的审美观点来观察事物，选择美的形

象。"美是人的本质力量的对象化"（马克思《政治经济学批判导言》），各
人都在欣赏自己的本质力量所能达到的美，因而，同一事物，不同的人能感
受到不同的美。如《进山第一天》和《高山哨所》中所写的山，就既不是
"云中的神呵，雾中的仙"（贺敬之《桂林山水歌》）那种秀美，也不是一般
的险峻，而是威严、神圣，像一把寒光闪闪不可逼近的刺刀。它是阳刚之美
的一种，是战士眼中的美。

读李瑛同志的诗，我们往往受到一种激励和鼓舞，产生一种上进的力
量，促使我们为追求美好的生活去奋斗。这原因正如诗人所说："诗人所从
事的工作，就是创造人的精种美的一种崇高的劳动。"在他诗中被歌唱最多
的是战士的爱——对祖国、对人民、对战友深厚的爱。30 年来，李瑛不断
地从战士心灵中寻找着它，歌唱着它。正因为战士对祖国的一草一木都浸透
了深厚的爱，当祖国交给他们"一天星斗，万里云霞"（《在靶场上》）
时，他们才有这样的力量："祖国呀，感谢你的信任，请给我吧，给我最艰
苦的考验"（《初进哨所》）；他们才有这样的勇敢："就用子弹守卫这每颗砂
砾，让它们为我们育草生花"（《在靶场上》）；他们才有这样的信心："祖国
呀，请你放心，这一代由我们值班"（《进山第一天》）。

作者还揭示出：爱不是抽象的，不是泛爱。爱的对象是具体的，爱的情
感也是具体的，"今天，我们对人民，温顺得像对母亲，明天，才会用严酷
的炮火，把入侵的敌人烧成灰烬"（《雪夜》）。在《我的生日》、《戈壁兵
站》、《风雪夜》、《站岗》等诗中，作者则进一步赞美了无产阶级军队特有的
感情——官爱兵、兵爱官、兵爱兵，情同手足，使爱的主题进一步深化。

诗人反复吟唱的另一主题是：战士心中崇高的理想，生活的美好希
望，以及对它们万难不辞的追求。李瑛笔下的战士，不论生活环境多么艰
苦，都生得乐观无畏、昂扬奋发、充满生机，这是因为他们心中有崇高的
理想，对生活充满了希望。在空旷的大戈壁上行军，战士却想到："……我
们今天每前进一步，距我们真正的理想不是又缩短一分。"（《戈壁行军》）
在《与新战友谈界碑》中，作者揭示了战士心中真正的理想："将来有一
天，定有一天，五大洲的界碑都将拆毁。"

李瑛的诗歌意境是美的。意境有优美和壮美之分，壮美的意境是雄伟壮
丽的自然形象或社会形象与开阔雄放的思想感情的完美结合，优美的意境则
是由细腻清新沉静的思想感情与优美秀丽的形象的完美结合。由于诗人思想

胸襟，感情态度和选择形象的不同，决定他应有一个主要的带有个人艺术风格的意境。李瑛诗歌善于表现细腻沉静的思想感情，因而他的诗的意境，也可说是以优美见长。即使描写一些崇高雄伟的景物，也往往是从中选取细小的部位，用秀丽的形象来描绘它，组成优美的画面，涓涓注入感情的细流。这种艺术风格，使他的诗具有一种清新优美的意境。

李瑛诗歌的美，还表现在语言的华美、雅丽，这一语言特色主要表现在：

比喻新奇。好的比喻不仅能准确传神地言情状物，而且可以使诗歌辞采华丽。李瑛诗歌的比喻，常常很新奇，如他写远海上的白帆："像南方中午堤岸的蝴蝶，那样静，那样轻"（《静悄悄的海上》）；他写老沙皇掠夺我们祖国的土地："像切走一块蛋糕"（《战斗的城》）；他写远处敌人的小岛："像一片枯叶在海上飘游"（《节日的夜晚》）。这些比喻准确贴切、新鲜奇特，谁看了都懂。

善用动词。古人有诗眼之说，意指最生动的字眼。古人的创作实践又告诉我们：字要生动，先炼动词。一个动词的奇用，可点活全句乃至全诗。李瑛在长期的艺术实践中，他也确实掌握了这种功夫，例如："一朵云，拧下一阵雨，匆匆地掠过车篷"（《雨中》），一个"拧"字，活画出沙漠落雨的特色。"太阳醒来了——它双手支撑大地，昂然站起"（《戈壁日出》），其中的"醒"、"支撑"、"站起"，把戈壁日出的特点写得极为传神。诗人有时还把动词奇用与夸张手法并用，使诗句更为优美动人，如"我们的哨所太高、太高，它就要飞上青天"（《我们的哨所》）的"飞"字，"望着这铺天盖地的大雪，我多想用军大衣把它们全部裹紧"（《雪夜》）的"裹"字，"即使倒下，也抱着祖国"（《是什么闪烁在草上》）的"抱"字，都是巧妙地使用动词进行夸张，恰到好处地传达出诗人的感受或情感，是诗意美和语言美的有机结合。这些动词，如画家笔下荷花上晶莹的露水，使荷花更呈现出生机勃勃的美。

李瑛的诗歌是注重写情的，而人的思想感情是随着时代变化的。每一代人有每一代人的理想追求和爱憎，诗，不仅应该以美好的思想感情为表现对象，更应该以每个时代特定条件下的思想感情为表现对象。应该指出的是，李瑛60年代的代表作《红柳集》及这一时期的其他作品，尽管真实地反映了那些年代战士的思想感情，但在今天，如仍用《红柳集》的旋律歌唱，未免就有些陈旧了，诗人应当寻找今天生活的主旋律。在军事题材的小说中，我们已看到这种可喜的成就。我们也期望李瑛同志用他那支彩色的画笔，画出 80 年代的部队生活画卷，我们相信李瑛同志定能写出 80 年代的《红柳集》。

原载《边疆文艺》1982 年第 11 期

李瑛诗作艺术片论

李元洛

在中国大地即将破晓的前夕，一位倾心于革命和诗歌的青年向北京大学文学院挥手告别，着一身戎装，投入了南下的铁流。30多年来，作为一名忠诚的战士，他走遍了祖国的东南西北，同时又在诗歌的国土上勤奋地耕耘。他，就是李瑛。

从1951年的《野战诗集》，到最近问世的《南海》，李瑛共出版了23本诗集。他写了1000多首诗，对战士、劳动和祖国的热情赞美，是它们的主奏曲。但是，李瑛绝不是一个粗制滥造的诗人，也不是一个像风向标一样随风趋时的歌者。他忠实于人民，忠实于生活，忠实于诗歌艺术。他是一个具有鲜明艺术个性的诗人，对新诗的发展做出了重要的贡献。

李瑛，具有真正的诗人的敏锐的诗的感觉。他的诗，常常表现出真正的诗作所具有的诗的敏感和不断创新的诗的发现。我之所以强调"真正的诗人"和"真正的诗作"，因为我以为是否具有敏感、新鲜的诗的感觉和诗的发现，是诗人与诗匠、真诗与诗的赝品在艺术上最初的分界。诗人总是以他对生活新颖的诗意的发现，给人们以艺术享受，而诗匠则总是重复人云亦云的东西，或热衷于图解某种现成的思想和概念，使读者感到乏味和厌倦。李瑛在自己的诗选《序言》中也认为："一个诗人应该有高度的艺术感觉。"他说："诗人不是行政机关里的文书员，他应该像一个勘探员或侦察兵，他不是抄写、不是复述，而是发现。"这是诗人对自己长期艺术实践的总结，也是对诗艺的真知灼见。所谓诗的感觉与发现，包括两个主要的方面，一是诗人对生活中的美有着敏锐和新鲜的不同于一般人的形象感受力，一是诗人对语言的美有高度的敏感和强大的捕捉力。新颖动人的美的意象，就是这种感受力与捕捉力无间融合的产儿。李瑛的诗所以意象葱茏、生气横出，像一道奔腾不息的长流水，一个极为重要的原因，正在于诗人具有锐敏不衰的诗的感觉和层出不穷的诗的发现。他写群岛："呵，你三百多礁、滩、岛、屿/我们东海的山，东海的船队/……像草坪上散落的花瓣/清幽的藤萝，喷香的玫瑰。"（《舟山群岛》）他写群山："这样的山才真正叫山/巍峨、磅礴，怒耸九天/一座座相挤，一排排相连/和我们兄弟般肩并着肩//我轻轻拍它的背：/嘿，咱们真个是有缘相见/今天给你们起名、编号/以后咱们就同排、同班。"（《进山第一天》）他写戈壁日出："我们匆匆地策马前行/迎着壮丽的一轮旭日/哈，仿佛只需再走几步/就要撞进它的怀里。"（《戈壁日出》）他写海岛小花："是哪只鸟儿衔来的一粒种子？/是哪个渔姑遗落的一枚纽扣？/抑或是哪位战士抛洒的一滴血浆？"（《希望》）这种种譬喻和联想不落凡庸，对生活和语言的敏锐感受力在闪闪发光。李瑛诗的题材是广阔的，纷繁的社会生活和众多的自然景象纷至沓来，拢集到他的笔底，山、水、花、云、长天、大海、边疆、战士等等，多年来和他的诗结下了不解之缘。题材的广阔固然有使他驰骋才力的天地，抒情对象的重复却并不妨碍他的创新。他长于写山，也擅于写雨，人们习以为常的单调的雨，在感触细腻而敏锐的诗人的笔下，变幻出多彩多姿的形态："今夜，有多少颗心穿在雨上/今夜，有多少颗心翻在海里！"（《大海的骑士》）"一朵云/拧下一阵雨/匆匆地掠过车篷。"（《雨中》）"夜雨洗着特克斯草原/摇着它的毡房和棚圈。"（《八月风雨》）"细雨刚停，细雨刚停/雨水打湿了墓地的钟声。"（《谒托马斯·曼墓》）他写四种不同情境中的雨，动词精妙而各具变化，不仅诉之于听觉和视觉，而且运用了感官互通的通感，使形象具有触觉和温度觉，因而别具新意，情味益然。在《雨》这首诗中，诗人首先写"淅沥沥"的一天细雨敲打着战士"我"的哨棚和石壁，使"我"不禁想起了遥远的塞北和江南，因为那里有难忘的战友和兄弟。这种题材是相当平凡的，一般人看来是难于出新出奇的了，可是，李瑛以他对战士的生活与心灵的深刻体验，以他对语言的精微的敏感，却由淅沥的"雨声"联想到传送消息的"语声"，并将雨声的"淅沥"和与之谐音的语声的"警惕"巧妙地联系起来：

> 今天，莫不是他们在怀念我，
> 才借亮晶晶的雨传递消息，
> 一声声，一句句……

我懂得它们深情的话，

一颗雨滴，一个喉咙，

向我叮嘱着两个同样的字：警惕！

从这里可以看到，李瑛的诗，感觉精微，诗思锐敏，意象清超，力求独创，给人以新鲜的美的感受，这是他的诗作弥足珍贵的一个艺术特征。

优秀的诗作，不仅要艺术地再现生活美和表现诗人美的情思，而且要直接诉诸读者的审美情感，极大地调动读者的想象这一审美活动的积极性。因此，诗之美，就是通过诗人的艺术处理所表现出来的、诉之于读者的想象的生活美。就诗人的创作来说，是感受与表现的统一，就读者的欣赏而言，是作品本身的美和读者的艺术再创造的统一。在当前的诗歌创作中，我们可以看到这样两种现象：有的诗写得过实过死，一如生活的翻版，没有对生活美的提炼和概括，缺乏好诗所必不可少的空灵之趣，使人读起来味同嚼蜡；有的诗又写得过空过玄，贫乏苍白，只是一些缺乏生活实感的纯粹主观意念的自我表现，使人读来如坠五里雾中。李瑛的诗不是这样，他几十年来不断扩大自己的生活视野，善于提炼和艺术地表现生活之美，同时，他又十分尊重和信任他的作品的读者，总是留给读者以联想和想象的审美活动的广阔空间，这样，他的诗作在艺术上就获得了引人瞩目的实感与空灵相融合的特色：有对生活的真实的描绘，生活气息扑面而来，同时，又奇思喷涌，异彩怒发。"嘿！冲破终点线云散天开/看朝阳献花，山风喝彩/昂首立山巅，喝一口水，敞开胸怀/把十万大山抱起来！"（《爬山赛》）这是李瑛在他的诗的调色版上所描绘的战士们爬山练兵的景象，它是具体可感的美的图景，又是刺激读者的想象，留给人们以联想的阔大天地。"他的窗边挂着两把琴/——窗里是三弦，窗外是飞泉/他的身上有两只翅膀/——一只是革命的歌，一只是扁担/我，夜巡的战友就要回营/快把个个脸盆里清水打满/两只桶挑来了壮丽的天地/一头——红日，一头——青山！"（《我们的炊事员》）诗人通过对"两把琴"、"两只翅膀"、"两只桶"的虚实分写，来表现人物形象及其心灵之美。因为有了"虚"的补充和丰富，"实"才实而不死，因为有了"实"的铺垫和引导，"虚"才虚而不空。我们就像漫步在春日的山林随处可见奇花异卉一样，在李瑛的诗作中，我们也随时可以领略到如上所述的妙趣奇情，"你问这牧场有多大/蓝天多大它有多大/片片云彩都飘累了/也没找到码头休息一下。"（《我们的牧场》）他写平常的牧场，却如此奇趣横生："昨

天，我曾在高空看到你/你像片翠绿的叶子落在山谷。"（《夜过赛里木湖》）
他写一泓湖水竟这样意象不凡，《夜过珍珠河》一诗，过去很少有人提
到，其实，这是李瑛的一首上乘之作。战士们整日在九月高原的风沙里巡
逻，"入夜，拾得一条闪光的河"，请看诗人对它的描绘：

> 是不是我记忆里的朵朵野花，
> 忽然在这里开个满河？
> 是不是遍野满树的山果，
> 在今晚一齐成熟，等待收获？
> 或像闪闪跳动的火苗，
> 一滴滴、一簇簇永不熄灭？
> 或像一千只斑斓的山雀，
> 叽叽喳喳，群飞到水下筑窝？
>
> 或者它不是、它不是河？
> 它只是我们的祖国母亲，
> 暂时把她的钻石、珍宝，
> 贮放在这条夜的沟壑……
>
> 我想捧一捧回去献给战友，
> 可它们却从我的指缝轻轻滑落；
> "今夜的星星真亮，真大！"
> 班长一句话，溅得个满河熠熠烁烁！

声光并作，色态俱陈，是写实景，也是写幻境，自然景物已经不仅仅是
衬托人物感情的背景和环境，而是与战士和诗人内心世界息息相通的对应
物。就像七彩的阳光在聚光镜下凝成一个焦点，诗人所有的艺术技巧都是为
了创造一个实感与空灵相结合的艺术世界，这样，一条无名小河就被诗人表
现得如此光彩四射而又如此引人遐思！

"风格即人"，这是马克思所援引过的法国 18 世纪著名散文家布封《风
格论》中的名句，是否具有鲜明的与众不同的风格，是一个诗人成熟与否的
重要标志。风格，是一个诗人的艺术个性在作品中的集中体现，是作品在内
容和形式的统一体中所显示的基本特征，它是由时代的、文学传统的以及诗

人的个性气质和修养等诸多复杂的因素所形成的。李瑛的风格，不同于郭小川的雄浑深沉，也不同于贺敬之的豪放俊逸，不同于闻捷的优美豪迈，也不同于公刘的凝练深隽。他的风格也许具有上述这些诗人的风格中的某些因素，但他毕竟有自己的面目，在优秀诗人之中确立了自己的门户。我以为，他的艺术风格的特点是：刚柔并济，刚健与细腻交融，明丽与质朴统一。《一月的哀思》是体现他这种风格的代表作。它有"千山默哀/万水波息"、"主会场——九百六十万平方公里的祖国/分会场——五大洲南北东西"的宏大场面，章法上大开大阖，相摩相荡。同时，在纵横驰骋、顿挫开合之中，诗人却又辅之以深婉细腻的细部刻画，如："任一月的风，撩起我的头发/任黄昏的路灯，照着冰冷的泪滴"，"晚上，在黄沙上空/挂一轮昏暗的月亮/像强盗劫后/遗落的一枚金币。"（《献给阿非利加的情歌》）"既然你属于祖国/可爱的小鸟，在战士的心的天平上/你就是巨大的砝码，多么重/即使你脱落的一片轻软的绒毛……"（《台风过了》）"云霞扯起无数面旗号/海上铺满了翎羽和珠串/黎明为迎接我们舰队出港/把水天筑成一片辉煌的宫殿。"（《出港》）"记着吧，亘古不息的流泻的星光/记着吧，日夜飞旋的通红的太阳/党呵，它是你的耻辱，她是你的骄傲/战友呵，谁又有权利把这页严峻的历史遗忘？"（《尖厉的枪声》）等等，感情在字里行间涌动，清词丽句与劲健风骨互相映照，别有一种动人的力量。

李瑛在当代同辈诗人中成就显著，他的新著《我骄傲，我是一棵树》和《南海》，报道着诗人的春的消息。当然，李瑛的诗也不是无瑕之璧。他的诗作，还未能更广阔更深刻地反映出人民的悲欢和生活中严峻的一面。在艺术作品中，对美的歌颂固然也就是对丑的否定，但他对丑的鞭挞毕竟不够直接、充分和有力；他的诗力求精美，但也有些一般化的作品，还需要在作品的思想深度上下更大的功夫；他遵循诗艺的规律来写诗，但也有一些直陈式的表述思想的概念化的败笔。此外，在语言的运用和形象的构造上也间有重复之处，如"雨丝穿起一串笑"、"绷得像弓弦一道道"，等等，就重复出现。然而，李瑛毕竟是一位奋进不已的诗人，"诗成珠玉在挥毫"，京华北望，我祝愿他写出更多更好的如珠玉般的诗章！

原载《文艺报》1982 年第 4 期

喷吐如霞似火的诗和美

——谈李瑛的诗

黎山峣

在我国当代文学史上，李瑛是一位具有独特风格而又相当勤奋的诗人，30余年来，他出版了23本诗集。这些诗集中，有五分之二的作品是直接描写战士的，诗中抒情主人公的形象，就是战士的形象；其余的五分之三，也是用战士的眼睛观察世界，用战士的心怀感受生活的产物。因而在一定意义上可以说，他的全部诗篇中都灌注着战士的情感和理想，活跃着战士的生命和青春，喷吐着战士如霞似火的诗和美。

——

战士的生活美，突出表现于保卫祖国的事业之中，战士的精神美、心灵美突出表现于爱国主义的情操之中，爱国主义是李瑛笔下一个反复歌颂的主题。

"祖国"在战士的心目中，不是一个抽象的概念，而是珍藏着战士最高贵的感情："我的嘴唇第一个说出'亲爱的'，是对我的祖国……我的嘴唇第一个说出'保卫她'的，是对我的祖国。"（《给我的祖国》）战士热爱祖国的深厚的情感，是无时无地不在的。且看《海的怀念》，战士从海边移防高山后，目光中仍然闪现着海的形象："也许是由于爱海，看群山也像大海的波澜，莽苍苍，起伏颠连，我们的哨所莫不是浪里的征帆！"这是对海的偏爱吗？不！"是的，我爱海，但我也同样爱山、大海、高山，分挑在战士的双肩；只因，祖国——这就是你呀，你每寸土地都浸透战士的情感。"原来，战士爱海也好，爱山也好，都是热爱浸透了自己情感的祖国每寸土地的具体表现。

热爱祖国的每一寸土地，热爱祖国的锦绣山河，是战士爱国主义情感的重要内涵。冰山雪岭，那里引起过许多旧诗人悲凉的感叹，但在战士所唤起的，却是另一种全然不同的美感，"望不尽天山千里冰雪，听不断谷底涧水奔腾；我们的林带长过天山，墨绿的树涛响，盖过雪崩。机舱里服务员递过一杯水，水里有天山的雪影；阳光曛烤着照进机窗，满岭冰雪融成一杯温情。"（《在天山上空飞行》）如果说在战士的心中，天山的雪景荡起一片涟漪，那么西沙的风光则涌起滔滔激浪。战士极目远望，祖国的大海茫茫无际，祖国的天空阔朗无边，于是眼中景、心中景，二者莫之能辨："莫不是我又回到了辽阔的呼伦贝尔草原，莫不是我又攀上了云海翻腾的阿佤山，昆仑雪岭的磅礴、毛乌素沙海的浩瀚，此刻呵，一齐扑向眼底眉尖……"也是此刻呵，一曲赞歌和誓言一起自怀中奔腾而出：

> 祖国哟，多么娇娆，多么壮丽而奇幻，
> 骄傲吧，中华儿女，你的血，你的汗；
> 生活，有谁比我们更令人艳羡，
> 建设她，保卫她，且看明天！

——《西沙群岛情思·其六》

我们的战士既热爱祖国的山川地理，同时也热爱祖国的历史传统。从一片泥土中，战士形象地回顾了祖国的历史："从先民烧制的陶器瓦缶中，我发现一个民族古老的灵魂；从一片废墟的村落遗址旁，我看见一条蜿蜒古老的道路！"于是，战士发出了感情极为深蕴的轻轻的呼唤："呵，泥土，黑黝黝、黄橙橙的充满生命的泥土，沉甸甸的泥土，我的神圣的祖国的泥土！"（《祖国的泥土》）了解了祖国的历史，就会对祖国爱得更深。针对越南染指、吞并西沙的企图，我们的战士运用历史事实严肃发言："这里，礁石的性格像长城，这里，野浪的涛韵像黄河；这里长着长城脚下摇曳的茅草，这里埋着黄河岸边烧制的瓦钵。这沙滩曾晒过汉代渔民的网，这岩缝曾架过唐代水手的锅；这是事实，不是传说，层层波涛早写进浩繁的史册……静静里，我听见每架罗盘都庄严宣告：这是西沙，中国的西沙！而无际的浪涛高高地跳起来说：中国没有西沙就不是中国！"（《西沙群岛情思·其四》）祖国的领土绝不让人任意侵占，但在我们的历史上也有过痛苦的日子。诗人走在黑龙江边爱辉城的街道上，"从泥土中拾起一片瓦砾，像看见满城烈火，仍在燃烧！"当年，大江对岸我们祖先血洒汗浇的土地被沙皇霸占，"像切走一块蛋糕！"沙皇大兵飓风般地掠过村庄，"用我们婴儿的褓褓擦亮了刺刀"。牢记历史，面对现实，今天"为对付侵略者的突然袭击，党早把我们组织起来——从思想到刺刀；中国，不只在马可·波罗的航海日记里，她，有闪光的丝绸，但也有火药"（《战斗的城》）。

今天，祖国屈辱的日子已经过去，古老的中国焕发出一片灿烂的光芒。热爱祖国的社会主义事业，是战士爱国主义情操的一个重要内容，请看《钻塔礼赞》：

> 假如没有这样辽阔的天宇，
> 该在哪里燃起这样磅礴的火炬？
> 看呵，千百里钻塔，成列成阵，
> 塔身上飞扬着面面红旗。
>
> 何等威严，何等明亮而壮丽，
> 一簇簇，烈焰烛天，傲立大地。
>
> 熊熊地，把贫困、把卑怯，烧成死灰，
> 照耀着八万万铁的决心、铁的目光、铁的步履。
>
> 一九七八年，中国，大进军的中国呵，
> 这是何等辉煌的前导，英雄的仗仪！……

这是写在新时期的一首激励人心的祖国颂。诗的起首突出描写了飞扬在万里长空的红旗，次写首尾不见的雄伟的钻塔群，然后再将二者合为一个巨大的整体形象，并将之拟人化、动态化，赋予深刻的象征意义。于是，社会主义祖国的磅礴气势和伟大形象，栩栩如生，似现眼前。可以说，只有具备英雄的胸襟和宏大的气魄的战士，才能赏识、感受天地为之开阔、心潮为之汹涌的这种美；也只有具备战士性格的诗人，才能写出充溢着这样强的民族自豪感和民族自信心的好诗来。

在《钻塔礼赞》中，诗人由礼赞祖国的社会主义建设，转到礼赞推动祖国发展的工人阶级和人民群众，这是合乎内在逻辑的自然发展。我们的战士热爱祖国，也以同样的感情热爱人民：

> 人民呵，如果刹那间忘却了你，
> 我的心将枯萎，
> 像飘零的叶子，
> 在风中旋转着
> 沉落……
>
> ——《我骄傲，我是一棵树》

这首诗以物喻人，袒露了无产阶级战士全心全意为人民服务的精神：战士属于人民，不仅要为人民"抗击风沙"、"抵御雷火"，而且要为他们"流出奶，流出蜜，甚至流出香醇的酒，并且能开出各种色彩、各种形状、各种香味的花朵"。战士就是这样心甘情愿做人民的仆人，一直到世界上看不见饥饿、贫困和剥削。即使死后，也不是死而后已，而是要使自己尽快地变成煤炭，"为的是将来献给人间纯洁的光，炽烈的热"！

在歌颂人民的诗篇中，有几首描写母亲的作品，感情朴挚，相当动人。《过小河》中，"一位老大娘，为给子弟兵洗军衣，被敌人杀害在河心里……三十年潮，三十年汐，卷多少星月化成泥，只当年那块洗衣石，像是大娘一颗心，日夜跳动在深山里。"这是战士心中一位永生的母亲。霜降时节，战士夜潜归来，还未拂去刺刀上的寒霜，又想起一年前，一位老大娘半夜起来为战士烘炕的情景，内心不由激动得直呼："大娘呵，大娘，我不能到你那里，去替你加一件衣裳……"（《霜降》）是眷念，是感激，还夹有几分愧疚之心。这里歌颂的，是一位温暖战士身心的慈爱的母亲。《深山行进》里的母亲，相当贫困。她对自己悭吝，而对战士慷慨："用仅有的一粒盐，为我们冲洗伤口；用仅有的一把米，为我们熬粥暖身，而自己却煮着一锅草根。"诗人激动地说："如果你不了解山区的母亲，你就不懂得革命的艰辛。"这里赞美的，是一位对战士有养育之恩终生难忘的母亲。这几首描写子弟兵母亲的诗篇，凝聚了人民对战士、战士对人民极为深厚、朴实的感情。

在李瑛的诗作中，常用"母亲"这个饱含最亲密、最深沉、最美好的感情的称号，呼唤我们的祖国，我们的人民，同时，也是这样呼唤我们的党：

呵，有了你，

水才潺潺地流动，

山才轻轻地呼吸；

……

呵，有了你，

才有了生命的声音，

才有了故事和诗，并且

一切才充满亮光、花纹、色彩，

一切才得到它们自己的位置。

——《有了你》

是的，只是有了共产党，社会主义祖国才有了屹立于世界东方的"位置"，人民才有了主人翁的"位置"。否则，祖国就会仍在苦难中挣扎，在屈辱中流泪；而一个人呢，"我可能只像山上滚下的一粒石子，我可能只像半空游荡的一缕轻云，我可能只像草尖垂落的一颗露滴……只是因为有了党，我才有了不锈的思想和不锈的意志，我才能睁开眼认识世界，哭才这样悲伤，笑才这样甜蜜。"（《关于我自己》）战士对党那种刻骨铭心、生死相依的深厚情感，在《最后的申请》一诗中，得到了撼动人心的反映。火线上，一位身负重伤的战士在弥留之际，找不到一片纸表达最后的请求和向往，只好在手心上来写"我申请入党"五个大字。当他艰难地写完最后一笔，才安详地阖上眼睛，诗人赞道：

他不再呼吸，不再需要光和氧，

他生命在燃烧，他本身就是氧和光。

……

是的，他心房的最后一滴血已经流尽，

但他作为一滴纯洁的血却注进了党的心脏。

这里诗句的虚实对照，形象地表现了战士对党的无限深情，同时也道出了一个朴素的真理：一个人的生命只有融化在党的生命之中，才能获得永生的意义。

希腊神话中的巨人安泰，从大地母亲的身上吸取了巨大的力量。我们的战士，从祖国、人民和党的身上，即从母亲的身上吸取了革命英雄主义的无敌力量，这在李瑛的诗集《在燃烧的战场》中得到了突出的表现。一位 18 岁的青年，冒着弹雨冲锋在前，有三次别人都以为他牺牲了，其实他都以正义的勇敢战胜了危难，最先冲上了制高点。诗人赞道："好一把无敌的青锋利剑，战斗着穿过烈火硝烟"，"生命竟这样壮丽而威严，像一首大气磅礴的诗篇！"（《勇敢》）我们的战士就是这样，以惊人的勇敢在写诗，以灿烂的青春在写诗。我们还要谈到另一位战士，"他身上已三处重伤，负伤后却仍在继续冲锋"。"民兵上来了，强把他拽上担架，可对于他，担架何等陌生！几次，他挣扎着要翻身下地，四处搜寻着枪声炮声；当战友再一次把他按倒，他双手竟紧拉住树枝荆藤，却见血珠渗出了道道指缝，只听他重复一句话：'让我去冲锋！'"（《赞一颗火线钢钉》）我们的战士就是这样，以最强烈的爱憎在写诗，以最顽强的斗志在写诗，以鲜血和生命在写诗，以信念和理想在写诗，"直到最后血流尽，顽敌全歼，他仍伏在枪身上，大睁着眼"。勇于为祖国为人民献身的精神，是革命英雄主义的最高表现，是革命英雄主义的最感人的诗篇。

在战士的生活中，革命英雄主义不仅在战时闪耀，而且也在平时闪光。这种精神表现于李瑛的作品中，如果认为仅是部分篇章的主题，那就是没有抓住李瑛创作的基本特点。可以说，同热爱共产党领导的社会主义祖国的爱国主义情操一样，革命英雄主义精神是李瑛整个作品的色彩和生命。革命英雄主义是我们部队的一个优良传统，新战士一来就受到了这种精神的熏染。《授枪》中，连长授给新战士一支"油亮崭新的'祖国造'"，请看新战士怎样表态吧："祖国呵，今日我枪在手，只待一声冲锋号；看我这战士啥成色，战斗回来验刺刀！"我们的刺刀曾经杀出了使敌人丧胆的威风，今天的一代新英豪仍然不忘磨刺刀："雷一声，闪一道，扳倒峭壁磨刺刀。我的汗，在刀身上淌，刀的火，在我心头烧……磨罢一弹铮铮响，闪动白光一道道。"《磨刺刀》）磨刺刀，磨出战士勃发的英姿，也磨出了战士的骄傲和自豪。革命英雄主义，是战士所以为战士的一种基本气质和基本性格，所以在战士的眼光中，许多景物也都染有英雄的色彩和英雄的气魄。在《进山第一天》中，山的形象是："这样的山才真正叫山，巍峨，磅礴，怒耸九天，一座座相挤，一排排相连，和我们兄弟般肩并着肩。"沙漠中的三种植物，也有一种英雄的坚韧性格："看它们踏伏万顷流沙，肩擎住一天雷雨，倒下去又支撑起来，眼中瞩望的只有胜利。"（《红柳·沙枣·白茨》）在李瑛的笔下，甚至小小的贝壳、珍珠，也有一种非凡的气概："珍珠说，从我的心里，难道你没感觉海风在吹拂，难道你没听见波涛在喧响，难道你没看见浪花的影子，我的生命，永远和风浪在一起！"（《珍珠》）

我们的战士对祖国的热爱，对人民的热爱和对党的热爱，是他们内心世界中的一轮骄阳。正是由于这轮骄阳的燃烧，他们才有革命英雄主义的崇高的精神境界，也正是这轮骄阳的照射，他们才有美好而丰富的情思。如，我们的炊事员忙里忙外，但并未忘记美的创造和欣赏，你看："他的窗边挂着两把琴——窗里是三弦，窗外是飞泉；他的身上有两只翅膀——一只是革命的歌，一只是扁担。"（《我们的炊事员》）我们的战士既有严肃的战斗，也有富于情趣的生活。从高高的一座瞭望哨上，不知谁吹出了缭绕深山的笛音，"比幽谷的溪水还清脆，比云中的莺啼还缥缈……这一支支塞北的小曲，把江南的深谷都填平了"。指导员听了忍不住内心的喜悦，拿起电话，送出一串笑："五班长，再来一个！可要告诉哨兵，注意信号！"（《笛声》）这样的战士，你能说他僵硬、粗鲁和刻板吗？他们的生活充满了诗意，他们的心灵充满了美。又如，一次台风过后，战士看见幼鸟从树上掉下来了，不觉触动情怀，发出了深情的呼唤："白绒球般滚动的小鲣鸟，扑动着翅膀，想飞想跑的小鲣鸟多么稚弱，却又多么坚强的小鲣鸟！"于是连长发布命令："快出动，送它们回巢！"这当然不仅仅是出于一种怜爱："既然你属于祖国，可爱的小鸟，在战士心的天平上，你就是巨大的砝码，多么重，即使你脱落的一片轻软的绒毛……"（《台风过了》）我们的战士是用自己的生命保卫祖国的，所以祖国一切美好的、新生的事物，无论巨细，无不在战士保卫的范围之中，无不在战士目之所注、心之所系之中。人们常说，战士是世界上思想感情最美好也是最丰富的人，从李瑛的诗作中，又得到了形象生动的印证。

祖国和人民哺育的战士，共产党教导的战士，他们的心潮不仅为祖国而激荡，同时也为全世界人民的斗争而汹涌。被压迫民族被压迫人民的心海，本来就是相通的。李瑛创作中约五分之一的作品，应该看作是我们战士的发言，也是他们性格、思绪和情愫从另一侧面的披露。请看《茶》，非洲的摩洛哥不产茶，于是我们用一千条水做乳汁，用一千条山做床榻，培育出硕壮的茶籽；然后，让它"带着一片翠绿的梦"，去非洲"舒青、发芽"，将中国人民诚挚的友谊化作了"流水一样绿的叶子，奶汁一样白的花"。我们送去的不仅是可爱的茶籽，还有真挚的友谊，还有战士的深情："请接受吧——我们给你的战斗的敬礼，和一千句深沉的问候的话！"

有人担心，用战士的眼睛来观察世界，用战士的心怀来感受生活，会不会缩小自己的视野，限制作品的影响呢？客观效果的回答恰恰是相反的。正由于李瑛是一个战士诗人、倾向鲜明的诗人，所以才是一个人民诗人、民族诗人和在国外具有一定影响的诗人。他的诗集一出来，很快就售完了；他的不少诗作被译成好几种外国文字，国外一些大学还在对他的作品进行专门研究，撰写论文。我们的战士所捍卫的美，所创造的美，既属于阶级和人民，也属于民族，属于进步的人类。所以，战士诗人拨动的琴弦，拥有较多的知音，自然是不难理解的。

二

战士的生活和情感，宛如霞云灿烂的长空，假如有一百个诗人来反映的话，他们的笔下便会出现一百个不同色彩不同格调的长空来，这就是个人风格的差异。下面，从构思、想象、境界等方面来谈谈李瑛的艺术风格。

从一滴露珠中撷取太阳的光彩，从一朵浪花中摄照大河的雄姿，从一组音符中回响时代精神的号角，从一行脚印中描绘历史前进的足迹，这便是李瑛构思的特点。例如，通过一棵小树，反映战士的坚强性格；通过雄鸡的高唱，表现战士豪迈的气派；通过一捧泥土，抒发战士热爱祖国的深情；等等。值得注意的是，李瑛从小处着墨，揭示深广的内容的时候，往往不是从事物发展的高潮和顶点铺采摘藻，而是在高潮和顶点的或前或后之处进行渲染和描绘，从而给读者留下想象、思索、咀嚼的广阔余地。例如写女担架队员的《担架》，李瑛不写她们如何冒着枪林弹雨，如何不怕流血牺牲，而是着力写她们对"缺了一副担架怎么办"的情态："绷带，止不住伤员的血；绷带，缚不住姑娘的泪。"而通往后方医院的路又太远太难走，靠背驮是不行的。这时，"只见我们这两个好姐妹，拢一拢头发，抹一把泪——砍两根青毛竹，脱两件黑统裙，把伤员揣上担架，就迈开了腿……"接着，作品就从担架队员此一"小处"的简练描写中，顺手自然地揭示了形象本身具有时代特点的深刻内涵：

> 不是吗？昨天，她们犹似轻柔的白云，
>
> 轻得那样胆怯，柔得那样妩媚，
>
> 见流血，还害怕；遇生人，还羞愧；
>
> 而今，却变成了冲天的火，爆炸的雷！

聪明的诗人只是写出了女民兵这样一种昂奋的精神状态，至于炮火下的表现如何，则置于"象外"、"境外"，调动读者的想象去完成了。

如果说，《担架》写的是事物发展顶点之前的插曲，那么，《最后的申请》、《花》则是写的事物发展顶点之后的余波。这两首诗都是写烈士的，战士为祖国奋勇杀敌壮烈牺牲之时，当然是高峰，是顶点。李瑛出色的抒情才能，表现在不直接写高峰，让你看到高峰；不直接写顶点，使你想到顶点。《最后的申请》中，那位烈士在战场的表现的描写，只有短短的两行；其实就是不写，我们也可从他弥留时写在手心上的"我申请入党"五个大字，想象得到的。《花》中写了一位 18 岁的烈士，主要的笔墨放在：这个"像拂晓的霞光一样的年纪"的战士，他的理想，他的期冀，他的爱和他的梦，以及他留下的，等等。从平凡之处入手，写出了烈士不平凡的思想境界。至于他在战场上，青春和生命怎样发出闪闪的电光，读者可以从烈士的思想境界出发，自己去描绘、去创造了。李瑛这种不直接从事物发展的高峰和顶点入手的艺术构思，说明他在描写战士时，着力的不是外在的动作和情节，而是内在的情感和隐秘，前者不过是表现的中介和手段，后者才是诗人所要捕捉的诗和美。

李瑛构思的另一个特点，就是精巧，例如《夜过珍珠河》。这首诗写的是星汉的灿烂，但诗人却从一条河写起。我们的战士整日在风沙里巡逻，入夜才拾得一条闪光的河。接着，诗人反复描写和渲染了这条河的美丽和奇幻，一直写到战士的一种天真的情趣：想捧一捧河水送给战友，可又从指缝里轻轻滑落。诗人真是写这条河吗？是，也不是。下面通过班长的一句话："今夜的星星真亮，真大！"才点明河水的斑斓，原来是灿烂的星斗的倒影。写到这里，似乎也可结束，然而李瑛并不就景写景，而是进一步将自然美和社会生活美结合起来，并突出后者的决定意义，从而开拓出一个更为深远的境界：

> 如果你没有为祖国横枪跃马，

> 你怎能认识她壮美的山河；
>
> 你怎能认识九月高原的星斗呵，
>
> 色彩一串比一串亮，故事一串比一串多！

这首诗，诗人先用河水的闪光，来渲染星汉的灿烂，而后又用自然美，来映衬战士的精神美。李瑛构思的精巧缜密，由此可见一斑。

李瑛在构思过程中，十分注意发挥想象的作用。他的想象的特点，就是细致和奇丽。例如《西沙群岛情思·其一》，诗中运用云彩、涛声、花、星、贝壳、石子、舰艇、城等八个想象奇丽的比喻，细致地描绘了西沙的生动风貌。写水兵的《飘带》，从飘带上"两只光灿灿的金锚"细致的感受中，从视觉和听觉上展开奇丽的想象。一方面，"卷动着风，卷动着云，卷动着日月星宿"；另一方面，"锚链的金属的声音"，近闻像是"军号"、"警铃"，远闻像是"田野里，机器轰响……滑过犁刀"，像是"妻子的笑，母亲的笑，小儿女的笑……"这些想象表面上似乎是各居一隅，互不关联，而其实有着深刻的内在联系。

李瑛的想象，正因为细致奇丽，所以既有生动的形象特征，又能揭示生活的本质真实：

> 边疆的夜，静悄悄，
>
> 山显得太高，月显得太小，
>
> 月，在山的肩头睡着，
>
> 山，在战士的肩头睡着。

——《边寨夜歌》

一二句实写夜色的静谧，第三句"睡"的想象是对特定的夜色的进一步描写，第四句在浓郁的静谧感中，着上了想象奇丽的重笔，既生动又深刻，战士肩上责任的重大和神圣也就不言而喻了：祖国的一切都睡着了，但是他们的和平有保障，幸福有保障，因为都睡在战士的肩头上，睡在战士的心坎里。

李瑛的想象，是扎根在战士的生活和情感的土壤之中的，否则，就不会开放出奇丽的花朵来。例如，形容山顶上的哨所："它哪里是一座哨所，分明是一块危岩，一丛刺蓬；或是一朵游移的云影，或是一只憩息的山鹰。"

（《高山哨所》）在"危岩""刺蓬"的比喻中，既显出哨所的威严，又隐隐透出了生活的艰苦。在这种条件下，我们战士的精神状态是怎样的呢？在"云影"、"山鹰"的比喻中，则曲曲传出他们意志的豪壮和情绪的开朗。因为没有革命英雄主义和革命乐观主义精神的人，是不会将险峻的哨所，想象为"游移的云影"、"憩息的山鹰"那种充满豪情雅兴、充满诗情画意的所在的。

谈到李瑛诗境的特点的时候，首先让我们看一首写于 1954 年的《夜航机》：

孩子恬静地睡在软褥里，
夜航机在天空中飞；
是谁驾驶着这一架飞机，
把祖国的天空忠实地守卫？

夜是黑的，夜是厚的，
我看不清它在什么地方飞，
但我却觉得它经过我的窗前，
总是把机声变得格外轻微。

呵，对于我们辽阔的祖国，
他一定了如指掌，
就像散步在自己的庭院，
就像熟悉星座的方位。

你看，他一定已经从天空看见：
我的房屋的窗子，灯光微微；
他一定已经透过小窗感到，
我的孩子的呼吸，匀静又甜美。

他一定知道这个孩子和她的玩具，
经过一个白天，已经十分疲累，
所以才像抚着她柔软的头发，

把声音放得那么轻微。

渐渐地夜深了呵，清凉如水，
那飞机仍然在天空中飞；
他是整个祖国的守夜的人，
把我们庄严的天空牢牢守卫……

我们来描绘一下这个虚实结合的艺术境界吧：夜幕降临了，夜航机在天空巡逻。忠于祖国忠于人民的航空兵，祖国的每一个地方、每一所房屋，都在他的心中标有清晰的方位。不是吗？他在飞过孩子窗前的时候，看到那微弱的灯光，听到那熟睡的呼吸，就很快放低机声，放轻脚步，好像正在抚摸孩子的头发，抚摸祖国的未来。这时，他笑了，一块蜜在心里悄悄地溶化，化作一个又一个微笑的涟漪。也是在这时，他更懂得了战士的幸福和自豪，战士的责任在哪里。渐渐地夜深了，夜凉了，祖国人民都已入睡；而我们的航空兵却更精神抖擞，目光炯炯，驾驶夜航机在飞，飞！这首诗通过一位父亲的直感，写出了一位淳朴忠诚的战士对儿童的挚爱之情。而这不是囿于狭小的圈子里，而是放在一个广阔的背景下细致地有层次地展示出来的，因而深刻揭示了战士崇高美好的情怀：正是由于有对祖国宏大无比的爱，才有对儿童细腻入微的爱；由于有对祖国十分炽烈的爱，才有对儿童无限温存的爱。所以整首诗的境界，像是在雄壮的进行曲的背景衬托下，所演奏的一支优美的小夜曲，呈现出一种清新劲秀的风格。

李瑛诗境的风格，在以后的发展中又增添了雄丽的色彩，例如，舟山群岛在战士的眼中，一方面是雄壮的"东海的山，东海的船队"，使战士决心"用生命和青春"将它守卫；另一方面，又"像草坪上散落的花瓣，清幽的藤萝，喷香的玫瑰"（《舟山群岛》），它的"瑰丽奇幻"使战士陶醉。李瑛最近出版的诗集《南海》，保持和发展了这种风格。他笔下的舢板，是"像柳叶，像荷瓣"（《舢板》）的倩影和如战舰如高山的雄姿交织而成的形象。他写海鸟的风姿，也是既豪壮："劈波斩浪，双翼如铁"，又柔媚："洁白的绒羽，梦般轻盈。"（《东海的鸟》）就是写海声，也不是一种音调，一个侧面：有时"似排空的重炮"，有时又似"轻轻絮语"。正是这样刚柔交错，海声才形成了"无休无止、无涯无际的庄严的交响乐"（《海声》）。

画面感，也是李瑛诗境的重要特点，如写在边防战士的保卫之下的生活："听鱼群扑啦啦打着苇箔，惊起几只白水鸟；远处，牧女的银镯子一亮，羊群回圈了……"（《巡逻晚归》）在这画面中，生活的和平，气氛的宁静，以及战士的功勋不说自明，可以说"不着一字，尽得风流"。

李瑛诗境的画面，总是带有动态感，以显示其生动的气韵和蓬勃的生机。《赴无名小岛》一诗，诗人从疾驰的小艇的观察角度上来写无名小岛。开始，只见小岛是一个漂来的黑点："是兴安岭上的一枚松果？是武夷山下的一颗桂圆？"小岛离得近一点了，好似漂来的一张叶片："是澜沧江峡谷飘下的山茶？是珠江水乡失落的葵扇？"再近一些了，小岛宛如飘来的一只玉盘："像珍珠，光芒耀眼，像玉镯，通体浑圆。"这样在不同的视距中来写小岛，静态的小岛就获得了一种动态、一种生命、一种形象的美，而且同时写出了战士对祖国小岛的一往情深。

李瑛诗境的另一显著特点，是其哲理性，这个特点在诗人早期作品中即已显示出来。十年动乱，生活中的后退与前进、悲苦与欢笑、焦虑与幸福，使诗人的思想变得更敏锐、感情更深沉、内心世界更深刻更丰富了。所以，近几年李瑛的诗作中，显示出更深刻的哲理性。例如写于1979年的《献给西沙群岛的十三颗星》：

> 今天，真理仍缀着泪滴呵，
> 欢乐中犹带悲哽；
> 今天，理性终于返回人间，
> 它如此惊喜，仿佛又有些怯生。

这里的境界所显示的哲理性，具有相当的深度，但又不概念化，而是和燃烧的诗情、生动的画面结合在一起。而哲理只有饱含着诗情，并且从形象中显示出来，才是诗的哲理。李瑛诗境的哲理性，在《南海》诗集中取得了新的成就，如《贝壳》："它挣扎着寻找失去的大海，它想念激荡的万顷烟波；它说，即使风险再多，我也爱那里，那才叫生活！"整首诗的境界，就是从哲理的高度上对生活做形象的阐发。又如《海的启示》，它的哲理的境界，就是对于力量和美，对于信念、理想和希望的礼赞："这里（指海），生命永远像18岁的雷，壮丽而且纯洁，威严而又活泼"，而那"没有歌的心灵最痛苦，没有生命的世界最寂寞"。李瑛诗境的哲理，不是故弄玄虚的奥秘，也不是脱离实际的空谈，而是生活真谛的结晶，战士智慧的闪光。因此，能给人以思索、以启迪、以振奋。

　　30 多年来，李瑛反映战士的创作，取得了相当可观的成绩。我想，李瑛那颗为战士跳动的心，那支满蓄战士情感的笔，不会使广大读者失望。即使有一天白雪会覆盖他的头顶，但那在诗人——战士心中燃烧的诗情却不会泯灭。

原载《昆仑》1983 年第 1 期

一阵清风　万里涛声

——论李瑛诗的艺术风格

任　愫

　　李瑛同志从 1943 年开始发表诗作，到 1963 年出版了 10 本诗集。那时他从几百首抒情诗中挑出 80 多首，编了一个选本《红柳集》。张光年同志为这本诗集作了序，他说："李瑛的诗是写得细致的，细致而不流于纤巧。一般地说，他能够把细致和刚健结合起来，寓刚健于细致之中。"这是最早的对李瑛诗的艺术风格的概括，说明那时李瑛已形成了自己的特色。从 1963 年到现在，时间过去将近 20 年，李瑛又出版了 10 多本诗集，艺术风格也有了变化发展。1979 年编写的《中国当代文学史初稿》概括"李瑛诗歌的风格是细腻、轻巧中带有刚健、清新的韵味"。[①] 这与张光年的说法基本一样，举例也多是《红柳集》中的作品，对李瑛近 20 年来的尤其是粉碎"四人帮"后的创作注意得不够，没有看到他艺术风格的变化发展。谢冕同志发表在《诗刊》1979 年 10 月号上谈李瑛诗的文章，概括他 30 年来已发表的诗歌，说："他的诗：精致、细腻，甚至有些华丽。……李瑛以自己特有的抒情个性来写豪迈的、粗犷的生活与斗争，他把雄丽、刚柔这些看来对立的特点糅合起来，形成了他自己的艺术风格。"这里好像注意到了李瑛艺术风格的某些变化，提出了"雄丽"的特点。

　　上边的几种说法，有相同之处，也有不同之处。我对这些说法有同意的，也有不同意的，觉得有进一步探讨的必要。我认为我们现在研究李瑛的艺术风格，应看到他各个时期、各种题材、各种形式的诗作，而近 5 年来的

---

① 《中国当代文学史初稿》上册，第 370 页，人民文学出版社 1980 年 12 月版。

创作更能表现诗人的艺术特色，尤其应该引起注意。1981 年 5 月出版了《李瑛诗选》，以后又出版了有新的探索的《我骄傲，我是一棵树》和《南海》，这为我们研究他 40 年来的创作提供了方便。总的看来，我认为李瑛的艺术风格有精致、细腻的特色，但在《红柳集》之后转化了某些因素，又出现了新的特点。他有意地解决以前"深度不够，力量不足"① 的问题，而向深挚方面发展了；他以前的"刚健"与新的特点结合，也向清雄方面转化了。他的诗彩色较为鲜明，但恐怕还不能说"华丽"已经构成了他风格的一种要素。为了揭示李瑛艺术风格的各个要素，我在这篇文章里把我与人们认识一致的问题，只做概略的说明，而把人们没谈到的或较少谈到的特色，则较为详细地加以论述。

一

李瑛的诗有人们称道的精致细腻的特色。

李瑛常说："诗的，总是美的。"诗应该"既有教育意义又有美学价值"。② 因此，他在自己的创作中总是精心细致地表现解放军战士、人民群众的心灵美，祖国山河的壮丽多姿，我国社会主义建设的新气象，各国人民的友谊与争取解放的斗争，使之发挥真善美的教育感染作用。

李瑛诗的精致，首先表现在构思上。我国古代和现代的诗人都很重视诗的构思，恩格斯也谈到过这个问题，他在《乌培河谷来信》中批评一个青年的作品说："构思不细致，文字不精练。"③ 在评论德国诗人卡尔·倍克有的作品的时候又说："它既没有深刻的思想，也没有诗的兴味，不能超出一般小说的水平。构思十分平凡，一点不美，表现也很平常。"④ 由此可见，诗应该有独特的、精美的构思。李瑛善于发现生活中的诗意，选取典型的形象、有利的角度来表现这诗意，构思是精巧的。雄鸡啼鸣是人们在清晨常听到的，可李瑛却从中发现了深刻的诗意，写出了《哨所鸡啼》。那构思是新颖的，新颖就新颖在表现战士的性格、情感、豪迈、威严，没有直接写战

① 张光年：《红柳集》序。
② 胡世宗：《满山满谷的红花——李瑛印象》，《文汇月刊》1982 年第 2 期。
③ 《马克思恩格斯论艺术》第 4 卷，第 309 页。
④ 《马克思恩格斯论艺术》第 4 卷，第 349—350 页。

士，而以哨所的雄鸡引亢报晓作为象征。先写云雾笼罩着港湾和高山，使人感到寂静、苍茫，因而需要霞光和振响，接着写了一个生命在快乐的呐喊：

> 压住了千波万壑，
> 吐出了满腔喜欢；
> 嗬，是我们哨所的雄鸡，
> 声声啼破宁静的港湾！
>
> 看它昂立在群山之上，
> 拍一抽翅膀，引颈高唱；
> 牵一线阳光在边境降临，
> 霎时便染红了万里江山。①

最后把哨所的鸡啼与哨所的战士联系起来，深刻地表现了主题思想。灯是人们每天晚上都用的，可李瑛却从高山哨所的战士用墨水瓶做的一个小油灯上，发现了战士忠诚地守卫边卡的心花。那《灯》的构思是美妙的：把灯比作一朵永开不败的小花，也许它是祖国最高的花，也许它是祖国最远的花；它小得像一粒豆子，却映红了满天云霞！霜降作为一个节气每年一次，到这一天人们只是多加些衣服罢了，可李瑛却从这天气寒冷中发掘了军民的鱼水情谊。那《霜降》的构思是集中的：找到了很好的诗意凝集点——霜降这一天，选择了一个有利于表现的角度——战士的回想，写了大娘抱草烧炕、一针一线地缝补衣裳，也写了战士深切的怀念和保卫人民的热情。张望这一行动也是人们常有的，可李瑛却从一个黑人水手在船要离开中国港湾的张望中，发现了深厚的情感。那《张望》的构思是自然的：自然地写出了他对站立起来的中国的羡慕和友好，自然地写出了他家过去遭受的苦难，也自然地写出了他增长着同种族主义进行斗争的力量。

　　李瑛诗的精致，也表现在提炼形象上，他精巧的构思是与提炼精当的形象结合在一起进行的。他说："诗人必须学会用新鲜的、生动的充满感情的形象来表达对时代、对自然界、对人类社会的看法，他必须懂得用形象来表

---

　　① 本文引李瑛的诗只写篇名，均见《李瑛诗选》和《我骄傲，我是一棵树》、《南海》，不再一一注出。

现思想和观念。"① 因而他善于选择典型的形象，如人物行动、生活场景、自然景物、有意义的时间和物品，以一当十地来表现生活中的诗意和自己对生活的看法。他有独特的感受和提炼、概括的能力，能把平常的事物描绘成新奇的形象。如前边说到的《哨所鸡啼》中报晓的雄鸡的形象，高山哨所中映红了满天云霞的"灯"的形象，就是这样的。在《戈壁日出》中写"双手支撑大地，昂然站起"，"仿佛只需再走几步，就要撞进它的怀里"的太阳的形象，使人耳目为之一新，也使人看见了在这里巡逻、勘测的"人民意志的美丽"。在《哨所门前的河》中，说一条小溪"像个顽皮的孩子戏耍在深山"，"唱呵跳呵，带来一股新鲜"。"入春，给我们驮来团团柳絮，入秋，又送给我们蛙声一片"，早晨清凉地给战士洗脸，傍晚为战士弹响琴弦。"即使这乱石间的一湾细流，也是伟大祖国母亲的乳腺。"这里对小河的选择、描写和比喻使人感到非常新鲜而又亲切，充分表现了战士们对祖国的一山一水、一草一木的热爱。李瑛的诗就是这样，有形有神、神形兼备，有情有景、情景交融，创造的意境是很动人的。

李瑛诗的细腻，主要是他对事物表现的精细，他"善于采取因小及大的手法"描绘形象，给人以事小而意大、细致而深刻的艺术感受。如描写哨所的鸡啼、哨所的油灯、哨所门前的小河这些生活中平凡的小事，但却生动有力地表现了解放军战士高大的精神境界：他们像雄鸡那样夜夜司晨、天天报晓；他们在一盏小油灯下读书看报，怡然自乐；他们把乱石间的一湾细流，也看成是伟大祖国母亲的乳腺，真是平凡而又高尚啊！李瑛精细地表现事物，还很注意细节的描画。抒情诗中细节的描画不可能像叙事作品那样详尽，但选择一些典型的加以适当的描绘，还是完全必要的。像上面说的《灯》、《哨所门前的河》都有很多细节描写。他的一首《小摇车》也有很好的细节描写，这首诗是通过小摇车来写鄂温克族人民定居前后生活的变化的。

> 像莽莽的雪原一样古老，
> 像巍巍的冰峰一样古老，
> 这白桦皮做的小摇车，

---

① 本文引李瑛的话，除注明者外均见《李瑛诗选·自序》，不再一一注出。

> 用猞猁爪子的骨节做装饰，
> 用麂子的皮条来悬吊。
>
> 不用说，有个幸福的孩子，
> 吃饱了奶，正在睡党，
> 我从他均匀的鼾声，
> 像听见了他脉搏和心跳；
> 看，他正耸着淡淡的眉尖微笑。

这里用白桦皮、猞猁爪子的骨节、麂子的皮条等细节来描绘小摇车，说明鄂温克人有些古老的用具未变，但定居后的生活变了，从睡在小摇车里的孩子的细微神情上，表现出了他们的幸福。可是，孩子母亲小的时候却不是这样，她虽然也坐过这样的小摇车，但那时"父母把她挂在荒山老林里，镇日间，任漫天雨打风摇"。"她铺的是狍皮，盖的是犴毛，野兽的嗥叫就是她的音乐"。这首诗还由始至终地写小摇车在轻轻地摇，最后诗人又充满感情地说道："不要停，就是不要停止了歌声，不要停，就是不要停止了欢笑。"这就在精细的描写中增强了感情的力量。19 世纪法国著名画家安格尔说："画家完全有权力求自己的作品精雕细刻，但她必须赋予这种精雕细刻以感染力。感染力并不排斥精细，整幅画既包括严实的素描结构，同时也包含有细腻的素描表现力。"① 李瑛就有这样的细腻的笔触，他在对事物进行细致的观察和再现的时候，能把真挚细腻的感情融入其间，这样他就把精雕细刻和感染力自然地结合在一起了。

李瑛诗的精致细腻和他语言的精练准确也是分不开的，他说："一个诗人应该有高度的艺术感觉——不是随意拾取生活中自然形态的语言，而是必须刻意追求加工提炼的语言，去努力寻找那唯一准确的单纯的语言——有生命力的语言。"他语言的精练、有表现力，诚如他自己所说，也是人们所公认的，在我举的例诗中也可以看出来，这里就不再赘述了。

精致细腻是李瑛诗的特色之一，在《红柳集》及其以前的诗中有明显的表现，以后的许多诗依然保持着这种特色，像 1972 年写的具有民歌风味的《枣林村集》就很充分。不过，从此以后的诗，特别是《早春》、《在燃烧的

---

① 《安格尔论艺术》，第 37 页。

战场》、《我骄傲，我是一棵树》、《南海》中的大部分诗，细致的特点又和别的风格要素接种起来了。他说：

> 让我们把深沉的感情接种给你，
> 让我们把革命的信念接种给你，
> 让太阳把巨大的力量给你，
> 让月亮把美好的幻想给你。
>
> ——《植树歌》

这说的是树，我把它借用到李瑛的艺术风格上来，形容它接种了别的东西，增长和出现了新的特色，也未谓不可吧！

二

李瑛《红柳集》以后的诗，尤其是近期的诗，明显地出现了深挚的特色。

他的诗表现思想感情的深挚，是和概括生活的深广、描绘形象的深刻密切结合在一起的。

李瑛的诗概括生活深广，他说："诗应该真实地、本质地、深刻地反映生活。"诗人"必须走向世界，他必须倾听人间每个角落发出的声音，并且对每一重大事件表示自己肯定或否定的意见，因为扫除整个旧的生活制度、建立新世界，是全体人类共同的事业"。李瑛以前的诗反映的生活面就比较宽阔，除了部队生活和军民关系外，还表现我国工农群众的精神面貌和各国人民反压迫、反剥削的斗争。近20年来，由于时代的发展、生活的前进、眼界的开阔、阅历的增多，他开拓的题材和反映的生活更加宽广了。从他的诗里可以看到非洲人民争取民族解放的斗争，柬埔寨人民争取国家独立的斗争，日本人民争取归还北方四岛的斗争，布拉格人民反对侵占的斗争；可以看到中国土地上长着日本的大山樱花，摩洛哥的土地上开着长江以南的茶花，世界许多地方长着埃塞俄比亚的咖啡树；也可以看到列宁墓枞树的青苍，坦赞铁路的伸长，密西西比河的漩涡，扎伊尔钻石的闪光。在国内题材方面，李瑛这些年较多地反映了边疆的建设，少数民族习俗的改变，1976年的经历，尤其是大笔浓墨地抒写了全国人民向四个现代化的进军：这里有对第三颗卫星的欢呼，对钻塔的礼赞，对矿石的希求，对植树的歌唱，对黄河的畅想，对青年进行新长征的热望。在部队生活方面，由于斗争形势的发展，反映了吴八老岛的军民联防，呼伦池畔的巡逻，北疆哨所的观察，对越自卫反击战场上的拼搏。李瑛这些年反映部队生活向广的方面有一些开展，而向深的方面则有更大的掘进。

李瑛的诗描绘形象深刻，他说："我把触角须根般的伸向生活的最底层和人们心灵的最深处，许多动人的景象，许多感人的事物，许多悲愤和欢乐，许多焦虑和痛楚，促使我用笔来记录他们——于是当我们的战士在战场上倾洒鲜血的时候，我的诗便和掩体上的野草一起生长；当我们人民的汗滴在工地上的那些石块、那些木料、那些钢板上的时候，我的诗便在那里结晶、闪光……今天，经过无数次虐杀和磨难考验的我们的人民的精神，是变得更坚强，感情更深沉，内心世界更加深刻、更加丰富了。"基于这种认识，他在描绘形象时努力反映革命的某些本质的方面。

李瑛以前表现的多是平时保卫边防海疆的战士，对他们的爱国主义行为和思想感情，从多方面进行了比较深入的描绘。而近来，则突出地表现了在燃烧的战场上中国人民解放军的形象。这里边有机智的侦察兵，他们"肩着枪支，掖着匕首，腰里缠着一条尼龙绳"，黑夜里顶着蒙蒙细雨，把"舌头"捉回帐篷。这里边还有坚强的机枪手，他肩胛中了子弹，鲜血喷涌不断，机枪子弹也喷射不断："多么纯洁的血，纯洁的火焰，谁说他射出的不是热血，而是子弹！"这里边也有心血沸腾的喷火手，他潜伏时想着祖国，猛然跃起喷出一团烈火："他喷出八万万郁积的惊雷怒电，转眼，将堆堆铁石都化成一摊灰末！"这里边又有英雄的新战士，他只有 50 天军龄，20 岁年纪，在战场上一边匍匐一边射击，把敌人的炮火引向自己："待顽敌全歼，炮火沉寂，满山灰烬中，闪着颗晶莹的金石，像一颗最亮的星，光逼九天，他——为集体，仍然保持着前进的英姿。"如果说李瑛以前表现了我们战士在训练、守卫、巡逻中的忠诚、警觉、坚毅、乐观这些革命品德的话，那么他的近期的诗中，则深刻表现了他们在祖国遭到侵犯时冲锋陷阵的英勇果敢、机智顽强、不怕牺牲、战胜一切敌人的英雄气概和崇高的爱国主义精神。从这里我们看到了解放军战士的豪情，看到了社会主义新人的壮志，看到了中华民族崇高的灵魂！在抒情诗中，很少有人能像李瑛这样，把我们部队战士的内心世界表现得如此深刻动人的。

　　李瑛善于发掘形象内在的意蕴和哲理，显现它的人生和社会的重大意义。刘少奇同志平反后，人们为追怀这位伟大的无产阶级革命家写了不少诗。有的歌颂他革命的功绩，痛斥林彪、"四人帮"对他的迫害；有的由他身上写出了"历史是由人民写的"真理，有的表现了对过去批判他的悔恨和现在的道歉与悼念。而在这类题材的诗中，李瑛的《为一个永远活着的共产党人而歌》是写得相当深刻的。这首怀念刘主席的诗简直可以和怀念周总理的诗《一月的哀思》相媲美，它细致地刻画了他过去做国家主席时和被迫害中的容貌与神态，具体地描写了他一生的战斗历史和对党的贡献，生动地表现了他光辉的思想和平易近人的作风，亲切地抒发了党员和人民群众对他的怀念，尤其值得提出的是深沉地写出了他的死对人心的震撼和引起的激动与思考。

　　李瑛还常用一些事物和景物的形象做象征，来显示更为深邃的意蕴和寄托。如《我骄傲，我是一棵树》、《石头》、《萤火虫》和《南海》中的许多诗，就把树、石头、萤火虫、珍珠、贝壳、大海、小岛、海鸥、仙人掌等，写得有情感、有性格，来启发读者如何做人、如何生活。法国近代著名雕塑家罗丹指出："对伟大的艺术家来说，自然中的一切都具有性格——这是因为他的坚决而直率的观察，能看透事物所蕴藏的意义。"[1] 李瑛通过深入的体察，也看透了自然中一些事物的意蕴，因而能赋予它们以生动的个性和丰富的情感。

　　李瑛的诗抒发情感深挚，无产阶级革命导师很注重诗歌感情的深刻和真挚。马克思在由一首诗谈到他的作者弗莱里格拉特的时候，称赞地说："在他的真挚的好心肠下隐藏着一种极其锐敏的、好嘲笑人的精神，他的激情是'真实的'。"[2] 恩格斯在谈到当时德国一位女诗人的一些诗的时候，也称赞"它们表现出不下于雪莱诗中的深刻的感情"。[3] 李瑛深明此义，他说："我对我所表现的我们的人民和战士，始终是怀着极大的尊敬和热爱的感情；我对他们是诚实的，感情是真挚的。"李瑛以前的诗就很有感情，而十年动乱的严峻生活又促使他思考许多问题，在认真地思考中内心世界更加丰富，感情也越发深沉真挚了，这从他近期的每篇作品中都可以感受到，而在一些代

---

　　① 《罗丹艺术论》，第 26 页。
　　② 《马克思恩格斯论艺术》第 4 卷，第 42 页。
　　③ 《马克思恩格斯论艺术》第 4 卷，第 397 页。

表作如《一月的哀思》、《七月花环》、《为一个永远活着的共产党人而歌》中更可以明显地看出来。这三首分别悼念敬爱的周总理、朱总司令、刘主席的诗，感情都很深沉真挚，但又有细致的区别。《一月的哀思》深挚而沉痛，如："报纸，披着黑纱，电波，浸着泪滴；每盏灯，都像红肿的眼睛，每颗心，都在哀悼伟大的战士：回来吧，总理，我们敬爱的周总理！中国，怎能没有你！人民，怎能没有你！革命，怎能没有你！"《七月花环》深挚而悲壮，如："呵，几十年为人民，捧一颗丹心，闪闪炮火，终化作礼花竞放。想起真理、热血和钢铁铸造的革命，呵，总司令，怎能不想起你英武的形象！"《为一个永远活着的共产党人而歌》深挚而激愤，如：

> ……这毕竟是一场悲剧，
> 你有比刀刃更锋利的愤怒，
> 也有比玫瑰更温馨的爱情；
> 你用信念、理想和勇气，
> 拯救了一片古老的大陆……

李瑛不只对领袖、战士和人民怀有深挚的感情，就是对祖国的一丘一壑、一花一草，也都注入了深挚的感情。你看，他对笔下的卫星、矿石、油田、钻塔、树木、石头、芦苇、书籍、萤火虫、海鸥、珍珠、灯光、海沙、泥土……无不充满了深情厚意！

李瑛希望他的诗"能帮助读者找到通往千千万万人的心灵深处的道路"。我看让这深挚而健壮的情脉发展下去，它便是通往人们心灵深处的一条道路、一条康庄大道。

三

李瑛《红柳集》以后的诗，尤其是近期的诗，又明显地出现了清雄的特色。

他以前的诗就有"雄"的一面，像《红柳集》的第一篇《出港》就是写得很雄壮的，那时把它笼统地说成"刚健"也可以，因为还没有显现出后来那么多"清雄"的风味。

最早把"清雄"作为一种艺术风格的是唐人，说李白的诗"清雄奔放"

（见李白《上安州裴长史书》），后来清末词学权威王鹏运也说苏轼的词"清雄"。陈迩冬先生赞成这一评语，并认为苏轼诗的风格也是"清雄"的。他说："清者明澈洒脱，不泥不隔。""雄者壁立万仞，辟易万人。"还举出"天外黑风吹海立，浙东飞雨过江来"和"每逢蜀叟谈终日，便觉峨嵋翠扫空"①作为"清雄"的典型例子。我读李瑛的诗，深深地感到它也有这种清秀洒脱、雄健有力的特点。

李瑛的诗雄健，其中有强烈的时代精神。李瑛诗里的声音是地球滚动的回响，是时代强音的飞荡。李瑛的诗雄健，其中充满了战士的豪情。他说："英雄的战士和质朴的人民所进行的伟大斗争，和他们创造的豪迈事业，激起我强烈的创作冲动，给了我不可抑制的歌唱的感情。"这种从豪迈的事业中获得的感情，不能不是豪迈的感情，他就是用这种无产阶级诗人的革命豪情，去歌颂人民解放军战士的革命豪情的。李瑛的诗雄健，其中显示着人们健美的心灵。他说："我热爱生活，热爱我们的人民和战士，热爱他们的刚毅和果敢，热爱他们心灵的美和生活中自然的美。"因而，他赞美用自己所有精力以至生命保卫祖国的崇高爱国主义思想，表扬为振兴中华向社会主义现代化勇猛进军的英雄气概，描写不怕环境恶劣、战胜艰难险阻而奋力向前的大无畏精神，展现身在苦中不知苦、喝口苦水也觉甜的乐观主义态度，刻画为集体、为他人、为改造自然、为建设家园的每一细小行动而闪现出来的心花。在他的诗里，各种美丽的心花竞相开放，共产主义人生观散发着沁人心脾的清香。李瑛的诗不仅有雄健的内容，同时又有雄健的气势，而他雄健的气势又与别人的不同，是和"清"结合在一起的。

李瑛诗里的"清"，表现在两方面：一方面是清秀超脱，即诗中不密实地集中很多形象，而是选择典型的加以描画，并用以挟带情思、实中有虚、虚实结合，显得空灵而不凿实。另一方面是清通洒脱，好像山中的小溪，动荡流走，不落平板，时而飞流直下，时而浪花飞溅。如《黄河》中的："而今，浪尖上吞吐着葫芦舟哪里去了？哪里去了，流沙盐碱，荒草瑟瑟？远眺烟波浩渺间，但见——大坝巍巍，长桥道道，电站座座！"像《他是一名战士——悼郭沫若同志》中的"……风雨如磐的暗夜，他胸怀沉雷，笔卷洪波，呵，狂涛涤荡，岩火喷吐，风驰电掣，劲扫着一切垃圾、肮脏和污

---

① 《苏轼诗选》后记，人民文学出版社1957年版，第269页。

浊……"

"清雄"与"浑雄"不同。"浑"是"浑沌无端，莫见其根"，浑雄的意境是诗的气魄笼罩万物，横贯长空，如油云漫天，长风过空。浑雄的特点是诗思汪洋浩瀚，气魄雄伟，词句壮丽，读来惊心动魄，如郭沫若的主导风格和郭小川的主导风格就是这样的。清雄的意境如一阵春风，山岭雪崩，江海扬波，万里涛声。清雄的特点是诗思滔滔奔涌，气魄雄健，语言清丽，读来激动人心。李瑛的很多诗都是这样的，在著名的《一月的哀思》中表现得也很明显。

再如《灯塔》中写道："有它，天也显得低了——日月星宿，在它身边旋转；有它，海也显得小了——狂涛万顷，化作一池碧波。"《生命》中写道："从什么地方飞来，要到哪里去？海鸥——纯洁、坚强、热情、勇敢的精灵。你拥抱着九万顷烟波，八千仞云峰，在整个天宇，恣意飞行。"《石岛》中写道："不要说它太小，太小，却敢于抵抗弥天的风暴；祖国母亲呵，真该为你骄傲，有它，有它，为你守卫着万顷洪涛！"这三首诗均载于新出版的《南海》。《南海》中的诗进一步地表现出深挚、清雄的特点，它既有浓郁的诗情，又有睿智的哲理；既是清秀、清通的，又是雄健、雄壮的。

四

上述各种要素和谐地统一在李瑛的诗中，构成了他精致细腻、清雄深挚的艺术风格。

又细又雄、又清又深这是怎么统一起来的呢？从表面上看不和谐而实际结合为一体的风格，在诗歌史上是屡见不鲜的。古代的李商隐就把深刻与细密、含蓄与清丽、婉曲与明快结合在一起，构成他那深细婉曲、典丽精工的风格。现代的郭沫若也把雄浑与冲淡、豪放与清新融合起来，形成他的雄放清新的风格。对词的"清空"和别的特色结合的问题，已故武汉大学教授刘永济先生，在其所著《词论》中曾说："又按清空云者，词意浑脱超妙，看似平淡，而意蕴无尽，不可指实。……往往因小可以见大，即近可以明远。"① 李瑛的诗也是这样，它是因小见大而又见雄，于明澈中见真挚而又见深沉的，这种统一的风格在李瑛后期的许多诗中都可以明显地看出来。

――――――――――

① 《词论》第66页，上海古籍出版社1981年3月版。

我们说精致细腻、清雄深挚和谐地统一于李瑛的诗中，是从他多数作品、主要作品看出来的。构成艺术风格的各个要素，不可能像定量配方那样均匀，因而，他的有些诗写得更细腻一些，有些诗写得更清雄一些，有些诗写得更深挚一些。但它们或多或少地结合在一起，确实构成了一种艺术特色，这便是李瑛区别于他人的独特风格。

形成一种独特的风格有时代的、阶级的诸方面原因，也有许多个人的原因。李瑛年轻的时候求学于北京大学中文系，读过古今中外许多文学名著，对诗歌既有很好的修养，又有不断的追求。他说："诗人应该深刻研究诗歌创作的艺术规律——他越懂得文艺科学，他写的东西便越能成为艺术——不倦地寻找新的表现手段和新的表现方法，以创造具有自己艺术风格和特色的、既有教育意义又有美学价值的高质量的诗歌。"李瑛对创作的精益求精是从生活、思想、艺术几方面进行的，他经常深入生活，有一双锐敏的眼睛，观察体验事物细致入微。他和英雄的战士们同呼吸、共战斗，感受了那英武雄进的气质和炽热真挚的感情。这些年生活的变化，十年的动乱，人事的升沉，又引起了他深沉的思索——用马克思主义的观点思索时代、思索斗争、思索人生、思索诗歌。这些年他在艺术表现上也吸取了许多有益的东西，如"从古典诗歌学习它的简练、篇幅小而容量大……从民歌学习它的浓厚的生活气息、语言朴素而生动、琅琅上口"，从外国诗人歌德、雪莱等人那里学习积极浪漫主义的表现手法。[①] 有了以上这些的融合和创造，他形成精致细腻、清雄深挚的风格，就是很自然的了。

李瑛已出版了 23 本诗集，1400 多首诗，数量是不少的。可是像《一月的哀思》、《出港》、《哨听鸡啼》、《戈壁日出》、《钻塔礼赞》和《在燃烧的战场》诗集中的那样有广泛影响的诗篇，还不是很多的。我们希望诗人，能够在时代的召唤、生活的召唤中乘兴前进，"为伟大的年代写颂歌，写赞歌，写历史"，使自己的艺术风格更加老成，创作出更多的为解放军战士和人民群众喜闻乐见的好诗篇。

原载《文学评论》1982 年第 4 期

---

①　参见宋垒《李瑛访问记》，《海韵》1980 年第 2 期。

李瑛的抒情诗创作

吴开晋

李瑛是新中国建立后成长起来的优秀诗人之一，但他的写作时间已近40年，写了大约1600余首诗作。在当代诗人中，其创作的产量不仅丰厚，而且反映的生活面也非常广泛。纵观他几十年的创作道路，通读一下他的抒情诗作，人们在思索之后，却可以使人兴奋地发现一个共同点：即诗人的脚步是随着时代的前进而前进的，诗篇尽管内容各异、艺术手法不一，但都响彻着时代之音。可以说，随着新中国的诞生，国内外一些重大事件都有它的投影，诗人总是以一个革命战士的身份来歌唱我们时代新的生活、新的人物，抒发自己真挚的感情。他总是和我们的党、祖国和人民同呼吸共命运，尽管在一些问题上，诗人的头脑并非始终敏锐，但他总是以一颗赤诚的心献给我们的时代和祖国的社会主义事业，这一点确实是很可宝贵的。

（一）应着军号的音韵谱写的诗章

1. 以战士的心灵去发现世界

诗人以做时代的传声筒而感到羞耻，但却以能深刻、形象地反映时代生活而感到自豪。李瑛说："多年以来，我就是这样，蘸着阳光、大海、风霜、雨雪来写诗，蘸着人民的汗水和血泪来写诗。"[①] 我们还要加上一句：他是应着军号的音韵来写作的，即，李瑛对时代生活的反映，是以战士的身份进行的。由于他多年来在部队中生活，对部队有深厚的感情，多年来，他总是

---

① 张光年：《李瑛的诗·序〈红柳集〉》。

以战士的目光来观察世界，以战士的感情来讴歌时代。正如老诗人张光年早在1963年说的，是"以战士的笔抒战士之情"。① 我们可以看到，在他的全部诗作中除了新中国成立前创作的部分篇章外，大部分都是从多方面来讴歌部队火热的生活，揭示战士崇高的心灵，赞颂部队中的英雄人物；即便是那些描绘工农业建设或是国际题材的诗作，诗人也是以战士的身份来抒发感情的。像陆军中的放哨、值勤、打靶、行军，海军中的远航、操练、登陆，空军中的夜航、出战、编队飞行，几乎都有反映，从中不但折射出部队崭新的面貌和当时社会生活的投影，而且可以使人感觉到诗人那颗火热的心在跳动，被他炙热的战士的感情所感动。我们是否可以这样说：诗人个人的感情和广大人民战士的感情结合得越紧密，就越能真实而深刻地反映出时代的面貌。因为人民群众是社会生活的主宰，是新时代的创造者，而诗人李瑛正是沿着人民战士的感情阶梯一步步攀登，而终于和战士的感情融为一体，采摘到丰硕的诗的果实。像收入《李瑛抒情诗选》中的最早反映部队生活的诗《我们的旗》、《睡着的战士》、《历史的守卫者》等，不仅学生腔较浓，而且是作为一名旁观者从一侧来赞颂我军的进军行列和守卫的战士的。尽管诗人也是怀着诚挚的敬意赞颂我们的战士"结实的胸脯"、"正像他们土地的颜色"、"他们红红的脸上不时地闪动着笑"，甚至说"辉煌的太阳就将升起"、"而且就将把这担负了历史守卫的战士，镀成不朽的黄金的铸像一样"，但总还叫人感到诗人个人的感情还未和广大战士的感情融合无间，对当时的战斗生活的反映必然受到限制。以后，李瑛在较长期的部队生活磨炼中，他终于"钻进去了"，把自己完全变为一个战士了，此间，他便写了许多传诵一时的佳篇，像："熄灯号吹过，星斗出金/营房的屋脊上，月光一片/睡吧，睡吧，亲爱的同志/睡呀，却要醒着刺刀和子弹！"（《熄灯号》）像："滴着难舍的泪，缝呵缝呵/你颤抖的手拉着我的衣襟/哨子响过，我站进队里/呵！衣襟上钉上了一颗滚烫的心！"（《哨子响了……》）像："莫非是学习了战士的性格/所以才如此豪迈、威严/只因为它是战士的伙伴/所以才唱出了士兵的情感！"（《哨所鸡啼》）像："远村传来鸡叫，回营吧/不要告诉炊烟，不要告诉风/边境好恬静，但要警惕/夜是肌肉，我们是神经！"（《月夜潜听》）这些都是体现了充沛的战士情感而又真实深刻地反映了沸腾的部队战斗生活

---

① 张光年：《李瑛的诗·序〈红柳集〉》。

的佳句。诗人想战士之所想，急战士之所急，甚至把祖国的山山水水、一草一木都赋以战士的感情。他可以让雨作为传递战友消息的使者（《雨》），让地里的"种子"为有战士巡逻而笑（《边寨夜歌》），让哨所的"小窗"做战士的日历（《哨所日历》），让"凝云"和"迷雾"因部队换防而伤悲（《告别深山》），他甚至把大山按战士的编制给它们起名、编号或叫它们列队集合（《进山第一天》和《紧急集合》）。这一切都说明，他已由局外人成为战士中的一员。但这是不是就够了呢？这比之第一阶段的旁观者的身份是有了一个飞跃，不过这还有其局限性。一个时代的歌手，有出息的诗人，不仅要和人民群众的大多数在思想感情上打成一片，能洞悉普通群众的心理愿望，而且他还应比一般群众站得更高，看得更远，从"钻进去"的地位中还要"拔出来"，不然他对时代的反映就会有局限性，缺乏高度的概括力。

2. 开拓更广阔的艺术天地

李瑛在长期深入部队生活的基础上，又到其他生产战线去观察，了解更多的人和事，同时还曾几次到国外参观访问，他的视野就更广阔了，他对时代生活的反映，便由一点或一个侧面扩展到国内、国际的许多重大事件，他在60年代和新时期所写的一些较长的政治抒情诗便具备了这一特点。不过，他仍然是以一个战士的身份来歌唱的，只是对时代生活的反映更广阔、更深刻了。像影响很大的《一月的哀思》及《西沙群岛情思》、《我骄傲，我是一棵树》等，便充分体现了诗人在登上第三个台阶时的创作特征。可以说，这些名篇中所渗透的感情，是战士的感情又不仅仅是战士的感情，诗人已成为战士们的光荣代表。如《一月的哀思》中对周恩来总理的悼念，已是代表了亿万人民在悼念：

> 一个为八亿人，
> 耗尽了最后一丝精力的
> 伟大的英雄，
> 一个为三十亿人，
> 倾尽了最后一滴血的
> 伟大的战士！

而在《我骄傲，我是一棵树》中，也是代表了广大的革命者，至死也要：

让我尽快地变成煤炭
——沉积在地下的乌黑的煤炭，
为的是将来献给人间
纯洁的光，
炽烈的热！

诗中表达的正是一位战士献身的感情！

再如《海沙》一诗的第二段，诗人以战士的目光看待沙滩上的一切，寂寥荒漠的沙滩立刻充满了无限的生机：

这是沉寂的沙滩吗？
这里满眼生机！

看粗犷的仙人掌，
骄傲而且倔强；
看无畏的抗风桐，
骁勇而且坚直；

那活泼机灵的小海蟹，
轻轻地、轻轻地，
是跑呢？是跳呢？
它在戏弄大海的耳朵和胡须，
大海阔笑着，对它又多么亲昵……

还有成群的海鸥，
在这里梳理它的帆，它的翎羽；
还有颠踬蹒跚的大海龟，
在这里埋下它的种子；
也许，有一朵朵大胆的小紫花，
摇着海风，
庄严地呼吸着咸的空气……

当然，在它们身边，

还有跳荡的渔火，

还有晾晒的网具，

还有一行行警惕的足迹……

海把波浪的影子留在在沙滩上，

层层叠叠——

那是浪线，那是水迹；

因为他知道这里：

即使丢失一粒最小的沙子，

祖国也会动荡；

因此他每天总要回来，

攀上礁滩，看望两次……

这首诗既富有战士的感情，又具有时代的气息，诗中的一些动物、植物在诗人的眼中是那样生机勃勃，而人格化了的海浪又那样留恋、热爱着海滩，如果对祖国的海疆没有深厚的热爱之情能写出这动人的诗句吗？真正的诗人，必须时刻关怀着祖国的命运和人民的斗争，正如智利大诗人聂鲁达所说："一个诗人是不能忘记本国人民斗争的，这是不允许的，这不是因为任何教条，而是他的责任。如果一个诗人他对人民没有责任感，就写不出任何好诗来。"① 确实，诗人不去反映沸腾的时代生活，不代表人民去歌唱，只能成为关在象牙之塔里的渺小诗人。多年来，李瑛能在为战士、为时代歌唱方面，执着地追求，并做出可喜的成绩，是令人称许的。

（二）多彩而鲜明的艺术个性

1. 用形象去创造世界

我们肯定李瑛的诗作具有强烈的时代精神和浓郁的战士激情，是否会使人误会他的作品是"假大空"的喊叫呢？这是不会的，而恰恰相反，他对时代生活的反映，又是通过多彩的画笔描绘出来的，充分地体现了他的艺术个性。他曾在《李瑛诗选·自序》中说："我认为，诗人必须学会用新鲜的、

---

① 聂鲁达：《诗和人民》，《聂鲁达诗选·附录》，四川人民出版社。

生动的充满感情的形象来表达对时代、对自然界、对人类社会的看法，他必须懂得用形象来表现思想和观念，这就是说，他必须用形象认识现实，并在形象中再现生活，诗人是通过形象创造世界的。"几十年来，他正是按着这一艺术规律进行创作的，而他的艺术风格也就逐渐稳定和成熟。

如果说贺敬之是以情为线补缀万物，在直抒胸怀中体现出一种热烈奔放的抒情美，郭小川善于在即景生情中体现出一种深沉浑厚而富于哲理色彩的艺术个性，老诗人艾青则着重在一个个具体物象中把浓郁的诗情深邃的哲理渗透进去，或多通过象征的方法体现其隐藏在内心深处的感情，而李瑛则善于通过一个个具体画面和场景展示其充沛的激情并体现出时代的风貌。他的诗作多有所依托，不但是直接描绘部队生活和祖国山川的抒情短章如此，而且一些较长的政治抒情诗也是如此，他很少采用那种跳跃性很大、直接剖露胸怀的抒情方式。如《一月的哀思》，是通过长安街上，载着周恩来总理的灵车向西行进的具体场景抒发感情的，这就不同于那些为悼念而直接发出呼唤的诗章；表现中非人民友谊的《茶》，也是通过"晚上，灯下/我读着黑非洲的诗/喝着热茶"的具体场景展开抒情的，同样体现了李瑛独具的艺术个性。以上是从总体来考察李瑛的抒情特色和艺术个性，那么，具体说来，他在表现时代风貌方面，在艺术表现上又有一些具体方法可循，下面再分述之。

2. 以小见大

诚如张光年所说："我感觉，这位诗人惯于也善于采取因小及大的手法，或者说，从一件小事情上，逐步展开它可能具有的时代内容。"[①] 他常常通过一些自然景物，如山川草木、珠贝流萤，来抒发自己的情怀，从而揭示出时代的风貌。如《献给仙人掌的赞歌》的第三段：

> 铁青的礁岛，铁青的海浪，
> 仙人掌裸露着铁青的胸膛；
> 把肥厚的叶片伸向四面，
> 把锋利的针刺指向八方。
>
> 抵御了阵阵狂风横扫，

---

① 张光年：《李瑛的诗·序〈红柳集〉》。

征服了漫天流火炎阳；
即使战斗到筋断骨折，
仍然在沙滩上匍匐生长。

是意志的凝聚，是力的形象，
是对祖国的忠诚在闪光；
你的意志和力的总和便是你的美，
美丽的生命永远不会死亡！

这儿已不仅仅是咏赞仙人掌的某些特性了，而是通过这一"力的形象"来歌唱守卫祖国甘愿献身的战士。类似这样的作品还有《灯塔》，以灯塔像"花"一样，"永不枯萎"，像"星"一样，"永不陨落"，赞颂海疆的守护者；《生命》，以搏击海浪的"海鸥"赞颂生活中的勇敢者；《海上有一朵云》，以"闲得发腻"、"懒得发困"的一朵云来抒发对生活中无所事事的人的谴责之情，这些，都可以使人窥见时代的影子。

3. 由内到外

即以诗人内在的感情为契机，或以诗人自我形象的塑造为依据，体现出战士之情、人民之情，如受到好评的《西沙群岛情思》，其中有这样动人的句子：

西沙哟，我知道——
在你的记忆里，有甜蜜也有辛酸，
而我和我的枪却只有羞惭。

请原谅我来得太晚，
对于战士，我感到耻辱，
当年，未能来捍卫你神圣的尊严！

再不允许有过去，再也不许，
且把昨天的记忆和珊瑚的骨骼一起，
结成化石，铸作礁盘。

让我们记住你的历史，

——记住过去，便会更爱明天，

明天呵，誓让这奔腾的海永远化作欢歌一片！

作者作为战士的一员，深感当年未来参加保卫西沙的战斗为羞耻，这是诗人自己真切的心灵表白，但却也代表了一切未来西沙参加保卫西沙战斗的战士心情。类似这样的作品还有《纸船》，由内及外的特征更突出。诗人以对儿时叠纸船的回忆，及对过去自身苦难生活的描述，唱出了广大劳动者过去的悲伤；又以在海岸看到的在狂涛中飞掠的小艇为契机，以它的无畏、不惧风雨激起昂扬的战斗激情，表达出海军战士们愿"做一艘风浪中坚强的小艇，驰骋天海——像雷，像火，像剑"的战斗意志，以生动的画面揭示了当代革命战士的心灵美。这类诗作虽不如第一种多，但也体现了李瑛艺术风格的一个侧面。

4. 由实入虚

为了反映出时代的风貌，李瑛常选取一些比较抽象的命题入诗，如直说出来，必然陷入公式化的套子，诗味便会大减。但他却能从具体物象着笔，把抽象的概念形体化，以多彩之笔，通过质感性很强的比喻，再把抽象的道理揭示出来，既叫人感到时代气息浓郁，又无公式化概念化的感觉，这正是李瑛在探索诗歌艺术规律方面取得的宝贵经验。比如描绘资本主义社会的"饥饿"，诗人说它"像蝗虫/像残忍的蛇/像豺狼滴血的舌头/舔着/烈日下/黝黑的背脊和胳膊"，谁也没见过饥饿是什么形状，诗人以自己丰富的想象力赋予了它形体。

再如《献给琛航岛的十三颗星》中诗人向烈士叙说祖国变化的情景，尤为典型：

我来看望你们，未带一杯淡酒，
只带来家乡的草香、家乡的月明；
只带来千条江河，万条小径，
只带来灿灿阳光，浩浩东风……

我要把祖国的春讯告诉你，
巨大的喜悦怕会使你们从梦中笑醒；
五年来，半是悲愤，半是狂喜，

历史是何等严峻，又何等深情！
今天，真理仍缀着泪滴呵，
欢乐中犹带悲哽；
今天，理性终返回人间，
它如此惊喜，仿佛又有些怯生。

是呵，在风停雪止的大地上，
祖国，包扎完伤口又开始出征。
让我用从大陆运来的泉水祭奠你，
从中，你是否会听到马蹄战鼓、汽笛声声！

在诗中，真理、理性、祖国等抽象名词不但具体化了，而且赋予了人的
感情和特性，这就给人留下了深刻的印象。

5. 由近及远

李瑛常从眼前具体的景物入手，通过丰富的联想，打破时空限制，把思
路引向更遥远的时代和更广阔的空间，以此来对时代生活进行高度的艺术概
括。如《舢板》一诗，诗人通过这"像柳叶，像荷瓣"的小舢板的描绘，不
仅把诗的触角伸向"自己的童年"，而且伸向了"祖国的童年"、"人类的童
年"，描绘了"历史邈远，苍穹浩瀚/生命，就是从风雨中走来/宇宙，就是
在生死里变幻"的高远境界，揭示了革命者要战斗终生的主题，唱出了一首
洪亮的时代之曲。

再如《玩具》和《玛瑙杯》，也很能说明问题，《玩具》一诗，是诗人到
玩具店里看到许多孩子买玩具，从而展开了联想：

看见这些，我总想起
一间恐怖的监狱黑黝黝，
那儿堆满各种各样的玩具，
旁边便是绞架、焚尸炉和枪口。

你看那小车的轮子曾滚过多少林荫路，
你看那盒盒积木曾搭过多少高楼，
那小娃娃的嘴巴已经污脏，

那喇叭的铜皮也已磨旧。

它们的小主人被哄骗到这儿来,
一直把心爱的玩具抱在心头;
孩子们从不曾怀疑这个世界,
觉得世界上只有温暖,没有丑陋。

谁知道可怕的事早在等候,
他们刚到,毒气就把他们的生命夺走;
整个世界陷进了黑暗,
那些玩具便落下他们的小手。

原来是诗人走进玩具店看到许多孩子买玩具时,想到在波兰奥斯威辛集中营参观时,看到被德国法西斯匪徒杀害的孩子留下的玩具,以此展开抒情,由近及远,把现实和历史联系起来,揭露法西斯分子残杀儿童的罪行,呼吁世人不要叫那黑暗的日子再来,为保卫和平而斗争。诗的联想自然而合理,使人们的心灵受到震撼。

《玛瑙杯》是由陕西西安南郊何家村出土的一只唐代窖藏的镶金牛首玛瑙杯,想到了古代中华同波斯的来往,想到丝绸之路和当时的匠人,从而使人想到工匠们的高超技艺和古代中国和西亚人民的友谊,读来也很有兴味:

一个世纪又一个世纪,
古老的大地埋着什么秘密?

从泥土中发现一只酒杯,
据说这只酒杯来自波斯。

于是,我闻到一股浓烈的酒香,
仿佛酒花儿又在杯中泛起。

我想起"丝绸之路"上:向东、向西,
夕阳下跋涉着队队商旅——

沙海上,驼峰浮游,

大道上，黄尘裹马蹄。

他们传授着烧砖、造纸、制瓷、纺织，
也交流着思想、文明和友谊。

望着这只金镶玉饰的牛角杯，
不禁使我追念那无名的匠师。

如今，使用它的君臣王子，
早已埋没在风里雨里；

可千山万水、瀚海戈壁，
又怎能隔断人民的情谊！

此刻呀，且让我们把酒斟满杯盏，
来祝福：人民不朽！友谊不死！

看这酒杯光彩熠熠、千年不灭，
不正如人民间的友谊一样美丽！

看！诗人联想得多么幽远而绵长！从中确可使人体味到诗人在创造多彩的形象时的艺术匠心！

（三）诗苑中的勘探员和侦察兵

诗歌是随着时代生活的发展而不断演变的，一个诗人如果只是拘泥于旧的表现手段而踏步不前，也是没有出息的，应该有"独创性"甚至"探险性"。正如散文家和评论家黄秋耘所主张的，诗人作家应该具有空军中试飞团的"试飞精神"。这不仅因为新的时代生活必然要求与之相适应的崭新的表现方法，而且也因为新的时代、新的读者必然产生新的美学见解和艺术趣味。与此同时，诗人在自己的创作实践中，其艺术观、审美观也会不断地发生变异。只是有人不自觉地听其自然变化，有人则有意识地追求这种变化罢了。李瑛正属于后者，他曾说："诗人不是行政机关里的文书员，他应该像一个勘探员或侦察兵，他不是抄写，不是复述，而是发现。"① 在他的抒情诗中，就可以看出他在诗苑中"勘探"和"侦察"的轨迹。

1. 表现手段上的多种探求

在前面我们曾分析了他作为一位成熟了的诗人的艺术个性和抒情状物上的独具的表现方式，但并不是说，他只局限于那些固有的表现手段，他时时在进行新的艺术追求。比如运用总体的象征法，使客观物体同主观情感融为一体方面，就有了新的进展。在他过去的诗作中，是不乏单一的象征的比喻的。如以鹰比战士，以红柳喻戈壁的建设者，以高山明灯赞边疆哨卡的守卫者，以新生的树丛象征为扑灭林火牺牲的烈士，等等。但仔细分析一下就可看出，诗人在运用这些象征的比喻时，还大多是以第三者的身份，因为即景生情而采用的表现手段，虽也有画境和诗情，但客观之物与主观之情中间，还缺乏更有机的水乳般的交融。而近年写的《我骄傲，我是一棵树》，就采用了整体的象征手法，他自比为"长在黄河岸边"、"长在长城脚下"的一棵树。客观之物——树，同主观之情——我，已化为浑然一体的统一物，真正达到了物我情融的地步。诗人以树的口吻热烈地表白：愿用柔嫩的枝条拥抱孩子，"给他们一只只红艳艳的苹果"，愿给老人以温暖和欢乐，愿为新嫁娘去摘取星星做耳环，愿为辛勤的母亲挽住轻软的云霞做擦汗的手帕，甚至还要：

> 我幻想：有一天，我能
> 流出奶，
> 流出蜜，
> 甚至流出香醇的酒，
> 并且能开出
> 各种色彩、各种形状、各种香味的花朵。

这就不是通过想象而运用的个别的象征性比喻，而是从总体上通过"树"的自我表白，抒发了革命战士要为人民献身的情怀，这棵大树实际上是人民军队的象征。这种写作方法，在其以往的作品中尚未见到。

再如对含蓄手法的追求，李瑛以往的诗虽多是采用某些画面抒情，较少

---

① 《李瑛诗选·自序》。

直抒胸臆的直接呼唤，故使人感到细腻、清新而隽永，但是，在曲折、含蓄地表达感情方面，尚嫌不足。而在近年的诗作中，也有意识地在这方面进行探求，并取得了一定成绩。如以"红花"、"琴音"暗示张志新烈士的精神不死（《红花歌》），以亿万年不变形的石头隐喻大自然和人类社会的发展规律不可变更，并歌唱这块有生命有感情的石头可叫作星星，实际上也是暗指我们勤劳勇敢的人民（《石头》）。而《萤火虫》一诗，更具有流动的意象美，是一首蕴聚着奇特幻想的表现手法曲折的佳作。在诗中，作者并未像以往那些歌颂萤火虫的诗一样，多半是单纯地把萤火虫比喻为暗夜中给人光明和希望的小生命，而在这首中，诗人则赋予它新的内涵："它心里藏着个大胆的秘密/它在不屈的向黑暗挑战/——它决心要探索夜的深浅。"成了一个同黑暗主动搏斗的小勇士。然而诗意还不止于此，作者又通过流动的意象赞美它生命的意义："飞起来，像一条绿线/轻轻地飘忽，没有声音/难道不像一条热烈的河川！/落下来，像一粒豆子/却是真实的存在，光芒闪闪/难道不像高空的星斗一样灿烂！"诗人还想象它天亮会变成露珠，天冷也会变成光的种子，不倦地亮在人间。这里诗人暗示给我们的，正是萤火虫那种不管黑夜白天，都要为人间贡献光亮的献身精神，诗情浓郁而不直露，形象鲜明而富韵味，一种较深的哲理同诗情融汇在一起，使人回索而不厌。

2. 诗的形式上的多方探索

打开其抒情诗集看，诗的形式虽以四行一节的半自由体为主，但民歌体、楼梯式、纯自由体的诗也有一些，某些篇章也带有古诗词的味道，这说明，随着诗人美学趣味的变化，或者依据不同内容的要求，而采用了多种形式。

当然，在几十本诗集中，也存在某些不足。在反映部队生活和边疆地区风貌的篇章中，还存在内容和表现手法雷同的现象，如一些反映巡逻、野营和少数民族狩猎、生产的诗，就有此毛病；在个别的政治抒情诗中，也有某些议论过多或政治术语过多的毛病，减少了诗味。相信诗人会在今后的艺术实践中，克服这些不足之处，用多彩的画笔，描绘出更加壮丽的时代画卷。

1983 年冬

原载《吴开晋诗文选集》大众文艺出版社 2008 年版

李瑛的感情投影系统

杨匡汉

我的案头放着从 1951 年版的《野战诗集》到新近出版的《南海》、《春的笑容》共计 24 部诗集，透过这些参差的诗行，我看见了一个中国普通士兵从北国到南疆奔忙跃动的身影；穿过这些精美而又不失坚韧的音韵，我听到了这位以"诗应该与刺刀、手榴弹同在"自勉的歌者，是如此坚持不懈地把巨大的热忱、战斗的灵魂和真诚的诗心，献给了斗争、劳动、时代和人民。他"从战士的脚步获得了节拍，从炮火的红光获得了色泽"。他总是用战士的眼光观察社会、审视自然，也总是用战士的心胸贴近大地、感受生活，并赋予山水、人物、世态以中国普通士兵的品格与情怀。李瑛，就是这样成为我们共和国诗坛辉煌星空中一颗令人炫目的星辰。

对于当代诗人诗作的研究，我们常见的方法可以谓之"解析"，也就是把整体分解为部分，把复杂的精神集合体分解为简单要素分别处理。这种方法运用得当，可收精细的功效；但用得不好，可能导致肢解作品，也难能把握诗人艺术思维的运动形式及基本特征与规律。实际上，举凡成熟的、风格独特的诗人，他所提供的一系列作品，都能构成完整的、不可分割而又不可重复的精神现象，并非一些事物、过程、思绪的孤立存在或杂乱无章的偶然堆积，而是相互联系、结合和呼应的整体，形成一个系统。这样，我们在评论与研究时，应当戒拒那种把活的有机整体分解为死的若干部分，然后机械地相加的方法——例如流行的"诗人简介＋内容复述＋艺术分析＋瑕不掩瑜"一类的方法，这几乎成了令人生厌的"套式"。我们也应当规避那种以"零"代"整"的研究方法——例如仅仅突出成熟的诗人诗作中的某一艺术"因子"（炼字、炼句、联想、意境等等），而取代对整个创作系统的剖析；

或者只着眼于一种要素，而不去考察它在创作系统中的地位及其同其他要素的相互作用。诗人写诗，从创作心理学上看，总是一方面从时代生活中汲取诗情，并成为创作的重要推动力量；另一方面，又将这种浓郁的情感投影于审美对象，明显地传达诗人的主观情感和感受，表示诗人具体、细致的审美态度，并通过客观化、典型化的物质形态呈现出来，这就形成了诗人的感情投影系统。就这一点而言，李瑛的作品也构成了自己的系统，他作为一个中国士兵的歌唱，在抒情写怀时，也是将自己的情感客观化、对象化，使一系列艺术形象以情感为中介得以连续、推移及加深，形成了具有"系统"活力的艺术掌握世界的方式。因此，如果要充分认识李瑛的诗歌，就不能不考察他的感情投影系统，考察他抒情方式的有机、完整的统一性，方可摆脱某些片面或单一的诠释。

问题还在于，对于成熟的诗人来说，他既然有别于其他的诗人，自然也有自己的有别于他人的性向，也就有相对独立的感情投影系统。马克思说过："我们的出发点是从事实际活动的人，而且从他们的现实生活过程中我们还可以揭示出这一生活过程在意识形态上的反射和回声的发展。"（《马克思恩格斯选集》第一卷第 30 页）李瑛把自己的作品看作"我们的战士和人民的战斗生活的回声"（《李瑛诗选·自序》），这样，当我们体察这一"反射"和"回声"时，就不难发现，他首先和不是部队的诗人不同，他更熟悉、理解和热爱人民的战士，他的"兵之情"持有与常人大异的倾向和强度，并给了他诗的生命；他同时也和长于写"枪杆诗"的部队诗人不同，往往不是为了直接的宣传鼓动，也不是表相地记录战斗生活，而是以自己的心去贴近战士的心，去走进战士的感情领域，去表现他们"日益丰富的内心世界和心灵的隐秘"（《李瑛抒情诗选·序》）。而这种储存着诗人对战士的执着的爱的炽烈情感，这种积聚有战士的心灵美的既崇高又细腻的感情碧波，在李瑛的胸臆中不断地充实着，发展为一种诗人性向上的定势与张力，一旦同战斗生活中光灿灿的晶体相撞击，就有诗情的喷射。因此，和其他部队的或非部队的一些诗人相比较，在感情投影系统上也就存在着"任何一个"和"这一个"的区别。"这一个"在李瑛那里，是具体的、有生气的、性向明确的、信息清楚的。

让我们来通过李瑛的创作实践，探讨这位中国士兵的感情投影系统的形成与色泽。

　　李瑛长期生活在战士之间，他的心扉，始终向着烽烟滚滚的世界和戎马
倥偬的生活敞开。35 年来，一股披肝沥胆的对于战斗旋律的热切渴望，一
道倾泻着他亲身感受的火热的河流，在他的心胸中燃烧、流淌，并在自己的
诗篇中留下了战士的感情投影。

　　共和国黎明时分，不到 23 岁的李瑛就跨出大学的门槛，一身戎装，追
随鲜红的旗帜"燃烧着又前进着我们的队伍"（《我们的旗》），开始为"担
负了历史守卫的战士"歌唱，从此，他用自己年轻的心胸去接近、去熟悉那
些年轻的英雄。他也怀着对保卫祖国、捍卫世界和平的士兵的挚爱写他的每
一首诗。在朝鲜战场，他以灵敏的感知，用"一朵云被分成两半"，来传达
中国士兵对兄弟之邦的国土被分割的痛苦。在海防前沿，他用水兵的自豪感
认定，"我们的港湾是绷紧弦的弓，随时都准备射出待发的箭"（《军港》）。
在大孤山的哨所，那从山下抬来的半碗又涩又咸的水，也燃起了他心上的火
焰——推开窗扇，那不，祖国"交给我们的这汪洋一片"（《初到哨所》）！
在井冈山的哨口，他因记忆与想象，蓦地发现这在历史的守卫者眼中，正是
曾经"在中国的黑夜里熊熊高燃"的"五堆篝火"（《井冈山哨口》）。在多
次北去和西行访问边防部队的过程中，他走一路，也唱了一路。那从疏勒河
水中映现的祁连山头的柔云，引起他审美情趣的触发，联想到那是"无数生
命在成长"、"无数眼睛在闪烁"，眼前的云影波光，寄托着戍边征战的人民
子弟兵的情愫（《疏勒河》）。那像莽莽雪原一般古老的桦皮小摇车，也被他
染上了新生活的忠诚守卫者的心绪："轻轻地摇吧，不要停，就是不要停止
了歌声。"（《小摇车》）那恬静的边境的一次平常的潜听巡逻，他把自己化
为战斗队伍的一员，获得的是"夜是肌肉，我们是神经"的诗意之光（《月
夜潜听》）。70 年代末，他又先后深入西沙群岛和投身于边境自卫还击战的
燃烧的战场，在没有花的海洋上，找到了"人间真正的花朵"——"战斗的
生命永远不会凋亡"（《南海的花》）；那回身眺望峡谷里升起的淡淡炊
烟，化作了诗人——战士"杀敌的誓言"（《祖国的炊烟》）。要是以为诗人
只为家屋上的炊烟歌吟，我们还没有全面地认识李瑛。他认为，中国诗人应
当向着全世界发言，对世界上发生的重大事件表示自己肯定和否定的意见。
既然李瑛的诗之魂是由斗争中的战士的心血所凝成，那么，这颗中国士兵的
诗心，不仅为自己的祖国和人民而跃动，也和世界上受苦的与斗争中的人民
共同着脉搏。他将一时代的真理风传至大洋彼岸："天下的奴隶要坚决站起

来，胸膛可以射穿，战歌不会死去！"（《听一位黑人朋友朗诵诗》）他得悉一位西方作家为了抚养四个女儿而要出卖自己的眼睛，就凭着直觉做出诗意的裁判，发出充溢着愤怒和斗争的呼唤："不要用你的眼睛，换一个生锈的太阳，换一片黑暗的大地，换一顿可怜的早餐；假若你出卖了一双眼睛，你的祖国便失去了一双眼睛……"（《斗争》）燃烧的血、箭镞的雨以及波涛滚滚的旋律，装点了李瑛国际题材的诗篇，那依然是作为中国普通士兵在审视并回答今日的世界。这一切，都说明李瑛努力把战士的品格和情感奉献于壮丽的生死和宏伟的事业，也努力以战士般的深情注视着这个充满硝烟与风雨的人间，并且把作为战士的内心的一切放进诗篇，到时代的风暴中去筑巢，这是他建立自己的感情投影系统的基本元素。

35 年来，李瑛从烈日下的行军和暴雨下的追击，到台风过后和战友一起巡逻渺无人烟的礁岛；从掩蔽部摇曳的烛光下为村庄变成废墟而愤激，到用红河水濯洗他积满硝烟尘土的绑腿和背囊……他把诗人的任务看作为"一个战士的任务"，他的诗，便和烈士掩体上的野草、弹雨下战友的血滴以及人民的汗水浇过的井架和大坝，一起成长了起来，诗成了他的第二个祖国。他写道："我热爱生活，热爱我们的人民和战士，热爱他们的刚毅和果敢，热爱他们心灵的美和生活中自然的美，这些诗，便表达了我这种感情和信念。"（《李瑛诗选·自序》）如果说，海涅自称"我的心胸是德国感情的文库"，那么，我们可以这样讲：李瑛的心胸，是胜利了的同时还在战斗着的中国士兵美好又高尚的性格和情操的文库，这是蕴藏着奋发进取的精神能量的"心理流"和"磁场"。那 35 年所积累、酝酿而自然产生并日趋充实的心理结构，就这样形成了李瑛自己的审美态度和感情系统，影响乃至决定了他一系列作品中与时代同调的主题，有审美理想的倾向，清新而生气流注的情韵，以及寓刚健于秀美精细的笔法，如同他自己所说，通过这股"积极的感情力量，帮助人们建设新世界和新生活，使人们生活得更加纯洁而健康"（《李瑛诗选·自序》）。

现在，我们进一步考察一下李瑛诗歌的感情投影系统所呈现的美学色彩。

首先，它表现为诗人审美注意力的集中性和作品的有机完整性。

如前所述，李瑛在自己的心理结构上积淀成一座中国士兵性格和情愫的"文库"。在诗人胸中，对战士的热爱、对人民的忠诚、对祖国山水的深情、对人类命运的思考，还有对未来的祝愿和对诗美的神往，使他获得了内心世界丰满的整体性，获得了创作心境上有源有流、有审美意向的"知、情、理、意"等心理要素汇综一道的"溪流"。那些尺水兴波、关华曜树的篇章，正是"心理流"上火和光的一次次爆发，是诗人倾之身心的欣然命笔，自然也是浑然天成的艺术整体，不妨看一下人们熟知的《哨所鸡啼》：

> 是云？是雾？是烟？
> 裹着苍茫的港湾；
> 是烟？是云？是雾？
> 压着港湾的高山。
>
> 山上山下，一团混沌，
> 何时才能飞出霞光一片？
> 忽然间，哪里？在哪里？
> 一个生命在快乐地呐喊。
>
> 压住了千波万壑，
> 吐出了满腔喜欢；
> 嗬，是我们哨所的雄鸡，
> 声声啼破宁静的港湾！
>
> 看它昂立在群山之上，
> 拍一拍翅膀，引颈高唱；
> 牵一线阳光在边境降临，
> 霎时便染红了万里江山。
>
> 莫非是学习了战士的性格，
> 所以才如此豪迈、威严；
> 只因为它是战士的伙伴，
> 所以才唱出了士兵的情感！

在这里，出于诗人对豪迈、威严的哨所战士的厚爱，故而当走进他的描写对象——引颈高唱的雄鸡之中，依然化入了自己的情感世界。那云雾、那千波万壑、那啼破宁静的鸡啼、那飞出的霞光一片，景物与细节、状貌与情思，近乎神妙地融注于一起，这也正如黑格尔所说的："引导主体进入单纯的凝神内省状态，就可以对思想观念和观照的漫无约束的自由划定界限，不让它越出一定的内容意蕴之外，这样，它就把心灵集中到一个特殊的内容上，情感也就只能在这个范围里活动和伸展。"（《美学》第 3 卷上册，第 385页）由于有了整体的观照（对战士的性格和情感）和心灵的凝神（对哨所鸡啼的情态），笔力显得充实又集中，空灵不空，形散神聚，而且墨走龙蛇，自有连绵之气。

这种集中性和完整性，使李瑛不少成功之作中的真情实感，有着浑然一体、意脉贯通的风貌。古代画家方薰有云："气关体局，须当出于自然。"从李瑛特定的有机完整的心泉中流淌出来的"灵气"，给了作品以自然而鲜活的生命。不少评论者认定李瑛长于字斟句酌，有的甚至专注诗人作品中的"诗眼"和"动词的锤炼"，以证明如何形成"奇异的美感的综合，形成诗意的想象"。诚然，离开了艺术的诗亦将是失去了内容的诗，诗人必须不倦地探究诗艺，包括刻意追求加工提炼有生命力的语言，但是，诗的最高佳境恰恰在于无技巧。艺术的辩证法就是这样：纯粹由技巧制作出来的作品是雕琢的、平庸的，从丰满的心灵中生长出来的作品是自然的、深刻的。当诗人缺乏一个积极健康、充实丰富、特定的感情投影系统，或者有了但并没有沉淀于内在的心理结构之中，而只是隔岸观火般地站在外部去据实"描述"（这种"描述"可能是机敏、巧妙、文采斐然的），那么，仍然达不到诗人与读者之间心碰着心的情感交流，就会产生高尔基指出过的瑕疵："当一个作家一方面在描绘，一方面又欣赏自己——欣赏自己的聪明、学识，用字精确和眼光敏锐，他就几乎必不可避免地要损害和歪曲那种被称为'艺术的真实'的东西。"（《高尔基论文学》，第 418 页）李瑛往往把自己的诗写得精美、华彩，但它们不在诗的表面，而是在作品的内部，生动而均匀、自然而然地由内而形之于外，如同树液从根部输送到叶的茎脉与尖端。诗人为审美对象穿上有诗意、有色彩的外衣，赋予它们以现实的魔力，但这种魔力是首先激起了诗人自己的热情，那些精美、华彩的诗句，是从被生活的震撼造成的内心裂缝里流淌出来的，是他那个感情投影系统闪现的异彩。我们仍以人们熟悉的一首诗为例：

一朵云，
拧下一阵雨，
匆匆地掠过车篷。

汽车兵，
从车窗伸出一只手，
想接一把水擦擦眼睛。

雨呢？雨呢？
好像顽皮的云朵，
在逗引我们汽车兵。

亮晶晶的雨没落就干了，
大戈壁呀仍如炉火熊熊；
汽车兵一笑，又睁大了眼睛。

"干！"焦裂的唇边蹦出一个字。
车队切开大戈壁，
辗出一道七彩的虹……

这是写于 1961 年的《雨中》，人们自然赞叹诗中"拧"、"切"、"辗"等炼字的精细与奇幻，但我总以为，诗人并非在用这几个字构筑他的艺术形象，相反，倒是诗人心胸中同汽车兵神貌双会的丰沛思绪与饱满的意象，在催动着精细和奇幻的语言的表达。这是李瑛感情系统的有机完整性所使然，也是李瑛的语言艺术的奥秘之所在。

李瑛感情投影系统的另一审美特征，是作品中情感和情景的流动性。也就是说，反映在他的诗篇里的，往往是行动的情绪色彩，是潜藏着精神能量的、具有明确审美意向的、奔腾着的流体。

对于诗歌来说，美在流动中。创作过程中的知觉表象运动和审美意象运动，在诗歌中表现为更加强烈、更见跌宕起伏的情绪色彩的行动。从一定意义上讲，动是诗之魂，它使诗在自己内部显示着力量，所以莱辛才说："诗想在描绘物体美时能和艺术争胜，还可以用另外一种方法，那就是化美为媚，媚就是在动态中的美。"（《拉奥孔》，第 121 页）

　　"他用闪闪的钻石做语言，他用滚滚的波涛作韵律。"（《听一位黑人朋友朗诵诗》）这是李瑛对他人创作的评论，也是李瑛自己对创作的追求。他往往是在波涛的流动所产生的气势中塑造各种艺术形象，那鲜明独特的感情投影随着化美为媚而逐渐使人可感可辨，读者的心也为之"流动"起来。当诗人咏道"没有星星的夜，一声枪响，打穿了窗纸，惊醒了黑非洲"（《血在燃烧》）时，我们的复仇意识便会随着诗人的歌吟，流进每个人跃动的心头；当诗人唱着"只见他笑着拉过一匹马，不踏马镫，不备马鞍，他轻轻一跃跨上马背，草原便突然矗起一架山"（《射箭》）时，我们的振兴情绪也会随着诗人对动态之美、青春之美的盛赞而活跃起来，仿佛同诗人一起看见了我们英武的战士、雄强的民族，正策马驰骋于历史的高原；当诗人描绘"他的窗边挂着两把琴——窗里是三弦，窗外是飞泉；他的身上有两只翅膀——一只是革命的歌，一只是扁担"（《我们的炊事员》）时，我们的再造性想象立刻随着诗人的描述，了无挂碍地飞动起来，进入雅兴不减的战士生活领域，而当诗人情发自心底地咏叹——

　　　　　假如有一天，我死去，
　　　　　我便平静地倒在大地上，
　　　　　我的年轮里有——
　　　　　我的记忆、我的懊悔、我的梦的颜色，
　　　　　和我经过的隆隆的暴风雪的声音，
　　　　　和我脚下的小溪淙淙流响的歌；
　　　　　甚至可以发现
　　　　　熄灭的光、熄灭的灯火，
　　　　　和我引为骄傲的幸福和欢乐……

　　　　　那是我对泥土的礼赞，
　　　　　那是我对大地的感谢；
　　　　　如果你俯下身去，会听见：
　　　　　我的每一个细胞都在轻轻地说，
　　　　　让我尽快地变成煤炭，
　　　　　——沉积在地下的乌黑的煤炭
　　　　　为的是将来献给人间

纯洁的光，

炽烈的热！

——《我骄傲，我是一棵树》

我们感受到的是一个独立支持的生命的律动。树，无疑是战士高洁的品格、情操和胸怀的象征，诗人赋予它以流动的色彩、奇幻的光和跃动的活泼的生命。诗中不能说没有作者的自我，但却明显地区别于那些明喻或暗喻的不完整的静的抒情主体形象。这是一个完整的动的形象，构成了一次完整的、映现着时代悲欢的生活经验。幸福与懊悔、欢乐与梦幻、暴风雪的巨响和小溪流的轻吟、熄灭的灯火和炽烈的热力，汇成冲涌奔突而又流向明确的"心理流"。这是直接从现实的生活热浪里蒸发出来的行动的情绪色彩，也是李瑛特定的感情投影系统因有时代的历史内容的加入而出现的新质的跃动。

"流动性"在李瑛的全部作品中并不是单调、单一和单向的，随着不同的题材和不同的知觉表象、审美意象及心理感受的变化，感情投影也纷呈流动、多变的情状。有的是横向流动，有的是纵向流动，有的是交叉的，有的是多层次的，它们反映了对生活的复杂性的适应与协调。限于篇幅，这里就不一一列举说明了。

李瑛感情投影系统的又一个特征，是作品的"心择"性，也就是说，在他那些独得喝彩声的篇章中，他不是按照生活的原型做机械的、自然主义的摹拟，而是"打碎"生活，重新以自己的"心择"去组合、变形，创造出内心的视觉形象。这样的艺术形象经过诗人感情流水的过滤与积淀，带有浓重的主观情调与色泽。

马克思曾对文艺的特性有过精辟的说明："观念的东西不外是移入人的头脑并在人的头脑中改造过的物质的东西而已。"（《马克思恩格斯选集》第二卷，第217页）高尔基也说："谁要想当作家，谁就必须在自己身上找到自己——一定要找到自己。"（《文学书简》上册，第133页）诗歌作为精神美的一种表现形式，不是低级动物的生理反射，其生命有一部分就系于这种创造者的自我发现。这种自动性不仅表现在诗人对客观外界的反映有所选择、取舍和加工、酿造，而且表现为诗人在创造中与对象融为一体。所谓"外师造化，中得心源"，使外界的一切化为"我"的血肉表现出来，那才是活生生的、有血脉流动的、独具个性的抒情形象。李瑛明乎诗人的工作是

"创造人的精神美的一种崇高的劳动",故而在强调诗与生活、与时代、与人民的关系的同时,也深知必须"不断地重新认识自己并发现自己"(《李瑛诗选·自序》)。这样,当诗人在诗美的领域里驰骋时,千事万物皆与神通,努力获取一种心智的果实。

李瑛明显地遵循着以神取景的美学原则(自然,有一部分诗作是以形写神的,但他的多数作品则是以神写形的)。他的许多作品贯彻"以意为主",情见而义立,因而自然也是人化了的。他特别爱山,一经"心择",就使山的形象和战士的形象融在一起:"没你们这份神奇,这般险,怎来练我的这身筋骨,这颗胆;没你们这副性格,这气势,怎配来和我们相依为伴!"(《进山第一天》)他特别爱海,一经"心择",便有了青春的精神:"给我们坚强的生命,给我们忠贞的灵魂,也给我们哲学原则和力量,让我们出发,去纺织、炼铁和耕耘,从身体的每一滴血到思想,到服饰,这样纯洁,甚至没有一粒微尘。"(《海》)他还特别爱云,一经"心择",有时,那掣动的云霞,是在为水兵"铺满了翎羽和珠串"(《出港》);有时,那压着山的云,会被他看作战争岁月中"甚至没有一片流云"、贫困而又倔强的山区母亲(《深山行进》);有时,天顶浮沉着一朵懒散地游荡的云,他会以战士的习性呼喊:"狂风将把你撕碎,交给雷阵!"(《海上有一朵去》)这些心智的果实,就像杜甫的诗句"水流心不竞,云在意俱迟"一样,那山、海、云都无一不染透了诗人坚韧的意志、内向的气质和浓重的感情色调,再看《红柳·沙枣·白茨》:

> 它们踏伏万顷流沙,
> 肩擎住一天雷雨,
> 倒下去又支撑起来,
> 眼中瞩望的只有胜利。
>
> 对跋涉在骄阳下干渴的旅人,
> 它们说:"向前进,不能停息!"
> 对大漠湮埋的城池,
> 它们说:"站起来,不能死去!"
>
> 它们坚信总会有一天,

一练子骆驼或牛车的木轮，
定会把这接天的老黄沙，
拉到博物馆去，

呵！也许只有这样浩瀚的长空，
才容得下它们的胸襟、理想，
以及它们对生活的深沉的爱，
和对于人民的忠实。

我说，年轻的同志呵，
它们不正是你们的影子！

在诗人的灵感飞来时，红柳、沙枣、白茨变成了能说话、会呼喊、有信念的万物之灵。它们是"生活中真正的勇士"，也是作为审美主体的诗人对于生活、对于意境画面的主观性解释，看到它们，就如同看到了支边青年的形姿、情绪、精神和抱负。这种自然的人化、人的物化，为李瑛的"心择"，为李瑛向往于以神取景的美学原则，为李瑛更得力地发挥其抒情个性，找到了合情合理的创作心境的依据。

由于"心择"，由于以神取景，这样，一方面形成了"物质带着诗意的感情的光辉，对人的全身心发出微笑"（马克思语），另一方面，是诗人一旦在现实生活中因某种活跃的元素的突然触发，就引爆了他感情投影系统的火药库，启开了他头脑和胸海里记忆的万宝箱。山海树云，春花秋风，世态炎凉，烈士悲欢，都会在自己炽热燃烧的感情团雾中飞腾起来，供诗人比较、选择、融化、切割、剪辑、变形，进行诗的自由创造。正是在这个意义上，为什么在李瑛笔下一般不存在不借助内心视觉形象喊出的政治口号，为什么李瑛要把雄丽、刚柔这些看似对立的特点如水乳般糅合在他的歌声里，为什么李瑛的呼喊很少有那股"野性"而总是自己那种内蕴的气质的自然流涌，为什么李瑛那样擅长于冲破表象、倾心意象、追求想象，为什么李瑛那样注重于画面的变形处理和语言的变色与弹性，为什么李瑛不仅懂得选择诗的材料，而且力求有完美的缝缀和新巧的构思……也都可以得到恰当的说明。由此我们不能不看到，有些诗歌作者尽管有一定的理论知识，有丰富的生活经验，也鲜见文字表达上的障碍，可就是隔着一层"心择"，隔着一层审美主体对审美客体的契合力，从而难能将生活、思想和技巧化为自己的血肉魂灵，化为戛戛独造的抒情篇章。生活、思想和技巧对于所有歌者往往是同样优惠的，而"心择"的强度，有时则把诗人们的作品分出了高下。在这一点上，李瑛感情投影系统中自动、主动、创造性地以神取景的探索精神，是令人钦慕的。

李瑛认为："诗人应该深刻研究诗歌创作的艺术规律——他越懂得文艺科学，他写的东西便越能成为艺术——不倦地寻找新的表现手段和新的表现方法，以创造具有自己艺术风格和特色的，既有教育意义又有美学价值的高质量的诗歌。"（《李瑛诗选·自序》）当我们考察诗歌美学在一个具体的诗人诗作中的映现时，注意一下对他的性向的研究，进行对包括感知、记忆、情绪、想象、意志、直觉、灵感、习性、兴趣、技能、气质、个性等因素在内的感情系统及其在作品中的投影的综合研究，有可能发现重要的艺术规律。限于篇幅，不可能对上述因素一一论及，但从李瑛的感情投影系统的若干特点来看，"完整性"是基于长期斗争生活中积聚和构成的、由中国普通士兵的性格与胸臆充实了情感文库，从而促使诗人审美注意的高度集中和造成艺术概括的整体感、艺术形象的系列感，因而读李瑛的全部作品，可以触摸到我国当代军人的心脉，可以感受到人民子弟兵情绪发展的历程；"流动性"是由"完整性"相随而生的情感发展逻辑和对象时空发展逻辑，使诗人作品中的激情在流动中迸发，形象在流动中突现，思绪在流动中奔涌，形式也在流动中完美；而"心择"的特色，使李瑛在客观审美对象面前得以发挥他的主观能动性，人、自然、生活在他的诗中通过他的生命去表现，他也"通过灵魂的窗户，向世界寻求意境"（艾青《彩色的诗》），从而使诗人牢牢把握住了诗歌意境创造的基本特征。正是由于这些特色，李瑛的诗成了我们豪迈、智慧、富于向上力的战士和人民的斗争生活的奇异的反射与深情的回声。那些属于他的心境和才情的音响，像黎明前对于曙光的呼唤，像海防前沿清脆的晨号，像牵出了柔情的边寨篝火，像雨后满山馨香的红花，像火红的云流过燃烧的战场，像北方的绿荫和戈壁的日出，像轻盈的雪飘落在枣林村，像荡漾的风伴着站起来的人民的击鼓声，又像早春的细雨，在废墟上同我们一起诉说着今日的战斗和明天的壮丽……这些劲且秀、刚且柔的声音，唱出了社会生活的丰满、真实，也唱出了既勇武又有知识和素养的战士们美好心灵的秘密。

　　李瑛已是从思想到艺术比较成熟的诗人，他自然还不是尽善尽美，完成了自己的诗人。他已经写了上千首诗，我们可以批评他有些作品特别是作为"初来者"的诗的直露与浮浅，可以责怪他某些作品中构思与形象的重复，可以指谪他也有一些粗制的敷衍之作，可以抱憾他还没有在全部作品中让每一个字都很熨帖地站到诗的位置上；然而，我们又不能不说，在当代诗歌创作粗制滥造的、平庸的东西甚多的情状下，李瑛有其一以贯之、严肃而勤奋的创造精神，有其特定的、有机完整的感情投影系统，有其已经成就了的稳定的风格——诗之生命、灵魂和思想的血液，这是难能可贵的。而且，李瑛又有不断的探索与追求。"时运交移，质文代变。"（刘勰）在粉碎"四人帮"后进入历史的新时期，随着时代生活的变异和诗人思想的发展，李瑛的感情投影系统又因有新的因素的加入而得以延伸。以《我骄傲，我是一棵树》和《南海》两个集子为标志，不难看出诗人顺着两个取向行进：一是理性的取向，即增加了对生活哲理的更深沉的思索；二是从单纯到复杂的取向，使诗的机翼在更广阔的时空飞翔。这些信息也表明了李瑛创作的青春不在过去，而在今天和明天。

　　李瑛毕竟不是一个纯粹的抒情诗人，他首先是个战士。这样，如果他进一步让自己心爱的诗歌之鸟筑巢在暴风雨，更有意识地发出一道道投射在这除旧布新的大地上的深沉而有力的眼光，在华美的篇章中更增添思想的深度和力度，更增强美学上充实和空灵的契合，那么，他的歌唱更会像一条看不见然而拧不断的纽带，把诗人和千千万万寻找精神食粮的灵魂联系起来。李瑛在《珍珠》一诗中写道：

　　　　你不是陨落的星星，
　　　　也不是滑下草尖的露滴，
　　　　也不是闪烁在岸边的沙粒。

　　　　你是一支歌，
　　　　一支有生命的歌，
　　　　活在大海的涛声里……

　　我以为，今天一切怀着庄严的使命感写诗的人们，也应当努力使自己的

"生命的歌"，活在生活的海洋和时代的涛声里。诗的生命在于诗人的情思和时代息息相通、和人民心心相印，这一点已为全部诗歌史也为有作为的诗人们的实践所证实。同时，真正意义上的诗，又是诗人对时代精神、生活风貌的独特感受、思索和体现，是"这一个"诗人的感情投影系统所呈示的活力，而不是那种无血肉、无真情的单纯的传声筒。我们考察了李瑛的诗歌后，自然也坚定了这样的观念：诗需要大口呼吸时代生活的新鲜空气，诗也需要放大和升高审美的标尺。时代的感应力与美学的向上力在更多的有自己特定感情投影系统的诗人的血液里发挥，将预示着我们的诗歌走向繁荣与成熟。

1984 年 1 月 15 日于北京日坛

原载《文艺研究》1984 年第 5 期

他是喝黄河水长大的

——试论李瑛诗的民族风格

霍清安

随着历史的进展，各民族间的文学交流愈来愈迅速、频繁，各民族文学间的渗透、影响也愈来愈广阔、深远，甚而出现"你中有我，我中有你"的局面。因而，严格说来，绝对纯的民族文学是不存在的，只有相对纯的民族文学，而且，民族文学本身也在发展。正是由于这种渗透、影响及其发展，推动了世界文学的进步，并使其风格纷呈、绚丽多姿。但是，各民族的文学毕竟植根于不同的民族团体，不管它吸收什么营养，结出的民族文学之果，却是各异的，并都显示出民族团体的特性。因此，迄今为止的文学发展史证明：一、凡自立于世界文学之林的民族文学，它本身都具有鲜明的民族特色；二、凡卓有成就的世界著名作家、诗人，首先是民族的，然后才是世界的，而且，愈是民族的，愈是世界的，愈是风格独具的。

中国新诗要想在当代世界文学的格局中占有一定的位置，自立于当代世界诗歌之林，如同中国古典诗歌曾经占有的、至今仍占有的位置一样，就必须有鲜明的民族风格。因此，研究、探讨、总结当代中国诗人（包括五四以来对新诗卓有贡献的诗人）的民族风格的形成、发展，对确立新诗的发展方向，对中国新诗走向世界，都是有意义的。

本文试就李瑛诗歌的民族风格，谈几点看法。

—

正像艾青虽然"从彩色的欧罗巴/带回了一支芦笛"，但是，他毕竟是吃

"大叶荷""那贫妇的乳汁长大"的，所以，"这支芦笛吹奏的，却是扬子江两岸的山野里的""生活的牧歌"① 一样。李瑛，虽然解放前在北京大学文学院中文系读书时，读过艾略特、里尔克、马拉美、魏尔伦等现代派诗人（包括波特莱尔的个别诗章）以及浪漫派诗人歌德、雪莱等人的诗，或多或少受过他们的影响，尽管也按"五官开放"进行创作，而且，至今，仍常常同在《世界文学》编辑部工作的夫人冯秀娟同志谈一些外国诗人的作品，②但他并不是"现代派出身"，更不是什么"现代派"。这个出生在多慷慨悲歌之士的燕赵之地的诗人，"是喝黄河水长大的"。他的诗歌之屋是建立在他父亲"断断续续讲述的"、"中国古典文学常识"的基础上的，③ 他的诗歌的基石是长城。他的诗，既有北方"幽并游侠儿"④ 的雄健、潇洒，又有南国"慷慨吐清音，明转出天然"⑤ 吴歌的清丽、柔媚。他所持的诗的护照是"中国"，他的诗深深烙印了我们民族的印记，具有为中国老百姓所喜闻乐见的中国作风和中国气派。

诗歌的民族风格，绝不仅仅是民族形式，首要的是民族精神。

所谓诗歌的民族精神，是指在运用民族的"科学化的现代语"，⑥ 艺术地反映本民族的社会生活、自然环境以及民族的意识、气质、心理、性格、感情时所表现出来的思想。这种思想有根有源，古香古色，但又不封闭保守。传统性和当代性的水乳交融，历史感和现实感的和谐统一，是我们对诗歌民族精神的基本要求。

从《石城底青苗》到《美国之旅》，李瑛共出版了 26 部诗集。这千余首诗中汩汩翻腾、浩浩奔涌的思想，正是我们民族的生活（包括她的独特的自然风貌）、民族的意识、气质、心理、性格、感情——民族精神的折光。从这束束折光中，我们既能感到古老中华民族的温热、脉跳，又能窥见当代中国人民的风貌、胸襟。

早在 1943—1944 年间，作为中学生和少年流浪者的李瑛，就借一个

---

① 周良沛：《艾青的诗》。

② 宋垒：《李瑛访问记》。

③ 郭晨：《李瑛性格心理调查》。

④ 曹植：《白马篇》。

⑤ 《南朝乐府民歌·大子夜歌》。

⑥ 艾青：1940 年初夏在重庆新华日报主持的关于"民族形式座谈会"上的讲话。

"播谷鸟""噙着泪伫立在田野，呼唤"（《播谷鸟的故事》）；借《古长城》"砖垣上印着苦楚的图案"及"城堡下"白骨的"诉说"，"流露了在那一屈辱年代里产生的忧郁、悲愤的感情和对苦难现实的控诉"。[①] 这是一个稚嫩、正直、淳朴的流浪少年，在日本帝国主义的铁蹄践踏祖国大地时，民族意识、民族感情的最初萌动，自然也是诗人民族意识、民族感情的最初觉醒。其后，在北大学习期间，在和地下党组织的接触中，在反饥饿、反内战的学生运动的激流中，他的民族意识、民族感情开始得到锤炼，因此，他这一时期诗歌中的民族精神，则表现为一个进步的热血青年对光明的向往、对自由的渴望（《太阳，啊！太阳》），对胜利的坚信，对人民的伟大力量——"终将建起新世纪"的礼赞（《脊背》、《石像》）。

1949 年春，李瑛带笔从戎，参加了革命。35 年来，他用那支"管用的，听使唤"的笔，记录了他"所经历的生活的主题——历史的主题"[②]——即革命战士保卫祖国、建设祖国的英勇斗争和对祖国、对人民真挚深沉的爱，从而反映了新中国建国 35 年来我们民族生活的一个重要侧面。诗歌当然不可能是编年史，但却应是历史的伴侣。当代生活的重大事件发出的轰响，都在他诗歌的回音壁上得到了回应。这种时代信息的反馈，并不是表面的罗列，也不仅仅是广阔、雄伟的社会大背景的烘托，而是经过了诗人心灵的过滤、沉淀、凝聚后的折光，它集中体现在诗人所塑造的人（尤其是战士）和人的感情、心灵所映射出的民族精神上。

让我们先看看几位伟大的女性：一位是"山区母亲"（《深山行进》），一位是"老妈妈"《（战斗喜报：哨子响了》），一位是"大娘"（《霜降》），一位是"山村女民兵阿华"（《歌女民兵阿华》），还有两位对越自卫还击战中的"傣家姐妹"（《担架》），这是中国妇女的英雄系列。在她们身上，诗人浓缩了中国革命史的一个重要侧面，升华了中华民族的精神。她们当中有老一辈："山区母亲"们在那"风紧、夜深/云压着山，山锁着云"的年代，"除了自己干枯的双手，瘦脊的腰身"，"甚至没有一片流云"，但却"用仅有的一粒盐/为我们冲洗伤口/用仅有的一把米，为我们熬粥暖身/而自己却煮着一锅草根/……用粗糙的手/一勺勺，一勺勺地——喂养着战士/喂

---

① 李瑛：《李瑛诗选·自序》。
② 李瑛：《李瑛诗选·自序》。

养着革命/喂养着我们横卧在千山万水间的祖国/以及饥饿年代里/我们整个民族的命运……"革命胜利后，她们又把无私的、火热的爱，寄托在新一代子弟兵身上："滴着难舍的泪"，为"就要离村"的战士"钉钮扣"；为"霜降"时"潜伏归来"的战士"烘起一铺热炕"……读着这深挚的诗，看着"老妈妈"手中"青的线，白的针"，望着"大娘""闪光的白发"，怎能不让人想起"慈母手中线，游子身上衣"的著名诗篇呢？母爱是伟大的，然而，新时代的母爱已由古代母子至亲间的情爱扩大为普天之下的母亲与所有的子弟兵之间的情爱了。但是民族的传统美德，民族的精神，却是历经千年风雨，仍一脉相承，贯穿至今。她们当中也有新一代：山村女民兵阿华，"不爱红装爱武装"——苦练杀敌本领："扳动枪机，绣花的手指撼动了山峡。"但，当战争一旦爆发，尽管昨天，"傣家姐妹""犹似轻柔的白云/轻得那样胆怯，柔得那样妩媚"，今天，"却变成了冲天的火，爆炸的雷"——在"伤员要抢救，缺一副担架"的情况下，她们毫不迟疑，"砍两根青毛竹，脱两件黑筒裙，把伤员拽上担架，就迈开了腿……"读着这清词丽句，望着这英姿飒爽的巾帼英雄，怎能不让人想起"万里赴戎机，关山度若飞。朔气传金柝，寒光照铁衣"① 的花木兰呢？然而，今天，她们却不是"代父从军"，而是自觉地锻炼自己和为了祖国、人民的利益去奉献自己了。但是，在她们的血管里不是鼓荡着花木兰抗敌御侮、豪爽英武的血液吗？李瑛诗中民族精神的传统性和当代性，就是这样在中国妇女的英雄系列形象中得到了水乳交融。

再看看李瑛诗中的战士。艾青在《中国新诗六十年》中，说李瑛"以勤奋的劳动写了大量的战士诗"。的确，在当代诗人中，还很少有人能像他这样，数十年如一日，孜孜不倦地为塑造战士的伟大形象，为表现战士的崇高灵魂，而倾注自己全部的热情和才华的。从《黎明前的召唤》中那个《睡着的战士》，到海防前线的水兵——《大海的骑士》；从黑龙江吴八老岛《一号观察哨》里的边防战士，到西沙自卫反击战中陨落的"琛航岛的十三颗星"；从《风雨中》为"山前阿嫂又添了个好后生"而巡逻的战士，到对越自卫还击战中英勇献身的新一代最可爱的人……正是从这些普通战士的英雄序列中，我们不仅深刻认识到了中国人民解放军的伟大形象，而且更窥见了在他

---

① 《木兰诗》。

们的绿军装下、五颗钮扣后跳着的一颗中国的心，一颗民族的心。这颗心不仅充盈着和平时军事训练、戍边守卡、执勤巡逻的忠诚、警觉、坚毅、乐观，也澎湃着反击侵略时冲锋陷阵的英勇顽强、果敢机智、不怕牺牲、战胜一切敌人的英雄气概和崇高的爱国主义精神。诗集《在燃烧的战场》这部青铜雕铸的英雄史诗，正是把体现在解放军战士身上的当代战士的豪情壮志、崇高的共产主义理想、勇敢顽强的斗争精神和中华民族的博大、坚韧、宽厚、善良的性格完美结合起来的典范之作。它既写了我们的战士在战场上喷吐惊雷怒电、将顽敌"化成一摊灰末"（《歌一名喷火手》）、所向无敌、视死如归的一面，也写了我们的战士柔情似水、仁慈善良的一面——对交战另一方的人民，他们"掏出干粮，给饥饿的母亲"，"脱下衬衣，包起幼小的生命"（《婴儿的哭声》），我们"民族的力量和骄傲"也正在这里。正是因为李瑛善于发现战士金子般的心灵中这种闪光的共产主义道德情操和中华民族的传统美德，并把这现实的闪光、传统的基因水乳交融地灌注在自己的笔下诗中，所以，李瑛诗歌中的民族精神才是深沉、凝重的，既有强烈的现实感，又有浑厚的历史感。

"李瑛是个对大自然的色彩、音调、形态、气氛感受精微的诗人。"[1] 他写了许多描绘自然环境、风物的诗，无论是风、花、雪、月、山、云、石，还是珍珠、贝壳、山鹰、海鸥；无论是黄河、戈壁、草原、林海，还是泥土、钻头、仙人掌、萤火虫……他都将其人格化，赋予它们色彩、姿影、温度、记忆，更赋予它们思想、感情、人的灵性，使其成为一种善、一种美的化身，成为纯粹、无私、高尚的思想品格和勤劳、勇敢、智慧的道德情操的象征，以此托物言志、寄寓诗人澎湃的热情、深邃的意蕴、隽永的哲理。

红柳、沙枣、白茨，这荒凉的戈壁滩上的默默无闻、不引人注目的植物，触发了诗人炽热的情怀，于是，他便借此礼赞支援边疆建设的青年同志们对于困难的无畏，献出自己一切的牺牲精神和通过艰苦劳动建设美好生活的向往："它们很贫穷/甚至没有一片丰腴的叶子/它们很谦卑/甚至只占空间很小的位置/它们索取得最少/甚至没有一点雨露的滋润/它们献出的最多，甚至自己的影子……"（《红柳·沙枣·白茨》）。如果说这既是对 60 年

---

[1] 洪子诚：《新的尝试和探索——读李瑛的近作》。

代初期三年严重自然灾害时"中国人民的素质的形象概括",① 又是歌颂中华民族勇敢顽强、坚韧不拔的意志的话,那么,《一个钻头的联想》则分明是诗人用"有血有肉,甚至有崇高的理想"的"钻头",来象征 80 年代中国人民为建设四化而勇猛进击、忘我献身的崇高精神。至于《舢板》、《祖国的泥土》、《我骄傲,我是一棵树》、《石头》等,不唯异曲同工,而且有更为丰富、深远的内涵:他们不仅是现实生活和大自然具体、丰富、广阔的画面的缩影,而且回荡着辽远、浑厚的历史回声;它们不仅是诗人对于祖国最深沉、最真挚的爱的剖白,对于共产主义理想社会的宣言,也是诗人对于为保卫祖国、为创建理想社会,"从风雨中走来",滴血、流汗、英勇斗争,甚至献出生命的人们的崇高美好灵魂的颂歌。总之,李瑛这些深挚、热烈、华彩、温馨的描写自然风物的诗,传达出了当代中国人的崇高、自豪和我们这个民族悠久的历史传统中的美好素质。

民族精神不仅在李瑛艺术地反映本民族的社会生活、自然环境的诗歌中,而且在反映域外社会生活和自然环境的诗歌中,也喧嚣奔腾、滔滔不绝。

别林斯基曾不止一次地引用果戈里的《关于普希金的几句话》中关于民族文学的精辟论述:"我不知道谁能比果戈里在如下的寥寥数语中把诗的民族性特点规定得更好、更明确的了,这话一直留在我的记忆里:'真正的民族性不在于描写农妇的无袖长衣,而在于具有民族的精神。诗人甚至在描写异邦的世界时,也可能有民族性,只要他是以自己民族气质的眼睛、以全民族的眼睛去观察它,只要它的感觉和他所说的话使他的同胞们觉得,仿佛正是他们自己这么感觉和这么说似的。'"② 李瑛正是以"自己民族气质的眼睛、以全民族的眼睛"——一个中国诗人,一个有 35 年军龄、至今仍戎装在身的当代中国战士的眼睛,去观察异邦的社会生活和自然环境,并艺术地反映它们的。

青少年时代的李瑛曾和我们苦难的祖国一起,在日本法西斯铁蹄的蹂躏下过着屈辱的生活,也曾和不屈的祖国一起为新社会的黎明斗争过。当他两度持枪分赴南下前线和朝鲜战争前线,用枪和子弹忠诚地保卫祖国之后,对

---

① 谢冕:《一个士兵的歌唱——中国当代诗人李瑛》。
② 别林斯基:《1841 年的俄国文学》。

侵略战争的罪恶的理解更深刻了。这种经历、感情，是当代许多中国人所共有的，也是当今世界上许多第三世界国家的人民所共有的。所以当他1954年出访东欧，在波兰奥斯威辛集中营，面对被德国法西斯杀害在这里的儿童留下来的一堆玩具时，便唤起了他热爱和平、反对侵略的民族感情，于是发而为诗，写出了"撕人肝肠"的《玩具》，"控诉了德国法西斯的滔天罪恶"，[①] 表达了深刻的反战主题。所以，当西班牙作家弗朗齐斯科·普恩特内布罗在马德里宣布，愿把自己的眼睛出卖给失明的人，以换钱来抚养自己的四个孩子时，引起了他感情的强烈共鸣，于是，他"从东方""急忙走来"，焦灼地呼唤、深情地规劝："不要"这样啊，"不能"这样，"要去斗争，去瞄准／对付那些统治者、侵略者"（《斗争》）。《李瑛抒情诗选》中《站起来的人民》一辑里的诗，都具有类似《玩具》、《斗争》的特点，是以中国人的眼光看世界，饱含着和世界各国爱好和平的人民相通的中国人民的民族意识、感情、心理、气质的。

近年来的《美国之旅》则更是这样充满民族精神，具有浓郁民族风格的诗作。当诗人1982年秋踏上那片大陆，用中国人的眼光去捕捉那蜂拥而来的一切，并在心灵的感光板上成像时，作者便怀着这样的初衷："据说当宇航员进入宇宙空间，俯瞰着养育人类的地球时，在这个淡蓝的旋转的球体上，唯一可见的人类活动的遗迹是我们的长城。但是，我想说，还有一条无形的，比起这条长城更古老、更雄伟、更壮丽辉煌的是我们民族的文学，特别是诗歌。这是另一条伟大的长城，这是我们民族的光荣和骄傲。"[②] 他是这样认识和看待我们的民族的诗歌的崇高地位和庄严使命，并"为之奋斗终生的"。因此，对美国"这个完全用金钱和法律支配着的十分复杂、十分匆忙的光怪陆离的世界"，他既没有瞎子摸象的偏见，也没有井底之蛙的狭识，更没有在其高度的物质文明面前拜倒而称颂其月亮也比中国的圆的奴性，有的是清醒、冷峻、犀利、深刻的远见卓识："美国，辽阔又狭窄的／豪华又贫穷的／文明又野蛮的／迷惘、困惑、孤傲而愤怒的美国。"（《告别》）基于这种认识，他就用诗"来赞美那里淳朴的大自然，那里的人民和他们对中国人民的纯洁友谊，也用它来反对"他"心灵上所不能接受的东西——从

---

① 别林斯基：《1841年的俄国文学》。
② 李瑛：《〈美国之旅〉后记》。

对剩余价值的残酷掠夺到性解放"。① 这些诗有别于那种在"洋风"的吹拂下，痴迷陶醉、忘乎所以，要在异邦的"柔波里""甘做一条水草"② 的一类诗的情调，它们没有丝毫缺钙、缺铁的软弱、轻贱，其间冲流激荡的是中国人热情、谦逊、自豪、大度的民族气质和风度。

二

诗歌的民族风格当然离不开诗歌的民族形式，然而，重要的是如何理解它。我认为，它至少应该包括以下内涵：对中国古典诗歌、民歌优秀传统的继承、扬弃、发展、创新，对民族欣赏习惯的尊重、照顾、启发、诱导和对民族审美水平的提高，对外国诗歌（包括现代派诗歌）的"拿来"、借鉴、改造、革新，对新诗自身长处的发扬，形式的丰富。对此，李瑛 1980 年 5 月 19 日在接受参加南宁诗会回来的宋垒同志访问时，曾说："我把自己看作是祖国的儿子、人民的儿子，我不仅吸收了祖国文化遗产的营养，也吸收了一些外国进步文化的营养，这样，就会比较开阔。我主张古今中外优秀的东西都应当加以吸收，来表现时代、表现生活、表现人民，而不是表现诗人狭小的'自我'。""应当吸收古今中外诗歌中对我们有用的东西，但是要加以消化、熔铸、创造出中国作风、中国气派的诗歌。"③ 这既是对自己创作实践的总结，也是对新诗发展方向的展望。它既避免了只在民歌和古典诗歌的基础上发展新诗的狭窄，也纠正了新诗只有"全盘西化"，实行现代主义才有出路的偏颇。

据此，我们追寻一下他诗地笔耕探索民族形式的轨迹吧！学生时代的最初耕耘，即显现出其态度的严肃、功底的丰厚，应该说，他是出手不凡的。看得出来，他诗的萌芽，和 40 年代国统区诗树上"有独特色彩的"、"几片叶子"④ 是属于同一属种。虽说稚嫩一些，但并非没有自己的探求。他在 40 年代新诗优秀传统的基础上，注意吸取民歌、古典诗歌的营养，借鉴外国诗歌的某些表现手法，也许，这一切并不是有意识的，他的诗确实含蓄蕴

---

① 李瑛：《〈美国之旅〉后记》。
② 徐志摩：《再别康桥》。
③ 宋垒：《李瑛访问记》。
④ 袁可嘉：《九叶集·序》。

藉，在注意象征与联想的同时，又明朗、晓畅，少有别扭的欧化句法。如《古长城》留下的古典诗歌的色彩，《脊背》、《太阳，啊！太阳》显现出的象征与联想带来的诗的密度和弹性，《花·果实·种子》的哲理的闪光，《窗》的清新、流畅中所蕴涵的散文的气质，《我们的旗》的意象的新颖……但是，也应该看到，这时他还没有摆脱青年知识分子的艺术趣味和学生腔。

参军革命后，崭新的生活、火热的斗争扑面而来，他真有点如行山阴道上应接不暇了。在南下途中，在朝鲜战场，他写了一首首诗，它们构成了《野战诗集》（1951 年）、《战场上的节日》（1952 年）、《天安门上的红灯》（1954 年）三本诗集。也许他意识到了自己的知识分子趣味和学生腔（此时他毕竟不是学生而是战士），他力求使诗大众化，通俗易懂，为工农兵喜闻乐见。这些以直陈的方式、写实的方式写的诗，虽如同一幅幅战地速写，有浓郁的生活气息，但和生活粘连太紧、太实，忽略了新鲜的、丰富的意象的运用。在黎明到来之前的暗夜不得不采用的且用熟了的象征、联想、暗示所带来的含蓄、蕴藉明显地减少了，而空泛、一览无余、缺乏想象和回味余地等诗意却在一些诗中出现了，应当说这是极为正常的现象。诗人由学生一变而为英武的军人，哭泣了五千年的祖国又重新崛起于亚洲东方，诗人的创作也进入了新的时期，新的人物、新的世界、新的题材、新的主题和早先习惯了的人物、世界，熟悉的题材、传统的主题发生了矛盾。李瑛在探索，而一个诗人对新人物、新世界的认识、了解，对新题材、新主题的把握、探索，是需要一个较长的实践过程的，因而在这个探求过程中诗艺水平的参差不齐、徘徊不升，甚至下降，是不足为怪的。而且，再从横向看，这种现象不独发生在当时尚很年轻的诗人李瑛身上，就是开一代新风的老诗人郭沫若和正进入"不惑"之年、风华正茂、风格独具的诗人艾青，也在所难免。他们也处在新旧交替之中，于迷茫、矛盾中探索前进。何况，那时文艺界滋生的一股"左"的思潮（把诗作为宣传政策、图解政策的手段和宣传品）已开始影响诗歌创作呢？然而，李瑛得到的毕竟比他失去的要多，正是对大众化、通俗易懂、为工农兵喜闻乐见的形式的追求，显示出了诗人对民族传统欣赏习惯的尊重与照顾，也为其后来诗歌民族风格的形成奠定了坚实的基础。正是对以写实的方式构成形象的写法的琢磨、锻炼，日后发展而为诗人那种"从具体生活情景入手，揭示其思想和美学的时代特征的特长"。① 所幸这种探求中的徘徊并没有持续多久，50 年代中期诗人便开始在创立民族风格的道路上大踏步前进了。请听几段诗人自己的关于探求民族风格的谈话："从《友谊的花束》（1955 年）、《早晨》（1956 年）开始，我有意识地从中外古今的诗歌中吸取营养，以期形成一种不同于别人的艺术风格。《寄自海防前线的诗》（1959 年）是我下连当兵时写的一本表现部队题材的诗集，我努力吸收了战士喜欢的快板调，但又不单纯流于枪杆诗、顺口溜，我想赋予它更多诗的素质。1972 年出版的《枣林村集》这本反映农村风貌的诗集中，我又吸收了民间谣谚和农民中间流行的民歌来表现形形色色乡间男女老少的音容笑貌和气质，想使它成为现实农村生活的一个缩影。"② "我从古典诗歌学习它的简练、篇幅小而容量大，学习它的艺术表现手法、对仗、旋律，以及如何创造优美的意境，等等，从民歌学习它的浓厚的生活气息、语言朴素而生动、琅琅上口，等等，③ 从外国诗人歌德、雪莱等人那里学习积极浪漫主义的表现手法。""我的国际题材的政治抒情诗则较多采用了自由体，没有一定的格式，当然诗节和诗句的结构，有其内在的秩序和联系，不强调严格的固定的句式限制，每节行数不等。我想这样更便于表现奔腾浩荡的感情，什么时候把情抒完，什么时候就可以自然结束。就这样，我努力兼取诸家之长，经过多年的艺术实践，创作了自己的艺术风格。"④

诗人的回顾实事求是，符合他的创作实践，不少诗评家对此也有很好的论述。我想特别指出的是，诗人不仅潜心学习，更努力创造，他不是亦步亦趋地模仿，而能兼采诸家之长、融会贯通，使其古为我用、今为我用、洋为我用、他为我用、众为我用、化众为一。他的军事诗作，特别是获得军事文学奖的诗集《在燃烧的战场》，就是熔古今军事诗不同风格之特长于一炉，而自铸的新词。这种既有人物描绘、情节叙述，更有抒情、议论的军事抒情诗的体式，就是一种创造。古典军事诗中，《秦风·无衣》和《九歌·国殇》的质朴、雄健的写实，曹植的简练叙事，王昌龄的善于揭示人物的内心世界，李颀的注重肖象描写，高适的多种笔调的运用自如，岑参的细腻柔

① 洪子诚：《新的尝试和探索——读李瑛的近作》。
② 李一泯、李泱：《热爱战士和人民的诗人——访李瑛同志》。
③ 宋垒：《李瑛访问记》。
④ 李一泯、李泱：《热爱战士和人民的诗人——访李瑛同志》。

和与豪健朴野的统一，陆游的深挚细腻；现代军事诗中，艾青的自由奔放、纵横恣肆，臧克家的谨严、精练，田间的战鼓的节奏，陈辉的清新秀美，魏巍的亲切质朴……这优秀传统的长河都一起汇集于他的笔端，凝聚为他诗的晶体，真是熔古今于一体，兼诸家之长而有之。在其闪烁的强烈的个性光芒中，依稀可见浓重的民族风格的色彩。

那脍炙人口的抒发了难忘的1976年冬春之交，亿万人民的共同心声和中华民族普遍感情的《一月的哀思》，在其艺术风格上，更是以中为主、中西合璧的典范之作。作为一篇战斗性很强的长篇政治抒情诗，它的总体设计、构想、逻辑线索，是借鉴了马雅可夫斯基"阶梯式"的鸿篇巨制《列宁》、《好》等，但又未完全按"阶梯式"的模式、规则、程序，他避免了马雅可夫斯基"阶梯式"的组合有时带来的怪诞的结构、过快的跳跃、零碎的排列所造成的晦涩、别扭、破碎（也许是由于译诗所致），按照我们民族的欣赏习惯，用现代汉语的词法、句法来组接词句，用大家所易于接受的辞赋的铺陈渲染的手法来表达感情。至于马雅可夫斯基诗中鼓荡的思辨力量、政论色彩，在《一月的哀思》中则化为形象化、抒情化的议论。因此，长诗虽然内容丰富、涉及面宽，既写人民的悼念，又写总理的死生；既写今天，又写昨天；既写爱，又写恨；既写国际，又写国内……但仍完整自然、和谐统一、浑然天成，读来是地道的中国味。而凡515行的长诗，不唯没有拖沓、冗长之感，反而觉得激情难抑、言犹未尽，不能不说是得力于古典诗词讲究意境的创造和苦心孤诣地炼字、炼句、炼意所带来的精练、含蓄。然而，这种精练又没有束缚、妨碍、限制自由体长于表达奔腾浩荡的感情的长处的发挥，只是使其具有内在的节律罢了。而民歌的重章迭句和歌谣的复沓所表现出的节奏和音调，在《一月的哀思》中，则化为"车队像一条河/缓缓地流在深冬的风里……"和"啊，片刻，灵车/正经过十里长街/向西，向西……"这样两个"既是写情的又是写景的，概括性较强，且富有典型意义的句子"，① 分别重复了四次和八次。这种重复已不单单是起一唱三叹、回旋反复的渲染气氛的作用了，而是"通过每次的重复和再现，逐步推动感情的加深和情节的发展"，成为"联系几个层次的形象性线索"，"使中间和独立段落，内容层次愈益清晰"，并对全诗的主要部分"第二、三章"的结构

---

① 李瑛：《我是怎样写〈一月的哀思〉的》。

"起调节作用"，使其避免全章"连续抒发、大段排列"而造成的"平板和呆滞"。① 应该说，这是对民歌的重章迭句、歌谣的复沓的发展。

既然无论是思想内容还是艺术形式都已经形成了自己的民族风格并对中国新诗的民族风格的发展做出了贡献的李瑛，从自己的创作实践、文学活动中日益深刻地意识到，曾经哺育过他的我们民族的诗歌，是一条比"唯一可见的人类活动的遗迹——长城"更古老、更雄伟、更壮丽辉煌的"另一条伟大的长城"，"是我们民族的光荣和骄傲"，② 那么，我们完全可以期待，他将继续为这一"长城"倾洒心血、汗水，使之增光增色！

---

① 李瑛：《关于〈一月的哀思〉的几则答问》。
② 李瑛：《〈美国之旅〉后记》。

我们时代的热情歌手

——略论诗人李瑛

晓　雪

　　"诗人应该强烈地意识到自己在历史上的地位和作用，他在写自己的时候，也是在写人民和时代。诗人和人民、和时代是无法分离的，这就是我对自己和自己的诗提出的第一个和最后一个要求，这就是我对诗人所从事的劳动的理解。"

　　这是不久以前出版的《李瑛抒情诗选》自序的一段话，这是诗人李瑛的诗歌主张，也是他创作实践的体会和指南。

　　李瑛是我国各族读者很熟悉的著名诗人，他从十六七岁时（1943 年）开始写诗，在诗歌创作的道路上已走过了 40 年的历程。40 年来，他充满激情、认真刻苦而又卓有成效地为我们写下了巨量的诗篇，先后出版了 25 本诗集，最近由人民文学出版社出版的这本抒情诗选，就是从他的 20 多本诗集中精选出来的。这个选本收入了诗人 40 年间创作的 250 多首抒情诗，约 16000 行，还只占他发表过的作品的五分之一。我是喜欢李瑛的诗的，他发表和出版的诗，凡能找到的我都读过，现在又系统地把诗人自己精选的这本抒情诗重读了一遍，我更加欣喜而深切地感到：40 年来李瑛正是按他"对自己和自己的诗提出的第一个和最后一个要求"来实践的，他"经历了我们伟大民族黎明前黑暗的痛苦，也亲身迎接了祖国壮丽的日出"，他走遍祖国的山山水水，"和我们的人民、我们的祖国一起成长起来"，他在和人民、和时代紧密结合的广阔道路上刻苦学习、勤奋写作、大胆创造、不断前进，不仅留下了累累硕果，而且产生了很大的影响。40 年的生活道路、艺术追求和创作实绩充分表明，李瑛不愧为我们伟大时代的热情歌手。

　　一个诗人的出现和成长，他同人民结合的程度，他感受生活和思考时代的深度，总是同他的生活经历和思想艺术上的准备分不开的。李瑛出生于祖国北方一个铁路工人的家庭里，幼年曾随着父亲在一个个荒僻的三等小站迁移，7岁时被送回故乡河北农村读小学。凋敝的村庄、塌圮的土墙、低矮的被炊烟熏黑的茅屋、村头地主家大红门前的上马石和小庙台阶上饿死的人的枯槁的头发、同自己一起拾柴的瘦骨嶙峋的小伙伴，给他留下了深刻的印象。10岁时到天津，他在看到高楼大厦、工厂码头的同时，也看到了外国的租界地和失业工人饥饿的眼睛，听到了工人阶级的反抗和呼号。11岁时，卢沟桥事变爆发，未来的诗人便在日本帝国主义铁蹄下过着"失去了祖国"的屈辱生活。苦难的农村、萧条的城市、阶级压迫、民族灾难，这一切唤起了诗人强烈的革命情绪和求知渴望，迫使他在少年时代就开始严肃地思索祖国的命运和未来。后来，考入北京大学中文系，诗人有条件读到了更多的书籍，开始接触党的地下组织，接受马克思列宁主义的科学指导，很快地从政治上苦闷、精神上压抑的状态转为积极的反抗斗争和自觉的革命行动，于是他一边读书，一边投入学生运动的激流，并开始挥笔战斗，写下了《石头：奴隶们的武器》、《脊背》、《花·果实·种子》、《春的告诫》、《歌》、《窗》等诗篇，在当时北平和大半个中国还处于黎明前最黑暗的时刻，他响亮地"召唤着明天和胜利"，明确地宣告着"凡是陈旧的姿态都该改变，凡是不堪积压的都急速突破"，他满怀信心地写道：

　　　　听，巨大的声音，
　　　　像低矮的监狱的房檐
　　　　滚落下第一声春雷，
　　　　像狂涛，像风，
　　　　像喷发的火山，
　　　　那么多举着拳头的强大的行列，
　　　　在唱：
　　　　专制的暴君，
　　　　我们用爆炸的歌声同你比！
　　　　我们用肩膀靠着肩膀的力量同你比！
　　　　我们将胜利！

　　这时，诗人才不过是一个刚满 20 岁的大学生，他在思想上和艺术上还远未成熟，但他的诗已由于跳动着时代的脉搏，传达出人民的心声，而具有了生气勃勃的青春活力和振奋人心的精神力量。

　　就在诗人高唱"我们将胜利"之后不到两年的时间，北京解放了，人民胜利了，诗人渴望和追求的奴隶们"要做真正的主人"的时代到来了！诗人等不得领取大学毕业文凭，就和一批同自己年龄相仿的同学一起参军南下，他"在漫天暴雨的追击途中听到新中国成立的喜讯"，他在星晨暗夜、顶风冒雨追歼残敌的纷飞炮火中，写下了自己的第一本诗集《野战诗集》。

　　从此，李瑛便作为一个引人注意的勤奋多产而富有才华的青年诗人，活跃在新中国的社会主义诗坛上。他走遍祖国大地，放眼四海风云，生活在我们时代的战士和人民之中。从燃烧的战场，到喧腾的工地；从南方多雾的河谷，到北方广阔的田野；从茫茫戈壁滩的兵站，到浩浩大海边的哨所；从红军长征经过的千山万水，到祖国边疆新建的被团团蒸汽紧裹着的巨大的工厂，到处都留下他的足迹。英雄的战士和质朴的人民，以及他们所创造的丰功伟绩，激起诗人强烈的创作冲动和不可抑制的歌唱的热情；伟大的时代、丰富的生活和祖国日新月异的建设风貌，给了他抒写不尽的题材、灵感和诗情画意。于是他的诗，一本接着一本出版。而且"为有源头活水来"，这些源源不断地从火热斗争和沸腾生活中产生的诗，总是那么清新优美、情深意浓、构思独特、耐人寻味。

　　　　压住了千波万壑，
　　　　吐出了满腔喜欢；
　　　　嗬，是我们哨所的雄鸡，
　　　　声声啼破宁静的港湾！

　　　　看它昂立在群山之上，
　　　　拍一拍翅膀，引颈高唱；
　　　　牵一线阳光在边境降临，
　　　　霎时便染红了万里江山。

　　　　莫非是学习了战士的性格，
　　　　所以才如此豪迈、威严；

　　　　只因为它是战士的伙伴，

　　　　　所以才唱出了士兵的情感！

　　这首大家熟知的《哨所鸡啼》，情景交融，托物言志，自然而巧妙地抒发了
边疆战士的某种独特的感受和自豪的感情。与其说它塑造了一个昂立在群山
之上引颈高唱的雄鸡形象，还不如说它抒发了一个长期追随革命队伍并同普
通战士们生活在一起的诗人的情怀，和他熟悉与理解的士兵的情感。我们的
诗人作为一个普通的士兵生活在勇敢、聪明、可爱的战士中间，他学会了用
战士的眼光来观察世界、观察现实生活、观察人，用战士的胸怀来感受和思
考生活中错综复杂的种种现象和丰富多彩的人物故事，他是那样地善于"以
战士之笔抒战士之情"（张光年《李瑛的诗》）。他把水兵描写成"大海的骑
士"（《大海的骑士》）；他以战士的眼光，发现"我们的港湾是绷紧弦的
弓，随时都准备射出待发的箭"（《军港》）；他写舰队出港，是那样的威武
雄奇，"惊心动魄、壮丽非凡"　（《出港》）；他写战士演出，"群山献
花"，"大海鼓掌"，是那样欢腾、热闹而又充满了自豪感（《来了战士演出
队》）；在边疆部队生活的一次月夜潜伏中，他获得了"夜是肌肉，我们是
神经"的绝妙独特的感受（《月夜潜听》）；面对井冈山的五大哨口，他发挥
想象和联想，发现这在历史的守卫者眼中，正是曾经"在中国的黑夜里熊熊
高燃"的"五堆篝火"（《井冈山哨口》）……我们可以举出数以百计的例子
来证明：诗人李瑛正因为是"战士的伙伴"，"所以才唱出了士兵的情感"！
这也正是李瑛诗歌创作的一个不容忽视的重要特点，是他的许多诗在内容和
形式上所表现出来的基本特色之一。

　　但是否据此就可以把李瑛的诗歌创作，及其全部意义、整个特色或基本
特征，简单地仅仅概括为"一个士兵的歌唱"呢？我认为这是值得研究一
下的。

　　《一个士兵的歌唱》，这是一位著名的诗歌评论家为英法文版《中国文
学》所做的一篇文章的题目，文章富有感情，也比较生动扼要地评介了中国
当代诗人李瑛，并指出："自从李瑛成为一名士兵，他的诗的抒情形象出现
了：一个士兵的歌唱。这就是我们的概括。"这篇文章写于 1979 年 5 月，这
几年对李瑛诗歌的评论，似乎大体上都是同意并依照这个概括来进行的。

　　我认为，这样概括，抓住了李瑛的诗的某些特点，是有根据、有道理

的，但不够全面、不够完整。李瑛自从成为一个士兵以后，35 年来一直戎装在身。他确确实实是一个士兵，而且始终是一个士兵，但同时，他又不仅仅是一个士兵，他的诗也绝不仅仅是"一个士兵的歌唱"。作为一个士兵，李瑛曾奔赴抗美援朝前线，迎着纷飞的大雪和燃烧的火光奋勇前进，曾到过黑龙江的吴八老岛，到过喜马拉雅山的峡谷，到过东海前哨和滔滔南海，和守卫在那里的英雄战士们生活在一起，戈壁兵站的烈日晒黑过他的皮肤，滇南边境的红河水濯洗过他积满硝烟尘土的绑腿和背囊……但同时，他也曾为建设祖国挥汗如雨：他在北方的田野种植过小树；在干旱的大平原上，参加过挖掘湖泊，修过水库；在万点灯火和飞溅的焊花中，他访问过黄河大坝喧腾的工地；冒着狂风和大雪，他也曾去访问荒山野谷中那新建的巨大的工厂……作为在参军以前就有过较丰富的经历、上过四年大学、在思想艺术上有了相当准备的知识分子，作为 30 多年来和祖国人民一起享受胜利的喜悦，一起经受挫折、痛苦和艰辛而成长起来的诗人，李瑛自己说：

"我最大限度地使用自己的全部感官，目光炯炯地注视着、专注地倾听着和感受着身边发生的一切。我把触角须根般地伸向生活的最底层和人们心灵的最深处，许多动人的景象、许多感人的事物、许多悲愤和欢乐、许多焦虑和痛楚，促使我用笔来记录它们——于是当我们的战士在战场上倾洒鲜血的时候，我的诗便和掩体上的野草一起生长；当我们人民的汗滴在工地上的那些石块、那些木料、那些钢板上的时候，我的诗便在那里结晶、闪光……""我把自己所经历的生活的主题——历史的主题，作为我的诗歌的主题记录下来。""我认识新诗人的职责，他必须走向世界，他必须倾听人间每个角落发出的声音，并且应该对每一重大事件表示自己肯定或否定的意见，因为扫除整个旧的生活制度、建立新世界是全体人类共同的事业。"

显然，诗人的诚挚的自白和他的全部作品，都告诉我们：他是一个士兵，又不仅仅是一个士兵。他的生活视野、题材范围，和他对时代、对生活、对人民以及对过去和未来的思考、理解和反映，都比一个普通士兵要广阔、丰富和深刻得多，"我虽然住在北京这条僻静的、窄小的胡同里，但风暴般的世界，却紧摇着我的房门。"他时刻想的是诗人的职责，是如何加强对社会责任和对时代的庄严的思考，是如何为祖国歌唱、向世界发言，如何更深刻有力地唱出时代的声音、人民的声音。面对沙滩上一只普通的贝壳，他也会产生如此奇丽而绝妙的想象：

> 贝壳说：告诉我吧，
>
> 告诉我今天欢乐的生活；
>
> 我虽然死了，却留下一只金色的耳朵，
>
> 为了倾听，倾听这时代的歌！

所以我们说，李瑛是我们伟大时代的热情歌手，他的诗是我们的战士、我们的人民和我们的时代生活的回声，是一个激情充沛、思想深刻而富有才华的诗人对时代和人民的歌唱。

一个诗人刚刚开始歌唱、最初登上诗坛的时候，往往会甚至必然要从他的职业特点、工作岗位出发，以一个工人、一个农民、一个士兵或一个青年学生的眼光来观察和反映生活，来思考和表现时代。李瑛创作的题材范围以及逐渐形成的风格特色，也与此直接有关。但随着经历的不断丰富、视野的不断扩大和思想艺术水平的不断提高，真正有出息的优秀诗人，都不会把自己仅仅局限在一个较窄的范围和较小的角度。他可以而且应该始终保持自己作为一个士兵或一个工人、一个农民的某些本色或基本特征，但同时他又一定会走向更广阔的天地，放眼世界，面向未来，同人民群众有更广泛深入的联系和结合，对时代生活有更深更多的思考和更高更大的概括。李瑛就是这样，他始终是一个中国士兵，始终保持着一个中国普通士兵的许多特点，但当我们读着他的《红柳·沙枣·白茨》、《海》、《灯塔》、《船》、《生命》等等那许多抒情诗章的时候，当我们读着他的《献给十月革命的炮击》、《茶》、《关于人、星球和宇宙》、《听一位黑人朋友朗诵诗》、《血在燃烧》、《献给阿非利加的情歌》等等写国际题材的诗篇的时候，当我们读着《一月的哀思》、《石头》、《我骄傲，我是一棵树》等等大家熟悉的名篇佳作的时候，我们就会明显地看出，李瑛早就绝不仅仅是以一个普通中国士兵的身份（眼光、感受、思想）在歌唱了，他考虑的是，如何使自己的诗"到田野去，到车间去，到堑壕去"，如何使自己的诗具有"撼动世界"、"摧枯拉朽"的力量，"像风暴撼动森林"，"像烈火焚毁牢狱"！如何去抒写我们时代伟大人民的"壮丽的生活、有声有色的生活"，"为伟大年代写颂诗，写檄文，写历史"……

> 吞咽的潮汐，无尽的晨昏，
>
> 即使在没有星星的夜晚，在睡梦里，

也始终不停地运动，不断地更新，
为保持它青春的精神；
它是我们蓝色的土地，
和大陆同样庄严而雄浑。
——这就是海。

给我们坚强的生命，
也给我们哲学原则和力量，
让我们出发，去纺织、炼铁和耕耘，
从身体的每一滴血到思想，到服饰，
这样纯洁，甚至没有一粒微尘。
——这就是海。

——《海》

它是质朴的，但却晶莹，
它是崇高的，但却普通，
它是冰冷的，却藏着火的种子，
它埋葬了死者，又孕育出新生命！

我在长城边认识了它，它威武，
我在斯大林格勒认识了它，它英勇，
我在漓江两岸认识了它，它奇幻，
我在阿尔卑斯山下认识了它，它深情……

站在庄严的石头面前，
像站在宇宙面前，我想起生命，
想起我们的地球在倾斜的轨道上旋转，
难道不该把每块石头，都叫星星！

——《石头》

这就是李瑛，我们的诗人李瑛。他面对大海，面对宇宙，面对人民生活的过去、现代和未来，探索思考，浮想联翩。他宣告"我是广阔田野的一部分，大自然的一部分，我和美是一个整体，不可分割"，他相信自己是"属于人民，属于历史"，属于自己"所生长的社会和时代"，因而他的诗绝不停留在抒写对生活的浮光掠影的感受，也绝不局限于描绘一下普通士兵的生活片段及其所见所闻。他的诗为我们打开了更广阔的艺术天地，包含着更丰富的时代内容和更深刻独到的哲理思考。

李瑛认为："诗是精神美的一种表现形式，因此，诗人所从事的工作，就是创造人的精神美的一种崇高的劳动。"但同时他又深知，一切新的生活内容和思想内容，人们的无比丰富的精神美，都必须通过诗的形式"以生动的美的形象表现出来"，因而他是那样孜孜不倦地努力并善于通过独特的构思和富有生气的语言，"用新鲜的、生动的充满感情的形象来表达对时代、对自然界、对人类社会的看法"，来"表现人民的愿望，传达人民的呼声"，来抒写人民的高尚的精神、光辉的理想、纯洁的心灵和美的情感。不仅写人物（包括将军、士兵、工人、农民、知识分子和诗人自己）的大量抒情诗，从不同的角度和方面，以不同的方式和深度，揭示和表现了当代人民的光辉品质和崇高精神，揭示和表现了他们赖以推翻旧世界、创建新世界的英雄性格和道德力量，揭示和表现了他们光彩照人的心灵美和精神美，就是在写风光景物、花草树木、虫鱼鸟兽的时候，诗人也要独具慧眼地从抒写对象中自然而然地发掘出某种可贵的东西，以寄寓他发现的某种给人启迪、耐人寻味的生活哲理，以揭示我们时代人民性格中某种闪光的品质和他们的灵魂美、精神美。对沙漠上与风沙、干旱苦斗并顽强生长的红柳、沙枣、白茨，诗人赞颂道："它们很贫穷，甚至没有一片丰腴的叶子；它们很单薄，甚至不愿占空间更多的位置。它们索取得最少，甚至没有一点雨露的滋润；它们献出得最多，甚至自己的影子……"（《红柳·沙枣·白茨》）对年年月月坚守在海上的灯塔，诗人歌唱道："头上，乱云飞卷，雷驰电掣，天宇塌了，它越发挺胸昂首；脚下，怒浪汹涌，奔腾激溅，大海翻了，它仍然从容而巍峨。哪里礁恶滩险——就在哪里扎根，不屈地闪亮；哪里危岩矗立——就在哪里开花，顽强地生活。"在《我骄傲，我是一棵树》中，诗人这样写：

> 假如有一天，我死去，
> 我便平静地倒在大地上，
> 我的车轮里有我的记忆，我的懊悔，

我经受的隆隆的暴风雪的声音，

我脚下的小溪淙淙流响的歌；

甚至可以发现熄灭的光、熄灭的灯火，

和我引为骄傲的幸福和欢乐……

那是我对泥土的礼赞，

那是我对大地的感谢；

如果你俯下身去，会听见，

我的每一个细胞都在轻轻地说：

让我尽快地变成煤炭

——沉积在地下的乌黑的煤炭，

为的是将来献给人间

纯洁的光，

炽烈的热！

　　从一棵树、一座灯塔或沙漠上的几株小草，诗人挖掘出如此坚强的性格、优秀的品质和如此无私无畏、如此崇高美好的献身精神，就是对那在"田野的夜晚""轻轻地飘忽，没有声音"的小小萤火虫，诗人也发现"尽管它的光太微弱，太暗淡，它的生命却自豪而勇敢，它心里藏着个大胆的秘密，它在不屈的向黑暗挑战——它决心要探索夜的深浅"（《萤火虫》）。这就是李瑛的诗，就是诗人自己一直在追求的那种能够"提高人的道德标准"、能够"对人类精神生活的进步有所助益"的诗。毫无疑问，这样的诗是能够"帮助读者找到通往千千万万人的心灵深处的道路"的。

　　诗人应当用自己的诗为人类进步和人民幸福而斗争，为他那个时代人民的崇高理想的实现而斗争。在这个意义上说，即使从来没有穿过军装的诗人，也应当把自己当作一名战士。德国杰出的马克思主义文艺批评家弗朗茨·梅林说过："在所有的诗人中间，歌德也许是一个最高意义上的艺术家，可是像他这样的一个诗人在晚年还以曾是一个战斗者而感到光荣。"但同时他又指出："一个诗人如果仅仅是战士，便不成其为诗人了。"所以他认为，真正杰出的诗人，应当是"以战斗者姿态出现的诗人和以艺术家姿态出现的诗人"的统一。李瑛正是这样一位把战斗者和艺术家、战士和诗人统一起来的诗人，而且他作为士兵和战斗者的本质特征和思想风貌，是通过他作为诗人的气质、才华和艺术个性表现出来的。

雨果说："诗人的力量在于他的独立。"李瑛之所以成为李瑛，他的"诗人的力量"也就在于，他有着不同于别人的艺术个性和独特风格，他不同于别的同样以诗为武器的战士，他也不同于别的"以曾是一个战斗者而感到光荣"的所有诗人。他有着自己感受生活、反映生活和抒情言志的独特方式，40年来，李瑛的诗当然也经历了一个由低到高、由浅入深、由比较鲜嫩轻浅到更为成熟老练、厚重深沉的过程，但也许是由于诗人在开始写作前就在艺术上做了较多准备的缘故，他的诗创作一开始就很注意形象性和抒情性，很注意诗的特点和规律。李瑛是真正的抒情诗人，尽管他早年有的诗也显得直露和浮浅，有的诗构思与形象、比喻给人以重复之感，但整个说来，李瑛是非常善于驾驭抒情诗这种最高度、最困难的艺术表现形式的。他无情不写诗，没有诚挚的真情，没有充沛的激情，没有无限的深情，他绝不勉勉强强地动笔硬写。即使在政治抒情诗中，他也不使用那种未曾浸透感情、没有化为形象的政治口号。他的诗具有"火的性格、水的韵律、土的庄严"（《树根礼赞》），他的诗像深山泉水一样清新，像枝头长叶一样自然，像空中云霞一样绚丽而富于变化。他的诗细致而不流于纤巧，含蓄而不失之含混，单纯而不显得简单。他善于以小见大，寓丰富于单纯之中，把雄劲和清秀、刚健和柔美、宏伟和细致结合起来。他善于通过一朵小小的红花，来抒写崇高的理想、远大的志向，通过一个小小的窗口，来展现四海翻腾的云水、五洲震荡的风雷。李瑛性格内向、好学多思，对生活中的诗情画意有特殊的敏感，有很强的思考力和概括力，他从不用那种空泛无力的豪言壮语，他也不喜欢借洪钟般的声音来表达自己澎湃的感情和广阔的胸怀，他更多的是用一种深情而舒缓的调子，以山泉般淙淙流淌的声音，歌唱时代、歌唱生活、歌唱人民、歌唱祖国……这是同诗人的气质和个性分不开的。

> 从工地上大汗淋漓的胳膊到马达，
> 到每条须根、每片叶子、每只花朵；
> 是的，他们曾经痛苦，曾经愤怒和焦灼，
> 如今，理智终于在大地上得到复活。
>
> 你看，每双亮晶晶、亮晶晶的瞳仁里，
> 不是都有一个明天，一个祖国，

那就是我们生命的价值——

多么美，像一支春天的欢乐的歌……

——《今天》

　　毫无疑问，李瑛已经是一位从思想到艺术都成熟的诗人，但他绝不满足于已有的成就，他说："对于我，每一天都是新的起步和开始。"面对不断变革、迅猛发展的伟大新时代，我们的诗人也在"不断地重新认识自己并发现自己"。我们希望并完全相信，诗人李瑛今后会写出无愧于伟大时代的更多更好、又新又美的诗来！

1984 年 6 月 10 日于昆明

原载《诗刊》1984 年第 12 期

从海防晨号到南海回声

——浅谈李瑛抒情方式的发展

曹书林

　　探索和创新不只属于青年，许多中年诗人和老诗人也在保持自己风格的同时，着力于新的探索和突破，他们虽然不曾标"新"立"异"，但由于有着丰富的创作实践，又用开放的心灵，感受着新的人物、新的世界，寻找着新时期通往读者心灵的道路，这种索求更弥足珍贵。李瑛就是这样一位勤于探索的诗人，他的新诗集《南海》就是不断探索的艺术结晶。

　　李瑛写过不少的海防抒情诗，在 50 年代末期就曾出版过《寄自海防前线的诗》和《静静的哨所》等诗集，去年问世的《南海》，收集了诗人 1978 年至 1980 年间的 45 首抒情诗章。《南海》里作品所发表的年代，正处于我国十年动乱的"历史风雨"过后、除旧布新的转折时期。作者把南海的波涛和社会思潮联系在一起，站在时代的"海防线"上，打量着充满"跃动的生命"的自然和人生，透过"自然、和谐"又充满"矛盾"、"充实"的大千世界，表现了在动荡中不断更新的历史潮涌，在困境中闪耀的"希望"，在前进中磅礴的活力……诗人用响亮的"海螺"，吹奏了一曲"生命"和"信念"的交响乐，用雄浑的"海声"，抒写了一支支青春和理想之歌！这无论从思想的深度和广度，比起五六十年代的"海防晨号"，都有了进一步的拓展。

　　在思想内容深化的同时，李瑛的抒情方式也有了新的发展和突破。

　　一、由追求宁静、和谐的意境，发展到在激情的动荡和流动中表现诗意。50 年代末期的海防诗章，清新明丽、和谐含蓄，每每给人一种诗情画意之感，让诗意通过如画般的美景来体现诗意，使读者通过一幅幅清新优美的彩画来感受海疆之美和战士的高尚情怀，是李瑛抒情构思的重要特征。作者用恬静、自豪的眼睛来感受着"静静的哨所":"海防线、哨所静悄悄,小骑枪呵,在我肩头眯眯笑……"在宁静的环境中,表现战士警觉的心情:"祖国睡去了,枕着大海的涛声。""夜是肌肉,我们是神经"——《月夜潜听》,海上,既有像"蝴蝶"般轻飏的船帆——《海上》,也有"劈开夜雾"的舰队、港湾,既有"半碗"苦涩"开水"的经验,也有"战士垂钓"的情趣。尤其是《哨所鸡啼》这首抒情短章,作为先用"是云?是雾?是烟"、"是烟?是云?是雾"的连环设问,勾勒了云烟萦绕、高山怒耸的港湾景色,又用"忽然间,哪里?在哪里?一个生命在欢乐地呐喊"通过听觉感受,传达了在"宁静的港湾"听到"鸡啼"的惊喜之情。随意情态的层递,一个构图比例的变换,打出了"昂立在群山之上,引颈高唱"的特写镜头。通过这幅雄鸡报晓图,战士的自豪情感、乐观神态和威震海疆的气概,得到了含蓄而热烈的展露。在这里,人与物、情与景和谐地统一在一"尺幅"之内,给人一种自然、协调清新、明快的美感。这种构思方式,是诗人把传统中自然工整、追求意境和西方诗歌中,大胆奇特的构思有机结合的尝试,反映了诗人既挣脱古典格律的束缚,又对新诗散文倾向加以节制的努力。不过,由于这种方式的容量的限制,在反映复杂的内心世界和表现感悟的起伏变化上显得单薄。在《南海》中,诗人在保持这种风格的同时,注重表现感情的流动和激荡。他把许多意象联缀在一起,让诗情在联翩纷呈的的意象珠串中自由地激荡和跃动,伴着"音乐"的节奏和旋律,注入读者的心田,在《西沙群岛情思》中,诗人曾感奋地写道:"到处是流动的色彩/到处是奇幻的光/到处是跃动的活泼的生命。"李瑛也正是在"流动的色彩"、"跃动的生命"中,使诗歌闪耀着动的精神和强烈的激情。例如《祖国的泥土》,通过"西沙"战士一篇"建岛日记"的抒情自述,吐露了海防战士热爱祖国的真实心声。诗情的线索,是沿着"没有泥土"的"痛苦"——"大陆"送来"泥土"的狂喜——"泥土"中看到的历史变迁——战士和"泥土"的联系——"泥土"带来的憧憬——用泥土培育海岛春天——这六个部分发展的。随着人对"黑黝黝、黄澄澄"的泥土的反复咏唱,诗人那种对祖国泥土的深厚感情,在痛苦和欢乐、回忆和畅想、憧憬和召唤的波谷浪峰中跌宕回荡;战士见到泥土,"不知道是该欢喜呢还是痛哭"的复杂感受,强烈地搅动着读者的心潮,从而从"一捧泥土"中,看到祖国"大陆"的缩影。这种在动荡和流动中抒发情感的方式,在《海》这首长诗中,表现得更为充分。作者有"意识流"的"浪迹四方"的回想,有从海滨到"太空望地球"的大跨度跳跃,有凭借知觉对大海覆盖下的开阔透视,也有伴随理性对自然史和社会史的联想。层叠的意象、激荡的感情、回环往复的格式、饱含哲理的诗句,在流动中交汇成一声"学习大海吧"的呐喊,像鼓声一样叩击着读者的心扉。从追求宁静、和谐的意境,到表现动荡曲折的情怀,反映了诗人对诗体容量的开拓和扩展,是诗人精微的生活感受力更加丰富深化的表现。

二、努力表现过去没有为人发现和认识的抒情"对应物",以平朴无华的景物中表现内在的美感。高尔基在《给基·谢·阿胡夫芙》的信中曾经指出:"必须寻找还没有为人找到的东西:新的字句、新的韵节、新的形象、新的画面。诗人是世界的回声,而不仅仅是自己灵魂的保姆。"(《文学书简》)艺术的生命在于创新,李瑛在 30 年中,写过大量的海防诗章,正像一位青年诗人所咏叹的他:"写过大海沙漠、高山峻岭。"这虽然是诗的语言,却反映了诗人写"海"之广。然而,诗人在《南海》之中,却没有重复自己别开生面地,从平凡、质朴中发现的一些"新的形象"、"新的画面",如"褐色的藤蔓"(这在《舟山群岛中是"清幽的"),"小小的舢板",铺在"礁岩上的海沙","豆子般的小红花"。这些形象虽然质朴无华、外形不艳,然而一经诗人"暗示"和"表现",就抒发出一般浓郁的诗美,使我们想到会在它们身上找到那么多的东西。就拿《"希望"》这首小诗来说吧,诗人在月下的礁石旁,打量着"悄悄开放"的小红花,是这样的激动,激动的"仿佛它一腔热血,冲撞着我的胸膛"。这样的小红花,没有"藤萝"的"清幽","玫瑰"的"馨香",然而,它不是花市的牡丹和温室里的盆景,而是在"南海"的风浪中顽强生长的生命,尽管它"小得像一滴闪光的鳞片",却"生活得勇敢而坚强"。诗人敏锐地从这个不显眼的"小红花"中,显示出"生命的意义和价值","为它起一个名字,叫'希望'。"从如画般地描绘自然景物,到以平静的景物中表现内在美,是李瑛美学思想的深化。车尔尼雪夫斯基指出:"任何东西,凡是显示出生活或使我们想到生活的,那就是美的。"(《生活与美学》)李瑛在《南海》中所表现的,就是能"显示"和使我们"想到"生活的这种美,这种美,实质上是一种崇高壮美的情感和引人向上的哲理,在《"望"》中,诗人"望"着一位头发斑白、褐色肌肤的"老渔民",感到是"一座青春的雕像",并"惊愕于他的美和力量"。在诗人的眼里,他的美,就在于用"深邃的眼睛"注视大海的神态;在"十二级台风九级浪"过后,准备"出航"的气概。诗人抓住这些能"显示"内在美的特征,集中地表现,使这座"青春雕象"很有魅力地耸立在读者面前，启迪人们去思考、回味想象……

三、抒情手法进一步丰富多样。在李瑛的《红柳集》序言中，张光年同志写道："李瑛同志练出了一支管用的、听使唤的笔，善于挑选独具特色的语言，用来描绘、渲染各种不同的景色和情态。""着墨不多，而情景毕肖，落笔自然，不露斧斫痕迹"，这是非常精彩的概括。李瑛的确是一位对自然界的色彩、音调、形态、气氛感受精微而又能准确细腻地表述出来的出色诗人，他的诗作，无论是在 50 年代末期的"海防晨号"，还是在 80 年代的《南海》都显示了这一特点。但是，由于诗人在 50 年代侧重于"描绘渲染"，用画面的"境"来表现诗人的"意"，而这种"境"的表象分解和组合又较简单，所以想象虽然新奇，而方式比较单纯，还不像《南海》中抒情方式如此丰富。在表现手法上，诗人不仅用多彩地画笔"描绘"和"渲染"心中之情，而且赋予自然之景以"跃动的活泼的生命"。如：

> 入夜——
> 呼唤每一滴闪光的水珠，
> ——欢乐的水珠，忧伤的水珠……
>
> ——《海声》
>
> 而夜深，满天星星会拍着翅膀，
> 纷纷到大海沐浴，
> 据说：一颗颗，一颗颗
> ……
> 有的变成种子，
> 在海底发芽……
>
> ——《西沙群岛情思》

作者不仅用喻隐、摹拟手法活灵地表现出到处流动的海上景色，而且用象征和超现实想象的手法，来暗示生活哲理。如《船》：

> 只有慵懒的雾和胆小的寄居蟹，
> 在它身后
> 悄悄地爬过来又爬去……
>
> 应该发一个讣告，

给地球的每一条经线和纬线!

——《船》

作者不仅用变型的想象,把大海称作"母亲"、"太阳"、"三岁的孩子"、"辛勤的老人",又用想象的概念,表达心灵的感受,称海"叫生命"、"叫力量"、"叫青春"、"叫心"(《海》)。在《献给琛航岛的十三颗星》,诗人不仅用比拟的想象,把烈火比成"云朵和海浪间"、"新的星座",而且将"真理"和"理性"化虚为实:前者"欢乐中犹带悲哽",后者"惊喜"又"有些陌生"。……这些抒情手法作为诗的"形象元件",又往往被组合在一首长诗中,综合运用和层递排列,使李瑛的抒情手法丰富多彩;想象方式的多样性,对景物表象的精细分散,使李瑛诗歌的抒情形象更富有魅力,感情的潮水,飞泉一样的激荡,又如醉酒一样醉人。在看完《海》、《海声》、《西沙群岛情思》等诗章后,又禁不住回过来细细品读。从这些作品中,可以看出,李瑛在由"描绘"、"摹拟"向"象征"、"暗示"、"对比"、"意象层递"等多种手法演化中,既保持了民族的抒情方式,又进一步吸引了现代象征派、抽象派、表现派等西方诗歌流派的表现手法,更丰富了抒情方式,加深了艺术造诣。李瑛抒情方式的多样化,不仅表现在具体诗章中,也体现在整个集子里的多种排列结构上。《南海》中有多种章节,回环往复的长诗,如《海》;也有仅六行的短诗,如《中建岛》;既有随着感情的旋律,自由排列,段落和句式长短参差的诗体,如《"希望"》;也有两两相对,工整凝练的诗体,如《纸船》,整个集子的情调,忽而显露出雄浑奔放的特色,忽而又展现出清新刚健的风格,像一曲气势磅礴的交响乐一样激动人心。

一个诗人抒情方式的发展,是由多种因素促成的,如时代的影响、群众的审美要求、作家的生活感受、各种诗歌流派的渗透,以及作家在自身基础上的扬弃和探求。如同孤岛上的鲁滨逊写不出《海燕》和《站在地球边上放号》"三突出"的原则只能造就出《西沙之战》这样的"诗报告"一样,既要站在时代的高度,又要热恋生活的大海,还要用开放的心灵感受着、探求着艺术的发展。李瑛同志这样说过:"一个诗人,他的心灵应该是开放的。不断地学习各种知识,不断地研究新事物,来充实自己。"这对于热心文学创作的青年是不无启发的。

生活的大海奔腾向前,让诗人、让大家抒写出新的"时代"回声吧!

论李瑛战士诗的美学价值

尹六丁

李瑛同志说过："从某种意义上来说，人们需要诗就是需要美。"（《李瑛诗选·自序》）确实如此，他的创作便是对这一理论的实践，既具有独特的艺术风格，又含寓着极大的教育意义和美学价值。特别是作为一位优秀的战士诗人，他那描写战士生活的抒情短诗，更是具有强大的艺术生命力，尽管光阴流逝、物换星移，但仍像那带露折下的玫瑰花那样鲜美迷人。我作为一名在祖国的海防前哨战斗过十几个春秋的战士，如痴如醉地热爱李瑛同志的战士诗篇，也常常为他作品中美的心灵、美的风光而感动不已，被他笔下美的意境、美的艺术深深吸引。本文试就李瑛同志战士诗的美学价值，谈谈自己的浅见。

一、战士的心灵美

在我国当代文学史上，李瑛同志是一位具有独特艺术风格的优秀战士诗人，30多年来，他共出版了23个诗集。在这些诗集中，有五分之二的作品是描写战士生活的，诗中抒情主人公的形象，就是战士的形象；其余五分之三的作品，也是用战士的眼光观察世界，用战士的情怀感受生活的产物。因此，在一定意义上说，他的全部诗作都贯注着战士的情感和理想，活跃着战士的青春，闪动着战士如霞似火的心灵美。

"心灵美，是人的重要本质。当然，我们提倡的心灵美和历史上人们提倡的修身善性是不相同的。我们提倡的心灵美，是对于人类心灵素质的一种更高程度的要求，是社会主义时代的一种重要本质。"（《人怎样才美》）

在李瑛同志的诗作中，人民战士的心灵美，突出地表现在战士热爱祖国的激情之中，正如我们的战士所说的："战士最崇高的爱情就是爱祖国。"爱国主义也是李瑛同志笔下反复歌颂的主题。对于肩负保卫祖国重任的战士来说，爱祖国也应是最起码的品德，如果失去了爱国主义，那么他就不配做一名战士。"祖国"在战士的心中，不是一个抽象的概念，而是珍藏着战士最高贵的革命激情："我的嘴唇第一个说出的/亲爱的/是对我的祖国。"（《给我的祖国》）战士热爱祖国的激情是无时不在的，请看《清晨》，一只小鸟飞进哨所的窗子，竟然引起了边防战士的兴味，拨动心弦弹出了一支抒情曲。而当他们得知小鸟是从冰封覆盖的北方飞来的时候，战士心中溪流的轻波，又转化为海洋的激浪了："可爱的小鸟啊……今天看见你，想起这一切，使我懂得了对革命的责任和对斗争的爱！"从这里，我们看出了战士丰富、崇高的心灵美，而这又是与理想的表现不可分割的，正如肌体和大脑、太阳与地球不可分割一样。

战士心灵美的重要内涵，也表现为战士保卫祖国每一寸土地、保卫祖国锦绣河山的壮志豪情。例如冰封雪岭，那里曾经引起许多骚人墨客悲凉的感叹，但在我们战士心中所唤起的，却是另外一种截然不同的美感：

> 望不尽天山千里冰封，
> 听不见谷底河水奔腾；
> 我们的林带长过天山，
> 墨绿的树涛响，盖过雪崩。
>
> 机舱里，服务员递过一杯水，
> 水里有天山的雪影；
> 阳光熏烤着照进机窗，
> 满山的冰雪融成一杯温情。
>
> ——《在天山上空飞行》

如果说在我们战士的心中，天山的雪影荡起一片涟漪，那么西沙的风光则涌起滔滔激浪，且看《南海》诗中描写西沙的几句诗："静静里，我听见每架罗盘都在庄严宣告这是西沙，中国的西沙！而无际的浪涛高高地跳起来说：中国没有西沙就不是中国！"战士极目远望，祖国的大海茫茫无际，祖国的天空阔朗无边，于是，眼中的景，心中的景，二者莫之能辨：

> 莫不是我又回到了呼伦贝尔草原，
> 莫不是我又攀上了奔腾的阿瓦山，
> 昆仑雪岭的磅礴，毛乌沙海的浩瀚，
> 此刻啊，一齐扑向战士的眉尖……

也是此刻啊，一曲赞歌和誓言一起自怀中奔腾而出：

> 祖国啊，多么妖娆。
> 多么壮丽而奇幻，
> 骄傲吧，中华儿女，
> 你的血，你的汗；
> 生活，有谁比我们更令人艳羡。
> 建设她，保卫她，且看明天！
>
> ——《西沙群岛情思·之六》

战士的心灵美，也鲜明地表现为战士献身祖国献身人民的一片深情。在《我骄傲，我是一棵树》中，诗人写道：

> 人民啊，如果刹那间离开了你，
> 我的心将枯萎，
> 像飘零的叶子，
> 在风中旋转着沉落……

这首诗写的是物，咏的是人，抒发的是革命战士的思想情操，表达的是诗人的理想境界。他纵情讴歌的，是树木一样正直无私、舍己为人的革命精神和思想品格，因而才是美好无瑕、感人至深的，给读者以有益的"启迪和召唤"，也袒露了无产阶级战士全心全意为人民服务的精神。战士属于人民，战士离不开人民，我们的战士不仅要为人民"抗击风沙"、"抵御雷火"，而且要为人民流出奶，流出蜜，甚至流出香醇的酒，并且开出各种色彩、各种形状，各种香味的花朵。我们的战士就是这样心甘情愿地做人民的公仆，一直到世界上看不见饥饿、贫困和剥削。即使是死后，也不是死而后已，而是要使自己尽快地变成煤炭，"为的是将来献给人间纯洁的火、炽烈的热"。

战士的心灵美，也深切地表现为战士对祖国"母亲"的眷恋之情，诗人在《夜航机》这首诗里写道：

> 当孩子恬静地睡在软褥里，
> 夜航机在天空中飞，
> 夜是黑的，夜是静的，
> 我看不清它在什么地方飞，
> 但我觉得它经过我的窗前，
> 总是把机声变得格外轻微；
> 它一定已从天空看见，
> 我的房屋的窗子闪光微微。
> 它一定已透过小窗感到：
> 我的孩子的呼吸，匀静而又甜美。
> 它一定知道这孩子和她的玩具，
> 经过一个白天，已经十分疲累，
> 所以才抚着她柔软的头发，
> 把声音放得格外轻微。

由于诗人对战士有着深刻的理解，他方能这样细致入微地通过自己的听觉、幻觉和丰富的联想，把在夜空巡逻的航空兵的心与祖国大地上的每个亮着的窗户中的孩子的心贴得这么紧、这么近，把战士的情感熔铸于心灵之中，才能把他们"镀成不朽的黄金的铸像"。"历史的守卫者"的形象，使他们闪耀着灿烂的光辉，尽情地抒发了战士眷恋祖国的柔情。

希腊神话中的巨人安泰，从大地的母亲身上汲取了巨大的力量，我们的战士把自己对党、对祖国、对人民的无限热爱化为内心世界中的一轮骄阳。正是由于这轮骄阳的照耀他们才有革命英雄主义的理想境界，他们才有美好的心灵和丰富的情思。我们的战士，也就是从党、从祖国、从人民的身上，即"母亲"的身上，汲取革命英雄主义的无敌力量。这种精神在李瑛的诗集《在燃烧的战场》中得到了突出的表现，诗中写一位 18 岁的青年战士，冒着枪林弹雨冲锋在前，有三次别人都以为他牺牲了，其实他都以正义的勇敢，战胜了危难，最先冲上了制高点，诗人赞叹道：

> 好一把无敌的青锋利剑，
> 战斗中穿过热火硝烟，
> 生命竟这样壮丽而威严，
> 像一首大气磅礴的诗篇！

——《勇敢》

在此，我还要谈及另外一位战士：

> 他身上已经三处重伤，
> 负伤后却仍然在继续冲锋。
> 民兵上来了，
> 强把他拽上担架。
> 可对他，担架，何等陌生！
> 几次，他挣扎着要翻身下地。
> 四处搜寻着枪声炮声；
> 当战友们再一次把他按倒，
> 他双手竟拉起了树枝荆藤。
> 却见血珠浸出了道道指缝，
> 只见他重复一句，
> "让我去冲锋！"

——《赞一颗火线钢钉》

我们的战士就是这样，以惊人的勇敢在写诗，以灿烂的青春在写诗，以强烈的爱憎在写诗，以坚定的信念写诗，因而写出了感人肺腑革命英雄主义的诗篇。

二、边塞的风光美

李瑛同志不是吟风弄月的文人骚客，也不是咀嚼身边繁杂琐事的行吟歌手，而是一位优秀的战士诗人。30多年来，他涉历了祖国的冰峰雪岭、碧海高山、丛林大泽、沙漠草原。从祖国的北疆长城脚下，到南海前哨的西沙群岛，都留下了他的足迹，回荡着他的歌声。他浓笔重彩，深情地追求并着力表现了祖国边塞风光之美，借以讴歌战士的情怀。

在李瑛同志的笔下，祖国边塞江山的风光之美是多种多样的。茫茫戈壁、漠漠海天、溶溶月色、山村溪流、哨所灯光，有壮丽之景，有秀美之景；有动景，有静景；有大景，有小景，真是应有尽有。他写舰队出港，如"云霞灿烂，水天辉煌"，何等壮丽（《出港》）；他写小艇破浪，则是"风云变幻，波涛险恶，夺人心魄"（《大海骑士》）；他写战士演出，则是"群山献花，大海鼓掌"，十分热闹（《来了战士演出队》）；他写月夜潜伏，则是"夜是肌肉，我们是神经"，令人屏息（《月夜潜听》）；他写草原景色，则是"远处牧女的银镯子一亮，羊群回圈了……"令人心醉神迷（《巡逻晚归》）；他写塞外大风沙的来势，则是"像银蛇紧贴着地面，一边滑动，一边嘶叫，则又使人悚然心惊"（《敦煌的早晨》）。如此等等，着墨不多，而情景毕肖，落笔自然，不露雕琢痕迹。且看他的代表作《戈壁日出》，此诗写的是诗人和他的战友们在戈壁执行任务时的所见、所闻、所感，为我们描绘了沙漠日出的壮丽景色，讴歌了作为沙漠保卫者和开发者知难而进、无坚不摧的顽强意志。日出，原是古今中外许多诗人讴歌的对象，但作为一个用战士眼光来观察生活、用战士情怀来表现生活的部队诗人，他写日出的诗作里，充满了新的意象、新的兴寄、新的情趣，不愧是社会主义时代的催人奋进、格调雄奇的新边塞诗。他既不像盛唐著名边塞诗人高适那样写"战士军前半死生，美人帐下犹歌舞"（《燕歌行》）之类的揭露边防政策弊端的边塞诗作，也不像岑参那样写"忽如一夜春风来，千树万树梨花开"（《白雪歌送武判官归京》）之类的专门描写边塞奇异风光的边塞诗歌。诗人在这首诗里，抓住了大戈壁地貌、气候的特征，通过诗人独特的感受，勾勒出一幅戈壁日出壮美奇特的图画。拂晓时分，诗人和他的战友在一望无际的戈壁滩上骑马远行，单调的环境，荒漠的寒冷，使大家"多么渴望一点颜色，渴望一点温煦"，显然，只有那熊熊燃烧的、光芒万丈的太阳，才能满足他们的渴望，这里写出了战士们日出前盼望日出的心情。忽然，地平线上喷射出一道云霞，五彩绚丽的霞光像一片雄鸡的翎羽，委弃在"褐色的荒碛滩头"，这是沙漠海洋上日出的瑰丽景色，接着：

太阳出来了——它双手支撑着大地，

昂然站立，

窥视一眼凝固的大海，

便拉长了我们的影子。

我们匆匆策马前行，

迎着壮丽的一轮旭日，

哈，仿佛只要再走几步，

就要撞进它的怀里。

在这里，诗人把太阳人格化了，不仅写得气势磅礴，而且写出了沙漠日出这一特定环境中的奇景：

忽然，它好像暴怒起来，

一下子从马头跳上了我们的背脊，

接着便抛出一把火给冰冷的荒滩，

然而又投出十万金矢……

这里诗人对大戈壁奇特的气候，是描写得十分生动和真切的，正当：

干旱熏烤得人喘马嘶的时候，

却飞来一片歌声——我们的勘探队员正迎面前来，

在这里，我看见了人民意志的美丽！

这首诗里，诗人从多角度描写了荒漠日出的景象，既有空间的、时间的、视觉的、听觉的感受，又有光线变化和色彩变化的描绘。诗人抓住了瞬息万变的景色，浓笔重抹，为读者描绘了一幅富有立体感的油画，热情地歌颂了战士们保卫祖国、建设祖国、以苦为乐、坚韧不拔的品德。

有人认为金戈铁马与晓风残月互不相容，写战士的生活只要把火药味搞浓一点，而回避写景，其实这是一种错误的观点。李瑛认为：江山秀丽壮美，可以激发战士保卫祖国的热情；山隘险阻、风雪肆虐，也会反衬出战士征服自然的献身精神。他为读者展现了各种各样的境界，从各个角度描绘了祖国边塞风光的美丽图画，然而，每一笔都重重地落在对战士崇高心灵的赞美之上。例如通过一株小草反映战士的坚强性格，通过雄鸡高唱表现战士豪迈的气派，通过一捧泥土抒发战士热爱祖国的深情，等等。请看诗人前后两次发表的《南方的山》，前一首是 1955 年诗人沿着红军长征足迹远行南方时写的：

> 对于我们南方的山，
> 我的诗怎能用吝惜的语言，
> 满天阳光、满天云雾、满天雨水，
> 碧绿、深紫，好不奇幻！
> 而且还有满坑满谷的大树，
> 而且还有亘古轰响的飞泉，
> 既然你站起身来迎接我，
> 我就停下："你好，南方的山！"

这里诗人用恬静的语言、欢快的笔调，描绘出南方山峦及自然界壮丽奇幻的景色，记下了他对云南边疆最初的印象。

20 多年以后的 1979 年，诗人又来到了祖国的南方，那时正逢对越自卫还击作战，他又写了另一首《南方的山》，诗中把战士们维护祖国尊严，决心严惩的敌人的心情都融会到山的形象里。诗人紧扣南方山势的特点，赋予了山以战士的性格：

> 大地邃深，莫不是为了你，
> 颠连逶迤，姿意伸展，
> 苍穹浩瀚，莫不是为了你，
> 轰轰烈烈地屹立人间！
> 嶙嶙山岩啊，纯洁、褐紫，
> 如钢浇铁铸，
> 绵绵山脊啊，峥嵘、峻峭，
> 似壁立九天！

这样写就使南方的群山在读者眼中，化为亿万军民同仇敌忾反击侵略者的壮丽图画，化为一堵用战士的身躯所构成的铜墙铁壁。

对于入侵的贼寇，这里没有一块怯弱的石头，没有一根颤抖的树枝，没有一片飘零的叶子……

诗人凭借着奇幻的想象，把升腾的感情投入到自然中去，又从自然景色——山势、山形、山色的变幻中，使自己的感情升腾、飞跃，达到新的境界，显露了我们战士、我们民族的伟大性格和灵魂。

李瑛同志描写祖国边塞风光之美的手法是非常高明的，在他的笔下，祖国边塞风光可谓是常写常新，引导人们进入新的感情世界。从美学的角度来揭示他的奥妙，就是"窥一匠以运斤"，就是在景物描写的过程中，根据表达主题的需要，运用艺术的想象、艺术的虚构和夸张，把虚与实、静与动、大与小、隐与显对立着的两方面巧妙地结合起来。

李瑛同志善于处理虚景与实景的关系，往往把实景虚写，又把虚景实写，创造出虚实相生，错综交叉的意境。如在《井冈山哨口》一诗中的：

> 不要迷住我的眼睛，
> 二十年的风、雪、雷、电，
> 对我讲吧，贴住断崖的月亮，
> 闪光的飞泉。

这里是化实为虚，把壮丽的历史斗争场面与壮美的自然景物结合了起来。

李瑛同志善于处理静景与动景的关系，在《高山哨所》一诗中，他竟把动荡奔腾的大海转化为凝然屹立的山峰：

> 从什么时候起，
> 这大海突然静止了奔腾？
> 威严、雄伟、峥嵘，
> 凝成这峥嵘的山峰。

接着又通过战士的联想、想象，反过来把高山幻化为波涛汹涌的大海的岛屿，哨所则成了：

> 一叶海上的帆篷，
> 祖国的亲人啊，
> 当你向夜空瞭望，

那最远的星斗，

就是我们的桅灯！

静景动写，李瑛同志也是写得很独特新颖的，使静景真正有了动感。在《西沙群岛情思》中，天上的星星竟拍着翅膀飞到大海沐浴，有的变成金沙，有的变成闪光的种子，在海底发芽，"摘文铺彩"，想象神奇。我们再看看诗人捕捉的西沙形象：

到处是流动的色彩，

到处是奇幻的光，

到处跃动活泼的生命，

啊，西沙！

强烈的光影效果，把诗人意识深处真切的感受很好地表现了出来。

李瑛同志描写祖国边塞风光之美，其突出的成就，还表现在大景小写上。山匠小路，本来是极为平常的山区小景，几乎是没有什么好写的，但到了李瑛同志的笔下，由于诗人展开了想象的羽翼，从眼前"窄得像绳索"的小路，联想到战士心上铺着的险峻的小路，像"纱带"，像"云梯"，有的，哪里是路，"也许是多年雨水冲刷的河道"，"也许只是一条古藤，垂挂在峡谷……"诗人还把小路和中国革命的历程联系起来，讴歌我们的革命前辈，他们"穿险山、越恶水、飞深涧、攀绝壁"，终于找到了新中国。诗人这样写，使一条极为平凡的山间小路，具有了时代的内容，而且显得很有诗味，小景也显得气象万千了，自然体现了他的美学价值。

三、诗歌的意境美

诗的美，主要决定于意境的美。所谓意境，是将生活美提炼为艺术美而形成的内情与外物融合一致的境界。

美，在我们生活中俯拾即是，但它又不易引起人们的注意，因为它是自然形态的璞玉浑金，内在的精神往往被掩盖着。而李瑛同志对美的事物有一双敏感的眼睛，善于捕捉美的形象入诗。许多不大为人注意的事物，在他的诗作中却泛出了新彩，溢出了诗情，显露了金玉的本来面目。在清晨的军港，他看到了"云霞扯起无数面旗号，海上铺满了翎羽和珠串，黎明为迎接我们舰队出港，把水天筑成一道辉煌的宫殿"（《出港》）。简陋的地窗子，诗人却看出了"我们的地窗子多么美，地平线上，玻璃小窗似火烧，是姐姐剪的窗花？是妻子寄的喜报？一朵绛红的云在天边上飘"（《巡逻晚归》）。如果说云霞、翎羽、珠串、绛红的云是自然美的形象，那么喜报、窗花、宫殿等则是含有社会美的形象。这首只有四段的小诗写得相当精美、胜意迭出、簇簇出新，每一段都是一个相对独立的境界，而又互相联系，构成一个严密浑成的整体。

在李瑛同志的诗境中，一方面我们可以看到诗和画的有机结合构成诗情画意的境界，另一方面，又使人感到这种诗情画意不是碎玉散金，而是自然浑成的瑰宝。这在《海的怀念》中是表现得很突出的，战士从海边移防到高山，思绪萦绕着原来的防地，目光中的景物仍显着海的光影：

> 看群山也像大海的波澜，
> 莽苍苍，起伏颠连。
> 我们的哨所莫不是海里的征帆……
> 看了雾也像那碧波一片。
> 迷蒙蒙，奔腾舒卷，
> 云中的山鹰莫不是浪尖的海燕！

这仅仅是对海的怀念，对山的赞美吗？不！诗人情缘景转，意随境高，烁烁诗句，犹如晓日跃出：

> 是的，我爱海，也同样爱山，
> 大海，高山，分挑在战士的双肩；
> 只因，祖国——这就是你呀，
> 每寸土地都浸透着战士的情感。

原来，在战士的心中，山和海象征着伟大的祖国，对于山和海的抒情，不过是战士热爱祖国每一寸土地的颂歌的波澜浪涌、起伏回旋的具体表现罢了，所以：

> 我们守卫在深山，

> 但海的潮汛仍然涌起我的波澜；
>
> 而明日，如果党又命令我去守卫大海，
>
> 这群山也屹立在我的心坎！

意境的发展过程，实际上也就是形象思维，情感思维由感性到理性的思维过程。

特别值得指出的是，李瑛同志作为一位优秀的战士诗人，他善于以战士的审美观点来观察事物，选择美的形象，挖掘其中蕴涵着的诗情画意，创造出令人神往的意境。"美是人的本质力量的对象化。"（马克思《政治经济学批判导言》）各人都在欣赏自己本质力量所能达到的美，然而，同一事物，不同的人感受到不同的美。如李瑛同志写的《进山第一天》中所写的山，就既不是"云中的神啊，雾中的仙"（贺敬之《桂林山水歌》）那种秀美，也不是"西当太白有鸟道，可以横断峨嵋巅"（《李白·蜀道难》）那般的险峻，而是：

> 看座座峰顶啊，云遮雾掩。
>
> 看个个山腰啊，气象万千，
>
> 这边老林——山呼海啸，
>
> 那边谷底——云涌浪翻。
>
> 就凭我这一颗红心一腔血，
>
> 就凭我这不屈的手榴弹，
>
> 祖国呀，请你放心，
>
> 这一代由我们值班。

这样的威严、神圣，像一把寒光闪闪、不可逼近的刺刀，它是阳刚之美的一种，也就是人民战士眼中的美。

我们的战士之所以不论生活环境多么艰苦，都生活得乐观无畏、昂扬奋发、充满生机，这就是因为战士心中有崇高的理想，对生活有美好的希望，以及他们对明天有万难不辞的追求。当他们在空旷的戈壁上行军，他们才能想到："我们今天只前进了一步，距我们真正的理想莫不又缩短了一分。"（《戈壁行军》）在（《与战士谈界碑》中，作者揭示了战士心中真正的理想："将来有一天，五大洲的界碑都将拆毁。"从这里，我们可以看出李瑛同志战士诗的意境是很高远和美好的。

意境有优美和壮美之分，优美的意境是由于细腻清新沉静的思想感情与优美壮丽的形象的完美结合，壮美的意境是由于雄伟壮丽的自然形象或社会形象与开阔雄放的思想感情的完美结合。李瑛同志善于表现细腻沉静的思想感情，因而他的诗境是以优美见长的。在他的诗作中，即使是描写一些崇高雄伟的景物，也往往是从中选择细小的部位，用秀丽的形象来描绘它，组成优美的画面，涓涓注入感情的细流。这种创造意境的方法，使他的诗歌具有一种清新优美的艺术风格。

从以上我们可以看到：李瑛同志战士诗意境美的独特性。在他的诗歌意境中，有溪流短笛的轻歌，有江河长号的壮语，有花草和星月的异彩，有松柏和战士的英姿。在这样多样化的意境中，有一个贯穿始终的基本特点，就是阴柔之美和阳刚之美的结合。在其他许多诗人中，我们也可以看到这种结合的因素，但结合的方式和程度是不同的。如郭小川60年代的诗歌在抒情方式上，则采用铺陈渲染、反复咏叹的方法，来达到雄浑热烈、色彩浓郁的艺术效果，人们把他的这种诗体称为"新辞赋体"，如：

> 南方的甘蔗林啊，南方的甘蔗林。
> 你为什么这样香甜，又为什么这样严峻？
> 北方的青纱帐啊，北方的青纱帐！
> 你为什么这样遥远，又为什么这样亲近？
> 我们的青纱帐哟，
> 跟甘蔗林一样地布满浓荫，
> 那随风摆动的长叶啊，
> 也一样地鸣奏响亮的琴音；
> 我们的青纱帐哟，跟甘蔗林一样的脉脉情深，
> 那戴着阳光的露珠哟，
> 也一样地照亮土地的清晨。
>
> ——《甘蔗林——青纱帐》

就是这种偏于阳刚之美，在豪放中见俊逸、在雄奇中见清新。而李瑛式的结合，主要是外溢阴柔之美，内孕阴刚之性，构成柔中有骨力、有韧劲、有豪气的一种俊秀的风格。我们只要看看诗人在1979年自卫反击战中写的《担

架》一诗，就可以得到清楚的印证。这首诗写的是傣族姑娘的故事，这些姑娘是负责护送伤员的，有一次少了一副担架，怎么办？只见她们脱下两件黑统裙，做了两副临时"担架"，把伤员拽上就走，这事对姑娘来说，本来是一件为难的事情，但她们却不为难地做到了。于是，诗人赞道：

> 不是吗，昨天犹似轻柔的白云，
>
> 轻得那样胆怯，
>
> 柔得那样妩媚，
>
> 见流血，还害怕；
>
> 见生人，还羞愧；
>
> 而今，却变成了冲天的火，爆炸的雷。

在我们新一代姑娘身上，轻柔的云和冲天的火是一致的，在李瑛同志的诗作中这点是和谐的统一。在他的新作《我骄傲，我是一棵树》中，柔性美和刚性美的花朵，更是开遍了革命战士的内心世界，创造了令人激赏的奇观。

李瑛同志战士诗的柔性美，是钢铁百炼而成的绕指之柔，是战士热爱祖国和热爱人民的情深之美。在这种柔性美里，注入了战士崇高的理想、情操。换句话说，也就是我们战士的思想、性格和情操，构成了这种柔性的内质，因而根本有别于无骨的靡柔、无刚的娇柔，成为刚柔结合、柔中透刚的诗人独特的艺术创作个性。

"文学作品的意义，在于它的审美价值。"多年来，美学在文学领域内，往往被视为离经叛道的东西，尤其是反映战士生活的作品，似乎美学是资产阶级的专利品，而李瑛同志不仅认识到了诗歌的美学价值，尤为可贵的是，他的诗歌发掘了美，发扬了美，创造了美学价值很高的诗作，给人民以难得的美的享受。

1985 年 10 月 10 日于长沙

诗歌的常青树

——李瑛诗歌创作 50 年谈片

朱向前

    李瑛从 40 年代中期开始诗歌创作，至今已经整整半个世纪。50 年来，他诗心不老，利用一切业余时间勤奋创作，出版诗集约 60 部，而且有不少名篇广为传诵，成为不同时期的代表之作。一个诗人拥有如此巨大的数量，在当代诗坛都是罕见的。李瑛属于当代中国，但首先是属于军旅的，李瑛是开一代军旅诗风并影响广远的军旅诗坛的杰出代表。

    在由约 60 部诗集组成的庞大的李瑛诗系中，从题材上看可以分为五大块：一是描绘祖国大好河山，二是赞颂新时代与新生活，三是国际题材，四是政治抒情诗，五是军旅题材。而军旅题材的诗作所占比重最大，并且基本可以代表 80 年代之前李瑛诗歌的典型风格和艺术水准，其中的代表性作品主要收入在《寄自海防前线的诗》、《静静的哨所》、《红柳集》、《红花满山》、《北疆红似火》、《在燃烧的战场》等集子中。

    在与共和国同时代成长的军旅诗人中，李瑛大概是文化准备和艺术修养最为充分的一个。他在北京大学的四年里，广泛涉猎中外名著，深受中国古典诗词和现代新诗的熏陶，深入接触了西方从浪漫主义到现代主义的各种诗潮，并开始在朱光潜主编的《文学杂志》和杭约赫、陈敬容等主编的《中国新诗》上发表一些颇具现代意味的诗作，和绝大部分从战火中走来的青年军旅诗人不同的是，李瑛是带着深厚的文化底蕴和超前的诗学观念走进军旅诗群的。按理说，这种优势应该使他在年轻的当代军旅诗群中脱颖而出引领风骚，然而情况却刚好有些相反，优势似乎反而变成了"包袱"，他最初的歌唱并不显得比别人嘹亮。50 年代前半期，他正在人生和诗歌的道路上进行着调整、适应和摸索，这主要包括三个方面：一是他虽然在理智上听从时代的召唤，响应革命的号召，融入了工农子弟兵的队伍，但他的从旧式大学带来的"小布尔乔亚"的思想感情却不容易一夜之间就和革命而严峻的外部环境完全合拍，他还必须主动或被动地接受某种"教育"乃至"改造"。事实上，他由于缺乏真正的士兵经历，在真实准确地把握他们的思想情感脉络方面还不能做到得心应手。二是新中国建国之初，从战时延续过来的带有浓厚的农民文化色彩的诗歌形态（口语化的快板诗、枪杆诗等）仍然大受欢迎甚至占据主导地位，现代的自由体诗还处在从边缘向"中心"渗透的过程，李瑛的诗艺不仅不能尽情发挥并且推进，相反还得做出某种妥协。三是李瑛温和、柔婉、纤细的个性与气质，与残酷激烈的战争环境和氛围并不十分相宜，他还在寻找与他最为契合的抒情对应物。抓住了以上三点，我们方才可以解释，为什么在 50 年代前半期，有少年才子之称的李瑛在军旅诗歌创作的影响和声望上，北不及未央、南不如公刘。

从 50 年代后期开始，李瑛逐渐找准了自己的定位，开始建筑并形成鲜明的个人风格，到 60 年代中期臻于成熟与完善，把当代军旅诗歌提升到一个全新的境界与高度。李瑛之所以能完成这个过程，重要的就在于他跟随时代的脚步比较自然地实现了对上述三点"局限"的突破或者顺应。第一，经过长期而反复的深入部队采访或体验，他逐渐由一个学生转变成一个战士，正如张光年所指出的："他学会了用革命战士的眼光来观察世界，观察人，用战士的心胸来感受、思考现实生活中许多动人的事物，并且力求做为普通战士的一员，用最美的语言，向广大读者倾吐自己认真体验过、思考过、激动过的种种诗情画意。"质言之，此时的李瑛，在思想感情上获得了一种士兵代言人的资格。第二，西南边疆诗群的崛起并迅速得到当代诗界的广泛认可，实质上标志着当代军旅诗从题材取向到审美趣味都完成了告别现代（战时）军旅诗的一种蜕变和过渡。这个事实对李瑛有一种"唤醒"的意味，帮助他结束了美学追求上的彷徨与徘徊，开始明确与坚定了自己的诗学目标。第三，款款而来的安定宁静的和平环境，使李瑛紧张的精神得到放松，蜷伏的天性开始舒张，进入了一种自由、兴奋和灵敏的创作状态。他在《早晨》后记中由衷喜悦地写道："在我的祖国，阳光、深谷、山峦，无不跃动着蓬勃的生命。特别是劳动在她胸怀中的质朴的人民和保卫着她的忠实兵士，他们的新生活、新感情，给了我极大的激动和美好的享受。"李瑛的这种变化，在从战争中过来的青年知识分子里具有相当的典型性，这一批人的变化，带动了五六十年代军旅诗群艺术眼光和表达方式的整体性变化。

这个时候，诗人的自身素质开始使他们显示了区别，李瑛对于中外诗歌艺术的丰厚修养和细腻敏锐的艺术感受力得到了前所未有的结合与发挥。在他眼中，和平时期的军营生活——士兵的站岗、巡逻、潜伏，哨所的日出，边关的夜月……哪怕是一个微小的细节、一幅动人的场景、一缕稍纵即逝的思绪，都充满了诗情画意，都洋溢着当代士兵的爱国主义热情和英雄主义气概，稍加剪裁、组织和提炼，它们就是一首一首的诗。奇巧的构思、清丽的想象、优雅的语言，四节至六节不等，每节四行，大致整齐押韵的道白调性，经由具象的描述与铺垫，最后进入哲理升华或情感爆发的思维逻辑，几方面特点的综合，大体就构成了所谓的"李瑛模式"。比如《哨所鸡啼》的最后一节：

> 看它昂立在群山之上，
> 拍一拍翅膀，引颈高唱；
> 牵一线阳光在边境降临，
> 霎时便染红了万里江山。

又比如《边寨夜歌》的最后一节：

> 边疆的夜，静悄悄，
> 山显得太高，月显得太小，
> 月，在山的肩头睡着，
> 山，在战士的肩头睡着。

这些诗句和短章，几乎都成了当时的经典之作。它就像《哨所鸡啼》所写的，在一片军旅诗歌的合唱中，忽然"一个生命在快乐地呐喊"，"压住了千波万壑，吐出了满腔喜欢"。与这只"雄鸡"高亢、嘹亮的啼鸣相比，李瑛许多同代人的声音多少显得有点黯然失色。比如蓝曼、杨星火、纪鹏、周鹤等等，在努力发展自己的个性和特色的同时，也或多或少要受到李瑛的冲击和影响。而五六十年代之交开始起步的一批青年诗人，如石祥、峭岩、喻晓、纪学、胡世宗、杜志民、瞿琮、曾凡华等等，就更是在"李瑛模式"的

"阴影"的笼罩下走上诗坛的。或者说是"形势比人强",抹煞个性的时代需求把他们规范在"李瑛模式"里而难以突破,以致迫使不少人"改行另谋出路"。由于李瑛非常熟练和机智地把握住了革命性和艺术性的辩证关系,再加上当时军队特殊的政治地位,在诗苑凋零的"文化大革命"中,他的创作不仅没有中断,70年代初出版的《红花满山》等诗集仍然能保持较高的艺术品位,不啻是一个奇迹,也把李瑛的影响推向了极致,它"哺育"了更年轻的一批军旅"诗人",不过,这一批人真正唱出了自己的声音是在新时期以后。

从60年代初到70年代末,李瑛对当代军旅诗歌的影响和贡献是显著的,不可替代的。但是,他的局限性也是显而易见的。比如诗风秀丽委婉有余而大气阳刚不足等,也许是属于他个人气质方面的局限,然而更多的制约,恐怕只能属于时代。比如对战争主题、对人性内容、对军人心灵世界的揭示等方面,就没有超出当时所能允许的范围,所以,它的表象化,同一主题大量的平面展开,造成重复乃至模式化等,既是令人遗憾的,又是不难理解的。

新时期伊始,李瑛发表了悼念周恩来的抒情长诗《一月的哀思》,引起强烈反响,从此开始了将主要精力从军旅短章转向长篇政治抒情诗创作,这是对军旅诗的超越,也是对他自己的超越。由于时代的动变、社会的进步、人生阅历的加深和社会职务的升迁,等等,他的诗获得了一个人生的历史的更高视点,变得取材广泛、视野开阔、情感深邃,并且显示了思想的锋芒。而《我骄傲,我是一棵树》、《生命是一片叶子》等新作还实现了艺术把握与表达方式上的探索与新变,使他仍然站在了80年代中国诗界的前列,并且将创作热情活力延续到了90年代。1999年他以数千行长诗《我的中国》向祖国50年华诞献礼,赤子的诗心、充沛的诗情和炉火纯青的诗艺,再次赢得了人们普遍的钦敬,李瑛就这样成为了中国新诗史上持续不断地活跃了整整半个世纪的一个"特殊现象"。

李瑛近作谈片

尹在勤

　　仿佛还是那个李瑛，30 年前写静静的哨所、写寄自海防前线的诗的那个李瑛，20 年前写红花满山、写北疆红似火的那个李瑛，10 年前写南海、写春的笑容的那个李瑛。摆在我案头的李瑛的这几部近作——《日本之旅》（1990 年）、《多梦的西高原》（1991 年）、《山草青青》（1992 年）以及最近这一部《睡着的山和醒着的河》（1992 年 6 月），借用这位诗人在给我的信中的话来说，差不多包括了他近两三年来的全部诗作。翻读他的这些近作，我感受到了这位诗人数十年如一日的固有的执着，以及他别开生面地捕捉意象的素有的清新，乃至他的细腻和精巧。

　　还是像当年一样，李瑛仍然执着地对于我们的人民和土地、对于我们的祖国和事业满怀着一种虔诚和圣洁之情。他仍然不忘作为诗人的"道德责任"，他忠于自己的感觉也同样尊重自己的理智，他不能忘怀在战火纷飞的岁月他走过的村庄和小河。他从肃穆广袤和深沉中体验着生命的无限活力，近年来仍以一位战士诗人的胆识和胸襟，执着地去发现、去抒写那些仿佛已不时髦的千沟万壑的黄土地和历尽沧桑的西部古高原，以及那些没有浓郁的馨香、没有绚丽的色彩也没有娇娆的姿容的青青的山草。即使写日本之旅，也分明呼唤着、赞叹着那位熟悉日本海的日本友人"却把心丢在北中国沙原/苍茫的、暴戾的、苦涩而充满野性的/中国古沙原"（《呼唤·献给井上靖先生》）。

　　还是像当年一样，李瑛仍然那么精于善于巧于捕捉那许许多多别开生面的深邃而辽远的意象。他记一位老军垦战士谈他的马，那前半生在战场后半生来到这大西北的枣红马，在战场上它穿过火网也趟过冰河，在大西北它拉车辙出的轮痕成了一条路，"直到它踉跄地倒下/仍歉疚地望着我/想挣扎着站起来"（《沉默的火》）。那枣红马踉跄倒下的意象以及雨天埋它的意象，蕴涵着多深多厚的内涵，那倒下的和埋下的岂仅是那马的血肉之躯和铮铮忠骨？他捕捉大西北那被人遗忘的角落的胡杨林的意象，又有如此的抒写："它们/扭曲的经络，残损的神经/它们/痉挛的肌腱，皴裂的皮肤/这群被酷日炼净的灵魂/这群被风暴嚼剩下的躯体/这个庞大的/把痛苦憋在胸腔/把意志举在头顶的/家族，它们/一滴滴一滴滴咸涩的泪珠/便是结出的/一颗颗一颗颗果子/也许，这是世界上最真实的果子。"（《胡杨林》）这意象又分明熔铸着诗人对于生活和生命，对于苦涩、庄严和美丽的深沉思考。在李瑛的发现和抒写中，我们仍可看出他"乐于观察一些细节"的特征，他抒写戈壁滩上的废燧，也同样感知到了那谁也没有看见的"在废燧土墩的缝隙里/挣扎着开着一朵小小的黄得发苦的/蒲公英"（《废燧》）。这种精细的观察和体验，也一如既往是这位诗人特有的。

李瑛早已走向成熟，早已形成了自己特有的风格，它的固有的基因已渗透于他的诸多作品，包括他的近作。关于李瑛的风格，我曾经在《诗人心理构架》中，偏重于与气质联系的角度，大致做过如此未必确切的论述：这位诗人抒情笔触的细腻和精巧，是众所公认的，他总是从大处着眼，小处落笔。诗人无论写景抒情，总是力避泛泛的描写，而力求即小见大、工细实描。黏液质加抑郁质类型的气质，使诗人李瑛表现在外部行动上，诗如其人，总是那么文静、安宁、精细。他的诗，多写山和海，但他并不把山写得剑拔弩张，也不把海写得浪狂涛吼，而多追求一种柔和的宁静的美。他的抒写，往往少饰之以金刚怒目式的言辞，而多以精心的体验，展示柔美的意境。我这样的论述，自然是就李瑛大约 10 年以前的作品而言的。于今翻读他的这几本近作，我感到这位诗人似乎在他固有的风格上又有所新的探索和发展，因而我觉得他的近作较之他过去的作品，仿佛又由熟悉变得陌生。

李瑛的这几本近作，似乎在他固有的清新明丽的柔美中，融进了一种沧桑、一种凝重、一种对社会和人生更为深沉的思索、一种更为深厚的文化意蕴和更为蓊郁的哲理色泽。似乎可以认为，他的近作凝聚了数十年来他对于祖国和人民对于历史和未来的忠诚、挚爱、回首和期冀。他对大自然和人类的观照，已由过去的较为单一而变得更为繁复。摄取的意象，似乎多了一种他前所未有的苍茫和浑厚，甚而时有苦涩、时有沉郁，因而他既深情而炽热地抒写着"风是香的/云是轻的/小雀子的鸣啭是脆亮的"九月的大西北（《九月》），也给大西北抹上了"一层梦幻般的迷离/严峻甚至冷酷"的色彩（《四月》）。虽然他仍不失以往的清新明丽、细腻柔和，但他对生活的观照和感知，却又分明有了一种多棱折射的光影和色彩，犹如他笔下那一串串沉甸甸的葡萄，"那是一串串、一串串沉甸甸的/冷峻的沉默、深刻的思索和爱的歌"（《葡萄》）。

较之以往的若干作品，他的近作抒写得更为自由、更为洒脱，他让思绪更无关拦地流淌有了更无拘束的排列。他前所未有地构制了一种"吗"字句，如"是天风雷火铸就的吗/是倾天的大雨/锻的吗/它有丝弦吗/有簧片吗/有竹膜和指孔吗/有键盘和踏板吗"（《响石》），更别开生面地新置了一种"呢"字句，如"走过来的路呢/跨过的河谷呢"（《进佤山》）。这些句子中的"吗"或"呢"，大都是跨越了疑问虚词那固有的内涵和外延，而自是一种情感的潺潺流淌的符号。诗人还别开生面地构制了好些语词错落倒置的句子："忽然，湿淋淋的柴烟味/从前方卷来，之后是/伸来一条湿淋淋的小路，之后是/湿淋淋的舂米声，之后是/湿淋淋的狗叫，之后是/一个孩子湿淋淋的怯生的目光，之后是/一位捻线老妈妈的湿淋淋的微笑。"（《进佤山》）这类的错落倒置，造成的是一种回环和波动的韵律，自有一种谐美、一种潇洒在，这是诗人刻意突破自己固有的形式的一种有益的尝试。

李瑛近作给人的"陌生"感，更主要的还表现于他对意象的营造。至少显露出了这样几个特点：其一，他摄取意象多取现实与历史的交织，自然与社会人生的交织，从交织的网络中凸现他的视角的焦点，这种交织和凸现已跨越了他以往也擅长的想象与联想；其二，他近作中的诸多意象较之他过去的作品的意象，更具多彩的色调，他已不再固守过去的轻柔，而是面对大自然和社会人生的不同的启示，时而仍有轻柔，时而却苍茫遒劲乃至壮怀激越；其三，较之以往，他有了更多的哲理思考和美的追寻；其四，意象营造的折射，更多现代的表现手法。这是李瑛近作使人感到既熟悉又陌生的内在缘由。

李瑛本是一位跨越两个时代的诗人，他的创作跨越了文学史意义上的现代和当代。有一位"七月派"的老诗人曾经在与我闲谈时忽然问我："你说，谁是中国新诗史上最后一位现代派诗人？"我还从未思考过，我答不上来。那位老诗人说："李瑛！"过了这么些年，我又忽然想起那次交谈，似乎觉得那位"七月派"老诗人说得不无道理。细细想来,李瑛写于 40 年代中后期,即他在北大念书前后的那些诗作,的确多有现代的情绪和现代的诗形,姑且不去定论他是不是中国新诗史上最后一位现代派诗人。开国前夕,他带笔从戎,他的诗风有了变化。而近些年来,确切一点儿说,80 年代中期以来,他的艺术风格似乎又有了某种意义的"回归",自然不是简单意义的回头,而是在 50 年代至 70 年代几乎已经定型的那种风格的基础上,又熔铸进了与他的素养与他的气质的基因一致的新的探寻。他似乎在几经"易位"之后,在近年来的创作中找到了更适合于自己的艺术坐标。可以明显地看出,他的这种探寻,自《日本之旅》甚至更早几年的《美国之旅》就开始了。在《日本之旅》中,他抒写在异域感受到的深情和温馨,在摄取那诸多意象时,已经如他自己抒写的,在追索着一种生活天平上(其实也是艺术天平上)的"平衡",追索着一种新的"疏密、曲直、色彩、节奏、韵律和造型"(《平衡》)。《多梦的西高原》和《山草青青》以现代的手法,熔铸了黄土地和戈壁海的情思,《睡着的山和醒着的河》则是这种新探寻的更趋圆熟的佳构集结。

诗人写五月的桂林,一开篇就以"远取比"的象征和对应,点染出了一种颇具现代感的全新意象:"像闪动的绿翡翠/像飞翔的翅膀/像游动的鳍//在这里,一切美都醒着/使所有的靴子/都迷了路。"还有篇中的"五月的桂林是一张/被洇化成朦胧色调的/宣纸/那碧绿,那丹青,那鹅黄,那浅紫/渗开来,纸上/流出潺潺的水声//五月的桂林挂在那儿/轻轻颤动"(《桂林五月》),以色彩以声音甚至以"轻轻颤动"的动感来托出五月的桂林的意象,带给我们的是视觉与触觉、静感与动感的交汇反馈,调动我们的是美的意绪。而在《生命的美丽》中,诗人又从一只飞去了的白鹭、一尾遁去了的快活的鱼,悟出了人生对于历史"偶然短暂的相遇",悟出了"世界,如果只有水和石头/没有美丽的生灵/没有深情的歌/没有转动的眼睛/不过是一张薄薄的剪影",美的意绪又与哲理交融,唤起我们的是对于生灵和生命的珍爱。还有早春小雨的柔情,山花浸在水里的倒影,以及终于在绿莹莹的漓江寻到了它的那一条默默地游了很久很久的鱼,一只在江面回旋着匆匆闪过的鸟,它们对于诗人心灵的浸润和扣动,撩拨着诗人那许多纯洁的、甜蜜的、多情的联想,那许多"我没法告诉你"的"影子和心"的寻找。

如果李瑛诗创作的起点从 1944 年的诗集《石城底青苗》(五人合集)算

起，那么，他写诗已经写了整整半个世纪；如果从他的第一本诗集数到他新近的《睡着的山和醒着的河》，他又正好出版了整整 40 本集子。自 1979 年以来，他每年都有一本甚或两本诗集问世。像他这样资历的诗人，至今能如此钟情于诗、执着于诗者，实在已不多见，而且尤为可贵的是，他的每一次抒写都有一种新的探索，他的每一部诗集都是他探索的一个台阶。在当今纷繁的诗坛，李瑛的执着和探索自有他的亮色、他的生机。李瑛在他的《山草青青·自序》中有一段颇动感情的文字："当前，在我国诗坛呈现种种纷繁芜杂的情况下，我不期求这些野草能得到评论家的青睐或研究者的关注，也不想强加给某些写诗的人求得他们的顾盼或接受。我只是觉得，既然它们是从我真实的感情和心灵深处自然生长起来的，它们蕴涵着我的基因，流着我的热血，既然它们的生命是积极的健康的，便相信它们会有助于人们的心灵建设，会给人们以激动和鼓舞；那么，它们就应该享有自己呼吸的权利……"我不禁也动情地把诗人这段文字摘引出来。我毫无意于随意臧否其他写诗的人的任何探索，然而我却十分理解、十分赞同李瑛的慨叹。我愿诗人李瑛继续奋然而前行，继续执着探索，抒写得熟悉而又陌生。

1993 年 3 日于成都

原载《诗刊》1993 年第 9 期

走向无涯之海

——李瑛近作的意象内涵

张同吾

　　崭新的生活格局和递嬗的人格模式、急剧的文化流变和发展的审美趋向，都不再是抽象的概念，而是衍化为流动的生活图像和鲜活的情感具像，让人感到乱花迷眼。到哪里去寻觅情之所依魂之所系，便成为诗人们普遍的困惑与焦虑，特别是业已形成了自己较为稳定的思维结构、表现方式和艺术风格的诗人，便呈现出三种不同的心理态势与创作趋向：其一，仍在吟唱悠扬而浪漫的田园牧歌，然而旧式田园已不复存在，他们所营造的意象就越来越带有空幻性和虚假性；其二，仍习惯于做生活表象的描摹或是浅白地直抒胸臆，却不能自识正是类型化的情感呈现和简单化的哲理表述，阻塞了灵动的情思去寻觅通幽的曲径，便不可能走向更丰富的精神世界和艺术世界；其三，是以诗人的禀赋和艺术自觉，不断开拓文化视野和艺术视野，不断有崭新的审美发现，让诗的精灵拥有自己的一片蓝天。著名诗人李瑛就是这样，他把大量新风扑面的诗作奉献给诗坛，让人惊喜、发人思索——什么是诗歌美学的时代特征，什么是主观与客观的融合，什么是永葆青春的诗魂。

　　李瑛近半个世纪的创作生涯，是一条奋发而峥嵘的艺术道路，从意象内涵来看，前期作品的基本主题是表现革命英雄主义与诚挚的爱国情思，他自觉地跟随时代的步伐去谛听生活的脉搏，从军旅生活、边寨哨所、山川景物中捕捉诗的灵感营造诗的意象，其表现手法大多是物象、景象与心象的融合，在精心描绘中浸润着美妙的情韵，在平凡细微之中发现生活的意义与人生的价值。因此，在我国当代诗史上，他同郭小川、贺敬之、闻捷、李季等卓越的诗人们一道，共同筑造了一个时代诗歌美学的高峰。时代契机和他的诗人禀赋，使他能够在获得诗名定评的基础上，又产生了三次艺术的飞跃，这是当代诗人中罕见的创作现象。宏篇巨制《一月的哀思》，以江河澎湃般的激情和摇撼山岳般的气势，表现了全国人民共同的心声，他能对历史与现实的内在联系有准确的宏观把握，许多生动的微观描绘便成为对生活真理的提炼与浓缩。他以深邃与热烈相交织、隽永与悲壮相融合的艺术风格，完成了这篇在新时期即临之际的扛鼎之作。继之，在 80 年代，他突出地表现了思想拓展与艺术探索的青春气息，从更宽敞的视角观照生活，以更新颖的艺术构思表现改革开放的时代风貌和人间的真善美，他的大量诗集接踵问世，仍以清新明丽为基本色调，而意象营造更加博大与深厚。《我骄傲，我是一棵树》和《南海》两本诗集中的许多篇什都是表现生命世界的"千般色彩、万类音响"，诗中的意象已然超越了实指性，而是赋予它们更深广的内涵，提炼出他所发现的宇宙与人生相牵连的运行规律，开拓了诗的美学空间。他描绘的"大海"和"石头"、"树"和"船"，都摆脱了直观状物，而是富有一定的暗示性，成为自然与社会、世界与人生运动中那种长动不息的力量的象征。

在此基础上，李瑛以飞荡之气开拓着他的诗学疆域，进入 90 年代，他相继出版了《日本之旅》、《山草青青》、《睡着的山和醒着的河》、《多梦的西高原》、《月亮谷》等诗集，一种鲜明的美学趋向，是诗的触角伸向现实与历史的纵深，在时间的江河中去寻觅沙砾覆盖的真金，使诗的意象融入更丰厚的文化意蕴、人类意识和历史感。李瑛作为军人曾经亲历了那场促成历史蜕变的战火硝烟，他用历史见证者和现实感受者的眼睛，目睹了岁月的曲折与峥嵘。他走向革命老区，那重峦迭嶂的飞云、那苍茫斑驳的山野、那透迤崎岖的小路、那些烈士的坟墓和惊魂摄魄的故事，都激荡起他的无限遐思。带有叙事色彩的《箫》写得至为感人：那位吹箫少年扛枪走向战场了，"在枪声与枪声之间/箫声与硝烟一起/袅袅地飘动"，可是"几十年过去/战士再没回来/夜夜，却总有一条小河/伴一天冷雨/沉沉地，隐隐地/流回当年出发时的/那小村/那扇小窗后茂密的竹林"，于是诗人懂得了，"一个穿着草鞋的坚强的灵魂"，就是"一部高亢的历史"。组诗《倒影》是以眷恋的情思描述自己 40 年后重访桂林的心境，当他感悟到时间与文化都与现实同在的时候，就在细雨轻烟里看到"崖壁上凿出的古诗"和"庄严地站着的历史和生命"。他不只是站在今天回忆昨天，而且是对一种被淡漠的精神财富的开掘与重认，就有悲慨之风激荡人的灵魂。历史，是一种记忆的参照和在记忆参照中建立的价值体系，而历史感就应该是人对历史的深层的情感反应，其主要对象就是历史过程中产生的物质文明与精神文明，以创造物质文明与精神文明的主体——人、人民、民族和人类。基于这种理解，李瑛说"黄土层中出土的陶罐、钱币和远古器皿的残片，从那些斑驳得难以辨认的铭纹中，使我产生一种十分凝重深沉的历史感觉"，正是由于生命意识与文化命脉的复活，才使他感到在"更接近自然的大陆，像整个宇宙磅礴的生命都袒露在你面前：浩瀚的沙海、粗犷的戈壁、巍峨触天的雪岭冰峰，这里是盘羊、雪鸡和蜥蜴的世袭领地。在漫无涯际和人迹罕至的地方，在肃穆广袤和深沉中，却跃动着生命的无限活力"（《多梦的西高原·自序》）。他的组诗《红土地之恋》便是对生命力与性格美的赞歌，一只普通的《野牛角》，诗人赋予它真实的生命，赋予它率真和野性的性格特质，你吹它仰天长啸，能"吹出魂来，吹出血来"。他眼中的《怒江》滚滚波涛，是"一路呼喊，一路厮杀/飞迸的火星几乎燃着/山风、凝云和鹰的翅膀"，这何尝不是他所发现的一个伟大民族复活的性格写照。

伴随着历史感的深化，李瑛的诗另一种美学趋向，是意象内涵越来越丰富，其中人格力量与文化底蕴的统一，便是其精神内核。怀念屈原的诗不胜枚举，而他的《端阳》却不同凡响，与其说构思新颖，莫如说是他更理解民族文化与民族灵魂之间有着怎样深刻的内在联系，他说"历史的伤口，流出/第一滴血的这一天/人类最早开放的花朵/凋谢了"，"当那把瘦骨/溅起的水花平息之后/所有的江河都迷失了走向/使两千年前的鱼/失眠至今/循着哭声/寻向中国文学的喉咙深处/去把他那/飘曳在江南水草上带血的/被剖心裂胆的隐痛腌透的/嘶嘶地冒着白烟的火炭般灼人的诗/一行一行地捞出晾干吧/用来织柔软的丝绸/点作灯火，或/铸成闪光的锋刃"。对于李瑛，题材并不重要，重要的是他深邃的目光和心中深厚的文化底蕴，对于他不管是恐龙骨骼还是溶洞溪流，都能感知生命的律动，近期的许多佳作，都强烈地表现出这种超越时间与空间的美学魅力。

对于诗人来讲，既然每天的太阳都是崭新的，那么他们通往诗歌圣殿的通行证每天也该是崭新的。这是因为时代对诗和诗人的选择是严峻的，对诗和诗人的淘汰也是无情的；这是因为诗歌是流动的美学，随着时代的发展而发展，不断融入新的美学素质，同时也不断亮出新的美学标尺。当然，诗歌没有样板，李瑛只是以他独特的属于自己的风采和个性跻身于优秀诗人之林。

原载《光明日报》1994 年 11 月 9 日

中国新诗传统现代化的艺术道路

——评李瑛近年来的诗歌创作

姜耕玉

一、新诗艺术流变：立足本土　面向大海

20 世纪 80 年代，中国对外经济文化的开放，将诗人的视野引向无限广阔的天地，中国新诗面临接踵而来的新浪潮的严峻的冲击、挑战和考验。十多年过去了。实践表明，新诗传统正是处于开放的中西诗学的撞击和融合中，并获得了存在和发展。有一批诗人在不断吸收和调整中将新诗传统引向健康地发展，寻找到了中国新诗现代化的艺术道路，李瑛就是颇有代表性的、成绩斐然的一位。

这位随同共和国的步伐，走过近半个世纪创作生涯的诗人，这位载着成就和盛誉，同时也背着包袱和重负的诗人，进入新的历史转折时期，面临复杂迷离的陌生世界，可能踯躅过、彷徨过，但他那颗属于诗的创造不息的进取心，迫使他从过去的习惯中，从难以割舍的恋旧情结中摆脱出来。他逐渐走上了艺术变革的崭新道路，80 年代中后期形成了比较成熟的诗观，他在《几点随感》（1990 年 1 月号《诗刊》）中说：

> 在改革开放的今天，封闭的中国已经过去。植根于一定的具体的经济和政治生活土壤中的文学，特别是在文学诸形式中最为敏感的诗歌，在观念上，不得不面临一场新的抉择和新的认识。社会生活的开放和嬗交，必然导致诗人在广阔的空间需要以新的观念对周围事物重新观察和思考，同时将不可避免地在思维方式和感觉方式上引起深刻的变化，这是十分自然的。随之而来的，在表达方式

上、在诗人的美学追求上，过去惯用的方式，对表现当前复杂的生活和人们日益丰富的内心世界已显得远远不够了，因而诗人们从诗的形式、角度、表现方法、手段，直到诗句结构、语言运用等许多方面，都在进行认真的思考，力图求新求变，大胆进行探索和尝试……但是无论发生怎样的变化，诗歌总是要袒露心迹的，总是要影响人们的思想感情和心灵的，总是要作用于民族的精神素质、文化教养、审美水平的，这正是诗人劳动的意义所在，也正是诗人所承担的社会道德责任所在。

李瑛的这种开放精神，体现了时代的普遍特点，而始终坚持的社会责任感，又与中国诗人的传统精神一脉相承。——这正构成了李瑛的现时诗观。

新诗的现代化，意味着在新诗传统的恢复和开拓的"双轨"中发生。自60年代以来，由于非诗因素的大量侵入，导致新诗艺术的严重退化，甚至成了政治的传声筒而完全失去了诗的意义。即连李瑛的《月夜潜听》、《雨》等属于这一历史时期比较优秀的篇什，也难免由于供血不足而难以达到诗的完美状态。新诗的现代化，是指表现为完美状态的诗的现代意味，这当然是在复苏了诗的本体意义的前提下实现的。因此，变革新诗传统，首先要滋补强身、恢复元气，继而促成新的蜕变，去掉旧的皮囊，催动新生体的诞生。一方面，修复和接通"五四"新诗运动开辟的艺术道路，另一方面，引进西方现代派的诗歌艺术，拓宽新诗发展的道路。朦胧诗，正是在这二者的交构中最早出现的现代诗派，它虽然还不很成熟，但却以大胆变革和创新的艺术风姿，彪炳于诗坛，并以强烈的辐射面，影响着整个新诗艺术的变革和现代化的进程。历史已经证明，新诗传统不接受冲击，就不会得到发展。然而，80年代中后期，诗坛也出现片面追随和模仿西方现代派，与新诗传统发生新的断裂的现象。作为革新者的李瑛，在主动接受新诗潮的冲击中，又保持着独立思考的能力。他是抱着振兴中国新诗的目的，借鉴和吸收外国诗歌中一切有用的艺术成果，又总是化为适合本民族审美心理和欣赏习惯的东西；他力图求新求变，不断探索新的审美途径和新的表现方法，但又保持着新诗传统中优秀的成分，从而将新诗传统推向前进。

这一时期出版的《红豆》、《月亮谷》、《日本之旅》、《多梦的西高原》、《山草青青》、《睡着的山和醒着的河》等诗集，就是李瑛艺术探索的成果的展览。从这些集子中,不难看出李瑛的诗歌艺术变革取得了突破性的进展,他那发展变化着的诗风,仿佛从大海上吹来,又充满黄河长江的气韵。

二、为人民而吟唱:从战士到诗人的个体化抒情

"五四"时期,郭沫若提出"诗的本职专在抒情",并称作起诗来"任我一己的冲动在那里跳跃"(《文艺论集》),于是,诗成为他心灵的自由的创造的形式。当代诗歌的艺术革新,首先表现为对新诗的抒情传统在现代意义上的张扬。

李瑛属于为人民而吟唱的现实主义诗人,他是肩负着人民的希望,走向诗和文学的。诗人只有获得心灵的自由,尊重并服从于自己的真情实感,才会避免那种矫情的、简单化的吟唱。抒情主体由战士的身份、社会主义建设者的身份,向诗人个体的转变,即诗人自我意识由淡化到强化的实现,正是李瑛诗歌创作取得重要突破的基因。

诗人自我的获得,首先表现在生命意识的觉醒,从先验的观念返回体验的真实,从对生命情感到对健全的人性的真实体验中孕发诗情和诗思。这种回归诗的艺术本体的本身,就适应了现代社会尊重人的真实存在的艺术需求。犹如象征爱情的红豆,对于人类永远是新鲜的诱惑——

> 红豆成熟起来,
> 像沉甸甸的相思的泪滴,
> 像刻骨的相思的血,
> 燃烧在夜里。

——《红豆》

李瑛深切体验到"没有爱情的心是不能搏动的",没有爱情,就不会有真诗。诗,最能传递奇妙而丰富的情感信息。从诗集《红豆》中,可以看出诗人企图在感应和接通与一千年前流来的爱情的歌吟中,重建自己的诗歌世界,催动健全发达的绿色艺术体的生长。

个体化抒情,也是诗人内心世界对外部世界的主观感受和直觉体验,也离不开他对现实生活及其所处的时代和社会的反映。李瑛并未改变关心祖国和人民的命运的初衷,他的诗,具有贴近社会生活的明显倾向。诗的情

绪，总是表现了对人民感情的感应和沟通，表达的感情宽阔、格调高、有力度，这显然不如贴近生命情感的诗，容易产生真实效果。然而，李瑛在《生命的美丽》中宣称：

> 那翅膀拍动的声音
> 那尾鳍拨水的声音
> 便是我的诗歌生长的声音

诗人苦苦探求于那种顺其心灵的自由和情感的自然而诞生和生长起来的诗歌。他自觉地把自己置身于开放的社会生活之中，使心灵受到强烈的震撼和弥合，感情得到充实和丰富，乃至新的感觉、新的审美意识、新的道德观念，也随之诞生。《我骄傲，我是一棵树》，作为一首吟咏创造和奉献的歌，成功即意味着李瑛的诗之"树"——矗立于现代生活的精神之"树"，一旦逼近了心灵和生活的真实，就会获得常绿的蓬勃生机。

每位诗人都有自己的感情世界和诗歌精神，关键在于诗人要以自己的真心（真情）和感觉去创造诗。理性渗透于感性（感情），理念服从于感觉，诗人的公民意识、使命意识，要自然融于或沉淀于诗人心理和情感的自由空间的感性形式之中。马克思在论证"人的生命"这一命题时，强调"主体的、人的感性的丰富性"，提出"五官感觉"、"精神感觉"、"实践感觉"、"确证自己的人的本质力量的感觉"、"感觉的人性"等，可以说，马克思揭示了人的感觉的全部深刻含义。李瑛特有的艺术感觉能力，主要显示了"精神感觉"的强度。不论是《刀》："它是雷/是闪电/一把刀/一片永远不老的忠诚/横陈在大西南的云水间/巨大的威严和沉默/使大地倾斜。"还是《黄河落日》："如血的残照里/只有雄浑沉郁的唐诗/一个字一个字/像余烬中闪亮的炭火/和浪尖上跳荡的星星一起/在蟋蟀鸣叫的苍茫里/闪烁……"诗人感觉里饱含着理性因素的力度，成为对一个民族性格的热烈赞歌，对民族文化"寻根"的透视。在诗人的感觉世界里（"第三自然界"），即是荒原上羚羊、鸟、蜥蜴、蓬蒿等自然存在的生命，也是热烈跃动的，或冷峻的沉默，成为显示大自然的力量和原始生命伟力的能动的艺术存在。这种具有沉雄的凝聚力的艺术感觉，真正是"确证自己的人的本质力量的感觉"。

李瑛的诗之"树"，因蕴涵着他的情感、他的基因、他的热血、他的追求而枝繁叶茂、灼灼动人。但有时倘若不小心，当感觉（感性）被某种理念箝制的时候，也会减弱诗的形象意味。如何达到使命意识、公民意识与个体意识的融合？是李瑛在实现个体化抒情中时时要注意解决的问题。有一首写"树"的《启示》，给予我们很好的"启示"：那个扎扎实实地屹立在大地上的"种族"，正是"我"所隶属的母体，二者水乳交融。这首对饱经忧患沧桑的社会人生的吟唱，对中国人的精神吟唱，是出于自我真实情感的吟唱。

可见，李瑛既继承了"五四"诗人个体抒情的传统，又保持了现实主义诗歌的人民性。但，这不是停留在原有水平上的简单的重复，而是在有所新变的现代阶段上的发展。

三、美学境界：历史的生命感与生命的历史感

诗，作为心灵的自由的抒情，是一种审美活动。现代诗人更加重视诗美创造，从自由真实的生命情感之流中淌出诗美。李瑛近年来诗歌创作，超越了政治和社会功利的层面，从直接对生命意义的探索中，着力于诗美价值的创造，建构自然与历史与美学相融合的艺术境界，诗人向读者捧出的每一片花木、山石、阳光、溪流、鸟鸣、风雨声及其英雄足迹、民风、古址……无不浸染诗人的美感经验。诗人在内部情感世界对外部物象世界的观照和映射中，将饱含有历史和现实的审美经验的诗情，在某种较高的层次和文化氛围中显示出来。

既然诗美是通过移情作用，即诗人的情感经验对对象世界的观照和映射的产物，那么，诗人（审美主体）有了自我意识的觉醒，有了丰富深刻的情感经验的积累，也就会对对象世界进行全身心（心智）的投入，使物质的历史的现象转化为精神的生命的形象之后，能够呈现诗人心灵的深度和丰富性。

李瑛有着对历史苦难的深沉体验和对真理的执着追求，但他的诗歌不仅仅停留在历史感的层面上，而是以自己的审美理想去观照，创造充满活力的精神生命的诗美世界。《多梦的西高原》是李瑛第三次进疆的艺术产儿，与30年前他第一次进疆后写成的诗集《花的原野》相比较，对"西高原"的艺术理解的反差，是很明显的。"花的原野"，是吟颂新疆人民美好生活的喻体，"多梦的西高原"，则成了闪灼着历史精神积淀的诗人心灵的"高原"。这一片广袤肃穆、人迹罕至的西高原，因更接近自然的大陆，更能验证和显示历史的真实。"从雪岭到沙蓬/历史悄悄地爬过"，"每颗砾石都是凋谢的故

事/横陈在风沙线上/闪闪烁烁"。"一切都被风暴卷走了/只有诗留下来";
"手鼓停了,琴弦断了/只有歌留下来";"赤裸裸的大胆的爱情在心上燃烧/
只有梦留下来"的"诗"、"歌"、"梦",就是诗人追求的具有历史内容的诗
美形式。诗人像鱼一样在戈壁海里游弋,谛听历史的回声,历史和人的精神
隐含在整个宇宙磅礴的生命之中。

> 桀骜的古荒原
> 在痛苦和扭曲中
> 始终高昂着不屈的头
> 历史像风,像云般涌过
> 铁青的戈壁滩是不动的
>
> ——《大戈壁》

冷峻的力度和美的精神形象,显示了穿透无数历史风云变幻的生命力。诗人
从整个中国的历史背景中突凸出最古老也是最现代的民族魂的形象。历尽沧
桑的西部古高原,几乎成了"大地之根"、"大地之父"的象征体,也映现着
诗人的心灵历程。

> 干涸的古荒原
> 一千年一千年地
> 失落了,而今悬浮在空间的
> 是一片褐黄的暮霭
> 是泥土
> 是陶片和木俑
> 是发黄的线装书
> 是一个民族的胸膛和背脊
> 地下洞穴是古墓群
> 山崖峭壁上有石窟
> 大地留下无数先民踏出的
> 深深浅浅的脚印
> 而荒原干燥的裂罅里
> 历史深处

有永不凝固的血

活泼的生命

是不死的

——《落照》

诗人把追求民族的本源精神作为探寻的目标，从历史的古荒原上寻找先民的足迹及其创造的文化遗产，并且善于透过社会和历史的表层，探索和表现仍然活跃在历史深处，具有永恒意义的精神生命的形象。

如果说西高原上的古城、废燧、楼兰、陶片、峭壁岩画、丝绸之路、驼铃……以及黄土地、红土地上的长城日出、黄河落日、残堡、塔、碑、纤道、刀、羊鞭、唢呐、信天游、窗花、响石等等，成为诗人情感世界的一部分，就赋予这些具有历史感的事物以生命和美感，那么，南方原野和夜江、鱼、春雨、鸟声、鸡啼、马鸣、鹰笛、野牛角、大峡谷、篝火、小草湖、月色等等，这些大自然的生灵景物，成了诗人直接对生命追求的形象，也常常因为渗入使命意识而带有历史感。在不少年轻诗人的笔下，"鱼"作为原始生命的意象，而在李瑛的眼里，"它已经默默地游了/很久，很久"，仿佛是先民的陶罐上、古化石上的"那一条"，"匆匆地从我的梦中游来"——

它站在时间和流水中

娓娓地和我交谈

谈宇宙

谈千古苍茫

谈它所经历的风雨以及

使人震撼的欢乐和痛苦

我知道，在它给予一个

中国古代哲人以启示之后

就向我游来

走了三千年的长路

在这里等我

它讲得很动情

它的深沉和睿智

我没法告诉你

> 后来，我的船载我漂去了
>
> 但我把影子和心
>
> 留给了它
>
> 为理解历史和生活

在《寻找》这首诗中，"我"几乎成了历史哲人与"鱼"对话，"鱼"显然成了"我"的"影子和心"的形象。诗人创造的"鱼"，正是对处于一定社会生活和历史文化背景之中的人的生命存在的真实本质的显示。

当然，也有表现生命自然美的篇什。如《鸟声》，写诗人在寂静的月夜里对鸟声的感觉："像洒下清凉的小雨"，使"我""想起遥远的梦/想起北方，童年/我的沾满泥泞的脚趾"。"这质朴得像泥土、像野草/湿润了我的睫毛的/鸟声，已经很久很久/没有听到了"。鸟儿极平常的啼叫，使"我"震动，因为"鸟声"，传递了"我"的心声——性灵和童心（趣）的复苏。这般富有性灵美、人性美的意境，透示了诗人情感世界的成熟，这与其生命表现的历史感的审美境界，也是相辅相成的。

李瑛一方面致力于创造尽量接近自然本体和人类社会本体的审美境界，一方面又苦心于向这"人化的自然"尽量渗透人的精神和意识到的历史内容，表现了崇高的审美理想和价值取向。他的诗，自然不再是对光明单纯的颂歌，而是面对历史和苍生，深沉地唱出伟力的歌。于苍茫之中升腾起一片绚丽的彩霞，于痛苦之中铸造生命的力度和锋芒，是从苦涩的苍海里沉淀出的闪光的盐。如《鹰笛》："已经褪掉带血的羽毛/已经撕裂肌块和神经/笛管里仍端端正正地/跳着一颗不渝的心。"诗人以追魂摄魄之笔，抒写残鹰在痛苦的沉默里留给世界的精壮不死的生命。不管是浩歌还是低吟，都同样激越、质朴和单纯，像高原的风、阳光、雷阵、云、山、雾、雪，惯于在江河的漩涡与星座的缝隙之间穿行。即使笛音遁去，仍可见"随着地球转动的/你阔大的开合的肺和/犀利的目光/游曳于星云"。这般神奇浪漫的形象，与《羚羊》中写的——因那只屹立在珠穆朗玛雪岭之外，在天山、大野云头的峭壁的崖顶，遥望东方矫健的羚羊，才使我们向东倾斜的大陆，不致翻覆，以无限沉雄磅礴的气势，展示了意志和生命的伟大力量。那种神性，那雕塑般的崇高美、庄严美或壮美，久久灵动在我们眼前。李瑛是带着历史使命感走向大自然的，与逃避都市喧嚣的现代孤独感迥然不同。

四、形式结构：从单一平面到多维空间

诗人开放的艺术心态，感觉和思维的活力的增强，必然打破传统的思维定势和艺术心理模式，使诗的灵性之鸟，从拓展的心理空间飞向无限广阔的艺术天空。诗意空间，很大程度上取决于诗人的心理空间。李瑛从开拓艺术心理空间入手，摸索现代艺术思维的规律，造成诗的形式（外延）和内涵向空间延伸的艺术结构，改变了过去诗歌单一平面的结构方式。

这里就从创造的主体与客体的关系着眼，探讨李瑛的空间意识在诗的整体形式结构中的具体表现。

首先，诗人着力于与外部广阔时空相通的心理时空的拓展，增大了心灵信息反馈的质感和力度。如果从纵横两个方面看：纵，则表现了从现实向历史延伸，直指向民族的本源，在苍茫的时空中发掘美。李瑛走遍北国南疆，有些地方去过多次，譬如大西北，几乎成了他的创作基地。这里是众多山脉和长江、黄河的源头，在旧石器时代，我们祖先就在这片土地上耕作生息。1989 年，李瑛第三次进疆考察，才真正走到中华民族历史的"源头"。他从黄土层中出土的陶罐、钱币和远古器皿的残片上斑驳得难以辨认的铭纹中，获得十分凝重深沉的历史感觉。这片古老而自然的神秘的"西高原"，浓缩了中国几千年的历史空间，骚动着一个巨大的民族魂灵。横，指现实空间而言。在诗歌突破"为时事而吟唱"的局限之后，诗人寻找新的感觉和幻想的方式，而首先把眼光投向现时的宇宙人世，从与世界进步潮流的接应中，从人类生存和发展的共性中，开拓心灵视野。《睡着的山和醒着的河》中呈现的不少生命形象，因蕴涵着尽可能广泛深刻的意义，而表现了越过种种疆界的穿透力，这也是诗人心灵的投影。在诗创作中，历史与现实、历史空间与现实空间是交错融合的，虽然不同作品有不同的侧重，但二者之间也是交相接轨的。李瑛立足于现实，直面开放的社会人生，同时，又将目光和触觉伸向遥远的历史。从对社会生活的纵横两个方面的突进中拓展了视野，从而使新诗得以在更广阔的时空背景中，显示生命力和涵盖力。

继而，诗人感觉的多向度和思维的立休化，造成诗体空间结构的运行轨迹。不妨以《孤城》为例做一剖视，李瑛对被沙海沉埋的历史孤城的感觉，不是一般的国际兴亡和历史浮沉的咏叹，而是着眼于审美经验的整体

观照。从历史与现实、社会与人生、精神与生命诸多角度和层面，层层深入地发掘，并展开多方面的联想和幻想。它的影子，"像悬挂在干旱的热风里/蒸腾、烘烤着一个虚幻的谜"，是总的审美意象。"在折断青铜剑与碣石的地方/失却了四方城门的钥匙"，是历史的感觉和想象。"黄沙吞噬了人世的灯火和鸡啼/只留下缥缈的梦"，从历史渐转至现实，孤城犹如"一颗滚落的纽扣"、"一只熄灭的星星"、"一粒再不发芽的种子"，"颤抖着迎接黄昏"。接着，借一只"从残堡上仓皇逃遁"的沙狐，引向悲凉人生，城中"一个个多情多泪的故事"，留给读者想象。最后一节："那朵惹人怜爱的野马兰/像支瘦弱的民谣/静静地谢了/天，很辽阔，很高/城，很遥远，很小。"诗人的感觉，显然又向深处掘进，以博大的视野，将孤城及其爱情悲剧的故事，置于人类自然的历史与历史的自然之中，形成强烈对比的艺术效果，意味弥深。这正与诗的开头一节相照应："被沙海的波浪/越漂越远，漂到/离太阳和雪山最近的地方/时间也寻不到它/空间也寻不到它/这座沉埋在/遥远遥远的山和水的漩涡里的/孤城。"形成诗对永恒追求的审美境界。这里不可忽略的，诗人以感觉为基点而引发的丰富想象，又是多方面的，如"它的影子是遥远遥远的树的影子/它的影子是遥远遥远的云的影子/又像是……虚幻的谜"。如此枝叶横生、旁逸斜出，在同一感觉平面上可以建构幻象的立体形象。诗人几经艺术感觉和形象思维的角度的转换，建构了这首诗的富有虚幻美的历史之"城"、人生之"城"、精神之"城"。诗人感觉角度的转换，是由对事物（客体）的表层到深层，由基本义到引申义，由小到大的艺术感知过程。当然，这仅是艺术感知的一般规律。而在诗人的具体创作中，感觉和幻象可能表现出种种不同的空间运行轨迹。

　　艺术感觉和形象思维的过程的空间轨迹，实质上是诗人心理逻辑的反映。李瑛近年来的诗体结构，以心理逻辑代替了过去的情节线索，实现了由传统的叙述到现代意义上的描述的突变。同样写夜，写于1961年的《月夜潜听》，是在叙述战士海边巡逻的过程中进行感情的抒发，而在1989年写的《夜行》，则通过"我"的体验，描述内心的高原之夜——"人间最真实的夜"。一首诗，可以视为诗人的内心独白，有规律组合的意象符号系统。描述，是实现这一意象化进程的基本艺术方式，上述《孤城》，就是诗人凭借丰富奇妙的想象力，对感觉到的审美心理意识的形象，进行追踪蹑迹的描述，从而建构了这座心灵的复杂虚幻的城。传统的叙述，虽能抒写单纯明朗的感情心态，但对于表现丰富复杂、深幽微妙的内心情感世界，就显得无能为力了。作为审美主体的心理空间的投影的现代诗歌，总是以意象化的描述而存在。运用意象化的描述，能够将诗人的心理体验和感觉的原始形象和盘托出，给人以立体的空间感。

朦胧诗也是以描述而存在，表现了具体清晰、总体朦胧的艺术特征。李瑛认同并可能吸取了朦胧诗的艺术特长，但由于有着自身的感情特质和美学追求，而表现了自己的描述的特点。事实上，他并没有摒弃传统的叙述方式，而是使叙述适宜地渗入描述之中。正由于诗人的情绪和感觉还与叙述线索融合在一起，是一种循序渐进、娓娓道来的描述，因而，能够使意象符号的排列具有比较清晰明了的逻辑性。譬如《在戈壁滩行进》，使心理时空投射物态时空之中，情感线索与情节线索融为一体，难以分辨。"在人与兽之间/太阳已漫步了几千年/许多路，早已在/旱风卷起的砂石中/消失，岁月已经凋谢/留下许多谜和/待破的密码/斑驳的断简/峭壁的岩画……"是"太阳"在茫茫大戈壁上"漫步了几千年"的自然景观，又分明是诗人在苍莽的历史中漫步的人文景观。"在这里袒露的只有严酷和豪勇/一切装饰都是多余"，凸显的"水与火的力度"、"生命"、"北方魂"，分别是诗人心灵塑造的形象。在李瑛诗歌的描述中，虽然带有叙述因素，但对于诗的整体空间建构，却起到了较好的辅助作用。正如诗的结尾所云："直到幽冷的月亮出来/清辉照亮我的心绪/把我和戈壁/融为一体。"叙述服从并服务于描述，是为了"把我和戈壁融为一体"，即造成"物我同一"的诗美境界。因此说，描述中有叙述这一"助手"的适当介入，并不妨碍展现诗人博大的情思和心理时空，而且还有利于理解诗人的艺术情绪和心理的过程，容易解读诗的意象符号系列。当然，如果描述中被过多的叙述所拖累，也会因失重而降低意象质量。

五、意象（上）：隐喻的方式及其通感或变形

新诗的内涵和外延的拓展，必然也引起语言形式的变化。旧的传统形式暴露出两个方面的问题：一是"不合用"，二是"不够用"。这就要求诗人一方面对原有形式进行开拓和革新，另一方面需要引进和创造新的表现形式，以丰富和发展传统艺术。

一首诗，总是依靠语言意象的组合而发生诗美效果，意象质量，最能体现诗的素质和表现力。有创见有作为的诗人，无不在意象营构上下功夫。李瑛诗歌语言形式的变化，正是以意象的质感及意味的增值为主要标志的。他借鉴和运用隐喻、象征、直觉、抽象、通感、变形等现代派诗歌的手段和方法，并善于把它们与民族传统有机地结合起来，从而为新诗开拓诗美空间和诗的语言领域，做出了有益的尝试。

就意象存在的基本方式看，李瑛诗歌实现了由明喻到隐喻的转化，这不单单指修辞手段，而是指诗人在形象思维，亦可称意象思维中的基本方式。隐喻与明喻，虽然都是表示类比关系，都能造成诗意和诗美，却有隐含与显露之别，甚至表现出深浅度上较大的反差，如"你还要活下去/像坚强的岩石、威严的碉堡/你要把眼睛睁大/像两把剑，严峻而犀利"（《斗争》）。类比关系简单，构成形象也清晰明快。明喻，有利于突出诗的形象性，一般停留在指涉事物的基本义的转换上，而隐喻则超越指涉事物本身的意义（基本义），而指向事物的转义或引申义，乃至向更深远处延伸，如"天上的星星都变成了干涩的石头/一块块、一块块、一块块，互相张望着回忆往事，而云则变成荒滩上/没有灵魂没有影子的/灰烬"（《干涸的河滩》）。诗中显然是运用"石头"、"灰烬"的转义——失去生命价值的东西，表现"河的遗像"。这里被比喻的形象本身，就直接成了诗人意象思维的方式。喻体，是作为包含本体及全部内在意义的意象而存在。这与仅仅作为修辞手法的隐喻，如"斗争便是粮食！/斗争便是河水！/斗争便是土地"（《斗争》）显然不同。

如果做进一步考察，李瑛诗歌结构的细部，仍有明喻的意象。不过，这里明喻，是真正作为一种修辞手法而存在，并且逼近诗人深层的心理意识，是隐喻的方式的一种必要的辅助手段，这与李瑛以前诗歌中明喻的意象（形象思维的方式）相比，功能明显发生了转变。而在诗的描述中，比喻还常常与拟人、借代、象征等手法结合在一起运用，以更好地表达丰富的情思，增强总体的直觉感和内蕴力。

> 雪花，欢乐地
> 开在山头上，然后，枯萎了
> 然后，凋谢了

它的化妆品已经用完
于是这条年轻的河
便忧郁地死在
自己的脚步声里
只留下干涸的河滩
痛苦地、斑驳地裸露着
一如火灾后的城市
一如征战后的沙场
一如一片远古遗留的梦或
传说
这是一条生命的道路
是河的遗像

"雪花"，既被拟人化，又借代花朵，合二而一为少女的意象，又以少女象征"年轻的河"。通过对少女忧郁之死的描述，揭示"年轻的河"因丧失源头而变成"干涸的河滩"。如此构成美丽的死亡，十分富有诗的魅力。"一如"三个明喻的意象，是直接对"干涸的河滩"的渲染。这里明喻的意象，凸显的不是干涸的河滩的一般特征，而是精神废墟的痛苦的悲剧形象。可见，本体特有的精神的心理的深度，就决定了喻体在诗的意象群体中可能占据的位置和作用，这与下节所描述的"石头"、"灰烬"等隐喻的意象，构成远近、明暗相衬的意象组合体。在李瑛诗歌中，明喻的意象常常以排比或铺陈的方式，纷至沓来，给人以浓墨重彩式的形象感。这在诗的隐喻化的意象的空间，宛若托月之烘云，给人一种半透明感。

隐喻的方式，作为李瑛诗歌意象营构中的基本线索，亦如蟠龙起舞，不断变化，忽隐忽现。隐时，意象营构虽以其他方式出现，但仍与隐喻的方式结为一定的关系。如《干涸的河滩》中三个明喻的意象，直接镶嵌在"痛苦地、斑驳地裸露着"的"干涸的河滩"这一拟人化的隐喻的意象的主体上。一般地说，隐喻的转换，伴随诗人感觉的转换。感觉的转换，是以心理情绪为依据的内形式；隐喻的转换，则是以感觉和想象为依据的外形式。而每一次转换，虽然都可能以不同的方式构成不同的意象层面，但诗人都能以隐喻的方式，将它们有机地联结起来。一首诗的意象整体（意境），如上文提及的《孤城》、《大戈壁》、《干涸的河滩》等，普遍表现了隐喻或象征的艺术特征。

意象，也是诗人的直觉艺术。抽象的直觉意象、联觉意象、变形的意象等，成为现代诗人艺术智趣和感觉发达的特异现象，李瑛在这方面也同样表现出富有艺术直觉创造的能力。

譬如，"不息的江水流向远方/岸上的倒影留了下来/一幅幅风景装订成册/便成为地方志/便成为旅游指南/便成为永远的记忆"（《倒影》）。以抽象的形象比喻具体的形象，使主体意象（风景的倒影）又有了抽象意味，这是一种直觉方式。另一种直觉方式，是直接创造抽象的幻象，"历史已经退去/迟缓的节奏和韵律都凝固了/留下一座废燧/沉甸甸地压在落满荒古尘埃的纬度。"（《废燧》）将抽象的"历史"具象化，而赋予这一"历史"特定的意味。

再如联觉，即通感，亦可称"五官感觉"，已成为诗人运用自如常见的意象思维方式，"空漾中，所有的野花和牧歌，该发芽了/该扬起美丽的睫毛/依依深情地看你了。"（《静静的山峡》）"牧歌"与"野花"一样"发芽"，"扬起美丽的睫毛"……显然是将听觉意象转化成了视觉意象，使意象合二而一，加深了意味。"被风雨吹打/被太阳曝晒/被苍凉的号子和江涛染黄的纤道/像一条抽打脊背的鞭子/丢在深山里。"（《纤道》）总体上是一个明喻，具体却是比较复杂的连锁的联觉意象。"苍凉的号子"是听觉和触觉的联姻。"……染黄的纤道/像……鞭子"，属于视觉与触觉，听觉、视觉与触觉之间交互作用的多重联觉意象。如此由五官互通而造成的联觉意象，在李瑛诗中比比皆是。联觉方式，势必造成意象的复合美，像上例中"纤道"的联觉意象，就是由几个子意象的视觉美、触觉美、听觉美叠合的形体，给人以多味的美感。

至于直觉的变形，在李瑛诗歌中表现为对对象事物某一特征的夸张和渲染，如"五月的桂林是一张/被湮化成朦胧色调的/宣纸/那碧绿、那丹青、那鹅黄、那浅紫/渗开来，纸上/流出潺潺的水声"，"五月的桂林挂在那儿/轻轻颤动"（《桂林五月》）。这幅动态的宣纸画，可谓超越现实的变形，却把诗人眼中心中的桂林五月的柔丽生机抒写得尽致淋漓，这是隐喻式的变形意象。

在李瑛诗歌意象的营构中，抽象、联想、变形等直觉方式与隐喻的方式，是有机结合在一起操作的。或者与隐喻的意象（包括明喻的意象）直接联系在一起，或者作为子意象出现在诗体结构的细部，像一朵朵智趣的云彩，烘托着隐喻的"月亮"。这样构成异态纷呈的繁富意象群体，显示了诗歌形象的生长及其诗美和意味的增值。

隐喻、象征等现代手法，早在戴望舒、徐志摩、卞之琳等诗歌中就得到了出色的运用，为当代诗歌创作提供了宝贵经验，但前辈诗人代替不了当代诗人的艺术创造。当代诗歌既要适应现代生活节奏和现代人的审美情趣，更是创造主体（诗人）的丰富精神追求和智性的外化，而表现了意象思维的力度和多样化。李瑛诗歌意象的隐喻性、繁富性，是对新诗传统的意象艺术的推进。

六、意象（下）：透明度和东方韵味

李瑛诗歌从内容到形式的拓展，导致了语言风格由单纯明快向浑厚凝重的方面发展变化，虽然语言意象的蕴涵量增大，却还是因为具备良好的诗美传递功能，而呈现出透明的质感，没有晦涩难懂之气。究其主要原因，李瑛在借鉴运用现代手法的过程中，十分注意民族化，创造具有中国特色的现代诗歌的语言意象。

就意象之"象"看，李瑛一般从生活和大自然中择取物象，擅于抓住和发掘人们熟悉而又陌生的诗美特点。如桂林山水，虽被不少诗人走笔，而李瑛笔下的桂林、漓江、芦笛岩、象鼻山、竹、竹排、鱼、鱼鹰、渔火、鸟、鸟声、山歌、桂花酒……无不呈现新的姿态，散发新的芳香。云南红土高原上的大山、怒江、大峡谷、大青树、野牛角，以及少数民族的村寨民俗，写得既充满荒蛮气息和古老神秘色彩，又切入现代人的审美心理。诸如"山，将痛苦凝进了石头/水，将愤怒溶进了波浪"，"对峙的峰巅是冬的冰雪/黝黑的江底是夏的酣畅"，"苍茫史卷，屹立着雄关古道/烟云风雷，锁不住激流轰响"（《大峡谷》）。诗中物象，以博大的接纳量，成为诗人心灵的澄澈的投影，揭示出自然与社会和人之间最久远也最简单的哲理关系。同时，"意"与"象"契合的过程，即物象的意化（虚化）的过程，也是受制于一定的艺术抽象（隐喻的方式）的程度范围，从而保持了具象抽象化的限度和反馈的灵敏度。

诗的意象是以词语结构为表现形式。李瑛运用规范的现代汉语和常用的语言，进行炼词造句，不少语言达到了炉火纯青的境地，且带有自然神韵。在语言意象的排列组合上规则有序，讲究整体、对称、和谐和节奏、韵律，是一种东方形式美学。

李瑛诗歌属于自由体，但他的不少优秀之作，既具有自由的情绪节奏和行云流水般的散文美，又呈现出现代格律诗的建筑美、绘画美、音乐美，这恰恰反映了散文方式与格律方式的相互渗透及其共存互补的同一性。

作为形式结构外表形态的意象，总是伴随着诗人的情绪线索和心理空间而自然呈现出来。从这一意义上说，刻意讲究格律模式，势必影响诗的情绪的表达，甚至造成"削足适履"之憾，这也正是自由体形式的艺术优势。然而，如果"自由"变成了"自流"，不讲究诗的形式美学，也会降低诗的表现力和魅力。李瑛在语言意象的营构和组合中，始终着眼于心灵的自由的抒发。如果说散文方式是心灵自由抒发的直接需要，那么，格律方式则有利于增强诗的表现力和审美效应，也是服从并服务于心灵的自由抒发。《大峡谷》中，从章句到韵脚，可以说，比较"格律化"。这种带有格律美，而又不拘泥于格律的语言意象，有力地表达了诗人丰富的心灵世界，容易为读者接受。总体上看，李瑛是将现代格律诗的特长融于自由体之中，并与其他现代汉语的修辞手法结合在一起，这里略做具体的考察和描述。

李瑛诗歌的匀称感，不同于章句的量变，更多地体现于语言意象的序列上，如写"大峡谷"——

是日月升起又滑落的地方
是大地的心脏

不是字数、音组的相等和对应，而是意象的对应。再看散文化的句式——

被鹰的翅膀覆盖着
被野猪奔突的蹄点践踏着
被蛇蟒的尾尖横扫着
所有的眼睛、臂膀、背脊和胸膛

这四行诗，实际上是一个状语修饰句，以三个并列的子意象组成一个母意象，与上下句意象连接成匀称的整体。李瑛诗歌中的散文式的描写，大多以这类状语词组或定语词组或补语词组分行并联的方式出现，并还形成诗歌的排比、重叠等修辞效果。这样就把渲染某种情绪的散文语式诗体化，运用得当，就会取得诗的散文化与格律化的逆向相长（相反相成）的艺术效果。这种现象，可以追溯到郭小川的新赋体。不过，李瑛加大了操作的力度，作瞬间赋体式的铺陈和复沓，增加了语言意象的密度。当然，如果缺乏艺术锤炼的功夫，也会出现重复和杂沓的松散现象。

又如：

> 一个桂林站在岸上
> 一个桂林浸在水里
>
> 山浸在水里
> 山上的云浸在水里
> 云中的鸟浸在水里
> 鸟的叫声便湿淋淋的了
> 山上的树浸在水里
> 树上的花浸在水里
> 花的香味便湿淋淋的了
>
> ——《倒影》

这是对对仗、拈连、排比等手法的灵活运用，似乎还吸取了顺口溜、儿歌体的特长，达到了"自由"与"格律"的一体化，构成语言意象的对称美，易诵易记，雅俗共赏，虽近乎形式主义，却也是有意味的形式。

诗，可能因意象（章句）排列的匀称，而发生音乐效果。如排比式铺陈，会产生异峰突起、回肠荡气之感。对仗或复沓的句式，会造成起落有致的和谐韵律。但，诗的外在形式表现，也是受诗人心理意识、情感流程支配的。李瑛诗歌的节奏感，主要体现于内在的情绪节奏，如《看见一只鸟》："倏忽/从冻云和冰雪间/飞出一只鸟，迅疾如箭/像一颗星像一道闪/像一条遁去的鱼/像一个纯洁的微笑/没有声音。"这仅是诗人瞬间情绪的颤动，而有了心灵之"鸟"的艺术显示。四个"像……"式排比的意象，恰有行云流水般的明快节奏，也是诗人心灵颤动的艺术频率。诗人对心灵美丽的"这一瞬"的追踪,而造成艺术情绪的回复和延宕,构成这首诗的基本旋律。

李瑛的诗歌确实很讲究词藻和色彩,但总是着眼于雕琢意象,追求诗的画面感的意象美的效果,如"也许这是世界上最美丽的一只鸟/如歌似梦,刹那间/作了大山的装饰/——一枚胸针",仿佛是一幅现代意象画。再如"不打伞的桂林/溪谷里卷着一团团/淡绿的雾,淡绿的云,淡绿的小雨……"(《桂林五月》)以"淡绿"(春天的色彩)反复敷陈,使"淡绿"意象化,成为诗人浓郁的情感色调的活现。诗的语言的色彩和音响,有时糅合在一起,也会产生奇妙的诗美效果。诗人将五月的桂林喻为一张被湮化成朦胧色调的宣纸,"那碧绿,那丹青,那鹅黄,那浅紫/渗开来,纸上/流出潺潺的水声","五月的桂林挂在那儿/轻轻颤动"。音响,使所有的色彩都晃动起来,充满生命感,而色彩,又使音响弥漫开来,情趣盎然。——奏出一曲愉悦的心灵的五彩缤纷的乐章。

李瑛在改变过去惯用的方式、方法方面,所进行的卓有成效的艺术实践和探索,无疑丰富了中国新诗传统艺术。换句话说,从李瑛的诗歌艺术的革新中,可以透视新诗传统艺术拓展的进程。——这也是本篇的题意所在。

1993 年 12 月 30 日

原载《文艺研究》1994 年第 5 期

在历史话语的转换之间

——对李瑛作品文本的一次"重读"

程光炜

我们有必要对文学史那些既定的综合，对那些我们不做任何考察就欣然接受的种种分类，问一个为什么。比如，李瑛的创作通常被看作现代文化思想史运作的产物，于是不大有人对其更复杂的文本内容做学术性的分析。从这种有意思的立论中还可以引申出另一个十分重要但没有深入讨论的问题：在李瑛诗歌的当代政治话语中是否还隐含着另一种话语，即以五四新文化为背景的知识分子话语；围绕着李瑛 50 年创作的仅仅是大写的、复数的而非小写的、单数的历史叙述吗？倘若所谓历史，是一个有着千差万别话语活动的领域。那么，在这一宽泛背景下的李瑛的写作，存不存在一个两个时代文化接缝的问题，它们又是如何摩擦、交锋或者交换的呢？毕竟，李瑛所代表的政治文化话语不是一个绝缘体，它和整个五四以来新文化的历史上下文有着千丝万缕的关系。如何重新清理这个上下文是我们研究当代诗歌史的一个先决条件，因此，这篇文章的目的之一，可以说是想在既定的李瑛研究的思想框架之外寻找另一些可能性，我想把李瑛半个世纪的创作尽量放在一个复杂的视野和背景之上。

一、重构不同时代之间的文化语境

我们首先碰到的，是解放前后不同文化接缝的问题，而这常常是被当代文学研究"遗忘"了的区域。这两个历史时期诗歌话语的摩擦和交换，假如从某个宽泛的文化角度上看，它不仅是一个"历史叙事"，不仅是一个"现实抒情"，甚至也不仅是一种话语，它还关联着一种新的意识形态，即一种在解放区形成的特定的文化实践。这种文化实践的生产过程和传播方式既不同于五四以来知识分子阶层中的新文化形态，又有别于原汤原汁的民间文艺，它既有明显的"本土"、"大众"或"通俗"的色彩，反映出从农村包围城市，进而占领城市的政治、文化策略，又流露着重构历史，并希图迅速地在城市知识分子话语之上确立一种新的意识形态中心话语的急切心情。这样说并不是否定它的政治特征及其有效性，而只是想说明，李瑛们碰巧遇上的确实是"一个不平凡的年代"。① 这个时代文化语境上的直接性、强制性与不容回避性，决定了1949年前后一大批投笔从戎、挟带着新的时代诗歌美学原则的新诗人的出现。

进一步说，这正是《讲话》的设计，或者说，它相当完整地表意为毛泽东的文艺思想和文化策略。没有任何一部古典小说像《水浒传》那样与毛泽东的实践有如此紧密的关系，毛泽东的性格中似乎有一种"《水浒》情结"——乃至成为他思考农民革命问题包括文学问题的潜在文化背景，他从《水浒》前半部里读出了革命的必然性和合理性、革命的道路、革命者的主体及策略诸方面的意义。像《水浒传》、《隋唐演义》乃至《西游记》这样的作品，毕竟反映了下层与上层的对立，而代表着经典文艺（或称雅的上层的文艺）的知识分子作家阶层（或称现代意义上的士大夫们），则无论在价值取向、审美趣味还是直接操作上，都与前者有所抵牾。另外，不论是作为农家子弟的毛泽东，抑或作为政治家的毛泽东，他接触的都是长年辛劳的农民，而文学作品竟不以他们为主角；既然人的生存的首要条件是吃饭，种地的农民就应该是社会生存中最重要的角色，可在艺术的偌大空间里却没有他们的位置，而让那些不种田耕地的人，诸如帝王将相、才子佳人（其实就是知识分子）充当主角，这种历史未免太不公平。于是，文学范围里的问题开始超越文学范围，升华为社会学的命题；文学与社会之间的关联，就这样自然地在毛泽东心目中系结在一起了。这一"系结"竟成了一部别具特色的当代文化思想史，成了李瑛创作善始但终究没能善终的"文化语境"。事实上，作为农村包围城市、农民取代城市人成为社会主角总体策略的一部分，毛泽东上述文艺思想在延安时期的旧戏改造、新民歌活动中就已开始实

---

① 《李瑛诗选·自序》，第6页，四川人民出版社1981年版。

验，而它最全面和彻底的艺术实践，则展开在五六十年代的历史场景中。尽管，这并不影响毛泽东将他个人的艺术旨趣，始终集中在屈、庄的奇幻，李白的浪漫和南宋词的悲凉沉雄上。他宁肯情之独钟于古典文学，也不愿对同样出自知识分子之手的五四新文学做出稍高一点的估价，它显然反映出毛泽东个人艺术实践在手段与目的关系上的深刻矛盾，这种不谐调也被带到了当代文学的生产过程当中。

李瑛生于一个多子女的铁路职员之家，据他追述，7岁被送回河北老家丰润县农村读小学，10岁随父亲去天津。一年后因抗战爆发，再次回到离故乡很近的唐山，勉强读完小学和中学。"父亲是铁路职工。在从天津到沈阳的铁路沿线，他多次调动工作，我们的家便随着他在一个个荒僻的三等小站迁移。小站口上寂寞高悬的号志灯，孤零零地抛在旷野的简陋月台和火柴盒般的铁路工房，给我留下了深刻的印象。我的记忆里，充满蒸汽机车的喷气声和车轮辗动铁轨的单调的轰响。"① 这种生活缺乏一种安全感，所以，17岁前他一直生活在压抑屈辱之中，性格倾于内向，平素"喜欢安静，不爱讲话，家中来客人"，"总是羞于见人，常常是匆忙地躲起来"，"十分腼腆甚至孤僻"。② 1943年，李瑛初中毕业后去天津谋职，未果。1945年考入北大，才结束了流浪生活，但仍需一边读书一边当家教挣饭费。李瑛的文学启蒙最初来自他父亲的口头讲述，1944年，他和几个同学在唐山自费出版了诗歌合集《石城底青苗》。真正对他写诗产生重要影响的是当时任教于北大的冯至、卞之琳、沈从文等著名教授和助教袁可嘉等，为此，他在前者主编的《大公报·副刊》和《中国新诗》上，发表了200余首诗。他写过长篇论文《论绿原的道路》，拟定的毕业论文题是《论冯至的诗》。李瑛偏爱于古典的诗词散曲，同时又十分倾心于雪莱、歌德、里尔克和艾略特的诗。李瑛后来激动地回忆道："我永远也忘不了我在大学时那一段峥嵘岁月。那时，我是在一边读书一边在学生运动的激流中度过的——我们组织社团活动，我们秘密印发传单"，③ 以致这些传单还不时出现在他所崇敬的冯至、卞之琳和沈从文等先生的书桌上。他和同学一起游行示威，"攀上"天安门

---

① 《李瑛诗选·自序》，第2页，四川人民出版社1981年版。
② 郭晨：《李瑛性格心理调查表》。
③ 《李瑛诗选·自序》，第5页，四川人民出版社1981年版。

华表"基座的石栏",① 贴上条条标语……直至解放军和平进入北京，之后不久，他参加四野新闻队南下。

以上所述中至少存在着两个"说话者"：一个是"历史说话者"，另一个是"个人说话者"。拿福柯的话说，它们之间存在着沉默中的差异，并且都要受制但又承担起文本规则的阐释责任。② 正是这种差异，构成接受了知识分子传统的李瑛与非知识分子化当代文化思想史之间一种由摩擦到交换的话语关系。首先，有一个为什么要由"我"向"我们"的诗人角色的转换问题，它在李瑛身上是怎样发生的？是来自从上而下的"引导"，还是对冯至、卞之琳、里尔克、艾略特精神传统一种自觉主动的"放弃"呢？据李瑛说，他诗风的转变是由于南下途中目睹战友的壮烈牺牲，长期军旅生活所促发的感情价值上对战士的认同。③ 我不怀疑李瑛内心世界深处的这种真诚，但它未能说服我为什么非得转换这个被悬置起来的历史疑问。其次，假如在这之间，我们承认有一个解放区文化实践战胜国统区文化实践，也即农民意识形态最终"征服"或"吸引"知识分子意识形态的前提，那么，李瑛从北大传统所承袭下来的知识分子意识的"在场"，是不是不做任何抵抗就甘愿变成"缺席者"了呢？写作并不等于对一种现成文本的"改编"，它更多是来自深陷诗人内心们一种回忆、修养和人格。它更不是那种随机应变的生存方略，而要满贮着生命的狂欢、痛苦和战栗——它或许也可以说是一种比这一切更强大、深厚结实因而无法变通的传统的积累和压力。

李瑛写于1948年末的《石像》和1949年9月的《睡着的战士》的构成方式，正好反映了这种文化上勉为其难的接缝。两首诗下面的落款分别是"北大"和"赣南"，两个地名之间的差异也许不只是空间上的，它有着比这更深广的不同意识形态之间转型的内容。在诗人角色中"我"向"我们"表面看似习焉难察的变迁中，其实深蕴着一个令人震撼的新的时代。顺便说一下，这曾使国统区的著名学人包括朱自清、吴晗、胡风们抱以很高的期许，但后来证明又给他们出了一个令其难堪和茫然的难题。李瑛在前一首诗中写道："当我读完了绥拉菲莫维支的《铁流》……/在一次跌倒或一次失败

---

① 参见李瑛《歌》。
② 盛宁：《历史·文本·意识形态》。
③ 参见《李瑛诗选·自序》，第6页，并参照1994年4月15日他和笔者本人的一次谈话。

里/使我想起你了/在我被愤怒撕裂了胸脯的时候/在我受着迫害而激怒的时候/使我想起你了/我走在你的面前/像走在悬崖峭壁的下面/为一个庄严的人格和灵魂/使我惭愧,然而又/山一样的矗立!"这是令人眼熟的那种知识分子的忏悔与自省,它趋向的正是康德所说的"内心的道德力"。康德在他著名的《道德形而上学》中将之确切有力地表述为:"我们应这样行动,即把每一个人当作本身即是目的来对待。"在重读了卢梭的《爱弥儿》之后,他又像是自言自语地说:"再没有任何事情会比人的行为要服从他人的意志更可怕了。"①显然,我们所限定的"知识分子"的词义,不关涉民间俗称意义——"受过教育的人",也不是《现代汉语词典》所列的意义——"具有较高文化水平、从事脑力劳动的人。"即一般知识的承载者。我们所说的是这样一个概念:"从事脑力劳动的人"中关心文化价值的那部分人,他们把一种独立的、个体的、自由的思想活动视为最高责任,他们服从的是一种纯粹意义上的"内心的道德力"。我们转而再读李瑛一年后的另一首诗《睡着的战士》,诗人这样写道:"我们勇敢的战士休息了/当他们给老乡扫净了院子,挑满了水缸/当他们在一天的行军后擦完了枪枝/——一个甜蜜的舒适的睡眠在开始。"在一种文化比较视野中,人们稍感吃惊的倒不是题材上客观事物具象描绘对主观抒情悄悄地替换,不是解放区文化实践上的社会学内容,倒也不是为了写作方便在人称、角度、语调、节制上的暂时调整,而是所深刻暗示的两种精神活动之间性质、目的和灵魂含义上的巨大差异。正是这一差异,令当代文学在相当一段时间内将众多小写的、单数的精神写作,演变成了一种彻里彻外的"历史修撰"。真正的历史被抽空了,历史的统一性和连续被悬置起来,而上述修撰的经典性,恰恰成了马克思所说的是对历史真正的讽刺。循此逻辑,李瑛在两大时代的接轨处,实现了文化上的接缝,进入了意识形态权威所允许的写作程序。但他内心深处的"接缝",却始终完成得不那么好,这使他的写作体现为这样一种尴尬:为了建立一套被士兵(实则是《讲话》所说的"农民")所能接受的诗歌话语,就要排斥他原有的新文化修养,与本土的民间文艺实现结合;但是,却始终与农民和士兵的民间文艺审美趣味格格不入,相反,它倒在青年知识分子读者中广为流传。就是说,真正的"接受者"不是工农而是知识分子,这或许正

---

① 罗素:《西方哲学史》下卷,第 247 页,商务印书馆 1982 年版。

是《红柳集》、《红花满山》、《一月的哀思》等具有文学史意义的某种原因。写作愿望与文本效果上的二律背反，李瑛个人与"历史"接缝上的操作失当，使他在以后的命运中连遭厄运：1955年因胡风问题被隔离，1957年错划中右，1958年被迫到海岛当兵，"文革"中的再次被审查，以及诸多不便见于文字却使心灵一次又一次支离破碎的歧视与自虐——这才是真诚、单纯希图由知识者变成战士的李瑛所根本没想到的！马舍雷曾提醒人们说："一部作品之与意识形态有关，不是看它说出了什么，而是看它没有说出什么。正是在一部作品意味深长的沉默中，在它的间隙和空白中，最能确凿地感到意识形态的存在。"① 包括写作者本人手段与目的的不自觉颠倒。我想，研究文学复杂的历史上下文的困难和意义似乎也在这里——那是一种可以千般意会却难于表达的历史修辞。

诚然，1949年前后文学话语的转换不是骤然发生的，它的出现不单是国家政权权力话语的结果，还应该被编织在现代文化史某种预期以外的复杂脉络当中。从"五四"到"解放区"，中间有一个过渡状态的"30年代"，这个10年事实上标志着"传统"与"现代"相对峙的信念的拆解。解放区文化实践孜孜以求的反映下层价值取向的"民族风格"与"新国家理想"的结合，与其说是新权威主义的独创，毋宁说它也取得了一部分激进青年知识者的共识。我们不止在李瑛《石头：奴隶们的武器》（1947.1）、《我们的旗》（1949.5）等作品中依稀看见了它的"影子"，从七月诗派、九叶诗人们日益激烈的诗歌声调中感到了它的迫近，而且，还从朱自清教授非同寻常的扭秧歌动作中，深深体悟到，这个动作与新历史之间的关系其实并不短浅和"寻常"。国民党政权的腐败与将要出现的"中心话语"的失范，太容易促使一大批报国心切并敏感的知识分子，在思想情绪上向"左"转了。在这里，政治上一向保持中立的朱自清的一段论雅俗共赏的话，在"转换"中的时代背景上也许更有其代表性："所谓现代的立场，按我了解，可以说就是'雅俗共赏'的立场，也可以说是偏重俗人或常人的立场，也可以说是人民的立场。"② 据此，在知识群体和政治力量之间存在着怎样一个共同的意识形态基础，这种共同基础又是在怎样的历史契机下形成的（比如抗日统

① 特里·伊格尔顿：《马克思主义与批评》，第39页，人民文学出版社1980年版。
② 朱自清：《论雅俗共赏·序》。

一战线、反对内战与建立联合政府），就应是值得讨论的问题。此外，还不能忽略五四时期文人从乡村向城市和30年代后期做反向迁移过程中对民间文艺形成的集体性采集、讨论这些历史现象。实际上，"现代"与"传统"的关系之间并不只是摩擦和交锋，它还有一个"因果"意义上的交换问题。

从文学角度上看，李瑛写普通劳动者的源头可以一直追溯到五四以来平民文学的创作方式。他的创作如果与后者有差别，也只是角度、色彩明暗、作者与表现对象关系上的，而不是形式特征上的。后者的城市背景与还乡者背景，被转移了更广大的空间背景如南下战场、海岛、戈壁、朝鲜战争和军营生活上，下层被压迫者（如人力车夫、破产农民）被换成了穿上军装的士兵和在公社田野上作业的翻身农民。这些话语化了的新时代文学主角，我们在《哨所静悄悄》、《月夜潜听》、《边寨夜歌》、《伊宁八月》和《从县城来的大路上》等大量诗作中可以随处碰到。其实，李瑛作品的文本形态介于洋文化与土文化、城市文化与乡村文化之间，它在视觉上是古典文学和民间的（比如明朗清新），可能又不甘于古典或民间：它的场面编排或许容易被权威审美原则所接受，但它文字的调度与整体控制又比较专业性，这就与同陕北民歌有直接血脉勾连的李季和张志民的作品有所不同，更不用说与烘托出乌托邦理想境界的大跃进民歌的质的差异了。下面我将对李瑛作品文本的运作程序做进一步的分析。

二、李瑛创作的两种操作程序

马克思说，文学是一件人工产品，一种社会意识的产物，一种世界观，但同时也是一种制造业。[①] 这个提示是有益的，艺术可以如恩格斯所说，是与经济基础关系最为"间接"的社会生产，从另一种意义上也是社会基础的一部分。对马克思主义文学经典文本的阐释，本雅明偏重于生产过程的技术手段，另一个理论家布莱希特则对演员与观众之间的"距离效果"表现出浓厚的兴趣。本雅明说，一个社会采用什么样的艺术生产方式——是成千本印刷，还是在风雅圈子里流传手稿，对于"生产者"与"消费者"之间的社会关系来说相当重要。因为，它必然地依赖某些生产技术——某些绘

① 马克思：《剩余价值理论》。

画、出版、演出等方面的技术，这些技术在不同社会制度中又必须服膺于某种特殊的意识形态。布莱希特认为，戏剧的任务不是"反映"一个既定的现实，而是人物与行动如何历史地产生。于是，剧本成了一种实验，用演出效果回过头来检验自己事先的设想；它本身并不完整，加上观众的反应才算完整。因此，演员在演出舞台上不是进入角色，而是同角色保持距离，他运用的台词和形体动作，是要提示人物的社会环境，说明在什么历史条件下使他做出这样的行动。这样，演员与观众之间就产生出一种奇异的"复合的视觉"，其效果即在于一个共同的意识形态视点上，存在着几种互补与互否的可能性，① 这显然是我们今天重读李瑛的一个有意义的角度。

先看看作品从采访到完成的过程。

五六十年代有一个著名说法，叫"体验生活"，这个说法包含了一个完整的作品操作程序。1949 年到 1950 年，李瑛随大军南下追击白崇禧残部，完成并出版了《野战诗集》。1950 年后，他两次入朝，留下了第二部诗集《战场上的节日》。1954 年到 1961 年，李瑛又多次深入海防前线、戈壁、草原、红军当年长征路线，于是有了《海防晨号》、《寄自海防前线的诗》。后来，还有根据以前的采访，凭记录和回忆写成的《静静的哨所》、《红柳集》、《枣林村集》、《红花满山》、《北疆红似火》等。"文革"中因受冲击中断了这种"采访"，1979 年处境改变后，他随即又去了广西，写就了最后一部军旅诗集《在燃烧的战场》。几十年来，李瑛几乎走遍了大江南北，一边采访，一边勤奋写作。有的作品完成于回到北京寓所以后，其他大部分作品则构思并写就于各种艰苦不堪的旅途。据说，1961 年他去新疆采访，因不知道当时的火车（全是慢车）不供饭食，曾有两天两夜没吃上一顿饭。那时火车还未通乌鲁木齐，李瑛在盐湖车站下车后两眼昏黑，急忙钻进维族老大妈开的小旅店去躺下。老大妈端来一碗羊肉汤、一块馕，他立即狼吞虎咽下去，那滋味怎么也不会忘。同年他去旅大当兵，部队把粮食节省下来救济附近群众，他们去山沟打橡子果，然后背回晾晒，碾成粉蒸食品。各班战士争先恐后，其场面颇令诗人感动。② 这样的表述确实无助于深化李瑛创作的社

① 均见特里·伊格尔顿：《马克思主义与文学批评》，第 67—73 页，人民文学出版社 1980 年版。

② 章亚昕：《一个燃烧着的灵魂》，《创造与人才》1987 年 1 期。

会学意义，它只是与作者作品操作程序有关的一些细节材料而已。显然，从采访到作品完成，这一过程中有两个不可或缺的技术手段、旅行工具与印刷出版。而技术手段又被限定在政治话语所允许、所倡导乃至所鼓励的范围之内，只有在后者那里被"获准"，前者才证明是有效的，它也才可以促成艺术生产的全过程。然而，虽说政治话语塑造了李瑛作品的主题思想，却未能全部左右其叙事机制。他作品操作程序的多样文本效果，是技术手段包括政治话语本身都大大没有预料到的。李瑛很喜欢在他作品中保持一个日常民间伦理秩序的叙事，有时是一个细节，有时是一个场景、一个人物，它们常常犯一点自由主义地跑到"主题思想"之外，或常常从严肃的集体中跑回亲情的个体回忆当中。比如，《有一天休假》原来的构思是写清明为死去战友献花的，未想这个叙事间隙里却出现了作者另一个死去的童年伙伴的影子："想起儿时，想起雨后，想起/花翅膀的山雀子啼开的野花/心中涌起多少想说的话。"《哨所鸡啼》显然是对自然生命的某种默认，最后扯上与战士性格的关系，多少有点不够自然。大组诗《戈壁日出》的实际效果，与作者原先想采访"闪光东西"的设计之间多出其右，比如，它们使你明显感到，诗人李瑛对那些奇异的边地情调、当地民俗中的文化价值似乎更为倾心："烟雨里/我来过古渡口/黄河呵/可否借我一只羊皮舟？"（《过黄河渡口》）"忽然，忽然谁在吹笛子/苍茫里笛声像一股清泉……但我知道笛声下有一行脚印/脚印该是笛声的河床和水滩/看它们多么倔强，多么矫健！/从脚印可猜出主人的勇敢。"（《笛所》）即便是在显得严峻的军旅诗中，李瑛对憨直的士兵性格后面的民间文化底蕴，似乎也更感兴趣。使"采访"原意与作品二律背反的并不是政治因素，倒是一些非政治的、具有知识分子个人兴味和民间文艺形态的叙事惯例。值得一提的是作者李瑛的"北大出身"，他是从具有很高文化教养的欧美和中国文学传统中出发并开始写诗的，换言之，从叙事的角度看，这样的教养在作品的操作程序中有它非政治的运作效果。正因为如此，李瑛在他长达50年的创作中，能在风云际会中生存下来，又始终保持了自己相对独立的艺术个性，以致在"文革"大量乏味的文学作品中，他的诗集《红花满山》仍在"尚可一读"的作品行列。这里，问题涉及的已不仅仅是政治文学的娱乐性，而是当代政治文学中的非政治实践。因为，这个非政治运作程序的特点不仅是以娱乐作政治宣传，反倒是在某种程度上以传统文化价值和写作的道德逻辑作为作品的结构原则。这样，李瑛创作操作程序的多样文本效果就体现为：道德从教育人出发的采访及写作，满足的是另外一些非政治性的欣赏目的：诸如有生离死别音讯两茫茫（《歌英雄李启》），有绝处不死（《一束金达莱》），有异地重逢（《走向山冈》），有英雄还乡（《红楼》），善恶终有一报（《古巴情思》）。总之，是传统文化价值在很大程度上与政治话语一道，共同主宰着李瑛作品的生产过程。其次，乡土的写作原意（"为工农兵所喜闻乐见"）却并不为"消费者"所欣赏。就李瑛几十本诗集的流传渠道和分布而言，它们真正的读者其实是文人化的青年知识分子。也就是说，经过"国家意识形态"的抑制、调节这个中介，生产者（李瑛）与消费者（工农兵）之间并未取得技术手段所预期的理想关系。最后，李瑛的作品即使在前期，也不单单是"反映"了一个既定的现实，而恰恰其反，它们"说明了人物与行动如何历史地产生"的过程，堪为新时期诗歌发轫杰作之一的《一月的哀思》，就是著名的例子。李瑛原想通过它表达自己的悲愤之情，作者却未想到，他实际上为历史留下的是一大组活动中的历史人物"如何产生的"活的浮雕。

正如布莱希特所说："剧本成了实验，用演出的效果回过头来检验自己事先的设想。"从主观上讲，李瑛在创作中也许无意与他自己（角色）保持距离，但由于不可能绕过的知识者修养及文本客观性这个环节，他的作品与观众（当时读者、批评家、不同版本的文学史）之间实际有一个原本就有但今天才被认识的"复合的视觉"效果，这是我们今天重读李瑛的真实意义所在。或许，这样的工作才刚刚开始。

三、历史话语：在两个文学史版本之间

已经问世的当代文学史各种版本不在少数，为表述方便，我想仅以华中师大集体编写的《中国当代文学》（1984年版）和洪子诚、刘登瀚的《中国当代新诗史》（1993年版）为例。

从《中国当代文学》到《中国当代新诗史》，史作者在李瑛这一节上做了不少修改。从中可以看到不同叙述倾向、不同话语可能性之间的摩擦、交换和妥协，这一过程向我们展示了历史话语在文学史中活动的复杂内容。

显然，80年代社会思潮的突变，并未在《中国当代文学》的"李瑛部分"上遗留下多少痕迹。与其说它是对周扬1959年定稿权威版本的重

写，倒不如说是同一个文化视野的印刷再版。这让我联想到某位老诗人将一首批判性的长诗，用"邓小平"换掉"四人帮"三个关键字然后拿到"四人帮"倒台后重新发表的著名例子。实际上，"历史"不是一个连贯的故事形式，而是一个又一个不断更新着的认识层面。历史也不仅仅是文学的"背景"或"反映对象"，而多半是二者之间一种相互影响、相互塑造的关系。因此，历史话语活动的首要特征，就表征为它是"不同意见和兴趣的交锋场所"。前者将李瑛的创作虚构成对政治话语的直接翻译，而事实上，它倒是虚构者本身，仍思想在五六十年代的权力话语幻象中。

于是，在洪子诚和刘登瀚，如何处理不同文学史文化视野的差异实际上关系到如何表述不同文化之间关系的问题。这也是一个话语问题，在《中国当代新诗史》叙述中可以看到这样一个过程，它将李瑛与政治话语关系的固定空间微妙地转换成一种今天读者可以接受的、有人性色彩也相对亲切起来的文学世界。

与《中国当代文学》相比，洪子诚、刘登瀚的版本改写并强化了某种针对李瑛性格气质特点的理论主题。在前者那里，政治性的叙述焦点始终把李瑛假设为非个性化的文学英雄，个人经历通过与国家概念的僵硬关系被抽象为普遍性的时代传奇——这种处理方式，是包括其他诸多当代文学史在历史叙述上的一个通病，而在洪子诚们那里，这种政治化程序被翻译为"李瑛写作上的个人局限"。"对于战争的主题，对于战争有关的人性，人的心灵、情感的揭示，他始终停留在一个极有限的范围内，而未能达到更值得重视的广度和深度。他未能把这一具有普遍性的人类问题，放在人类历史、人类面临的生活环境这一背景上来体验、思考。"表面上指出了李瑛气质上的局限——他内心的某种谦和与妥协的性格基因对写作本身的限制，然而，其中何尝又没有"说明人物与行动如何历史地产生"这样一个莫大的意义？

这里显然有着一个政治话语运作与文学史文本运作之间少为人知的会合和映衬的问题。政治话语运作使文学史文本运作具有了某种合法性，后者对作者、作品、读者之间复杂关系及不同话语的强调，又将前者由一个冷冰冰的批准者塑造成不乏亲切和可信的权威。文学史，不，有意义和有文本性的文学史，所实现的正是上述二者之间这场成功的合谋。在这个意义上，当代文学史在一个被政治话语所压抑的表现领域，似乎具有了它的某种生长性。

正因为李瑛尤其他近年来的创作（《多梦的西高原》、《江和大地》、《纸鹤》等）存在如此大的非政治运作空间，"文学史"才有可能被一次次修改，关于人类人性的主题部分被强化，而体现阶级斗争的地方被削弱被删减。到了洪子诚、刘登瀚这里，已经有了另一种非官方的解释的可能性，尽管这个角度是潜在的、曲笔的、擦边球和偷偷摸摸的。

从这个意义上看，我的这篇文章从构思到写作仍是实验性的。正因为它存在着种种可能性，所以，我宁肯提出一些被忽视的问题，也无意留下任何有结论意味的文字，我甚至将它当成了与李瑛包括喜爱李瑛作品读者之间的一场积极的对话。因为我们都分明知道，从根本上说，历史话语是非叙述、非再现的，除了以文本的形式，它几乎无法企及——至少在目前确实如此。

1994 年 5 月 2 日

原载《诗探索》1994 年第 3 期

艺术的自觉与灵魂的自由

——论李瑛新时期诗歌的美学趋向

张同吾

概说：诗歌发展格局中的选择与定位

在当今诗学观念和审美观念相殊异、相对峙、相混容的诗坛上，人们却能形成一种共识：李瑛是我国当代诗史上，特别是新时期以来最富有审美个性和艺术成就的优秀诗人之一。对于诗人，至关重要的不是以见仁见智的殊途同归所能形成的艺术上的皮相认同，而是在历史与文化、诗学与美学的更高的理论层面上对创作历程进行阐释。对于诗人，至关重要的是在诗歌发展的格局中富有清醒的审视能力，从而形成自觉的艺术选择。李瑛就是这样，他曾有过值得缅忆的昔日峥嵘，他伴随着历史的黎明登上诗坛，并以其情思真挚而细腻、笔致凝聚而舒展、意境清新而鲜活、色调明快而绚丽的艺术风格，为尚不宽广的新中国诗苑，增添了异彩芬芳。但是在前辈诗人眼中，他仅仅是位文学新人——"我们的革命军队是一个伟大的熔炉，单从文学上说，这些年来，从中锻炼出了多少优秀的作家和诗人！李瑛同志是从这个熔炉里炼出的一批文学新人中的一个"（张光年：《李瑛的诗·序〈红柳集〉》，载《文艺报》1963 年第 3 期）。这便是李瑛前期作品，在当代诗史上的价值确认。李瑛从新时期以来直至 90 年代，他经历了美学观念和文化视野的拓展，才真正进入了丰富而宽广、精湛而深邃的美学疆域，使他成为真正意义上的优秀诗人。

当改革开放的春潮以惊涛裂岸之势震撼着古老的中国大地的时候，我们清醒地意识到历史迎来了一个云蒸霞蔚的早晨，但是当崭新的生活格局和嬗变的人格模式、急剧的文化流变和发展的审美趋向都不再是抽象的概念，而是衍化为流动的生活图像和鲜活的情感具象的时候，又让人感到乱花迷眼。到哪里去寻觅情之所依、魂之所系，便成为诗人们普遍关注的创作课题，特别是业已形成了自己较为稳定的思维结构、表现方式和艺术风格的诗人，便呈现出三种不同的心理态势与创作趋向：其一，仍在吟唱悠扬而浪漫的田园牧歌，然而旧日田园已不复存在，他们所营造的意象就越来越带有空幻性和虚假性；其二，仍习惯于做生活表象的描摹或是浅露地直抒胸臆，却不能自识正是类型化的情感呈现和简单化的哲理表述，阻塞了灵动的情思去寻觅通幽的曲径，便不可能走向更丰富的精神世界与艺术世界；其三，是以诗人的禀赋和艺术自觉，不断开拓文化视野和艺术视野，不断有崭新的审美发现，让诗的精灵拥有属于自己的一片蓝天。如果说诗是无极之路，那么，他们便是迎着时代晨曦走向辽远的跋涉者；如果说诗是无涯之海，那么，他们便是扬帆远航的航海人。永无路的尽头，永无海的彼岸，他们却以诗化的生命与诗化的感觉，融入五彩缤纷的诗的世界，便孕结了五彩缤纷的诗艺之花。李瑛就是这样，新时期以来他有 20 余本诗集接踵问世，成为当今诗坛上最勤奋而高产的诗人，其中《江和大地》、《南海》、《我骄傲，我是一棵树》、《在燃烧的战场》、《春的笑容》、《美国之旅》、《山草青青》、《睡着的山和醒着的河》、《多梦的西高原》等诗集，便收入了他的许多有代表性的佳作，鲜明地展示出他对诗的本质与功能的认识不断深化的过程，鲜明地展示出他的视野更加开阔、诗的意象内涵更加丰富的过程。

诗境崇高美、构思精巧美、想象开阔美、情韵飘逸美
——时代规范性和审美个性的参差与和谐、顺应与调整

我们都能认同"风格即人"的深刻命义，而人却是一切社会关系的总和，就是说构成一种稳定的艺术风格，不单取决于诗人的性格气质、审美情趣、艺术素养、文化积淀，也取决于他的人生道路和生存环境。如果说，青春岁月往往雕铸了人生观念的雏形，那么对于一个诗人，青年时代所形成的世界观和艺术观，就会长远而细微地影响着他的创作风格。李瑛是作为新中国第一代军旅诗人的佼佼者登上诗坛的，在东方既白的历史时刻，他离开北大校园，投身于解放战争的漫天烽火之中，作为战士，他同百万雄师一道过

黄河渡长江跨鄂赣越五岭，直抵广州。诚如他自己所说的："一年半的战斗生活，给我留下了极为深刻的印象：烈日下的行军、暴雨中的追击、星晨暗夜、炮火纷飞、斗争的艰苦、战友的牺牲，在内心引起极大的震动。我的第一本诗集《野战诗集》（1951年出版）就是那个时期留下来的。"（《李瑛诗选·自序》）祖国大陆刚刚解放，他便奉命随军入朝，真切地感受到志愿军战士的情操与风采，遂有第2本诗集《战场上的节日》出版（1952年）。嗣后又相继出版了《天安门上的红灯》（1954年）、《友谊的花朵》（1955年）、《早晨》（1957年）、《时代纪事》（1959年）、《寄自海防前线的诗》（1959年）、长篇政治抒情诗《颂歌》（1961年）、《静静的哨所》（1963年）、《花的草原》（1963年）、《献给火的年代》（1964年）、《枣林村集》（1972年）、《红花满山》（1973年）、《北疆红似火》（1975年）、《进军集》（1976年）、《站起来的人民》（1976年）、《难忘的一九七六》（1977年），其中艺术质量最高的是他于1963年出版的选集《红柳集》。他是以这些数量丰硕、质量互相参差的诗集组成了他前期作品的颇为壮观的方阵，从题材和主题来看，主要是反映军旅生活，歌颂爱国主义和革命英雄主义，歌颂军营内外的进取精神和时代亮色。他曾经说过："就是这个时代的尊严、力量和热情孕育了我这些诗歌"；"诗必须成为斗争的武器，这是诗的荣誉。对于一个写诗的人来说，参加斗争是他庄严的战斗职责"（《献给火的年代·后记》）。这便是他前期的诗歌功能观与诗人使命观，他在青年时期也像他的许多同代人一样，信奉马雅可夫斯基那句名言：诗和歌都是炸弹和旗帜，歌手的声音可以唤醒阶级。因此，他也毫不例外地在创作中体现了题旨的确定性和色调的朗丽，以此构成"对生活的一种解释——一种称赞或一种批判"。但是，可喜可庆他是位懂得诗之真谛的诗人，他认为"既然诗是属于感情领域、美学范畴的一种特殊的文学形式，因此我认为诗人对人的感情世界，应该比任何人都更理解、更熟悉"，既然"诗是精神美的一种表现形式"，那么"诗人所从事的工作，就是创造人的精神美的一种崇高的劳动"（《李瑛诗选·自序》）。于是他以极大的热忱去发现和表现山川美、风物美和情操美，并赋予他们以时代精神。在他精心选择和描绘的意象中，就处处浸润着他的美妙的情韵："哪里传来震天的鼓声/响彻了大地和苍穹？/它惊散林间的云朵/引来万座山头的齐鸣。"（《鼓》）很显然这是由听觉而形成的一种雄壮威武之风，是他所追求的一种美学境界的具体表现。一般来讲，他写军旅生活都很少有刀光剑影金戈铁马的激越，而往往是以细腻灵俏的笔致描绘静谧的诗境，旨在从一个侧面窥探战士们崇高的精神境界与美好的心灵旨在衬托威武雄壮的军魂。在前沿激战停歇之夜，他看到"三更星乱飞／战士怀里落多少／炮管挑起一轮月／好像提来灯笼送喜报"（《炮击金门后》）。他以想象的开阔，提升了诗境的精神气韵，渲染了欢乐与自信。而写夜巡的战士"轻轻，再轻轻／躲开月光，沿低谷潜行／三块岩石，却有三双耳朵／三簇野草，却有三双眼睛"（《月夜潜听》），只是寥寥几笔就勾勒出静中有动、静动相生的画面，让人感悟到战士的坚韧与灵动。他的这类抒情短章，其艺术特征是以小见大，让尺素画面包容万里风情。一颗晶莹的石子"放在书桌上／我便看见了／倔强的安第斯的山脊／这整个古巴的土地"，"那绛红色的花纹／就是你的朝霞／闪光的白点／就是你亮晶晶的雨"（《古巴情思》）；他看蒙古族矫健的射手射箭，便生发了高远的想象："此刻我分明看见一个英武的民族／正策马驰骋在历史的高原——／飞掠的云朵是骏马／一弯彩虹是弓箭"（《射箭》），在时间上他把瞬间推演为历史的长河，在空间里他把个体的剽悍英武扩展为一个民族，就使诗有了较丰富的精神内涵。而另一种艺术手法是寓情于景，让景象、物象和事象自身，包蕴着诗的情韵，"挤奶员想着忍不住笑／一颗心全泡在奶浆里了／泡在奶浆里的还有一片蓝天／火红的头巾，嫩绿的草"（《挤奶员》）；在荒辟的塞外，他却惊喜于"一朵云／拧下一阵雨／匆匆地掠过车篷"，而"车队切开大戈壁／碾着一道七彩的虹"（《雨中》），"一枝枝嫩绿的丝／正蘸着高原的黄色／写春的诗篇"（《高原一瞥》）。在他的前期作品中，这类篇什数量较多，它们以轻盈的笔触，精巧而又自然的描绘，表现欢动的生息和生活的美妙，意象丰富语言活泼，在清纯的色调中常常有浓淡对比，使之色彩纷呈；在传神的描绘中常常融入辽远的想象，使之气象万千，就这样构成了他前期作品的细密而又飘逸、柔美而又矫健的主导风格。

在李瑛的前期创作中，有一些直抒胸臆的作品，或是为了拔高诗的思想境界，在意境之外直抒胸臆或做画外音式的说明，往往显得直白而缺乏诗意，明显地带有解释题旨的意向，或是传达了类型化的情感，因而缺乏新颖的审美发现。作为当时诗歌创作中一种普遍现象，与其说是诗人才气与功力的局限，莫如说是时代的局限；与其说是艺术表现力的局限，莫如说是诗歌观念的局限。新中国的诞生，标志着历史的又一个新纪元，辽阔大地万象更新，处处呈现着生机，人人洋溢着热情，不管是来自解放区和国统区的老诗人，还是新中国土地上成长起来的新诗人，都满怀热忱地为崭新的时代歌唱。但是，政治上左倾思潮的端倪，从 50 年代中期开始，便形成了旷日持久的波叠浪涌的势态，"七月派"诗人们无一幸免沦为囚徒，艾青等一大批有才华的诗人被打成"右派"，"九叶派"的诗人们偏隐一隅或销声匿迹。在曲折流动的历史江河中，诗歌观念时而松动，时而板滞，却趋向板滞；创作路子时宽时窄，却趋向狭窄。对于诗的本质、功能和创作方法，对于诗的基调和色彩、继承和借鉴，诸多理论课题和艺术课题，都以定为一尊的简单方式，形成了创作的约制和威慑。当我们拉开了时间的距离，站在今天回顾昨天的时候，就不能不感悟到，在历史残缺中李瑛能够跟随郭小川、贺敬之、李季、闻捷这些卓越的诗人，在诗的道路上艰辛跋涉，以极大的可能性发挥自己的艺术才华，显现自己的审美个性，并同他们一道努力填补着历史的空白，铸造了一个时代的诗歌美学的高峰，实在是功不可没的。

李瑛的性格和气质，是平和方正的、是儒雅稳健的、是温存细腻的、是严谨谦逊的，何况他认为："作家由于其生活经历、所处的环境、所受的教育，其立场观点、艺术素养、气质个性、美学兴趣等的不同，在处理题材、驾驭体裁、选择形象、运用表现手段和美学追求、使用语言等方面，都有各自的特色，这就形成了作家在所创作的作品中表现不同风格。"他又认为"个人的风格是在时代、民族、阶级的风格的前提下形成的"，因而他喜欢并信奉德国文学批评家弗朗茨·梅林的那句名言："以战斗者姿态出现的诗人和艺术家出现的诗人的统一。"（《关于诗歌创作的十则答问》）他的性格气质和诗歌观念，都决定了他更珍惜时代亮色，更珍惜历史财富，更确信前途光明。在思维方式上，他不会是一种片面的深刻；在行为方式上，他不会是绝对化的肯定和否定。一切富有历史感的诗人，都会把历史视为一种记忆的参照和记忆参照中建立的价值体系，而历史感就是人对历史的深层情感反应，其主要对象是历史过程中产生的物质文明与精神文明，以及创造物质文明和精神文明的主体——人、人民、民族和人类。李瑛是沿着历史的延续性而不是历史的决裂性走向一个崭新的时代的。

在新时期即将开始的时候，对于李瑛具有里程碑意义的作品是他的长篇抒情诗《一月的哀思》。这部在特殊的历史背景下诞生的鸿篇巨制，以江河澎湃般的滔滔激情、摇撼山岳般的磅礴气势，表现了全国人民共同的心理素质和精神命脉，在成千上万悼念周总理的诗篇中成为扛鼎之作。在那个阴霾笼罩、乾坤逆转的历史时期，周总理是正义和良知的化身，在中国人民心中占有崇高的位置。李瑛首先准确地捕捉了中国痛失擎天大树的危难时刻，人民悲哀与愤懑相交织的情绪。全诗至为感人的部分，是十里长街送灵车的悲壮的场面和情境，"车队像一条河/缓缓地流在深冬的风里……此刻，灵车/正经过十里长街/向西，向西……"在诗中反复出现，让历史的瞬间成为永恒。此刻"任一月的风/撩起我的头发/任昏黄的路灯/照着冰冷的泪滴"，这是对感情投入的最细微的把握和描绘，他的深刻性决定了他不满足表现"个别"。虽然任何个别都包含着一般，但他还是倾听全国人民的心声，在艺术手法上他让听觉与视觉相交错，形成了更强烈的感染力："千山默哀/万水波息/微茫里，却传来无尽的哀乐/哽咽的汽笛"，"报纸，披着黑纱/电波，浸着泪滴/每盏灯，都像红肿的眼睛/每颗心，都在哀悼伟大的战士"。同时，他又善于在静态中表现按捺不住的火焰般的情绪蕴积：

> 广场——如此肃穆，
> 长街——如此沉寂，
> 残阳如血呵，
> 映着天安门前——
> 低垂的冬云，
> 半落的红旗……

语言是极其简约而朴素的，然而在特定的环境和氛围中，就构成了整个民族情绪的浓缩。他的视野不断扩展，想象也愈加辽远，那个无处安放的小小的花圈，就"放在长天漠漠的风雪中/放在黄河不息的涛声里/放在旗飞鼓响的战场/放在万木吐绿的大地……"于是他以博大器宇构筑了崇高精神的恢弘殿堂，从侧面烘托了周总理的伟大的人格及其感召力，从正面表现了人民情绪的本质真实：

> 主会场——
> 九百六十万平方公里的祖国，
> 分今场——
> 五大洲南北东西，
> 云水间，满眼翻飞的挽幛，

　　　　风雷中，满耳坚定的誓语。

　　我们真切地感觉到，特定的题材和特定的时代情绪，为李瑛表现富有深刻历史内容与社会心理的作品提供了契机，他自身经过长期的思想孕育和艺术准备，使他的艺术才华找到纵横驰骋的宽广疆域。这次成功的经验能够充分地证明，他既可以表现清新淡雅，又可以表现浓烈激越，既可以表现轻盈飘逸，又可以表现悲壮深邃；既可以寓情于景，又可以想象飞腾；既可以即物咏怀，又可以抒情铭志。动与静相变幻，浓与淡相错落，实与虚相掺糅，为他表现生活世界和情感世界的多样美，显示出多种可能性，他便以尽可能达到的艺术自由，迈进了新时期群芳争艳的诗歌原野，从而确立了自己独特的美学个性。

精神视野的开阔，意象内涵的拓展；从对现实生活的讴歌到对历史精魂的钩沉，从生命意识的复活到悲剧崇高感的诗化

　　新时期的诗歌创作，是在经历了艰辛而繁复的艺术实验之后，形成了一种崭新而较为稳定的格局：这就是美学观念的多样化与审美特征发展的趋向性相并存。所谓多样化，主要指艺术风格、表现手法乃至创作方法的多样化；改革开放作为时代的精神命脉，必然要改变人们固有的封闭式的思维模式和单一的纵向的思维结构，出现了辐射型的较为开阔的思维空间，那种非此即彼的思维模式和审美判断越来越明显地遭到扬弃，代之而来的则是在更广阔的更纵深的物质世界与精神世界去发现新鲜的美与多样的美。我们不必责备昨日诗歌观念的狭窄，因为历史的发展恰如千里江河，总是以蜿蜒细流千回百转形成浩瀚之势奔向大海，但我们确应欣喜，诗歌不管是作为个人工具还是社会工具乃至生命形式，都获得了较为自由的生存空间。所谓趋向性，就是指不管什么样的艺术风格、表现手法，或是什么样的审美个性，都试图让诗更贴近诗的本质。它逐渐同叙事文学、论理文学相背离，而体现诗的抒情本质。鲁迅说"诗是血的蒸气"，已然深刻地揭示了诗的本质是观念情绪化的艺术凝聚，是审美发现过程中具体化的抽象又是抽象化的具体，同时也证明了诗应具有精英文化的品格。

　　雨果说："诗人的两只眼睛，其一注视人类，其一注视大自然，他的前

一只眼睛叫观察，后一只眼睛为想象。"他把人类与大自然截然分开，把观察与想象截然分开，都显得机械而拘泥，但他认为"从这始终注视着这双重对象的双重目光中，诗人的脑海深处产生了单一而复杂、简单而复合的灵感"，却是识家之言，是符合人的感知规律的（《光与影集》）。李瑛就是这样，他紧密地关注现实，能从各个角度发现时代精神与生活的美好，从表现手法来看，颇似他前期创作中对物象具体而玲珑的描绘，但我们发现，在热情洋溢之中已增添了沉思，精神容量日渐丰厚。如《中国农民的起飞》，就是有感于河南新乡七里营乡刘庄的农民订购了一架飞机而作，诗人的目光却没有停留在农村经济富裕的生活表层，而是把明净的蓝天里这"一双簇新的翅膀"，看作"一个勇敢的灵魂/自豪地——闯进历史/闯进黄河上空"。诗人浮想联翩，他仿佛看到这"中国的机翼"正"驮着粮/驮着钢/驮着我们金灿灿的理想/和燃烧的渴望"，在广阔的天宇下飞翔，这架飞机便成了当代中国的象征。由于诗人从宽敞的视角认识这一新生事物，所以就赋予诗情以历史感。这类直抒胸臆的诗句，在构思和语势上同他前期的那种诗思真挚而又热情洋溢的直抒胸臆的段落大体相似，但由于诗人在新的时代高度上对历史有着宏观把握和清晰的透视，这种抒情就不再显得空泛化和模式化，而是洋溢着思想活力。《火炬》是为毛泽东九十诞辰而作，无数的中国当代诗人曾为这位思想巨人唱过热烈的颂歌，历史以明哲的目光肯定了我们与时代脉搏相和谐的心声，又以发展的哲学宽宥我们的单纯与轻浅，那么在 80 年代该怎样歌颂这位"有胜利，也有痛心的失误"的伟人呢？李瑛写道："我们曾经欺骗过自己/如今，总算结束了那愚昧的日子"；"他不是神仙，不是上帝/神仙和上帝是我们千万个自己"，然而"他仍是地平线上一面飞扬的旗"！他以朴素的语言传达了人们心中日渐深化着的朴素真理，没有歌飞鼓响的喧腾，却有自然的感情之波在诗句里流淌："今天，再不必寻找/哪里是他系马的地方/今天的任务，开进去——/这里，那里，都是四化的工地。"令人遗憾，还是有些平白直露，也许还可以找到更为诗化的语言，来表现时代情绪，但我们可以肯定的是，他表现了历史的前进。李瑛的许多诗篇，都是贴近现实生活的，他从平凡的生活细节中发现美的律动。他看到北京的晨曦，朝霞像火一样"在一万扇玻璃窗上燃烧"（《北京晨谣》）；一场春雨能让他想到"种子，生命，瞳仁和掀动的翅膀"（《春雨》）；他看到报载有二十名青年勇救冰河落水者，就想起昔日"人作桥桩，让历史驰过硝烟"；今天"人作阶梯，让祖国攀上云端"（《一个美丽的故事》）。他的诗思俯拾皆是，哪怕是"打开窗子，泡杯新茶/便看见一个绿得透明的江南/和一个庄严而纯洁的中国/——年轻的中国"（《春茶》）；当他漫步天安门广场，就会想到"埋进历史的一切/而今都重新醒来——/母亲的甜的乳汁/父亲的咸的血浆/比霜刀更锋利的愤怒/比晨曦更耀眼的希望"（《天安门广场》）。这类作品最鲜明的特点，就是以明朗的色调表现了万象更新的社会风貌和进取向上的时代精神，但是，意象内涵并不丰厚，尚未突破一般性的认知，而且缺乏更内在更蕴藉的情韵。

与之相比较，倒是他表现革命历史题材的作品内涵更丰富情思更绵长。1990 年他重访革命老区，经历了一次独特的心理体验，他说："重峦叠嶂的飞云，苍茫斑驳的山野，逶迤崎岖的小路穿连着座座家屋村落，革命的遗址，烈士的坟墓，英雄的故事和传说，无不唤起我强烈深沉的历史感觉。"（《山草青青·自序》）这是由于红土地上的一草一木一砖一石都向他诉说着那个"把自己的血点燃的时代"，其中带有叙事色彩的《箫》写得至为感人：那位吹箫的少年扛起枪走上战场了，"在枪声与枪声之间/在山水苍茫里/箫声与硝烟一起/袅袅地飘动"，然而几十年过去了，那位吹箫的战士再没有回来：

> 夜夜，却总有一条小河
> 伴一天冷雨，沉沉地，隐隐地
> 流回当年出发时的
> 那小村
> 那土屋
> 那扇小窗后茂密的竹林

于是诗人便懂得了"一个穿着草鞋的坚强的灵魂"就是"一部高亢的历史"，"当父亲们的食指勾动扳机的刹那/风雨中，便开出一朵红花/震颤了河山/使粮食在艰难中成熟"；当我们凝望着开满鲜花的原野的时候，"而我们的父辈们/早已带着伤疤和仇恨/躺进了泥土，静静地/在荒烟下睡着"（《弹壳》）。从这些有血有肉的诗句中，我们能窥见李瑛萌发了一种新的思维路向，即在历史进程中去确认生命的位置和价值，生命的辉煌和悲哀，我们也隐隐感觉到，在他的响亮的音符中，融入了真实的人性美的情蕴，因而就更感人。对于诗人，历史与生命永远是带有深刻的哲学内涵的诗学命题，而只有在当代意识观照中确立起人的价值体系，才可能理解历史的意义，否则，"每代人都觉得真正的历史只是现在，只是今天才开始——对人们来说，眼前的现实感觉如此强烈，因而过去的已过去，将来的还未到来"（艾特马托夫：《生活与回忆》，《"冰山"理论：对话与潜对话》第 320 页）。我们应该看到历史与现实的不可分割不可游离的内在联系，历史作为一个开放体系，政治、经济、文化、哲学、伦理、道德无所不包，因此历史就流动在现实生活中；还应该认识到，是人创造了历史，历史又制约着人，有什么样的人就会有什么样的历史，有什么样的历史就会有什么样的人。许多先哲都没有能够像马克思那样以犀利的目光揭示人的本质与历史的本质，他认为"说人是肉体的、有自然力的、有生命的、现实的、感性的、对象性的存在物，这就等于说，人有现实的、感性的对象作为自己的本质即自己生命表现的对象，人只有凭借现实的、感性的对象才能表现自己的生命"。同时，他又认为人"是一个有激情的存在物。激情、热情是人强烈追求自己的对象的本质力量"，人就是在追求中开创历史的，"历史是在人的意识中反映出来的，因而它作为产生活动是一种有意识地扬弃自身的产生活动，历史是人的真正的自然史"（《1844 年经济学哲学手稿》，《马克思恩格斯全集》第 42 卷，第 167—169 页）。诗人，倘若能够以真正的人的存在方式感知历史，又在历史环境中理解人的存在，他便获得了认知的自由。李瑛从这个认识基点出发，便对生活有了明晰的总体把握，"战争的血渍/已淤在昨天的门后/满山的野花开放了"，他把弹壳和孔雀的羽毛同时放在桌子上——

> 放在生与死之间
> 战争与和平之间
> 它们重叠在一起
> 以一个坚强的法则向世界微笑。
>
> 在这个多风雨的世界
> 它们用诗和哲学的光芒照耀我
> 以生命的意义
> 向我显示了强大的
> 充实的力和和谐的完美
>
> ——《礼物》

他时而以深沉凝重的感情，回望记忆深处那些浸透着血和火的日子，一次次重现生命的辉煌，不管是战士的征衣还是英雄的墓碑，不管是狱中婴儿的啼哭还是弥漫风雪中的镣铐，都"和历史一起在呐喊中前进/使我们今天的生活变得凝重"（组诗《倒影》），充分地表现出经历过战争的一代人的心理特质与价值观念。他时而以眷恋的情怀，描述自己经历了40年关山万里、云飞浪卷的岁月之后，寻找到生命与自然和谐的诗境，表现出生命意识的强化。

在李瑛的创作历程中，有一个很值得重视的美学现象，即进入80年代之后，他虽然仍有一些贴近社会现实的作品，但他逐步地拓展自己的精神视野，使诗的触角延伸到文化的无涯之海和哲学的无垠的天空。从对诗的本质的理解，似乎也隐约地有一种无形的递嬗，在中国"诗言志"的诗学传统源远流长，据闻一多考证："志与诗原来是一个字，志有三个意义，一记忆，二记录，三怀抱"（《神话与诗·歌与诗》，《闻一多全集》第1卷，第185页），这同中国古代诗论"诗以道志"（《庄子·天下篇》）、"诗言是其志也"（《荀子·儒效篇》）大体一致。但是"诗者，志之所之也。在心为志，发言为诗"（《诗大序》）式的解释，只是阐明了诗的若干功能中的一种功能，这种功能在强调"诗教化"的文化疆域里偏斜，所以朱自清才说："'诗言志'一语虽经引申到士大夫的穷通出处，还不能包括所有的诗。……'缘情'的五言诗发达了，'言志'以外迫切地需要一个新标目。于是陆机《文赋》第一次铸成'诗缘情而绮靡'这个新语。"抒情说的确立虽然表明了诗的本质，仍难以涵盖诗的精神容量，那么想象说、感觉说、综合说、语言结构说等，在中西文化相碰撞相交汇的新时期，未必能获得诗人们的认同，却能拓宽诗人们思索的天地。R. M. 里尔克有一句名言：诗与艺术都是"万物的模糊图像"，"它们希冀成为我们全部秘密的图像，愿意抛却自己凋谢的意识，以满足我们某种深沉的渴求"（《二十世纪外国诗人如是说》，第7页）。这说明人的思索从已知的确定性向未知的模糊性的伸展，正是人类永无终结的精神活动。我国当代诗人们，谁走向了这条无极之路，谁的诗就有可能更丰厚。李瑛写了许多海洋抒情诗，他以诗的触角探求着大自然的奥秘，他写道："从太空望地球/旋转中，只见幽蓝的天光/海，切断了条条大路和小路/海，把陆地在波山浪谷中埋藏//莫非从月亮寻到地球的第一天起/海就这样颠连起伏，恣意伸展？/莫非太阳照耀地球的第一天起/海就这样在它怀里激荡？"作为科学真理，这当然不是李瑛的发现，但他的目光却能沿着科学的轨迹朝向辽远，同时他懂得诗不是对科学的形象化的解释，他只是在更广阔的视野内，去感受诗人的生命与诗化的自然。他在生动地描绘了海的奇幻而壮丽的景象之后，发现了海的永恒的律动：

> 它让我们看云生风起，
> 它让我们看汐汐潮潮，
> 呵，千般色彩，万类音响，
> 甚至从亿万年前的生命，直到今朝。

但是更重要的不是海的长动不息，而是"这里也有情意缠绵的追逐/这里也有凶残的厮杀和咆哮"。对立是如此尖锐，统一更加艰难在他心中大海已成为人间的象征宇宙的缩影，于是诗在大海的身旁找到了"哲学原则和力量"：

> 我找到了年轻幻想时扯起的帆篷，
> 我也找到了——
> 惊心动魄的雷雨，
> 船倾楫摧的噩梦，
> 那狂飙，
> 那雪崩，
> 那乱山啸聚的野云，
> 那海翻山倾的死生；
> 一副副温暖的胸膛呵，
> 一双双热情的手掌，
> 一对对深情的眼睛……
> 在这里，我也找到了忠诚和勇敢，
> 也找到了欢乐和爱情，
> 也找到了明天，
> 也找到了生命……

> ——《海》

在他眼中大海中的一切都是有生命的，巨大的蓝鲸、浮游的硅藻、植物般的动物、鱼类般的兽类、鲜花般的海草、翱翔的海鸥，就连海潮海浪，就连船帆灯塔，都是有生命的。每当他遥望礁脉的雄壮，灯塔的巍峨，海市的喧嚣，渔火的欢乐，就感受到有千种击浪的鳍翅，有万类腾跃的体魄，有激情鼎沸的歌声，有万古不凋的花朵，"这里，生命永远像 18 岁的雷/壮丽而且纯洁/威严而又活泼……/复杂的生命，单纯的生命/竟如此使人惊心动魄"（《海的启示》）。他从更开阔高远的视野内，发现和开掘生命力的意义：

> 呵，时间——呵，空间——
> 历史邃远，苍穹浩瀚；
> 生命，就是从风雨中走来，
> 宇宙，就是在生死里变幻。

在大海上，一只"小船坚强的生命"就是"它的中心和起点"（《船》）。我们已经鲜明地感觉到，他的诗是对主观精神的强化——人的主宰意识和拼搏精神，才拖载着人类之舟穿越沧海驶达理想的彼岸。

一位哲人在谈到人与自然的内在关系时说："只要一涉及美，被人们观察到的首要事实就是自然与人之间的一种相互渗透。这种相互渗透本质上十分特殊：因为它绝不是相互吸收，当自然与人中的一个遭受另一个的侵入或渗入时，其中的任何一个仍是它自身，它保持它本质的同一，甚至它更有力地维护它自身的这种同一。但二者又不是独立的存在，它们被神秘地混合在一起。""就审美情感而言，某种程度上永远存在一种人对自然的侵入。"（雅克·马利坦《艺术与诗中的创造性直觉》，第 16 页）李瑛就是这样，他在诗中赋予高山大海以及世间万物以生命，他赋予生命以意志、不屈不挠的奋斗精神和高洁的品格，他的诗便是主客观的拥抱。他的组诗《红土地之恋》就是对生命力与性格美的赞歌，一只普通的野牛角，诗人赋予它膂力、意志、骄矜和真实的生命，赋予它率真和野性的性格特质，你吹它们仰天而啸，能"吹出魂来，吹出血来/这就是它的生命的价值"，但重要的是"不要磨光打亮/不要红绸银饰/对这只野牛角/请尊重它的性格/不然，它会死去"（《野牛角》）。很显然这已是一种人格化的诗的具象了，其思想精髓是对人格与性格的尊重。

我们历来存在着对于生命意识的肤浅的理解和偏离了学术课题的误解以

及由于理论上的驳杂而引起的曲解，这是令人遗憾的。应该承认，人的斯芬克斯之谜，永难穷尽，人类对自己的认识是一条无休无止的长河。在生命意识中，悲剧意识是根本意识，这是因为生命的有限与时空的无限、生命的渴望不朽与难以不朽所形成的矛盾，就造成了人类永恒的局限与悲哀。古希腊神话中有一个叫西西弗斯的人，他是个终生服苦役的囚徒，他无休无止地推一块巨石上山，每当靠近山顶时就滚滑下来，于是只能重新再推，如此循环往复，在这种永无终结的循环往复中，显示出生命的力量和不屈的意志，所以人们就以这个典型的故事来说明悲剧意识的崇高感。李瑛眼中的"船"，很小又很大，"把分割的土地连成一片"，"它生来就是为征服这万顷狂澜"，它曾经"踏平了波山浪谷"，它曾经"览尽了气象万千"，然而当破旧之后，就孤独地翻覆在海滩上：

> 把一切都交给昨日的记忆——
> 劈波斩浪的豪情，
> 战风斗雨的肝胆，
> 飞鱼、海鸟，激滟天光，
> 航标、灯塔，无尽的渴盼……
>
> 把一切都交给昨日的记忆——
> 舷边翻花的水翅，
> 尾后雪白的浪线；
> 甚至遥远的遥远的梦，
> 也似一天冷月，
> 洒下这满海的银片……

这是一首悲壮的挽歌，在凄婉与苍凉、激越与悲慨相混融的情调中，写出辉煌包含暗淡、暗淡包含辉煌的生命辩证法，诗人以冷峻的理性观照岁月运行的规律和不可逃避的生命现象。

在1982年李瑛写了一首《鹰》，它是中华民族理想的象征，一只矫健的雄鹰，翱翔在长城的上空，"在太阳和大地间回响的/是你强大的脉搏在跳动/你迎着阳光，览尽天涯海角/生命里流出一片火的激情"。9年以后，他又写了一首《一只山鹰的死》，却只是写山鹰，是写生命残缺中的完整，谁也不知道它是怎样死去的，是雷殛？是风暴？"它的头依然高昂着/紧闭着倔强的钩喙/一双锐利的眼/仍望着人间/它铁钳般锋利的爪趾/紧攫着岩石/双翼紧抱着山和大地/翅膀上每一根羽毛，都有雷雨击打的伤痕"。然而不能说任何一种死亡都意味着终结，不能说任何一种终结都是灵魂的死灭：

> 在撕裂的胸肌边
>
> 精壮的血
>
> 染红了绒毛和天边的云
>
> 唯有最后一滴
>
> 流出，却不肯凝固
>
> 像火种闪烁在天空
>
> 并发出芳香
>
> 彷佛一阵风吹来
>
> 它的生命便会重新燃烧

　　两首诗相比较，前者虽气象高远，闪烁着理想的光辉，却显得高渺而空泛；后者虽具体，却深化了对世界与人生的理解，表现了残缺的悲壮比平庸的完整更富有生命的价值，从而显现出悲剧的崇高感。同一题材的两首诗相比较，可以清晰地看出李瑛创作的日渐深化与意象内涵的日渐丰厚。

　　历史在文化源流中浸润，风骨在人格模式中重塑，哲理在意象群落中闪烁，确指性与暗示性错落交融，阳刚美与阴柔美相映成趣。

　　在80年代，最能反映李瑛艺术探索和美学趣向的诗集是《南海》和《我骄傲，我是一棵树》；在90年代初，最能表现李瑛艺术才华和美学魅力的诗集是《睡着的山和醒着的河》与《多梦的西高原》。

　　诚然，他踏着英雄们的足迹去寻找昨日的峥嵘岁月，这不能不说是对历史的重识，但历史是一条有始无终的连绵不尽的长河，中国历史是同华夏文化相生共存而又跌宕发展的，李瑛说："黄土层中出土的陶罐、钱币和远古器皿的残片，从那些斑驳得难以辨认的铭文中，使我产生一种十分凝重深沉的历史感觉。"苍茫的荒原远离喧嚣的城市，却使他感到"是一片更接近自然的大陆，像整个宇宙磅礴的生命都袒露在你面前：浩瀚的沙海，粗犷的戈壁，巍峨触天的雪岭冰峰，这里是盘羊、雪鸡和蜥蜴的世袭领地，在漫无涯际和人迹罕至的地方，在肃穆广袤和深沉中，却跃动着生命的无限活力"；

在这里，"我的感情得到了新的积累和丰富，视野又得到了开拓，对人的精神世界的理解更加深刻了"（《多梦的西高原·自序》）。于是，他便神思浩荡，激情飞越，便有一篇篇浑阔而深邃的诗诞生了；遥远的昔日繁华，都沉积于荒城颓垣之中，"息了，钟鼓/哑了，羌笛/干了，杯中的酒/朽了，楼头的旗"，那么"无论王侯和庶民/也已一起埋进大漠风的旋涡里"。他没有刻意追寻富有哲理的警句，然而关于时间与空间、暂时和永恒、微观与宏观，不是都浓缩在他的诗句之中了吗？重要的是"历史失落了很多东西/很多东西又在寂灭中/崛起"（《古城游思》），在干涸的荒原，凝聚成浑圆落日的"是泥土/是陶片和木俑/是发黄的线装书/是一个民族的胸膛和背脊"，因为"历史深处/有永不凝固的血"（《落照》）。也许正因为历史的血脉流淌至今，才使诗人怀想昔日辉煌，生发今日的悲慨：

> 所有边塞志的铅字
>
> 被大漠风吹的满地乱滚
>
> 然后便埋进瀚海戈壁
>
> 但这条柔软又坚强的路
>
> 毕竟已成为历史风景
>
> 活在繁盛喧嚣的回声里
>
> 只是我不敢
>
> 寻找驼印里埋下的铃声，不敢
>
> 挖掘仍然发烫的鸣镝
>
> 怕在暮色苍茫中
>
> 挥泪如雨

——《丝绸之路》

诗人惊喜地发现，在斗转星移世事巨变之后，是沸腾的血与烈性的酒，共同浇铸了文化性格，如朴素的高原和巍峨的山岳一般，支撑着华夏文明。那让人牵魂动魄的信天游，"是滴在高原的泪"，又是"开在高原的笑容"（《信天游》），所以，才久远地滋润着北方大地上世世代代男男女女的心。那在两千年前走失的秦兵俑，却虎虎有生气地站在今天与历史中间："岁月和泥土都无法使你衰老/你仍然是十九岁的年纪"，"此刻，尽管披满身尘土/仍掩不住一身豪气"（《武士俑》）。大江东去苍山已老，是什么支撑着宏阔的天宇？诗人发现了倚着太阳而"站着黄土塬/站着父亲们宽厚的背脊/许许多多断裂的沟壑/许许多多斑驳的投影/悲壮和痛苦的/人、山歌和大地"（《脊背》）。他以无数灿烂多姿而又遒劲跃动的意象，反复印证着中华民族久远而绵长的文化源流所浸润的质朴而坚韧的文化性格，才使一部流动的历史永葆青春的活力。

早在 14 年前，李瑛曾发表了《我骄傲，我是一棵树》，因为运用了拟人的手法，曾引起诗界关注。有人认为这首诗具有现代主义色彩，因而显得空灵高邈；有人认为他叛离了现实主义道路，为之义愤填膺，他自己认为仅仅是"以夸张的手法和鲜明的形象，表现了奔放的激情和对埋想世界的追求与向往。我以树木这个美好的形象，寄寓了自己的理想和献身精神"（《关于诗歌创作的十则答问》）。其实，关于现实主义与现代主义的界定并不重要，重要的是他表现了一种崇高的人格精神：正直坦荡与无私奉献："条条光线、颗颗露珠/赋予我美的心灵/熊熊炎阳、茫茫风雪/铸就了我斗争的品格/我拥抱着——/自由的大气和自由的风/在我身上，意志、力量和理想/紧紧的紧紧的融合。"这篇力作同他 90 年代的同类题材的力作相比，却显得理胜于情，而且缺乏更深厚的文化内涵与更灼热的人性魅力。李瑛近作是凝重而浑厚、深邃而洒脱的：《端阳》与所有怀念屈原的作品不同凡响，与其说是构思新颖，莫如说是他更理解民族文化与民族灵魂之间有着怎样深刻的内在联系。他说："历史的伤口，流出/第一滴血的这一天/人类最早开放的花朵/凋谢了"——

> 当那把瘦骨
> 溅起的水花平息之后
> 所有的江河都迷失了走向
> 使两千年前的鱼
> 失眠至今
> 循着哭声
> 寻向中国文学史的喉咙深处
> 去把他那
> 飘曳在江南水草上的带血的
> 被剖心裂胆的隐痛腌透的

> 哧哧地冒着白烟的火炭般灼人的诗
>
> 一行一行地捞出晾干吧
>
> 用来织柔软的丝绸
>
> 点作灯火，或
>
> 铸成闪光的锋刃

对于诗人，题材并不重要，重要的是他心中有深厚的文化底蕴和广阔的哲学天空，才能表现傲然世俗凛若冰霜的风骨。李瑛最近发表的《恐龙骨骼》、《溶洞记游》、《祁连山寻梦》，都强烈地表现出那种超越时空的美学魅力，恰如他在《清明》中写的：

> 这一天，揭开隐痛和伤口的人几乎死去
>
> 而死的人将都回到家里
>
> 使生存和死亡的界限
>
> 变得模糊
>
> 这一天，在人间，本来是有限的距离
>
> 却凝成无限的痛苦
>
> 时间和空间酿成一碗烈性酒

我们很难用简洁的语言，对它的内涵进行指定性的阐释，我们只能沿着祭奠文化的向路，去窥探骨肉亲情，在生与死的临界点上，去思索生命与人性的奥秘。李瑛在新疆曾观看一幅表现原始社会"生殖崇拜"主题的大型岩画，这幅岩画是 1988 年才被考古工作者发现的，这对于研究原始社会史、原始思维特征、原始巫术与宗教、原始舞蹈、原始雕刻艺术及古代民族、民俗诸多学科，都有重大科学价值，同时，它也必然引起诗人以诗的方式去探究一种富有独特美的并且充满着永恒魅力的主题。诗人以洋溢激情的笔致写道："一幅岩画如一支歌/半埋入凝云，半裸于苍壁/他们尽情地跳舞交媾/他们虔诚地祈求生殖/纯净的生命花朵般盛开/这群圣洁的永不凋谢的男女/听见吗，他们/野性地呼喊和欢乐，至今/仍荡在山环里。"于是，他有了这样的理性升华：

> 太阳般炽热的是我们的父亲

月亮般纯洁的是我们的母亲

他们精壮的骨血、丰满的乳房

已成为图腾

已成为一首史诗的源头

升起来，纯情的质朴的爱、美和力

使生命获得无限延伸和永恒

——《读呼图壁岩画》

　　假如让时间倒退十年，人们很难相信这是李瑛的诗句；假如让时间倒退二十年，不知有多少人会对它口诛笔伐。历史是前进的，我们无法质疑，诗也逐步挣脱了封闭和虚伪的羁绊，沿着文化的江河，去寻觅生命与灵魂的真谛，去寻觅真善美的真谛。

　　在表现手法上，我们从李瑛诗作的发展趋向中，似乎也能感悟诗的某些艺术规律：凡是偶有格言式的哲理表述，都往往只能表达类型化的确认和已知，而让哲理融合在意象之中，才能开启未知的门牖，让我们走向宏阔的哲学世界和文化疆域。中国视觉艺术有着共同的美学特征："中国好沉思的画家与事物融为一体，他非但没有被事物汹涌的激流所冲走，反倒抓住了事物自身内在的精神。他引入事物，指出它们精神上的含义，而对那许许多多感觉厌烦的血肉般的形式和色彩、丰富的细节或装饰则不予考虑；他力求使事物本身在他的布帛画纸上留下比它们自身更深刻的印象，同时还要揭示出它们与人的心灵的密切联系；他领略到它们内在的美，引导观看者去认识它。"（《艺术与诗中的创造性直觉》，第 26 页）诗的创作方法可以不同，表现手法多种多样，但诗的抒情性的本质和富有主观色彩的美学特征，都决定了它更像绘画中的意笔传神，而很难像绘画中的工笔写真。

　　李瑛是位富有时代责任感的诗人，他无愧于时代；李瑛是位富有艺术自觉性的诗人，随着时代发展，他不断拓展诗的内涵，也不断提高诗的品位，以绚丽多姿的色彩描绘了历史前进的画卷。他的诗属于昨天和今天，也属于更灿烂的明天。

1994 年 9 月 3—10 日于北京

原载《文学评论》1995 年第 1 期

李瑛诗歌的新形态

蒋登科

　　李瑛从 1942 年开始发表诗作，到 1992 年，他的诗歌艺术生涯已走过半个世纪的历程。李瑛的成果是丰硕的，从 1944 年出版的《石城底青苗》到 1993 年出版的《纸鹤》（收入 1993 年以前的作品），他共出版诗集、诗选集 41 部，这在中国当代诗人中是不多见的。更令人欣喜的是，李瑛并没有就此却步，而是把创作 50 年作为艺术探索的新台阶，使他的诗歌在艺术上呈现出新的形态，他的追求与探索或许可以为正处于艰难中的新诗提供一些有益的启示和借鉴。

　　李瑛诗歌的这种变化的基础主要是诗人切入生命的艺术视角的调整，他在诗集《生命是一片叶子》的长篇后记中说："到我创作五十年，我已走到老年的门口，我想，我必须把我的各种事情好好整理一下，带着周身疤痕和心灵的创痛，也带着五十年饱经风霜的成年人的思想感情中所积累的对社会生活的体验、认识和理解，在进入老年之前，我应该冷静地看看自己的一生，从人生和文学中，学到了些什么，目的是什么，意义是什么，以及有哪些欢乐和痛苦、失败和成功。在生命的黄昏中，我想把自己所生活、所理解的人类放置在广袤的宇宙之间，从那里寻找出生存的价值和生命的意义。"诗人是在总结数十年人生与艺术历程的前提下展开新的艺术探索的，创作心态的变化（比如对人生的全方位观照）、艺术视野的拓展（比如宇宙意识、人类意识的呈现），等等，必然使他的诗在既有成就之上显现出一些新的面貌，从而在诗的哲学思考、文化底蕴、艺术传达等方面体现出新的价值和意义。

一、走向开阔：历史意识于人类意识的加入

李瑛常常被称为"军旅诗人"，换句话说，他的诗主要是表现部队生活的，或者以军人的心态观照现实与人生，这当然是他的诗歌形成自身特色的重要标志，事实上，李瑛的许多作品正是因此而为人所知的。但是，相对于整个人生现实和人类精神世界而言，这种特色又有其局限性，必然会以牺牲其他题材、其他艺术主题为前提。就诗歌历史来看，不少大诗人比如歌德、海涅、普希金、聂鲁达、李白、杜甫以及郭沫若、艾青等，都不是以单一题材、主题而获得成功的，相反，他们胸怀全人类、全生命，从不同角度展开了，对生命的表现，既包括生命之美，也包括生命的沉郁，更包括了对整个生命实现的渴求。

李瑛早就意识到这一点，自进入 20 世纪末期的 90 年代开始，他的诗歌发生了十分明显的变化，历史意识与人类意识在他诗中的出现就是显著的标志。在诗歌中，历史意识与人类意识不是那种理论上的阐释，而是关于历史与人类的全方位思考和心灵观照。在李瑛的诗中，这二者是从不同层面上体现出来的。

对自我生命历程的体悟是李瑛诗歌的历史意识于人类意识的基础，诗人把自己当成人类历史长河中的一个现象和过程，以回忆的方式描述这个过程中的各种滋味，这样就形成了全景式的生命图谱。《回忆童年》一诗写道："沉思中，我的/脚、心、瞳仁和影子/变成了一组激动的/琴键"，"琴键"是弹奏生命乐曲的，而"沉思"则是李瑛诗歌的新面孔，既勾画出了生命的律动，又展示了生命的本色，应该说是进入了一个较高的境界。

每个人的一生都会遇到许许多多的具体事件，但是，对于诗人来说，仅仅停留在这些具体条件上，那只能是浅表的，诗人的真意应该是从这些事件上所感受到的生命的真义。在这方面，李瑛是优秀的，他的个人的经历为线索，思考人和人类，把握过去和现在，也预感未来。《过汨罗江怀屈原》："瘦得如一棵兰草/只剩一把高翘的胡子//把世界装进陶罐/抱着它，纵身跳进波涛里//……燃烧的波涛站在凄清冷月里/苦难中，谁能找到丢失的钥匙……请你回答，请你回答/两千五百年，盼一句好诗。"与李瑛的以前的一些诗相比，这首诗显得含蓄而有韵味，他没有直接地告诉我们一些什么，而

是把"沉思"留在了字里行间，但对人生的意义，我们也由此而又所领悟。

在这里，我们应该特别提到李瑛的一组以"回忆"为题的诗，这组诗都是写童年生活的，浸透着诗人的人生意趣和生活目标，当然也饱含诗人数十年风雨人生中的沉浮冷暖。应该说，诗人的这种意趣不只是他个人的，乃是表了人类对一种境界的永恒渴求。《回忆：关于山溪》是回忆童年伙伴的，诗人写道：

> 一生都在追求
>
> 天真可爱的野孩子
>
> 我童年的小伙伴
>
> 至今仍夜夜敲我的小窗
>
> 以稚嫩的童音，唤我
>
> 一同到大海去
>
> 它心灵的纯净和庄严美
>
> 给我以亘古的昭示

"山溪"与"小伙伴"，是一对同等意义上的意象，可以说是诗人的理念的化身，单纯与追求以及追求中的自由，是全诗的主旨，诗人的怀念中包含着对过往人生的评判，意识是十分开阔的。

诗歌切入人生的视角是十分重要的，有些诗人以天赋的机敏表达对一事一物的沉思，在表现上颇见功力，但却缺乏底蕴，也就是缺乏大家之气。李瑛则把自己放置于人类历史的大背景上，这就使他在评判人生的时候具有了更多的更可靠的参照对象，从而使他的诗具有了深厚感、凝重感，而不至于见愁即愁泪满面，见乐则乐不知返。对人类和历史的观照使诗人洞视了更多的心灵密码，愁则愁得实在，忧则忧得动心，乐则乐得开怀，而事实上，在真正的人生中，这种种滋味是交织在一起的，而这也正是李瑛诗歌的滋味。

在谈及自己回忆人生时的心态时，李瑛说："现在，我的动力没有衰退，我的活力和创造力甚至比过去还更旺盛，我的艺术感觉和思维能力似乎也比过去更敏锐，我的乐趣和爱好也仍然和当年一样强烈和浓厚，过去的许多欢乐仍不断给我美好的回忆，过去的许多创伤也仍然感到像当时一样疼痛。……我不大顺从岁月的冲刷，始终保持着自己的一片童心。"这种心态还是典型的诗人的心态，诗人正是把一切感受化合为诗的营养，才使他的诗摆脱了单一与单薄，而进入一种开阔的境界。对于优秀的诗人来说，失去的有时候也就是得到的，对这一点，李瑛的诗似乎做出了可信的回答。

二、走向深入：关于生命的哲学思考

各种艺术样式在表现生命的时候有各自的独特方式，但它们总有一个共同的旨趣，那就是对生命哲学的揭示。诗歌与哲学有很深的渊源，优秀的诗歌总是在强化自身身体规律的同时，也在不断临近一种哲学境界，这种看似矛盾的法则恰好就是艺术的辩证法。

诗歌关于生命的哲学思考当然不是依靠哲学式的推理来完成的，它主要来源于诗人感悟人生的深度、诗所具有的独特的普视性，当然，它有时候也依赖于诗人的理性思维。在这几个方面，李瑛都在进行着有益的探索。诗人很直观地谈到了这种变化："在日常阅读中，我对生命、生活、人生、艺术和美学等意义和价值方面的认识，既在比起过去似乎有了更深的领悟；在思想上，我一向是生活在未来多于生活在现在之中的，而近年我发现自己常常是不自觉的沉浸在对过去生活的回忆之中，也许是由于过去的岁月越来越长，生活的积淀越来越多的缘故。"

李瑛诗歌的深度是诗人人生认识深度的艺术化体现，同时，诗人人生阅历的丰富，也促成了他的诗在题材、主题上的拓展，这样一来，诗人的观照对象就不只是他自己，而是他所认识的整个生命世界，他的诗自然也就不是封闭的、与世隔绝的产品了，在这样的背景之下，李瑛诗歌的丰富以及由此体现的生命的深度、广度就是自然之事了。他既从《竹根雕》、《蝴蝶标本》中悟出生命流泻，也从《凉州词》和《夜光杯》中感受生命之悲壮；他既写《戈壁滩上的风》，也写《城市的石狮》；他既歌唱《逆风飞行的鸟》、《荒原上的向日葵》，也快慰于《迎接新的太阳》、《春天开始啼叫》。在他的诗中，生命的全貌就这样显出了端倪，生命的本真面孔也就这样呈现出来，表达了生命本质的诗自然是具有特色与深度的诗。

《夜光杯》一诗可以说代表了李瑛对生命的多重思考："一只翠绿的夜光杯/跳荡在千层沙浪后面/半是沉默，半是燃烧。""夜光杯"是历史，也是诗人思考生命的承载体，历史与现实相距也许很遥远，但又是那么相似、临近。"历史如梦/商旅和征战全都远去了/那从酒杯里溢出来的/水波、雪花、月光和云/都一滴一滴/渗进了泥土。"具体的生命载体在消失，然而，真正的生命是不灭的，"只有疏勒河、祁连山、千佛洞和嘉峪关/仍在荒草中/像一张张脸，倔强地/凝视着我们"，它们刻记着历史，也眼望着未来，"我们"实际上就是生命的现实，也是生命的承续者，从历史中寻找着启示与动力。"一只酒杯/一只翠绿的透明的酒杯/一只多情的爱怀古的夜光杯/如一朵花或一颗星/闪烁在沙滩的浪尖上/半是欢乐，半是忧伤。"诗人的感悟是深刻的，"沉默"与"燃烧"，"欢乐"与"忧伤"正是生命的本质，诗人通过思古与观今把这一本质揭示出来了，在艺术上是达到了一种哲学性深度的。

当然，在李瑛的诗中，哲理地传达人生与生命本质的诗篇更是不在少数。不过，这不同于一般的哲理诗，其一，它们不只是表现日常的、表层的哲理；其二，诗人是以自己独特的人生认识来升华一种哲理的，没有那种说教的成分。《杏花》是李瑛借陆游诗意而写的一首寄怀之作，诗中意象丰富、韵律优美，有一种在李瑛过去诗作中难见的古典雅韵，就是在这样一首诗中，我们也可以找到诗人哲学地思考人生的诗情。诗人写道：

> 空间浩瀚，时间邈远
> 那位老诗人把满腔情愫
> 再一次写下来
> 清纯却又苦涩
> 又像在燃烧
> 使今天的我们清晰地看到
> 在杏树和风景后边
> 站着的是生活中多么严峻的
> 真实

"杏花"只是一个背景而已，诗人所看到的诗背景之前之后的"严峻的真实"，这就是实实在在的"生活"。这首诗的略带忧怨的调子以及诗人的对比映照的手法，把我们带入到一种理性思考的新天地。由诗人的感性认识引导读者进入一种理性天地，这在李瑛诗中是常见的手法，因为他的诗处处牵涉到人生与现实，处处都隐含着对生命的多层面观照。

就历史来看，过多地与现实结合的诗不一定会受到诗歌艺术的最终认同，因为现实毕竟会远去，而成为"断代"的历史事实，最终会被新的现实所遮掩。但是，于现实中表达出来的那种具有深度与特色的人生认识却能较多地为后人所接受，因为诗歌是以承传精神为主的艺术样式。因此，李瑛在探索生命本质与意义方面的努力方向是符合诗的文体规律的，这一点最终会为新诗的发展所证实。

三、人文关怀：现代诗歌精神的闪光

进入 90 年代的中国诗坛，处境十分艰难，但是，诗歌本身也体现着一种怪异的面孔。社会转型导致了人们精神世界的变化，这种变化主要体现在人们对转型的文化的不适应，这不只是一种表面现象，而是一种深层的、生命层面上的无所适从，因此，这种变化在很大程度上决定着人们对生命的认识及其价值取向的选择。在这样一种文化境遇中，以传达人类精神为主的诗歌，本应对人们的精神有所引导、有所抚慰，也就是说，新诗应该在对生命的人文关怀上做出自己的努力。然而，事实却不完全如此，以"后现代主义"为主的一些诗歌思潮却不顾及生命的现状，在本已受伤的心灵世界上"雪上加霜"，把生命切割成血淋淋的块状，也许有一定深度，也许有一些真实，但对于真正的生命来讲，似乎显得残忍了一些。文化转型中的人们呼唤的是对生命本体的复原，是对生命的抚慰。

在这方面，李瑛是有所作为的，他的诗在表达人生深度、广度等方面与以前有了很大的变化，但作为一个终生与诗相伴的诗人，他也保持着自己认定的某些审美要素。李瑛的军旅诗所表达的主要是一种对生命的挚爱和对生命的开拓情怀，在他 90 年代的诗歌中，诗人对生命的认识有所发展，但他对生命的挚爱和理想光辉却仍然保存着，并且越来越显出它的生命活力。这也许是一个有趣的巧合，但这个巧合却是具有重要的诗学价值的。以它来与现在的诗坛和人们的精神世界相对照，它的独特价值不言而喻；以它来反观诗人过去的创作，也可以看出诗人在诗的人文精神的追求方面也是走着一条与人类精神相一致的道路的。只是随着时间的推移，李瑛的诗歌在诗的文体探索方面显出了更多的新景观。

李瑛"不同意创作的无目的性"，他认为"我们应在诗中追求一种有意义的生命"。在另一方面，他还说："我希望我的诗具有强烈的艺术魅力，希望它是有目的、有力量的。"这里所谓的"有目的、有力量"，实际上是诗的使命意识。诗的使命意识是李瑛在创作中的一贯追求，只是在新的探索之中，诗人更多地将它与生命意识交融在一起，从而使他的诗显出了更强大的生机。

人文关怀是诗的使命意识的主要体现方式之一，它是诗人在穿透生命现实之后对生所进行的一种拯救。穿透生命现实是诗歌探索生命的第一步，是对生命现状的描述，但是，"现状"并不就是生命的本质状态，在穿透之后还需要诗人的审美评判，这种审美评判之中就渗透着一种使命意识。李瑛的诗歌全方位地揭示历史与现实，实际上就是一种现状描述，但他的揭示不是纯自然主义的，而是饱含着诗人的人生认识，于困顿之中寻找着理想的光亮，寻找着生命的解放，并力求改变现实生命中的种种非生命因素，这样一来，他的诗就具有了一种特有的人格精神。李瑛有一首《家》，题材再普通不过了，但诗人写得充满深情、耐人寻味。"家"本来就很普通："家是挂我三顶帽子的地方／是放我走过很多条路的鞋子的地方／有一片屋顶／把风雨遮在门外／有两扇窗子／可以看风景和宇宙／有一张床和一盏灯／让我读书、工作、听音乐、寻梦。""家"就是这样一个港湾，然而，"无论你走多远，千里万里／它总是一言不发，站在那里／发光，像星星，照着你／使你怀念只有自己熟悉的／气息和亲情／唤你回去"。在这里，诗人实际上写了生命的一种境界和归宿，宁静、安详，换句话说，诗篇表达了对生命的抚慰，这并不是对现实的逃离，而是在呼唤生命的复圆。这样的诗，是容易走进人们心里并给人以鼓励的。

在李瑛的诗中，这种情调的作品为数不少，比如《蜡烛》，既在"亡灵前"点燃，又在"婚筵上"闪光，不同的际遇寓意着不同的滋味，那便是生命："无论哭泣或者欢乐／无论淌下的是泪滴还是蜜汁／都是从胸腔抽出的一条肋骨滴下的／都是圣洁的纯情／它最懂得它们之间的距离／幸福与痛苦还是生命的两半／中国没有愚人节／蜡烛是一首真实的诗。"诗人娓娓地道出了生命的本象，让我们去品味、沉思。在《生命》一诗中，诗人写道："生命本该永远不息地奔腾／如今，它们已失去活力和声音／已失去光和柔美／一条条身体和思想都已干瘪的鱼／僵硬地晾在绳子上／风干。"这里蕴涵着诗人对生命活力的渴望。即使在"小蜜蜂"身上，诗人也看到了生命之美："你使世界生活在歌声的光芒里／你的存在／诠释着生命的美。"（《小蜜蜂》）因此，在李瑛的诗中，虽然表达了生命的艰辛与凝重，但更包含着生命的力量与亮色，这种对现实生命的人文关怀是世纪末期的中国新诗所特别需要的，也正是李瑛诗歌的特色所在。它让人沉思而不只是空吼，但它不让人觉得沉郁与压抑，因为它或多或少地为困顿的生命带来了希望的光芒。

在这里，我们想借用李瑛《春天的树》中的一节来反观其诗的特点：

> 生命的力与美
> 　　淳朴和精壮
> 使它们感到这世界太小
> 　　在这长翅膀的年龄
> 它们把生活燃烧起来
> 　　一边向世界吐出芬芳
> 　　　　一边向人们诠释希望

其实，这正是李瑛所追求的诗的魅力。诗应该是鲜活的，有一种内在的力量，让人去认识这个世界，也让人去热爱生命。爱，正是李瑛诗歌的人文关怀的核心，他对生命的沉思、对生命的渴求，都出自对生命的爱。并且，与过去的诗相比，李瑛诗中的"爱"显得更开阔也更深沉，或者说有了更厚实的基础，因而也更具有魅力。诗人在总结这种探索的时候，做了如下的总结："感谢我们值得骄傲的父辈和祖先，给予我他们的基因和一份纯净的鲜血，使我得以有至高无上的爱和积极的思绪、质朴和正直、善良和纯真，使我得以在对生活的观察中，引发出心灵的折射，或消融于哲学的沉思，或映照艺术的情韵；就是受这些激发，才使我能永葆心灵的青春和诗的激情。"艺术的青春来源于诗人心灵的青春，李瑛诗歌的内在魅力是诗人生命活力的显现，同时也是中国文化中优秀的审美理想的现代化延续。

四、大巧若拙：诗美传达上的新开拓

诗歌无论表现怎样的题材或主题，最终都要以诗的独特方式展示出来，或者说，诗歌探索的成就在很大程度上体现于诗的传达手段上。在诗的文体构成的各要素中，语言方式是其根本与核心。

在以前的探索中，李瑛的诗更多的是注重内容上的开拓，在形式的探索方面存在着一定的不足，而在另一方面，对形式因素的重视不够又影响了内容开拓上的深入，这就使李瑛的诗歌在很大程度上存在着单一的面貌。自《我骄傲，我是一棵树》等作品开始，李瑛注重了对诗的形式的思考，在作品中融入了更多的现代表现手段，而到了 90 年代，他的诗的传达手段显出了更多的特色与个性。

对象征性意象的运用是李瑛诗歌走向丰富的重要标志。李瑛过去的诗也运用意象，但多为比喻性意象，本体与喻体之间的关系比较单一，这就容易造成诗歌在内涵上的一览无余而缺少含蓄蕴藉的艺术张力。以诗人的名作《献给仙人掌的赞歌》为例，诗人多侧面地刻画仙人掌的特性，最后落实到对战士情怀的歌唱，"是意志的凝聚，是力的形象／是对祖国的忠诚在闪光／你的意志和力的总和便是你的美／美丽的生命永远不会死亡"！"仙人掌"是忠诚"战士"的象征，但是，由于对应关系太直接，让人一目了然，这就使意象失去了辐散意味；同时，诗人情感的直接流露，也使作品隐含的意味损失不少。

象征性意象则不同，意象本身就包含着一切，由于作品结构上的独特性，意象的意蕴可以不直接表露出来，从而使作品的内涵辐散得更开阔，换句话说，就是使作品具有更大的情感包容量。《杏花》是这方面的代表作，"杏花"的独特性在于，既可乐春，亦可伤怀，悲乐同存，作品自然就有了开阔的意境。

下面是《落日》中的一节：

有翅膀的太阳
比鹰隼飞得更快
从云朵和红柳梢上
倏忽，轰然坠下
头颅
直扎向荆丛遍地的荒原
那声音很大
你必须捂住耳朵
顿时溅起四射的沙石
它迸出的锋芒
能刺穿你的皮肉

> 让你不敢睁眼
>
> 接着大地便燃烧起来
>
> 它的血燃烧起来
>
> 使赤裸的荒原壮丽而凄凉

诗人描写日落时的情景，可谓生动而悲壮。在这里，"落日"便是一个很有意味的象征，它象征一种力，一种悲壮的力，正是荒原上涌动的生命的力。即使不要以下的诗节，这一节也是一首优秀的诗，甚至更有魅力与韵味，诗人隐藏在诗的背后，调动读者无尽力的想象，深沉而含蓄。

当然，李瑛一般不采用这种方式，他总是想把诗的意韵表达得更明白一些，因此，他常常爱站出来直接表达他所追求的东西，这一方面方便了读者，但在另一方面娇惯了读者。从诗的文体建设上来讲，使人们似乎隐蔽一些好，即使隐于诗后，诗人也仍在诗中，因为诗中的隐含的内蕴也是从诗人心灵深处流淌出来的。

为了表达生命的力度，李瑛诗歌中的意象往往具有雄浑的特点，高山、大河、荒原、大漠、雄鹰、落日等等都是诗人所喜爱的，这就使他的诗风格上形成了要么高亢、要么悲壮的特点，与婉约诗风、柔美诗风形成明显对照，显出大江东去的气魄，这也许与诗人生活在北方大野、奔游于高山大海以及关注人类命运的大视野有着内在的关联，诗的风格往往就是诗人内在气质的一种艺术体现。

为了表达内心的丰富，李瑛的诗歌在很多时候大事铺陈、一气呵就，不太注重精雕细刻，给人一种大巧若拙的感觉，这是诗人具有丰富的艺术想象力的结果。但是，在另一方面，我们也应该注意到，优秀的诗歌在表现上主要是以精巧与妙思取胜的，过多的铺陈可能使作品显得杂乱、臃肿，从而影响作品在艺术传达上的独特个性。在李瑛的有些作品中，我们就可以发现一些不必要的诗行乃至诗节，如果删除它们，诗会显得更精练、更紧凑一些，诗意也会更浓郁一些。在李瑛的诗中，我们很难找到赝品，因为这些诗都表达了诗人真诚的人生思考，但是，也影响到他的精品，这恐怕是与诗人在传达上的某些"粗糙"有关的。

总的来讲，李瑛在进入 90 年代以后的诗歌探索之路是正确的、有成效的。诗人在保持了既有风格的前提下，在表现人生的广度、深度以及诗的传达手段等方面做出了新的尝试，这是诗人诗心不老的体现，也是诗人对人生挚爱的一种体现。李瑛有一首《望海》写道："攀上山巅望远海/漫空飞卷的乱云里/一面红旗/正迎着风暴/向前。"这也可以看作是诗人对他未来的诗程的描述。

说明：文中除诗以外的引文均出自李瑛诗集《生命是一片叶子》的"后记"。

1996 年 11 月 9 日于西南师大中国新诗研究所

原载《文艺理论与批评》1997 年第 2 期

李瑛的"秘密"

绿　原

　　诗人李瑛以其力作《生命是一片叶子》荣获第一届鲁讯文学奖不久，又推出了堪与前者比美的一部新作《黄昏与黎明》，其中题材除小部分是作者应邀访问埃及的感事抒怀外，大部分是他在祖国大地（以陕西、青海为主）访贫问苦之所得。从题材本身不难理解，这里写的是正在"熄灭"的大西北人民的历史坎坷，和正在"燃烧"的他们在艰苦奋斗中的现实希望。这些客观题材就其直观性和普遍性而言，想必不少诗人都可能遇到，但它们在李瑛笔下却被写成一篇篇这样的诗，这样与众不同的诗，这样有着力度的诗，不但令人耳目一新，有的竟会像被刺了一下，几乎摆不脱被震撼之后的战栗感觉。

　　一部诗集收有几篇能产生这样效果的作品，已算是难能可贵的了。翻开这本诗集，从第一页一页一页读下去，却意外发现这样的作品远不止几篇。例如《一坛老酒》、《喊叫水》的沧桑对比，《听顺天游》、《陕北腰鼓》的审美升华，《乳名》、《蟋蟀》、《井》的久远孺慕的回溯，《我的另一个祖国》、《饥饿的孩子们的眼睛》的深沉苦难的素描，以及《尼罗河》、《金字塔》、《帝王谷》等域外诗篇的苍茫的历史感……有经验的读者当会认识到，这一篇篇都不是偶然的、信手拈来的即兴之作，而是通过严肃、执着的探求的坚实的发现。换言之，作者是在高瞻远瞩地告别已经或正在成为历史的"黄昏"，并在迎接已经或正在成为现实的"黎明"。每读其中一篇，总不免要停下来想一想：这是李瑛的作品，不是另一位诗人的作品；或者，这是李瑛的新作，而不是他的旧作。那么，它们和后者有些什么不同呢？又是怎样不同呢？

不妨引用歌德的一段话："题材摆在每个人面前，内涵只有与之相关的人才找得到，而形式对于大多数人都是个秘密。"按引文的原意，"题材"是指尚未与作者相接触、因此尚未成为作品的一定内涵的、客观存在着的现实生活，"内涵"是指题材与作者的主体性相结合之后产生，还需读者的主体性与之相结合才可被感知的作品精神；至于"形式"，切勿误会，不是指一般所理解的人人可以借用的模式，而是指诗人已经写成的、具有他所独有的艺术风格的、具体而完整的语言艺术制品本身。那么，《黄昏与黎明》的题材，也可以说摆在每个诗人面前；其内涵看来就是只有与人民同呼吸共命运的诗人才能感受的，中国人民觉醒、坚忍、腾飞的奋发神采；至于怎样通过特定的艺术手段，把这个内涵化为这样感人的诗篇，却是李瑛作为诗人的"秘密"了。这个秘密到底是什么，到底在哪里呢？

以上这些涉及创作过程的深层次问题，想必热心的诗评家们会帮助我们来解答。读者可能记得，在去年张家港诗会上，李瑛对于诗人的工作提出了三点要求：一是正确的指导思想，二是要真诚地面向生活，三是大胆的艺术追求。不言而喻，这三点在一个真正的诗人身上不但缺一不可，而且必须相互融合、相互作用才行。有些人或许认为这是老生常谈，甚至不以为然，觉得只要有其中一条就可以了——有人会认为只要第一条，其结果难免走向迄今未绝迹的干巴巴的概念化；更有人会认为只要第三条，其结果往往陷入阴阳怪气的符咒化。要说这样"可以"，也只好由他，但肯定成不了本来意义上的诗人。《黄昏与黎明》的细心读者会指出，其中悲壮而不伤感、凝重而不惆怅、尖新而不颓废，这种艺术效果绝不是上述某一条的奇迹，而只能是那三条的统一实现，这也许就是需要进一步探讨的诗人李瑛的"秘密"吧。

原载《文学报》1999 年 9 月 9 日

不断创新与发展

——李瑛诗的壮丽现象

石　英

　　时间过了 40 多年，但我始终记得年轻时读诗人李瑛《花的原野》时的喜悦心情。过了不久，又读到他的诗选集《红柳集》，那当是又一重振奋。作为一个诗的爱好者，我当时不仅是为李瑛，也为整个诗歌园地出现的一幅可喜的图景而感到由衷地高兴。

　　我一直是喜欢李瑛同志的诗风的，虽然我的眼光并不狭隘，还是能够从不同流派和诗的风格中发现各自的所长；但也不能不坦率地说，我尤其注意李瑛的新作及其在诗艺上的创造和发展。或许其中有一个因素是：60 年代我大学毕业后在天津《新港》文学月刊编诗，也发表了李瑛的一些诗歌，对他的作品比较熟悉和亲切之故。不过也绝不仅仅如此，决定的因素还是他的诗歌风格体现出的美学特质比较强烈地吸引了我，引起了我深深的共鸣。

　　"远村传来鸡叫/回营吧/不要告诉炊烟/不要告诉风/边境好恬静/但要警惕/夜是肌肉/我们是神经。"类似这样的诗句，60 年代我和不少年轻人都是耳熟能详的。当然，任何作家和他的作品，必然带有各该历史时期的烙印，包括诗的艺术，很难像宇宙飞船那样，超越时空的限制飞入缥缈的太空。今天看那时的诗歌，无论从造意还是思维方式，也无论是造象组合还是诗句的排列，都相对说来比较单纯，比较"老实"；但李瑛的诗，即使在那时候也有某些超拔之处：他比较注意诗的意境，写的虽是新诗，但显然得益于古典诗歌在意蕴的修养；他的诗意象相当俏巧动人，而极少给人概念的感觉；虽然极少以"我"出现真抒胸臆，但诗的主人公无疑仍然是"我"，给人主体与情的感觉还是相当浓重的。也说明，李瑛在当时已经发挥了己之所能，驰骋至时代所能容许的广度，使诗歌的思想和艺术都达到了那时可能达到的高度，显露出自己的特色与风格，为此后的更大发展和诗艺的更加成熟奠定了良好的基础。

说到这里，我不由得又想起诗人另一首诗《红柳、沙枣、白茨》中的佳句："他们索取得最少/甚至没有一点雨水的滋润/他们献出得最多/甚至自己的影子。"它不仅使我感佩于诗人还是年轻时的不俗感受和创造，也使我想说出好久以来想说的并不是完全的题外话：在"文革"前的一段时期中，还是有不少好诗和好散文的。也是所谓的"好"，是与那种概念化、公式化、口号化相对而言的，这种"好"与"不好"，在很大程度上取决于客观环境的制约，但也与作家和诗人的主体意识和艺术修养有极大关系。应该说，做为当时还是青年诗人的李瑛，之所以能够在作品中较好地体现出自己的水平和艺术个性，就在于他的主体意识比较正确，有较明确的创作主见；同时与他作为大学中文系毕业生的文化素养和较丰厚的艺术熏陶密不可分，也使他成为在那个极可能导致概念化、公式化的大环境而自领风骚的不多的代表作家和诗人中的一个，也可谓是可贵的值得称幸的一个。

也许是由于处在军旅环境而相对还有一点写诗的条件，李瑛在十年动乱中也没有完全放下他视若生命的诗的笔。众所周知，在那些年仅余的报刊上有时也刊载"诗歌"，但那只是为口号式的欢呼和声讨时用的，充斥篇页的无非都是"走在无产阶级革命路线上"这类语句，哪里还有什么作为真正的诗人的感觉，真正属于诗的意象；但可贵的是，所能见到的李瑛在这一时期的诗作，剔除极少处，在那个时代不能没有小片"外衣"，其主体和内核仍是诗人鲜活的诗心，仍在不惮地追求着诗的意蕴。在1966—1976这个时期的大框里，李瑛仍有好诗的记录，诗人的激情仍是"诗"的：

> 那个像百灵鸟般爱唱歌的姑娘
> 也许早已在都市的街头沦落
> 她的咯血的肺和胸前的手风琴
> 一起在风中抽缩

我惊佩人到中年的李瑛，在那个非常十年中诗的境界不仅没有"紧缩"，而且有了向更广阔天地的拓展，而有一点他是十分恪守的：这就是出手的东西必须是诗。以上摘自当时一首诗的句子，我宁可不问它的具体指向，而向更广阔的世界推开去，意念为一切由于大环境逆变之后弱势的个体在风雨飘摇中的凄苦境况，这使其有了一种"广谱"的深沉意义；而且完全不受时空的限制，这样的镜头在当今变幻纷纭的世界恐怕绝不鲜见！

至于被广为称道的《一月的哀思》，也是产生于"文革"后期的 1976 年 1 月周恩来总理逝世的日子里。这首长诗就其思想的深度和广度、幅制的宏阔、诗情的感人、意象的独创性等诸多方面，在当时同类诗中无愧于佼佼者，在李瑛的诗歌创作历程中也跃上了一个新的层面。

这一切都说明，作为诗人的李瑛，无论在什么时候，无论周围环境发生了什么变化，他手中的诗笔从未停息过"运转"，他的诗的生命不断地呈现出日益旺盛的状态。

上个世纪九十年代以来，李瑛同志的诗作更以新的姿态、令人惊喜的嬗变而名世。他的眼界更加开阔，思维更加缜密，韵律更加跳荡，诗质更加厚重。新时期以来诗歌园地一切新的发展、新的成果，几乎都能在李瑛的诗作中得到突出的体现。他是过去（自己的和传统的）优良的东西最具创造性的继承者，又是立足于深厚根基而又把握适度的成功的革新者。如果说近 20 余年来的诗歌发展变化不应褒贬过分，诗歌创作的前景不应那么悲观的话，尽多关注和研究一下李瑛的创作当能更坚定以上认识。我们说，只要有若干成功尝试者的代表矗立面前，我们便有足够理由认为诗歌的发展中不都是弊病，其赫然成果是不应忽视的。从这个意义上讲，李瑛的成功同样不仅属于他个人，而且具有广泛的启示意义。

> 当最后一双旅游鞋离去
> 把一条条路留下来
> 站立太久的路标
> 睡了

——《莫高窟之夜》

这种大开大合、大虚大实的艺术境界和艺术手法的从容把握与熟练运用，是"文革"前的诗歌创作所难以望其项背的。但对于李瑛来说，如前所述，过去年代的诗作中即见其端倪，至少是有这种成分在，时至 90 年代，已经在诗的熔炉里煅炼了几十年的他，又逢上新时期以后社会环境的相对舒放和中外古今诗歌艺术的共融和吐纳，历来是"与时俱进"不断追求的诗人李瑛理所当然地走在诗歌创作的前列，而且是大跨步地超越一般，也超越自己。

> 这时冷月便赶来
> 泼一天清辉
> 风就赤着脚，清扫
> 果皮和纸屑，冲刷
> 白杨叶片和
> 干河难里每一粒石子

不仅仅是简单的拟人化，更本质地说是使诗人的感觉完全活了起来，达到一种"纵横捭阖"的状态。这就使当年那种相对单面的意象，演化为一种复合体；由相对的静态，演化为静中有动、动中有静，由遣词造句的相对"规矩"，而演化为词性有所变异，语序有所互易，但又适度合宜，力避艰涩难懂；由句式相对平妥单顺，演化为跳荡灵俏，大大加强了诗意的厚重和表现上的张力。

> 莫高窟
> 梦一般朦胧
> 白天
> 是辉煌的宫殿
> 夜晚
> 是废墟

诗，并不一概排斥议论和评判，但它不是理论家的议论，而是诗人的评论。其"奥秘"在于这种议论已溶解在诗人的感觉中，升华在充盈着哲思的意象中。30年前的李瑛，诗中间或也有哲理性的议论，但这远未达到今日之深刻，在艺术表现上也不如今日高明，但都是各该时代所能达到的佳境，也是毋庸置疑的。

时至古稀之年，诗人李瑛常常跳出一般意义上叙事和抒情，而经常对整个世界整个人生全方位地进行诗化的叩向和诠释。当然这一切仍是诉之于具体而新颖的意象加以完成，最近他发表在《人民日报》上的《对生命的理解》就是充满着诗意思考的一组诗，无论是对心头那两条小河所唱的"忧郁的歌"，还是那"失去生命尊严"的兽中之王，抑或是"寒山寺的一片叶子"，都引发了诗人的感喟，实则都揭示了生命的本质所在，但采用的都是相对淳朴的形式，读来有一种返璞归真的感觉。

迄今，作为著名诗人李瑛已走过了半个多世纪的诗的历程，出版了近50本诗集和诗选集。他不仅仅是与诗共命运，即使在诗处于厄运或不那么景气的环境下，他仍能给诗注入生机，而且以自己对诗不渝的爱和不泯的创作力，给诗歌园地以有力的影响。他还是沐浴在诗意的生活中，不间断地思考、不间断地创造、不间断地发展、不间断地超越，我觉得这是一位有出息、有大成就的作家和诗人的必由之路。没有新的作品的作家是一种停滞现象，没有创新和发展的作家和诗人从根本上说也濒临枯竭。而李瑛没有出现任何这类负面征兆，反以超常的趋势证明了一种难能可贵的现象，不是通过口头上宣称，而是以创作实绩告诉所有的人们。

最后，我还要说，李瑛同志诗歌作品的质量和数量应该说是相得益彰的，他作为一位创作青春常在、成就优异的诗人，既取决于他的作品质量，又取决于他作品的数量，这一切构成为他作品的分量。曾听到一种说法：好的作品不在于多，一篇出色的散文或一首出色的诗就能奠定这个作家或诗人的地位，不能说这种说法毫无道理，但相当得不够准确。质量与数量是一个辩证的统一关系，唐代诗人王之涣的遗诗为六首，金昌绪仅有一首《春怨》，虽均为传世之作，但作为一个诗人的地位，终还是无法与李白、杜甫相比的。试想，假如李、杜只有一二首诗传世的话，恐也称不上是诗仙和诗圣了。所以说，诗人李瑛之持续不衰、不断推进是一个更值得重视的现象，而他的优质和多产也是一个很有意味的课题。无疑，质量与数量对于构成他作品的分量都是不可或缺的。

《中国新诗库·李瑛卷》卷首语

周良沛

　　李瑛（1926.12.8—　　），河北省丰润县人。母亲是旧社会北方农村的劳动妇女，家里很穷，没上过学，但聪明贤慧，从小就帮助大人起早贪黑地劳动。长大后，即使拼命出力，仍然难得温饱，夜里便又点起油盏在柴烟熏黑四壁的草房里在土炕上编织苇席，好在天亮之后拿到集市出卖。父亲是祖父的独子，祖父饱受地主剥削，至死未得解脱；很早守寡的祖母，带着独子，拼死拼活也要拿钱供他读书。诗人父亲小时念私塾，为上学每天要走20多里的路程；但好学上进，成绩极好。后被保送到县的中等师范去深造，毕业后考进了铁路，做小员司。由于子女较多，月入甚微，难以糊口，下班后又去教夜校。他英文不错，写得一笔好字，每年春节总要写一些诗句作为对联贴在门上，邻里街坊也常请他来写字。他爱读古典文学，常常吟些诗词的佳句。他特别推崇《聊斋志异》，这部作品文笔简练，情节引人。晚饭后，在他工作的三等小站里，除了听见蒸汽机车的喷汽声和车轮辗轧铁轨单调的轰响，看到站口上寂寞守望的号志灯，就是孤零零地抛在旷野的简陋月台和火柴盒般的铁路工房。孩子们围在小油盏下，就要他为大家讲《聊斋》中鬼狐的故事。他照着书，讲完一篇又是一篇，他们兄弟姐妹都听得十分入神，即使听到一些狐鬼妖怪，不免毛骨悚然，但望一望映在四壁的人影，还总是要求他再讲一个，再讲一个，直到有谁已睁不开眼，才带着天真的却很复杂的感情入睡，但他更给儿女讲古人悬梁刺骨、囊萤映雪等刻苦好学的故事。

　　可是小站没有学校，李瑛7岁时，便送回故乡丰润，祖母和姐姐带着他在这里的农村小学校读书和劳动。凋敝的村庄，塌圮的土墙，低矮被炊烟熏黑的茅屋，乡亲们一年到头总是穿着破衣烂衫，吃的是秕糠甚至野菜，晚上点的是油盏。村头老财家大红门前的上马石，高院墙中凶恶的狗叫；小庙台阶上饿死的人的枯槁的头发，以及和他一起拾柴的瘦骨嶙峋的小伙伴，使他睁着好奇的眼睛。从未见过的事物，不能理解的问题，全无人给他正确的解答。

1936 年，他随调到天津火车站工作的父亲到渤海边有着租界地的大都会。第二年的"七七"事变之后，日本侵略军侵占了天津，家和学校都被炸毁，失去了祖国，也失去了一切。他只有去到离故乡较近的小城市唐山，在那里勉强读完小学和初中。

现实，迫使他严肃地思索着祖国的命运和未来，也迫使他寻求那些表达自己思想、认识的方法。他从学校的小图书馆里借些社会的、历史的但更多的却是文学方面的书籍，用课余的时间拼命地读。尽管许多问题仍未获解答，但这些书本却开阔了他的视野。1942 年，在中学读书时，他便开始学写小说和散文，也写新诗，抒发他的感受。

1944 年流浪到天津，第二年夏天考入北京大学文学院中国语言文学系，紧接着就是"八·一五"，但更紧迫而来的，国民党发动内战的硝烟，已淹没抗战胜利为他燃起的希望之光。

在大学期间，他有条件读到更多的书籍——中外古代的文学遗产、19世纪外国文学名著、我国"五四"时期的作品，特别是能从进步同学手中悄悄地找到一些苏联当代的革命文学和解放区的文艺作品；更重要的，得以接触并参加了中共的地下组织，有可能读到一些马列主义的书籍，一些关于哲学、政治经济学、文学和美学方面的书报。

那时，他在课余写了许多诗，拿给他的教授和周围的同学们看，其中有些被他们拿走发表在当时报纸的文艺副页和文学期刊上。

那时，也是在整个大学生活期间，为生活所迫，他利用课余时间教小学和做图书馆管理员。

那时，随着内战的激烈，以及通货恶性膨胀对人民生存的威胁而呼着"反饥饿、反内战、反迫害"的学生运动日益高涨，他一边读书，一边参加和组织社团活动，秘密印发传单宣传党的政策，直到大学毕业前夕，终于迎来了北平的解放。

北平刚一解放，他就和一批和他年龄相仿的同学一起参军南下，在部队做新闻采访工作。从北方昼夜兼程，解放武汉之后，又跨鄂、赣、越五岭，烈日下行军，暴风中追击，星辰暗夜，炮火纷飞，新中国成立的喜讯，就是在漫天暴雨的追击途中听到的。广州解放之后，他又参加了进军广西的一些战斗，直到解放了桂林、柳州等地，接着又参加海南岛的渡海作战的战斗准备，诗人的第一本诗集《野战诗集》就是那个时期留下来的。

全国大陆刚刚解放后，1950年冬，他调到解放军总部工作不久，便又到朝鲜战场去工作和采访。在朝鲜山麓，在纷飞的大雪和燃烧的火光下，在掩蔽部摇曳的烛光里，他写出我们志愿军战士在国外作战的真实情况，以新诗的形式报告给关心他们的祖国亲人。之后，在战争进行中和停战之后，他又曾两次入朝，他第二本诗集《战场上的节日》就是他这段战斗生活的果实。

1955年，他曾怀着对革命先辈无限敬仰的心情，沿红军长征的脚印，做了为期半年的访问。之后不久，便是一个政治运动又一个政治运动，1958年和1960年曾两次隔离审查，后被下放到部队去当兵；十年浩劫中，又被下放到部队基层去改造。

诗人读小学时，期末总要给父亲写信，报告考试成绩，而每次去信不久总要收到回信。父亲把他信上的病句和错别字逐一改过寄回，这就使他以后每次给父亲写信，总要十分仔细认真，总要打了草稿，一遍遍修改才能抄出。后来到了天津，每次一同外出，父亲常是指着街头商店的招牌匾额，考问这个字的读法、那个字的含义。一次去公园，父亲指着"鹿囿"的"囿"字，问他该怎么念，他读不出，父亲便告诉他，并且讲了许多围了四方框形状的文字。他从父亲的谈话中，才第一次知道中国字的象形象声的创造。小时，每年端午，家家都有吃粽子、插艾草的习俗。记得有一次，父亲问谁知道为什么要吃粽子呢，他们谁也答不出，父亲便讲屈原投江的故事。那年，他以优异的成绩升入高小，父亲兴致很高，春节晚上，把儿女叫在一起，从专门买了待客的瓜子里提起两只瓜子摆在掌心说："这是个谜语，你们猜猜看，打一古国名。"孩子们谁也猜不出这个古怪的谜语。他说是"孤竹"，"你看瓜子两个，不是'孤竹'二字吗?"接着父亲就讲起了孤竹君之二子的历史故事。那时，家里经济条件太差，哪有钱买书呢，只有到街头卖报纸和旧书刊的地摊上蹲着看看，自然这就免不了要看看卖书老头儿的脸色，甚至听到斥责，他只梦想有一天能有自己喜爱的书籍。后来，还是父亲省下领来的半袋杂合面，卖了钱带他上旧书店，在充满霉腐气息的书架前，流连很久，选择再三，最后经父亲同意买回了一本冰心的散文集、一本没有封面的《世界名著小说选》和一本《作文描写辞源》。这本《辞源》并不厚，是从"五四"以来的许多文艺作品中摘录了一些描写风景人物的段落汇编而成的，它曾帮助他完成学校的作文，特别是从中使他知道了很多过去从不知道的作家和作品的名字，这几本书，后来一直陪伴他生活了多年。

诗人的少年时代过去了，少年时他要读别人写的书，到后来是别人也要读他写的诗。

在他少年时，许多古典文学、新文学、文化常识，都是父亲给他讲过的，这是他成为一位作家所无法缺少的元素。但在他的诗名已不小、作品要提到新的高度时，他读了一本更重要、更深刻的书：生活。

在 50 年代和 60 年代初期，他曾在北方的田野种植小树，也曾在那干旱的大平原上，参加过挖掘湖泊、修建水库；在万点灯火和飞溅的焊花中，访问过黄河大坝的喧腾的工地；在苍茫夕阳里，登上信号台俯瞰烟笼雾罩的繁忙的海港；曾冒着狂风和横飞的大雪，在荒山野谷采访那新建的，被团团蒸气紧裹的巨大的工厂……长途行军、露营、修工事，经过整整一夜，已经十分疲倦；偶尔放下铁锹举起水壶喝水的时候，一昂头，突然看见海天之间裂开了一道白线——天亮了，一片滚动的茫茫大海，深蓝的、浅绿的、淡青色的大海就在前面；这时，太阳刚刚上升，没有一丝风，也没有一声鸟叫，安静极了，而在他身边，一朵小红花悄悄地开着，它好像刚睁开好奇的眼睛望着这世界，可是他一下子便想起了这里是前线……他看一看同班的战友们，他们也用微笑回答他，不知为什么，就在这一刻，他感觉他们彼此好像都更加亲密了。诗，就如此写在生活里，和这样以生活写就。①

他，1955 年起历任部队文艺刊物编辑组长、副总编、总编和部队文艺出版社副社长、社长，后又任中国人民解放军总政治部文化部副部长、部长等职，现在是中国文联副主席、中国作家协会主席团委员、中国国际友人研究会常务理事、中国作协创作委员会委员、军事文学委员会委员、国际笔会

---

① 以上有关诗人简历的资料，均引录自诗人许多诗集的序跋，及李瑛的《对诗的思考》，解放军文艺出版社 1991 年 9 月版。

中国中心理事等。①

李瑛的新诗创作，是极为丰产的，除诗评、序跋集《对诗的思考》（解放军文艺出版社，1991），长短诗集近 40 部，在"五四"之后的新诗人中，是没有谁可以和他相比的。

诗集有《野战诗集》（上海杂志出版社 1951 版）、《战场上的节日》（上海杂志出版社 1952 版）、《天安门上的红灯》（人民文学出版社 1954 版）、《友谊的花束》（新文艺出版社 1955 版）、《时代纪事》（长江文艺出版社 1959版）、《寄自海防前线的诗》（解放军文艺社 1959 版）、《静静的哨所》（解放军文艺社 1963 版）、《红花满山》（人民文学出版社 1973 版）、《北疆红似火》（人民文学出版社 1975 版）、《站起来的人民》（北京人民出版社 1976 版）、《难忘的一九七六》（上海人民出版社 1977 版）、《早春》（人民文学出版社1979 版）、《在燃烧的战场》（花城出版社 1980 版）、《南海》（上海文艺出版社 1982 版）、《春的笑容》（文化艺术出版社 1983 版）、《美国之旅》（四川文艺出版社 1985 版）、《江和大地》（作家出版社 1986 版）、《红豆》（湖南文艺出版社 1988 版）、《多梦的西高原》（中国文联出版公司 1991 版）、《山草青青》（四川文艺出版社 1992 版）、《睡着的山和醒着的河》（华艺出版社 1992版）等等，近 40 部诗集。

另外，《红柳集》（人民文学出版社 1963 版）是作者开国后的十年诗选，《战士们万岁》（解放军文艺出版社 1985 版）是作者写部队生活的短诗选，此外还有《李瑛国际题材诗歌选》（山东文艺出版社 1986 版）、《李瑛诗选》（四川人民出版社 1981 版）与《李瑛抒情诗选》（人民文学出版社 1983版）等。后者，是本作者更完整的选集。

70 多年来，像李瑛出版这么多诗集者，尚无第二人；像李瑛一本《枣林村集》共印 30 万册者，更无二人。

他不像一般作家，写诗多盛于年轻的时候，上了年纪就少写，以至于封笔，而是老当益壮，越写越红火。以上情况，使李瑛已是创作、发表的诗龄最长的一位诗人。

盛行以庸俗社会学褒贬作品之日，他的诗集一印再印，恰恰是读者厌恶庸俗社会学在文学上之害而对他的选择；当诗界"诸葛林立设坛台，八方都在

---

① 引自《中国文艺家传集》，四川辞书出版社 1992 年版。

借东风；各打各的旗号，货色却没有什么不同；今日以这个主义招摇，明天有那个花样崛起；一阵风一阵风地转，一个个，一个个都患流行病，叫着'自我表现'还在'流行'中淹没了个性的自我，标榜着'创新'却'创'得一阵风的只有模式一个"① 时，他能保持自己的诗风与艺术个性，虽然也注意读者阅读欣赏之中美学兴味的变化，自己也探索、开拓自己新的艺术领地，但他却没有趋赴"时髦"的媚俗，以争取自己新的读者。

诗人的自信，自然是诗人思想、艺术的成熟，或是追求真的思想、真的艺术之执着本身所激起的精神力量。但，在一个时期特定的历史背景下，诗的自信，常常也是无法撇开诗之外的多方面原因而能独立存在的。首先，自然是有创作稳定于政治的保障。

这点，李瑛比起同时期的许多同辈诗人，总的来讲，还算幸运些。虽然运动一来，他也受冲击，也遭监禁，也被审查，但最终毕竟没有完全剥夺创作和发表的权利。再怎么艰难，诗人只要有创作，别的什么，总无法掩盖他诗的光彩。

在当时的岁月里，因一首"朝鲜的每一条大江和小河/到处歌唱着中国人民志愿军/志愿军的英雄们光耀了人类/谁不知道我们的彭德怀将军"的《在朝鲜战场上有这样一个人》也会受到所谓的"彭德怀问题"之株连而给予作者以身心的创伤，这种不设防受到的袭击，完全是按一般常理所无法料及的。

如果看他是"军旅诗人"，那么他不仅写我们的炊事员"从贴身口袋掏出根火柴/轻轻一划，又点亮一天/一盏灯，照得人影摇动/一把柴，烧得饭热菜鲜"，"他的窗边挂着两把琴——/窗里是三弦，窗外是飞泉/他的身上有两只翅膀——/一只是欢乐的歌，一只是扁担"，"哦，夜巡的战友就要回营/快把个个脸盆里清水打满/两只桶挑来了壮丽的天地/一头——红日，一头——青山"，诗人对笔下人物的哪怕看来近似琐事的动作，都与伟大的理想和事业联系在一起，并赋予它内蕴着崇高的美的意象。诗人就是写《哨所鸡啼》的"一个生命在快乐地呐喊"，"压住了千波万壑"，"啼破宁静的港湾"，"看它昂立在群山之上/拍一拍翅膀，引颈高唱/牵一线阳光在边境降临/霎时便染红了万里江山/莫非是学习了战士的性格/所以才如此豪迈、威

---

① 周良沛《野人集·自序》，华夏出版社 1992 年 4 月版。

严/只因为它是战士的伙伴/所以才唱出了士兵的情感!"这只鸡,只因为长在哨所,诗人也就将它与战士的事业和性格联在一起,予以从最本质的意义上所说的诗之诗意了。

如若知道他一本《枣林村集》印了 30 万册,军旅诗人不光是写军旅,而且,对农村那些年的合作化、公社化、"四清"运动,不论是否能以历史唯物的观点看待,即便像有的人那样,完全把它和后来农村的承包制对立起来,一概视为"左"的错误的话,那么,诗人笔下的枣林村,房东大娘为开会未归的工作队员"水烧得热/炕烧得暖/老大娘等呀等的不合眼","雪往下压,风往上卷/茫茫大雪飞满天/从门前踩出的脚印里/谁知她出去望几遍/五遍六遍心焦急/七遍八遍眼望穿/扑簌簌只见雪打窗/咔叭叭只听树枝断……"之情,以及村上人喊"今夜要开镰","屏息听,谁在喊/——突击队长传消息/今夜就大干/走! 多带上几条新毛巾/走! 多提上几个水罐罐/再把那磨刀石搬到麦地边/嘿! 好样的/来亮镰"的这种农村社员热爱劳动、忘我劳动、以劳动来创造幸福的图景,就绝非以"左"或"右"来说明的艺术和人生。诗人是写当时的农村,但他不是公社化或"四清"政策的图解和演释,而是对新人、新的精神面貌的描述,这自然是那种以为调动人的私欲就可以成为社会发展的动力者所不顺眼的。可是,任何一种社会制度下的人民,对人的精神美德,也只可能是张扬的,否则,物质再丰富、技术再发达,也只能毁于它的精神崩溃。如若以诗人写了公共时期的中国农村,而不看他怎么写就来论是非,那也就不是谈文学,或是无文学可谈了。当然,诗中也不可能不出现"贫下中农"这样的字眼,可是,要是认为现在没有阶级了,它也就应该在那个时期的作品中失踪,那也就没有现实主义了。须知,古今中外又有哪一个伟大的作家和诗人不受时代的制约和历史的局限呢!

再如诗人写的"生活中真正的勇士"——《红柳、沙枣、白茨》,是写"给支援边疆建设的青年同志们"的,这就使读者读来无法不将二者作为并列的喻象。"它们索取得最少/甚至没有一点雨露的滋润/它们献出得最多/甚至自己的影子/看它们踏伏万顷流沙/肩擎住一天雷雨/倒下去又支撑起来/眼中瞩望的只有胜利……"多美的人生,甚至献出了自己的影子;戈壁上的旅人所得到的庇荫,还只是它的影子,它和"好样的,来亮镰"的公社社员,是同一根上结出的精神并蒂莲。

　　就是诗人笔下的国际题材，虽然风物、人事迥异，而诗人，却还是这位诗人。那被哄骗到德国法西斯集中营，还抱着心爱的玩具走来的天真可爱的孩子们，他们一到，毒气夺走他们的小生命时，小手上落下了他们的那些《玩具》；或是中国"小小的茶籽"生根到摩洛哥，给"带去了多少深情的话"；还有"浩浩荡荡，浩浩荡荡"的密西西比河上所到的夜色，所滚的波浪，"谁也不知道它从哪里涌来，什么时候来的/淹没这一切便去睡了，钻进了船舱……"的水手；还有《秋风吹进了纽约》，狗的主人"要及时给狗添一件毛衣"，而宠物商店的"……蝴蝶结，金链子/有给狗洗澡的玫瑰水/有把毛梳光的刷子/有不同香味的发蜡/纱的短裙，呢的马甲/在这里人和狗的疆界/已全部消失……"作者就以那么一点场景的气氛、情调的写实，已足以表达作者的思想与艺术的倾向了。

　　无需讳言，那是一个文艺为政治服务的年月，任何作家、诗人和他的作品都无法例外，以上列举的作品，也恰恰可以说明这一点。一个人，不论他是什么人，不受时代的局限的人是没有的。但是，李瑛对待与政治关系的认识，不是政治活动的过程的描述、交代，不是政策的图解和演释，而是以树人树艺的道德感，在诗美与人美的契合中歌唱一代人的政治理想、感情世界和时代精神。

　　一般地说，没有矛盾就没有生活，在文学中，尤其是戏剧文学中，没有矛盾也就没有戏剧。诗的情况，自然不完全相同于戏剧和散文。诗人最具代表性的长诗《一月的哀思》之哀思的悲愤，就是指向"四人帮"的，它虽然不同于戏剧，诗人悲愤的抒情，也是将矛盾在心理活动中表现了它的冲突。但，常见的，更多的，也是人们对一事一情即兴的抒发。当然，我们也曾将那些作品的抒情视为"不健康"、"含沙射影"、"放毒"的异己之言而带来许多麻烦，而李瑛则发挥了抒情诗的一己之长，完全是健康的、热诚的、正面的歌唱。其实，歌颂了正面的，也正是否定了反面的，这是一个问题的两面。这，就在别人难闯红灯时，而有绿灯为他畅行，成为有些日子没有诗时的诗，少诗时的闪光的诗。

　　说少诗、无诗，并非缺，或徒具形式的"诗"。在特定的政治背景下，写诗也可以"大跃进"，可以"人人都是诗人"，可是那种"诗"越泛滥，也是伪诗之害越深之时。而李瑛的作品在这之中却以它是真正的诗而闪光，是必然的，也是太不易的事，读者也可以说他"献出得最多，甚至自己的影子"。

然而，没有政治思想放行的绿灯固然不行，若仅仅有此，在不乏伪诗之中，读者就没有理由一定要选择李瑛了。

> 一朵云，
> 拧下一阵雨，
> 匆匆地掠过车篷。
> ……亮晶晶的雨没落就干了，
> 大戈壁呀仍如炉火熊熊……
>
> ——《雨中》

> 在敦煌，
> 风沙很早就醒了，
> 像群蛇贴紧地面，
> 一边滑动，一边嘶叫。
>
> 但沙飞、风啸，
> 掩不住乡野大道歌声高；
> 白杨梢头又传来一片野鸟啼，
> 红柳丛中的渠水哗哗笑。……
>
> ——《敦煌的早晨》

这"一朵云，拧下一阵雨"的一个"拧"字，写那如炉火熊熊的戈壁还没落下就干了的雨，那老天那么吝啬地滴下几滴的水，是多么切贴、生动的一个动词的动感的形象啊！那"像群蛇贴紧地面，一面滑动，一面嘶叫"的风沙，也是这种能予人视觉感的、动的，含着生命的、活的诗感。那"渠水哗哗笑"之笑，与那似蛇的嘶叫之恐怖感正构成极其强烈的艺术反差的对比；同时，自然的野性与灾害，与征服自然的"歌声高"者的对比，正成了高昂后者歌声的反衬，这就使得它的政治思想与艺术表现相得益彰了。尤其是在诗人们忌写风景诗之日，李瑛写到士兵等新人的劳动、战斗的背景，都是将祖国的山山水水，写得很美，山水美、人美、诗美。

解放前，李瑛基本上是写自由体诗的，解放后，就多写那种四行一节，押大致相近的韵，何其芳名之为"半格律"的诗了。但也绝非人们嘲笑的"麦田里驰骋着拖拉机","开拖拉机的姑娘在歌唱"① 那种公式化的套式套语。

> ……送来一封信，
> 使家里的灯花更亮了；
> 带走一封信，
> 使碗里的奶茶更香了。
>
> 门外，又一阵风雪，
> 拥走了乡邮员一串阔笑；
> 寥廓的山野没有一个人，
> 只一个黑点在天地间摇……

——《乡邮员》

这前一节，前后二行都是一个对称句，后一节，也非整齐的方块，如"门外，又一阵风雪"，其节奏就有异于后三行，但在整个大致的规范下，这种变化又使形式有规范而又不呆板，有活的语言的鲜活性。来信，"使家里的灯花更亮了"，这一情系两地之间的跳跃，注入了语言的弹性和张力，正如诗人写《我们的炊事员》掏出火柴"轻轻一划，又点亮一天"，既是写实，又可以看作象征那样，都可以看到诗人写得很用心，尽量调动他拥有的诗的手段，将他在一定的历史的条件下自己所能写好的题材，达到思想内容与艺术表现的相谐。这在当日，且不说那些伪诗，就是那些还不能说它完全不是诗的作品，又囿于那时的局限而又写得粗糙的作品，也都不好、无法和他相比的。于是，在那诗苑严重沙化的日子，他的影子给人的诗荫，读者就不能不衷心地感谢，并去认识历史和诗人所创下的诗的奇迹，研究诗人那么多作品在那特定的历史背景下成为特定的生长形态之最佳成果的诗史。

　　为此，有许多学诗的年轻人，尤其写军旅诗的年轻人不仅是竞相学习，而是模仿他到了几乎可以乱真，甚至比李瑛还李瑛，直到淹没李瑛的程度。所以说"比李瑛还李瑛"，并非写得有李瑛好，而是他们的聪明和笨拙一样充分地能将李瑛行文、语构的特色抓住，又毕竟是模仿而已。从诗运来

---

① 邵燕祥：《做好写诗的准备》，北京《文艺学习》17 期（1955. 8. 8）。

讲，诗风趋于一致，只有一个样的诗，毕竟是诗的不幸。但从诗人本身看，这也毕竟显示了他影响的穿透力，是诗人诗的骄傲。

诗人的《一月的哀思》将他的诗情、诗艺、诗的影响，都推到一个高峰。周恩来总理的逝世，以及由此引发的"四五"运动，是和中国亿万人的命运相系的。当时不是人为地要诗也"跃进"，而是人人都有了诗心。但像《一月的哀思》的，能将哀总理之逝而忧国之民心表现得那么真切、深沉和丰富的，它又无疑是其中最好的作品之一。

新时期，诗人的勤奋与多产，都是惊人的，《我骄傲，我是一棵树》也已成为诗人诗风转折开始的标志。其实，恐怕应该看作他早期发表在《中国新诗》上《沉痛的悼念》的诗风之复归。虽然现在都把《中国新诗》作为40年代新诗现代派"九叶"之基地，然而将上面发表的作品都为"现代派"的做法也太简单。早在30年代崛起的"现代派"诗人路易士就曾写过《总有一天我变成一棵树》："我的头发变成树叶，两腿变成树根"，"我将永远不被移植到伊甸园去，因为我是一棵上帝不喜欢的树"，[1] 他也在《我爱树》中问："我非树？树非我？我即是树？树即是我？"[2] 而李瑛所以为他是棵树而骄傲，是幻想"有一天，我能/流出奶/流出蜜/甚至流出香醇的酒/并且能开出/各种色彩、各种形状、各种香味的/花朵……或者生长在不毛的/戈壁荒滩，瀚海沙漠/既然那里有/粗糙的手，黝黑的背脊，闪光的汗珠/我就该到那里去/作他们的仆人……"这种"树"的精神，相比之下就积极得多了，真是不同的人生，不同的艺术。在李瑛的诗后，天津诗人刘中枢有《骄傲吗？我是一棵树》[3]，它显然是对《我骄傲，我是一棵树》那种具有欢乐、梦幻色彩的浪漫主义感情成为一种挑战式的回答，但又不是两种人生态度的冲突、人际关系的矛盾。由此，也可以看到，读者很注意诗人的这种变化，也是作品的巨大影响之说明吧。而且，这个时期，诗人东南西北，中国外国，所到的地方之多，每到一处都留下的诗之多，且都有一定高度，在当代诗人之中也是罕见的。同时，聂鲁达（Pablo Nerude，1904—1973）所说的"一个诗人，如果他不是现实主义者，就会毁灭；一个诗人，如果他仅仅

---

① 《槟榔树丙集》第 22 页，台湾现代诗社 1967 年 10 月版。
② 《槟榔树乙集》第 95 页，台湾现代诗社 1967 年 8 月版。
③ 成都《星星》诗刊 1981 年 2 月号。

是个现实主义者，也会毁灭"的那种诗人应具的丰富多样性，在他的诗行中活跃了。毫无疑问，诗人比过去写得更多更好，但在文化民主之下的整个诗坛的诗人和诗的活跃，已不可能只是哪个，或哪几个诗人和其诗风独领风骚了，这又毕竟是诗之大幸。可是，在近年诗坛热闹却难说创作繁荣的状况下，李瑛对诗的探索与尝试的新作新貌，也在这种"热闹"的哄闹中而忽视了对它应有的注目，也是这种诗的"热闹"之中的诗的遗憾。然而，在诗苑严重沙化的时期，他的影子也给人诗荫的，也是诗在特定的时代背景下生长的最佳形态，总是诗人献给读者饥渴于诗时最珍贵的礼品，这就不可能纯看诗，以看"纯"诗的角度来分他前后之诗的高低而论诗了。

原载《中国新诗库·李瑛卷》，长江文艺出版社 2000 年版

论李瑛90年代诗歌新的艺术基元

杨文琴

　　诗歌的生命往往与诗人的生命具有某种一致性，晚年的李瑛观照与表现现实的眼光已十分开阔，他将自己看作宇宙和历史中的一个点，一边咀嚼着个体生命的经验，一边诗意地表达着自己，所以其诗歌从总体上体现出与诗人自身一致的历史感、时空感与浓厚的生命意识，同时笼罩着淡淡的文化气息，兼具现代性与艺术性，形成清新不失深刻、细腻不乏大气的艺术风韵。

　　本文拟就李瑛诗歌这种新的艺术个性，探讨其形成的三要素——诗人主体性的增强、艺术表现的综合和艺术思维的纵深化，并对其90年代诗歌的价值做出初步的评估。

一、主体意识的增强

　　诗歌重在表现，旨在抒情，其所抒之情又贵在独特。独特从何而来，当然来自其创造者——诗人自身。因为诗人除了有着更为敏感的心灵与更高超的艺术表现力外，也是一个个体的人，有着自己独特的思想与灵魂，并不可避免地也刻有时代和民族的印记。通过诗歌，他将自己的形象折射给大众，让自己的情感赤裸裸的或含蓄的展现在读者面前，坦诚地与之交流。当然，诗中形象并不就是诗人自我形象纯粹的翻版，而是个性与共性、小我与大我矛盾统一的集中体现，越是有个性的诗歌，就越能得到大众的共鸣。个性中体现了共性，同时又有独特超越的成分，更富魅力。因此，诗人的主体性在作品中的充分展现不仅仅是诗人个人表达的需要，也是诗歌艺术自身的需要。

80 年代以前的李瑛常被称为"军旅诗人",其诗往往以军人为抒情主人公,对其做群像式、集体式的艺术展示,虽然画面精美、形象生动,但往往缺乏对人的精神状态的深度挖掘,难以达到诗歌对个性的要求。这一方面是受当时艺术追求社会功利性潮流的影响,另一方面则与诗人所持的艺术观有关。李瑛认为艺术作品应具有目的性,"能够致力于表现我们所处的时代和时代精神",① 过分强调"时代和时代精神",而忽略了"时代和时代精神"深处的个体精神状态,特别是自身的独特经验。90 年代,李瑛对创作进行了相应的调整,注重发现和创造。李瑛个性沉静,对事物的观察十分敏锐,并且勤于思考。在摆脱旧的艺术观念的束缚之后,他又建立起一个以自我为中心的、向外全面展开的丰富世界,一人一事、一物一景,都无不染上诗人自我的气质。

李瑛 90 年代诗歌中这种强烈的主体意识主要体现在两个方面:鲜明的人生价值观和要求自我实现与自我实现难以完成的复杂心态。

诗人自我的人生价值观往往通过一些意象得以呈现:"蜡烛""点在亡灵前"或"点在婚筵上",是挽歌抑或祝福,是哭泣或者欢乐,但是"都是从胸腔抽出的一条肋骨滴下的/都是圣洁的纯情","蜡烛是一首真实的诗",它体现了真实的生命。"幸福与痛苦原是生命的两半"(《蜡烛》),晚年的李瑛对生命有着丰富的体验,回望苦乐参半的生命,诗人很坦然,生命就如蜡烛充满矛盾。没有痛苦只有幸福不叫人生,没有幸福只有痛苦也不叫人生。李瑛有着自己鲜明的价值取向:"它曾有骄傲的希望和/巨大的力量/它曾在阔笑中/熊熊燃烧,迸裂炸响/火,像太阳的光芒/像灿烂的花朵/热烈、疯狂和恐怖/真使人惊心动魄/没有什么比它更纯净/——这是真正的生命"(《灰烬》),李瑛认可这样一种人生:希望、力量、燃烧、纯净,人生要有信念、有力量、有行动,这种奋斗的人生才叫真正的人生。还有如《流星》,"一个赤裸裸的透明的生命/一只疾飞的鸟/一滴滑下的冷露/一朵雏菊/一个闪着金色眸子的清纯的圣女",生命要求美好、尊严、纯正,纵使生命将因此短暂,可见,诗人对生命美好的本质的坚决维护与热烈赞叹。

李瑛深感时间匆匆、生命短暂,因此其自我实现的要求更显真切与迫

---

① 李瑛:《生命是一片叶子·后记》,《生命是一片叶子》第 246 页,解放军出版社 1995 年版。

切。他怀着对生活的热爱，感受着美，奉献着美，同时也难以自抑地表露出光阴不再的惆怅："阳光在沙滩上燃烧/一条条鱼静静地晾在绳子上/海，对它们已经关上了门"，它们的鳍、它们的鳃、它们的尾巴都已经干瘪，"它们大张的嘴/要哭，已经失声/一双双眼仍然大睁着/只最后的一滴泪/在眼角凝成一粒闪光的盐"（《生命》）。自我实现是生命的本质要求，但自我实现却要受到生命长度与历史背景的制约，诗人虽以不懈的精神在实现着自身的价值，但仍不可避免地无法完全完成这种本无极限的自我实现，更何况他又有着痛失近 10 年宝贵人生的经历。这种复杂心态既是诗人从自身出发的深刻感受，也是对生命本质的一种正确认识——追求的必然与追求无极限的痛苦的矛盾统一。

在与时俱进的生命中，李瑛思考着、感叹着、喜悦着、忧郁着也鄙弃着，并将一切化入诗中，向读者传达出独特的个人情感经验与思考，并且这种经验与思考具有强烈的个人意识，保持着原在的生动性与质地感，对读者的视觉和心灵有着更为直接深远的震动，我认为这是其 90 年代诗歌生命力强烈而旺盛的重要体现。

二、艺术表现的多元化

中国新诗自其诞生时起就吸取着西方诗歌的营养，但建国后，这种中西交融的新诗传统一度被中断，直到 70 年代末 80 年代初，才得以接续起来。经历"朦胧诗"及各色各派的"新生代诗"的喧哗之后，诗坛似乎陷入了一片沉寂，但一批现实主义诗人始终默默无闻地勤奋地耕耘着，不断为诗坛、为生活奉献着好诗，李瑛正是其中杰出的代表，"现在，我的动力没有衰退，我的活力和创造力甚至比过去还更旺盛，我的艺术感觉和思维能力似乎也比过去更敏锐……我不大顺从岁月的冲刷，始终保持着自己的一片童心。"[1]"我仍在刻苦学习，去爱，去观察和倾听。"[2] 艺术创造力的保持与艺术追求的执着，使晚年的诗人仍孜孜不倦的尝试着，终于取得了新的艺术

---

[1] 李瑛：《生命是一片叶子·后记》，《生命是一片叶子》第 243 页，解放军出版社 1995 年版。

[2] 李瑛：《生命是一片叶子·后记》，《生命是一片叶子》第 243 页，解放军出版社 1995 年版。

成就。

　　传统现实主义主张对客观现实的模仿，重视形象美和意境美；西方现代派主张对人内心的展示，重主观表现，将主体对象化。90年代的生活现实与人的内心现实都极为复杂，诗人对人生也有了更为深刻的思考，他不再满足于客观的描绘，而要求深掘到主体内心，表达变动不居的精神世界。此时，李瑛将传统的形象构筑方法与西方现代派隐喻、象征等手法相结合，并在诗的形式等方面做了新的尝试，通过他们之间程度不同的融合，创作出了具有李瑛特色的中国当代新诗。

　　我们可以清晰地发现李瑛新的艺术发展成熟的轨迹，以《我骄傲，我是一棵树》为代表，李瑛的创作开始出现新的艺术因子，生动而深刻的意象第一次在诗中得到呈现；至90年代，李瑛的创作已将过去传统的现实主义表达方式与西方现代派等表现手法完美地融合在了一起，既不失其原有的清新，又增加了表现的力度。

　　李瑛向来善于描绘形象、营造氛围，加之通觉、意象叠加等表现手法的运用，为其诗歌增添了一种多层次、流动的美感。《倒影》："山浸在水里/山上的云浸在水里/云中的鸟浸在水里/鸟的叫声便湿淋淋的了/山浸在水里/山上的树浸在水里/树上的花浸在水里/花的香味便湿淋淋的了。"虚实结合给人一种梦幻般迷朦的美感，而且这种美感又能为读者普遍感受到，虽然对实景加以变形，但始终将其规范于人们经验所及处，不致如某些诗中将感觉变形到面目全非，难以辨清其源，思路随之中断，美感也无从获得。

　　而隐喻、象征等手法在诗中的运用，对于诗人生活经验的哲理性传达更是得心应手。《我望着你》第一节，"我望着你/在小河里/有时是波浪/有时是摇曳的水草/有时是浅底卵石上跳荡的阳光"；第二节用相同的结构，"我望着你/在砧板上/波浪不再流动/水草不再摇曳/卵石上阳光不再跳荡/河流在远方"；第三节中"你"已在瓷盘上。整体叙述风格从容平静，但相同的结构和内容的细微变化的结合表明了"你"（本指鱼）的遭遇，你就自然会感觉"你"所被赋予的深厚意义——一种可贵的信念、一种美好的情感。曾经那么美好，可惜如今已经消逝，只剩下"一架鱼骨"。通过隐喻、象征，诗人仍然传达了深刻的思考，并留给读者更大的想象空间。

　　此外，李瑛在诗的结构形式上也进行了一番探索，较为常用的仍是如《我望着你》中那种排列方式，还有一些打乱规则的语言排列顺序、不整齐的新奇排列形式。《车队向前》第一节，"蜿蜒，起伏/一条线/穿过荒滩、戈壁、永冻层和雪山/没有花，没有红柳，没有人烟/只有一只鹰、一群牦牛、一堆经幡，一支车队/向前"，接着第二、三、四节分别在第三、四、五行意象选择上有所增减。这首诗的意象分两个层次：一为荒滩、戈壁、永冻层、雪山，另一类为花、红柳、人烟、鹰、牦牛、经幡、车队。前者代表环境，后者代表生命，意象的不同排列与增减代表环境的不断恶化，而生命意象的减少则凸显出最后的生命即"车队"——奋进的人，他们才是永恒生命力的代表。该诗的结构是"有意味的形式"，本身就暗含某种意蕴，而结构与构思、语言、意象四者又是密不可分的，它们的结合充分传达了诗的意旨，也营造出全诗凝重苍凉、奇特神秘的氛围。

所谓现实主义与现代主义，只是理论研究方便起见的划分，事实上，现实主义与现代主义均是立足于表现现实，只因表现对象及深广度的差异而导致诗歌形态上的差异。李瑛 90 年代诗歌艺术表现手法的综合运用，在某种程度上也证实了现实主义与现代主义之间相互联系与转化的可能性与优越性，也许还昭示着诗歌发展的方向之——只有多元融合，才可能共同承担传达人类精神的使命。

三、艺术思维的纵深化

艺术思维是理性思维与非理性思维、认知与审美、情感与想象、现实与梦幻复合的立体思维，它与形象思维并不等同，除了形象思维，它还有抽象思维、灵感思维等。艺术思维的纵深化是抽象思维中智性因素扩展的结果，主要表现为诗人对生命意义哲学层面的思考及观察现实时强烈的忧患意识与批判意识。

"在生命的黄昏中，我想把自己也把自己所生活、所理解的人类置放在广袤的宇宙之间，从那里寻找出生存的价值和生命的意义。"[1] 此时，诗人人生阅历的丰富及对现实认识的深度决定了其诗歌表现的深度，使其对现实的关注不可避免的渗透了自身的生命意识与历史意识，将现实作为人类生命

---

① 李瑛：《生命是一片叶子·后记》，《生命是一片叶子》第 241 页，解放军出版社1995 年版。

进程中的一点进行观照，使个人的生命体验升华到具有普遍意义的哲学思考，诗歌体现出强烈的忧患意识和批判意识。

在《一尾鱼的遐想》中，诗人面对餐桌上静静躺着的"鱼"想到了人类的生命，他追溯生命的源头，"这是千年前图画中/垂钓的老叟/未钓到的那一条吗/这是油画中/潜水的鱼鹰未衔到的那一条吗"，一下子将时空拉大，历史的沧桑感油然而生。他想象着"鱼"在临死前"圆睁的眼睛"左右岸望着，回忆着生命中的"朵朵浪花"，"未来得及吐出最后一串水泡/只一滴泪旋转着滚下来/全部往事和记忆/都化作了锅下的灰烬"，生命的悲凉与无奈顿上心头。然而漓江的水仍然清亮，太阳依旧升起，青山依然默默无语。诗人在此提出了一个深刻的哲学问题：个体生命对个体而言是全部，其存亡也是历史风雨的一部分，但却丝毫于整个历史无所动摇。李瑛充分运用智性思维对整首诗进行构思，将诗人所要表达的深刻意蕴贯穿于形象中，使诗歌闪现出一种智慧的光芒。

李瑛还善于直接取材于具有重要历史文化内涵、与生命密切相关的物与景，如《塔尔寺的黄昏》直接将佛教寺庙本身所具有的宗教氛围与神秘气氛烘托出来，给人一种原始的触动，进而引发读者对人与宗教、人与自然及有关宗教文化的深层思考。

李瑛艺术思维的纵深拓展还体现在大量具有批判性与忧患意识的诗作中，"不要磨光打亮/不要红绸银饰/对这只野牛角/请尊重它的性格/不然，它会死去"，"对于它的率真和野性/不要装饰，不要装饰/虚假的装饰，它感到羞耻/受辱的灵魂，它会死去"（《野牛角》）。诗人热切地呼唤自然与真实，对某种虚假的文明进行了不露声色的抵抗。具有高度责任感的李瑛对人民的苦难也感同身受，《我的另一个祖国》体现了诗人对地方经济落后困境的深深忧患，"难道这就是我的祖国"，"犹如一堆风卷的枯叶/犹如史前部落的遗址"，面对低矮的土墙，面对被贫苦压迫得无言的人家，诗人的心被刺穿、被窒息。在这样的痛苦中，诗人看到了一丝希望，孩子的读书声"比阳光更明亮"。对于人类的前途，李瑛也不无忧虑，和平的鸽子在天空飞翔，却时刻有被击中坠落的危险。在《贝尔格莱德晚上的一分钟》中，诗人压抑着一腔怒火，展示了和平被毁坏的惨状，生命受践踏的悲剧，对不义的侵略与干涉予以有力的揭示和批判。

90 年代是中国新诗史上最重要的年代之一，表面上的风平浪静之下艺术改造的暗流波涛汹涌，一大批年轻的诗人实现了古老传统与西方现代艺术诗潮的对接，创作了一大批深厚而博大的作品。李瑛作为一个有着 50 年创作历史的老诗人，不让前贤畏后生，也在这种大的艺术格局中勇于开拓进取，创造了自己诗歌艺术生命的新阶段。我们认为，李瑛 90 年代的诗歌已经完全摆脱过去比较简单的思维模式，建立了一个深远的艺术思维空间，其诗歌因此增添深度和厚度。当然，我们也不是完全否定其 90 年代以前的诗作，其实那个时代的诗也是有其独到的艺术风格的，只是相对于后来的诗作，有其局限性而已。当我们在思考李瑛的诗为何能实现这种种转变的时候，联系到中国当代诗歌的艺术演变，我们认为主体意识、艺术表现及艺术思维是诗歌艺术的三种基元，正是这三种艺术基元让他与同时代的其他诗人区别开来。在李瑛的诗歌中，三者是合而为一的，不存在内容与形式、目的与手段的关系。本文将三种艺术基元分别进行论述，意在探讨三者在诗歌中的独特作用，揭示三者对于李瑛 90 年代诗歌新的艺术价值形成的重要意义——诗歌表现空间的拓宽拓深与诗歌感染力的增强。

原载《文学前沿》2002 年第 2 期

生命和艺术的自觉提升

——李瑛 90 年代诗歌解析

叶　橹

　　作为一个有着半个世纪以上的创作历程的诗人，李瑛在中国当代诗坛上的影响无疑是不容忽视的。由于他的军人身份，使他早年的诗天然地具备一种"军旅诗"的色彩。然后人们也清楚地看到，1976 年以后的李瑛，"军旅诗"的色彩已经淡出。这当然不意味着他作为军人和战士的职责的隐退，然而就诗的本质而言，他显然具备了更为宽泛的把握与进入。特别是进入 90年代以后，李瑛的诗更明显地呈现着一种凝思的品格。他的目光所及与思绪翱翔的领域，更多地显示出对历史的回顾和对生命的探究，他似乎极力地在历史与现实之间寻求着一种诗意的叙述与表现的通道。作为一个身处历史巨变并亲身参与这一过程的人，李瑛显然试图以他的诗的演绎和衍变的具体方式来传达一个时代所经历的心路历程。

　　如果说《一月的哀思》和《我骄傲，我是一棵树》体现了李瑛在进入新的历史转折时期对当代诗坛的影响力，那么，进入 90 年代以后的李瑛，更以他的诗表现和证明了诗人的角色转换所带来的巨大变化。这种变化之所以可能，是因为诗人具备两方面的自觉意识而获得的。一方面，诗人在步入"耳顺"与"不逾矩"之年以后，基于对生命形态的不断观察与思考，从而在更深的层次上把握了人的生存的本质，使得他的诗笔所触及之处，往往充溢着对生命本质的探究精神。另一方面，作为诗人，他对诗的艺术存在的本质和方式，也有了新的体察和认同，从而使其诗的艺术蕴涵显得更为丰盈与充沛。正是基于这种阅读感受和认识，不妨对李瑛在 90 年代前后所写的部分诗歌做一次简单的巡视与剖析。

作为一个把毕生精力献给了这个时代的诗人，李瑛的军旅生活无疑是构成他生命史中最为重要的内容。以一个战士的身份追忆与追索生命的价值，他当然更能深刻地体味个人的生命价值是如何得与时代风云的密不可分。因此，当他进入老年之后，以历经沧桑的目光来凝眸并审视周围的一切时，很自然地就赋予一切他所触及的事物以充沛丰盈的生命感受。步入90年代，李瑛的诗特别地钟情于一山一水、一草一木乃至一事一物的贯注其间的生命感受。当他面对桂林的漓江山水时，激发起对生命的美丽的联想，写下了《生命的美丽》。南方的山野和漓江的清流勾引起他的思绪，从"一尾快活的鱼／浮出水面呼吸蓝天和白云"联想到个人同历史的相遇：

> 对于历史，我和它们
> 只是偶然短暂的相遇
> 对于浩瀚的世界
> 它们只是我眼里的风景
> 它们把影子留在大地上
> 成为我感情的一部分
>
> 并渗进我的灵魂深处
> 此后，山水茫茫
> 再没有一条路能寻到它们
> 它们倏忽远去了
> 犹如不返的流水
> 再难相遇
>
> 那翅膀拍动的声音
> 那尾鳍拨水的声音
> 便是我的诗歌生长的声音

这首诗之所以引起我的关注，是因为它们所透露出的信息，是关乎一个诗人在凝眸沉思与浮想联翩时，如何把自己个体生命的诗意感受融入到大自然的景物之中并给以意象化的表现，达到了一种真正意义上的水乳交融的境界。

　　这种创造呈现出的艺术品格，其意义也许并不在于一般地所谓"情景交融"或"融情人景"。对于李瑛来说，以《我骄傲，我是一棵树》为标志，已经证明了他对意象化的表现艺术的纯熟练达的运用。重要的在于，《生命的美丽》和他的其他一些诗篇，透露出的一个重要信息，是一种关乎生命感受的复杂性和隐秘性的坦诚披露的问题。在曾经有过的年代里，人们几乎把生命价值的肯定绝对地定位在唯一的标准范围之内，于是，歌颂是绝对的，乐观是绝对的，革命是绝对的，一切关乎个人内心隐秘的复杂思绪成为诗的禁忌。李瑛早期的诗所充溢的战斗精神和乐观主义，作为一种历史的"诗性话语"，其存在的必然性与合理性自应给予恰当的定位。但是步入老年以后的诗人，将不会再重蹈这类线性思维的旧辙。而我以为，90 年代前后李瑛的诗，最值得珍视和宝贵的，正是这种老年的睿智目光审视下所赋予的对生命感受的复杂性体验。有一种隐秘的内心涌动的潜流，并不是每一个老年诗人所愿意并能够表现和传达出来的。然而李瑛做到了，这就值得我们分外尊崇。

　　自古迄今，一切诗人都明确地意识到人的生命的短暂而依然苦苦地追求一种永恒的精神寄托，他们在诗中所要表现和表达的心迹，并不是都能为人们所理解和认同的。从抽象继承的意义上说，追求个体生命同大自然的融洽与融合，几乎成为一切优秀杰出诗人的共同目标，因为他们知道，"人生代代无穷已，江河年年只相似"，在"念天地之悠悠"的同时，难免要产生寻求能够与天地共存的东西，试图找到能够"不废江河万古流"的精神。唯其如此，他们才会在自己的诗中表现大自然的同时，极力地把自身对个体生命的感受融入到对象中去，使一切具体的景观和物象都充溢着人的生命活力与精神。李瑛在 90 年代前后，曾经足迹踏遍祖国的大地河山，写下了大量的有关这方面的风土人情、人文景观的诗篇，但是我们从他的这类诗中却发现一种相对奇特的现象，就是他的诗笔几乎很少触及经济繁荣物质丰盛的东南地区，面对经济和物质相对贫困的西北地区却情有独钟。对于诗人的这种创作现象做一番思索品味，人们也许并不难从中窥视到某种心灵中潜意识的流动走向。曾经被我们朝思暮想的现代化建设，它的高耸入云的建筑，令人眼花缭乱的霓虹灯光，如今似乎不再对诗人产生巨大的吸引力。这种情况不禁使我想起 50 年代中期公刘所写的《上海夜歌》受欢迎赞赏的情况，当下的城市建设的辉煌成就，比起当年公刘笔下的上海，不知要繁华了多少倍，然而人们却逐渐在这样的景观面前失却了诗意的联想。像李瑛这样的老诗人，之所以一而再再而三地把诗笔献给荒原大漠，并从中升腾起许多诗意的联想，绝对不意味着他对现代化的建设缺乏热情的讴歌欲望，而是因为他从荒原大漠乃至其人文景观中发现了一种巨大的反差。当物质追求的欲望随着高楼大厦的增多而无限膨胀时，人的心灵的异化成为难以回避的趋势。而李瑛，这位从苦难的旧中国走过来的诗人，他良知依然，真情如旧，面对依然贫瘠匮乏的荒原大漠，不能不动情地思索着它的历史与未来，从而涌动起难以抑制的诗情。

不必连篇累牍地引用他这方面众多的诗篇，我只想全文转引他的那首《我的关于西藏的诗》：

> 我的关于西藏的诗
> 如果不能变成高翔的鹰
> 就会被暴风雪埋在山头
> 如果不能健壮得像牦牛
> 就会窒息在雪域深谷
> 如果不结出青稞
> 就会枯萎
> 我的关于西藏的诗
> 如果不能凝成坚硬的石头
> 便会滚到火的尽头
> 成为灰烬
>
> 我是说我的关于西藏的诗
> 应该像鹰，或者
> 像牦牛，像青稞，像石头
> 从心灵、血液到意志
> 庄严、坚强而美丽
> 美丽得古朴而神奇
> 神奇得苦涩而悲楚
> 我是说我的关于西藏的诗
> 至少应该是它们生命的

深沉的投影

这首诗颇有一种宣言式的伸张意味，然而把它同李瑛所写的大量与大西北相关的诗篇联系起来看，我们会更深地体味到"至少应该是它们生命的/深沉的投影"所蕴涵的意味。

一个老人在经历了世事沧桑之后，对于历史—当下—未来的思索，很自然地会有一种"关联链"的把握。李瑛的这些诗，处处显示并流露出一种对历史—当下—未来的追索探究的情结，是因为他对人的生命和生存的方式有了更深层次的认识与把握，所以他眼中看到的一切自然风物、人文景观，无不充溢着一种生命的感受，而这种生命的感受又是同他所走过的坎坷道路密切地连接着的。李瑛或许不失为一个革命的乐观主义者，但是在他的生命感受中，这种乐观主义却是建立在对苦难历史深刻记忆之上的。

可以这么说，回忆是老年人的精神滋补品。李瑛以"回忆"为主题，先后写了 10 首这方面的诗。如前所说，这并不是"忆苦思甜"的情结表现，他是想在片段点滴的回忆中叙述一种曾经存在过的历史显影中对生命感受的重新认识。一些曾经身历其境的具体场景和片段点滴的生活印象，在尚处于蒙昧的青少年时期，仅仅是一种"自在"的生活印象而已，如今以老年的眼光重新回味并加以艺术的审视，便成为一种对生命存在的"有意味的形式"了。那把"油纸伞"，那只"油盏"，那次"离别"，乃至那"两棵丁香"和那只"青蛙"，如今都被赋予了耐人咀嚼的艺术意味。当他面对"青蛙"呢喃"明明是我童年认识的那只小伙伴时"居然脱口而出：

> 我们不是两块石头
> 也不是两圈涟漪
> 在历史深深处
> 在池塘深深处
> 那条条浮游摆动的小尾巴
> 离我很近

被赋予生命感受的"石头"和"涟漪"，充满历史感的"池塘深深处"和象征现实的当下情景的"摆动的小尾巴"，是诗人灵感的产物，但也是他对生命意味的强烈感受。回忆并不是一味地对历史的悼亡，在回忆中赋予历史的"自在生命"以"自觉审视",是诗人的深沉的生命感受在诗歌艺术中的自觉表现。这是李瑛的 90 年代前后所写的诗在艺术品格上完全自觉的提升,它极大地改变了人们对他早年诗歌中那种紧跟现实服务现实的多少具有现实功利性的印象。

在诗歌艺术与现实的功利性的敏感话题中,我并不认为李瑛是那种纯粹为了"艺术"而牺牲"功利"的所谓"觉醒者"或"叛逆者",扮演这种角色的人不属于他这一代人。李瑛是属于具体的历史背景所塑造和造就的军人和诗人,他的"宿命"决定了他生命和艺术的轨迹,他的生命感受与生命价值观决定了他不可能像时下一些"代"类诗人那样来对待诗歌。这是一个属于历史制约范畴而不宜用"艺术性"标准来衡量的问题,因此我对李瑛诗中的种种有关他个人生命感受的评说,取的是一种具体个案具体分析的视角。在具有不同诗歌观念的人看来,这或许会被认为是给诗歌加上了过于沉重的负担,可是我并不这样认为,因为历史需要正视和承认,艺术也应该具有真正意义上的广阔活动空间。

人们不难发现,在李瑛 90 年代前后的诗歌中,见"物"生情与睹"象"起兴的诗篇随处可见。这从他的许多诗题中便可见一斑。诸如《武士俑》、《陶片》、《题武威马超龙雀塑》、《废燧》这一类借古发挥的,《寄居蟹》、《羊角壁饰》、《静物》、《钥匙》这一类睹物联想的。这类诗,一方面体现了诗人浮想联翩诗思活跃的精神状态,另一方面也十分突出地显示出他的关注现实、凝思历史、展望未来的社会责任感。《武士俑》开篇明义地宣告:"在我和历史之间/站着你",结句是:"望着这渗进青铜的生命/在夜半的寂静中/我像听见远古传来的声音/在呼喊你和我的名字。"在这里,历史,你和我,都是"渗进青铜的生命"这一意象的代码,或者说他们都是"青铜的生命"的指称。李瑛正是在"武士俑"身上灌注了他个人的战士的生命意识而获得了历史与现实的统一的精神寄托,从而使他的诗获得了前所未有的崭新生命力。

在李瑛对于"生命的美丽"的礼赞的同时,我们依然读到了他为数不能算少的对"生命的悲哀"的思索的诗篇。在一首题为《生命》的诗中,我们看到了他对僵死的生命形式的另一种表现。

《生命》以"阳光在沙滩上燃烧/一条条鱼静静地晾在绳子上"这一触目惊心的对比,用阳光的"燃烧"作为背景,衬托出晾在绳子上的鱼的

"静"，这一画面所产生的对读者心灵的强烈冲击，把人们的思绪和联想很快地置于特定的场景之中。应该说，对于这种在海滩上习以为常的场景，一般人并没有多加凝目与思索。这种经常被人们一瞥而过的生活景象，却触发了李瑛对生命现象的凝目与沉思。我以为这并不是一种偶然，而是显示出一个相当长期地折磨着李瑛对生命现象的观察与思考，甚至被其折磨。对于这首诗，我并不认为它的"主题"具有特别新鲜和深刻的意义，我看重的是他对这一意象的淋漓尽致的描述和表现。当他描述着鱼的"鳍"、"鳃"、"尾巴"都"已经干瘪"而"失去活力与声音"，"失去光和柔美"之后，继续写道：

> 它们张大的嘴
> 要哭，已经失声
> 一双双眼仍然大睁着
> 只最后的一滴泪
> 在眼角凝成一粒闪光的盐
> 冷冷地照着这个世界……

当诗人凝眸于某一情节和时段时，由现象而引发的灵魂震撼，透过鲜活灵动的艺术意象而直抵读者心灵，这就是诗人在艺术表现和表达中的最大成功。

对生命意识的自觉提升，是李瑛 90 年代前后诗歌中的一大飞跃，它意味着诗人主体意识的张扬，对生命活力的鼓动。"生命"二字成为李瑛诗中不断出现的频率最高的词语，这绝对不是偶然发生的现象。

另一方面，就诗歌艺术而言，我们同样也看到，李瑛自《我骄傲，我是一棵树》开始的一种有意识的意象化追求，也得到了进一步的提升和发展。

人们常说，意象化并不是什么新鲜的玩意儿，我们的老祖宗早已有之。的确，艺术手段的运用不可能绝对地脱离对传统的继承，然而却不能因此而否定它在继承过程中的丰富与发展，甚至存在着由量变向质变的飞跃。对一首诗而言，具象化与抽象化的互相渗透，意象与语境的天然融合，往往是判断它的艺术品格的重要标尺。李瑛在进入新的历史时期以后，对诗歌艺术的自觉的提升，即表现在他对诗歌意象的运用上，不断地增强了它的灵视与灵觉的因素，而摒弃那种以直观式的反映为特征的图像和物象的传达。甚至可以说，李瑛在这方面的努力，已达到了呕心沥血的程度。

熟悉李瑛诗歌的读者，肯定也熟悉他以往从某一意象或场景出发而"借题发挥"的思维规律，但读他近年的新作，如《两个词》，你会发现他的抽象的词语忽然变得有些令人难以捕捉。《两个词》的开篇给人以"论说文"的印象：

> 我们必须认真推敲
> "曾有"和"将有"这两个词
> 它们之间的距离是痛苦的

在一种缺乏诗意的严肃回忆之下，我们好像看见了历史老人正站在时间隧道的交岔口上向你冷不丁发出一声责问。"曾有"是既往，"将有"则是一个未知数，因而"必须认真推敲"了。而"痛苦"这一具象同时也是意象的出现，则突然把诗歌指向变得尖锐起来，就像黑暗使世界变得更加宽阔和复杂。诗人于是在回忆过去中看到了"花翅膀在空间/画出弧线和直线/鳍尖和尾巴荡起圈圈涟漪/绿荫里，有歪着头/转动的黑眼睛/清流下，有摇动的水草和/游泳的线条、色块、光影/始终以最初也是最终的姿势/严肃地站着"，而"无声的生命/无声的岁月/在这里凝成永恒的风景"。进而诗人以他独特的灵觉感应到"连时间也锈成碎片/扑簌簌剥落"，这就是我们所曾经熟悉的诗人李瑛在具象观察中感应到的抽象世界的变化，它也标志着李瑛本人的一种变化。

也许在抽象与具象之间，并没有一道坚硬的精神栅栏相阻隔，关键在于诗人的思维之鹰能否穿透它并往返自由翱翔。从李瑛的实际情况看，他的具象表现能力似乎强于抽象把握能力，所以他虽"不逾矩"，但尚不能"随心所欲"，这也是人们尚寄望于他仍可"更上一层楼"的期待。

作为一个相当典型的抒情诗人，李瑛在步入老年之后，不仅在诗艺上表现出日臻练达，同时在诗的结构和形式上表现出一种"水到渠成"的自如状态，这不能不说是一种奇迹。因而我对他的诗歌实践的尊崇，是发自内心的。因为无论作为学者还是读者，我们至今还能读到如此多的好诗，实在是一件可喜可贺的事情。

原载《解放军文艺》2002 年第 2 期

赤诚情愫绽放的艺术枝条

——李瑛论

苗雨时

创作历程与诗人定位

李瑛的诗歌创作是和共和国成长的历史同步的，50 多年后，回顾他的创作历程，诗人不免感慨万千。诚如他在 1983 年的一本诗选集的《序》中所说："如今，40 个春秋已经过去。40 年，我们经历了许多磨难、许多欢乐、许多天真的向往、勇敢的追求、压抑和悲愤、愚昧和觉醒……"

的确，新中国当代的历史是历经坎坷曲折和剧烈变革的，其根本的转变，是以"文革"结束为分界，从社会主义开创探索期进到社会主义转型发展期。李瑛作为跨越时代的诗人，他的创作也必然相应地发生嬗变。50 年来，他出版的 46 部诗集，就记录了他诗歌演化的轨迹。

很显然，诗人前后期的创作，在时代特点、历史内涵、审美方式、艺术表现、美学风格等方面，是有很大变化和差异的，然而尽管如此，他似乎却是当代文学 50 年中唯一的坚持写作不断的诗人，其诗歌的演变不是断裂、轰毁，而是延展和深化。这里的奥秘在于：他忠诚于人民，忠实于生活，在诗歌观念上，不断地以"人的文学"对"政治文学"进行校正，以及他对诗美的不懈追求。五六十年代，他的大部分诗歌是歌唱我们的人民，特别是部队战士的生活和战斗的。他深入战士中间，并以普通战士一员的姿态，去观察、感受和理解世界，把笔墨倾注到战士身上，发掘他们青春美好的情感和理想，从而抒写出自己认真体验过、思考过、激动过的种种诗情画意。也许战士的心胸和责任，主要是热爱祖国、保卫祖国，受具体政治运动的直接冲击不大。这时他的诗作虽有政治色彩，但由于植根战士的生活和内心世界，并在艺术上力求做到心灵美与自然美的和谐统一，因此，避免了"今日翠绿，明日枯黄"的命运，而葆有长久的艺术生命。即使在"文革"动乱期间，他写的《红花满山》、《北疆红似火》等诗集，也因其多着眼于边疆风物和边防战士丰富多彩的战斗生活的抒写，且艺术上日臻完美，很少切近地触及"文化大革命"的主题，而显示了他诗歌现实主义的某种胜利，这些诗现在看来，仍有其存在价值。当然，毋庸讳言，诗人前期诗作与日益复杂的社会现实相比，还显得天真、浅淡，历史深度不足，有些像美丽飘浮的云朵，但1976年周总理逝世前后，历史掀动的人民与"四人帮"斗争的旋涡，撞击着诗人的良知，使他猛然从噩梦中醒来，把已有的对"文化大革命"的怀疑转化为对总理的歌颂。《一月的哀思》标志着他创作的重大的根本性的转变，在这部长诗中，诗人把革命者的人生价值放在中心位置，以此来赞颂周总理的丰功伟业和崇高伟大的人格。而且，全诗以深沉的情感为机杼，时空交错，情景相生，纵横开合，汪洋恣肆，并于具象与抽象、细微与宏阔中，构筑了一座高耸的悼念周总理的艺术心碑。不难看出，这首诗把诗学的人学观念推向了一种极致。此后，诗人新时期的创作，不论是大海的吟哦中对历史的反思，还是对古迹造访中民族精神的探源，抑或在宇宙万物的观照中对生命价值重新确认，都坚持了这种艺术走向，并达到了一个又一个历史深度和美学高度。

从诗歌的人的中心地位的逐渐确立和人生价值与意义的探询中，我们透视出诗人自我主体抒情形象，战士，或公民，都是一个爱国者的姿影。诗中所展现的一切，是诗人生命本质的表现世界。在这里，脚下广阔的大地，头上无垠的天空，身边浩瀚的大海，眼前壮丽的山河，以至花草树木、日月星辰、风霜雨雪……都负载着他的爱国之情，而人间正道、历史沧桑、建设事业、生活理想、真理、自由、正义……都凝结为他的爱国之心。朱自清曾说闻一多是"一个爱国诗人，而且几乎是唯一的爱国诗人"，我们也可以套用过来说，李瑛是当代诗歌中一个爱国诗人，而且几乎是唯一的爱国诗人！

诗的内驱力的深拓

任何诗人的创作都存在一个原动力，而诗人之所以要歌唱，正是由于原动力的驱策。诗歌内驱力的探求，是一个深层次的诗学命题。李瑛创作的内驱力，导源于两个方面：一是祖国之爱，一是艺术之爱。这两种爱相辅相承，交织在一起，构成了他诗歌的动力系统，而这一系统又处于不断的深化和拓展之中。

对祖国的爱，不是无缘无故，是有条件的，它来源于生活，来源于人生感受。诗人在 50 年代一部诗集《早晨》的"后记"中，这样写道："我发现，在我的祖国，阳光、大海、深谷、山峦，无一不跃动着蓬勃的生命；特别是劳动在她胸怀中的质朴的人民和保卫着她的忠实兵士，他们的新生活、新感情，给了我极大的激动和美好的感受，于是，我想和我的朋友们高声谈话。这些诗就是我当时感情的简单记录；如今把它整理出来，作为我对我的祖国、我的人民和军队的一点积极的爱的表示。"这时期，他的诗对饱受磨难的民族和生机蓬勃的祖国的赞美，呈现一种浪漫主义气质，虽然单纯，但却美好。

1958 年春，诗人深入到福建前线部队，和战士共同生活了八个月，他说："那是充满新鲜激情的八个月，在那紧张的战斗生活中，我真正结识了最亲密的朋友……在那里，过去曾经是比较抽象的概念性的东西，变得具体起来，特别是我和战友们一起担负着祖国的信任，经历着共同的欢乐和悲伤……"（《在生活的激流中锻炼成长》）诗人在向战士的学习中，不仅战士的情感强化他的情感，而且两种情感的交融，升华出一种对祖国的信念和责任。越是了解我们的战士，越是成为他们中的一员，越能体验到对祖国的爱。他在《夜过珍珠河》中，这样唱道：

> 如果你没有为祖国横枪跃马，
> 你怎能认识她壮美的山河，
> ……

然而，社会主义祖国的航船，并不总是一帆风顺，"文化大革命"的急流、暗礁，把它推向危险的境地。"文革"十年使我们付出了惨重的代价，"文革"结束造就了一代人的成熟和觉醒，而诗人早在"一月的哀思"的熬煎中，就已领略了历史的风浪、险阻和曲折。"四人帮"覆灭之后，他更进一步重新审视历史，并直面处于急剧变革的社会现实。这时，迎着思想解放的春风，在过去、现在与未来之间，他把对祖国的深爱与社会生活提出的迫切问题结合起来，努力把握推进现实的精神动力，这就是关于一代青年生活道路、人生价值、目的和意义的思考，力求以实践理性精神，重建理想和信念。为此，他立足中国大地，从革命的传统中去寻找，从民族文化、民族精神里去发掘，以便获得火种、希望和力量。他在《我的中国》长诗中这样说："谁不认识中国／就不知道世界的深度／就不知道历史的重量／就不知道人类文明的美丽。"而他对生命的诠释则是：

> 生命不应只是
> 从摇篮到墓地的自然距离
> 而应是一条从古至今
> 由父母子孙结成的长链
> 生命是一种责任和使命
> 它的本质在精神
> ……
> 它的价值是为了生存
> 而放弃生命
> 为了生存而奋斗终生
> 这样的生命才是有重量的
> 才是真实的

诗人对祖国的爱情，从真诚到深挚，从感性到理智，从历史到现实，从外在到刻骨铭心。他把自己的人生完全融入祖国悲壮的命运，而他对艺术的忠贞，也是始终不渝的。他说："我爱诗，我把我全部生命都交给它。"（《李瑛近作选·自序》）他称诗是他的"第二祖国"。自写诗以来，他把对诗的本质、功能的认识，题材的选取，思想的提炼，情感的凝聚，想象的展开，表现手法的运用，语言、韵律的锤炼，乃至建行、构形，都集中到诗美的创造。他认为，真善美的和谐统一应该是诗歌所追求的至高境界。捕捉诗美、表现诗美、创造诗美，是诗歌艺术生命力的关键所在。读李瑛的诗，人们常受到美的感染，获得美的享受和陶冶。当然，诗美不是一成不变的，它不仅有一个从低到高、由粗至精的演进过程，而且，随着时代的变迁，它也不断地变化和更新。李瑛诗的创作，前后期的诗美是有很大变异的，既有承继，又有发展，其主要趋势是从优美品性而延展为崇高气象（具体风格转化，下文论及）。

对诗美的追求，导因于诗人对诗歌神圣性的认知。他认为"诗是精神美的一种表现形式"，"人们需要诗就是需要美"（《李瑛诗选·自序》）。我们知道，一个民族不能没有诗歌，因为它标示着一个民族文明所能企及的高度。正因此，诗人对当下诗歌的理解，表现出了一种人文情怀。他在《李瑛近作选·自序》中说："我爱诗，也许在当前这个现代工业社会的生活中，在这个物质时代里，商业社会极易把人变成物质，把精神变成商品，诗就会显得十分脆弱，甚至微不足道，尽管它的旗帜会被世俗撕扯得千疮百孔，但却仍会有成千上万的它的忠诚的信徒们顽强地扼守着它，守着这片圣土，这片精神家园，以他们的追求维护人的完整。"正是这种信念，支持着诗人的艺术生命！

意象系统历史文化内蕴的增值

每一个诗人都有自己的意象系统，都有他的主导意象，这决定着一个诗人诗歌的基本风貌。李瑛热爱祖国的壮丽山河，以至一草一木，他的足迹几乎踏遍祖国的每一寸土地，但他不是一个浮光掠影的行吟诗人，而是把山川草木融注他的爱国主义思想感情，"祖国在我心中"，从而构成了他诗歌高远、辽阔、娇娆、奇幻的自然意象系统。他远眺大海激浪，他歌唱红花满山，他吟哦滔滔江河，他描绘莽莽戈壁，他赞美绿色原野……这些作为中心意象，托举起他诗意的审美天宇。

然而，自然意象是负载着人文内涵的，其中有文化、有历史、有人生哲理。意象蕴涵的多寡，则直接关乎到诗歌境界地高低、远近、深浅，以及气象的浓淡，格局的大小。诗人前期诗作，多选取片段景色，寄托瞬间感受，常止于现实层面的领悟，因此意象明朗而单纯。新时期以后，他的诗歌，则做宏阔的观照，大开大合的抒写，进行深远的概括，即使写单个景物，也追求繁富和意蕴的纵深，于是，意象转为丰厚和蕴藉。这种变化，与诗人意识的开放、学养的增进和艺术逐渐走向成熟有关。因为意象是主观情意和客观物象的复合体，始终伴随着诗人内心精神的体验，所以内心世界的不断丰富，必然促进意象内涵的增值。

同样是写山，前后期的"山"的情境就有很大差异。例如，对比《你好，南方的山》和《进佤山》：前者多重外在的描摹，"满天阳光、满天云雾、满天雨水／碧绿、深紫，好不奇幻！""而且还有满坑满谷的大树／而且还有亘古轰响的飞泉……"的确捕捉到了南方山的特点，但是诗寄寓的情感则是："既然你微笑着站起来迎接我，我就要停下：'你好，南方的山！'"显然只是一种新鲜感受，而缺乏更深的命意。后者也写山，但不是静态的描写，而是展示进山行程中的峰回路转、步移景换，以及情绪的随之波动。他写山高，写路陡，写云海，写云海覆盖一切的感觉，"像回到洪荒远古／又像站在宇宙之外"，这是远望，而近前则是湿雾扑面，浑身淋漓，正在寂静中，忽然闻到"柴烟味"，于是顺山路走向山寨，迎面而来的是"舂米声"、"狗叫"、孩子的"目光"、老妈妈的"微笑"，一下子使"孤寂"的心情骤然开朗，面对"塘火"的"燃烧"，他觉得仿佛是生活在燃烧、欢乐在燃烧，而燃烧中还升腾出一股"古朴的情、淳厚的爱"。这里就不只是一幅风景画，而是一个诗人深入其中，满含体验的少数民族的风情画了。

同样是写水，甚至是同一条河，前后也有很大的不同，例如黄河。黄河是我们的母亲河，黄河流域是华夏文明的摇篮。这样一条河，该引起古今诗人们怎样的歌唱啊！然而不同的诗人却有不同的感情和思绪，即使同一个诗人，情随时迁，也会有很大变化。诗人50年代的诗作《看黄河》，写的是日落时分，他看到的黄河上的情景："羊皮船"，"水车"，滔滔风浪似乎唱着古老而又年轻的歌，突然，从远处驰来大船，传来抽水机的轰鸣。正是在这种景象转换中，诗人感到祖国的飞跃、明天的美好。应该说，这里的黄河是现实的，是祖国建设现实的象征。这种写法，在50年代是表现了一定时代特色的。但现在看来，则显得有些肤浅，因为黄河从古至今蕴涵着多少丰富的文化历史资源啊。还是这条河，诗人在90年写的《黄河落日》，由于襟怀的开张与深邃，它就获得了巨大的历史时空感，牵系出一条中华民族的精神命脉。诗一开始，诗人把"五千年"的等待，集中到"这庄严的一刻"，日落黄河，辉煌、凝重……在浑圆的夕阳的余辉里，整个大地上的一切都在"沉默""——沉思的树，严肃的鹰／倔强陡峭的土壁／蒿艾气息的枯黄的草色……"这里仿佛在举行一个肃穆悲壮的敬神仪式。这一刻是静，但这一刻永动的是黄河水："只有绛红的狂涛／长空下，站起又沉落／九万面旌旗翻卷／九万面鼙鼓云锣／一齐回响在重重沟壑／颤动的大地／竟如此惊心动魄！"动静反差，引发人们的思索：日出日落，是民族繁衍的脚步；日落日出，是民族生存的延续，但在太阳无言的回忆中，历史的"爝火"已息，然而"一个英雄民族的史诗和传说"所凝结的民族之精魂，则永驻亘古长流的浩浩黄河。你看，日落黄河后那天地浑茫的景象：

> 如血的残照里
> 只有雄浑沉郁的唐诗
> 一个字一个字
> 像余烬中闪亮的炭火
> 和浪尖上跳荡的星星一起
> 在蟋蟀鸣叫的苍茫里
> 闪烁……

以瞬间显永恒，以一波映天地，黄河落日为人们构筑了巨大的历史文化空间，从中，我们这些黄河子孙可以领悟到生生不息的民族的一切：传统、史绩、情结、意志、生命力……

当然，例子还很多，比如海、比如树、比如风、比如云、比如贝壳、比如山鹰等等，同一景物和事物，寄托却深浅有别，这都显示了诗人日益精进和成熟的艺术追求和创造。诗歌意象系统意蕴的丰富，昭示着诗人的创作进到了一个更高的美学品位。

叙事与抒情侧重点的挪移

歌德曾说，艺术发展在"一切前进上升的时代都有一种客观的倾向"，我国 50 年代的诗歌正是这样，那时，历史的变革，将新世界、新生活呈现于人们面前，诗人被跃动的现实所感染，对生活的钟情使他们的审美取向多在生活本身，"生活就是诗"。因此，从生活实感出发，着重客观事物及其演化的外在描摹，把自己的热情融于艺术实体之中，就成了当时诗歌艺术的主导方式。李季、闻捷的诗，即使是抒情诗也带有叙事的特点，而李瑛前期的诗歌创作，也是如此。他和他们一样，往往从生活中提炼有特征的人物、事件和情景，通过客观的叙述和描绘，来表达生活的情趣和诗人美好的情思。例如，写战士的生活，一般把战士放在他们岗位所在的特定山水之间，展现他们的日常活动和故事，从而揭示他们高尚的品质和美丽的心灵，而诗人的情感倾向则是渗入其中的赞美。只要列举一下诗的题目就够了：《授枪》、《初到哨所》、《戈壁行军》、《夜过珍珠河》、《进山第一天》、《爬山赛》、《告别深山》、《巡逻晚归》、《雪线上的篝火》等等。这些诗的主人公是战士，事件是站岗、守卫、值勤、训练，场景是自然环境，但由于这一切都浸透着一种生机蓬勃的青春气韵，虽是客观描述，但也表现出某种生活的诗意。然而，诗的本质毕竟在于抒情，诗人的这种写法，虽也是抒情的一种方式，但由于受具体生活的局限较大，就不能不消弱了主观抒发的自由度，以致限制心灵世界的开阔。进入 80 年代以后，诗人们在反思历史的同时，也进行了文学反思，重新确认了诗歌的主体性和抒情性，于是推动诗歌从单调、单一走向多样、多元。在这股艺术变革潮流中，李瑛检讨、总结了自己以往的诗歌道路，开始做各种各样的新的探索和尝试，但其一个总的艺术趋向是：从侧重客观叙事到偏向主观抒情。具体变化有两点：一是"自我"在诗中的突现，改变了为战士代言的形式；一是对情感与理智凝结的人生体验的开掘，使生活的表现深入到生命层面。这些变化，是时代情势的呼求使然，也是他自身艺术发展的必然途径。

试做比较说明。在他的诗中，写"树"的篇什很多，例如，前期的《小树》、《杨柳和士兵》、《白杨林》等，或者以小树表达战士的胸怀和意愿，他要它在戈壁上"挽住大风沙和雨雪迷雾"；或者以杨柳喻战士，他们栽下杨柳，把性格赋予杨柳，杨柳也就像战士那样坚韧；或者以白杨林的今昔变化，传诵一个当年红军战斗的传说……显而易见，这些诗中，诗人的情感是附着在物象和故事之上的，虽然主题明确，但也嫌拘谨和单薄。如果我们对比一下诗人 1980 年发表的《我骄傲，我是一棵树》，就会发现他前后期诗作在艺术表现上的巨大差异。"我是一棵树"，这是象征手法，但这种手法在诗中的运用，不是物象与意念简单的一对一的对应，而是以树的某些特性为触发，充分展示诗人的内心思绪，树在这里完全被人格化、情感化、心灵化了。诗中没有过多的客观展示和描述，而是诗人在自由联想和广泛想象中，倾诉自己的人生追求、社会理想和为祖国的献身精神。这里的"倾诉"热烈、温柔而沉郁，娓娓道来、婉转迭宕，不似先前诗句那么单纯、明快。"我骄傲，我是一棵树"，我这棵树为什么值得骄傲呢？因为我"长在黄河岸边"，"长在长城脚下"，我受祖国"山"和"海"的教育，承接阳光的照耀、雨露的滋润。我的"品格"、"意志、力量和理想"，都是"人民"给予的，"历史"给予的，我的身躯屹立在"祖国"大地，是属于祖国的一部分。因为我有远大的志向，肩负着人类赋予的使命和责任：我要使"孩子"幸福、"老人"欢乐、青年男女相爱；我要使每一个人都有"宁静的梦"，我要守护大自然的生命；我要为人们酿造甜蜜的生活，并在酿造中"认识自己"；我要一刻也不离开人民，我要为改变普通人的不幸命运而尽力，并且：

> 我相信：总有一天，
> 我将再也看不见——
> 饿得发蓝的眼睛，
> 卖血之后的苍白的嘴唇，
> 抽泣时颤动的肩膀，以及
> 浮肿得变形的腿、脚和胳膊……

因为我对祖国爱得深沉，生为祖国，死为祖国，即使"有一天"，我这棵树"倒下"了，我生命的悲欢苦乐，连同我的成功与失误，也都刻入我"记忆"的"年轮"，作为我对"泥土的礼赞"和对"大地的感谢"，而且，我还要让自己"尽快地变成煤炭"，以便"将来献给人间：纯洁的光，炽烈的热"！

诗人这首诗，"感物吟志"，"托物咏怀"，以物为人格的写照和象征，其艺术构成是主客观的交融，并在交融中把物性转化为人性。这里转换的幅度是很大的，它于不黏不滞中，使物虚幻化、普泛化，加大了主观情致的抒写，拓展了诗人的精神境界。李瑛诗歌艺术这种表达方式的重大发展，不仅强化了他个人抒情主体形象的建构，而且为以新的审美思维方式广泛深刻地表现现实提供了极大的创造潜能。

以崇高为主导的多样化风格

李瑛在60年代前期已形成了自己的风格，甚至可以说，他把自己的那种写法已推到一个极致。一般是：触物生情，有感而发，善于以精细的观察捕捉人事景物的特点，特别擅长把握自然美的声、色、形态；构思往往是小中见大，发掘平凡事物中的不平凡意义，以主导意象为核心，在想象和联想中配置伴生意象，并且辗转生发、层递推进，最后实现诗意的升华；在艺术表现上，多用比喻、拟人、夸张等手法，而语言运作，则讲究精致、优美，富有韵律感。因此，他的诗形成了独特的色调：清纯、细腻、委婉、明丽。我们随便举个例子，就可以看到这一点。例如《射箭》这首诗，写一家蒙古人为了更热情地招待客人，男主人要在骤雨中表演射箭，先展现他跃马的英姿，"不踏马镫，不备马鞍，他轻轻地一跃而上，草原便突然矗起一架山"；紧接着就写他射箭的情景，但只见马奔跑中他搭箭拉弓，刹那间"一箭已把整个草原射成两半"；然后一个镜头，主人带着豪兴归来，正和客人谈笑风声，而头上已"雨歇云散"，此情此景，令诗人激动不已，他仰望蓝天，突然感悟到一个民族的伟大：

> 此刻我分明看见一个英武的民族，
> 正策马驰骋在历史的高原——
> 飞掠的云朵是骏马，
> 一弯彩虹是弓箭。

不难看出，此诗不仅写得有声、有色、意气飞扬，体现了蒙古人的习俗和性格特点，而且诗意展开承转自如、层递有序，尤其是最后奇特而又贴切的想象，把个人与民族联系起来，既境界开阔，又意趣盎然，读来使人感奋。

但是，任何一种艺术风格都不会是固定不变的，特别当历史前进了，社会变革了，人们的生活、观念和情绪已超越了前一个时代，相应的诗的风格也必然发生变异，否则，就不能适应人们的审美需要。一个诗人要想永远保持艺术青春，就应该不断有新的创造。李瑛的诗，虽然取得了很大成绩，但进入新的历史时期，也面临艺术变构的挑战，于是，他在一片诗歌革新的声浪中，开始了多种形式的求索：一方面原有的风格，作为一个流脉，使其有新的发展；另一方面由于"一月的哀思"的震动，历史反思和重大社会问题推到他的面前，使他致力于一系列政治社会抒情诗的写作；此外，日常生活的观感、童年故乡的回忆，也唤起他的灵感。这一切都要求诗人突破固有的思维模式、思维结构，而敞开胸怀，拥抱多姿多彩的世界，创造多种多样的新美，这样，他的诗就有雄浑、缱绻、平实、雄奇等多种风格。

我们看他《南海》诗集中的一首长诗《海》，这首诗是诗人继《一月的哀思》、《我骄傲，我是一棵树》之后的又一篇力作。此诗视点高远而宏阔，先从太空望大海，那不过是一点"幽蓝"，因而相对"茫茫天宇"，地球就是"一滴水",然而正是地球、地球上的海,却献给宇宙以"伟大的生命"。然后,置身地球,投身大海,探寻生命的奥秘。诗人写道,大海,既"广阔"又"渺小",既"寂静得可怕"而寂静中又充满"抗争和呼号";有时是"和谐的,自然而完整",但和谐中又"满含矛盾和冲突";这里有"情意缠绵的追逐",也有"凶残的厮杀和咆哮",这里有"比城池更坚的盾",还有"比雪刃更利的矛";这里"到处是火线","到处都有攻占和溃逃"……矛盾、冲突、单调与繁杂、寂灭与诞生,不停地运动,不断地更新,这就是大海庄严而雄浑的生命力的所在。其实,大海的奥秘就是社会历史的奥秘,就是人生的奥秘,在这里"自然史"成了"社会史"的象征,波飞浪涌成了复杂现实的写照,因此,诗人才最终从大海的飞涛中领悟了人生的"哲学原则和力量"。这首诗,情感柔婉而澎湃,气势恢弘而沉郁,它使我们想起了郭小川《望星空》的思绪、《致大海》的情韵。它们都表现了诗人崇高的意向和博大的灵魂,只不过由于时代变迁的原因,李瑛的诗不同于郭小川的乐观、豪迈,而呈现出凝重而悲慨。

除了思考社会历史问题之外,诗人还把诗的触角伸向故乡童年生活的回忆和身边日常生活的体味。他以平静的心态,回忆自己的童年、童年的故乡,寻找自己的生命之根。童年的故乡是"贫困与饥饿"的,故乡的童年是"凄苦与悲凉"的,那苦涩的"野菜"、那暗淡的"油灯"、那寂寞的"月光"、那不开花的"石头"……连乳名都是带"苦味"的。但是贫困和凄苦压不倒母亲的爱,风雨中的一把"油纸伞",支撑起童年的温暖;悲凉和饥饿,也泯灭不了童年的天真,池塘中小小的蝌蚪,牵来一片梦的"春天"……这些诗,表现艰苦中的生命,笔调委婉、情深,且带几分挺拔。正如诗人在《回忆:我的童年》一诗中所吟唱的:

> 至今,几十年匆匆过去,
> 我总想起那蓬倔强的野草
> 凄苦,贫瘠又桀骜,它的形状
> 如一把野火在愤怒地燃烧

人的生命像一条河,它从童年流来,经历青春的潮汛、中年的风浪,到了晚年就有了一份秋水的平静和沉凝。然而诗人的生命却不能以时间计,他的灵魂可以同时包容各种题材,除历史、自然之外,日常感悟也是他精神世界和艺术世界的一部分。李瑛近期的创作，把过去无暇顾及的这些生活内容，引入诗中，就生长出另一种风采。他倾听"爬山虎"伸进窗来，"亲昵地深情地絮语"；他观望"花枝肩头"既不美丽也不丑陋，"我就是我自己"的一片"枯叶"；他和"门"对话，认识了一种"新的生活方式"；他从一把"钥匙"的忠实，理解到"它帮助我们维持秩序"；墙上的"羊角壁饰"、"粗砺坚劲"中，显示着当年"魂魄的矫健和美丽"；桌上的"静物"，凝固的"风景"，却宣告了"生命的沉落"；他坐在"雨"天的窗前，回忆过去，思考人生；他走在"雪"天的路上，看见城市"披着羽绒服站起来/温暖里跃动着轻捷的身影"；他去展览馆，从展出的根雕上，获得的是"赭色的生命之源"的启示；他到图书馆，结识屈原和马克思，从他们那里领略了中国历史的演进；他告诉自己的孩子："在苦涩中长大的幸福/和痛苦一样近，一样寂静/会流泪却永远不会哀老"……这些诗，关注日常生活，和心灵切近、随意、自然，平朴中闪着人生哲理之光，犹如经霜枫树枝头飒飒摇曳的殷红的叶片！

　　新时期的诗歌创作，在经历了艰难的转型和开放之后，已形成了诗歌观念、审美特点、艺术趋向多元化、多样化，并存共荣的局面，这是诗歌发展的一种常态，它标示了诗歌的生机和繁盛。在这种格局中，一个诗人风格的演变与多样，也是他创作的一种丰富和成熟。经过不断努力的创造和开拓，李瑛新时期的卓有成效的艺术实践，使他诗的风格从单一、单纯走向既有主色调又有各种配色的繁丽多姿，这说明他是一个奋进不已的诗人，具有永不衰竭的创作活力，因而取得了引人注目的巨大进步。这对一个诗人50多年的创作来说，是难能可贵的，是值得我们敬佩和赞赏的。

　　愿诗人不老的艺术在赤诚的根干上绽放出更多美丽的枝条！

原载《文学前沿》2002年第2期

"所有的生命都张开了翅膀"

——李瑛诗歌近作谈片

张志忠

"所有的生命都张开了翅膀/像放飞的鹰就要飞翔"——这是李瑛的诗作《苦歌和甜歌》中的两句诗。引用在这里,是为了描述李瑛自 80 年代以来诗歌的转换和新变,描述"生命"一词如何成为李瑛诗歌的关键词,如何推进着他的诗歌以"庾信文章老更成,凌云健笔意纵横"的姿态,阔步跨越新的世纪,跃上新的高度。

这两句诗,首先是李瑛自己的精神写照。尽管说,80 年代至今,李瑛先后迈过了"耳顺"之年和"从心所欲不逾矩"之年两个大的年龄阶段,但是,他的旺盛的生命活力,他奔走在从青藏高原到乌蒙山区的华夏大地,以至多次出访欧亚大陆和南美北美的匆匆身影,和他源源涌出的诗歌新作,却令我想到孔子的另一句话:"发愤忘食,乐以忘忧,不知老之将至云尔。"是的,诗歌永远和青春、蓬勃的生命是同义词,是强健而活跃的体魄和精神状态的一种投射、一种倾泻。自 1980 年出版《在燃烧的战场》和《我骄傲,我是一棵树》到 2000 年出版《情歌和挽歌》,李瑛共出版诗歌 25 种,其中,除去各种选本,属于原创性的诗歌集有 18 种之多。[①] 对于任何一个诗人,这都是一个巨大的数字,而且恐怕是许多人终其一生都无法实现的。当然,"斗酒诗百篇"也好,"两句三年得"也好,"沥血以为辞"也好,单纯从数量上是无法见出诗人的高下的。我这里要说的是,李瑛的诗歌创作所担负的巨大的工作量,无疑是他的旺盛生命力的一种体现。何况,他

---

① 据《李瑛近作选》附录《作者著作书目》,人民文学出版社 2000 年版。

还有很多的社会工作，80 年代的一大半时间，他在部队文化部门承担着繁重的领导工作，即使离休之后，他仍然有很多社会职务。在这样的条件下，若非强烈的创作冲动和生命激情，又从何获得磅礴的诗兴和过人的精力？

红火早变成一摊冷灰却有一块泥土活下来①

李瑛诗歌创作的艺术生命力，历经 60 年而不衰，当然有多种原因，其中很重要的一点就是，他建立和完善了一种相对稳定的诗歌风格，又始终没有停留在创作历程的某一个阶段停滞不前，而是随着时代的转折和社会生活的主题词的变迁，不断地调整自己的创作视点，使自己始终保持了敏锐的时代感，能够立于时代前列，唱出时代的心声。在许多时候，李瑛似乎并不是那种搏击风浪的"弄潮儿"，也不是开创和领导诗歌新潮的开拓者，但是，他良好的诗人素质和思想文化修养，却使他始终保持了积极的、活跃的创作心态，站在时代精神的制高点上，做时代的追随者和歌唱者。比较起来，那种弄潮儿和开创者的新锐勇猛，会造就一时的辉煌，如彗星般刺痛人们的眼睛。但是，他们的诗歌成就往往只是与某一个特定的诗歌阶段密不可分，其兴也速，其衰也忽。李瑛的诗歌创作，却如同登青藏高原，没有拔地参天的突兀，却是庄严沉雄地渐渐隆起，一旦取得相当高度，就能较好地保持在这一水准线上，廓大沉雄，生意盎然，一直体现出良好的状态。

这一点，说起来平淡无奇，但是，在当代中国的现实生活的演进中，要做到这一点，却需要解决客观和主观两个方面至关重要的问题。从历史进程来看，李瑛走上诗坛以来的半个多世纪，正是中国社会急剧震荡、变化频繁的时期，各种各样的政治运动和社会风波，经常会把人们身不由己地卷入其中，让人们分别地处于清算者和被清算者的地步，或者经常互换位置，朝秦暮楚，朝宾夕囚。在文坛上，还号召人们不但要口诛，而且要笔伐，使人们或者被迫中断了自己的歌唱，或者因为做过某些重大的错误表态，写过某些趋炎附势的作品，而留下沉重的心灵阴影，以至一蹶而不振，让人顿生"天地不仁，以万物为刍狗"的感叹。这是从消极的意义上讲。从积极的意义上

---

① 引自李瑛诗歌《听埙》。

讲，半个多世纪的风云变幻，是中国的历史与现实、传统与变革、创造与失误、阴谋与挑战等诸多因素的交合所致，一味的沉稳和保守，不去及时地呼应社会生活的召唤，响应历史的变迁，又会遭致大浪淘沙、迅速落伍的尴尬，被时代所遗忘。从主观的方面讲，诗人的学识眼光和文化修养，是否具备了一种既相对稳定成熟又具有开放精神的心态，能够信守自己的信念而不被种种时风和流行冲昏头脑，又能够追随新的时代潮流却不迷失自我，能够创造出新的格局、新的气象，也是一种严格的考验，而李瑛，无疑是这大时代中的佼佼者。

从写作于 1980 年春天的《我骄傲，我是一棵树》中，可以看到李瑛的诗歌在信守和执着中及时地加以调整和更新的痕迹，即诗人之"我"和"我"的志趣在诗中的脱颖而出。在此之前，从《野战诗集》开始，经由《红柳集》和《红花满山》，到《在燃烧的战场》，李瑛的诗歌可以说是和人民军队 30 年的战斗历程紧密伴随，他把自己的挚爱和诗情，融入了人民解放军自渡江战役以来数十年间的成长历程，和平岁月的坚守、烽火硝烟的拼搏、对祖国对人民的厚爱、对壮丽山河的眷恋，都化入了他的诗句。在李瑛创作的前一时期，80 年代之前，李瑛诗歌的情感取向，如他的诗句所言："莫非是学习了战士的性格／所以才如此豪迈、威严／也许因为是战士的伙伴／所以才唱出了士兵的情感！"（《哨所鸡啼》）他是在以一名自觉地意识到庄严使命的军人的激情，抒发保家卫国的战士的豪迈情怀，歌唱祖国和时代，歌唱士兵和人民，如他的一部诗歌选集的题名那样，是在以诗歌的方式呼喊"战士们万岁"。他的自我，是潜藏在战士的身影中的。在某种意义上，李瑛是幸运的。这不只是因为，贯穿李瑛诗歌中的边防哨所、海岛守军、高原兵站和沙场战壕中的战士情怀，具有一种恒定的价值，尤其是在充满了阶级斗争路线斗争的"激越战歌"和一片"批判声讨"的喧嚣中，这更显得难能可贵：任何一个国家，任何一个时代，不能没有军队，不能没有国防，不能不用军人的奉献精神和职业道德以维护和平；何况，这是一支从血泊中挺立起来，战胜过国内外的强敌的人民军队，它的光辉历程、它的英雄气概，更是令全世界的人们都为之惊讶、为之倾倒。更深一层的幸运在于，在从 50 年代到 70 年代末期风云起伏的共和国历史中，部队一方面保持了相对的稳定，较少遭受政治风浪的冲击；另一方面，在一浪高过一浪的社会动荡中，军队的作用空前重要，军人的地位空前荣耀（从毛泽东发出"全国学人民解放军"，到千百万红卫兵对解放军的自发模仿，可见一斑）；比较起国内的文坛来，军中的文人墨客，其生存环境要优越许多，而且，从这里发出的歌声，声高响远、易于传诵，这也是毋庸置疑的。

70 年代末期，这种局面却难以维系。从国家发展来讲，改革开放、和平建设的旋律取代了"备战备荒"和"无产阶级专政下继续革命"的鼓噪，军队渐渐淡出社会的中心，战士的歌声失去了一呼百应的显赫。从诗坛来看，从诗歌的抒情主体到诗学观念，都在从狭隘走向开阔、从禁锢走向舒放，诗人从特殊的规定情境下做工农兵形象的代言人向着更为丰富更为深刻的自我形象进行转移，被压抑很久的自我和个性，纷纷释放出来，在诗坛上激起很大的震荡。

是时也，诗坛上的两股新潮令许多人欣慰，也令某些人畏惧。一是以"朦胧诗"为代表的青年诗人的崛起，二是那些唱着"归来的歌"的遭遇过历史磨难的一群诗人的复出，他们的诗歌给诗坛带来新的气息，冲击和改变着诗坛的既有秩序。李瑛的《我骄傲，我是一棵树》就可以看作是他面对诗歌新潮的思考和回应，是他的诗歌创作的转换性的路标。这首诗的抒情主体，从狭义上的士兵，转移向诗人自我，但二者之间没有断裂，没有大起大落，而是一种稳健的拓展，一种包容了前者在内又体现出新的风貌的嬗变之作。战士的职责和胸襟，依然在目，"我属于人民，属于历史/我渴盼整个世界/都作为我们共同的祖国"；与此同时，"我"所含寓的，有更丰富的信息和情感："我是广阔田野的一部分，大自然的一部分/我和美是一个整体，不可分割。"除了战士的刚健和勇猛，诗人那俊秀飘逸和温情脉脉的内质，和对于优美情态的强烈追求，也得到了直接的流露和抒写："哪里有孩子的哭声，我便走去/用柔嫩的枝条拥抱他们/给他们一只只红艳艳的苹果"，"我愿摘下耀眼的星星/给新婚的嫁娘/作她们闪光的耳环"。[①]

从代士兵立言——这让我们想到古人的代圣贤立言，到对自我的张扬和回归，诗歌的抒情层面得到了深入的契机。中国当代诗歌的回归自我，表明了时代的进步和诗歌的自觉，但是，从根本上来讲，回归自我只不过是回到

---

① 之所以选取《我骄傲，我是一棵树》而没有选用李瑛影响更大的《一月的哀思》来讨论李瑛诗歌的转变，是出于这样的考虑：《一月的哀思》有其题材上的特殊规定和特殊的时代氛围，在李瑛的创作生涯中是一个特例，《我骄傲，我是一棵树》却是在平和的状态下，非常自觉的产物，更能体现出诗人的创作历程上的转折。

了诗歌创作的原点，是对异化和扭曲的一种反拨。人各有其自我，更重要的是，这个自我应该立于什么样的根基之上，在回归自我之后，怎样营构一个独特的、个性分明的自我形象，这才是值得仔细参详的。

李瑛在这一点上，既有审慎的保留，他始终没有忘记自己是一个穿军装的军人，始终没有忘记为战士们而歌唱，在他的近作中，仍然有相当篇幅是描述战士的精神风貌的。同时，他又进行了坚韧的寻找，寻找自己的诗歌的新的支点，直到把对生命的审视和激扬，作为了自我的支撑，进而建立了他的诗歌创作的新的制高点。这是我选用"所有的生命都张开了翅膀"作为本文论题的另一层含义。

它们并不知道自己创造了美，
在美的启示下复苏了生命①

随着李瑛诗歌中的价值尺度的调整和转换，生命、创造和美，成为他的近作中出现频率最高也最醒目的字眼，成为他的诗歌美学的一把标尺。

李瑛曾经从战士的脚步获得了诗歌的节奏，如今，他是从生命的腾跃中捕捉到了诗歌创造的灵感。他的一首名为《灵感》的诗，率真地表现出这一过程：诗人自况为赤足浪迹天涯，一直追寻到飞雪迷茫的深山，一路上呕出血浆的苦吟者，正在苦求而不得，一只（被猎人射杀？）撕裂天空倏忽而下的白色小鸟，一只用最后的力量在天空中飞翔而坠落于地的小鸟，在与"我"的久久的对视中，激活了诗人的性灵，"顿时我的诗红润起来/有了脉搏和呼吸/有了巨大的欢乐以及/无法言喻的痛苦和忧伤"。诗人的情感波澜，并没有就此止息，而是继续向前奔涌：

> 我不知道是否应该把这些告诉你
> 为什么我会伏在你的肩头
> 大笑和痛哭
> 因为在这个动人的世界里
> 我发现了爱

---

① 引自李瑛诗歌《树根礼赞》。

> 发现了美
> 发现了一个生命的诞生和
> 死亡

冰天雪地里一只弱小的鸟儿，让诗人如此动情，这是一个生命的诞生和死亡，也是一首诗的生命的诞生，蕴蓄着爱和美，蕴蓄着诗人对世界的感受和思考的诗歌的诞生。我想，这正是解读李瑛近作的一把钥匙，即对于生命、对于和生命相伴相生的爱和美的咏赞。

对于生活在全球化时代的人们来说，面对的现实五光十色、摇曳多姿，诸多新潮的事物和观念，各种相对的价值和判断，充塞于天地之间，生命这样一个古老而又质朴的概念，显得多么平淡无奇、不足称道。但是，对于历经时代沧桑、经受过各种思潮冲袭的李瑛来说，它却具有一种返璞归真的意味，是回归到人生的本原。这是因为诗人自己的心态，经过那么多的风风雨雨、荣辱浮沉，在生命的秋天里，才倍加感觉到生命的可贵，倍加珍惜生命的价值；同时，对于被各种各样的物质享受和感性欲望所困扰、忘却了生命本身的意义和美的人们来说，这又是一单纯而警醒的偈语，"一些东西诞生，一些东西死去/这就是历史"（《历史》）。

是的，诗歌是质朴而单纯的，真理是质朴而单纯的，这种单纯，是历经百炼而日渐纯粹的纯钢，是遍尝人生百味之后方才格外珍重的盐晶，是对于有限的人生之旅和永恒的审美创造的最热烈歌吟和赞美——如诗人笔下勤劳而清贫的陕北女人一样，"她们清贫如水/清贫最接近单纯和洁净/最接近真挚、质朴和原生美"，"有谁比她们更懂得/劳动、生活和爱情"（《陕北女人》）。这种生命，存在于现实和历史之中，存在于人类和大自然之中，足以涵盖广袤的世界，也贯注在诗人眼光所及的万事万物上。

这就是李瑛的慧眼独具。他的诗歌咏赞的对象，都是寻常的事物和人，不是出于好奇的炫耀和猎奇，而是充满深情的关照，在贫瘠的乡村里"我"的童年好朋友的一只青蛙（《回忆：关于青蛙》），在生命备受艰辛的青藏高原上一串羊仔的稀疏脚印（《3900米高原上的一页日记》），蒹葭苍苍处一只"在水洲梳理罢自己的羽毛"然后远飞而去的白鹭（《生命的美丽》），深宫高墙、重门铁锁的故宫里，从残雪融化的青砖缝中钻出来，让诗人听到"蓬勃的生命在呼啸"的一颗鲜嫩的小草（《故宫的青草》）。当然，更多地出现在李瑛笔下的，是和诗人的情感息息相通的人们，是在生活中有所创造有所贡献的人们：人迹罕至的青藏高原上，把母亲的目光、妻子的眼睛、孩子的笑声重叠在枕旁，守着真实的孤寂和铁镐、留着过长的头发和胡须的养路工人（《青藏线养路工》）；颤悠悠的铁索桥上，在桥下江水的伴奏中背着背篓唱着山歌、"像滴着露珠的草叶般简洁而清纯"的苗族姑娘（《边城黎明》）；在历史的河流中飘逝远去，只能用锤子和钢钎铭记他们、"让我们更深刻地理解／生命的崇高和美丽"的革命先驱（《先烈》）；"从没有路的地方走来／为了让一条路站起来"，倒在青藏公路建设工地上，把皲裂的嘴唇、干涩的眼睛、吃不饱氧气的肺和蒸腾的热血都埋在"粗砺的沙碛和石子"下面的年轻战士（《写在格尔木烈士陵园》）……

　　歌唱生命的创造、生命的美，当然不会忽略那些来自艺术大师和民间艺人的审美创造。听到埙的演奏，诗人感触颇深："对于一个真实的生命／不需银饰，不需弦键／只一副喉咙就够了／多么单纯而简洁。"（《听埙》）看到手鼓翻飞，诗人豁然顿悟，"圆圆的手鼓的心脏／急促地跳动／震撼着大地，仿佛／翻飞就是它的生命／太阳般炽烈的生命／使荒僻的大西北，立即／开满鲜艳的花朵"（《多情的手鼓》）。面对着罗丹的青铜雕塑《思想者》，诗人由衷赞叹，"沸腾的铜的溶液／激荡着，凝成／简洁的线条、纯净的音符，凝成／强壮的肩胛脊背和肌腱／一个不可征服的生命／如一首庄严的诗"（《读〈思想者〉》），绚烂之极，归于单纯和生命，归于生命的创造，这是在这些诗篇中一以贯之的动人情致。

我已经说过三次／我的生命在那儿／在那儿，我的／燃烧着希望的无畏的生命[①]

　　生命意识的觉醒和扩展，成为 80 年代以来李瑛诗歌的内在推动力，也化作他诗作中的丰富与单纯相交织的意蕴。

　　追根溯源，李瑛的诗歌创作生涯中，生命，一直就在他的诗中闪现。在他 40 年代的诗作中，当他愤怒地斥责那样一个凋敝不堪、行将灭亡的旧时代，渴盼新时代的到来，生生不息、去旧布新的生命就是他的诗歌的支

----

　　①　引自李瑛诗歌《柳枝》。

点，他呼唤着死亡与新生，对年轻的生命发出严肃的告诫："凡是陈旧的姿态都应该改变/凡是不堪积压的都急速突破/让生者倔强地爆裂开土地/让死者埋下去填补它的空位/啊！那些渴求着光和热的/我给你们年轻的时间/过时不再，过时不再。"（《春的告诫》，1948）。

建立这样的信念，在新生与溃灭之间发出对光与热、对年轻的未来的呼唤，或许并非偶然。李瑛的这首诗发表于在上海出版的《中国新诗》第 1 期，这是一群后来被称为"中国新诗"派或者"九叶派"诗人——辛笛、陈敬容、杭约赫、郑敏、唐祈、唐湜、穆旦、袁可嘉等为主力阵容的现代主义诗潮的产物；由唐湜执笔的这一期《中国新诗》的代序《我们呼唤》中这样写道："我们面对着的是一个严肃的时辰……我们原先生活着的充满了腐朽气息的房屋在动摇，我们原先生活着的阴暗沉滞的时间在崩溃……几千万年来在地下郁郁地生长的火焰冲出传统的泥层了，它在大笑着，咀嚼着一个世界，也为这个世界吐出圣洁的光焰。"这和《春的告诫》的意蕴一脉相承。尽管说，比起穆旦、郑敏、袁可嘉们，李瑛是个后来者，但是李瑛和他们的现代主义诗歌精神之间并没有多少阻隔，李瑛不但在《中国新诗》上先后发表《在马房里》、《种子》、《春的告诫》、《沉痛的悼念——悼朱自清先生》等诗作，还在天津《益世报》上撰写过《读郑敏的诗》、《读〈穆旦诗集〉》等评论，深入探析他们的诗歌创作。在现代主义诗歌中，生命，原始质朴的、富有野性的生命，常常是用来抗争资本拜物教和现实对人的异化的一个立足点，如里尔克的《豹》。在中国的新旧时代之交，这种源于生命激情对衰朽社会的抗议，更皴染上特定的历史沧桑，因此获得了更深刻的意味。

此后，从戎南下的李瑛，在接受革命理论，真挚地向战士们学习，虔诚地进行自我改造的时候，生命的命题也无法从他的视野中完全消退。这可能与他的职业选择、与他的诗歌追求有关，被赋予保家卫国之使命的军人，注定要经常面对艰难条件下生存与死亡的考验，注定要直面去留弃取时生命的价值和意义。更何况，从 50 年代到 80 年代，从朝鲜战场到中越边境，规模不等的战争时有发生，作为诗人的李瑛曾经几次踏上战地，在"燃烧的战场"上抒写英雄儿女的浩歌，对战士的流血牺牲有更多的体认。从《野战诗集》中的《血衣——纪念一个英雄排长》、《战场上的节日》中的《献花》，到《南海》中的《悼一个修建灯塔的战士》，诸多歌颂英雄烈士的诗篇，都会把战士的牺牲与生命的思考联系在一起，咏唱这些为国捐躯的热血青年。换言之，这一时期的李瑛，是从战士的角度表述生命与牺牲，并且通过牺牲换来的胜利和国家安宁，肯定这种牺牲的价值的，而且往往会将其升华为一个璀璨或宏伟的诗歌意象，让生者的心情得到宽慰和欣然，"谁说他已倒在海上/他高举的大路正通向四方/他问候每个大洲的每条大道/他召唤每条大道的车轮飞翔/于是，我听见一片声音日夜轰响/在苍穹、在海面，清晰而又微茫/星斗说，为了赞美他，我们才夜夜发光/浪花说，为了献给他，我们才天天开放！"（《悼一个修建灯塔的战士》）

在李瑛的诗歌创作中，如果说，40 年代末期的生命意象是与新旧时代更替相关联，未能得到充分的展开就迎来了一个新的共和国的诞生，50 年代到 70 年代末的生命意象是与军人职责和社会价值相沟通，并且常常被特定年代所极度张扬的英雄主义、理想精神和浪漫气息所淹没，那么，80 年代以来的诗作中，生命意象则是回归到了自身，是为生命本体而存在。无论作为整体的人类还是作为个体的个人，无论大自然的造物还是艺术家的创造，都是因为灌注了生命的能量和激情而受到李瑛的格外关注，他荣获第一届鲁迅文学奖的诗歌集被诗人命名为《生命是一片叶子》，李瑛这样说——

> 眼下正是秋天，我窗外花园里的景色分外娇娆，有的花朵已经开过，更多的正在怒放；我更喜欢的是树林里许多树的叶子，重重叠叠的树冠，绿的、黄的、红的，一层层、一片片，在微风中以不同的姿势摆动着，表示它们生命的存在。它们从春天舒青开始，已庄严地工作至今。我每天到那里去散步都看到它们，它们是认识我的。我闻着那里飘逸出来的泥土的潮气和叶子的芳香，想到它们是有思想有记忆的，现在似乎已经成熟了；它们仿佛已有所准备，即使到冬天告别这个世界，也仍然是美丽的……在森罗万象的大自然中，生命很可能是最脆弱的，但如果它们有思想、理想和信念，生命就可能是最坚强的了，我就以它们做了我这本诗集的名字。①

这种生命本体论，使得诗人已经歌唱了数十年的人和自然，都调整了自己的位置，焕发出新的神采。人生不必非得借助于过多的付出和牺牲，才能证明其意义，合理的、庄重的、有尊严的存在，就是人生的本真所在。李瑛曾经

---

① 《生命是一片叶子·后记》，解放军出版社 1995 年版。

写过很多母亲形象，那是在战争年代用仅有的一粒盐、一把米救助伤员的山村母亲（《深山行进——致山区的母亲》），那是以自己的死亡换得孩子的生存的朝鲜妈妈（《追击途中》），那是在霜降之夜替子弟兵烧热火炕补好棉装的老大娘（《霜降》）。如今，母爱仍然是他歌咏的主题，他理直气壮地缅怀自己的母亲，忆念母亲唱给自己的摇篮曲，"那在唤我乳名的歌"，尽管无数个母亲都曾经唱过这"黑夜般古老的歌/黎明般年轻的歌"，母亲的这一支摇篮曲却是"我生命里最初的河"、"滋润我生命的根"（《摇篮曲》）；浓雾涌动、湿意阑珊的佤山中一位捻线老妈妈的"湿淋淋"的微笑，或许只是习惯性地送给远来的客人的，并不负载更多的蕴涵，却仍然让我感受到了古朴的情、淳厚的爱（《进佤山》）——请注意，李瑛为此诗写的题解表明，进佤山是1974年的事，但是，在他写作《红花满山》和《北疆红似火》的时期，这样的没有微言大义加以引申的场景和人物，显然是不合时宜、难以落笔的。70年代中期的诗歌，包括李瑛的诗作在内，那种曲终奏雅、升华主题的现象颇为常见，原色本相的作品，却会遭到苛刻的责难。古人论画云：山姿之写不出，借烟霞写之；水态之写不出，借裂石写之，这样容易工巧。到这首诗完成的1991年，则如同李白的"众鸟高飞尽，孤云独去闲，相看两不厌，只有敬亭山"所描述，生活和生命中美的片段，感人的片段，足以自为自足地存在，不必刻意地去寻找什么比附和深意。

自然景物，一向是李瑛诗情的生长点，不过，当年的花草烟树、山鹰骏马，经常是非独立地存在的。看到万山之上飞翔的山鹰，诗人写道："啊，矫健威武的山鹰/凝聚了我满腔豪情/我的驻守在深山的战友呵/这山鹰不正是你的身影。"（《山鹰》）看到一棵枝干折断却依旧顽强生长的羊角树，诗人感叹："你不是一棵树，小小的羊角树，你是我的一位战友，一名士兵！"（《致一棵被台风吹折的羊角树》）如今的李瑛，对自然万物的热爱有增无减，他看到在祁连山上高飞的年轻的鹰，会想起30年间几次踏上祁连山的所见，得到新的启示："几十年匆匆流逝/勇敢的生命多么年轻/无论以怎样的方式生活/都使人感到生命的沉雄。"（《祁连山之鹰》）看到春天里生机勃勃地生长的树，它们不需要与什么社会性命题联系起来，只想着自己的健康成长足矣，"它们用理想设计明天/如何吐叶抽枝/如何蜿蜒须蔓/或者梦想夏天/跳来跳去的阳光"（《春天的树》）。是的，在空前的开阔和丰富的生活道路和人生选择面前，在战士和祖国、执勤和训练、奉献和牺牲的话题被拓展为生命和生活之后，只要正直、坦诚、健康而充满活力，无论以怎样的方式生活，都使人感到生命的沉雄。

生命所至，金石为开。即使在《我的中国》这样题材规定性很强、政治色彩很浓的长篇抒情诗中，在祖国、民族、历史、开创等旋律的鸣奏中，同样可以看到，生命，在其中流贯和涌动着，化作长诗中一粒粒耀眼的珍珠。诗人描述泥土："它的每一粒都吻过/我们粗糙的脚趾/它是离我们生命/最近的东西"；诗人咏赞钢铁："炉口泻下沸腾的钢汁/像熔化的太阳/那是有生命、有力量、有思想的"；诗人在歌唱历史转折时期邓小平做出的果断决策时，吟出了这样的诗句："必须改革，必须开放/两个最富生命亮度的词/两个精力旺盛的词"，赋予"改革开放"这样抽象的概念以生命的质感和蕴涵，也展现它给时代带来的空前活力和推进。而且，在这首长诗中，诗人两次用相当的篇幅明白无误地把关于生命的思考写了下来："生命不应只是/从摇篮到墓地的自然距离/而应是一条从远古至今/由父母子孙结成的长链/生命是一种责任和使命/它的本质在精神/崇高圣洁的面容/就是生命/收拢起翅膀栖息在我的诗中的美/就是生命/简洁得像一滴泪的爱/就是生命。"① 如果说，这里描述的是生命的责任，是生命与爱和美的不可分割，是生命的呈现和延续，那么，下面这一段落就是描述生命的权利，人人都应该拥有的幸福生活、坦然相对的权利：

> 人的生命是短促的
>
> 每个人呼吸的权利
>
> 都应该是相等的
>
> 孩子们有温馨的家庭和教室
>
> 青年人有甜蜜的爱情
>
> 在草坪、在沙滩、在公园的长椅上
>
> 有说不尽的情话和幸福
>
> 而老年人用成熟的经验
>
> 讲述经历的教训和
>
> 毕生追求的理想

---

① 《我的中国》，百花洲文艺出版社1999年版，第80—81页、184—185页。

······
生命说，过去的时间
不是消失，是积累
未来的岁月
是希望和花朵开放的地方
是理想和果子成熟的地方
让大家一起
到那里去吧①

生命，不再是只有奉献和付出，不再是为了某个巨大的整体性的目标而存在，而是让我们想到马克思所说，每个人的自由发展是社会发展的必然前提，理想社会只能是每个自由发展的人的联合体。时代也好，国家也好，都应该将其作为自己的最高目标，就此而言，生命本体就从最基本的自足存在生成为最高的奋斗理想了吧。

肃穆的一月是深刻的距离，
在人生的深处闪光②

李瑛近作中，童年和历史题材都是重要的方面，生命，在历史与现实中双向地展开，在切近感受和遥远距离中展示，构成有深远背景的立体的风景线。

在李瑛近作中，一首饱含人生哲理的《距离》，值得玩味。诗人把自己的童年、中年和老年，转喻为柳丝吹拂、柳絮飘飘的四月，柳叶飘零、柳条依依的九月和水面冰封、柳枝断落的一月，与之相对应的则是慈爱地为幼小的自己做柳哨的母亲、温馨地偎坐在长椅上的妻子和牵在手中在冰河上嬉戏的小孙子。在这三幅图景中，只有柳丝、柳条和柳枝垂向水面的距离是相似的短促，"拣一根柳枝走在结冰的河面上/牵着我的孙子/肃穆的一月是深刻的/距离，在人生的深处闪光"。这首精致、整饬的短诗，将时光的流逝、生命的流转转换成季节和空间的变化，构成岁月飘零、物是人非的画面，又从

---

① 《我的中国》，百花洲文艺出版社 1999 年版，第 80—81 页、184—185 页。

② 引自李瑛诗歌《距离》。

生命的流程中捕捉到了一个个值得回顾、留驻情感的片段，并非"距离"在闪光，而是诗人和小孙子之间用柳枝昭示的距离，所昭示的生命状态的反差，以及由此回望当年母亲为儿子做柳哨的情形，由衷地感受到，人生旅途上的一个个落足点、一个个珍贵记忆，在时光的淘洗中熠熠生辉，在距离的阻隔中愈加清晰和生动，富含人生韵味。

这样的情境，正是李瑛诗歌创作历程的一种写照。生命，在时间中展开，在流逝中显现，他总是在现实中寻找一种参照，制造出一种距离，又在往事中寻找激活和兴奋点，让既往于笔下复活，让沉寂的情感重新燃烧。这种距离与燃烧的交织，包含了李瑛诗歌的思想情感的方式，包含了他对诗歌艺术的理解和追求，使得他的诗作具有较为丰厚的意蕴，具有交叠互补的意境，有诗味、耐吟哦："我想起生命/要真正认识这个/会哭会笑的字眼/必须站在生命之上/向上攀登，然后向下俯视。"（《我的中国》）此在和距离交叉地构成审视生命的视角。

因此，李瑛笔下出现了大量的历史话题："我对生命、生活、人生、艺术和美学等意义和价值方面的认识，现在比起过去也似乎有了更深的领悟；在思想上，我一向是生活在未来多于生活在现在之中的，而近年我发现自己常常是不自觉地沉浸在对过去生活的回忆之中，也许是由于过去的岁月越来越长，生活的积淀越来越多的缘故。"它不但写了一系列回忆自己童年的作品，如《回忆》组诗，如《摇篮曲》、《乳名》、《蟋蟀》，还写了许多关于遥远的民族历史往事的诗作，开阔了自己的文化视野。如同在《考古发掘者》中所描写的，"每天清晨和太阳一起/赶到几千年、几万年前的古代去"，叩开时间的门，从历史的遗迹中发现生命的踪迹、前人的脚印，甚至盗墓人的梦，不是为了"发思古之幽情"，而是要复活被遗忘的生命，并且让起死回生的历史与今天展开对话。于是，在像一粒草籽一样渺小的石壕村，一面是我对历史的情感进入，我也得以生活在那一个"暮投石壕村，有吏夜捉人"的恐怖之夜，看到了令杜甫扼腕痛惜的场面，体验到那种无力的痛苦："我认识它已一千年/我记得黑暗里/村头唯一的亮光/是役吏闪闪的刀锋/浸透颤抖的星星的/是老妪的热泪/而一个投宿的汉子/揉一揉彻夜不眠的眼睛/血，波浪般冲撞着胸腔和骨头"；一面是诗圣老人的情感仍然活着，通过不朽的诗篇，穿越历史，向着未来延伸，"没有人告诉我/只杜甫的眼睛钉子般盯着我/已一千年/他那颗憔悴的心/仍在村头迎风跳动/已一千年/村里夜半受惊的野狗/狂叫着，忽远忽近/已一千年"（《石壕村》）。这样，在现实与历史、生活与诗歌的交融中，生成了浑厚悲怆的意境。这成为李瑛的历史题材创作的一大特色，他不是单纯地追思历史，而是让历史复活在诗歌中，让复活了的历史与现实、与诗人对话，在双向的交流和互动中，编织出一片超越时空阻隔、激活双方的生命和情感的旖旎画面，把通常人们理解的自我与历史的"我与他"的客观审视的关系，改换成"我与你"的亲切友好相互交流的关系，使我们的情感和视线都在这种关系中发生潜在的变化。一个武士俑的铜像立在桌上，诗人的世界立刻扩大了许多，诗人的情感立刻柔和了许多，感到了另一个热烈的生命的存在："此刻，你站在我面前/一声不响，像一位远来的/客人，陌生又熟悉地/望着我，望着我/读克劳塞维茨的《战争论》/望着我写诗/你对我投出烫人的目光/又像对我说些什么"；于是，这种情景也改变了诗人的行为和情致，诱发了诗人的关切和遐想："但此刻，我不敢向你/吟诵金甲铿锵的苍凉的边塞诗/怕横飞的大雪下，马嘶声中/你会滚落燃烧的泪滴"，诗人的用心可谓良苦。李白有"不敢高声语，恐惊天上人"（《夜宿山寺》）的妙句，李瑛的这几句诗，很有这种情味。然而，诗的情绪到这里还没有充分宣泄，古代的武士和今天的军人，他们共同的职责和命运还要进一步相融为一体，"我和你"还要变成"我们"，变成战士共有的情怀："望着这渗进青铜的生命/在夜半的寂静中/我像听见远古传来的声音/在呼喊你和我的名字。"（《武士俑》）历史和现实、古代武士和当代军人，通过"我和你"而沟通，而融合为一。与之相映成趣的是《偶遇》，一对于40年代后期的乱世中分别、失散了40年的老朋友，在机场候机楼邂逅相逢，40年来风雨沧桑，应该有多少话儿要想彼此诉说，千头万绪该从哪里说起？"此刻/两双眼凝望，只有深思/两颗心颤动，只有沉默"，但是，无情的航班时刻表，留给他们的却只有10分钟时间，"只十分钟/苦茶里浸透惊喜和欢乐/离别四十年/便又各自提着行囊去了/匆匆、匆匆的/'我们'又成了'你'和'我'。"正因为这40年的分别，和重逢之后的再见不知何时，才使得这漫漫生命长河中10分钟的"我们"格外可贵吧。

生命，不止是李瑛诗歌创作的新视点，而且构成李瑛诗歌的语言方式。李瑛的诗歌，一向是最讲究语言的，"一个诗人应该有高度的艺术感觉，语言的感觉——不是随意拾取生活中自然形态的语言，而是必须刻意追求加工提炼的语言，去努力寻找那唯一准确的单纯的语言——有生命力的语言。"① 对于语言的刻意经营、锤字炼句，构成李瑛诗歌魅力的重要因素。比和兴、明喻和暗喻、意境和象征，被他运用得得心应手、炉火纯青。如果说，在他为战士们歌唱的年代，李瑛诗中的喻体和喻义，都和战士、祖国等观念相连接，那么，在他为生命而歌唱的时候，诗中大量出现的，是富有生命寓意的语言，是将各种命题转化为生命感知的表达方式，赋予诗中的物体以生命的鲜活和生动。

比如说，在《静静的深山》中，李瑛这样写道："静静的深山，月光铺满/淡淡的薄雾，笼罩前沿/呵，巍巍万里边防线/满弓的弦上有多少支闪光的箭！"连绵起伏的群山被看作张满的弓，守卫在边防前沿的战士则化作了搭在弓上随时准备出击的箭矢，弓和箭的武器特征与战士的精神特征相互融为一体。当然，弦不必都是弓弦，也可能是琴弦，用来歌唱祖国的春光，如《深山春早》："绿水一半/浮冰一半/山里的积雪化了/每条溪水都是它闪光的弦。"这曾经是被人们称赞的名句，也是李瑛当年擅长使用的比兴方式。弓弦和琴弦，战歌和颂歌，也是那个时代的流行的诗风。在他的近作中，经常出现在诗行中的喻象和喻义，是生命的赋予和生命的流转，是有生命的人、动物和植物等的相互转换。他写用舒缓的弧线装饰大地的青海的地平线，在这弧线上闪动的不是无生命的石头，而是有生命的牦牛，是不容抹煞的生命的存在，而且，诗歌中的形象在生命的链条中相互转换着，将抽象的荒原精神转换为可以感知的具象，"牦牛不是石头/是荒原的精神和骨头/是野生植物终年不凋的/裸根、叶子和花朵"（《青海的地平线》）。他写一个悬挂在墙上的羊角装饰品，从冷寂和沉默中体味到生命的律动，从都市的水泥森林中感受到藏北草原的气息："它们静静地挂在墙上/强悍的生命仍活在/大山和草根深处"，大山深处有强悍生命力的草根，也激活了这都市高楼上的羊角，给它注入了生命活力（《羊角壁饰》）。那飞流直下的瀑布，在诗人眼中涌动着旺盛的生命，得到了这样的描述："有时是花/有时是群峰/有时是星光或迸溅的血。"（《瀑》）通过花、血这样的喻象，瀑布的鲜活得到传神的表现，也描述了瀑布的特定色彩。那标志着中国书法艺术高峰的西安碑林，走近它，人们可能会注意它的悠久古朴，会惊叹它的规模浩大，会欣赏

---

① 《李瑛诗选·自序》，四川人民出版社1980年版。

它的笔势墨意，诗人却从中看到了历史在这里匆匆流动的生命，并且用连篇的比喻赋予它生命的质感："在一块块石头深处/百花竞放/大河流淌/藤蔓缠绕/翅膀飞翔/在石头深处/带香味的墨汁掺和着血/沿一道道笔锋流出来/在阳光里轻轻颤动并闪光。"这还不算，在曲终之际，笔墨一扬，百花、藤蔓、翅膀织成的生意盎然的图像中，人物的形象突兀而出，"转身，却见万里外/风雨袭过，阳光流洒/又有琴声，又有酒香/分明赶来了王、欧、颜、柳/捋一捋胡须/要和我对话"（《碑林纪游》），让人眼睛一亮，顿觉眼前生意满，须知诗人苦心多。

让我借用李瑛的诗句，结束这匆促而又拉杂的诗评：

> 越过灵魂和肉体
> 在生命终结的地方，由于爱
> 我看见了生命的开始

原载《文解放军艺术学院学报》2002 年第 2 期

诗人的生命：不断地自我超越

——论李瑛的近作

刘士杰

李瑛先生是诗坛上享有盛誉的老诗人，以勤奋而多产著称，至今已出版了 48 部诗集，数量之丰、质量之高，为诗歌界所仅见，他的诗集《生命是一片叶子》曾荣获 1995—1996 年鲁迅文学奖诗歌奖。

从建国初到"文革"结束，李瑛一直作为军旅诗人活跃在诗坛上，他那鲜明的个人风格曾影响过好几代青年诗人。

李瑛的军旅诗的抒情主人公是普通战士，他笔下的普通战士形象都具有丰富的内心世界、优美细腻的情感、朝气蓬勃的精神面貌，这与建国以来大量涌现的军旅诗中所出现的千篇一律的四肢发达、头脑简单的战士形象大异其趣，所以深受读者的喜爱。几十年的创作生涯，李瑛已形成了成熟的、独具个性的风格，那就是奇巧的构思、丰富的想象、优雅清丽的语言、大致整齐的押韵，以及由具象描述与铺垫入手，最后"卒章显其志"，升华到哲理高度或情感高潮。这种独具个性的风格，给当时片面强调诗歌为政治服务，而程度不同地忽视艺术形式和风格，因而显得单调而缺乏色彩的诗坛带来一线亮色，所以李瑛的军旅诗的影响已经不限于军队，而成为所有诗歌爱好者所钟爱的读物。他的军旅诗中的一些名诗如《敦煌的早晨》、《戈壁日出》等诗中的诗句，至今为人传诵。

李瑛诗歌创作的转折点，是在发表了悼念周恩来的抒情长诗《一月的哀思》之后。这首抒情长诗震撼了诗坛、影响到全国，成为当时反响最为强烈、最为广泛的佳作。从此之后，李瑛将眼光和诗笔从军旅生活转向更为广阔的人生舞台和世界风云，这是他对军旅诗的超越，更是对自己的超越。

进入新时期以来，虽然李瑛的诗歌创作已经超越了军旅诗，而转向更为广阔的人生和世纪风云，然而，他一刻也没有忘记自己仍然是一位军旅诗人，没有忘记自己仍然是一名战士，没有忘记战士和诗人双重的道德责任和社会责任。他热爱我们的人民和脚下这块热土，他热爱我们的祖国和党的事业，这种热爱的情感非同寻常，而是达到了虔诚和圣洁的程度。10年前，在诗集《睡着的山和醒着的河》的"后记"中，李瑛写道：

> 在我过去出版的三十多种诗集中，可以说，我所表现的只有一个单纯的集中和鲜明的主题，那就是我对祖国和人民的爱。我说爱人民爱祖国，绝不是只停留在宪法所写的抽象条文上，它不是消极的、直观的情感意识或抽象观念，对于我，它血液流淌、心脏跳动。

> 战士和诗人是神的两个化身，我是怀着这样一种认识来写作的。

这种热爱祖国和人民的伟大情感，在李瑛诗中是一以贯之的，虽历久而弥深，1998年出版的长诗《我的中国》，就是诗人这种伟大情感在创作上的生动体现。也正因为这种爱"绝不是只停留在宪法所写的抽象条文上，不是消极的、直观的情感意识或抽象观念"，而是伴随诗人的"血液流淌，心脏跳动"，所以这首政治抒情长诗才写得如此情真意切、丰赡优美、诗意盎然，而避免了有些同类诗常见的空洞无物、政治术语堆砌的弊病。

虽然李瑛热爱祖国和人民的伟大情感没有变，战士和诗人双重的社会责任感没有变，但是随着时间的推移、时代的变迁、题材的拓展、人生阅历和体验的更加丰富深刻，其作品的思想内容和艺术表现方式都发生了较为显著的变化，这是李瑛近作所表现出来的令人瞩目的现象。

在人们的印象中，李瑛对人民和土地的热爱、对祖国和党的事业的热爱，以往都是通过他的深情的赞美的诗歌来表现的。如写于1961年的《牧场晨光》："我的年轻的祖国，我又在草原看见了你/这一切多么美、多么令人向往/看穿白罩衫的挤奶姑娘正向你走来/接受吧，这一束束野花、一桶桶奶浆！"同样写于1961年的《夜歌》："夜来了，一张银幕盖草原/夜深了，一片歌声，一幅图画/我们伟大的党、伟大的祖国，你听/家家梦里有多少深情的话……"以前，李瑛下部队体验生活，去兵舰、去海岛、和官兵生活在一起，以明丽优美的笔调表现部队生活，诗的基调是明朗向上的。如："亲爱的家乡，亲爱的祖国/多少神圣的命令藏在我心中"，"边境好恬静，但要警惕/夜是肌肉，我们是神经！"（《月夜潜听》1961年）但是，近年来，人们发现，同样是热爱人民和土地，李瑛的诗中却出现了一种与以往不同的、奇异而陌生的因素——沧桑感、凝重、沉郁，甚至苦涩。正因为他热爱人民和这片热土，所以他一刻也没有移开深情关注的目光。李瑛怀着诗人崇高的使命感，不惮跋涉之艰辛，亲赴贫困欠发达地区体验生活。贫困地区人民的艰难的生存条件，使他感同身受，他将贫困地区比为"我的另一个祖国"，并以此为题写了组诗，相信读者读后，定会悄然动容、潸然泪下，心灵上受到强烈的震撼。在《我的另一个祖国》中，诗人劈头一句反诘："难道这就是我的祖国？"这句诗令人想起闻一多《发现》一诗的首二行："我来了，我喊一声，迸着血泪/'这不是我的中华，不对，不对！'"虽然时代、思想内涵不同，但是急切关注的心情、忧国忧民的怀抱则是相同的。在这首诗中，诗人看到的村庄"犹如一堆风卷的枯叶/犹如史前部落的遗址"，"家家传递的都是愁苦/日子沉重得像石头"，"没有什么比这更死寂"、"凄惶"、"严酷"、"痛苦"，"忽听一片孩子的读书声"，使"我窒息的肺和猝死的心脏/突然醒来"，诗人想到这些孩子"明天，他们踮起脚/就会看见山外辽阔的世界"。在诗的结尾，诗人满怀深情地呼唤："我的艰辛中成长的祖国呵！"虽然诗人对明天不失信心和希望，可是字里行间仍然表现出沉重的心情。与以前作品中所表现出来的明朗、清丽、绚烂的色彩大异其趣，这首诗总的说来用的是低调冷色，你看："低矮的茅顶倚着坍塌的土墙/一户户相拥相挤的苦人家"，"走进一间黑洞洞的茅屋/一个老人独对一堆火的余烬"……如果仅仅读这些诗句，简直很难相信出自李瑛之笔。又如《假如我忘记你》一诗，诗人深情地写道：

> 面对你倾斜的黝黑的茅屋
> 艰辛中生长的洋芋和苦荞
> 孩子们蓬乱的头发、污脏的小脸
> 以及那头喘着粗气的拉犁的牛
> 我该说什么
>
> 无论白天和黑夜

　　　　我都看见你

　　　　总是深情地望着我

　　　　如同你就是我出生的小村

　　　　如同你就是我勤劳的母亲

　　　　自从我走近你

　　　　我的心变得比石头更沉重

　　　　难道你不是我的另一个祖国

　　　　石头般贫困的小村

　　　　假如我忘记你

　　　　就像劈开肋骨、剖开心脏

　　　　我的生命就将被撕成两半

　　对于贫困地区的人民，诗人不是以悲天悯人的同情的目光注视他们，而是视为"我出生的小村"、"我勤劳的母亲"而与之血肉相连。最后一节将诗人与贫困地区及其人民的血肉相连的深情，写得噬心镂骨、震撼人心。同样令人酸鼻的作品还有《饥饿的孩子们的眼睛》，那是使诗人痛苦的眼睛。下面的诗句可以说是诗人饱蘸泪水写成的：

　　　　就这样，他们的眼睛和

　　　　他们小小的胃和

　　　　他们空空的碗和

　　　　他们冷却的锅

　　　　静静地望着我

　　　　目光，钉子般

　　　　从我的骨缝里直刺进心窝

　　　　他们不认识我

　　　　却信任这荒山冻云的祖国

　　　　对这些燃烧的目光

　　　　我的沸腾的血

　　　　我的苦涩的泪

> 我的怦怦跳动的心脏
> 该说些什么
> 我不认识他们
> 但我认识饥饿

质朴无华、饱含情感的诉说，表现了诗人赤诚的人文主义的关怀和美丽的人性光辉。

与某些诗人只是为了猎奇，浮光掠影地去找感觉的所谓"体验生活"不同，李瑛去贫困地区体验生活，却是真正用心灵去体验的。诗人体验生活，就必须透视自己的内心情感，诗人自身的内在生活的结构本身，决定他的体验程度的深浅，也决定他的内在价值的高低，缺乏内在感受、缺乏内在精神的人，不可能成为真正的诗人。诗人唯有从自己的内在精神出发，他才能去体味、掂量、摸索、参透具体的生活事件的真味和意义。所以，体验生活也是一种渗透着思想的情感活动，李瑛正是这样去体验生活的。李瑛在诗集《生命是一片叶子》的"后记"中这样写道：

> 感谢我们值得骄傲的父辈和祖先，给予我他们的基因和一份纯净的鲜血，使我得以有至高无上的爱和积极的思绪、质朴和正直、善良和纯真，使我得以在对生活的观察中，引发出心灵的折射，或消融于哲学的沉思，或映照艺术的情韵；就是受这些激发，才使我能永葆心灵的青春和诗的激情，这时我便努力寻找自己的语言和自己艺术地掌握世界的方式进行创作。

李瑛说他拥有的"至高无上的爱、质朴和正直、善良和纯真"，正是他优美的内在情感、内在生活和内心世界。诗人由此出发，观察生活，耽于"哲学的沉思"，并"努力寻找自己的语言和自己艺术地掌握世界的方式进行创作"。上面所引的诗，正表现了李瑛的"质朴和正直、善良和纯真"，表现了他对人民的"至高无上的爱"。也正因为如此，他不回避现实生活中的阴暗面，敢于"揭示在矛盾和冲突中流淌着的痛楚的眼泪和淋漓的鲜血"（引文与上同）。如果说，以前，李瑛的社会责任感主要表现在歌颂党的事业和祖国，歌颂人民和土地，那么现在除此以外，他还表现在直面惨淡人生的"艺术家的勇气"（恩格斯语）。后者使他在近作中体现了以前罕见的沉郁、凝重、苦涩的特点，这些特点源于他几十年来所经受的"周身伤痕和心灵的创痛"，源于饱经风霜的成年人的思想感情中所积累的对社会、生活的体验、认识和理解"（引文与前同）。

这些特点甚至还出现在描写自然风光的诗中。在李瑛近作描写自然风光的诗中，既有保持他那原有的清丽柔和风格的诗句，如："这世界多么美丽/纯净的北方之夜的雪和月光/无声地流出一种/宁静的美、温馨和渴望/哦，我的楚楚动人的素洁的新娘。"（《雪和月光》）又有"清纯却又苦涩"，甚至是沉重而严峻的诗句："在杏树和风景后边/站着的是生活中多么严峻的/真实。"（《杏花》）

李瑛说他"努力寻找自己的语言和自己艺术地掌握世界的方式进行创作"，事实也正是这样，年逾古稀的他还不断地探索诗艺，力求超越自己。于是，我们从他的近作中，看到他运用了新的表现手法。

在艺术表现手法上，李瑛除了还保留注重、善于写细节，以及特别讲究选取意象等特点外，引人注目的是适当运用了现代的手法，使得他的诗显示出新奇、陌生的光芒。例如《我望着你》，比之李瑛以前的作品就明显不同，颇具现代风采。试看其中三四两节：

> 我望着你
> 在瓷盘上
> 这里已在世界之外
> 火烧尽了
> 远方的的波浪
> 摇曳的水草
> 卵石上跳荡的阳光以及
> 所有活泼的鳃、鳍和思想
>
> 我望着你
> 波浪、水草、卵石上的阳光
> 仿佛都不曾存在
> 只一架鱼骨
> 一根根坚硬的刺
> 比针更锋利

在酒杯和世界之间
静静地闪光

在这首诗中，李瑛借鉴了后象征主义和印象主义的手法，从抒写主观"我"的内心世界，转向对客观事物仔细的观察和精确的描绘。李瑛素来重视细节描写，对描写对象观察之细致，描绘之精到，是人所公认的。诗中一再出现的"波浪"、"水草"、"卵石上跳荡的阳光"给人印象极深，既是鱼的生活环境，又是鱼本身生命力的象征。和后象征主义与印象主义不同的是，李瑛并没有排除主体"我"，相反，全诗倒有四句"我望着你"，更重要的是诗题就是"我望着你"。但是虽然如此，全诗却没有正面展现"我"的内心世界，只写出了"我"的一些感觉。与上面所引的《假如我忘记你》那首诗中，抒情主人公"我"的强烈的情感宣泄相比，此诗显然大异其趣，这是因为题材不同，诗人用了两副笔墨。当然，这首《我望着你》也有抒情，只不过是"冷抒情"，而不是"热抒情"。此诗表现了诗中的"我"对于生命的珍爱，他把鱼写成不仅有"活泼的鳃、鳍"，而且也有"思想"的生命。最后一节将"仿佛都不曾存在"的充满活泼生命的"波浪、水草、卵石上的阳光"，与丧失生命的"一架鱼骨"相对照，对比强烈，最后却以"在酒杯和世界之间静静地闪光"做结，冷冷地做结，冷隽地、颇具嘲弄意味地指出人为了满足口腹之欲，而扼杀自然生命的悲剧。像这种颇具现代色彩的诗，在李瑛的作品中不止这一首，事实上，他在出访诗集《美国之旅》、《日本之旅》中，就已开始这方面的探索了。其他如《多梦的西高原》、《山草青青》，以及《睡着的山和醒着的河》等，都是他这种新的探索的实绩。再看他的《桂林五月》：

像闪动的绿翡翠
像飞翔的翅膀
像游动的鳍
在这里，一切美都醒着
使所有的靴子
都迷了路

这种灵动、洒脱、虚实结合，以及拟人化的诗句，在李瑛以前的作品中还很少见到。正是诗中出现的现代色彩，使我们在李瑛近些年以来的作品中，感受到一种奇异陌生的艺术光芒。

其实，在李瑛近作中所出现的现代倾向，与其说是李瑛诗风的嬗变，毋宁说是他早期诗风的某种复归。早在上世纪 40 年代中后期，李瑛还在北京大学上学时，他所写的诗就颇具现代风采。我们不妨读一读他写于 1947 年的《春的告诫》：

> 凡是陈旧的姿态都该改变，
> 凡是不堪积压的都急速突破，
> 让生者倔强地爆裂开土地，
> 让死者埋下去填补他的空位。
> 啊，那些渴求着光和热的，
> 我给你们年轻的时间，
> 过时不再！过时不再！
>
> 所有能发声音的都发到无限，
> 所有褪失颜色的都重新闪光，
> 一切都在赤裸的生活中，
> 智慧属于工作，向它服从。
> 啊，那些渴求着光和热的，
> 我给你们年轻的时间，
> 过时不再！过时不再！

从这首李瑛的少作中，我们可以看到年轻的李瑛那急于冲破旧制度的桎梏，强烈要求改变陈旧腐朽的社会，"渴求光和热"的满怀激情。诗的形式采用西方的"商籁体"（sonnet），也即十四行诗，此诗的表现手法和语言的运用都具现代色彩。后来，李瑛参军南下，投笔从戎，也许对他来说，应该说是"带笔从戎"，因为他到部队后，一直没有放下诗笔。由于战争和部队生活，他的诗风不变也得变。战争年代的诗作为宣传武器是理所当然的，李瑛也写了不少这样的诗。当然，李瑛毕竟是北京大学中文系的学生，即使必须把诗作为宣传武器，他也不会写标语口号式的诗，像当时大多数战地诗人所写的那样；他尽可能把诗写得更有艺术性。如写于 1949 年的《历史的守卫者》一诗，李瑛为哨兵画像：

> 夜晚，在接近炮火的前方，
> 我看见我们的哨兵，
> 守卫在一棵大树的隐蔽下，
> 那一副闭着深厚嘴唇、收着下颌的
> 庄严的面容——
> 像一座古希腊神话里青铜的铸像，
> 整个地球都旋转在他的脚下；
> 他铁山一样的屹立着，
> 仿佛凝视着无穷的远古直到现在，
> 凡所有属于他的每一秒钟，
> 都灌注了真实的代价和意义。

这正是李瑛的写法，他把哨兵比作"古希腊神话里青铜的铸像"，写"整个地球都旋转在他的脚下"，充分显示了他的艺术才能，这类诗在当时的战地诗中，应该是不多见的。

建国以后，当时的诗坛是将根据地的诗歌奉为正统，而排斥"五四"以来的新诗传统。作为军旅诗人，李瑛本可以驾轻就熟地、理直气壮地写那种直抒胸臆式的、宣传政治运动的诗，但是，他的文化艺术修养很深，加上他自身的文静、温和、柔婉、纤细的个性与气质，所以，虽然他学会了用革命战士的眼光观察生活，身兼战士和诗人，可是，当和平军旅诗取代战时军旅诗时，他个人的文化艺术修养、个性和气质被唤醒了，他没有去写宣传政治运动的诗。在完成由战时军旅诗向和平军旅诗的转变时，他的诗风由急风暴雨转变为清丽柔婉。李瑛的这种诗风在当时显得很别致，也很少见，令人注目，深受读者喜爱，也得到诗歌界的认同。

近些年以来，李瑛诗歌创作的艺术风格又有了一次转变，这是向着他早期诗风的一种复归。当然不是简单的重复和回归，而是一种螺旋形的上升。李瑛在50年代到70年代已经成熟的个人风格的基础上，结合自己的条件、素养、气质，适当借鉴现代诗的一些表现手法，逐步形成了自己的新的风格。

总之，近些年来，李瑛的诗歌创作无论在思想内容和艺术表现形式上，都有了明显的突破和创新，并形成了新的风格。在思想内容上，更贴近现实生活，敢于直面惨淡的人生，出现了沉郁、苦涩而带有悲剧意味的诗风；在艺术表现形式上，则向着他早期诗风复归，闪烁着现代诗的美丽光芒。

李瑛已年逾七旬，创作力仍很旺盛，仍处于最佳的"竞技状态"，他不仅一如既往地勤奋创作，笔耕不辍，而且不满足现状，不断超越自己，力求创新，向读者奉献最新最美的诗篇。这是多么难能可贵！对诗歌创作、诗歌事业抱着献身精神的李瑛先生，可以当之无愧地成为青年诗人学习的楷模。

2002 年 4 月 11 日于北京芳城园寓所

原载《文学前沿》2002 年第 2 期

生命之树常绿

——李瑛创作现象的启示

潘大华

　　中国当代诗人为数不少，但像李瑛那样持久地保持着旺盛的创作精力和良好状态的却不多。半个多世纪以来，他已经出版了 46 部诗集和诗选集，如今年逾古稀的他依然热情而深沉地吟唱生命之歌，形成了中国当代诗坛独特的"李瑛创作现象"。

　　李瑛曾是一个"军旅诗人"，这种军旅诗人之"旅"，给他提供了广泛地接触边地和军人的机会，他的足迹遍布大江南北、戈壁海洋，由于"战士"诗人的职业感以及社会政治主题的需要，使他当时对生活认识的深度有所制约。但丰富的人生阅历毕竟开拓了他的视野，成为他的人生经验的宝贵财富。

　　李瑛说过："是火热的生活赋予我沸腾的激情，这激情给了我诗的生命。因此，每年我总要睁大眼睛到人民群众中去、到战士中去、到火热的斗争中去，去发现新的人和那些运动着的具体而生动的事物，它们比我们观念中所想象的要复杂得多、丰富得多、强烈得多。"所以他能够"蘸着阳光、大海、风霜、雨雪来写诗，蘸着人民的汗水和血泪来写诗"。

　　这段丰富的生活阅历，不仅使李瑛获得与生活拥抱的机会，而且大大增强了诗人的写作信心。所谓写作的信心，就是作家对生活的热爱、关注、把握程度以及与之俱生的创作心态和状态。生活阅历愈丰富多彩，愈能增强写作的信心；而写作信心的增强，更能够促使诗人去深入或关注生活，去发现生活中的真善美的东西。纵观中国历代大诗人，比如唐代的李白、杜甫、白居易等人，他们无一不是具有丰富的生活阅历或经受过生活坎坷，促使他们的诗突破了个人褊狭的境界而与时代、社会融通。

一个诗人的创作生命力，与他笔下的题材与时代的契合关系极大，换言之，即是作品的主旨、内容、美学趣味与当下人们的思想、意识、追求、爱好密切相关。

20世纪80年代新时期的到来，也是一个思想解放、现代意识增强全新日子的到来。在这样一个转折时期，不少诗人由于思想观念的局限和诗歌意识的陈旧而落伍，李瑛却没有这样。他顺应时代的巨变而改变自己的诗歌写作观念，自觉地由"士兵"的诗人转变为个性化的诗人，由对生活的赞美歌吟转变为对生活的触摸思考，在"写什么"的问题上，实现了从对生活的拥抱到对生命的吟唱的转化。正如他在《生命是一片叶子》自序中说的："在生命的黄昏中，我想把自己所生活、所理解的人类放置在广袤的宇宙之间，从那里寻找到生存的价值和生命的意义。"这种生命意识的觉醒和强化，无疑使李瑛的诗歌创作找到了一个丰富的题材源，也是使李瑛的诗重新焕发青春活力的契机。

在现代工业社会的喧哗与骚动的生活中，物化的社会极易把人也物化，把精神商品化，而以生命价值、生命意义和生命体验为主题的诗，无疑对维护人的尊严、探讨生命的本质起到一定的作用，这种具有现代意识的诗，自然会得到现代诗者的关注和喜爱。

1980年春天，李瑛发表了《我骄傲，我是一棵树》，这首诗尽管还带有前期诗作的痕迹，但已经标志着诗歌转向的信号。从此以后，李瑛笔下的源源不断涌出了以"生命"为主题的诗，"生命"不仅成了他诗中最多的一个名词，同时也是他最热衷于表现的一种意象。他的笔下，不仅有那些活跃、灵动的动物生命的颂赞，诸如鹰、鱼、白鸽子、马等，而且还有生机勃勃的植物生命的歌吟，诸如树、根、沙蒿、红柳、红高粱、蒲公英、野酸枣树。那些没有生命的自然物，诸如河流、石头，也融铸了生命的意识，让人感触到它们脉搏的跳动和灵魂的呼喊。而对于生命的消失，诸如山鹰之死、鱼儿之死以及一棵树被炮火摧残，他也会感到心灵的震动，体验到钻心的疼痛。

李瑛透过鲜活的生命现象进行自我的生命体验，进行着哲学的、文化的思考，同时尽力去寻找这种生命意识、生命体验与历史使命、民族意识、道德责任和人类良知的融合点，又使诗能够走出自我，获得博大沉厚的境界。

面临着一个巨大变革的时代，如果说"写什么"重要，那么"怎么写"

也很重要。这是因为改革开放的环境、复杂的社会人生，已使人们改变了以往的封闭的思维模式和单一纵向的思维结构，而代之以开放的思维方式和立体多维的空间。在这种情势下，要求诗歌具有更丰富的美学内涵来表达现代人丰富驳杂的情感世界，那种简单的画面、单纯的抒情、非此即彼的判断臧否已不合时宜。

但有一点应注意的是，诗随时代千变万变，但构成诗的内核和特质的诗的意象和意境，始终是不可或缺的。唐诗、宋词、元曲中那些优美篇章为何具有如此恒久的生命力？就是因其意象的独特、意境的深远，准确、鲜明、巧妙地反映了一个时代的精神和诗人的情感、襟怀、人格，给人以无限的启迪和美好的艺术享受。王国维先生说过：文章之妙与不妙，文学多工与不工，在于意境的有无和深浅。而意象又是组成意境的基础和关键，所以，写诗抓住意象和意境，并有所创造和超越，才能在诗歌之林中矗立起自己的旗帜，而李瑛正是这样做的。

李瑛继承了中国诗歌的优秀传统，善于以诗人的慧眼去发现具有诗质的意象物，并且能融情于景，编织意境美的画面。尤其是后期的创作中，注意吸收西方现代诗表现方法，实现了由传统的叙述到现代意义上描述的转变，大大提升了诗的美学品格。关于"意象"，李瑛一贯重视，他前期的诗作中，诸如海洋、石岛、灯塔、贝壳等意象物，都为它诗情的表达起到重要的作用，但意象内涵还欠深厚。由于时代局限，有的诗的意象表达还流于概念化、类型化，而后期的诗，同样是以生活中发掘的意象物入笔，但与前期不同之处，是诗人能以历史、哲学和文化的眼光观照切入，从生命意识的感悟和触摸入手，它们就被"点石成金"，诗也因此而放出异彩。

比如以《夜光杯》为题的诗，李瑛先后就写过两首，1961 年写的一首，通过酒泉夜光杯厂一个老人的话，赞美了人杰地灵的酒泉和美丽的生活。而写于1993 年的《夜光杯》内涵丰厚得多，诗充满了一种历史沧桑感，诗人甚至感触到这只酒杯"半是沉默、半是燃烧"，"半是欢乐、半是忧伤"，生命意识的贯通，诗的感染力也迥然有异了。

关于意境，李瑛也是一向精心营造，但前期的诗，由于时代带来的感情的乐观单纯，一些诗的意境略显单薄和色调的单一，使诗只传达了一种集体化、类型化的情感而缺乏个性，而无法抵达思想的深度。

李瑛后期的诗作，改变了那种单纯画面描述后再加以情感的直抒写法，而是将个人的真实而复杂的情感浸淫物象或画面之中，以自己敏锐的生命意识去触摸体验，从而达到物我一境、天人合一、水乳交融的境界。例如，面对沙蒿，不是简单赞美顽强生命力，而是感受到它"身体瘦小如勾勒的铁线，连呼吸也是最轻细的/但它不哭，不哀伤/仍然昂着头，横着眉，挺着胸/坚定地痛苦地站着/从叶尖发出反抗的呼喊"（《沙蒿》）。回想历史上羌笛吹奏凉州词，诗人用自己的身心和全部的赤诚在聆听、感受，说它是"不怕干旱的凉州词/和勇士同守雄关的凉州词"，"它是吃沙蓬和红柳根长大的/它的嗓子有些嘶哑/声音有些发苦"，因而感受到"历史丢失了很多东西/但凉州词/像戈壁滩上的铁铸的卵石/永远高昂着头/它裸露的灵魂/日日夜夜/辉映着祁连山头的白雪"（《凉州词》）。诗人用感性的生命体验，去凸显凉州词所蕴涵的民族精神和历史沧桑，深拓了诗的内涵，丰富了诗的意境，也使古朴、沉郁、苍凉的凉州词获得了永恒的文化生命。

原载《中国文化报》2002 年 3 月 2 日

时代之光与民族之魂

——李瑛诗歌的文化意蕴

张同吾

　　李瑛是我国当代成就卓著的诗人，他的文学生涯已经历了 60 年的漫长岁月，他以丰硕的创作成果和杰出的艺术成就，为我国新诗的发展做出了可贵的奉献。60 年，在急剧变革的历史过程中已经跨越了几个时代的门槛，政治和文化的嬗变都给诗人的创作道路和美学思想投射了鲜明的印记，因此我们解读李瑛的意义不仅在于开掘一个大诗人的诗学宝库，而且在于思考历史和文化对于诗歌自身的深层影响。

　　如果说，青春岁月雕铸了人生观念的雏形，那么对于一个诗人，青年时代所形成的世界观和艺术观，就会长远而细微地影响着他的创作倾向。李瑛是作为新中国第一代军旅诗人的佼佼者登上诗坛的，在东方既白的历史时刻，投身于解放战争的漫天烽火之中。他在青年时期也像他的许多同代一样，信奉马雅可夫斯基那句名言：诗和歌都是炸弹和旗帜，歌手的声音可以唤醒阶级。因此，他也毫不例外地在创作中体现了题旨的确定性和色调的朗丽，以此构成"对生活的一种解释——一种称赞或批判"。很显然这种诗歌观念是有局限性的，然而可喜可庆的是，他是位懂得诗之真谛的诗人，他又认为"既然诗属于感情领域、美学范畴的一种特殊的文学形式，因此我认为诗人对人的感情世界，应该比任何人都更理解、更熟悉"。于是他便以数量丰硕、质量互相参差的诗集组成了他前期作品的颇为壮观的方阵，从题材和主题来看，主要是反映军旅生活，歌颂爱国主义和革命英雄主义，歌颂军营内外的进取精神和时代亮色。他以想象的开阔，提升了诗境的精神气韵，以轻盈的笔触，精巧而又自然的描绘，表现生活的美妙，意象丰富语言活泼，在清纯的色调中常常有浓淡对比，使之色彩纷呈；在传神的描绘中常常融入辽远的想象，使之气象万千，就这样构成了他前期作品的细密而又飘逸、柔美而又矫健的主导风格。在李瑛的前期创作中，也有一些诗带有解释题旨的意向，或是传达了类型化的情感，因而缺乏新颖的审美发现。作为当时诗歌创作中一种普遍现象，与其说是诗人才气与功力的局限，莫如说是时代的局限；与其说是艺术表现力的局限，莫如说是诗歌观念的局限。

在新时期即将开始的时候，对于李瑛具有里程碑意义的作品是他的长篇抒情诗《一月的哀思》。这部在特殊的历史背景下诞生的鸿篇巨制，以江河澎湃般的滔滔激情、摇撼山岳般的磅礴气势，表现了全国人民共同的心理素质和精神命脉。我们真切地感觉到，特定的题材和特定的时代情绪，为李瑛表现富有深刻历史内容和社会心理的作品提供了契机，他自身经过长期的思想孕育和艺术准备，使他的才华找到纵横驰骋的宽广疆域。这次成功的经验能够充分地证明，他既可以表现清新淡雅，又可以表现浓烈激越；既可以表现轻柔飘逸，又可以表现悲壮深邃；既可以寓情于景，又可以想象飞腾；既可以即物咏怀，又可以抒情铭志。动与静相变幻、浓与淡相错落、实与虚相掺糅，为他表现生活世界和情感世界的多样美，显示出多种可能性，他便以尽可能达到的艺术自由，迈进了新时期的群芳争艳的诗歌原野，从而确立自己的独特的美学个性。

同表现现实生活的诗篇相比较，倒是他表现革命历史题材的作品内涵更丰富、情思更绵长。1990 年他重访革命老区，经历了一次独特的心理体验，红土地上的一草一木一砖一石都向他诉说着那个"把自己的血点燃的时代"，其中带有叙事色彩的《箫》写得至为感人：那位吹箫的少年扛起枪走上战场了，"在枪声与枪声之间/在山水苍茫里/箫声与硝烟一起/袅袅地飘动"，然而几十年过去了，那位吹箫的战士再没有回来："夜夜，却总有一条小河/伴一天冷雨，沉沉地，隐隐地/流回当年出发时的/那小村/那土屋/那扇小窗后茂密的竹林。"从这些有血有肉的诗句中，我们能窥见李瑛萌发了一种新的思维向路，即在历史进程中去确认生命的位置和价值、生命的辉煌和悲哀，我们也隐隐感觉到，在他的响亮的音符中，融入了真实的人性美的情蕴，因而就更感人。他的作品生动地证明了，对于诗人，历史与生命永远是带有深刻的哲学内涵的诗学命题，而只有在当代意识观照中确立起人的价值体系，才可能理解历史的意义。

在李瑛的创作历程中，有一个很值得重视的美学现象，即进入 80 年代之后，他逐步地拓展自己的精神视野，使诗的触角延伸到文化的无涯之海和哲学的无垠的天空，这说明人的思索从已知的确定性向未知的模糊性的伸展，正是人类永无终结的精神活动，当代诗人们，谁走向了这条无极之路，谁的诗就有可能更丰厚。

在 80 年代，最能反映李瑛艺术探索和美学趋向的诗集是《南海》和《我骄傲，我是一棵树》；在 90 年代初，最能再现李瑛艺术才华和美学魅力的诗集是《睡着的山和醒着的河》与《多梦的西高原》以及长诗《我的中国》，它们的艺术风格和表现手法各相迥异，然而都充分体现出历史在文化源流中浸润，风骨在人格模式中重塑，哲理在意象群落中闪烁，确指性与暗示性错落交融，阳刚美与阴柔美相映成趣。诗人惊喜地发现在斗转星移世事巨变之后，是沸腾的血与烈性的酒，共同浇铸了中华民族的文化性格，如朴素的高原和巍峨的山岳一般，支撑着华夏文明。他写的《端阳》与所有怀念屈原的作品不同凡响，与其说是构思新颖，莫如说是他更理解民族文化与民族灵魂之间有着怎样深刻的内在联系，他说，"历史的伤口，流出/第一滴血的这一天/人类最早开放的花朵/凋谢了"，"当那把瘦骨/溅起的水花平息之后/所有的江河都迷失了走向/使两千年前的鱼/失眠至今/循着哭声/寻向中国文学史的喉咙深处/去把他那/飘曳在江南水草上带血的/被剖心裂胆的隐痛腌透的/咻咻地冒着白烟的火炭般灼人的诗/一行一行地捞出晾干吧/用来织柔软的丝绸/点作灯火，或/铸成闪光的锋刃"。由此可见对于诗人，题材并不重要，重要的是他心中有深厚的文化底蕴和广阔的哲学天空，才能表现傲然世俗凛若冰霜的风骨，恰如他在《清明》中写的："这一天，揭开隐痛和伤口的人几乎死去/而死的人将都回到家里/使生存和死亡的界限/变得模糊/这一天，在人间，本来是有限的距离/却凝成无限的痛苦/时间和空间酿成一碗烈性酒。"我们很难用简洁的语言，对它的内涵进行指定性的阐释，我们只能沿着祭奠文化之路，去窥探骨肉亲情，在生与死的临界点上，去思索生命与人性的奥秘。李瑛在新疆曾观看一幅表现原始社会"生殖崇拜"主题的大型岩画，诗人以洋溢激情的笔致写道："一幅岩画如一支歌/半埋入凝云，半裸于苍壁/他们尽情地跳舞交媾/他们虔诚地祈求生殖/纯净的生命花朵般盛开/这群圣洁的永不凋谢的男女/听见吗，他们/野性地呼喊和欢乐，至今/仍荡在山环里。"（《读呼图壁岩画》）应该感谢一个襟怀宽容的时代解放了诗人的性灵，假如让时间倒退 10 年，人们很难相信这是李瑛的诗句；假如让时间倒退 20 年，不知有多少人会对它口诛笔伐。历史是前进的，我们无法质疑，诗也逐步挣脱了封闭和虚伪的羁绊，沿着文化的江河，去寻觅生命与灵魂的真谛，去寻觅真善美的真谛。

李瑛创作的长篇抒情诗《我的中国》，可视为思想深刻的历史沉思录、视野开阔的文化发展史、五彩缤纷的时代风貌图和气壮山河的英雄交响诗。他以哲人目光的穿透力和诗学文化的聚合力，遐想着第五十个十月的"屹立在太阳和大地之间的/光灿灿的 1 字/是我们远祖手植的古柏/后来化作民族的脊骨/莽莽河山/全靠它的照耀/浩浩天宇/全靠它的支撑"。这样便把国庆的意义升华为民族精神的象征，相继便是在江海横流世事沧桑的时间回顾中，去重温中华民族的文化渊源，因此才会理解"时间都已死去/历史却不会失重/时间都已死去/声音却未冷却"，这是因为"青铜中的殷商/石头里的秦汉/瓦缶上的唐宋/在激流与山岩的缝隙间/在历史和泥土的缝隙间/不时传来汗血马的长嘶"。李瑛的超拔凡俗之处，却在于凸现了大诗人独具的禀赋和素质：其一，他从历史哲学的高度理解这个伟大时代的精神本质及其在人类进程中的特殊意义。其二，他具有犀利的历史批判和文化批评的目光，当今的读者在经历长久的权力话语的欺弄之后，极其厌弃那种虚假的粉饰和虚飘的赞颂——他们对民族灾难和现实流弊讳莫如深，仿佛只会说一贯正确莺歌燕舞伟大光荣，而无视昨天血与泪的浸透，也无视今天璀璨的阳光下仍有阴影。李瑛让历史告诉未来：诗的触角伸向历史腹地和灵魂深处，我们的祖国也曾有过"丧失理性的时代"，也曾有过"风狂雨骤的长夜"，指陈其根源是封建的桎梏、残酷和愚昧。他从文化形态与政治现象的内在潜连中，评说历史功罪，旨在发出醒世之言和警世之语，让一个懂得思辨的民族更加成熟和清醒。他以虚实相映的手法，表现了时代本质和精神品貌，因而强化了诗的穿透力和感染力。

我们深深感谢李瑛对诗的执着与热忱，感谢他 60 年的辛劳与奉献！

中国诗歌的天空群星灿烂，仅就当代而言，就有包括李瑛在内的一串闪光的名字，他们都是光辉的星座，他们各有特色，相互不可替代，却相互补充相互映衬，共同创造了一个诗的时代，他们又将以奠基者的辛劳开启宏阔的未来。

2002 年 4 月 18 日于北京

选自《张同吾文集》第二卷《诗歌评论》，作家出版社 2011 年版

眼睛都已熟透

——李瑛近期诗歌的哲学之思

王向晖

对他人的理解需要契机，诗歌是带着呼吸和心跳的生命，理解它更需要激发。我真正读李瑛的诗在 20 世纪 80 年代中特殊的一年，那年我 18 岁，读大一，那时的我充满忧患意识、英雄情结，李瑛的诗让我的青春情怀激荡不已。

大学时代随着人生经验和阅读经验的增加，李瑛诗歌原先打动我的审美情趣变得单一、直白，李瑛和他同时代许多诗人的写作像吸附在时代潮流上的螺号，随着海潮的消退失去了自己的声音。如果李瑛只是一个时代车轮上的应和者，那我们只有在时间的回溯中阅读李瑛，他在艺术上的单一的审美选择是易于在文学史中定位的。但李瑛 90 年代以来的另类写作表明诗人生命的深度，他有意探索另一种声音，"另一种生活和经验中的思考和感悟"。① 让诗情获得思想的深度不仅让李瑛在诗歌技艺上有所突破，由单纯而意味渊深，也是诗人对人生开始有了默察体认，由热烈歌颂而冷静思索，从这个角度理解诗人对生活的感激，生活的含义就会厚重许多。

一、时代之歌的单纯美

单纯美既是李瑛观照世界的方式，也是他在诗歌中矢志追求的理想，灵魂的崇高感是单纯美的核心。为了抵达崇高的审美境界，诗人在对自然、历

---

① 《历史、自然、诗、美、生命和我自己》，《倾诉》自序，作家出版社 2001 年版。

史、宇宙思索时总是化矛盾为冲和，去丑恶而存美好，保持了"颂"的总体趋向。

新中国成立的隆隆礼炮不仅唤起了李瑛投笔从戎的热情，也为他确立了热烈抒怀的对象——解放军战士，在一个新政权刚从硝烟战火中诞生的年代，用枪追穷寇、用枪保卫新政权无疑是有志青年的理想，战士无疑是那个时代最可爱的人。李瑛的选择是那个时代热血青年的普遍选择，李瑛的歌唱无疑唱出了时代最动人的赞歌。张光年在李瑛《红柳集·序》中指出："他学会了用革命战士的眼光来观察世界、观察人，用战士的心胸来感受、思考现实生活中许多动人的事物，并且力求作为普通战士的一员，用健美的语言，向广大读者倾吐自己认真体验过、思考过、激动过的种种诗情画意。"李瑛的诗展现了祖国山河上的战士形象，同时也展现了战士心中的祖国河山，他把战士的情操、人格、气魄都倾注到多姿多彩的自然风光之中，也让自然界的一丘一壑、一草一木幻化成战士心中美丽的祖国。李瑛创作的第一个高峰期最重要的部分就是这些取材于战士生活的军旅诗，在这些诗中，人物的心灵和周围环境都经过了高度净化的艺术化过程。《月夜潜听》中，祖国的山河是多么美好："满月推起海的大潮／满月照得大地透明"；"祖国睡去了／枕着大海的涛声／我们出发，伴满海明月／我们出发，披一天繁星"，潜听的战士胸怀对祖国和人民的忠诚、热爱，时时绷紧警惕的神经："警觉的夜像万弦绷紧／刺刀上写着战士的忠诚。"月光、风声、岩石、草丛这些静态之事物都被赋予了可感的形象，荟萃在一起表达战士细微的情感；战士在祖国静谧的怀抱中思想得到升华："亲爱的家乡，亲爱的祖国／多少神圣的命令藏在我心中／就是这最大的信任和叮嘱／为我们遮住了暴雨狂风！"这首诗融情于景、景随情生的艺术手法，从日常生活事件中发现不平凡的精神境界的观察视角，颇能代表李瑛这一时期诗歌的基本艺术特色，评论家称李瑛这一时期的创作为"红柳时期"。①

李瑛是一个勤奋的诗人，这不仅因为他创作的多产，更因为他对自己创作风格的多思。李瑛说："一个诗人不能守旧，不能重复自己，而要克服自己的思维惰性，不断突破自己，发现自己……"② 李瑛认为诗歌永恒的生命

---

① 谢冕、杨匡汉主编：《中国新诗萃》，人民文学出版社 1985 年版。

② 马开元：《李瑛谈诗歌创作》，《文学报》1993 年 12 月 9 日。

在于创新，这种创新"不仅是艺术上的探索和营构，更是内涵的挖掘和突破"。① 李瑛从来都是时代的歌手，但经历过"文革"以后，诗人对时代有了新的认识。他在《李瑛诗选·自序》中说："今天，经过无数虐杀和磨难考验的我们的人民精神是变得更坚强，感情更深沉，内心世界更加深刻、更加丰富了。"时代，在诗人心中已经不仅是单纯的政治热情，它更包含着人生、历史全部的奥秘。李瑛从他的诗集《我骄傲，我是一棵树》开始告别"红柳时期"，开始新的探索。

树是李瑛诗中常用的比喻形象，他写过北方的青松、古柏，南方的木棉、茶树，沙漠戈壁上的红柳、沙枣、白茨……他用这些形象颂扬驻守在祖国各地的战士。《我骄傲，我是一棵树》仍是通过树的形象坦露一种战士的襟怀，但这棵树不只局限于特定的生活场景，而是一个人格化了的生命：

> 山教育我昂首屹立，
> 我便矢志坚强不仆；
> 海教育我坦荡磅礴，
> 让我永远正直地生活；
> ……
> 我拥抱着——
> 自由的大气和自由的风，
> 在我身上，意志、力量和理想，
> 紧紧的、紧紧的融合。

战士—诗人的品格—诗歌的理想三者在诗中融合为一，坚强、坦荡、正直、富于斗争精神，这一直是诗人歌颂的战士形象，在这首诗中这个形象不仅是一群人的代表，也不仅是一种特殊的身份，而是诗人心中最高贵的灵魂。这种灵魂的崇高感产生于诗人对自然精神的发现，是自我对自然、对历史、对人民、对艺术的一种特殊的体认方式，这种方式的全部精髓就是爱与美，因为爱的执着而有美的发现。

西部诗是李瑛诗歌的重要组成部分，李瑛的西部诗和昌耀的呈现出不同的气象。和昌耀在西部生活中发现人类的良知、爱和灵魂不同，李瑛一直是

---

① 李瑛：《我爱诗》，《文艺报》1996 年 12 月 19 日。

以西部为题材歌颂时代的发展。昌耀在诗的语言之上寻找生活的厚重，李瑛则在生活中寻找诗情。

单纯是美的一种，它是诗人在对生活崇高美的发现中，对时代唱出的爱的赞歌。诗人对生活爱得真诚，他对生活美的描写并不因颂的情感趋向而显得虚假。将对生活的爱升华为一种清泉般澄澈清新的诗歌意境，李瑛的诗形成了独特的风格，但李瑛渴望突破自己，这种突破不只是通过不同诗歌技艺抵达单纯美，而应该尝试一种诗美的新境界。

二、时间之思的新诗境

在时代之歌中，李瑛是生活的观察者、体验者。生活是诗人选取重大题材的对象，是他者、诗人和写作对象明确而直接的态度决定了诗人审美原则、艺术手法的单一性。作为时代代言人的李瑛，只能用饱含爱的心灵去发现生活中的美，诗人虽然对现实生活也有思考，但这种思考受到颂诗抒情倾向的限制，有着明确的崇高意识，诗人对生活的理解其实是对崇高美的体验。步入老年的李瑛对生活和诗的理解有了变化，他说："在今天，我对生活和周围的事物，和年轻是自己的认识和感受，已有很多不同了……而今则更喜欢读过去所不愿读的那些与人生密切相关的理论书籍了，包括曾经认为是乏味的中国和外国的哲学著作。我认识到对于真正献身于崇高精神生活的人，这些充满深刻智慧和美的书，这些人类思想的结晶，会赋予人以深沉的理性思考，会照亮人们的心灵使之深刻和成熟……"[1] 在诗人近年来的一些诗中，生活在诗人诗中的地位发生了悄悄的变化，生活不再是抒情的对象，而是生命的寄寓之所，时间是让诗人进入生活的基点。

叶秀山在研究哲学问题时指出"中西哲学不仅需要'比较'，尤其需要'交往'；'比较'重在'分析'、'观察'，'交往'重在'体会'、'理解'"。[2] 新诗诞生了已近一个世纪，但文化的不自信是新诗的想象力受到拘束的重要原因。诗人们或者夜郎自大地泥古，或者盲目崇洋，新诗在其发展过程中始终没有形成一种"交往"的精神。当然对新诗而言，这种交往既

---

① 李瑛：《生命是一片叶子·后记》，解放军文艺出版社 1995 年版。

② 叶秀山：《思·史·诗》，第 207 页，人民出版社 1995 年版。

面向古典，也面向西方。时间意识是人的生命的基本意识，它促成了艺术美的诞生。东西方人对时间独特的感知方式既是不同哲学形成的基础，也是不同诗歌美学形成的基础，特别是西方存在主义哲学产生以后，"时间性"是"存在"本身。在时间中，老庄的"道"可以和海德格尔的"存在"交往，许多新诗的写作者在步入老年后都自觉地在这种交往中获得了诗境的提升，李瑛近年来一系列思考时间的诗同样是在这种交往中领悟出新的生命与语言境界。

李瑛说："我是吸吮了我们祖国古老文化的乳汁长大的，因此它们自会渗透出我们东方民族的精神气质……"① 如果东西方文化原是相异性文化，那"五四"后的新文学和西方文化却走得很近。20 世纪 90 年代，当许多诗人、学者发现新诗语言过于逻辑化的弊病，发现汉语才是一种诗性语言以后，提出回归母语的问题，但如何在更开阔的文化视野中找回汉语的诗性美，这是许多诗人在世纪末的追求，陈敬容的《老去的是时间》、任洪渊的《找回女娲的语言》、牛汉的《空旷在远方》等反映了诗人们开始重新认识传统。李瑛在时代之歌中继承了传统诗歌的不少成就，特别是在意境的渲染上颇得古诗造境的神韵，在时间之思的诗中更得古诗超越时空的自由。但李瑛对时间的思并不仅是一种"超越"，还保留了时间的"踪迹"，从这些踪迹中可以发现生命的存在与思的对话，《距离》、《乳名》、《蟋蟀》、《时间》、《想家的石头》等一系列诗都是诗人在精心组织时间的距离。李瑛在这些诗中哪些生命的体验方式是对传统的继承？哪些感受方式受到西方的影响？两种不同文化的体验方式在李瑛诗中是否得到较好的融合？要对这些问题进行回答，首先要分析中国传统的感知时间的方式与西方存在主义的异同。

庄子鼓盆而歌的故事反映了中国人独特的超脱死亡意识的方式，个体生命时间在归于永恒的"道"的飞跃中消失了，生命之美也就此产生。庄子说："天地有大美而不言，四时有明法而不议，万物有成理而不说。圣人者，原天地之美达万物之理，是故至人无为，大圣不作，观于天地之谓也。"（《知北游》）庄子这种将生命自忘于天地自然的生命观、美学观对后代的诗人产生了巨大的影响。王维有诗曰："欲知除老病，惟有学无生。"禅宗哲学的参破时间、因果去破除"我"，使主体意识进入无意识状态，像流水浮云、

---

① 李瑛：《黄昏与黎朗·后记》，解放军文艺出版社 1998 年版。

花开叶落一样自在无目的，以超逸生命和轮回。道家、禅宗在无时间的过程中最后领悟时间的秘密："你突然感觉到这一瞬间似乎超越了时空、因果、过去、未来、现在似乎溶在一起，不可分辨，也不去分辨……这当然也就超越了一些物我人己的界限，与对象世界（例如自然界）完全合为一体，凝成永恒的存在。"① 在物我两忘的境界中，诗人消除了主客之间，过去、现在、将来之间理性的距离，实现了时空超越，即瞬间永恒这样的非理性状态。道家、禅宗从感性时空的山水自然中把握永恒，将时间的精神恐惧最终消融于自然，消融于空间的纯粹经验世界之中。

西方人在形而上学思想的影响下，成了理性的动物，存在主义认为这不是人存在的真实状态。死亡让海德格尔发现了西方传统哲学忽略的"无"，让西方哲学从形而上的思考转向人文主义思考。时间意识同样成为存在主义哲学的核心问题，海德格尔曾用荷尔德林和里尔克的诗阐释存在的本质意义："诗不仅是实际生活的写照，而且是实际生活的一个部分，或者更进一步，是实际生活的核心部分。……但'诗'又是'某物'，它用'字'把'时间性'、'世界'凝集下来，但并不使'世界'成为'事实'。所以，在这个意义上，'诗'的'世界'是'存在'的'存留'，'诗'是存在的'呈现'，诗保存了'在'。"② 海德格尔借荷尔德林的诗提出"诗人何为"，存在的真实被遮蔽了，"死亡陷入了谜一般的东西之中，痛苦的神秘处于隐蔽状态。爱情没有探究，但是短暂者却存在着。他们存在于（他所是）语言，歌声仍然徘徊于其贫凡的大地之上。歌者的语言仍然保持神圣的踪迹"。③ 海德格尔这段话其实是在阐发自己的关于存在的观念。与"物质"的有相对，存在的"无"并不等同于东方超越主体的虚无，而是一种被"遮蔽"的状态，只有在诗歌中，诗人在语言中进行诗与思的对话过程中不断接近存在的本真状态。中国的瞬间永恒实现了时间的忘却，最终使中国古诗失去了生命力；存在则作为一个时间性的过程，它既具历史性又面向现在、将来，它在诗的语言中显露思的过程，在诗中留下像生命一样活的踪迹。因此面对里尔克的诗，海德格尔说："我们不仅没有准备去解释哀歌和十四行

---

① 李泽厚：《庄玄禅宗漫述》，《中国古代思想史》，人民出版社 1985 年版。
② 叶秀山：《思·史·诗》，第 179—180 页，人民出版社 1995 年版。
③ 海德格尔：《诗·语言·思》，第 87 页，文化艺术出版社 1991 年版。

诗，而且我们没有权利去解释它，因为诗与思对话的领域，只是缓慢地被发现，到达和在思想中显露。"① 海德格尔对非理性世界的认识是对西方传统哲学思想的一种突破，但他在思想存在通向存在真相的痕迹的时候，仍然难以摆脱理性的思维模式，"这种大地和天空、神圣者和短暂者的纯然一元的转让的反射的活动，我们称之为世界"。② 海德格尔向往这四者之间的游戏是无距离的，而事实上，西方语言的逻辑使海德格尔没有抵达纯然一元的世界的可能。

李瑛在时间中回望，他思索过去和现在的距离，"我听见时间/从我生命的最深处穿过/回响着如涛的风云和流水/在距离和秩序中/从树，我认识了自己。"（《时间》）时间如风云似流水，在生命的深处穿过，它沉重的步履，诗人在"听"。对于步入生命之秋的老人，这种听的过程不会是轻松的，它包含了诗人一生丰富而复杂的情感。许多诗人老年都不自觉地开始听自己的时间，晚年的艾略特写了《四个四重奏》，"只有通过时间时间才能被人征服"，生命就是现在，在听到"绿叶中嬉戏的孩童/传出了隐藏的笑声"时，谁说老年的艾略特不是上帝的天使？陈敬容晚年的诗从坎坷的生活经历中获得超越时间的新的信念，她的思想在世事中得以升华，有了白丁香一样"明净的莹白"（《致白丁香》），大海一样的"深蓝"（《山和海》）。里尔克晚期的诗也在听："梯田的葡萄园犹如风琴键盘/阳光整天在上面敲打奏乐/从结果的枝蔓到果皮的转换/从低声到高音的改变/最后在品享果肉的嘴里/请听圆满完成的葡萄歌声嘹亮。"（《瓦莱士诗稿或葡萄小年》）他在倾听通向天宇的神秘的歌。李瑛在听，他把内心的歌在自然中敞开。

李瑛这几句诗总体的体验方式是传统的，它和"行到水穷处，坐看云起时"的体验方式一致，是一种东方式的隐喻。诗人的个人感受是诗思的开始，景随情生，最终将人的情感活动融入自然景色之中，时间的距离在物的空间弥漫。时间从诗人的生命深处流出，流向一棵树。树在李瑛的诗中，不只是一个客观对应物，更是一个生命不断生长的隐喻。中国人惯于把个体的瞬息生命寄托于无穷的自然，把人生的过程和宇宙自然的转化规律对应起来，从对客体的认知中获得认知主体的经验。李瑛的这首诗的抒情方法让我

① 海德格尔：《诗·语言·思》，第89页。
② 同上，第158页。

想到里尔克的一首诗，从里尔克诗中主体与自然的关系中，我们可以发现东西方诗歌感知世界方式的不同，"严酷消逝了，仁慈突然/驾临草地揭开的灰被子/小溪潺潺，改变了重音/温柔无情地从太空扑向大地//条条小路远远地伸向原野/将这一切展示/你意外地在枯秃的树冠间/发现了春天崛起的标志。"这首诗选自霍尔特胡森的传记作品《里尔克》。霍氏对里尔克晚期的这类作品这样评价："只有这几年创作的不再是学术载体和音讯载体的诗歌才标志着里尔克一生发展的巅峰。"① 霍氏称这些诗为"纯粹抒情诗式"，并说这首诗"神完气足地表达了内心和世界，以一种柔和但不可抵御的魔力再现了自己感受到的天地和合"。② 海德格尔曾从存在主义哲学的角度对里尔克这一时期的诗进行仔细的分析，认为自然是存在的基础，"里尔克在描述自然为冒险时，是依据意志的本性形而上地去思考它。意志的本性仍然遮蔽自身，包括作为强烈的意志和作为冒险的意志。意志存在作为去意志的意志"。③ 海德格尔如此复杂地解释里尔克诗中的自然，其实是为了解释里尔克进入客体的目的。在西方诗歌传统中，自然不只是物的世界，它还是神的居所，诗人们在对自然的歌颂中很自然地获得神圣的象征，所以里尔克说："对于我们，花的存在是伟大的"，花是没有遮蔽的真实，而人只有在对自然的歌唱中呼唤隐藏的神迹。里尔克在诗中用了"发现"，人行走在大地上，他无法自己走进内心的深层维度，只有在对自然的冒险中更多地反观自身，"我们的任务是使这种短暂的、瞬息的大地依存我们自身，它伴随着如此的痛苦和如此的热情，以至它的本性重新在我们之中'不可见地'产生。我们是不可见的蜜蜂，我们不停地聚集可见的蜂蜜，将它储入一不可见的巨大蜂箱之中"。④ 里尔克认识自然的过程不像中国人那样是一次完成的，主体深度的显现来自对客体一次又一次的"发现"，这种发现是无穷尽的。未来在向主体无穷地敞开，等待人们在时间的过程中求索。生命发现的过程是痛苦的，他经历了精神的"冒险"，里尔克在这些精神的发现中，既获得了心灵的愉悦，更充满了质询的精神。

和里尔克这类精神求索式的诗比起来，李瑛的诗则带有中国传统式的终

① 霍尔特胡森：《里尔克》，第 259 页，三联书店 1988 年版。
② 同上。
③ 海德格尔：《诗·语言·思》，第 92 页，文化艺术出版社 1991 年版。
④ 同上，第 118 页。

极觉悟后的宁静，李瑛在对自然秩序和规律的形而上的认同中获得了精神的安慰。当然，面对时间，李瑛不再是传统的在时间之丧中忘我，而是将生命的踪迹寄寓于一棵树，并将时间的希望向未来敞开，但李瑛并不似里尔克让时间的过程变成永恒发现的过程，李瑛的时间之思最终趋向的仍是自然的终极规律。白话诗一直寻找里尔克诗式的不竭的生命力，这种追求始终在诗歌的审美境界中找。其实从李瑛的这类时间诗中，我们可以看到中国诗人即使最初像西方诗人一样写下生命对自然发现的踪迹，但诗人对生命根本的哲学体验方式却是东方式的，当生命与自然进入精神的对话的时候，诗人在自然中很容易获得一种谅解，这就是东方哲学的天人合一的境界。这是一个民族对生命的根本体认方式，它深入到我们的血脉。西方诗人在与宇宙的分裂中追问弥合的可能，东方诗人为什么不能在宇宙的大境界中分化出有个性的自我？海子放弃了"面朝大海/春暖花开"式的与自然的默契追求元素般的词语，这种追求如果不是渴望做但丁、荷尔德林式的"大师"，而是一种激活母语的"精神的冒险"，用个人生命中词语的元素打破东方文化习惯性的宁静，白话诗才真正开始迈向"五四"时期提出的建立"人的文学"的目标。

三、生命之思的直觉美

诗人在其创作过程中必然会因不同的感知、表现世界的方式而创立或趋于不同的流派，如西方的意象派、立体派、未来派等，这些流派的产生体现了艺术发展的多元化特征。但当代中国诗坛的分化却来自一些艺术观念的偏执，移植与继承、生活与技艺、历史与现实等在诗歌写作中必须思考的元素被一些诗人截取一点，排除其他，这种形成诗坛派系的方式却是文学理念不成熟的表现。移植与继承的问题在新诗舶来之初就已存在，鲁枢元在《超越语言》中列举了现代诗歌在变革过程中与传统诗从"血战"到"服从"过程。"他（闻一多）从一个更高的层次上给'新诗'下了定义，认为'新诗'的'新'，不但新于中国固有的诗，而且还要新于西方固有的诗，它不能也不会成为纯粹的民族的诗，却要保存民族的色彩；它不能也不应成为全盘外国的诗，又要尽量吸收外国诗歌的长处，'新的诗'应当是'中西艺术结婚后产生的宁馨儿'。"① 当代许多在年轻时代学习西方将哲学之思带入诗歌的诗人，到了老年开始意识到母语的智慧，在思的深处寻找诗的直觉，最突出的代表是"九叶"诗人中的郑敏、陈敬容。现代汉语是一种套用了英语语法的逻辑性的语言，它的符号系统虽然还是象形的汉字，和表音的英语有着根本的区别，但它也不是可以直觉性地进入"不落言诠"之境的古汉语。因此，白话诗追求的直觉性也不再是传统诗歌中传达的人与自然的高度和谐，而是在经历了东西方文化的滋养后寻找逻辑化、理性化的现代汉语表达生命质感的可能。郑敏体验着不存在的存在的同时看到一幅幅心象在心灵的河上飘过，陈敬容在自然的生命间焦渴地寻找生命的丰满。李瑛虽然在暮年才开始他对生命的思索，但他把握生命的图景时的深度和准度和他的生命年龄是切合的，无论在咏物诗、忆旧诗还是生活哲理诗中，李瑛都用在时间中磨砺出来的鹰一般的眼睛凝视事物，一个老者的人生阅历、人生体验通过这双眼睛投射到事物中，为事物增添了不平凡的色彩。

新时期用咏物诗的形式写生活哲理的是诗人艾青，《鱼化石》等是其名篇。艾青从比利时诗人凡尔哈仑那里学习了象征主义手法，借用形象将观念表达出来。但艾青的许多咏物诗的观念经常溢出形象，诗人不自觉地抛开形象直陈自己的思想，诗的哲理性影响了诗性的传达。李瑛的咏物诗更多地吸收了古典诗主体精神与物互相融入的手法，屈原的《橘颂》开了后代咏物诗的先河。诗人的精神完全化入橘树的枝叶花果之中："曾枝眼刿棘，圆果抟兮。青黄杂糅，文章烂兮。"林云铭《楚辞灯》中说："看来两段中，句句是橘颂，句句不是颂橘，但见原与橘分不得是一是二，彼此互映，有镜花水月之妙。"橘与人可以互映的根本是中国人"天人合一"的哲学思想。现代中国人的精神受西方哲学的影响，理性精神代替了传统的直觉性，但许多诗人都意识到在诗歌中，理性的思是诗的深度，但这种思要经过直觉的转化才能变成诗的思。从李瑛的咏物诗《寄居蟹》中可以看到诗人为了实现现代汉语思的直觉而运用了新的写作技巧，和艾青《鱼化石》直陈物的特性不同，李瑛用戏剧对白的形式巧妙地进行了主客体的转化。

来到退潮后的沙滩上

---

① 鲁枢元：《超越语言》，第 256 页，中国社会科学出版社 1994 年版。

所有的寄居蟹

惊慌地纷纷隐匿

却有一只走过来

仰着脸和我私语

在充满掠夺的世界

称呼虾或蟹并不重要

我只想用身体

向你诠释一个定义

屈辱地活着并不难

正直地活着却不易

单靠躲避不够

必须准备自己的钳子

是的，有什么比这只巨大的钳子更重要

生活就是这样残酷与真实

生活的哲理用寄居蟹私语的形式叙述出来，主体是倾听者和领悟者，却不是一个思想者。主体对客体的这种退让过程正是人步入自然的过程，是人在永恒的自然法则下默默的发现过程。经过叙述角度的转化，寄居蟹和古代咏物诗中橘、竹、梅一样，包含了人的精神的移入，人的思考转化成自然的智慧，思想的深度转化为自然的敞亮程度。但是，和古代咏物诗最终将人的精神消融于物，达到人和物的"互映"不同，诗人将人的精神高于物的呈现。李瑛的诗中，人始终是时间、自然的主人，人在宇宙意识中体验的是更加勃发的生命力和奋发上进的精神，这一点是李瑛诗始终不渝的精神选择和美学追求。寄居蟹的自白没有把诗人的思想拘束在一个固定的形象上，人的思想在物象上得到升华：生活就是这样残酷与真实。诗人的思想没有在物我两忘中意味深长，而是在生活的智慧中发人深省。

李瑛不仅在具体的物象上发现思想的直觉美，而且在对时间和空间的距离的组织中表达对人的生存意义的思考。"瞬间永恒"是中国古诗独特的获得时间的质感的方式，古诗将时间的长河化为空间的瞬间呈现，将抽象的生命流动感转变为具体可感的自然物的空阔辽远，在空间的物的可视中体会时间的特殊意味。杜甫在《登高》中写道："无边落木萧萧下，不尽长江滚滚来。万里悲秋常作客，百年多病独登台。"叶落江涌都是古诗常用的表达时间意识的意象，由自然的萧条联想老年的病体也不新鲜，但杜诗将生年不满百的悲愁散放到万里远的宇宙中，用落叶的无边和长江的不尽这样无限宏阔的空间来充斥时间之忧，这种生命情感的表现力度很少有诗能够达到。从李瑛写的一系列表现时间意识的诗中，如《距离》、《昨天》、《墓园》、《清明》等，可以清晰地看到诗人总在努力发掘时间的视觉效果。这种效果当然不是简单的继承传统诗歌的瞬间永恒，将某种时间感在空间一次性呈现，而是不断地留下时间流动时的空间距离。诗人选择带有时间感的物象，从时间的流逝中体现空间的阻隔，在空间的间隔中呈现时间的逝迹。墓园是横亘在生者与死者之间的大门，"他们仿佛就站在门外，或/一棵棵树影后面/向我们默默地张望"，墓园是人生一个肃穆的界限，诗人将人们习惯的生者对死者的张望变成了死者对生命的默默凝视，这种凝视带着更多的现代意识和生命的痛感。由这句诗可以联想到艾略特《荒原》中的场景："缥缈的城/在冬天早晨的棕色雾下/一群人流过伦敦桥，这么多人/我没想到死亡毁灭了这么多人。"生者和死者的行列在同一座桥上流过，生与死的距离看似遥远实则如此的接近。人群在流动，从生流向死，死亡毁灭的人就是时间毁灭的人，他们匆匆地跨过一座桥。伦敦桥和李瑛的墓园一样，都是生者和死者难以跨越的空间之门，都是"带着难言的隐痛"的距离，都标示着人类时间的必然流向。但是，和艾略特在一座生者的桥上发现时间永远的杀戮不同，李瑛更多在自然的物象中感受时间的距离。伦敦桥是现实世界中的行进着的物，它负载着历史，但更有许多鲜活的面影走在上面，而墓园是死者的家，它是一个静止的物，不具备向现实世界开放的活的特性。和现代派诗人善于在生命运动的瞬间把握存在的本质不同，李瑛更多在自然的物象中感知时间的距离。

在自然的永恒中感受个体生命的渺小是中国传统诗歌感知时间的方式，张若虚在《春江花月夜》中感叹"人生代代无穷已，江月年年只相似"，苏东坡的《赤壁赋》中也有"哀吾生之须臾，羡长江之无穷"的叹息。宇宙时间是个体生命的参照物，它是个体生命的见证者，也是其吞噬者。面对宇宙无穷和人生短暂的不可比性，中国人从时间之丧中很容易获得一种旷达，正如苏东坡在《赤壁赋》中议论："盖将自其变者而观之，则天地曾不能以一瞬；自其不变者而观之，则物与我皆无尽也，而又何羡乎？"诗人将生命消逝的惊恐寄晚于游乐、饮酒，而不是对一个人痛苦的承担。李瑛将死亡的痛苦隐藏在鲜花、青草间，从自然万物的生生不息中看到生命的亮色。和古人从落花、流水、青山、明月等带有文化印记的物象中表达时间感不同，李瑛从自己生活中熟悉的事物中寻找自己生命时间的踪迹。他从柳丝中想起做柳哨的母亲，想起自己的童年；从柳条想起坐在树边的妻子，想起自己的壮年；从断落的柳枝看到自己已经有了孙子，想到自己进入了暮年。"距离，在人生的深处闪光"（《距离》），柳树的四季正像人生命的四季，而"年年岁岁花相似，岁岁年年人不同"，人生这种不能回头的距离充满苍凉与沉重。在《回忆：关于春天》、《乳名》、《蟋蟀》等一系列忆旧性的诗中，诗人都在写一首首延续了 60 年却又失落的歌，诗人随时可以感觉歌声的缥缈，却无法再清晰地唱起。正如诗人在《昨天》中说"我忽然记起/遗落了什么/想回去寻找，却再也/寻不到归去的路"，对昨天蓦然回首时的惆怅、无奈之感在找不回的距离中得到精确的传达。

　　如果说李瑛早年诗歌的意境美得力于他对生活的细致观察，那么他对生命之思的直觉美的传达则来自他对人生的觉悟。诗人在晚年，真正把自己的心灵向宇宙敞开，用眼睛沟通了自然和心灵的通道。李瑛这些生命思索的篇章，自然的物象不再是用来帮助渲染诗的意境，而是诗人心灵的对应物，是诗人可见的心灵世界，这些物象不是一次性的呈现，而是带着时间踪迹的运动过程。

原载《诗探索》2002 年第 3—4 期

历史与生命的长歌

——论李瑛 1990 年代的诗歌创作

李润霞

在 50 多年的漫长诗龄中，李瑛给人的习惯印象似乎主要是一个属于主流时代的抒情诗人或高唱主旋律赞歌的战士诗人，而一个诗人如果被贴上了这样鲜明的标签，在某种程度上似乎就被暧昧地排除在纯诗的领域之外，在进行纯学术评价、纯艺术评判时可能就会遇到某些障碍，并且往往伴随着对其时代政治性的质疑而质疑其诗歌的艺术性和思想性，于是往往形成一种怪圈，主流评价越高，"非主流"的评价往往也越低，反之亦然。过去的李瑛无疑是声名辉煌的，只是主流评价与非主流评价的分裂性造成对李瑛诗歌的评价事实上是一种"辉煌的尴尬"。然而，当我重新阅读李瑛创作于 1990 年代的诗作时，我发现我需要对李瑛进行一种"重读"。就在这种"重读"——或者可以说是"新读"中，我重新认识了一位主流诗人、战士诗人，并发现如果停留在对李瑛过去诗歌的认识基点上，去评价他近 10 年来的诗歌，则不免褊狭。

1990 年代以来，李瑛重新进入一个创作高潮，主要诗集有《月亮谷》、《多梦的西高原》、《睡着的山和醒着的河》、《黄昏和黎明》、《情歌与挽歌》、《生命是一片叶子》、《倾诉》等，其中，最有代表性的是曾获 1995—1996 年鲁迅文学奖（诗歌奖）的诗集《生命是一片叶子》，甚至在我看来，这本诗集也可以称之为李瑛迄今为止最有分量的一本诗集，也正是这本诗集能够最终奠定他在新诗史上的地位。1990 年代的李瑛在诗学观念、创作主题和情感基调等方面出现了迥异于过去 40 年的创作转向，这种转向形成其 1990 年代诗歌创作的一些基本倾向：对自我生命与时代的反省、对民族精神的探寻、对宇宙自然的思考，体现出一种理性精神、历史感和现实情怀。本文拟通过比照李瑛过去 40 年的诗歌而对其 1990 年代的诗歌进行一些诗学探讨，并通过李瑛这一诗人个案的创作困境与创作转向观照与他同时代的共和国主流诗人。

一

1990 年代之后，随着社会时代的转型，整个诗坛从喧嚣逐渐走向沉寂，此时的李瑛从花甲迈入古稀，同时，他的诗学观念也随着时代、文学的转型以及晚年心境而发生了极大变化，"岁月匆匆，在时间的冲刷中，人人都会渐进苍老。面对生命的流逝，常会使人产生许多过去从未感觉到的东西，有忧虑、有惶惑、有无奈也有坦然。心中的景象总是不同于之前"。①于李瑛而言，似乎人到老境诗境愈真，从激情燃烧的岁月转入苍老而沉郁的老年境界，其诗作亦可看作一个进入老年的诗人对过往历史与生命的回顾和省思。

从文化断代上来看，李瑛属于"三八式一代"（李泽厚语）或曰"解放的一代"（刘小枫语）。② 而对于这一代诗人来讲，首先可能是如何面对历史的问题，而如何面对历史最终更是如何面对自我的问题。过去的李瑛似乎总是以一种不加思考的热情投入到时代中，并且执着地相信"诗，总是美的"。③ 在当时那一时代、那一历史的环境之中，他的诗往往以国家意志代替个人思考，对时代融入的热情表现为单一的政治热情，赞歌多于批判，讴

①　李瑛：《历史、自然、诗、美、生命和我自己》，李瑛诗集《倾诉》（自序），作家出版社 2001 年版。

②　参见李泽厚《中国近代思想史论》（东方出版社 1987 年版，第 470—471 页，）和刘小枫《关于"五四"一代的社会学思考札记》（《读书》1989 年第 5 期）。李泽厚把中国近、现代知识分子分为六代，即"辛亥一代、五四一代、大革命一代、三八式一代、解放一代、红卫兵一代"。刘小枫把中国现当代知识分子的断代划分为"'五四'一代，即上世纪末本世纪初生长，20 年代至 40 年代进入社会文化角色的一代，这一代人还有极少数成员尚在角色之中；第二代群为'解放的一代'，为三四十年代生长、五六十年代进入文化角色，至今尚未退出角色的一代；第三代群为'四五'一代，为 40 年代末至 50 年代末生长，70 年代至 80 年代进入文化角色的一代；第四代群我称为'游戏的一代'，即 60 年代至 70 年代生长，90 年代至 21 世纪初将全面进入社会文化角色的一代"。

③　李瑛：《李瑛诗选》（自序），四川人民出版社 1981 年版。

歌的声音常常淹没理性的思考，赞美式的抒情往往等同于政治颂歌。而在
1990 年代，他开始对自我反思："确实，在今天，我对生活和周围的事
物，和年轻时自己的认识和感受，已有很多不同了。比如青年时喜欢读有英
雄人物的书，有曲折的故事情节和惊心动魄的涉及到人的命运的书，而不大
愿读理论性强的学术著作，觉得它们抽象和枯燥；而今则更喜欢读过去所不
愿读的那些与人生密切相关的理论性书籍了，包括曾经认为是乏味的中国和
外国的哲学著作。""在日常阅读中，我对生命、生活、人生、艺术和美学等
意义和价值方面的认识，现在比起过去也似乎有了更深的领悟。"① 这种认
识上的变化使他的诗歌具备了深沉的理性思考和哲学意蕴，而诗人"美"的
诗观，也开始有所深化，在《历史、自然、诗、美、生命和我自己》一文中
他详尽阐释了新的诗学主张："一个诗人不仅是美的代表，同时还应是而且
首先还应是真实的代表。一个诗人应该成为一个种族的触角，任何时候都不
应淡化自己作为社会良知的声音。"② 在我看来，这里的"真实"既包括历
史真实，也包括生活真实，历史真实伴随着历史理性的崛起，生活真实则是
随着时代变迁必然褪去各种伪饰外衣而现出生活的本来面目，哪怕是残酷的
真实。

　　过去诗人总是站在时代的潮头，在积极的"入乎其世"之中往往不必思
考为何入世，此时的"出乎其世"也并非与"入世"对立的出世隐居或忘却
人间现实，而是带着更深的忧患和责任反思过去与当下的时代与感情，这应
是一种具有理性的自知、自省精神的积极"出世"。而对于一个曾被时代飓
风震上巅峰的老诗人而言，或许最可贵的就是这种自知和自省，它是在经历
过生活的磨难或辉煌之后自然归于淡泊和沉思的情感，它是一种"抽身而
退"的"出乎其世"。在这种"抽身而退"中，诗人对文学、对时代、对自
己命运的浮沉，已经有了更为深切的感知，"只有在万丈云空/才能望穿千寻
海鳖"，《巢》中的诗句可以说是诗人回望生命与历史的自况和自我总结，带
着一种世事变换的沧桑感，同时又超越了具体的时代而具有一种来自生活的
朴素哲理。

---

① 李瑛：《生命是一片叶子》（后记），解放军出版社 1995 年版。
② 李瑛：《历史、自然、诗、美、生命和我自己》，李瑛：诗集《倾诉》（自序），作家
出版社 2001 年版。

随着诗学观念的变化，李瑛诗歌的主题也发生了根本转变，生活与时代使诗人悟出更为真实的哲理和诗意。1990 年代主要写诗人对于历史与人生的感悟，充满历史意味和生命意识，如果说过去的诗歌属于"激情的诗"，那么 1990 年代的诗歌则属于"沉思的诗"。如《生活》中对历史本身的思索和个人在历史的定位感："历史已经醒来/听山和海和你对话/每个人都该知道自己的位置/并且懂得生长双手的意义"，"长天下，老祖父的荒坟/摇曳着一岁一枯荣的野草/我们把墓碑上的苔藓和水迹/称为历史"。又如《墓园》："这里是一本厚厚的书/不论翻到哪一页/都是历史，都是诗章/永不干涸的泪滴/像遥远处点点明灭的灯光。"他的诗中出现了"荒坟"、"墓园"、"墓碑"这样的意象，时间、生死进入诗中，表现出一种悠远的历史感和凝重的生命意识，这些诗作已经不再局限于对外部现实世界中具体事件或政治生活的激情倾诉，而是更多传达诗人源自内心真实体悟的写作体验与生命体验：

> 诗
> 一行一行地捞出晾干吧
> 用来织柔软的丝绸
> 　　点作灯火，或
> 　　铸成闪光的锋刃
>
> ——《端阳》（1993 年）

显然，这时的诗歌功用已经不再仅仅作为时代的号角与传声筒，而是如"丝绸"般的柔软温润，如"灯火"般的明亮温暖，如"锋刃"般闪烁冷峻尖锐的光芒。换言之，诗人在这首诗里透露出了一种对写作、人生的全新理解：豪壮与优美、激情与柔情构成多层面的人生，政治性、革命性之外包容更具个人性的人情人性，种花之外也种刺。这应该是李瑛这一代诗人文学观与人生观的一种丰富或者说进步。

正是在这样的文学观与人生观的导引下，李瑛的诗歌呈现出更丰富的文化内涵和更具个体感受的生命意识。比如他通过"春天的树"、"柳枝"讲述关于生命与生命的燃烧，"走过坚硬的冬天的柳枝"给人的启示是"燃烧着希望的无畏的生命"，《春天的树》歌唱的是"生命的力与美/淳朴与精壮"。同样的生命主题在《生命》一诗中有着意蕴复杂的表达，被晾在绳子上的一条条鱼的生命，是"一条条身体和思想都已干瘪的鱼"。李瑛笔下僵硬、风干、失声的"鱼"既非艾青笔下的鱼化石，借完美的鱼化石诉说自己关于生命的自我隐喻——虽然被掩埋但仍然完整、仍然不忘"斗争"和"运动"，也非卞之琳笔下的鱼化石，在"鱼"和"水"的形象中寄托爱情和人生的理念，李瑛观照的是"鱼"和"海"的关系以及失水后"鱼"的命运，试图透视的是一种主体（人或物）与环境的关系。这首诗最后以"大地映出一道道凝重的投影"结尾，情感颇为冷峻、激切，完全没有了过去诗歌的乐观与激情，由这首诗引出的追问可能是：这一条条"鱼"是谁？是诗人自己、是诗人所代表的一代人，还是普泛的有追求的所有个体生命？同样的思索是：在时间的无涯长河里，个人生命是极其短促的；在历史的漫漫瀚海中，各个时代的纷争也不过是其中飞溅的浪花而已，而个体将如何融合、脱离或对抗自身的环境而存在？《生命》一诗的启示是痛苦、凝重甚至是冷峭的，其复杂深远的主题指向也大异过去简单明确的主题指向，这是 1990 年代李瑛诗歌的重要品质，一种源自自然、源自个体生命而升华的思考力量和哲理向度。

　　过去，他把自己的诗歌视作"是我们的战士和人民的战斗生活的回声"，[①] 正像他的诗集名《时代纪事》一样，他在 1950 年代至 1980 年代的诗歌基本上可称作一种"时代纪事"，他以诗人对时代政治的敏感和热情写出了《战场上的节日》（1952 年）、《天安门上的红灯》（1954 年）、《颂歌》（1961 年）、《献给火的时代》（1964 年）等诗集。在 1990 年代，他的诗集《生命是一片叶子》、《倾诉》中的情感和诗风明显转向内敛和深沉，诗歌内涵也从"时代纪事"转向"生命纪事"，构思诗情时往往以小见大，以幽微见深意，显示了他试图从大向小、从外向内、从时代向自我回归的倾向。李瑛 1990 年代的诗歌选取的意象也多是生活中的平凡事物，如《钥匙》中的钥匙、蝴蝶标本、羊角壁饰、蜡烛、鸟笼、眼泪、家等，生活化与个人化的事物，与时代的大风大雨不同，诗人摆脱了带有国家意志的宏大叙事而使诗情更加贴近了带有个体温润记忆的日常生活，这种寓深刻于平凡的诗学追求似乎也契合了诗人从辉煌向淡泊回归的人生追求。

　　李瑛在 1990 年代的创作很多是回忆往事、回忆童年的诗歌，这类诗歌

---

① 李瑛：《李瑛诗选》（自序），四川人民出版社 1981 年版。

可以称之为他的"忆旧诗",这是最能打动人心的诗作。在 1990 年代,老诗人已从花甲逐渐走入"古稀"之年,晚境将至,回忆亦纷至沓来,尤以童真清纯的童年与少年的记忆为主,因为这个时期是带有"人之初"的天然稚纯。"思念的触须总向童年延伸"(《回忆童年》),于是,他带着"温情与深情"以及"质朴的诗句",在"隔着四季/隔着茫茫烟云和数不尽的山水/时间和空间"(《怀念远方的朋友》)里,开始写下对童年生活以及过往岁月的回忆,如《回忆童年》(1993 年)、《回忆:关于春天》(1992 年)、《回忆:关于青蛙》(1993 年)、《回忆:关于野菜》(1992 年)、《回忆:一次送行——给我的中学老师》(1992 年)、《摇篮曲》(1993 年)、《一只马蹄铁》(1993 年)、《回忆》(1994 年)、《怀念远方的朋友》(1994 年)、《假如窗外有雨》(1994 年)等。这些诗歌多情蕴其中,真切感人,表现了诗人经历了岁月洗刷后的人世慨叹,有一种人至晚境回眸往事所迸发的赤子真情以及岁月流逝的唏嘘。

> 思念的触须总向童年延伸
> 却寻不到回去的门
>
> ——《回忆童年》

> 怀念是一杯 65°的酒
> 是往酒杯里加一块糖再加一块糖
>
> ——《怀念远方的朋友》

> 我用一个个诗的节拍呼唤你
> 你一滴浪迹天涯的泪
> 会使我的诗永不枯萎
>
> ——《怀念远方的朋友》

对于过往人事的忆念,李瑛曾自道:"在思想上,我一向是生活在未来多于生活在现在之中的,而近年我发现自己常常是不自觉的沉浸在对过去生活的回忆之中……我常常想起父母、想起童年、想起一起长大的散居四方的兄弟姐妹,以及我众多的小伙伴和年轻时的朋友们,想起当年贫苦年代的艰辛生活,曾经历的一些轰轰烈烈的伟大事件和一些可怕的荒唐岁月,以及许多不无懊悔的往事。"① 在这种返璞归真之情的观照下，诗人的定位已经不再是声名盛隆的时代名人，也不仅仅是诗人骄傲自豪的"战士"，而完全还原为一个平凡的普通人、一个有着深挚亲情与温暖人情的人、一个有着酸甜苦辣生活的"苦儿"或"少年漂泊者"形象，诗中包孕的是一颗稚子童心、是一颗原初真心，在他的忆旧诗里透出一种质朴和沉实的美。与过去相比，诗情少了一些放狂和豪迈，多了一些怅惘和哀叹；少了一些赞美和激情，多了一些苦涩和沉痛。

建国后 30 年的主流诗歌往往很难容纳人性人情的情感，许多人诗歌的情感空间豪情满溢而温情缺失，充斥的是一种集体主义的"忘我"与"无我"之情，所以常常显得空疏冷漠，难以打动人心。而李瑛的这些带着个人体温的回忆诗作，在某种程度上既折射了诗人的淡泊心境，也是对过去张扬"大我"而疏离"自我"的一种反拨，同时更是一种人性回归和人格提升。

二

李瑛在 1990 年代之后以一种更为宽广、理性的民族情感和人类意识深掘民族、人类与宇宙、自然的精神，这使他的思考达到一种纵横捭阖的开阔境界，并且为个人置身于历史、个人植根于现实找到了一条深广的出路或者说契合点。

他的创作的思维方式显示出一种以"内视角"的观照方式回到内心，同时，他并没有置身于生活之外，而是始终把个我的生命紧紧联系在时代与历史的变换中，"当回望身后的路时，常希望能找到精神之所在，把自己，当然也包括和我们一起生活的人类置放在广袤宇宙之间，从那里寻找出生存的价值和意义"，② 流露出诗人的社会良知、社会责任感和忧患意识。这样的诗学观和人生理念主要体现在他的"诗"中，通过对古代贤哲多蹇命运的深沉幽思，以及对仁人勇士的悲壮浩叹，表达诗人面对民族文化、历史风物时的一种悠长思索和深沉凝重的文化关怀，从关注现实斗争到探寻远古人文精

---

① 李瑛：《生命是一片叶子》（后记），解放军出版社 1995 年版。

② 李瑛：《历史、自然、诗、美、生命和我自己》，李瑛诗集《倾诉》自序，作家出版社 2001 年版。

神，李瑛诗歌的文化内涵更显丰富与厚重。

李瑛过去曾经把写现实中的领袖、战士、英雄人物或是主流意义的"人民"作为诗歌主要的抒情对象，而这个时期明显转向了古代的诗哲先贤们，比如屈原、邓世昌等。仅献给屈原或与屈原有关的就有《一颗心和一柄剑》（1992 年）、《过汨罗江怀屈原》（1993 年）、《端阳》（1993 年）等，他在诗歌里重塑了一代诗魂的形象："烟云里，一双草履/踉跄地踏遍荆榛"，并且把屈原诗化为"一个民族的心和嘴唇"：

> 当那把瘦骨
> 溅起的水花平息之后
> 所有的江河都迷失了方向
> 使两千年前的鱼
> 失眠至今

在这首诗的最后，把人们每年在端阳节对屈原的怀念和祭奠看作"太阳/每年都要为我们发一次/讣闻"，李瑛对"滋润了我们民族的生命的根的"伟大诗人的凭吊寄托着深沉的文化关怀和民族精神的召唤。又如《过汨罗江怀屈原》则更是一首在语言、意象和意境都独具匠心的诗作：

> 瘦得如一棵兰草
> 只剩一把高翘的胡子
>
> 把世界装进陶罐
> 抱着它，纵身跃进波涛里
>
> 忧愤和痛苦像烧红的铸件
> 煮沸大江，腾起嗤嗤水气
>
> 燃烧的波涛站在凄清冷月里
> 苦难中，谁能找到丢失的钥匙
>
> 缠在苇丛，埋进沙洲，空留下
> 一百八十个谜锈在烟云里

　　请你回答，请你回答

　　两千五百年，盼一句好诗

　　这首诗中的动词"装"、"煮沸"、"缠"、"埋"、"锈"，以及带有强烈视觉效果的形容词修饰语"瘦"、"高翘的胡子"，用"烧红的铸件"形容"忧愤和痛苦"、用"燃烧的"修饰"波涛"，都能给人带来触目惊心的审美感受。此诗意象新鲜、境界高远，其中，"陶罐"、"丢失的钥匙"也许会让我们联想起1980年代"朦胧诗"中关于"半坡"与"陶罐"的意象以及其时的名句"中国，我的钥匙丢了"，不过相同的词语或意象表达的是不同的思想意蕴。

　　过去，李瑛诗歌基本是"以抒情为主线的结构艺术"，而在1990年代的许多诗中，能够看出老诗人在结构与语言上更为讲究，理性崛起后，抒情淡隐但并没有完全退出诗歌空间，只是他常常以"意象"作为结构诗情的主线，语言大多排除了切近政治的时代语汇而着力营造可感可触的个人语汇，理性的渗透带来思想的沉淀，同时使诗歌语言更为讲究锤炼和打磨。如《纤道》一诗以"纤道"这一令人震撼、醒目的意象写出了震古烁今的民族记忆和深重的苦难意识，被论为"既有深远的历史感，又有凝重的现实生命体验"。① 那一条"像鞭子一样"静默、冷酷、消瘦、流血的沉重"纤道"是一个民族走过的路，是一个民族的历史，因为它见证了祖先的艰辛泪水，它本身就是民族苦难的历史见证，此诗对于民族之情的抒发饱含"隐痛"的深情，寄意遥深且境界开阔。组诗《刘公岛的涛声》则通过"刘公岛的涛声"对已过去百年的"甲午海战"进行了个人化的历史言说：

　　在最冷的波涛与最热的血之间

　　在乱卷的云和撕碎的风之间

　　沉默的历史闪着霜刃

　　霜刃般的历史望着今天

　　诗末写道："当我懂得这一切，我便/长出了鳞、长出了鳍、长出了鳃/

---

　　① 朱栋霖等主编：《中国现代文学史（1917—1997）》（下册），高等教育出版社1998年版，第197页。

我要冲向一百年前大海深处／那场不屈的血战。"诗情虽以豪放直接为主，但诗中"懂得"二字使得诗歌的意蕴超出一般意义的爱国情操，而是于慷慨悲歌中蕴涵深沉情怀，于赤子血性中更见理性精神。李瑛的"怀古诗"从现实生活的观照回到历史长河的钩沉，无疑给他的诗歌带来一种历史的纵深感，其中既有痛苦的历史追问，也有"让历史告诉未来"的现实意义，同时深藏了民族精神的诗性探寻。

李瑛表现历史文化意识和民族记忆的诗歌除了"怀古诗"外，还有相当数量的"西部诗"，这类诗作多是关于西部风土人情的描摹和感悟，与"怀古诗"体现的历史感相比，"西部诗"体现的是诗人的"现实感"或曰"现实情怀"。不过，李瑛的西部诗不仅仅是纯自然的客观写实，而是在客观自然中融入诗人主体的深沉情感和生命体验，这与他早期描写自然的"即景状物诗"或者简单比拟的"以物喻人诗"是迥然不同的。自古以来，歌颂祖国山水河山的诗人与诗歌并不少见。就李瑛而言，自 1940 年代以来，他的足迹就踏遍了祖国各地、长城内外，在这种游历中，他说："我发现：在我的祖国，阳光、大海、溪谷、山峦，无一不跃动着蓬勃的生命；特别是劳动在她胸怀中质朴的人民和保卫着她的忠实的士兵，他们的新生活、新感情给了我极大的激励和美好的感受。"[①] 所以，他以借景抒情、以景寄情的方式表现美好生活、歌颂英雄人物，在他寄情山水的诗篇里，北疆南海、西部戈壁、边防哨所……森林、大海、草原、山峦等均成了他歌颂祖国和英雄的触媒。只是他的"山水诗"或曰"边关诗"，既不同于古代士大夫的田园山水诗歌的恬淡隐逸，也不同于古代边塞诗歌的慷慨悲凉，而是实现政治抒情的一个部分或者说一种变体。李瑛在 1990 年代曾经访问了中国西部，诗人行走在西部、写作在西部，为西部留下一系列大型组诗，共 255 多首诗歌，且颇多佳作，主要有：访问新疆时所写的《戈壁海》（46 首）和访问山西时所写的《黄土地情思》（30 首）（收入《多梦的西高原》，中国文联出版公司1991 年版）、访问云南时所写的《红土地之恋》（22 首）和访问广西所写的《漓江的微笑》（19 首）（收入《睡着的山和醒着的河》，华艺出版社 1992 年版）、访问甘肃时所写的《祁连山寻梦》（29 首）（收入《生命是一片叶子》，解放军文艺出版社 1995 年版）、访问陕西时所写的《黄土地上的蒲公

---

① 李瑛：《早晨》（后记），作家出版社 1957 年版。

英》（29首）和访问青海时所写的《青海的地平线》（25首）（收入《黄昏与黎明》，解放军文艺出版社1998年版）、访问西藏时所写的《雅鲁藏布江上的霞光》（32首）和访问宁夏时所写的《贺兰山谷的回声》（23首）（收入《倾诉》，作家出版社2001年版），可以说，李瑛用诗歌和行为表现了对西部的关注。

李瑛的"西部诗"虽然着墨较多的是西部人民生活的疾苦和西部风土人情的抒发，但也并不仅是一种简单的旅游猎奇或访贫问苦，其中透视出的是一个诗人对于民族文化精神的游历和重塑。在他的组诗《祁连山寻梦》中，仅从作品的题目就可见诗人走过西部的足迹，或者说走过中国文化的旅程，从大西北到大西南、从陕甘宁青到新疆西藏、从云贵高原到青藏高原、从祁连山脉到雅鲁藏布江、从"荒滩下的古墓"、"荒原上的向日葵"、"戈壁滩上的风"到"逆风飞行的鸟"、"雅鲁藏布江上的霞光"，它们带着历史的烟云和岁月的风尘呈现在诗人的笔下，以及敦煌莫高窟、汉长城、嘉峪关、疏勒河、月牙泉、鸣沙山、高原上的风暴、落日、骆驼刺、小蜜蜂……每一处自然景观或人文景观，每一个自然生命的生长无不浸透、传递着诗人自我生命参与的温热，这是诗人的一段"生命的流程"：从《寻找一条路》开始诗人进入西部的文化苦旅，《凉州词》、《题武威马超龙雀塑》……表达了对西部热土的眷恋，西部山水的苍茫辽阔和深厚的历史文化积淀。总之，在李瑛的笔下，既可以看到西部的雄奇、壮美，也可以看到西部的贫穷、苦难，而透过一个年逾花甲的身影，既可以感受到诗人面对西部的感慨和叹惋，也可以感同身受于诗人赤诚的文化关怀，而走向西部不仅是地域的行走，更是心灵的行走。

1990年代，李瑛的"西部诗"表明他仍然关注时代与现实，仍然怀有一腔深沉的民族忧患意识，他所排斥的只是纯粹个人化、纯粹内心化、不闻世事的文学创作。正如他自己所言："我希望我能写出有时代气息、有生活实感、有真情韵味和有新鲜艺术追求的诗，力求使其摆脱某些与虚伪、矫饰相象的东西，使自然在自己笔下恢复最初的朴素，不断达到一种新的深度。总之，尽量想把每一首诗的写作，都当作是在继续探索那些尚未达到的领域的新起点。"① 这是他在人生新时期的诗学追求。可以说，时代赋予的使命感，对现实介入的热忱，注定了李瑛永远不可能成为一个游戏诗人，或是对现实、时代无关痛痒的高蹈派诗人，而始终是一个关注时代、民族前途与人类命运的诗人，更何况对于一个习惯于为时代风云献诗的诗人，他不可能完全忘情于时代现实，个人意识、主体意识的张扬必然胶合着社会意识、现实情怀的倾注："我从不认为自己心灵贫瘠、精神匮乏。但我从不愿把自己关进书斋一味低吟浅唱那些完全囿于个人化的狭窄的内心世界。"② 我以为，这恰恰是今天日益走向心灵封闭的"先锋"诗人们应该学习和张扬的精神，这也是作为一个知识分子所应有的社会道义和担当精神。

三

对于一个饱经沧桑、满怀忧患的诗人而言，单纯的"战士诗人"头衔可能会成为创作题材拓展的一种有形桎梏，或是诗歌艺术体系走向丰富性的无形制约。李瑛1990年代的诗歌在主题、题材、意象、抒情方式与情感基调等方面都表现出了一种新的风格，李瑛过去以现实主义和浪漫主义的艺术倾向为主，1990年代之后，他突破了过去对浪漫主义和现实主义的狭隘理解，突破了长久以来加于这两种创作手法前面"革命的"定语，实际上是突破了革命话语的局限，在更为深广的现实主义中融入了许多现代主义的写作技巧和表现手法。

战士情结与革命情怀既是李瑛过去40年中留给诗坛的最突出印象，无论谁也无法摆脱历史和时代的制约，同时也是对他自身艺术技巧的一种限制。1990年代后，他突破了"观念演绎型"的抒情模式，由一个"抒情型"诗人变为"沉思型"的诗人，在他的诗中，抒情成分减弱，叙事成分增强，抒情转为理性的诉说。在诗歌构思、语言表达以及对待中外文学传统等问题上，他也从单一走向丰富，在文化的守成与创新中体现了一种客观、宽容的境界。

---

① 李瑛：《历史、自然、诗、美、生命和我自己》，李瑛诗集《倾诉》（自序），作家出版社2001年版。

② 李瑛：《历史、自然、诗、美、生命和我自己》，李瑛诗集《倾诉》（自序），作家出版社2001年版。

李瑛诗歌观念的现代意识带来了他在具体的诗歌创作中运用许多现代诗歌的手法，从而遏制了过去过度夸张浪漫的激情想象，以及过于黏滞现实或政治而缺乏思想的超越性。具体而言，诗人在语言、意象、修辞手法、情感基调等方面都借鉴运用了现代主义的一些手法，呈现出艺术创造的探索性、丰富性和多样性，在1990年代诗歌的情感基调也由过去的光明、热烈而转向凝重、沉郁，克服了过去清新有余、深刻不足的弊病。诗情不是高昂的而是低沉的，在沉雄与沉郁的诗情之中，有时甚至表现出一种悲凉和沉痛。

在修辞手法的运用上，李瑛在1990年代的诗歌，减少了以前经常用的夸张、排比、拟人、简单的比喻/比附，而更精心于构造意象，且不同于过去那种简单直接的比附。意象的自觉营造使得他的诗屏除了直白而更重暗示，摆脱了过去意义指向的单一性和直接性，而带来诗歌意义的多向性、丰富性以及意境的深远性，亦显现出诗人内心世界以及现实世界的丰富性和真实性。李瑛过去擅长运用"比喻"，通过比喻把世间最光辉、最崇高的赞美都给了他心目中的英雄，其主要目的"就是用在人物身上的比喻几乎都是用来歌颂英雄战士的"、"更主要的是想通过这些比喻将自己对英雄人物的崇敬和赞美的激情深藏到诗里去"。① 李瑛过去最有代表性的比喻就是"树"的形象，他自言："我以挺拔的白杨喻英姿飒爽的女民兵，以坚强的青松喻北国勇敢忠贞的士兵，以红柳、沙枣、白茨喻满怀豪情、扎根瀚海的青年男女，以灼灼木棉花喻南国士兵热烈豪爽的粗犷性格，我讴歌被风吹折的羊角树的顽强抗争精神，我礼赞战斗前沿胶林滴乳的奉献精神……"② 尤其是他的名作《我骄傲，我是一棵树》更是以树写人的典范："我写了一棵树，实际是写了一个人，一个胸怀远大理想、对人民至死不渝、肯于无私奉献的人的形象，一个战士的形象，一个革命者的形象。"③ 由此可见，他的修辞体系是直接的一一对应："树"——"人"——"精神"，无论"树的形象"如何变化、如何铺陈升华，诗人总能百转千回地与所要歌颂的"人的形象"（战士、女兵等）联系在一起，结尾所谓的"卒章显志"不过是为了阐明早

---

① 于丛杨、周岩、吴开晋：《李瑛诗论》，长城出版社1987年版，第118页。

② 李瑛：《关于〈我骄傲，我是一棵树〉》，《对诗的思考》，解放军文艺出版社1991年版，第56页。

③ 李瑛：《关于〈我骄傲，我是一棵树〉》，《对诗的思考》，解放军文艺出版社1991年版，第56页。

已规定好的某种"精神"或"理念"而进行的所谓"升华"或"提升",这其实是李瑛同时代诗人共同的诗学追求。

总之,充满人性人情的生命意识、深沉的历史感、执着的现实情怀与浓厚的现代意识构成李瑛 1990 年代的总体诗歌特征,它不仅代表了李瑛本人的创作蜕变,也代表了一代诗人在新的时代境遇中的创作提升。同时,李瑛过去的诗学追求及其成功并不是一种孤立的个体现象,而是暗含了建国后 30 年整个诗坛的全部状况,也典型地代表了与李瑛同时代诗人诗学道路的主要走向。相比他的同时代人而言,最可贵的是他的超越精神——创作上的超越、精神上的超越和时代的超越。只有在这种超越中,他的诗性与理性、历史感与现实意识才能更好地体现在作品中,诗中所传达的历史沧桑感与沉重感,对自我生命的反省与沉思才更为凝重深刻,其思考人类与宇宙时才能抵达更为开阔的境界。

经历了辉煌与喧嚣,回归到时间的长河,时代洪流、个人的荣誉、诗人的作品都变得更像是"静物"(《静物》,1994 年)。所以,曾经时代喧嚣的诗人站在时间的尽头,透过"静物"不断追问生命,追问生活的奥义:

> 世界,一切都在急速的旋转
> 只有它们远离风暴的旋涡
>
> 对于喧嚣的人间,不必问
> 它们后面藏了些什么

可以说,心境与诗境的沉静,不是悲观绝望,也不是躁动激昂,而是澄明静默的静思默察的"静物"境界。《静物》一诗是那样意味深长,像是诗人写给自己及其同时代人、写给生命本身、写给时间长河里每一段过往历史的全部感慨与全部思考:

> 无声的生命
> 无声的岁月
> 在这里凝成永恒的风景
> 一切都已沉落
> 其实,生活

何曾有片刻静默
连时间也锈成碎片
扑簌簌剥落

原载《江汉论坛》，2003 年第 9 期

在使命意识与生命意识的天平上

——略论李瑛诗歌创作母题的嬗变

颜同林

泱泱诗国，自屈原以来，诗才辈出，宛若天河灿烂之星群；言志缘情，犹如诗之两翼，在历史的天空，"抟扶摇而上"，自由翱翔于浩浩九天。诚然，在中华民族汩汩流汇的文化母乳中，源远流长的诗骚传统，浸润中国文化和中国人的心灵数千年不曾衰落，也绝不会走向衰亡之旅。天人合一的精神构建，早已在历史的长河中沉淀下来，并在凝固中催生出新的诗美要素，化为涓涓清流。具体而言，作为德性文化代表的华夏文明，对重教化的人伦道德性质的承继、张扬，自古至今孕育了随时代变化而发展的使命意识。同时，作为儒道互补的整体建构，老庄思想也滋润了世世代代的文人投身自然、热爱生命的土壤，开辟出生命意识的又一园地。

就将近一个世纪历程的现代汉诗而言，自"五四"以来，不难发现关注民生冷暖、国家命运的带有强烈使命意识的诗歌创作，成就了像艾青、臧克家这样的大家。他们在农耕文化史诗上，写下了厚实恢弘而又绚丽灿烂的一笔；同时，也有像新月派、九叶诗派等强调咏叹生命、沉思哲理，着重抒发生命意识的诗歌阵垒和他们各具异彩的作品。新时期以来，以社会反思为主的归来者诗群和以生命主体觉醒为基本特征的朦胧诗群等均浮出历史的水面，诗人群与作品集的互动，让诗歌的两种流向日益发展壮大，在相互倚仗中各领风骚。特别是后新诗潮，其蜂起的旗帜、迥异的宣言、个人化话语的审美趣味、自我生命体验的全新姿态，引起了审美的阵痛与裂变；他们痛快淋漓不顾一切的叛逆之举，表面轻松内心失落的解构之辞，虽然因出乎意料地迅猛退潮而有所减弱，但是对诗内诗外的冲刷仍不无启发意义——生命意识的复苏、延伸、强化可谓势不可当。

在这样的当下性语境中，谈论李瑛的诗歌创作便显得不同凡响。依我看来，李瑛像一个楔子一样站立在新诗史上，他的创作成就，作为一个实体，既是对诗歌界泥沙俱下的清洗、漂白，又是对企图全盘西化异化的反拨、痛击；既是对拉通诗歌传统的亲近、提升，又是对直面现实社会、渴望理想人生的合理延伸与坚守。他紧紧围绕对保家卫国的战士身份的认同，对社会人生国家的道义承载，以及对精神家园的营建和生命本体论的张扬，始终在使命意识和生命意识的两极之间滑行流连、思考创造，始终在使命意识与生命意识的天平上寻找平衡与和谐。直到今天，诗人 60 余年的精神坚守与诗美酿造，把年轻的激情挥洒成中年的执着，熊熊燃烧成年逾古稀的夕阳红日，成为一个具有典型意义的诗歌现象。

李瑛在建国后 17 年时期乃至"文革"后期的诗歌创作中，使命意识一直占据创作中的主导地位，生命意识在很大程度上被削弱、牵制、压缩，甚至受到一定的扭曲。从他的大量作品中以及林林总总的评论文章可以清晰地看出，人们有一个大致八九不离十的印象：李瑛是一个战士诗人。作为军旅诗人中屈指可数甚至很难再找到并肩者的代表，李瑛自 1948 年出版第一本个人作品专集《枪》以来，写作出版了《野战诗集》、《战场上的节日》、《寄自海防前线的诗》、《静静的哨所》、《红花满山》、《在燃烧的战场》等从各个不同层面、角度切入战士这个特殊群体，充满浓厚战士情怀的诗集。自新时期以来，诗人的创作重心发生了明显的偏向，以诗集《我骄傲，我是一棵树》作为一种标志始，诗人开始向生命意识靠近、回归，使命意识逐渐减弱、淡出，从整体上打量少了一些家国之歌，多了一些生命之思。从李瑛近年的新诗创作来看，如《多梦的西高原》、《睡着的山和醒着的河》、《生命是一片叶子》等诗集，生命意识逐渐已不容置疑地居于主流，虽然同时也照顾到了与使命意识的适当和谐。

值得特别强调的是，往往在一首诗中，使命意识和生命意识是相互纠缠、相互生发的，难以执其一端而言它，但是为了清晰起见，本文尝试就其不同的审美内涵、表现方式等方面，分开略述李瑛诗歌创作中的使命意识和生命意识。

一

　　诗歌是社会生活的审美反映，它强调主体对客体的投影和观照，强调对社会人生的净化、影响，强调对真善美的呵护、憧憬。诗歌文体具有一种一以贯之的使命意识，或言志载道，净化心灵，帮助人们提高对物质生活的认识；或提炼、净化语言，创造语言美，给人们的精神生活浇以甘露。换言之，在艺术审美中，干预生活的理念应该更加凸现出来。就目前而言，在国家独立、人们逐步享受民主自由的大潮中，在政治环境较为宽松，安居乐业成为一种理想的社会转型背景下，诗歌落魄、物欲横行在社会生活各个方面都比以前更加鲜明、突出。窗户被市声拍遍，人性被物欲淡化，在这一点上，我们还是从内心里召唤、迫切需要谢冕在综论新时期诗歌发展时所赞赏的那些诗，即"这些富有历史感和使命感的诗，有相当沉重的社会性内涵，但又以鲜明生动的语言得到表达。它们并不因理念而轻忽情感，也没有因思想而牺牲审美。也就是说，这些承载了社会历史内容的诗，并不因为'代言'而失去诗的品质"。[1] ——时刻牢记诗人的职责，时时"给人以力量"，这就是李瑛的回答，这就是李瑛具有使命意识诗篇的内在生命力。下面，我们准备从两个方面阐述诗人的使命意识。

　　一、战士情怀与军人意识。许多人曾认为，与其说李瑛是一位优秀的诗人，不如说他首先是一位忠于时代、忠于祖国、忠于人民的战士。应该说这评价是切中肯綮的，其中反映了作为一个具有战士情怀和军人意识的军旅诗人，其诗歌创作中主题的集中性和时代的统一性相结合的美学风范。让我们随着历史的风云，走近李瑛，走进李瑛。北大红楼的晨曦与薄雾，灯光与书声；新中国成立前夕解放大军南下的号角，涌涌向前的铁流；鸭绿江边硝烟弥漫的邻邦，对越自卫反击战争中熊熊燃烧的疆场……李瑛带着投笔从戎的使命向我们走来，带着建立和保卫新中国而战斗的使命向我们走来，带着一个崇高而又美丽的主题向我们走来，以战士和诗人的两重身份，李瑛以笔为枪，在广袤的时空中倾听祖国母亲的召唤，标划了一个时代的精神高度，自觉地把战斗和创作作为"最高的思想方式和行动方式"。

────────

① 谢冕：《丰富又贫乏的年代》，《文学评论》1998 年 1 期。

　　无论是在做新闻编辑行政等工作之余，还是在出国访问途中，无论是在重走长征的路上，还是在边防哨卡体验生活，李瑛总是执着地拥抱时代、生活，从战士身上得到源源不断的诗的灵感，使自己总能从一个战士的角度、用战士的眼光和心灵，来观察、感受站岗放哨、出操巡逻、航海飞行等部队日常生活。其中一个总的倾向是"歌唱"生活，形成了豪迈而不失清丽、雄浑而不失细腻的歌喉，"诗是歌唱生活的最高语言艺术，它通常是诗人感情的直写"。① "歌唱"两字吻合诗歌的本质，可谓与"情动于中而形于言，言之不足故嗟叹之，嗟叹之不足故咏歌之"的古训一脉相承。请看李瑛是怎样歌唱伟大的时代、丰富的生活和保卫祖国的勇士："我们的港湾是绷紧的弓/随时都准备射出待发的箭"（《军港》），"云霞扯起无数面旗号/海上铺满了翎羽和珠串" （《出港》），"睡呀，却要醒着刺刀和子弹" （《熄灯号》），"月，在山的肩头睡着/山，在战士肩头睡着"（《边寨夜歌》……平凡的部队生活，在诗人笔下却另有一番格调、另有一番情趣：或以渲染状难写之景，或以警句充当诗眼动人心弦，或以夸张衬托豪情万丈。艰辛的生活、英雄的画面，全都激情洋溢、豪情满怀，真可谓"登山则情满于山，观海则意溢于海"。李瑛写这类诗时，擅长于挑选独具特色的角度来写，很少拘泥于原生态的再现，而是以观察细致、感受丰富，多层面地达到独出心裁的地步，譬如在南方部队生活的一次潜伏行动中，他捕捉到"三块岩石，却有三双耳朵/三簇野草，却有三双眼睛"的化心为物的独特感受 （《月夜潜听》）；面对井冈山的五大哨口，诗人意外地发现它们是"在中国的黑夜里熊熊燃烧"的"五堆篝火"（《井冈山哨口》）……如此等等，显得主题鲜明、手法新奇、不落俗套。从中我们也可以感觉到李瑛沉潜在一团诗意之中，没有政治的说教和空洞的口号，他总能让思想找到载体，让诗情找到语言，让生活找到歌声。

　　二、社会关怀和家国之思。部队生活是一个较为特殊的大千世界，但社会更大、更丰富。李瑛立足军营，又走出军营，其生活视野之开阔，涉猎题材之繁复，对时代人民家国思考之深广，都比一个士兵的声音要丰富得多。正如李元洛所说："没有高尚的思想感情，没有那种对生活、人民、民族、时代的深厚的关怀和热爱，没有对艺术本身而不是艺术之外的执着与追

---

　　① 吕进：《新诗的创作与鉴赏》，重庆出版社 1982 年 10 月版，第 20 页。

求，总之，没有高尚而博大的心灵，就不可能对生活有敏锐的艺术感受，就不可能长期葆有诗的青春，就不可能孜孜以求而作诗歌艺术的殉道者。"①显然展现在众人面前的是一部应合着时代潮汐、孕育着人们心声、音域宽广的交响乐和弦，其中既有主旋律的雄浑厚实，又有各小调的细腻清晰。在建国前夕的早期诗歌写作中，李瑛便开始较为自觉地揭露社会黑暗、腐朽，追求自由、光明，思索祖国命运、前途。如《石头：奴隶们的武器》、《播谷鸟的故事》、《春的告诫》等。后来，李瑛在政治抒情诗领域辛勤耕耘，独树一帜地反映了诗人自觉地与时代共呼吸、与祖国共命运的审美归属感。就篇幅长短而论，长篇政治抒情诗如《一月的哀思》、《为一个永远活着的共产党人而歌》、《我的中国》等，短章方面如《我骄傲，我是一棵树》、《我的另一个祖国》、《倾斜的夜》等。这些激情澎湃、瑰丽多姿的诗篇，或高屋建瓴地塑造伟大革命领袖的光辉形象，表达人们对领袖的崇敬之情；或义不容辞地肩负弘扬赞美祖国、讴歌时代的先进文化使命，为现代化建设添砖加瓦；或直面老少边山区的贫困与苦难，期望社会关注，唤醒人们警觉。其中，诗人或以奉献虔诚和圣洁的赤子之心见长，或以在赞歌声中的执着情怀让人侧目，或以深情而苦涩的忧患意识让人敬仰。同时，这些带有政治倾向性的诗篇，在李瑛娴熟的细腻与刚柔相济的整体风格中，程度不一地糅合一些现代主义的表现手法，在流畅洗练的韵动中掺进历史的沧桑感、凝重感，体现出诗人对社会、家国一以贯之的关注和忧思。毋庸讳言，在李瑛的创作生涯中，乃至在新诗史上，这都是值得特别着笔的存在。

几乎令人吃惊的是，社会生活的热点问题和焦点问题，李瑛都用诗的语言发出了自己的声音。从香港回归到贝尔格莱德战场上人类的悲剧命运，从纪念焦裕禄到纪念鲁迅，从滇东北昭通灾区到西部的贫困老少边区，李瑛都用一种蘸着厚重油彩的诗笔记载在册。此外，像《沱沱河的星星》、《想家的石头》一类的诗，还表达了诗人对自由生活的渴望，对社会污浊、欺诈、虚伪和肮脏的厌弃。这一类诗虽然数量不多，但零星地反映了他思想感情的一些变化。

---

① 李元洛：《诗美学》，江苏文艺出版社 1987 年 4 月版，第 38 页。

二

诗是诗人对生命的体验，强调体验世界和自我内省。诗歌源于生命，也必将归于生命。诗人对生命的热爱、对自由的探寻、对幸福的追求，注定会在局限中获得无限，于瞬间中领悟永恒，在创造中达到完美，所以生命意识也是诗歌的内核之一。从某种意义而言，写诗不是为了认识，而是为了对生命、存在的体验。譬如捕捉来自生命潮汐的律动，展现心态的微妙变迁；譬如对亲情友情、生命觉醒、人生价值的呼唤，从而具有一定的普遍性。——这是一个人的内在生命的动态过程。李瑛善于从生命本体的沉思中获得灵性，在投射到读者的心灵时，让人获得一种升华，而这种升华显然有助于提高人们的精神境界。因为它们是从生命深处流出来的，所以毫无做作之感，也毫无玩诗者人工制造出来的晦涩和怪诞。下面还是准备从两个方面来论述。

一、忆念童年和回溯历史。每个人都有自己不可再求的童年情结，它像一泓潺潺不息的生命泉源，在人生世途中回荡着生命的清音。也许是童心未泯的缘故，老年时光中的李瑛总是无意识地用艺术方式观照、咀嚼贫困的童年，并从中寻找生命的根，使历尽风雨的心灵得以皈依。李瑛近年的许多诗，如《回忆：童年》、《回忆：一把油纸伞》、《回忆：关于青蛙》、《距离》等等，都是他在现在时态的人生体验与过去时态的童年梦忆之间寻找精神的契合点吐出的新绿，是他不断地追溯童年、故乡、玩伴和母亲的鲜艳的心灵之歌，"我的长不大的乳名/现在踟蹰在何方/今夜，像用童声召唤我/嘱我莫忘当年的故乡"（《乳名》），诗中通过对"挂在树杈间"、"活在柳哨里"的乳名的忆念，抒发了难忘童年、难忘苦难儿时生活的情愫。挂着镰刀的矮墙、铺着苇席的土坑、火苗摇曳的油灯、窗纸上映着的影子，童年的生活也随着乳名一一醒来，如在昨天一般历历在目，意味深长的岂止是童年？"而今，这孤凄的叫声/像敲打着我永远不会开启的门/震撼着我多风多雨的六十个寒暑/六十年和今天的距离只有几米/但我不能回去。"（《蟋蟀》）在这一首诗里，诗人以蟋蟀为媒介，反映了挥之不去的"思念的触角总向童年延伸/却寻不到回去的门"（《童年》）的人生况味，乃至于趋于荒诞，真是岁月无意催人老，蟋蟀有情入梦来。童年虽然枯萎，但咀嚼的东西，挥之不去的记忆仍然在脑子里根深蒂固一辈子，"我生命的地平线上的/这棵没有年轮的树/在我眼前飘摇了几十年/红漆的伞骨间，埋着/折叠的爱/折叠的雨/折叠的一个时代恐怖的梦和惊惧"（《回忆：一把油纸伞》）。一把油纸伞、一腔慈母情，其情之真、意之切，是让人为之动容的。也许是由于过去的岁月越来越长，生活中的积淀越来越多的缘故，诗人对带有宽泛意义的童年忆念就显得更为强烈，《生命是一片叶子》、《黄昏与黎明》等集子中这类作品占了相当大的比例。读者仿佛顺着那叶脉、枝丫、主干，找到根系之所在；仿佛在黄昏的夕照中蓦然回首，童年、母亲、故乡便又能再次拥有。

与童年题材并驾齐驱的是诗人笔下出现的大量历史话题，大致说来，有三个方面的内容：第一，李瑛以个人经历为线索，通过回忆军旅生涯，复活了战火硝烟中逝去的历史画面。作为历史的见证者，透过风雨如晦的峥嵘岁月来审美地把握中国革命史，获得了一种对过去所历人事的既厚重真切又深刻生动的理解和洞察，如《遗产》、《过骑兵团遗址》、《马鸣》、《六盘山：寓言》、《纤道》、《箫》、《一只马蹄铁》，以及《山草青青》、《血火岁月》等组诗系列。诗人或者通过马蹄铁、箫这样的革命遗物来睹物思人、倾泻诗情；或者走向革命老区，在峰峦如聚、纤道如鞭的险恶环境下缅怀先烈，激荡历史风云。"河水远去了，留下/一只狮子、十只狮子、一百只狮子/悲愤地怒吼/晓月西沉了，留下/一个孩子、十个孩子、一百个孩子/在血泊里哭号芦草枯黄了，留下/一把刀、十把刀、一百把刀/深深地扎在夜的脊背上。"（《一个陈旧的故事》）这是诗中的一节，带有代表性，可以说是一个富于象征性的生活片段的浓缩。对于一个中国人而言，对卢沟桥事变应该不会忘记，通过这一典型的片段，仿佛又看到当时不愿做奴隶的国人前赴后继地举起刀枪、奔赴各个战场的反抗斗志和英雄壮举。三重意象并置又交叉、结构上层层逼进又扩散，把前仆后继的民族自豪感演绎到一个无以复加的地步。第二，诗人侧身文化苦旅的风尘之中，在漫长的过去时空中走向历史深处，《尖底瓶》、《恐龙骨骼》、《溶洞纪游》、《端阳》、《卧马》、《读贺兰山岩画》、《武士俑》、《孤城》，以及《大戈壁》、《祁连山寻梦》等组诗系列，便反映了他这一审美取向。在这里，我自然地想起余秋雨在《文化苦旅》中的一段话："我发现自己特别想去的地方，总是古代文化和文人留下较深脚印的所在，说明我心底的山水并不完全是自然山水而是一种'人文山水'。……我站在古人一定站过的那些方位上，用与先辈差不多的黑眼珠打量着很少会有变化的自然景观，静听着与千百年前没有丝毫差异的风声鸟声，心想，在我居留的大城市里有很多贮存古籍的图书馆、讲授古文化的大学，而中国文化的真实步履却落在这山重水复、莽莽苍苍的大地上。大地默默无言，只要来一二个有悟性的文人一站立，它封存久远的文化内涵也就能哗的一声奔泻而出；文人本也萎靡柔弱，只要被这种奔泻所裹卷，倒也能吞吐千年。结果，就在这看似平常的伫立瞬间，人、历史、自然浑沌地交融在一起了。"①我们用这段话来印证李瑛在具有巨大时空背景的黄土地、大戈壁上沉思、观照、参悟历史这一事实时，是非常贴切的，也是来得很自然的。残堡废燧、古城楼兰、古墓岩画、碑塔陶罐，乃至丝绸之路上的驼铃、长江黄河上的日出日落……全都是人、历史、自然的浑融之物，裹卷着凝重深沉、沧桑难掩的历史感觉。"多梦的西高原"是具有历史积淀的心灵的"高原"："从雪岭到沙蓬/历史悄悄地爬过"、"每颗砾石都是凋谢的故事/横陈在风沙线上/闪闪烁烁"、"历史像风、像云般涌过/铁青的戈壁滩是不动的"（《大戈壁》）；"大地留下无数先民踏出的/深深浅浅的脚印/而荒原干燥的裂罅里/历史深处/有永不凝固的血/活泼的生命/是不死的"（《落照》）。显而易见，诗人在一如既往地寻找大地的根、在追溯民族的源头。第三，李瑛在国外访问时，面对外国的历史古迹也浮想连翩，"在中国的尖底瓶和埃及的陶罐之间/所有的江河都是相通的"（《游开罗博物馆》）；"谁到这儿都会涌起一千种想象，/闭着眼的是历史/睁着眼的是太阳"（《帝王谷》）。那种跨越时空之感，是让人沉思不已的。

二、走向自然和咏叹生命。大自然是人类赖以生存的摇篮，它孕育了人类，是人类之母。自古以来，大自然便是文学艺术永恒的对象和主题，是一切文学艺术取之不尽、用之不竭的源泉。这一点在李瑛身上表现尤其特别，他是用万物有灵观来看待自然万物，以"以己度物"的诗性思维来体验自然生命。诗人曾经说过一段带有总结性的话："壮丽质朴的大自然，给人以多少告诫、启示和遐想。无论在关中平原、陕北盆地，也无论在青藏高原，大自然都在各自的形态中显示永恒。当我进入它们的生活之后，便深深感觉到地球上一切物质存在的意义及其尊严，感觉到它们的呼吸、它们的意

---

① 余秋雨：《文化苦旅·自序》，《余秋雨散文全编》，漓江出版社 1999 年 4 月版，第 4 页。

志、它们的神采，领略到它们的威严与和谐；它们以坦率的性格赤裸裸地呈现在你面前，摒弃一切矫饰、荒谬与虚伪，它们以冷峻和温情，铸造着万物的性格、秉赋和精神。……我的生命被它们强大的力量和高尚精神所震撼、所征服，从而涤荡了自己身上存在的一切软弱、卑琐、偏执与消沉，激发起我对人类社会、对人生乃至对宗教、哲学、艺术和诗更深的思索。"① 从这段话的字里行间，我们不难发现传统诗学中天人合一思想在李瑛创作中投影之深。事实上，他不仅细腻真切地描绘自然万物的外形、姿态、色彩、声音，而且无一例外地捕捉到自然之魂，感悟到人与自然心灵对话的内在机制。在表现手法上，李瑛一般从大自然中择取物象，并进而超越物象，抓住和发掘人们较为陌生的生命存在内蕴。如《漓江的微笑》组诗中的桂林山水，《红土地之恋》、《黄土地情思》组诗中的红土高原风情和陕北风光，《青海的地平线》中的青海印象，《戈壁海》、《祁连山寻梦》所写的所在地新疆、甘肃，在这些土地上的动植物，无一不是诗人心灵澄澈投影的对象。也正是在与自然的对视中，诗人看到了自然的美丽、伟大、神奇、永恒。诗人理解了宇宙之宏大、历史之邈远、天地之广阔，自然而然地，对人为破坏自然的忧心如焚，对偷猎雪豹羚羊、杀戮无辜生灵的无比愤恨，对艰苦卓绝的环境中挣扎着生活下去的所有动植物的由衷赞美，便是题中之义。总而言之，诗人在人和自然的思考和赞美，寻找到一个支点，那就是生命存在的形式，是一种有意味的形式，是美与力的化身。人和自然是和谐相处，彼此不可或缺的。

在走向自然之旅中，李瑛主要的兴奋点是咏叹生物顽强的生命力，"倘不是将作家所有的生命的内容，即生命力这东西，移附在所描写的东西里，就不成其为艺术家的表现。"② 在一定程度上，这是诗人生命力的曲折反映。在诗人的心目中，大自然本身就是一部生动辉煌、雄奇瑰丽、悲壮豪放的生命史。诗人开始从微不起眼的鸟兽虫鱼、草木花卉甚至一块石头身上发现顽强的生命力，如"死这个黑色的字/不属于它"的大戈壁，"捧出生命全部尊严"的蜥蜴，把比钢丝还坚劲的根，"艰难地穿透大山的石头/默默地

---

① 李瑛：《对人和自然的赞美》，《人民文学》1998 年 10 期。

② ［日本］厨川白村，鲁迅译：《苦闷的象征 出于象牙之塔》，人民文学出版社 1988年 7 月版，第 204—205 页。

扎过谷底"的大峡谷的花，"从叶尖迸出反抗的呼喊"的沙蒿和"连骨缝也迸出呐喊"的苦命的胡杨林。此外，诗人还喜欢在一种不对称的对比中展现生命的力与美。如大沙漠与一棵树木的对比："路的尽头/一捆捆树苗从汽车上卸下来/一声不吭地堆在那儿/很快，每颗沙粒都知道了/大地微微颤动"；西部古高原与一只羚羊的对比："仿佛全赖这颗生命的砝码/才使我们向东倾斜的大陆/不致翻覆，从而/保持了平衡和稳定"（《羚羊》）……都使人感受到一种倔强、强悍的生命力的撞击。下面来分析一下《野牛角》和《羊角壁饰》。野牛死了，可野牛角并没有跟着死去，野牛的灵魂与生命的价值一样活着。它不要人们操心去磨光打亮，也不用红绸银饰，这一切都是多余的装饰，因为这些装饰是虚伪的。它靠自我粗糙、锋锐的本真，靠守卫自己的信念和尊严而活着，活在率真和野性的灵魂里，"尽管周身裸露，伤痕累累/却表现了生命的美丽"，"它是一个强悍的生命/生活得骄矜而真实"，便是最好的注脚。一只野牛角，历经岁月的磨砺，呈现出一种坚守自我人格、厌弃矫情伪饰的人格力量和精神。爱与憎的鲜明对比，生与死的转化，发出了心底不可抗拒的最强音。再进一步，全诗的象征旨意也呈现在人们面前：像野牛精神一样，整个民族忠贞不屈、勇往直前的写照便跃然纸上。对现实的真见、对人生的透视、对自然的参悟，笔之所及，自有一种茫茫风雨与之共舞，冥冥鬼神为之悲歌的力度。与《野牛角》主题有点类似的《羊角壁饰》，跨越时空的弧度更大。诗人面对一只高楼大厅里普通的羊角，不禁"寂然凝虑，思接千载；悄然动容，视通万里"。全诗一共六节，整体显得大气，"野草、砾石和盐碱/结成粗砺坚劲的弯角"，诗一开始便巧妙地交代羊角壁饰之由来，暗暗透露出它令人伤怀的生存之艰险，然后戏剧性地通过一系列对比，在一种不寻常的张力中展开诗思：灯红酒绿之都市与牧歌中的藏北高原，过去时和现在时的生与死，耸立的高楼与高原山脚的雪水，白天的死亡与夜晚的复活……在鲜明对照中凸现出诗人崇尚生命力的思想感情；尤其是对生与死的思考，给人印象非常深刻：从"它的血仍没有冷却/没有了眼睛，仍在凝望/没有了耳朵，仍在谛听"到"白天，它挂在城市/四十层高楼大厅的墙上/夜晚，便回到藏北草原/自由的风里/轻捷的蹄花一掠而过/回荡着阵阵高亢的鸣叫"的流变中，展现了"强悍的生命仍活在/大山和草根深处"的生命启迪。

三

优秀的诗人总是寻求使命意识和生命意识相互渗透、相互和谐。——显然这是诗人们出于出世态度与入世态度相统一、日神精神与酒神精神相统一的内在需要。辩证法告诉我们：只有使命意识而没有生命意识，诗就会从体验世界蜕化成为叙述世界；同样，只有生命意识而没有使命意识也会成为无源之水，不可避免地把诗歌降格为一种猥琐的个人之物。这些年许多诗人的大量作品，表现了对历史的隔膜和对现世的疏离，除了个人身世感、命定感，几乎与社会绝缘，因此也就陷入了谢冕所说的"丰富之中的贫乏"。①

作为一个不可多得的楔子，李瑛的诗歌创作，较为完美地理清了理想与现实、个人与群体、人生与时代的统一关系，在时代主旋律与个人化抒情话语、外部世界诗美感受的细腻性和内在视野的开阔性的有机连接上，做到了纵向和横向两个角度的融洽，反映了他的诗学立场和美学规范。纵观近年来诗歌界的潮起潮落，较多的诗人在两者统一方面的缺失，更让我们觉得李瑛的不可替代。

原载《文学风》2003 年第 3 期

---

① 谢冕：《丰富又贫乏的年代》，《文学评论》1998 年 1 期。

站立的灵魂与游动的精灵

——试论李瑛诗歌中树和鱼两个主体意象

颜同林

李瑛是当代新诗史上有着独特艺术才情和个性的诗人，60 年如一日的笔墨生涯不仅留下了近 50 卷诗意葱茏的集子，而且在诗歌潮流奔涌向前的流变中担当了一个不可替代的参照系。我们称著作等身的李瑛为一种诗歌现象，大概一点也不为过：作为一个业余诗人，自立于诗歌圈的风风雨雨之中，却拥有许多专业诗人所无法比肩的创作成就；在不计其数的诗人忙着下海转行等始乱终弃过程中，李瑛留给诗坛的是"从一而终"的"执迷不悟"，他始终与缪斯相濡以沫的拳拳情愫，历经时代大潮的洗涮、冲击而岿然不动。这一切都说明了诗人对诗神的不倦求索，对人生、社会的诗性倾听与诉说，可以说诗歌作为一种人文精神早已完全融入他的全部生活，正如诗人所言"诗歌的精神力量是不容抹杀和不可磨灭的。诗歌的力量就是真善美的力量，就是诗人的人格力量。在 20 世纪的今天，每一个严肃的、有责任心的、有志于诗歌事业的人，都必会做出自己对于理想信念和诗歌前途的真正的回答"。① 把诗当成一种事业和力量，李瑛让人们激活了许多诗内诗外的思考。

如果允许我们再从文学史角度考察的话，李瑛的诗歌创作横贯现当代文学史，创作实绩丰富而又厚实，是一座名副其实的高峰。值得注意的是，李瑛在生命的黄昏，诗风趋于沉郁、深刻而又不失细致、委婉，有非常明显的阶段式跨越感。90 年代以来，诗人借助思想的锋芒，游向历史深处，游弋

---

① 李瑛：《诗歌的力量》，《诗刊》1997 年 4 期。

于生命之海，赢得了第二个金秋。

专门就李瑛诗歌创作中对意象的审美把握而言，也是一个见仁见智、挖掘不尽的课题。我始终认为他在阅历丰富、视野开阔的基础上，踏遍了祖国的山山水水，强化了自己细腻丰富的艺术感受力，挥洒着具象描述和哲理升华的才情，在虚实相生的技巧方面体现得较为完美，因此其诗歌意象不可多得地具有自身的优势而显得格外细腻多姿、异彩缤纷。从肃穆的北大红楼到燃烧的南国疆场，从"多梦的西高原"的戈壁大漠落日到西南的"睡着的山和醒着的河"，从东北的岗哨林海到南海"静静的哨所"……全都是李瑛生活战斗过的大地，自然而然地成为他一辈子取之不尽的诗的富矿。具体说来，李瑛诗歌中的意象就人物而言，多半是和平时期站岗巡逻、潜伏行军的戍边兵士；就自然物象而言，便是富于地域特色和边地风情的原野北疆、鸡啼鸟鸣、鹰笛马嘶、篝火月色、草木虫鱼等等；就其思古之情的载体而言，更多的是高原的古城驼铃、黄土地上的陶片壁画、烽火中呼吸着的纤道塔碑……在这挂一漏万式的概略中，我们不难发现诗人笔下的意象空间是极其繁富驳杂的，笼罩在他全方位的卫星扫描式的审美观照方式之下，毫无疑问，这值得诗坛认真探讨清理总结。依我看来，在这一个意象世界里，凝聚着诗人几十年来对社会、人生、时代生活的独特感受、观察、认识与思索，凝聚着诗人独特的情思和禀赋。"凡是文艺都是根据现实世界而铸成另一超现实的意象世界，所以他一方面是现实人生的反照，一方面也是现实人生的超脱。"① 既反照又超脱，从两方面把握现实人生，很富哲理。再进一步的话，我们也会发现诗人有几个特别敏感、富于个性、体现诗人审美风格且有略带转型性的主体意象，这是他建立一个个相对独立的意象系统的支点和显示个人身份的标签，譬如大海与土地、树和鱼、石头和生命等，明显具有出现频率高、延续时间长和糅合零星意象强等特点。正如骆寒超在考察艾青的意象艺术后所阐述的一样："每一个成熟的诗人，不应该只有一个而应该有几个审美敏感区域，也不可能只有一个而应该有几个意象系列，而几个意象系列在某个诗人全部的诗歌文本中有机地做多方面的组合，也就呈现出这个诗人独具异采和品位的意象世界。"② 深入分析这些"独具异采和品位"

---

① 朱光潜：《谈美谈文学》，人民文学出版社 1988 年 2 月版，第 127 页。
② 骆寒超：《论艾青诗的意象世界及其结构系统》，《文艺研究》1992 年 1 期。

的意象生命力、内涵和特色是很有积极意义的。基于此，本文仅选取树和鱼这两个主体意象来品味一番，以管窥豹，打量李瑛诗歌意象创造之冰山一角，以期能起到抛砖引玉之效，并就教于方家。

在论及树和鱼意象之前，我们不妨全面考察一下意象本身。意象，是艺术创造主体自身的生命意识与客观物象融合的结晶。一般而言，包括两个最基本的部分，即主体之意和客观之象。诗人或者采取由意到象的逆思维，带情寻景；或者因感物而触发意念，由景生情。中外诗论家，以及心理学家和美学家，对意象生成的心理机制、审美流向、意象类别以及组合规律诸如此类等都进行过有益的探索，这里不想赘述。从我国的情况来看，这有渊源流长的诗学传统。总体而言，意象切合我国诗歌艺术重妙悟、重主观的特点，主张含蓄蕴藉，力求用情感去熔铸，用心灵去统一。显然，作为一个既独立又相互依赖的形象单位，它不受时空规律和生活逻辑的束缚，而是遵循诗人主观的需要进行呈现组合，多层次地、多线索地、游刃自如地反映生活，表达情感，增强诗的容量。据此，再来审视这两个进入我们视野的主体意象：树和鱼，就会惊奇地发现以树为中心的意象群和鱼的意象群在李瑛的诗作中特别引人注目，出现的密度之大，足以成为一种典型的创作心理现象，"意象的存在一方面是由于诗人对客观世界的真切的体贴，一种无痕迹的契合；另一方面又是客观世界在诗人心里的凝聚，万物皆备于我"。① 所以不管是枝繁叶茂的树也好，还是与水不可分离的鱼也罢，两者都统摄了相关的意象，或以点带面，或突兀全诗，于立体感中起到画龙点睛的效果。对比之下，作为客观对应物，两者一静一动，静中有动、静动相生，把哲理纳入意象之中，把形象和哲理融为一体，具有个性色彩，"诗的意象带有强烈的个性特点，最能见出诗人的风格。诗人有没有独特的风格，在很大程度上取决于是否建立了他个人的意象群。……以致这种意象便和这一个或几个诗人联系在一起，甚至成为诗人的化身"。② 前者以站立着的灵魂引人沉思，给人以力量；后者以凝滞中的灵动见长，像自由游弋的精灵，在诗情画意中给人启示和收获，两者是李瑛的标签，大概也不为过。

---

① 唐湜：《新意象集》，生活·读书·新知三联书店 1990 年版，第 12 页。
② 袁行霈：《中国诗歌艺术研究》，北京大学出版社 1987 年 6 月版，第 242 页。

一、站立的灵魂：物象与心象的融合

看杨柳多像这士兵，
深深的根须把大地抓紧；
肩靠着肩，臂挽着臂，
士兵比杨柳更坚韧十分！

——《杨柳和士兵》

假如有一天，我死去，
我便平静地倒在大地上，
我的年轮里有我的记忆，我的懊悔，
我经受的隆隆的暴风雪的声音，
我脚下的小溪淙淙流响的歌；
甚至可以发现熄灭的光、熄灭的灯火，
和我引为骄傲的幸福和欢乐……

——《我骄傲，我是一棵树》

但它仍然庄严地站着
落净叶子的枝杈
仍疏朗地站着
被风沙摧残的
粗糙的皮和浑身撕裂的伤口
仍然站着
它凄苦的经历、记忆和梦
仍然站着
一种倔强的精神
仍然站着
让人思考生命的意义和价值

——《最后一棵胡杨树》

以上诗行分别选自李瑛作于上个世纪 60 年代、80 年代和新世纪所写的以树为主题的 3 首诗，很巧合的是，3 个 20 年的岁月流逝，诗人以心观物捕捉的诗美感受却是如此迥然有别。李瑛对树一贯是非常在意的，他曾经说过一段话："尽管有许多树，我们叫不出它们的名字，但无论裸子植物还是被子植物，无论是针叶还是阔叶，或者也不管它们各具怎样不同的性格和形态，我都感到它们全具有一种最强烈的美，它们向我展示一种崭新的充满巨大生命力的庄严美，它们给了我许多遐想和启示。"① 客观一点说，以树为题材的诗，或取譬或咏物，古今中外，不知有多少诗人涉及过，但由于时代不同，诗人们从"树"中发现的意蕴内涵千姿百态，表现出风格迥异的特色。同时不可否认的是，随着人生经历的变迁，同一个诗人也会从树身上找到悬殊甚大的契合点，如艾青笔下《树》、《三棵小杉树》和《盆景》，依次写于上个世纪40年代、50年代和70年代末，其艺术情致之差异简直有天壤之别，让人不敢置信。人生经历造就一个人的复杂性和丰富性，树的形象的变迁，就是诗人现实生活和心灵生活在镜子上的折光。毫无疑问，李瑛在不同的"树"的形象中熔铸着特定的时代精神和生活内涵，稍作梳理，便会发现作为比喻和象征之物，作为人物活动的环境和人物性格的衬托，经常出现在李瑛诗歌中"树"的形象，便如引诗所表现出来的那样，有几个阶段性变迁。

首先，《杨柳和士兵》作为诗人五六十年代生活的缩影和写作的素材，具有一定的代表性，从中多多少少可以窥见一个士兵歌唱生活的精神风貌。其中树的形象比较单一、笼统，偏于物象的描摹，很少变形夸张，或具有多重象征意味。李瑛身上有浓郁的军人意识，他习惯于用军人的视角来体验生活，后来甚至发展到以战士代言人的身份来表现生活。于是，树非树，往往是与一个个士兵形象的复合而活着，在诗中毫不犹豫地呈现出来的一个大写的人，连隐藏躲闪的意味都较少见，这一审美追求集中体现在建国后将近30多年这一长时段中。随便顺手再掂来几首诗来看看，他曾经写道，"我要变成一棵树"，去"挡住风沙挡住雨雪"，"把万匹风暴系在脚下"（《给防风林》），"我永做大山一棵树/和你们根须盘络紧相连"（《告别深山》）。他用小树来表现筑路战士的志愿，让它在黄河岸边，"挽住大风沙和雨雪晨雾"（《小树》），"它们索取得最少/甚至没有一点雨露的滋润/它们献出得最多/甚至自己的影子"（《红柳·沙枣·白茨》），以西北沙漠中撑起一

---

① 李瑛：《对诗的思考》，解放军文艺出版社1991年9月版，第53页。

片小小绿荫的红柳、沙枣、白茨来讴歌在戈壁滩上生活的勇士。显而易见，诗人几乎用较为简单的拿来主义的方法，借物喻人，借"树"来讴歌伟大的战士，不论他们是"与天奋斗，其乐无穷"的农垦战士，还是在"烽火连三月"战场浴血杀敌的热血男儿；无论是防火瞭望塔上的护林员、骑马清点林木的护林民兵，还是"给古老的戈壁以年轻的心灵"的造林远征队。像各种名字的树都是挺拔高大、意气风发、不怕环境艰巨而深深地扎根大地一样，战士们也全都洋溢着爱国主义热情和英雄主义气慨。此外，诸如《酸枣树》、《致一棵被台风吹倒的羊角树》也都是相近主题的诗篇，正如有人所说："在诗人的眼光里，甚至祖国的一草一木，也都为战士的性格所感染。"[1]

一个士兵的歌唱，给人的是一个"大我"的抒情主人公形象，自我形象和树的形象一样显得模糊、粗糙。但随着新时期诗歌审美风范的变化，朦胧诗人群陆续登场，倾向于表现自我的诗风得到认可与张扬。"诗人自我的获得，首先表现在生命意识的觉醒，从先验的观察返回体验的真实，从对生命情感到对健全的人性的真实体验中抒发诗情和诗思。"[2] 生命意识的觉醒是相当重要的，这一点李瑛身上体现得较为具体。他及时调整了自己的抒情范式，自我意识开始渗透、流泄，竟渐渐成为一次突破，树也就成了诗人观照方式内化的一个晴雨表。如果说以前作品中的树强调以直观来理解世界、重于观察物象的话，那么后者更注意了以人的内在维度把握客体，使诗更贴近内心，把诗人的个体存在通过心象来揭示出来。在新的起跑线上，李瑛唱出了属于自己的歌——《我骄傲，我是一棵树》就是这样独树一帜。在这首诗中，李瑛开始不再仅仅关注作为自然界物象的树本身，很大程度上也不再局限于把树和战士捆在一起。换言之，诗人在化心为物的观照中，心灵视点得到了强化而更具有普视性。在物象与心象的融合中，与树相关的事物也一一冒出来，花朵和果实、叶子与根须、树影和鸟声，甚至云彩、旷野、戈壁，甚至记忆与梦想等都与树这一主体意象连接在一起，宛如一幅立体感很强的油画。《我骄傲，我是一棵树》中蕴藏的感情、思想、品格已有一种超

---

① 张光年：《李瑛的诗——序〈红柳集〉》，《李瑛抒情诗选》，人民文学出版社 1983 年 10 月版，第 692 页。

② 姜耕玉：《中国新诗传统现代化的艺术道路》，《文艺研究》1994 年 5 期。

出机制，获得了多重象征旨意——从描述性意象到象征性意象，李瑛站在新的起跑线上。情感体验拉开了与旧我的距离，革命浪漫主义的英雄观让位于人道主义的旗帜，狭隘的人物对应关系被潜意识地打乱重组，视野逐渐走向富于立体性的开阔与深广。这棵长在黄河岸边、长城脚下的树，值得骄傲与自豪之处在何处呢？带着这一疑惑，我们不约而同地发现树身上流动着中华民族传统精神的乳汁，承载着道义。而且，它已经自然地突围出仅仅抵挡自然界的风沙，抵御冰雹雷火的局限。请看："哪里有孩子的哭声，我便走去/用柔嫩的枝条拥抱他们/给他们一只红艳艳的苹果/哪里有老人的呻吟，我便走去/拉着他们黄色的、黑色的、白色的多茧的手/给他们温暖，使他们欢乐。"人格化的树把自己坚强而柔嫩的手伸向苦难的社会，伸向弱势人群。它不仅带给人们温暖和美丽：以星星为环、以云霞为帕，而且即使倒下了，也要让自己尽快的变成煤炭，献给人间"纯洁的光、炽烈的热"。显然，树作为一种赋予了人格精神的象征物，负荷着思想深度和情感力度，负载着社会内涵和时代气息，沉重地撞击着人们的心扉。树与自我、民族形象的合一，内聚着诗人忧时伤世的忧患意识，更张扬着诗人憧憬未来、相信前景光明的诗美体验。他的社会理想更为宽广，对未来的展望也更为美好，更符合千百万普通民众的愿望。

　　这一自我主观化体验发展到后来，进一步趋向内敛，进一步沉潜于生命深处。在拟人化和象征旨归的外衣下，诗人感悟自然的方式，较多地转向哲理化抒情，把历史、生命融洽于诗性自然，赋予它们以理性力量，诗歌的历史感也凸显出来，历史沧桑和现代意识得到了和谐统一。下面再来比较诗人于90年代捕捉到的大西北的胡杨树意象：《胡杨林》和《最后一棵胡杨树》——这些散落在容易被人遗忘的角落的树中苦命者形象，给人们的是除了惊讶，便是震撼："它们/扭曲的经络、残损的神经/它们/痉挛的肌腱、皲裂的皮肤/这群被酷日炼净的灵魂/这群被风暴嚼剩下的躯体/这个庞大的/把痛苦在胸腔/把意志举在头顶的/家族，它们/一滴滴一滴滴咸涩的泪珠/便是结出的/一颗颗一颗颗果子/也许，这是世界上最真实的果子。"（《胡杨林》）这树的意象分明熔铸着诗人对于生活和生命，对于苦涩、庄严和美丽的深沉思考。到了最后一棵胡杨树时，便是一种悲剧性的了，最后一棵胡杨树枯死风漠，但它仍然庄严"活着"，"它以不屈的形象支撑着/地球旋转的轴/山的根和/人的脊骨/它的痛苦照亮了世界的道路"。

相似的情形还很多。如《去看一棵树》，抒发诗人对一棵幼小却坚强的树的赞美和感谢，"像一只鸟/我要到黄土地去/看一棵树/兀立在旱风和黄云之下的/黄土坡上的一棵小树"。《两颗心》写挂在树上的两只果子："两颗果子辉映着生长/两朵花，火一般开放/而树木是诚实的，如阳光。"两只果子很渺小、很轻，"而黑夜是浩瀚的，似海洋"，果子"如两片羽毛/却无法称出它们的重量"，因为"即使被风雨击穿/犹自守一缕芬芳"。果子的坚守，即诗人的坚守，正如诗中所说："静静地挂在那儿/面对面的，在我胸腔/一颗是我的心脏/一颗是诗的心脏。"在坚守和对抗中，抒情主体的生命之光放射出来，灿烂而辉煌。诗人在他所见过的每一种树上，都看见了生命的闪光。其诗也都有一个共同的特点，即歌唱在痛苦和磨难中放出光辉的生命存在之物。

二、游动的精灵：在现实与历史之间

> 每个人便都变成
> 一尾贪食的鱼，向
> 江河的源头
> 火山的源头和
> 荒野的源头游去
> 向历史和生命的源头游去
> 甚至游向还没有名字的混沌的地方
>
> ——《写在乌鲁木齐机场》

> 生命本该永远不息地奔腾
> 如今，它们已失去活力和声音
> 已失去光和柔美
> 一条条身体和思想都已干瘪的鱼
> 僵硬地晾在绳子上
> 风干
>
> ——《生命》

与树这一主体意象不同的是，鱼这一主体意象是李瑛以一个老人的沧桑经历和眼光，在上个世纪末大量发掘的，如在其 80 年代的两本重要、全面的诗选《李瑛抒情诗选》和《李瑛诗选》中就很少找不到鱼的字眼，至于具有象征意蕴的鱼意象就更不用说了。对生命的思考和回归自我的走向，对历史的回顾与对自然社会的重新打量，除了树的拥抱之外，李瑛捕捉到了鱼。该意象经常在诗中来去自由，反映诗人灵感的另一处闪光点。读这些诗，我们可以感受到诗人全身心地投入到大自然的怀抱中去，打破物我阻隔，与小动物交谈；超越时空距离，与遥远的历史对视的审美取向，以及寻觅生命，诠注生命力本真意义的内在动力和机制。

在乌鲁木齐，当飞机降落，从大厅出来，诗人环顾四周，戈壁与候机厅却像卡夫卡的《变形记》所说的一样变得"面目全非"，他意外地看到了"瀚海"，看到了"铁青"的戈壁，展示蓝色的波浪在翻腾的幻境，"候机厅是一座岛"与整个海的取譬吻合无痕，为旅客像鱼的意象营造了一个超越时空的大背景。正如所引的诗行为证，人人都成了"一尾贪食的鱼"，仔细琢磨一下的话，"贪食"一词具有特别含混的意味，既可具体理解为人们长途旅行困乏时饥不择食四散而去的情景，又可以理解人们久居闹市而精神贫乏，倒向茫茫大自然、大戈壁的迫切感受，还可理性地滑向在旅游业的兴旺中背景下，人们寻找源头、寻找历史、寻找生命的"寻根"意识。乌鲁木齐作为古丝绸之路上的一个重量级枢纽，其历史内涵和时空交错感是有特别含义的。在大漠孤烟直中，有人看到了沙狐野马，有人看到了骆驼草的刺、沙枣的枯枝，也就有人看到原始的蹄印和荒无人烟的寂寥……诗人这样写都不是偶然的，其背后有一个生命的情结在暗暗纠缠，有一段历史的情怀在悄悄包孕，以致他观赏风景时不是悄然旁观，而是主动参与、积极投入，像鱼一样潜入山水，在浩瀚的时空中去探寻生命的奥秘，去谛听人类历史深处的缕缕绝响。同样，《生命》一诗围绕晾在绳子上的鱼，浮想连翩：通篇写鱼，或巧妙地略加铺垫，或在对比中形成张力，或在诙谐中咏叹生命，写得很凄凉悲愤。感情之沉郁、意象之精警、手法之老道、反讽之深刻，留给人们的不只是失去生命的震颤。鱼死了，诗人却说"海，对它们已经关上了门"；鱼死了，诗人却看到了它们的梦和思想仍然活着，掷给人们"一道道凝重的投影"。综观全诗，其中第二节的对比手法运用很娴熟，诗句干净有力，沉重中裹挟着拷问灵魂的力量，我们不妨也照录如下："海鸥拍打着强健的翅膀／它们的鳍已经干瘪／波涛涌动着丰满的乳房／它们的鳃已经干瘪／风撩起闪光的水花/它们的尾巴已经干瘪",三组生与死的对比,给人强烈的感官刺激。而且,"波涛"、"风"本是无情物,诗人却偏偏把二者与"海鸥"这大海之魂并列,具有一种反讽性。本是有生命的鱼失去了宝贵的生命,它们不是简单地离开了水,静静地"晾在绳子上"、"悬挂在绳子上"与"阳光在沙滩上燃烧"是否有某种内在的联系呢?显而易见,细心的读者便会发现诗一开头便埋下了潜台词并在最后再一次强调:鱼的生命的剥夺,是人为的行为,那么前面所涉及诗行的意义都被一一颠覆。——尽管阳光如何炙热,尽管海多么无情,生命之门本来是不会关上的啊!

在现实与历史之间,鱼游来又游去;在陆地与江河之间,鱼死去又活来。因为生命不息,我思故我在。"像闪动的绿翡翠/像飞翔的翅膀/像游动的鳍"(《桂林五月》),采用博喻和实景虚写的手法,把桂林山水的迷人表现得形象逼真而又新鲜;"沱沱河里有鱼吗?/那鱼也一定是坚强的","我来看你,如回到故乡/⋯⋯真想跳进河里/便成一尾原始的鱼/随你游去,游向太阳"(《沱沱河》),诗人或赋予鱼以性灵,或人鱼交互,抒发思古之幽情;"我们的船像一条没有鳃的鱼"(《扬子江之恋》),"夜半,我醒来,像一尾鱼/从北方肩漫天大雪游来⋯⋯"(《早春的小雨》),"我在层叠的断壁间/蜿蜒游弋/像一尾沉思的鱼"(《古城游思》),这些诗中全都是以鱼意象来写水、写生命,性情各一,内涵也相差较大。显而易见,这些意象是李瑛心灵化的世界里具有隐喻意味的生命体验的凝定,构成了他晚年诗歌意象激情和哲理燃烧、理智和沉思交融的整体风貌,诗风也趋于表面宁静、肃穆,内心实则沉郁、苍劲的风格。浸濡于大自然中,诗人容易获得如鱼得水的体验,并传递给每个读者,手法之一是常用鱼自比,人鱼难分。其二是诗人或者分开写鱼鳃、鱼鳍、鱼尾,鱼拨水的声音,或者写鱼和水草、水的关系,写鱼化石的生命,写河水中没有鱼的荒诞感,讲究从各个角度切入。以致后来我在读这类诗时,都有一种美丽的错觉,凡写到水的生命时,一定期待鱼的出现。

奇怪的是,鱼意象有时甚至游离着一丝神秘情调。如坐船游漓江,却微观到水中有一条鱼在水草间游来游去,等待着与"我"相遇,"它的眼能望穿我的眼/我的心是它打开的门",看得那么细、那么深,"它站在时间和流水中/娓娓地和我交谈/谈宇宙/谈千古苍茫/谈它所经历的风雨以及/使人震撼的欢乐与痛苦/我知道,在它给予一个/中国古代哲人以启示之后/就向我游来/走了三千年的长途/在这里等我"(《寻找》),那鱼穿越时空从远古游来，又能人鱼深交，带有一种形而上的意味。——精细的微观视角与深邃的历史穿透力，揭示着大自然所蕴涵的不同的深层意蕴。诗人创造的"鱼"是一种兼有象征性和抽象性的意象，既是处于一定的社会生活和历史文化背景之中的人的生命存在的真实本质的显示，又是通过联想方式而约定的代表某一实事或意念的载体。换句话来说，这类意象是以一种隐寓多义的符号方式而存在的，把思想隐藏在具体的物象背后，使得蕴涵意义得到无数倍地再生和扩大。"审美意象是在直接审美感觉中产生的，正是审美感兴决定了审美意象的整体性、真实性、多义性和独创性。"① 李瑛认为，生命是一种力，一种昂扬向上、宁折不弯的力。下面再来看《钓钩的联想》：

玻橱里陈列着陶碗
碗上有鱼的彩绘
小河在村旁

玻橱里陈列着骨钩
锋利的钓钩有倒刺
刮削的石器在河旁

玻橱里陈列着麻线
坚韧的麻线一条条
麻茎草梗在石旁

半坡村的小河水流进了白云
六千年便凝固在玻橱中
玻橱外有酒吧和垂钓园

餐厅的啤酒杯溢出了泡沫
盘子里烧鱼正香
带刺的钓钩和渔线在闪光

半坡人不认识他们的后裔

---

① 叶朗主编：《现代美学体系》，北京大学出版社 1988 年 10 月版，第 114 页。

今天垂钓的人也早已记不起祖先

只有鱼知道它的嘴已痛了六千年

这是一首无意中刺痛并紧紧抓住了我的诗，现在读来都让我忍不住再三品味和斟酌一番。说起《钓钩的联想》，不禁使我回想起与它的瓜葛来，此诗作为《文明之光——半坡村拾叶》组诗中的一首，刊登于 1997 年第 1 期的《诗刊》上。也许是过去习惯于浏览性的阅读各种诗歌杂志，这首诗可谓凌空出世，完全是自然而然地俘虏了一个读者的心。写钓钩却写"只有鱼的嘴已痛了六千年"，六千年之久，多么沉重的漫长，自己一不小心想起这句诗人之言，手就像握着隐隐作痛的无辜的嘴，鱼的嘴遭受了六千年的痛苦，我的嘴却陪着痛了六年。说来连自己也难以令人置信，六年中阅读过的诗作多得难以计数，一首关于鱼的嘴被痛了六千年的诗却根深蒂固地埋在脑海里。——必须承认这带有很强的私人性。不过奇怪的是，据我阅读所及，还没有论者讲它半句是或半句不是。

当我又因研究的需要找到这首诗，把它和它的作者联系在一起时，我仍然对自己的感受丝毫没有怀疑。前面还有一句解释性的句子，不妨也照录下来："半坡人在渔猎中创造了带倒刺的鱼钩，这种钓具与今天相比，只不过由骨制改成金属制造而已。"作为华夏文明的摇篮，我们的祖先半坡人用自己的聪明才智征服自然，创造了人类史上的奇迹，钓具便是一个明证，可是其中蕴藏的关于鱼的命运的哲理思考却令人惊愕。诗的前三节着重于陈述，像讲解员一样一一拿出画有鱼和小河的陶碗、有倒刺的骨钩以及坚韧得让鱼害怕的麻线。顺着思路大家走进厚重的历史遗址，但诗人又轻轻一笔跳荡出来，由历史拉回现实，紧紧地定格在"酒吧和垂钓园"和盘子里香喷喷的"烧鱼"意象上，突出了时间长河中人和鱼的关系。"带刺的钓钩和渔线在闪光"这一句看似率性之笔，实则诗意模糊、含混，它穿梭于时空的隧道，因闪光而像星星般引人注目，因有倒刺而凝聚着人类的智慧而永恒；它呼吸在历史与现实的界面上，说它不偏不倚也行，抱怨它极易滑向哪一极也悉听尊便，反正盘活了所有的意象，使全诗诗意流动起来显得神采奕奕。同时，诗的结构也有了一个自由俯仰的缓和区，缝合了可能产生的裂缝。请允许我再一次不厌其烦地把最后一节照录一回：

半坡人不认识他们的后裔

今天垂钓的人也早已记不起祖先

只有鱼知道它的嘴已痛了六千年

这最后一节是有力结实的，有一种时空的跨越与深沉的历史感相生的境界，气魄宏大、内力深厚，在宏观与微观层面妙合无垠。诗中的悖论是醒目的，哲理含蕴也很纯粹、丰富。半坡人与祖先、后裔与今天垂钓的人并不完全等同，两者的颠倒产生空隙，也产生张力，但两者又都是围绕最后一句点睛之笔而做铺垫的。最后一句诗是全诗的诗眼，看似明白如话，可意蕴却异常繁复，"痛了六千年"够人们琢磨、玩味的了。如果从历史的常识道来，西安半坡文化，是仰韶遗址的一个代表，反映了母系氏族社会和平时期的人类轨迹，其中出土的人面鱼纹彩陶等文物，从一个侧面反映出关于人与鱼的关系，反映人类凭着自己的聪明才智征服自然的历史。另一方面，据考古所知，半坡彩陶上面动物形象和动物纹样多，尤以鱼纹为最，达十余种，传达出生动活泼、淳朴天真的人类童年时期的艺术风貌和审美意识。这些符号，是人类童年时期在刀耕火种的环境下对美的感受。由再现到表现、由写实到符号化，正是一个由内容到形式的积淀过程，也正是美作为"有意味的形式"的原始形成过程，是原始巫术礼仪中具有生殖繁衍的祝福之义的图腾呢！

总而言之，以树和鱼这两个主题意象为核心的意象群，是静与动的对峙，是站立的灵魂与游动的精灵的姻连。同时，作为物象与心象的浑融体，作为现实与历史的指向，两者都有虚实相生的艺术内蕴，也因为诗人把自己的情感、想象、审美寄附于此而趋于多义。它们的频繁出现，再次表明诗人审美习惯和思维方式的稳定性和自觉不自觉的创造超越性，两者的存在，是李瑛发送给世界的名片。

原载《文艺理论与批评》2004 年第 4 期

李瑛诗歌意象艺术略论

颜同林

从意象角度切入李瑛诗歌创作的诗美世界，就离不开对意象这一诗歌本体的打量和限定。什么是意象？目前意象研究的热点和突破何在？李瑛诗歌中意象生成面貌有何独特之处？人们从他的意象立象与建构中有什么启迪？诸如此类的问题自然一一浮出水面，其中有难以言说的困惑与苦涩，也有略窥其中妙理的欢欣与鼓舞。本文无意也不能一一回答以上问题，只是在梳理目前学术界在意象研究上的相关成绩基础上，就李瑛诗歌意象艺术略做回应，既作为例证，也是对意象研究的一些思考。

意象概说与李瑛诗歌意象世界

据阅读所及和个人理解，目前学术界对意象的研究主要集中于三个层面：一是着眼于对其内涵进行界定，或者从英语 image 一词的解读入手，主要立足点是西方诗学的移植，或者从"易""老"谈起，立足于追根溯源，其中既有重复又显得矛盾；二是注重探索意象与相关概念如意境、形象或语象、表象、物象等的甄别与辨析，通过比较研究把握对象；三是暂时搁置对意象内涵与外延界定，而着力阐释意象的性质与功能，或者避重就轻地躲开意象概念分歧，针对诗人个体对象做出自圆其说的理解。可见，总体上对意象这一诗学本体术语而言，人们尚处于众说纷纭的现状之中，这一现状与十几年前对此进行研究所面对的情形似乎仍有一些相似之处。形象一点地说，有关意象的相关概念像一个烫手山芋，既炙手可热，又使人难以囫囵吞枣地宣布自己的胜利。这一切无形中给意象批评者去研究具体诗人诗作设下了路障，伴随着的是接踵而至的迷惑与困乏，以致让人头脑里总是出现时而清醒激奋时而又迷惑难解的尴尬局面。

基于此，笔者自觉回避了纠缠于意象概念本身的争论，只是简单明了地认定意象是情趣与物象的化合，是既强调过程又强调结果的自为之物。情趣与物象相互占有，所占比重不一，两者的关系类似于人类婚姻的多样化状态。显然，值得说明的是这属于理解层面而非概念层面，主要是从理解李瑛诗歌文本和把握研究对象出发而为之，体现出把重心放在重视意象生成面貌和把意象性与意象化作为抒情诗内视点特征之上的一种姿态。

意象内涵的适当界定对理解李瑛数十年来的诗歌意象艺术大有裨益，无异于搭建了一个立足的平台。意象的生成、组合，意象性思维的重要性等诸多问题便可立于此平台之上，同时与诗人"我爱诗，我以经过自己心灵化、意象化处理的语言歌唱"① 的自述遥相呼应。

意象研究方面取得较大进展的一个领域便是它的分类学，研究者从不同的角度出发自然会得到不同的答案，如有人从表现手法、感觉功能、物质属性等角度便划分出不同的类属。② 这里，我们也可以从分类的角度对李瑛诗歌意象略做剖析与把握。首先，我们可以根据意象的功能大小、出现频率等标尺把李瑛诗歌作品中意象的存在类型大致分为两个系列：一是普通意象系列，一是主体意象系列，两者是相互并存、不可或缺的。从肃穆的北大红楼到燃烧的南国疆场，从"多梦的西高原"的戈壁大漠落日到西南的"睡着的山和醒着的河"，从东北的岗哨林海到南海"静静的哨所"……全都是李瑛生活战斗过的大地，自然而然地成为诗歌意象家族的大仓库与大背景。诗心永远年轻的李瑛胸怀祖国，一面摄取祖国母亲大好河山的无限风光，一面用心感受、体验着人生旅途的浸润与馈赠，诗笔如画，既勾勒着现实图景，又编织着理想尺幅，这一点早已为数十年来的众多论者以"诗中有画"的特点所概括。虽然论者们多半以"形象"或"意境"等术语来进行模糊把握与分析，但换一个"意象"概念术语，在多数场合也是适用的。在这一普通意象系列中，有两点值得注意：一是诗人自始至终都把视觉意象放于首位，其突兀、鲜明之感自不待言，这是他乐于观察、勤于观察、长于观察的结果，与

---

① 李瑛：《李瑛近作选·自序》，北京：人民文学出版社 2000 年版。

② 吴晟：《中国意象诗探索》，广州：中山大学出版社 2000 年版。

诗人"乐于观察一些细节"的气质存在着本质的内在联系。二是具有原样性，尽管诗人笔下的诗歌意象及意象群十分庞杂、繁复，或灵动或纤细，或密切或粗疏，但都没有越出既存物象、事象之真，又存地域之实的框架。其次，在这个庞大的意象家族里，我们似乎毫不费力地挑拣出几个露脸特别频繁、承载诗人情思最为丰富、独具主体创作个性魅力的意象，譬如，树、鸟、石头、鱼四个意象，便因不同凡响的情韵与内蕴，一起构筑成了主体意象系列，成为自足性强的主体性存在之物。①

换一个角度，对于以繁复广博见长的意象家族来说，我们似乎还可以从诗人的"观物"、"取象"方式来大致归类。"取象"的大致范畴，即"取象"于现实生活、自然和历史文化等三个领域来进一步分析。李瑛是一个直面现实、生活得比较实在的现实主义诗人，复杂纷繁的现实生活是他诗歌创作的主要源泉，也是提炼诗歌意象的最佳仓库，诗人则像个淘金者，时时披沙拣金地捧出瑰丽的诗篇，这种从客观事象、物象到意象凝聚的过程，体现出诗人鲜明的选择、甄别的诗美感受力。正如杨匡汉在论述其感情投影系统时所指出的那样："李瑛感情投影系统的又一个特征，是作品的'心择'性。也就是说，在他那些独得采声的篇章中，他不是按照生活的原型作机械的、自然主义的摹拟，而是'打碎'生活，重新以自己的'心择'去组合、变形，创造出内心的视觉形象。这样的艺术形象经过诗人感情流水的过滤与积淀，带有浓重的主观情调与色泽。"② 基于这样的化合，意象的"意"与"象"便变得浑然一体、没有距离，如钥匙、墓园、马蹄铁、冬泳、乳名等与日常起居相关之物。又如各种普通人物形象特别是士兵形象，错落有致地从多侧面反映了当下的生活图景，他们始终活跃在李瑛的诗行之中，这对他诗歌主题的表现无疑是最有力的。其次，把自然界存在之物作为诗歌意象材料，表达热爱自然、投身山水的情思，应是中国诗歌的一大传统。山水草木，莫不有性情，情感与这些形式遇合，便有生命意象的丛生，也吻合了生命主题的内在要求。下面从李瑛的两本诗集《多梦的西高原》和《睡着的山和醒着的河》来以管窥豹，洞悉诗中意象与当地自然物相贴近而呈现出一种偏于客观物象层面的"亚意象"特点：前者如西高原那荒无人迹的茫茫戈

---

① 颜同林：《站立的灵魂与游动的精灵》，《文艺理论与批评》2004 年第 4 期。
② 杨匡汉：《李瑛的感情投影系统》，《文艺研究》1984 年第 2 期。

壁、皑皑雪峰，如山巅岩石上的羚羊、雪谷飞翔的鹰鸟、荒滩上的蜥蜴，如荒原的小红柿、沙蒿、胡杨林……呈现于笔尖的是一幅幅西部所特有的地理形貌与动植物相映衬的自然景观；后者如云遮雾掩的漓江、象鼻山、竹排、渔火……红土地上的怒江、大峡谷、大青树、野牛角……无不呈现出当地的风貌，体现出再现性和直接性的审美特点，给人身临其境之感，"他的较为细致的艺术感受能力，以及对中外诗歌的较多了解，构成了一种'优势'，使对客观事象的写实性描绘，获得间隔的提升"。① 正因为这种"优势"，李瑛能在写实与提升两方面处理得比较得心应手，使得其诗大多内容丰富、意蕴厚实。再次，取象于历史文化的遗迹，既承思古之幽情，又返观现实，它们更多的是高原的古城驼铃、黄土地上的陶片壁画、烽火中呼吸着的纤道塔碑……诗人或一次次踏上荒凉为基调的西部之旅，或重走曾经生死与共的革命老区之途，均带有一种踏入历史文化积淀的时空背景中去的感受。诗人仿佛像一位历史老人和哲人一样在寥廓的时空背景下与故去的先烈默坐，跟千年的历史对话，其间时间之箭的严酷、平凡生命的伟大，渐渐搁放在心头，成为挥之不去的创作源泉。同时我们也会发现，李瑛众多的诗集中绝少出现变异荒诞、神话色彩浓郁的意象和意象群，显然从反面又印证了诗人忠实于心灵真实的创作观之坚韧，立足现实人生的审美观之厚实。

从意象生成到意象建构

从意象的生成到意象的建构都涉及到意象之间的结构问题。诗的本体结构的美学本质是体验结构，它遵循体验逻辑，皈依体验规范。一般的诗都具有意象，体验结构说是意象与意象之间的连接方式。意象作为诗艺营构的主要材料，在结构上倾向于追求意象的密度与有序性。意象之间的组合是有一定的艺术规律可循的，像建筑大师一样，诗人在审美内驱力的调遣下，凭着艺术禀赋，按照一定的审美准则组合、转换，最终营构一系列超越时空的艺术画面，建成瑰丽多姿的多层次的审美空间。因此，在对意象作整体的观照和艺术把握后，自然引导我们潜入意象构成的深层奥秘之地，以揭开意象营构的诗美真谛。通过解读，我们发现李瑛诗歌中意象的组合方式，主要以对

① 洪子诚：《中国当代文学史》，北京大学出版社 1999 年 8 月版，第 73 页。

喻寄托型、中心意象型和群体意象型三大建构为代表。

其一，对喻寄托型。此意象组合一般以自然之物起兴，再由物及人，暗含寄托之义。从意象上看，大都由一自然物象与一人物形象对称性地支撑全诗，以对喻、映衬的形式突出主题，再顺理成章地归结为对人物意象的颂扬。这些诗歌的普遍特点是在意象经营上，先言其他，先物后人，在两意象之间找到一个相通的支点，再把主题定到人物身上。这种方式对于李瑛而言，是非常熟悉在行的。随便找出一首诗来看此类意象建构，如《哨所鸡啼》，这首诗可以说是李瑛的代表作。全诗一共五节，其中前四节都是以报晓的雄鸡为意象的，诗人用夸张的手法，写出了雄鸡雄伟、豪迈的本色，如第四节："看它昂立在群山之上/拍一拍翅膀，引颈高唱/牵一线阳光在边境降临/霎时便染红了万里江山。"诗中群山、太阳、雄鸡三个意象相互对比，歌咏雄鸡的基调较为明显，除了其余诗节中"港湾"、"哨所"、"边境"等词语还提醒读者似乎并不限于此之外，咏赞雄鸡的基调在前四节诗中一直是贯通的，直到最后一段才来了一个一百八十度的大拐弯："莫非是学习了战士的性格/所以才如此豪迈/只因为它是战士的伙伴，所以才唱出了士兵的情感！"以四节的篇幅来对比一节的篇幅，以大段的描述来对应一处人为的议论，全诗歌颂战士的主题于是呈现出来了。相比之下，雄鸡与战士作为该诗的两个主要意象，它们似有更多的精神上的重叠处。至于战士的长相、年龄、神态、仪容等诸方面如何，则未予展开，诗人看重的是两个意象之间的互换性，给人一种言此意彼的意象错觉。此类诗的意象建构类型，差不多是李瑛作为战士诗人一以贯之的模式，诗人或以树、鸟、小路起兴，或由小溪、白杨、哨口、山峦等开头；或作为题目，或作为全诗主要描述范畴，但用意几乎全都不在它们身上。按起承转合的结构来看，重心在后面，重在"转合"上，这样的诗，总有所寄托种寄托性象喻，且借以比拟英勇善战的战士为最。

其二，中心意象型。即一首诗或一个意象群以一个意象为中心，统一贯穿其他次意象。中心意象是主脉，往往是感情、思想的主要载体，其他意象由中心意象派生出来，本身有一定的独立性，只起补充作用。这一意象组合类型，故又有人称之为"辐辏式意象"或"辐射式意象"。其思维方式是发散式思维或聚合式思维，有利于围绕一点，让审美主体能动性与创造性充分活跃起来，从各种角度出发，进行或正向或逆向、或平面或立体的多向思维。同一主题经过分散而又集中处理，能加强诗美的内在审美力量。显而易见，这种意象群的处理与思维方式正是李瑛生发诗思和予以总结的拿手好戏，这也是李瑛诗歌数量上得去而普遍具有较高水平的原因之一。在这类型里，诗篇的题目很多就相当于中心意象，再组织一些次要的意象加以衬托，从而达到言志抒情的目的。如以树意象为中心意象的诗《树根礼赞》、《春天的树》、《野酸枣树》、《杏花》、《骆驼刺：一个低回的旋律》、《塔松林》等，以鱼意象为中心意象的诗如《一尾鱼的遐想》、《早春的小雨》、《寻找》、《沱沱河》、《驼铃》，以石头意象为中心意象的诗如《响石》、《过红卫兵墓》、《碑》，以鸟意象为中心意象为诗如《燕鸣壁》、《祁连山之鹰》、《在鸬鹚岛》、《生命的美丽》、《欢乐的生命》等便很典型。在非详解的情况下，我们试细致地分析一首，剖析李瑛在这方面的基本手法，下面录有《逆风飞行的鸟》全文：

> 不是树叶
> 是一只褐色的鸟
> 在枯寂的荒原上空
> 逆风飞行
>
> 在狂怒的风暴里
> 几乎摔落地面
> 忽又猛地飞升
> 蜷缩的腿爪在奋力蹬动
> 从它几乎被撕裂的翅膀
> 我听见艰难的喘息和苦痛
> 但它仍挣扎着奋力搏击
> 无畏地向前飞行
>
> 是一把火在浪里燃烧
> 是一朵花开在空中
> 生活里有数不尽的风雨
> 世界才因你而生动

> 祁连山下那只逆风飞行的鸟
>
> 是我见过的最美的一只

诗人聚焦于一只"逆风飞行的鸟",即以鸟意象为全诗的中心主旨:"褐色"指从色彩上辨别,"逆风飞行"指从状态上框定,"最美的一只"则是从审美情感上予以把握。显然这是一个成熟的意象,"一方面有质上的充实,质上的凝定,另一方面又必须有量上的广阔伸展、意义的无限引伸"。①但鸟意象却凸显出来异端的情调,带给人强烈、锐利的美感撞击。因为诗人擅长于营造一种客观环境,将弱小生命置于险恶之境,形成一种力量悬殊甚大的对比冲突。在这样的环境下,处于劣势的生命往往是纤弱的,但它的精神力量却偏向于以弱胜强。换言之,诗人像摄像似的抓拍到了富有包孕性的一刻,从而给读者以震撼与心悸之感。这一点也曾有论者予以指出:"注意捕捉具有强烈冲突的瞬间,从而创造出富有张力的意象。"②

再来看《一月的哀思》的意象艺术。对此名作许多论者多从思想艺术、时代背景等角度深入阐述,因此本文这里不再重复。我们认为《一月的哀思》在意象处理上也是独出心裁的,体现在围绕中心意象"灵车"和呈现与此相关的意象流来安排结构、组织材料、抒发感情。首先,从"灵车"这个中心意象延拓开来,诗人展开了两条具有对照性的意象链条,一条是由白花、黑纱、花圈、暮霭、烟云、挽幛等意象组成的冷色调意象链条,借此渲染一种庄严、肃穆、凝重的送葬氛围与悲剧情调;另一条是由红旗、如血残阳、像章、朝阳等组成的暖色调意象链条,来暗示总理一生的功勋,表达冲破阴霾的希望,等等。其次,"灵车"作为全诗的中心意象,在组织结构上也宛如一个巨大的能量场,作为十里长街为总理送灵的焦点,它糅合了生与死、爱与恨的复杂情感,其中重复了四次的"车队像一条河/缓缓地流在深冬的风里……"与反复了八次的"呵,此刻,灵车/正经过十里长街/向西、向西……"这两个诗节,本质上就是"灵车"意象的另一种呈现,从而使全诗的感情之流进一步向前突奔,哀思与缅怀的基调也愈加浓郁,具有一唱三叹、挥之不去的悲剧意蕴。从这里也可以看出李瑛的政治抒情诗,几乎沿袭

---

① 参照糅合了陈植锷的观点,但属本人杜撰,姑且用之。陈植锷《诗歌意象论》第五章《意象的组合(下)》,北京:中国社会科学出版社 1990 年 8 月版,第 89—126 页。

② 唐湜:《新意象集》,北京:生活·读书·新知三联书店 1990 年版,第 12 页。

了他擅长意象化抒情的优势。

　　其三，群体意象型。意象之间处于平等的地位，它们或并列或对比或叠映，来表达复杂的情思。这是一个由点到面、由表及里的过程，"在意象思维中，思维的基本材料是意象，人运用思维能力（最基本的分析、综合的能力），使意象和意象不断结合，简单意象综合为复杂意象，单一意象综合为复合意象，初级意象综合为高级意象"。① 与对喻寄托型、中心意象型一样，群体意象型也是李瑛具有个人化优势的意象群构筑范式。饶有意味的是，这一意象群与以上两类意象群构成了李瑛创作生涯中意象建构的三大范式，绝大部分诗篇都可见这三大范式的影子。我们认为李瑛对排比、铺陈手法的娴熟运用，使得其群体意象型得以大面积存在，其中有两个方向的发展：一是同一性并列，一是对照性并置。前者主要表现思维的线性展开，联想丰富，诗篇的思想内涵广泛，显现为一种观察细腻、注重细节的诗风，如对岁月的反复追问、定格与随物赋形（《岁月》），描绘三场雪中城市不同的格调与情趣的画面（《一个城市的雪》），通过极度浓缩人生三个年龄段的三幅画面，表达对人生深处距离的存在（《距离》），以及由餐桌上的鱼骨所进行的自由联想（《我望着你》）和对幸福的不同理解所凭附的不同情境（《幸福》），诸如此类诗作，都有充分的体现。相对于前者而言，对照性并置便于展开鲜明的对比，在相辅相成的辩证关系中展示一种思辨能力，如《流星》一诗中最后一诗节的多重意象并置，《风雨雕》整体上两个诗节之间的对照，以及诗行里两种处境的对比，就鲜明地反映了这一特点。

　　当下诗坛的式微并不意味着对精神家园呵护的丧失，反意象的浪头也不意味着对诗歌意象美的颠覆。谢冕曾经断言："一个完整的诗歌太阳已经破碎，随之出现的是成千上万由碎片构成的太阳。它们旋转，且闪闪发光。在这个天宇里，有的星体是长久发光的恒星，有的星体的使命只是在天边划出一道匆匆的蓝色的弧线。"柳荫在祝贺《诗歌报》创刊十周年写的《行星的光焰》里，用诗行也表达了相似的见解："今夜的行星多么美丽／舞蹈在辽阔的星空／我们互听彼此燃烧的声响／在时光的变幻中多少星辰已经陨落／又有多少已经黯淡了光芒／唯有我们还在执著地飞翔旋转。"李瑛半个多世纪以

---

　　① 耿建华：《崇高美的追求与呼唤——评〈生命是一片叶子〉》，《作家报》1996 年 8 月 31 日。

来，刻意经营自己的诗歌意象空间，赢得了作为一颗破碎后仍完形的小太阳，抑或一颗还在执着地飞翔旋转的行星的独特光芒。也就是说，对于当代新诗史乃至 20 世纪中国文学思潮而言，诗人李瑛以一个 60 余年时间跨度的诗人身份，以及几乎没有间歇地创作 50 多本诗集的审美意象存在，成为当下一个具有参照系价值，并兼具文本与文化意义的诗学现象。

原载《钦州师范高等专科学校学报》2006 年第 2 期

李瑛诗歌创作简论

杨远宏

　　作为当代中国诗歌史不可忽略的著名诗人，李瑛旺盛的创作势头和开放而有节制（或称受制也可以）、有选择（或称主体定势也可以）的创造活力，以及迄至 2000 年为止 46 部诗集的出版量，在老诗人中寥若晨星而十分难得，尤其是后者，甚至在当代中国诗坛也是绝无仅有的，这绝非一声勤奋的惊叹就可涵括。正如 1998 年，李瑛在第四届国际华人诗歌笔会开幕式上所言："我爱诗，我把我的全部生命都交给它，我知道，我的生命一部分已经衰老，但是另一部分还将诞生……诗可以创造新生命。"诗歌简直就是李瑛的呼吸、血流和如影随形的宿命，是诗人存在的依据和不断再生的流程。这在一个物欲和物质速度高热疯狂，文化/精神鄙俗低迷的时代听来，几乎就是幌若隔世的痴人梦呓，但是李瑛执迷不悟，他坚信："尽管物欲诱惑和金钱梦想几乎把'诗'挤到一个十分偏狭的角落，但它绝不会死去……在人类文明和文学精神中，它始终占有最高和最显赫的位置。"这是智者深长的眼光和清醒，也是诗歌信徒暮鼓晨钟的修炼、持守和信仰。

　　但是，清醒与昏蒙，有时仅是一门之隔，门轴转动，就是视线的偏移甚至折断；而信仰与迷误，有时简直就是同义语，误将会场或广场当经堂，而拜错了神灵的闹剧、喜剧，在我们的文化/意识形态史并不少见。李瑛的诗歌写作长路，当然没有过如此严峻、如此沉重的反差和喜剧色彩，正相反，可以从局部衔接、细节通达和宏观角度看，李瑛的诗歌理念和语言、意象样态，在流程、向度上，几乎是一以贯之、无所偏迷的。可是，在一个社会和艺术都急剧改革开放的时代，浅俗或深刻的变化，都不可规避地在社会和艺术中发生了。在《李瑛近作选》自序中，诗人认定："从 1979 年到 1999

年这 20 年间……在自己的探索和实践中，许多方面已有较大变化和发展。"那么，在怎样探索和实践？为什么要或者会有这些探索和实践？有什么较大变化和发展？为什么要或者会有这些变化和发展？对李瑛作为当代中国诗歌史上有着广泛、强烈、深远影响的诗人的追问和思考，可能就不仅是一种个案细读和深读，甚至还同时是对一个诗歌时代与社会理念的反思与提示，是经过审美与意识形态精选、"洁化"处理的时代画卷的飘展。

诚如洪子诚、刘登翰先生在《中国当代新诗史》中指出的那样，李瑛初期的作品，"表现了一个年轻热情的生命，在历史转折的时期，对于旧世界的诅咒和对新时代的希望；在他的抒情中，涌动着鲜明的时代感奋和强烈的政治意识"。这几乎是与李瑛同代诗人的共享语境、诗境和须眉酷似的诗意肖像，这基本上约定了诗人李瑛延伸至今的诗学理念和方向。但从 70 年代末以来，"强烈的政治意识"被代之以良知、道义和人道主义、人文情怀的开明和包容而淡化。洪、刘二先生还认为，李瑛初期的作品，"诗的象征意味和所包含的哲理内涵，反映出李瑛在学生时代有过的艺术借鉴和艺术训练"。也正是这种深厚、开放的艺术资质、素养、借鉴和训练，使李瑛哪怕在同一嗓门同调同式、大轰大叫的 50 年代中后期，也发挥了他"自己的较细致的艺术感受力和对中外诗歌较为广泛的借鉴的长处，注意在对客观事物的具象描绘中，增加主观情绪的投入……努力在建立一种精致、单纯、和谐而又意旨确定鲜明的'风格'"，而成了一位独树一帜的、风格化的诗人。同时也正是这一切，潜在地蕴涵、根性地预示了李瑛新时期写作于相对不变中求变，以变更新、充实、丰富不变的创造活力的可能。

新时期以前李瑛的大部分诗歌，大约可以提炼出士兵、火热、花朵（多数时候是红花，一定程度上是火热的一种物象）和祖国等四个词根或基本语象。在此，士兵、火热、花朵、祖国，既是诗人刻骨铭心地叙事、抒情的对象，也是诗人心潮起伏的诗意情怀。诗集《天安门上的红灯》、《颂歌》、《花的原野》、《红柳集》、《献给火的年代》、《红花满山》、《北疆红似火》等等，即是此类表现对象和诗意情怀的版本提示。此类写作，尽管也有李瑛个人风格化的修辞和审美处理，然而在当时诗歌资源褊狭、匮乏和意识形态社会/群体普泛化制约与策动下，优秀如李瑛，也被驱、浸染难逃地将个人风格、鬼使神差、随波逐流地流入了因其群体性、普泛化，而实质是反（个人）抒情的"当时流行的社会观念、社会情绪的形象性展示"（以上引文均见洪、刘著《中国当代新诗史》，下同）的时代协奏和国家版图。同是因此，诗人也未能将他的诗歌主题置于"普遍性的人类问题"的高度，和"人类历史、人类面临的生活处境"深长而辽阔的背景下来打量、体察和思考，而主要的表现为一位族群、国别诗人的某种褊狭和轻浅，于是，"主题和表现方法的一再重复"，也就在所难免。

这当然并非对作为诗人的李瑛一人更可创造性贡献，可以更深广写作的惋惜和慨叹。试想想，在那样的时代，又有哪位诗人是独立自足地发出自己独特的个人的声音的呢？问题是，有深厚艺术资质和素养，有着自觉而较强的审美意识和诉求，优秀如李瑛尚且如此，可见，意识形态的集体无意识制动和催化，在一整片整体喧哗、淹没而没有个人根基的土地上，对诗歌/艺术的整体性伤害，真是无孔也入、无缝也插针的轻易和利害！即便以诗歌的名义，那样的时代也该万劫不复地结束了。

契机、生机与富于创造的活力、变化终于到来。改革开放社会相对的宽松和许可，惊世骇俗、追新逐奇、地震般激进强势的艺术探索和创新，使有着深厚艺术素养和深长艺术眼光的李瑛，仍能沉潜大器地处变不惊，阵脚不乱地羽扇纶巾，在诗歌的幕帐里运筹帷幄；但是，敏感开放的胸襟、艺术创造意识和不懈进取的诗歌抱负，仍使李瑛在"人学"和美学"洁癖"的深思熟虑中，有了与之相应的探索和新变，而令整个中国诗坛刮目相看。

依题材对象与区划的不同，诗人将他从 1979 年到 1999 年 20 年间的《李瑛近作选》，编为宽泛地即景即兴的《想家的石头》，主要表现陕西、西藏、甘肃、新疆等西部风情的《沙蒿》，主要表现湖北、湖南、江西、广东、云南等南方情思的《细雨》，与表现国际题材的《和平是一棵树》等四卷。在所有这些题材中，除了对自然景观的陶醉和咏叹，对历史的凭吊和沉思，对世界友谊与和平的渴望和祝愿得以延伸、接续而外，那经反复刻画和讴歌，而格外光彩夺目的士兵抒情形象，却在诗人的题材疆域里悄悄地淡化甚而是淡出了，至多，只是在挂在墙上的《一只马蹄铁》，和遗落的《弹壳》等极少诗篇、极不起眼的角落里，作与士兵相关的、怀旧的呼啸和嘶鸣了。

这是一种耐人寻味的淡出和变化。

这当然与诗人军人身份，和经济建设大潮中战争意识的淡化有关，但更重要的恐怕还是诗人主体意识的深层次变化和位移。简单而直截了当地说，在这种主体意识的深层次变化和位移中，普通的、普遍的作为生命、生存状态的人的形象，更为得到诗人的关注而日益凸显。而只作为生命、生存状态之一种的，负有特定职责和使命的士兵形象，也只是对生命、生存的一种特定见证和担当，因而在生命、生存层面上对人的思考和表现，也往往虽然重要而不可或缺，但一般并不具有普遍性和超越性。而且，在诗人以往对士兵形象的刻画和讴歌中，也更多或最终将他的浓墨重彩和丰茂声情，落在士兵特定职责和庄严使命的身份、角色处。军装和刺刀的渲染，遮蔽了鲜活复杂的生命和生存。由此，士兵形象在李瑛诗歌题材中的淡出，就不仅可以理解；对诗人而言，就更是一种对人的思考与表现的开放和超越了。

仔细研究一下《一只马蹄铁》和《弹壳》是意味深长、发人深思的，尽管诗人由那只马蹄铁"想起崎岖的山路……/想起火光映红的河水……/想起枪声和炮声"，想起"嘶鸣着向前冲去"的、诗人戎马倥偬的岁月，尽管诗人也有充分的理由继续认定："那是需要树枝和草叶伪装的年代/只有血/只有坚硬的蹄钉和铁掌/在生活里多么真实"，而那只马蹄铁也"是我所有书中最深刻的一本/……迸出的火星/至今不灭"，但毕竟而今，"嗒嗒嗒的蹄声远去"，只是作为"一只磨薄的生锈的马蹄铁/静静地挂在我的书房里"。而"当父亲们的食指勾动扳机的刹那/风雨中，便开出一朵红花/震颤了河山，使粮食在艰难中成熟"的，那只在"锻造旗帜上的星星之前/所必须锻造的东西"的弹壳，如今毕竟"锈蚀"入土而"被岁月藏在门后"。孩子们虽然捡起的是个"风景般的世界"，然而他们只是"惊奇"地把它"当成玩具"而"吹响"。不变而变，变了变了！不变的是刻骨铭心、魂牵梦萦的战士情结，变了的是对这种情结怀旧中，时过境迁的当下打量、映照、叹喟、撩拨、遐思等等，有远比简单的战士情结更为复杂、多层次的当下现实感和语境感。

极而言之，这让我想起某些专写某类题材或某类行业，曾经风光一时的"某（题材）诗歌"、"某（行业）诗歌"与"某（题材）诗人"、"某（行业）诗人"。在此类写作中，题材、行业的"着装款式"制服化，抒情的基调趋同化，从诗歌流水线上下载的产品，当然合乎部颁标准而皆大欢喜。但是，题材、行业着装的夸饰和大一统，蒙蔽了服饰之下生活的复杂、丰富和奥秘；抒情基调的趋同，专断地简缩了高音区尖音下，真实常态的心跳和脉动，最终成为某个时代挂在诗歌枯树上飘零的题材、行业诗歌标签。如此的题材、行业寄生性写作，如果抽掉其依托的寄生体，试问，又能剩下多少人学和诗学的东西呢？

我们已经谈到李瑛诗歌士兵形象的淡出与生命形象的凸显，诗人有一首诗就叫《生命》："阳光在沙滩上燃烧/一条条鱼静静地晾在绳子上/海，对它们已经关上了门/……它们大张的嘴/要哭，已经失声/一双双眼仍然大睁着/只最后的一滴泪/在眼角凝成一粒闪光的盐/冷冷地照着这个世界。"这是一幅生命死灭静寂的静物画。那根晾绳当然是阳光下让生命悬空的绞索，而我更乐意将它看作是生命与生存、生活大海之间的测度和管道，"生命本该永远不息地奔腾"。此等奔腾当然应在生存、生活的波峰浪谷之中，而并不只是生命载体的闲适逍遥或健身运动。生命与生存、生活之间，或许只是咫尺之遥，只是一段绳子，但其间的阻断，即是两个世界。有意思的是，"阳光"也参与了对"干鱼"的谋杀，这让人深思：阳光并不总是生命的热能和照亮，它有时也是生命的灼伤和蒸发。

在《寄居蟹》中，诗人发现了"在充满掠夺的世界/称呼虾或者蟹并不重要"，发现了"生活就是这样残酷与真实"。如果诗人仅仅停留在对寄居蟹的受制、依附、屈辱的思考上，并无新意和真正的发现；进而言之"单靠躲避不够/必须准备自己的钳子"的清醒，才是在哪怕是被动的卑微下，注入了主动强劲的睿智韬光了。

不错，《灰烬》依然是一堆生命的死寂，但诗人以他对生命无所不在的热爱和透彻理解，从死灭的无声黯淡中，看到了生命的不息之"火，像太阳的光芒/像灿烂的花朵"，在"熊熊燃烧"，听到了生命强音："在阔笑中/……迸裂炸响"，理解、体验了从生到死生命的"热烈、疯狂和恐怖"，几乎是全程的"惊心动魄"。如果"没有什么比它更纯净"，指的是灰烬而不是火光，这就真是"诗有别趣"、"诗有别材"而非关成规"书"、"理"的新鲜了。

《流星》又是生命的死灭，只是那"一闪"的瞬间来得更突兀、果决、更快罢了。被诗人反复书写的流星，往往坠落为诗人人生苦短、才华骤逝的声声咏叹。而李瑛却在这声声咏叹的老调坠落中抬起头来，看到的是"一个赤裸的透明的生命/一只疾飞的鸟/一滴滑下的冷露/一朵雏菊/一个闪着金色眸子的清纯的圣女"。从一个流星意象到多个纯美、晶莹剔透意象魔幻般延伸转化，既是李瑛诗歌技艺的精致娴熟，也翻出了"为维护自己的尊严/更理解生命的本质"的流星的"她"，"比谁都清醒"的、义无反顾的新意。

与《生命》不同，同是写鱼，从《我望着你》中的"一架鱼骨"上，诗人精细入微地看到了插"在酒杯和世界之间"，也即插在喧哗短暂的生活筵宴与无声恒长的时空之间，那"静静地闪光"、"比针更锋利"的"一根根坚硬的刺"。这刺在低处可刺破生活浅表的皮肤，在高处可刺透存在高深的苍空。如此说来，那根根鱼刺，就兼有了形而下的情意质地和形而上的哲思光芒了。

而《巢》，并非通常的温馨家园感的重现："它们深深懂得/只有在万丈云空/才能望穿千寻海壑/当冬天树叶落尽/它们简陋的巢，就是/大树最美的花朵//所有天空的路都属于它们/所有四海不眠的星星都属于它们。"这是一幅高远辽阔，而又具象实景的生命家园泼墨大写意，与精细工笔彩绘的完美结合；以家园的名义发布的炉灶炊火的有根生存，和星星天路的无限哲思。前者是对后者花朵般经验世俗的对象化，后者是对前者超验遐想的高迈超越。

从"黑夜般古老的歌/黎明般年轻的歌"的《摇篮曲》，到"生活没有冷却/鲜花仍将开放/疯长的青草/总是很认真地/用最后几滴血，滋润着/碑的根和时间的心脏"的《墓园》，生命所至，死亡退却。到处都"没有死亡"，甚至连墓园也没有，到处都是生生不息的生命。墓园里的死亡如果也是死亡，那也只是生命喧闹之后抛丢的一片"寂静"；在这"寂静"中，那"永不干涸的泪滴"，又在生长"像遥远处点点明灭的"、生命不息的"灯光"。在《清明》一诗里，生与死几乎就是一门之隔的穿梭叩访："这一天，揭开隐痛和伤口的人几乎死去/而死去的人都将回到家里/使生存和死亡的界限/变得模糊。"说不说得清"这一天，一半是真、一半是梦"并不重要，重要的是诗人对"这一天，一半是真、一半是梦"的有关生命与死亡的隔纸奇思和发现，甚至是历史——历史的死亡，死亡的历史——只要它一旦"安静下来"，虽然"便和/茶渍、烟蒂、果核、糖纸一样"，成为死亡的抛丢物，但只要"拨开""埋在灰烬深处"的死亡历史，诗人便惊奇、还魂地看见了"它们生命的亮度"（《假如窗外有雨》）。意外而有趣的是，诗人这里所写的本是庄重肃穆的"历史"，却与"茶渍、烟蒂、果核、糖纸"等生活/生存的卑微琐屑，陈列、粘连在一起，这到底是诗人的生活/生存的历史观？还是历史的生活/生存观？亦或二者兼而有之？

我还必须提到《饥饿的孩子们的眼睛》、《我的另一个祖国》与《塔尔寺的黄昏》。"在深深的乌蒙峡谷里"，在"犹如一堆风卷的枯叶/犹如史前部落的遗址"的村庄，甚至从"滚下的石头"、"摇曳的野草"、"芜杂的树枝"上，诗人看到了孩子们一双双"惨白的饥饿"的眼睛，看到了"贫穷和哑默深不可测"的一个老人"两只浑浊的眼睛"。从睁开到永远闭上，在这些与我们有着同等渴望和生命的眼睛里，也许除了荒山野岭，什么都没有；什么都没有，却憨厚地留有比瞳仁还清澈深藏的、对"这荒山冻云的祖国"的"信任"！这一切令诗人"心头的血一直滴落"。即使"世间所有的东西都会消失/只有这比潭水更深、比星星更亮、比火更单纯"的孩子们的那位老人的眼睛，在诗人的眼中"不会消失"。在这里的"另一个祖国"之上火红招展的那一个祖国，诗人过去挥霍了太多甚至过剩的色彩和乐音。此时此处对这"另一个祖国"撕心裂肺的触动，表征了诗人诚实淳朴、珍贵难得的人道良知。在此，重要的不是李瑛写作学视线的调整，而是人性、人学眼光的开阔和深化。一味地颂歌庆典，往往只是艺术皮肤的彩旗飘拂，只有呕心泣血的震颤和痛感，才可能开出生命与艺术的深度和光芒。而那些颂歌庆典所依托、吹奏的时代，一旦成为过时的腐臭或阴魂，在哀典或诅咒中，颂歌庆典也随之成为速降的半旗或灵幡。在《塔尔寺的黄昏》的"金顶下"，诗人感到了"渗进石头和青铜/穿过时空，直达/一个遥远的世界，聆听/人类灵魂深处的/倾诉和絮语"的"一种信念/一种力量/一种精神"。此种对灵魂和人类超历史、超时空的终极关怀，对一直以唯物主义为其哲学理念的李瑛，其炫目和启示录意味，绝不亚于另一座"金顶"，在李瑛写作背景上的矗立。中国诗人、作家，因其历史——文化传统与现实语境的世俗、功利化即时性制导，一般没有开阔、深远、笃信的人类情怀和宗教感。瞬时、现实的超荷重量，把他们斩钉截铁地、牢牢地拖入世俗、功利的脚窝，而缺少信念和精神不可摧折的照临和超越。这是中国诗人、作家难以呼应、增质人类精神和世界文明，难以伟大的致命原因，我相信李瑛对此会有觉悟和同感。

感怀、凭吊历史，是李瑛又一个动人心魄、引人注目的写作向度，无论是《长城日出》的轰轰烈烈、雄浑悲壮，《卧马》忠诚、嘶鸣的历史符号，《石壕村》破败、凄苦、荒凉的叙事，还是《过汨罗江怀屈原》的忧愤沉哀，《故宫的青草》冷清哀怨的点染，都交织着诗人深远洞悉的历史重现感，与意味绵长、破土而出的历史在现实中绽出的在场感。其中，"弓箭、长矛和马嘶/······埋进离离荒草/营养草籽和传说"（《长城日出》），"这马就蹀卧在渭北高原/这故事就悬挂在高原上随处可见的/铁枝横空的野酸枣树的枝子上"(《卧马》),"杜甫的眼睛钉子般盯着我/……他那颗憔悴的心/仍在村口迎风跳动"(《石壕村》)等诗句,就是这种重现感和在场感鲜活灵动的形象表达。

经验表明,历史题材诗歌写作,往往从大处落墨,空泛、夸张、发酵膨胀的大写意、大抒情、大气魄的俗套有余,而对构成历史肌理、呼吸的细部点染,与精雕细刻的处理,严重不足。诗歌在此,成了历史巨钟下,与历史一样循环往复的吊摆。对此,李瑛有一种诗人创造的艺术自明和警觉。在金碧辉煌、气势恢弘、风云起伏,被诗人有意淡化的故宫,李瑛发现和处理的是"一丝鹅黄、一线碧绿/睁开眼,稚气地——/在探望还是寻找"的,"从残雪融化的青砖缝中"钻出来的"一株鲜嫩的小草"。从故宫的巍峨、老谋深算,与小草的卑微、稚嫩纯真的巨大落差中,诗人看到了皇权的衰朽和历史的虚妄,精细、审美、创新地处理了"不朽的只有人民、只有艺术",与"生命在呼啸"的,并不新鲜的主题而不落俗套,也不失其历史观的大视野而不流于空泛。

《过汨罗江怀屈原》一诗,虽然短但它却是李瑛诗歌艺术的极品,值得全引——

> 瘦得如一棵兰草
> 只剩一把高翘的胡子
>
> 把世界装进陶罐
> 抱着它,纵身跃进波涛里
>
> 忧愤和痛苦像烧红的铸件
> 煮沸大江,腾起嗤嗤水气
>
> 燃烧的波涛站在凄清冷月里
> 苦难中,谁能找到丢失的钥匙
>
> 缠在苇丛,埋进沙洲,空留下
> 一百八十个谜锈在烟云里

　　请你回答，请你回答

　　两千五百年，盼一句好诗

　　沉江背后刀光剑影、奸谋机诈的大背景完全降落，而留下人物历史化情节，与肖像的背景化历史的大空白。此处的大空白，既是历史对它的人物不负责任、随心所欲的作弄和丢弃，也是历史对它自身不负责任、改头换面的躲闪和整容，同时还给读者留下了巨大的与人物互动、索隐钩沉的想象、沉思空间。诗人转而把他如金的笔墨，极简洁而又精确、工细地集中在人物肖像、波涛、冷月等形象刻画上，做到画龙点睛。两行一节如履薄冰的循规蹈距，也正像三闾大夫因受阻步履维艰，步步悲愤沉重地走向死亡之江的结构象征。这首小诗是李瑛诗歌精致、纯粹、鲜活的范本，如果有什么白璧微瑕，依我看，将"燃烧的波涛站在凄清冷月里"一句，改为"凄清冷月站在燃烧的波涛上"可能更准确、更有历史感。因为短暂可变的是波涛燃烧的历史时间，不变的是冷月凄清的恒长自然时空；不是历史时间对自然时空的剥夺和据持，而是自然时空对历史时间的打量和照临。

　　我还应该提到，即使像《长城日出》那样恢弘磅礴的大写意、大抒情，诗人也不忘"从冷苍石壁的苔藓上／从废燧野草的露珠上""辐射"、"燃烧"的，虽略显匆忙亢奋，而仍留细部观察的精微处理，这既保证了历史感奋内在形象的坚实可靠，也使内在形象的坚实可靠，充实饱满了历史的感奋，而免于空洞和浮泛。

　　现在让我们转到李瑛的写景诗。

　　由深厚开放的艺术素养、敏锐洞悉的观察眼光、敏感多思的人文情怀，李瑛有一种我称之为"兴之所至即是诗，物之所点即是诗"的惊人技艺，既与当下不少青年诗人客观化的场景的"小叙事"、"冷抒情"不同，也与前辈不少老诗人过度主观化景观的动辄就"大叙事"、"热抒情"有异。李瑛写景诗中的景观，一般总是诗人灵魂／精神辐射的外化物象，或称心灵秘语的外化象形符号；李瑛写景诗中的情思，也往往像是景观自身灵性触须、枝叶的蔓生和摆动。它们好像就是天意人心，交织得如此天衣无缝的巧妙的同一神奇物象。这使李瑛诗中的景观，在众多写景诗中别具一格而常写常灵、常读常新，"一朵小花开在窗头，它／红得像血，红得像喷火的枪口／亮得像孩子发光的眼睛／美得像一颗深情的星斗／／它不枯凋，像永恒的微笑／它坚强，比玛瑙和宝石更持久/它能唱歌，像一个高亢的音符/它是甜的，像一粒成熟的葡萄。"《花》还是那朵花，花的图像眨眼间的转化，实则是诗人心灵转灯的光线闪转。"是荒滩上悲壮的牛血/浸进土酒凝成的/抑或是冷澈骨髓的雪水/渗进砂碛和青铜所凝成/石头上/有绵延不绝的雪岭/有跳动的冰川和火焰。"那块《想家的石头》，既可以说是诗人的想象和凝思，也可以说是自然的鬼斧神工，甚至就是那峻酷的自然和那块石头自身。"卖花的村姑已经出嫁/诗人的笔早穿过了//多梦的青青的小杏子/憨憨地棒着一颗颗心/挤在迎风送月的枝头。"我看见诗人李瑛在《杏花》下，在深巷里穿行。村姑、杏花、深巷、李瑛的形象与韵味，都在南宋江南同一帧古典诗境中；当然，其间也站着苦吟的放翁，而"烟雨飘曳，我想起/茫茫苍翠和点点嫣红，想起/藕花深处/嬉戏的失眠的鱼，想起/晶莹的水珠滚动/一支支莲歌便在小船中/长大了/……明天，我的骨节间该开出白莲了/朵朵会说话的白莲花/亭亭玉立、端庄而圣洁"。《冰糖莲子》的诗情画意，不仅鲜灵地互动共生，而且，其天然、纯净和淡雅灵动的意趣，简直就是齐白石写意水墨的诗歌版。李瑛诗歌技艺的娴熟精湛，于此可见一斑。

我想格外提到李瑛的《澜沧江》。

那是一条"受尽群山羁绊、冰封雪裹的叛逆的"，"劈开峭壁、挣脱夹峙出走的"，"苦难、草根和风霜喂大的"姑娘的澜沧江；一条"用牙齿咬着头发疯狂地跑着"，"燃烧着闯过地狱之门，似火浪、岩浆"，"一路挣扎，一路喘息，一路呐喊"的澜沧江；一条"野性"、"粗犷"、"泼辣"，"多情、多梦、多幻想的"，完全人性化、人格化，也即人化自然的女性江河。如果说诗人调动灵魂/精神的强辐射、大气魄、大写意，在《长城日出》中将历史感的辉煌灿烂、雄浑恢弘，书写得无以复加，那么，在《澜沧江》排山倒海的滚滚洪涛中，诗人则将自然的人化，挥洒到了淋漓酣畅的极致。但两者都仍不失其细部景观精确、鲜明、生动的形象刻画，而聚有语境内在坚实的根底和依托。

李瑛还写有不少国际题材的诗歌，"和平是白天鹅的翅膀/是翅膀掠过宁静的湖水/是水底映出的云影/和平是开向四方的门/是门里圆桌上斟满的红酒/是酒上照耀的灯。"（《和平是一颗树》）友谊、和平，是此类题材共享的主题，我就不再一一细说了。此外，脍炙人口、流传甚广、作为一个时代挽歌的《一月的哀思》，和作为新时期写作转折标志的《我骄傲，我是一棵树》

两诗，由于人们太熟悉，对其的评论也达至共识和定论，也不再啰嗦凑热闹了。

我注意到了李瑛诗歌中反复出现的"树"，在当代中国诗歌史上，李瑛正是深深扎根于祖国、人民、山川大地、民族历史、良知道义，和深厚开阔的艺术素养、艺术探索创造，始终保持创造生机和创作活力，始终枝繁叶茂、花果累累的一棵大树。行文尾声，得知老诗人的诗、文集，已出到51部。我的天，51部！对这位我仅有一面之交、慈爱祥和的同行老前辈，此生我只有汗颜地表达我由衷的祝愿、尊重和敬意了。

原载《海南师范学报》（社科版）2005年第3期

同新中国一道走向辉煌

——李瑛新中国诗歌创作 60 年

张永健

新中国成立 60 年来，军旅诗坛群星闪烁、军歌嘹亮、诗作辉煌。李瑛则是 60 年军旅诗坛最杰出的代表，他创作出版了 50 多部诗作。就数量讲，可以说没有第二个军旅诗人可以与他比肩；就质量讲，他的每一部诗集都是他同时期诗人诗作中的佼佼者。因此，我们既可以毫不夸张地说，李瑛是新中国 60 年军旅诗坛创作生命最为活跃、最富有才气、最富创新精神、最为杰出的一位诗人，同时，我们更应该看到，军事题材的诗作只占李瑛诗作的三分之一（从 1988 年离职之后，他就"再也没有写一首军旅诗了"）。如果对李瑛的诗作做整体论述，我们就得出一个更符合实际的、科学的、新的结论：李瑛是新中国 60 年诗坛最为杰出的一位歌手、一位诗坛明星，他的诗歌创作是同新中国一道跋涉、一道前进、一道翻山越岭、一道走向辉煌的。

一

李瑛，河北丰润县人，1926 年出生在锦州一个铁路工人的家里。1945年考入北京大学中国语文系，开始广泛涉猎中外古今的文学名著，此时，他参加了中共地下革命活动，学习了一些马列主义的书籍以及一些关于哲学、政治经济学和美学的著作，写下了不少反饥饿、反内战，追求光明、自由和迎接解放的诗作，新中国成立前就出版了两本诗集《石城底青苗》（五人合集）、《枪》。1949 年北平和平解放，即投笔从戎，参加中国人民解放军，从北方昼夜兼程南下解放武汉，"跨鄂赣、越五岭，直指广州"，在漫天暴雨追击敌人的途中听到了新中国成立的喜讯，广州解放后，他又参加了解放广西的战斗和解放海南岛的作战准备工作。这期间曾任第四野战军政治部新闻队队长、新华社四野总分社记者等职。在作战工作之余，写下了许多短诗，后结集为诗集《野战诗集》（1951年出版），表现了人民解放军解放华南与海南岛的历史进程以及战士们烈日下行军、暴雨中追击，星晨暗夜艰苦跋涉、战斗中壮烈牺牲的场景。

朝鲜战争爆发后，刚刚被调到解放军总部工作的李瑛，又奔赴朝鲜战场去工作、采访。在纷飞的大雪和燃烧的战火下，在掩蔽部摇曳的烛光里，诗人"怀着无论如何要把我们战士在国外作战的真实情况报告给关心他们的祖国亲人的心情"写下了《运输线上》、《钢铁洪流》、《向平壤路上挺进》、《追击途中》、《在前线团指挥所》、《战场上的节日》、《为了祖国》等诗篇，后来整理出版了他解放后的第二本诗集《战场上的节日》。回国之后，在《解放军文艺》编辑部工作。1955年，沿着中国工农红军长征的足迹，进行了一次长途采访，以后曾两次到海防前线，多次访问祖国边境前哨阵地。革命先烈的悲壮史迹、英雄的战士和人民所进行的艰苦卓绝的斗争，激起了诗人强烈的创作冲动，"文革"前出版了《天安门上的红灯》（1954年）、《友谊的花束》、《早晨》（1957年）、《寄自海防前线的诗》（1959年）、《静静的哨所》（1963）、《花的原野》（1963）、《红柳集》、《献给火的年代》（1964年）和反映国际斗争题材的《时代纪事》（1959年）等诗集。这些诗集记录着诗人"观察生活、研究生活和分析生活"，"随手记录生活和对诗的思考、追求"的轨迹，以及"英雄的战士和质朴的人民所进行的伟大斗争"、"创造的豪迈业绩"。①

十年"文革"后期，李瑛陆续在《解放军文艺》、《诗刊》、《光明日报》等中央和地方许多种报刊发表诗作，后结集为诗集《枣林村集》、《红花满山》、《北疆红似火》、《站起来的人民》、《进军集》等。这些诗作表现了诗人从日常生活发掘诗意，歌颂了解放军官兵"心灵深处的美好情操"与"一往如前的高昂斗志"，以及诗人对世界风云的关注，对被压迫民族斗争的声援和同情。

---

① 《李瑛抒情诗选》所附，《李瑛诗选·自序》，第700页。

　　"文革"结束之后,进入改革开放的新时期,以抒情长诗《一月的哀思》为标志,开启了李瑛诗歌创作的新纪元、新高潮、新的黄金期,陆续出版了《难忘的一九七六》、《早春》、《在燃烧的战场》、《我骄傲,我是一棵树》、《李瑛诗选》、《南海》、《春的笑容》、《李瑛抒情诗选》、《望星》、《美国之旅》、《战士们万岁》、《江和大地》、《李瑛国际题材诗歌选》、《青春祝福》、《红豆》、《月亮谷》、《日本之旅》、《对诗的思考》、《多梦的西高原》、《山草青青》、《睡着的山和醒着的河》、《纸鹤》、《生命是一片叶子》、《远方》、《黄昏与黎明》、《我的中国》(长篇政治抒情诗)、《情歌和挽歌》、《李瑛近作选》、《倾诉》、《诗美的追寻》、《李瑛短诗选》、《出发》、《野豆荚集》、《中国当代名诗人选集李瑛卷》等诗集和诗论集。

　　人民共和国经过 60 年的风雨、60 年的跋涉,逐渐走向成熟、走向辉煌,李瑛也和人民共和国一样,经过 60 年风雨的冲刷、60 年烈火的熔炼、60 年战争风云的洗礼和 60 年政治运动的考验,由一个受过高等学府文化熏陶的朝气勃勃的年轻的战士,成为一个胸怀天下的诗人,成为一个充满睿智的老人。他的诗作,经过 60 年的锤炼,由稚嫩到成熟、由单一到丰富、由平实到奇异,他众多的诗作给人们展现了一个战士、诗人、哲学家三位一体的辉煌的诗的艺术世界。

二

　　如果说,新中国成立前,李瑛创作的诗歌或出版的诗集《石城底青苗》(五人集)、《枪》等只是他诗歌创作的准备阶段,那么,新中国成立之后他的诗歌创作呈现三个比较明显的阶段。第一阶段创作的诗集包括解放后出版的第一本诗歌集《野战诗集》至"文革"中出版的最后一本诗集《进军集》等 16 本诗集,这些诗集中的诗作大都以人民解放军战士的情怀,描述人民战争的正义性,表现人民军队的英雄品质和爱国主义精神与国际主义精神。我们说李瑛是我们时代杰出的军旅诗人,主要是说他前期的诗歌和中期的一小部分诗歌的题材而言的。不可置疑,他是以歌唱军旅生活为主而走向诗坛、扬名于诗坛、辉煌于诗坛的,然而,他诗作的题材并不局限于军旅生活,纷繁的社会生活、众多的自然景物和国际间友好往来、古往今来的历史,在他的笔下都构成了动人的诗篇,如歌颂县委书记的好榜样焦裕禄的抒情长诗《一个纯粹的人的颂歌》，表现国际友好往来与和平的诗作如《茶》、《关于人、星球和宇宙》、《和平雕像》等。然而描写解放军战士的生活、战斗、理想和追求，却在李瑛诗作中占有重要成分。他说："部队的生活是紧张的、艰苦的，但却也使我越发深刻地发现了战士美好的思想感情和他们心灵的隐秘。"① 因此，他满怀激情地歌唱渡江南下的勇士、朝鲜战场的英雄、南海诸岛的水兵、高原巡逻的战士、亚热带丛林中自卫反击的军民，歌唱雄踞山巅的哨所、戈壁滩上的兵站、雪线上的"篝火"、威严的军港、南国边陲燃烧的战场。从人民战士的训练、站岗、巡逻、生产、劳动、战斗等生活中挖掘出熠熠闪光的真金——战士对祖国的忠心、对人民的赤诚以及坚毅、乐观、敏锐等优秀品质。解放军战士的责任感、中国人民的自尊心、中华民族的自豪感，以及强烈的乐观主义精神和英雄气概，在李瑛的诗里都得到了充分的体现。他早期诗歌中的抒情主体大都是解放军战士的形象，即使是咏物诗也都饱和着战士的激情。比如《哨所鸡啼》就是一首沸腾着战士热血的诗作，创造了一个"压住了千沟万壑/吐出了满腔喜欢"、"声声啼破宁静港湾"的哨所雄鸡形象；再如那些描写对越自卫反击战的抒情短诗，不仅歌颂了我们的战士"用生命赢得了民族的尊严"，而且从广阔的视野，描写了战争的正义性，因而显得特别有分量，时代感特别强。总的说来，他以战士的视角、战士的情怀写的军旅诗，其诗风于写实中多抒情，刚柔兼具，于细柔之中见刚健、于华美之处抒豪情，形成了深沉奔放、清丽雄健的艺术风格。比如写雨夜小艇为寻找倾覆的船只而斗风雨破激浪，用"天空是狰狞的脸/浪尖是锐利的牙齿"来写海上的风云变幻、波凶浪险，似有夺人心魄的汹汹气势（《大海的骑士》）；写月夜巡逻战士潜伏，用"夜是肌肉，我们是神经"，使物我合一、情景互为一体（《月夜潜听》）；写戈壁日出，用"太阳醒来了——/他双手支撑大地，昂然站起"，"哈，仿佛需要再走几步/就要撞进它的怀里"，写活了大漠的空旷、辽阔与日出时的壮观（《戈壁日出》）；写戈壁的傍晚，用"太阳像只红灯/一半沉进沙浪"，"月亮像只红灯/一半浮在沙浪"，前后对比，一沉一浮，再现了戈壁的空寂与昼夜交替时的情景（《傍晚》）。这些诗大多融情于景，日常的生活、平凡的事物，经过他感情的酿造流于笔端，化为了闪光的诗句，奇妙的诗境，动人的诗情，他往往采

---

① 《李瑛抒情诗选》所附，《李瑛诗选·自序》，第701页。

用由小及大的手法，从大处着眼，从小处着手，大中取小，小中见大，收到以少胜多、寓丰富于单纯之中的艺术效果。他的诗的语言精练含蓄，新奇巧妙。老诗人张光年赞扬他"练出了一支管用的、听使唤的笔，善于挑选独具特色的语言来描写、渲染各种不同的景色和情态"，① 由此可见，李瑛在军旅诗歌创作上是有所创新、有所突破，并且取得了巨大的成绩的。在那个时期，不论思想内容或艺术水平，他的诗作都是属于上乘的，和贺敬之、郭小川、闻捷、张志民、公刘、张永枚、梁上泉、雁翼等诗人一样，为人们所赞美，为不少青年诗人所学习、所模仿；但其视野毕竟有所局限，对丑的鞭挞毕竟不及对美的歌颂直接有力，个别作品缺乏深厚的底蕴。然而，其情是真的，其诗是美的，正如他自己所说："过去，无论我是以一个真正意义上的战士的身份来观察和写作，还是以一个不大称职的诗人的身份来观察和写作，我生活和工作的态度始终是严肃的。"②

三

"文革"结束之后，从《一月的哀思》开始至1980年，李瑛的创作进入了第二个阶段。随着诗人社会经历的日益增多，经过了许多磨难、许多欢乐、许多天真的向往、勇敢的追求、压抑和悲愤、愚昧和觉醒，感情世界日益丰富，理智日益深邃。不论是《难忘的一九七六》中抒唱悲歌和欢歌的普通战士，还是在《在燃烧的战场》中对越自卫反击的英雄；不论是《南海》中面对大海放歌的诗人，还是描写异国风光诗篇中出现的寻求和平与友谊的使者；不论是生长于长城脚下的一棵树（《我骄傲，我是一棵树》），还是"已存在了亿万年"的石头（《石头》），都跳动着诗人的脉搏，活跃着诗人的生命，储存着诗人对生活强烈的感情：或忧或喜，或悲或怒，或爱或憎，或褒或贬，或沉思默想，或放怀高歌，其抒情主体已不是单纯的战士了，不只是对生活一味歌颂，而是既包容着战士的思想感情，又有所超越，有着更为丰富、更为广阔、更为深刻的时代内蕴和广义的诗人情怀。比

---

① 张光年：《李瑛的诗·序〈红柳集〉》，《李瑛研究资料集》，解放军文艺出版社 1983 年版，第 146 页。

② 李瑛：《睡着的山和醒着的河·后记》，华艺出版社 1992 年版，第 182 页。

如《一月的哀思》中的抒情主体，就不仅是一位"前线战士"，而容纳着亿
万人民的真情；《在燃烧的战场》里的抒情主体，就不仅是抒发守疆战士的
感情，而且体现着伟大祖国10亿人民的心。比如《我骄傲，我是一棵树》
的抒情主体"我"，不仅抵御着自然界的"风沙"和"雷火"，而且要根除社
会上的饥饿、不平和疾病；不仅给不幸者、弱者以温暖和幸福，而且要为弥
补社会的缺陷和不足而献身；即使死了，也要"尽快地变成煤炭／——沉积
在地下的乌黑的煤炭／为的是将来献给人间／纯洁的光／炽烈的热"！这里
"树"的形象，所表达的岂止是一位当代战士献身人民的感情？而更多的是
对中华民族传统美德的概括与升华。再如《石头》中所歌咏的"石头"，是
"汗和泪，搅拌着思想和感情"而"凝成"；"它有血液，血在流淌"，"它有
心脏，心在跳动"，"它有更多的记忆"，"亿万年了"，"它始终在思考、在注
视、在倾听"，它"是唯物主义者，没有谎言和欺骗／它尊重历史的每一分
钟、每一秒钟／它不会因淫威而歪曲历史／它不会因胆怯而放弃刚正"；"它是
质朴的，但却晶莹／它是崇高的，但却普通／它是冰冷的，却藏着火的种子／
它埋藏了死者，又孕育出新生命"！这一抒情客体"石头"的形象，同前者
"树"的形象有异曲同工之妙，是"战士"形象的超越，具有更大的社会包
容性和历史的纵深感。这一阶段，在艺术上，他的一部作品仍保持着前期精
心构思后的字斟句酌的吟唱，让读者从清新、深沉的歌声中，感受到他心底
感情的激流，引起人们心灵的回响。比如写西沙群岛，用一系列多彩多姿的
事物，展示其特有的柔美、芬芳和生命的活力："白天，你是片片云影／夜
晚，你是阵阵涛声／／你是一朵朵花，怒放的小白花／你是一颗颗星，雨后的
星／／你是一枚枚大海遗落的贝壳／是贝壳，却并未失去生命／／你是一粒粒天
宇滑坠的石子／是石子，却有血管和神经／／你是一只只待发的舰艇／只等待警
铃骤响／／你是一座座威严的城／转眼，会使山呼海啸，天摇地动！"(《西沙群
岛情思》) 而此时他更多的作品，特别是政治抒情诗，则注重从时代的、历
史的主潮中提炼诗情，超越具体生活表象的描写而做深广的艺术概括，其作
品具有强烈的时代感和历史感，比如《一月的哀思》、《九月的汇报》、《为一
个永远活着的共产党人而歌》、《关于生命》、《关于今天的战斗》等政治抒情
长诗尤其突出。受到人们赞扬的《一月的哀思》，长达600余行，并没有具
体描绘周恩来的伟大一生，而是从领袖同亿万人民的血肉联系上去揭示这一
伟大生命的时代特征和历史价值，将亿万人民因失去这一伟大人物而产生的

悲痛感受、时代情绪集中凝合，化而为诗。因此，诗的思想深刻、场面开阔、感情真挚，以一人之心而道出万众之情，感人至深。以至于创作于后期的政治抒情诗也具有这样的特点，比如，创作于 1998 年的《我的中国》这部 3600 行的长诗，气势雄浑、冷峻凝重，深刻的政论与优美的抒情结合在一起，虽有一些不够准确之处，但还是一部有特色的诗体的新中国历史。

四

从 1980 年出版诗集《我骄傲，我是一棵树》起直至现在，是李瑛创作的第三阶段，也是他诗歌创作最辉煌的阶段。他的感情世界更加丰富，诗的抒情主体显得更加宽广和深沉，追求表现丰富的内心感情世界，抒发的感情由单纯向复杂、由外向向内向发展。他很少拘泥于具体的事件，而更多是哲理性的思考和深沉的历史的、理性的人文探索与犀利的批判，在艺术上更多西方美学的吸纳与运用，其创作特点可从以下四方面显现出来。

第一，据守诗歌的精神本质与诗思的纯净。"在当前拜金主义盛行和物质大潮的冲击下，嘲弄崇高、放纵享受这样一种风气甚嚣尘上"。李瑛认为"诗人不要受名位利禄的诱惑，金钱是不能作为人的价值理想标准和才智尺度的"。[1] 他强调诗人"要据以防止自己沦为单纯商品"的可能性，要建立一种"以抵御可能袭来的种种不健康力量的侵袭"，他希望诗人的作品"能够致力于表现我们所处的时代和时代精神，表现具有伟大的抱负、广阔视野、丰富知识、对历史的深刻认识和高度智慧的新人的心灵，表现不倦地追求真理、追求爱与美的崇高精神，乃至于以火的激情，揭示在矛盾和冲突中流淌着痛楚的眼泪和淋漓的鲜血"。[2] 比如，在《我骄傲，我是一棵树》、《南海》、《红豆》、《山草青青》、《生命是一片叶子》、《出发》等诗集中的树、石头、珍珠、贝壳、小岛、仙人掌、大海、大漠、高山、巨瀑、野草、落叶、沙浪等都被描写得感情丰富、性格鲜明，用以作为启发读者思考的媒介或象征物，或者透过大海单纯与复杂、宁静与波动、美与丑、光明与黑暗的矛盾斗争来观照人生、观照"自然史和社会史"，从复杂的、运动的世界、

---

① 李瑛：《生命是一片叶子·后记》，解放军出版社 1995 年版，第 246 页。
② 同上。

社会、人生中寻求"青春的精神"，寻求"不断的更新"（《海》）；或者托物言志，抒发了诗人永远献身生活海洋的心声："即使死也要死在海上"、"死在前进中/并且唱着歌"（《贝壳》）。《纤道》、《写在一位漂流探险者墓前》、《在老区烈士陵园》、《鲁迅》等诗作都形象地描述了我们民族百折不挠的探险精神与矢志不渝的牺牲精神，揭示了人与自然、人与社会"在矛盾和冲突中流淌着痛楚的眼泪和淋漓的鲜血"，对未来始终充满了希望："站在苦难面前/不能只剩一双眼睛哭泣/挺直脊梁，昂起头颅/像梳好翎羽的鹰/带着创伤，凌空飞去/勇敢地迎接未来——无论阳光，或者雷火。"（《生活仍将继续》）"即使只有一粒石子/也不会忘却血的尊严/即使只有一片叶子/也要迎风呼唤明天""通往胜利的路从来是曲曲弯弯/犹如历史纵深的壕堑/要渡海就莫怕涛凶浪险/真正的生命，总要经过血淬火锻/坚贞而勇敢，你才美丽/美丽，才配和真理并肩向前//看吧，你看/风雨过后，阳光灿烂/春天，还是春天。"（《献给祖国（一）》）这些诗句充满了英雄气概、真理必胜的坚定信念和革命乐观主义精神。《野草》中的"野草"则是一个以天下之忧为忧、天下之乐为乐的"简洁"、"单纯"、"质朴"、"贫贱"的忧患者的形象，"它的形象是火焰的形状/在任何骤雨中生长/不怕艰辛/也不怕爪趾和牙齿/纵使身上结满伤疤/地下钢丝般的根，仍/紧缠住沙砾与石子/在金属的意志和凝重的思想中"——"生长"；"在艰辛中成长/在痛苦中相爱/待种子成熟/就把他们丢进荒原"，"它们的肉体在挣扎中常感到疼痛/它们的灵魂在歌唱尊严和自由"。这野草的形象就是诗人的形象，野草的精神就是诗人的精神，它象征着广大的弱势群体的形象，坦言着广大弱势群体的心声以及中华民族博大坚韧、勤劳勇敢、不屈不挠的民族性格和民族精神。这一形象同早期的战士形象，或中期"树"的形象相比，更多忧患意识、更多平民思想、更多草根精神。

五

李瑛后期创作第二个特点是强烈的忧患意识，主要表现在对弱势群体的关注、对贫困山区的倾情。这种关注和倾情，愈到暮年愈加强烈。他多次探访落后、荒凉、险峻的大西北，先后写出了《戈壁海》、《雅鲁藏布江上的霞光》、《祁连山寻梦》、《青海的地平线》、《贺兰山谷的回声》、《红土地之恋》、

《漓江的微笑》、《黄土地上的蒲公英》、《黄土地情思》共 300 多首诗作,这些诗作表现了祖国大西北的辽阔、苍凉、冷峻,大自然的奇幻、严酷、神秘,以及人民生活的艰辛,展示了一些他终生难忘的生活场景与自然景观。《高原:我们血肉的故乡》是一首使人颤抖的诗、心情激荡的诗,写出了诗人对西部高原深沉的刻骨铭心的爱。当他"看到一个饱经磨难的古老民族奋起推翻旧世界的悲壮场面,看到火线上战士即将投入殊死厮杀的动人心魄的豪情,看到深山腹地解放已 50 年却仍然衣衫褴褛、不得温饱的孩子们的眼睛"①时,他震撼着、痛苦着,挥笔写下了一个诗人的"良心",写下了《我的另一个祖国》、《饥饿的孩子们的眼睛》等如洪钟大吕一般振聋发聩的、沉甸甸的、令人心酸、令人落泪、令人嚎啕的诗篇,表现了诗人对贫困山区、对弱势群体的深情的爱与切肤之痛。《饥饿的孩子们的眼睛》通过孩子们饥饿的"眼睛",写乌蒙深山峡谷的贫困,几近于死亡:"在深深的乌蒙山峡谷里/滚下的石头有一双双眼睛/摇曳的野草有一双双眼睛/芜杂的树枝有一双双眼睛/黑葡萄般滚动的/黑珍珠般明亮的/黑水晶般闪烁的/大眼睛,转动在/蓬乱的头发下/长睫毛的后面","我不认识他们/但我认识饥饿/比霜刃更锋利的饥饿/我从他们眉梢看到了惊悸/从他们眼里看到了泪水/(他们还不懂得死亡是什么)/此刻又加了几分怯生和羞涩//就这样,他们的眼睛和/他们小小的胃和/他们空空的碗和/他们冷却的锅/静静地望着我/目光,钉子般/从我的骨缝直刺进心窝/他们不认识我/却信任这荒山冻云的祖国","世界所有的东西都会消失/只有这比潭水更深、比星星更亮、比火更单纯的/一双双黑葡萄/一双双黑珍珠/一双双黑水晶/不会消失,它们/从惨白的饥饿后面/静静地望着我/他们不认识我,却信任这荒山冻云的祖国。"面对这些燃烧的目光,这些天真的、纯洁的、稚嫩的有如"黑葡萄"、"黑珍珠"、"黑水晶"一样美丽的眼睛,诗人痛苦万分:"心头的血一直滴落/在时间和生命之上/直到今天。"《我的另一个祖国》是 1997 年 6 月在祖国一片欢呼改革开放伟大胜利的喧闹声中写的,这是一首不和谐的声音。他说"大地尽头的最后一座村庄/犹如一堆风卷的枯叶/犹如史前部落的遗址/遥远却又很近"。诗人展现在人们面前的是"低矮的茅顶倚着坍塌的土墙/一户户相拥相挤的苦人家/家家传递的都是愁苦/日子沉重得像石头/贫穷和哑默深不可测/没有什么

---

① 李瑛:《出发·李瑛访谈录》,见诗集《出发》,华文出版社 2004 年版,第 304 页。

比这更死寂"，而生活在这其间的茅屋的老人们的命运更是凄惨："走进一间黑洞洞的茅屋/一个老人独对一堆火的余烬/苦涩中，两只混浊的眼睛/用逼人的力量拷问我/你是谁？我的心被刺穿/没有什么比这更严酷//我俯身握着他干树皮般的手/泪，扑簌簌滴在死灰上/我的心燃烧起来/我的理智结成了冰/没有什么比这更痛苦。"我们的祖国有现代化的一面，有繁华、富裕的一面，也有落后愚昧、极端贫困荒芜的一面："冰雹砸烂了饭锅/山洪吞噬了土墙/生锈的镰刀早忘了秋天/不诚实的秋天背叛了粮缸//贫穷啃得人只剩下骨头/人人像饥饿的野兽/在墙角，兀自舔着/滴血的创伤。"（《苦歌和甜歌》）在这些表现祖国贫困、饥饿、荒芜一面的诗作中，诗人是以平民的姿态、草根的心境和强烈的忧患意识在描述这些情景，因而，真实感人、真切动人、真心服人。当然，对于这些贫穷山区的"转机"，诗人也抱有热烈的希望："跨出门，忽听一片孩子的读书声/嫩绿得滴水的童声/比阳光更明亮/从哪个缝隙传来/穿透这里全部的/死寂、凄惶、严酷和痛苦/把四周的山都震动了//我窒息的肺和猝死的心脏/突然醒来，看见/他们生命的高度/远远超过乌蒙山/明天，他们踮起脚/就会看见山外辽阔的世界/没有什么比这更真实"（《我的另一个祖国》）；"再莫让荆蔓野草绊住脚/把命运捧在手上，相信吧/每架犁铧都是强悍的/每只车轮都急盼匆忙/把大山打开道口子/为流进年轻的阳光和灯光/以及山外城里时代的歌唱……"（《苦歌和甜歌》）在诗人看来，在当代社会、在人民当家做主的社会里，现代文明、科学文化是我们脱贫致富的法宝，开山修路、扫除文盲、普及教育、发展交通事业，是我们"把大山和冻云踩在脚下的唯一出路"。

六

李瑛后期诗作的第三个特点是鲜明的哲理思考与审视，他在《生命是一片叶子》的后记中曾说："在生命的黄昏中，我想把自己所生活所理解的人类置放在广袤的宇宙之间，从那里寻找出生存的价值和生命的意义。"[①] 60年来，沧海桑田，社会发生了广泛、巨大而深刻的变化，作为一个力求真实

---

① 李瑛：《生命是一片叶子·后记》，见诗集《生命是一片叶子》，解放军出版社1995年版，第241页。

反映时代本质和人民意志与希望的歌者，李瑛的活力和创造力不仅没有衰退，相反却比过去还更旺盛，艺术感觉和思维能力似乎比过去更敏锐，这主要表现在他对现实与历史，对人与自然作"哲理的"深刻的思考和审视，他诗的形象不仅不干瘪，反而愈益饱和着"艺术的情韵"，因而他的诗能"永葆心灵的青春和诗的激情"。李瑛说："而今则更喜欢读过去所不愿读的那些与人生密切相关的理论性书籍了，包括曾经认为是乏味的中国和外国的哲学著作。我认识到对于真正献身于崇高精神生活的人，这些充满深刻智慧和美的书，这些人类思维的结晶，会赋予人以深沉的理性思考，会照亮人们的心灵使之深刻和成熟，甚至我有些懊悔对它们读得过迟了。在日常阅读中，我对生命、生活、人生、艺术和美学等意义和价值方面的认识，现在比起过去也似乎有了更深的领悟。"①

我们知道，哲学就是将复杂的事物简单化、无序的事物规律化，从而找出事物的内在规律，简言之，就是将具体抽象化、运动规律化，给人以理性的启迪；而诗的作用则是将抽象的事物、运动的规律，用诗的语言形象化使其栩栩如生，给人以感性的激动。而富于哲理的诗刚好是这两者的美妙的结合，两者不可偏废，也不是两者的拼凑，而是自然天成，这就要求诗人有深邃的思想和熟练的艺术技巧与高超的创作才能，一般都是诗人年岁愈高、经历愈丰富，诗的哲理性愈浓。我国著名的科学家钱学森在《系统理论中的学习方法和哲学问题》中曾说："我认为文学艺术里面这高台阶，或者说是最高台阶，是表达哲理的、是陈述世界观的。"李瑛后期的很多诗作就具有这样的特点，比如《关于死亡》就是用诗的语言谈哲学、谈生死观，一个人的生与死在浩渺的宇宙，在历史的长河中只是一瞬间，然而，死的意义却有不同，有的轻如鸿毛，有的重于泰山："哦，海的潮汐，月的亏盈/万载须臾交替着死生/须知：有的很重，有的很轻。"而《刀和磨刀石》则写事物的相辅相成、相得益彰，说明奉献与荣誉、劳动与收获、牺牲与崇高是矛盾的统一体："它们飞快地相互磨砺/它们的生命在一点一点地丧失/价值却在一点一点地积累和增加。"《镜子》揭示了人与实践、人与历史的辩证关系，一个人、一个政党、一个团体要"坦诚"，不能"伪饰"，在我们的生活中应该学

---

① 李瑛：《生命是一片叶子·后记》，见诗集《生命是一片叶子》，解放军出版社 1995 年版，第 241 页。

会和"镜子"对话。《时间》写时间的无限和人生的有限、时间的无情与人生的短暂,《演员》写人生如戏、戏如人生,假戏真作、真戏假作,两种人两种人生,两种生活,但却是"同一副灵魂"在"镜子里"和"镜子外"的不同表演,弦外之音,令人深思。有的是隐喻(如《不灭的声音》、《世界是这样神奇而美丽》),有的像寓言(如《今秋的最后的一个细节》),而最能集中体现哲学思考的则是《李瑛卷》诗选的最后一首诗作《看一棵雷击的树》,这首诗以象征的手法,把正义与邪恶、爱与恨、弱势与强权、真与伪、美与丑、善与恶的对立,转化给予了形象的描述:"一棵被雷击的大树/威严地站在大地上/是一支悲壮的歌曲//满地散落的骨骼/已被人捆起来运走/被劈开的躯干/一半起火燃烧/乌黑的伤口使人心惊/另一半仍忙着生长/让星星和小鸟筑巢/不久,在未烧透的木炭深处/又抽出无数新枝/摇曳在恐怖的阴影中/并发出绿色的喧响//我从远方来看它/它告诉我许多可怕的梦/它说我从死亡里回来/我的生命超过一百个雷/我的身体虽已残损/灵魂却更显坚强/时间怎样从这里结束/就怎样从这里开始//它使我想起巍峨的碑和历史。"这首诗写于 2005 年,同牛汉在"文革"中"潜在写作"的《半棵树》有某些相似之处,牛汉的《半棵树》主要揭示的是个人的命运,而李瑛的《看一棵雷击的树》则更多的是对于古往今来的历史和人类的命运的思考,牛汉的诗显示的是个人的英雄性格与不屈精神,更多悲剧色彩,李瑛的诗除英雄性格和个人命运外,则更多的是揭示历史的规律,透露着自然与人类的乐观的情愫和和谐、美好的希望:"一片叶子旋转着落在我肩头/是一个吻。"

七

李瑛后期诗作的第四特点是沟通古今、融合中西。

李瑛说过:"一个真正的诗人,应该永远是一个拓荒者,他常常要离开人们走惯的熟路去开辟一条新径,正如一个真正的哲学家所做的追求一样。"[①]

李瑛是一位在诗的王国博采古今中外众家之长,不断学习、不断消化、不断融合、不断创新、不断营造其辉煌的诗歌殿堂的。他早年受鲁迅、高尔

---

① 李瑛:《出发·李瑛访谈录》,见诗集《出发》,华文出版社 2004 年版,第 308 页。

基、普希金、冯至、朱自清、沈从文的影响，后受到艾青、何其芳、绿原等诗人的影响。他熟读过唐诗，也认真学习过歌德、海涅等外国各种流派的诗歌，既有社会主义苏联作家的作品，也有欧美西方作家的作品。进入暮年，他更多阅读哲学、历史、美学方面的著作，他"实践"着"融合中西、沟通古今的诗学理想"，力图始终"保持""艺术观念和艺术感觉的先进性"，① 并以此来分析社会现实并融入到自己的诗歌创作之中。比如诗集《望星》、《江和大地》、《生命是一片叶子》中的诗作通过对具体生活场景的描绘，开掘丰富的时代内容，揭示深刻的生活哲理，表现了我们时代的人民的思考与追求。正如诗人自己所说，它们是用新鲜的、生动的、充满感情的形象来表达对时代、对自然界、对人类社会的看法。不少诗不再直抒胸臆，也不客观描摹，而是依靠主体移情以完成形象的塑造，如《流星》、《瀑》、《红高粱》、《杏花》、《小蜜蜂》、《柳枝》等都写得或大气磅礴，或柔美清新，或深情真挚，给人一种新奇、深刻、与众不同的玄妙。再如《和一只瓢虫的对话》就用现代主义的艺术手法生动阐发了诗人鲜明的观点，现不妨将全诗录下："绿色的雨声停止/窗前走来一只瓢虫/孤独的、忧郁的/红色鞘翅上带黑点的瓢虫/比纽扣、比豆粒、比水珠都小的小瓢虫 // 我断定它认识我/我断定它为寻找我走了许多长路/我断定它有许多话要对我说/我知道这个世界没有它/会多么空旷、多么不完整 // 它喘着气站起来，睁着/黑得发亮的大眼睛，问我/'当今，这个时代，还有/社会重压下卑微弱者扭曲的性格吗？还有/受尽折磨而又无力挣脱的屈辱的灵魂吗？还有/被物质文明吞噬的格里高尔的悲剧吗？'/'我们真该为他祈祷。'我说/'当然。'我说/'在我们这儿，当人们/已经懂得爱和历史/当人们充满对生命的渴望/对你的回答，该从/研究今天人们的笑声和哭声开始。'"卡夫卡的《变形记》以怪诞的手法，写一个公司小推销员因繁重的金钱物资压力精神崩溃变为了一只大甲虫，揭露了西方资本主义社会中人被物化、非人化的深刻主题，李瑛的诗用诗的语言，用小瓢虫与诗人对话的怪诞情节含而不露，十分尖锐而深刻地揭示了当下商品化潮流下社会贫富悬殊的日益加剧、人的精神被严重扭曲与变异，其含义是极其深刻而发人深省的。

---

① 李瑛：《野豆荚集·后记》，见诗集《野豆荚集》，长征出版社 2005 年出版，第 341 页。

　　总之，李瑛后期的诗作，同新中国一样，逐步走向了辉煌，正如他在《我的关于西藏的诗》中所言："像鹰，或者/像牦牛、像青稞、像石头/庄严、坚强而美丽/美丽得古朴而神奇/神奇得苦涩而悲楚。"这就是说，他后期的诗作是能在暴风雨中飞翔的，像鹰；是能在荒原野岭奔跑的，像牦牛；是能食，能果人饥腹的，像青稞；是能承受千钧压力的，像石头；它是从心灵、血液到意志，从里到外，从精神到躯体都表里如一，能给人以肃穆，给人以尊严，给人以力量，给人以理想，给人以思索，给人以启迪的多元化的、多色彩的、多方面的思想启迪和艺术感染力和艺术启迪的："庄严、坚强而美丽/美丽得古朴而神奇/神奇得苦涩而悲楚。"

2009 年 8 月初于武汉华中师大文学院

原载《信阳师范学院学报》（社科版）2009 年第 6 期

时代交响诗和心灵奏鸣曲

——李瑛诗歌的美学意义

张同吾

　　一部煌煌大著《李瑛诗文总集》盛载着他文学生涯 70 年的峥嵘岁月和他热爱的一万里锦绣江山，盛载着他深刻的历史感悟和深邃的哲学思辨，盛载着他全部的诗学成果和美学价值，奉献给中国诗坛。面对他的诗学世界，如同瞭望一片大海，仰望一座高山。我们解读李瑛的意义，不仅在于开掘一位大诗人的诗学宝库，而且在于思考文化源流、时代精神与诗歌美学的内在潜因，旨在继承和发展。最近，温家宝总理再次致信李瑛表示钦敬和祝贺，他在贺信中写道："这本集子凝聚了先生七十载的心血，是留给后人的宝贵财富。先生诗作立意高远，慨当以慷，读之使人深受教育和启迪。可惜我只能读，不能做。我是您万千读者中的一个，也是您万千学生中的一员。为此我引以为豪。"他表达了千万个读者共同的心声。

　　李瑛作为新中国第一代军旅诗的佼佼者而登上诗坛，又是军旅诗的奠基者和领航者，影响和培育了几代诗人。爱国主义和革命英雄主义是他的全部军旅诗作的灵魂，他的超脱凡俗之处在于：力避平泛和概念，力避诠释和说教，而让崇高的诗境、精巧的构思、开阔的想像和飘逸的情思达到和谐统一。他写军旅生活很少有刀光剑影、金戈铁马的激越，而是以细腻灵动的笔致描绘诗境，从不同侧面窥探战士们崇高的精神境界和美好的心灵，旨在衬托威武雄壮的军魂。他看到"三更星乱飞/战士怀里落多少/炮管挑起一轮月/好像提来灯笼送喜报"（《炮击金门后》），他以丰富的想像，提升了诗的境界，渲染了战士的欢乐与自信。他写夜巡的战士，"轻轻，再轻轻/躲开月光，沿低谷潜行/三块岩水，却有三只耳朵/三簇野草，却有三双眼睛"（《月夜潜听》），只是寥寥几笔就勾勒出静中有动、静动相生的画面，让人感悟到战士们的坚韧和灵动。他这类抒情短章，其美学特征是以小见大，在尺素之间包容万种风情。写生活风貌的诗同样如此，他看到《挤奶员》把"一颗心全泡在奶浆里了/泡在奶浆里的还有一片蓝天/火红的头巾、嫩绿的草"；在荒凉的塞外，他惊喜"一朵云/拧下一阵雨/匆匆掠过车篷"，而"车队切开大戈壁/碾着一道七彩的虹"（《雨中》）。他以轻盈的笔触、精巧而自然的描绘，在清纯的色调中又有浓淡对比，使之色彩纷呈，在传神的描绘中又融入丰富的想象，使之气象万千，这样就构成了他前期作品精致而飘逸、矫健而又柔美的主导风格。他的难能可贵之处在于：在当时文艺观念比较狭窄，美学尺度定为一尊的背景下，却能凸显自己的审美个性，体现诗的真谛，我们也就能理解，为什么他的早年诗集《静静的哨所》、《枣林村集》、《红花满山》等具有历久弥新的美学魅力。

当一个时代即将终结，历史的早晨即将降临的时刻，李瑛创作了《一月的哀思》，不管对于他本人，还是对于我国长篇政治抒情诗的创作，都具有里程碑式的意义。这部在特殊历史背景下诞生的鸿篇巨制，以江河澎湃的滔滔激情、振撼山岳般的磅礴气势，表现了全国各族人民共同的心声。在阴霾笼罩乾坤逆转的背景下，周总理是正义和良知的化身，诗人准确地捕捉到中国痛失擎天大树的悲恸和无尽的怀念。那个无处安放的小小的花圈，就"放在长天漠漠的风雪中/放在黄河不息的涛声里/放在旗飞鼓响的战场/放在万木吐绿的大地"，他以博大器宇建构了诗的恢弘殿堂，烘托了周总理的伟大人格魅力："主会场——/九百六十万平方公里的祖国/分会场——/五大洲南北东西/云水间，满眼翻飞的挽幛/风雷中，满耳坚定的誓语。"他的诗留给我们永久的历史记忆，在 20 世纪中国这是最伟大的葬礼！我们真切地感受到，特定的题材和特定的时代情绪，为李瑛表现富有深刻历史内容和社会心理的作品提供了契机，使他的艺术才华找到纵横驰骋的广阔疆域。这次成功的创作经验表明：他的诗既可以轻柔细腻，又可以壮怀激烈，为他表现生活世界和心灵世界的多样性，开拓了广阔的天地，使他进入一种自由境界。

历史新时期的到来，为我国文学创作开辟了更为广阔的道路，也为李瑛的诗歌带来了二度青春，使他的精神视野更开阔、意象内涵更丰盈，从对现实生活的讴歌到对历史精魂的重认，从生命意识的升华到悲剧崇高感的诗化，都有了新的拓展，不仅为我国诗坛带来艺术新风，而且为我们提供多种思想启迪。他重访革命老区，经历了一次独特的心理体验，唤起他更深沉的历史感。红土地上的一草一木一砖一石都向他述说那个"把自己的血点燃的时代"。《箫》那首带有叙事色彩的短诗至为感人，在战场上那个吹箫的少年，"在枪声与枪声之间/在山水苍茫里/箫声与硝烟一起/袅袅地飘动"，好多年过去了，那个吹箫的少年再没有回来："夜夜，却总有一条小河/伴一天冷雨，沉沉地、隐隐地/流回当年出发时的/那小村/那土屋/那扇小窗后茂密的竹林"，于是诗人懂得了"一个穿着草鞋的坚强的灵魂"就是"一部高亢的历史"。今天当我们凝望开满鲜花的原野，"而我们的父辈们/早已带着伤疤和仇恨/躺进了泥土"，从这些许许多多有血有肉的诗句中，我们发现了李瑛一种崭新的思想向度：在历史进程中去确认生命的位置和价值、生命的辉煌与悲哀。在他响亮的音符中，融入了人性美的情蕴，因而就更感人心脾。对于诗人，历史与生命永远是带有深刻的哲学内涵的诗学命题，而只有在当代意识观照中确立起人的价值体系，才能理解历史和人的意义。不管完美还是残缺，是人创造了历史，历史又制约着人，有什么样的人才会有什么样的历史，有什么样的历史才会有什么样的人，正如马克思所说："历史是在人的意识中反映出来的，因而它作为产生活动是一种有意识地扬弃自身的产生活动，历史是人的真正的自然史。"（《1844 年经济学哲学手稿》，《马克思恩格斯全集》第 42 卷，第 169 页）于是我们懂得了李瑛为什么把弹壳和孔雀的羽毛同时放在桌子上，"放在生与死之间/战争与和平之间/让他们重叠在一起/以一个坚强的法则向世界微笑"（《礼物》）。同样出于这种圣洁的心愿，在建国 50 周年的时候，他创作了 3000 余行的抒情长诗《我的中国》，可视为思想深刻的历史沉思录、视野开阔的文化发展史、五彩缤纷的时代风云图、气壮山河的英雄交响诗。他首先以哲学目光的穿透力和诗学文化的聚合力，遐想着第 50 个 10 月"屹立在太阳和大地之间的/光灿灿的 1字/是我们远祖手植的古柏/后来化作民族的脊骨/莽莽河山/全靠它的照耀/浩浩天宇/全靠它的支撑"。从构思的切入，便把国庆的意义升华为民族精神的象征，相继便是在沧海横流、世事沧桑的时间回顾中，重温中华民族的历史命运，去发现民族性格的文化渊源，因此才会理解"时间都已死去/历史却不会失重/时间都已死去/声音却未冷却"，因为"青铜中的商殷/石头里的秦汉/瓦缶上的唐宋/在激流与山岩的缝隙间/在历史和泥土的缝隙间/不时传来汗血马的长嘶"。他从远古的文化江河中走来，面对当今欣欣向荣、和谐安康的祖国，李瑛拂去表象的枝蔓，透视时代的本质，是由于人的解放才有了心理结构和价值取向的递嬗，才有生产力的解放。他把中国的历史进程放在世界格局之中，相互映衬、相互关连，从昔日屈辱与今日峥嵘里，彰显中华民族所焕发的神奇的精神力量，让全世界的思想者们，去深刻认识中华民族历史性飞跃，为人类文明提供了怎样的新鲜经验。李瑛又具有犀利的历史批判与文化批判的目光，让诗的触角深入到历史腹地和文化渊薮，那个"丧失理性的时代"、那个"风狂雨骤的长夜"，源于封建桎梏，致使今天还有阴影。他从文化形态和政治现象的内在潜因中评说历史功罪，旨在发出醒世之言和警世之语，让一个懂得思辨、富有忧患意识的民族更加清醒和成熟。

在上世纪 80 年代，最能反映李瑛艺术探索和美学趋向的诗集是《南海》和《我骄傲，我是一棵树》，在 90 年代初，最能表现李瑛艺术才华和人性魅力的诗集是《睡着的山和醒着的河》与《多梦的西高原》，文化在情思中浸润、哲理在意象中闪耀，确指性与隐喻性错落交融，阳刚美与阴柔美相映成趣。《端阳》一诗，与其说是构思新颖，莫如说他更理解民族文化与民族性格之间有着怎样深刻的内在联系，他说："当那把瘦骨/溅起的水花平息之后/所有的江河都迷失了走向/使两千年前的鱼/失眠至今/循着哭声/寻向中国文学史的喉咙深处/去把他那飘曳在江南水草上的带血的/被剖心裂胆的隐痛腌透的/嗤嗤地冒着白烟的火炭般灼人的诗/一行行地捞出晾干吧。"还有《恐龙骨骼》、《溶洞纪游》、《祁连山寻梦》等许多短章都具有同样的文化内蕴，表现出超越时空的美学魅力。在《清明》这首诗中他写道："这一天，揭开隐痛和伤口的人几乎死去/而死的人将都回到家里/使生存和死亡的界限/变得模糊/这一天，在人间，本来是有限的距离/却凝成无限的痛苦/时间和空间酿成一碗烈性酒。"我们很难用简洁的语言，对它的内涵进行指定性的诠释，我们只能沿着祭奠文化的路向，去窥探骨肉亲情、存生与死的临界点上，去思索生命与人性的奥秘。李瑛在新疆曾看到一幅表现原始社会"生殖崇拜"的大型岩画，这幅岩画对于研究原始社会史、原始思维特征、原始巫术与宗教、原始舞蹈、原始雕刻艺术及民族、民俗诸多学科，都有重大科学价值，它必然引起诗人以诗的方式去探究一种富有人性美而充满永恒魅力的主题，李瑛激情洋溢地写道："一幅岩画如一支歌/半埋入凝云，半裸于苍壁/他们尽情地跳舞交媾/他们虔诚地祈求生殖/纯净的生命花朵般盛开/这群圣洁的永不凋谢的男女/听见吗，他们/野性地呼喊和欢乐，至今/仍荡在山环里。"于是他有了这样的理性认知:"太阳般炽热的是我们的父亲/月亮般纯洁的是我们的母亲/他们精壮的骨血、丰满的乳房/已成为图腾/已成为一首史诗的源头/升起来,纯情的质朴的爱、美和力/使生命获得无限延伸和永恒。"(《读呼图壁岩画》)假如让时间倒退 20 年,人们很难相信这是李瑛的诗句,假如时间倒退 30 年,会有人对它口诛笔伐。历史的前进不可阻拦,诗歌逐步挣脱了封闭、刻板和虚伪的羁绊,沿着文化江河去寻觅生命与灵魂的真谛,去寻觅真善美的真谛。诗人就是诗人,他应最少虚假的人格面具的羁绊,而以神思天纵的真诚超脱世俗。李瑛数量不多的爱情诗,像他写战争和历史的作品一样,闪耀着生命意识和人性光芒。两年前与他相濡以沫60 年的夫人去世,他写的一组怀念诗篇,那种神魂相依的诚笃与深挚,让人心热血热涕泪纵横。

李瑛的全部诗歌作品,可视为中国当代心灵史的艺术再现,是我们宝贵的精神财富和艺术财富。同样,那些去世的和健在的前辈诗人们,他们闪光的作品,都值得我们学习和借鉴,让我们创作出更多无愧于时代、无愧于人民的语言精湛、感人肺腑、引人向上的优秀诗篇。我们正置身于伟大的时代,期待着伟大诗人的诞生!

原载《解放军文艺》2011 年第 2 期

寓刚于柔的诗美

范咏戈

我从李瑛诗歌创作中读出了三种形态、三种境界和诗人的三种情怀。众所周知，美有三种形态：自然美、社会美、艺术美。说到自然美，李瑛是一个崇尚大自然、热爱大自然的行吟诗人，几十年中他坚持行万里路、读万卷书，走遍了祖国的天涯海角、军营哨所，而作为一名军人，他更走遍了解放战争、抗美援朝、南线边境作战的战场，他的诗将硝烟战火、朝辉晨曦、山草青青、红花满山尽收笔端。自然界是人类物质精神生活的资料来源，是人类社会生活中不可缺少的组成部分，用马克思的话来说，就是"人的非有机的身体"。但李瑛的诗不是一般的空洞的模山范水，同样还用马克思的话说，他的诗是一种"人化的自然"。不论是草原红花，还是林海铃声，不论是西沙贝壳，还是长江号子，他都在自然美中注入人的精神美。第二种是社会美，在社会美当中占主导地位的是人的劳动美。李瑛大量诗作是歌颂战士戍边、歌颂劳动的，对劳动美的赞美还使他的诗能够穿越政治时空为读者留下审美。举例来说，他的重要诗集《枣林村集》、《红花满山》都是在"四人帮"统治文坛时期出版的，但至今仍能够毫无障碍地阅读并收入诗文集，就在于他始终坚持从绿色的生活出发而不是灰色的概念出发，坚持诗歌是审美的而非即时宣传。第三种是艺术美，中国古典文论把诗歌的移情分为三种境界：一种是"致用"，就是要有实用价值。第二种是"比德"，孔子就认为仁者所以喜欢看山，智者乐于观水，就是因为山水都体现着仁者智者美好的德行，所以仁者都喜欢"比德"于山水，"比德"摆脱了一些直接的物质功利性，而代之以较高级的精神功利性。最后是所谓"畅神"，自然对象丰富多彩、景象万千，它们的魅力并不仅仅在"比德"上，而是在于能使人陶冶性情、心情舒畅，即所谓"畅神"。这三种形态在李瑛诗歌中既是并存的，更是比阶而上的。这些，体现了李瑛诗歌的审美形态的丰富性和纯粹性。

在李瑛诗歌中，我认为诗人的情怀可以概括为丰富细腻的战士情怀，寓情于景的山川情怀和沉潜睿智的生命情怀，尤其是丰富细腻的战士情怀，是李瑛的诗区别于大量军旅诗歌的显著特点。他诗中的战士是那种有心智活动的、有知识的，实际上也是带有作者个人气质的战士。在部队诗歌发展史上，诞生于战争年代的"枪杆诗"应该说有它的历史作用，但李瑛的诗却走了细致婉约一途。《一个战士对他的枪说》中，战士对他的枪说："你是我人生的教科书/你是我最好的乐器/你是我冷静的理智和炙热的感情/你是我胜利的营地。""我有那么多年轻的梦/年轻的祈求/我有那么多秘密想悄悄告诉你/怀着士兵的忠诚，向你许诺/我要把心的钥匙交给你。"一个持枪的战士和一支冷冰冰的枪的这种悄悄的心灵的对话，就表现了这个战士不是只会拿枪冲锋陷阵的，他和枪都带上了体温，这极大地丰富了李瑛诗歌中战士形象的心灵纬度。寓情于景的山川情怀早已是他诗歌创作中一道亮丽的风景线，沉潜睿智的生命情怀更鲜明地体现在李瑛后期的诗中，贯穿了他对很多对生命价值的思考、对爱情的思考，等等，如《河流穿过历史》中的一些诗。读后感受到诗人在世界与内心世界转换时的从容不迫，这些共同建构着李瑛诗歌的厚重。

李瑛对诗美的不懈追求，使他成为一位能够"始终在状态中"写作的诗人，在不在状态中不仅对诗歌，对所有文艺创造都是第一位重要的。状态，说到底是一种审美态度，是对客观世界的艺术把握，就是能不能以审美的目光发现生活中的美并通过想象的力量使其彰显，这是艺术品相高下的一个分野。在李瑛诗歌中，既有《我的中国》、《我骄傲，我是一棵树》、《一月的哀思》等黄钟大吕式的长诗，但更多的还是一些写小不写大的生活即景的短章。在这些短章当中，种种宏大叙事被悬置起来，诗人所努力的，是使生活事象的文理细致化和智慧化，是经由独特的意象释放内敛的激情。如他在走进红色历史缅怀先烈时用一首叫《遗产》的诗写一个老红军，诗一开始就说"将军已经火化/朗朗的阔笑已经枯萎/只身上的弹片/埋在骨灰里/那两块狰狞的、卷曲的、锋利的钢铁仍然活着"。从将军火化以后身上留下的两片弹片，高度浓缩了将军一生奋战的可歌可泣的历史，一下子使意境还原、情怀凸显。同样，他缅怀红军长征时用一首题为《箫》的诗，写一名战士、一杆枪、一支箫"三个凝重的影子"跋涉在长征路上。诗人设问:"后来,到达陕北/不知那根南方竹子/那根只会说赣南方言的竹子/能不能唱出黄土地上生长的信天游/能否吃惯北方的小米。"最后,在如泣如诉的诗的氛围中引出:"一个穿着草鞋的坚强的灵魂/成为一部高亢的历史。"再如他写战场,少见炮声隆隆、血肉横飞,而在《在燃烧的战场》中有一首诗叫《画眉鸟》,诗中一开始就写道:"炮阵地的伪装网上/飞来一只小小的画眉鸟/泥土般颜色的画眉鸟/唱着朝霞般明亮的歌的画眉鸟。"由静到动、由和平到战争,炮手们因为画眉鸟的婉转的音乐而变得更加珍惜和平,他们是为和平而战。《南海》这部诗集是作者到南沙群岛所收获的,诗人歌颂守岛水兵用《飘带》这样一首诗:"飘带上不是两朵花/是两只光灿灿的金锚/纵有两只沉甸甸的金锚/它也不肯宁静一分一秒。"永不疲倦的飘带,多么传神的可敬可爱的水兵战士。在一首《致一棵被台风吹折的羊角树》中他写道:"即使树干断裂/表皮撕裂/仍匍匐在沙滩上倔强地生长。"这也是李瑛诗中战士的性格。用心从生活中去选取独特的意象,通过透视自己的内心情感,让诗的意象冲破生活原型,赋予其审美的价值,带给读者审美的享受,这是李瑛诗歌创作中一贯坚持的道路,其根源是因为他有充分的写作准备,也包括对诗的理解。他是一位既思考"诗是什么"又思考"诗是如何存在的"并能取得巧妙平衡的诗人,他从读北大时就注意吸收"五四"新文化的营养,中西兼容、眼界开阔。无论是从普希金到惠特曼的积极浪漫主义,还是华兹华斯、波德莱尔的消极浪漫主义,他都能扬弃借鉴。他曾经讲过,他要努力做一个像德国马克思主义者梅林说的,"以战斗者姿态出现的诗人和艺术家姿态出现的诗人的统一"。事实说明他做到了,而且这一创作道路在今天仍然富有启迪的意义。

原载《解放军文艺》2011 年第 2 期

结满"可能"的树，或压低声响的河流

——论李瑛新时期以降的诗歌

霍俊明

对于像李瑛这样进行终生写作并出版了近 60 部诗集的诗人而言，总体上评价和梳理其诗歌无疑有着相当的难度。针对李瑛新时期以降的诗歌写作，我想有两点值得强调：一是其诗歌写作在题材、情感、玄思和艺术上不断尝试拓展的可能性和努力，这正如一棵结满了各种"可能"的树呈现出繁复的诗性空间。二是随着诗人身份和时代语境的转换，李瑛诗歌沉思的质素不断加深，诗歌视阈也不断拓展。他在深夜仰望星空、舒展个人历史化想象力的同时，将诗思延展和扎根到现实的大地深处，不断在自然的地理中探询历史、文化和生命自身的奥义和谱系。这些诗歌成为不断压低声响，在最大意义上呈现出生命、存在、历史和时间观照的"还乡"的河流。

一

时至今日，在新诗史叙述和研究中，李瑛作为"战士诗人"或"军旅诗人"被广为谈论，这甚至成为诗人和研究者们对李瑛诗歌写作的刻板印象。而考量李瑛 60 多年的诗歌写作道路，尤其是"新时期"以降的诗歌写作，我们会发现李瑛的诗歌是极其繁复和多向度的。这正如一棵结满了各种"可能"的诗歌之树，在其不断的成长和变化中，我们不仅发现了一个生命个体通过诗歌话语方式所展现出的精神成长和灵魂膂力，而且也同时发现了历史和现实以及个人化的历史想象力所呈现的波澜壮阔的沉思。

李瑛新时期以降的诗歌写作不仅在诗歌写作的题材和写作视阈上更为开

阔，而且其对诗歌本体以及历史、现实、社会的认识也更为理性和富有哲思。研究者对李瑛 1940 年代开始一直到新时期之前的诗歌写作的研究，会涉及到一个非常重要的诗学问题，这也是当代汉语诗歌发展至今一直未得到真正解决的聚众纷纭的难题，即"写什么"和"怎样写"的问题。和李瑛同时代的诗人，尤其是伴随着共和国一起成长的众多的青年诗人，几乎都在"写什么"，也就是在诗歌的题材和诗人的思想感情以及政治倾向上，达成了带有强烈时代意识形态性的共识，这种不断窄化和僵化的诗歌写作伦理曾在新中国成立后，成为主流诗学的一个显豁的特征。与此同时这些诗人在诗歌的技艺和表现等问题上也形成了共识，即通过大众化、通俗化和"民族化"的现实主义诗歌美学的方式来表情达意，同时也排斥了更为复杂和现代的多样化的诗歌道路及美学趋向，从而也使得这一时期成为众声歌唱而缺乏个体主体性的颂歌和战歌时代。这种诗歌形态和诗歌美学在新时期之后尤其是在"重写诗歌史"和"现代主义"诗歌美学的浪潮中，受到了研究界几乎众口一声的批判与否定。然而，李瑛的不无特殊的，既带有时代性又带有强烈的个人色彩的诗歌写作方式，为我们考察这一时期的诗歌以及由此衍生的诗学问题提供了一个非常有效的诗学空间。首先值得注意的是，李瑛的诗歌写作既与同时代的其他诗人有着不可避免的时代的共性，又带有不可消弭的个人性。尤其是在诗歌艺术和技巧方面，他的诗歌更具有综合性和多样性，而没有像同时代的众多诗人一样使诗歌沦为简单化的说教和宣传的工具，也没有在"民歌"加"古典"的有些狭隘的民族化的道路上盘桓。值得注意的是，当同时代的诗人在僵化的"社会主义现实主义"和"民族化"的道路上还不自知的时候，李瑛从很早时候就非常注意诗歌的体式和艺术表现的可能性。较之同时代的诗人不是使用民歌体就是套用楼梯体，李瑛的诗歌则在诗歌的体式上不断进行尝试，比如他使用较多的每节四行体、每节两行体以及四行体和两行体相交错的形式。李瑛在新中国成立后写的诗歌以及"文革"结束以来的部分诗歌大体也可被视为"政治抒情诗"，而在八九十年代以来，"政治抒情诗"显然被看作是一个过于政治化、道德化的词语，显然我们在这个问题上仍然重复了以往的错误，即二元对立的惯性思维。诗歌不是政治，诗歌和政治二者不能画等号，但诗歌绝对可以表现政治。当然，在新中国成立后确实出现了大量的浮泛的"假大空"的充当政治工具的"政治抒情诗"，但是李瑛的诗歌显然有其特殊性，因为李瑛在强调诗歌的时代精神、反映重大社会事件的同时更注重诗歌自身的艺术成色。战士身份和作为知识分子的诗人身份在李瑛新中国成立后 30 年的诗歌写作中得到了尽可能的融合。李瑛当时对诗歌艺术的尊重，也被视为是"小资感情"和"学生腔"而受到过指责和批判，但这正体现了李瑛与同时代大多数诗人的差异和可贵之处，"在强调文艺为政治服务和长期处于封闭状态、政治运动频繁的年代里，我所写的诗包括一些重大题材的作品仍始终坚持必须是诗"。① 在一个空前繁复的时代，李瑛非常可贵地认识到诗人的感情、经验和想象以及诗歌的艺术都同样是繁复的，而不能用二元对立的观点做庸俗化的道德判断，"我们的生命，已然跃进一个繁复的时代，我们需要有个繁复的情思与表现，真正的诗已经突破传统的酬唱，用它新的形式去感觉、体会它所需要的和人生一致的真淳，管它是什么派别也好、什么主义也好，在它所有的要求之中，只要不是浪子式的挥霍，只要认清崇高的人性与艺术的良心，而不阻碍艺术的苗长，多方面的尝试是好的，多方面的进取与创造是辛苦的，然而是快乐的"。② 换言之，李瑛的诗歌写作体现了诗歌的传统（含外国现代诗的传统）与现实的对接和融合。尽管李瑛的诗歌也受到了外国诗歌的影响，但是李瑛意识到必须注意汉语自身的特点和现代汉语诗歌自身的传统，这在一定程度上与李瑛北京大学读书期间，与朱自清、李广田、沈从文、杨振声、冯至、俞平伯、朱光潜、废名、常风等作家的交往，受他们的文学思想影响有关。在 1940 年代李瑛评价穆旦的诗歌时就强调：外国诗歌和哲学在带给诗人好处的同时也出现了相应的问题，"穆旦诗的句子有的则嫌冗长，读起来觉得累赘，破坏了诗的境界，尤其是节拍的美，而且有的句子为了要表现他的象征的意识，为了容纳他所征引的抽象的理论，所以在词藻上，显得还生涩牵强"。③ 而当新时期之后的诗歌研究者不断痛批"文革"前诗人的"题材"和思想的时代局限性的时候，我们会看到这种拨正过程中的时代合理性，但是恰恰很多人忽视了，这种所谓的纯粹的诗歌美学在当时语境下不可避免的策略性和意识形态性，这在一定程度上牵涉到对诗人所面对的"现实"问题。"现实"在不同时代甚至同一时代诗人那里，因为个人

① 李瑛、张大为：《李瑛访谈录》，《诗刊》2003 年第 7 期。
② 李瑛：《读郑敏的诗》，《益世报·文学周刊》（天津）1947 年 3 月 22 日。
③ 李瑛：《读〈穆旦诗集〉》，《益世报·文学周刊》（天津）1947 年 9 月 27 日。

以及其他更为复杂的原因带有差异性和多元性。每个人都生活在各自不同的历史年代和差异性的地理与人文环境之中，"现实"是具有时代差异性的，这体现在诗人不同时期的诗歌写作中。例如在新中国成立后曾出现大量的歌颂工业和城市建设的诗歌热潮，但是到了上个世纪末尤其是新世纪以来，随着后工业时代和城市化进程的空前加速，诗人对工业和城市则更多是持一种中性甚至贬义的态度。以李瑛新时期之前的诗歌写作为例，李瑛的出身和家庭环境，中学和大学时代民族和国家的酷烈的斗争，以及参军经历，对他的青年时期的生活、工作和诗歌写作来说就是最大的"现实"。"现实"对诗人来说是中性的，既可能带来不可替代的个性和重要性，也可能会形成"题材限囿"，形成视野和思维的定型化和窄化。如果不让李瑛去写他所熟悉的北中国乡村、家族、命运和历史，不去写他在参军战斗和采访过程中感受到的"现实"，这可能吗？题材从来都不应该是诗歌写作的问题（只是在一些特殊的历史语境下成了"大是大非"的问题），关键在于一个诗人应该始终明确，自己是在用特殊的诗歌话语方式在言说。基于此，我们可以看到，新时期之前李瑛的诗歌写作既可以看作"战士"诗，又可以看作是"个人"的诗。当然，在1949年至1978年这一段时间，李瑛的一些极个别的诗歌和特殊情境下的诗歌观念也确实带有一定程度的缺陷。比如在《献给火红的年代》诗集后记中，李瑛强调诗歌必须成为斗争的武器的观点，这也是生活和生存于历史旋涡下的诗人所难以避免的，而尤为可贵的是李瑛后来对此有着深刻的自我省察、检视和反思。

二

李瑛的诗歌尤其是新时期以来的诗歌写作，真正体现了诗人的角色——创造者。当与李瑛同时代的诗人纷纷搁笔或者诗歌写作早已定型化的时候，李瑛却不断在诗歌的道路上跋涉和探寻。他像地质勘探者一样不断地发现与创设，不断揭示为人们所忽视的生动的细节和富有象征性的场景。李瑛的诗歌就如在荒漠的大风中撒播的野豆荚，它们在粗粝的风沙和艰苦的环境中顽强地生长，成为精神生命的象征。在一定程度上，对于李瑛这样的诗人身份和所经受的波诡云谲的时代大变动，他的诗歌真正做到了"每一个时代的艺术家，是对他那个时代的远景献出了他们的一部分"。李瑛在细腻的观察、真切的感受、频繁的发现、强烈的问题意识和艺术自律的诗性抒写中，既呈现了历史的复杂性，也凸显了个体的主体观照和命运，在此意义上，诗歌成为诗人的"第二个祖国"。

在新时期以降的诗歌写作中，李瑛诗歌沉思的质素愈益明显，他在将视野投注到繁复的城市现代性景观和生存现场的同时，也不断回溯到历史和时间的深处。李瑛对飞速发展的城市化和工业化时代是怀有疑虑的，尤其是"到处都是牙齿"的钢铁城市，不断提高诗人"望乡"的高度和难度。李瑛的这些诗歌流淌成生命与历史共现和交响的河流，流淌成沧桑的时时回望"故乡"的河流，这些诗歌真正成为诗人布罗茨基所称的人类"记忆之诗"。尽管现实中的冀东大地上的还乡河已经日益干涸并且早已受到工业的污染，但是这条故乡的河流却成为诗人生命和诗歌写作的深深胎记，"几十年匆匆远去/越是年老，越是梦长/我要把最后一把泪/洒在故乡野草的根上"（《思念埋我童年的故乡》）。北方的乡村和梦乡中的记忆，成为诗人不断咀嚼的苦涩的"草根"，"至今，从时间那头/顺着燃烧的草根/仍能摸到我的骨头/从我的泪里/仍能闻到北方农村的苦味儿"（《风箱响起》）。

李瑛能够在微小的事物身上，反观个体的感悟、生命的印记和时光与历史的寓言，"傍晚，第三场秋雨停止/一只蜗牛从墙根爬出来/轻摇着两对触角/并用顶端的眼睛望着我/我问它到哪儿去/它不告诉我，只停了一下/仍孤独地搬着梯子/驮着它超现实主义的小屋和/一轮惨淡的夕阳/向上爬行/不理睬身边跳跃的麻雀/也不理会墙上掀动的红叶/越过石壁、苔藓、水迹/缓缓攀登，身后/留一条闪光的脚印/孤独的，你要到哪儿去呢/可不要迷路"（《今秋的最后一个细节》）。而李瑛诗歌在叶子、杂草、瓢虫和蜗牛、野豆荚等这些细小平凡事物身上所生发的沉思和想象力的形成，显然得力于他长时期繁忙的工作所形成的特殊的思考方式和写作方式，以及同时来自于性格因素的观察方式，"我学习写诗大都在一天的工作结束之后，夜深人静，才能伏在案前，展卷执笔。坐累了，便站起来推开窗子，迎着吹进的清风，仰望如海的夜空，但见星斗满天，有时是云月轻移，也有时是漆黑一片；望着这深不可测的苍穹，常引起许多奇想。时间久了，望星空便成了一个习惯"。①

---

① 李瑛：《〈望星〉题记》，《望星》，百花文艺出版社 1984 年版。

自 1980 年代以来，李瑛的不断出游、采风、寻访，使得他的诗思在神秘广阔的地理空间和客观对应物中得到不断的激发、碰撞和拓殖，这与浮泛意义上的"旅游诗"和"见闻诗"有着根本的区别。因为诗人在"自然的艺术形象"之中表现了对时代精神的理解以及人生哲理和美学趣味，"并不是如空中轻飘的雪花那样是一种转瞬即逝的东西，它们是有生命、有分量的，甚至是凝重的，是可以进入历史的"。① 李瑛在不断变换的地理版图上，更为真切地观察和体悟到广大中国土地上的差异性和生存状态的分化。在李瑛的这些诗歌中有时会闪现出程度不同的"裂缝"，这些"裂缝"中，凸显的是被我们高速度前进的工业时代所忽略的"沉默的大多数"和遮蔽的底层场景，"披满黄尘的长途汽车/颠簸几下又出发了/载着村民、打工者、淘金汉和杀人犯/驶过干河滩，碾轧着/没人注意的沙石、草根和鱼骨/再不会有冰河炸裂的轰响/留下卖馕的络腮胡子的老汉/卖鸡蛋香烟的乱发下/转动着黑眼珠的小女孩/七八间平顶土屋和三棵葵花/羊的叫声以及/一柱突起的旋风和落下的/腥膻尘土的沉寂/成为各个窗口共同的风景/中亚大陆的荒蛮和苦涩/历史的悲凉/追寻未来的艰辛/转瞬间小小的喧闹都熄灭了/突然变得遥远"（《汽车小站》）。

海德格尔认为，地理学者不会从诗歌里的山谷中去探寻河流的源头，而李瑛则在山谷、河流和地理学中不断探寻精神、生命、历史"河流"的若隐若现的源头，"作为一个中国诗人，要深刻了解我们这个历经沧桑的民族和我们的国家，要了解它的昨天、今天和明天，应该到山里去，去认识那些峰峦叠嶂的群山、那些峥嵘嶙峋的巉岩以及峭壁下令人目眩的大峡谷，去认识那里生生不息的野草和泥土"。② 李瑛对人文地理、自然地理和诗歌地理的同时探询，在当下的时代具有重要的诗学意义和启示性。在新移民和城市化时代，去地方化、去差异化的经济一体化，使得自然地理和人文地理受到前所未有的伤害、遮蔽和挑战。李瑛的热情、知性、自由和执着一起，构成了这个时代启示录意义上的诗歌点燃与照亮，他的身后是无尽的历史烟尘和深不见底的地理文化沟壑，其间可见个人履历、历史记忆和生命想象的闪烁斑

---

① 李瑛：《〈睡着的山和醒着的河〉后记》，《睡着的山和醒着的河》，华艺出版社 1992 年版。
② 李瑛：《〈山草青青〉自序》，《山草青青》，四川文艺出版社 1992 年版。

点。在繁复和不断变化的地理的河流、戈壁、草原、冰川和峡谷中，李瑛不断发现和创设着自己的诗歌地理学，不断寻溯一条属于历史、文化、生命和理想的诗歌的莽莽河流。李瑛新时期以降的诗歌，呈现出当下时代诗人少有的宁静、自足，以及不断试图倾听、回溯、发现和创设的可能。李瑛诗歌的安静质素又是特殊的，这生发于隐秘的内心深处的"教堂"与"圣地"，当然这种内心的呼应也同时指向了当下性和"永恒性"，关涉了个体、生存、时间、"现场"、"社会"和历史共同形成的复杂场域。李瑛的诗歌既具有个性化的"现实"感，又同时有着强烈的"超现实"的冥想、独语和"虚构"成分。李瑛的诗歌相当沉静，沉静的个体呈现的却是诗歌和生存以及历史和传统深处无处不在的各种声音的回旋。李瑛和他的诗歌就像是不断压低了自我声响的河流，他在前进或回旋的途中，从而在最大限度上感受、倾听、回应了河流两岸、河底和上空的各种事物所焕发出的最为本源、最为自然也最为撼人心魄的声响，"你可听见我的声音／我的透明的清澈的音符、语言、色彩和光线／在寂静的空间深处／向前奔涌／没有一分钟停止／把世界抛在后面"（《我像河流》）。

在这条不断压低声响的河流中，在不断地躬身向下探询的精神头颅的仰望中，我们不断听到真正的源自自有万物以及生命骨骼自身的各种各样的响声。在这些压低声响的河流上，你看到了什么不一样的景象？听到了什么久违的令人动心或厌弃的声响？诗人的河流仍在流淌，这一切才构成了内心和语言深处的"祖国"和"母语"的回声。

原载《解放军文艺》2011 年第 2 期

李瑛论

叶　橹

一

　　中国新诗发展的历程，因为同现实社会的剧烈动荡紧密的联系而呈现出斑斓的色彩，而众多的诗人们又因为卷入各种不同的政治运动和文艺思潮，直接或间接地影响着他们个人的生活命运，以至于决定了他们艺术生命的或长或短。就一个诗人的创作成就而言，创作时间的长或短，未必是决定其成就大小的根本性因素。但在中国新诗出现迄今的历史进程中，我们的确看到了许多诗人因为外力因素的干扰而不得不终止其创作的现象，即使是一些被认为是诗坛泰斗级的诗人，也未能避免这种命运的光顾。因此，一个诗人能持续不断地在近70年中写作不辍，不能不说是一种幸运，而这种幸运极为稀少地降临到一个诗人身上，他就是李瑛。

　　在李瑛的近70年创作生涯中，自然会有丰收或歉收的年代，他的幸运在于，人们能够从他的创作实践中，以较为平和与客观的眼光来做出评价，权衡其得失。2011年5月，人民文学出版社出版的《李瑛七十年诗选》，为我们提供了一份考察其诗歌创作实绩的资料。

　　对于像李瑛这样的诗人，人们在考察他的诗歌创作道路时，不能不首先注意到，他是在什么样的历史背景和社会条件下进入创作状态的，以及他个人又是以什么样的政治姿态和介入方式来实现其诗歌理想与追求的。因为李瑛在长达70年的诗歌创作历程中，虽然不能说是一帆风顺地走在艺术的康庄大道上，但也的确没有如另外一些著名诗人那样经历过巨大的政治磨难。这样具有个案性质的生活经历，无疑会在他的整个创作背景中呈现出一种独特的"光晕"，这种"光晕"甚至笼罩着李瑛的大部分诗歌的品格和品质。

　　首先，李瑛属于早慧的诗人，他写《播谷鸟的故事》和《碎梦》时只有

17岁。然而，在他的眼里看到的却是"荒芜的土地没人收拾/饥饿的时代将你蹂躏/播谷噙着泪，伫立在田野/呼唤着，呼唤着"，他眼中"螟虫在飞，蝗虫也在飞/我们的枕畔/铺一个饥荒的梦……"一个只有17岁的眼中的这一幅悲凉的景象，显然并不是属于"为赋新词强说愁"所使然。而在《碎梦》这首短诗中，我们倒是读出了些许属于所谓"小资产阶级"的自恋与孤僻的意味。那些"落在啜泣的风里"的"碎梦"，那些"塞上有轻摇的驼铃/有太多血腥的风雨"的感叹，还有"曼陀罗的枝叶/深锁住无语的沉寂"之类哀怨，可谓相当典型地表达了处在苦闷和彷徨中的青年人的心境，而他在诗的结尾中写道：

> 梦中的花开了，
> 梦中的花谢了，
> 拾起今朝的泪珠，
> 注在自己的灵魂里。

这种"释梦"的方式虽然不乏浪漫的情怀，却也不难看出它所呈现出某种程度的"戴望舒式"的诗歌方式。

以上对两首短诗的简单评析，好像属于印象式的点到为止，其实我是想说明，李瑛的步入诗坛，其实是由他所处的那种历史背景决定的。因为满目疮痍而激发起他的忧国忧民之心，因为接受了新文化新诗歌的艺术熏陶而使他具备了进入诗歌殿堂的某些基因。同时我们也可以看到，李瑛从一开始走上诗歌创作的道路，他所选择的就是一种积极的介入方式。他不能在一个全民族处于悲惨命运的时代，只沉迷于个人心灵狭小天地里，即使像《碎梦》那样的小资产阶级的自恋与孤僻的感情世界，他也很快地从中走了出来。

从1943年到1949年的6年间，可以说是李瑛诗歌创作的初始状态。这6年中他所写的诗，大体上就是沿着一种逐步地接近社会真实而增强了它的现实感，在面临着血与火的斗争中进而把自身的命运同时代的更迭而共同起伏，因此我们看到了他的诗歌中一些增长着的积极因素。如果说在《散步的夜》这样的诗中，我们依然读到如下的诗行：

> 十二月袒着威严的胸脯，
> 露出残暴的肢体；

夜，携着呻吟和数不清的焦虑，

携着饥饿的人和他们家族冰冷的尸体，

散步在冻结了落叶的冰河上。

　　那么，我们不难看出，这样的把大自然景观赋予拟人化的意象处理方式，似乎证明了李瑛的对社会观察的现实感中，更进一步地融入了他在接受现代诗歌艺术处理的技巧。虽然是起步的初始状态，他毕竟显示出李瑛的诗歌禀赋之不同于一般。

　　随着抗日战争的胜利而面临着新的历史抉择的中国，它的未来命运的难以预料，似乎在李瑛年轻的心灵中激起了波澜，这在他 1946 年所写的《桥》中有着明显的心理暗示："桥"是一种心理的象征，它似乎暗示着诗人将通过这座桥而进入或抵达另一种人生境界。我们从这首意象罗列相对繁杂的诗歌中，似乎看到了一位青年人从贫瘠的土地上踽踽前行并思绪万端，而当他浏览了一切景观之后，他表达出的是一种信念："我要到桥上去。"他将在桥上回顾历史，同时在桥上下定决心：

为此，我要歌唱我的祖国

我的苦难的民族

我现在已经完全长成大人了

我应该承担一个大人所

应做的工作，庄严的工作

让桥帮助我

认识历史的今天，以及明天

去学习，去工作，去战斗

　　写这首诗时正是 20 岁豆蔻年华的李瑛，豪言壮语难免有些空泛，但他在前面所做的一系列铺垫和意象罗列中，已经形成和造就了诗的氛围，所以这种口号式诗句的出现，也还不那么令人厌恶。

　　李瑛以诗歌介入社会和现实的方式，似乎是随着时代的大变动而日益地激越亢奋起来。在《脊背》、《歌》、《暴风雨之前》这样一些诗歌中，我们明显地感到了他有一种迫不及待的企望。他企望着摧毁旧世界，他企望着建立新秩序，因此他"在你的脊背上/我觉得世界多么贫穷/在你的脊背上/终将建起新世纪"!

诚然，历史没有辜负李瑛的企望，而他也正是在对"太阳"和"鲜红的旗"的讴歌中，迎来了共和国的建立。

作为一个以积极的姿态介入社会现实的诗人，李瑛似乎从他写诗的发端便决定了他走向的终点。因为他对旧的社会现实保留着深刻的憎恶，决定了他毫无保留地拥戴新的社会秩序；因为他的服役军人的身份，更决定着他始终以一种战士的眼光在审视着周围世界的一切事物。李瑛是一个随军的文化战士，但他的文化修养却是在从军之前就有了较为丰厚的积蓄了的。因此，在他多年的军旅生涯中，他虽然不断地以一名战士的身份在观察审视着那些能够赋予他诗性感受的事物，但是他的文化修养以及内心深处的知识分子的良知，却在潜意识的深处不断地暗示或启迪着他。诗歌创作是一项不同于一般的政治表态的艺术行为，一个诗人可以在介入现实的方式上进行抉择，但不应该以非诗的方式表达自己的政治态度。或许正是这种较为慎重稳健的文化姿态，使李瑛在其后的岁月中，既没有因过"左"的激越行径误伤其类，也没有因为所谓"右"的言行而遭到政治上的劫难，这也正是在近70年的创作生涯中，他没有受到过大的政治冲击而得以保存其创作实力的根本原因。作为一个在长期的创作生涯中不断寻求着自己的艺术方式的诗人，李瑛或许是一个在狭小的生存空间中努力地寻求着生存之道的幸存者。正因为如此，我们在考察其全部诗歌创作的实绩及其衍变过程中，不能不注意到这种生存状态所造成的深深的痕迹。撇开一切诗外的因素，我们把李瑛作为诗人的个案来加以分析，也许能够较为客观地看待发生在他身上的一切表现。

二

进入新中国成立之后的李瑛，基本上是以一个现役军人的身份而奔波在祖国大地和大江南北，由于他特殊的随军文化工作者的身份，使他有可能在更广泛的范围内接触各种不同层次的军人，遍布不同据点的基地和哨所，所以在表现当代军人生活的范围上，李瑛显然具有相对优越的条件，这也就是为什么在军旅诗人中，李瑛的诗歌不但产量较高，而且其表现的军旅生活的领域也比较宽广的原因。或许可以说，在当代的军旅诗人中，李瑛的诗歌创作是产量最高的诗人。在当年那样的政治环境下，以革命军人的身份而写下的众多诗篇，自然会在军营内和社会上产生强烈的反响，而李瑛的诗所受到的欢迎的程度，很自然地反映在他的诗集的出版上。从 1951 年到 1976 年，李瑛出版的诗集高达 17 部，这恐怕是新中国成立后任何一个诗人都没有做到的，这其间还有十年"文化大革命"的停滞年代。也就是说，李瑛以平均不到一年的时间就奉献出一本诗集的成果，为相对荒凉的中国诗坛增添了一些亮色。

当我们现在回顾这些历史的时候，自然同样会看到其中隐含着的令人倍感苦涩和荒诞的意味，然而对于李瑛这样的诗人来说，我们不应该指责他的创作热情，在一种时代和社会洪流的裹挟之下，任何个人都难以抵御这股强大的势力。李瑛没有被卷入洪流之下成为无辜的牺牲者，这是他的幸运，但是也同样使得他的诗歌在总体上缺少了一些悲剧性的沉重感。我们固然不能要求每一个诗人都必须经历自己生命史上的"地狱篇"，但在心灵史上具有"地狱"意识的诗人，总会比那些天真的乐观主义者要更具有历史感和沉重感。李瑛显然已经意识到了自己在这方面的缺陷，所以在《李瑛七十年诗选》中，他对自己在这 17 部诗集中的诗篇，仅仅选择了不到 40 首诗载入，这也可以明显地看出他对自己这些诗所持的态度了。

一个诗人，特别是处在我们所经历的这样一个特殊历史阶段的诗人，只要还良知未泯，就不会不反思自己曾经走过的道路，只有那些已经"心死"了的顽劣之徒才会至死"不忏悔"。李瑛是一个有着丰厚文化修养的诗人，他对历史的反思或许早已开始，否则，他不会借周恩来的辞世而写下那首后来影响颇大的《一月的哀思》。作为一位对中国现代历史产生过巨大影响的人物，周恩来的辞世是在历史的关键时刻，而他给中国人在心理上所造成的沉重感和悲痛感，也可以说是特殊年代下的产物。如今事过境迁之后，我更愿意把这首诗看成是时代的悲剧感笼罩下一个诗人内心深处难以言说的期待和思考。这首诗的悲怆而低沉的旋律、它的压抑而凄楚的情绪，只能理解为现实的沉重感在诗人内心深处的反响。当李瑛写着下面这样的诗行时：

> 并且，我要写一首诗，
> 暂埋在这冰封雪覆的土地，

> 待明天，春满人间，
> 我坚信，它会萌生，
> 迎着阳光，
> 长出绿油油、绿油油的
> 美丽的叶子……

我想，这时候诗人的内心所期待着的"阳光"，一定是内心深处未必非常明确而相信必定会出现的一种局面。

《一月的哀思》虽说曾经影响颇大，但是作为一首诗，我认为它的影响是因社会氛围的相互共振而造成的效应。如果客观地评价它，我认为其成就主要在对一些悲剧性的细节的铺陈上，对一些场景气氛的渲染上，而过多的政治理念的夸张性表达，似乎损害了它作为一首诗的艺术品格。

在我看来，预示着李瑛诗歌创作上一种转变，或者说是体现了李瑛的艺术意识的自觉追求的，却是那首《我骄傲，我是一棵树》。

这首写于 1980 年的诗，在时间上似乎暗示着一个新的年代的开始，而对于李瑛来说，则明显地具有一种宣言的性质。"我骄傲，我是一棵树"，这一句看来如此平凡的宣告式的话语，在现在看来是如此平淡而正常，但在曾经的年代里，"我"是一个多么令人困惑的主语。郭小川因为一个"我号召"招来多少责难，又因为我"望星空"而被扣上"悲观"、"丧失信念"的大帽子。在理论上一直强调表现"大我"和"抒人民之情"，似乎"我"就是意味着"个人主义"、"小资产阶级情怀"，就是卑微猥琐，就是野心勃勃。而如今，李瑛公然地喊出了"我骄傲"，特别是在他这一代人中，这是一句多么难以理直气壮地喊出来的一句话。也许在李瑛的内心深处，这个"我"的蠢蠢欲动，正是意味着他在诗歌艺术的一种觉醒、一种自我觉醒后的艺术追求的发端。

作为一首诗，当然不会因为有了"我骄傲，我是一棵树"这样的宣言而获得它的艺术品位，重要的在于，李瑛在这"一棵树"的意象中，获得了许多立体的意象空间：

> 山教育我昂首屹立，
> 我更矢志坚强不扑；
> 海教育我坦荡磅礴，

我便永远正直地生活；

条条光线、颗颗露珠，

赋予我美的心灵；

熊熊炎阳、茫茫风雪，

铸就了我斗争的品格。

像这样一些排比诗行出现在李瑛笔下，其意义并不仅在于这些诗句中隐含着的气韵、节奏和旋律，更在于李瑛从孤立的"树"的意象中，联想到诸如"山"、"海"、"光线"、"露珠"、"炎阳"、"风雪"等一系列相互关联的意象群，从而形成了一种立体的空间感。这种意象群所形成的立体的空间感，不仅是摆脱了以往他的诗中抒情方式的平面和单调的格局，而且在整首诗的抒情方式的进展过程中，我们也能逐步地感受到一种由于情绪进展而达到的高峰体验。当诗的最后一节写到"假如有一天，我死去/我便平静地倒在大地上/我的年轮里/有我的记忆、我的懊悔/我经受的隆隆的暴风雪的声音/我脚下的小溪淙淙流响的歌/甚至可以发现熄灭的光、熄灭的灯火/和我引为骄傲的幸福和欢乐……"我想细心的读者一定会从这些诗行中，读出许多李瑛内心深处的所思所想，读出一个诗人对自我灵魂的深度而诗性的剖析。我在前面说过，一个诗人不必一定在生命史上经历过"地狱篇"，但应当在心灵史上经历过"地狱篇"。在李瑛的记忆和懊悔中，在他的曾经熄灭的光与熄灭的灯火中，是不是就是他的心灵史上的"地狱篇"呢？自然，他依然没有忘记那些生活中流响的歌与幸福和欢乐，这是因为，他从一开始，就是一个以积极的方式介入生活的诗人，也正因为如此，我们才可以从他身上和他的诗中，读出更多的立体感。

如果说《我骄傲，我是一棵树》预示着李瑛在诗的主体意识进入了更为自觉的艺术追求的话，那么，在其后的更多的诗歌创作中，我们能够期待些什么呢？

首先我想说的是，对于诗人以"我"为核心的突破，绝对不应该被理解成是所谓"通向个人内心的狭小世界"，恰恰相反，它是一种对个人内心所受到的束缚和桎梏的解放。以李瑛的诗歌创作为例，当他在 1950—1970 年代中期的创作中，不断地以部队战士的生活为题材，以所谓公众性的目光和感受为写作出发点时，其中的很大一部分诗作，都只能起到新闻报导的形象化阐释的作用。而当他偶尔地摆脱那种政治视野而以一种较为平和宁静的诗性感受落笔时,却总是能够显露出他作为一个诗人的禀赋和才气。在 1956 中他写的像《静悄悄的海上》、《贝壳》等诗,可以说是他在那些年代写下的精品,像《静悄悄的海上》:

> 静悄悄的海上,
> 一张帆在远行,
> 在那遥远的水天尽头,
> 仍然有我们的岛、我们的城。
>
> 帆在海的光洁的胸脯上滑着,
> 太远了,看不见动——
> 像南方中午堤边的蝴蝶,
> 那样静,那样轻。

这样的诗,无论过去多少年,人们在品读时都会产生一种美感和愉悦。可惜的是,在那样的年代,一些人也许还会把这类诗视作异端呢。而李瑛也不是没有这样的禀赋和才气,只是他的心灵的空间被另外一些更为强大的势力所挤压,不得不把真正的诗性生机扼窒而让粗砺的榛莽丛生。

所以从诗性的表现角度而言,"我"的内心世界的摆脱束缚获得解放,不是缩小了而是扩大了诗人对外在世界的感受张力。李瑛在 1980 年代以后的诗歌创作中,正是在反思了许许多多曾经的失误中,逐步地意识到打开心灵之窗对于写诗来说是何等的重要。1982 年他写了一首《鸽子》,诗不长但意味深远。他在凝视鸽子时不禁感叹:"它该是天空和大地的真正的主人/像个个音符,在轻轻歌唱。"可是自己呢:

> 呵,多年来,我浪迹四方,
> 遗失了多少梦、多少遐想!
>
> 从乌拉尔山到密西西比河,
> 从阿尔卑斯雪岭到依洛瓦底江。
>
> 我饱览了不同风姿的城镇,

认识了不同颜色的思想。

我渡过一条条不同性格的河流，
饮过一杯杯不同韵味的酒浆。

在这些诗行中，我想他所感叹的的绝不仅是各种各样的"不同"而已，他一定是对某种"大一统"的思想和行为产生了必要的反思的。然而李瑛在此诗中所寄托的意旨，又不仅仅是一种宽容的气度和心态，他在下面的诗句里写道：

但各地相同的只有鸽子，
单纯，聪慧，像温顺的姑娘。
……
是从毕加索笔下飞出的吗？哦，但愿，
但愿你心头永无忧虑，眼里永无惊慌……

原来诗人在他含蓄的暗喻中，隐藏着一个宏大的主题，把毕加索 30 年前画的一幅呼吁世界和平的"和平鸽"从诗中幻化而出，足见出诗人的匠心所在了。

1980 年代的开放赋予了李瑛更为宽阔的视野和信念，使得他逐步从一个"军旅诗人"的身份转化成具有全球视野的诗人，军人身份的淡化在李瑛身上并不意味着他责任心的淡化，而是促使他摆脱某些过于实用性的工具化的写作方式。在频繁的国际文化交流与种种亲目所睹的现象中，李瑛在《告别》一诗中写下了这样的诗句：

回去，带一腔温暖的感情，
孩子的天真，老人的谦和；
回去，带回一个复杂的世界，
到地球的那一边，让我思索。

正是基于这种对"复杂的世界"的思索，使李瑛笔下的西方世界不再简单地只是腐朽与堕落，而是一个充满五光十色的喧嚣又不乏宁静温馨的全景式的存在。他笔下的"百老汇"与"瓦尔登湖"是同时存在的，林肯和金斯堡也是各有其生命的价值的。

如果说一个开放的世界对于诗人来说是一种契机的话，那么诗人自身的心灵世界也必须敢于向外界敞开。当李瑛从外面的世界吸纳了许多复杂斑斓的事物和现象时，并不意味着他只是处在被动的层面上的吸纳。他还必须对接触到的事物和现象加以观察审视，并且在反思一切时重新获得对自己所生存着的这片土地上的事物和现象给以再认识和再审视。李瑛曾经是向旧社会宣战的战士，是新社会的热情拥戴者，但在既往的岁月中，他作为诗人的目力所及之处，也许忽略了某些隐含和寓意着更为深刻的历史内容的东西。当他重新以审视的目光看待和观察我们生存的这片土地时，他又重新获得了许多对事物的认识，对现象的思索与剖析。我们不能不注意到，自 1980 年代以后，李瑛在周游了一些外国并写下他的感受的同时，把更多的注意力投向了自己生存的这片土地。

李瑛曾经是一名随军记者，他在 1950—1970 年代已经把足迹留在了祖国的大江南北和高山湖海之间。然而他的军人身份所形成的特点，使他更多的是以战士的目光来看待周围世界的，而对战士所要求的积极向上、坚定乐观的品质，自然会极大地影响和渗透到他的大部分的诗作之中。这是李瑛早年那些诗作的优点所在，但也不可否认地造就了它的简单化的局限。当李瑛以新的眼光、新的观念和新的思考重新面对周围的事物和现象时，我们就会看到，他笔下的诗篇不再是那种简单的颂歌和平面的场景。熟悉李瑛以往诗歌创作情况的人都知道，在以往他的那些写部队兵营哨所的诗，大多以实写的描述为主，在火热的生活场景中传达出某种理想与信念的坚执。那些主题十分明朗的诗，是当时社会环境与舆论氛围的产物，也是李瑛在现场中的真实感受，但毕竟因为过于实在而限制和约束了诗性的飞扬。当李瑛在新的时代起点上重新审视并反思既往那些写作方式所存在的局限时，他非常清醒地摒弃了一些应予摒弃的写作方式，同时仍保留着一些他认为应予坚持的原则和方法。对于李瑛在 1980 年代以后诗歌创作中出现的一些新的现象和突破，我们还是应当给予足够的重视和研究的。

三

我对李瑛 1980 年代特别是 1980 年代中期以后的诗歌创作进行了一些归

纳和分析，大体上做出如下的判断。

首先，曾经以随军记者身份步入诗坛的李瑛，对于周围的事物和现象具有敏锐的感受力和观察力，但在既往的那些岁月里，他的这种感受力和观察力，大抵都是指向生活中那些亮色的部分，而对阴暗的或隐藏在亮色中的“阴暗的潜伏”，他或许是视而不见，或许是一种有意的回避，这自然就形成了他诗歌中较为单调和平面的结构。而在 1980 年代中期以后，他的诗作中，明显地出现了一种较为复杂的视角，从而使其诗作具备一种立体感。特别是他足迹所及的地方较为广泛，因而在表达和表现他的各种观感时，非常突出地呈现着沉重的历史感和苍茫感，这在他写大西北黄土地的一些诗篇中，表现得尤为突出。西北边塞的大漠风光，自古以来就是诗人以诗篇歌吟的题材。李瑛在 1960 年代也写过诸如《敦煌的早晨》、《戈壁行军》、《戈壁兵站》、《戈壁日出》这样一类透示着生活中积极向上的乐观情绪的诗篇，但是如今在李瑛眼中的一切，却呈现着复杂斑斓的具有浓郁色彩的苍茫与沉重。不妨看他在《黄河落日》中写下的诗行：

辛勤地跋涉了一天的太阳
坐在大河上回忆走过的路
历史已成废墟
草滩，爝火
峥嵘的山，固执地
裸露着筋络和骨骼
黄土层沉积着古东方
一个英雄民族的史诗和传说

从中不难看出，“太阳”的拟人化的回忆，显然寄托着诗人自身的沉思。诗中的“如血的残照里”，“余烬中闪亮的炭火”，“跳荡的星星”，“在蟋蟀的鸣叫的苍茫里/闪烁……”这样一些短句，成为一种极具联想力的氛围渲染和寄托。把这样的诗同他当年那些写“戈壁日出”的景色和氛围加以比较，就不难看出李瑛的诗性感触的神经所伸向的部位，所存在的不同的差异。或许可以说，一个是写“落日”，一个是写“日出”，其氛围自然不同。那么，不妨再看他的另一首《长城日出》中的前两节：

弓箭、长矛和马嘶

已经锈蚀、剥落

成碎片

成烟云流进古堡下的残句悲歌

埋进离离荒草

营养草籽和传说

又一夜过去，太阳

从冷苍石壁的苔藓上

从废墟野草的露珠上

腾腾升起

辐射着莽莽群山

在父亲们的背后

通红如火

这一幅"日出"的景色所呈现并隐含着的意味，同当年他笔下的"戈壁日出"那种"太阳醒来了——它双手支撑大地，昂然站起/窥视一眼凝固的大海/便拉长了我们的影子"，其氛围、其寄托，都存在着截然不同的切入方式。举出这种艺术表现方式的不同，不在于褒前者而贬后者，而在于考察一个诗人在艺术感受的方式上，是因其存在体验的不同而不同的。纯粹从诗语艺术表现力而言，像太阳"窥视了一眼凝固的大海/便拉长了我们的影子"这样的诗句，应该是属于佳句之列的。

当李瑛游走在祖国大地的崇山峻岭和江河湖海之间时，我们能从他大量的诗篇中读出他对祖国山川大地的热爱之情，但这种热爱之情常常伴随着一种对苦难与沉重的历史的沉思，这正是此前的李瑛诗中所缺少的品质。我们读到他笔下的《废燧》和《楼兰》，前者是"迟缓的节奏和韵律都凝固了"的历史留下来的"废燧"，一切曾经的风光和辉煌都已逝去，如今是"只有柴烟和泥土的气息/只有沙碛砾石的苦涩的气息/只有在梦里才能听到远去的流水"。不过诗人眼中依然没有忽略，"在废燧土墩的缝隙里/挣扎地开着一朵小小的黄得发苦的/蒲公英"。而"楼兰"这座曾经辉煌的城池，"只有一座残高十米的塔/斜插在沙海的地平线上/像一艘失事的船的桅杆"，它就"像一朵花凋谢了"。我们不能不感觉到，在李瑛笔下呈现出的这种对远古历史的回顾与沉思，当然不仅仅是所谓怀古之幽思，而是凝聚着他对现实的源头及未来走向的求索的。他试图从历史衍变中感悟到那些曾经的辉煌何以成为当下的荒凉，而我们又将如何执着于当下而避免它走向迷途呢？

尽管李瑛在相当一部分诗篇中写下了他对种种历史变迁的苍茫和沉重之感，他笔下的过眼烟云呈现出某种诡异的色彩，但从根本上说，他是一个积极的入世者，对理想和信念持有坚执的态度。他的诗中总是力图表现出必要的亮色，所以他才在"废燧"的缝隙里发现那朵黄得发苦的蒲公英，而在他另外一些诗作中，常常会以"卒章显志"的方式表现他内心的一种信念和追求，或许这就是李瑛的艺术个性的"这一个"罢。

其次，与对一些历史陈迹抒发其历史的沧桑感不同的是：李瑛似乎特别关注那些在自然生态和景观中某些具体的生物的生存状态，并且从这种状态中发现和发掘其诗性的内蕴。李瑛写过像《晋西北印象》、《江南印象》、《西藏印象》这一类给他留下整体观感的诗，也写过相当一部分通过具体场景和生存状态而使他心灵震颤的人和事，像《"喊叫水"》、《饥饿的孩子们的眼睛》等。这种从整体印象到具体的人和事的诗篇，留下的是李瑛在他足迹所及的地方的一种观察和审视，而这些诗给我留下的印象则是：李瑛是一个对苦难与贫穷的关注，远大于他对富裕和美景的倾心。他笔下的晋西北黄土高原，从陕北到西藏，在李瑛的笔触所及之处，充满着苦难的沧桑感和现实的贫困生存状态，而对他九次到过的江南，却只能写下一些相对一般而浮泛的赞美之词，这大概就是一个诗人的心灵关注呈现出的不同的"热点"吧。

从较为抽象的整体感觉到对具体的人和事的深切关注与体察，在李瑛的诗歌中有着相当普遍的表现，而在一些具体的意象中表现出李瑛某种诗性寄托的诗，则往往透露着这位诗人心灵深处的一种温情的关爱。像《蝈蝈》这种不起眼的小生命，在李瑛笔下则是：

> 这是一把中国琴，奏着
> 金属般高亢而激越的歌
> 在丰收的地方
> 宁静里，有一股
> 汗和泥土的香味
> 这是真正大地的声音

使录放机里的任何流行歌曲

都显得苍白

我们只能把这种"夸大其词"的描述，当成是诗人的一种心灵的倾听，是他在对大自然的悉心体察中发现和领悟到的生活哲理，从这样的诗中我们同样不难体验到李瑛的战士情怀中那些温馨的暖流。

然而在李瑛眼中的黄土地和荒滩沙漠中，毕竟存在着许多令人心碎的生存状态和生命现象。他写过像《一棵被伐倒的树》、《最后一棵胡杨》这类对生命的悲剧和生命的顽强赋予感叹歌吟的诗，但在他的心目中，生命的最大悲剧莫过于人类为了满足自身的私欲而肆意戕杀另类。《一尾东海鱼》是对人类饕餮之欲的憎恶所发出的抗议，而《一次宴席》中那只被当作美食的牦牛，在"嬉笑的男人和女人"酒足饭饱之后，还要被滴油的嘴喷出一句："这肉很粗，还有点土腥！"可见一些人的堕落的丑恶嘴脸。诚然，诗人笔下的这样一些"个案"，只能从诗性所表达和表现的精神角度予以把握，从中见出一种精神的指向。许多人在一些生活现象中见到的只是事实，而诗人所力求表现的则是事实之中蕴藏着的人性之善恶。把事实混同于实存之上的精神探索与追求，正是一些人对诗人产生误解的根源。诗人的"第三只眼"所看到的东西，必然是一般的人所看不见也无法理解的东西。

我甚至还发现，李瑛对于"石头"有着特殊的感情寄托。这种一般人因为自在之物又毫无知觉的东西，能够从中发现什么奥秘呢？说来也许有点话长，早在1947年，李瑛就写过一首《石头：奴隶们的武器》，在那里，他是把石头纯粹作为一种战斗武器来看待的，但是他在"我们不能不为自己高兴/我们的武器这样多/我们不能不为石头高兴/它能做那么多伟大的事情"的兴奋之余，却别出心裁地写道："我们用石头参加战斗/每块石头都记得我们的歌声。"石头一下子从自在之物变成了有记忆的生命存在了。是不是从此就让李瑛对石头产生了难以磨灭的记忆情结了呢？反正，在此后多年李瑛的诗中，"石头"一词经常会无端地出现在字里行间。只要是写到荒原沙滩，什么"天上的星星都变成了干涩的石头"，"牦牛不是石头"，连"蜥蜴"也以"当然它不是青铜和石头"来比喻。也许为了表达他对石头的深情，他还写过一首长达60行的《石头》，在诗中赋予了石头以"汗和泪，搅拌着思想的感情"，说"它有血液，血在流淌"，"它有心脏，心在跳动"诸如此类

的"玄思邪说",在诗中被多方面多层次地"解释"和"说明",他最后得出的结论是:

> 站在庄严的石头面前,
> 像站在宇宙面前,我想起生命,
> 想起我们的地球在倾斜的轨道上旋转,
> 难道不该把每块石头,都叫星星!

这样一首可称之为"石头颂"的诗,它所表达的是一个诗人对它特殊的情结,而它所寄托的,或许更是一种象征着坚强刚毅的精神。然而不仅如此,他还写过《想家的石头》。这块青海诗人送给他的石头,与其说是一块石头,不如说是一幅历史与现实断续相联的长卷。从中我们可以看到"荒滩上悲壮的牛血","冷彻骨髓的雪水","山鹰和它的影子",而且还能感受到它的"一颗心脏有力的搏动","它似乎不喜欢这座拥挤的/日夜喧闹的大城",如此等等。而这块石头:

> 无奈地蹲在我的窗口
> 日夜地瞩望着大西北
> 　　总想回去
> 我担心有一天它会爆炸

这最后一句"爆炸"一词可谓石破惊天。如果这块石头真的爆炸了,那么,一向被认定为现实主义诗人的李瑛,或许就成了魔幻现实主义诗人了。不过说句实话,石头在李瑛笔下,的确已经具有了不同程度的魔幻意味,他曾经在"长江号子"中听出了那"咯血的号子","会说成石头",于是把这粒幻想中"沉郁的石头"变成"捡一粒岸边的石子回家"的现实行为,而在悼念父亲辞世20周年时又写下了"父亲走了/我的泪变成了石头"的诗句。石头已经成为李瑛挥之不去的一种具有多种变化品格的意象,这在李瑛诗歌中,的确是一种有趣而值得关注的现象。

再其次,我们还应该注意到,在李瑛诸多诗的意象中,还存在一种对生命存在的形式的凝视和关注。在我看来,这或许是他在经历了对复杂的社会现实的感受和观察之后所获得的生命意识。我一直在强调着李瑛作为一个积极入世的诗人的基本品格，但并不意味着他是那种浅薄的盲目乐观主义者。曾经的健康向上、积极乐观，或许是他人生的初始阶段中的主导意识，而在他步入中年和晚年之后，生活本身的历练使他逐步进入沉稳的坚执，而他的目光中日渐增添的沧桑感，必然会在他的诗篇中得到表现。

我曾经在一篇短文中对他的《生命》一诗做过简略的分析，我之所以在他众多的诗篇中特别注意到这首诗，是因为我从中感受到李瑛笔下的那一幕场景，深深地震撼着我：

> 阳光在沙滩上燃烧
> 一条条鱼静静地晾在绳子上
> 海，对它们已经关上了门

从这样一幅场景中透露出的生命的悲剧，其强烈的对比：阳光在沙滩上燃烧和海的关上了门，使一条条鱼的死亡的存在更显得富于悲剧性。那些曾经活泼地鱼跃的生命，如今被渔民们作为"战利品"而展示并将成为人们餐桌上的美味。我不知道在李瑛的心灵深处究竟对这种现象做何思考，但是我作为读者的浮想联翩，却总是对"万骨枯"后面的屠戮者和受益者的狰狞面目产生齿冷的憎恶。的确，当无辜的生命被它们赖以生存的生活之海关上了大门之后，另一些饕餮者却为此庆幸不已，这难道就是我们应该接受的弱肉强食的生存规律吗？

与《生命》类似的诗，还有《羊角壁饰》、《蝴蝶标本》以及那首带有李瑛个人生活体温的《一只马蹄铁》。这些诗的一大特点是通过一件件具体的物象，从中揭示出一种历史的渊源，当物象成为意象时，诗性的光芒便呈现出来。而李瑛在某一阶段特别钟情于此类诗篇的写作，同样呈现出他诗思的一种倾向，也许这正是他从个人生活经历和对历史的审视中，得出的一种具有诗性感悟的创作方式。诗歌创作当然不应该有固定的模式和套路，但在每一个诗人的实际创作中，的确存在着某一阶段中特别热衷于某一方式的创作方式。如何解释这种现象，也许是一个更为深刻地存在于诗人内心世界的潜在的心理学问题了。

在李瑛笔下，有关生命形式的种种呈现方式，其实是一个涉及非常广泛的社会现象又难以作出明确解答的问题。他在许多诗的意象中暗含或寄托着对诸多生命品质的讴歌和向往，譬如早年写的《贝壳》，1980 年代以后写的

《鹰》、《根》、《一只山鹰的死》等；另外他也写下了许多对生命的残缺或遭蹂躏的现象，如《一棵被伐倒的树》、《最后一棵胡杨》、《一只沙滩上的锚》、《看一棵雷击的树》等。总之，在这些生命形式的表现中，暗含或寄托着李瑛作为一个诗人所观察和体验到的复杂的人生况味，特别是他的《赤狐》，在倏忽一闪间捕捉到的对生命的呈现和影响，有一种灵思的敏悟：

> 倏忽，雪粉腾起
> 一道光，照亮
> 一片沉重的山谷
> 一双明亮的眼睛
> 一条毛绒绒的长尾
> 一个极具激情的活泼的
> 生命，一掠而过
> 茫茫空间，积雪坠落
> 发出金属的声响

李瑛在这首诗中捕捉到的感觉，是一种颇具神秘感的领悟。"在生的逃离与死的逃离之间"，他似乎了然于心，又似乎余意未尽，而我们只能从他的诗性的感悟中生发出对生命的感叹。结论似有若无，一切只沉迷在它的过程之中，这大概就是一种上佳的诗性体验。

最后，随着李瑛的步入耄耋之年，我们从他的诗中逐渐地体验到一种淡定的平静和悠思。他似乎在总结和思考自己一生所走过的道路，在《秋天的黄昏》中，他在感受到"辽阔肃穆中的惊心动魄的美"之余感叹：

> 我的生命
> 积累了许多东西
> 放弃了许多东西
> 而今变得越发
> 简洁、淳朴和真实

这种具有抽象性的词语，如果放在一般的诗篇中，或许缺少令人动心的感染力，但当我们回顾了李瑛在70年的诗歌创作中走过的漫长而崎岖的道路时，它们又似乎是十分具象而动人的。

我一直认为，从《我骄傲，我是一棵树》之后，李瑛在诗歌创作上一直在沿着比较清醒的艺术自觉的道路前行，虽然由于他自身的人生信念和对诗所持的言志和教化作用的理解，难免在诗中过多地重复表现那些"卒章显志"的理念而使得他的一些诗作有一种模式和套路。对于诗人的创作模式和套路的形成，我们需要结合每一个诗人的具体情况进行实事求是的科学分析。李瑛从一开始就是把诗作为一种介入生活的斗争武器来看待的，他对旧社会的腐败堕落的生活方式深恶痛绝，因而在进入新社会时自然是持无保留的赞誉讴歌的。然而人类社会进展的复杂性往往不是一般人所能逆料的，作为诗人的李瑛，只能从自身的人生经历中抒写他的感情、感受和感悟，我们不能强求他脱离自身的人生经验而写出另一种类型的诗。

作为一个在当代诗坛留下大量诗篇并有一些有影响力的佳作的诗人，李瑛的存在是不容漠视的。也许在若干年后，人们仍然可以从这样一位诗人身上透视一个时代的片鳞只爪，从他的诗作吸取一些有益的经验和教训，能如此，对于一个诗人来说，不就是最大的荣誉和对他生命价值的肯定吗？

2012 年 1 月 12 日完稿于扬州

矗立在历史长河中的界碑

——李瑛军旅诗歌论

洪　芳

　　李瑛是中国当代军旅诗歌史上极为特殊、极为重要的一位诗人，他的特殊性和重要性首先在于他以异常的勤奋为中国当代军旅诗坛留下了大量诗意葱茏的作品，据不完全统计，李瑛出版的以军旅题材为主的诗集就有 10 余部，数量众多的诗集说明了诗人对诗神的不倦求索和对人生、社会源源不断的倾听与诉说，然而对于中国当代军旅诗歌史而言，李瑛存在的一个更为重要的意义在于：在中国当代军旅诗歌 50 年的流变历程中，李瑛成为一个不可替代的参照系，正如朱向前所言，"李瑛是开一代军旅诗歌并影响广远的军旅诗坛的杰出代表"，[①] 在"十七年"特定的历史情境中李瑛为中国军旅诗歌提供了一种单纯、透明、和谐的样式，在刚硬和粗糙成为主流诗风的年代里，"李瑛模式"哺育和影响了一批更为年轻的军旅诗人。饶有意味的是，新时期以后，在李瑛创作的极少数的军旅诗作中出现了刚性素质，显示出军旅诗歌特有的血性和力度，李瑛在军旅诗歌写作中试图超越既往风格的努力传达的是一种丰富的意义，它不仅仅显示出一位孜孜不倦的优秀诗人在尝试中的创新，更辐射出军旅诗歌的某些特质在特定时代情境中被压抑与被释放的历程。

---

　　① 　朱向前：《军旅文学史论》，东方出版社 1998 年版，第 71 页。

一　充满意义的起点

　　李瑛对于中国当代军旅诗歌突出贡献是在特定的历史情境中产生的。建国以后，诗的本质、功能和创作方法、基调和色彩、继承和借鉴等诸多理论课题和艺术课题，都被简单划归在既定的框架内，从而形成了对创作的约制和威慑，在历史的残缺之中李瑛艰辛跋涉，以极大可能性发挥着自己的艺术才华显现出独特的审美个性，铸造了中国当代军旅诗歌在特定时代里的一个美学高峰。问题是，历史为什么恰恰选择了李瑛作为这样的角色承担者，即李瑛一方面在当时诗歌资源褊狭、匮乏和意识形态社会/群体普泛化制约与策动下，努力将写作规范为当时流行的社会观念、社会情绪的形象性展示；另一方面，李瑛又能够以高度的艺术自觉性在政治话语运作和文本操作之间寻求一种制约性的平衡，从而形成"情思真挚细腻、笔致凝聚而舒展、意境清新而鲜活、色调明快而绚丽的艺术风格，为尚不宽广的新中国诗苑增添了异彩芬芳"。① 这种局面的产生对于一位诗人而言也许至少需要两方面的合力才能完成，即首先他（她）所形成的艺术情趣和审美心理使其能够在创作中不会为了政治和现实而完全丧失艺术创造的道路，其次他（她）又能够以真诚的态度和执着的热情投身到崭新的时代之中，相对于以决裂者的姿态走进历史的他者而言，他（她）更珍惜时代的亮色，更珍惜历史的财富，也更确信前途的光明性。而这实际上涉及到一位诗人长久以来所形成的艺术观和世界观，甚至包括他（她）的气质和特点，上述种种的雏型恰恰是一位诗人在青年时代形成的，所以将一切都推向起点进行考察时，才能找到李瑛军旅诗歌之所以形成如此独特性的根源所在。

　　1　致力平衡的诗学观念

　　正如许多学者所津津乐道的李瑛的北大出身一样，关于李瑛军旅诗歌创作的起点追溯，首先依然离不开对李瑛 4 年北大学习背景的考察。1945 年李瑛结束流浪生活，考入北京大学中文系，在《我的大学生活》中，李瑛回忆说："在大学读书期间，我的生命和我的诗一起成长，不得不感谢这 4 年

---

　　① 张同吾：《艺术的自觉和灵魂的自由——论李瑛新时期诗歌的美学趋向》，《文学评论》1995 年第 1 期。

轰轰烈烈的沸腾生活和那些德高望重、诲人不倦的先生的教导。"多年以后，李瑛满怀激情地回忆他的这段校园生活："我永远也忘不了我在大学时那一段峥嵘岁月，那里，我是在一边读书，一边在学生运动的激流中度过的——我们组织社团活动，我们秘密印发传单，和同学们一起游行示威，攀上天安门华表基座的石栏，贴上一条条标语。"① 由此可见，左翼文学力量对于青年李瑛未来的文学道路产生了重要的影响。在李瑛入校的第二年（1946 年），沈从文、朱光潜、杨振声、冯至、废名等自由主义作家先后回到平津地区，成为沉寂多年的平津文坛和文化界最为期待的复兴文学、振兴文化的力量，他们的文学审美倾向和文学观念对于青年李瑛同样产生了重要影响。看似矛盾的左翼文学和自由主义文学在李瑛的诗学观念中取得了调和，一方面李瑛非常重视诗的时代责任，他珍视新诗关注人民苦难命运的宝贵传统，他认为新诗"帮助人民取得了教育人民、改造人民的效果，尤其是抗战到现在，一些努力于诗的工作者，从各方面去探讨，追求他们的新方法、新主题、新形式，而共同标出了一个可喜的箭头，强烈的指示出诗现代化的道路，使得诗更被光辉的利用到各方面，而为人类服务"。② 另一方面，他又执着地反对为了单纯政治宣传而忽略了艺术的错误观念，"如有人误解以为这刚硬的文字即为有力的文字，实则这是荒唐得很，它们只是一种粗暴的姿态，或是粗鲁的放野，以高声的喧嚣代替雄辩"。③ "李瑛起点的思考，几乎带有一种不同凡响的性质。作为一个忠于现实与艺术的'真实的诗人'，他渴慕与追求的是这样的'创作者'的境界：重视战胜自己的'感情的堡垒'获得的诗的经验与创造的自由，'恣意的然而严肃的'，'谨慎的'赋予自己作品以'高贵的生命和伟大的灵魂'"，"这种严肃的追求与庄严的思考，在他的创作起点中所形成的艺术情趣与审美心理，或称为'创作者'深层意识中所自觉承担的庄严的'职责'，所给予他的无形的制衡力"，"为我们留下了为数不少的'不因时间而消失它的价值'的作品"。④

---

① 李瑛：《李瑛诗选·自序》，四川人民出版社 1981 年版，第 5 页。
② 转引自段美乔：《论 40 年代的李瑛》，《中国现代文学研究丛刊》2008 年第 4 期。
③ 转引自段美乔：《论 40 年代的李瑛》，《中国现代文学研究丛刊》2008 年第 4 期。
④ 孙玉石：《起点的意义——关于 20 世纪 40 年代李瑛诗学追求的一些资料和思考》，《新文学史料》2004 年第 2 期。

2 校园诗人的转型

1949 年李瑛离开北大校园，投身参加解放战争的漫天烽火之中，作为战士他同百万雄师一道过黄河、渡长江、跨鄂赣、越五岭，直抵广州，而在此之前，李瑛的身份是校园诗人。作为校园诗人，其所创作的一系列诗作从体系而言应属于知识分子的话语范畴，知识分子的话语体系特征是指服从一种纯粹意义上的"内心的道德力"（康德语），将独立的、个体的、自由的思想活动视为最高的责任，体现出的是小写的、单个的精神写作，知识分子诗人的写作更多来自于深陷诗人内心的一种回忆、修养和人格，它不是那种随机应变的生存方略，而是满贮着生命的狂欢、痛苦和战栗。

1949 年李瑛投笔从戎，其身份从校园诗人转向了军旅诗人。作为校园诗人李瑛承袭的是"五四"以来的文化传统，作为军旅诗人李瑛需要遵循的是形成于解放区的"工农兵"文化实践，这是两种具有显著差异的意识形态，也是在特定历史情境中具有摩擦与交换关系的两种话语体系，对于李瑛而言，从知识分子意识的"在场"到"缺席"似乎是一种自觉而自然的"放弃"，有关学者也曾经就此做过评论，"他学会了用革命战士的眼光来观察世界、观察人，用战士的心胸来感受、思考现实生活中许多动人的事物，并且力求作为普通战士的一员，用最美的语言，向广大读者倾吐自己认真体验过、思考过、激动过的种种诗情画意"。① 然而，实际上李瑛是在艰难的对接中完成这种"放弃"的，为了建立一套被士兵（实则是《在延安文艺座谈会上的讲话》中所说的"农民"）所能接受的诗歌话语，李瑛就要排斥他原有的新文化修养，努力实现与本土的民间文艺结合，而这无疑是一种艰难的转向，另外李瑛温婉平和的性格特征与残酷、激烈的战争环境和氛围所形成的气质差距在某种程度上也增加了其身份转换的难度，以上两个因素造成了建国初期李瑛的声音"始终被更为尖锐、强悍和激烈的'战歌'所淹没，直到 50 年代中期才算得脱颖而出"。②

但是，与此同时，校园诗人的身份背景却使得李瑛相对于同时期军旅诗人在写作过程中具有一种独特的知识分子兴味。例如在《有一天休假》一诗中作者的本意是写清明时节为牺牲的战友献花，"明天是清明，让我们到山

---

① 张光年：《李瑛的诗·序〈红柳集〉》，《文艺报》1963 年第 3 期。
② 朱向前：《军旅文学史论》，东方出版社 1998 年版，第 62 页。

后/在战友墓上，献上这束鲜花"，然而在叙述的间隙却出现了作者的另一个死去的童年伙伴的影子，"想起儿时，想起雨后，想起/花翅膀的山雀子啼开的野花/心中涌起多少想说的话"，诗歌从严肃的集体抒情转到了充满温情的个体回忆中。当然这种独特的知识分子兴味在李瑛军旅诗歌中是以近乎偷偷摸摸的方式展开的，并且在更多时候被强行纳入到政治话语体系之中，尽管如此，独特的知识分子兴味仍然有助于李瑛在长达50年代的创作中，尤其是在风云际会的年代中始终保持自己相对独立的艺术个性。

二 "李瑛模式"的艺术特质

建国初，军旅诗歌创作主要集中在两个区域：朝鲜战场和西南边疆，就创作影响和声望而言，北有未央、南有公刘，有少年才子之称的李瑛的声音曾经一度被淹没。从50年代后期开始，李瑛凭借着敏锐的艺术感受力将公刘开创的"哲思升华"的诗歌写作方式做了进一步的丰富和完善，并且以数量颇丰的短诗创作，构筑起一种单纯、和谐而意旨确定的风格，"到60年代中期臻于成熟与完美，把当代军旅诗歌提升到一个全新的境界和高度"，[1]朱向前将这种风格称之为"李瑛模式"，"李瑛模式"以更为成熟的方式将艺术和政治的均衡关系处理到一种近乎完美的状态中，其深刻启发影响了同时期乃至后来长达20余年的军旅诗人们。"李瑛模式"具体而言主要呈现出以下几方面的特点：一、对日常军营生活进行"诗化"处理；二、拥有对自然界的色彩、音响、情态等沉静而细致的感受力；三、精致细腻的语言效果的追求。

1 日常军营生活的"诗化"处理

在李瑛的诗学观念中，他始终认为："一个诗人对生活的敏感，应该说是他的诗歌赖以孕育的灵魂"，"只有深入生活、熟悉生活、热爱你所要表现的对象，才能保持自己新鲜活泼的思想，才能发现别人所不能发现的题材和诗意；同时，还要勤于观察、敏于思索，才能从生活中概括和挖掘出具有典

---

① 朱向前：《军旅文学史论》，东方出版社1998年版，第74页。

型意义的深刻的主题，保持高度的艺术感觉。"① 所谓日常生活是指现代社会中普通人所处的平庸、重复、同质甚至有点压抑的生活内容，"十七年"期间，以自在性为主要特征的日常生活叙事，因为与革命主题关系甚远而成为一种不具有独立的合法性的文学行为。"粗线条的意识形态化的情节演绎，使作家们舍弃了对生活的细致体察和独立思考的优势，去发挥抽象的话语功能"，"日常生活叙事与意识形态话语之间便形成了两种独特的结合模式：意识形态对日常生活的批判救赎和基建于意识形态之上的日常生活的诗化张扬"。② 李瑛军旅诗歌中对于日常军营生活的抒写无疑应该属于第二种结合模式，即基建于意识形态之上的日常生活的诗化张扬。

李瑛的军旅诗歌中日常性和革命性基本上处于和谐的同一状态，军人日常生活的自在性被天然地规范在革命性中，军营的日常生活的抒写与意识形态之间达成的是近乎默契的平衡。例如《汽车远去了》，"汽车远去了——/丢给我们一包邮件/看文书飞呀跑呀/背回一袋子喜欢"，汽车伴着滚滚尘土离去，留下的一袋子邮件却搅动了战士们原本平静的心情，他们传阅着家乡的书信，品读着"家乡的草味"和"水乡的帆"，他们分享着"给战士们御寒"的爱情，他们如饥似渴地吮吸书刊和报纸的精神营养，"汽车远去了"，留下的是"一排沸腾的地窝子"，诗人通过对这一军营中颇为常见的场景描绘折射出战士们刚硬而柔软的内心世界。

李瑛军旅诗歌中军营日常生活与意识形态之间近乎默契的平衡达成主要是通过两种方式完成的：一、"情感升华"诗歌结构方式的运用，二、对日常军营生活进行"提纯过滤"。在中国当代军旅诗史上公刘最初"创造"出"哲思升华"的诗歌结构方式，继公刘之后，李瑛将"哲思升华"的诗歌结构方式推到了一个更为娴熟的运用程度，即经过具象的描述与铺垫，最后走向哲思升华或者情感爆发，笔者将这种模式姑且称之为"情感升华"。例如在上述所提及的《初到哨所》一诗中，班长递来的"半碗水"最后在诗人的眼中幻化为一团"火焰"，诗人的情感在"火焰"中得到升华，"祖国呵，感谢你的信任/请给我吧，给我最艰苦的考验"！

---

① 郭晨：《李瑛性格心理调查表》，《中国当代文学研究研究资料丛书·李瑛研究专集》，解放军文艺出版社 1983 年版，第 60 页。

② 杨鼎：《日常生活意义的拯救与回归——当代文学中日常生活叙事的流变》，《山西大学学报》2007 年第 1 期。

对日常军营生活进行"提纯过滤"是李瑛对日常军营生活进行"诗化"处理所采用的第二种方法。李瑛的军旅诗歌涉及到了军营生活的诸多方面，其中既有日常的军事训练（《刺杀》），也有硝烟弥漫中的战场一景（《春天》）；既有黎明时刻军舰出港时的壮丽场景（例如《出港》），也有激浪滔天中的海上巡逻（《大海的骑士》）；既有茫茫风雪线上温暖的篝火（《雪线上的篝火》），也有大漠戈壁中艰难的行军（《戈壁行军》）；既有普通战士的身影（《我们的炊事员》），也有高级将领的风姿（《在朝鲜战场上有这样一个人》）……上述诸多军营生活在李瑛的诗歌中往往被具化为优美的画面呈现或者意象组合。例如《春天》一诗，在充满了"铁锈、烈火、可怕的废墟和弹坑……"的朝鲜战场上，"我们师指挥所里/窗前却放着一只美丽的花瓶"，"里面的花儿正开得鲜红"，诗人讲述了"春花"的故事：在牺牲的战友身旁，一朵鲜花正在怒放，明丽、鲜艳的"花儿"意象冲淡了战场上弥漫的硝烟，血腥和残酷的战争被"提纯过滤"为诗情画意的存在。日常军营生活被"提纯过滤"一方面增加了李瑛军旅诗歌诗意的成分，但从另一方面则将本应充满男性气概的军营生活进行了软化，这不能不说是一种遗憾。

2　对自然界的细腻感受力

李瑛对于大自然的各种景物特征有着超出寻常的细腻感受力，茫茫戈壁、漠漠海天、溶溶月夜、山村溪流、哨所灯光、树木、石头、芦苇、海鸥、贝壳……都在李瑛的笔下幻化出无穷的姿态。这种细腻感受力首先表现为李瑛对自然界的色彩层次和声音组合真切而敏锐的捕捉，李瑛的军旅诗歌中充满了各种斑斓的色彩："忽然地平线上喷出一道云霞/淡青、橙黄、橘红、绛紫/像褐色的荒碛滩头/萎弃一片雉鸡的翎羽"（《戈壁日出》）；"风抓着它，浪扯着它/在黑色的波涛中，不住打滚"（《大海的骑士》）；"一道绯红的霞光/似流火泻下草原"（《巡逻》）……色彩的营造加强了李瑛诗歌视觉效果的凸显，对李瑛而言，他处理声音的方式似乎不愿意纠葛于单个声音的呈现，而更倾向于在对照比较中（主要是动静对比）追求立体、综合的声音效果，由此带来的是诗歌画面的动态感。例如《哨所鸡啼》中雄鸡的出场是在山上山下"一片混沌"的时候，鸡啼声以突然的动态打破了静止凝固的画面，动静的瞬间转化体现出浓郁的生活气息和自然气息。

李瑛拥有对自然界细腻感受力的第二个表现方面是善于运用奇丽的想

象，将自然景物物化为具体可感的形态。李瑛的诗歌中经常可以看见对自然的巧妙譬喻，例如"忽然地平线上喷出一道云霞/淡青、橙黄、橘红、绛紫/像褐色的荒碛滩头/萎弃一片雉鸡的翎羽"（《戈壁日出》），不相关联的事物在突如其来的交错和撞击中，仿佛获得了一次再生，习以为常的自然景物也由此焕发出前所未有、具体可感的新意。

正如有关研究者所指出的，"李瑛诗歌的景物描写，常常是含而不露的，它像画家一样，精心选择待定的富有动作性的片刻，引导读者向更远的方向去看，让读者去领略作者没有直接说出的意念"，[①] 而这实际上体现了李瑛一贯的作风，即诗的起兴与收结，起兴这种技法在李瑛军旅诗歌中的出现使其充满了浓郁的感性色彩，然而令人遗憾的是在铺陈起兴之后，一种非审美的认识论意愿往往非常迫切而固执的表现出来，在诗收结时，几乎无一幸免地要做出某种观念演绎和情感升华。

3 精致细腻的语言效果追求

李瑛的军旅诗歌追求精致细腻的语言效果，相对于同辈的军旅诗人，李瑛具有高超的提炼能力，及时筛选、抉择出那些具有诗性的语言，又恰到好处地安置它、调整它，成为多重思想的最佳黏合剂，由此形成李瑛军旅诗歌苦心雕琢的语言风格。李瑛对于诗歌语言的雕琢主要体现在三个方面：一、在朴素、自然的句式中注重语言的流动和转换，以不变中的变化表现出思绪的起伏跌宕；二、以奇妙的词义组合、搭配，产生令人耳目一新的艺术效果；三、注意语言色彩和情调的选择，竭力调制出诗歌的画面感和艺术品味。

李瑛的军旅诗歌中很少出现语义的间断和裂缝，他通常采用朴素、自然的句式诉说自己对于军营生活的观察和理解，但是诗歌并没有因此而显得过于平滑，之所以如此，一个重要的原因在于李瑛具有在朴素自然的句式中营造出语言的流动和转换的能力，诗歌的张力由此展开。例如，"淡了淡了，哨兵的影子/大海就要睡去，闭起嘴唇/我们哨兵警觉地走着/在大地边沿刻出一道花纹"（《落呀，落呀，金色的黄昏》）。李瑛军旅诗歌中的词语组合经常违背常规，在无限丰富的想象趋引下以非常态的词语组合效果营建诗意的空间，例如，"好深的夜哟，好冷的夜哟/哪里滚过来阵阵笑声？"

---

① 秦兆基、李宁：《李瑛诗歌中的景物描写》，《徐州师范学院学报》1982 年第 2 期。

（《红柳丛中》）。李瑛对于色彩的描写通常采用对比烘托的方式，即在多种色彩的互补并置中勾勒出明丽的画面，例如，"像母亲胸前闪光的珠串/鲜红的玛瑙、墨绿的翡翠/我在群岛间警惕地巡逻——"（《舟山群岛》）知识分子情调是李瑛诗歌语言中的一种隐性特征，如前所述，青年时代李瑛形成了知识分子式的写作气质，进入军营后李瑛努力使自己的写作融入"工农兵"语言行列中，但是原有的写作习惯不可能完全摒弃，因此李瑛对体现知识分子兴味的语言总是在不经意间进行选择和使用，例如，"莫不是当年英雄的死者/把最后的喊声储在深山/今天才得到新战友的回答/才倾泻出满腔愤懑……"（《一条锁链》）"储"、"倾泻"两个书面语的运用使诗歌情感在节制中积蓄待发，在隐忍中迸射出感人的力量。

三 告别优美的努力

1980 年李瑛出版了诗集《在燃烧的战场上》，在这部诗集中李瑛延续以往的写作风格，绝大部分诗歌采用单一线索的情感结构和单纯明朗的情感质地传达出对士兵们高尚情操的歌颂，但是 80 年代军旅诗歌从整体规模上走向了转折和深化，军旅诗坛上出现了色彩更为鲜明的作品，诸如《山岳山岳丛林丛林》、《无倦沧桑》、《老墙》等等，在这些作品的冲击下《在燃烧的战场上》似乎被湮没了，其存在成为一个时代终结的标志。其后李瑛很少涉足军旅诗歌的创作，曾经反复刻画和讴歌，而格外光彩夺目的士兵抒情形象，在诗人的题材疆域里悄悄淡化、淡出。尽管如此，李瑛后期仍然创作出极少数具有浓烈军旅意味的诗作，主要包括《箫》、《先烈》、《遗产》、《在乱石漩涡里》、《历史的回声》、《一只马蹄铁》、《弹壳》、《武士俑》等，这些诗作从横向比较而言，在李瑛后期数量庞大的诗歌体系中处于一个不起眼的角落，然而从纵向脉络考察这些诗作的意义则显得非同凡响，它们彰显了李瑛曾经被压抑的刚硬"军心"的重新释放，是李瑛告别优美的写作模式的努力，也彰显了当代军旅诗歌在特定时代语境中所经历的艺术蜕变。

"李瑛模式"所具有的优美流畅的外形、积极乐观的表达，实际上体现出"20 世纪中国新诗历史上一个常见的写作现象：对于优美（及与之相关的和谐、匀称等）的倚重"，"当然，对优美的认识本身并不存在孰优孰劣的问题，优美实则既关乎诗歌的形体，又涉及诗歌的质地，这在不同诗人那里会得到不同的理解和呈现",① 对于李瑛而言,在军旅诗歌优美的背后支撑的是意识形态集体无意识的催化。进入新时期,随着意识形态的全面解冻,尤其是 80 年代中后期李瑛从军队岗位上退休之后,渐渐退出了政治体制的中心磁场,写作的自由度开始增大:"从对现实生活的讴歌到对历史精魂的钩沉,从生命意识的复活到悲剧崇高感的诗化。"② 诗人的精神视野变得开阔、意象内涵趋于拓展,这种变化辐射到他极少数的军旅诗作中则表现为曾经被淘洗得异常纯净柔美的军营生活开始变得充盈刚劲。

李瑛后期屈指可数的军旅诗作主要集中于对革命战争历史的追忆,1990 年李瑛重访革命老区,诗人经历了一次独特的心理体验,"重峦叠嶂的飞云、苍茫斑驳的山野、逶迤崎岖的小路穿连着座座家屋村落、革命的遗址、烈士的坟墓、英雄的故事和传说,无不唤起我强烈深沉的历史感觉"(《山草青青·自序》),深沉的历史感使李瑛开始探寻具有深刻哲学内涵的诗学命题,注重将军人的生命置放于永恒的历史中考察。例如《箫》讲述了一个吹箫的少年扛起枪走上战场的故事,"在枪声与枪声之间/在山水苍茫里/箫声与硝烟一起/袅袅地飘动",然而几十年过去了,那位吹箫的战士再没有回来:"夜夜,却总有一条小河/伴一天冷雨,沉沉地、隐隐地/流回当年出发时的/那小村/那土屋/那扇小窗后茂密的竹林。"诗人为少年离开故土可能产生的不适而担忧,"后来,到达陕北/不知那根南方竹子/那根只会说赣南方言的竹子/能不能唱出黄土地生长的信天游/是否吃惯北方的小米",带有几丝惆怅的语言冲淡了李瑛前期军旅诗歌明亮的色调,为军营生活抒写增添了浓浓的人性因素。

对与军营生活相关的事物重新审视,注入刚性诗情和智性因素,是李瑛后期军旅诗歌写作的另一个努力方向。例如,诗人从一只马蹄铁中看到了"飞扬的长鬃和奋起的四蹄"、"火光映红的河水"、炮声和枪声"嘶鸣着向前冲去"(《一只马蹄铁》),富有硬度的意象熔铸于灵动的诗感之中,营造出军旅诗歌特有的刚硬质地。再如《遗产》,诗人围绕遗留在将军身体内的两个弹片展开想象,"将军已经火化/朗朗地阔笑已经枯萎","狰狞的、卷曲

① 张桃洲:《现代汉语的诗性空间——新诗话语研究》,北京大学出版社 2005 年版,第 199 页。

② 张同吾:《艺术的自觉和灵魂的自由——论李瑛新时期诗歌的美学趋向》,《文学评论》1995 第 1 期。

的、锋利的""钢铁透过骨灰缝隙，冷冷地/窥视着人间（此刻，它们在想些什么呢）//而在它们后面/一个黄金般辉煌的事业/正如太阳般腾起"，诗人摆脱了以往写作单向度的思维习惯，在发散型的想象中赋予军旅诗歌深刻的哲思。

有评论者曾经将李瑛比喻为"当代诗坛的老黄牛"和"当之无愧的中国诗坛的守望者"，① 的确，除了被迫中断创作，几十年来李瑛一直笔耕不辍，以蔚为壮观的作品支撑起一个庞大的创作体系，他的诗歌见证了共和国前行中的辉煌荣耀和艰难曲折，他的诗歌记载了国人在民族自强历程中的昂扬奋进和迷惘失落，他的诗歌传达出一个富有责任感诗人的觉悟和良知。就李瑛的整个创作历程而言，军旅诗歌占据的只是李瑛诗歌创作体系的重要位置之一，正如李瑛自己所言，"我在写部队题材作品的同时，还写了大量军外题材的作品，他们的数量远远超过我写部队题材的作品"，"若从我全部诗作的总量看，部队内容的诗约占三分之一"。② 尽管如此，军旅诗歌在李瑛庞大的诗歌创作体系中依然具有非常重要的意义，它们昭示着李瑛创作历程中第一个高峰的出现，它们见证了李瑛在不同寻常的年代里所做出的卓有成效的艺术努力。同样，李瑛的军旅诗歌在中国当代军旅诗歌史上也具有非同寻常的意义，它们的存在以界碑的形式言说了中国当代军旅诗歌拥有过怎样的一份值得回味的历史。

原载《中国当代军旅诗歌论》，世界图书出版公司 2012 年 2 月版

---

① 汪亚明：《论李瑛诗风的流变及其成因》，《浙江师范大学学报》2003 年第 6 期。
② 张大为：《李瑛访谈录》，《诗刊》2003 年第 7 期。

生命诗学的拓展

—— 读《李瑛七十年诗选》

吴开晋

　　老诗人李瑛先生继出版了 14 卷的《李瑛诗文总集》后，又于 2011 年 5 月出版了精选的《李瑛七十年诗选》，记录了他将近四分之三世纪的诗歌创作历程，以及每个时期的代表作。正如他在《两颗心》一诗中所说：他有两颗心脏，"一颗是我的心脏，一颗是诗的心脏"。他一生都用生命在写诗，诗中处处闪烁着生命的光芒。他 70 年的诗作，也正是他生命诗学的展现。

　　他对诗的全身心热爱，激励着他从少年时代起，就痴迷地学诗和写诗。尽管他在"五四"文学的直接哺育下写诗的起点比较高，但相对比较一下，早期的稚嫩、粗糙、对生活的直描和中期、晚期的精雕细刻，对社会人生的深入剖析还是大不同的，概括起来可有以下三方面的变化与发展。

　　其一，从对社会生活的横切面观察到对整个人生的纵深剖析，而在这一变化中，其生命诗学也在不断地扩展。我们可以从三个不同时段来看一下这种变化：建国前的少年、青年时期，建国后参军到"文革"前，新时期的到来。在早期诗作中，他以一个纯真少年的心灵，关注着因天灾人祸对农民带来了饥苦，流浪中为受难的奴隶而呐喊，为"点缀着天和海的/是朵朵飞不起的云"而叹息，他同情难民、娼妓、为木厂被逼自杀的童工而痛心。如《木厂》一诗，写工匠们的悲惨命运，"童工小王在这里被锯断了右手，被开除，自杀了，只用了一把小小的铁钻"。还有工匠老吴、老周都因一点小事被扣工钱，甚至吐血而死，年轻的诗人为我们描绘了一幅真实而悲惨的图画。但是，他少年时代的作品也有诗味，写得真切而动人，可毕竟是对社会生活的横切面的直描，尚待进一步向前拓展。

在作者进行诗歌创作的第二个时期，即建国后直到"文革"前，他投笔从戎，在沸腾的军营生活和边塞采访中摸爬滚打，积累了丰厚的创作素材，创作逐渐走向成熟。此时，他的一些成名的代表作，在诗坛引起很大反响，如《哨所鸡啼》，高歌战士们保卫祖国的豪迈之情，被人们不断引用的《月夜潜听》，赞颂夜巡战士与黑夜融为一体，对祖国的无限忠诚，还有写汽车兵的《雨中》，诗意盎然的《戈壁日出》等佳作，成为军旅诗歌的扛鼎之作，内里也凝聚着强烈的生命意识，不过，和他新时期以后的作品相比，仍是对社会的横切面观察与扫描。特别是由于时代生活的约束，和许多诗人一样，尚未对社会生活内在的痼疾和人生的价值与意义，去进行深入的开掘。

只有到了新时期，在思想解放运动的感召下，由于诗人在思想上、艺术上愈加成熟，他的诗作已进入到对社会人生的深刻剖析的境地，其生命诗学更为升华，写出了一些可以永存于世的艺术精品。过去在诗界曾有过一种通行的说法，即青年时代早早成名的诗人，进入老年必然在创作上式微，因为诗情和生命感悟都衰退了。对某些诗人来说，可以这样界定，但对李瑛来说，他却进入到一个更高的艺术层面。德国哲学家、美学家黑格尔在评价荷马、歌德时，就有不同的见解，他说："通常的看法是炽热的青年时期是诗创作的黄金时代，我们却要提出一个相反的意见，老年时期只要还能保持住观照和感受的活力，正是诗创作的最成熟的炉火纯青的时期，以荷马的名字流传下来的那些美妙的诗篇正是他的晚年失明时期的作品。我们对于歌德也可以说这样的话，只有到了晚年，到了他摆脱了一切束缚他的特殊事物以后，歌德才达到他的诗创作的高峰。"[1] 对李瑛来说，他晚年彻底摆脱了行政琐事，能够在哲学、美学高度去思考人生、剖析人生，写出了生命力异常旺盛的作品。特别是以一种博大的胸怀，同情、悲悯底层群众的生活，写出了《饥饿的孩子们的眼睛》、《我的另一个祖国》，建筑工不幸死亡的《一个城市的血》、《弃婴》、矿工遇难的《一块煤》等等，这里有对生命的珍惜、有对草菅人命的、麻木不仁的官僚矿主的愤怒斥责，笔触已探及到社会毒瘤的内里，令人心寒。如《一块煤》中的撕裂人心的诗句："四百米深的矿井里/塞满的只有井口灌进的/母亲的泪/妻子披头散发的呐喊/三岁小女儿嘶哑的哭叫/只有代他升井的这块煤/黝黑，却射出锋利的光芒/愤怒地蹲在那

---

① 黑格尔：《美学》第三卷下册，商务印书馆。

儿，一声不吭/从它，仍能听见他心脏的跳动/它因他的生命，加重了重量。"诗人从一块煤揭示了矿难给人们带来的巨大痛苦，也是对罪恶官僚和矿主的最有力的谴责，从这儿，亦可看出诗人对生命诗学的开拓。此外，诗人晚年作品中，还特别写出了晾在绳上的干鱼、蝴蝶标本、盘中的东海鱼、死前仍哺育幼仔的母虎、被伐倒或被雷击而死的树，那些本来有鲜活生命的动植物，都因遭到摧残而死去，诗人的悲悯情怀、博爱胸襟都——展示出来了。

其二，从直抒情怀的热切歌唱到对灵魂隐秘的深入揭示。李瑛 40 年代的诗，除了揭露黑暗的旧社会对劳动人民的压榨外，也歌颂大自然之美、歌颂鲜花、歌颂母亲，一颗赤子之心跃然纸上。进入五六十年代，他成了新生活的歌者，一颗仍然年轻的心，怀着对美好世界的憧憬，歌唱沸腾的军营生活，歌唱祖国的山山水水，把生命中的热量，倾洒给他热爱的土地和人群。由于环境影响与时代生活的局限和美学观念的束缚，他没有对祖国经历的灾荒、人为造成的苦难进行揭示，而是以一颗单纯的心和朴素的理念去写生活中美好的东西。同大多数诗人一样，不能苛求他去揭露生活中的阴暗面，但他对那些美好事物的歌颂，都是出自一片真诚的情怀。他这一阶段歌咏的，主要对象是普通的士兵，是祖国的边塞海疆，是善良勤劳的乡亲，其中虽有对某些美好意境的创造，但总体来说，还是直抒情怀的为多。正如他在《舟山群岛》中的诗句所写："呵，你四百多礁、滩、岛、屿/我东海的山、东海的船队/我数着你，呼唤着你/用最好的歌将你赞美。"是的，诗人正是用最好的歌赞美他看到的多种物象。然而，这些响亮动人的歌唱，虽然也凝聚着他心律的搏动，但其抒情方式仍然是外在的、直线的，尚未切入自己灵魂的深处。新时期到来后，随着诗人对人生更深刻的理解和自我生命意识的张扬，已把诗的触角深入到自己灵魂的底部，他的忧患、悲伤、悔恨、失落皆有明显的体现。尽管也有《一月的哀思》、《倾诉》那样的长篇抒情诗，直抒自己的悲、自己的爱，但不少作品却产生了如上所述的深刻变化。他不仅为祖国山村的贫穷、孩子们的失学甚至饥饿而悲伤，为伤残的动植物而哀叹，而且写了自己内心深处隐秘的爱、对亲人逝去的哀悼和刻骨的悲痛，可以说，他把生命诗学又拓展到一个新的高度。如他在《变异》中所说"由野兽变成人/需要亿万斯年/而由人变成野兽/可以只需瞬间"，从而以人们为利欲而疯狂得出了冷峻结论："我们没有不灭的灵魂/我们得不到一个死后的生命/这是可怕的/可怕的却是真实的。"这种内心深处对人性变为兽性的解析，在他早、中期的诗中是难以见到的。在《弃婴》中，诗人在描绘了这可怜的孩子周边的情景后，便揭示出自己内心的隐痛："自从那夜我看见她/许多天再没睡过一次好觉/我翻遍垃圾/寻找人的尊严、权利和道德的碎片/总听见人性的沦丧在尖叫。"这种心灵的战栗和内心的隐痛，使人读后难忘。在他晚期的作品中，《我最初的爱情》具有特殊的意义，在诗中，诗人以极大的坦诚和热烈的感情，披露了初恋的甜蜜。诗人以现时的衰老和"丝绸般闪光的青春"与"月光般美丽的爱情"相对比，回忆了最初的相爱："那时，两颗幼稚的心/羞涩地躲在花丛后边/我摸了她的手/我亲吻了她，我们的爱情就这样开始。"这纯真的爱，这内心的隐秘，变成了迷人的诗句，诗人以往是没有写过此类作品的。而他的悼亡诗《等待——一束白花，献给我逝去的娟》，更叫人心动，诗人把对爱人的怀念，逝去后的空虚、孤独与极大的悲痛，真切地呈现在读者面前。看其中感人的诗句："如果能把我们/还给母亲，让我们一起/再重生一次，该有多好/当生命成为枯叶/让我们手挽手一起/轻轻飘落，该有多好/但你——一个满身/历史创伤的灵魂/没告诉我一声/便独自去了/留给我巨大的懊悔和痛苦/我捧着颤抖的呼唤/让泪珠从指缝间/一滴滴落下/没有人知道。"好诗句还有许多，不多引述。诗的力度、深度和诗人感情的浓度，都是前所未见的。我认为，此诗应为传世之作，是诗人生命诗学的最新拓展。

其三，从对客观物象的直接描绘，到多种艺术手段的把握。李瑛在70年代的文学创作活动中，有一个令人敬重的特点，即使在左的文艺思潮对文坛的控制下，他的美学观、艺术探索受到了限制，早期中期的创作不能像新时期到来后那样思想开阔、艺术探索多样化，但他几乎没有写过那种肤浅的、随风倒的歌功颂德的作品。他没有简单地去迎合什么"政治形势"，他只是用一腔热情歌唱祖国、歌唱人民、咏赞战士，这在那个高压的政治环境下，实在是难能可贵。不过从他所把握的艺术手段来说，自然也有其局限性。比如说，在艺术手法的运用上，尚未达到后期多样化的程度，主要的表达方式还是对客体物象的直描和前面所说的直抒情怀。单就这一点来说，在那个时代也产生了一些艺术精品，如选集中的第一首诗《播谷鸟的故事》，就写得那样凄惋动人，在那土地荒芜、人人饥饿的年代，播谷鸟含着泪的呼喊也是徒劳的，播谷鸟滴下了泪，那就是少年诗人的泪。《水塘边的小谣曲》，写群鸭戏水的绿的河塘浣衣女在洗衣，则是一幅美丽的田园风光图。上世纪 50 年代的《露珠》，写露珠如举着一只只清澈的酒杯，像提着一盏盏发光的小灯，人们又说它像满天眨眼的星星，比喻实在是美妙。《贝壳》又写得韵味儿悠长，它那"金色的耳朵"使人难忘。特别是 60 年代的《戈壁日出》，又写得那样色彩斑斓、壮丽辉煌，如人们多次引述的太阳升起的片段："忽然地平线上喷出一道云霞/淡青、橙黄、橘红、绀紫/像褐色的荒碛；滩头/萎弃着一片雉鸡的翎羽//太阳醒来了——/它双手支撑大地，昂然站起/窥视一眼凝固的大海，便拉长了我们的影子。"诗人写日出之前的景色和日出之时的感悟，实在是精彩，内里蕴聚着强烈的生命意识，是诗人生命诗学的较早的体现。类似的作品还有一些，不过从艺术手法来看，还是传统的、直描的笔法运用。直到新时期到来，诗人在艺术领域又开创了一片新的天地。诗人艾青曾说："诗人的脑子对世界永远发出一种磁力，它不息地把许多事物的意象、想象、象征、联想……集中起来、组织起来。"[1] 李瑛也正是这样，在新的时代生活中，开拓的思维正如发出的磁力，他开始广泛吸取多种艺术手段，去把握新的人生价值，从而使他的作品更加多姿多色，使自己的生命诗学展现出新的艺术魅力。比如，《我骄傲，我是一棵树》便运用了象征手法，以高大的能为人们遮挡风雨，甚至为一切小动物提供庇护的树，作为造福人类和世间生命的象征，实在是别开生面。这棵树说："人民啊，如果我刹那间忘却了你/我的心将枯萎/像飘零的叶子/在风中旋转着/沉落……"它甚至想尽快压在地下变成煤炭，为人们提供光和热。诗人以第一人称自比，创造出崭新的艺术境界。《偶遇》写一位多年未见的友人，机场匆匆相遇又分别，带有一种苍凉的失落感，暗喻着人生的偶然和机遇获得又丧失的必然，使人心动。《寄居蟹》写一只要用钳子对付世界而不是逃避的寄居蟹，又是一种对人生的哲理思考。《影子》一诗，又写了诗人的幻觉。《还给我》又是诗人要追回失去的时间和空间，带有超现实的味道。《睡莲》又是一幅用拟人化手法写成的莲花睡意图。《西北乡村所见》又用真实的描绘，写出了屠宰小羊的悲剧，也是对人生的一种揶揄，如写宰了小羊后诗人的感触："瞬间，一阵腥风卷过/小院土墙上/便升起一片/永不散去的带血的云//使我想起人类的历史。"《过魔鬼城》也用梦幻手法写了这个荒芜的鬼城的恐怖。而诗人写家乡、亲情以及大西北、东北平原的诗作，又带有浓郁的

---

[1] 艾青：《诗论》，人民文学出版社 1980 年版。

民俗画色彩，让人感到亲切可喜。这一切艺术手段的多样化的巧妙运用，也正是诗人生命诗学的升华与拓展。人们常说：十年磨一剑，李瑛则用了 70 年时光，磨出了一把锋利的诗歌之剑。

2012 年 3—4 月

原载《吴开晋诗文选》，团结出版社 2013 年版

与爱同在，与诗同行

——李瑛的"山海经"

章亚昕

读《李瑛七十年诗选》时，我不禁想起自己的一首近作："水清鱼戏无常月，风静鸟谈奈何天。花开蝶舞缠绵日，雪落梅香寂寞年。"七十年诗龄，真不知道这是几世修来的福缘？当然最感动我的，却是诗人的痴情，那诚挚的诉说，以及无悔的坚持——那是艺术的修养使然，更是精神的境界使然。

诗人与爱同在，就有了山的崇高。

诗人与诗同行，就有了海的辽阔。

《李瑛七十年诗选》犹如一部《山海经》，揭示了诗人心路历程的坎坷与艰辛——那是英雄的奋斗，也是大师的追求，更是诗意成长成熟的写照。他的心从来都是为爱所动，而不是为物所动；从来都是为诗服役，而不是为利服役。

七十年无悔的坚持，足以见证李瑛为人为文的大智慧。

一

军中诗人登山观海看似浪漫，实极艰辛，那与世俗旅游完全是两码事。李瑛足迹踏遍边关，走出一条军旅诗之路，然后才唱出官兵的心声。事实上，作为军旅诗歌的文体示范者，在新诗史上，他的贡献是无可替代的。我当兵时曾投稿《解放军文艺》，至今近 40 年；追随导师吴开晋先生首次拜访李瑛，则是 1982 年读研究生的时候。至今我还记得，当时在山东大学图书馆发现他的作品《沉痛的悼念——悼朱自清先生》，并且就此向诗人请教时，他夸奖我"找回了遗失的一滴血"。那作品发表于 20 世纪 40 年代的《中国新诗》，当年穆旦等《九叶集》中人多活跃于这个刊物。李瑛与他们同台演出，原来是缘于北京大学中文系的师生关系。这个艺术背景，让写实与浪漫、古典与现代、意境的渲染与意象的建构，都在诗人的笔下运用自如、丝丝入扣、熔为一炉、浑然一体。他让"背影"的意象与叙事性形象在诗里相互交叠，托举起来崇高的抒情主题："我看见一座人格的高塔，你／透明而完整，铁一样的直立／光荣的旗帜在顶上翻飞／第一个飘进明天，给未来作见证。"虚实相生，借助意象技巧升华形象画面，这就涉及到李瑛的艺术个性：从灾难的大地走来，又经历北京大学的文化陶冶，最终在山风海涛中走向炉火纯青的艺术境界……

这首《沉痛的悼念》里，诗人向前辈诗人朱自清致敬，并且踏上一条红色写作的诗歌之路。他借鉴古今中外诗歌艺术，开拓了军旅诗歌的艺术视野。例如 50 年代的诗作《贝壳》，便不乏童话的神韵："贝壳说：告诉我吧／告诉我今天欢乐的生活／我虽然死了，却留下一只金色的耳朵／为了倾听，倾听这时代的歌！"诗人过去与现在、前辈与后人在联想中打成一片，遂兼顾意境与意象，扩展了艺术想象的空间。

又如 60 年代的《月夜潜听》中的艺术境界：

> 月亮，不要照出我的影子，
> 风，不要出声；
> 祖国睡去了，
> 枕着大海的涛声。

典型的李瑛式的抒情，身临战地仍不失对风月的亲切，人与自然依旧欣然会心，在拟人的语境里，情感的抒发委婉清新又不飘不浮，思绪在平易里见出凝重——"夜是肌肉，我们是神经！"这极有分寸的自我感觉，使抒情主人公脚踏实地，诗思又翩然做雄健的远行，于月色和海韵之中掀起感情的波澜，生成飞动的想象："警觉的夜像万弦绷紧／刺刀上写着战士的忠诚。""人"与"夜"的契合，不局限于描述士兵披"星"戴"月"巡逻的外貌，而是匠心独具，通过"肌肉"与"神经"的拟喻，把军人志与河山情凝成意象，因而抒情的脉络细密严谨又稳妥坚实，经得起推敲。诗人忙里偷闲，那句"回营吧/不要告诉炊烟，不要告诉风"，正是神韵悠扬之笔，喜悦中有关切，紧张后有徐缓；遥遥呼应"祖国睡去了"的情思，让满怀着爱护体贴的士兵神韵自然溢出。

从警觉处见从容的抒情风度，好像月色溶入海韵，清新的溶溶光波里包蕴雄健的滔滔巨澜，表现山川的美丽和祖国的庄严，边塞诗的豪气和山水诗的丽质就在李瑛的抒情诗中兼容并包，有如二者并存于洋溢青春气息的盛唐之音，它们也以士兵的英雄主义和青春活力，构成了刚柔相济的两个侧面，既体验自然美的和谐，又追求社会美的崇高，并且在体验与追求之中，高扬诗人的生命力，走向人格的自我完善。

《沉痛的悼念》和《一月的哀思》两首悼亡诗相似，都是借助离别意象配合回忆的叙事，达到声情并茂的艺术境界。前者从"背影"入手，后者聚焦于"灵车"意象。《一月的哀思——献给周恩来总理》具有史诗的壮丽和颂歌的庄严，一方面，由悲哀、愤怒和崇敬三种情感组成交响的乐曲；一方面，由周总理人民和诗人三种形象组成巨型的浮雕，通过周总理的人格形象塑造民族精神的崇高境界，产生了非凡的艺术魅力。诗人由形及神，侧重传神，多角度、大跨度地展开想象，赞颂周总理"日月不灭、苍穹不老、山河不死、生命不已"的一生，以两种社会力量的现实冲突为构思基础，以三种情绪的抒发和转化为线索主导，依照时代冲突的发展顺序，合理剪裁布置不同场面，诗思虚实相生，有长有短，相互呼应，环环相接，造成诗意的波澜。又以"悲"为基调，以"灵车"为焦点，由此展开大跨度、多角度的一次次回想，"此刻"构成过去的终点、未来的起点，抒情主人公把握住历史的转折点。有所追随，有所追求，脚踏大地立足人生，诗便有根，爱便有本。山的高度，海的深度，成就诗的力度！

诗意的崇高，来自人格的高度。

诗思的辽远，来自历史的精神。

二

与诗同行，涉及空间的主题。诗人走遍五湖四海，便拥有了大海一样辽阔的情怀。无所不在的爱心，成就了李瑛的想象空间。在《李瑛七十年诗选》中，写于1978年的《西沙群岛情思》，唤醒了我的南海情结——总觉得这部诗选里，诗集《南海》中的作品选少了，便忍不住跑题，对海的意象有所发挥。在我心目中军人志与河山情，体现了李瑛的社会美理想。风格是理想的外现，诗美是人格的折光。由意境开始诗思的流动，由意象完成诗情的结晶，是诗集《南海》构思的特色所在。三十年后的今天，遥望南海风云，令我多次重温这些作品，重温战士的南海情怀。

刚柔相济，境新意浓，不但是李瑛艺术风格的发展轨迹，也是他审美理想的演进趋势——这体现了抒情主人公对艺术家人格理想的坚持。诗人寓社会美于自然美之中，寓精神美于形象美之中，壮志与柔情、意境与意象便得到了整合。这个整合的过程也就是诗意浓缩的过程。

李瑛的抒情诗，本是以清新为其主调。清新与雄浑的结合，让雄健的诗思注入清新的笔端，并表现为边塞诗与山水诗意境的交叠：写山水就是表现人生，写士兵就是塑造人格。士兵的主体与山川的客体契合，就产生了盎然的诗意。边塞诗和山水诗的意境呈"慢镜头"展开，环绕联想而实现了情感的聚合效应。

诗人对大自然的爱，深化了军人的使命感。军人的使命感，又深化了河山情——社会美的崇高感和自然美的和谐感，就可以相互转化。这种军人与河山心心相印的美感系统，环绕以精神美为主体、以人格理想为灵魂的审美理想展开，化作山水的自然空间和士兵的心理时间。

在李瑛的诗歌作品中，战地的紧张氛围，并没有造成恐怖的氛围，反而把抒情主人公的河山情，变得更加浓郁、真挚、深刻，原因在于壮志与柔情导致情感方面的刚柔相济，意境和意象带来想象方式的境新意浓。因为不是山水诗和边塞诗意境的复制，所以具有清新与壮美交织的审美效果。

诗人理想的外现是其诗学奥秘所在，它导致诗情刚柔相济，促成诗美清新雄健合一。战士的责任感遂化作无所不在的爱心，诗篇中充满激情的《山海经》就带有清新的色调。于是，诗情轻盈而又凝重、诗思雄健而又飞动、诗脉细密而又坚实，《南海》有章有句、可圈可点。

在诗集《南海》的情韵之美中，可以看出李瑛的社会美理想，既以人格理想为其理性内核，又以军人志与河山情为其外现形态。人格理想的外现，使得河山情可以契合军人志。因为浓缩的意象构成诗思的焦点，所以具有情真意浓的艺术特征。抒情主人公庄严而又多情的风流神采，遂自然呈现。

诗歌的审美认识并非日常的认知活动，而是沉浸于审美体验之中，借助想象力完成具有哲理性的感悟。再现性的叙事在诗歌作品中被淡化，抒情主人公的主体意识则通过创造性想象而得以强化。写意式的间接概括，乃是对于人格风神的直观摹写。塑造未来，表现出李瑛创造未来的精神自觉。

一是人格理想外现，体现了李瑛表现心灵之美的艺术追求。战士的情志外射进自然的河山，壮美的山川就折射出人格理想的虹彩。河山的清丽、情怀的雄壮，都表现为自然的人化和人的对象化。《珍珠》这首诗中说道：

> 闪亮闪亮的珍珠呵，
> 浪尖上翻飞的海鸥
> 寻找的就是你，它们在寻找你。
>
> 你不是陨落的星星，
> 也不是滑下草尖的露滴，
> 也不是闪烁在岸边的沙粒。
>
> 你是一支歌，
> 一支有生命的歌，
> 活在大海的涛声里……

诗人借助大自然的珠光海韵，来表现崇高的情怀，人格理想就成为沟通自然美与社会美的中介。"和风浪在一起"，"珍珠"的意象就成为大海的精灵，拒绝"皇冠或权杖"，以"海的梦幻和情思"来塑造"庄严的启示"，让我们想起《一月的哀思》，晶莹的人格来自岁月的锻冶，因此"珍珠"好似海浪的结晶，并且"像一首首浑圆的诗"——抒情主人公在海韵中获得了缪斯的启示，他的灵感就沉潜进"海蚌的心"，那是"一支有生命的歌，活在大海的涛声里"。

诗人让"小我"社会化，在风浪中塑造自己，才会在丰富自我与完善自我的过程中，化海韵为珠光。在这里，李瑛的人格理想表现为：他的心境体验并不是直接指向自我，而是努力化入"海的梦幻和情思"，然后，在自身艺术生命力的高扬过程中，使得自我形象得到升华和对象化。

为了探骊得珠，做人生之海的下潜，这是"珍珠"给我们的、关于诗歌艺术的"庄严的启示"。人格理想的对象化，就是《珍珠》的抒情主人公形象，他"辛勤"、"勇敢"、"忠诚"，富贵不能淫、威武不能屈，从而用"浪花串成"了自己坚贞的品格、奋斗的人生！

二是建立审美对应系统，表现了李瑛自觉的艺术追求。他笔下的大自然，总是战士守卫之下又生活其中的世界。在另一首《贝壳》中诗人指出：

> 看见你，便想起海上渔火熠熠，
>
> 便想起——吞咽的潮汐，
>
> 便想起——如浪的烟云，
>
> 便想起——人间生死。
>
> 我知道，如今你再不会呼吸，
>
> 因为你再没有心脏和血肉身躯；
>
> 但你确实还活着，
>
> 看呵，这色彩，这光，
>
> 就是你生命的庄严和价值。

"贝壳"与"珍珠"同为大海的儿女，它们也具有相似的品格。"绚丽"而"圆润"的神采、"刚强"又"质朴"的性情，呼应着"风雨炎阳、潮落潮涨"的旋律。抒情主人公把"喧响"的"记忆"塑造成诗意的浮雕，"贝壳"遂象征了大海的"信念"，在"潮汐"与"烟云"中，取得"生命的庄严和价值"——它的生命就是海的生命，因此带有"海的声音"和"海的颜色"，于是"激荡的万顷烟波"，便成就了自然美与人格美的审美对应系统。人情和海韵，就这样构成了诗意的交响。

三是刚柔相济的感情特色，应该是《南海》清雄之美的艺术基石：抒情主人公在对祖国锦绣江山的万缕柔情中倾吐军人的壮志，表现山川的美丽和祖国的庄严，边塞诗的豪气和山水诗的丽质就在清雄的诗风里兼容并包，以其士兵的英雄主义和青春活力，构成了刚柔相济的两个侧面——既体贴自然美的和谐，又追求社会美的崇高，并且在体验与追求中高扬诗人的生命力，走向人格的自我完善。《海》这首诗中的意象，颇具启示性：

> 从亿万年地球诞生开始，

也许这是最初的声音，
它有时驰魂夺魄，
有时又微细低沉，
从没有片刻慵懒、片刻静止，
永远在呼啸我们前进。
——这就是海。

谁知它承受了多少阵雨，
谁知它拥抱过多少流云，
它容纳人间的一切，
阔野沙石，洪波滚滚；
它轻拍着我们，摇动着我们，
从它的襟怀难道没闻到生命的芳芬！
——这就是海。

吞咽的潮汐，无尽的晨昏，
即使在没有星星的夜晚，在睡梦里，
也始终不断地运动，不断地更新，
为保持它青春的精神；
它是我们蓝色的土地，
和大陆同样庄严而雄浑。
——这就是海。

给我们坚强的生命，
给我们忠贞的灵魂，
也给我们哲学原则和力量，
让我们出发，去纺织、炼铁和耕耘，
从身体的一滴血到思想，到服饰，
这样纯洁，甚至没有一粒微尘。
——这就是海。

诗情如海韵，是抒情主人公的对象化。诗人用深沉的目光观看人生的海洋，《海》的艺术生命力，就立足于宇宙的意象中。"一滴水"的奉献，让地球成为一颗多情的星体，带给宇宙以"呼吸"和"信念"。只要诗意的生命长出了"绿的叶子"，只要诗人的情怀酿造出了"红的酒"，世界就是美好的！

在大海的"直率"和"坦荡"中，诗人听见情感的海潮回荡在心灵深处，其中有"信赖"和"诚实"，把"自然史和社会史"提升为人格的"过去和未来"——抒情主人公强健的生命力，来自于大海的"青春的精神"——这就是对于风格与人格的双向塑造，对于诗品与人品的同步提升。

四是境新意浓的想象特色，使得诗集《南海》通过自然美的欣赏激发军人的自我意识，随着联想的收拢与展开，完成了从意境向意象的焦点推移。由此对于李瑛，军人志与河山情的艺术表现，不仅基于边塞诗和山水诗两种传统意境的组合，还要实现意境和意象的互补。犹如《海的启示》：

> 看惊涛中，礁脉何等坚强，
> 看风雨里，灯塔何等巍峨；
> 那是喧闹的海市，
> 那是欢乐的渔火；
> 那是千种击浪的鳍翅，
> 那是万类腾跃的体魄；
> 这里有激情鼎沸的歌声，
> 这里有万古不凋的花朵；
> 这里，处处都有强壮的心脏，
> 在跃动，在闪烁，
> 这里，生命永远像十八岁的雷，
> 壮丽而且纯洁，
> 威严而又活泼……
> 复杂的生命，单纯的生命，
> 竟如此使人惊心动魄！
>
> 我们永不疲倦的大海哟，
> 每天总是这样
> 不倦地喊着：

"你已经死去，
你该离开我！"
以生命的名义，
以对明天的信任，
不息地孕育、创造和开拓；
礼赞着力量，
礼赞着美，
礼赞着信念、理想、希望和生活……

呵，在我们喧腾的星球上，
没有歌的心灵最痛苦，
没有生命的世界最寂寞……

抒情主人公倾听着波涛的轰鸣，把生命的绵延升华为朴素的诗学。大海呼喊着扬弃，而扬弃是为了创造。诗人必须有艺术的活力，即便是诗坛的明星。于是"原始的生命力"被升华，有人格理想渗透其中，化作自我塑造的诗美境界。

诗意不浓，诗境就不新。刚柔相济的诗情，是建构意境和意象的基石。有情的一切，便进入想象的视野，产生了魅力十足的诗思。意境和意象不断出新，在"海的启示"下诗集《南海》才如此令人动容！

五是意境与意象的互补，塑造了清雄的抒情意态，让感情的波澜凝结为意象，对于人格理想的感悟就超越了感性的认知。《"希望"》这首诗告诉我们，抒情主人公即便在一朵小花中也发现了许三多型战士人格的雏型：

涛声。
月光。
它在这宁静的夜晚，
纵情地歌唱，
我俯下身来，听着，望着，
仿佛它一腔热血，
冲撞着我的胸膛。

我不知道它是什么时候开的，

却知道它从睁开眼睛，

便注视着、倾听着、思考着周围的一切，

——这里所有的动的和静的一切，

比如，汹涌不息的波涛，

比如，飞掠的云，

比如，沙滩上死去的蓬索和腐朽的桨……

它真正懂得生命的意义和价值，

我真想把它摘下来佩在胸前，

并且为它起一个名字，

叫作"希望"……

"希望"象征了李瑛的人格理想，个性的情操、民族的自豪、祖国的未来都在其中了。它很朴素、也很崇高——传达了诗人对于生命的理解。塑造未来，就是抒情主人公的艺术使命！

"爱情"和"意志"孕育了"希望"，"祖国"的"春天"催发了"希望"，作为人格理想的象征，"希望"是"无畏"的，也是"骄傲"的——作为大时代的主人公，它有"主人"的"自信"，令人为之动容。

诗人告诉我们，"希望"虽然是"小岛上唯一的"花朵，它却在"夜风"里保持了"自豪"的情怀。这"夜凉如水"的夜晚啊，无损于它的"庄严"，有"涛声"和"月光"伴奏，让自己"纵情地歌唱"……

这朵小花，好像"睁开眼睛"的军人，像诗人自己，"注视着、倾听着、思考着周围的一切"，以自己的存在，来阐发"生命的意义和价值"。唯其如此，诗人才把这朵小花叫作"希望"。

"宁静的夜晚"以"涛声"和"月光"构成了小红花生存的意境，"希望"的寓意让小红花成为魅力十足的意象。其实在这首诗里，"祖国"的"春天"才是真正的艺术时空，人格理想才是"希望"的哲理内涵。

意境与意象互补，让意境点染了海韵的自然美，意象则把审美知觉化作抒情主人公主体的象征。不仅仅是拟人手法的运用，不单纯是表现自我，而是抒写诗人所钦仰的精神世界——美学境界！

唯其如此，沉潜于海韵里的人格理想，是诗人的精神状态的直接投影，又是抒情主人公渴求精神净化的曲折表现。李瑛沉浸于海韵之中，应该是在探寻自然美对于人格升华的直接启示。

六是诗集《南海》的诗风，由于情韵与海韵的交会，而达到人格美的境界。对生活的热爱支撑着高尚的情思，在崇高的追求中从事对于美的创造——其一是崇高的社会美使得人格理想趋向于雄健，表现为士兵的自信与自豪；其二是和谐的自然美使得人格理想趋向于清新，陶冶着抒情主人公的艺术情趣。《海声》这首诗，就是一曲海韵之歌：

> 也许，只有风知道，
> 它们已经呼啸了多少个年辰，
> 分秒不停的直到今朝，
> 呵，直到今朝！
>
> 我从不认为它只是一片声音，
> 它是生命，
> 它是美，
> 它是力，
> 它是活泼的青春，
> 它是光在闪耀；
> 一切是如此热情又如此赤裸，
> 这里，有痛苦的哭，也有爽朗的笑……

新陈代谢、大浪淘沙，正是 20 世纪 80 年代后期的民族精神。面向海外，抒情主人公的情韵，也与海韵同步发展，在情韵的影响下，海韵呈现了刚柔相济的艺术品格。这是诗人绵延不绝的情思，也是抒情主人公无涯无际的情怀——在想象中构成了境新意浓的艺术世界。情韵和海韵都属于生命活力的表象，同时他们也都是诗歌创造中灵感的源泉。人世间，不能够没有诗意，也不能够听不见大海的涛声啊！李瑛借助军人志与河山情的审美对应系统，促使人格理想外现于社会美与自然美重合的艺术境界之中，诗情的刚柔相济便促成诗思的境新意浓，而意境与意象的互补则导致情韵与海韵交汇。

对于李瑛的创作，《南海》是一个象征；因为他的情来自大地，他的爱来自社会，他的诗来自岁月、来自沧桑巨变的历史。

三

与爱同在，涉及时间的主题。坚贞的爱情，与不移的诗心同在，体现了诗人的人生态度。《李瑛七十年诗选》上下卷分期是 1993 年和 1994 年，而我以为从 1943 年到 1979 年，是李瑛诗歌的拉升期，当时体验新中国成立前后的喜悦，忆苦思甜，仿佛"水清鱼戏无常月，风静鸟谈奈何天"；而 1980年至今则属于巅峰期，诗人坚守诗心，与爱同在，所谓"花开蝶舞缠绵日，雪落梅香寂寞年"。拉升期处于冷战时代，人们同甘共苦，相互间创作差距往往来自艺术修养的水平；巅峰期人格的自我修炼则更为重要，随着社会转型，求富之心大盛，物的占有牵动人们视线，情的淡薄也影响了诗坛风气，于是人格高下决定艺术成就。1993 年以后，诗坛的分化现象更加明朗化，时间的试金石严格地检验着诗人的人格操守。唯其如此，李瑛的坚贞品格，才是其成功的根本原因。

20 世纪 80 年代，属于文化心态的动荡期，新写实、新古典、后现代此起彼伏。80 年代初的《我骄傲，我是一棵树》，80 年代末的《过红卫兵墓》，见证了李瑛的历史感和现实感。前者如是说：

> 山教育我昂首屹立，
> 我便矢志坚强不仆；
> 海教育我坦荡磅礴，
> 我便永远正直地生活，
> 条条光线、颗颗露珠，
> 赋予我美的心灵；
> 熊熊炎阳、茫茫风雪，
> 铸就了我斗争的品格；
> 我拥抱着——自由的大气和自由的风，
> 在我身上，意志、力量和理想，
> 紧紧的、紧紧的融合。

抒情主人公是"大自然的一部分"，此身属于祖国，他才"属于人民，属于历史"。仁者爱山、智者爱水，河山情体现军人志，故"我和美是一个整体，不可分割"。由于"我是一棵树"，生命的根须就要抓牢祖国的山河、生活的大地，进而孕育艺术生命的"年轮"。主体与客体"紧紧的融合"，在"年轮"中就包含了"光线"、"露珠"、"炎阳"、"风雪"……那是一种坚持，与大地同在、与人民同在、与良知同行、与爱心同行。《过红卫兵墓》遂如是说："历史死了，石头却活着/一个民族深重的苦难/站在石头里"——过去去，未来来，诗人却始终关注着辽远的大地，以及艰辛的人生！

1994 年，李瑛 68 岁，他说："在杏树和风景后边/站着的是生活中多么严峻的/真实"（《杏花》），他发现："闪耀在沱沱河水底和上空的星星/无论用肺呼吸或用鳃呼吸/都生活得纯净和质朴。"（《沱沱河的星星》）他主张："我的关于西藏的诗/至少应该是它们生命的/深沉的投影。"（《我的关于西藏的诗》）在那年，面对人生的拐点，诗人把目光投向清贫的山野。几十年来的边塞记忆，内地与海外的强烈反差，让丰富的高原审美升华为跨越世纪的艺术精神。

这种艺术精神，表现为《饥饿的孩子们的眼睛》中目光的对话："他们不认识我/却相信这荒山冻云的祖国"，"我不认识他们/但我认识饥饿"。那是 1997 年的作品，写的是乌蒙山峡谷里的事情，一种有别于都会风情的景观。此后，在《倾诉》中，抒情主人公认为"痛苦"成就了"美丽"，而"磨难"导致了"深刻"；此前《听一位诗人谈诗》，则表达了这种面对良知的艺术追求：

> 我的诗是一种生命形式
> 一种力量和精神
> 它的第一个字就是种族的触须
> 而最后一个字是开始
> 我选择的词语都是站立的
> 它们的密度、厚度和深度
> 会把生命、爱甚至死亡打开
> 我的诗无论是甜的或咸的
> 都会像钉子打进悬崖一样
> 打进时代和历史

　　诗心与爱心同为最真切的感受、爱心的体验、诗心的感悟，让岁月成为陈年老酒，让李瑛成为诗坛宝刀不老的黄忠。1994 年以后，成为艺术丰收期；2000 年以后，诗艺更上一层楼，现实感、身世感、历史感浑然合一。《这里将建起城市》如是说："一座城就将屹立在荒原脊背上／在岩羊旋曲的弯角上／在人们智慧、手指和追求的尽头／年轻的阳光冲洗着它／闪闪发光／许多人说这是奇迹／逻辑说这是真理。"历史的进程非但酝酿诗意，更酝酿出时代的激情。

　　于是，《鲁迅》的抒情主人公说"他的存在是无限的"，说鲁迅的著作"比匕首的霜刃更锋利／比骨头的记忆更真实"，而且"尊严和自由比太阳更亮"，于是，诗人要回忆"扔在废墟边的我的童年／镶在我生活中的亮点／是一眼闪光的井"（《井的怀念》），那是生命的起点，也是灵感的源泉——没有记忆，就会失去丰富的生活积累。于是，发现了生命的结晶："盐是痛苦、悲伤和孤寂／糖是幸福"（《盐和糖》）——人生既然是"盐"多而"糖"少，那诗歌也必定如是。"苍茫大野的小豆子"，被"孤苦"、"死寂"、"渴望"所环绕，犹如"泪滴和乳汁"是诗中精华之所在："冬天，它会酿出一坛酒／春天，它会酿出一曲歌。"（《野豆荚》）这是一生创作的经验之谈，这是一种反对形式主义的诗歌美学："用血里的铁锻打钉子／用骨头里的磷点燃油盏／用钉子和油盏／建造诗歌／当然，还要有一把苦荞米粥喂养／还须搅拌泪的辛酸、汗的盐碱／必要时，还须跑回过去的岁月／把丢失的声音找回来／当然，更须让它睁大眼睛／瞩望未来。"（《我们用什么哺育诗歌》）这一切，确实发人深省。

　　李瑛的创作道路仿佛马拉松赛跑，诗人有速度、有技巧，更加以其持久力见长。他的积累、他的见识、他的激情，都由于坚持而持续提升。写了70 年，笔下的诗篇已经形成一片星空，其中很多"明星"，都属于老年后的作品。这是值得重视的文学现象，本文只是例举一些意象。因为意象惊人，作品才会留传后世——《我的另一半心脏》说"大西北"体验是自己"另一半心脏"，将社会化意象与个性化意象结合，内涵丰富、发人深省。因为"我胸中的这一半"乃是"到处都是牙齿的城市"，而大西北保持了真诚的人格。意象虚则实之、大则小之，乃诗人运思之道。就像《启示》写地震，落笔先写心灵的震撼，然后从"一滴泪的重量"出发，提醒世人"重新认识生命"，"用爱唤回这个／感情逐渐萎缩的世界"。未叙事先抒情，再由情怀到理想，处处可见老诗人的苦心，那正是对于生命更深一层的理解，这构思与其说出奇制胜，不如说慧眼独具，只有从最深刻的体验出发，诗歌才会充满激情和感悟。

想象力见证创造力，创造力见证生命力。《爱的记忆》写给去世的老伴，说如今只好与"记忆"一同"厮守相伴"，这种情怀同样是诗人创作的心态特质。犹如《脚》所说，诗人李瑛"走过千山万水/把足迹印在大地上/把记忆留在脚底"——因此，他的艺术生命与岁月同在。

诗人不负岁月，岁月必定不负诗人。

永远的李瑛

吕　进

　　上个世纪 50 年代，我在成都七中念书的时候，因为家里离学校比较远，所以每天妈妈就发给我一分钱，作为午餐费。作为诗歌发烧友，我把每天的这一分钱攒起来，不吃午饭，而是去书店买诗集或者《文艺学习》一类的杂志。

　　有一次，又存了一些钱了，跑到人民南路的新华书店，选来选去，最后决心买李瑛的《天安门上的红灯》，这就是我这个读者和李瑛神交的开始。

　　李瑛写诗，从 16 岁写到 80 多岁，从上个世纪 40 年代写到今天，诗伴随了他的一生。他仿佛是为诗而生的，喜欢听音乐、喜欢看画展，那些什么抽烟啦、喝酒啦、打麻将啦、跳舞啦，和他都没有关系。后来我和李瑛熟悉了、了解了，总是感觉到，李瑛本身就像诗那样纯净。

　　他有长诗，像《一月的哀思》、《我的中国》都是广泛传播的名作，但是，李瑛更喜欢短章。56 部诗集了，却几乎没有败笔，短小的诗有着深厚的内涵。他的感觉系统特别敏锐，一草一木、一山一水，都会在他的笔下呈现浓浓的诗意，别有韵致。

　　他对艺术抱着崇敬之心，对每一行、每一字，都很下力，认真打造，所以李瑛的诗都很精美，可以说，几乎每一首诗都成为晶莹剔透的珍珠，这在当代诗人里是少见的。他从上个世纪 40 年代走来，经历了多少岁月？但是，李瑛有一个本事，他似乎总能避开扭曲时代的噪音，跳出疯狂时代的局限，写出真正的诗篇。

　　我刚刚收到李瑛寄来的新时期诗选《河流穿过历史》，排开俗务，一口气读完，真是一场美感的盛宴！这部诗集的一些篇章，如《我骄傲，我是一棵树》、《蟋蟀》等等，过去我多次引用和评论，现在读来，丝毫没有"明日黄花"的感觉，这些诗的艺术生命真久长。

李瑛还是那么精致，他写蟋蟀：

> 产后的田野疲倦地睡了
> 喧闹如雨的秋声已经退去
> 夜，只剩一个最瘦的音符
> 执着的留下来

蟋蟀简直被诗人写活了，形似、神似，以声写形。我们对这"最瘦的音符"可都有体验的，只是，我们说不明、道不清。"人所难言"，诗人易言之，这里面有多大的诗艺功夫啊！

在《过汨罗江怀屈原》中，他写屈原：

> 瘦得如一棵兰草
> 只剩一把高翘的胡子

16个字，屈原如在眼前。这个"瘦"和蟋蟀的"瘦"不一样，这是和"兰草"联系在一起的，这是和"高翘"联系在一起的。用黑格尔的话说，这是诗的清洗技巧。只有愚笨的人才用诗去写事物全貌，诗人只是清洗出两三特征，就把描写对象全方位地展现出来了。

这部把李瑛新时期的诗集中起来的集子，我一气读完，最强烈的感受是：生命的深刻感和历史的厚重感，生命的河流穿过多难的历史。

一方面，在新时期，当年从军营里走出来的李瑛，渐入老年。人事沧桑、岁月流逝、繁花凋谢、枯枝落地，诗人在回味与思考中有了大彻大悟。另一方面，在新时期，国家从灾难中走出，血的景象、泪的记忆，冬天远去、春天临近，社会也已经成熟，"连鸽哨也发出成熟的声音。"（杜运燮诗）两个方面的动因，赋予李瑛对世界对人生更加深入的思考，对终极价值更加执着的追问。这就让他在新时期的作品厚重起来，精致中内蕴着厚重。

诗人无论写苦难、写南方、写北方，或是写他晚年特意去的大西北，写故乡和童年，都给人细中有密、轻中藏重的感觉，使得诗更耐读，这是新时期以前的作品所达不到的高度。李瑛有过"欢乐太少、苦难过多的人生"

（诗人语）。对人生的深刻体味，对终极价值的关怀，就赋予他以大诗人的气质。

《想起土地》单独成行的第一句：

> 不要只在秋天才想起土地

太深刻了。这只是在谈论土地吗？读者凭借自己的人生经验、社会经验，想必有诸多联想。笔外有韵，句外有音，诗外有诗。

诗集里有不少诗人对既往岁月的回顾，不少暮年的期盼。我读着这些诗行，心里酸酸的，又甜甜的；望着诗人，又望着自己：

> 一个个今天，瞬间就变成昨天
> 昨天死在脚下，只有真实的今天在你手里
> 这就是岁月，我只能把这句话告诉你
>
> ——《这就是岁月》

> 淳朴的是美丽的
> 学会忘记
> 会使自己快乐
>
> ——《学会忘记》

> 如果我不再工作
> 请忘记我
> 犹如我消失在黑夜
> 或只当我没有存在过
> 一如记忆键将我删除
> 连生活中的涟漪和泡沫也没有
> 连影子也没有
> 我感到幸福
>
> ——《当我再不工作》

强烈的共鸣！对人生的禅悟、对世界的透彻，一切经历了比较长的人生

之路的人，都会击节赞赏。潇洒的人生风度、崇高的人生向往，使得读者的心灵净化、拔高、升华。

2008 年的一天，重庆市委常委、宣传部部长何事忠给我电话："李瑛有没有写改革开放 30 年的诗啊？重庆在搞一台大型朗诵会。"我答："有，很多，写得很好，李瑛就是时代的艺术回声。"是的，李瑛是时代的儿子，他从来没有忘记过时代，因此时代也永远不会忘记他，哪怕他"再不工作"。

原载《诗潮》2010 年第 4 期

李瑛：从历史深处走来的诗歌巨匠

石　厉

一

2011 年初，在中国作协、中国文联、总政宣传部联合举行的李瑛诗歌座谈会上，有人称李瑛乃中国当代诗歌的巨匠，我认为这并不为过。

虽然我认为李瑛先生晚年的诗歌作品，是他一生创作的顶峰，但从李瑛先生早年的诗歌来看，其所显示的天分之高，也让我赞叹和惊异。上世纪40 年代李瑛先生在北京大学求学期间，就已经在用中国新诗（即使现在看来依然是）比较成熟的形式开始了他的诗歌创作。

他早期最有分量的诗歌表述了年轻知识分子对暴政的愤恨和对民主自由生活的向往。他写于 1947 年 1 月的《石头，奴隶们的武器》一诗，就是鼓动被残暴政权压榨的奴隶们起来，哪怕用石头这最原始的武器也要和专制的统治者进行你死我活的斗争。正因为石头是一个最为原始的具象，因而在诗歌中成为了一种具有普遍意义的武器象征，这种象征的力量是巨大的。与许多所谓为艺术而艺术的作品所不同的是，他的诗歌一开始就有点老成持重，承担了那个时代的命运和社会责任。在诗歌史上，将诗歌自身当作目的和将诗歌当作简单的工具都是极端的认识。诗歌必须是对于对象世界（包括自我生命）的澄明关照，诗歌不能与具体的世界无关，至少它应该与民族的命运、个人的生死有着秘密的诗歌式的通道。至于有人将诗歌又推入另一个极端变成某种简单的可以操控的工具，那只能是另外的问题，与诗歌所承担的社会历史道义或时代精神并无太大关涉。救国救民，这是当时中国在黑暗统治中最有勇气、最有理想的年轻精英们比较典型的思绪。他写于该年 2 月的《脊背》一诗：

> 在你的脊背上，
>
> 燃烧着一群奴隶的命运；
>
> 在你的脊背上，
>
> 竖立着酒店和牢狱。
>
> 像冰雪封住了时间同空间，
>
> 像火炽的太阳晒红了砂砾；
>
> 你的肌肉像枯槁的土地，
>
> 没有一条小河流向这里。
>
> ……

他将祖国受苦受难的躯体，用诗歌的语言和诗歌的形象精彩地表现了出来。在现代中国历史上，北京大学一直是社会变革的策源地，中国共产党的创始人陈独秀、李大钊都曾经在这里筹划了中国历史上的共产主义运动，毛泽东也曾在这里寻求过斗争的哲学。学人们在传授知识的同时，他们还在向学子们渗透和灌输救国救民的道义。40 年代末，黎明的曙光眼看就要到来，中国共产党公开承诺要为人民建立一个民主、自由、联合的政府，年轻的知识分子怎能不激动，诗人怎能不为这一天的到来而进行精神和理想的漫游？李瑛在北大 1948 年 6 月写下的《太阳，啊！太阳》一诗，让我们同样感到一种被光明召唤的激动：

> 太阳，啊！太阳，
>
> 给我森林和海吧，
>
> 给我自由的空气和光吧！
>
> 因为我在牢笼里，
>
> 是太久太久了，
>
> 我已经忘却了属于人类的权利。
>
> 我已经忘却了：
>
> 白羽的鸽子是怎样飞起的，
>
> 花是怎样挣扎着开放，
>
> 果子是怎样变红而成熟，
>
> 繁星从哪里出现。

……

像神话一样的故事里，

翻飞在村庄旗布的蓝天上，

一只矫健的鹰撕裂了重叠的云，

在飞……

太阳啊，你的来临之前的

简朴的仪式呵！

……

在现代中国历史上，北京大学还是中国白话文运动的摇篮，因而在北京大学，对中国新诗的探索可能一直保持浓烈的激情。暂时透过具体的历史烟云，这时期李瑛的诗歌是单纯的，单纯到具有与西方现代诗歌一脉相承的形式。那个时代，新诗写得最好的诗人，也必然是西方文学修养最好的人，比如李金发、戴望舒、穆旦、艾青以至后来的绿原等。他们要么在国内受过良好的教育，要么曾在国外接受过西方文明的洗礼。李瑛至深的西方文学修养在他初期的诗歌创作中体现得非常明显，因为中国诗歌自五四以后，进入到白话或口语诗歌创作的阶段，几乎没有可以参照的创作范式，极度浓缩、极度规范的古典传统样式已经被抛弃，即使我国古典诗歌中的巅峰之作《离骚》也被鲁迅斥之为"不得帮闲"后的不平或牢骚而已。在我们这样一个数千年来被皇权笼罩的城堡中，苟且偷生的素朴民众根本就无法拒绝随着坚船利炮一起涌进来的西方科学技术与西方人文精神，何况这些东西在当时也都是人类普遍认同的好东西。"列强"既是我们强大的敌人，但致使他们强大的原因却是懦弱者学习的样板。西方诗歌传统中优秀的东西与其说是某种抽象的诗歌技巧，倒不如说是那些优秀的人文品质。自由、民主，"人类的权利"这些人类最基本的要求，也正是这些东西，不知激励过多少当时对国民党专制政府完全失望的知识分子走向延安、走向解放区、走向解放全中国的解放大军中。北平解放了，热血的知识青年们的希望和理想顷刻间就要实现了，诗人李瑛在精神上来不及沉淀，在欢欣鼓舞的洪流中加入了南下的部队。作为一名解放军战士，他在枪林弹雨中披星戴月、日夜兼程，越过大江、直抵南疆，后来又返身北上，横渡鸭绿江，到朝鲜战场做宣传工作。在炮火声中奔跑的李瑛，依然用诗歌的方式来描写和思考这场革命，因为革命在有了枪炮之后，还需要强大的精神力量作为支柱和掩体。他可以放下枪，但他从来没有放下过自己的笔。我读着他在那个岁月中的诗歌，能够真切地感受到，他真正的武器就是诗歌，诗歌甚至就是他的生命。他的诗歌在令人欣喜若狂的革命洪流背景里虽然呈现出歌颂的性质，但不乏纯粹的个人抒情与象征的诗歌特质。比如他在 1949 年 5 月写于行军汉口时的《我们的旗》一诗：

> 呵，我们鲜红的旗，你抽动着
> 钢铁的意志，招展着
> 远行的鹰和暴风雨的到来，
> 繁星的出现。
> 是钉在空中我们的行为、思想，
> 是我们宣誓的印章，盖在蓝天的纸上；
> 我们望着你，像婴儿望着母亲，
> 像金黄的向日葵望着阳光。
> ……

只不过其诗歌中的物象或名词有了丰富的扩展和时代的特征。鲜红的旗、钢铁的意志、暴风雨、宣誓的印章等，都是共和国诞生时期最为壮阔的印记。如果事先不知道诗歌的作者是谁，我读了这首诗后自然会猜测这可能是智利的革命诗人、1945 年参加智利共产党、1971 年诺贝尔文学奖得主聂鲁达的诗歌。革命者正义的热情常常使诗歌式的抒情得以更大的解放，至少它可以扩大抒情的视野和背景。在聂鲁达那里，即使是诗歌中的爱情也因革命而变得更加奇妙和疯狂，聂鲁达著名的《二十首情诗》可以为证。李瑛具有主导意识形态色彩的诗歌和聂鲁达的诗歌共同的特点是，诗人们所描写的对象虽然是革命，但描写的过程却是诗歌式的，意象与意象之间的递进和关联构成了整体的诗歌象征，干净和简练，处处透出诗人优越的文学修养与卓越的文学天赋；将自己的生命完全投入到这场革命之中，抒情写意都是无限真挚，他不是在虚情假意地制造诗歌，而是用自己的认识与感受尽情地表述，这样的诗歌我只能表示赞赏与崇敬。他写于 1949 年两军阵前的《睡着的战士》、《历史的守卫者》，都堪称战争诗歌的典范。李瑛的诗歌从创作的开始就占据着一个高地，从这个高地开始，他和许多人一样进入了时代的洪流之中。

二

50 年代中期到 70 年代末的中国文坛上空，被正义和非正义所鼓荡着的战争的硝烟散去了，政治路线难以辨析的云雾却笼罩着每一个人，常常是变幻莫测的，但只有一种倾向是不变的和确定的，那就是对祖国与革命整体上所进行既定模式的歌颂，这样的歌颂一时充斥着这片土地。我们的诗歌基本上进入了一种套子式的创作时期，只要是仍在动笔写作的人，很少有人不受政治号令的影响。李瑛的诗歌也一样，历史的局限不能免除，但是他的诗歌却保持着诗歌艺术本应具有的特质，由于具有细腻的感性与个性化的意象，在那个特定的历史时期属于凤毛麟角。1954 年他的《夜航机》一诗，写守卫祖国天空的夜航机就像一个精心的守夜人：

> 你看，他一定已经从天空看见：
> 我的房屋的窗子，灯光微微；
> 他一定已经透过小窗感到：
> 我的孩子的呼吸，匀净又甜美。
> 他一定知道这个孩子和她的玩具，
> 经过一个白天，已经十分疲累，
> 所以才像抚着她柔软的头发，
> 把声音放得那么轻微。
> ……

这种温情和细腻完全是基于对一架夜航机的想象，这种想象广大得就像夜航机掠过的地面。因为有了他这样的诗，我们不得不向人民军队致敬，人民军队也不得不向地面上的每一寸土地、每一座房屋、每一个人致敬。

又比如 1973 年的诗《清晨》：

> 清晨，打开哨所的窗子，
> 一只小鸟飞进来，

> 带着江面早春的寒气，
> 带着谷底凝重的云彩。
> ……
>
> 看它啊，神情有些怯生，
> 怯生里又露出安详和自在；
> 看它呵，像是得到了向往已久的温暖，
> 却又掩不住心上的悲哀。

　　他在书写带有某种既定结局的诗歌时，许许多多的片段却是如此的精彩。但是这些精彩终归显得那样的紧迫与小心翼翼，有时候缠绵的抒情突然变调、突然失声，有时候超凡的想象似一只受伤的鹰突然从天空掉到了坚硬的岩石上，生硬地转入某种表态之中，诗人的诗情受到某种束缚，可能连诗人自己都不好意思承认，那个时代让许多人都忘情地歌唱、忘情地高呼，但在喧闹过后，正如他所描述的那只飞鸟："像是得到了向往已久的温暖，却又掩不住心上的悲哀。"这种悲哀只能在革命口号的掩饰下，才能被悄悄地正视。李瑛曾经因为赞赏过绿原（曾被划为胡风集团成员）的诗歌、曾为彭德怀叫冤受到过噩梦一般的折磨和迫害，但他很少为自己的委屈和苦难呻吟过，我只能从他不经意的表现中寻找到一点点他痛苦和悲哀的影子，诗人李瑛的博大和平静需要他所有的诗歌来诠释。

　　有一天，这种悲哀有了宣泄的借口。1976 年 1 月 8 日，人民爱戴的周总理逝世。周总理逝世后，有人出于不可告人的目的，不让人民公开悼念总理。从 1976 年 4 月 1 日到 4 月 5 日清明节期间，来自全国的群众有数百万人次走向天安门广场，以花圈、诗词等方式寄托对总理的情思，表达对阻挠者的愤怒。天安门广场的群众集会遭到镇压，天安门事件被定性为"反革命政治事件"，天安门诗词被称为"反革命诗词"。就在这个时候，诗人李瑛在悲愤中，写下了长诗《一月的哀思》，写好的诗歌草稿只能暗藏箱底，正如他在这首诗歌中所表述的：

> 我这小小的花圈呀，
> 只能把它悄悄地放在
> 我的并不宽敞的家里，

放在你的遗像前，

我想，这就是——

放在长天漠漠的风雪中，

放在黄河不息的涛声里

……

后来"四人帮"垮台，这首诗于 1977 年 1 月周总理逝世一周年时才得以发表。诗歌发表后，感动了当时千千万万的读者，为诗人赢得了崇高的赞誉。开首一段，写得极为沉痛和冷静：

我不相信

一九七六年的日历，

会埋着个这样苍白的日子；

我不相信

死亡竟敢和他的生命，

连在一起；

我不相信

迎风招展的红旗，

会覆盖他的身躯；

我只相信

即使把他交给火，

也不会垂下辛勤的双臂。

……

将自己内心的悲痛和总理勤劳的品格都表达得非常充分，诗歌中的情感暗合了当时民众的内心，诗人对这种情感的把握是细致和准确的，他用抒情的方式，几十年来似乎第一次将心中的悲愤不受任何拘束地勾勒出来，简单明了的意象，层层汹涌铺排的句式，一次又一次撞击人的心灵。

每盏灯，都像红肿的眼睛，

每颗心，都在哀悼伟大的战士：

……

多少个家庭的

多少面窗子，

此刻，都一起打开，

只为要献给你这由衷的敬意。

这首诗歌将几代人哀悼总理的情思推向悲痛的极致，遗憾的是，将诗歌当成工具，是那个时代普遍的中国诗人无法超越的悲剧命运，这种境况即使在这首哀悼的诗歌中也不能例外，诗歌的结尾还是不可避免地添加了一番政治态度的表白。但是，从历史的角度看，这些政治表白并不影响这首诗歌的悲壮和完美，不得不进行的政治表白只能属于那一段历史，而真正的抒情却光芒四射，最终不会被时代的局限所遮蔽。抒情虽然是历时过程中的产物，但却能够高于或摆脱历时，而属于共时的断面，属于瞬间的爆发。真正的抒情语言不管如何掩饰，其对于社会历史环境的超越，直指自己内心或共鸣者内心的一贯方向可能是潜在的、不断的甚至是永远的。在李瑛这个阶段的诗歌中，真诚的抒情与社会政治公式化的表白常常形成明显的差距，那种简单化的表白虽然在文本中存在，但是却被屏蔽在抒情之外，这一点与他早期的作品并不一样，早期有革命内容的诗歌中，革命与抒情是一体的。

随着社会政治的变迁，对文学艺术的禁忌被解除，李瑛以他的诗歌作为感受人生和掌握世界的方式，一路风尘仆仆，终于走出了让民族和国家纠结的那段历史，走出了那段带给他欢乐也带给他忧郁的历史。

三

进入晚年的李瑛，诗歌创作的高峰期才算真正到来。

有人一直认为诗歌是属于年轻人的，他们认为诗歌是靠激情所催生出来的，这是对诗歌的一种轻率理解。其实诗歌在艺术形式上的抽象、简约、想象以及内容上的准确、经典，光有激情是不够的，更重要的需要人生的经验、修养以及情思的深度或高度，没有这些，作者对于诗歌理想状态的表现无从谈起。在中国历史上，先秦与中古时代两座诗坛高峰屈原与杜甫都是晚年才达到了自己诗歌创作的顶点，屈原写《离骚》已是进入老年以后的事情，写《涉江》一诗时明确说自己"既老"："余幼好此奇服兮，年既老而不衰。"杜甫到了老年贫病交加时，诗歌才达到了精神悲凉的高峰。老子所说的"大器晚成"，也可看作是自比，他在写《道德经》西出函谷关时，亦是人生穷尽已到暮年。外国诗人在这方面的例子更是数不胜数。年轻的天才虽然也很多，比如法国的兰波、英国的济慈，但是要成就博大精深的作品，可能还需要对生命至大无外、至深无限的体验。写作十四行诗的莎翁、疯癫后的赫尔德林、创作《杜伊诺哀歌》时的里尔克、双目失明后本质上更贴近于诗歌的博尔赫斯，都是生命近于衰老，诗歌却辉煌无比。诗人生命表面上的衰老，并遮掩不住他们在诗歌作品中由此所沉淀的生命分量。大概人们最终认可的还是诗歌作品中所呈现出的生命重量或生命本体，生命之外的其他描写可能都会干扰纯粹的诗歌式抒情。诗人李瑛年轻时的诗歌虽然已经达到了一个高度，中年时以《一月的哀思》一诗蜚声海内外，但他这前后的诗歌，教条的激情遮掩了普遍意义上人生的抒情，也遮掩了他用诗歌的方式认识世界、认识生命。进入晚年后，他的诗歌正如古代圣哲所描述的那样，他才完成了他的一系列"大器"之作。

从上世纪 80 年代，随着思想与文艺观念的解放，李瑛开始了对诗歌表现方式的真正追寻。上世纪 80 年代初，许多老文艺家还在固守自己几十年来形成的艺术观念并为之辩护时，李瑛却表现得非常敏捷与理性，他对待诗歌的真正态度，甚至比当时的文坛现状似乎还要激进和前卫，他在 1981 年《李瑛诗选·自序》（四川人民出版社）中说：

"我认为，诗人必须学会用新鲜的、生动的充满感情的形象来表达对时代、对自然界、对人类社会的看法，他必须懂得用形象来表现思想和观念，这就是说，他必须用形象认识现实，并在形象中再现生活，诗人是通过形象来创造世界的。我认为，一个诗人应该有高度的艺术感觉、语言感觉——不是随意拾取生活中自然形态的语言，而是必须刻意追求加工提炼的语言，去努力追寻那唯一准确的单纯的语言——有生命力的语言。"

用形象来创造世界，这是李瑛先生在后来的创作中一直奉行的圭臬，这可能就是李瑛在那个时代所显示的高度，也是使他整个诗歌创作能不断向前推进的诗歌判断力所本来具有的高度。我怀疑他诗歌判断力的高度在他大学时代就已经形成，这种高度使他的诗歌创作一直没有沦落与降低，只不过在时代与历史的浪潮中有时候不自觉地陷入低潮。高潮来到的时候，他诗歌方面完美的储备，让他同样以高蹈的姿态进入诗歌创作新的探索与表现之中。

诗人从历史厚重的沉积中开始了他诗情的超脱，诗歌的甘露为他走过漫长的历史征途洗尘，他以诗开始了自由的歌唱、自由的抒情、自由的思辨。

披阅李瑛先生新时期数百乃至上千首诗歌，几乎每一首诗歌都值得留意和审慎，一不小心就会滑过那些埋藏在诗句中玄妙的深意和诗情。他在《想起土地》一诗中写道：

> 从犁头到镰刀的距离
> 是一个复杂的艰辛的过程
> 需要诚实、24K 的诚实
> 否则，连国徽上那两束穗子
> 也将枯萎
> 土地正逼视着我们

这位老诗人，像智利诗人聂鲁达式的老革命战士，在诗歌中袒露了自己完全是诗歌式的理想，他将自己诗歌式的眼睛深藏在他所挚爱的这片土地中，用土地一样的诚实来反思，这样的诗歌怎能让人不拜读。诗歌几乎成了他感受生活和思索往事唯一的方式，而真诚又是他面对革命和诗歌时最基本的态度。他的真诚是把自己降到最低，降到了他自己观察和描写的对象之中，有时候自己是一棵树，有时候自己是一条河流，有时候自己就是深情的土地。有人可能将这样一种方式误以为是零高度写作，其实非也，这是一种进入形象或客体之后呈现的高度，一种更高的高度，是一种潜在的高度。把握这样一种潜在的姿态或高度需要绝对的诗歌修养和生命体验的高度，因此只有具备非凡诗歌判断力的成熟的生命才能创造出真正的好诗，而无知的零高度那是没有高度，是纯粹的幼稚，是浅薄。李瑛先生将自己沉入在一个个诗歌的抒情对象中，那一首首诗因此显示出生命无比的重量。

《一块煤》这首诗，不仅是描写一块煤，让一块煤进入作者视觉的是一个精壮的采煤汉子在煤井下悲惨死去的背景。作者写道：

> ……
> 他和他心底的渴望、痛苦、懊悔和隐秘
> 全被黑暗埋没了
> 他和他的矿灯一起

永远熄灭了

……

只有代他升井的这块煤

黝黑，却射出锋利的白光

愤怒地蹲在那儿，一声不吭

从它，仍能听见他心脏的跳动

它因他的生命，加重了重量

不要打碎它，不要打碎它

火会流出来，血会流出来

从四百米深的远方

流来令人窒息的致命的痛苦

……

　　李瑛近期在谈到他对诗歌的理解时说，他心目中的诗歌，要比小说和散文真诚，小说和散文可以是虚构的，但诗歌却是自己内心真实的感受，没有内心真实的感受他是写不出诗歌的。虽然他对于诗歌的这种看法不一定适合所有的诗歌和诗人，可是只有那些用真诚的心灵来写作的诗人和他们写出的诗歌才值得我们永远尊敬。除了漫无边际的真实世界之外，大概唯一让人可以相信和可以留恋的也就是一个人的真诚了，真诚应该是距离真理最近的状态。也可能善于虚构的艺术家认为，他们创造了比真实世界更高的真实、更有普遍性的真实，但这是不可验证的，对艺术的感受只能依靠经验和感受，而对于经验和感受来说，艺术创造者可靠的人文品质可能要远远大于作品的表现，甚至可以穿透作品，使作品散放出逼人的光辉。而一个虚假的、盲目的人所创造出的作品，不管其雕虫小技玩得多好，透过浮华的语词，只能让人看到虚情与苍白。李瑛的诗歌，对生命、对底层的小人物都怀有一份真正的怜惜、一份向最低贱的生命所延伸的悲悯。要说低，将自己潜入生命的河谷底层；要说高，它的诗歌因此像遥远的山峰在现实的混浊中闪耀着自己的光彩。他的《不灭的声音》这首诗，是对城市中一个在黑夜中喊叫了30年的老疯妇近乎绝望的哀怜：

　　从声音，你能想像

她的头发、眼睛和身影

也许这不是声音

是她把她的

心、肝、肺和胆的碎块

抛掷给你

或是从身体喷出的血

……

谁也没法测量她痛苦的重量

使零下十度的严寒

又低了十度

……

现实世界中，许多人已经麻木不仁，谁会对一个老疯子愿意去长久地注视，唯恐躲之不及，只有那些天良未泯、心智高尚的人才会对这样的生命洒下哀伤的泪水。在《今秋的最后一个细节》中我看到了他在描写秋天惨淡的夕阳中一只孤独爬行的蜗牛时，诗人内心那种彻底的善、彻底的悲：

……

缓缓攀登，身后

留一条闪光的脚印

孤独的，你要到哪儿去呢

可不要迷路

待我喝完一杯茶回来

它已爬到我的阳台上

放下梯子，在花盆边沿

熄灯后睡了

风吼叫着

熟透的露珠即将结霜

挥着刀子的冬天就要来了

呼喊的大雪就要来了

让它好好睡吧

......

他的《痛苦的胡杨》则是对生命苦难进行的宏大叙述，也是从生命悲苦中的一次尝试性升腾或超越，作者在结尾处写道：

请不要为它哭泣
它以不屈的形象支撑着
地球旋转的轴
山的根和
人的脊背
它的痛苦照亮了世界的道路

2008 年 5 月 12 日，汶川大地震，一时虚空粉碎，大地陆沉，灾难中的任何一个场景，包括任何一片废墟，都牵动着我们每一个人的心，因为那一片片的墙倒屋塌中，埋藏着一个个生死未卜的受难者。李瑛先生在此期间写下的一首诗《他和孩子》，让人的眼睛又一次为之湿润，我能看出来，这首诗歌是描写救灾现场指挥救灾工作的温家宝总理，他那悲伤的神情，曾让电视机前的许多人都记忆犹新，但诗人自始至终都没有点明诗中的他到底是谁。有一节这样写道：

......
像一个幸存者
他摇遍每一扇地狱的门
唤他们站起来
回到父母身边去，回到学校
......

如此大慈大悲的形象，我除了在佛学典籍《地藏菩萨本愿经·赞》中读到过外，再无有二："慈因积善，誓救众生；手中金锡，振开地狱之门，掌上明珠，光摄大千世界。"在民族遭受重大灾难时，领袖人物是国民抵御灾难的心灵支柱。在近十年来的数次大灾大难中，我国的领导者就像地藏菩萨转世，在一道道深临悬崖峭壁的盘山小路上，他们冒着山石崩落的危险，不顾个人安危以最快的速度冲到救灾现场，亲临指挥，他们个人所表现出的人格魅力曾经照亮过我精神的黑洞。再读李瑛先生这首诗歌，我的内心自然涌现种种难以言表的情感。

即便是写爱情、写少女，老诗人李瑛亦是那样用心、用情至深，他的诗歌让人有圣洁之感，不像现在许多写类似题材的作品，以亵渎和调侃为高超。他的诗《两棵银杏的爱情》，写两棵分别长在小河两岸的银杏树，将各自的影子投在了小河之中，在流水中的影子和影子相恋的诗意情景，一波三折、深情跌宕，是我读过描写爱情的象征诗歌中写得最好的作品之一。

李瑛先生的《槐花》，可能也是写如花少女青春一瞬即逝的诗歌中佼佼者，这首诗歌在动态式的结构中巧妙而成功地完成了叙述主体的置换，不能不让阅读者为之动容。他在诗歌中首先表述："我说的是淡雅的槐花，不是女孩。"当他对女孩子一样的槐花从花开到花落的象征性描述完成之后，他诗歌的语言又像画外之音一样宣告："我说的是娴静的女孩，不是槐花。"这首诗歌在叙述方式和诗歌形式结构上的创造是自然而神奇的。

像槐花一样的青春少女最终难逃生老病死的人生命运轨迹，就在汶川大地震过后不久，与诗人相依为命"相濡以沫共同生活六十年"的至亲至爱之人去世，凄然、无限悲痛的诗人抒写了《等待》等系列悼亡诗。在《等待》中他是这样描写自己的绝望：

> 这一天的日历是一扇门
> 你昨晚把它打开
> 今天却关闭了
> 时间冻结在那儿，
> 从此我再难推动它
> 也没有钥匙能把它打开
> ……
>
> 衣柜里折叠着你
> 几十年走过的路
> 冰雪、尘沙、泥泞、浓雾
> ……
>
> 灯光全部熄灭

> 黑夜淹没了一切
> 没有人知道
> 只把我和孤独留下来
> 把我们的小屋
> 和我们一起
> 走过的小路、坐过的长椅
> 留下来，在历史深处
> 一起变冷

绝望也是希望的延续，深沉的绝望就是绝望自身得以救赎的希望，在对爱妻的怀念和诉说中，作者的悲痛是那样的真切：

> 愚蠢的我这时才知道
> 从你的眼睛、嘴唇到腿和脚
> 从高处到低处
> 过去，你给予我的都是爱
> 而今，却都是痛苦

在对痛苦的表述中，是不朽的诗歌安慰了诗人：

> 我无法寻到你
> 但我还是坚信
> 你定会回来
> 从我闪着泪光的
> 诗的后面回来

我也坚信，用诗歌的方式进行思索和抒情，最终会让诗人的绝望和痛苦得以解脱，也最终会让诗人的精神得以永恒，也最终会让更多的生命得以安慰。

李瑛先生在他一生诗歌式的生命和生活追寻中，他在自身的修养和经验基础上形成的李瑛式的诗歌感知方式，大体上说呈现出两种趋势：一种是客体的形象的诗歌感知原则，一种是肌理的细节化的诗歌想象方式。类似这样的诗歌表现方式，使他的诗歌在描写自己所经历的事件以及与某种事件有关的人物、环境或自然景物中，开辟了一个崭新的象征世界和抒情世界。从旧中国的历史中走出，又从新中国的历史中走来，从自己的生命历史中走来，他诗歌整体的形象也越来越清晰越来越凝重。他作品的丰厚、创作历程的漫长、至今所达到的深度和高度，在当代中国诗歌史上已不多见，他贡献给中国新诗的是又一座诗歌的高峰。

2012 年夏在中国社会科学院总部

召开的《激情中国》研讨会上的发言

原载《解放军文艺》2015 年第 3 期

李瑛的启示：我们用什么哺育诗歌

韩作荣

面对李瑛先生出版的 50 余部诗集、14 卷诗文总集，以及最近出版的《李瑛七十年诗选》，在其著作等身、浩大深远、斑斓似锦的作品前，曾受尊师扶植，并深受先生影响的我，着实感到惊喜和敬佩。一个 87 岁的诗人，仍新作不断，不断有新的美学探索，不断有新的艺术追求，思想日益深刻、情感日益深沉、艺术日益精湛，不能不说是鲜见的奇迹。记得雷抒雁曾感叹："如果我们到他这个年龄，还能写出这样的诗，就该满足了。"我深有同感，这让我想到黑格尔的话："老年时期只要还能保持住关照和感受的活力，正是诗创作的最成熟的炉火纯青的时期。"李瑛先生正是以其炉火纯青的作品，验证了黑格尔的判断。

我曾惊异于先生写在 1943 年的作品《播谷鸟的故事》，在那失却耕耘木车的饥饿的年代，"播谷噙着泪，伫立在田野/呼唤着"，"辛酸的泪，枯槁的土地，螟虫在飞，蝗虫也在飞/我们的枕畔/铺一个饥荒的梦"的年代，一个只有十六七岁的青年，寥寥数笔，便揭示了一个时代的本质，并具有丰富的社会内涵。这种具有象征品格和现代写意手法的诗作，以少许胜多许，先生早在 70 年前就已写出后来"朦胧诗"作者们所谓的新的表达方式，可见其对生活感受的深邃和对诗的敏锐。

1945 年，他考入北大中文系，受到多位名师的教诲和影响。在此期间又得以博览群书，这为他的诗歌创作做了丰厚的准备，打下了坚实的基础。大学毕业后参军，又多次下连当兵，在长期火热的军旅生活中，孕育了他许多反映战士丰富多彩的生活和军人美好心灵的诗章。一次在边境反击战中，一位战士怀揣着他的诗冲入敌群，战后成了一级战斗英雄。他的诗已成为强大的精神支撑和顽强的战斗力，他的诗魂已与战士的灵魂融为一体。

李瑛先生对当代中国军旅诗的重要贡献，在于他在当时处于十分封闭的历史环境下，和在军队长期战争中沿袭下来的以写枪杆诗、快板诗为主的局面中，以自己的文化素养和深厚的艺术造诣，提出诗要有诗味，要讲文化品格，要运用形象创造意境，要用艺术手段表达感情，要给人以美感。他在自己的创作中，坚持军旅诗刚健风格的同时坚持和引领了细腻温婉的诗风，正如谢冕先生所说，"他成功地糅合了雄壮与轻柔两种貌似对立的审美取向"，"开辟了另一个审美空间"，他丰富的情感和精巧的艺术魅力的诗，深刻地"影响了共和国整整一代诗人，特别是军旅诗人，许多年轻的歌者沿着他辛勤的足迹走向成熟"。即使在可以写诗的"文革"后期，他依旧葆有这样的审美品质，与当时风行的假、大、空是截然不同的。

1976年他为悼念周恩来总理逝世所写的长篇挽歌《一月的哀思》，以其巨大的心灵穿透力和强烈的艺术感染力打动了无数人，成为家喻户晓的名篇，将长存于中国文学史中。

如果说，过去由于时代的局限和禁锢，诗人曾不得不在禁区的夹缝中生存，在艰辛的探索尝试中，以艺术良心写出的那些清新明丽、不失审美品格的诗，那么，在新时期以后，李瑛则迎来了新的创作高潮，他的高质量的带有创新性质的大量诗歌不断涌现，这时，他才真正展示了作为一个纯粹诗人的本质特色。

他敬畏诗，在创作中，他要求一首诗要有时代和生活气息，有内容、有意境、有思想，对于作用于人们精神世界的诗，才有价值；他认为诗要表现美，要追求生动的意象、精巧的构思、语言的韵律和节奏，他说诗人就应该是美的创造者，这样诗才有力量；他重视诗的想象，他认为没有丰富的想象，没有新的发现和创造，就没有诗；他强调诗要不断创新，诗人应努力提高从历史中汲取那些有价值的东西的能力，这是一个诗人成熟的标志，他说创新是诗的生命。新时期后，他的诗风为之一变，从1980年春写了《我骄傲，我是一棵树》后，视野更为开阔，内容更为广博，情感更为炽烈，感觉更为敏锐，长期隐藏在诗后的自我袒露出来，从其作品，人们看到了一个打破心灵羁束，进入自由创造新境界的李瑛，一个完整的更为真实的诗人形象。

诗人的诗风，在变化中也有不变，那就是他的理想、信念没有变，他对祖国和人民的爱没有变，反而更加深沉了。他写《鲁迅》："生命如此脆弱又如此强大/他用脊骨测试它的高度/背负着沉重的爱和疼痛/他要扶一个民族站起来/顶着炸雷，披着闪电。"写红军锻打梭标大刀的地方，在那个把自己的血点燃的时代，"没有什么比石头、烈火、钢铁和真理更美丽"。他写刘胡兰、《弹洞》和《红军标语》等等，他仍然是站在爱憎分明的战士立场，书写对祖国和人民命运的关切，为中国翻天覆地的革命历程和伟大变革而歌唱。

进入新时期后，他最大的变化，就是他的笔更加深入底层，他的忧患意识和对家国的爱与悲悯的情怀更加强烈了，如《弃婴》、《一个城市的血》、《过小煤窑》、《一块煤》等等，他写《饥饿的孩子们的眼睛》："目光，钉子般/从我的骨缝直刺进心窝"，"我心头的血一直滴落/在时间和生命之上"；他写"日子沉重得像石头/贫穷和哑默深不可测"，在茅屋火塘的余烬旁，一个老人于"苦涩中，两只混浊的眼睛/以逼人的力量拷问我/你是谁？我的心被刺穿/没有什么比这更严酷……"这是诗人笔下艰辛成长的"我的另一个祖国"，大山深处山民贫苦的境遇让他惊心，并唤起他作为诗人的精神担当和责任感。

也是在这一时期，他更敞开心扉，把笔探向亲情与爱情，写下了大量怀念故乡土地、父母亲人的诗，他善于从日常平凡的事物中还原粗粝的农村生活，他把个人情感、隐蔽的内心世界与那个特定时代融为一体，这些诗最终指向命运的顽强和坚韧，读之又温暖又悲凉。2008年，他写给逝去的妻子的《等待》，亦是他的重要作品之一，这首长诗写得撕心裂肺，美好的回忆和巨大的痛苦交织着纷纷涌入笔端，纵然爱人已逝去，诗人仍痴痴地等她回来。诗发表后又感动了众多读者，人们对李瑛这种充满人性以及自我情感淋漓尽致的喷发式的书写，又有了新的认识。

在新时期，李瑛无数次深入我国西部地区，写下了三百多首有关西部的诗。这些诗不是表面化的浅层次描摹，不是即兴吟唱的旅游诗，而是从中提炼出最有代表性的典型形象，以充沛的想象力加以提升，在苍茫邈远的时空中，抒发对人生社会和历史的感怀。他与大自然和山水交流对话，把抒情诗的抒情意识发挥到极致。如"草尖，又一颗水珠滴下来/落日颤动了一下，沉落了/苍冥中，空间/一声悠长的回声，激起/入海口处波涛的喧响"，说死亡"是三个黑夜的总和/没有什么比它更永恒"……他欣赏美、歌唱美，真情地抒写内心的回应，他智慧地调整进入诗歌的角度，运用多种抒情笔法和表现形式，扩大了抒情诗的领域，丰富了抒情诗的创作，在当今"冷叙事"的写作潮流中，更贴近传统，同时又开拓和丰富了传统，成为寓传统予现代的成功典范。

诗人近年的诗，还有一个更明显的特征，即在其感性丰盈的诗作中，增强了智性，透过对社会、人生的洞察与思考，于广度中又增强了深度和力度。他写《刀和磨刀石》："刀刃和磨刀石越磨越薄／两个生命一起得到了延伸／牺牲的痛苦是崇高的"，这独有的沉思发人深省。写《变异》，面对"荣誉、财富和情欲搅动的／疯狂的舌头／纵火的眼睛"，他感叹"由野兽变成人／需经过亿万斯年／而由人变成野兽／可以只需瞬间"，这对现实的感受无疑是深刻的。他写《学会忘记》，深感"这些附在身体之外的东西／对率真的灵魂／都是多余的"，"有血有肉的生命是淳朴的／淳朴的是美丽的……"等等，面对大千世界，万物苍生，这些充满哲学意蕴的炉火纯青的诗，发人深思，给人以极大警示和启迪。

诗人的诗越到晚年，越短小精练，诗句也越质朴简洁、明白晓畅，在看似平静如水中，却又蕴涵深意、耐人寻味，纯熟的技巧和淡定的品格，呈现出一种阅尽人世沧桑、又历练达观的人生境界。

李瑛先生一贯低调，他喜深思独处，甚少出头露面，对所写的诗，总是反复修改，有的要改半年甚至一年才算定稿。他是以生命写诗的，他的诗便有了生命。我想没有谁比他自己更了解他不倦探索追求的艰辛，他以自己创作所取得的成就和影响铸就了自己的历史地位。这里，愿将他的《我们用什么哺育诗歌》这首诗抄录如下，这是他最完整、最形象的对诗的理解：

> 用血里的铁锻打钉子
> 用骨头里的磷点燃灯盏
> 用钉子和油盏
> 建造诗歌
> 当然，还要有一把苦荞米粥喂养
> 还须搅拌泪和辛酸、汗和盐碱
> 必要时，还须跑回过去的岁月
> 把丢失的声音找回来

当然，更须让它睁大眼睛
瞩望未来

否则，它们只能是废铁和石头
如果能把我们的诗酿成
一滴蜜、一束光或一团火
就可以以它建设新生活和
尊严的城市。

这是诗人 2005 年的诗作，说得多么好啊！

2013 年秋于北京

原载《人民日报》2013 年 11 月 26 日

与天地精神往来

——李瑛其人其诗

李　舫

　　李瑛的新书和新诗摞在我的书案上，像一道高耸的方尖碑，穿过窗外奔涌的溽热，穿越空调寂寞的冷气，静静地散发着虔诚的墨香。58 部诗集、14卷诗文总集，以及近年出版的抒情诗选《拾落红集》、《中国当代名诗人选集·李瑛卷》和诗歌自选集《李瑛七十年诗选》，李瑛的著作可谓洋洋大观。

一

　　6 月初的一个下午，李瑛让人送来他的新诗《灵魂是一只鸟》。今年年初女儿李小雨辞世，他飞泪化作倾盆雨，写下长诗《挽歌：哭小雨》，此后悲恸之中，一度搁笔。时隔三月，他写就的新诗，有着不一样的低徊和沉潜，心中块垒，郁郁成结。此时的京城，暑浓日长，端午渐近，朱仲之季，蜩鸣树静，然而，一派幽谧之中，有谁知晓一位耄耋之年父亲隐秘的忧伤？

　　"灵魂是一只鸟"，李瑛用他的一首诗的题目作为他的五首新诗《在墓园》、《亲人离去之后》、《灵魂是一只鸟》、《寻找》、《什么是孤独》的总题。过去的几年，李瑛的父母、妻子相继辞世，今年 2 月 11 日，他唯一的女儿李小雨又突然离他而去。白发人送黑发人，世间还有什么比这更沉重的悲苦？

　　　　母亲走了，带走

　　　　我的肺和一小块心脏

　　　　父亲走了，带走

　　　　我的肾和一小块心脏

　　　　妻子走了，带走

　　　　我的肝和一小块心脏

　　　　现在，女儿也走了，带走

　　　　我的胃和一小块心脏

　　　　如今，我空旷的胸腔

　　　　只剩最后一小块心脏

　　　　挣扎着怦怦跳动。

　　在《亲人离去之后》中，李瑛用颤抖的笔写道，亲人渐次远行，令他五内俱焚，现在，只有他一人独守空空荡荡的家园，用一小块心脏，挣扎着生活，"挣扎着怦怦跳动"。

　　年纪渐长，他的生活从往昔的喧嚣复归宁静，他的坐标只有两点一线——家和墓园，而今，这墓园里，又多了一座新塚，这是女儿的坟茔。徘徊在亲人的墓碑间，李瑛步履蹒跚，心生惆怅，"这里是路的悬崖/时间的尽头/简单的一抔黄土/埋多少复杂人生"，他用脚步丈量着回忆，丈量着人生，也丈量着身边纷乱的世界。"风吹着，回头望一眼/杜鹃声里，都是背影/只身边一块块石头/苍白的，坚硬的，冰冷的/记着他们的名字"，一切烟消云散，莫大的悲恸、莫大的凄苦，只在这苍白、坚硬、冰冷的石头之中。李瑛的诗，到晚年愈发炉火纯青，他的诗句，洗脱了早年明显浅白的表达，意境更加宁静、深远、幽邃，他将他的悲伤收拾、折叠、裁剪到他的诗句中，可是，这隐忍的疼痛，分明更让人肝肠寸断。

　　"送你几首诗，看是否有用？现在，我是越写越少了。"附着在诗前的短笺中，李瑛认真地写道。他总是这样客气、谦虚，不论是对年长的上级还是年少的读者，他都是一视同仁，未有分别。其实，这数十年如一日的憨直率真，正是他的本色，也正是他的可敬可爱之处。

　　认识李瑛，是在1995年深秋的湖北清江，此后20年，我们鸿雁传书，成为无所不谈的忘年交。李瑛早年毕业于北京大学，此后手不释卷，方有后来之学问、气象。那时，李瑛已年届古稀，但精神矍铄，健步如飞。他腹有诗书，气宇轩昂，佳句俯视即得，却从无骄奢之气，平淡冲和，一如邻家长者。诗评家韩作荣曾经评价李瑛对于中国诗歌的贡献，在于他在当时十分封闭的历史环境中，凭借自己的文化修养和美学造诣，丰富了军队沿袭下来的限于写枪杆诗、快板诗的单调的诗歌表达形式。此言不虚，李瑛的诗歌，以宏大包容的气度铺就了新中国诗歌的路向，从而成为新中国诗歌的一座丰碑。他的《一月的哀思》、《我骄傲，我是一棵树》被选入高中课本，深刻地影响了一代又一代年轻人。

李瑛爱干净，那次游历三峡工程，大坝工地尘土飞扬、泥水飞溅，可他但凡身上、鞋上有一点脏污，便立即用纸巾揩干，不留一点污渍，这些细节令我印象深刻。李瑛的诗句中，同样没有一丁点儿的污淖。70 余年执着的写作生涯中，他留下了无数动人的诗卷，无数传诵的诗行，其中都是明媚、灿烂、热烈、坚韧，即便遭遇苦痛和灾难，在他的笔下，所有的悲苦也会化作绵长的勇气和不绝的力量。17 岁时，李瑛曾用稚嫩的笔写下《碎梦》："梦中的花开了/梦中的花谢了/拾起今朝的泪珠/注在自己的灵魂里。"而今，弹指一挥，70 余年倏忽远逝，喜悦和欢愉、悲苦和悲恸都渐次明来，然而，不变的是顽强的坚持，他仍然用自己微弱的力量，倔强地抒写"生命的重量和美丽的毁灭"、"美学经验和道德选择"、"不渝的爱情"，抒写"所爱的世界"和"夜半难忍的哭泣"。

"只要还有那张嘴/就可以听见你继续歌唱"，在《亲人离去之后》中，他这样写道。

对于一个勤劳的农者，秋天是收获的季节，更是沉思和远眺的季节。而对于一个勤奋的诗人，人生的秋天何尝不是如此？泰戈尔曾经感慨："上帝等待着人类在智慧中获得新的童年。"而今，这位年近 90 的诗人，仍然用颤抖的手顽强地坚持写作，更令人敬佩的是，他写在人生深秋的诗卷，时时充满了奇迹。

二

2013 年 2 月，李瑛特地让人送来线装书局出版的诗集《拾落红集》，他在信中写道："你想看《拾落红集》，便送去了一册。这书印数不多，书局同志告诉我，销路还不错，说是读者买去收藏，版本可贵，我便想到你。"这

卷诗集采用竖版宣纸印刷，显得精致典雅，捧起便不忍放下。诗集出版于
2012 年 11 月，收录了李瑛的 90 首抒情短诗，每首篇幅大多不超过一页，有
的甚至只有半页、几行，但是每一首都意味隽永，想来是他精心挑选。

我最喜欢那首《昨天》，语言纯净、空旷："他的面容/和今天一样美丽/
可再也不能见到他/他把我送到今天/便独自回去了//我忽然记起/遗落了什
么/想回去寻找，却再也/寻不到归去的路/只在窗前沉沉地凝望/一片叶子旋
转着/落下来/传来一声遥远的/回响。"是一位老友，还是一位亲人？他的离
去令他如此感伤，可是，他却将这感伤隐藏在心底，敞开的是丰饶的意象。
这是具有象征意义的辞别，诗人寥寥数笔，短章局促的方寸之地便腾挪出巨
大的回旋空间，死亡，立即超越了时间的局限，具有了揭示生命质感的力
量，具有了淋漓的时代本真和丰厚的社会内涵。

这一年的 8 月，李瑛寄来他的组诗《忆往三章》，此后不久，他又托人
送来《燕山三章》以及那首后来流传甚广的《比一滴水更年轻》：

> 当手杖
> 成为我世界的一部分
> 我却比一滴水更年轻
> 因为这个时代
> 因为我的祖国

"想起年轻时我渴望的一切，今天都已变成现实，我更坚信未来在我们
手中必将有更多奇迹发生。"李瑛说，"时代、生活和诗把我变成了孩子，我
便写出了这首诗。"后来，他将这首诗歌题名作了他的新诗集的名字。李瑛
在耄耋之年写出的诗行，更加真挚、清澈，他返老还童，返璞归真，视野愈
发辽远宏阔，情感愈发深沉悲悯，已经远远超出了标签和流派的意义，彻底
实践着泰戈尔"回到人类童年"的美学主张和诗学理想。

"我这个人在部队蛰居一隅，不善交往，怯于出头露面，也不会经营自
己。"随这组诗歌一同寄来的信中，李瑛写道，"我一生忙忙碌碌中，写了七
十多年诗，印了那么多小书，送去一本是我上世纪八十年代应白土吾夫、井
上靖、东山魁夷他们邀请第一次访日时写的，是我在解放战争时期的一位
'日本八路'战友回国后印的，这是一份特殊的纪念。"

这是日本（株）德间交流公司 1990 年 7 月 30 日出版的《日本之

旅》，收录了李瑛的 25 首诗歌，皆以访问日程和创作时间为序。从 1988 年 4 月 5 日至 4 月 15 日，短短 10 天内他竟然诗兴盎然、诗思勃发，从如云似雾的樱花到迎风跃动的鱼幡，从浅草公园的鸽子到京都濛濛的细雨，从普度灾厄的镰仓大佛到流光溢彩的银座夜色……无不走进李瑛的笔端，伴随他的诗情喷薄而出。不能说这些诗已很完美，但它们确是真挚而又平常地发自他的内心，像他自己的呼吸一样，是他的生命自然流动生长的结果，字里行间充满了他的最纯洁的感情。

"书中不少诗曾在《人民日报》上发表过，版本珍贵。"他在信中的诚挚之情溢于言表。李瑛对于《人民日报》的期待，不亚于他对诗歌的感情，他多次在书信中，冀望"《人民日报》承担起自己的地位和责任"，他说"《人民日报》作为领头的报纸，多关心一点诗歌吧"！拳拳之心，溢于言表。当然，这是题外话。

三

2014 年 10 月，李瑛寄来他新近创作的诗稿《生命三章》，包括《瞬间》、《礼物》、《一滴泪》，最后一首诗创作于他看过的一次影展，一个哭泣的三岁孩童的一滴泪给他留下了深刻的印象，他在题记中写道：我"想起陀思妥耶夫斯基说的那句话，'整个世界的幸福，也抵不上一个无辜孩子脸上的一滴泪'。"行至岁月的黄昏，他越来越清醒，越来越多地思考生命的价值和分量，一个无辜孩童的泪滴，在他看来，也许是一颗"将要爆炸的炸弹"。这泪水来自何处？是非洲的饥馑还是中东的战争？是北美的枪声还是东亚的天灾？我们无从得知。我们知道的，是李瑛在这泪滴中深深的忧思。他的视线，也不局限于眼前的这片土地，他昏花的双眼望向的，是人类遥远的未来。

"历史却已记住了这一切/世界已改变了姿容"，这是《生命三章》第一首《瞬间》中的一句，读来让人感喟不已。李瑛闭上眼睛，看到的不仅仅是祖国、人民这些在他的诗歌中屡屡出现的主题，更多的是流泪的孩童、惊飞的小鸟、遁去的小鱼、湖底的行藻、水面的涟漪、窗前的太阳，以及人的平等和尊严，这些，恰是祖国的细部、生命的个体，是周遭的集合、世界的全部。细致入微的观察、毫无禁忌的想象，令李瑛的诗歌充满了饱满的张力，也充满了沉甸甸的分量——独与天地精神往来，而不傲睨于万物，不谴是非，以与世俗处。"你知道永恒吗"，在诗的结尾，他深情地问道，是提问，也是回答。世界在不停地改变容颜，被每一个小小的瞬间。然而，所有的改变都将镌刻在历史的年轮中，变中的不变和不变中的变，变中的变和不变中的不变，这才是永恒。

不久之后，我读到李瑛的《生命礼赞》。日晷每移动一寸，他对于生命的感情便增加一分。"这一年又将岁尾，检视这大半年多来陆续写的多篇短间，想分送三四位要好的朋友看看有无用处。这次送你一组小诗《生命礼赞》（《关于生命》、《石马》、《秋的田野》），是首先选出送你们的。""我写作很慢，又要经无数次修改，从不愿轻易示人。"在信中，他写道。年纪渐长，目力衰弛，他的手一年比一年颤抖得厉害，一横一竖曲曲折折。然而，他的信仍然干干净净、清澈清爽，每一个字、每一句话、每一页纸，就像他的素常习惯，就像他的一生修为。

小雨去世之后，李瑛的生活更加简单。我曾数次致电，电话的那一头，却是越来越多的沉默。有一次，我问，小雨不在，你怎么生活？他沉默了许久许久说，我一个人，自己照顾自己，一切都好。声音很轻很轻，却斩钉截铁。世界静下来，窗外，垂柳柔软荡漾。那一瞬间，我想起了他的那句诗：

你知道永恒吗？

其实，它就在这里。

原载《人民日报》2015 年 6 月 9 日

致李瑛

艾　青

李瑛同志：

　　你好！谢谢你不断地赠我新出版的诗集。多年以来，我总想有系统地读读你的作品，但是我没有做到。前些年，生活中干扰太多，无法静下来；近两年，身体不好，精力不足，力不从心。

　　我在 50 年代就读过你的诗，那时，你已是崭露头角的青年诗人了。你的诗集《天安门的红灯》、《友谊的花束》和访问苏联所写的一些诗，给我留下了鲜明、深刻的印象。

　　1957 年，我从诗坛消失之后，先到北大荒，后去新疆，在那偏僻的地方，很少有机会看到你的作品，记得只买到你的《枣林村集》，许多清新的诗篇至今留有印象。直到 21 年之后，我重返诗坛，回到北京，又能陆续读到你的诗。你写的《一月的哀思》是很动人的，那是一首难得的优秀诗作，它深刻地表达了人民对周总理的沉痛的哀思，可以说是缅怀总理的诗歌中之绝唱。

　　1980 年我在《中国新诗六十年》一文中，曾说过："李瑛以勤奋的劳动写了大量的战士诗，他具有细致的抒情笔法，语言和形象比较清新。"现在看来，这一评价已远远不足。新时期以来，你连续出版了十几本诗集，我虽然视力、精力有限，还是零散地看了一些，有时高瑛也给我读读，听到了你在诗的征途上前进的足音。你的《我骄傲，我是一棵树》，标志着你诗的风格探索的新成就；《南海》写得那样开阔、深沉，《在燃烧的战场》则强烈而真实地表达了边防战士保卫祖国边疆的高尚情操。最近你送我的诗集《江和大地》，其中有很多我喜欢的诗。

你是军人，你写了大量的反映人民军队英雄业绩的诗，可喜的是你还写了大量的国际题材诗作。你以诗人的身份向世界发言，表明了你的爱憎，促进了中外文化交流，增进友谊，这在当前中国诗人中还是不多的。

你已经出版了20多本诗集，这些诗又都是出自你业余创作之手，你真可说是当代诗人中的"生产能手"，我为你不断的获得新成就而高兴！我说过："最伟大的诗人，永远是他所生活的时代的代言人。最高的艺术品，永远是产生它的时代感情、风尚、趣味等等的最真实的记录。"你说："越是优秀的诗人，越是属于他所生活的社会和时代；越是优秀的诗篇，越是属于历史和人类。"看来我们的观点是相似的。

40多年来，你认真对待生活、了解生活，并通过自己的感受反映生活。你不断地探索、勤奋地创作，永远把自己放在新的起跑线上。

当前诗人辈出，诗坛日趋多元化，可喜可庆。但对古典诗歌遗产、对新诗优秀传统的继承、发展，对外国诗歌的引进消化，仍是值得诗人重视。中老诗人有责任引导青年诗人，使他们得以健康成长，肩负起建设与发展新诗事业之重任。

同城相见难，我们常常是在集会上匆匆地见一面，谨致此信问候。

艾青

1987 年 10 月 20 日

原载《艾青全集》，花山文艺出版社 1991 年版

战士的卓越诗人，诗人的杰出战士

—— 在李瑛同志从事诗歌创作 60 周年学术研讨会上的发言

张　炯

　　李瑛同志是我国当代著名的诗人，今天我们在这里纪念他从事诗歌创作 60 周年并举行学术研讨会，这是我国诗坛和我国当代文学研究界的一件大事，我谨代表中国作家协会和中国当代文学研究会向李瑛同志致以热烈的祝贺和崇高的敬意，对光临这次会议的所有贵宾和朋友表示衷心的欢迎和感谢！

　　李瑛同志还在上世纪 40 年代初就开始他的诗歌创作，60 年来勤奋地笔耕不辍，先后出版诗集 50 多部，他在诗歌创作领域的坚持不懈和丰富多产，在当代中国堪称劳动模范。他早年就读于北京大学，受到中西文化兼收并蓄的传统的熏陶，其后投笔从戎，加入人民解放军南下，即以自己年轻的歌声，为我军向全国的进军吹响了战斗的军号，并以自己的诗行记录了那个时代前进的面影。而后，他从南国海疆又到达朝鲜前线，使自己的诗在血火纷飞的战斗熔炉中得到进一步的熔炼和升华。回国后他虽然长期工作于解放军文艺出版社，却不止一次到过连队，到过北域西陲的边疆前哨，因而他的心始终贴近基层的战士，贴近时代生活的前沿。他总能以自己纤腻的艺术感觉，开掘平凡而紧张的战士生活中的诗美，并以独特的含蓄的笔法，画出蕴有崇高美好情愫的诗的意境。他的《哨所鸡啼》一诗曾有这样的诗句："看它昂立在群山之上/拍一拍翅膀，引颈高唱/牵一线阳光在边境降临/霎时便染红了万里江山//莫非是学习了战士的性格/所以才如此豪迈、威严/只因为它是战士的伙伴，所以才唱出士兵的情感！"作为战士的卓越诗人，李瑛同志有力地抒发了战士爱党、爱祖国、爱人民的深情，也有力地描绘了我军将士豪迈的步伐、威严的军容。在他的笔下，人们可以看到我们的军港、舰队、大炮、战壕、哨所，看到高级指挥员、前沿的士兵、夜晚潜伏的暗哨、黎明即起的炊事员。他笔下那引吭高歌的雄鸡，酷似诗人自身的真实写照！正是因为他十分熟悉我军的生活，与战士心心相连，才能在自己的诗篇中如此真实而出色地表现了我们的战士和他们那崇高的心灵！他描写我军的诗歌，有如嘹亮的号角和猎猎的军旗，不仅传达了广大战士的心声，也永远鼓舞他们不断前进！

李瑛同志不但是战士的卓越诗人，还是诗人的杰出战士。因为作为共产党员，他的心头始终燃烧着共产主义的崇高理想，他的胸怀始终关怀着祖国的命运、人民的福祉和全人类解放的事业。他走遍了祖国的河山，从海南岛到黑龙江，从内蒙古草原到天山南北，也到过世界的许多国家，从朝鲜到日本列岛，从西伯利亚到尼罗河，到处都激发他的诗情，到处都留下他的诗篇。在他的诗篇中人们可以看到祖国雄伟壮丽的身影和人民多姿多彩的面容，大兴安岭的伐木工、草原的牧民、窑洞里的老妈妈、祁连山下的造林人、农村的老支书、托儿站的小娃娃，都给予他以歌唱的灵感，党的领袖、人民的总理、我军的总司令、无产阶级的诗人马雅可夫斯基、朝鲜战场的志愿军、世界各地人民解放的斗争，都燃烧起他不可遏制的歌颂的热情。他总是那么爱憎鲜明，对人民的爱和对人民敌人的恨，在他的诗篇里总是黑白分明。他的歌喉总随着时代前进，他曾为解放全中国而歌，为日新月异的社会主义建设而歌，为改革开放的新时期而歌，也为不同时期世界人民的和平、友谊和幸福而歌，还为祖国向新世纪的进军而歌，为人类向宇宙太空的开拓进取而歌。正如他在自己的诗句中所说："我骄傲，我的生命这样坚强，/我想说，全靠了人民的胜利；作为一个友谊的象征——/今天，我醒来，睁开眼睛，/是为了向人间报告新的世纪。"是的，在战士中他是卓越的诗人，在诗人中他是杰出的战士。60年来，他正以自己不知疲倦的歌唱，为我军谱写了解放祖国、保卫祖国、建设祖国的诗的战史，也为我国人民奏响了洋溢着爱国主义和国际主义强音的、充满战斗豪情的绚丽多彩的诗的历史交响乐，他晚近的诗作更充满了历史的沧桑感和环球意识。面对着他的与时俱进的博大胸怀所铸造的众多优美诗篇，我们不能不向这样一位为读者开拓了广阔思想视野的诗人致以崇高的敬意和由衷的感激！

李瑛同志还在我国新诗的形式探索和民族特色创造上也做出自己突出的

贡献。他早期的诗歌受过西方的影响。但从上世纪 50 年代起，他就十分重视新诗民族形式和特色的探索与创造。他注意发扬我国古典诗歌含蓄蕴籍和注重韵律的传统，他的诗大部分是押韵的，努力做到句式齐整，并争取发挥汉语语词可以对仗排比的优点，他采用过多种句式，即使采用马雅可夫斯基的楼梯体，也注意做到上述的特点。他还重视诗歌意境的创造，于朴素、简洁、生动、鲜明的语言表达中借助比喻、通感、联想和夸张等想象力，总使他的笔端如诗如画、小中见大，使具体的形象和意境见出时空深邃的内涵。应当说，他在新诗形式探索方面做出了许多可贵的成功的努力。他的诗不仅富于个人的观察细致、想象丰富、情感充沛、清新流丽而又柔中有刚的风格，大多也富于为人民所喜闻乐见的中国作风和气派。从他的受到一定韵律限制的诗里，我们可以感受到他是何等才华焕发，善于创造形式，善于用鲜活的形象去感染读者。他的许多诗篇都给人留下难以忘怀的印象。例如，一首《出港》把我军舰队出航描写得如此壮丽、气象万千！一首《戈壁日出》把日出的戈壁渲染得何等灿烂和辉煌！而他的《一月的哀思》更把我国人民对人民总理周恩来的怀念抒写得情真意切、绵绵无尽，把周总理的丰功伟绩烘托得有如巍巍高山、浩浩大海，深切地表现了"人民总理人民爱，人民总理爱人民"的旷古境界，成为人人传诵的绝唱。他的《关于今天的战斗》、《向 2000 年进军》等不少政治抒情诗，无不因内容与形式协调，音调铿锵、大气磅礴，由革命理想燃烧的激情，声声有力地撞击人们的心灵！60 年来，李瑛同志的诗不仅影响了军中的许多诗人，也影响了我国的许多诗人。

毫无疑问，在 20 世纪的我国诗坛，李瑛是一位十分重要的诗人，他连接"五四"后的新诗与新中国的更富于民族化大众化的诗歌，并在军旅诗歌中开一代诗风。他是战士的诗人，也是人民的诗人，在诗歌题材、主题、形式、风格等方面都有超越于前人的开拓，在创作的丰富上，在当代更无人可比。他的诗歌创作，是美的结晶，也是我国人民宝贵的精神财富。认真研究李瑛同志的诗歌创作，对于充分认识他在我国诗歌发展中的历史地位及其局限和不足，对于更好地理解他的诗作并发扬他在诗美创造、在诗歌民族化大众化方面的成绩和经验，对于进一步寻求中国新诗发展的康庄大道，都是非常必要的。因此，我们今天的研讨会有着不同寻常的意义。我预祝会议圆满成功！

2002 年 4 月 20 日

李瑛的诗世界①

——在李瑛从事诗歌创作 60 周年学术研讨会上的发言

谢　冕

　　李瑛先生的诗歌创作始于上个世纪 40 年代，到本世纪第一年的《倾诉》，他已经出版了 48 部诗集，他是中国当今诗人中为数不多的创作时间跨度最大、创作实绩最为丰富的诗人之一。李瑛的大量作品产生在 20 世纪中国社会发展最复杂、创作环境也最为险恶的时期，他的创作基本上贯通了中国从寻找到实行现行社会制度的孕育、成长、发展到调整的全过程。其间有过一些停顿，也留下了一些空白，最长的一段空白是 60 年代中叶到 70 年代初叶大约 10 年的时间，也就是通常所讲的"空前浩劫"的那一段时间。这些空白也有它的意义，说明中国社会行进中的艰难和所达到的酷烈的程度。所以，我们今天读李瑛先生的诗，仿佛是在读中国现代社会的历史。我们从它的连接和断续中，会得到一种非常事实的关于社会的、政治的以及人们思想情感的诗意的启迪。

　　李瑛先生是军旅诗人，但又是从学院走出来的。他的诗不乏军人的英雄气，又拥有知识层的儒雅风格。他在用诗歌的形式表现中国军人多姿多彩的生活以及内心丰富性方面，是成就显著的一位。李瑛在开掘一般被认为是枯燥单调的军队生活的内在情趣，以及浩瀚而广阔的军旅诗情方面做出了独特的贡献。在军队乃至在全国范围，李瑛的诗风影响了整整一代人。他的诗大致表现的是军人生活所具有的壮怀激烈，举凡守疆保国、行军野练、风雪雷霆、刀光剑影，这一切的雄伟壮丽都被他表现得精致而优美。李瑛的诗在内

---

①　本文题目为编者所加。

容方面大体都是大的题材，尽管在他的诗中也不乏对于精微的小场景的描写，但无不涉及英雄气概和报国热心，在他的诗中几乎找不到目下大面积弥散的绝对私人化的情节。

李瑛无疑创造了仅仅属于他自身的审美风尚，这种风尚简而言之就是大视野和大胸襟与精致婉转的艺术表现的结合，几乎李瑛所有的诗都能说明这一点。在中国诗歌界，他是一位独特的诗人。就诗的内容而言，有一种"大江东去"的雄健；就诗的艺术而言，却不乏"晓风残月"的情致。在这里，我愿随手举一个例子来说明。近作《一只山鹰的死》写的是"划出的最后一道弧线，终止在铁青的石灰岩上"，一个雄伟壮丽的生命结束在"野花盛开的地方"。这是"一块长翅膀的石头"，"如一声落地的雷"，这死亡"震颤了大峡谷"！这一个关于死亡的描写，既表现诗人的雄健，也表现诗人的精致。这种独特风格的形成，有诗人深厚的审美理想的支撑，也由于他的那种来自学院又长期服务于军队的特殊身份的约定。

李瑛创作的大多数岁月，是中国社会急剧变化而充满动荡的岁月。周围的一切喧嚣和不宁，敏感的诗人不可能没有感知，但李瑛似乎更愿意看到生活中的华美和静谧，这使他宁肯放弃一切，而不愿放过哪怕是透过无边暗黑的一丝光影。在黑暗的年代，他寻找光明，在周边无限的悲哀中，他祈求甚至设定某种华彩，这是诗人最后的坚守，我把这叫作缝隙中的寻求。有各种不同的诗人，有的人看到苦难并表现它，有的人同样看到了苦难而不直接表现它——他更愿意表现他所愿意看到的那一切，并以他所愿意的方式表现那一切。

世界是多样的，诗人也是多样的，因为有各种各样的诗人和诗，我们的世界才变得这么精彩。

2002 年 4 月 19 日于北京大学畅春园

原载《诗刊》2002 年第 11 期上半月刊

致李瑛同志

——贺《李瑛诗文总集》出版暨李瑛同志诗歌创作座谈会召开

贺敬之

李瑛同志:

衷心祝贺你的《诗文总集》出版既暨创作研讨会召开!

会期前两天恰好是 1 月 8 日,这个令亿万人民终生难忘的日子,使我自然想起你的《一月的哀思》,重新默诵这首长诗,再次令我感动,再次给予我力量。

在这首杰作出现之前和之后的数十年间,你还有另外许多成功之作令我激赏和长久回忆。在我看来,你大半生的创作实践和取得的重要成就已充分表明:你是新中国诗歌发展史上的一位杰出的人民诗人和人民军队杰出的军旅诗人。

作为你的读者、同行和同志,我将进一步向你学习、再学习。

我因病住院手术尚未康复,不能参加此次盛会,想来你能够鉴谅。谨此祝愿你健康长寿,并祝愿研讨会圆满成功!

贺敬之

2011 年 1 月 4 日

原载《文艺报》2011 年 1 月 19 日

贺信：他开辟了另一个审美的空间

——致《李瑛诗文总集》出版暨李瑛同志诗歌创作座谈会的贺信

谢 冕

　　李瑛出现在中国社会方生未死的重要时刻，他的写作结束了战争时代未能回避的、可以说本有的粗粝本色，他在沿袭战时诗歌雄健风格的同时，坚持并引领了细致、华美的诗风，他的诗开辟了戍边卫国的士兵心目中的一片新鲜而美丽的天空。

　　李瑛在诗歌界兼有知识分子和军人的双重身份，他是战地记者又是军旅诗人。他在硝烟尚未散去的疆土上几乎是第一次从精致细腻的向度，发现并审视被战云遮蔽的美感的时空。他能在大进军强烈的节拍中，寻找近于婉约的韵致，他成功地糅合了雄壮与轻柔两种貌似对立的审美取向。他在光明与黑暗、战争与建设的间隙里创造了一种诗的雍容与华贵。当然，这一切包容并体现着李瑛一贯追求的战士情怀。

　　他的诗影响了共和国整整一代诗人，特别是更加年轻的军旅诗人，许多年轻的歌者，沿着他辛勤的足迹走向成熟。尽管在他漫长的创作生涯中，仍然充斥着对于诗歌的误解与偏见，尽管他的创作环境长期以来充满了禁忌，但事实证明，他的坚持与追求得到了时间的认可。

2011 年 1 月 6 日于深圳旅次

原载《文艺报》2011 年 1 月 19 日

时代的歌者　人民的诗人

——读《李瑛诗文总集》的思考

翟泰丰

一、李瑛在中国诗坛的影响及其历史地位

李瑛在 1942 年读中学时开始写诗，如今已在中国诗坛行走了 68 年，出版了 57 种诗文专著，现又汇集出版了《李瑛诗文总集》14 卷，收入诗作达 3900 首，序文、自序、后记、评论、散文约 100 多万字，真可谓鸿篇巨制、皇皇大作，记述着他几十年如一日，在诗美的海洋里所付出的艰辛与求索，是中国诗坛的宝贵财富，也是中国文学宝库中的瑰宝。

李瑛的诗歌创作，在我国诗歌史上，树起了一面独具诗美风格引领新诗向前挺进的光辉旗帜。

李瑛是"军旅"诗人，但他又绝非仅仅是"军旅"诗人（我在这里借用"军旅"一词，但我不赞同把诗划为"人群诗"，因为诗歌只有题材、主题、体裁之别，没有人群审美之差），他的诗涉猎题材极为广泛，既有祖国颂歌、大地情歌（含大量西部之歌）、英雄挽歌、和平赞歌、国际友谊歌……且对诗美坚持不懈的追寻，具有鲜明的时代风采，具有与大众心灵共鸣的抒情向度，还有思考深邃的人生哲理，以及精练、清丽、委婉、昂扬的诗美语言，和真挚动人的音乐感、节奏感的诗美韵律……我每每徜徉在他的诗海，总要为他那湛蓝无垠的大海所吸引，被浪涛飞雪的呼啸所震撼。在他《诗文总集》中，以燃烧的激越之情，歌唱祖国的诗就有 12 首，在这些诗中，我的心总是和着诗人心灵之笔，一起燃烧，燃烧在《祖国的泥土》里，燃烧在《我的另一个祖国》中，燃烧在《我的中国》不屈的"怒吼和雷火"闪电中，燃烧在新世纪，我们民族发出的呼唤，震撼寰宇。同时，我又

常常为他娓娓道来纯净而柔美的歌唱而陶醉，我曾认真谛听"躲在小小叶子后面"《杏花》的倾诉，我也曾认真清赏过"静静地睡在水的眠床上"的《睡莲》，以"太多的梦描绘人生"的哲情，我还曾咀嚼"像一片舒卷的云或一片叶子的"抒情的韵味，寻找"天很近，梦很遥远"的深沉……

在李瑛走过的近70年诗歌创作的心路历程中，大体上可以分为三个阶段。第一个阶段从1942年创作《秋景》、《系念》、《播谷鸟的故事》到1948年《中国学联，我们的旗》，共收入诗歌97首，是作者步入中国诗坛的起步期、探索期，虽有简拙、质朴之感，却也见到诗人固有的天赋。在北京大学读书期间，古今中外各种流派的影响，一同汇入了他天赋诗作的神思，使他起飞的翅膀坚实起来。第二个阶段是从上世纪40年代末到60年代上半叶，在这个历史阶段，他全身心地融入到战斗生活中去，走进了战士的心灵世界，从而他的诗歌创作出现了新的飞跃，达到了一个诗美的新境界，成为军队题材诗歌创作的领军人物。除军队题材外，他还创作了大量歌唱亚非拉"为自由、为独立，鼓舞欢呼"等国际题材的优秀诗篇，对大自然抒情的歌唱，和对祖国的时代纪事，这是李瑛诗歌创作走进新境界的一个重要阶段。他的军事题材的诗，在战士投票中，列为第一名，他是阅读量最大、读者最多的诗人，成为被战士认可的佐证。在这个阶段，他出版的诗集近20种，印数与再版数量都名列前茅，在社会上广泛流传、朗诵，许多作品获得全国奖项并被译为多种文字在国外流传，这表明他的诗被社会认可了、人民认可了、世界认可了。第三阶段是上世纪70年代末期，十一届三中全会后，我国社会主义事业进入历史发展的新时期，也是李瑛创作的成熟期、高峰期、丰收期，又是他对诗歌美学的求索期、飞跃期、创造期。在这个历史阶段，他在诗坛走过又一个30多年，非常自如地把理性的思考融入诗美的艺术构造之中，让诗的节奏、韵律、音节、色彩、声调都走进时代、走进人民，完美的形成了他独特的审美抒情方式和独特的诗美艺术风格。

这个阶段，他创作诗作最多，获奖最多，被译为外文国家数量最多，并被选入英国剑桥大学编著的《国际著名诗人百科全书》，在人们的心灵中发出的回声最响、最高，他的诗从喧闹的城市到边塞小镇歌唱着、朗诵着，传遍大街小巷。他的《一月的哀思》和《我骄傲，我是一棵树》被选入高中课本，影响教育了一代又一代孩子。《一月的哀思》，呼唤出了亿万人民的哀思，亿万人民同洒的泪水如江河海滔……

　　至此，我们可以说李瑛是当今中国诗坛创作时间跨度最长、创作成果最丰厚的一位跨世纪诗人，是又一位被历史认可、人民喜爱的时代诗人，他是中国的诗人，他是人民的诗人，是继 20 世纪中国诗坛出现的郭沫若、臧克家、艾青、郭小川、贺敬之等代表人物之后又一位当代诗坛的当之无愧的代表人物，他的名字将载入中国著名诗人的史册。

二、李瑛不懈的诗美探求及其艺术价值

　　1. 生活是诗美的第一源泉，"思理之妙，神与物游"

　　李瑛对诗美的探求，在于他的诗笔自始至今，坚持墨洒于广博的生活领域。"诗言志，歌咏言"，他认为只有在有血有肉有泪的地方，才是产生具有真情"言志"的地方，才是产生真诗的地方。所以他的诗是随着他的人生足迹，在苦难生活中起步的，是从他童年"破衣烂衫"、"秕糠野菜"、"凋敝的农村"、"炊烟熏黑的茅屋"苦难的泪水中泡出来的。那是祖国处于半封建、半殖民地的年代，苦难、萧条、贫穷、酷冷的生活，在他小小的心灵中，留下了深深的烙印，于是他吟出了"播谷鸟滴落眼泪了"、"我们的枕畔，/铺一个饥荒的梦……"、"仍然是无国的奴隶/被人驱赶在贫瘠的山野"。这是饥饿的抗议，这是奴隶抗争的呼唤。正是这种童年的苦难生活，逼迫他幼小心灵在不断流血中走进书丛，寻觅"比火更红的春天"，终于"军号响了/许多沉睡的人/都已醒来"。于是，他走进了北京大学，找到了"孤独里的温情"，找到了《太阳，啊！太阳》，他举起了《枪》和《石头，奴隶们的武器》，就这样，走过童年，走过青春，在挣扎中奋争，留下了他"布谷初鸣"的诗。在初鸣中他领略"昨宵有碎梦/落在啜泣的风里"，"拾起今朝的泪珠/注在自己的灵魂里"。这梦源于他幼小生活中的血和泪、怒与火。

　　李瑛深有体会地告诉我们："诗应该真实地、本质地、深刻地反映生活。"他在生活的"真"里，寻觅艺术美的本质。他在诗中行走，寻找人民的"志"、表现人民的"歌"，倾听人民的心跳，传达人民的呼声，因此他认为"不了解人民和生活，便不会有诗歌"。所以他走出大学的门槛，在那个特定的年代，就奋然走进硝烟与弹雨，闯入生与死的拼搏，虽然他是部队的一个新闻工作者，但一走进部队，他就进入战壕、掩蔽洞、指挥所、掩体、哨所、边防站，做了真正的士兵……在硝烟纷飞的战火中，随着迈向大西南

《行进的兵团》，一路行进，一路寻诗，一路观察，一路构思，在激烈的炮火中，他走进战士的心灵，体验人民战争的神圣。他在军事题材创作中，有一批诗作未见战火纷飞的惨烈，而是另辟蹊径，绘出一幅幅动人的画面，或典雅而清丽，或庄重而生动。在《山地演习》里，没有兵戎相见，却见一幅泼墨于层次鲜明而壮美的水墨画："满山满谷的野草，/满山满谷的竹林和树林……"，"我们的身体里流着的/是同山下岩浆一样的血液"。《在历史的守卫者》里，我们见到的却又是一幅形象庄重的油画人物构图："夜晚，在接近炮火的前方/我看见我们的哨兵/守卫在一棵大树下/那一副闭着厚厚嘴唇、收着下颚的/庄严的面容/像一座古希腊神话里青铜的铸像/整个地球都旋转在他的脚下/他铁山一样地屹立着。"在《雪火朝鲜》的组诗中，我们看到诗人用激烈燃烧着的心灵，饱蘸战士们奋勇战斗的汗水与鲜血，为我们留下了一篇篇震撼世界的历史性诗篇，在那《钢铁的洪流》中："钢/铁/队伍/在前进/像一条无边无际的/滚滚河流/……"、"这便是我们的路/一端通向祖国母亲的屋子/一端通向朝鲜战场。"《在运输线上》飞驰在朝鲜山峦的汽车、飞机、照明弹、炸弹、扫射的子弹……形成了正义与侵略、火与血较量的图画。还有《向平壤挺进》、《追击途中》，诗人把我们引到了记忆犹新的朝鲜战场，通过诗的画面，让我们的心与冰雪中的战士贴得更近、更近……我曾一遍又一遍反复重读过《朝鲜的北纬三十八度线之夜》这首撼动我心弦的诗，这是一条神奇的北纬线、一次神奇的争夺战，诗人又写出一首神奇的诗。诗人以回环跳跃的技巧，用 81 行诗句，写下了这个难忘的北纬三十八度线的历史，时而可见不可一世的"麦克阿瑟摔下电话/在朝鲜地图前/……歇斯底里地挥动生满黄色汗毛肥厚的手喊叫'防守三八线'"！时而又跳到狼狈逃跑的美国兵在"装满幽灵似的士兵的车厢"、"瑟缩地颠簸着/急促地飞奔、飞奔/车碾轧着滚落的钢盔/子弹箱/扭曲的白五角星徽的铁板……"诗人在这里还巧妙地用"碾轧"的排句，让碾轧的车轮不停地碾轧，一直到"碾轧着东京大厅里/麦克阿瑟肥厚的手掌——逃向远方"。时而再回环到"'三八线'九层/牢固的防线"，被"/中国人民志愿军/突破了"！再跳到美国兵来的时候、"还曾高喊着/保卫南朝鲜/保卫'三八线'"，又回环到"中国人民志愿军的英雄们/冲锋了"——不停地跳动、不停地回环，每一个诗句似乎都在灵性中跳动，吸引着全世界的数亿万双眼球，一同在这历史性的北纬"三八"线上闪动。在这次重读李瑛这些诗的时候，我更深刻地认识了李瑛关于"只有有血有肉有汗有泪的地方，才是产生真诗的地方"的深邃论述，这正和刘勰所云"人禀七情，应物斯感，感物吟志，莫非自然"如出一辙，他笔下的战士、司机、炊事员、机枪手、团长、指挥员……众多人物，都是有血有肉、真实感人地跃动在我们面前，烧灼我们的心灵，因为那是他蘸着他们的汗水和血泪感物吟志所作。《在前线指挥所》里，诗人让我们见到在"摇着烛光的指挥所/团长蹲在一张地图前/用红笔画着进军的箭头：'对！打下去！'/说着，抓起一件/被子弹打穿的大衣/钻出指挥所——像一颗子弹似的/他/冲进了阵地"。《在最后一个人》里，我们又见到一个班的战士，坚守着一座高地，"山，完全消失了"，"坚持了九个钟头的战斗"，只剩下一挺机枪、一位副射手，依然血战到底……最后"我们的射手站起来/摸着他打穿三个透眼的/污黑的帽檐/从眼前飘着的硝烟里/望出去/在那儿/到处都堵塞着坦克扭曲的钢板/在那里/到处都仰卧着侵略者可耻的尸体"。这就是站在残酷战争硝烟中，保家卫国的英勇指挥员、英雄战士的形象，动人心魄、撼人胸怀。这些撼动我们心弦的诗必将在我们的后人中，一代又一代传颂下去，因为这是来自反侵略战场真实生活的诗，有着无限的生命力，有着绝美高尚心灵的美感。

2. 时代是诗美永恒的心灵，"思接千载"、"视通万里"

在李瑛60多年的创作生涯中，我们可以看到他的全部诗作，都留下了他历经的一个10年又一个10年的时代的心灵记忆，时代的歌声、时代的呐喊、时代的欢愉、时代的泪水……他的这一套巨大的《诗文总集》，就回响着祖国60年时代声音的历史吟哦，也留下了诗人探寻诗美艺术规律的艰辛足迹和诗美的心灵轨迹，展现了诗人对历史、对哲学、对美学、对诗学、对伦理学、对社会学、对马克思主义理论的学识与学养，形成了吟诵永恒心灵美的独特的审美艺术风格。因此他的诗不仅是吟唱优美动人的时代歌声，而且深蕴于诗歌美学的哲理之中，深蕴于对生活的理性思考之中，从而使他的诗美具有深刻的时代之感，厚重之感。是诗人在"神思"的形象世界，"思接千载"、"视通万里"、"卷舒风云"之作，是诗人用感人的艺术形象、优美的艺术语言、深邃的学术哲理，表达时代的声音。时代是运动的、发展的，诗人必须踏着时代前行的脚印，不断地认识变化着的时代，并从中重新认识自己、发现自己，才能创作出与时代相称的为人民所喜爱的优秀诗篇。因此，李瑛告诉我们："诗人必须学会用新鲜的、生动的、充满感情的形象来表达对时代、对自然界、对人类社会的看法。"李瑛一直认为:"诗人是时代的一部分、历史的一部分,他属于他的民族、他的国家和他的人民。"李瑛没有忘记他的誓言,为了祖国、民族和人民,60多年来,他踏着时代的步伐,不辞艰难与辛劳,从祖国大西南到大西北,从东部到西部,从战火纷飞的战场,到少数民族的村寨、帐篷,从遵义会议旧址到陕北窑洞,从乌蒙山贫苦山民的小屋访贫,到贺兰山山洞的岩画寻古,从楚雄博物馆到四川茶马驿道,他踏遍了祖国大地,为民族与人民歌唱了数千首感人肺腑的诗,他难舍红土地上原始老林,他眷恋黄土地上黄河日落,他在祁连山上听羌笛,他在贺兰山谷听回声,他歌唱腾格里那"踩着自己的影子/生长/的小树",因为小树"在痛苦中/勇敢地长大了"。他又走进了《我的另一个祖国》:"走进一间黑洞洞的茅屋/一个老人独对一堆火的余烬/苦涩中/两只混浊的眼睛/用逼人的力量拷问我/你是谁?"面对这严酷的拷问,诗人的心被刺穿,"泪滴在死灰上,心在燃烧/我的理智却结成了冰","严酷得令人心颤"。在这个另一个祖国里,诗人还面对乌蒙山峡谷里《饥饿的孩子们的眼睛》,这眼睛在蓬松的头发下滚动、闪烁……诗人沉痛地写道:"我不认识他们/但我认识饥饿。"解放已经50年了,面对深山腹地的老人和孩子眼睛的拷问,诗人百感交集的激情燃烧了:"怎么不使我把对生活的认识和对历史的反思引向对终极的追问",点燃了他"强烈的不可遏制的创作欲望",于是诗人留给了我们读来不能不潸然泪下的这样两首灼人的诗。与上面两首相对照,诗人又转笔于"开发西部/开发西部……""火红的喜讯……""从毛乌素沙漠腹地到/雅鲁藏布江河谷/从横断山脉的老林到/天山雪岭的边城……"一代又一代拷问历史的眼睛,等待了一千年的眼睛,终于起步出征,于是我们的诗人,再次飞扬起激情的笔高歌:"这是何等豪迈的进军/在人类文明发展史上/这是何等壮丽的风景。"

同样,李瑛没有忘记他"我希望我的诗和祖国重要历史相结合"的誓言,我们行走在《李瑛诗文总集》里,一直随着他的诗笔,在祖国60多年的足迹中前行,一刻也没有离开各个历史时期跳动的心脉,有胜利、有迷惘、有成功、有失败,有欢乐、有眼泪……紧紧跟着诗人的脚印,矢志不渝,迎来祖国的伟大复兴。

还应该特别指出的是,李瑛像爱我们的人民一样,深情地爱着世界人民,特别是那些苦难的人民,他的诗笔曾在亚非拉民族独立的流血中滴血，他那火热的诗笔不停地高歌民族独立的英雄们。他讴歌世界和平和谐，他又旗帜鲜明地对世界的污浊进行无情的诅咒。他有众多的世界作家、诗人、艺术家朋友，他们曾一次又一次地亲切交流，留下了一幅又一幅动人的画面。

我们应该像李瑛同志学习。

像李瑛那样，60多年踏着时代的脚印不停地奔走，不停地思考，不停地在诗的艰辛创作中创造，不停地在跨越中融会中西，不停地重新认识自己并发现自己、超越自己，不断深沉的进行诗美的思考。

像李瑛那样，60年如一日，心不离诗的思考，手不离诗的创作，让千万首诗跳跃在我们中华民族的血管里，成为人民心爱的跨世纪诗人。这在当今纷繁的诗坛上，尤为难能可贵。

像李瑛那样，在已经进入耄龄的岁月，依然跋山涉水，如此强烈地爱恋着大自然，他爱大树、爱野草、爱柳枝、爱槐花……不停地探寻大自然的美，在西藏寸草不生的无际荒滩上，竟然能登上4000余米的高原！并且还在"碎石、沙碛严严实实地覆盖着的坚硬的地表上"惊喜地发现"三只黄褐色的干瘪的小豆荚"，惊叹不已，因为他发现了生命美的奇迹！

他像植物学家一样思考它生存的条件与艰辛。

他又以诗美的观照，宣告"大自然的严酷是强大的，但生命的爱与美更强大"。

像李瑛那样，在进入耄耋之年，依然怀着对诗的忠诚和对诗美的高度自觉，仍然充满激情，不懈地追求、不懈地发现、不懈地创造。

李瑛让我看到了一位一生执着追诗美，令我十分钦佩的真正的诗人！我们时代的诗人。

3．创造是诗美的翅膀，"物色之动，心亦摇焉"

李瑛是一个辩证的唯物主义和历史唯物主义者，他用历史唯物主义的观点，不断地在艺术创造的实践中，追问飞跃着的世界，寻找不停向前运动着多姿多态的社会生活，他心灵的笔触总是敏感地伸向迅速发展变化着的时代生活。他具有一个诗人所特有的对生活敏锐的洞察力，不停地在生活中观察、思辨、探索、追求、发现、创造。他的诗，体现着他深厚的生活积淀、丰厚的知识积累，借以扬起诗美的翅膀，心灵随着时代的变化而变化，诗美随着情感的抒发而抒发，不停地创造诗美的新境界，真可谓"岁有其物，物有其容"，让诗"情以物迁"又让"辞以情发"。所以读他的诗我们会常常感到，具有走进无尽艺术海洋的魅力，让不断创新诗美的血液在我们周身流动，让我们的心灵与创新的诗美互动共鸣。

诗是精神美的艺术，它必然会伴随着人们生存的不同时代和不同审美追求，在创造中不断发展，不断前行，不断提升人们对生存价值、生命意义的新理解，它体现着不同时代、不同时间和空间人们的审美理想、审美追求、审美情操。因此，李瑛告诉我们："诗人所从事的工作，就是创造人的精神美的一种崇高的劳动。"要求诗人要在诗美的创造中不停地探索，不断的前行，这是因为跃动着的历史，要求诗美的翅膀不断起飞前行。昨天，中华民族创造了五千年灿烂的文明和不朽的诗篇，至今在我们耳边还常常能清晰地听到那遥远的回声；今天，我们的人民又在创造着新的辉煌业绩，开创着震撼世界历史的新诗章，历史要求我们今天的诗人要勇于站在时代的峰巅，同人民一道创造新的历史，发现新时代的诗美，用新鲜而生动的时代形象，创造诗的时代交响，创造一个崭新的精神世界。

诗美的创造取决于诗人知识与历史学养、理性认知能力，以及性格禀赋、艺术感知的敏锐。一个优秀诗人要善于把生活感性与理性知识相融，把闪光思想含蕴于诗的情韵之中。因此，李瑛要求：作家要成为学者型的，诗人要有思想家的头脑。我十分赞同这个观点，只有把诗人的浪漫主义气质和深刻的理性思维汇聚于一身，才能产生真正的诗美艺术的创造力。

在当今，社会物质财富越富裕，人民就越需要让诗美走进生活的崇高。

关注民生，让人民创造小康社会，提高人们的生活标准。

关注诗美，让诗人、创造心灵美的社会，提高人们的道德标准。

三、李瑛孜孜探求，开创我国现代诗歌美学的新境界

李瑛是在中国诗坛上，奔走路程最长的诗人之一，他学贯中西、学养深厚，他苦读了《全唐诗》，又研读了宋词。在北大读书期间，研读了歌德的美学思想和海涅的积极浪漫主义，同时，他还对西方"现代派"、"现代主义"和意象派等文艺与诗歌流派，进行了评论性的研读，主张汲取其现代的、有益的东西。他曾师承冯至、朱自清、沈从文的教诲，又专心苦读艾青等老一辈诗人厚重的诗作，尊崇他们"含蓄深沉的韵致、细腻优美的情感形

态"和"清新的气息、浓郁的诗情"。在蓄积了丰厚知识的基础上，他又走过了60多年丰富的生活实践和艰苦探寻诗美的遥遥征程，从而在诗坛享有盛誉。李瑛认为："一个真正的诗人，应该永远是一个拓荒者。"从而60多年来他不停笔耕、忘我的创作、不倦的拓荒，奋力开辟出了诗美的新途径。

李瑛至少在五个方面，探寻着我国诗歌美学发展的新领域，开拓着我国现代诗歌美学的新境界。

1. 寻找诗歌美学新的理论体系

当今，我们所生存的外在物质世界，以史无前例的速度跨越着、发展着，人们的物质生活和物质关系的多样性，使人与人之间的关系发生着历史性变革，作为外在客体的这种发展变化，势必引发内在主体——人们意识与观念的多样化发展，因此李瑛着眼于提高我们民族的审美水平和审美趣味，依照美学法则，在创作中不断寻找我国诗歌美学的新形态，他倡导"努力加强诗美品格的创造"，"保持艺术观念和艺术感觉的先进性。从发展来看，过去惯用的思考方法和写作程式，对表现今天新的时代和新的人的丰富复杂的世界和现代意识已经不够了，必须开拓新的审美途径和领域"，要"从一个新的文化层面上寻求探索和突破"。依照李瑛的思考，建立反映当代人民美学追求的我国现代诗歌美学理论的新体系，已迫在眉睫。这个理论体系应该以辩证唯物主义、历史唯物主义为哲学基础，坚持诗歌的审美属性和美学功能，开创具有现代内涵的表现方法、表现手段、语言选择、意象营造，探寻新的审美途径，形成体现现代性、开创性、时代性、人民大众群体的诗歌美学理论体系。

2. 中国的诗歌要面向未来走向世界

诗是世界的，诗的色彩、节奏、音律、韵律、音乐性、形象性，在世界诗坛是共通的、互为补充的。上世纪之初"五四"时期，我们曾借鉴西方诗歌技巧、表现形式，打破了古典诗词格与律的限制，实现了诗体与形式的革命性变革。同样，西方意象派、现代派的代表人物庞德，十分崇拜孔子著作、崇拜汉诗和汉字，他从中国律诗的比兴手法和体物言志的技法，用于他的意象诗手笔，又从日本俳句中找到了直觉解读，吸收其意象思维之中，另一位现代派代表人物卡夫卡从中国清代诗人袁枚诗句"静里工夫见灵性"中，找到与他共鸣的艺术灵感。中国的诗从《易经》、《诗经》、《楚辞》、《汉赋》以致唐诗、宋词的格律诗词，在意象派看来，大都有意象特征。

中国是诗的国度，诗走向世界，已有两千年的历史了。

今天的中国诗人，如何像唐代诗人那样走进世界的心灵呢？第一，对"诗人最危险的是精神禁锢"，这是李瑛在创作道路上60多年的深刻的体验。诗歌创造要勇于突破痼疾的艺术形式、陈旧的艺术手法，落俗的诗歌词语，要大胆加强诗美品格的创造，融会中西、贯通古今，开拓新的审美领域，寻找现代社会生活的新精神、新模式、新思维、新话语、新的艺术表现形式，开拓现代性审美新途径，让中国诗歌具有现代化思维智慧和现代化的艺术魅力，以现代化的形象走进现代人的心灵世界，撼动世界人民的心灵。第二，李瑛特别注重研究、借鉴、批判、汲取西方诗作中的某些新鲜的东西，但他同时强调"中国诗人写的诗必须是中国的"，他提醒诗坛"以师承西方某一流派为荣，寄人篱下就可悲了"。第三，诗歌要创新，但创新不能盲目，更不能寻求怪异，甚至走入荒诞、颓废、梦呓、暴力、死亡的误区。

3. 诗人的声音是时代的

诗人属于时代，这是李瑛多年探索中，一直在倡导的中国诗歌美学核心内容之一。

李瑛提出"诗人是时代的一部分"这样一个审美理念，意在强调诗人的一种庄严、神圣的使命和责任。人民和时代需要诗，诗人更需要人民与时代的滋养。诗是一粒种子，它在时代与人民中生根发芽，产生巨大的精神力量，这力量既在创造人类物质世界又在创造人类的道德世界。

李瑛所寻觅的诗歌的时代美学，代表着时代与人民的美学追求，具有不断革新发展、走向现代审美境界的时代审美属性和美学功能，它以巨大的时代力量，推动历史前行，同时又以强烈的呐喊声威，痛击着嘲讽崇高、放纵物欲的俗恶现象。

4. "诗的最高规范是生活"

这一条是李瑛探索诗歌美学的又一个富有哲理的结论，体现着辩证唯物主义和历史唯物主义的哲学观。

李瑛深情地告诉我们："是火热的生活赋予了我沸腾的激情，这激情给了我诗的生命。"说得多么深刻、多么动情、多么准确又多么感人。60多年来，他是饱蘸着阳光、大海、风霜、雨雪、人民的汗水、人民的血泪写诗的，源于真实生活的纯真和壮丽，给人以力量和鼓舞。

5. 在创造中前行

"诗人是通过形象创造世界的。"从而李瑛指出诗人的创作"不是复述，而是发现"，在发现中不断"寻找新的表现方法"，最大限度地增强诗的表现力。李瑛自己就是"在探索中创造，在创造中完成自己"的典范。李瑛为人柔静内向，但他热爱大自然，当他走进森林、走进草原、走进大山，他的诗情会顿时燃烧起来，瞬间就会进入神姿天纵的强烈想象，狂放忘情地大胆追寻，激发浪漫飞腾的诗笔。在戈壁滩上，我们看到"肉的奔突／血的激荡／灵的苍凉"。在《一块煤》里，我们又听到"妻子披头散发的呼喊／三岁小女儿嘶哑的哭叫"。在《我骄傲，我是一棵树》中，我们看到了李瑛在诗的艺术形式上的大胆创造精神，他以拟人化手法，借鉴西方印象派和表现派艺术思维，在想象中比喻，在比喻中创造，把中国诗歌传统与西方现代美学相融，让诗的形式、语言都有了新的生命。在《一月的哀思》里，诗人又把中国传统诗作中的往复回环的旋律，平行排句的音韵，语言的音乐色彩、声律，和现代诗中同义词、反义词排句的交叉，互为一体。李瑛的这种创造精神，对中国诗歌在创造中前行，起到极大的推动作用，为我们探寻新时代、新美学的诗歌美学体系，给予了深刻的启示。

李瑛不愧为时代的歌者，人民的诗人！

2011 年 1 月 5 日

原载《文艺理论与批评》2011 年第 3 期

人品与诗品相统一的当代诗人楷模

——在《李瑛诗文总集》出版暨李瑛同志诗歌创作座谈会上的讲话

胡振民

今天，总政宣传部、中国文联、中国作协在这里联合召开李瑛先生诗歌创作座谈会，回顾总结李瑛先生的诗歌创作成就和宝贵经验，进一步推动包括诗歌在内的文学艺术创作繁荣发展，这是一件很有意义的事情。在此，我谨代表中国文联对会议的召开表示热烈的祝贺！对李瑛先生表示由衷的敬佩和衷心的祝福！对参加会议的同志表示诚挚的谢意！

李瑛先生是文化领域德高望重的老领导，曾于 1989 年被中央军委授予胜利功勋荣誉章。他 1926 年生人，1949 年毕业于北京大学中文系，在校读书期间，加入中国共产党。大学毕业后参军并一直从事文艺工作，先后担任过解放军文艺出版社总编辑、社长，解放军总政治部文化部部长，中国文联第五、第六届副主席，中国作协第四、第五届主席团委员，中国诗歌学会副会长，国际笔会中国中心理事等，现为中国文联荣誉委员和中国作协荣誉委员。

李瑛先生从 1942 年 16 岁时开始发表诗作，至今已近 70 年，创作近 4000 首诗歌，著有长短诗集和诗论集 50 多部，成果丰硕、获奖无数，是我国当代诗歌界的代表人物。其中，《在燃烧的战场》获首届解放军文艺奖一等奖，《我骄傲，我是一棵树》获全国首届优秀诗集奖一等奖，《春的笑容》获全国第二届优秀诗集奖，《生命是一片叶子》获首届鲁迅文学奖，长诗《我的中国》获"五个一工程"奖暨全国优秀图书奖，另有多部长诗和组诗获多种奖项。他创作的《一月的哀思》等作品，成为新中国诗歌史上影响深远、广为传播的优秀作品之一，2003 年第八届国际华文诗人笔会授予他

"中国当代诗魂"金奖。李瑛先生的诗集和组诗被译为多种外文在国外发表和出版，产生了很大的反响。

李瑛先生的诗歌歌颂祖国、咏赞时代，始终饱含着强烈的爱国主义精神和社会责任感。李瑛先生诗歌创作视野广阔、题材多样、风格独具，关注民族的命运、歌颂伟大的祖国、反映时代的呼声、赞扬人民的奋斗是其创作的永恒主题。从1948年出版的第一本诗集《枪》到上世纪八九十年代《我骄傲，我是一棵树》、《春的笑容》和《生命是一片叶子》，再到1999年为共和国成立50周年创作的《我的中国》，李瑛先生始终都是在为祖国、为人民、为时代歌唱。他曾说过："诗人绝不是为糊口而寻找的一种职业、一种手艺，它是一种使命、一种责任……诗人和人民、和时代是无法分离的。"他曾写道："假如没有祖国/我可能只像山上滚下的一粒石子/我可能只像半空游荡的一缕轻云/我可能只像草尖垂落的一颗露滴。"正是因为李瑛先生坚持把个人的艺术追求融入国家发展的洪流之中，把文艺的生动创造寓于时代进步之中，以充沛的激情、生动的笔触、优美的旋律表达对祖国的深深热爱、对时代的深切关注、对人民的深情厚谊，他的诗歌才充满了昂扬向上的力量，在无数读者心中引起强烈共鸣，成为新中国主流诗歌的一面旗帜。

李瑛先生的诗歌源于生活、贴近实际，具有浓厚的生活气息和旺盛的生命力。丰富的人生经历和生活体验，是李瑛先生诗歌色彩斑斓、灵动大气的重要原因。他曾说过："我们所处的这个时代里，我们身边轰轰烈烈的生活中，蕴藏着无比丰富、无比生动活泼、自然质朴的东西，在时间和人们生活褶皱里隐藏着那么多闪光的深刻美好的东西，那是真正的诗。"李瑛先生度过了40年的军旅生涯，经历过解放战争、抗美援朝，屡次上过前线，亲眼目睹亲密的战友倒在弹雨之中，走过几乎所有的边疆哨所，写下了无数赞美军营和战士的诗歌，成为深受战士们爱戴的军旅诗人。尤其难能可贵的是，当西部大开发号角吹响时，李瑛先生不顾70多岁高龄，遍访祖国西部各个省区，从内蒙古牧场到西南边陲，从天山雪岭到黄土高原，创作了三四百首诗歌，抒写了西部发展的雄伟和辉煌。正是因为有了这种对生活的深刻理解、敏锐洞察和切身体验，李瑛先生的诗歌才永远充满活力、富于魅力。

李瑛先生的诗歌融会古今、借鉴创新，富有强烈的艺术感染力和独特的美学价值。李瑛先生广泛涉猎中外名著，深受中国古典诗词和现代新诗的熏陶，文化艺术修养功力深厚。在诗歌创作中，他在继承我国古典文学艺术优良传统的同时，大胆借鉴和吸收从浪漫主义到现代主义的西方诗潮的有益元素，不断摒弃陈旧的表现模式和手法，力求创新与发展。李瑛先生的诗歌不仅题材广泛、内容丰富，而且讲求形式美、语言美、意境美，具有独特的美学价值，在当代诗坛别具一格、举足轻重。在创作手法上，李瑛先生善于从小处落笔，从具体的生活现象入手，以鲜丽的形象寄托雄阔的情思，以柔婉的抒情突现刚健的思想，艺术地揭示生活蕴涵的美，给人以质朴、纯正、儒雅、厚重的美感。李瑛先生晚年对社会、人生、生命、死亡、爱情、亲情有更加深刻的感悟和哲学层面的深邃思考，他的诗风更加雄浑大气，更加富有哲理，读后催人奋进、发人深省。正是因为有了诗歌创作手法上的继承和创新，李瑛先生的诗歌才成为了一个时代诗歌的典范，充分体现了一个大诗人的才华。

李瑛先生品格高尚、德艺双馨，是当代诗人中人品与诗品相统一的楷模。在 80 多年的人生旅程中，李瑛先生虽历经坎坷，却始终坚定人品重于文品、立德先于立言的信念，把思想道德修养作为立身创作之本，追求积极的人生态度，陶冶高尚的人格，逐渐从一个旧社会的进步青年诗人，成长为优秀的共产党员和当代诗人的代表人物。李瑛先生对艺术抱有崇敬之心，在创作上坚持高标准、严要求，对每一行、每个字都精心打磨、精雕细刻。李瑛先生淡泊名利、心无旁骛，不为浮名所获、不为物欲所累，哪怕是面对晋升将军的考验时，还是坚持："与金星点缀的肩章相比，我也更愿握着诗歌的手。"正是因为这种人生态度和对艺术的执着追求，李瑛先生赢得了人们的钦佩和社会的尊重。2006 年 11 月 13 日，在中国文联八代会和中国作协七代会上，温家宝总理在谈及和李瑛先生交往时说道："先生的诗作和为人，我早已景仰，今日相识，引以为豪。"为李瑛先生赢得了满堂掌声，成为文艺界的一段佳话。

诗歌作为中华民族优秀传统文化的精华，源远流长、影响深远，在世界文学史上占有辉煌的一页。当前，我国正处于历史上最好的发展时期，阔步走在中华民族伟大复兴的大道上。中华文化的伟大复兴，是包括诗歌在内的文学艺术事业的全面繁荣和发展，需要广大文艺工作者特别是中青年文艺工作者学习李瑛同志的优秀品质和创新精神，勤奋耕耘、潜心创作，努力创作出思想性、艺术性和观赏性相统一的精品力作。也衷心希望李瑛先生身体健

康、诗歌创作常青！继续关注和支持文艺工作和文联工作，为祖国文艺事业
繁荣发展贡献更多的智慧和力量。

2011 年 1 月 10 日

原载《解放军文艺》2011 年第 2 期

属于战士，属于祖国，属于艺术

——在《李瑛诗文总集》出版暨李瑛同志诗歌创作座谈会上的讲话

铁　凝

　　李瑛老师今年 84 岁高龄了，但他的艺术生命却一直是年轻的。在他 68 年的创作生涯里，他没有停止过手中的笔墨和心灵的歌唱，先后出版了 50 多部诗集，近 4000 首诗歌。他的《我骄傲，我是一棵树》、《春的笑容》、《生命是一片叶子》、《我的中国》、《在燃烧的战场》等诗集，先后获得了全国优秀诗集奖、鲁迅文学奖、全国图书奖、"五个一工程"奖和中国人民解放军文艺奖等全国大奖。他的《一月的哀思》、《我骄傲，我是一棵树》、《生命是一片叶子》、《我的中国》等诗歌不但成了脍炙人口的名篇，也成为我国文学宝库的宝贵财富，被一代又一代人学习和传诵。

　　李瑛是属于战士的，李瑛是战士的歌手。自 1949 年北京大学毕业后，李瑛老师就投笔从戎，融入了中国人民解放军这个英雄而伟大的集体。在这个英雄而伟大的集体里，他先后做过随军记者、解放军文艺出版社总编辑和社长，做过总政治部文化部部长，他的足迹踏遍了祖国的军营和哨所，踏遍了祖国的山山水水，他像一把嘹亮的军号和一支挺拔的枪杆，属于军旅、属于战士、属于英雄伟大的人民解放军。也正因为他既是战士的歌手也是其中的一员，他的许多诗歌，都是关于战士和军旅、关于沙场和铁血、关于理想和牺牲、关于祖国和人民的。他的《野战诗集》、《战场上的节日》、《寄自海防前线的诗》、《红花满山》、《静静的哨所》、《战士们万岁》等诗集，都是他作为一名祖国的战士，献给祖国、军营和战士的歌。这些金戈铁马的歌谣，不仅是他个人的心灵独唱，更是全军将士心灵的和声。军人的生活、战士的情怀，都在他的这些诗歌里，呈现出别样的军营意象和影像而让人感念和感动，比如嘹亮的军号、呼啸的子弹、飞翔的和平鸽和枪尖上的花朵等，庄严、壮美、雄阔。

李瑛是属于祖国的，是祖国的赤子。翻开李瑛的人生履历，我们不难看到李瑛老师的心是和着祖国命运的脉搏一起跳动的，李瑛的诗是和着祖国前进的足音一同共鸣的。他在大学时就接触了党的地下工作，后来又参加了抗美援朝和南部边境作战，在拿起笔歌唱祖国时，也拿起枪保卫祖国。他和他的诗歌都经历了枪林弹雨的洗礼，都享受了祖国给诗歌和民族带来的尊严、幸福和荣光。尽管，在历次的政治运动中，他和他的诗也经历了多次的浩劫与磨难，但他从没有抱怨过生活，没有抱怨过历史，更没有抱怨过祖国。早在中学时，他因组织文学活动，被校方以莫须有的罪名开除。新中国成立后，又先后因为发表过评价绿原和歌颂彭德怀的文章而遭到迫害。让人敬仰的是，无论怎么被打击、批斗、抄家和下放，他都没有放下过自己的笔，没有放弃过对祖国和人民的爱。他诗歌的血管里，依然流淌的是一个人民诗人对祖国的忠贞不渝；他歌唱的喉咙里，依然发出的是人民歌者对祖国的由衷礼赞。磨难和苦难给他沉淀下来的，是一颗对祖国和人民闪闪发亮的心。他的《戈壁滩》、《雅鲁藏布江上的霞光》、《青海的地平线》、《贺兰山谷的回声》、《黄土地情思》等大型组诗，是他用爱丈量祖国大地时，对祖国大好河山和建设成就的纵情放歌；而他的《我骄傲，我是一棵树》、《我的中国》、《生命是一片叶子》、《我另一个祖国》等诗篇，则是他在经历风和雨的洗礼后，用全部的生命把爱奉献。他的心，也因此装得下整个世界。

李瑛是属于艺术的，李瑛是艺术的英华。李瑛的诗歌题材广泛、情感饱满、意象纷繁、意境高远，其丰沛的诗意和充沛的诗情，使得李瑛的诗歌既质朴简洁，又扑朔迷离；既真切厚实，又婉约飘逸，雄浑中蕴涵着儒雅的气质，古典里充满着时代的情怀。李瑛善于在我们司空见惯的事物中，攫取独到的诗歌意象，表达独到的诗歌情愫，从而给我们展现出别样的诗意之美。很多诗意和诗情至今还在我的脑海里浮现，比如他说山鹰是长翅膀的石头，说落日是在余烬中炭火般闪亮的唐诗，说蟋蟀是夜里会叫的白露和霜花，而雨声是不朽的天籁召唤每双无家可归的耳朵。难能可贵的是，在他60多年孜孜不倦的艺术探索里，他的艺术视野不是越来越窄，而是越来越宽。如果说他早期的诗歌更多的是军营意象战地歌谣、是军旗军号，那么他后期的诗歌呈现的是千帆竞发之势和繁花迷眼之景，时代生活、日常事物、社会万象、自然风光，都成了他笔下的世界和心中的恋曲。更可贵的是，其多姿多彩的艺术题材和艺术风格所始终指向的精神世界与高度都是一个诗人博大美好的艺术情怀，是一个诗人"俯下身子珍重地倾听一个满负历史隐痛的民族"时，一个民族"惊心动魄的美"（《土地的声音》）。正因为他孜孜不倦的艺术探索与追求、持之以恒的艺术情怀和爱，他的艺术生命才如此常青，他的艺术光华才如此灿烂。

最后，我们再一次衷心祝福李瑛老师新年快乐、身体健康、创作丰收！祝福《李瑛诗文总集》出版暨李瑛同志诗歌创作座谈会圆满成功！

2011 年 1 月 10 日

原载《解放军文艺》2011 年第 2 期

在《李瑛诗文总集》出版暨李瑛同志
诗歌创作座谈会上的讲话

李继耐

在刚刚迈进 2011 年新年之际，我们在这里召开座谈会，对李瑛同志诗歌创作进行研讨，这对新形势下繁荣我国诗歌创作特别是军旅诗歌创作具有重要的意义。刚才，胡振民书记、铁凝主席代表中国文联和中国作协做了重要讲话，对李瑛同志给予了充分肯定和高度评价，翟泰丰同志和六位专家对李瑛同志的诗歌艺术作了深入、精彩的分析，讲了中肯的意见，听了很受启发。84 岁高龄的李瑛同志也做了饱含深情的讲话，并激情满怀地向中国现代文学馆赠书，我深受感动、深感敬佩。对这次会议，中国文联和中国作协领导高度重视，各位诗人、专家和新闻媒体的朋友们欣然与会，充分体现了对李瑛同志和对军旅诗歌创作的热情关心和大力支持。借此机会，我代表总政领导和机关，向李瑛同志表示崇高的敬意和诚挚的祝贺，向各位领导和同志们、朋友们表示热烈的欢迎和衷心的感谢！

去年《李瑛诗文总集》正式出版发行，这很有意义、很有必要。这部集子共 14 卷，比较全面地反映了李瑛同志的创作道路和艺术成就，具有很高的文学欣赏和史料研究价值。近一段时间，我抓紧拜读了一些篇章，更加深了我对李瑛同志诗歌的几点感受：一是时代感强。李瑛同志从 16 岁发表第一首诗《播谷鸟的故事》，到去年发表组诗《爱的抒情诗》，创作生涯历经了不同的历史阶段。无论是在战争年代，还是在和平时期，一直到新的世纪，他都积极从社会发展的主潮中提炼思想、升华诗情，以史入诗、以诗写史，成为时代的热情歌手。李瑛同志的诗作不是一般化地反映生活表象，而是站在时代的高度，准确把握时代进步的先声，回应人民热切的呼求，因而能够直达生活的本质、奏响时代的强音。他的作品总能够与时代发展同频共振，生动记录社会生活的壮丽图景，深刻传达出特定年代人们普遍化的思想情感，具有鲜明的时代特征和穿越时空的艺术力量。从这个意义上讲，他蔚为大观的诗歌创作，是丰富多彩的社会生活的一面镜子，是一部形象的中国当代史和民族心灵史。二是军旅特色。李瑛同志是 20 世纪新诗史上军旅诗歌的代表性人物，军旅诗歌是他创作的主阵地，他三分之一的诗作是军旅题材，构成了他诗歌世界的主色调。亲历战火的他创作了许多战地诗篇，如《野战诗集》、《战场上的节日》、《在燃烧的战场》等，充满浓郁的战斗气息，洋溢着爱国主义、革命英雄主义的崇高精神，成为催人奋进的战歌和号角。和平年代，他自觉以普通一兵的情怀来描绘军营生活的诗情画意，足迹踏遍了高原哨所、海岛边防，写下了一首首深受官兵喜爱的"士兵之歌"，赢得了"战士诗人"的赞誉。李瑛同志的军事题材诗作，回荡着昂扬的军旅旋律，表现了火热的军营生活，在激励官兵斗志、陶冶官兵情操上发挥了重要作用，为大力培育当代革命军人核心价值观提供了生动教材。三是取材广泛。李瑛同志不仅是一位军旅诗人，还是一位放眼全国、胸怀天下的诗人，他的诗作题材不局限于军旅生活。他热爱大自然，一山一水、一草一木，都可以成为他诗歌表现的对象；他关注社会人生，纷繁的历史与现实，全国各地乃至异国他乡的风俗民情，都在他的笔下构成动人的诗篇。他心怀忧患、关心民生，许多诗作表现了对人民生活艰辛的深刻同情和关切；他对西部高原怀有深沉的爱，离休后多次赴祖国大西北参观走访，写下了300 多首描写高原大漠的诗作。李瑛同志的诗歌视野宽广，纵横古今，形成了五彩斑斓、千姿百态的题材特点。四是风格独特。李瑛同志的诗歌风格是不断演进变化的，他前期诗歌多运用现实主义手法，作品清新细腻、刚柔相济。"文革"结束后的创作，内涵不断拓展、风格更加深沉。上个世纪 80 年代开始，随着他年岁的增长，生活经历和人生体验的不断丰富，诗作的哲理意味更加浓郁。这个时期，他借鉴运用隐喻、象征、寓言、拟人等表现手法，更加注重对生命与死亡、历史与现实、人生与社会的哲学思考，将诗歌与哲学、形象与抽象、现实主义和现代主义适度融合，诗风显得深邃厚重，充满辩证的哲思，走向炉火纯青的成熟境界。总体上看，李瑛同志善于从日常生活中发掘诗意、小处落笔、以小见大、借景抒情、深沉刚健而又雍容儒雅，富有哲学内涵和人文关怀，体现了战士本色、诗人情怀、哲学家思维三位一体的风格特色，在当代诗坛独树一帜、独领风骚，是中国军旅诗歌艺术风格成熟的重要标志。五是精品荟萃。李瑛同志不仅作品数量多，质量也都很高，是一位不多见的优质高产的诗人，他的许多作品意味隽永，非常耐读，可以说都是艺术精品。比如，诗集《枣林村集》发行了 30 多万册，深受读者喜爱；许多诗作被译成多种文字，在国际上广泛传播；特别是《一月的哀思》、《我骄傲，我是一棵树》、《黄河落日》等名篇佳作脍炙人口、广泛流传，还被选入大、中学课本，教育了一代又一代读者和官兵。

李瑛同志是我国当代诗坛一位德高望重、声名远播的杰出的人民诗人，也是新中国成立以来军旅诗歌创作的一面旗帜。李瑛同志在长达 68 年的诗歌实践中，以充沛的激情，不知疲倦地歌唱伟大的党、伟大的祖国、伟大的人民、伟大的军队，堪称著作等身，成果丰硕。他曾经荣获"五个一工程"奖、第一届和第二届全国优秀诗集奖、首届鲁迅文学奖、首届中国人民解放军文艺奖等重要奖项，中央军委授予他胜利功勋荣誉章。李瑛同志影响引领了一代诗风，许多年轻诗人特别是军旅诗人都以他为示范和榜样。李瑛同志是我军文艺战线的优秀领导者，改革开放后，他先后担任原解放军文艺出版社副社长、社长和总政原文化部副部长、部长，在他主持工作期间，大兴解放思想之风，倡导勇于创新之作。那一时期军事文学园地佳作迭出、新人辈出，造就了一座新的文学高峰。他还曾担任中国文联执行副主席、中国作协主席团成员，为我国文艺工作发展繁荣做了大量卓有成效的工作。李瑛同志是一位慧眼识才的文坛伯乐，作为诗歌编辑，他对年轻作者热情帮助、悉心指导；作为文艺工作的领导者，他热心培养部队的中青年作家，倾注了大量的心血。他燃烧自己、照亮别人，把诗歌的光辉传播得更远，对于这一点，在座的部队同志都有很深的体会。李瑛同志还是一位品格高尚、胸怀宽广的长者，他谦虚谨慎、平易近人、严于律己、生活俭朴，具有令人崇敬的道德修养和人格魅力，不愧是一位淡泊名利、德艺双馨的艺术大家，是年轻一代学习的楷模。特别可贵的是，他退居二线后，仍然十分关心军队文化建设和文艺创作，同时永葆心灵的青春和诗的激情，在艺术道路上不断攀登，迎来了创作的又一个春天，这充分体现了他为文学事业竭诚奉献、不懈进取的崇高境界。李瑛同志在近 70 年不平凡的革命和创作实践中，耸立起一座令人仰望的艺术丰碑，给广大读者和部队官兵留下了宝贵的精神财富，我们为拥有李瑛这样的诗人感到光荣和自豪！

诗歌是文艺宝库中最为光彩夺目的璀璨明珠，军旅诗歌是军队文艺事业的重要组成部分，在先进军事文化和社会主义文化建设中担负着重要而光荣的使命责任。当前，军旅诗歌创作面临着新的形势和任务，胡主席在十七届五中全会上深刻指出：文化是一个民族的精神和灵魂，是国家发展和民族振兴的强大力量；在中央政治局第 22 次集体学习时强调：要加强对文化产品创作生产的引导，推出更多无愧于时代、无愧于人民的精品力作；多次在军委重要会议上要求，要大力发展先进军事文化，铸牢官兵全面发展和履行使命的精神支柱。胡主席的一系列重要指示，对军旅诗歌创作提出了新的更高要求。如何抓住"十二五"时期国家加快发展和文化建设加速推进的难得机遇，进一步繁荣军旅诗歌创作，结合李瑛同志的创作实践，我谈几点体会。

一是要热情拥抱时代和生活。贴近时代、忠于生活是李瑛同志一贯坚持的创作原则。他总是利用一切机会走到生活和群众中去，在生活的激流中感受时代跳动的脉搏，汲取艺术的营养和灵感，把生活的丰厚馈赠转化为新美如画的诗篇。他的诗作从来不是象牙塔里的孤芳自赏，他的诗情是被火热的生活点燃起来的，这也是他长期保持旺盛的创作活力，成为诗坛"常青树"和"不老松"的重要原因。我们年轻一代的诗人，就应当向李瑛同志学习，自觉投身时代洪流，扎根生活沃土，在人民群众和部队官兵的实践创造中进行艺术的创造，获得发展进步的不竭动力，使诗歌艺术之树更加枝繁叶茂、永葆生机。

二是要始终关注国家和民族的命运。李瑛同志是一位有着强烈使命感和责任感的诗人，他曾经说过，"我把自己看作是祖国的儿子、人民的儿子"。在他的诗作中，描写的主要不是一己的"小我"，而是与国家和民族命运密切相关的"大我"。在他生活的每一个历史时期，他都敏锐地观察和审视生活，为国家和民族所遇到的艰难困苦而忧虑，为国家和民族所拥有的美好前景而欢呼，并用精美的诗句，把这些真挚深厚的情感表达出来，所以他的诗作有深度、有热度、有力度，能够唤起读者强烈的思想认同和情感共鸣。紧密地与国家和民族的命运联系在一起，不仅是李瑛同志诗歌创作的成功经验，更是军旅诗歌薪火传承的优良传统。由此我想到，只有自觉肩负起国家富强、民族振兴的崇高职责，充分发挥激励人民群众和广大官兵创造幸福美好生活的作用，军旅诗歌创作才能有更大的作为，才会有更大的发展。

三是要切实强化精品意识。有人评价说，李瑛同志的每件作品都可以作为他的代表作。这一方面说明他出手不凡、诗艺精湛，另一方面也反映出他在创作上精益求精、严谨细致的态度。李瑛同志很珍惜诗人这个称号，以诗为荣、为乐，历经几十年初衷不改，可以说用诗诠释了自己的一生。他从来没有什么应酬，把全部心思和精力都投注在诗歌创作上，面对外界各种诱惑和纷扰，都能够做到心无旁骛、专心致志。他写诗构思长、下笔快、放得久、改得勤，每首诗、每句话、每个字都下足力气，他的每一首优秀诗篇，都是用艰辛的劳动和汗水换来的，任何精品都是锲而不舍、反复推敲、千锤百炼的结果。我们军队的诗人，要向李瑛同志学习，树立远大的志向和崇高的追求，瞄准一流、追求卓越，以"文章不厌千回改"、"语不惊人死不休"的精神，潜心钻研、精雕细刻，努力创作出更多精品力作、扛鼎之作、传世之作。

四是要注重提高知识素养。李瑛同志是从北京大学参加革命队伍的，具备扎实的理论知识和文化素养，诗歌道路的起点比较高。在后来的工作、生活和创作中，他从未满足，继续不间断地学习和思考，对我国的文学名著和文化典籍，对俄苏、欧美的文艺名家与艺术流派，达到了耳熟能详、如数家珍的程度。沟通古今、融会中西，饱受中外文化艺术精华的熏陶与营养，不仅使李瑛同志获得了持久的艺术创造力，还使他的艺术观念和审美意识始终处于诗歌创作的前沿，成为诗坛引领风气的先行者。时至今日，他还用心阅读中外艺术、哲学著作，这种活到老、学到老、创作到老的精神，十分令人钦佩。学习是通向成功的阶梯，在当今知识更新不断加快的信息时代，我们军队的诗人应当更加注重在学习上下功夫，不断提升知识水平和文化素养，为搞好诗歌创作奠定坚实的基础。

2011 年 1 月 10 日

原载《解放军文艺》2011 年第 2 期

李瑛诗歌研究文选

下卷

万叶编

华艺出版社
HUA YI PUBLISHING HOUSE

下　卷

单行本暨具体诗作研究

赤子的热血和心跳

——读李瑛 40 年代诗作

刘立云

我想谈谈李瑛早期的诗歌。

李瑛早期诗歌由"布谷初鸣"和"方生与未死之间的歌"两部分组成，共 98 首。前者是 1943 年至 1945 年他在中学期间的作品，创作年龄在 16 与 19 岁之间；后者是他 1946 年至 1948 年在北京大学读书期间完成的，创作年龄在 20～22 岁之间。读这些诗，联系他在这两个年龄段所对应的刚好是以抗战胜利划分的两个时代，我们看到的是一个悲愤少年逐渐成为热血青年的过程。应该说，从满腔悲愤到热血沸腾。这个在生理上符合生长逻辑，在心理上符合发展必然的过程，同时也是他的诗歌创作从早熟走向成熟的过程。所谓早熟，是因为他一提起笔来写作，面对的就是一片满目疮痍，让他痛心疾首的土地，眼里含满为祖国和民族陷落而悲悯的泪水。《播谷鸟的故事》是他在 16 岁时写下的诗歌，给我们描绘的就是那片苍凉的土地。春天到了，播谷鸟在寒风中催促播种，但土地上却"没有人来撒下种子"。他在这首只有 17 行的诗歌里运用了下列词汇描绘中国当时的大地：荒芜、饥饿、呼唤、眼泪、辛酸、枯槁、竭死、螟虫、蝗虫、饥荒等等。另一首《古长城》只有短短 8 行，在这首显然是哀叹中华民族苦难命运的作品中，浮现在我们眼里的词汇是夕阳、白骨、哀怨、血和泪、历史、苦楚、月落、悲嘶、凄楚、风雨等，在今天读来同样压得我们喘不过气来。面对这片破败而又荒芜的土地，一个年仅 16 岁的少年不仅看到了我们这个民族遭受的贫穷，而且看到了比贫穷更可怕、更深重的苦难。当时，正在沦陷的唐山读中学的李瑛，心里就已经有了不愿当亡国奴的强烈悲情，因而没过多久他就因"思想不良"而被开除学籍。为躲避逮捕，他和同学匆匆乘火车逃往天津。当火车快到天津时，他在旅途中写道："请收留我风尘仆仆的肩膀吧/请收留我一双痛苦的眼睛吧/我来到这里/想听你为我讲/一个民族的故事/一个家国的故事/我心头的痛苦，我说不出/请为我讲吧，讲吧/我不流泪，我不哭。"早熟的经历反映到诗歌创作中，那种对现实生活的痛感和诗性的表达，也就早早出现了。

1945 年，李瑛进入了北京大学，这座在国内精英荟萃、民主和自由空气非常浓烈的学府迅速给了他更高的眼界、更开阔的胸襟、更丰厚的知识，这既让他的思想更为成熟，又让他的诗歌技艺获得飞跃提升。当时八年抗战虽然获得了胜利，但人们向往的新政府和新生活却没有在苦苦的期待中出现，雪上加霜的内战又开始了，因此，以北大为风暴中心的国内学生运动逐渐风起云涌。这个时期，在积极投身学生运动的同时，李瑛的诗歌创作也因内心的压抑和情绪的充盈达到了一个不吐不快的爆发期，因而，他在这个时期的创作，是不可能不关注国家与民族的前途和命运的。他希望有一种力量能抚平"祖国肌肉的伤口"，"期待道德和法律，期待一个好政府"就像一座"年轻的城"那样横空出世。他通过《桥》对这个世界说："我要歌唱我的祖国/我的苦难的民族/我现在已经完全长大成人了/我应该承担一个大人所/应做的工作，庄严的工作/让桥帮助我/认识历史和今天，以及明天/去学习，去工作，去战斗。"当时，国共两党正在展开生死大搏斗，谁胜谁负还很难预料。我没有必要猜测李瑛当时是否清楚地认识到了谁代表着中国的未来，但他在诗里却已坚定地站在"冲向反民主的堡垒"那一边。请看《起来！军号响了》中的诗句："全中国都武装起来了/军号响了/许多沉睡的人/都已醒来。"而在以反专制为主题的《歌》里，他把自己的笔当成刀尖，插向那个"水龙喷射"、"皮带抽打"、"口哨呼啸"的黑暗社会，诗里写道："我们的战友在发言/民主和正义在发言/真理在发言/历史，宣告了旧时代的讣闻。"他袒露出一个赤子的热血和心跳："专制的暴君/我们用爆炸的歌声同你比！/我们用肩膀靠着肩膀的力量同你比！/我们将胜利！"读到这些诗，我们就能理解，为什么北平刚刚和平解放，他便能义无反顾地跟着解放大军南下。只不过，李瑛与这支主要由农民组成的队伍中其他成分最大的不同是，他穿上军装，就是一个战士；拿起笔杆，就是一个诗人。

李瑛在很早的时候就认为，诗歌是一种光明的事业，诗人一进入诗歌，就应该"有一种光明的预感/新鲜的、健壮的、幸福的预感/因为解放了诗/便是解放了人类的声音/解放了屈辱的生命/同那些被屈辱的灵魂"，因为"时代的诗给我们带来了/博爱，平等，带来了/民主和自由，带来了/幸福和工作，带来了/笑和欢笑的力量"。只要"把新时代错综的音波/配制成你的诗"，你就获得了"人类的声音/人类心灵的真正的声音"。所以，李瑛主张"把诗歌还给大众"，在创作中追求"解放了的人类的声音"，追求给人民带来"笑和欢笑的力量"，带来人们在生活中洋溢出来的那种幸福和快乐感。他像选择种子那样选择他的写作素材，像擦洗镜子那样擦洗他的诗歌语言；对待自己的每首诗，都希望它是清新的、干净的、柔美的，"带着的全是兴奋和幸福/全是健康而活泼的/是美丽而智慧的/铿锵的音符"，目的就是要让人们"听见打铁的声音/听见牛马嚼草的声音/听见更雄壮的进行曲/更美的山歌"。正因为如此，我们很少在他的诗里听到剑拔弩张的怒吼、声嘶力竭的呼喊、咬牙切齿的诅咒，或者软绵无力的呻吟、轻狂的嘲讽。他写"一群奴隶的命运"，想到的是"在你的脊背上/终将建起新世纪"；当生活过于平凡和平静，他立刻疾呼："应该歌颂散碎的沙砾/因为它在勇敢的绝望中/改变得痛苦，死得美丽。"在此后 60 多年的创作中，我认为李瑛始终都遵循歌颂光明、歌颂劳动人民这一原则，读者们从未看到他的游移和摇摆。在十年浩劫中，诗人们都不知道怎么写诗了，也不知道写什么，但他在有了写作权利后，利用工作机会，不断地深入边防、海防、老区、农村，反而写出了大量清新、明朗、活力四射的生活短诗，超越了当时的政治约束。他影响广泛的诗集《枣林村集》、《红花满山》、《北疆红似火》、《进军集》等，就是那个时期的成果。

不可思议的是，读李瑛早期的诗歌，尤其是读 1946 年后他在北大期间的部分作品，我几乎一点也不感到陌生和突兀，甚至有种空间错位、时间倒流的感觉。譬如读《战争向我们来了》、《你太年轻的城》、《绿叶》、《起来！军号响了》、《枪》、《我的心这样贫瘠》等，这些诗或是以对生活的独特观察方式，或是以鲜明的文本结构、语言修辞，让我们感到一种细腻、明朗和流畅。有的诗，如果不标明写作年代，把它们放在他今天的新作中，恐怕连编辑和读者也分不出哪首是刚写的，哪首是 60 多年前的作品。像在《你太年轻的城》中的这样一些诗句："年轻的城，你/走着，你笑/你歌唱/摇着迷蒙的森林的声音/摇着海的声音/健康的城/高悬起七月的遗像。"再读《树叶》

中的诗句："围绕在我四周的花树的枝叶/摇摆在六月七月的时间里/而在这时间，在我窗前，它们/都除却了恐惧地生长着/携带了忍耐、秘密/和阳光，和风雨/同装点人类的尊严。"我们很难想到是他 20 岁时的作品。

为什么李瑛早期的诗歌，尤其是在北大的短短四年中创作的诗歌，能达到如此高的艺术成就，而且对他一生的创作有着如此清晰的指向呢？我想，这恐怕与他在生命力最旺盛、思维最敏捷的时候，既受到了思想和生命的历练，又接受了良好的文学教育有关。从诗里我们能明显感到，那时他已研读了许多古今中外的名著，深受中国的历史文化、西方的经典作家文论，特别是苏俄文学的影响。他当时的写作，其实就是我们今天所说的"知识分子写作"。与他相比，许多诗人之所以缺乏持久的创造力，可能正表现为学养的先天不足。所以，在那个风雷激荡的年代，当有了文学准备的李瑛意气风发地走出红楼，走向一片热气腾腾的大地时，便注定他要成为我们今天面对的一个重要诗人。

原载《解放军文艺》2011 年第 2 期

李瑛的诗

——序《红柳集》

张光年

    李瑛同志从他十年来所写的几百首抒情短章里面，选出八十几首，编成这本《红柳集》。我读过他此前出版的几本诗集，近来又反复披阅了这本选集的校样。我越来越喜欢这本《红柳集》，其中有不少很好的诗、耐读的诗。我因结识了这位热情而勤奋的诗人，感到非常高兴。

    我们的革命军队是一个伟大的熔炉，单从文学上说，这些年来，从中锻炼出了多少优秀的作家和诗人！李瑛同志是从这个熔炉里炼出的一批文学新人中的一个。北平解放后，他跨出大学的门，参加了人民解放军，此后他作为随军记者、部队的文化工作者，跑过很多地方。

    1958年，他在海防前线当过一年兵，此刻还在部队从事文艺工作。他的思想、感情、经验和才能，就在这个伟大的革命集体中间，年复一年地成长起来。虽然不能说是完全摆脱了知识分子趣味和学生腔，但十分可贵的是，他学会了用革命战士的眼光来观察世界、观察人，用战士的心胸来感受、思考现实生活中许多动人的事物，并且力求作为普通战士的一员，用健美的语言，向广大读者倾吐自己认真体验过、思考过、激动过的种种诗情画意。

    打开《红柳集》，一页一页翻下去，我们就被引进了天南地北五光十色的各种画面中间。我们时而来到东海最前线，听"炮击金门后，海啸声变高"，同交通壕里的战士们一起，"举杯喝口热开水，笑看金门大火烧"；时而来到十分险峻的海滨观察哨，那里，战士们"把山作墙垣，海作庭院"，那里，"哨所静悄悄"，可是"电话机，紧绷着神经在倾听，望远镜，大睁着眼睛在寻找"。诗人时而带我们观赏舰队出海的雄姿，时而向我们讲述塞外风沙的传奇，时而把我们带到五指山中，听年轻的小河愉快地歌唱，时而带我们来到黄河渡口，看擒龙姑娘矫健的身手。他带我们翻过乌鞘岭，看戈壁日出的奇景："太阳醒来了——它双手支撑大地，昂然站起"，"仿佛只需再走几步，就要撞进它的怀里"。他还带我们来到当年的朝鲜战场，听朝鲜人民军战士们演奏"最好的歌"："这琴弦是缴获的电线的铜丝，做琴箱的是火线上炸断的大树，敌人的弹壳做成响亮的铜锣，敌机的翅膀做成我们最好的大鼓。"我仿佛看到，诗人随时睁大着惊喜的眼睛，在注视、在赞叹、在捕捉新生活中美好的诗料，用全部热情加以酿制，使得各种不同的画面，在不同的程度上显露出革命战士的感情色彩。

在《红柳集》里，给人印象最深的是歌唱战士生活特别是歌唱海防前线战士生活的那些作品。可以看出，这是诗人曾经作为普通一兵深入生活的宝贵收获；同时，诗人也把自己对于战士们的性格与心理的长期揣摩，对于党、对于祖国、对于革命战士的全部热爱，一起融汇到这些抒情短章里面了。在这些精致的短诗里面，用鲜明的富于表现力的语言，歌颂了前线的水兵、炮兵、号兵、侦察兵、飞行员、政治指导员……的英雄气概。他们不但是忠勇的、乐观的，而且是有高度革命觉悟、有丰富的革命感情的。李瑛同志同我们革命部队中其他出色的青年诗人们一样，善于用年轻的心胸去接近这些年轻的英雄，在共同的斗争中同他们建立感情，从而学会了这种本领：以战士之笔抒战士之情。广义地说来，《红柳集》中大部分的诗章，都可说是抒战士之情的艺术成果，它们从各个角度、在不同的程度上反映了新中国革命战士的思想、感情和理想。在诗人的眼光里，甚至祖国的一草一木，也都为战士的性格所感染。试读《给防风林》、《小树》、《杨柳和士兵》、《红柳、沙枣、白茨》诸首，不难看到这个特色。在《哨所鸡啼》这首吟物诗里，诗人创造了一个昂立在群山之上引颈高唱的雄鸡形象。在这幅有声有色的哨所鸣鸡图上，可以看到这样的题句："莫非是学习了战士的性格，所以才如此豪迈、威严；只因为它是战士的伙伴，所以才唱出了士兵的情感！"说得好啊！正是要坚持不懈地从战士、从工农群众学习，成为战士们的最忠实的伙伴，继续发扬抒战士之情的良好品质，那就一定能够唱得更加响亮、更加豪迈而威严。

李瑛同志练出了一支管用的、听使唤的笔，善于挑选独具特色的语言，用来描绘、渲染各种不同的景色和情态。看他写舰队出港，真是云霞灿烂、水天辉煌、何等壮丽（《出港》）；写小艇破浪，则是风云变幻、波涛险恶、夺人心魄（《大海的骑士》）；写战士演出，"群山献花"、"大海鼓掌"，十分热闹（《来了战士演出队》）；写月夜潜伏，"夜是肌肉，我们是神经"，令人屏息（《月夜潜听》）；写戈壁的燥热，"亮晶晶的雨没落就干了"（《雨中》）；写草原的景色，"远处，牧女的银镯子一亮，羊群回圈了……"《巡逻晚归》）；写塞外大风沙的来势，'像群蛇贴紧地面，一边滑动，一边嘶叫"（《敦煌的早晨》）；写风雪道上乡邮员的身影，"寥廓的山野没有一个人，只一个黑点在天地间摇……"（《乡邮员》）……如此等等，都是着墨不多，而情景毕肖、落笔自然，不露斧斫痕迹。

在《红柳集》中，有一些篇章，在短小的篇幅中间，写出了一个汽车兵、一个勘探队员，或者一个乡邮员、一个牧人、一个黄河女儿……跃动的身影。固然，重点不在于刻绘，而在于抒情，但也通过一个人物，反映出我们新生活、新性格的某些风貌。另外几篇作品，则通过戈壁滩上的一个兵站、塞外草原的一个小店、钢铁城市的一条大街、万山丛中的一条小路，写出了沸腾的生活、喧动的场景、跃进的脚步、人与人之间的新的关系。我特别欣赏《果子沟山路上》这一首：在西北边疆的一个荒凉山沟的小路上，现在真是"车队人马涌如潮"，南来北往的人们，日夜不绝于途。在那些富有节奏性的过往者对话中间，表现出人们的乐观精神、友爱关系和建设祖国边疆的自豪感，确是一首匠心独运的好诗。我感觉，这位诗人惯于也善于采取因小及大的手法，或者说，从一件小事情上，逐步展开它可能具有的时代内容。除了前面谈到的一些例子，在描写国际斗争题材的诗篇中间，也可以看到这个特点。像从一袋麦粒描写了中朝两国人民的血肉关系（《一袋麦粒》），从一杯热茶展开了对于战斗的非洲人民的致意（《茶》），从一颗石子歌颂了古巴人民的英雄气概（《古巴情思》），从一堆玩具控诉了德国法西斯的滔天罪恶（《玩具》）。《玩具》这首诗，诗人的想象十分具体、感情十分沉痛，读起来是撕人肝肠的。

李瑛的诗是写得细致的，细致而不流于纤巧。一般地说，他能够把细致和刚健结合起来，寓刚健于细致之中。从那些描写国际斗争题材、朝鲜前线和我国海防前线战士生活的许多诗篇中，可以感到热烈的战斗气氛和英雄气概。当他歌颂那些奔走在黄沙白草之间的青年战士、勘探人员及其他劳动者的坚强性格的时候，突出了险恶的自然条件的阻力，显示了人们克服困难的乐观精神，笔锋也吐露了一定的力量。另外一些描写新生活的美好景象的抒情小品，也写得意境清新、引人神往，但是读过以后，总还觉得深度不够、力量不足。我们新生活中一切崭新的、美好的东西，都是来之不易的，它们是在跟旧时代的恶劣影响、旧社会的习惯势力的艰苦搏斗中涌现出来的。可以说，每一个新事物、新性格、新风尚的出现，都走过一段艰苦的道路。要巩固它们，发扬它们，也都要经过不懈的斗争。要是我们的诗人在歌颂新人新事的时候，能够更多的着眼于此，更有意识地用诗的语言为新事物开辟道路，那么，纵然在抒情短章里面不一定写到这个斗争的复杂过程，或者像这个诗集中描写海防前线、朝鲜前线的作品那样，并没有直接写到对立面，只要在歌颂正面形象的时候，诗人心目中确实有一个对立面存在，我想，也一定会写得更扎实、更为激动人心、充满着战斗的诗意。这是一个带有普遍意义的问题，联想所及，顺便谈到。让我们互相提醒，共同努力吧。

1963 年 2 月

原载《文艺报》1963 年第 3 期

战斗前沿的红花

——诗集《红花满山》读后

谢　冕

　　李瑛同志的诗集《红花满山》的扉页上有两句题记："看那满山满谷的红花，是战士的生命和青春。"题记引起我们对于诗和生活关系的联想：象征着诗歌的红花，它是革命战士斗争生活的形象的反映，它体现着祖国保卫者壮丽而热烈的"生命和青春"；同时，这些红花是在我们边防部队丰富多彩的生活土壤中发芽生根并为战士的"生命和青春"所灌溉培育的，因而，它能有开遍"满山满谷"的繁盛。《红花满山》在思想、艺术方面有许多可喜的成绩，但给人印象最深的一点是：这是来自火热斗争前线的诗篇。它带着高山的寒露，带着泥土的芳香，带着那朝气蓬勃的边防部队的生活气息。这是作者在深入斗争实践，向战士们学习，熟悉他们的生活和感情的基础上，在艺术上精益求精，进行创造性劳动的结果。

　　《红花满山》是一本抒情诗集。抒情作品在反映生活方面有它的某些特点，但是，作为观念形态的文艺作品，都是一定的社会生活在作家头脑中反映的产物。抒情诗的产生和其他文艺作品一样，并不是历代剥削阶级所宣扬的什么唯心主义的"神思"、"妙悟"的结果，也绝不是某些骗子鼓吹的所谓"如同电光石火，稍纵即逝"的"灵感"的产儿，而是社会生活作用于作者的头脑，引起作者对于社会生活的认识、感受和态度的一种表现，一种对社会生活的能动地反映。《红花满山》的作者正是坚持唯物主义的反映论，坚持深入斗争实践观察、体验、研究、分析，而后才进入创作过程的。这本诗集从不同的侧面反映了边防部队的生活和斗争，歌颂了有着共产主义觉悟的先进战士。诗的根须伸入到部队生活的各个角落，从政治教育、军事训练、站哨巡逻到军民团结。它有力地说明，离开现实生活的满山红花，就没有诗歌创作的红花满山；离开了沸腾的生活和斗争，是产生不了抒情诗的。

革命的抒情诗，是一种以抒写革命情怀为主的诗歌形式。按照马克思主义的观点看来，"意识在任何时候都只能是被意识到了的存在"，"阶级斗争和民族斗争的客观现实决定我们的思想感情"，"爱是观念的东西，是客观实践的产物"。这说明，抒情诗不是无缘无故地产生的，它是为人们的客观实践所决定的。《红花满山》中有一首叫《霜降》，写了革命战士对子弟兵母亲的怀念。这种怀念之情，是把长期革命斗争中的感受的积累，放在一个典型的斗争环境中来加以抒发的。战士一夜潜伏，归来时刺刀上凝结了白霜。寒风起了，已是霜降时节，猛然想起那枣林掩映的村庄、大娘的白发、夜半烘起的热炕、灯下的针针线线，此景此情，不可抑制，发而为那满怀阶级深情的声音："大娘呵，大娘，我不能到你那里，去替你加一件衣裳……"很明显，要是没有霜夜的潜伏，就没有由此产生的关于霜降的怀想。离开了这种特定的斗争生活，又如何能够体验到并传达出这样扎实而真挚的阶级情谊呢！《读〈法兰西内战〉》也是一首抒发了深厚的无产阶级情怀的诗篇，它所抒发的情感，是产生在高山哨所的实际生活之中而与边防战士的斗争密不可分的，不到高山哨所和战士一起斗争、生活，就产生不了抒写这一在边防战士心中所激起的无产阶级情怀的诗篇。这首诗之所以感人，就在于它把战士们保卫边防的豪迈斗争和巴黎公社社员们的英勇战斗联系了起来。他们的胸中滚动着巴黎街头的硝烟，他们严肃地思考着历史的经验："关于胜利，关于失败，关于马克思主义的革命路线……"由此可见，革命抒情诗的蓓蕾，正是在丰厚的生活土壤中，在革命斗争的风雨中孕育的，只有投身于火热的斗争生活，才有可能创作出具有鲜明的战斗特色的抒情诗来。

读《红花满山》，对那些直接表现部队生活的诗篇有很深的印象。原因在于作者对部队生活有较长时间的体验，更重要的是由于对生活把握得深，能够传达出战士们特有的那种风采气度。《进山第一天》拟山为人："我轻轻拍拍它的背：嘿，咱们真个是有缘相见。"这里是战士的语言、战士的神态，更重要的是感情："没你们这份神奇，这般险，怎来练我的这身筋骨，这颗胆。"那不畏险阻的豪气溢于言表。《紧急集合》是一首比较完整的从生活的矿藏中冶炼出来的诗篇，夜间，急促的哨音响起，我们看到了"像带着光，像扯着火，像一阵无声的风暴"的背包的洪流在翻滚。这种描写是奇丽的，但又是有着真切感受做基础的。你想想，那夜间，四围墨黑之中，只听得战士的脚步在响，只见那背包在眼前飞速地闪动、振荡，形成一道光流、一道火焰、一阵风暴。这里，把一次普通的夜间集合，写得多么有气势，多么有特色。通篇由短促的句子构成，烘托出那紧张、急促的气氛；各段落间反复、间歇出现的"叫他，叫你，叫我"，"快走！快走！快走"的句式，使人想起脚步杂沓之中那催人的短促的传令声。这里没有表面化的空洞语言，却洋溢着战斗的热情与喜悦；革命英雄主义的基调，通过从生活中提炼出来的语言和节奏，得以充分表达。工农兵群众的斗争生活是丰富多彩、气象万千的，因此，抒情诗表现生活也不能是笼统的、表面化的。如何把握生活的特征，从而表现出创造这生活的人们的精神境界来，并不易如拾取林中的野果，而是要长期投入火热的群众斗争，深入再深入，实践再实践，付出艰苦的劳动。

但是，人民生活中存在着的自然形态的艺术原料还不就是抒情诗。抒情诗也必须向革命样板戏学习，运用革命现实主义与革命浪漫主义相结合的创作方法，坚持源于生活，高于生活，把生动、丰富但还粗糙的艺术原料的矿藏发掘出来，然后进行艺术加工，如酝酿以制酒，提炼以成金，借助于想象等艺术手段，对生活进行典型化，这同样是一个艰苦的过程。高山哨所之上有盏墨水瓶制作的小灯，夜夜照着战士读书；照此摹写，必乏诗味。若在生活的基础上有个飞跃，说"万座大山把它高高擎起，万颗星斗都和它说话"，如豆的灯光、满天的云霞，它是一朵"永不枯萎"的"小花"，那么，不仅这盏平凡小灯的特征得到生动的描绘，它的含义得到深刻的阐发，而且它的革命理想的光焰还启发人们的深思。这样一来，这首叫作《灯》的诗，便景象迥异、耐人寻味了。《海的怀念》："也许是由于爱海，看群山也像大海的波澜，莽苍苍，起伏颠连，我们的哨所莫不是浪里的征帆！"站在群峰之巅，而情满沧海；因为情满沧海，因此眼前山色的雄伟都呈现着海景的壮阔：远峰如浪、哨所如帆。全诗巧妙之处是，似在写海，实在写山；借海的怀念，写山之颂歌。那丰富的想象映衬着战士们丰富的情感：无论是山是海，战士热爱着祖国的每一寸山河。要是对生活没有细致的观察和感受，就难于产生这种山海的想象；没有山海的想象，这首歌颂战士热爱祖国情怀的诗篇，就只剩下一个概念的空壳，而缺乏感人的力量了。可见一个来自实际生活的想象，有时会带给一首诗以活泼的生命力。同样，在《静静的深山》中，要没有"呵！巍巍万里边防线，满弓的弦上有多少支闪光的箭"的联想，这首诗的动人的题材，不知要失去多少光彩。

列宁是非常鼓励文艺的这种想象的，他在 1902 年批判机会主义思想、瞻望革命前景时，曾热情地号召革命者"应当幻想"！1905 年，他在《党的组织和党的文学》一文中明确指出：无产阶级文学事业必须保证"有思想和幻想、形式和内容的广阔天地"。毫无疑问，文艺创作中的想象，必须建立在坚实的生活基础之上，建立在对生活本质的正确认识上。《过小河》这首诗，歌颂了一位"为给子弟兵洗军衣，被敌人杀害在河心里"的革命妈妈。作者在生活中看见一群姐妹在小河边洗军衣，想到 30 年前在这条小河中被杀害的老大娘，思潮起伏、心情激动；望着蜿蜒流过的河水在洗衣石旁激起浪花，在晚霞辉映中波光粼粼，于是，洗衣石在他眼前跳动起来了：这是大娘的心在跳动，大娘没有死，她的精神在那一群洗衣姐妹的心上活着，也在无数革命战士的心上活着，因此，就产生了"只当年那块洗衣石，像是大娘一颗心，日夜跳动在深山里"这些包含着飞跃的想象和深挚的革命感情的诗句。洗衣石是不会跳动的，但由于水流、霞光等条件的作用，在人的视觉中似乎动了起来；更何况这块令人难忘的洗衣石，寄托着具有革命传统的我国劳动妇女对革命、对人民子弟兵的一颗颗火热、赤诚的心。这一切强烈地打动了作者，同样也强烈地打动着读者。由此可见，革命的抒情诗通过浮想联翩的想象，往往能使形象具有强烈的感染力，使事物潜在的光彩得以发扬。如果运用得当，想象将使诗歌十倍百倍地扩展其感奋人民、鼓舞人民的威力。它就像列宁说的"鼓风机"那样，"能够使阶级斗争和人民义愤的每一点星星之火，燃成熊熊大火"。

反映现实生活的诗歌，是有鲜明的时代和阶级内容的。我们的时代是无产阶级革命的时代，生活的本质内容是在毛主席革命路线指引下，无产阶级和革命人民进行社会主义革命和建设的伟大斗争，是在无产阶级专政下继续革命。诗歌作为时代的战鼓和革命的号角，就要努力反映出现实生活的这些基本的本质的方面来。有一首诗写青松："它们一棵棵枝叶参天，共同抗击着漫天雷火；它们一棵棵根须盘结，共同抵御着暴雪狂风。"（《青松》）还有一首写山峰："这样的山才真正叫山，巍峨，磅礴，怒耸九天，一座座相挤，一排排相连，和我们兄弟般肩并着肩。"（《进山第一天》）它是青松，但不是平常的青松；它是山峰，但不是普通的山峰。它不是大自然景色的描摹，而是从生活中提炼出来的典型化了的形象。读着这样的诗句令人感奋，能点燃我们的满腔烈火。因为在那些抒情语言的后面，站立着无产阶级和全体劳动人民团结战斗的英雄形象，响动着革命时代的进军的鼓声。

抒情诗经常写山、写水、写大海青松，其实是在写人的思想情怀。革命的抒情诗则通过写山水，来写无产阶级的英雄，抒发无产阶级的革命情怀。努力表现工农兵的英雄形象是无产阶级文艺的根本任务，革命样板戏在这方面提供的丰富经验，诗歌创作也应认真学习。《红花满山》根据抒情诗的特点，致力于表现英雄的人民及其战士的光辉形象。《一座山的传说》和《过烈士墓》以革命浪漫主义的手法，表现了为人民献身的英雄。从普通战士到指导员、军长，从勘探队员、女民兵到子弟兵母亲，作者献给他们一曲曲热情的颂歌。在《深山行进》中，我们看到了抒情诗中相当成功的英雄形象，这就是那个贫困得"甚至没有一片流云"的山区母亲，她是革命战争年代里无数英雄母亲形象的高度概括。在漫长的岁月和艰苦的斗争中，她始终和革命共同着脉搏，与子弟兵心贴在一起，你看她——"用仅有的一粒盐，为我们冲洗伤口；用仅有的一把米，为我们熬粥暖身；而自己却煮着一锅草根。看她呵，一拢头发，便用粗糙的手，一勺勺、一勺勺地——喂养着战士，喂养着革命……"这样的人民和有这样母亲的战士是不可战胜的。从这些诗中，我们可以感受到作者那深沉的革命激情，这种激情是诗歌的血液。在抒情诗中，作者的思想感情比其他任何文艺形式都更要直接地影响着读者，这就要求诗歌作者在深入火热的斗争生活中，认真改造世界观，努力与工农兵群众的思想感情打成一片，取得更多的共产主义世界观方面的共同语言，以期能为工农兵更好地歌唱。

《红花满山》的作者在艺术表现方面是有特色的，他善于在日常生活中发现那些激动人心的具有典型意义的人物事件，以抒发无产阶级的伟大胸襟，也善于挖掘那些看来平凡的事物所蕴涵的深邃的意义。一条普通的山间小路，使人想到难忘的峥嵘岁月；在漫空细雨之中，他谛听到祖国亲人深情的叮嘱：警惕！这里有那种壮丽和浓郁，但又有颇多的蕴藉，二者构成了一种交错而又和谐的风格。如《边寨夜歌》，有悬崖、荒草、战士警惕的刺刀的严峻，也有那"月，在山的肩头睡着，山，在战士肩头睡着"的静谧。《爬山赛》中有"把十万大山抱起来"的豪迈，却也有观察身边扑来的"湿淋淋的云彩"的细密。《雨后》有优美的景色："半边天青，半边天紫，一道虹架过了山坡",因为那是一个军民团结修渠引水的题目。《边疆纪事》就不一样,那雷雨严峻而凌厉,因为发现了敌情。作者可以有自己的艺术风格,读者也可以有自己的艺术爱好,但艺术形式毕竟是服从于所表现的思想内容的。在《红花满山》里,我们可以说,作者为政治和艺术的统一、内容和形式的统一,是做出了可贵的努力的。

原载《解放军文艺》1973 年第 8 期

重读《红花满山》

谢克强

"看那满山满谷的红花，是战士的生命和青春。"这是李瑛同志的诗集《红花满山》扉页上的两句题记。在我看来，与其说是题记，不如说是这部诗集的题旨。

《红花满山》，是一部反映部队战士生活的抒情短章，1973年人民文学出版社出版。我之所以特别注明这部诗集的出版日期，是因为这是李瑛同志创作于十年动乱时期的一部诗集。这期间，林彪、"四人帮"极力推行文化专制主义和艺术教条主义，利用文艺来"篡党、夺权、营私"，致使文学艺术百花凋零。就是在这样的情况下，诗人李瑛以战士的风骨，不趋炎附势，而是"用革命战士的眼光来观察世界、观察人，用战士的心胸来感受、思考现实生活中许多动人的事物"（张光年《李瑛的诗》），《红花满山》就是他观察、感受、思考的结果。相当一个时间，人们对1966—1976年的文学讳莫如深、避而不谈，但我以为，至少李瑛的《红花满山》可以为这期间的文学提供一个创作个案。这不仅仅因为《红花满山》是诗人李瑛继《红柳集》之后的一部重要的代表作，也是这期间社会主义文学顶着严寒绽放的一朵红花。

这也许就是我写这篇文章的缘由。

感受的独特:《进山第一天》

诗的感受，至今还是一个带有神秘色彩的，有待生理学家或心理学家、美学家们共同探讨的问题。但我以为，诗的感受从根本上来说是心与物的关系问题。这就是说，诗言志，诗人要感物才可言志；而要言志，诗人在生活中刚好捕捉到了某种感性形象，正好托物寓意，而这些都涉及到诗的感受。

诗人都爱山水，李瑛也不例外，我们看他是怎样感受山的。

1955 年，他写过一首《南方的山》：

> 对于我们南方的山，
> 我的诗怎能用吝啬的语言，
> 满天阳光，满天云雾，满天雨水，
> 碧绿、深紫，好不奇幻！
>
> 而且还有满坑满谷的大树，
> 而且还有亘古轰响的飞泉，
> 既然你微笑着站起来迎接我，
> 我就停下："你好，南方的山！"

这是诗人到南方采访，沿着当年红军长征的足迹采访时看到的山。他看到的是大树、飞泉以及大自然奇幻的景象，因为诗人是一个观光客。

十六七年后，诗人在《进山第一天》里，又是怎样感受山的呢？他写道：

> 这样的山才真正叫山，
> 巍峨，磅礴，怒耸九天，
> 一座座相挤，一排排相连，
> 和我们兄弟般肩并着肩。
>
> 我轻轻地拍拍它的背：
> 嘿，咱们真个有缘相见；
> 今天给你们起名、编号，
> 以后咱们就同排同班。

在这里，诗人不再是一个观光客，而是一名战士，因而他的感觉也不再是大山奇幻的自然景色，而是巍峨、磅礴，一座座相挤，一排排相连，就仿佛和我们战士肩并着肩怒耸九天。

"诗的使命是唤醒感觉，复活语言。内感觉的唤醒即捕捉情绪，外感觉的唤醒即捕捉意象。"（周国平《人与永恒》）《进山第一天》，诗人欲表述一种特定的内心感受，他选择了山这一物象而没有选择其他。也许是进山第一天头一个感觉是巍峨磅礴的山，继而引发了诗人的立体感受。诗人看似感觉的是山，着力描写的也是山，但所关注、所表达的却是思想与情感，而这种思想与情感瞬间与感觉的山融为一体，以形成诗的意象。正是这种独特的艺术感觉显现出战士与大山相见的一刹那的情感，推动着诗抖开想象的翅膀。

不是吗，大山哪来的背呢，没有背又如何轻轻地拍呢？这便是诗人的主观情感所赋予"我"的。因为在我的眼里，大山是我们亲如兄弟的战友。既然拟人化了，那么山的形象在诗里就似人一样富有生命了。当过兵的人都有这样的体验，战友相见，紧紧地握手，轻轻地拍拍肩膀，甚至热烈地拥抱都是表达情感的一种方式，所以，诗人不拘泥于生活的真实，而写了轻轻地拍着大山的背。这样，不但感情浓郁了，也使诗多了许多诗意。紧接着，诗人写道："莫道我们是新相识，三十年前父辈已在这里扎过营盘。"在诗人眼里，山，不仅是我们战士的哨所营地，更是革命的摇篮。我们的父辈，或者说我们这一支人民军队不正是在山沟里成长壮大起来的吗？由此，诗人对山的形象感受，不仅超越了物质存在，而且以自己的思想、情感使客观存在的山以生命、以人格存在于诗人丰富的想象之中，使诗获得独特的艺术构思和审美魅力。

黑格尔说："作为人的环境或外在世界那些外在事物本身并没有什么意义，只有在和人的意识中精神因素发生联系时，它们才有重要的意义，才成为诗所特有的对象。"

发生联系，就是诗的感觉。由此可见，决定诗人能否有敏锐的独特的诗的感受，是精神因素，而不是外在世界的客观存在。也就是说，决定于诗人的审美观——审美理想和审美情感。

诗意的提炼：《雨》

一切艺术都应该是美的，作为文学艺术女神的诗，当然应该是美的。一首诗，无论它具有多么丰富的内容、多么真实的感受、多么深刻的思想，如果缺乏诗歌的艺术美，即缺乏诗意美，它是无论如何也无法打动人心而引起读者共鸣的。相反，有些诗，如徐志摩的《再别康桥》，就其思想内容而言，的确没有什么重要的东西，只不过是表达一种极普通的离情和那种微波似的轻烟似的情绪，并无什么深刻的思想意义，但由于这首诗所具有的艺术美、诗意美，使诗人获得了巨大的声誉。由此看来，诗意美，不仅是观察一个诗人的才华和创造力的重要标志，也是检验一首诗质量优劣的尺度。

诗人李瑛又是怎样从生活中发现诗意、提炼诗意的呢？

雨，本是一种奇妙的自然现象，正是由于它的奇妙，于细无声中潜入人的心灵，不知调动了多少人的情绪，使游子思乡、恋人伤情、美女泣下、壮士热肠……

李瑛长于写山，也擅于写雨。

> 一朵云，
> 拧下一阵雨，
> 匆匆掠过车篷。
>
> ——《雨中》
>
> 淅沥沥的春雨拍着草场，
> 迷蒙蒙的云雾舒卷在草尖上。
>
> ——《雨中》
>
> 夜雨洗着特克斯草原，
> 摇着它的毡房和棚圈。
>
> ——《八月风雨》
>
> 细雨刚停，细雨刚停，
> 雨水打湿了墓地的钟声。
>
> ——《谒托罗斯·曼墓》

诗人用一只生动的笔，写出了雨的各种动态：掠过车篷，拍着草场，洗着草原，摇着毡房，打湿钟声，使雨不仅有了形象美，也有了动感美，从而也获得了诗意美。然而，诗人李瑛并不满足于此，他要用更多的精力来探索和表现战士生活和心灵的诗意美。他在《雨》中这样写道：

> 满山是野草的清香，

满山是发光的新绿，
满山是喧闹的小溪。

淅沥沥，淅沥沥，淅沥沥，
漫空里洒下一天细雨，
敲打着我的哨棚和石壁。

我想起了金色的沙滩，
我想起了蕉叶的烟雨，
我想起了塞北的马蹄。

那里呵，都有我住过的村庄，
都有我走过的小路，
都有我难忘的战友和兄弟。

今天，莫不是他们在怀念我，
才借亮晶晶的雨传递消息，
一声声，一句句……

我懂得它们深情的话，
一颗雨滴，一个喉咙，
向我叮嘱着两个同样的字：警惕！

　　表面看来，这似乎是写战士在雨中站岗放哨，细细一读，你不能不佩服诗人对战士的生活与心灵的深刻体验，你不能不惊叹诗人将战士平凡的看似枯燥刻板的生活凸显出诗意。

　　诗一开始，诗人精心构制了有声有色的雨景图，然后突兀地来一句"漫空里洒下的一天细雨，敲打着我的哨棚和石壁"。诗人所要表达的主观的体验和情思便由敲打哨棚和石壁的淅沥沥的雨声生发开来，联想起沙滩、蕉叶和马蹄，联想起村庄、小路和难忘的战友。诗人循着搏动的联想在雨声和哨棚之间，以发现并发掘出其间存在的微妙的内在联系和所含的深刻意蕴，于是，才有了："莫不是战友们才怀念我，才借敲打哨棚的雨声一声声、一句句地叮嘱着：警惕！"

诗意美，首先在于意境美，而思想美又是构成意境美的重要方面。在一首诗中，境是客体的体现，意是主体的意志情怀的体现，因而意由境生。也就是说，诗的意境是诗人主观意图的艺术创造，既要创造可以感觉得到的形象，又要有能够传达思想感情的形象。在《雨》这首诗里，诗人精心刻画的自然景物以及人物穿越时空的联想，都不过是为最后显示诗的思想美，即诗的意蕴所做的铺垫。的确，淅沥沥的雨，敲打哨棚和石壁的雨声，都是自然景物。它们不具备思想，也无所谓感情而言，但在诗人的感觉中，雨和人一样有思想、有感情，因而可以一声声一句句叮嘱站岗放哨的战士格外注意"警惕"。正是因为淅沥沥的雨有了思想而变得生动起来，而诗的思想内蕴也因雨的涵养而变得淋漓隽秀。

由此，我领会到了诗人从平凡的自然景物中发现美，对战士深邃的内心微妙的诗意外化。

想象的跃动：《哨所门前的河》

李瑛诗歌艺术的一个重要特点是善于撷取生活中的美，并创造出艺术美来。这一点，只要你翻开他的诗集，只要你读他的诗，几乎处处都可以发现。这得力于他对生活细致的观察后敏锐的感觉，更得力于由此引发的神奇跃动的联想。

诗歌创作离不开联想与想象，这是因为，只有联想与想象，才能把一个事物与另一个更具有特色的事物，把一个抽象的思维与一个具体的形态，把一个固有的图象与一个开阔的空间，把一个微观的粒子与一个宏观的宇宙有机地联系起来，以造成意境上的开拓、想象上的飞跃，使不鲜明的变得鲜明，不能显象的能够显象，不易言表的能够言表。

在《红花满山》里，随处都可以找到这样的诗句：

> 它哪里是一座哨所，
> 分明是一块危岩，一丛刺蓬；
> 或是一朵游移的云影，
> 或是一只憩息的山鹰。

> ——《高山哨所》

他的窗边挂着两把琴——

窗里是三弦，窗外是飞泉；

他的身上有两只翅膀——

一只是革命的歌，一只是扁担。

——《我们的炊事员》

高山哨所这荧荧灯光，

像一朵永开不败的小花。……

它小得像一粒豆子，

却映红了满天云霞。

——《灯》

再看《哨所门前的河》：

哨所门前流过的一条小溪，诗人突发奇想，说小溪"像个顽皮的孩子戏耍在深山"，忽儿向我眨着眼睛示意，忽儿又轻轻絮语，和我倾心攀谈起来。一条小溪，在一般人看来，只不过是一条流淌在山间的小溪而已，而诗人异于常人的是有着特殊的敏感和热情。当他为生活的事物现象深深激动时，他的思维迅速、剧烈地活跃起来，努力收集着眼前的和过去经验中各种彼此相联系的印象。按照诗的主旨和美的要求对事物现象加以新的组合，并加以适度的变型的想象。这不，流过哨所门前的小溪，由于变型的想象而成了戏耍在深山的顽皮的孩子。

"告诉我，你从哪里发源"，"你又匆匆地流向何处"？诗人的联想跃动着，并从视觉和听觉展开奇丽的想象："早晨，我掀开薄雾来洗脸，你递给我一片云——一条白毛巾；傍晚，我们打靶回营，你又为我们弹响琴弦。"由此，我们已看到了诗人给我们细致地描绘出的小河生动的风貌，但诗人不满足于生动的形象描绘。随着情绪的推移和想象的跃动，一个具有象征意义的意象凸显出来：看见小溪就想起了滋润着祖国土地的大小河川，"每听到淙淙的响声，都感到祖国像母亲一样在召唤"，而流在"这乱石间的一湾细流"，不"也是伟大祖国母亲的乳腺"。

在诗的想象中，诗人自然不能完全从主观感情出发，他当然要观察客观事物的特征，而发现了客观事物的新特征，就意味着创造。诗人之所以要充分地发挥他的想象力，就在于要从客观事物中发掘隐藏的不易发现也不易道破的艺术效果。在这里,当诗人发现哨所门前小河的特征与自己的情感产生强烈的共鸣时,或者说当诗人发现小河的诗意与自己充满激情的美的想象达到完美的契合时,便形成一个寓言象征意义的美的想象,使诗充满浓郁的诗的意境和深刻丰厚的内蕴,也把革命战士崇高的爱国主义精神和对祖国母亲的眷恋与热爱表现得极其深刻,也别开生面。

所以,黑格尔说:"真正的想象就是艺术想象的活动。"

细节的生发:《霜降》

一夜潜伏归来,
刺刀上凝着昨夜的霜;
论节气呵,已是霜降。

大娘呵,大娘,
我不能到你那里,
去替你加一件衣裳……

只在一年前,这时节,
我们还驻在你小小的村庄——
那小河环绕、枣林掩映的村庄。

那一天夜半,忽觉身下发烫,
大娘,是你呵,一抱草,
为我们烘起一铺热炕。

然后又一针针、一针针,
缝补我们磨破的衣裳,
针呵,线呵,直牵来破晓的阳光。

闪亮的白发,摇曳的灯火,
干练的手指,深情的目光,
永远印在我心上……

入伍来，曾度过多少"霜降"，

人民总按时送来新的棉装——

送来阶级的情深意长。

此刻呵，我们仍像睡在你身旁，

江南塞北的母亲哟，正是你如火的爱，

融化了窗外万里寒霜……

在《红花满山》中，《霜降》是一首突出显示李瑛艺术风格的诗，那就是在精细的表现事物时，注意细节的生发。

伏尔泰曾说："最伟大的诗人的艺术，在于他能创造一种情节。正是在这种情节中，人类生活的内在关联及其意义才得以呈现出来。这样，诗向我们揭示了人生之谜。"（《体验与诗》）细节与情节虽有不同，但情节是由细节组成的，或者说细节是情节的基础。从某种意义上来说，没有细节也就没有情节。诗的细节，当然与小说、戏剧、电影、散文的细节不同，它只能是一些零星的、截取式的，不求完整、曲折、连贯，但可以作为诗抒情的依托或者由头。

霜降，一年二十四个节气中的一个，仅仅表示自然气候的变化而已，并不具备什么特别意义。但战士在这个日子一夜潜伏归来，他们看见刺刀上凝着昨夜的寒霜，也许会身不由己不由自主地打了一个寒战，紧接着或许心里也泛起一阵颤抖。这在战士日常潜伏训练中是一个多么平淡也不惹人注意习以为常的细节，但被诗人捕捉到了。正是由这个细节生发开来，战士又想起一年前的霜降时节野营训练驻在一个小河环绕、枣林掩映的村庄，又想起大娘半夜起来烘炕的情形，又想起在摇曳的灯光下大娘一针针、一线线缝补破旧军装的样子……而今又是霜降，天渐凉了，战士真恨不得去替大娘加一件衣裳。

着眼于生活中的细节，又由这一个细节生发开来，衍生一个又一个细节，如大娘夜半烘炕、大娘灯下补衣、战士想给大娘加衣。正是一个个看似平淡的细节，一经诗人的点化，竟是那样的神奇、美妙，如一串串电影蒙太奇镜头演映出来，构筑了这首诗的意象。同时，这些从自然生活中提炼出来的艺术细节，既使我们看到战士心灵深处丰富深广的情感世界，又歌颂了一位爱兵如子温暖战士身心的慈爱的母亲。我们发现，也正是这些细节，加强甚至扩大了诗的表现力，也深化了诗的题旨，所以诗人才在结尾写道：江南塞北的母亲哟，正是你如火的爱，融化了窗外万里寒霜……

精心选择细节，以局部显示整体，不仅仅是《霜降》，也是《红花满山》这部诗集最突出的艺术特色。例如在《高山哨所》、《笛声》、《风雨中》、《灯》、《哨所门前的河》等诗中，都有生动的细节描写。然而，生活中的细节稍纵即逝，而那些感人动心的细节又往往是生活中难以发现的东西。这就需要诗人开放自己的一切感官去观察生活，细致入微地观察生活，从中获得感受和体验。诗人李瑛正是这样做的，早在1958年他就曾去福建前线部队的连队当兵，他说："只有在这一段时间我才有可能比较细致地窥视到战士心灵的秘密，更具体地熟悉了生活的各种各样的细节和它们内在的意义，懂得了更多的战士们思想上、精神上的东西，生活中真正美丽的东西。"（李瑛《在生活的激流中锻炼成长》）正是在长期的斗争生活中所获得的真切的感受与深刻的体验，赋予了他战士所特有的敏锐细致的眼光，所以他才能在惯常习见的生活中，独具慧眼地撷取那些动人的细节。

我以为，作为一个诗歌写作者，在对事物进行细致的观察和再现时，注意选择生活中那些动人的细节，以构筑诗的意象，这应当成为一种本能。

角度的选择：《海的怀念》

有位诗人曾说，在某种意义上来说，题材是不重要的，重要的是选择好切入题材的角度。这是因为诗要表现的事物，只有选择恰当的表现角度，才能表现得完美和动人；而且，我们常常碰到这样的情况，我们要表现的生活内容又常常是别人描绘和表现过的，不重蹈覆辙就只有选择新颖、独到的角度去表现，这样才会开拓出新意，拓宽新的艺术境界。

选择角度，对于一位摄影师来说，就是要从远、近、高、低不同的位置，或者从光线明暗对比中选择一个最佳角度，使所摄的物象在真实的基础上更具艺术美。同样，对于诗人来说，也就是要"有足够的智慧，能从惯常的平凡的事物中看到引人入胜的一个侧面"（歌德语）。截取一个引人入胜的侧面，其实就是寻觅和选择一个最佳的表现角度。

诗人李瑛是深谙此中奥秘的，他的诗构思精巧细腻，从某种意义来说得力于他十分注意表现角度的选择。

昨天还守卫在海边，

今天却移防驻在高山，

烟波浩渺的白浪呀，

好像仍在我眼前翻卷。

也许是由于爱海，

看群山也像大海的波澜，

莽苍苍，起伏颠连，

我们的哨所莫不是浪里的征帆！

也许是由于爱海，

看云雾也像那碧波一片，

迷蒙蒙，奔腾舒卷，

云中的山鹰莫不是浪尖的海燕！

—— 《海的怀念》

  战士移防深山，对于这样一个题材，诗人李瑛没有从许多人表现的角度，即正面描述进山看到的山的形象，而是别出心裁，却从怀念海的角度，选取海作为视点去看山，来展示大山莽苍苍颠连起伏、迷蒙蒙奔腾舒卷的瑰丽神奇的景象。莱辛在《拉奥孔》里曾说："诗所选择的那一种特征，应该能使人从诗所用的那个角度，看到那一物体最生动的感性形象。"如果正面描绘山的形象，没有烟波浩渺的白浪，没有大海的波澜，没有浪里的征帆、浪尖的海燕等形象的比喻，或许很难把大山莽苍苍、迷蒙蒙的瑰丽神奇表现得如此令人神往，也很难写出大山迷人的感性形象。因此，对移防深山这个题材来说，选取海作为视点，以怀念海来写山就是最佳的表现角度了。

  选择最佳表现角度，更重要的是角度要新，也就是说这个角度不仅独具慧眼，而且要独特新颖。哨兵风雨夜里巡逻，在《红花满山》里，李瑛分别写过《夜巡》、《风雨中》两首。在《夜巡》中，风雨中夜巡的战士，在山洪断路的情况下，借着电光看见了峭壁上"将革命进行到底"七个大字。"七个大字七把火"，"教导着雨中巡逻兵"，"踩着风雨守边境"。而在《风雨中》，诗人是这样写的：

风中，雨中，飞来串婴儿的啼声，
前山阿嫂又添了个好后生，
——大山又多了一个儿子，
——祖国又多了一名士兵。

"班长呵，该送点什么礼物？"
班长的眼轻轻一动：
"先送他一片宁静的夜，
走，巡逻组集合出动！"

为欢迎这崭新的生命——
看风雨洗得大山多么葱茏；
为保卫这幼小的生命——
一个伟大的信念在伙伴心里交融！

巡逻到前山，风弱雨停，
头上照出来一天月明；
三把刺刀泻下三条白银，
皎洁的月光镀亮阿嫂的窗棂。

母亲睡了，婴儿睡了，
山环的夜柔和而安静；
我们的山也像产后的母亲，
紧张后透出一片轻松。

山顶发白，绕道回营，
听四山传来声声鸡鸣；
班长说："让我们再把整个大山送给他
还有这战斗的鼓，欢乐的钟……"

    这首诗虽然也是写战士风雨夜巡，但诗人从细微处入手，通过巡逻的战士听见风雨中传来婴儿的啼声继而产生了保卫这幼小的生命和产后的母亲的使命感的具体细节，把战士的内心世界写得丰富多彩又真切感人，给读者留下想象的空间和无尽的韵味。

　　同是战士风雨夜巡，也同是在李瑛的笔下，但由于从不同的角度入笔，产生的艺术效果也就有不同的差异。显然，《风雨中》使我们看到了较之《夜巡》更为动人更引人入胜的一个侧面。由此，我们可以看出选择最佳表现角度对于构思诗的意境的重要性和必要性。

　　《红花满山》的艺术特色，远不止这篇文章所阐述的这些，诸如客观意象、审美隐喻、构思精巧、语言锤炼等等，我深知自己的笔力无力触及。我之所以要写这篇文章，还有一个原因是因为我曾经是一个战士，当年躺在深山的帐篷里喜读《红花满山》的情形还历历在目……应该说，是《红花满山》伴我度过了那段青春岁月，引我走上了学诗的路。如今我写《重读〈红花满山〉》，只是想为自己，不，也为那段历史作证。

2002 年 2 月 23 日—3 月 2 日于武昌

原载《文学教育》2005 年第 5 期

歌勇士

——读李瑛的几首诗

闻　山

前几年，在南国海滨，我曾经独自长久地眺望南海浩阔的波涛，凝神深思。因为我从未见到饱经苦难的祖国海岸，有过这样安详、这样无所畏惧。秋天的太阳，照耀着午间歇晌酣睡的渔村。茂盛的甘蔗林子，迎风起舞。远海云气迷蒙处，闪烁着点点渔帆，似一朵朵白色的素馨花，散落在天蓝色的桌面。我凝望着海浪以轻匀的节拍，轻轻地摇荡着沙滩；悠闲的大海蜇，在浅水处浮沉……真很难设想，几百里外，就是解放军占领的鬼物猖狂的另一世界！我不禁抬头向两侧的山头眺望，却看见一条公路，从远方游来，盘旋爬上山巅；在那靠山临海的制高点上，闪动着英雄的身影、刺刀的寒光……

这时候，我感到了诗的存在，这是英雄的诗。

我真想走到那些日夜守卫着祖国的兄弟跟前，哪怕只是问候一声也好，可是，我很快就离开了海边。而去年，当我在七月三十日的《人民日报》上读到李瑛同志的《海防战士抒情诗》，我觉得他为我表达了这一点心意：他用美好的诗，歌颂了我们日夜守卫祖国的勇士。

他是这样写《我们的哨所》的：

> 三面是海，一面是山，
> 我们的哨所雄踞在山巅；
> 白天，太阳从门口踱过，
> 夜晚，花似的繁星落满窗前。
>
> 我们的哨所太陡太陡，

> 浪涛像在我们的胸膛飞卷；
>
> 我们的哨所太高太高，
>
> 它就要飞上青天。

既然这门，是祖国的门，窗，是祖国的窗，又何妨将宇宙缩小一点儿，让太阳成为英雄亲密的邻居，将星星当作窗前的花朵！战士们即使是在对敌的前哨，当然也有这种闲静优美的情怀。我觉得，这正是诗表达了我们战士的精神世界之处，并不是一般的写景。这使我如置身于峭壁悬崖之上，看海舒浪卷、惊涛扑面，我感受到了英雄的气魄。

"我们双脚踏稳地面，把山作墙垣，海作庭院。"恐怕很难找到更好的比喻来形容英雄的哨所了。山做墙垣，使你感到祖国海防的稳固；海做庭院，正是新中国人民为自己有力量保卫锦绣河山而自豪的感情。爱国主义思想，在这里绝不是抽象的概念。根据我所看到的海防岗哨，我觉得作者所创造的形象是壮丽的、真切的。

但是，诗中还有更深一层的意境："从山上垂下一条小路，要它和祖国的每条大道紧连；为回答祖国的叮嘱，我们挥手，用一缕炊烟。"你似乎看得见这一缕多情的炊烟，带着千言万语，在眼前袅袅升起。在这里，诗的形象所概括的广阔空间，足够联想的骏马自由驰骋。这首小诗到此，可以说是已经相当完整了。但是后面还有几句："一面是山，三面是海，山海紧偎着我们观察班。祖国对我们无限信任，我们爱她，怎能不以最大的勇敢！"前三句意思重复，但似乎没能起到加强的作用；后三句，好像太"直"，语言也有些洋气，能再加工一下就好了。

我也喜欢像《月夜潜听》中的浓郁诗情，这里并没有战场的火光和枪声，只是在月明之夜，一次普通的执行任务。但当诗人意识到生活中深藏的意义的时候，大自然的景色也就与战士的忠贞融合成壮丽的诗篇了。

> 月亮，不要照出我的影子，
>
> 风，不要出声；
>
> 祖国睡去了，
>
> 枕着大海的涛声。
>
> 我们出发，抱满海明月，

我们出发，披一天繁星；
警觉的夜像万弦绷紧
刺刀上写着战士的忠诚。

以"抱满海明月"的情怀，警卫着"枕着大海的涛声"熟睡的祖国，看繁星点点，听风浪低吟，此情此景，还不够使你心驰神往？我想，如果不是写出了"月黑雁飞高"、"林暗草惊风"，怎能显出战场之险？不写出"大雪满弓刀"、"雷鼓动山川"，又如何能衬托出军威之壮？我觉得作者是领会了以写景抒情的妙处的。

但是，诗的生命，并不一定像有些人断定的那样，都得依靠"白发三千丈"的夸张。生活中尽有感人至深的诗情，以十分朴素的形式和人们相见。只是要你懂得鉴别，不要因为那是粗蓝布衫就看不见它的容颜。《我的生日》这首小诗就是个例子，请读一下这并不华丽的章句：

昨晚在山顶哨所值勤，
忽然见连长摇呀摇地上山，
他临走塞给我一只鸡蛋，
原来我的生日就在今天。

沉甸甸滚热的鸡蛋，
猛然把我的记忆牵向遥远：
儿时的伙伴，妈妈的容颜，
家乡的中午，鸡鸣一片……

一件小事，告诉你多少含义。革命队伍珍贵的传统，像过雪山草地的火炬，直到今天都温暖着人心。读这诗，我眼前出现了革命博物馆中被父老们珍藏留下的工农红军的旗帜，想起白发母亲送子参军的场面，因为作者通过朴素的诗句传达给我的就是一种以革命队伍为家的亲切感情。"摇呀摇地上山"的连长的样儿，是亲切的。"临走塞给我一只鸡蛋"，"我"才记起生日就是今天，是更亲切的。而读者的想象，也就越过"儿时的伙伴，妈妈的容颜，家乡的中午，鸡鸣一片……"这些具体而温暖的形象，进入到更为广阔的精神世界中去了。

在这里，我觉得要紧的是对革命队伍的灵魂的认识，并且有血肉之亲的情绪。

在李瑛的作品里，还有一首小诗，特别使我感动，使我怀念。也许，这是个人的偏爱，说不定也有人不以为然，但是，我希望我们有更多这样的诗，因为它有筋骨、有深意，能够振奋人心。在这首小诗中，李瑛将自己的满腔激情和对革命、对人生的理想，赋予了大戈壁中默默不为人知的渺小植物。他写的是《红柳、沙枣、白茨》，副标题是《给支援边疆建设的青年同志们》（载《人民日报》1961 年 10 月 27 日）。开门见山，劈头一句就是："红柳、沙枣、白茨，是生活中真正的勇士。"接着，他说：

> 它们很贫穷，
> 甚至没有一片丰腴的叶子；
> 它们很谦卑，
> 甚至不愿占空间更多的位置。
>
> 它们索取得最少，
> 甚至没有一点雨露的滋润；
> 它们献出得最多，
> 甚至自己的影子……

使你联想起许多光辉的名字，以及许许多多你不知道他们的姓名但却知道他们正在艰苦的环境中生活着工作着的人，作者为他们创造了很不平凡的形象：

> 看它们踏伏万顷流沙，
> 肩擎住一天雷雨，
> 倒下去又支撑起来，
> 眼中瞩望的只有胜利。
>
> 对颠踬在骄阳下干渴的旅人，
> 它们说："向前进，不能停息！"
> 对大漠湮埋的城，
> 它们说："站起来，不能死去！"

我被这些充满了强烈的感情与不屈的意志的语言所震动。在"看它们踏伏万顷流沙，肩擎住一天雷雨"的壮阔画图中，在"对大漠湮埋的城它们说：'站起来，不能死去'"的英雄的呼喊里，我听到了我们伟大的人民在困难中奋勇挺进的喊声！这声音，是如此执拗，不可阻挠，这是革命浪漫主义的声音！

也许，你会对作者提出异议，说"他们坚信总会有一天，会把这接天的老黄沙，拉到博物馆去"的，不可能是"一练子骆驼或牛车的两只巨大的木轮"，而是共产主义社会的人民的强大科学力量。也许，你会感到像"它们矜持于最大的富有，由于强大的爱和强大的意志"这样的句子，还是书本气多了。但是，它的艺术形象所包涵的思想的深度、它的战斗性，是让人不会轻易忘记的。

李瑛同志近一二年来的诗，有新的发展。他把他的许多诗篇，献给英勇的人民战士、新社会的建设者。有不少的诗，使我想起高尔基所说的大写的"人"。我感到作者对他们是满怀尊敬，赋予了自己内心的情感。但其中也有一些写得比较浮浅，辞胜于意。最使人惋惜的是，往往在那些立意深刻、不落俗套的好诗里，也夹有三几句与整首诗不大相称的句子，好像没下足苦功去锤炼。我多么希望我们诗歌的作者，更多地注意"艺术的完整性"，让每一句话，都像人民大会堂前的宝石大柱，一根就是一根，每一根都擎天插地，显示着营造者的功力。

1962 年 8 月

原载《诗刊》1962 年第 5 期

灵心慧眼　真情挚爱

——李瑛《月夜潜听》赏析①

袁珍琴

　　李瑛，是当代"多产"而且有鲜明艺术个性的诗人。他前期的诗，大多是反映军队生活的，而要在军队生活中摄取题材，写出富于艺术特色的作品，几乎历来都是很不容易的。这主要因为军队生活表层的单纯，甚至近于枯燥，若没有灵心慧眼与真情挚爱，就很难于触动作诗的情趣，难于激发灵感。而李瑛在这方面，却创作出了许多新颖而富于艺术魅力的诗作，为军旅诗做出了开拓性的贡献。

　　《月夜潜听》是李瑛军事题材的代表作之一，共二十四行，分六小段，每段四行：

　　　　满月推起海的大潮
　　　　满月照得大地透明
　　　　巡逻组长说：
　　　　"今夜月圆，注意潜听！"

　　　　月亮，不要照出我的影子
　　　　风，不要出声
　　　　祖国睡去了
　　　　枕着大海的涛声

---

① 《月夜潜听》，1961 年作，载《静静的哨所》诗集中。

我们出发，伴满海明月
我们出发，披一天繁星
警觉的夜，像万弦绷紧
刺刀上写着战士的忠诚

轻轻，再轻轻
躲着月光，沿低谷潜行
三块岩石，却有三双耳朵
三簇野草，却有三双眼睛

亲爱的家乡，亲爱的祖国
多少神圣的命令藏在我心中
就是这最大的信任和叮嘱
为我们遮住了暴雨狂风

远村传来鸡叫，回营吧
不要告诉炊烟，不要告诉风
边境好恬静，但要警惕
夜是肌肉，我们是神经

这诗，写海防前线的战士，夜间在海边巡逻。"潜听"这个词，是一个军事术语词，就是指巡逻时，潜伏起来，听海上有没有什么动静。潜伏，是因为在夜里，要不被敌人发觉而能发现敌人的活动，必须潜伏在暗处，所谓"由暗窥明，朗如观火"。这"潜听"是巡逻时的一种侦察活动，说"听"，并不单纯是"听"，"听"也包括了"看"。换句话说，"听"是"侦察活动"的"代称"；"潜听"，就是潜伏侦察。

诗的第一段一二两句，先写出满月照临大海的自然景象："满月推起海的大潮/满月照得大海透明。"这一个"推"字一个"透"字，用得非常有力，海潮好像是由满月"推"起来的；无边无际的大海，竟被满月照得"透"明，两个字使自然景象被烘染得十分令人神往。接着，下面两句，用巡逻组长的话，"今夜月圆，注意潜听"，说出了在这样一个月圆之夜，战士所肩负的特殊任务：他们不能像别的人那样来欣赏大海上的月色，反而因为

"今夜月圆"而要多担一份心，因为月圆之夜，经常是敌人夜间活动的时机。这两句一转，顿时使人感到，这海上月明之夜的美景中，透入了紧张肃杀的战斗气氛。诗一开头，就在展示自然景象中，伏下一笔，显示出"平安中的不安"。这是用"入山闻虎"的笔法，在诗的开头就扣住人的心弦，引人入胜。

诗的第二段，是对战士的心理表现，采用了战士"内心独白"式的语言："月亮，不要照出我的影子。"表现出战士们对"潜伏"任务的极度重视与高度警惕，绝不让敌人先发现自己，所以内心里产生了一种好像是不近情理的希望。下一句，也是相类似的："风，不要出声。"这里叫风不要出声，一方面是为了表现出这巡逻任务要在极度秘密中行进，一方面，又是双关地，联系到下面："祖国睡去了/枕着大海的涛声。"叫风不要出声，同时是为了不要惊扰安睡的祖国。这两句，既表现出战士们对祖国深心的爱和对祖国安全的责任感，又表现出祖国枕着大海的涛声睡去这一和平境象所特有的诗意。这些诗句，把祖国海疆月夜的美好境象从杀机暗伏的侦察活动中衬托出来，又从战士们对祖国的亲情中，使境象的美得到进一步的升华。这样写，显示出李瑛在把自然之美与人心中的爱，融合起来构成诗境时，形成了一种情境相生的艺术特点。

诗的第三段，前面用了两个排比的对偶句：两句前面都用了"我们出发"，这是排比的修辞，"伴满海明月"与"披一天繁星"是对偶的修辞。从这可看出，李瑛重视修辞，讲究对语言做美的修饰。下面"警觉的夜，像万弦绷紧/刺刀上写着战士的忠诚"，这两句诗，是诗中的警句。"夜"本来无所谓"警觉"，是因为战士的"警觉"支配了夜，才使得整个夜的世界，都因而"警觉"了。夜被人格化，被夸张地渲染出一片"警觉"的气氛，后面加上一个形容短语"像万弦绷紧"，更强化了紧张的程度。这是说"夜"吗？实际上是指每一个战士的神经都像弓弦一样绷得很紧（这又是和最后面的"夜是肌肉，我们是神经"两句相照应的）。下一句，"刺刀上写着战士的忠诚"是这首诗艺术表现的主旨所在，诗的主旨，就是表现海防前线战士对祖国的忠诚。正是这种爱国的忠诚，使他们不眠不休高度警觉地守卫着祖国的海疆。诗里面的"警句"，一般是很短的一句两句，但它是诗中最着力的句子。李瑛的这两句诗，就是诗的着力之处。从这可以看出，用精心的修辞来强化诗的气氛，运用"警句"来突出诗的主旨，这是李瑛在语言运用上突出主题的方式。

诗的第四段，从出发时的心理表现，转向动作："轻轻，再轻轻/躲着月光，沿低谷横行。"这是"潜听"具体活动的描述。"轻"是这种活动的特征，是特殊任务的特殊要求。要"轻"，要"躲着月光"，不能直荡荡地在大路上走，要"沿低谷潜行"。这些句子，都是由实际生活体验而来，也由于作者能抓住这一活动的特征，把战士在行动中的心理状态很贴切地表现出来，所以读起来，有形神俱备的感觉。下面的两个对偶句，更有特色："三块岩石，却有三双耳朵/三簇野草，却有三双眼睛"，把战士隐蔽在岩石、野草后面"潜听"的情景写得十分传神，似乎岩石和野草都被战士赋予了人的感官灵性。这里，既有生动的描述，又有语言艺术的美，是从心理显神态、从实境出奇情的写法。

诗的第五段，直接地抒写了战士的爱国情怀。后面两句的语言技巧，也是很值得注意的。他不是说"为了祖国的信任和叮嘱/我们甘愿忍受暴雨狂风"，而是说"就是这最大的信任和叮嘱/为我们遮住了暴雨狂风"。用这样的句子，更深刻地表现出了战士们对祖国的忠诚与信赖。只要祖国信任自己，给予了自己神圣的使命，任何狂风暴雨都像没有一样（因为，那是被保卫祖国的使命遮没了的）。诗，之所以要强调语言艺术，就因为用一种新颖的句法，能更深更灵动地表现一种意义。李瑛的诗的语法技巧上的变换通灵，在这里表现得十分明显。

最后的第六节，写天明以前战士回营时："不要告诉炊烟，不要告诉风"，仍然是"始终保守秘密"的心理表现。最后两句"夜是肌肉，我们是神经"，一方面表现了"我们"是在夜里活动，一方面又表现了祖国在安睡，而"我们"是祖国的神经，突现出战士的自豪感。这是在诗的结尾处用"回头一笑"的笔法，回应全篇，完成诗的结构而使诗余味悠长的写法。在结尾突出战士的自豪，也有"卒章显志"的意味。

李瑛的这首诗，笔触纤细而清新、情感质朴而刚健、诗境紧张而优美、语言简练而灵动，是军旅诗中难得的佳作。

原载《名作欣赏》1998 年第 4 期

读《一月的哀思》

章亚昕

　　李瑛是我国当代著名诗人，《一月的哀思》是其代表作之一，也是他创作道路上的一个重要的里程碑。这首诗在《光明日报》发表后，立即在广大群众间激起广泛强烈的反响，一时书刊转载，电台播放，处处朗诵，后又被选入中学《语文》课本，[①] 它标志着诗人在艺术创作中的一次飞跃。从客观上看，它是由周总理、人民和诗人自身三种形象组成的巨型浮雕；从主观上看，它是由悲哀、愤怒和崇敬三种情感组成的交响乐曲。它庄严地再现了一个伟大的时代，也壮丽地表现了我们民族美好的心灵。现在，我们就从这两

---

　　① 赏析《一月的哀思》的文章有：邹荻帆的《〈一月的哀思〉的艺术》（刊于《天津文艺》1978 年第 4 期），马作揖和程遥的《人民的心声——谈〈一月的哀思〉的艺术特色》（《诗歌》，吉林人民出版社 1980 年 9 月版），李宁和秦兆基的《关于〈一月的哀思〉中某些语言句式的理解》（刊于《江西教育学院学刊》1981 年第 2 期），翁光宇的《〈一月的哀思〉分析》（刊于《中国当代文学作品选讲》，广西人民出版社 1980 年 3 月版），马作揖的《试谈〈一月的哀思〉的艺术特色》（刊于《山西大学学报》1979 年第 1 期），张厚明的《放在读者心上的诗章——读李瑛的〈一月的哀思〉》（刊于《教学与研究》1980 年第 1 期），李春芳的《人民的悼念——读〈一月的哀思〉》（刊于《语文教学研究》1980 年第 1 期），王文金的《〈一月的哀思〉浅析》（刊于《函授学习》1980 年第 6 期），李宁和秦兆基的《李瑛同志谈〈一月的哀思〉》（刊于《语文学习》1981 年第 1 期），秦兆基的《〈一月的哀思〉教学设计》（刊于《语文教学》1981 年第 1 期），李巍的《浅谈〈一月的哀思〉的艺术构思》（刊于《语文教学与研究》1981 年第 3 期），李宁的《〈一月的哀思〉中的标点符号及其他》（刊于《教学与研究》1981 年第 5—6 期），王世堪的《〈一月的哀思〉的朗读指导课》（刊于《教学通讯》1982 年第 2 期），徐绍仲的《缘情写景　景真情浓——〈一月的哀思〉的艺术特色》（刊于《语文教学》1982 年第 3 期），颜振遥的《谈〈一月的哀思〉第二章教学》（刊于《教学通讯》1982 年第 3 期），朱一凡的《深沉的怀念　激越的赞颂——李瑛〈一月的哀思〉第二章试析》（刊于《中学语文教学参考》1982 年第 3 期），等等。

个方面入手来赏析《一月的哀思》。

《一月的哀思》犹如一组浮雕，它是由众多的形象共同组成的有机整体。在诗中，包括诗人的"自我"在内的人民群众围绕着周总理，构成众星捧月的艺术格局。通过总理与人民之间的血肉联系，诗人形象而深刻地揭示了中华民族的社会理想和道德理想，这不但扩大了诗篇的感情容量，而且也有力地加深了作品的思想主题，使诗情得以进入一个凝聚了亿万人民心灵美的崇高境界。真实地再现于诗中的周总理的光辉形象，赋予《一月的哀思》以史诗的壮丽、颂歌的庄严。周总理的一生，本身就是一首诗。他的生平，赢得了全世界的景仰；他的逝世，震动了一个时代；他将世世代代活在亿万人民的心里，成为中华民族宝贵的精神财富。周总理的典型意义，就在于他是老一代无产阶级革命家的杰出代表，体现了现代中国人民对于共产主义社会理想和道德情操的不懈追求。周总理的人格，集中体现着人民心目中的真善美，他既是最高尚的，也是最美的。因此，对于周总理的景仰和赞颂，才可能成为一个时期的艺术主题。因此，对于他的崇敬之心，才能包含着十分深刻的思想内容；对于他的哀悼之情，才能蕴蓄着十分丰富的时代内涵。通过周总理的人格、形象来展示一个民族高尚的精神世界，是诗人在这首诗里所取得的重要艺术成就。纵览全篇，可以说诗人是运用多角度、大跨度，侧重写意传神，结合抒发哀思来塑造周总理的形象。诗人在一二两节中先大力抒写人民和自己"裂心的剧痛"，进而描绘出"长街静穆，万民伫立"的丧仪场面，并以此为背景在第三节中浓墨挥洒，精心勾勒周总理的光辉形象。

> 这是一副
> 永不休息的大脑呵，
> 是一腔，
> 熊熊燃烧的血液。

这几句可以说是第三节的总纲。抒写那勤奋忘我的工作态度，描绘那热情坚贞的献身精神，也正是歌颂周总理共产主义道德情操的传神之笔。由此生发，这节诗自然形成了三个基本层次：第一层先由写"形"入手。诗人接着"你在想些什么呢"的思绪，将想象引向周总理日理万机的昔日。在由"那不是你吗"领起的三个段落里，回想着周总理"磊落、淳朴、清贫、正直"的一生，追忆着他那辛勤忙碌的日日夜夜，以及在"喧腾的工地"上劳动的英姿……"为人民，你洒的是汗，泼的是血，捧的是心，拼的是力！"由形及神，勾勒出了周总理的公仆形象。第二个层次，更侧重于写神，抒写周总理在十年浩劫中力挽狂澜，支撑危局，着重讲他对人民群众的"关心"、"耐心"，做疏导工作的"磅礴的活力"；抒写周总理对敌斗争和外事活动，则抓住"迷雾紧锁的重庆"与"风狂雪猛的莫斯科"两个场面，集中歌颂他那"浩浩忠魂呵，铮铮铁骨，纯洁的品格呵，不屈的意志"！诗人多角度、大跨度地展开想象，准确生动地勾勒出周总理的神采与人格。进入第三个层次，诗人笔峰又一转：由领袖和群众的关系，来直接正面赞颂周总理那"日月不灭，苍穹不老，山河不死，生命不已"的伟大的一生。

> 对人民呵，你不求——
> 半点享受，丝毫报偿，
> 对革命呵，你只知——
> 鞠躬尽瘁，死而后已！
> 因此，你——大智大勇！
> 因此，你——无私无敌！

正因为周总理集中体现了"为人民服务"的共产主义道德理想，正因为周总理为共产主义的社会理想无私地贡献出自己的一切，他才能与人民亲如骨肉，他才能具有如此强大的人格力量和精神魅力……这诗情与哲理的升华，概括了我们时代的精神风貌，而这深刻的哲理，也使诗人能在全诗的第四节中令人信服地指出：正是毛主席和周总理，并肩站在 20 世纪中国的"最前面"！

然而，包括诗人自身在内的人民群众，却是这首诗的主体形象。《一月的哀思》既是哀乐，又是战歌，它是献给周总理的深沉挽歌，又是人民斗争的庄严进行曲。它的主题，是通过人民的爱憎，来对党内健康力量和江青反革命集团之间的是非曲直进行裁判——是诗的裁判，也是人民的裁判、历史的裁判。诗人以他的"小我"和人民的"大我"一道，旗帜鲜明地申张着正义，批判着邪恶，激情满怀地高唱着中华民族的共产主义理想之歌。塑造人民的群象，与诗人勾勒周总理音容笑貌、高风亮节的过程一样，也是很有章法，很有层次的。由第一节"回来吧，总理"的哀恸呼唤开始，诗人一步步把我们引向那第二节中"长安街的暮色里"，让我们站在周总理的灵车边，呼吸那时代的悲哀："一颗心———一片翻腾的大海，一双眼———一道冲决的大堤"，让我们感受亿万人民对周总理无比的崇敬和景仰：

> 这就是我们的丧仪呵：
> 主会场——
> 九百六十万平方公里的祖国。
> 分会场——
> 五大洲南北东西；
> 云水间，满眼翻飞的挽幛，
> 风雷中，满耳坚定的誓语。
> 江水沉凝，青山肃立，
> 万木俯首，星月不移……
> 看，这是何等
> 庄严、肃穆、伟大的
> 葬礼！

这葬礼，是"人类历史上从未见过的最庄严、最动人、最壮丽的场面"（《李瑛诗选·自序》）。它的中心，是那辆缓缓西行的灵车。诗人把泪眼转向周总理的遗容，转向那遗体胸前徽章上的"为人民服务"。随后在第三节高歌这"五个金灿灿的大字"，高唱共产主义的道德理想之歌。这葬礼的"庄严、肃穆、伟大"，正是体现了炎黄子孙和各国人民对于共产主义事业的坚定信念，以及对于共产主义道德情操的仰慕之情。由此，诗中四五两节便自然转向抒写总理与人民的血肉联系，转向欢呼八亿大军向江青反革命集团的凌厉反击……总理的精神化为人民的力量，成为我国共产主义运动中巨大的精神动力。这是诗，可也是现实。在这两节诗里，周总理的形象已与人民的形象融为一体；在现实生活中，人民正在继续着老一辈无产阶级革命家开创的共产主义事业……"化悲痛为力量"的誓言融入了诗中的抒情逻辑，诗的尾声也就奏响了为共产主义理想而奋斗的激昂音符。

《一月的哀思》又好似交响乐曲，多种情结在诗人心头流过，交错凝合为有机的整体。在诗中，悲哀、愤怒、崇敬之情此起彼伏，犹如空灵荡漾的音符，组成了繁复错杂的管弦乐章。通过不同情绪的相互激扬生发，诗人周密而巧妙地进行了谋篇布局，这不但使诗情与想象能自如地驰骋于广阔的时间和空间，而且也鲜明深切地体现了"悲壮美"这一社会审美理想，形成了雄健、浑厚、激昂的诗歌艺术风格。

充沛的诗情和广阔的画面，赋予《一月的哀思》以雄浑博大的艺术境界。一方面，悲哀、愤怒、崇敬三种感情在诗中交替变幻，可以说是透过抒情逻辑显示了历史的辩证法：有爱必有憎，有爱憎必有行动，人民的力量是不可抗拒的；另一方面，这种富于时代感和历史感的抒情结构，又必然展现为一幅广阔壮观的历史画卷：就时间而言，它包括了"一月"以来、建国时期和战争年代三个历史阶段；就空间而言，它包括了十里长街、中华大地和世界舞台三个特定视角。诗人要在刹那间揭示历史的进程，就要以尺幅之地写大千世界，通过想象的飞动，来达到诗境的完整与充实，从而创造出一个时空流动、有实有虚的壮阔境界。《一月的哀思》以两种社会力量的现实冲突为构思基础，以三种情绪的抒发和转化为主导线索，依时代冲突的发展顺序，合理剪裁布置不同的场面，从而做到虚实相生、有长有短、相互呼应而又环环相接，在情结的变幻中造成了诗意的波澜，在情绪的对比中形成了跳跃而又连贯的抒情节奏。显然，在时空的推移中抓住抒情的焦点，掌握表现不同情绪的层次和交叉组合，是诗人构思的中心环节。

纵览全诗，我们可以看出，"悲"是诗情的基调，二三两节是全诗抒情结构的重心，而十里长街上西去的灵车，又是诗人抒情的焦点，它是诗人在时间与空间两个方面展开抒情想象的踏板和基石。第二节主要描述了哀及中外的丧仪场面，但诗人浓墨渲染的，却是首都北京的十里长街。

> 呵，汽车，扎起白花，
> 人们，黑纱缠臂。
> 广场——如此肃穆，
> 长街——如此沉寂。
> 残阳如血呵，
> 映着天安门前——
> 低垂的冬云，
> 半落的红旗……

情景交融，肃穆沉寂的气氛笼罩了全部画面。这里正笔写的是群众的悲哀之情，同时也是以侧笔在写人民对总理的崇敬，及对"四人帮"倒行逆施的愤怒。中心画面便由此展开，即："车队像一条河，缓缓地流在深冬的风里……"这诗句，有如反复再现于乐章中的主旋律，以低沉缓慢的节奏烘托着悲凉悠长的哀思。而灵车是这节诗的核心意象，诗人一再把人们的视线拉向灵车，就有力地强化了"悲"的抒情基调，并在"悲"的基础上生发出人民的爱憎之情。第三节里用了大量笔墨来追忆周总理的高尚情操和光辉业绩，这里是正笔写人民对总理的景仰之心，同时也侧笔抒写了他们的悲哀之感、愤怒之情。因为，那些大跨度、多角度的一次次回想的基点，乃是"呵，此刻，灵车，正经过十里长街，向西，向西……"显然，这基点不限于"灵车"，而且包括"此刻"。正是此时此刻，"一辆车，辗过一个峥嵘的世纪"。"此刻"与往昔的对比，哀悼之情与崇敬之心的对照，形成了强烈的悲剧效果。这里，哀悼总理的现实悲剧感，与人们对十年浩劫的历史悲剧感是相通的，对总理的爱与对"四人帮"的恨也是相连的。悲剧早该结束了！"此刻"是过去的终点，也是未来的起点。化悲痛为力量，使此时此刻成为历史的转折点。诗人敏锐地抓住了这个包孕丰富的片刻，并由这个抒情焦点中生发出四、五两节的诗情：

> ……呵，现在正是早春，
> 大地已萌出无限生机，
> 在这历史严峻的时刻，
> 在这暗夜将尽的晨曦，
> 听，哀乐方停，战歌正起，
> 伟大的党
> 已为我们拉响战斗的汽笛。

由悲哀引起崇敬和愤怒，进而过渡到战斗的激情和胜利的喜悦，这就是全诗的抒情结构；以悲哀为基调，进而构成崇敬之心与愤怒之情一主一从的对照，而最终归之于继往开来的革命激情，这就是全诗的抒情逻辑；而依据"这历史严峻的时刻"抒发情思，揭示历史的辩证法，则是全诗基本的艺术构思线索。

因此，这首诗的抒情特色便不是凄婉，而是悲壮，悲壮的特色表现于诗中骨力的雄健、气象的浑厚、境界的壮阔和情思的激昂。《一月的哀思》之所以悲而雄壮，有主观与客观两方面的原因。就客观方面而言，它反映了人民群众在严峻现实面前的复杂情绪，既有辽远悠长的哀思，也有壮怀激烈的斗志，它显示着一种在巨创中奋起的民族性恪。因此，那笼罩着以十里长街为中心的丧仪场面的，就不会限于涕泪滂沱、惨淡凄凉的沉痛气氛，而是兼有庄严壮丽、拔剑起舞的激昂情绪。在这种特定的时代情结影响下，悲而雄壮构成70年代后期文艺作品的重要色彩，悲壮美也就成为那一阶段特定的社会审美理想。就主观方面而言，诗中的抒情主人公是一位人民战士的形象，他有坚定的立场、鲜明的爱憎、顽强的斗志，因而在大是大非面前，他不会闭上自己的眼睛。那"壮"的感情基础，正来自诗人对无产阶级革命家的爱，和对"四人帮"反革命集团的恨。正如李元洛所说，李瑛的抒情个性是刚柔并济，刚健与细腻交融，明丽与质朴统一。①

《一月的哀思》这首诗，从思想上看，诗中的感受和情思产生于"战士的忠诚"；从艺术上看，情思深远、境界壮阔、脉络细密、结构宏伟、比喻贴切、诗行整齐，更由于排比手法的大量运用，使诗章形成汪洋恣肆、江声浩荡的气势；构思有小中见大、流转轻灵的技巧特色，但由于诗人抒情紧扣时代治乱兴衰的脉搏，因而立意高，开掘深，具有极为丰富的历史内涵。

1976年的早春，在荒漠一时的中华土地上，突然涌起了诗的大潮，它把千万朵素洁的花朵，献给了伟大的无产阶级革命家——我们敬爱的周总理。它也以雷霆般的轰响，向"四人帮"倾泻着人民的愤怒。《一月的哀思》，就是这诗潮中高高扬起的一朵雪浪花，它传达了时代的脉搏、历史的足音，也表现出在悲哀中奋起、在愤怒中进击、在斗争中复兴的民族意志。因此，《一月的哀思》就像一粒深深埋进人们心灵的种子，它必然萌生在社会主义精神文明的大地上，"迎着阳光，长出绿油油、绿油油的美丽的叶子……"

---

① 见《李瑛创作艺术片论》，《文艺报》1982第1期。

《一月的哀思》的艺术

邹荻帆

一年前读过《一月的哀思》，那时忧伤、愤怒和粉碎"四人帮"后的激奋交织在胸怀，没来得及分析这首诗的艺术。现在重读之前，我主观设想：哀悼周总理的诗，如果没有真正的哀情，就不能表达"人民的总理人民爱"的情感；不写出总理对党、对毛主席、对人民的鞠躬尽瘁、死而后已的革命精神，那就不能表达"人民的总理爱人民"的英风。这样的诗篇又该是"哀而不伤"的，因为要化悲痛为力量，把力量交给总理所毕生从事的伟大事业。这样的诗篇对总理的业绩铺叙多了，又会流于生平大事记的累赘，反而减低诗情；而不写得比较充分，又怎么成呢？……读前就有这么多框框，未免令人可笑。可重读是为了从中学习，这也有我的理由了。

这是一篇长达六百余行的诗。诗里写了人民从听到总理得病之日的心情，到听到总理逝世的消息后的哀思；写到总理毕生为党、为人民、为国际无产阶级事业劳瘁的形象；写到灵车辗过天安门时，人们被辗碎的心；写到"四人帮"的无耻迫害，以及人民的愤怒之情；写到哀满天下，痛满乾坤；同时也写出了向 1980 年、2000 年，向共产主义进军行列的壮志……表达了人民如此深沉的情感，总理与人民如此广泛而又深厚的关系。整篇诗犹如"独茧抽丝"①，浑然一体；有条不紊，一条亮丝串成全茧。

那么，诗人怎么达到了这样不见雕琢之痕的功力呢？我以为这是作者集中了千万人的感受，化而为一的结果。全诗分五个章节，按照听到讣告后的

---

① 明·谢榛《四溟诗话》评一篇好诗的标准时说："诵之行云流水，听之金声玉振，观之明霞散绮，讲之独茧抽丝。"

丧仪的时间顺序展开。之所以这样排列，是因为广大人民大都是循着这样轨道在哀念我们的总理，从而形成了哀思博览的涌流。正是这样的安排，更便于把人民所思所感与作者所思所感汇流在一起，一步步扣人心弦。

总理逝世，人民的哀痛不是笔墨所能形容的。谁能相信这样跟人民甘苦与共，时刻关心人民的敬爱的领导者，竟会别离我们而去呢！更何况我们的党、我们的人民和国家正遭遇着"四人帮"的寒风冷雨！作者在第一章诗里就开始表达了人民的深情：

> 我不相信
> 一九七六年的日历，
> 会埋着个这样苍白的日子！

这一节的结尾又说：

> 我只相信
> 即使把他交给火，
> 也不会垂下辛勤的双臂。

短短的一节，既形象地表达了人民深切的不忍总理离去的心情，又表达了人民心目中的总理永远战斗不已的光辉形象。这是颇为朴素的叙述，却感人至深。这里说朴素，并不是说诗句不要千锤百炼，相反的，却是高度的提炼。不但是字句上的锤炼，特别是要达到思想与感情境界的高度和深度。

同样的，第二章诗中，写到"车队像一条河，缓缓地流在深冬的风里……"当时成百万人伫立十里长街，我自己也是长安街旁的哀悼者之一。泪眼怎能看清总理的遗容！事实上作者和成百万人一样，由于灵车的距离，是不可能看到总理的遗容的，但总理活着时给人们留下的亲切的形象，怎能不在此时此地出现在我们眼前，泪眼模糊中更清晰地见到了总理，而这也正是"诗是要用形象思维的"威力。

> 却只见你胸前
> 没有绶带，没有勋章，
> 只有一枚
> 你戴了十年的像章，

像你一颗火热的心，

跳动，跳动，

永不停息。

没有绶带，没有勋章，永远为无产阶级事业跳动的心脏，这正是总理光辉的
形象，永远伴着他的是"为人民服务"的金字，和心头的"无数次穿过疾风
暴雨的红旗"。这是一个光明磊落的战士，这是一面无产阶级光荣的旗帜。
诗人既在哀悼总理，同时又让我们在泪眼中看到了这面旗帜，这就是给我们
力量，悲痛的力量也是深沉的力量啊！

第三章诗也可说是全诗的"顶点"，作者反复以：

呵，此刻，灵车，

正经过十里长街，

向西，向西……

也就是说，灵车一程程向西，亲人离去，哀思愈是深切，不能不一一想着敬
爱的总理的过去。诗人在这里更是用了"诗是要用形象思维的"这一规
律，形象化地抒写着总理在英勇战斗，在辛勤工作，和人民一道劳动，而总
理是过着普通一兵的俭朴生活……每一节都呈现出栩栩如生的画像，但它超
过画页之上的，是又蘸和了人民与诗人的感情的描述，这是另一种色彩，特
殊的音调。例如在灵车向西、向西时，诗人看见了总理"刚风尘仆仆地走下
飞机，还未来得及拍掉北非的尘沙，南亚的云雨，便又赶来迎接一位非洲兄
弟……"这是总理为团结第三世界，结成国际反霸统一战线的纵横满纸的色
彩浓郁的连环画，而接着诗人写道：

看，那不是你吗？

站在敞篷车上。

正挥手向我们致意。

呵，风凉了，警卫员同志，

请为我们敬爱的总理，

披一件大衣……

那么这后面的三行，就是我说的充分地表露出了人民与诗人对总理的敬爱与

关怀。而灵车向西，伟人长逝，风凉了披一件大衣，更增加了哀思之情。这里既叙述了总理的事迹，同时又抒发了作者的感情，而叙事与抒情融合在一起。总理的革命活动至巨至广，要写出我们伟大总理的光辉形象和崇高风格，就要求诗人既深入了解那些革命活动业绩、掌握材料，又要跳出那些材料，选择那些宜于用形象表现的细节，那才虽叙事而又有诗情。中国古典诗有这样优良的传统。如《诗经》："昔我往矣，杨柳依依；今我来思，雨雪霏霏。"既写景也写情，又叙事，情景汇而为一。《木兰诗》："旦辞爷娘去，暮宿黄河边，不闻爷娘唤女声，但闻黄河流水鸣溅溅。"写的是征途景色，表达的是乡愁与亲思。"万里赴戎机，关山度若飞。"写出了急行军，翻山越水，写出了勇往赴战的心情，极富抒情色彩。《一月的哀思》中，在写到家人关心总理的健康，深情地谈到总理，忽而在报纸上看到总理在医院接见外宾，家人是多么欢喜，而这也是千家万户的心思。看到总理比上一次更消瘦了，"却又像石头，压在心底"！而这也是万户千家的心意。同时，诗人也树起了一尊尊生命不息、战斗不已的无产阶级革命家的铜像，总理并没有离去！写到总理平日的工作，到灾区问每户的油盐柴米，到工地"开襟解怀，拉车挽绳"；时过午夜，灯火依稀，而我们的总理又在思考祖国的、世界的蓝图，总理并没有离去！在第三诗章的最末一节，作者深情地写道：难道我们的周总理／真的再不能回到我们中间？／假如可能／哪怕只要一次／我们就再不允许他／做任何工作／只要他和我们永在一起——／看我们上补青天，下填沧海／和我们一起生活，一起呼吸。

"周总理真的再不能回到我们中间？"多少人都如此疼心地哀念！但是灵车毕竟向西，向西……他是"把心脏每次跳动，都献给了人民"。他的最后的一丝呼吸，都吐着"起来，饥寒交迫的奴隶……"他洒汗、泼血、捧心、出力，一切都献给了共产主义。他如果回到我们中间一次，我们怎能再忍心让他工作！作者和人民都是无限关怀总理的健康的。如果他活着，只要他"看我们上补青天，下填沧海，和我们一起生活，一起呼吸"，我们就心满意足了，然而灵车毕竟是向西，向西……我们倍觉哀思，但同时革命家的榜样也将永远和我们在一起，鼓舞我们去"上补青天，下填沧海"！

这篇诗的另一特点是，大体上每一小段都有一个完整的内容。作者采用了反复的诗句，如同歌曲中的副歌，例如："车队像一条河，缓缓地流在深冬的风里……"以及"呵，此刻，灵车，正经过十里长街，向西，向西……"

作者还采用了平行重叠的诗句，如第四章中，痛斥"四人帮"时的诗句："但是怎能设想，竟有人将您的名字，从我们心中抹去，从我们历史中抹去，从我们的生命中抹去，从我们阶级的生命中抹去。"又如，写到总理刚逝世，人们无可奈何地将小花圈放在家里的总理遗像前时，诗中写道："我想，这就是——放在长天漠漠的风雪中，放在黄河不息的涛声里，放在旗飞鼓响的战场，放在万木吐绿的大地……"作者还采用了发问方式的诗句，如：当灵车向西时，连续以"那不是你吗"来引起对总理战斗生活伟大形象的颂歌。当三位伟大的革命领导人物相继逝世时，谁都会忧心地问着，诗人也是问着："革命，该怎样继续起步？历史，该怎样重新写起？"而后引出了这样的诗句：革命领袖"为我们拉响了战斗的汽笛"。这些反复句、平行重叠句、发问句，在诗中都便于雄辩地来阐明作者的思想倾向，强烈地表达诗人的感情，增强了诗的表现力，也便于朗诵。

我所谈的只是这篇诗的某些特点，并不是在写一篇诗的什么规则。马雅可夫斯基在谈到怎样写诗时说："我为了一个人成为诗人，为了他写诗，什么规律也不给。根本就没有这样的规则，正是创造这些诗的规则的人乃称为诗人。"对这几句话的正确理解是，诗要有创造性，学习就是为创造。

原载《天津文艺》1978 年第 4 期

一曲曲革命英雄主义的赞歌

——读李瑛诗集《在燃烧的战场》

仰　民　　学　群

> 虽然你的生命再不能延长，
> 虽然你再不能微笑着站在我身旁，
> 但此刻，充满我心头的，
> 只有骄傲，没有忧伤！
>
> ——《歌英雄李成文》

每当我们捧读李瑛《在燃烧的战场》中这些诗句，宛如一曲曲革命英雄主义的赞歌在我们耳边回响，一幅幅惊心动魄的悲壮情景呈现在我们眼前，一个个可歌可泣的英雄形象激励着我们奔向四化建设的战场。

诗集三十四首诗，犹如三十四盏银灯，把革命战士的心胸映得透亮。他们纯洁的心灵、高尚的情操、美好的理想，"一不怕苦，二不怕死"的革命英雄主义精神，都在诗中得到了完美的再现。

请看！五十天军龄的战士，以他二十岁的年轻生命，创造出"千古的业绩"；董存瑞式的共产党员，分明已经挂花，却又毅然托起炸药，把敌堡炸响；机枪手洒尽热血，染红枪托，全歼顽敌，他用生命赢得了民族的尊严；喷火手如风暴，卷起土坡上一团烈火，将敌人化成一摊灰末；勇士虽然被地雷炸掉双腿，但他爬着战斗，一步也不后退；十八岁的战士，三次战胜危难，横杀竖砍，消灭敌人，冲上制高点，迎来了最后胜利；一手扶着担架，一手按着被弹片打穿而流出肚肠的民兵，以顽强的毅力，终于把战士抬到了救护所的篷帐，而自己却倒在帐门旁。在这里还有许多"让我去冲锋"

的普通士兵，他们把心房的最后一滴血注进了党的心脏。对党的无限信赖，对祖国的无限热爱，对人民的无限忠诚，对敌人的无比仇恨，因而，他们完全置个人生死于度外，正如刘少奇同志所阐明的："为了党的、无产阶级的、民族解放和人类解放的事业，能够毫不犹豫地牺牲个人利益，甚至牺牲自己的生命。""这就是共产主义道德的最高表现，就是无产阶级政党原则性的最高表现，就是无产阶级意识纯洁的最高表现。"（《论共产党员的修养》）也就是我们今天要继承和发扬的"一不怕苦，二不怕死"的革命英雄主义的精神。

诗中歌颂的革命英雄主义精神是建立在爱国主义基础上的，并与国际主义、革命人道主义联系在一起的。

诗人在《我重新认识了祖国》里直抒胸臆："让我们把一切都叫作祖国"，是祖国给了我们纯洁的鲜血、忠诚的肝胆、无尚的荣耀、无敌的力量，以至夺取了永垂不朽的胜利。"为祖国而战！为人类的解放而战！"这是我们战士的崇高使命，他们以英雄行为做了最好的回答。

充满国际主义、人道主义与爱国主义相统一的革命英雄主义精神，构成了全诗集的主旋律，而它的乐章，又是采用"速写"的手法，通过一个场景、一个细节、一个人物、一个事件来谱写的。既有抒情的轻音乐，又有大江东去的交响乐，而且往往把这两者交织在一块，给人们一种有张有弛、朴实自然、令人喜悦的境界。有的评论者认为：李瑛的诗是以细致的描写见长，这是很有道理的。但我们觉得，他能做到细致与刚健相结合，寓刚健于细致之中。早期诗集《红柳集》，已具这一特色，而在这新部诗集中则有所发展，而且他那刚健风格正在向雄浑的方向前进。比如，在《南方的山》中，那磅礴威严的山脉，表现出我军"勇敢的灵魂，不屈的精神，伟大的情感"，而在《通往前沿的路》上，更有"天兵怒气冲霄汉"的那种摧枯拉朽之势，多么悲壮豪迈的气概！还有些诗是细致与雄浑的巧妙结合，收到了更好的艺术效果，如《夜渡红河》：

> 峡谷的丛林间，凝云缠绕，
> 丛林的峡谷里，红河滔滔。
>
> ……
>
> 寂静里，只声声翠竹爆长，

寂静里，只阵阵虫鸣蛙叫。

夜凉如水，浪尖上星火闪闪，

却有团团怒火，在胸腔冲撞、眼里燃烧。

……

红河呵，今夜自然不是你波涛漫溢，

是敌人激怒的真理，冲决了河槽！

诗人一面以细腻的笔触去写夜的静、战士夜渡的无声无息，另一面又大泼抒情的笔墨，去烘托战士胸中的怒火、急切的心情和必胜的信念。《在堑壕里》、《傍晚》、《峡谷静静》等诗也都显示出细致而雄浑的艺术特色。

诗人李瑛，长期深入部队基层，与战士共同生活和战斗，他以战士的身份写战士的生活，心心相印、情谊深长。从他的诗中，我们能倾听到诗人真挚感情的溪流，能摸得到诗人与时代合拍的脉搏，能享受到诗人朴素自然的语言美。诗人说：在 70 年代的最后一个春天/在南方，在战场上/我重新认识了祖国。

当诗人在血与火燃烧的战场上重新认识了祖国的时候，我们也从他的激情如火的诗篇里，重又认识到我们党领导的人民军队，他们不愧是"一不怕苦，二不怕死"的新一代最可爱的人。同时，也使我们看到了诗人那颗热爱祖国、热爱人民军队的赤子之心。

原载《光明日报》1981 年 8 月 5 日

给人以力量的歌

——读李瑛近几年的诗作

霍清安

李瑛同志近几年来出版的诗集《早春》、《在燃烧的战场》、《我骄傲，我是一棵树》等，以其反映生活的真实、生动，蕴涵哲理的深刻、隽永，抒发感情的质朴、凝重，给读者留下深刻的印象。李瑛的诗，是充满理想，给人以力量的歌。

《一月的哀思》发表之后，李瑛的创作进入了一个崭新的阶段，现实使诗人更自觉地履行自己的庄严职责。当劫后复苏的祖国迎来了乍暖还寒的早春时，他满怀激情地为祖国、为人民献出了一支又一支昂扬、深沉的歌。在中越边境自卫还击战中，荣立一等功的战斗英雄刘勇，战前浮想联翩，反复吟咏抄在笔记本上的《关于生命》一诗，并自言自语地说："李瑛同志，我把你这首诗带到战场上去，变成枪，变成手榴弹，变成胜利的鼓角。"（1979年5月8日《广西日报》，《为祖国而勇敢战斗》）

为什么李瑛的诗具有如此强烈的鼓舞人心的力量呢？这首先在于闪耀在李瑛诗中的理想的光辉，激起了人们为创建和保卫美好的新生活而英勇奋斗的强烈愿望。在他看来，处在新旧交替、除旧布新的历史时期的祖国，虽然是"流血带伤"，但却是"充满生命的朝气蓬勃的祖国"。毕竟"暴风雪已经过去，天空射下灿烂的阳光"，"祖国包扎完伤口又开始出征"（《献给西沙群岛的十三颗星》）了。所以，虽然他"记得风雨的昨日"，而且还表示："永远不要忘记，我们曾有过这样苍白的日子。"然而，诗人并没有把目光停留在"伤痕"上，而是加倍地关注"壮丽的今天"，他是在寻找、发现和挖掘现实生活中的理想因素。

李瑛不仅在《早春》、《九月的汇报》中，用浓墨重彩描绘了在早春中"出征"的祖国，向 2000 年进军的精神面貌，更在《关于今天的战斗》中，"透过诗人的想象"，描绘了"20 世纪的最后一个傍晚"我们祖国的壮丽图景："云天结彩，万木葱茏——澜沧江畔，新城座座，黄河源头，汽笛声声；河西走廊，将镶满成排的路灯和壁画，世界屋脊，将建起楼顶喷泉和花屏……"他还在《在燃烧的战场》、《花》等诗中，用强烈的色彩，把中越边境自卫还击战中新一代最可爱的人生动地描绘出来，塑造了一尊尊新时代的"中国的脊梁"的青铜雕像。如"毅然托起炸药，把敌堡炸响"的李成文，"把敌人的炮火引向自己"的李启，"把一切都献给了祖国"的十八岁的战士，以及在"弥留的最后时刻"，把"我申请入党""写在手心"的英雄；"消灭了第三个强盗，不幸被地雷炸断了双腿"，仍"请求"祖国"原谅"、"宽恕"的勇士等，他们都是诗人到云南前线采访得来的真人真事，既富有生活的真实性，又凝聚了诗人的美学理想。因而，在这些英雄人物身上，又闪耀着一定的理想的光辉，从而照亮人们的心灵，给人以力量，帮助人们推动历史前进。

诗中蕴涵的深刻的哲理，启发人们认真思考，并从思考中获取力量，得到美的享受，提高精神境界，这是李瑛的诗给人力量的第二个原因。

李瑛诗中的哲理，有的是借"物"的形象来寄寓真知灼见的，如《我骄傲，我是一棵树》、《石头》等，更多的则是在或抒情或叙事中，将哲理"画龙点睛"似的点出。而且，这些哲理不是干巴的说教、概念的图解，而是形象和哲理的统一。譬如《关于生命》，在抒发了"我"对青年一代的期冀和"我"的亲身体验后，有这样几句："是的，我们的生命像一条河，不能单纯衡量它的长短，该计算它——转动多少机组，发出多少电量，灌溉多少田垄。"关于生命的真正价值的哲理，不都寄寓在"河"中吗？

触及时事，干预生活，及时回答现实提出的问题，是李瑛的诗给人力量的又一个原因。

诗是最敏锐地反映现实生活的文学样式之一，它不应该回避现实，缩进"自我"的狭隘天地里慨叹，它应该直面严峻复杂的现实，并由此出发，勇敢地捍卫生活的真理，促进新事物的成长、旧事物的灭亡，以真、善、美去教育人们，影响生活的进程。

《关于生命》、《关于今天的战斗》、《关于对先烈的回答》等诗，就有很强的现实针对性。诗人有感于十年浩劫中，迷惘的一代、思考的一代"钥匙丢了"，发而为诗。诗通过对敬爱的周总理那"真正的生命"的赞颂，对革命先烈高风亮节的歌吟，对今日四化大业的礼赞，用革命的人生、理想、传统这些美的东西，去医治青年一代的精神创伤。它用形象去震动青年们的心灵，使他们树立共产主义的远大理想，热爱老一辈革命者流血牺牲、艰苦奋斗创建的社会主义祖国，投入轰轰烈烈的四化建设。

在对生活美的底蕴和心灵美的真谛不倦探求的同时，李瑛对艺术美的探求，也从未停止过。

如果说《难忘的一九七六》，是诗人被"人类历史上从未见过的最庄严、最动人、最壮丽的场面"，"所震撼写出来的"，那么，《早春》则是人们痛定思痛，严肃认真深长思之的刻痕，是沉思的硕果。由于它的题材的严峻和主题的深刻，以及诗人努力追求更深刻地表现战士——经过这一二十年风雨成长起来的一代新人的思想感情。因而，诗集虽薄，却较一般的反映部队生活的诗，要深刻、细致和典型。这些诗大都如黄山烟云，纵横流荡，舒卷自明，不拘于整齐的句式、韵脚，而十分注意内在节奏的调度和生动形象的捕捉。

原载《人民日报》1981 年 8 月 5 日

李瑛战士诗的艺术特色

李　泆

　　在当代诗人中，李瑛是最善于表现部队生活的一个，他的战士诗，是带露采摘的花朵，新鲜、动人、独具风格。1963 年，当李瑛的重要的代表性诗集《红柳集》出版时，张光年同志就在序文中指出了他的战士诗在全部诗作中的突出地位："在《红柳集》里，给人印象最深的是歌唱战士生活特别是歌唱海防前线战士生活的那些作品。可以看出，这是诗人曾经作为普通一兵深入生活的宝贵收获；同时，诗人也把自己对于战士们的性格与心理的长期揣摩，对于党、对于祖国、对于革命战士的全部热爱，一起融汇到这些抒情短章里面了。"（《李瑛研究专集》第 145 页）在中央电大教材《中国当代文学作品选》里选的《哨所鸡啼》、《月夜潜听》和《戈壁日出》，都是他表现战士生活的抒情短章之中文情并茂的优秀作品。下面，我们主要就以这三首诗作为例子，来分析、探索李瑛战士诗的艺术特色。

　　战士诗是一种抒发战士在典型环境中的典型感受的短小精悍的抒情诗。抒情诗重在抒发作者对于客观事物的高度集中、非常浓烈的感情，而不侧重叙述故事和刻画人物，因此，优秀的抒情诗必须具有美好的情思、深远的意境，能给读者以突出的美感、良好的艺术享受。《哨所鸡啼》一诗，作于 1860 年底，是一首借物言志的构思新颖的咏物诗。在云遮雾绕的港湾的高山哨所，当黎明之际，山上山下一团混沌之时，雄鸡开始报晓了，诗人形容说是"一个生命在快乐地呐喊"。鸡啼的声威如何呢？"压住了千波万壑，吐出了满腔喜欢"。雄鸡的啼叫，打破了港湾的宁静，增添了无限的生机。诗人挥动彩笔，渲染了雄鸡健美的艺术形象：看它昂立在群山之上/拍一拍翅膀，引颈高唱/牵一线阳光在边境降临/霎时便染红了万里江山。

这无异于在我们面前展现了一幅浓墨重彩、生意盎然的哨所鸡鸣图,浮雕式地突出那立于群山之巅而引颈高唱的雄鸡的姿影。作者有意不说是阳光映照在雄鸡身上,却别有韵味地虚拟出雄鸡牵来线线阳光降临在海湾边境的艺术境界。既富于浪漫主义的想象,又进行了不落俗套的艺术创造,进一步扩展了雄鸡报晓的意义,是它牵来阳光,染红万里江山。照常理,诗写到这里,本可以结束了,但诗人仍觉得兴有未尽,就别开生面地进行了由鸡及人的联想,诗人豪情四溢地议论说:莫非是学习了战士的性格/所以才如此豪迈、威严/只因为它是战士的伙伴/所以才唱出了士兵的情感!妙笔生辉的诗句,突出了诗人在边防高山哨所深入生活时得来的宝贵体验,只有哨所里的战士,才会对哨所雄鸡的啼叫格外动情。他们不把雄鸡看成一般的家禽,而视为与自己性格相同、情感相通的忠实的伙伴。艾青在其著名的《诗论》中说过:"诗人必须比一般人更具体地把握事物的外形与本质。"李瑛的抒情诗既能具体、鲜明地把握事物的外形,又能深入、细致地表现事物的本质,而且赋予他笔下的艺术形象以浓厚的诗意。在《木筏天上来》这首诗里,诗人先描绘了木筏顺流出山时的高速度:"此鹰疾,此箭快。"接着又点出了乘筏出山峡的人的令大山瞠目的雄姿:"绕险滩,过悬崖,一霎时,把座座大山都惊呆;一转舵,云破天开,两颗红星飞出山峡来。"再往下,又进一步展现了两颗红星翻江闹海的不凡气魄:一个站在筏头飞竿横篙/一个立在筏尾把舵摆/细辨认,是山巅哨所的战士/变成了蛟龙闹江海。这样的诗,画面美、构图新,有层次、有意境。由远而近,烘云托月,突出了高山哨所的战士劈波斩浪、送草药出山的威武姿影,展现了人民子弟兵爱民心切、履险如夷的宽阔胸襟。综上所述,不难看出,李瑛战士诗的头一个艺术特色是:画面美、诗意浓。

刚柔结合、清新雄奇,可以说是李瑛战士诗显示的一种艺术风格,也是又一个明显的艺术特色。当代诗人中,以阳刚之美或阴柔之美立于诗坛者,不乏其人,但能如李瑛这样,以多套笔墨写诗,使阳刚之美和阴柔之美相互结合者,实不多见。《月夜潜听》一诗,作于1961年初,是一首巡逻战士直抒胸臆的细腻深情的抒情诗。在涨了大潮的海滨,在大地透明的月夜,执行潜听任务的海防战士出发了,请听巡逻战士对月亮和风说些什么:"月亮,不要照出我的影子,风,不要出声;祖国睡去了,枕着大海的涛声。"多么细心、可爱的战士啊,他们唯恐月影、风声惊扰了安睡的祖国、休憩的人们。正是由于有了战士的忠心和深情,警觉的夜也把万弦绷紧,"刺刀上写着战士的忠诚"。这种虚中有实的精彩诗句，创造了物着人意的奇妙的意境。有了这样的铺垫，我们读着下面富于情趣的诗句，就丝毫也不感觉突兀了："三块岩石，却有三双耳朵；三簇野草，却有三双眼睛。"这样的诗，十分细致地表现了我们战士全心全意为人民服务的崇高内心世界。为了祖国的幸福，为了边境的安宁，他们忠于职守，以苦为乐。有了祖国的叮嘱、人民的信任，他们能克服各种意想不到的困难。是战士的生活、战士的情感，孕育了诗人刚柔并济的诗。李瑛自己说过："部队生活是我诗歌的生命的摇篮，是他们——我的战友们用汗、用眼泪甚至用鲜血，灌溉了我诗的土壤。"（《在生活的激流中锻炼成长》）我们的战士，是穿上了军装的有高度政治觉悟的青年，他们的精神世界是开阔的，他们的感情仓库是丰富的，要想准确生动地披露人民战士的情怀，不下一番苦功夫是根本办不到的。李瑛同志根据他长期的观察、体验、思索，用自己亦刚亦柔的作品，在不断扩展军事题材诗歌的表现领域。如 1979 年 5 月作的《婴儿的哭声》，写出了我们的战士是具有国际主义和爱国主义相结合的无产阶级广阔胸襟的，哪怕是在自卫还击战的战场上，他们也没有忘记自己作为仁义之师、实行革命人道主义的神圣职责：

> 密集的枪声渐渐稀疏，
> 草丛间仍然烟雾腾腾；
> 婴儿的哭声铺出一条路——
> 呼唤着火线上的中国士兵。
>
> 战士来了，举着火把松明，
> 孩子醒了，睁开明亮的眼睛；
> 他第一次张望着这人间，这世界，
> 但见几张关切的脸，几颗红星。
>
> 战士掏出干粮，给饥饿的母亲，
> 战士脱下衬衣，包起幼小的生命；
> 新生的婴儿不懂得这一切，
> 年轻的母亲却热泪纵横……

短短的几节诗，展示了我们时代最可爱的人多么细腻温柔的心肠。他们一面在严惩侵略者，一面在用自己的行动增进着人民之间的友谊。李瑛的战士诗，是战士生活的回声。战士生活的紧张丰富，酿成了他的诗作的多种色调；战士心灵的纯洁美丽，酿成了他的诗风的清新雄奇。自然，这种独特诗风的形成，也是和李瑛有良好的诗歌理论修养，善于向古诗、新诗和外国诗借鉴技巧分不开的。

从语言上看，李瑛的战士诗呈现了一种天然去雕饰的朴素的美。他的诗作，善于用新奇的比喻，状物言情。如《戈壁日出》里，诗人曾用"雉鸡的翎羽"，来形容日出之前地平线上可以看到的五色斑斓的云霞，通俗、真切。他的诗作，动词用得特别准确、传神，"一朵云，拧下一阵雨，匆匆地掠过车篷"（《雨中》）。把云比喻为湿布，再用"拧"来说明大戈壁中雨水稀少时下落的样子，真是非常贴切。"太阳醒来了——它双手支撑大地，昂然站起，窥视一眼凝固的沙海，便拉长了我们的影子。"（《戈壁日出》）拟人手法的运用，再加上"醒"和"支撑"这种动态的描绘，突出戈壁日出的磅礴气势、雄浑景象，留给读者的印象是明晰而又深刻的。自然，李瑛诗歌的语言，也是经过诗人精心锤炼的，既朴素，又有文采。《夜过珍珠河》表现了巡逻战士对祖国山河的极度珍爱，诗人用"记忆里的朵朵野花"、"闪闪跳动的火苗"、叽喳群飞的"斑斓的山雀"，来形容珍珠河给战士的美感，最耐人咀嚼的是这一节诗：或者它不是、它不是河？/它只是我们的祖国母亲/暂时把她的钻石、珍宝/贮放在这条夜的沟壑……丰富的想象、新巧的比喻，更加增添了"珍珠河"的魅力。战士爱山川，战士爱祖国；母亲爱儿女，珍宝贮沟壑。这种亲切别致的构思，借助于优美的语言、响亮的韵律，形成了幽远的意境，把生活美提炼成为艺术美。在各种文学体裁里，诗歌对于语言的要求是最高的。李瑛说："一个诗人应该有高度的艺术感觉，语言的感觉——不是随意拾取生活中自然形态的语言，而是必须刻意追求加工提炼的语言，去努力寻找那唯一准确的单纯的语言——有生命力的语言。"（《李瑛诗选·自序》李瑛正是一个善于运用色彩明丽的语言，来描绘多种景物和情态的诗人，"压住了千波万壑，吐出了满腔喜欢"（《哨所鸡啼》）。"压"和"吐"用得准确、有力。"我们出发，伴满海明月，我们出发，披一天繁星。"（《月夜潜听》）"伴"和"披"用得多么富有感情。"干旱熏烤得人喘马嘶，几小时我们便经历了四季。"（《戈壁日出》）形象而又富于特征地写出了戈壁气候的瞬息变化。李瑛的诗之所以久嚼而不失其味，是和他语言运用的娴熟技巧分不开的。

原载《电大学刊》1985 年第 2 期

美的礼赞

——李瑛诗集《我骄傲，我是一棵树》读后

丁国成

早在十年内乱以前的学生时代，我就如醉如痴地喜爱并且抄录李瑛的诗篇，为他作品中美的思想、美的情感激动不已，被他诗笔下美的意境、美的艺术深深吸引。如今捧读他的近作《我骄傲，我是一棵树》（江苏人民出版社出版），仍然会得到那种愉悦心灵的美感享受。虽然书里所收诗作的艺术质量参差不齐，个别篇章也许还未达到他应有的创作水准，但是诗中的思想、感情却更为纯净、深沉。可以说，执着地追求美，努力地发掘美，精心地表现美，热烈地礼赞美，一直贯穿于李瑛的创作实践之中。正如他自己剖白的那样："我要用我所认识的全部的美，歌颂今天。"

美，必然地与真、善联系在一起，离开真、善，无所谓美，而我们讲的真、善、美，跟一切剥削阶级的陈腐观念有着质的不同，这在诗集中得到了较好的具体表现。集子里的二十八首诗作分为三辑，第一辑《今天》，基本上属于咏物诗；第二辑《战士》，大都是怀人之作；第三辑《瑞士之旅》，均为描写异国风光的纪游诗。无论咏物，还是怀人，抑或纪游，诗人都不敷衍应酬、无病呻吟，而是确有真情实感，不吐不快，倾注了自己的一腔心血。他写《苏黎世城的一条小巷》、《太阳山抒情》，是革命导师列宁的遗踪勾起了他的世界今昔之感和革命成败之思，促使他走笔吟歌，因而诗中情真意挚，毫无做作之态。诗人由普通的大树、平凡的小虫得到了"无声的启迪和召唤"，于是以革命浪漫主义的手法，写出了咏物佳作《我骄傲，我是一棵树》和《萤火虫》等。但诗人绝不赞赏那种"树高撑破天"的自我膨胀和"暗飞萤自照"的利己主义思想，他纵情讴歌的，是树木一样正直无私、舍己为人的革命精神，是草萤一般"向黑暗挑战"、"不倦地亮在人间"的思想品格。写的是物，赞的是人，抒发的是革命战士的思想情操，表达的是诗人的理想境界。诗中的这种情思，是炽烈、真诚的，更是纯洁、高尚的，因而才是美好无瑕、感人至深的，也给广大读者以有益的"启迪和召唤"。

美与丑，总是相互依存、彼此斗争、一长一消、向前发展的。一般说来，在社会主义社会，美好的事物、光明的东西必定占据主导地位。邪恶势力可能得逞于一时，却不能肆虐于永久。诗人侧重歌颂光明，正是理所当然的事。但是，我们也不能因此而否定对社会阴暗面的如实揭露。李瑛在主要礼赞美的同时，也着力地鞭挞了丑，而丑与假、恶不可分离。组诗《红花歌》既赞颂了烈士张志新捍卫真理的斗争精神，又揭露了"四人帮"草菅人命的法西斯暴行。由于思想的深刻和艺术的圆熟，它在大型文学丛刊《十月》发表后，最近它又成了《十月》评奖中的获奖作品。长诗《为一个永远活着的共产党人而歌》，是礼赞作为"主席和公仆"、"领袖和士兵"的刘少奇同志的颂歌，也是讨伐犹如"蛇鼠奔突，虎狼横行"的林彪一伙的檄文。诗人紧密结合自己的亲身经历和感情变化，来颂扬刘少奇同志的丰功伟绩，谴责林彪一伙的滔天罪行，从而增强了作品的艺术感染力。诗作对于十年内乱里人妖颠倒、是非混淆的社会现实的暴露，有一定的思想深度，敷陈排比、纵横恣肆、议论抒情、淋漓酣畅，令读者心灵为之震颤，或喜或忧，亦怒亦悲，但不是消极颓唐，而是要奋起抗暴，实行改造自己的环境，使那种历史的悲剧不再重演。我们期望诗人敢于触及时弊、抨击丑恶的目的，不也正在于此吗？

从这本诗集中可以看出，礼赞美与鞭挞丑，是不能截然分开的。两者相辅相成，互相统一。褒扬真、善、美，实质上也是对假、恶、丑的一种贬斥；反之亦然。褒中有贬，贬中有褒。尽管褒贬不同，目的则一，都是为了建设社会主义的精神文明，把我们的世界改造得更加美好。可不可以说，这也是李瑛诗作给我们文艺工作者的"启迪和召唤"呢？

原载《解放军报》1982 年 5 月 18 日

满卷爱国情，一颗战士心

——《李瑛诗选》读后

曹书林

《李瑛诗选》是李瑛三十年创作心血的荟萃，是他二十本长短诗集的集锦。满卷爱国情，一颗战士心。这样充满诗情画意的诗作，不仅以其鲜明的艺术风格在当代诗坛上独树一帜，卓然成家，而且通过爱国主义的思想主题，陶冶着广大青年，特别是我们部队战士的心灵。

爱国主义，是我国诗歌的传统主题。从屈原、杜甫、陆游、辛弃疾等人的古典诗词，到郭沫若、闻一多、殷夫、艾青等人的现代新诗，都曾以伟大的爱国主义精神，在诗坛上闪耀着灿烂的光彩。正是由于他们深沉地热爱祖国，把自己的作品同祖国的命运紧紧地结合在一起，才在人民心中产生了强烈的共鸣，具有永不衰竭的艺术感染力。但是，爱国主义精神，在不同的时代有着不同的内容。在《李瑛诗选》中，也收入了诗人解放前的十余首旧作，诗人曾以稚嫩的声音，噙着"辛酸的泪"，控诉黑暗社会"凄楚的风雨"（《古长城》），"把脚板跳得疼痛""把手掌拍得山响"地迎接新中国的日出（《太阳，啊，太阳》）。不过，这辑"黎明前的召唤"，仅仅是李瑛建国三十年来不倦歌唱的前奏。作为和新中国一起成长的部队诗人，李瑛用自己的全部情感，来歌唱保卫祖国的战士。用战士的一腔热血，来描绘"从血泊中昂然站起的祖国"，用壮丽的共产主义理想，未来的"说不完的美景"来鼓舞人们建设和保卫我们的社会主义江山。诗人祖国的炽热情感和乐观向上的生活情调交织起来，构成其作品的主旋律，回荡在一篇篇精美隽永的诗章中。这些作品，以其鲜明的时代特征，表现了我军"第三代"战士的生活、情操和理想，为新诗的发展做出了比较成功的探索和特有的贡献。

　　反映建国后火热的部队生活，是李瑛最熟悉、最擅长的题材，也是他诗歌创作的主题。通过歌唱保卫祖国的人民子弟兵，来阐发崇高的爱国主义思想，是李瑛诗歌的主要特色。李瑛同志说过："诗人们从事的工作，就是创造人的精神美的一种崇高的劳动。"（《李瑛诗选·自序》）他写的反映部队战士生活的诗作，也正是李瑛辛勤地创造战士精神美的结晶。这种精神美的本质，就是崇高的爱国主义思想。三十年来，李瑛戎装在身，不断地深入到战士中间，以战士的身份来观察、感受、吟唱着战士生活，描绘着他们五光十色、丰富多彩的战斗图景，特别是追求着战士精神美的创造，努力深入到他们的心灵深处，敏锐地捕捉出他们在各种生活考验中迸发的思想火花，表现他们崇高的爱国主义精神。《海的怀念》就是这样一首精彩的抒情短章，战士从海防前线移驻到深山哨所，眼眺起伏的山峦，勾引起海的怀念：

> 也许是由于爱海，
> 看群山也像大海的波澜，
> 莽苍苍，起伏巅连
> 我们的哨所莫不是浪里的征帆！……

　　身在哨卡，情满苍海，在对海的怀念中，又倾注了对山的热爱，"只因，祖国——这就是你呀，你每寸土地都浸透战士的情感"。读着这首挚情、凝练的诗篇，人们不能不为战士们纯美的爱国情怀所激动！这种爱国主义情感，在《雨》这首诗中表现得更为真切动人：在深山哨所执勤的战士，眼望着漫天细雨，聆听着雨滴"敲打着哨棚和石壁"，浮想联翩，遐思飞驰。明明自己在执着地怀念远方的战友，却感到战友在怀念自己，"借亮晶晶的雨传送消息"："我懂得它们深情的话/一颗雨滴，一个喉咙/向我叮嘱着两个同样的字：警惕！"天各一方，两地思念，但共同的职责和情感在战士心房里同样燃烧。没有强烈的爱国之情和战士心心相印，没有对战士的丰富体验和细腻观察，很难写出如此精彩的诗篇。这种海浪般的情思，钻石般闪亮的语言，恰当地表现了战士深沉热烈的爱国情感。尽管写在 70 年代，现在读来仍感到清新悦目、震动心弦。

　　爱国主义，是人类的共同美德，但是，只有在共产主义理想照耀下的革命战士，才能发挥出最彻底的最崇高的爱国主义精神。李瑛不仅展示了战士美好的爱国主义精神，而且揭示了这种爱国精神的思想基础。请看《最后的申请》吧，李瑛亲临对越自卫反击战的战场，紧紧捕捉住战士临牺牲前瞬间的感情活动，进行了艺术的再现：

> 谁知道在他弥留的最后时刻，
> 滚滚思潮呀，该把哪句话留在世上？
>
> 在火线，找不到一片纸表达心意，
> 只能写在手心，我申请入党。
>
> 党啊，这是他临终前唯一的渴望，
> 这是他最后的申请，最后的向往。
>
> 蘸着硝烟，从容而安详，
> 他艰难地写完最后一笔，才告别太阳。
>
> ——《最后的申请》

生死关头，是最能检验一个人灵魂的关键时刻。我们的战士为了履行保卫祖国的神圣职责，狠惩侵略的仇敌，在战斗中流尽了最后一滴血。在死神面前，表现的是这样"从容而安详"。因为他们有着崇高的共产主义理想，有着对我们党的无比信赖和向往。因而都有最高洁的灵魂，最美好的情操，才能表现出最彻底的、超过历史上一切旧时代的伟大爱国主义精神。李瑛歌唱的这些年轻战士，并不是什么超凡脱俗的英雄，而只是我们时代有理想的普通士兵。他们和许多青年人一样，有着十年动乱留下的创伤，为了振兴中华，有着"说不完的理想，讲不完的期冀"，但是，既然时代把他们交给祖国，他们"便觉得祖国的一切都重于自己"（《花》）。读着这些感人肺腑的诗章，一切富有爱国心的人们，不能不深深地热爱保卫祖国的战士，从而在"新一代最可爱的人"的精神鼓舞下，更激发起热爱祖国、保卫祖国的力量和信心！

对祖国大自然的无边热爱，是爱国主义不可缺少的内容。用战士的情感来歌唱祖国的壮美山河，以激发人们的爱国之情，是李瑛诗歌的又一重要特色。三十年来，李瑛几乎走遍了祖国的山山水水，写下了大量的感物短章。在《绿色的北方》、《戈壁日出》、《枣林村集》三辑诗作中，勾勒了一幅幅动人的风景画和风俗画。当诗人的脚步在祖国大地上遨游时，他心灵的镜面上，映出的是伟大时代的投影，他诗歌的琴弦上，始终弹奏着战士的心曲。表面上，李瑛是在状物写景，描山绣水，实际上，他仍然是在抒写战士的爱国主义深情。当诗人用战士惊喜的眼光来打量、感受、吟唱祖国的自然风光时，这种山光水色、鹰姿树影，已经不是单纯的自然形态了，而是把祖国的昨天和今天与明天联系在一起，用爱国主义情感重新排列起来的诗化的自然了。并且，这些诗化的自然景物，也往往成为战士性格的化身。通过这些诗篇，使我们能够捉摸到时代的脉搏，捧着革命战士一颗热爱祖国的滚烫的红心！

如果说，爱国主义思想，是李瑛诗歌的灵魂，那么，刚健清新、诗意盎然的艺术风格，就是这些作品的生命。在一些爱国主义诗词中，我们通常讲到的往往是一些壮怀激烈、慷慨激昂的豪放之作。但是，由于李瑛在诗作的长期探索中，把握住了社会主义祖国的时代特征，深入到了新中国战士的生活之中和心灵深处，感受到我们的战士并不刻板、粗俗。他们既有威武雄壮的火热生活、豪放刚健的军人气质，又有美丽高洁的心灵、宏伟远大的理想，所以，在他的笔下，壮美与秀美达到了高度的统一。这种风格，以特有的艺术魅力，表现了战士的精神美。满足着读者的审美要求和愉悦欲望，因而在当代的诗坛上产生了相当大的影响。

李瑛的诗是很有激情的，但他从来不是一泻无余的倾述，而是热烈而含蓄地吟唱。因而，炽热的激情和细腻的柔情结伴而来，形成壮美而秀美的独特韵味。请看《航行》这首小诗吧！

> 今夜，雨点几乎要穿透甲板，
> 今夜，螺旋桨又搅着茫茫的海洋：
> 我们的舰队劈开迷雾，
> 黑夜出发巡逻海疆。

这是一幅浓重壮美的"海疆巡逻图"。

> 风雨熄了，舰队返航，
> 一个个像孩子睡在摇篮里，
> 拍呀，摇呀，海的手掌，
> 只是有的梦见了姑娘的发辫，

有的梦见了亲爱的爹娘。

这简直又是一支柔美、清新的"小夜曲"了。

两组精彩的诗句，多么鲜明的对比！动态和静态、刚健和柔美、雄壮和清丽这两相对立的形态，精巧地统一在一首诗中，造成了神奇美妙的境界。接着诗人笔锋一转，直抒胸臆：

> 啊，祖国，啊，母亲，啊，姑娘！
> 喂养我们长大的是海上的风雨，
> 喂养我们长大的还有温柔的月光，
> 无论什么时候，无论在哪里，
> 我们无时不感到：谁正望着我们，
> 穿过风雨，穿过雾海，
> 谁使我们在凶险的格斗里，
> 战胜死亡。

——《航行》

这里，既没有矫揉造作的"豪言壮语"，也没有卿卿我我的缠绵悱恻，但却感情真挚、柔中有刚、含蓄隽永、动人心弦。

这一壮美而柔美的抒情特色，在《进山第一天》和《雨》中表现得也很明显。战士们既能将巍峨、磅礴、怒耸九天的高山，当作和自己"兄弟般肩并肩"的战友，"轻轻拍拍它的背"，给它们"起名编号"，又能透过"淅沥沥、淅沥沥"的雨滴，清晰地聆听到远方战友的叮嘱："一声声，一句句……"即便是《在燃烧的战场》这组火线诗章中，李瑛也既能通过普通的"机枪手"、"喷火手"反映紧张激烈的战斗场景、战士义无反顾的献身精神，也能通过"一缕淡淡的炊烟"，"一朵小小的鲜艳的红花"，一个"拔一根草根，嚼呀，嚼呀"的细节，"一阵婴儿"的哭声等侧笔写人，细腻地反映战士的爱国主义深情。总之，李瑛善于将壮美的生活融于柔美的意境之中，将婉约的情调和豪放的风骨有机地统一起来，这就是李瑛对诗歌具有独特的抒情美之所在。这种优美的抒情特色，由于精细地表现了战士高尚的爱国主义精神和充满诗意的生活，因而具有动人心魄的艺术魅力。同时，也为我国新诗表现战士生活题材提供了有益的启示。

现在，李瑛同志正值盛年，正以饱满的政治热情勤奋写作。《我骄傲，我是一棵树》、《献给使我诞生两次的十月》、《寄自北中国的春讯》，以及由上海人民出版社出版的《南海》诗集，表现了作者作品容量的进一步深化，诗风也由刚健、清新、细腻、隽永转而显露出深沉、浑朴、蕴藉、奔放的特色。李瑛曾说过这样一段话："作为一个诗人，心灵应该永远是开放的，要不断接受新事物，用以丰富和充实自己，要不断研究新问题，从而发展自己。""天意君须会，人间要好诗"，我们期望诗人饱蘸爱国主义的热血，写出更新更美的反映我们战士生活的好诗，为建设祖国的社会主义精神文明，陶冶广大读者心灵做出新的贡献！让诗花在诗坛上和读者心田里散发出更加浓郁的芬芳！

时代的一根最敏感的神经

——评《李瑛诗选》

李光麾

在当代新诗史上，人们对于李瑛的熟谙和钦慕，像之于卓然成家的郭小川、贺敬之、闻捷等名流诗人一样。这不仅因为他诗龄漫长（迄今已近四十年）和产量丰盛（已有二十一本诗集问世），主要还见于他刚健清新的诗篇，创造出了纷繁复杂的闪烁着奇异光彩的诗艺形象，每每达到使读者用反常的方式来宣泄欣赏上的满足和艺术上的陶醉的效果。真的，无论在社会学、伦理学或是在美学方面，我们都可在李瑛的诗中发见其煞费苦心的经营、一往情深的探掘和独树一帜的风采。

"不了解人民和生活，便不会有诗歌"

1926 年 12 月 8 日，李瑛出生在辽宁省锦州市一个铁路工人的家庭。少年时起，书籍便像"窗子"打开他浓厚的兴致宝库，而在"那一届辱年代里"，冷漠的人性和"冷酷的生活"，又酿造了他"忧郁、悲愤的感情"。他很早便致力于"寻求那表达自己思想、认识的方法"。据考，诗人正式用自己的作品，"对苦难现实的控诉"，滥觞于 1943 年。

1949 年早春，李瑛在毕业前夕离开北大中文系，参加了南下的中国人民解放军，任新华社部队总分社记者。此后三十年来，他一直在部队任职于文化工作、新闻和编辑工作者。那种政治思维的敏感、生活视野的开拓，以及擅长于及时、本质、深刻地表现生活的职业特点，对他的创作在选材命题和风格的形成，都有一定的影响。

这本诗集是诗人从已出版的"二十本诗集中选出来"的242首诗,"依内容分类,共编十辑":第一辑是作者黎明前的抒唱,它记述了作者从描写自我的苦闷和抉择转向抒写人民的郁愤和斗争的心灵的历程,这是诗人最早撷取的清新却不算成熟的艺术之果。收在第二、第三、第四辑中的是诗才横溢的作者深刻体察了生活之后,写出的海防和边防军民,"像一个细心的主人,清点他的每枚钱币,每颗珠贝"一样的保卫祖国的赤诚和热爱祖国的深情。第五辑主要辑录了诗人亲临中越反击战的硝烟弥漫的战场,在血与火的考验下,拟就的诗章,它们"向世界昭告:中国人民不可侮"。在第六、第七和第八辑中,作者笔饱情酣地礼赞了边塞人民丰富多彩的幸福生活,作者以一支挥洒自如的"彩笔,对塞北,对祖国,写着爱情"(《给造林远征队》)。当然由于作者生活的领域主要还在部队,因此对于思想感情的揣摩和表现远不及写战士那样来得自然亲切,虽然其中也不乏像《过果林坳》那样脍炙人口的佳篇。作者将第九辑命名为《站起来的人民》,其含义在于,争取独立、自由的亚非拉压迫民族和人民正在崛起。诗人热情奔放地希冀:"明天,革命的烽火要燃遍全球/明天,它们将从大地上巍然站起/每块矿石都将绽开万朵红花/听,早醒的世界已拉响了汽笛。"(《铁矿石》)《早春》是诗选的压卷之辑,诗篇虽少,内涵却复杂,有对老一辈无产阶级革命家的怀念,如盛极一时的《一月的哀思》;有对于粉碎"四人帮"的畅想,如《早春》;有励人情怀的《致青年战友》等杰作。尤其值得注意的是,在这一辑里,诗人对突破保持了几十年的四行一节的短抒情诗体,做出了努力。

李瑛是一位几乎涉遍祖国名山大川、城镇山乡,具有深厚生活素养的诗人,他曾从军跨鄂赣、越五岭,挥师广东,进军广西,飞兵海南岛,两渡鸭绿江。北方田野上新植的林木,洒下他辛勤的汗水,干旱大平原兴修水利工程有他的心血凝结。他的风姿曾嵌进黄河和红河的水波之中,他的喊声也曾在喜马拉雅山、乃堆拉山的回音壁上迂旋。他把诗的根株深植于生活的土壤和人们的心灵深处,众采旁撷到丰腴的养料,让提纯过的五光十色的生活矿石,在自己的创造之炉,取精汇宏。他自述道:"三十年,我最大限度地使用自己的全部感官,目光炯炯地注视着、倾听着、感受着身边发生的一切。……当我们的战士在战场上倾洒鲜血的时候,我的诗便和掩体上的野草一起生长。当我们人民的汗滴落在土地上的那些石块、那些木料、那些钢板上的时候，我的诗便在那里结晶、闪光。"① 由于他"时刻注意观察生活，不倦地思考，一点一滴地积累，在他的第一和第二仓库中逐渐有了丰富的贮藏，因而在不断写出的新作中，不断有新颖的意象出现"（宋垒《谈诗意和李瑛的诗》）。李瑛表现生活的严肃性与艺术想象的主观性的真与美辩证结合的经验，确实给了我们一定的启示：诗的确"不是一些幻想家或逃避现实者所假定的一棵可以扎根、生长并繁荣于空中的树"（何其芳语）。

"诗人的声音应该是时代的声音"

我国新诗从发祥起，就与时代有着直接的关系。最初，胡适、刘半农、刘大白为了同旧诗词的传统决裂，草创了白话诗，用艺术革命的实绩，与"五四"前后的思想解放运动相呼应。随后新潮社和文研社《雪朝》的作者，也以"各个人的人格或个性来表现时代的精神（《雪朝·短序》）"。创造社发起人郭沫若的《女神》，更以其"天狗吞日"、"凤凰涅槃"的巨大的毁灭和创造力，为狂飙突进的时代，擂响了个性解放的鼙鼓。闻一多热情地赞扬："女神真不愧是时代底一个肖子。"此后，"对于前驱者的爱好大纛"，"对于摧残者的憎的丰碑"的殷夫的诗，以及诞生于救亡和左翼运动的"中国诗歌会"诸诗人，也都在风起云涌的时代里发挥了诗的功能。1937年卢沟桥隆隆的炮声，强烈地震撼激发了新老诗人的爱国激情，郭沫若、艾青、田间、何其芳、戴望舒、蒲风、臧克家、柯仲平、袁水拍、胡风、力扬、邹荻帆，以及"七月社"的大批诗人都纷纷投入庄严的民族革命战争之中，用战斗的"活的语言作民族解放的歌唱"（《宣言》冯乃超）。40年代崛起的《九叶集》部分诗人，也在"解放战争的烽火中，拿起笔来"，用带血的歌声抒唱《一个民族已经起来》（穆旦诗）。《王贵与李香香》和《漳河水》，也把青年男女的爱情，放到新旧社会交替的历史背景上加以考验，提炼出赞美新时代的主题。建国以后，诗歌艺术的想象天地更为拓展，蔚为壮观的新诗队伍，汇聚在风高雨润的诗坛上，择用新的审美方式来礼赞新天、新地、新人。《我们最伟大的节目》（何其芳）、《和平的最强音》（方石禹）、《放声歌唱》（贺敬之）、《致青年公民》（郭小川）等力作，都以前所未有的

---

① 见《李瑛诗选·自序》。

自豪感、喜悦感和责任感，直抒胸臆地放歌并提出了重大的时代课题。在万众合弦的主旋律中，李瑛那不属于高音区域的音质，则别具一格。谢冕说："我们能从众多的歌唱中，辨认出他的声音来。"(《谈李瑛的诗》) 李瑛对时代的抒唱没有像贺敬之那样奔腾不羁，也不似郭小川那样率直无遗，他同闻捷单纯、柔和、轻快的牧歌比较接近，却比闻捷更深遂、刚健，"有着坚韧的内在力"。他把闻捷对青年人甜蜜爱情的一往情深，毫无留存地献给了时代，用诗回答人民最痛切感受的社会问题。一部《李瑛诗选》恍若一个易于变幻角度的多棱镜，将祖国迈进的脚步和时代舞台的风云，纷繁地折射出来。

伴随着所有制的根本改革，人民共和国从经济基础到上层建筑各个领域都发生了深刻的革命。李瑛早年幻想的"在你的脊背上，终将建起新世纪"(《脊背》) 的希望，已变成现实。他笔下的《乡邮员》已不是二十年代冯至诗中令人恐惧的敲了谁的门、谁的"可怕的时候到了"的"绿衣人"，而是送来一封信，使家里的灯花更亮了；带走一封信，使碗里的奶茶更香了的佳音传递者。作为诗人，李瑛无论是"进山第一天"，还是观赏黎民开掘的"第一条河"；无论是"过黄河渡口"，还是"翻过乌鞘岭"；无论走在"从县城来的大路上"，还是行进在"果子沟山路上"；无论是醉心"边塞放歌"，还是饱览"牧场晨光"；无论是揣摩"一个钻探队员的手册"，还是回忆一位"养鹿姑娘"……他始终没有忘却作为新时代的歌手的己任。祖国日新月异的变化，时刻掀动他的情愫，濡染他的五官，"哦，祖国，在你的千山万水间/我听见了多少支欢乐的歌（《欢乐的歌》）"。值得一提的是，李瑛的乐观，并不盲目、浮泛、痴情，他的慧眼过多的还是矜持着冷静。作为战士，在祖国跃进声中，他意识到责无旁贷，他请求："祖国啊，感谢你的信任/请给我吧，给我最艰苦的考验。"(《初到哨所》) 诗人十分懂得时代赋予人民军队的神圣使命，进入他视野的每一座兵营、每一个哨位，甚至每一个军港，都是"紧绷的弓，随时都准备射出待发的箭"(《军港》)。他向读者讲述：清晨我们"刺刀——缀着朝露，马蹄——踏散云烟"，晚上，"夜是肌肉，我们是神经"，就是进入梦乡，我们也"醒着刺刀和子弹"。确惟如此，在中苏和中越边境的反侵略战场上，我们的"汽车、战车、炮车"才"每个发烫的轮子都呼唤速度"，我们的战士才"汩汩的血喷涌不断/殷红的沸腾的血，染红枪托，凝聚地面"。这些蕴涵深刻思想内涵、极富典型意义的诗句，确出于作者对时代、对生活深刻的理解。它极生动地唱出了士兵的情感，给读者展现了丰富联想余地的欣赏世界。不仅如此，李瑛的诗篇，还汹涌着时代的海涛声，五洲风云。"有声有色的外部世界的巨大变化"和"人间每个角落发出的声音"都轻重缓急地拨动了作者敏感的诗弦。诗人为"扫除整个旧的生活制度，建立新世界"，"对每一重大事件"，都富于感情色彩地表示自己肯定或否定的意见。①

李瑛是"明了他的努力方向"的，他从"描写的点点滴滴上寻找，揭示有时代内容、时代色彩的形象和思想"（《当代文学概观》）。他的歌声恍若一湾归川赴海的泉溪，以跌宕回柔的旋律、睿智蕴藉的情致、清幽疏朗的格调，汇入滚滚洪流之中。

"人们需要诗就是需要美"

艺术对于生活的能动反映，具有丰富的个体经验特征。李瑛"用健美的语言，向广大读者倾吐自己认真体验过、思考过、激动过的种种诗情画意"（张光平《李瑛的诗》）所具有的现象的丰富性和经验的偶然性以及所表现的艺术规律的必然性，很早便引起了新诗研究者的关注。闻山评李瑛的诗"是革命浪漫主义的声音"（《歌勇士》）。谢冕说，他是"把雄丽、刚柔……糅合起来"。董健等认为"是细腻、轻巧带着刚健、清新的韵律"。宋垒从"诗意"、"想象"、"炼字"等方面，对李瑛诗的风格进行了探讨，但仍同以上几位同志一样，没能在李瑛表现手法的实质和渊源方面深入。

我认为，李瑛的诗，几乎很少使用"直抒胸意"的抒情手段，即使在极度的"喜怒哀乐"作用下，他也规范着感情的"流程"，借助形象来曲折地展现内心感情。他不像"雪朝"诗人那样，把心灵感到的坦白无饰地表现出来，不像郭沫若在一个时期主张的以"赤着脚，裸着身体"为诗美的原则，也不像何其芳后期写的《夜歌》、田间写《赶车传》时，主观抒情得过分直白。从某种意义上说，他受到李金发首创，由戴望舒、冯至等诗人臻于成熟，再由穆旦、袁可嘉等《九叶集》诗人革新发展了的，以象征、暗示、夸张、联想、五官通感等方式作为抒情的审美原则的深刻影响，却又不像李

---

① 见《李瑛诗选·自序》

金发那样，只侧重表现主观幻觉，"不将那些比喻放在明白的框架上"，并故意隔断观念间的逻辑联系，也不同于早期戴望舒等人，以抒写个人的愁怨和情绪的波动为契机，刻意于现实的梦境和心理的"最高真实"。手法上，李瑛仿佛与《九叶集》"诗人注重知性和感性的综合，象征与联系的运用，幻想与现实的渗透"（袁可嘉语）相濡以沫，但其审美对象和内容，却又别开生面。李瑛注重"用形象来表现思想和观念"，"通过形象创造世界"，却不像宋垒所说的"多是抒写客观的对象的形象"。事实上，李瑛要发掘的通常并不是客观对象本身的含义，而是借对象的特点来激扬和抒发自己的主观情感，其主观色彩的外延，远非形象内涵所能包容。黑格尔在《美学》中说："情致的表达只能限于通过与它共鸣的一些外在现象隐约地暗示出来。它们在外表上是简单的，都暗示出藏在骨子里的一种较深广的情感。"李瑛融主观抒情于客观对象之中，他笔下的"哨所的雄鸡"和战士一样"豪迈、威严"，甚至能不依照生活逻辑地"唱出了士兵的情感"。诗人抓住沙海中"红柳、沙枣、白茨"性格顽强的特点，通过跳跃性的感情升华，来揭示主题："生活中真正的勇士"，是我们"年轻的同志"。此外，从《戈壁日出》的"云霞"中，"看见了人民表面的情节性主题和具有暗示性涵义的第二主题的双层结构互为表里"。

法国作家伏尔泰认为："一个研究文学的人考察一下产生于互不联系的各个时代和国家的、不同类型的史诗，这不仅能得到很多的乐趣，而且会得到很大的好处。"（《论史诗》）李瑛的文学素养的丰富性，主要得利于他以博取众采的借鉴，作为攀援艺术高峰的扶梯。他自己回忆："在大学期间，我有条件读到了更多的书籍——中外古代的文学遗产、19世纪的外国文学名著、我国五四时期的作品，特别是能从同学手中悄悄地找到一些苏联当代的革命文学和解放区的文艺作品，我怀着新的感情读着它们。"与李瑛诗篇对中外诗歌的美学经验的承继关系，具有融会贯通、继往开来的意义。我国古典诗歌讲求"指事造物，穷情写物"（《论兴比赋》），"象外之象，景外之景"（《与极浦书》），"诗与境谐，意与境浑"，"贵情思而轻事实"（《麓堂诗话》，"卒章显其志"（《新乐府序》）等审美理想，李瑛诗的构思、章法、取壁、索象等，无疑集这些审美经验之大成（像《初到哨所》、《月夜潜听》、《什么在草叶上闪光》等诗）。但从他诗篇的直接性形象所蕴藏的间接性生活内涵和丰富的思想感情来看，俄罗斯和欧美诗歌的美感经验，对他影响的比重则更大。在《我们心中的歌》一诗中，诗人用俄国诗人马雅可夫斯基得心应手的楼梯诗体来展开思想，以表示"对马雅可夫斯基的追念"。马雅可夫斯基曾把未来主义看作与资产阶级艺术完全对立的新的革命艺术形式，他的作品"艺术手法上体现未来主义创作原则，但又包含革命的思想内容"（《西方现代派作品选》），无疑影响了李瑛，在上述诗歌以及《一月的哀思》中，有着较明显的体现。此外，在李瑛儒雅绮丽的诗篇中，那种对微观宏观世界的独特感受和与众不同的想象方式中，还可以看到：他在欧美浪漫派的泼墨直白和现代派的惜墨象征之间架起的沟通的桥梁，使感情和意象找到了自由驰骋的通途。《海防晨号》、《红花满山》和《戈壁日出》三集中所收的，多为这类精彩的诗章。譬如，为了突显炊事员形象的丰满，他这样写道："两只桶挑来了壮丽的天地／一头——红日，一头——青山。"厚重的感情和寓涵多重联想的意象相互依存、渗透，夸张性和暗示性互为表里。

　　法国象征派诗人把自然喻作"象征的森林"，用五官"深刻的统一性"来表现事物，认为"有象征，有创造性，诗这个词因此才取得它的意义"（玛拉美语）。李瑛自觉地吸收了这些审美经验。如他写深山的《雨》调动了五官通感以其结果来表现原因："满山是野草的清香（嗅觉），满山是发光的新绿（视觉），满山是喧闹的小溪（听觉）。"这种想象方式，无疑取法于象征派的，但李瑛只把它作为抒情的基点，他的感情的着力点则在于"一颗雨滴，一个喉咙，向我叮嘱着两个同样的字'警惕'"。这一感情的主观虚拟性升华，就主要包含着浪漫主义的因素。李瑛就是这样富有独创性地把异域民族的美感形式"拿来"，用以表现本民族时代和生活形成了自己精致、幽雅的特色。当然，受到诗歌艺术主题单纯的局限，李瑛的诗很少在诗篇中组织矛盾，表现复杂的斗争生活，即便是表现战争的场面，也不注重展开矛盾。张光年同志曾经期待过李瑛："在歌颂正面形象的时候，诗人心目中确实有一个对立面存在，我想，也一定会写得更扎实，更为激励人心。"如何把美与丑、善与恶的矛盾斗争，表现在主题比较单纯的抒情短诗里，确是一个带有普遍性的严肃课题。前不久，《诗刊》编辑部主持受奖的部分诗篇，已有所创新和突破。不过，它的更深入探索，还有待于诗歌创造者的进一步努力，特此，我们仍寄希望于未来的李瑛。

1981 年 10 月

生活，艺术感觉及其他

——读《李瑛诗选》断想

杜志民

　　生活对于诗，尤如土地之于种子、花朵。没有沃土膏壤，种子便不会萌发，花朵便不会开放。

　　生活对于诗固然是重要的，但各人有各人对于生活的理解：

　　有人认为，生活即衣、食、住、行——这是误解；

　　有人认为，我下了基层，就有了生活——这只是幻想；

　　也有人认为，只要写了亲眼看到的，就是反映了生活——这是浅薄的；

　　李瑛认为："诗的最高规范是生活。作品就是对生活的一种解释———一种称赞或一种批判。"——这是精当的。

　　李瑛《诗选》，是一个艺术的富矿，也是一个生活的富矿。

　　作为生活的富矿，作者告诉人们：哪些是构成诗厦的建筑材料，哪些是生活中最真实的、本质的、深刻的东西。他又说明：诗人的诗的脚步，也就是生活的脚步。而且，表现生活，先要理解生活。

　　从李瑛的诗，特别是从那些生活抒情诗里，我们都能够闻到一种麦苗一样的清新的气息，这种气息是生活的气息。

　　生活中的自然实体仅仅是一个景、一个象、一方未被开垦的处女地。这些并不是诗人最需要的形象，只有经过艺术的感应，才能变得对诗人有用。请看："三面是海，一面是山，我们的哨所雄踞在山巅；白天，太阳从门口渡过；夜晚，花似的繁星落满窗前。我们的哨所太陡太陡，浪涛像在我们的胸膛飞卷，我们的哨所太高太高，仿佛它就要飞上青天。虽然这哨所又小又险，我们却感到宽阔又平安；我们双脚踏稳地面，把山作墙垣，海作庭院。"

（《我们的哨所》）诗中所呈现的哨所是真实的。一个普通的海防哨所，也许相当简陋、孤单、寂寞，但当它一旦被艺术的慧眼所认识，即刻显现出色彩、声音，乃至于动态；一旦被艺术的大脑所思考，它便变得宽阔、平安又亲切。

诗人的生活，是指对客观世界的审视、感应和思索，是一种艺术心灵的感受活动。这种活动的结果，军港可以变得像"一片辉煌的宫殿"，帆可以"像南方中午堤边的蝴蝶，那样静，那样轻……"小马枪可以"在我的肩头眯眯笑"，而"三块岩石，却有三双耳朵，三簇野草，却有三双眼睛"。这种变异自然生活的能力是诗人极为宝贵的能力，它可以使诗人在经验世界里得到扩展。

自然生活只提供诗的发现，然而，单有这种生活，不一定有诗。只有经过从生活—想象—真实世界（艺术真实）的过程，才孕育并诞生诗；只有当你感觉到一种美的、动情的、唤起联想和想象之时，才有诗；只有当你有了艺术的感应之后，才有诗。

诗人对生活的本质理解愈深刻，诗就愈深刻，对生活的本质认识愈独特，诗愈有生气、愈鲜活。李瑛的《花》歌颂了自卫还击战中的战斗英雄，写得别致、胜人一筹。

他认为战士光荣的牺牲对我们"永远是一种推动和启示：他的死教育了我们该怎样生"。——这认识是深刻的；

他写烈士躺在山怀里，则是"他，散着草的清香；他，放出花的浓郁"。——这是清新的，耀人眼目和心灵。

诗人需要积累生活体验。有了生活积累，就无须"现炒现卖"，即使居于斗室，诗思照旧如泉。李瑛不仅才思敏捷，而且有多方面的生活蕴藏：海防的、边疆的、北方的和南方的、农村的、战争的、国际的……这是一个生活的富矿。靠了这个富矿，他那些政治抒情诗便写得声色俱在而又晶莹剔透，以独特的风貌峻拔于同类之中。

李瑛认为："一个诗人应该有高度的艺术感觉，语言的感觉——不是随意拾取生活中自然形态的语言，而是必须刻意追求加工提炼的语言，去努力寻找那唯一准确的单纯的语言——有生命力的语言。"他这样说了，也是这样实践。请看："在新疆，太阳很晚才醒/八点钟才睁开一只眼睛"，"他一鞭抽响了马蹄一串"，"谁在清早穿一身白罩衫/比五月的草尖上的云彩还要轻?""在前线，镶在每一扇窗子里的/都是锈铁、烈火、可怕的废墟和弹坑⋯⋯"这是有着高度灵敏和机智的艺术感觉的语言。

所谓感觉，一般是指人对于客观现实个别特性（如声音、颜色、气味等）的反应，诗人需要这样一种感觉，但更为需要的是艺术感觉。

艺术感觉，是指艺术心灵对外界事物迅即而明澈的反映，是指艺术家那些主观的判断、解释以及形象的说明，它要求你全力以赴捕捉那些动之以情的唤起联想和想象的东西。

这种感觉能力，是一种艺术良知，不是人人所固有，需要锻炼和培养。

诗人为表现自己的感觉，常常需要精心地寻找、选择——寻找和选择那些适当而新鲜的比喻，寻找和选择那些适当而新鲜的词语，寻找和选择那些适当而新鲜的形象。

李瑛是感觉灵敏，而又善于表现的诗人，他有着如同镜子一样迅速而确定感觉能力，同时能熟练地为自己的感觉设色、构图。请看："草原牧女又多了一面镜子/马场小伙又多了一条带子/乳厂师傅又多了一根弦子/亮晶晶光闪闪的小河水。"这里诗人借助精心选择的比喻，通过联想、想象，充分地表现了诗人的感觉。

那么，在政治抒情诗里，艺术感觉是如何体现的呢？李瑛做了这样的表述：

一、吸取生活诗的表现方法，采用大量生动的生活形象。这种表现，可以使许多带理性色彩的感受具有强烈的质感，或可触，或可视，从而产生持久的艺术魅力。

二、将众多的生活形象高度概括。这种艺术感觉的手法，节省笔墨，却又给人更深的内涵，使人联想到无限多的形象。

三、排除生活的形象，用深透哲理加以表现。这样的表现，虽然没有直接运用更多的生活形象，但对人的感觉却在哲理性的诗句中表达得淋漓尽致。

原载《文论报》1983 年 4 月 10 日第 7 期

士兵的诗情

——《李瑛抒情诗选》读后

喻　晓

　　他是诗人，也是战士。他用战士的眼光来观察世界，用战士的情感来感受生活，用战士的大脑来思考人生，用战士的语言来吟咏歌唱。他的诗反映着时代，有的热情质朴而充满向往，有的明丽响亮而引人奋发，有的炽烈豪迈而洋溢挚情，有的庄严深沉而催人警醒……一幅幅瑰丽的画面，一具具精美的雕塑，把人带进一种优美的艺术境界。——这是我最初读到《李瑛抒情诗选》的印象。

　　李瑛同志是广大读者熟知的著名诗人。他1943年在中学读书时就开始写诗，至今已四十多年，出版了二十多本诗集，他的诗多次在全国全军获奖。《李瑛抒情诗选》是他诗歌创作的一个总的选集，收诗近三百首，约占他已发表诗作的五分之一，代表了他的风格和成就，是诗人用心血和智慧建造的一座值得纪念的里程碑。

　　李瑛作为部队诗人，他有许多诗是直接抒写战士，表现战士崇高的情操和美好心灵的。他用一双诗人特有的机智、敏锐的眼睛，时刻关注着我们伟大的祖国，关注着我们生气勃勃的时代。对我们的军队、对火热的军营生活，他倾注了更为深厚的感情。打开诗选，我们可以看到丰富多彩的军营生活剪影，听到战士的呼吸和行进的足音，感受到他们蓬勃的青春和生命。他写"雄踞在山巅"的哨所，写"篝火烧得正红"的帐篷城，写"风摇山歌，浪击海韵"的无名小岛，写"车队切开大戈壁"的汽车兵，写"要把风雨捉住，摔进舱里"的大海骑士，写"如风暴，卷起山坡上一团烈火"的喷火手……在边塞，在草原，在海防，在西沙，在燃烧的战场，履痕处处，情思泉涌，留下篇篇佳构。诗人站在人民军队这个伟大集体的行列里，满怀激情地唱出士兵的情感。诗中有铁，有火，有鼓声，有琴韵；有战士的爱和美，战士的忠诚和勇敢，战士的理想和希望。

具有深邃的思想是李瑛抒情诗的另一个特点。艺术没有思想，就没有了灵魂。一个真正的诗人应该是一个革命者、一个思想家、一个剖析历史和解说时代的智者，他的诗应该反映出历史前进的趋势和生活发展的方向。写诗是李瑛同志的一种思想方式，也是他对时代和生活发言的方式。他出于一个战士庄严而神圣的使命感和责任感，总是站在党的立场上，用崇高的革命理想去孕育诗的种子。爱国主义和革命英雄主义是他反复咏唱的主题，祖国母亲牵动着他每一根诗的琴弦。他是在用整个身心去感受生活的，仔细倾听战士的心声，体味他们的甘苦，表达他们的情绪和愿望，"一面是山，三面是海，山海紧偎着我们观察班。祖国对我们满怀期望，我们献给他一颗赤胆！"（《我们的哨所》）这感情是何等深厚、何等豪迈！"他不再呼吸，不再需要光和氧，他生命在燃烧，他本身就是氧和光。"（《最后的申请》）这生命是何等光彩、何等壮丽！在对越自卫还击战中，新战士刘勇默诵着李瑛的关于生命的诗篇，一人打退敌人三十多次进攻，最后光荣入党，鲜血染红了衣袋里的这篇诗歌。这是诗歌的骄傲，充分显示了诗的巨大鼓舞力量。

李瑛诗的再一个特点是构思精巧、想象丰富、语言凝练、表现手法多样，具有较高的美学价值。

李瑛同志具有敏锐的艺术感觉。他每到一地，总是目光炯炯地寻觅着，从广阔的自然和丰富的生活中，撷取典型的细节、鲜明的形象，找到构思谋篇的契机。他从一捧贝壳，便想起"吞咽的潮汐"，"如浪的烟云"，"生命的庄严和价值"（《贝壳》）。一声鸡啼、一缕笛音、一只纸船、一朵浮云……都能触发诗人的情思，转化成战士的性格和思想。诗人并能登高望远，从时代的整体出发，对生活做出准确的理解和评价。由于诗人精于构思，总能从熟悉中创造出陌生，给人以新鲜感。因而，他每下一次部队，都能得到丰实的收获。

想象是诗人概括生活、抒情达意、创造形象的基本手段。李瑛同志的想象力是极丰富的，充分显示了诗人的才华。在他的眼睛里，一切都有生命，都有情感和语言。月夜潜听，他的想象是这样奇特："夜是肌肉，我们是神经！"（《月夜潜听》）站在西沙群岛，他的想象是这样美丽："你是一朵朵花，怒放的小白花，你是一颗颗星，雨后的星。"（《西沙群岛情思》）看到一只训练舰船人员在风浪中起步的小舢板，他的想象又是这样超拔："我想起——我的童年，我想起——祖国的童年，我想起——人类的童年……"（《舢板》）通过想象，平淡化为奇巧，意境变得深邃而悠远。

诗是语言的艺术。李瑛的诗的语言清隽晓畅、准确贴切、形象生动，有节奏感，表现力很强。"一朵云，拧下一阵雨。"（《雨中》）一个"拧"字，很有力度。"忽然，从浪的牙缝间，钻出一只闪光的小船！"（《赞一名水兵》）这是一种极形象的渲染。"看它昂立在群山之上，拍一拍翅膀，引颈高唱；牵一线阳光在边境降临，霎时便染红了万里江山。"（《哨所鸡啼》）读着诗句，我们仿佛看到了一幅有声有色的哨所鸡鸣图！李瑛很注重语言的锤炼，在字词的选择上，他总是力求赋予它们以动感、质感和色彩感，使语言活起来、形象活起来。

李瑛同志是一个在艺术风格上进行多种探索的诗人。他早期的诗，受过一些外国诗歌的影响，但在感情、语言及表现手法上，都属于中国气派。没有艰涩费解的东西，没有古怪离奇的幻觉和意象，是人民大众所能理解和接受的思维方式，符合我们民族的欣赏习惯。他的诗有细致精巧的一面，也有雄健奇丽的一面，更多的是二者的结合。《海防晨号》、《红花满山》、《绿色的北方》中的许多篇什，明显地得益于民歌和古典诗歌。近年来，李瑛的诗比较多地运用了象征的手法，加强了诗的哲理性，给人以更多的思索。

士兵的声音，也是时代的声音。李瑛同志的创作实践证明，军营生活、战士心灵是值得大力开掘、热情讴歌的。战士的感情是丰富美好的，由于特定的生活环境和肩负的崇高使命，他们要经受生与死、艰难困苦、亲人离别、战友情谊、与人民群众的血肉联系等各种感情冲击。每一种冲击，都会产生思想的火花、情感的涟漪。战士感情总是与整个阶级、民族和祖国的命运联系在一起的，从而显得格外神圣和庄严。认真研究李瑛诗歌创作的道路和特点，对于发展军事题材抒情诗是很有意义的。

李瑛同志说："忘我地追求，不倦地探索，前进，前进，永远不要停止！"是的，他不会停止的。当我合上这本厚厚的诗选，又仿佛看见了他那双熟悉的眼睛。我相信他那双眼睛会有新的发现，我期待听到他新的更美的歌声。

原载《解放军报》1984 年 2 月 3 日

蓬勃的生命在呼啸

——喜读《故宫的青草》①

吴奔星

 李瑛是当代高产诗人，既写诗歌，也写诗论，数量之多，质量之高，也是无须赞叹了的。他的小诗《故宫的青草》，我连读几遍，叩响了我迎春的心弦。

 写北京故宫青草的，李瑛可能是第一人。追溯到唐代，写一般青草的，倒是有韩愈的名句："草色遥看近却无。"还有白居易的名句："野火烧不尽，春风吹又生。"至于写皇宫草的，中国历史几千年，诗人众多，不能说没有人写宫中之草。像李瑛这样明显地标出宫中之草的，大约只有南北朝梁朝著名文学家庾信之父庾肩吾写的《咏长信宫中草》："委翠似知节，含芳如有情。全由履迹少，并欲上阶生。"这首五言诗是用象征手法，把失宠后的后妃比成野草，要爬上长信宫的台阶上去。长信宫，汉宫名，为太后所居。失宠的后妃，为了保全性命，争取去侍奉太后。诗人深知封建王朝宫女的命运是不幸的，故借宫中草比喻她们求生的内心世界。

 李瑛写的宫草与此大不相同，对照读之，可知新旧社会、新旧时代、新旧世纪的差别之大，给我们广大读者留下了难于忘怀的美感与魅力。试读：

> 故宫的庭院里，春来了
> 从残雪融化的青砖缝中
> 钻出一棵鲜嫩的小草

---

① 《故宫的青草》，1981 年作，载《春的笑容》诗集中，原题为《青草》。

一丝鹅黄，一线碧绿
睁开眼，稚气地——
在探索，还是寻找

这是什么地方，它不知道，不知道
这里有几重大门，几把铁锁
这里，院有多深、墙有多高

只见烟云浮起金黄的瓦脊
只见春风轻拂着飞檐的楼角
红墙石雕威严中又显出残暴

它问巍峨的宫殿
你昔日的主人哪里去了
静无语，只涌来声声凄怨，阵阵狂飙

它说：我是生命、我是力量、我是青草
它说：我们曾埋过无数帝王的
城池、荒冢、碉堡和铁镣

它说：不朽的只有人民，只有艺术
留下这豪华的宫阙为使人思考
难道你未看见人间已满眼春潮

呵，生机勃勃的春天来了
春，庄严、自信，又充满骄傲
从这草，我分明听到蓬勃的生命在呼啸

前二节是诗人对故宫青草的印象：青草钻出的季节和形象，并赋予它的生机。正在"睁开眼"，像是"探索"，又像是"寻找"。诗人并不明说，留给读者以悬念，表明"故宫的青草"是有生命的。这是诗人运用拟人的艺术构思，为下面两节的持续描写做准备。

诗的三四两节，便是上文的警句的突破：是青草的探索或寻找的对象。诗人从自然与人的关系着眼，故宫是草不知道的地方，连串地用两个"这里"开头的诗句,写了故宫的建筑:"大门几重"、"铁锁几把"、"深院"、"高墙",念起来金属之声与形,院落的深与高,耳目应接不暇,有如自己正视着故宫的青草,这是实写。诗人又连用两个"只见"的长句,写"烟云浮起……"和"春风轻拂……"这是虚写。读者只要虚实结合地一念,念完"威严中又显出残暴",就像看见或听见多少血与泪的场合与哀怨!这是全诗第一部分。

诗的第二部分:后四节的前三节,通过青草的"问"与"说",像长篇史诗进入了高潮。"巍峨的宫殿"里不见了"昔日的主人",听不见威严的命令,更没有残暴的形象,只有声声凄怨、阵阵狂飙,令人联想到"俱往矣,数风流人物,还看今朝"的辉煌词句,换了人间!

诗,写到"它问",本来就可以结束了,但诗人感到意犹未尽,仍用拟人的手法,让青草三次发言。从诗的兴、观、群、怨的功能看,青草的发言,很有必要。青草既有生命,又有力量,它们"曾埋过无数帝王的城池、荒冢、碉堡和铁镣",留下豪华的宫阙,只不过让游人思考。我觉得写故宫的青草如此结尾,恰到好处!生机勃勃的春天既然来了,小草是最先感受到的,所以我不能不同意诗的结尾"分明听到蓬勃的生命在呼啸"!我钦佩诗人的冷静,并不以标语口号式的呼喊充实诗的结句。

我曾经跟李瑛通信说写小说要重视细节描写,写新诗也要注重细节描写,细节描写是促使新诗持续发展走向创新的必要途径。《故宫的青草》写得成熟与成功的秘密,正是在这里。

原载《光明日报》2002 年 5 月 8 日

三名中学生读李瑛三首诗

刘希宇　　陈　欢　史　诗

精神与诗歌的魅力

——读《长城日出》①

华南师范大学附属中学　　刘希宇

历史在变，风景在变，人也在变，然而我们却能在那些残垣间，嗅到昨日的硝烟和千军万马沙场搏杀的壮烈。

那就是《长城日出》，诗人李瑛，在走过沧桑的长城旁，沧桑的思绪。

在太阳升起前，不曾有光明，纵然有群山、有露珠、有苍苔，但它们是颓废的，没有生命力的。这是中国？这应该是中国？因为有着那些坚定的眼神，火的洗礼注定要光临华夏大地。

> 弓箭，长矛和马嘶
> 已经锈蚀、剥落
> 成碎片
> 成烟云流进古堡下残句悲歌
> 埋进离离荒草
> 营养草籽和传说

长城石阶的残缺，是曾经有弓箭、长矛马嘶的印证，然而那是个过去的年代。那个年代埋葬了众多乱世英雄，他们使中华大地坚实，使烽火连天的景象成为历史。"剥落"和"流"呈现了一种自然的动态，给人一种平和的

---

① 《长城日出》，1991年作，载《睡着的山和醒着的河》诗集中。

感觉，余下的只是"烟云"，是太平盛世。

> 在父亲们的背后
> 通红如火

这是诗人的神来之笔，父亲——亲切与力量的象征，他们是弓箭长矛与马嘶中的人。太阳因为他们的召唤而升起，通红如火，是因为太阳的背面，洒满炽热的鲜血。这里面不仅仅充满着悲怆，还有饱含对于"父亲"温暖的感激。

> 山，燃烧起来，
> 一块块砖石、草木和凝云
> 燃烧起来
> 红遍条条山脊
> 煮沸滚滚黄河
> 使青铜的历史复活

历史复活的时候，我们的思绪仿佛沿着长城的草木回到过去。太阳升起的时候，世界的一切燃烧。在燃烧中涅槃，它代表的是民族的觉醒。同样是红，已不同于往日的山河血染，而是一种兴旺的象征。

在《长城日出》中，作者以大写意的手法，带我们走遍了上下五千年，既有对往昔的回顾，又有对未来的憧憬。诗句含蓄却有气势，其中太阳的含义更是丰富。在马蹄远去的时候，仿佛淡淡的芳香还在继续，那使长城的日出更带有特殊的韵味，它就是精神与诗歌的魅力。

静静的美

——读《诗美》①

上海市崇明中学　陈　欢

"树林，山泉，冷月"，乍一读，便被诗中透出的寂静所震慑。一下

---

① 《诗美》，1986 年作，载《纸鹤》诗集中。

子，周围的一切了然无声，自己仿佛正与诗人一起，站立在这静静的树林之中，侧耳聆听着山泉淙淙，抬头仰望着冷月如钩。突然间醒来，却发觉自己正面对着东山魁夷先生的画作。哦不！我正静静地读着这首诗。

静静的文字组成了一首诗，一首宁静的诗。一条路，可能有过无数双脚从这里踏过，无数车轮从这里轧过，如今只留下一片寂静。一条河，它过去可能欢唱过，可能翻腾过，可能撞击过河岸，溅出翻卷的浪，可现在它只是静静地流淌着。一棵树，也许它经受过狂风、雷电，但现在它享受着寂寞，不再经受昨日的痛苦。一匹马，过去的它，狂野过、嘶叫过，草原上到处是它的印记。它风一般来，风一般去，而现在，它安静了。是诗人用这如画的文字，创造了这片宁静，这就是大自然的美，宁静与和谐。

轻轻地合上双眼，我仿佛感到了扬州柔和的风、黄山缥缈的云，一座青峰耸立在云雾中，彩色的漓江闪起粼粼波光，一切又都如此安静，仿佛昨天所发生的一切都已从这里抹去，只留下今天的美丽。

在诗人的笔下，时间成了静静的流水，一千二百年的流水，一千二百年前渡海的艰辛沉没在了这流水之中，却在唐招提寺中留下了永恒。"暖黄、石青和冷绿"，画家用柔和的颜色，绘就了栩栩如生的昨日的鉴真——"没有穿宽松的和服和木屐……"

诗中的世界如此安静、和谐，所有的一切都在一片湿润的静谧里。诗人用含蓄而沉淀的声音向我们描绘了一个平和的世界，而当我要再读一遍的时候，眼前却只有两个字——友谊。

庄严的生命

——读《思想者》①

北师大二附中　史诗

罗丹的著名雕塑《思想者》曾带给许多人无限的遐想，这尊刚劲中透着凝重的雕塑，凝结了创作者思想的音符。而李瑛老师的这首诗，则道出了内心对《思想者》独有的诠释。

———————————

① 《思想者》，1993年作，载《生命是一片叶子》诗集中。

在李瑛老师眼中,《思想者》这尊来自西方的艺术作品被呈现于东方人面前,也就拥有了不同的含义。"低头沉思,背后是长城和亘古不息的黄河"——思想者静静地坐在东方的土地上,他因此融入了东方古老的文明中,透视出他睿智与深邃。从他健壮的身躯和凝重的神情中,我们看到了思想者的灵魂。

是的,"思想能够转动世界"。

当你站在思想者的脚下,你是否能感受到他的生命的脉搏?然而,"无论历史和自然,无论爱,无论欢乐或痛苦,也无论生存或死亡,不要打扰他"。思想者是沉静的,但他的思想、他所蕴涵的庄严包容了整个世界,也超越了整个世界。我们可以在他身边道出不同的理解,却无法不给予他同样的尊敬。

就像李瑛老师的诗句:"一个不可征服的生命,如一首庄严的诗。"一件青铜的雕塑作品,却引发了穿越的时空的思考——这才是《思想者》带给我们的真正威严。

原载《中文自修》2013 年第 1 期

以内在尺度把握世界

——读李瑛《诗五首》①

杨匡汉

"为诗不易，进退觳觫；为文亦苦，是耶非耶？新作五首隐隐有鸡鸣之招，如确，当以遥应。"这是在接读李瑛新作手稿时草草写下的几笔。搁了一个月重读文本，《诗五首》确实不是那类"黄花菜凉了"的篇什，它还冒着热气。

李瑛是当代诗坛上的"异数"，从《枪》（1948年）到《睡着的山和醒

---

① 《诗五首》为李瑛新作，即为《红高粱》、《清明》、《泪》、《遗产》、《灵感》。五首诗后刊有作者附言：学诗五十年，似乎养成了一种习惯，就是在理性生活中常被卷入感情的旋涡，一次次真实巨大的感情冲动和折磨使我战栗。这时，便产生一种强烈的创作欲望，一种力量，一种召唤，召唤笔和周身的血液。我知道，这是一种使我难以抗拒的诗的诱惑，迫使我思考、审视和倾听，使我不论日夜，立即投入创作——这种精神的、心理的行为方式，表达了我涌动的心绪和对自然社会、人生的体悟。诗之为艺，千姿百态。应该说，按照诗的规律进行艺术创造，其途径的选择是相当自由的。但诗是主体性极强的一种艺术，它必须面向世界。一个优秀诗人在抒发他自己的心声时，一般地应该也是在抒发同时代人的心声；而一个严肃的有良知的艺术家，当然要考虑他的责任，这是一种道德。因此写作，便须面对自己也面对时代。情之所动，绝非偶然，即使在工业文明日益汹涌的今天，在审美流向和审美观念不断更新的今天，也还是要讲内容和思想的倾向。诗的主旨有直接与含蓄之分，但感性与知性，该是无须羞言的，这也是诗作与读者休戚相关之所在。当然，要完成真正属于自己的东西，需要不倦地探索和寻求，诗的创作是要以全生命和全心灵来作代价的。我常在夜深人静，独居斗室，面对孤灯，疾书走笔，似有所得，又似未能得尽其意，然后反复琢磨，期求达到天下莫能与之争美的自然、淳朴与洁净，努力使笔下所呈现的情境，不再是原有的客观物体，而是达到涵盖得更为深广的更大意义上的真实，使诗具有无限鲜活旺盛的生命。这种创造性的劳动，是一种幸福和兴奋，但它过程的完成，却并非不是一件痛苦的事，其艰辛犹如一次咳血。我永远期求成为缪斯所能承认的合法子民。

着的河》（1992年），数十年风风雨雨一直没有封过笔，稳稳当当地出版了三十九本个人诗集。他的诗心、激情和才力为人们公认，他形成了属于自己的情感系统。他有着在血液里流淌的使命感和责任感，又善于用抒情的方式去歌唱。他不是没有欠缺和弱点，但那种用诗去表达人生理想和美之追寻的孜孜矻矻，则是一贯的。80年代以来，他始终不改为人民而歌的初衷，既继承优秀传统，同时又不断致力于新的超越，热情勖勉年轻的歌者积极进取，更要求自己的诗成为真挚的"青春祝福"。他希望能有与时代共脉搏的诗风上的变化，也一直寻求能在诗美上创出新意，近作《诗五首》为我们透露了这方面的信息。

如果说，李瑛以往的作品较多地以"物眼"观察世界，以"直观"理解世界，以节制有余"抒情"去说明世界，那么，《诗五首》（包括此前某些作品）则更注意了从"心眼"、从人的内在尺度出发把握客体，使"物"成为一种"人"的对象化，也使诗更贴近内心。于是我们看到，北方的红高粱在诗人心目中，是"一粒粒血的种子"；纯净而苦涩的泪水，是"在心脏的跳动中等待收获"的"颗颗血珠"；那"一半是真，一半是梦"的清明，那"使生存和死亡的界限变得模糊"的时节，"一伸手就能触到那个浓浓的带血的情结"；那在将军身上镶了七十年的弹片，如今埋在一抔骨灰里，依然"狰狞的、卷曲的、锋利的"活着，并"冷冷地窥视着人间"；诗人为寻找灵感而浪迹天涯，一旦如白鸟骤降、玫瑰怒放、笛音飞扬，那既是狂喜也是无法言喻的忧伤，堪称艺术生命创造过程的一种深谷体验。显然，李瑛作为活生生的社会历史中行动的诗人，在《诗五首》中强调的是人的精神能动，是诗感的悟性、非理念和创意建构，是诗人的个体存在、心理现实和意义世界。

这种变化，其意义在于一种思维方式、尺度和诗情形态的变异。马克思曾明言，旧唯物主义的理论家们"只是希望达到对现存事实的正确理解，然而一个真正的共产主义者的任务却在于推翻这种现存的东西"（《马克思恩格斯选集》第1卷第47页）。哲学以至美学和诗学，理应从"自然的崇拜"中解救出来，使自在的世界服从人的需要和人的发展。这并非意味着漠视自在世界的客观性，而是指出在思维方式上，把握对象不可只停驻于客观性，更重要的是在以实践为轴心、主客体联结的高级物质运动形式中，人对世界的关系是"为我而存在"（马克思语）的关系；人们的一切活动（包括艺术创作），也因之而须从主体的角度、从自身的坐标和内在尺度去特殊地把握世界，以达到自由自觉。诗美学意义上的主体性，正是强调诗人对世界的关系应"从自我出发"，并"为我而存在"。这里说的是一种关系，一种主体对客体的把握角度、方位和坐标，而并非指世界只为某个人、某种私欲而存在。也就是说，诗人对世界的独特把握，是以人为中心，是以人的内在尺度对物的把握，是从社会历史中能动地、诗意地对自然的把握。如果把这种"向主体倾斜"当作异端去批判，那只能说明批判者理论上的无知和武断。难道诗人不应以自己的眼睛看世界吗？难道诗人没有主体内心久久的煎熬、折磨、痛苦和忧愤触发而为圣洁的述说吗？难道诗人不该在书写时"打碎"生活且以高度的文明去"创造"生活吗？

《诗五首》以及不少中青年诗人坚实的新作，无疑是在此意义上的有益探索，探索不存在"画句号"的问题。或许这类以内在尺度把握世界的艺术创造，将使我们在世纪之交的苍茫时分，看到更广更深的诗景观中雄丽的一幕。

1993 年 2 月于北京方庄

原载《诗刊》1993 年第 4 期

诗的灵魂永远光亮

——读李瑛组诗《燃烧的生命》①

曹纪祖

> 不，我不会完全死亡
> 我的灵魂将在圣洁的诗歌中
> 比我的灰烬活得更久长……
>
> ——普希金《纪念碑》

　　读李瑛先生《燃烧的生命》，颇有感慨。作为诗坛宿将，李瑛先生数十年辛勤笔耕，以自己的作品证明着诗的生命力。特别是新时期以来，从人们熟知的《一月的哀思》到他散见于各报刊的作品，李瑛先生始终表现出旺盛的创作活力。他把"太多的情绪酝酿成梦"，用"太多的梦描绘人生"。其诗艺娴熟、诗心年轻，不仅在老一辈诗人中卓尔不群，就是在当今诗坛，也是屈指可数的。

　　这种对于精神家园的坚守，是一种文化的自觉，是一种看似与时相悖实则与时俱进的努力。古往今来，人类在创造物质财富的同时，也创造着精神财富，创造着社会的文明。"盖文章经国之大业，不朽之盛事"，这是曹丕在《典论·论文》中的经典名句。而诗在中国主流文化的承传中，占有突出的地位，从《诗经》到《楚辞》，从唐诗到宋词，从"五四"新诗到当代诗歌，其间还有古诗十九首和汉魏乐府，等等。一部中国文学史，可以说主要

---

　　① 《燃烧的生命》组诗包括：《睡莲》、《一只沙滩上的锚》、《植物的快乐》、《又闻布谷》、《你看见了什么》、《不新鲜的故事》、《玉米秆的根》七首，均刊在《星星》2002 年 1 月号。

是诗的历史。"不知诗，无以言"，"诗三百，大抵圣贤发愤之所为作也"，"照烛三才，耀丽万有，动天地，感鬼神，莫近于诗"，"李杜文章在，光焰万丈长"……古代文论莫不神采飞扬地张扬着诗的旗帜，阐释着诗的精神。是的，社会发展的中心是人，是人的价值的全面实现。一个健康发展的社会，必是政治、经济、文化全面协调发展的社会，站在文化建设的高度来评判诗人的创造性劳动，我们在当今社会变革的复杂态势中，才会有正确的价值标准。

这种价值标准对我们十分重要。这是因为在商品经济的背景中，物质挤压着精神，资本的亢奋唐突着一切，短视的功利主义试图"以牺牲精神文明为代价，来换取经济的一时增长"，于是社会发展的不平衡状态日渐突出，人们的价值观念变得极其混乱。一位做过官员后又经商的朋友直言不讳地对我说："你还写诗？有病！"他的观念很具有代表性。从我接触到的不少朋友的心态来看，衡量成功与否的标准只有一个，那就是能挣多少钱。应当直面和理解这种社会现实，从中国文化传统中重农轻商到"红色年代"的"革命利益高于一切"，社会发展到今天，人们终于能正视金钱的力量，这应当说是一种历史的进步。然而反过来看，物欲横流，金钱的原则高于一切，精神的贫弱和失血，又不能不说是社会病态的一种表现。于是我们终于愈来愈清醒地认识到：发展先进的生产力和建设先进的文化，是车之两轮、鸟之两翼，是社会进步不可或缺的辩证的统一。正是在这种认识的基础上，我们应当重新估量文化的价值，重新估量诗和诗人的价值。

这样，李瑛《燃烧的生命》才不至于被辜负，他在诗中创造的美才会被更多地发现和重视，我们解读李瑛的诗才显得更有意义。

李瑛的诗是富有思想的。他的思想体现在诗的形象中，无论是柔美的《睡莲》，还是寓意颇深的《植物的快乐》，无论是卢沟桥的故事，还是布谷鸟的叫声，不知读者"看见了什么"。总之，我看见了生命的美丽，看见了充满激情和自信的勇敢的人格，看见了"语言之外的深刻的东西"，看见了那位飘着白发，"站在精神最高的地方"忆念人生、聆听时代回响的多情的歌者。他述说，然而什么也没有说，他牵引你思考许多事情。

李瑛的诗是美丽的。这美丽外现于鲜活的形象，惹人怜爱的睡莲，让人回味不尽的那株流沙中的小草，那个"头发蓬松的孤儿"，还有以"悲壮的尊严"、"绽放绚烂花朵"的那座"在铁和旗之间"、"在石头和火之间"的桥，那个"陈旧的故事"，甚至连布谷鸟的叫声也充满生命意识，那叫声"凝成粒粒坚硬的石子/在灰烬中闪光/年复一年"，而且这叫声有长度，"是我从少年到老年的距离"。这些富于创造性的形象，是诗人情感的血肉，是诗人联想和想象的结晶，是诗之所以为诗的魅力所在。

李瑛的诗又是变化着的。较之于他前些年发表的作品，《燃烧的生命》在语言方式上有一些微妙的变化，例如："把爱打开你看见了什么/无比强大又如此脆弱的美与尊严/以及一粒粒古老细胞和遗传基因的种子。"又如："让我用一个老人的眼睛来看这座桥/这早已陈旧的七月的故事，但/我仍想告诉你说在大地上的人该怎样生活/我是想告诉你历史和现实的关系/我是想告诉你悲壮的尊严会绽放绚烂的花朵/我是想告诉你一些语言之外的深刻的东西。"从这里，我们似乎感觉到前些年中国"现代诗"的某些影子。继承而又发展，坚守而又创新，自成风格而又寻求变化，这，大抵是有作为的诗人的共同追求。

一位诗人赖以存在的是作品，即诗，离开了诗的创造其实什么也不能说。新时期以来，诗坛风云变幻，其间多少人曾以非诗的新异哗众取宠，或以"运动"的方式突出自我。然而，时间淘洗着真金，那些炫目的名字已黯然失色，唯有因诗而存在的名字依然光亮——这就是历史的法则，这就是艺术的内在规律。新千年以来，尽管诗坛波澜不惊，然而一些沉实的作品却耐人一读，一些坚守的诗人却令人钦佩。不只是李瑛燃烧着自己的生命，还有许多诗人在燃烧着自己的生命。我们从中看到了希望，我们为所有活在诗中的不死的灵魂祝福。

原载《四川文艺》报 2002 年 9 月 4 日

生命的海　艺术的海

——读李瑛《南海》组诗

牟志祥

在祖国的南方，紧连着金黄金黄的大陆的，是一片湛蓝湛蓝的海洋，那就是南海。

南海是祖国心头巨大的砝码，时时刻刻，坠着九百六十万平方公里的大陆；南海是祖国一面梳洗的明镜，日日夜夜，映照着中华民族，她的历史和现实。

1978年深秋，南海怒涛翻涌，它激荡着我们的军舰和诗。10月，诗人李瑛从北京出发，扑向南海。当代诗坛上的这位刚健的提琴手刚刚踏上西沙群岛，便喷吐出一串战斗的音符：

> 我不是在墓前，而是在战壕里写下这首诗，
> 写它，不是用笔，而是用刺刀、用火、用风；
> 奔腾的怒浪，是我心头永远不退的潮水，
> 战友呵，可听见我的枪口下震天的涛声！

这首诗是写给埋葬在琛航岛上的我们的十三位烈士的。三天以后，又一首浩浩荡荡的诗从他的笔下泻出：那么美丽的海岛风光、那么深远的华夏古史、那么忠勇的战士、那么伟大的国度，一切在情感的波涛中统一在一幅波澜壮阔的画面上，这幅画是献给西沙的：

> 静静里，我听见每架罗盘都庄严宣告：
> 这是西沙，中国的西沙！

而无际的浪涛高高地跳起来说：

中国没有西沙就不是中国！

风涛中，《南海》组诗诞生了。在愤怒的国界线内侧，我们多么爱我们的南海、我们的战士、我们的祖国、我们的生活……

爱，贯穿起《南海》组诗，有一个曾经失落了的无名小岛在荒涛野浪中隐没，战士的心便悬在半空：

风摇山歌，浪击海韵，

每夜，我都要在梦里唤你三遍。

———《赴无名小岛》

当战士在小岛的呼唤声中踏上小岛、持枪巡逻的时候，这颗缩紧了的心就舒展开了：

夜夜，你们在梦里呼唤我，

我呵，真想敞开军大衣，把你们全都包牢。

———《巡逻》

爱，就这样产生了一种神圣的责任感：保卫。于是，我们听见"永兴岛瞭望哨"自豪地说："我们为祖国过滤时间，让流去的每一天都清澈而美好。"听见一个战士捧着螺号深沉地说："我不要鼓槌和琴弓，我只要它，伴我生活……"于是，保卫祖国的火的战斗使我们看到了英武的战士形象：

天这般大，海这样宽，

在茫茫天海间，他是支点！

———《赞一名水兵》

这些战士在《舢板》上获得生命，在《雾航》中战斗成长，他们还造一片《菜园》，说这新生活的"碧波绿浪"，正是他们的青春，"轰轰烈烈，震撼海天"！战士的生活是以战斗为基调的多彩的生活，多彩的生活造就了战士丰富的性格。在塑造战士形象方面，《南海》组诗同作者许多战士诗一样，表现着自己的特点。作者是一个军人，他善于从自己发现战士，以心发现心；

他从"战士"的角度观察战士，写外表也写内心，写战斗也写生活，写粗犷也写细腻。这就使他的战士诗呈现着一种与战斗交融起来的细腻美、生活美、人情美和内心美；这就使他笔下的战士富于立体感，富于生命，显得真，显得活，有时可以显现出读者自己的影子。比如《台风过了》这首诗，台风过了，一群战士看见一只只小鸟从树上摔下，粗犷的战士这时像少女一样多情：

> 白绒球般滚动的小鲣鸟，
>
> 扑动着翅膀，想飞想跑的小鲣鸟，
>
> 多么稚弱，却又多么坚强的小鲣鸟！

一口一个"小鲣鸟"，多么令人怜爱，它引来连长的"命令"："快出动，送它们回巢！""命令"的严肃与事件的谐趣在这里似矛盾而又和谐地统一起来，它统一在一种神圣庄严的感情上：

> 既然你属于祖国，可爱的小鸟，
>
> 在战士心的天平上，你就是巨大的砝码，
>
> 多么重，即使你脱落的一片轻软的绒毛……

一片温柔轻软的情感，依托在冷峻沉重的刺刀尖上，这就是李瑛的战士诗。李瑛说，不能把我们的战士理解并表现得粗鲁、刻板和僵硬，我了解他们，我特别要写出他们美好的情操，我要表现他们生活的诗意（参看谢冕《他的诗，由钻石和波涛组成》）。这样表现出来的战士，才是有力量的真的战士。谈到《南海》，诗人深情地说："我十分爱海和战斗在海上的我们的战士。"这种爱，有一个最坚实的立脚点：祖国。一切爱，都在这里统一、融合。让我们读一首深沉的诗吧，《祖国的泥土》：

> 离开你，我的心会干枯，
>
> 离开你，我多么痛苦！

这两句不加修饰的话，是全诗的开头，犹如一个悲怆的男性喉咙在荒凉的小岛上呼唤。军舰从大陆运来了泥土，这位战士也因此而失去了理智。他捧一

捧，送给大海看，又送给太阳看，炫耀中有多少压不住的激情，它是这样的
真挚和深切：

> 就把心放在上面吧，
> 就把旗插在上面吧，
> 就把祖国大门的钥匙留在上面吧，
> ……

感情的淘洗使这泥土变形了。在它之上，战士看到了我们古老、温厚而刚强
的国度，我们的历史，我们的民族，我们的一切一切。用生命保卫着祖国的
战士感情升华到最高点，该讲一些什么呢？什么也讲不出，只好"用世界上
最憨厚、最深沉的感情"：

> 轻轻地呼唤你的名字：
> 呵，泥土，
> ……

《南海》之所以有生命、有力量，还在于它是艺术的，让我们认识一下
李瑛怎样用笔把南海挑起的吧。

他所挑起的实际上只是一颗水珠。用一颗水珠表现大海是所有的诗的秘
密，《南海》却是独特的，以它自己的方式表现大海。水兵的飘带是普通的
随风飘摆的布条，可是他却想到"沉甸甸的金锚"，还说"那是田野上，滑
过犁刀"。感觉的精微使他善于细腻地表达，《仙人掌》："夜里，沙滩上，你
每根倔强的刺尖，都缀着幽冷的月光和盐粒。"

李瑛注重于从运动中表现形象，哪怕是静止的东西，他也要赋予活力。
诗人深知，运动是客观事物也是形象的最本质的特征，它是形象有生命的表
现，同时也最容易触发读者的想象。比如写海岛瞭望哨："一双海鸥的翅
膀，遮遍了全岛；一片呼啸的波涛，掀过了群礁。"海岛瞭望哨是静止
的，诗人化静止为运动，瞭望哨的本质特征一下子被生动地把握住了。《希
望》中有三句描绘小花的，三句诗中的全部形象与小花皆风马牛不相及，可
是，活泼的形象使小花获得了动人的风貌和生活内蕴：

> 是哪只小鸟儿衔来的一粒种子？
>
> 是哪个渔姑遗落的一枚纽扣？
>
> 抑或是哪位战士抛洒的一滴血浆？

这样的形象大大开拓了读者的想象领域（对于诗本身，也开拓了相当的表现领域）。

抒情诗既以感情为内容，毫无疑问，构造形象的中心线索应当是情感之河，《南海》组诗的许多佳作都显示了这一点。《祖国的泥土》可说是这方面的代表，这首诗抒发的是战士对于祖国的爱情，它比较长，但读来无一点松弛分散或断裂勉强之感，那的确是一条情感的河流——作者与读者共通着的情感的河流在自然地流淌。

在《南海》诗中，语言形式方面的结构因素也引起我们的注意。这里没有《红花满山》那峭厉的山风，也没有《花的原野》那悠扬的牧笛，这里是海的流韵。《祖国的泥土》是发自大海胸腔中的深沉浓重的呼吸，《感谢你送我这只海螺》有如螺号的刚健挺拔，《希望》似乎连续着浪涛的叩击，而《海声》便是无尽浪涛的气势与声韵。

让我们再来看精美奇异的《珍珠》吧：

> 你不是陨落的星星，
>
> 也不是滑下草尖的露滴，
>
> 也不是闪烁在岸边的沙粒。
>
> 你是一支歌，
>
> 一支有生命的歌，
>
> 活在大海的涛声里……

这些语言可以直接引起读者关于珍珠的联想。其次我们还可以体味到那清幽明丽的调子，在切切嘈嘈的有规律地流动着的节奏之河里，回环起伏着善于发抒纤纤幽情的"咿"韵，那正是一串串绮丽的珍珠所显现的缕缕不断的旋律。再次，在句式的运用上，诗人也精心构想：

> 粒粒星斗闪在深深的的夜空里，
>
> 一颗颗，是忧伤呢还是欢喜？

点点露珠垂在倔强的草叶尖，
一滴滴，爱飘荡的云呢还是爱陆地？

座座岛上铺着耀眼的沙滩，
你说，像灿灿的黄金还是像银子？
海蚌的心里藏着一个秘密，
谁知道，是苦涩呢还是甜蜜？

这是四对格式基本相同，相同中有变化，变化里有照应的互相结为一体的一套句式，它道尽了珍珠式的诗意。尤其是间行排列的反问句格式，更奇妙：四句节奏基本相同，同中又求变；一四遥遥相对，二三互为缀连，每一句的句首都有"前奏"，跳几跳，引出一串节奏。而那"是……还是……"的调子不高昂也不低落，恬淡闲适，仿佛是思忖或默问，又像是低唱或咏叹。在这种气氛中回环反复，它所表现的正是一堆堆、一串串、一粒粒正面一闪，侧面一闪，一闪一闪地反复跃动着的珍珠形象。结尾两句的起句在节奏上发生较显著的变化，说明诗篇已经由起兴进入"所咏之词"了，诗人的这种精心的构思是令人拍案叫绝的。

独特的形象加独特的构思也许是《南海》这颗水珠独特的特点，这是一颗多么美好的水珠，它是生命的海，也是艺术的海。它挂在诗人的笔尖上，我想起诗人在今年七月写下的一句诗："那是一颗心在呼唤祖国。"

对于李瑛的创作，《南海》是一组重要的诗篇。1976 年及其以前，李瑛出版了十五部诗集、一部诗选集和一部长诗。写于 1979 年的《在燃烧的战场》，在基本方面表现了诗人军事题材创作的稳定性。标志诗人新的突破的，是诗人 1979 年从"燃烧的战场"回来以后的创作，这个时期的诗作主要是诗集《我骄傲，我是一棵树》和《南海》组诗。

1980 年 12 月，《南海》已就。在北京，诗人豪情满怀，一方面认真严肃地解剖着自己走过去了的路，一方面向往着新的生命：

"我的案头的日历清楚地指示着继 1980 年之后而来的是 1981 年，而不是 1966 年。这就预示着我们的诗歌将开出灿烂的花朵，像春天雨后的草原一样朝气蓬勃的时代、带着水珠和花香的无限美好的时代已经到来了。"

诗人把《我骄傲，我是一棵树》和《南海》组诗首先献给了这时代。由于它们都是承前启后之作，所以继承了以往创作的优点同时也带来一些不足。比如某些诗篇甚至是《海的启示》一类的哲理诗，似嫌单薄；有的艺术表现似嫌平直，如《椰树》等；其中的战士诗，显得有些拖沓。但是，《南海》那重要的思想艺术成就包括不可低估的创新，毕竟是客观存在的，只有这一点，才标志着诗的未来，才标志着诗人对自己的艺术风格的真正发展或更新，同时也标志了诗人担负更加沉重的使命的开始。

原载《上海文学》1982 年第 2 期

《南海》的情韵之美

章亚昕

　　李瑛的《南海》是他近十年来有特色的诗集。编完《李瑛抒情诗选》后，他觉得自己"站在一条新的起跑线上"，心中的那粒"用科学的革命学说和崇高的社会理想孕育的种子"，开始抽出了新鲜的枝叶。[①] 这"新的起跑线"，该从《南海》的情韵美划起，而抒情主人公生命力之所在，则取决于诗人自我完善的自觉努力。在社会主义现代化建设中，诗人应该意识到"幸福的概念，是不能只用物质的富裕来说明，这太不够了；因为人生活着还需要高尚的精神、光辉的理想、纯洁的心灵和美的情感"。[②]"现代化"的概念，绝不限于自然界的时间进程，而主要决定于社会发展史的历史阶梯。《南海》以其情韵美，创造了清雄的艺术境界，在"珍珠"与"贝壳"所内蕴的审美对应系统中，高扬了抒情主人公的艺术生命力。《南海》，该是现代意识的艺术启示录。

——

　　借自然美的珠光海韵，来抒写"高尚的精神、光辉的理想、纯洁的心灵和美好的情感"，诗人的人格理想就能统驭社会美与自然美的审美对应系统，抒情主人公就会化入"珍球"与"贝壳"组成的晶莹世界里，闪烁出精神文明的艺术光辉——不，那是《珍珠》的灵魂，在向人们发出呼叫：

---

① 《李瑛抒情诗选·序》。
② 《李瑛诗选·自序》。

> 珍珠说，从我的心里，
>
> 难道你没感觉海风在吹？
>
> 难道你没听见波涛在响？
>
> 难道你没看见浪花的影子？
>
> 我的生命，永远和风浪在一起！

"和风浪在一起"，"珍珠"就成为大海里的精灵；倘若置身"皇冠或权杖"乃至于"梳妆台上"，它"将死去"！诗也是如此呵——"以海的梦幻和情思"凝成"庄严的启示"，那么，"珍珠"就有如海水的结晶，"像一首首浑圆的、透明的诗……"抒情主人公在海韵中获得缪斯的灵感，他就能潜入"海蚌的心"，采撷到感情的"珍珠"。那是"一支有生命的歌，活在大海的涛声里……"是的，有人生"大海的涛声"，才有抒情主人公"生命的歌"；诗的情韵，来自社会"风浪"的撞击！

李瑛的《珍珠》、艾青的《珠贝》，以及舒婷《珠贝——大海的眼泪》是一组"同"曲"异"工的论诗之诗，他们不约而同地都以"珍珠"喻诗，是因为"浑圆的、透明的诗"达到了艺术的最高境界——珠圆玉润且又玲珑剔透，"浑圆"的结构使内蕴的情思曲折而又沉潜，意象的"透明"又使抒情主人公"隔"而不觉其"隐"。由"万取一收"而产生"如幽匪藏"的审美效果，乃是现代诗人所孜孜以求的。更重要的，是"珠贝"里潜隐着抒情主人公生成的奥秘、诗歌艺术的生命哲学——没有"风浪"的陶冶洗练，不与"大海"做浑然的融合，"珠贝"就无法获得艺术的生命；只有让"小我"社会化，才会给"珠贝"以时机汲取"大我"的营养，在丰富自我与完善自我的过程中化海韵为珠光，孕育出诗意丰盈的"珍珠"……在这里，诗人的现代意识表现为：他的个性意识并不首先指向自我，而是要化入"海的梦幻和情思"。在其整体意识的高扬中，使自我得到升华和对象化。为了探骊得珠，先得做人生之海深深的下潜……这就是"珍珠"的命运，也是它对诗歌"庄严的启示"。

而与《珍珠》相呼应的，是李瑛的《贝壳》。"贝壳"与"珍珠"同为大海的儿女，也有着相似的品格：绚丽却又质朴，圆润又刚强/比花朵更鲜艳，比渔火更明亮/因为它们有太多的记忆/所以便有太多的喧响/把它放在耳边仔细听吧/风雨炎阳，潮落潮涨/都化作一曲曲激越的乐章/那是它们的生命在歌唱。

"绚丽"而"圆润"的神采,"刚强"又"质朴"的性情,凝聚着"风雨炎阳,潮落潮涨"的旋律。把"喧响"的"记忆"化为含蕴的浮雕,"贝壳"就象征了海的"信念",并在"潮汐"与"烟云"中,获得了"生命的庄严和价值"。它的生命就是海的生命,因此也带着"海的声音"、"海的颜色"……于是,那"激荡的万顷烟波",也就"激荡"着"贝壳"的全部生命力;它一旦离开大海,"躺在沙滩上寂静地睡着",它的"梦",就充满了"寂寞"——个体的忧患情思,只有在群体的实践中才能得到解脱。在这里,诗人的现代意识表现为:他的忧患意识并不归结为对社会实践的厌倦,而是以实践意识为其归宿。"请把帆借给我","请把歌借给我",是"贝壳"永恒的"想念",是它的"挣扎"和"寻找",也是它"勇敢的灵魂、坚强的脉搏"在海天之间作诗的飞翔、作歌的"喧响"!

《珍珠》与《贝壳》的二重奏,组成《南海》的主旋律,因为,它们乃是诗集中两个组诗的抒情主题——"珍珠"唱"海"、"贝壳"唱"岛",使《南海》成为一曲真正的"珠贝"之歌,而"珠贝"本身,又恰是抒情主人公的象征。于是,李瑛的审美对应系统,就构成了《南海》的情韵美,人情与海韵组成诗的交响乐!那是社会美与自然美的交响,是人格理想在"海"与"岛"的两个乐章之间展开,把个性意识与整体意识,把忧患意识和实践意识,铸成了抒情主人公……《南海》"激荡的万顷烟波",就这样凝固成"珍珠"与"贝壳",结晶出"一首首浑圆的、透明的诗"。诗人在雄浑的大海中提炼出清明的理性,把雄健的海涛升华成清新的诗句。在海韵中孕育诗情,他的《南海》就呈现出清雄的意境。清雄的抒情姿态历来是大家的风度,李白、苏轼均以清雄的诗风兀立诗坛。"清者明澈洒脱,不泥不隔","雄者壁立万仞,辟易万人",清雄合一的艺术感染力是极强烈极浓郁的。①得清雄之境,诗则足以传世,人亦足为名家,是刚柔相济的情思,成就了李瑛清雄的抒情风格。

李瑛的刚柔相济,在于寄军人志于河山情中,以自然美表现社会美。这种言在此而意在彼的抒怀方式,暗符了现代诗超越认知的审美倾向。诗歌的审美认识并非日常的认知活动,而是沉浸于情感体验之中,借助想象来达到

---

① 任愫:《现代诗人风格论》,191—192 页。

一种哲理的感悟。这种诗歌艺术观念，给李瑛的审美对应系统以大显神通的机会，用"海"与"岛"来象征他的人格理想，抒情主人公就化身"珠贝"，凝定为意象。叙事的再现成分应该在抒情诗中"淡化"，抒情主人公的主体意识却必须借表现因素来加以强化（不仅是新时期的诗歌，新时期的文学也大都带有这种趋势），而主体意识的强化，当然不能脱离 80 年代中国的社会环境，不能脱离社会主义运动的历史必然要求。那"珠贝"之所以玲珑剔透且又通体晶莹，正因为它是生活浪花的结晶，在美的形态里寄托了崇高的人格理想——诗人对"珠贝"做写意式的间接概括，该是对人格风情的直观摹写！于是，《南海》的情韵美，就成为人格风情与风格神韵的契合与交融。人格与风格的审美对应，使清雄之中包蕴了李瑛的军人志与河山情，表现出诗人主体意识的觉醒和抒情意识的自觉。

二

李瑛主体意识的觉醒，表现在他以理性的光焰来烛照人生的大海，从而在情感的波涛中反观自身；诗人抒情意识的自觉，表现在抒情主人公潜隐于客体之中，由艺术想象的神驰天外而驾驭辽阔的艺术时空。

把理性之光投向情感的海洋，就使反思主体的理解力激扬着实践主体的想象力，激情的狂澜转化为人格的感悟，自我感觉和自我意识便升华为诗的艺术感知——对"海"的感知，推动着对"我"的体认，又归结为向"大我"做无私的奉献……因为，《海》的生命力，蕴藏在"宇宙"之中：

> 地球把奇幻的、流动的光，献给宇宙，
> 把激越的、欢乐的歌，献给宇宙，
> 把提鞭仗剑的雷，献给宇宙，
> 把藏着雨滴的云，献给宇宙；
> 献给宇宙：激浪——
> 这千古不凋的花束，
> 献给宇宙：珍珠——
> 这万世不泯的星斗；
> 地球把燃烧的火、浩荡的风、

闪光的珠贝和闪光的盐，

以及大海所有的一切，

都一起献给宇宙，

欢乐的青春，磅礴的活力，

汹涌澎湃的大海呀，

地球把你这伟大的生命献给了宇宙……

"对于茫茫天宇呵，地球不过是一滴水"——"这滴水"的奉献，却使地球成为一颗多情的星体；而"宇宙"有了"这滴水"，就有了诗的"呼吸"和"信念"：只要诗的生命抽出"绿的叶子"，只要诗的情感酿出"红的酒"，世界就是美好的。同时，"海"的人格化，又意味着诗人主体意识的觉醒！抒情主义公用理性的光束烛照大海，使"夕照中，滚滚波涛，像森林燃起的大火；午夜里，溶溶月光，又似磨快了满海钢刀……"在大海的清雄境界里，诗人听见了"驰魂夺魄"的"声音"，那是情感回荡在生命深处的涛声——"信赖和诚实"对抗着"谎言和欺骗"，使"广阔"里有"渺小"，"寂静"中有"呼号"，"和谐"伴随着"冲突"，"庞杂"包含着"单调"；然而，只要"没有神和虔诚的祈祷"，他内心世界的"一切"，就会"在寂天和诞生中获得自己的位置，又在严峻生活的检验里，追求、思考、哭和笑……"于是，"自然史和社会史"积淀为人格的"过去和未来"，大海以其"青春的精神"激荡了抒情主人公强健的生命力，把反思主体培育为实践主体："给我们坚强的生命，给我们忠贞的灵魂，也给我们哲学原则和力量，让我们出发，去纺织、炼铁和耕耘……"因此，在十年浩劫之后，"那乱山啸聚的野云，那海翻山倾的死生"，并无损于清雄的诗思，相反，"惊心动魄的雷雨，船倾楫摧的噩梦"，反而激发了诗人的崇高感，使抒情主人公在风浪中磨砺出清雄的诗魂，有如大海般"容纳人间的一切"，又"纯洁"得"没有一粒微尘"，从而能熔铸万有且又净化心灵，完成他对人世间美的奉献！

这就是《南海》的情韵美。

反思主体与实践主体的契合，归结为诗情与海韵的交融。诗情如海韵，正是抒情主人公的对象化，它使诗人的主体意识转化为诗艺的抒情意识，表现为他对情感和想象作个性化的追求。在这里，不是理性之光，而是情感之涛构成了诗的本体；不是认知，而是想象凝成了诗的脉络。

于是，抒情意识的自觉，使抒情主人公沉潜于海韵，倾听波涛的轰响，那声音是"你已经死去，你该离开我"！这充满"原始生命力"的狂野呼喊，构成了《海的启示》，把生命在扬弃中的绵延，升华为朴素的诗学："没有歌的心灵"就是"没有生命的世界"，人格的觉醒必须转化为抒情的自觉，抒情主人公的内心世界应该有如海洋，永远滚动如雷、震荡如潮：

> 看惊涛中，礁脉何等坚强，
> 看风雨里，灯塔何等巍峨；
> 那是喧闹的海市，
> 那是欢乐的渔火；
> 那是千种击浪的鳍翅，
> 那是万类腾跃的体魄；
> 这里有激情鼎沸的歌声，
> 这里有万古不凋的花朵；
> 这里，处处都有强壮的心脏，
> 在跃动，在闪烁，
> 这里，生命永远像十八岁的雷，
> 壮丽而且纯洁，
> 威严而又活泼……
> 复杂的生命，单纯的生命，
> 竟如此使人惊心动魄！

大"喧闹"、大"欢乐"，是海的世界，是诗的境界——抒情主人公领悟了"海的启示"，其生命力就像"十八岁的雷"，永远奔腾不息……然而"海的启示"是扬弃的启示，"你已经死去，你该离开我"正是充满了现代意识的格言。扬弃僵化陈腐之物，诗思才会有大海的雄健与清新，"壮丽而且纯洁，威严而又活泼……"敢于扬弃"已经死去"的观念和技法，反而使李瑛的诗境走向恢弘，情感更"轰轰烈烈"，想象更"有声有色"，洋溢着抒情的艺术活力：诗人关于扬弃的理性思考，完全化入了他在感情世界对于生命力的体验，诗潮的涌动就追随海韵，渐渐地同它融为一体。最终，"海的启示"化为抒情主人公的自我感知，大海"原始的生命力"被升华了，有人格理想渗透其中，澄清的海面上映现诗人的身影，而诗人的心胸，又怀抱着海洋的波澜！

　　诗人的主体意识和诗艺的抒情意识，构成了李瑛诗歌现代意识的两个侧面。一方面，是主体意识以其理性内容，表现出艺术家在社会主义文化建设中主观能动性的觉醒，另一方面，是抒情意识以其感性形式，表现出诗美在新时期文学天地里正翩然复归，促成的诗艺的自觉。这样一来，社会美与自然美的审美对应系统，就在《南海》中转化为人格的象征性表现体系。那清雄的艺术风格，造就了抒情主人公庄严且又多情的风流神采，使诗人的人格理想蕴藉而又崇高，像"滚滚波涛"与"溶溶月光"的浑然融合，不是自我的沉醉，也不是存在的朗照，而是军人志与河山情从容而且自然地结晶为意象……《南海》的情韵美，就在主体与客体的契合中诞生！而契合的方式，则在于意境与意象的互补。

三

　　意境与意象的互补，既体现了李瑛抒情艺术的自觉，也代表了现代诗的审美倾向。《南海》以其情韵美组成珠光海韵闪烁交响的抒情意境，而感情波澜又总是要凝定为意象。于是，诗人的人格理想得以具质成形，抒情主人公在急管繁弦的海韵中凝固成"珍珠"般的雕塑。意境与意象的互补，使诗人通过构思方式的现代化，而接近了艺术创作的现代意识——他以理性的感悟超越了感性的认识，借助诗人的艺术想象力，来抒写现代人所特有的人格理想。这人格理想也许可以表述为"希望"，也包含了祖国的未来和民族的理想。在《"希望"》这首诗中，李瑛的人格理想得到了很朴素又很崇高的表现，尽管"希望"不过是"一朵豆子般的小红花"。

　　　　但它却开得从容又安详，
　　　　它不孤独，也不悲伤；
　　　　它用海洋般深沉的爱情
　　　　积蓄力量，
　　　　它用礁石般坚强的意志
　　　　挣扎着生长。
　　　　它有勇敢的生命，

它有光辉的理想；

现在，既然是春天，

它，就要无畏地开放！

这里，既然是祖国，

它，就要骄傲地开放！

是"爱情"和"意志"孕育了"希望"，是"祖国"的"春天"催发了"希望"。"希望"作为人格理想象征，必然是"无畏"的、"骄傲"的。现代意识壮大了它的"生命"，强化了它的"理想"。于是，它虽然是"小岛上唯一的"存在，却"在夜风里"保持了它的一份"自豪"：这"清凉如水"的夜呵，无损于它的"庄严"。"涛声"和"月光"，伴奏着它"纵情地歌唱"。这朵小花，就有如"睁开眼睛"的抒情主人公本人，"注视着、倾听着、思考着周围的一切"，以自己的存在，来阐发"生命的意义和价值"。因此，诗人才把这朵小花叫作"希望"，才把这坚强的生命点化为诗的意象……"宁静的夜晚"以"涛声"和"月光"，构成了小红花存在的意境，"希望"的寓意又使它结晶成意象——在诗里，"祖国"的"春天"才是真正的艺术时空，人格理想才是"希望"审美指向的理性的归宿呵……

意境和意象的互补，就这样促成了主体与客体的契合——意境点染着海韵的自然美，从中注入情韵，使"海"与"岛"成为独立自足的审美对象；意象又把"珠贝"的客体点化成抒情主人公主体的象征——不仅仅是"拟人"，也不单纯起表现自我，而是抒写诗人所仰望的精神世界。因此，沉潜于海韵里的人格理想，并非只是诗人现实精神状态的直接投影，而是抒情主人公渴求心灵净化的曲折表现。诗人沉浸于海韵之中，是在探寻自然美对于人格升华的艺术启示，是在诗的美学境界里走向自我丰富和自我完善……这才是《南海》情韵美的价值所在：作为人格理想的象征，其艺术使命在于丰富和完善社会美！

可见，意境和意象作为移情的审美方式，虽然不能等同于自然的人化或人类本质力量的对象化；《南海》的情韵美却在它的审美对应系统中，昭示了诗美的本质特征——诗是人格理想的象征，所以自然美是社会美的外现，意境和意象则是使情韵两契的中间环节。这就说明了，为什么对精神美的苦苦追求，反而使李瑛写下了如此浓郁的《西沙群岛情思》：

> 向东，向西，向北，向南，
> 极目远海，像平面几何巨大的圆；
> 茫茫无际的海水，你涌向何处？
> 朗朗天宇呵，真个是风光无限！

"涌向何处"是海之谜，是诗之谜，也是永恒的哲学之谜。谜底潜隐于谜面之中，"极目远海"吧，在这"巨大的圆"里，藏有"我的生命的千山万水"。于是，空间转化为时间，意境浓缩为意象。"礁石的性格像长城"，"野浪的涛韵像黄河"，大海回溯诗人的"记忆"，就"涌向"了"我曾认识的万千江河和小溪"，并多情地"流过我的枕边"，汇聚成"欢乐的梦"——在大海"茫茫无际"的怀抱中，包容了"草原"的"辽阔"、"云海"的"翻腾"和"雪岭"的"磅礴"、"沙海"的"浩瀚"，启示了"时间、空间、人生和我自己……"因此，这不是以认知为目的而展开的形象比拟，在意境与意象间，包蕴了理性的感悟：

> 到处是流动的色彩，
> 到处是奇幻的光，
> 到处是跃动的活泼的生命，
> 呵，西沙！

西沙群岛呵，似"贝壳"又像"舰艇"，如"石子"又赛坚"城"——意境与意象的互补，使它雄健而又清新："晶莹的珍珠"和"斑斓的贝壳"是它的灵魂，犹如"纷纷到大海沐浴"的群星……诗韵中有沉凝的诗思在闪烁，那"流动的色彩"和"奇幻的光"，该是生命力在自然的显露，而西沙的"层层波涛早写进浩繁的史册"。是中华民族的血气与精神"江河"般注入了大海，才积淀成这鸢飞鱼跃的神话世界，"风光无限"的"朗朗天宇"驰骋着诗意的联想，辽远的空间就印证着悠久的时间，使"茫茫天际的海水"像中华民族的一面镜子，"涌向"了历史与未来！

正在"涌向"未来的，还有诗人的现代意识。有如工人、农民和士兵，艺术家该是文化建设的主人公，应在创作中高扬其主体性。李瑛就是这样的诗人，在《南海》中不仅有"野浪的涛韵"，还有诗人的情韵；情韵美不仅以诗的神韵超越了僵滞的认识，也使艺术构思活动升华为诗人对精神美境界的自由创造。是的，缺乏自由的创作就不成其为创造，抒情主人公借助意象美来表现社会美，诗的"珠贝"就以其清雄的外形，闪烁出人格的风采！于是，我们看到了一位在"新的起跑线上"积蓄力量、准备冲刺的诗人形象，他在"用海洋般深沉的爱情积蓄力量"，因而能腾跃如飞，超越传统也超越自我，表现出异常强健的艺术生命力——这，正是李瑛与新诗潮的契合之处：把诗人的主体意识化入创造本能的冲动，从而发现了诗艺"流动的色彩"和"奇幻的光"，由和谐走向了崇高，在理性的光照下汇入了人生浩瀚的海洋……

原载《济宁师专学报》1990 年第 4 期

会说话的"珍珠"

——读李瑛诗集《南海》断想

霍清安

珍珠说：不要带我走，

不要用我去镶制皇冠或权杖，

不要把我嵌进刀鞘或戒指，

不要把我放在王公后妾的梳妆台上，

不然，我将死去，我将死去！

珍珠说，从我的心里

难道你没感觉海风在吹？

难道你没听见波涛在响？

难道你没看见浪花的影子？

我的生命，永远和风浪在一起！

——《珍珠》

小　引

　　这仅仅是李瑛的《珍珠》渴望风浪、热爱生活、热爱人民的内心独白吗？这难道不是诗人诗歌观的表述吗？它使我想起别林斯基 1842 年在《阿波郎·迈科夫的诗》一文中的一段话："如今，凡想在诗坛上成功，只有才能是不够的，还需要在时代精神中发展起来。诗人已经不能生活在幻想的世界里面了：他已经成为他当代现实疆域里的公民，一切发生过的事情必须生活在他里面。社会已经不愿意把他看作是一个娱人的角色，而要他成为它的精神和理想生活的代言人，成为能够解答最艰深的问题的预言家，成为一个能够先于别人在自己身上发现大家共有的病痛，并且以诗的复制去治疗这种病痛的医生。"这热切的呼唤，在诗人李瑛心中引起了共鸣。当这位与共和国的太阳一同升起、十分重视探索与实践而少发宣言的诗人，1978 年岁尾由"绿色的南海""带回一捧贝壳"和"闪亮闪亮的珍珠"时，他想起了诗人作为"代言人"、"预言家"、"医生"的职责。于是，那热切的呼唤，变奏成优美的旋律，飞出了诗人的心窝，结晶成为《南海》。

《南海》集中成诗最早的是 1978 年 10 月，定稿于 1980 年 12 月，这两三年恰是中国诗坛十分活跃的年份。这几年新诗的发展验证了恩格斯的断言："没有哪一次的历史灾难不是以历史的进步为补偿的。"百花凋零的诗坛迎来了欣欣向荣的春天：老、中、青诗人竞相向我们的时代献出一首首炽热、深沉的"觉醒之歌"、"真实之歌"、"希望之歌"。一向不大为人重视的军旅诗作，也因迅速而真实地反映了中越边境自卫还击战这一伟大史实，而获得了建国以来少有的丰收。诗歌理论界为探讨、推进中国新诗的发展，也曾认真地进行了几次热烈而冷静的交锋。但应该看到，那时，反映火热沸腾的改革和四化建设的诗，与宏伟壮阔的生活相比，显得数量不足、力度不够。诗歌理论界也有偏颇，在宏观上肯定朦胧诗潮的同时，对其愈来愈晦涩的倾向批评不力，对建国以来新诗紧扣时代的脉搏、反映火热的生活、歌颂人民的伟业的好传统，则有不同程度的轻视和冷落。然而，毋庸置疑的是，诗人和诗歌理论家都在为中国新诗的发展上下求索、辛勤实践。

《南海》正是诗人求索、实践的一枚硕果，它既摒弃了颂歌、战歌走向至极的一面——虚伪、浮夸、空洞、标语口号等，又正确地发扬了其应和时代脉搏，抒发人民心声的优良传统；同时又吸取了现代派诗歌意象艺术集中、强烈表达感情富于感性形象，对生活有深刻体验等的精华，扬弃了对现代派诗歌推崇的某些偏颇，为纤弱贫血、奄奄一息的现代派诗歌注入了铁和钙。因此，它是李瑛保留了自己独特的艺术风格而又有创新的诗作。它将以思想内容的深刻，对于当代现实的敏锐感触，对于人的心灵的精微描绘，意象的神奇、华美，构思的新颖、独创，语言句式透露出的海的流韵……在其创作道路上留下深深的刻痕。

1

诗和哲学不仅已经不彼此排斥，而且不断地相互帮助，相互支持，甚至融合到这种地步，有些哲学著作你会首先把它称作是诗的，而把诗的作品称作是哲学的。

——别林斯基《尼古拉·马尔克维奇的"小俄罗斯"》

《南海》的创新，首先在于思想，因为思想内容毕竟是先导、是基础，刘勰就讲过"质先"、"文附质"、"质具则骨立"一类的话。别林斯基也说"正是思想构成了一切诗的真实的内容"，而且，又"只有内容才能作为衡量一切诗人——天才也好，普通才能也好——的真正尺度"，"它是给予诗人作品的灵感和生命的主旨"。[1] 真正的诗人总是他那个时代的思想家，总能见人之所未见，言人之所未言，对现实具有独特的见解，李瑛以淋漓酣畅的笔墨为《南海》涂上了浓郁的哲理色彩，他为对立统一规律找到了诗的华裳、音乐的主旋律。《海》、《海声》、《海的启示》，这些诗表达的共同主题是：海的生命在于运动。"从亿万年地球诞生开始"，海就"从没有片刻慵懒，片刻停止"，"始终不停地运动，不断地更新"，"辛勤地推动摇篮，哺育蓬勃的生命"，"涤荡腐朽和污浊"，"不息地孕育、创造和开拓"，并且，每天"总是以原始的生命力庄严地喊着"，"你已经死去，你该离开我"……诗人这里写的岂止是海，更是我们的生活、我们的社会，因为"生活是海洋"啊！海的生命在于运动，那么我们的生活，我们的经历了十年浩劫后的新的生活呢？自然，也绝不能以只回复到浩劫前为满足，而应该遵循海的启示，前进！不仅如此，就是海上的《船》，也只有在"狂飙野浪"中"奋力腾跃，高歌向前"，生命才存在；如果在"沙滩上翻覆"，只能望洋兴叹，"把一切都交给昨日的记忆"，只能与"慵懒的雾和胆小的寄居蟹"为伍；对离开海的船"应该发一个讣告"，这只船所包含的深邃的哲理很容易让人想到人的生命，这里，船是象征人的。至于反映水兵生活的《赞一名水兵》、《舢板》等诗，它们寄寓的深刻哲理，却反映了另一个主题：海雄伟浩瀚、摧枯拉朽，是生命的摇篮。但是，人，却是它的主人，而且，利用它、创造

---

[1] 《别林斯基论文学》，第 24 页。

它、主宰它："天这般大，海这般宽，在茫茫天海间，他是支点！"而人创造的《舢板》，则是海的"中心和起点"……就是水兵的《飘带》上的"两只光灿灿的"、"沉甸甸的金锚"，在诗人眼里也是"永不疲倦的飘带的引擎"，在诗人耳里也"一声声，似警铃，催你起锚"。

李瑛还以对当代现实的敏锐感触，使《南海》鼓荡着当今历史的回声。事实上，不管你承认与否，当代社会的历史运动强烈地影响着诗。诗的当代性是构成一个真正诗人的许多必要条件中的首要条件，如果诗不与当代的现实问题发生强烈的共鸣，而是沾沾自喜地"炫耀自己的琐屑的意愿"，"无所事事的幻想的梦，陈腐的情感和华丽的忧郁"，"这种诗应该获得的，不是赏识，而是轻蔑。凡是不能扎根于当代现实的诗，凡是不照明现实、解释现实的诗——都是无事忙，是一种天真而无益的消遣、时间的浪费、无聊人们的把戏而已"。① 李瑛没有忘记这至关重要的一点，他在《献给琛航岛的十三颗星》里，准确、形象地概括了祖国五年来"半是悲愤、半是狂喜"的历史进程："今天，真理仍缀着泪滴啊，欢乐中犹带悲哽；今天，理性终返回人间，它如此惊喜，仿佛又有些怯生。"从中我们不是可以窥见刚刚开始的，但却为三中全会的路线奠定了思想理论基础的关于真理标准问题的热烈讨论的端倪和消息吗？《雾航》仅仅是写水兵在"云水横流"，"混沌一片"，"明涛暗涌，起伏颠连"的雾海中破浪前进吗？它难道不是在写共和国的航船在"左"的迷雾中艰难航行，而今天终于驶向光辉的彼岸吗？虽然"茫茫大雾"，"窒息了航标、灯塔，窒息了流云、轻帆，却窒息不了我们忠实的罗盘"，"更窒息不了头上的军旗"；"左"的迷雾可以蔽日于一时，但终将在第三次思想解放运动的大潮中，为阳光所驱散："它是一把火，熊熊烈火，转眼——将照亮整个海天！"这是人民的心声，历史的回音，也是诗人的预言。在《南海》定稿的日子里，诗人自编 30 年诗选集，在《自序》中他说，"诗人的职责就是通过他和他的积极的感情力量，帮助人们建设新世界和新生活，使人们生活得更加纯洁而健康"，并且强调，今天"该是重新认识自己的道德职责的时候了"。这话比别林斯基的"以诗的复制去治疗这种病痛"的话，更进了一步。在西沙珊瑚岛上，诗人既看到风推浪涌到岸边的曾经有"无数歌声"、"无数思虑"、"无数喘息"，如今"只剩下一片沉寂"的"海沙"，更看到了这"沉寂的沙滩上的满眼生机"。诗人的道德职责使他

① 《别林斯基论文学》，第 61 页。

联想到被十年浩劫的祸水冲到时代岸边的泥沙和"在风停雪止的大地上，包扎完伤口又开始出征"的祖国。于是《南海》迸发出了"积极的感情力量"，诗人以此去治疗某种病痛，纯洁人们的心灵，激发人们的热情去建设新生活。《望》是一幅凝重如青铜、深沉如海洋的油画，一位"历经沧桑"，有着"褐色的肩膀，褐色的胸膛"，"每块肌腱都骄傲得闪光"的老渔民，在"十二级台风九级浪"停息之后，"修好了船和帆"，"远望着无际的大海汪洋"，准备"出航"。这不是劫难后出航的人民、祖国的形象吗？而西沙永兴岛上的"一棵被台风吹折的羊角树"，"即使枝干折断、表皮撕裂，仍匍匐在沙滩上倔强地生长"。"这巨大的伤口，似终生也难以愈合，但希望把梢头已染出一派青青"。它"不是一棵树"，而是"一位战友，一名士兵"，这不是虽遭磨难、死而不悔的思考、奋发、前进的一代青年的象征吗？庸俗的说教者不是诗人。诗人不应板起冰冷的面孔去训诫，而应通过独具特色的形象去诉诸视觉，用积极的感情力量去诉诸感觉，从而影响、感化人们的心灵。在《台风过了》一诗中，诗人借"抗风桐上摔下的""白绒球般滚动的小鲣鸟"，寄托了对心灵曾受严重创伤的新一代年青人的炽热、深厚的爱"，"既然你属于祖国，可爱的小鸟，在战士心的天平上，你就是巨大的砝码"！当然，对至今仍在时代的岸边徘徊、迷途忘返的一些人，在寄托希望、耐心开导的同时，也在其背上击一猛掌，敲响警钟——这是通过描绘《海上有一朵云》——"蓬松的云/拖着懒散的影子，在天空浮沉/它太轻，轻得像丢失的梦/早忘了身边是冬是春/它没有帆，没有锚，也没有舵，像一片失去生命的灰烬/它闲得发腻，懒得发困/谁知道他还想游荡多少时辰/也许它没有眼睛，没有耳朵/看不见阳光，听不见声音。"——来表达的："海说，既然你不是枯落的叶子/就该有思想，有健美的灵魂/听，风暴就要来了，涛声隐隐/长空浩瀚，看你到哪里藏身！/巨浪将把你卷入海底，变成泥沙/狂风将把你撕碎，交给雷阵！"另外，正当社会上有人嫌弃贫穷的母亲，对祖国丧失信心，向往西方现代文明时，诗人远离北京，来到遥远的西沙群岛——"站在祖国的阳台上"，写下了《西沙群岛情思》、《祖国的泥土》这样真挚、深切的爱国主义诗篇，用朴实、憨厚、深沉的感情，歌颂了我们具有5000年光辉灿烂历史的祖国和勤劳、勇敢、智慧的中华民族，表达了对祖国的厚爱，"静静里我听见每架罗盘都庄严宣告：/这是西沙，中国的西沙！/而无际的浪涛高高地跳起来说：/中国没有西沙就不是中国！"在海上，捧着祖国送来的泥土，诗人会失声地喊道："离开你，我的心会干枯/离开你，我多么痛苦!"这种对祖国的爱情已经达到返朴归真、几近疯狂的程度:"让我把脚趾轻轻地踩在上面/让我跪在你面前把你紧贴胸脯/让我躺在你的身上打滚/啊,见到你,我不知道/该欢喜呢还是痛哭……"

不错,1824 年 4 月 18 日,歌德曾颇有见地地批评过德国诗人:"哲学思辨对德国人是有害的,这使他们的风格流于晦涩,不易了解,艰深惹人厌倦。"① 但是,我们读《南海》诸多富有哲理思辨的诗却没有晦涩艰深的感觉,因为这些诗的思想不是以教条方式表现出来的抽象概念、哲学讲义,也不是"流行的政治口号"、"时代精神的单纯号筒",而是生动的感性的美丽的形象,是构成诗歌的灵魂和主旨,正像光充溢在透明的水晶体里一样。更何况,我们所处的伟大时代,确实需要具有"一心想在小说和诗歌上建立一座纪念碑"的青年恩格斯 1839 年 11 月所说的那种"把心灵中的渣滓清除出去,并使热力变成熊熊火焰的伟大思想"的诗歌呢?

2

我可能不比别人好,但我和别人相异。

——卢梭

《南海》的创新还在于艺术。

艺术的生命在于独创,独创性是艺术家毕生追求之物,"越是崇高的诗人,他的创作的世界就越新颖"。② 一部诗歌史实质上是一部创新史。李瑛虽然久负盛名,但他仍不倦地寻找新的表现手段和新的表现方法。他每写一部诗,都力争有所突破和创新。《南海》虽然写的仍是海,仍是当代人(主要是战士)的心灵,他们丰富的感情世界,他们的意志、愿望、精神以及他们全部的庄严和美,但今天写海和 50 年代末 60 年代初,把海作为背景来衬托大海的主人——战士,把海作为战士演出的威武雄壮的保卫祖国的话剧的广阔舞台不同,不仅把海作为主角,而且赋予海以如此深刻的思想、睿智的哲理、多彩的性格、丰富的情感。更令人耳目一新的是,诗人吸取了现代派诗歌意象艺术的精华,写出了新意。这种新的探索与追求,使他既不重复自

---

① 《歌德谈话录》,第 39 页。

② 《别林斯基论文学》,第 51 页。

己，也不重复前人和别人。

其实，意象并不是现代派诗歌的"专利"，我国古典诗论就早已使用这个术语，胡应麟在《诗薮》里就说："古诗之妙，专求意象。"诗人艾青在《诗论》里也说："意象是纯感官的，意象是具体化的感觉。"西方意象派理论家庞德说："……意象是代数中的 a、b、x，其含意是变化的。"揭开意象的神秘面纱，说得通俗易懂一点，我觉得意象似就是通过想象、联想，运用各种修辞手法（白描、明喻、隐喻、拟人、拟物……）把意（思想感情，而且越独特，越浓烈，越深刻，越丰富越好）寄托在象（物）中。意象艺术在李瑛诗中早就出现，比如 1949 年 5 月，诗人就用"钉在空中的我们的行为，思想"，"我们宣誓的印章，盖在蓝天的纸上"，"一把通红不灭的火"三个意象，来表现"一柄镰刀，一把铁锤"的《我们的旗》。随着诗人阅历的丰富、诗艺的成熟，意象在其诗中逐渐丰富多彩、独特新颖。

《南海》意象的运用较诗人其他诗集更为突出。首篇《海的名字》，在运用了诸多意象（"母亲"、"太阳"、"光"、"花"、"三岁的孩子"、"辛勤的老人"、"生命"、"力量"、"青春"）拟喻海之后，更出人意外地用"心"这个独特的意象来拟喻海，给人以深远无穷的遐想：人的心应该像海一样宽阔、透明、奔腾不息，充满青春的活力……请看《西沙群岛情思》的第一章：

> 白天，你是片片云影，
> 夜晚，你是阵阵涛声。
>
> 你是一朵朵花，怒放的小白花，
> 你是一颗颗星，雨后的星。
>
> 你是一枚枚大海遗落的贝壳，
> 是贝壳，却并未失去生命，
>
> 你是一粒粒天宇滑坠的石子，
> 是石子，却有血管和神经。
>
> 你是一只只待发的舰艇，
> 只等待警铃骤响。
>
> 你是一座座威严的城，

转眼，会使山呼海啸，天摇地动！

这以一连串的排比隐喻形式出现的意象，大力铺陈渲染，多侧面、多角度、立体地描绘出祖国西沙群岛的美丽可爱及其庄严雄伟，不可侵犯。从这富有质感的意象中，可以感触到诗人热爱西沙的炽热的情感在流动。再看《石岛》：

> 你是天外飞来的流星吗？
> 落进南海，似铁铸钢浇；
> 你是珠穆朗玛山巅的石头吗？
> 滚入南海，犹冰雪未消……

"流星"、"石头"的意象似同"天宇滑坠的石子"的意象，但"象"同而"意"不同："石子"、"有血管和神经"，侧重其感觉，有情感；"流星"、"石头"仅是状其外貌，但它却是以一个隐喻性的意象带一个描述意象间隔出现，又用设问句式写出，更显得别有情致，韵味无穷。《南海》中的战士诗也用了崭新的意象。《悼一个修建灯塔的战士》用"在一个经纬线的交叉点上，一个真正的生命在发光"这一描述性意象，不仅新颖而且颇有气度：战士牺牲了，他的死重于泰山，他将永远铭刻在祖国的海图上，并在那里闪光。他还用"在茫茫天海间，他是支点"这一拟喻性意象《赞一名水兵》，是顶天立地的海的主人。至于用是海的"中心和起点"的意象写《舢板》，用"兴安岭上的一枚松果"、"武夷山下的一颗桂圆"的意象写"无名小岛"，用"太多太多的昨天的故事"写海沙，用"小鸟儿衔来的一粒种子"、"渔姑遗落的一枚钮扣"、"战士流下的一滴血浆"的意象写西沙群岛上"悄悄地开放"的"小红花"，用"绿色的水晶"、"透明的歌声"的意象写海南岛……在《南海》中俯首即拾，恰如在沙滩上拣取五光十色的珠贝！

不重复自己固然是重要的，但恐怕与"别人相异"更为重要。唐朝时，杜甫、薛据、储光羲、高适、岑参曾同登慈恩寺塔，各有题咏。除薛诗失传外，均流传至今，且各有千秋，究其原因，"相异"也。已故电影艺术家瞿白音在其《关于电影创作问题的独白》中，曾引黄黎洲的一句话："每一题必有庸人思路共集之处，缠绕笔端，剥去一层，方有至理名言。犹如玉在璞中，凿开顽璞，方始见玉，不可认璞为玉也。"并加以阐发："现象上的相同是璞，差异是玉，这剥去一层、凿开顽璞的功夫，对创新何等重要。"

这话对诗的创新有同等意义。

同以《珍珠》为题，白桦的《珍珠》是以自己亲身的经历回顾、对比，用叙事的笔触总结中国革命几经挫折的经验的："真理往往像珍珠那样/是精神和血肉之躯在长期痛苦中的结晶/三十年凝结了一颗巨大的珍珠/它的名字叫作：觉醒。"它闪烁着哲理、思辨的光，含着激愤、沉痛的泪。李瑛的《珍珠》则全凭形象说话，他借晶莹、美丽的珍珠传达的是渴望风浪、热爱生活、热爱人民的感情。那闪烁着的强烈的个性光芒，是他作为战士、诗人，在人生道路、创作道路上不倦探求、辛勤实践的结晶。

同是写传说中的"天涯海角"，艾青的《天涯海角》，是历尽沧桑、年近古稀的诗人胸怀博大、目光深远、虚怀若谷、壮心不已的人格的再现，它体现了诗人一贯着力追求的"朴素、单纯、集中、明快"的风格。李瑛的《海角天涯》，同他其他的哲理诗一样，繁富劲秀、文质并茂，其中蕴涵的哲理初看不易捕捉，似有不确定性，但从感情、语调字词、色彩上仔细揣摩，似包含作者对走到尽头、停止不前的思想进行委婉的责备，但又留有余地。见仁见智，让读者用自己的想象、理解，去补充、发现。同是写"希望"，艾青的《希望》意象丰富，哲理意味浓郁、空灵、洒脱、飘逸，似可超越时空；李瑛的《"希望"》诗风依旧，但意象单纯，与现实粘连紧密，让人感到十分亲切，并给人以力量。诗人用"坚强地开放"在"西沙小岛的礁石旁"的"一朵豆子般的小红花"作为意象，拟喻"希望"，让人从中看到了那些"忠实地站在岗位上"，"庄严地生长"的"平凡"的人的精神闪光。正如同"小红花"是"西沙小岛"的"主人"，那些"生活得勇敢又坚强"的"平凡"的人，是祖国的"希望"。

对此，读者尽可根据自己的艺术趣味以及对诗的理解程度，去选择自己喜爱的诗和诗人，但是，这些"相异"的诗，却无论如何是相映生辉、互相补充、彼此无法代替的。

3

问渠那得清如许，为有源头活水来。

——宋·朱熹

李瑛是勤奋的，他的日程总排得满满的，写诗总是在业余时间进行。

1978 年底由西沙归来后,《南海》未及终篇,1979 年 3 月便到云南前线参加对越自卫还击战;7 月,诗集《在燃烧的战场》脱稿;9 月,诗人出访北欧,回来后立即投入《解放军文艺》的紧张编辑工作。1980 年着手自编《李瑛诗选》,同时续写《南海》完毕,并出版了《我骄傲,我是一棵树》。3 年里出了 4 本诗集,莫非他有诗神缪斯的神助? 有得天独厚的条件? 不,他有的只是生活。他曾不止一次对我说:"生活是诗歌的泥土,不扎根生活,诗歌之花就要枯萎、死亡。最能代表时代、反映时代的是生活,而不是其他。诗的最高规范是生活,生活对我来说,永远不会多,诗人应该像摄取阳光、空气、水、食物一样,从生活中拼命吸取营养……技巧是重要的,但首要的仍是生活。"唯其如此,在劫难过去、痛定思痛之后,他才无暇去抚摸伤痕、创痛,便急匆匆地投入到火热的斗争生活的旋涡中去。南海拍天浪涛的冲击、自卫还击战炮火的洗礼、沸腾生活的感染、人民献身精神的教育、思想解放运动大潮的启迪——在生活的大海里,他"找到了"——"失去的童年"、"年轻幻想时扯起的帆篷"、"惊心动魄的雷雨,船倾楫摧的噩梦",他看到了人民"一副副温暖的胸膛"、"一双双热情的手掌"、"一对对深情的眼睛",他"也找到了忠诚和勇敢"、"欢乐和爱情"、"明天"和"生命"……难以抑制的激情化成了一串串清新激越的音符,结晶为一团湛蓝的透明体——"会说话的珍珠"《南海》。如果他远离生活,只把自己锁闭在"自我感情世界"的蜗壳里,做着"超越"的梦,无论他有多么蓬勃旺盛的创造力,也都只能是"小鸟的歌唱",只能创造出自己的,"与当代历史的及思想界的现实毫无共同之处的世界",[①] 是写不出《南海》的。

《南海》的实践,又一次证明了生活是一切文学艺术取之不尽、用之不竭的源泉,人民是文学艺术工作者的母亲。让我们祝愿诗人在火热的现实斗争生活的海洋里,采集更多的"闪亮闪亮的珍珠"和"有声带和耳膜"的"贝壳"吧!

原载《唐山教育学院学报》1988 年第五期

---

① 《别林斯基论文学》,第 26 页。

旅美归来感慨多

臧克家

　　李瑛同志，是我器重的一位诗友。三十年前初识时，我是中年，他是青年。而今，他入了中年，我的头上虽然黑多白少，但已成"老翁"了。二十几年来，他的作品与时俱增，近一年之内连续收到他新近出版的《李瑛诗选》、《李瑛抒情诗选》。我为他的创作精神与勤奋所打动，我为他斐然的成绩而大为高兴！

　　近日，李瑛同志又寄来他的新作《美国之旅》，我每天且读且用笔圈画。作为一个读者，我禁不住想为它说点快感与痛感。

　　我不清楚李瑛同志旅美待了多久，我从诗作的字里行间觉得他感受极多而且很深。他的有些诗句在纸上蹦跳，不，蹦跳的不是诗句，而是他的那一颗炽烈的、正义的、同情的、爱憎分明、心怀祖国的血心！我想，他在美国住的日子里寻到了友情，也看到了穷苦无告的人民的悲惨情景与豪华和腐朽的生活；一百一十层摩天高楼与流浪街头无处安身的老年人的酸辛，两相对比，真有点天堂与地狱之差。

　　对于美国这个资本主义国家，初次接触，印象纷纭。高度发达的科学技术和物质文明、美丽的大自然风光，儿童天真的眼睛里充满了的亲昵之光，给人以喜悦；虽然天涯遥隔，一旦酒杯在手，叮叮当当碰出的情谊友好的音响，使人难忘。这一些动人情景，显然给予了诗人以很深刻的印象，打动了诗人的心。因此，刚返回祖国不久，他热情地唱出"一支深情的歌曲……"给"美丽的瓦尔登"；他还写了《寄远》，"赠美国朋友 A. G"："怀念你的大胡子下埋着的天真和诚挚的笑。"这真成为"海外存知己，天涯若比邻"了。

　　总看全书，诗人美国之旅，有快感，也有痛感，许许多多的现象，发人深思。

　　美国是强大而繁华的，纽约、华盛顿是光亮的、富有的，高楼可以直接天堂，高速公路上充满了力感："二亿四千万辆汽车在瑟缩发抖"，真像台风登陆，"猛烈地摇撼着万水千山……"同处一市，请看另外一个世界的上帝的子民：一个被丢弃的五六岁的黑孩子，像"一只罐头盒、塑料瓶或一只抛掉的纸杯子"，败衣不给温暖，饥饿把他按倒在垃圾堆旁睡着了。还有一个个蹀躞于街头的老人的身影，还有十个百个"半是孤凄的痛苦，半是酸辛"的老妇人坐在候诊室里，可是啊："仁慈的上帝和冰冷的器械，都不肯温暖她们疲惫的心。"

　　美国，你休把繁荣自豪向全世界夸耀吧，请读读一个中国诗人的诗句："啤酒的泡沫溢出酒杯，酒吧的琴弦在疯狂颤抖，这里，每一公升空气中，半是香精和狐臭，半是无尽的孤寂和烦忧。"

　　有的人，航天有梯，另外，也不断有人向金门桥下的大海纵身！

　　美国，请听听我们的诗人用诗句为你写的观感与结论。作为一个读者和中国公民，我觉得这个结论，公正、真实、入木三分，"美国，辽阔又狭窄的，豪华又贫穷的，文明又野蛮的，迷惘、困惑、风趣而匆忙的美国。"

　　这本短诗，虽仅仅四十八首，可是题材相当广泛，涉及的方面也不少。看到就写，有感即发，可称为诗的随笔。论情调，有轻柔美好情思的抒写：像华侨对祖国的渴念之情，一个个孩子天真可爱的影子，有不怕人的小松鼠逗人的情态，有一山一水的眷恋之情，甚至一块天外来客——月球石，也引起诗人的无限遐想。至于诗人去美国之后对祖国的深深怀念之思，更是感人的。诗作批判了一些奇怪的、丑恶的，使"自由神"为之"贫血"的现象，热情歌颂了精力充沛的智慧的人民以及林肯、惠特曼……寄托了诗人的情思。

　　这集子里的诗，是即兴的，但弦又是深沉的；是抒情的，但又是理性的。诗句淘汰去了泥沙，字字淘炼得明朗照眼。艺术表现，颇见苦心，它为我所喜爱而且为我所重视。

1985 年 9 月 26 日

原载《人民日报》1986 年 1 月 6 日

秋末：韵流泻过北美大陆

—— 读诗集《美国之旅》

牟志祥

1982 年的秋间，李瑛在美国参加了中美作家会议，一个月的旅途，结成这本《美国之旅》。

旅途是沉重的，不是没有甜蜜蜜的友谊，有"感谢你递我这杯深红的酒，我举起它，一饮而尽，酒里浸透加里福尼亚谷地的初秋（《友谊》）。也不是没有微醉的、美的痴想，有"沉甸甸的密西西比的十月，余烬闪耀，暮色苍茫，暗了，长天；浓了，草香"（《密西西比河暮歌》）。但是，就像是庄严秋空里几颗闪闪的小星，它们多么美，又多么淡。毕竟是秋末，疏朗透明的结着严霜的秋末：

> 钟声响过，烛光熄灭，人群散尽，
> 广场上，只剩下一块石头，
> 一块比黑夜还黑的冰冷的石头，
> 压着华盛顿的心。

—— 《碑前》

57939 个在越战中阵亡的美国官兵的魂灵，凝成这座黑色大理石的纪念碑。"一群白鸽子飞来，落在草地上，它们不懂这一切，它们太天真"。是的，美国，从大西洋岸到太平洋岸，除了"一亿四千万辆汽车在瑟缩发抖"以外，还有一个老人，"斜倚在路边的长椅上，像一颗要脱落的牙齿，像一块天外抛下的石头"。谁也不知道，"他在这里已坐了多久"，不知道"他还要坐多少时候"（《百老汇街头》）。而"一个老人，十个老人"，踏着落叶前去寻诊，家里只剩下"一架自鸣钟，无情地切割着时间"，和"一条狗，寂寞地等待着主人"（《老人》）。还有一个黑孩子，"像一块长满苔藓的石头，像一颗悲愤郁积的泪滴"（《一首苦涩的诗》），但又"多么严肃，多么认真，望着北美的秋末"（《献给纽约黑人区的一个孩子的歌》）。多么严酷的秋末，当"秋风吹进了纽约"，狗的用品商店拥挤起来，躺在商店门前的那个蓬头垢面的老人的目光，便"深深地刺进纽约的咽喉"。盐湖城的布谷鸟啼多么纤巧，金门桥下阴魂的呼号却撕人心肺。李瑛说：

> 当又一辆警车，
>
> 在尖啸中驰过，
>
> 我的思绪，
>
> 像自由神脚下的狂涛，
>
> 几乎昏厥的大海，
>
> 跳起来，
>
> 第一千次告诉她，
>
> 这里绝不是
>
> 亚当和夏娃的伊甸……
>
> ——《贫血的自由神》

是呀，在纽约，他寻到的这个自由，"这个泪汪汪的自由，像被丢弃的私生子，她的父亲是金元"！美国——这个"辽阔又狭窄的，豪华又贫穷的，文明又野蛮的，迷惘、困惑、风趣而匆忙的美国"，对于人、对于自由，意味着什么。

在美国，李瑛不能不首先注意并思考人及人的自由这个问题。他的创作，从一开始便关注于它。只是在1978年以前，他侧重于生命状态的抒写，以后则侧重于生命的哲学思考，这种思考使他近年的诗陡然沉重起来。但在《美国之旅》中，一部分抒发爱国感情的诗由于写作环境的特殊而表现出一种情感包容理智、描述压倒思考的倾向。美国雨后的草地与中国江南的鸟啼相联，密西西比河的洪波与黄河的涛声相和，爱荷华的玉米与故乡的玉米有着"同样香醇、同样质朴的酒的气息"，就是如此。但总的说来，李瑛近年来作品的感情基调是因融入哲学思考而变得更深沉的，所以上述的倾向进一步发展，必使情感差不多完全包融理智因素，其诗便仍归于沉重。典型的例子是《怀念祖国》，此诗看不出一点儿思辨的高深和沉重，全篇是简单的铺排、叙述和迴旋，但一起首便把读者卷入深沉汹涌的感情波涛中：

> 太阳，照耀过五千年雄浑的黄河，
> 黄河，记得我曾把一千首诗献给祖国。

开头各有一顿，若千钧大夯，引一串沉沉夯点落向心头。广阔的画面、深远的情思以"太阳"—"黄河"、"黄河"—"祖国"互为粘连而成的黄钟大吕般的长句而缠缠绵绵地流出，典型地显示出李瑛近年以哲学思考为特质的感情状态。熟悉李瑛和他的诗的人都明白，这又是他四十年创作历史的凝结和鉴定。当他在 9 月 30 日这个既是中秋又是国庆的团圆节日里却身在异国，又自我做出这鉴定的时候，其近年感情的深沉复以一种特殊色彩呈现出来，这支歌便不能不"半是甜蜜，半是苦涩"。当我们说李瑛近年的感情基调是沉重的时候，同时也是说，李瑛近年的创作基调是对人、对生命的哲学思考。前述的那些侧重写美国现实的诗是如此，抒发爱国感情的另一部分诗也是如此，如《故国情思》、《夜话》、《旧金山，唐人街思绪》、《酒店内的谈话》、《石雕前的沉思》等。它们的题材当然不同，但感情基调、思考的东西和方式是一样的。

有的评论者已经指出，李瑛近年注意的一个问题是："在当前社会生活发生巨大变动的形势下，人民战士的生活道路、感情状态、精神境界、人的有限的生命如何才是美的、真实的、有价值的？如何才能超越时间和空间的限制而获得永恒的存在？"（洪子诚《新的尝试和探索》，《文学评论丛刊》第12辑）《美国之旅》同样显出这一点。作为战士的李瑛，既然写人、写生命，便不可避免地把它归结为一种时代的理想。他写了《献给芝加哥的无产者》、《在惠特曼诗作手稿前》、《林肯纪念碑前浮想》、《印地安人的舞蹈》等等，歌颂战斗，表达了一个无产阶级战士的崇高的社会理想。李瑛把歌唱林肯和惠特曼与歌唱芝加哥的无产者统一起来。也正由于如此，近年来的李瑛诗作较少那些直接的阶级斗争和社会斗争题材，更多的是关于自然、宇宙或者从人类社会斗争的总体意义上来把握具体社会素材的题材，借此表达作者最近一个时期以来对更为普遍、深刻和恒久的社会观念和理想的探索，抒发更为深沉厚重的社会感情或人类感情。《人的礼赞》把人纳入与大自然的哲学关系中展开抒情，表达了对自由的展望，歌颂了人类争取自由的艰苦斗争，《航天寄语》则于"在这多风多雨的人间，我站在地平线上送你航天"的沉重旋律之中，向那些遥远的星球寄发了无数美好的东西，否定着人间中的非人现实，向往着一个真正属于人类、"属于你、你的空间"。博物馆陈列着一块采自月球的石头，他说这是"月亮向我伸出的一只手"——

> 让我用真善美三元素打一只指环，
> 轻轻地，轻轻地戴在你手上……
>
> ——《月球石前的遐想》

一个真正的革命战士的生命其含义何在？如果说，李瑛在写毛泽东、周恩来、刘少奇、张志新以及对越自卫还击战中的英雄们的诗篇中已从正面具体地回答了"怎样做"的问题，那么可以看出，他现在已从更高的意义上在回答"怎样是"的问题。这种回答，也就带有了一定的概括性、抽象性和思辨性，这便给他带来了自1978年年底以来的全部作品中的大量的哲理抒情诗，《美国之旅》中亦然。在这本48首诗的集子中，哲理诗或哲理抒情的诗占了近20首，其他也或多或少表现了"理化"的倾向，但李瑛绝没有玄学的空论或思辨的莫测高深：

> 窗外，雾一般的小雨刚停，
> 大地，等待着太阳上升……
>
> ——《雨后》

笔者曾把它指给一位淳厚的农民朋友读，他说："真实在。"这就是李瑛的哲理诗，哲学与感情、历史感与现实感相统一的哲理诗。

包括《美国之旅》在内的李瑛近作，重哲学意味，重人、生命形态的概括、抽象的思考，重感情的大幅度深化，却又有很强的现实感。艺术表现上成功的原因何在呢？有人说：形象鲜明。这未免简单而空泛，我们不满足。许多诗都是有形象的，有的也很鲜明，但往往读不懂，现实感又在哪儿？我觉得突出的原因是另一个问题，即韵律问题。诗，就是通过感情的流动反映世界的发展的，所以诗不能没有韵律。李瑛历来讲求韵律，他的全部诗作可分两类：格律的和自由的，其中以前者为主。40年代已显出他在韵律上的用心，只是尚未固定，尚未形成鲜明风格，格律诗尚嫌生硬，自由诗也不太流畅。到了50年代中期，大致从《友谊的花束》前后，已逐渐形成特色，自然、流转，格律诗影响自由诗，使之字句、节段、结构不再散漫无羁；自由诗影响格律诗，使之无拘无束，不呆不板，能够在特定的形式框架中自由驰骋。到有了 40 年创作历史的现在，外在的韵律格式已经积淀为李瑛诗歌创作中的一种坚定的审美观念，一种不可更移的习惯，这就使他可以敏感地从外在现实的韵律中找到自己感情流动的格式，也可以自由地以自己感情流动的格式去发现、把握并表现外在自然。这样的表现，每一个形象都不会不浸透感情，都不会不产生一种顺应并推动这种感情流动的活动。诗到了这种地步，就有了现实感，是不愁没有读者的，这叫心心相应。李瑛近作的思考内容，就是生机充沛地活在这种韵流中的。逻辑思维的东西，相对而言是一个封闭系统，严谨、清晰而冰冷，有强烈的排他性；而感情的韵流，却有近于无限的扩张性，活泼、甜蜜而温柔，愿意容纳一切。李瑛的近作，也就是在调节这种矛盾。一方面，感情的韵流冲破理智的系统，诗活力勃发，而不致呆板拘谨或口号概念；一方面，理智的系统有效地控制情感韵流，诗便深刻沉厚，而不致轻浮放纵，流于情感随意宣泄的自然状态。哲学融入感情而获得诗的生命，感情基于哲学而显出深刻崇高，这就是李瑛近作和《美国之旅》的显著特色，前述的《怀念祖国》是如此，《石雕前的沉思》更是如此。如果说，前者由于写作环境的某些特殊因素而显得侧重于抒发深沉的感情，那么后者在理智与情感的融合上就更为完美。在感情越深沉的时候，哲理便越加坚定而明朗，是哲理高度上的感情，是感情化了的哲理，它可说是作为李瑛近作的《美国之旅》中最具特色的一首诗。这是诗的起首：

> 四十年前，夕照映红
> 北中国苍凉的崖壁，
> 黄河岸边，蜂巢般的石窟，
> 一片哑默，一片沉寂；
> ……

这是一片沉沉的负载着刀刻斧凿、钢浇铁铸般哲学思考的韵流在泻过北美大陆，堪为静穆的伟大，伟大的悲壮。这种画面，不能不使读者升起一种冷峻的情思，而伴随这情思，不能不是一种普遍深刻的哲学意境——李瑛用诗表达哲理，绝少赤裸裸地说出哲理。诗的哲理是说不出的，而重在渲染一种哲学氛围，形成意境，让人去感悟。这种意境得以形成，完全是特定社会特定时代及特定诗人的生活、艺术道路所培植出的诗人情感和哲学观念相融汇的结果。以此抒情写景，往往空间上重大重广，时间上重深重远，色调重暗、音响重低、形态重平、动态重静，等等。李瑛又汇入自己特有的风韵，即形成他独特的哲学意境。上例不难看出这一点。《石雕前的沉思》中的纯论辩式语言是不可缺少的作为感情流动的某种环节过渡或补充、加强的成分，而绝不是诗的闪光的地方。只有这样的既是哲学又是诗的表达哲学感情的语言，才有深刻动人的力量：

> 铁青的头颅，
> 苍白但却坚实；
> 谦和的容颜，
> 敦厚但却刚毅；
> 整个生命，全部浸在
> 一片平静的微笑里。

这颗陈列在异国展室的祖国石佛的头，在诗中发射着多么沉重而圣洁的光芒。他的心该落向何方？"呵，四十年前，在北中国黄河岸边，我拾到一颗不屈的心，跳动在暮色苍茫里……"于是，这块庄严的石头——

> 已多少世纪，他在沉默中
> 倾听着自己失去的心，
> 跳动，跳动，
> 跳动在遥远的故国，
> 那滚滚黄河的涛声里……

美国，你那九百三十六万三千平方公里的大陆，怎么能承负起这块石头！滚滚黄河的波涛涌向太平洋，美国，你不感到太平洋在把你摇荡！还是那位淳朴的农民朋友，告诉我，他读这首诗时手心冒汗、浑身打颤。可惜，这是历史、是哲学、是诗。历史、哲学、诗，你又有多么巨大的力量！

1978年10月，李瑛曾给了人们一片倾斜的海。人们在困惑：李瑛要走向何处？其实，写完《南海》，李瑛就在一次私人通信中说过："我到南海，到西沙，想起了人、自然和宇宙。"从南海，李瑛重新出发了，起步是大的，结果产生了与李瑛以往风格不同的《海》。那时，对李瑛诗作新风的评价尚为时过早，现在，我们就可以对其试作描述了。《南海》以后，他创作出版了四本诗集：《在燃烧的战场》、《我骄傲，我是一棵树》、《春的笑容》和《美国之旅》，最近又发表了几十首新作，如《树根礼赞》、《中国农民的起飞》、《红酒，献给十月》（组诗）、《北京，腾飞的开始》（组诗）、《扬子江之恋》（组诗）、《这就是今天的中国》（组诗）等。这些作品中，《在燃烧的战场》由于特殊的写作环境和题材，使其在某些方面与《南海》所标示的方向不太一致，较多显示了李瑛军事题材作品的稳定性，但气质上与《南海》一脉相承。另，《春的笑容》中于 1982 年 6 月"定稿"的十几首作品，其活脱机敏的浓郁生活气息又让人感到《枣林村集》的余韵，它们很可能是旧作的改定。其余的一大批作品，则都是从南海出发的合乎逻辑的足迹。它们显示了，李瑛迅速矫正了《南海》的某些过大的步伐，而开始沉稳行进了。如果说，在《南海》以前，李瑛的诗是柔韧、活泼、清刚，《南海》的代表作品则是粗犷、豪放、热烈，那么，《南海》以后的这些作品则是在某些方面承续了上述风貌的同时，又特别突出了坚韧、刚健和静穆。这仿佛是一个肯定、否定、否定之否定的三段式过程，表明李瑛并没有抛弃以往，而是在以往基础上的进一步发展。可以说，李瑛的诗风又进入一个稳定发展的时期，他还要这样写一个时期的。《美国之旅》是一本国际题材诗集，在国际题材的写作上，李瑛的发展与上类似。大致可以说，50 年代初的《战场上的节日》尚属起步，各方面不甚熟练。到了《友谊的花束》，则步子已稳，那种自然温柔的风韵，直到如今也感动着读者，但较少冷刚之光。《时代纪事》则几乎排却一切温情，处处都在沸腾、冒烟，其刚烈、愤慨，又显出另一种风貌，而《献给火的年代》和《站起来的人民》，则已经是《友谊的花束》和《时代纪事》相结合的产儿，刚柔并济、粗细相融。《瑞士之旅》和《美国之旅》是新时期的国际题材作品，风格上与前二集相类，多了坚韧、刚健之气。

读完《美国之旅》，我突然感到，诗韵流泻过了北美大陆，在那片陌生的土地上，将有一道永远也磨灭不掉的闪光的韵迹。是的，北美大陆，你是一片多么伟大而永恒的土地！也是同时，我想起了沉甸甸的秋末，它不仅仅是一个收获的节令，也是李瑛诗歌发展的一个结结实实的象征——这些，就是本篇小文题名的始因。

1985 年 4 月 19 日

原载《当代文坛》1985 年第 8 期

诗与画，感情与韵律

——读诗集《江和大地》、《红豆》札记

邹荻帆

李瑛是在国内已有广泛影响的诗人，自建国以来，已出版了 27 本诗集，新近写的《黄土地情思》等组诗尚未收入诗集中，由此可见他是个勤奋的诗人，是个在生活中感应极为敏锐的诗人。

我差不多读过他大部分的诗，但我还没有才能来采掘他诗中富矿。近来读了他新出版的《红豆》和《江和大地》两本诗集，一方面拿着红蓝笔在诗句上打些圈点，并沉入那些诗句中，零碎记下些感想。

一

我在读这些诗时，一个鲜明的印象是：他不是空中楼阁、闭门造车的，而是从生活中来的。所有这两本诗集中的诗，无论是到南方去，看长江的夕照，听六十四件编钟的音乐，欣赏深圳工地上站起来的生命……或者是对长江漂流探险队的祝福，见残堡中的鸽巢而引起的沉思，因东山魁夷的画而赞颂诗美……或者因农民购买第一架飞机而想到第一只蜜蜂、紫燕、凤凰而寄予希望，因参观树根艺术展而想到生命的力量可以使石头迸裂、大山凿穿，因一家小小花店开业而预祝心与心之间、今天与明天之间铺一条撒满落英的小道……

说诗歌创作源于生活，已经是老生常谈了，但是实践这一原则，并在创作实践中善于从生活选择表现的角度，却见出是否真正这样实践了，而且见出高低之别。

恩格斯《致敏·考茨基》的信中，有一段众所周知的名言，他说："如果一部具有社会主义倾向的小说通过对现实关系的真实描写，来打破关于这些关系的流行的传统幻想，动摇资产阶级世界的乐观主义，不可避免地引起对于现存事物的永世长存的怀疑……"他认为这样的小说也就完成了自己的使命。

从这段话，我想引申一下。恩格斯那时所处的是资产阶级占统治地位的社会，他是在为社会主义而斗争，而今天我们的国家正在建设社会主义，为共产主义而奋斗。那么，我们的诗歌如何对现实关系做真实描写呢？显然它的作用是要改善、协调、巩固和发展社会主义国家中的社会关系，鼓舞革命斗志，使万里长征跨越艰难险阻，争取更伟大的明天。

正是如此，李瑛在真实地描写生活上，是富于责任感，是有他睿智的选择的。他写了《在深圳工地》，因为他认为"许多生命在这里站起来"。他为长江漂流探险队写了一组诗，我们且不论探险队取得了多大成绩，但是这些人"为的是寻找生命的太阳"，他歌唱着：

> 一个不屈的民族，
> 从远古走到今天，
> 又从今天走向未来的形象！

他为一家小小的花店开业而写贺词，他为农民购买第一架农用飞机而写着：

> 面对科学的今天，
> 它也许简单；
> 对我们的向往，
> 仍未免寒伧；
> 却预示着一个
> 蓬勃的思想——奋起飞翔！

确实如他写的，这些萌芽性的事物，虽然还"简单"、"寒伧"，但正是这种萌芽性的事物，却标志着人们为理想奋发的精神，为创造美好的将来而早开的迎春花。

诚然，我们现实关系中，仍然充满光明与黑暗、善与恶、美与丑的斗争。我们说对现实关系做真实描写，绝对不是说只看到光明的一面而粉饰现实。我们也必须指出，批判揭露那些阴暗的、假恶丑的东西，在社会主义社会是应有自己的明确的立场的，要为巩固和发展社会主义而斗争。

李瑛的诗，更多的、更主要的是把现实中新人新事予以赞颂。我以为，为国家民族的兴盛而怀有忧患意识的是好诗。正面歌唱理想，正面歌颂现实中美好的事物的，当然同样是好诗。而当前，后者还需要大力提倡，因为那种脱离社会实际、内容空洞、感情虚浮、缺乏思想性的诗歌，数量还不少见。

二

李瑛的大量的诗艺术上有一个特点，他善于把诗情用画意烘衬出来，而诗情画意中又美妙地融入了他的理想，使艺术性与思想性融为一体。

这方面的例证是很多的，姑且信手举出几首为证。如《长江夕照》，望着浩荡的长江，思索着：似乎九千年，"天海泱泱；大地微微颤动了——多么凝重壮阔的主题和雄浑辉煌的思想"！这当然与今天进行的伟大事业联系在一起了，而这首诗结尾处写道：

> 在江天尽头，
> 一个民族的一滴精壮的血，
> 滴进了长江。

一滴血滴进长江，写夕阳如画，寄寓了诗情，而又是"精壮的血"，远没有见夕阳而感伤，而使浩荡的长江继往开来、源泉滚滚。一代代风流人物，把自己的生命投入祖国的大血脉中，使人眼界开阔、心情振奋。

又如《一座桥》，是写永定河上的卢沟桥的，他写着：

> 永定河忠实地流，永定河
> 是我胸膛上难以愈合的创口。

这也是一幅画，永定河的流动，如创口一样在胸膛难以愈合，侵略者曾给我们国家沉痛的创伤。诗人的爱国主义热情与思绪，正在这画中烘托出来，而写到桥时，说：

> 把那段旧日的石板仍留在桥面吧，像把那段历史永铺在心头。

是不是诗情借画意烘出，而溶入爱国主义理想，使艺术性与思想性融为一体呢？当然也是。

我想特别再举《六十四件编钟和我》为例。这首诗，从整体上把六十四件编钟人格化了，使它们一一如人物画，又一一从画框中跳出来，"一群受尽凌辱的/男奴和女奴/他们出逃/从墓穴，穿过历史的长巷/跑来，一个个，筋强骨壮，风尘仆仆……"

而后写着：

> 赶到今天，二十世纪，
> 参加演出。

我想，这样引证的例子，不必再加以解释了。但似乎作者还未写到"和我"之中的我。不，诗人在整体上是写六十四件编钟，画出它们是"不死的歌，不死的青铜，不死的艺术"，而整体上是又在让人们思考：我和我们，该如何使这时代的歌永远闪光。剑会锈蚀，鞭会朽腐，而歌将永生。在最后结束的诗句上，更体现到诗人言志：

> 此刻，我听见它们
> 庄严地深沉地说：
> 我们活下来，
> 只为激励我们的子孙，
> 看他们怎样建设今天，
> 并且来参加演出，
> 庆祝我们崛起的古老的民族，
> 欢呼他们开始了腾飞的序幕！

三

李瑛的诗基本上都是自由体，虽是自由体，但我认为也有两个特点。一是，形式虽是自由的，但他也注意音韵的美，同时也根据不同的内容要求，有时也注意到诗行的整齐，而达到诗美。他的大部分自由体诗，都是押了脚韵，而且注意诗句节奏的流畅，因而读来朗朗上口。形式自由而有韵律的如前所举的《六十四件编钟和我》、《在深圳工地》等大量诗作都是如此，但像《大理石》、《在一棵树和一棵树之间》等，则是整齐的四行一段的诗，《江上暮歌》、《过原始林》等则是三行一段的诗，而《一座桥》、《春雨》等则是二行一段的诗，所以他的诗的形式也是自由体而多变化的。

另一个特点是，他的风格都是明朗的，比之春日田野上的油菜花，比之秋天秋高气爽的阳光。这当然不是一种表象，而是由于诗人的思想性的明确，赋予客观事物以准确的目的，不是矫揉造作，而是他的思想与感情所孕育的胎儿。因而，他理直气壮地而又如阳光雨水润泽牡丹一样通过艺术处理，发而为诗，前面所列的诗作都是例证。

我也赞扬有些诗人或者诗意朦胧，或者吸收某些象征手法，使读者含英咀华，体会诗人深沉思考的意图所在，加深了对一首诗作的理解，让人不能忘怀。但我不赞成那些故弄玄虚、充满神秘主义色彩的诗，实际那是不理解我们的时代，而又不愿接触生活去取得从感性升高到理性的认识，于是"山在虚无缥缈间"，脚趾不着红尘，自己"排空驭气奔如电"，那是与理性不容的。既与理性不相容，那就还有可能以某种方式坚持谬误思想，而进行创作作品。

无疑的，李瑛的诗常常给人以画意，赋予流畅的韵律，以及明朗的感情色彩，都与他为人民、为社会的目的性有关，而这些又正是他的艺术风格。

原载《文艺报》1989 年 11 月 4 日

若将诗心献人民　浓墨淡彩总相宜

——读诗集《江和大地》、《红豆》

樊苏华

李瑛作为老一辈军旅诗人，其诗作之丰饶，其诗风之清丽俊美，曾影响和带动了一批后来者。读罢李瑛 1986—1988 年两本诗集《江和大地》、《红豆》，令人惊异地发现，在这个政治经济生活发生急剧变化转折，人们社会文化意识几乎是洗心革面的年代里，缪斯竟又一次让李瑛这样一位老诗人青春焕发，开出如此绚丽的诗的花朵。

在诗歌探索成就引起人们神往兴奋为之欣喜之余，大家对诗歌仍有一种遗憾。关于诗情、诗的想象与生活朴实的内在联系，确实被人们所忽略。读李瑛的诗，其快慰之处就在于诗人炽热的诗心、丰富的想象与时代的神往气韵交融一体。十年改革给人们思想观念、生活环境带来的变化，时时撞击着诗人的心灵，激发起诗人的创作激情。从中国农民购买第一架飞机（《中国农民的起飞》），到一家小小花店的开业（《为一家小小花店开业所写的贺词》）；从国际和平年（《和平雕像》），到帕瓦罗蒂在人民大会堂的演唱（《听歌》）；从深圳工地拔地而起的"石头，钢筋，玻璃，水泥"（《在深圳工地》），到一位工程师分配到住房钥匙的温馨（《一首温暖的小诗》）；从南极科学考察、长江漂流探险（《向东方》、《乔治岛的火把》），到索尔兹伯里写红军长征的书（《回望》），描绘了一幅幅多姿多彩的生活画卷，使我们看到了一位对祖国对人民怀有满腔挚情的老诗人，是怎样用爱、用力量和温情礼赞、讴歌和拥抱新生活的。

同时，以《一月的哀思》作始，诗人一直没有停止过对历史对生活的沉思。李瑛诗作所具有的严肃、凝重的品格在这两本诗集中显现得更加明晰。《六十四件编钟和我》、《石林》展现了民族历史文化对中华民族的培育与扼制，对民族的腾飞寄予热望。《太阳和大地之间》、《五百只狮子》则以一个老战士的诗情，赞颂了举世闻名的长征和卢沟桥抗击日寇的英勇壮举。而《火炬》、《重过天安门》等，诗人站在今天的高度思考领袖与人以及对过去年代痛定思痛，表现了一个曾经沧海的诗人可贵的成熟气质。如《火炬》一诗这样写毛泽东："我的诗站在我面前/问：该怎样歌唱他？/我说，他是一个普通人，像树木/他伟大而平凡，像泥土。""（他）用摇曳的烛光，铿锵的马蹄/用饥饿年代的草鞋和小米/结束了东方一个流泪的世纪。""今天，再不必寻找/哪里是他系马的地方/今天的任务是：开进去——/这里，那里，都是四化的工地/开进去，我们骄傲的同志/我们骄傲的花杆和测旗/我们骄傲的图纸、钢筋和水泥/以及我们骄傲的报捷的笔。"

李瑛素以抒情诗闻名。"南游"和"扬子江之恋"两组小诗写得清丽隽永，带来南国一脉水气花香，伴随诗人游子重归的陌生、惊奇、喜悦和眷恋。《南方印象》写道："在片片黄花后边/在张张渔网后边/那丝竹管弦的轻音乐婉转流出的地方/那淡淡的梅子气流出的地方/便是南方。"《南方母亲》写道："从摇篮边到星星/到处都闪着她们忙碌的影子/到处都摇动着她们的乳房/和她们的歌。""每一天都和太阳一起辛勤地工作/——大地便有了奶香味/大地便有了母亲宽厚的品格。"《红豆》写道："当闪亮闪亮的骤雨/跳在宽阔的芭蕉叶上/红豆便红了。"此时李瑛的抒情诗，向着清丽和静雅更深一步地发展，创造了独有的意境，在运动中求静止，亦在静止中求韵律。《江上暮歌》描写渔舟唱晚的姑娘："暮色从她的篙尖上泻下来了/黄永玉笔下那只忠实的猫头鹰/正栖息在岸边那根枝杈间……"诗人常常在造型艺术上引发诗兴。在观赏苏志远根雕艺术后，则悟出："像急管繁弦的交响/像温情缱绻的梦幻。"（《树根礼赞》）观东山魁夷的画，则悟出："在最后一片雪融化之后/寂静里，仿佛可以听见悠远的/布谷鸟的叫声震颤田野。"

在新时期的诗坛上，李瑛无疑是一位经验丰富的有鲜明特色的诗人，他的特色和他的人生经历是密切相关的。也许，正因为这样，又使他很难像那些饱经忧患的"右派"诗人们那样发出悲歌，使他的诗中少有那种沉重的悲苦的呼号。

若将诗心献人民，浓墨淡彩总相宜。祝诗人的诗熔铸进更多的力度，放射出更加美丽的生命华彩。

原载《解放军报》1989 年 1 月 22 日

诗的创作规律的哲学审视

——读李瑛诗论集《对诗的思考》

古远清

　　这是中国当代诗史上一位重要诗人的诗论著作,作者精辟地阐述了当代新诗应怎样才能获得健康的发展,军旅诗的新追求、政治抒情诗应如何做到思想与艺术的高度统一,边塞诗怎样才能保持自己独特的艺术魅力,散文诗须怎样进行创作等一系列问题。作者不是专业诗评家,却是经验丰富的诗人,他的诗论带有理论阐述与实证分析相结合、统一的特点。书中许多结论不仅富于启发意义,而且对当代诗歌创作具有指导作用。如作者认为军旅诗应有主旋律,应表现昂扬激越的爱国主义精神;军旅诗的风格则应该多样化,可以吟诵杏花、春雨、江南,也可以放歌骏马、西风、塞北,但阳刚之美应作为它的主导倾向;军旅诗作者应努力寻找传达内在情感的新途径,不应"满足于主观感情的直抒和客观具象的描写"。《对诗的思考》正是抓住了军旅诗创作的根本问题,从现状出发,以辩证的眼光,对诗的创作规律作了哲学的审视,使这本书对军旅诗创作的论述显得特别明确集中、充分全面、深刻透彻,超过了其他同类著作所达到的学术水平。

　　由于李瑛创作诗歌多为描绘金戈铁马的战斗场面,歌颂人民解放军英勇杀敌、保卫祖国的战斗豪情,因而被某些评论家封为纯粹的军旅诗人,这是极大的误解。其实,他被评论的最多、转载的最多的作品是非军旅诗《一月的哀思》,他近十年来则几乎就没出版过一本军旅诗集。他的诗不仅是属于军队的,更是属于我们民族、属于我们人民的。同样,《对诗的思考》的论述也绝不限于军旅诗,它论述的是包括军旅诗创作在内的一系列带根本性和规律性的问题。值得重视的是,作者在思考诗坛一系列重大理论问题时,始终恪守诗人必须具有庄严的使命感和责任感这一基本论点，既不保守僵化，又不赶时髦，表现了一位成熟的诗评家严肃求实的科学态度和不断探索的创新精神。

众所周知，我国新诗理论在"文革"前不少是从苏联那里移植过来的，"文革"中新诗理论的发展陷入了停滞状态。进入新时期以来，人们强烈要求更新诗歌观念，引进了不少非理性主义的东西，还有的先锋诗人大喊反崇高、反理性、反抒情、反传统。在这种情况下，《对诗的思考》作者处变不惊，以冷静的态度和清醒的头脑，深刻地反思当代诗发展的历史，认真地总结它的经验教训，严肃地探讨有争议的诗歌理论问题。对于传统的诗歌理论不轻率地否定，始终坚持"越是优秀的诗人，越应属于他所生长的社会和时代；越是优秀的诗篇，越应属于历史和人类"，而不应只属于少数人的观点。对于西方现代派艺术的思想与技巧，也不是照单全收，而是坚持马克思主义的辩证观点，吸收其有益于刷新诗艺的技巧，排斥其不合我们时代、社会所需要的思想内容。对于那些视西方现代派为洪水猛兽，一听到是来自西方的作品及其理论便排斥的做法，他是不赞成的。李瑛本人在北大求学时便接触过一些现代派诗人的作品，他在 80 年代写《我骄傲，我是一棵树》时，也使用了新的技巧（如西方印象派的色彩、表现派的恣放）。虽然他不赞成西方现代派的思想主张及其哲学基础，但他认为可以而且应该批判地借鉴吸收某些可为我所用的表现方法和艺术手段。这种看法对增强我们的艺术表现力和容量、开拓我们的审美视野以增强作品的艺术效果，是非常有利的。

《对诗的思考》不仅善于开放地吸收、改造和容纳人类艺术中一切有价值的东西来丰富自己、发展自己，从不以简单片面的观点去看待西方现代派艺术，表现出深邃的历史主义目光，而且结合自己的创作体会，对诗歌创作的一些艺术问题做出有益的探讨。无论是为别人的作品作序还是为自己的作品写后记，李瑛总是多角度、多侧面、多层次地阐述每一论题。全书不仅内容丰富，而且新见迭出，对诗歌习作者有极大的启发意义。比如诗歌应如何运用比喻、拟人化手法，著者提出应按不同的表现对象去抒发作者不同的情感，写咏物诗，要做到比拟贴切，尤其是要运用自己丰富的想象力，在形神兼备上下功夫，把无生命的物当作人去写。对于《关于〈我骄傲，我是一棵树〉》，李瑛谈到："我以挺拔的白杨喻英姿飒爽的女民兵，以坚强的青松喻北国勇敢忠贞的士兵，以红柳、沙枣、白茨喻满怀豪情、扎根瀚海的青年男女，以灼灼木棉花喻南国战士热烈豪爽的粗犷性格，我讴歌被风吹折的羊角树的顽强抗争精神，我礼赞战斗前沿胶林滴乳的奉献精神……"这对诗歌创作者应如何珍惜自己的内心活动和大自然的启示，如何将理性思考与感觉、想象相结合，如何做到既不重复别人也不重复自己，都有示范性和指导性。

《对诗的思考》的文风也很值得称道，著者谈的问题大都是庄重严肃的，但从不板着脸孔说教。虽然他写文学评论时是以逻辑思维为主，但诗人的气质却深蕴其间，语言感情充沛，联想能力很强。

作者就是这样用理性、用情感、用比喻、用抒怀，把读者领进新的艺术天地。尤其是为别人作品写序和参观不同的作品展览后所写的评论，他力求做到在写作形式、方法、语言方面各不相同，每一篇序言或评论都以新的面目出现，而在总体上又不脱离平易近人，充满哲理思考，给人深远的联想与回味的评论风格。李瑛的诗论还充满了警句，如，"诗人不是行政机关里的文书员，他应该像一个勘探员或侦察兵，他不是抄写，不是复述，而是发现"，"诗人绝不是为糊口而寻找的一种职业、一种手艺，它是一种使命、一种责任，庄严的神圣的使命和责任"。这些警句，用自己的审美观念去照亮诗艺，去理解创作，不仅有利于读者接受自己的观点，而且显得文情并茂，很值得那些喜好故弄玄虚、堆砌术语的文论作者借鉴。

原载《光明日报》1993 年 4 月 28 日

散文和诗歌的对话

——读李瑛诗论集《诗美的追寻》随想

红　孩

　　2002 年末，著名诗人李瑛将他新近出版的一本文艺理论集《诗美的追寻》送给我，使我有机会能集中地将他近年对诗歌以及与文艺有关的问题的思考进行审视。过去，我同李瑛先生有过很多交往，见面的次数也不算少，还同军旅作家王宗仁到他家中拜访，当面聆听他的教诲。我不止一次地同文友说过，李瑛先生不仅是著名诗人，同时还是个真正的哲学家。看他的诗，听他谈诗，无不充满着属于他自己的哲学精神。2002 年，是诗人从事诗歌创作60 年，因此，读其同年出版的文艺理论集《诗美的追寻》就有着特殊意义。最近两三年，在散文研究上我总想与其他艺术门类进行比较，下面的文字，便是我阅读李瑛先生部分文论的一些思考。为了使读者能清晰地看清楚，我采用了对话体的形式。当然，这也完全可以看作是我跟李瑛先生的一次心灵沟通。

　　李瑛：五十多年的创作实践，使我越发认识到，我实在缺乏像希腊亚里士多德所要求于诗人的要具有优越的天赋与敏感。我始终认为对于诗人来说，他总要站在时代的前面，以强有力的感情和燃烧的文字，表现自己所感知的社会情绪、创造的艰辛，表现对人的高尚心灵与力量的赞美，呈现人们灵魂对真理和对生活的热爱。

　　红孩：应该承认，人是有天赋和敏感的，但其优越的程度肯定差异很大，这既有遗传基因的影响，也有生活环境的影响。但就绝大多数人来说，天赋和敏感并不是与生俱来的，它们往往来源于生活的馈赠，这很像人扒去树皮而改穿衣服。无疑，在诸多文学样式中，诗歌是最为敏感的，也是最容易燃烧激情的。由此，是不是说散文就可以享受冷静、矜持了呢？我看也不尽然。因为，散文同样是非常敏感的，它对生活的敏感度绝不亚于诗歌。比如，我们到了某个风景地，诗人可以很快吟出几句诗，但散文作家同样也可以捕捉到生活的亮色（文眼）。至于表现所感知的社会情绪、创造的艰辛，表现对人的高尚心灵与力量的赞美，呈现人们灵魂对真理和对生活的热爱，散文和诗歌没有什么区别。

李瑛：我忽然想起在希腊文中，"诗人"这个词就是"创造者"这一含意。记得文艺复兴时期意大利诗人塔索也曾经说过，"谁配享受到'创造者'的称号，唯有上帝与诗人"。上帝是不存在的，那么就只有诗人了。过去，我们曾引为自豪的诗歌，始终以崇高精神和高度艺术魅力证实自己价值和意义的我国的诗歌，现在仿佛显得比什么都软弱。如今，它正被处于极度冷落和困窘之中，而其自身却又充满盲目的喧嚣和浮躁，使诗失去了它所应具有的尊严，这不能不使一些理智的诗人感到痛苦。

红孩：艺术不同于其他，它自身的根本价值就是具有创造性。人们尊重科学家，是因为科学家可以发现一个世界，而艺术家却可以重新创造一个世界。在我们这个国家，虽然连一两岁的孩子都可以背上几首唐诗，但这并不意味着诗人就可以广为人们尊重。长期以来，我们的诗人也包括作家，所承载的东西太多了。在崇尚自由、追求个性的今天，回避崇高、反叛传统，已经不单纯是诗歌本身的现象。任何事物在成长、发展的过程中，都有它自身的发展规律，冷落、困窘、喧嚣、浮躁，恰恰是事物螺旋式发展的基本特征。当前散文创作不也是如此吗？不管是重新审视鲁迅、巴金、冰心，还是批评杨朔、刘白羽、秦牧，这都没关系，重要的是，不是在探讨艺术规律使我们的散文创作在前人的基础上有所发展。当然，人各有志，你既可以捍卫你的诗歌、散文精神，但你同时也要允许别人有所探索，哪怕是否定。否定之否定，是哲学，也是科学。

李瑛：既然诗是和真理、和美并存的，既然我们应在诗中追求一种有意义的生命，那么我就希望我们的诗歌作者，能更多地加强些自身素质的建设。长期以来，我总觉得我们不少作者，在创作上似乎有些准备不足，乃至缺乏准备，主要是缺乏对生活较深层次的认识：他们程度不等地存在哲学肤浅、信仰苍白、思想简单、心理孱弱。他们或则只靠直感和臆想写作，或则只停留于浅层的社会观察和局限于现象的描绘或不断重复别人的认识和理解，或则流于单纯对形式和技巧的追求，却忽略了对诗的深刻内涵的发现。我不同意创作的无目的性，盲目的艺术家的时代应该结束了。我也不同意从观念到语言笼统地反传统，我国优秀的传统文化，至少在哲学和诗学领域中，有许多东西是足以使我们感到自豪的。

红孩：关于文学写作者我有两种判断，一种是仅仅对于文学的爱好，这类人热情有余，但始终找不到进入文学的门槛，说得不客气一点，他们其实与文学没什么关系。我做副刊编辑多年，经常接触这方面的稿子，尤其是一些大小官员的稿子，他们连诗歌、散文的文体、规矩都没弄清，就冒着官气给你拿来了。另一种人是文学圈里的人，他们一旦进入文学后，便开始玩弄技巧、戏弄生活，这样的作家写来的稿子肯定够发表水平，但你发现不了他有多少思想深度，更谈不上有多少创造力，此二者类似于戏曲中的票友和科班。关于散文，我认为在唯美的前提下，无外乎有三种类型：第一，提供多少情感含量；第二，提供多少文化思考含量；第三，提供多少知识含量。综合起来，就是能给人提供多少信息量。说得通俗些，情感含量一般强调说事，文化思考含量强调说理，知识含量强调说明。而要真正写好这三类散文，哪一方面都要有生活的积累、知识的储备和写作技能的锻炼。如果自己在各方面还没有做好充分的准备，就盲目地玩技巧、搞流派、创主义，那肯定是要走弯路的。

李瑛：我始终认为，不论什么形式的文学，决定一部作品的成败，主要在于作家的思想艺术水平，在于他对生活的认识和把握的深度和广度，在于作家艺术地概括和反映生活的能力。评价一首诗，首先是看它的深刻的思想力度（包括政治的、社会的、道德的、哲学的、伦理的等内涵）。诗歌绝不是简单的政治的附庸，而是诗人观察社会、剖析生活之后的反思和领悟，它应该具有鲜明的倾向性、宽广的历史背景和丰厚的哲学容量，它撼人心弦，怡人性情，使人通过对生活真理的认识，给人以美、振奋和慰藉。

红孩：长期以来，我们一说作品的思想性和艺术性，马上就会想到"党性原则"和"主旋律"那样的字眼。我觉得这本身没有错，问题是，我们有相当多的人总是片面理解党性和主旋律，认为这二者就是政治性。当然，我们的社会主义文学要讲政治，但是，那思想性中的思想不仅仅包括在政治上的共性高度统一，它也还包括作家在哲学、道德、伦理、社会等诸多方面的个性思考。没有个性思考文学就不会有创造力，艺术就不会发展。既然我们的社会主义文学是开放的、是兼容的，作家在创作上就应该是自由的。在这样的理解下，再谈文学的艺术性，就不会有什么羁绊。散文这种文学样式，在艺术的表现和创新上较之于其他文体，应该说空间更大。近十年来，散文在总体发展上已成壮观之势，这是有目共睹的，尤为令人瞩目的是随笔的空前繁荣。我所以称散文发展为壮观之势，而没有用创作高峰那样的词汇形容，无非是想说，我们散文创作在思想解放上还相当不够，有思想厚度和力度同时在艺术上相当成熟的领军型的作家还微乎其微，更多的是在自家自留地上广种薄收。

李瑛：诗人应该是真实的代表者，是时代和社会的代表者，他应该既具有个人化的品味感觉，又有对现实生活的重造能力。文艺作品是人类审美意识的物化形式，是人类社会最高的审美现象形态，它能在较大程度上满足人们的审美需要，提高人们的审美能力，培养人们高尚的审美情趣。诗中的美是由诗人心灵产生和再生的，这种美像真理，正如法国米勒所说："美，就是表现的力。"它常能给人以奇妙无比的不可估量的启示、才智、灵感、激情和力量，使人的精神变得善良、睿智和崇高。诗歌创作的难度就在于没有定规和模式。当前在我国，物欲大潮的冲击和东西方理论的撞击，在一些作者中，造成了某种迷惑和混乱，特别是一些人素质不高，缺乏起码的创作准备，加之一些晦涩难解、似是而非的理论误导，使得诗歌在不少人头脑中失去了客观判断的标准，结果是败坏了诗的声誉，造成读者的严重流失。

红孩：诗歌是时代真实的反映，散文也同样是时代真实的反映。已经有很长一段时间，散文界一直在围绕"散文允许不允许虚构"进行激烈的争论。而在我看来，散文的某些细节可能有虚构的成分，但如果作家要虚构自己所处的时代却很难。也许有人马上会说三年自然灾害饿死那么多人，可有些作家却还在歌功颂德，他们反映的时代你能说是真实的吗？我说，这要以历史的眼光去看，任何作家都有自己的局限性，正像你的头上落雨，而你不能要求阳光普照下的人跟你有同样落雨的感受，所以，我同意文学有重造性的功能，也就是说，在你认为不可能的时候，而对方却恰恰可能。但是，有一个基本原则是你不能破坏散文的美质。我说散文是唯美的，不仅仅是指散文中的语言，表达的意境，还包括作家的审美情趣、思想的张力。当前，有相当多的读者和散文创作者，他们并不能真正认识散文中的"美"在哪里，他们只看作家名气，看文字长短，看发表报刊的级别。就散文创作者而言，模仿已经成为一种时尚，有个性的作家数量非常有限。我可以肯定地说，目前发表在报刊上的大量散文，其艺术性非常差，这些水货的泛滥对散文的发展没有一点好处，到头来，会像诗歌一样，既是对散文自身的破坏，同时也失去了更多的读者。

李瑛：从事文艺工作意味着一种崇高的道德责任。我们的创作和表演，不要一味迎合某些较低层次的文化消费者的精神需求，消极地适应他们未必健康的审美情趣。这里说的"迎合"，常常是指降低文艺自身的美学要求，放弃原则地去逢迎读者和观众层中肤浅的心理欲求，以获得他们的青睐，目的是获得名利或别的什么。爱尔兰诗人希尼说："在某种意义上，诗歌的功效等于零——从没有一首诗阻止过一辆坦克，而在另一种意义上，它是无限的。"文艺工作是艰苦的工作，是要靠老老实实的态度才能做得来的事。我们只能不趋时，不媚俗，不为金钱诱惑所动，不搞粗俗的低级趣味，不人为地制造轰动，不哗众取宠，而只靠自己执着艰苦的劳动去创造为人民所承认的艺术价值。

红孩：文化，从来都不是单纯的文化。坚持先进文化的前进方向，这其中的先进文化也是多元的。文学作为文化的重要组成部分，也同样是多元的。仅就散文而言，我以为随着散文概念的泛化和散文创作人员的商业化，在现阶段，散文确实有迎合某些较低层次的读者——准确地说，应该叫消费者的需求倾向，特别是有些作家完全把散文（随笔）当作快餐食品出售，也有相当一部分官场中人，用散文打扮自己，到处欺行霸市。要论最精彩、滑稽的莫过于那些不停地制造轰动效应、祈望一夜成为大师的今日文豪们，每每读他们的作品，我总感到架门挺大、气势磅礴，但顺着散文的通道往里走进一半以后，就发现那样的文章其实与散文关系并不大，除了野气、霸气以外，根本没有艺术的美的质地。不必怀疑，文学是科学，科学的东西就得按科学的规矩去做。伪科学可以骗人一时，但不能骗人一世。

李瑛：诗歌创作一般是个体劳动的形式，常常有明显的个人印记和个性差异。诗的创作虽然是以个人的形象思维来完成，但却不能排除理性思考。我以为，作者在发现和提炼生活意义、表现自己内心世界和心灵活动的同时，必然渗透着自己的立场、世界观、思想感情和美学思想，包括他的哲学观和艺术观等。我不认为这个世界上存在着没有目的性和倾向性的文学,我爱诗,传播美、自由和希望的诗,是一种精神、一种思想品格、一种感情韵致,把它们注入生活的脉搏之中,就会放射出光辉和芳香;我爱诗,它使我发现自己,使我敏锐地意识到自己在时间之中的位置和所处的时代;我爱诗,它使我有崇高的信念,不倦地追求真理、热爱生活,永远用积极的态度认识这个世界;我爱诗,我想和人们谈话,我想倾吐和诉说。我以自己的思维方式、表达方式和自己的语言传达出心底真诚的声音,那是我对生活的认识和思考;我爱诗,它的永恒的生命在于创新,不仅是艺术上的探索和营构,更是内涵的挖掘和突破。新的诗总是闪着一种令人难以捉摸的光彩,具有一种惊人的美、一种巨大的震撼力和一种高度,每首诗都应该是一次新的出发。

红孩:劳动创造了音乐,劳动创造了舞蹈,劳动创造了文学,劳动创造了艺术,劳动者应该得到尊重。就大多数的艺术形式而言,一般都带有个人的色彩,倾注了自己的情感与心志。往往一个艺术作品诞生了,同时创造这个艺术品的艺术家的艺术品格就形成了。如果说诗是最浓缩的艺术形式,那么,散文则是最能让人倾诉心声的话筒。散文是真实的,散文是平和的,散文是温暖的;散文是清晨的露珠,散文是西下的夕阳,散文是夜晚的月亮;散文是父亲前额的皱纹,散文是深秋的落叶,散文是黎明前的曙光。我爱写散文,它能让我拉满弓的膂力有地儿释放;我爱读散文,它能让我结识不同性格的朋友;我爱批评散文,我常常把它当成自己的女儿。我爱散文的情感越丰富,散文离我似乎越遥远。散文于我,永远是待嫁的新娘。

原载《文艺理论与批评》2004 年第 1 期

在苍茫的时空中发掘美

——读李瑛诗集《多梦的西高原》

张　炯

　　李瑛同志是著名的军中诗人，他勤勉而多产，几十年来在诗集的原野上，他差不多每年都给读者捧出新的诗集、新的累累果实，而且在耕耘中，他总有新的开拓。我喜欢他的诗，因为他的诗虽然多是自由体，却熔中外诗歌传统于一炉，且深得我国古典诗歌的韵味：含蓄、蕴藉，用字新奇、富于想象。他的新诗集之一《多梦的西高原》尤有古人边塞诗的韵致，但又充满了现代意识，不仅视野开阔，而且能于苍茫时空中不倦地发掘美，在地域与历史的沉思里，为读者提供了令人耳目一新的诗情与画意。

　　这本诗集分为两辑，一辑题为《戈壁海》，收入 1989 年 3 月到 1990 年 9 月他第三次访问新疆所写的诗；另一辑题为《黄土地情思》，收入 1987 年 10 月到 1989 年 1 月深入晋西北等地所写的诗，总共 76 首。他所走访的地方正都是我国的西高原，诗集为读者展开了西高原那横亘古今的苍茫的历史图卷，以极为出色的笔力，描画出那辽阔疆域的茫茫戈壁、皑皑雪峰，那古老的废燧与废城，那赭红的火焰山，那美丽的湖泊和荒古的岩画，那踽踽独行的驴车，那丝绸路上遗落的铃声，那比天山的月亮还圆的手鼓，那古墓中的木乃伊，那荒滩上的蜥蜴、沙蒿，沙漠中的狼和胡杨林，还有那晋西北的黄土地、黄河激流与落日、古堡、唢呐、信天游、陶片和窗花……从这纵横舒展的一幅幅鲜明、生动的画卷中，人们不仅可以领悟到发自数千年历史回音的诗人的沉思，而且可以感受到作者笔墨下那荒原上蓬勃、倔强、坚忍不屈的生命跃动和既苍老又年轻的民族之魂如燧火般燃烧的光耀，还可以欣赏到如珍珠般蕴涵于诗句诗情中不断涌现、不断被塑造、被雕镂、被开掘出来的诗意和诗美！整部诗集不啻是苍茫高原和生命张力的颂歌，也是自强不息的民族魂灵的颂歌！

如果说，李瑛过去所写的关于西高原的诗，像《戈壁行军》、《戈壁兵站》、《戈壁日出》以及《花的原野》中的一些诗，多以战士和社会主义建设者的视角去透视生活、采撷生活中的美的花朵，充满一种时代的豪情和年轻生命的欢悦，对诗意的铸造虽很精心却又不免时显直露，诗歌的形式上也多取四句一节的格律体，那么在《多梦的西高原》中读者便会感受到另一种诗的格式与风格，仿佛一位历史老人和哲人在跟辽阔的大自然和千年的历史对话，娓娓道来，意随笔到，却显得庄严、凝重、洗练、老到，令人更多发思古之幽情，而又承受民族魂灵的冲击，常常意在言外，余味无穷。诗人似乎站在云端，以广袤的视角去注视苍老的大自然和漫卷的历史风云，去抒发自己具有宇宙意识与博大胸怀的情思，不再囿于咏叹具体浮现的对象。如写《废燧》，立即联想到"那鸣镝羽书的呼啸呢/那狼烟烽火中翻飞的猩红的大旗呢/那失去骑手曳了鞍辔归来的马呢/那被撕成碎片的苍冷的月亮呢/那箫/那灯/那酒/那剑/那永不再流动的史书中的豪笑呢"，而在废墟土墩的缝隙里，他却又没有忘记"挣扎着开着一朵小小的黄得发苦的/蒲公英"。在《古城游思》里，诗人在层叠的断壁间蜿蜒游弋，"像一条沉思的鱼/回望汉唐/回望宋元/但见烟峦涌动，莽莽荒碛/息了，钟鼓/哑了，羌笛/干了，杯中的酒/朽了，楼头的旗/当年的弓弩手早疾驰而去/无论王侯和庶民/也已一起埋进大漠风的漩涡里"。他感叹"一千年，两千年/河枯星殒/历史失落了很多东西/很多东西又在寂灭中/崛起"。这些诗里，对历史的苍茫感和对生命不息的坚强信念，正是紧紧地融焊在一起，让人们在哲理的深层上感悟到辩证法的烁烁光耀。

伟大民族的历史和魂魄，莫不处处见出深层文化的丰富根基。《多梦的西高原》不仅写高山、写戈壁、写皱褶的黄土埂，写山巅岩石上的羚羊、雪谷飞翔的鹰鸟、荒原农家的小红柿和秋日的蝈蝈，而且写出民族历史文化多彩的积淀。它写那"多情的手鼓"，那"呼图壁的岩画"，那没有花朵的黄土埂上"一扇扇明亮的窗口"开放的"窗花"，那古老的"陶片"和"武士俑"，都莫不透过具体形象，给读者开掘出丰厚的文化内涵。他感叹烧制陶片的老工匠"垂下手，变成了灰尘"，而诗人又深情地凝视着陶片："今天，在明亮的阳光下/望着你，像听见/远古传来隆隆的回声/我想起/一个个龙的故事。"（《陶片》）诗人与武士俑喁喁对话："哪里是你走来踏出的足迹/哪里是你的箭囊、鼓角、弩机/哪里是你的伙伴，你的方阵/哪里是你城堡下猩红的大旗/你草履短褐、勒带束髻/从容地站在我的书桌上/岁月的泥土都无法使你衰老/你仍然是十九岁的年纪。"他感慨这武士俑"走了两千载长路/磨烂了多少鞋底/此刻，尽管披满身尘土，仍掩不住一身豪气"。最后，诗人面对这富有民族文化内涵的陶俑，不禁咏叹："大江已经东去/山岩层层解体/在我和历史之间/站着你，站着/一片沉默，一片惊愕/一片兴奋，一片警惕/站着十九岁的/一颗心在跳动/一副肺在呼吸/站着一个民族万古不灭的精神/从大树的年轮和地层深处升起……"（《武士俑》）读到这里，读者确实不仅感受到民族丰厚的文化和不灭的战斗精神，而且一股幽情、一股苍茫的历史感油然而生。赋予具体的形象以富于历史纵深的内涵，从而意蕴无穷、耐人咀嚼，这正是《多梦的西高原》中许多诗篇的共有特色。

对生命的热爱，对顽强不屈的生命的歌赞，是《多梦的西高原》不断弹唱的另一重要旋律。面对戈壁、沙漠、雪山、黄土，面对那辽阔而贫瘠的土地，生命自然就弥见可贵。那里的高山岩羚，沙漠中的胡杨、沙蒿，乃至戈壁滩上的蜥蜴，无疑都活得极不容易。但在李瑛笔下，这些形象似乎都超越了本身的具象，而成为富于哲理性的象征，它们唤起读者的不仅仅是对于这些具体生命的同情与赞美，而更多是对于历史辩证法、对于人生价值的启悟。比如他写羚羊，不独描写它屹立峭壁的崖顶，"在天地间，它一动不动/高昂着头，遥望东方/它威严的骄傲的弯角/它明亮的眸子/它健美的肌肉和骨架/颤动着野性和旺盛的/精血"，而且笔锋一转，又写道："只有它/雄立在万山之上被晨曦镀成黄金/辉煌如火/仿佛全赖这颗生命的砝码/才使我们向东倾斜的大陆/不致翻覆，从而/保持了平衡和稳定……"（《羚羊》）一下子便把羚羊从具象引向抽象，从而使它深寓一层哲理和诗意。他写沙蒿，说"它一无所有/没有花/没有果/甚至一滴鲜活的血"，在艰难的自然环境中它不仅通体伤痕，"身体瘦小如勾勒的铁线/连呼吸也最轻最细"。接着诗人写道："但它不哭，不哀伤/仍然昂着头，横着眉，挺着胸/坚定地痛苦地站着/从叶尖迸出反抗的呼喊"，而且"那细细的、弯曲的/比金属还强健的根/能穿裂石块，穿透大地/能缝合裂罅和断层/甚至大峡谷/它就总是那样勇敢地自信地站着，以巨大的精神力量和/深邃的思想，支撑着/身躯，在天地间"。这种描写不啻使小草瞬间变成巨人，因而诗人吟唱："它拥有的财富增加了我的财富/它倾诉的痛苦减轻了我的痛苦/它的生命，太阳般/崇高、美丽和完整。"（《沙蒿》）就被读者很自然地、顺理成章地感悟到了、接受了。读者从沙蒿的幼小生命的搏击中，能吸取到不屈不挠、顽强不息的巨大精神力量。

李瑛的诗不乏白描式画笔，几笔便勾勒出一幅鲜明、生动的画图。古人谓"诗中有画，画中有诗"，便属这种境界。但诗与画毕竟不同，画是线条与彩色构成的视觉艺术，它只能静中见动，而诗却是语言艺术，凡是语言能描绘的，诗也都能描绘。因此好诗不独要求形象的鲜明、生动，而且要求形象富于立体感、历史的动态感，还要求在丰富的联想、通感和想象中开掘多姿多彩的意蕴。《多梦的西高原》中，李瑛无疑是刻意追求这种诗歌艺术的丰富意象和境界的。他写《楼兰》："像一朵花凋谢了/这就是楼兰/在风的漩涡里/在沙的旋涡里/旋转着，旋转着，旋转着凋谢了……"这意象对于一座消失于沙漠中的古城是何等贴切而又令人浮想联翩！他写《塔松林》："从河面淡淡的水雾望过去/从牧场缓缓的斜坡望过去/绿得发黑的塔松林/一层层、一层层叠印在/巍巍雪山的清辉里。"这简直是一幅素朴无华的静极的水墨画！但瞬间诗人就纵笔与塔松林对话，埋怨塔松林不告诉他"山的名字"，盛开的"鲜艳的小花"、"潜伏的雪豹"、"野狐"、"雪鸡"，还有"求爱的鞭子"、"叮叮响的银镯子"、"温柔的情歌和花帽"……仿佛整个生机勃勃、意趣盎然的世界都涌向画面，在诗行诗节中活起来！他写《阿尔泰姑娘》："那高昂的倔强的头/那深情流盼的眼睛/那闪亮的摇荡的银耳环/那绣花小帽上高插的鹰翎/那比瞳仁更钟情的鞭子/那镶满故事和宝石的鞍鞯和马镫……"这不啻是绝佳的人物素描！然而紧接着诗人唱道："她不是花一般娇、丝一般轻、云一般柔的鸽子/她是一只鹰/属于阿尔泰山嶙峋的岩石、冰雪和金子的/美丽的鹰。"于是，把一种骁勇的、撼人心魄的青春美，透过一系列联想的意象传达给读者了。

李瑛在诗歌的园地里执着耕耘了近半个世纪，他是在人民共和国诞生前的黎明的黑暗中投身诗坛的，而后便伴随共和国成长，以自己的笔、自己的歌声记录下共和国的足迹，记录下时代变幻的风云和人民艰辛的战斗。他始终与人民、与人民的战士，同甘苦、共欢乐，并以自己的歌声激励读者去为更美好的未来而斗争。在他同时代的诗人中，李瑛可以说是最勤勉、笔耕不息而又对自己的时代和人民怀着深厚感情的诗人之一。他所以能够在诗的领域里不断开拓、掘进，不断为读者捧出新的成果，从根本上说正得力于他从不脱离生活，从不脱离人民的呼吸和时代的精神。他多次深入到前线，到士兵中去，到边疆哨所中去，足迹遍及全国各地。正是这种丰富的生活经历，使他能够从人民和战士中吸取美好的情思，培植丰富的联想和想象，开拓广阔而深邃的思想视野，因而他的诗总有新意，总有新的情思与创造。《多梦的西高原》虽然有过多的历史沉思，而对西高原的新的生活变动的描写笔力欠弱，但它总体上使读者喜欢，这种成功应该说不是偶然的。如他自己在这本诗集的《序》中所说："诗人所表现的事物和情感，应该是发生在我们的生活深处、心灵深处而绝不是在生活之外的，离开亿万人民火炽的生活，诗的生命就会枯萎。"我祝贺李瑛的《多梦的西高原》出版，也祝愿他的歌喉和诗笔永远青春常驻！

原载《文艺报》1992 年 10 月 24 日

生命、历史和美

——评诗集《多梦的西高原》和《睡着的山和醒着的河》

袁忠岳

　　我喜欢李瑛的诗，最近读他的《多梦的西高原》与《睡着的山和醒着的河》两本诗集，心里抑止不住一阵阵激动，深为每一首瑰丽、精美、幽邃的诗而惊叹。诗人五十年如一日，执着迷恋于诗，勇于向社会、人生、自然开拓锐进，在艺术上从未停止过追求与突破，这两本诗集标志着他长途跋涉后所达到的又一个新的高度。

　　诗集中描写的风景，一是西北风光——戈壁沙漠、黄土高原，一是西南景色——桂林山水、红土峡谷。这些，不少诗人都吟咏过、赞美过。但是，当我们在李瑛的诗集中又见到它们时，仍充满第一次看到时的新鲜与惊奇，犹如走进一个新发现的溶洞，几乎每步都能遇到突兀、瑰怪的景观。同样的景色，经过李瑛的一番熔铸、提炼，呈现出全然不同的自然风貌与文化意蕴，诗人把别的诗人没有打开过的另一扇门给打开了。说到底，风景只是创作的素材，而每一首诗都应该是一项新的美的创造。故写山水，不能满足于一般的景色表层的记游和素描，这也就是为什么李瑛在《睡着的山和醒着的河》后记中说"我希望我的读者不要把这些诗简单地归在时下有些人称谓的'旅游诗'一类的范围中"的原因。从他的诗中我们可体察到，与那些观赏风景的游客不同，他是全身心地投入到大自然的怀抱中去的，以体验在日常琐碎生活中体验不到的宏阔辽远的宇宙人生。他有着打破物我阻隔，与草木虫鱼交谈；超越时空距离，和遥远的历史沟通的强烈愿望。由于在大自然中，他有如鱼得水的体验，所以，他常用鱼自比。在桂林，他写："夜半，我醒来，像一尾鱼/从北方肩漫天大雪游来……"（《早春的小雨》）在戈壁滩，他写："我在层叠的断壁间/蜿蜒游弋/像一条沉思的鱼"（《古城游思》）；在乌鲁木齐，当飞机降落，人从机舱与大厅走出，他的体验是"每个人便都变成一尾贪食的鱼，向/江河的源头/火山的源头和/荒野的源头游去/向历史和生命的源头游去"（《写在乌鲁木齐机场》）。这样写都不是偶然的，无意中透露了他观赏风景时的心理状态，不是旁观，而是参与，像鱼一样潜入山水，游弋于浩瀚的时空，去探寻大自然生命的奥秘，去谛听历史的深沉回声。

他常取微观的视角，目光具有深邃的穿透力，在诗中二者常是结合着的。如游漓江，他明明是坐着船，却能微观到水中有一条鱼在水草间游来游去，等待着与他相遇，"它的眼能望穿我的眼/我的心是它打开的门"，看得那么细。这不是人鱼相遇，而是两条鱼在娓娓交谈。那鱼穿越时空从远古游来，也就是庄子与惠子在濠水之上议论到的那条鱼，深邃的历史穿透力使诗人的思绪，随着那条鱼飞远了（《寻找》）。诗人凭借着细微深刻的目光，自由出入于物我今昔之间，穿梭交织成诗。这种精细的微观视角与深邃的历史穿透力，有时又分别揭示着大自然所蕴涵的不同的深层意蕴。

诗人运用微观视角，是为了显示宇宙自然中无处不在、无细不有、无可扼制的生命力。李瑛在 1957 年出版的诗集《早晨》后记中说过："在我的祖国，阳光、大海、溪谷、山峦，无一不跃动着蓬勃的的生命。"当时，他对生命的理解还比较单纯，主要是指一种如日初升、昂扬向上的精神，故通过对明丽的景象、开朗的生活的客观描述即能表现。现在，经过 30 余年的风风雨雨，对人生的艰难复杂有了进一步的体认以后，他对生命内涵的理解更为丰富深刻，其表现方式也不能不有所变化。诗人往往于生命最难以生存的严酷之地去寻觅生命的存在，从微不起眼的鸟兽虫鱼、草木花卉甚至一块石头身上发现极为顽强的生命力。

所以，在茫茫戈壁的砾石间爬行的一条蜥蜴引起了诗人的注意，证明"死这个黑色的字/不属于它（指戈壁）"（《大戈壁》），他还专门为"捧出生命全部的尊严"的蜥蜴写了一首诗（《蜥蜴》）；从一只在阿尔泰寂静的峡谷窜过的"惊慌的火狐"，诗人感到了"生命的躁动"（《阿尔泰变奏》）；从一棵兀立荒野与严寒、与风沙搏斗的树，诗人体察到"骄傲的生命比朝阳更美丽"《一棵树》；他赞美西南峡谷里的花，因为"它们一条条一根根倔强的根/比钢丝还坚劲/艰难地穿透大山的石头/默默地扎进谷底"（《大峡谷里的花》）；他热爱戈壁的沙蒿，因为它面对各种摧残，"不哭，不哀伤/仍然昂着头，横着眉，挺着胸/坚定地痛苦地站着/从叶尖迸出反抗地呼喊"（《沙蒿》）；废弃烽火台缝隙里的"一朵小小的黄得发苦的蒲公英"（《废燧》），飞翔于冰雪与冻云间的"一只洁白翅膀的羽毛的鸟"（《看见一只鸟》），都使他感到一种生命的倔强、自由和美丽。不论生命形态如何微小，不论生命的闪现如何短暂，也不论生命的踪迹如何深匿，都逃不过诗人明察秋毫的锐眼，诗人对生命的爱恋、追求实在是太深、太强烈了。

什么是生命？李瑛用自己斑斓多彩的诗，形象地阐释它的定义。活着不一定有生命，死也绝不是生命的结束。那首《一只山鹰的死》写到那种威武不屈的死亡，"显示了一个生命的强力与完美"。有人把生命仅仅理解为一种原欲、一种本能的渲泄，李瑛则认为，生命是一种力、一种向上的力、昂扬的力、宁折不弯的力。于是，沟壑纵横的黄土塬、烈火焚过的火焰山、伤痕累累的野牛角、奔腾的怒江、翻飞的手鼓、缭绕的鹰笛等这些无生命之物，在诗人的眼中都有了生命的形态，因为它们都有与生命同构的力。他说："既然活着，生命/便该悲壮和美丽/便该轰轰烈烈，伟大而庄严。"（《火焰山》）诗人在许多诗中表现并赞颂了这种广义的生命的悲壮美与崇高美。在浩渺的宇宙中，再伟大的生命也是短促的、渺小的，死亡不可避免，悲剧是每个生命的必然命运。诗人清醒地认识到这一点，但并没有因此走向悲观主义和宿命论，而是从对生命本质意义的理解出发，寻求一种足以与无法抗衡的悲剧抗衡的力量。对此，诗人有深切感悟，因此才能在苦命的胡杨树旁"听到它们/连骨缝也迸出呐喊"（《胡杨林》），才能透过地层，看到沙蒿细而弯曲的根穿裂石块，"缝合裂罅和断层"（《沙蒿》）：微观的视角深入事物的机理，把生命的力度发挥到如此令人叹止、使人兴奋的程度。

诗人还设计出一种大小悬殊的对比结构，如大戈壁与小蜥蜴、大苍穹与小白鸟、大峡谷与小山花、大林莽与小溪流、阿尔泰与小火狐等的对比，来显示生命的力量。在这些诗中，生命是微弱、纤小的、处于劣势的，因而其生存不能不艰难、不悲壮，但尽管处境严酷、悲惨，其精神却又是不可战胜的。《羚羊》一诗对生命的这种分量与价值，做了极生动的刻画：

只有它
雄立在万山之上

被晨曦镀成黄金

辉煌如火

仿佛全赖这颗生命的砝码

才使我们向东倾斜的大陆

不致翻覆

生命的崇高美是贯穿这两本诗集的共同主题，它辉映于严酷困苦的环境，也升腾于艰难曲折的历程。《胡杨林》一诗的题记就记载了胡杨树漫长而苦命的历史，"它至少能活三千年：长着不死一千年，死后不倒一千年，倒地不烂一千年……"生命的坚韧由此可见。"它们用自己的存在，解释/生活和生命"，虽然是"苦涩的/但却是庄严的，美丽的"。凡是崇高的生命都有着不断搏击、不断奋进的历史。大峡谷中的小溪流不就是以不屈的意志，冲决狰狞怪石与劲烈山风的阻挡，"流出一部复杂的历史"，回荡着"五千年涛声的风雨"吗？在《纤道》中，诗人把历史的艰难困苦浓缩为一个反复出现的比喻，"一条纤道/一条没有名字的路/像一条鞭子/埋在深山里"。这鞭子是冷酷的，浸透了血汗，"它就是一个民族的历史"，这又是多么形象而深刻的比喻。诗人对于民族充满苦难与抗争的历史印象太深、体会太深，因而一看到某些风景，就会不由自主地进行联想，目光停在景色上，思绪已穿透现在，飞向已消逝的时日。其创作心理机制类似于《庄子》中的庖丁解牛，即"官知止而神欲行"，这就是产生于生命体验的历史的穿透力了。

诗人非常善于从眼前风景中寻找历史的切入口：一个维族老汉刚把古城的栅栏打开，他"便乘这条缝隙走入古代"（《古城游思》）；小毛驴的四蹄翻飞，能让诗人觉得它是在"翻动历史教科书和/二十世纪的边塞诗"（《苍茫里》）；从驼铃的叮咚声，诗人可以产生通感，闻到年代久远的"锈味"，看到当年商人"梦幻般的眼睛"，听见那时"大西北古道闹市/隐隐的回声"（《驼铃》）。李瑛没有思古癖，他之所以对古代历史感兴趣，是为了说明"纯情的质朴的爱、美和力/使生命获得无限延伸和永恒"（《读呼图壁岩画》）。李瑛有好几首诗写到废燧、古城、残堡，他是有用意的。这些古迹都曾有过自己轰轰烈烈、辉煌一时的历史，可如今却又都灰飞烟灭，沉落于消逝的时空中。什么享不尽的荣华富贵，什么解不开的世代仇怨，统统如过眼云烟，被刮得无影无踪，一切都消失了，"只有诗留下来"，"只有歌留下来"，"只有梦留下来"，它们都与爱情有关（《达坂城》），这才是最值得珍惜的，能传之久远。诗人通过历史的回顾要告诉我们：生命就是爱，就是力，就是美。

生命的崇高美与深沉的历史感，在李瑛诗中是通过富有地方特色的精巧的构思表现出来的。诗人凭敏感的直觉，捕捉到山水景色中的神韵，然后以此为线，穿起一颗颗奇而真的意象珍珠，直到形成一串精美绝伦的诗之项链。如桂林的神韵在水，有水的澄碧、水的轻柔、水的湿润、水的朦胧，整个景是一幅水墨画。诗人抓住这一神韵，使写出来的桂林山水诗中的每一个字都有水声，水光在字里行间溢漾，最有代表性的是那首《倒影》。有水才有倒影，倒影的出现使桂林一分为二，"一个桂林站在岸上／一个桂林浸在水里"，岸上的桂林为大家所熟知，水中的桂林是诗人的发现，故而他着意写水中的桂林，山、云、鸟、树、花都浸在水里。于是鸟的叫声是湿淋淋的，花的香味也是湿淋淋的，多么传神！有两个桂林就有两部的时间和空间，波涛拍打，日夜不息，把诗人写在纸上的每个字都打翻了，"那些没有橹、没有帆、没有锚的字／就漂流在水上／两个桂林便一起望着／半江渔火里我的诗歌的／倒影"。奇想突兀、虚幻而又真切，这是只能在李瑛诗中才能欣赏到的桂林奇景，经过诗人巧思，读来极有意味。

写戈壁，诗人体会到的是另一种神韵，也就另有一番构思，他是把戈壁滩的本质由表及里一层层地向我们揭开的。看《大戈壁》一诗，首先向我们展示的是视觉中的戈壁，那有着坚硬石头广袤无垠的戈壁，东方的云大块大块地涌过，野性的风也呼啸着涌过，而戈壁则像凝固了似的一动不动。这"不动"就是戈壁的性格，也是诗人抓住的神韵。他在其他写戈壁的诗中也突出地写到这死一般寂静、干涸、沉睡的"不动"，令人意外的是诗人在这首诗中把戈壁在空间中"不动"，进一步转化为在时间中的"不动"，"历史像风，像云般涌过／铁青的戈壁滩是不动的"，这是更深层更永恒的"不动"了。诗还没有完，诗人把目光向西一转，看到了戈壁在夕照里，像一片燃烧的海，"不动"又动了，"云涌过，风涌过，历史涌过／它们一起激荡着／高高地飞腾起来／辉映着如血的霞光／显示生命的庄严和臂力"。"不动"，不等于没有生命、没有力量，恰恰是生命能量的积蓄，如箭在弦上，引而不发，一旦弦响箭出，势不可当，诗人从"不动"中又看到其最核心的本质——动，这一认识过程才算完成，构思是非常严密的。诗人还有几首诗写到戈壁落日的辉煌与悲壮，把它们与他在 60 年代写的戈壁日出相比，可以看出，李瑛对戈壁的了解更深了，表现技巧也更臻炉火纯青的境界。诗人选用古老、粗犷、坚实、浓重的词句与意象来描绘油画似黏稠的戈壁滩，与写桂林用的水彩般轻柔、明快、流畅的笔触全然不同。对于同样是沟壑纵横、流溢着原始伟力的土地，西南的大峡谷与西北的黄土塬是有区别的，大青树不同于酸枣树，野牛角不同于土唢呐，怒江不同于黄河。野兽出没、野花覆盖、苍莽、蛮荒的南方峡谷，不同于千里一色、赤裸浑黄、单调悠远的北国高原，这些在诗人的笔下都有富有特色的构思与表现。

如果说微观的视角与精巧的构思使李瑛的诗像木雕、牙雕那样精美细致、玲珑剔透，那么时空的跨越与深沉的历史感赋予他的诗以宏大的气魄、雄浑的风格，犹如泼墨的大写意。两种截然对立的风格，一般人仅取其一，李瑛则兼而取之，巧妙地统一于其诗中。他始终以精细为本色当行，在其所有风格雄健的诗中，都有着刻画精丽的细部，两种风格的结合不是游离的，而是有机的整体。前面谈到的以表现生命的崇高为目的的大小悬殊的对比结构，就是一种结合类型。大的一方用粗犷豪放的泼墨画龙身，小的一方用工笔细描点的是龙睛，谁缺谁都不行。如《看见一只鸟》诗中，龙身是那覆盖着冰雪与冻云的"十万年/静止不动的山体和/十万年的峥嵘和嶙峋"，雄健从浩瀚的时空中来；龙睛就是那只象征生命的白色的鸟，它在冰雪与冻云、苍穹与山体之间掠过，"如歌似梦，刹那间/作了大山的装饰/——一枚胸针"，这一精美的比喻也是全诗的眼，龙睛一点，全龙腾飞，细部的作用不细。另一种类型则是于精细中见雄放，诗人不是消解精细，而是尽全力让精细入骨、入魂，细到极处则雄，这种结合就更内在了。如李瑛对各种声音的精细体验，就给人一种深沉恢弘的感觉。他不是简单地摹仿声音，而是一语切中要害，道出声音的生命之源。如他写信天游"是黄土塬真正的呼吸"，唢呐"是从黄土层的裂罅喷出的激情"，鹰笛的歌"具有无限生机和/勇敢高亢的神韵"，芦笙是一蓬竹子淌出的"南方山野的流韵"，野牛角的强悍能"吹出魂来，吹出血来"，特别是写云南石林的那块响石，一句"我在母亲的子宫听到过"，如石破天惊，使一切描述黯然失色。这些精细入微的感觉中都蕴涵着生命悲壮雄浑的气质。李瑛的每一首诗都是宏观与微观、粗犷与细腻的不同方式的结合，其类型是多种多样的。

还有值得注意的是李瑛诗中初露端倪的神秘色彩。如《寻找》一诗写到，他在漓江上与一条鱼相遇交谈，那条鱼"为等待和我相遇/它已经默默地游了/很久很久"，它"走了三千年的长路/在这里等我"。它为什么要等诗人，而且等这么久，它有什么话要对诗人说呢？诗人非常遗憾地说："我没法告诉你。"另一首诗《鸟声》写到在桂林触发他绵绵思绪的半夜鸟声，但"为什么这样平凡的啼叫使我震动/我无法告诉你"，诗人依然这样说。这种感触与思绪不像他写的战地回忆那些诗似的可以清楚地说出，它们是难以言传的。李瑛诗中这一成分多起来是好现象，说明这些诗摆脱了既定观念，进入与自然直接对话的更为神秘的诗的境界。禅悟不是不立文字吗？自然的语言恐怕亦非人类语言所能尽言。《哈纳斯湖之恋》一诗就是写人与自然之间发生的"心有灵犀一线通"，诗人说，"我从很小就听见你的召唤"，那时未能来，青年时中年时都未能来，而今六十岁了，"终于来到你的身边"。相思好苦呵。这是一种超时空的心灵感应，发生在李瑛与未受过任何污染的大自然之间，其意味是很深长的。至于"我"与喀纳斯湖之间究竟是什么关系，竟六十年未相见、六十年心相印，这样一种感情就说不清了，也无须说清。人的感情是很复杂的，并不是所有的感情都能表述清楚，正因此，我们才需要诗来传递。诗也需要有那么一点说不清的神秘感，来增加它的魅力。诗集所不足的，正是这些说不清的地方还不够多，有些诗说得太清楚、考虑太周到、构思太严谨，留下了明显的理性制作的痕迹。我这样说不知道是否恰当，仅供诗人进一步探索时参考罢了。

原载《昆仑》1993 年

崇高的美

——论李瑛的西部诗歌

李　骞

　　当代著名诗人李瑛是一位有责任感的诗人，是一位热爱大自然、热爱具有创造精神的人民群众的诗人。他的足迹遍布祖国的山山水水，他那一首首讴歌祖国河山的诗歌，具有很强的审美价值。尤其是描绘祖国西部的诗歌，不仅能够带给我们诗歌美的欣赏，而且表现了西部各民族人民艰苦卓绝的精神形象和奋发挺进的力量。在 20 世纪的最后 10 年，李瑛有意识地把诗的审美笔触伸进祖国的西部，用大型组诗的写作方式对西部的历史文化、自然风光及西部人文精神，进行了一次大规模的彻底的、深沉的、高昂的、悲壮的思考。这些大型组诗分别是：以新疆为描述对象的《戈壁海》（46首），以云南为审美目标的《红土地之恋》（22首）、《我的另一个祖国》（17首），以广西为写作素材的《漓江的微笑》（19首），以甘肃为思考对象的《祁连山寻梦》（29首），以陕西为抒情目的的《黄土地上的蒲公英》（29首），以青海为叙述客体的《青海的地平线》（29首），以西藏为创作背景的《雅鲁藏布江上的霞光》（32首），以宁夏为情感机缘的《贺兰山谷的回声》（23首）。这些充满了庄严的历史感和崇高感的抒情诗所具备的艺术品格和艺术精神，在当代文学史上极为少见，是当代诗歌史上的重要现象。同时，我们也能在李瑛那些描摹西部壮阔、雄厚、险拔的自然景观的诗歌中，感悟到诗人与我们伟大的祖国和伟大的人民息息相通的审美生命力和深广的历史责任心。

　　崇高使现代抒情诗具有深厚的审美力度，诗的崇高美感是诗歌生命力的真正体现，是诗歌超越社会、超越时空、获得艺术力量的必由之路。李瑛的那些以西部自然景观、自然风物和西部人民的奋发精神为表达对象的诗歌，之所以具有强烈的艺术色彩和深厚的艺术魅力，我认为就是他的这些诗歌表达了一种自然的崇高美和精神的崇高美。

诗歌创作是一种自觉愉快的精神劳动，诗人在进行诗歌创作时，总是与自己所选择的表现对象达成意象的共识，外在的审美对象自觉地走进诗人的灵感，形成一种纯粹的、超越现实的诗歌艺术形式。正如黑格尔所说："自然作为具体的概念和理念的感性表现时，就可以称为美的。"① 李瑛笔下的西部自然风景之所以具有雄浑的崇高美感，原因在于诗人在创作过程中，把自己对祖国山川的热爱之情灌注到西部大自然的描述之中。在诗人的笔下，天山的雄伟、青藏高原的辽阔、云贵峡谷的深沉、黄土高原的旷达……西部大山的粗犷与西部大河的奔放，这一切都是诗人的审美意识与自然力量相融化的结果，是诗人的写作经验对描述客体的审美理解和审美概括。诗人为了体悟自然力量的真切，为了在写作过程中达到心灵与叙述对象的浑然一体，总是用生命和灵魂去体验、去认识、去考察描写对象，如同诗人所说："这里每首诗的背后都有广泛的时空的投影，每首诗的字里行间都印有我深深浅浅的生命的留痕。"② 在李瑛的西部诗歌中，"西部"不仅是一种地理学上的意义，更是诗人审美灵魂的精神支柱，是诗人情感表达的审美意象结构。在《我的关于西藏的诗》中，诗人这样写道："我是说，我的关于西藏的诗/应该像鹰，或者/像牦牛，像青稞，像石头/从血液，心灵到意志/庄严坚强而美丽/美丽得古朴而神奇/神奇得苦涩和悲楚//我是说，我的关于西藏的诗/至少应该是它们生命的/深沉的投影。"作为诗歌情感的一种外向结构，"鹰"、"牦牛"、"青稞"、"石头"这些表层的意象，在李瑛的西部诗歌中都是一种崇高的生命力的表现，是诗人审美灵魂的投影，体现了诗人在特定生活环境下升腾而起的崇高激情。我们在讨论李瑛西部诗歌中的崇高美感的同时，不能不注意到，作为创作主体的诗人所具备的那种具有审美力度的、浓厚的主观情感。因为创作主体是沟通社会现实生活与诗歌情感艺术之间的纽带，是诗人的独特气质对生活的再创造和再发现，而诗歌的崇高美感则是诗人主观审美情感的自我实现。李瑛对西部情有独钟，他说："祖国的

---

① 黑格尔：《美学》第一册，第168页，商务印书馆1979年1月第一版。
② 李瑛：《倾诉·自序》，作家出版社2001年1月版。

大西北，我的历尽沧桑的西部古高原，是众多高山大脉和长江黄河两大水系的源头。远在 20 万年前的旧石器时代，我们的祖先就在这片土地上劳动、生息、繁衍，这是中华民族的摇篮和故乡。因此，我对西部地区自然怀有一种特殊亲切的感情。"① 带着强烈的主观抒情色彩，李瑛笔下的西部诗歌充满了崇高的审美气息和审美理想。当诗人的灵感与气质转化为诗的抒情力度时，便形成了李瑛西部诗歌所独有的一种力的外在的奔突形态，"昨天，祖露着/赤裸裸胸膛的黄土地/已跨过他们坚定的步伐/已滚过他们豪迈的笑/哞哞地叫着大西北/醒来了"（《西北印象》）。沉默多年的西北终于"哞哞地叫着"跨进新的时代，一个"醒来了"的大西北将以一种豪迈的姿态展示在世界的面前。李瑛有一颗善于与现实生活中的崇高因素发生共鸣的心，他说："在进入新千年的初始之际，祖国吹响了西部大开发的号角，我的心就一次又一次地回到那里，想起过去我曾走过西部的那些地方，那茫茫雪岭、莽莽江河，那荒僻岜原、瀚海戈壁，以及那里我曾接触过的众多父老乡亲、兄弟姐妹，我想此刻，他们都一定已被唤起，摩拳擦掌地准备投入这场围剿贫穷愚昧的大战。"② 西部雄伟深沉的自然景象，西部人的生活处境，既是诗人审美知觉的源泉，也是诗人倾注内心澎湃激情的动力，更是他的诗歌产生崇高美感的直接原因。

美国著名美学家乔治·桑塔耶纳认为："崇高是至高无上的美，是使人陶醉的美。"③ 李瑛西部诗歌中的情感信息所释放出来的崇高美感是至高无上的，是令人神往和陶醉的。"西部"作为一种诗歌情感的蓝本，反复在李瑛 20 世纪 90 年代的诗歌中出现，这绝不是描写题材的简单重叠，而是这片厚土及厚土上的人民的生存现状渗透了诗人的艺术生命。那些富有力感的外在的描写对象，不仅是李瑛西部诗歌中崇高美感形成的契机，而且也是激发诗人灵感产生的客体因素。在《祁连山》的结尾，诗人这样写道："祁连山/我想成为一块无愧于你的石头/我想成为一朵无愧于你的白云。"祁连山是西部山魂的象征，诗人努力把自己的灵魂融化进千百年来"昂立荒野"的大山的血脉之中，因为祁连山是"英武的高原魂"，是"我们民族古老的根"，是

---

① 李瑛：《多梦的西高原·自序》，中国文联出版公司 1991 年 8 月版。
② 李瑛：《倾诉·自序》，作家出版社 2001 年 1 月版。
③ 乔治·桑塔耶纳：《美感》，第 166 页，中国社会科学出版社 1982 年 12 月版。

"我们民族不屈的生命","已穿过痛苦和死亡"的祁连山被诗人赋予一种悲壮的英雄主义色彩,成为一个民族卓越奋斗的历史见证。李瑛的情感是真挚的、淳朴的,因为他热爱西部的每一寸厚土,热爱具有坚韧气质的西部人民。诗人自己总结道:"我在那里旅行寻访,从中深深懂得了爱这片土地,懂得了历史和生活。他们为我揭示出万物间最久远或最简单的关系,赋予我睿智、理性,给我启示,使我思考……我从那里的人民领悟到他们的崇高,感受到他们的淳厚和欢乐,也体验到劳动创造的艰苦。"① 西部雄伟深沉的热土和充满崇高气息的生活给予诗人睿智、理性的审美思考,而西部人民艰苦卓绝的创造精神则让诗人领悟到生命力的崇高与伟大。崇高作为抒情诗的特殊审美情态,其构成过程要求诗人必须寻求到情感抒发的外在契机。我们在李瑛西部诗歌的阅读中所感悟到的奔腾汹涌的崇高审美格调,不就来源于诗人对西部的自然风物、西部的厚重历史积淀的理解,来源于诗人对西部人民创业精神的热爱吗,西部热浪沸腾的气象让诗人倾注了满腔热情,西部沃土造就了李瑛诗歌的崇高的力度美。

创作主体的激情与灵感是诗歌产生崇高美感的主观前提条件,李瑛的西部诗歌,直面西部人的生活现状和内在的精神世界。面对西部的贫瘠和荒凉,诗人从内心深处发出了一种积极向上的悲壮沉痛之情:"假如我忘记你/石头般贫困的小村/像一只从身边飞去的鸟/像一片擦肩而落的叶子/那么,我该怎样/寻找自己的位置/伸展自己的根须扎进泥土……石头般贫困的小山村/假如我忘记你/就像劈开肋骨、剖开心脏/我的生命就将被撕成两半。"(《我的另一个祖国·假如我忘记你》)西部的贫苦现实震撼了诗人的内心世界,引发了诗人悲愤的沉思,荡起了诗人凝重的情感浪花。面对脚下贫寒的小山村,诗人的灵魂不愿"像一只从身边飞去的鸟"那样熟视无睹,更不愿"像一片擦肩而落的叶子"那样轻飘无力,诗人决心"寻找自己的位置",那就是"伸展自己的根须扎进泥土","劈开肋骨,剖开心脏",恨不得把自己的生命"撕成两半",留给这贫穷的小山村,因为这小山村是"我的另一个祖国"。这就是诗人李瑛对西部贫困现实的回答,诗中没有豪言壮语,却隐隐的透露出诗人揪心而悲壮的沉痛思虑。只有当诗人对自身所处的客观存在有了感知,并融入自己对现实的理解、想象、思维和意识等情感

---

① 李瑛:《多梦的西高原·自序》,中国文联出版公司 1991 年 8 月版。

的复合因素时，崇高的美感才会产生。李瑛笔下的西部之所以焕发出一种崇高的诗情力度，其原因就是在李瑛的审美价值系统中，西部始终浓缩了诗人积极向上的思想感情。诗人的主观心灵世界对于西部这一客体的认知、探索，已经上升为自觉的特殊情结，一种主客体交融同化的审美力量。诗人行走在苍茫、空旷的戈壁滩上，想到的是大自然给予人们的睿智和启示，是历史的艰辛，是生命的倔强。诗人的各种心理活动如感觉、情绪、想象、意识等，与外在的客体"戈壁滩"无意识地进行整合，于是，往事的经验、人世的沧桑、生存的艰难，这一切都和雄浑而又荒芜的戈壁滩复合在一起，积淀、转化为主客体统一的审美力量。诗人与脚下的戈壁滩已经血肉相融，"直到幽冷的月亮出来/清辉照亮我的心绪/把我和戈壁/融为一体。"（《戈壁海·在戈壁滩行走》）李瑛的西部诗歌的格调是高昂的，这无疑是诗人的个性气质与西部的现实世界相碰撞、相融合的结果，同时也是诗人的人格力量、思想情感崇高的证明。

关于自我与作为客体的西部之间的交融，诗人是这样解释的："每次投身其中，我的心灵便立即燃烧起来，在那里我的视野得到开阔，生命受到震撼，感情得到锤炼；在那里，生活给我启示，使我思考和遐想；在那里，通过不倦的在感受中谛听和发现、在辨析中认识和寻找，不但能找到思想、信念和美的灵魂，而且能找到自己表达感情的方式；在那里，可以看到一个朴素的真理：历史、自然、诗、美和生命，有多么密切的关系，而且它们表现得多么和谐和强烈；在那里，我可以充分享受生活的乐趣，我的全身心都能获得多方面的营养，从而感到生命的充实。"① 诗歌的崇高美感和力度的产生，除了诗人自身的激情以外，主要还来源于诗人自我审美意识的实现——即作为创作主体的诗人的灵魂和气质，与描述客体碰撞交融之后所产生的人生感、历史感、时代感，以及诗人的审美理想。李瑛多次到西部考察体验，而且每一次去都会令诗人的生命和灵魂产生较大的震荡，都会让诗人再次重新找到表达自己感情的特殊方式，找到关于历史、自然、诗、美和生命的真理，找到新的心灵抒情的艺术方式。诗歌作为审美意识的外在形态，是诗人对于生活感受的有效表达，李瑛每一次西部之行的诗歌都具有不同的审美质感，或在恢弘的艺术想象力中包含着丰厚强劲的思情力度，或在艺术形

---

① 李瑛：《倾诉·自序》，作家出版社 2001 年 1 月版。

态的整体结构中强调人的精神价值，或在审美情感的律动中表达历史沉重感……总之，诗人总是摄取那些与历史意识、人生体验、时代旋律相共鸣的客体来作为抒情表达的对象，使其诗歌的意象及其组合形态所蕴涵的审美情绪具有一种高昂的格调。李瑛西部诗歌中的《古城游思》、《丝绸之路》、《陶片》、《汉长城印象》、《布达拉宫》、《走进历史》等诗作都具有一种沉甸甸的历史的回声，都能令读者体悟到历史的伟大与无情，体察到人生的艰辛与尊严。在《嘉峪关》中，诗人这样写道："亘古蛮荒的岁月，流过/黑的砾石、褐的荒滩、黄的沙漠/巍巍嘉峪关雄踞在这里/紧锁河西，缄默不语/汗湿的黄骠马/闪亮的戈矛/土碗里摇荡的酒/都花一样消失了//昨日射出的箭和流水/再不会回来/只剩斑驳的野史和传说/被牧鞭抽赶着/越传越远//燥热的太阳知道/在这里/最热、最冷、最真实的/是血。"在诗人独特的审美目光中，"嘉峪关"是西部历史乃至中华民族历史的象征，是历史文明的深厚积淀，是西部人格力量的显现，是时代精神的折射。雄踞西部的"嘉峪关"，虽然昔日"闪亮的戈矛"和"昨日射出的箭""都花一样消失了"，但是它经历了两千多年的血与火的考验，它依然是关于历史的、人生的、时代的启示。李瑛在西部诗歌中抒写自己的情感时，所包含的人生感触、历史意识、时代精神是浑厚而浓烈的。诗人站得高、想得深、看得远，一旦在西部的现实生活中寻找到抒情的触发点，便展开想象的翅膀，从历史中挖掘人生意义，于历史的积蓄中把握时代的脉搏，《楼兰》、《信天游》、《燕鸣壁》、《僰人悬棺》、《拉萨河》、《西夏王陵》就是这样的作品。诗人能从"像一朵花凋谢了"的"楼兰"里彻悟到历史的残酷无情，也能从那"永不落坡的信天游"的旋律声中感悟到时代的最强音，能够在"燕鸣壁"的悲切回声中体察到生命的艰难，更能够从"拉萨河悲怆的水声"里倾听到一个民族奋起的故事。诗人面对千仞绝壁的"僰人悬棺"所想到的是一种人类向上的精神，徘徊在"西夏王陵墓间"叩问的则是历史何以发生痛苦的断裂。要想诗歌具备最高的境界、深沉的历史感、坚韧的人生感受和强烈的时代精神是必不可少的，在李瑛西部诗歌中的一系列意象及意象的组合形式中，读者所获得的就是一种具有历史彻悟与人生启迪的崇高的审美快感，一种迸发着力量奋起的时代精神。

李瑛的西部诗歌的力度具有丰厚的哲理性，从诗歌所包藏的含量审察，诗人显然是以西部的历史沿革、民族文化、风土人情以及亘古苍穹的大自然来寄托自己的思想与追求。诗人把生活中的重大题材和具有文明积淀的大自然作为自己抒情的对象，这就保证了诗歌的审美思路获得了高远开阔的驰骋天地，其作品的思想内容博大深沉。李瑛认为："生活永远是培育作家的土壤……热爱生活就是热爱人，热爱人生，热爱时代，热爱大自然。"①李瑛是一位具有厚实生活积累的诗人，他对生活始终保持清醒和执着，正是如此，李瑛的西部诗歌对西部生活现实的审视才比常人更敏锐、更深刻、更犀利。由于诗人对西部的历史和现实有了较为深切的了解，他的审美感受和审美意识中才会渗入了关于西部的历史文化、自然风物、民族精神，他的诗歌才具有历史的厚重感、人生的哲理性、生存的悲壮性。在李瑛的富有力度和崇高感的西部诗歌中，对人生哲理的探索深邃而宏阔，具有一种理性的豪迈气概，"从长城坍塌的垛口望出去/倚着西部沉落的古太阳/站着黄土塬/站着父亲们宽厚的背脊/许许多多断裂的沟壑/许许多多斑驳的投影/悲壮和痛苦的/人、山歌和大地/我认识它像认识自己。"（《黄土地情思·脊背》）黄土地曾经是文明的发源地，而今黄土地上的人民的生存处境却十分的艰难，"父亲们宽厚的脊背"承担了太多的痛苦与灾难。这"支撑着黄土塬"的悲壮"脊背"，"这万古不灭的精魂"，不就是一幅西部人民的立体雕塑？我们从这伟大的、沉默的塑像身上所阅读到的正是一种力的颤动、力的生命，一种对黄土地绝对忠实的"父亲们不屈的背脊"。在李瑛的西部诗歌中，诗化的宏观哲理性所体现出来的沉痛中的奋发图强、平凡中的伟大献身、贫困中的勇敢无畏的崇高精神，充溢着动人心弦的情感魅力，"在北方贫瘠的土地上/有很多很多磨亮的鞭子/有很多很多长叹和泪滴/绝不会再发芽了/像他们瘦弱的身影和嶙峋的肋骨/一杆杆倔强的鞭子/在风沙中/都化为真实而永恒的生命/成为一座座沉郁的雕像"（《黄土地情思·羊鞭》）。在诗歌的审美经验领域，人类的大悲大苦也是崇高的美感对象，因为它标志着人类伟大的征服能力和创造能力。那象征西部人"长叹和泪滴"的鞭子，是"绝不会再发芽了"，就像他们的生命"在风沙中"永远消失一样。悲愤的、富有创造精神的西部人，被融化在历史感、人生感和时代感的强大的情绪意识里，"成为一座座沉郁的历史雕像"，大大提升诗歌的内在力度和崇高的诗美气息。

---

① 李瑛：《对诗的思考》，解放军文艺出版社 1991 年 9 月版，第 234 页。

　　李瑛的西部诗歌是浑厚而悲壮的，浑厚中渗透了沉重的历史意识，悲壮中涂抹着冷峻、苍凉的人生色调。他常常在诗歌中将西部人沉痛、悲苦乃至于生命艰辛的人生叙写为一种伟大而不朽的悲剧精神、一种激越昂扬的崇高意识。朱光潜指出"悲剧是人类激情、行动及其后果的一面放大镜，一切都在其中变得更宏大"。① 从美学意义上说，诗歌的悲剧感就是产生于那种充满艰辛、苦难、死亡与自然灾难的搏斗之中，假如没有艰辛、苦难、死亡和自然灾难，也就不会有历史，不会有人生与社会，人类对历史的伟大创造、对自然的征服与和谐相处也就无从谈起。诗歌悲剧美感的产生，与诗歌的思想深度和诗歌的情感力度有着较大的联系，我们透过李瑛笔下苍茫雄浑的情感旋律，看到西部人与所处的严酷环境进行抗争的精神，闪烁着悲剧性的光芒："他们推醒慵懒的太阳/用犁刃划破五千年的混沌/他们在地窝子前埋锅烧饭/在塔里木河里洗澡/他们用理想浇灌信念/使棉花和小麦的须根/吸吮着汗水成长/大西北的地图便被染绿/并画出条条黑线，那是/从肩头铺出的大路/砂砾般的圆点，是/城镇/后来，他们倒下去/由一块块石头站起来/代替他们，成为/一个英雄民族的史诗，成为/永久的花朵和音乐。"（《戈壁海·篝火》）西部人的创造精神是悲壮的，"他们用理想浇灌信念"，用生命改变自然，用血泪创造未来，有了他们自我牺牲的艰苦创业，"大西北的地图便被染绿"，荒凉的西部才有生机，才有了现代化标志的大路和城镇。创业者虽然悲怆地倒下去，但是他们的灵魂已经"成为/一个英雄民族的史诗，成为/永久的花朵和音乐"。"如果说悲剧的目的是激起同情的激情，形式是赖以达到这个目的的手段，那么对动人的行动的模仿，必须包含最强烈地激起同情的激情的全部条件，即最有利于激起同情的激情的形式"。②李瑛的西部诗歌就是通过对西部人艰难创业的行动模写，创造了一种属于诗的、形式独特的悲剧艺术形态，其艺术形态不仅具有深层次的抒情厚度，还包含了激起读者同情并受之感染的全部条件。

　　综上所述，李瑛的西部诗歌不但对西部壮观、险峻的自然景象进行了激情飞扬的审美透视，对西部的历史和现实做了深刻的冷静反思，更重要的是

---

　　① 　朱光潜：《悲剧心理学》，第 88 页，人民文学出版社 1983 年 5 月版。
　　② 　席勒：《论悲剧艺术》，《西方文艺理论名著选编》，第 471 页，北京大学出版社 1985 年 10 月版。

对西部人昂扬奋发的进取精神做了高度的审美概括。三种审美思考的有机汇合，构成了李瑛西部诗歌强大的感情力度，保证了诗歌崇高美感的自然升起，给予读者具体的崇高的美的享受。

原载《西北军事文学》2002 年第 2 期

歌唱开发大西北的壮丽乐章

——读李瑛描写宁夏的诗

秦中吟

　　《人民文学》2000 年第七期、《十月》第三期均以显著地位发表了著名诗人李瑛同志的组诗《山谷的回声》、《贺兰山下》，这是诗人参与西部大开发的收获，献给大西北的壮丽乐章。

　　1998 年 11 月下旬，宁夏文联召开第五届大会，李瑛同志作为中国文联副主席应邀出席，这也是李瑛同志第一次访问宁夏。会议期间，宁夏诗词学会为了满足宁夏诗歌界同仁心仪已久、久负盛名的诗人李瑛一睹风采的愿望，见缝插针，专门召开座谈会，请李瑛同志与大家见面，交流诗艺，并请他讲学，受到大家的热烈欢迎。与会者殷切期望李瑛同志写出反映宁夏人民生活的诗篇，成为永久的精神食粮。会后李瑛同志即深入下去体验生活，脚步"叩向"了宁夏的山山水水，终于不负所望，在短短的几天就写出了这组热情洋溢、凝重深沉、不同凡响的佳作，作为对宁夏人民期望的真情实感的回报。

　　《山谷的回声》和《贺兰山下》共由十九首诗组成，它们同是对盛产风雪与阳光的西北高原这片热土的深入体验、感受、富有真情实感的力作。组诗以跃动的生命、丰富的色彩，奇特的想象力，冷凝如火种般的激情，众多精心选择、营构的象征性意象，超越时空，纵横交错，对深远开阔雄浑无迹艺术境界的描绘，多侧面、多角度、全方位、立体化地表现了宁夏人民的生存状态、历史的巨变、昂扬奋发开拓进取的精神，同时也表现了对宁夏人民创造新生活的深情寄托与明天的希望，作为一个西北人读来总有一种沧桑感、使命感和亲切感。

两组诗虽然都充满了诗人对宁夏和西部人民的强烈关切和爱，但艺术审视的角度以及摄取营构意象则不同。《山谷的回声》多为象征意象的抽象概括，风格含蓄蕴藉；《贺兰山下》则多为具象性意象描写，抒情方式直率豪迈。《贺兰山下》、《贺兰山谷的回声》，都是对宁夏人民生活总体概括。"挟着风雷奔跑的贺兰山烈马"，是宁夏人民的象征；从远古跑进"新的建设蓝图"，则是沧桑巨变的历史象征。山谷怀抱的不仅是"已经成熟的岩石、丛林、溪流，劲挺的鲜花、小草、灌木"等有原始自然美的生命，也怀抱着广阔的黄河平原的庄稼、草木，以及滩羊和"纯洁的语言/朴素的激情/对大地和生命的爱与痛苦/欢乐与渴望"，从中可以看出贫瘠而又美丽富饶的宁夏和宁夏人民充满欢乐痛苦，忍受与期待的丰富内心世界和青铜般的性格。《贺兰山下的小溪流》流淌的是民族精神永不凝固的血脉，它的回声既是历史的呐喊，也是对开拓新生命的呼唤，是从压抑中解放出来的民族精神的强音。

《读贺兰岩画》其实读的是民族的历史，同《西夏王陵》一样是象征性历史意象。只不过《岩画》象征的是一般历史，《王陵》象征的则是西北这块土地上八百余年前党项游牧民族建立大夏王国的特殊历史，象征的是一代文明的辉煌与失落。面对它们，诗人所发的非是一般旧日文人的怀古幽思，而是在"历史哑默"中的不断蓄积、人文关怀，关怀的是历史的命运变迁，感悟的是在"历史哑默"中的不断蓄积、爆发的生命力和创造力，并给人只有继承才能再创辉煌的深刻哲学启迪。

《一百零八塔》使我们感受到沧桑却仍在跳动的一百零八颗心和脉搏，它们是超越时空的永恒生命象征。《风》是自然意象，象征当年塞上特有的恶劣自然生态环境和人们向往文明但却无可奈何的现实生存状态。《六盘山：寓言》是比喻性象征意象，既象征当年红军长征不畏艰难险阻攀登高峰的崇高英雄主义精神，又象征人类对生命高峰和人生理想的攀登。六盘山象征一种革命里程、场面，一种人生境界，"翻过一座山又一座山/人和史一起前进"，"其实真理一般都是如此"。这个真理不仅是社会历史发展的真理，也是人的生命进化的真理。诗人对真理的思考是深刻的，这首诗不仅含而不露地赞颂了红军长征不屈不挠的崇高革命品格，同时也赞颂了宁夏人民支援革命无私和无畏的奉献精神。它还昭示了这样一个真理：只有亿万人民为争取自身解放的革命实践，才能推动历史的前进，这无疑是对"告别革命"论者虚无主义的形象批判。由此也可以说这首诗本身也是寓言，寓有志诗人攀登审美理想的精神。它不仅是突兀挺拔于这两组诗中的高峰，也是挺拔于当今西部诗坛乃至整个诗坛的一座诗的高峰，从而也使那些远离革命现实、远离时代社会历史进程、一味私语化的"诗"相形见绌，显得境界低下。

由于诗人站在革命历史的高度，才使他的脚步、"探寻"的目光、"遐想"的翅膀，一起升向历史的纵深，不仅看到了历史的苦难、生存环境的恶劣，更看到了造成这种恶劣生存状态的深刻而真实的历史原因，以及顽强的生存意志与对改变命运的渴盼。《酒肆》的意象就是这种精神的象征，它写了远离"霓虹灯"和"喧嚣市声"、"兀立荒凉"的如"埋在夜中的种子"、"一粒如豆灯火""在风沙的苍茫里闪动"的生命之光，这是一种不醉的精神状态的象征。"羊皮筏子"和"芦花"在诗人李瑛的眼里却不是这样，"筏子"不仅是"一个时代"生活方式的象征，也是"不知死亡"、"却知道有搏斗"，"真正生命"黄河船夫"不屈灵魂"的象征。"整日里被风沙吹打/没人疼爱……/具有浓浓深情"，"比起大城里/浓妆艳抹/争奇斗艳的花/却更质朴和率真、憨厚/长年不谢的野花/却更质朴和率真、憨厚/长年不谢的野芦花"，则是宁夏和大西北人民尤其姐妹们的象征。

《两个词》以"曾有"与"将有"的巧妙组合，深刻真实地揭示了残酷的历史事实和痛苦的原因，是野蛮地对自然生态环境的破坏。由此，才造成了"比经历一场纵火或战争更可怕"、"死寂和恐怖"的灾难。诗人为这片热土呼唤文明的同时，还正确地指出：只有文明战胜野蛮，才是生态复归的明智抉择，才能使"曾有"的辉煌"将有"更大的辉煌。这是打开"将有"的明天，人类精神家园的金钥匙，这也是历史的辩证法。

《一滴水的梦》梦想和探求的正是这种"生命的奥秘"和"太阳升起的光明"，"宇宙原始的旋涡中"的精神家园、永恒的价值。《一个护林员的故事》中的护林员，一生"庄严地站立"保护生态，也就是歌唱人生奉献的永恒价值。

值得指出的是李瑛的这两组诗不同于那些一味粉饰生活现实、盲目乐观的生活赞颂者的肤浅作品，也不同于一些旅游者为着猎奇，对生活做纯客观的记录，或以君临万物的姿态让万物皆备于我，任我随意调遣使唤那样的主体意识自我膨胀的胡思乱想，而是直面人生严酷的现实，以西北人民的挚亲好友、开发者的主人公的姿态、使命感和责任感，与一切生命对话、交流，并为它们设身处地着想，体贴入微地体验、感受、冷静思考，把全部情感投入其中，使主体与客体融为一体，使主观感受与客观景物打成一片，引导读者在其创造的物我两忘、天人合一、浑然无迹的和谐境界中，去漫游，去领略与感悟，这样的诗自然能够起到发人深思、感人肺腑、震撼心灵的作用。

李瑛的这组诗同他所有的诗一样，语言上追新求奇而又不是新潮得完全陌生，质朴而不矫揉造作、故弄玄虚，灵秀如宁夏的枸杞、珍珠米，硬朗如贺兰石质。情趣、理趣纷呈，从而构成了这两组诗沉郁壮烈之美，具有古朴而又现代的韵味和刚柔相济的美学风格，既能感染人，又耐人寻味。

李瑛的这组诗还给了我们这样启迪：诗人必须是思想家。没有思想的诗人歌吟，永远是隔靴搔痒，或为蚊蝇之鸣。诗人之所以能在西部大开发刚刚兴起，又在短短几天的宁夏之行就写出生动感人的诗篇，全是因为他在长期社会和艺术实践中政治思想修养、深厚生活积累的结果，仅这一点，就使我这个生于斯、长于斯的本土业余诗歌作者受益匪浅。

原载《宁夏文艺家》2000 年第 12 期

崇高而完整的人格世界

——评诗集《山草青青》的艺术精神

刘　强

　　诗人李瑛去了江西苏区和大别山、太行山等老区访问，他的行踪凝结成一部诗集：《山草青青》（四川文艺出版社，1992 年 3 月版）。他在《自序》中说："所到处处，重峦叠嶂的飞云，苍茫斑驳的山野，逶迤崎岖的小路穿连着座座家屋村落，革命的遗址，烈士的坟墓，英雄的故事和传说，无不唤起我强烈深沉的历史感觉。它们冲击着我，震撼着我，激起我无限遐思，这本书就是在这之间成长起来并得到发展的。"这本诗集的形成是人和自然的彼此融洽、相互谐契，是人格精神和自然品性的邂逅。在这里，"风，土地，树木，都有了性格"。"一首诗是一个人格，必须使它崇高而完整。"（艾青《诗论》，第 176 页至 229 页）诗集《山草青青》雕塑了一种崇高而完整的人格，从美学和艺术精神上获得了令人称羡的成功。

　　读《山草青青》，最突出的一种感受是：它的深沉的历史内容和大自然浑然一体、无以分割。诗和大自然，人和大自然认同，这只是一般观点。《山草青青》将这种认同注入了深沉的历史内容，使这种认同深入一个层次，达到社会、历史和自然浑成，历史感和现实感浑成。人和自然、社会、人类精神界，都不是孤立的，而是浑然相融的一个整体。人从自然认识社会、历史和自己，彼此的经历、遭遇和品性构成一种邂逅，这就是诗，是诗的意象赖以形成的依据。李瑛说："我想到作为一个中国诗人，要深刻了解我们这个历经沧桑的民族和我们的国家，要了解它的昨天、今天和明天，应该到山里去，去认识那些峰峦叠起的群山，那些峥嵘嶙峋的巉岩以及峭壁下令人目眩的大峡谷，去认识那里生生不息的野草和泥土，它们的性格、它们的秉赋、它们的力量、它们像哲人般沉思的神态，那样庄严和淳朴……而生活在那里的人们，同大自然始终保持着高度的和谐，同时也显示了自己不屈的意志和崇高精神，他们同野草一起倔强地生长。"（《山草青青·自序》）这就说清楚了人和自然认同，人从自然认识历史、社会和自己这样一个关于诗的创作问题、诗的意象及社会内涵的深层次问题。我觉得这样一个关于诗的理论和创作实践的问题，李瑛和他的诗创作是切身地感受到和说明了的。这对于那种诗的浮浅的片面的认识和创作，无疑是一种近乎抨击性的回答，只不过十分的委婉罢了，诗是不能够失去历史的（包括现实）品格的。

读《过井冈山》，就会有一种遥远而圣洁的亲切感："你默默不语/屹立在一片绿云里/一架摇篮/一条道路/一座威严的城池/风雨中长大的一棵树/一支枪/一部英雄民族的史诗。"这里的"井冈山"，既是自然之山，又包融了人类社会和人类精神界，是人和自然、社会、人类精神界的一体融汇，是一种崇高而伟岸的人格意象，当然是一种总体意象，由多个群体意象所熔铸。《瑞金》里的"野草"、"蔓草"是一种自然，也已经注入一个人格，因为它们是"诗和热血浇灌的"！"江水、红旗、红星、诗和热血/以及一个民族伟大的精神活着/在蔓草荒烟中闪耀着光芒"，自然成为一种人生境界，成为一种人格的超拔。"叶坪"是一座小村，它存在的意义也成为人和自然交融的立体世界："是路、江河、血液和脉搏的源头"，是"心头的一堆火"（《叶坪》）。诗人所亲近的山水、草木，都成为蕴蓄某种社会、人生内涵的象征物；他笔下的种种物象、事象，都渗透着傲然不羁的人格精神。

显然，诗人并非故意雕琢，去做那种一连串寻章摘句的生吞活剥，而是有着与自然氛围融洽谐协的那份肃穆情绪，乃至那种喜悦心境，因之而摆脱外在困扰，陶然忘情。从烈士纪念塔，诗人找到自我，发现诗。巍峨的炮弹型的塔身矗立在五角星的基座上，成为诗的象征物："一簇火，凝聚在胸腔/一滴泪，严峻而悲壮/一片沉默，一股力量/一块血淬火锻的通红的钢。"（《烈士纪念塔》）这无疑是诗人自己的品性、经历与之邂逅，凝聚而成的一种人格力量，一种仍在继续"出征"、"奋进"的意象。一条"红军标语"，不只是成为"一片历史风景"，一种不朽精神，也成为一种焕发向上的振奋力量："旺盛的生命和血浆/注满蓬勃的青春"，"苍郁的山和倔强的野草/是它的朋友"（《红军标语》）。这不啻是诗人的一种自勉，亦是对前人一种告慰的表白。诗人的一种祈盼、一片慈心，也外化成一种特别意象："儿子走过多少崎岖的路/条条都铺在母亲脸上/成为皱纹。"(《母亲》)诗人自己也复归自然,与自然融为一体,返回本真,"晚秋,野草枯黄/群峰裸露出灰色的巉岩/我沿着崎岖小径/游进山来,像一尾/觅食的鱼"(《红红的山楂果》)。人、鱼认同,寻觅的是已经退去的"历史的潮声"。

我在想,诗人为什么一定要采撷老区的"一把山草,一把像阳光或月光一样朴实无华的青青的山草"?为什么他会喜欢这种"莽苍苍的青色",这种"生命的颜色",喜欢"一个苍茫无垠的翁翁郁郁的世界,充满希望的世界"?不错,诗人是在启迪我们不忘前事,永铭先烈;然而,诗人让我们"能从中领悟到生命的活力和现实生活的底蕴",更在于给我们一种绿色的清凉,这种精神上的清凉有助于我们今天的事业。读《山草青青》,我们能够回到那个"把自己的血点燃的时代"(《在乱山漩涡里》);然而对比一种更扰攘的现实现象,我以为更能得到一种凝绿叠翠的冷澈,而激起我们的反思,使终日奔劳竞逐、心情焦灼的我们读来,可以冷却心头因追逐名利权位、患得患失而生的烦恼,不致因一味奔劳征逐而迷失方向。我想,这兴许是诗人以其诗作与自然认同,注入自然以历史内容的本意吧!

李瑛这部诗集包括三辑,第一辑《山草青青》,第二辑《在焦裕禄墓前》,第三辑《想起土地》。《在焦裕禄墓前》写了一个关于死的主题——焦裕禄的死是神圣的:"空气散发着花和酒的气息/鸟儿衔着清脆的铃声飞来。"(《兰考,在阳光里》)这便是他的生命的价值,能够用生命换来生活的这种芬芳,难道还不值得为之付出吗?"他最后的一瞥像钢钉/把他深深钉进了这片土地/或者把这片苦难的土地/深深地镶进了他的心底。"(同前)他的死,将一种记忆珍藏于万人心坎,因为他曾以自己的生命替万人担待痛苦,于是,他的死成为一种"记忆"的光荣符号:"还记得暴风雨中/那盏摇曳的小灯吗/还记得浊流里/那根探路的树棍吗/还记得风雪夜/铺出的第一行脚印吗?"这里用疑问句,其实都是无法从"记忆"中抹去的铁的事实,但那一个个隐形的问号,成为人们心灵中一支支辉煌的火炬,"这些记忆,后来都燃成了火"(《他带走了什么》)!第三辑《想起土地》,以一个关于开放的主题,启迪和警醒人的哲思:千年尘封的世界已成过去,"历史像一把石锁/谁也没有钥匙再把它重新打开"——谁也无法让历史倒转,无法逆潮而走;现在,无论乔木或灌木/许多情节和主题/都已在艰辛的创造中/成熟"——历史,正在做新的启锚,旧的"一切都已结束",新的"一切都在开始"(《岁月》)。"未等布谷催唤/就把家门锁起来/到田野去/开襟解怀，赤着脚，唱着歌/像垅沟里哗哗流淌的阳光！"（《想起土地》）不要再茧锁自己，不要再封闭自己，不要龟缩蜗壳等待，必须迈开脚步，尽管历程十分艰难："从犁头到镰刀的距离/是一个复杂的艰辛的过程"，如果停滞不前、裹足不动，"连国徽上那两束麦穗/也将枯萎"！一个严峻的忠告，在人们灵魂深处炸响。

李瑛的诗风格凝重、深邃，这部诗集不仅发扬过去的风格，并走向平淡、朴素无华。或许如苏东坡所说"渐老渐熟，乃造平淡"（《竹坡诗话》）吧！"淡出"是诗美艺术的一种高层次，进入"无技巧"境界。不过他的诗风无论怎样变化，总有一种特色——内热。不是那种一时的即兴的"热"，那是表面的热。他的诗是经过冰封雪冻的锻打之后的"热"，表象不露热气，骨子里酷热。如《木化石》那样重入轻出："枝丫仍流着情感/叶片仍流出歌声，并且/依然散发出木质的幽香"；如《那一天和今天》那样，胸腔里滚动着感情的火山熔岩："甚至青铜铸就的花也开放了/今天，我们为希望打开绷带/弯下腰在废墟上筑一条新路"；如《梅花》那样，从冷彻的高寒中爆出春意："其实，只一朵/就掩埋了冬天，只一朵/就占满整个空间。"他的诗，外象流露冷峻的忧伤，骨子里是昂奋向前的。我们是否可以说，"内热"是李瑛诗作的艺术精神？

前面说及，李瑛的诗创作艺术是一种"邂逅"艺术，但这是一种升华了的高层次"邂逅"，经过了"冷"的过滤和洗练。他在《自序》中追踪创作过程时说：在对革命老区的访问中，他"心头不时燃起火的诗情"，"感受"到历尽劫难的祖国和饱经忧患的人民的痛苦，分享了他们的幸福和欢乐，"在这种情况下，总是很快，我的感情便找到思想，思想找到形象，形象找到语言。作为诗人的道德责任，应该忠实于自己的感觉，也同样尊重自己的理智；在沉醉和思考中，我的笔下便情不自禁地流泻出这些诗篇。"这便是一种创作的"过滤"和升华的过程：感觉——感情——思想——意象——语言。感觉是很重要的，但不能停留或只表现感觉，感觉必须渗入理智。诗是敏锐的感觉和最高的理智相融汇的结晶，也是最高的美的审视的结果，"诗的生命在真实性之成了美的凝结，有重量与硬度的体质"。所谓"美的凝结"，便是以理智作为凝固剂，渗入感觉的琼液而形成晶体。《父亲》突兀地渲染了"感觉"："妈妈捧给我这件血衣/说，这就是你的父亲"，但这种感觉渲染立即得到理智的升华："如果他就是/袖筒里他的拥抱我的/胳臂和手呢/

如果他就是/前襟里该跳着一颗/滚烫的心!"赫然托出一颗无私而崇高的灵魂,那伟大的献身精神轰然于读者颅内!这里,思想是隐藏着的,不能面孔"漏馅"。因此,所谓高层次邂逅,就是期待的不露痕迹、自然而然地隐形。我坚持这样一种诗观:诗虽说载"道"不动,隐形"潜道"终当为之。

诗的天地纷繁芜杂,但只要有"山草"的蓊蓊郁郁,希望也总在生长。

原载《理论与创作》1993 年第 3 期

新时期的山水诗

——读诗集《睡着的山和醒着的河》

吴奔星

作为诗人，李瑛同志诗龄接近五十年，诗集将达四十本，说他是当代高产优质诗人之一，该是实至名归的。他的诗题材广泛，风格多样，但从他1992年连续出版《多梦的西高原》、《山草青青》与《睡着的山和醒着的河》（下文简称《睡和醒》）等三部诗集看，却给人以新时期的山水诗的崭新印象。当代诗人写山水诗的也不少，但像李瑛这样集中地讴歌神州大地的尚不多见。我想就其《睡和醒》，谈谈他的山水诗与众不同的特色。

我国历史悠久，幅员辽阔，山水资源无比丰富。李瑛的山水诗，写于80年代后期和90年代初期，其最突出的特色之一，是他的主观感受对选胜探奇的客观山水的深刻渗透，形象鲜活，意境深远，耐人玩味，显示富有当代意识的时代烙印和独特经历的艺术个性。这本诗集包括访问桂林的《漓江的微笑》、访问云南的《红土地之恋》和侧重地写他家乡河北的《长城日出》等三辑山水诗，其中尤以《漓江的微笑》引人瞩目，这大概是因为桂林山水甲天下之故。我虽说也写过几首关于桂林的山水诗，但读到李瑛描绘的桂林山水，却完全像一个初来乍到的陌生"老外"，有美不胜收、应接不暇之感。如他的《桂林五月》一诗："像闪动的绿翡翠/像飞翔的翅膀/像游动的鳍//在这里，一切的美都醒着/使所有的靴子/都迷了路。""公园里，画板上涂满绿色的油彩/街心广场，T恤衫和超短裙匆匆闪过/小巷里有人卖盆景/洞窟里，佛在失眠//豪华的旅游车上/戴太阳镜的观光者在评论/桂林/不是一座有公园的城市/而是一座有城市的公园。"诗的开始三个"像"字，令人联想韩愈的名句："江作青罗带，山如碧玉簪。"同样用比喻，而一动一静、一大一小，大异其趣。韩愈把桂林山水浓缩为小巧的、静态的女性的腰带和头饰，可以随身携带，据为己有；而李瑛却一反传诵千多年的传统佳句，匠心独运，自铸伟辞，化静为动，化小为大，可谓栩栩如生。

俗话说：桂林山水甲天下，阳朔山水甲桂林。李瑛在歌唱桂林的同时，当然不会忘了阳朔。他的《到阳朔去》一诗，在"怎样去"上充分发挥了诗人的想象。他身在游艇而心在漓江的五根毛竹编的竹排上，设想自己是乘竹排由桂林到阳朔去的。漓江两岸的山，不论躺着的、坐着的、站着的，层层叠叠，像在梦幻中旋转，既欢迎，又送他，让他觉得"远也很绿，近也很绿"。至于漓江，却像被刘三姐的山歌拉得很长，弯弯曲曲，似乎不愿他离开桂林，和水里的鱼一道送他到阳朔。他于是把从桂林到阳朔去的感受，浓缩为结尾的诗句："到阳朔去到阳朔去/把漓江卷起来/储进梦里。"

山川湖沼、禽兽鱼蛇、寺庙楼阁等自然与人文景观，在我国诗人笔下，都会显示悠久的历史进程；作为山水诗，就不仅仅是描绘其位置、流向、形态与色彩，更重要的是以身临其境的独特感受，显示历史变革与现实人生的关联，使读者产生兴亡盛衰的历史感。李瑛的山水诗在这一方面显得尤为突出，例如"漓江的微笑"中的《重逢》，写他在1949年随军解放桂林，直到1991年，过了42年，才与桂林"重逢"。试读几行，体会一下诗人感情的波澜起伏："当年，细雨蒙蒙/打湿我的枪，我的戎装/我的似火的青春和嫩绿的梦/头上，只有扭曲钢铁的啸叫/没有鸟鸣/拂晓，带不走你/桂林/硝烟中，只能/采一片树叶打进背包，只能/把漓江般的绑腿裹紧/……/烟雨里，看不清你的姿容/便离开了你，桂林/当年我对你说的话/你还记得吗？"诗人简直在向桂林亲切地诉说离情。到了重逢，更从离情别绪转化为一往情深的喜悦："如今，我回来了/虽已满头华发，但/胸腔里跳动的，仍是/那颗年轻的心，仍是/那片浓浓的浓浓的恋情/不老的江山/山中的鸟/江中的鱼/还认识我吗/还认识步枪和我的/那一匹匹驮着辎重的马吗//……桂林，只因对你的爱/只因你对我的苦苦等待/我才知道历史的苍茫/才知道时间的存在/如今，我回来了/这不是梦……"诗人把四十年间的历史的转换，写得那么动情，明明是他苦苦地向往桂林，却反说桂林对他苦苦等待，诗中的"我"显然含蓄着桂林人民渴望解放的痛苦深情。这种欢快与兴奋的历史感，真是笑容可掬，把现实人生和历史变革合而为一，诗味浓郁，具有较高的认识价值和审美价值。

罗丹曾经说过："不是没有美，而是缺少发现。"诗人回到桂林，一种兴奋的历史感，使他发现了桂林的美。他的《倒影》一诗，把地方色彩和历史意识融合为一，以平凡的诗句，勾画出不平凡的风光，"一个桂林站在岸上/一个桂林浸在水里"，桂林不是一个，而是两个。这虽是人所共知的"倒影"，但用在这里却是对美好事物的期持；接下去，诗人便运用"通感"的手法，表现出他与众不同的感受来了："山浸在水里/云中的鸟浸在水里/鸟的叫声便湿淋淋的了//山浸在水里/山上的树浸在水里/树上的花浸在水里/花的香味便湿淋淋的了。"这的确是以独特的美感发现了山水之美。接下一节，语言虽不绚丽，却展现着耐人寻味的想象力："不息的江水流向远方/岸上的倒影留了下来/一幅幅风景装订成册/便成为地方志/便成为旅游指南/使成为永远的记忆/比世界更美，更真实！"这难道不是"桂林山水甲天下"的"破译"吗！这是关于桂林的山水诗从来未曾揭示的。

诗人写历史变革与现实人生相关联的诗颇多，不妨再看一首写云南纤道的山水诗。诗人首先让读者认识纤道的模样："一条纤道/一条没有名字的路/像一条鞭子/埋在深山里//被风雨吹打/被太阳曝晒/被苍凉的号子和江涛染黄的纤道/像一条抽打脊背的鞭子/丢在深山里。"其次写纤夫的艰辛和母亲的怀念，再次写纤夫踩出来的纤道，由于年长月久，已由鞭子模样瘦得像一根线条，但它仍在滴血，江上的每条鱼至今还流着永远也流不完的眼泪。最后，诗人发挥了使纤道升华的想象："像一条鞭子的纤道/至今还没有死/死去的是风和远去的流水//自从看见它/我才认识了祖先的艰辛/原来，它是一个民族曾经走过的路/或者说/它就是一个民族的历史/隐痛里，我的生命/得到延伸。"这类洋溢历史感的山水诗，在《睡和醒》中占了主体地位，蕴藏着极其深沉的爱。

作为诗人的李瑛，美感特别敏锐，想象富有弹性。面对任何景观，不论是一只鸟、一块砖、一条小溪，只要有所感受，便放得开，境界无比开阔，意到笔随，任情歌唱；但又不跑野马、适可而止，及时收束、不蔓不枝，语言凝练，构思紧凑。他这种放得开而又收得拢的艺术构思，得力于想象力的丰富，产生具有生命力的佳句，灌注于诗意的整体流程，避免了时下某些诗人不是缩手缩脚就是一盘散沙的两种顽症。

李瑛水山诗的这种艺术构思特色，也表现在《睡和醒》的最后一首诗

《种子》上。诗人写的既是实在的种子,又是象征一种品德的种子。对此,既可以写得很短,也可能拉得很长。李瑛既不有意缩短,更不着意拉长,而是服从诗意按自己的审美理想流动:"种子和它的梦,一起埋在泥土里","站在一年和一年之间,春,便从这里开始"。在这里,既显示了诗人的精巧构思,也蕴涵着诗的艺术魁力,至于流露一定的哲思,尚属余事。

李瑛山水诗的特色,是很多的。即从上述三方面看,我也要反复指出:文学是人学,诗学是情学。山水画贵在画人,山水诗贵在抒情:要显示诗人的艺术个性,要写出山水的历史变革与现实人生的关联,要揭示诗人写什么和怎样写的艺术匠心。中国的山水资源特别丰富,最需要诗人去歌唱。讴歌神州大地的山水是和爱国主义的主旋律紧密相联的,李瑛同志做出了值得鼓掌的好榜样。

1993 年 6 月 30 日

原载《星星》诗刊 1993 年第 11 期

生命与自然的融合

——读李瑛的桂林山水题材诗

潘大华

　　自然山水之美，常常会激发诗人创作的灵感和写诗的欲望，但真正进入创作时，诗人们又隐隐有无形的压力：一是如何准确巧妙表达，二是如何写出新意。因为美山美水本身就如诗如画，要写出其美境其神韵需要独特的发现，否则就一般化。另外，美山美水，尤其是知名度高的山水之地前人多描述，要能超越才有生存之地。比如桂林山水，前人曾写"水若青罗带，山如碧玉簪"的佳句，现代人贺敬之留下了《桂林山水歌》，一般的同类作品就很难给人留下深刻印象。但读了著名诗人李瑛写于 1991 年 5 月的一组桂林山水诗后，笔者感到有一种清风扑面、耳目一新之感。这组诗不仅以绚丽而明快的色调、清新而鲜活的意境、真挚而细腻的情思，表现了诗人的传统风格，同时又以历史感与生命意识的融入，达到自然与生命的融合，写出了桂林山水诗的新意。

意境：透明的质感

　　读诗，尤其是读以山水诗为题材的诗作，首先让人感到不可或缺，让人身临其境的是意境。所谓意境，是诗人的情志与客观外物交融形成的艺术境界，而描绘自然山水的抒情诗，不可或缺的就是那种"诗中有画，画中有诗"的意境，它是诗人的情志依托的根本。读李瑛的桂林山水诗，我们可以清晰欣赏到这种清新的有着透明质感的意境美，可以品味到意境的静谧美中的动态感，同时也可看到这种意境表达角度的巧妙。

李瑛说过："我爱诗，因为我爱大自然，它的庄重与质朴，和谐与完整，壮丽与永恒，它磅礴天宇的强大生命力，常常使我激情澎湃不能自已。"① 这段话可谓理解李瑛的桂林诗的一把钥匙。为了描绘大自然的庄严与质朴、和谐与完整，它在画境的色调的选择上是淡雅明丽、湿滋柔和的，如同水彩画和中国画。这样的色调极为合适山清水秀的南方风景，也使画境呈现出一种透明的质感。比如诗人写桂林的山："黎明揉揉眼睛站起来/南方的山野是湿润的"（《生命的美丽》）；写桂林的水："一个桂林站在岸上/一个桂林浸在水里"（《倒影》），"漓江上/荇藻间的涟漪/渐渐平伏/尾鳍拨动苇丛的水声/已经隐去/浅滩上圆圆的卵石/清澈如许"（《一尾鱼的遐想》）；即使表现桂林的雾、云、雨，也只用了"淡绿"的色彩，突现的是"朦胧的色调"。诗人这种色调的把握，可谓抓住了桂林山水的本质特征，因而让人读之感到亲切自然。

读李瑛的桂林山水诗，不仅欣赏到一种画境的色调美，还让人感到一种青山绿水的大自然的静谧美。是的，美的意境多半孕育在安静的环境，"宁静以致远"，静谧中才显出时空的旷达。但艺术的辩证法告诉我们，如果一味写静，其效果并不见佳，以动写静，效果反而要好，所谓"蝉鸣林愈静，鸟鸣山更幽"就是这个道理。李瑛在表达意境的静谧时，也运用了以动写静的手法，在描绘美好的画面中不时点缀以"生命"的动态感。黎明原本是静态的，但"黎明揉揉眼睛站起来"这样的比拟写法，让人看到一个稚童的生动动态形象；面对桂林山水，诗人写到："山和水深情地站着/吟着平平仄仄的诗句/江和江像山歌/欢快地流着/质朴、婉转而又透明。"（《桂林五月》）这样的真切感受，其实是诗人自己与山水融为一体，"天人合一"的境界，是自己与山深情伫立，一同吟唱诗句，是自己心中的歌与江水一起流淌。即使把桂林当成一张宣纸画，也因为朦胧色彩的渗透开来，纸上会"流出潺潺的水声"，看到"五月的桂林挂在那儿/轻轻颤动"（《桂林五月》）。而走进"大地的子宫"、"梦的尽头"的幽深的溶洞，诗人也以"偶尔有鸟飞进天堂/偶尔有鸟飞进石头"这灵动的生命来打破亘古的沉寂，同时更烘托了这"无法抵御的寂静"（《溶洞记游》）。诗人以动写静的手法不仅是艺术和意境效果的需要，更是诗人要表现自然的"磅礴天宇的强大生命力"的需

---

① 李瑛：《李瑛近作选·自序》，人民文学出版社 2000 年 11 月版，第 3 页。

要。在他的眼中，自然界的一山一水、一石一木皆有生命，诗人只是感受到他们生命的搏动，才能使诗更充满青春活力和博大的境界。

同时还应看到，李瑛桂林山水诗在意境的表达上突现其完整与和谐，新奇与美丽，十分注重表达角度的巧妙，以求写出新意。创作之所以为"创作"，就是要有独特的发现和创造，要有新鲜的构思和语言。李瑛的桂林山水诗给人的新鲜之处，常常在于构思和表现的巧妙新颖。比如《桂林五月》运用了绘画"散点"透视法，通过简洁生动画面组合成五月桂林的"和谐与完整"的风姿；而《一尾鱼的遐想》则是电影镜头的特写，透过那条鱼的眼睛联想到"历史的风雨"，由近而远展开意境。而《倒影》则另辟蹊径，为了表现桂林的美丽和漓江水的清澈，不写"一个桂林站在岸上"的实景，而写"一个桂林浸在水里"的虚景，这种角度的选择，就使得诗的意境焕然一新——

> 山浸在水里
> 山上的云浸在水里
> 云中的鸟浸在水里
> 鸟的叫声便湿淋淋的了
> 山浸在水里
> 山上的树浸在水里
> 树上的花浸在水里
> 花的香味便湿淋淋的了

这种以虚写实的手法，使人领略到了桂林的神奇迷人之处——有着"两倍的时间和空间"，巧妙的角度、独特的构思，写出了桂林山水的特点和神韵，更写出了新意。

深度：历史感与生命意识

李瑛的诗善于给我们描绘清新的画面，营造有透明质感的意境，但读后却丝毫没有画面美丽而内蕴平浅的感觉。恰恰相反，我们通过这些清新透明、庄严质朴的画面，看到了诗人历史感的贯通和生命意识的融入，而使内容丰厚。面对游船上青瓷盘中一条被烹饪的鱼，他也会发出询问："这是千年前国画中/垂钓的老叟/未钓到的那一条吗？"在李瑛的眼中，眼前的山水景物常常令他把历史连通，或者放在历史的大背景中，赋予历史以生命，诗就不会呈现平面感。因为现实与历史紧紧相连，历史常常又是现实之"根"。克罗齐说："一切历史都是当代史。"而一切现实之中未尝没有历史文化的痕迹，所以描写山水，实则是写"人文山水"、"人化的自然"，历史感是不可或缺的。作为一个有创造力的诗人，李瑛"一方面致力于创造尽量接近自然本体和人类社会本体的审美意境，另一方面又苦心于向这人化的自然尽量渗透人的精神和意识到的历史内容，表现崇高的审美理想和价值取向"。[①] 石韫玉而山晖，正是这种历史感的融入和贯通，我们才在李瑛诗的意境的透明质感中感到一种厚重。

李瑛的桂林山水诗的价值体现，还在于诗中灵动的生命意识：对充满生命力的动物的赞美，对生命泯灭的惋惜喟叹，对生存价值和生命意识的探索。李瑛说："在一个行将结束的黄昏，在充斥着集市般的喧嚣与骚动的时刻，诗人们在暮色中回望身后的路，在人类生活的广袤宇宙之间，越发感到诗的生存价值和生命的意义，这会越发鼓舞他们在艰辛的跋涉中前进，丝毫也不怀疑自己的存在。"[②] 这种生命意识的觉醒和生命意义的表达，使李瑛的诗作拓展了新的内容层面，也使他的诗歌获得新的生命力，在继承中国诗歌注重意境的基础上，又具有了现代意识。

李瑛的桂林山水诗，不仅能够继承中国古典山水诗的"画境"传统，突现东方神韵，而且也因历史感与生命意识组成的现代意识，使诗获得了新的审美内涵。

对于意境的理解，不能只局限与情志与物景交融的静止界面，还应看它能否穿越时空、贯通古今，使意境变成"时空交换的桥梁"，使诗境形成更博大的深邃的境界。李瑛的桂林山水诗，常常能对现实情景生发联想，连通茫茫远古，使古今融为一体，情感更为深沉有力。如在《生命的美丽》中，他写"在淡雾初醒的漓江"，一条快活的鱼浮出水面后的消遁，这是眼中之景，而想象中之景却是："在蒹葭苍茫处/一只爱清洁的白鹭/在水洲梳

---

① 姜耕玉：《中国新诗传统现代化的艺术道路》，《文艺研究》1994 年第 5 期，第 68 页。

② 李瑛：《李瑛近作选·自序》，人民文学出版社 2000 年 11 月版，第 5 页。

罢自己的羽毛/飞去了，再没有踪迹。"这显然是从《诗经》中引发的想象，但这虚景与实景却是珠联璧合，使历史与现实一线贯通。所以诗人感慨："对于历史，我和它们/只是偶然短暂的相遇/对于浩瀚的世界/它们只是我眼中的风景/它们把影子留在大地上/成为我感情的一部分。"时空的延伸，诗的内涵得以拓展。步入溶洞，他会感到"这里/只有沉甸甸的历史"，在溶洞的暗河坐船行进，他甚至感触到"雾间，忘记了自己/是从千万年前划来，抑或/划向千万年前的远古"（《溶洞记游》）。

在李瑛的桂林山水诗中，处处可见诗人对充满活力的生命的赞美。在《桂林五月》中诗人对桂林"五月"的印象是"像闪动的绿翡翠/像飞翔的翅膀/像游动的鳍"，将抽象的时间概念具象化，"五月"也成了像闪动着的绿色植物，成了飞翔的鸟儿以及游动的鱼儿。桂林的五月是由有生命之物组成的，所以他能感到"是雨丝，是轻烟，还是须蔓/静静地垂下来，遮着/五月美丽的桂林"。生命的动感和活力，使他的诗处处充满青春、清新气息。而《生命的美丽》则更是以"生命"为主题，通过蒹葭中的白鹭和漓江中的鱼儿，抒发了自己对生命的赞美和敬畏之情："世界，如果只有水和石头/没有美丽的生灵/没有深情的歌/没有转动的眼睛/不过是一张薄薄的剪影。"是的，没有生灵，没有生命，世界就会变得单薄单调，毫无生机和魅力，所以生命会成为他写诗的动因和动力，"那翅膀拍动的声音/那尾鳍拨水的声音/便是我诗歌生长的声音"。

正是这种热爱生命、珍惜生命、关注生命的现代意识，使得李瑛不仅歌吟那些鲜活灵动的生命，同时也对生命的夭折和消亡分外敏感和关注。《一尾鱼的遐想》就是在他游漓江时，看见游客瓷盘中的一条鱼而引发的诗思。诗人对那人们习以为常的鲜美食物却是揪心的疼痛："它的石灰质的眼睛/圆睁着，仍清醒地/望了右岸又望左岸/回忆着江的上游和下游/未来得及吐出最后一串水泡/只一滴泪旋转着滚下来/全部往事和记忆/都化作了锅下的灰烬。"诗人的目光聚焦在鱼的原本是灵动的，而今却变成了"石灰质"的眼睛上，并看见它流下"一滴泪"，这是实景的直描与虚拟的想象组成的生命图画，是诗人对生命泯灭的挽歌。这种对"美丽的生命的赞叹与消亡的惋惜"，使他的诗具有了更深刻的文化内蕴与哲学意味。总之，读李瑛的桂林山水诗，像欣赏玩味一块块透明的水晶石，质朴透明而又厚重，让人获得审美的愉悦。

祖国大好河山的澄澈投影

——读李瑛的桂林山水诗

古远清

　　写桂林山水的诗，大陆诗人贺敬之的《桂林山水歌》、晓雪的《桂林山水诗》、香港诗人犁青的《窈窕桂林》，都是脍炙人口的名篇。我们读了李瑛新近出版的《睡着的山和醒着的河》（华艺出版社 1992 年 6 月版）第一辑《漓江的微笑》之后，感到李瑛写桂林山水不亚于这些名家，他另有自己一幅笔墨，另有自己的艺术个性。题材的雷同不妨碍他的创新，不妨碍他写出具有独特风格乃至超越前人的佳作。

　　当我们走进李瑛所缔造的桂林山水诗的艺术世界时，不难发现李瑛笔下桂林的山，是具有血肉之躯的山；李瑛笔下漓江的水，是具有强烈情感的水。他写鸟声、小雨、倒影，写一尾鱼、一只鸟，都寄情于景，表达了他的人生态度，和对理想的憧憬以及对美的追求。开头一首《重逢》，不妨看作他写桂林山水的主旋律或序曲，它与其他山水诗篇一起构成一支战士对漓江的恋歌。这个战士不是寻常的战士，而是一个有特殊经历——1949 年随军解放桂林后再也没机会造访，42 年后始得一游的战士。作品开篇唱道：

　　　　压在枕头下
　　　　刻在肋骨上
　　　　桂林，那是我对你的
　　　　浓浓的至死不渝的恋情

　　其实，这里抒发的岂止是对桂林的浓浓的恋情，又何尝不是对祖国所有大好河山的至死不渝的恋情。在作者过去出版的 30 多册诗集中，都表达了他对祖国深挚的爱，现在他描写桂林山水，同样是出于这种爱。即他不像某些诗人受老庄思想的熏陶，借山水以自娱，而是借山水寄托一位从枪林弹雨中走过的战士对祖国无限热爱的情怀。如果他当年没参加过解放桂林的战斗，没在硝烟中将一片树叶打进背包，"把漓江般的绑腿缠紧"，他就不会在以后漫长的 40 年中，感到夜夜总有山和山的叠声，敲他的门唤他回到葱葱郁郁的桂林去。像他这种经历及由此带来对桂林山水刻骨铭心的向往和深切的感受，是任何诗人也无法取代的。

李瑛写桂林山水不仅没有重复别人，同样没有重复自己。在李瑛过去的诗作中，曾多次写到过山，写到过雨。在《进山的第一天》中，他曾这样写群山："这样的山才真正叫山，巍峨、磅礴，怒耸九天，一座座相挤，一排排相连，和我们兄弟般肩并着肩。"在《雨中》里，他这样写雨："一朵云，拧下一阵雨，匆匆地掠过车篷。"如今，他在《桂林五月》中写山，不再是巍峨磅礴，怒耸九天：

> 山和山深情地站着
> 吟着平平仄仄的诗句
> 江和江像山歌
> 欢快地流着……

这自然也是山，只不过是另一番风情的山罢了。写这种山，作者不再用直抒胸臆的手法，而改用暗喻和换喻的两种手法。这里讲的暗喻，是指先把凹凸不平的山峰比喻为平平仄仄的诗句，然后换喻，把山和山喻为诗歌朗诵者。后面写江水则用明喻，用的也是诉之于听觉和视觉的手法。这样写山，想象奇特、节奏欢快，读来情味盎然。《早春的小雨》同样讲构思、讲意境，用写意手法描绘桂林山水的诗情画意，让一切景物都浸泡在柔情里——

> 像梦中的情人
> 纯洁的，甜蜜的，多情的
> 桂林早春的小雨
> 在她的臂弯中
> 生命，正在开始

这里写桂林小雨的轻盈妩媚、多情秀美，和作者同一诗集中写云南的粗犷磅礴、雄浑神秘，在色调、神韵上形成鲜明的反差；和作者过去写雨时，将雨声的"淅沥"与谐音"警惕"二字联系起来，更有质的不同。在这里，作者更换了角度，不是以战士的眼光而纯粹是以"情人"的心情去感受桂林小雨的柔美的，于是，我们看到：在李瑛的山水画卷中，既有盛夏暴雨，也有早春小雨；既有云飞浪卷，又有日丽风和；既有由烈火岩浆烘烤而成的损德碑，又有在生命的深处潜藏着全是情感的望夫石；既有层层叠叠、如幻似梦的山，又有咀嚼和回味战争的人；既有冷酷的漂泊的心，又有似火的青春和嫩绿的梦。这种能豪放能婉约、能雄浑能秀丽的写法，满足了读者不同的审美要求。

鲁迅说"呼唤血和火的"，"赏味幽林和秋月的，都要真的神往的心，否则一样是空洞"（《鲁迅全集》第 7 卷 770 页）。在以往写的《南方的山》、《井冈山哨口》等诗中，李瑛以"真的神往的心""呼唤血和火"；在现在写的《桂花酒》、《夜漓江》、《到阳朔去》等诗中，李瑛同样以"真的神往的心"去"赏味幽林和秋月"。在赏味时，李瑛善于把描绘桂林山水的形貌与写出其气质结合起来。《桂林五月》，一开始就用了三个比喻——"像闪动的绿翡翠/像飞翔的翅膀/像游动的鳍"，采用实景虚写、静景动写的手法，把桂林山水的迷人表现得形象逼真、新鲜独特。此诗的第四节更使人难忘：

> 五月的桂林是一张
> 被渲化成朦胧色调的
> 宣纸
> 那碧绿，那丹青，那鹅黄，那浅紫
> 渗开来，纸上
> 流出潺潺的水声
> 五月的桂林挂在那儿
> 轻轻颤动

短短几行诗，有色、有声、有景、有情。前者构成了意象，后者形成为旋律，故这首短章是由意象叠着旋律写就。诗人还将缩小的夸张（把辽阔的桂林浓缩为一张纸）和廓大的夸大（颜料化为水声）手法交替使用，把五月桂林的色彩表现得分外迷人。如果有心的读者把这类风景画装订成册，便会成为永远的记忆，李瑛诗中的桂林无疑比桂林本身更美、更真实。

山水诗从某种意义上来说是游览诗、旅游诗，但李瑛写的桂林山水诗，却不是普通的游览诗，更不是那种浮光掠影式的所谓"旅游诗"。如前所说，李瑛在写这类诗时，并不是以一般的旅游者的身份去穷名山、泛沧海。在《重归》等诗中，他以战士的身份和不老的江山叙说浓浓的恋情。在《寻找》等诗中，他以哲学家的深沉和睿智，和读者谈宇宙人生，谈千古苍茫。在《一只鸟的遐想》中，他以"一个从战争中走过来的人"向我们"讲述"甜蜜的幸福和淡淡的苦涩的辩证关系。就是那些纯粹以画家的身份表现桂林山水美的诗篇中，他也尽可能或直接或间接地体现自己所认识的人生哲理和健康的审美情趣。正如他自己在"后记"中所说："我认为，我当时所获得的种种画意诗情，现实与梦想，在我的精神生活和情感世界里，并不是如空中轻飘的雪花那样是一种转瞬即逝的东西，它们是有生命、有分量的，甚至是凝重的，是可以进入历史的。"像《爱情故事》的结句"爱远比痛苦更强大"可作为格言抄读，《听歌》仅凭"一腔激情加一片叶子"就使人感到"生活的骄傲和青春的力量"，它们有分量固不用说了，就是《桂林五月》的结句：

> 桂林
> 不是一座有公园的城市
> 而是一座有城市的公园

它亦给读者深刻的美学启示和感性陶冶，成为桂林山水乃至祖国大好河山的澄澈投影。

原载《文艺报》1993 年 7 月 24 日

意境创造的新探索

——诗《倒影》与《月色》赏析①

袁忠岳

在五六十年代，李瑛以善写普通士兵的生活画面而驰名诗坛，人们亲切地称他的诗为"士兵的歌"。到新时期，他走出兵站、军营，向着南海北疆、峡谷高原、大自然腹地跋涉，留下了一首首意象更鲜明、意味更深蕴的诗作。他的诗在对山水自然的直觉体悟中，融进了对历史、生命、宇宙的思考；我们可以感到在诗的形象深层有历史的熔岩在缓缓流动，有生命的强力在喷发燃烧，而这一切又似乎都在宇宙意志的冥冥操纵下。在表现手法上，融进了现代主义的一些方法，如通感、象征、荒诞等。他喜欢尝试探索，不断追求新的审美效果。我们拟通过他 90 年代初的两首诗作，来窥探上述特色。

《倒影》这首诗是他在 1991 年 5 月到桂林开全国诗歌座谈会时写的，那次会我也参加了，住在桂林近郊的一个宾馆。宾馆面对着一座绿茸茸、雾蒙蒙的山，水声入耳、水气扑脸。晚上坐游艇、游漓江，只见岸上的灯光与水中的灯光混成一片，分不出哪是灯、哪是影。也许是那夜景色触动了诗人，也许是白天看到漓江上假山的倒影启发了李瑛，他写了这首《倒影》。《倒影》是写桂林之水的，没有水不会有倒影，有水而不清也看不到倒影，水清而不静倒影也无法凝成。写倒影抓住了桂林山美水更美、漓江江水澄且碧的特点。清朝诗人袁枚在《端江到桂林》一诗中有"分明水底山

---

① 《倒影》，1991 年作，载《睡着的山和醒着的河》诗集中。《月色》1990 年作，载《多梦的西高原》诗集中。

多，篙打山头乱响"句，是写倒影的；贺敬之《桂林山水歌》中这样写，
"画中画——漓江照我身千影"，也是说倒影的。但整首诗专写倒影，而且写
出与众不同新意，恐怕就数李瑛这首诗了。从水想到倒影不难，从倒影想到
这是水中的桂林就非同一般，由此生发两个桂林的联想，更非人人所能及
了。全诗就是以两个桂林为发端、为核心构思的。

世上当然只有一个桂林，说两个桂林，有真有假、有实有虚。岸上的桂
林是实是真，水中的桂林是虚是假。诗中着重写的是水中的桂林，采用以假
乱真、以虚写实的手法。

怎么叫以假乱真呢？明明水中的桂林是假的，却当作真的来写。诗人由
此进行推理：既然桂林浸在水里，那么理所当然，桂林的山、山上的云、
鸟、树、花也都浸在水里，于是鸟的叫声和花的香味也因渗透水分而湿淋淋
的了。这个推理过程是荒谬的、违反逻辑的，但桂林的鸟与花由于有充足的
水的滋养，叫声特别清脆，香味特别清洌，则又是一点不假的。苏东坡把这
种写法叫作"反常合道"，事理反常却符合人们的真切感觉，而《红楼梦》
中的香菱却另有说法，叫"似无理"，貌似无理，"想去竟是有理有情的"。
诗人在这儿不露痕迹地运用了通感手法，把听觉（鸟声）、嗅觉（花香）分
别与触觉（湿淋淋）沟通，表达一种难以言说的感觉。

怎么叫以虚写实呢？即用虚的倒影来写实的桂林、写桂林的美、写桂林
的历史悠久。秦牧在《花城》一文中，从地上的鲜花写到"水中的鲜花"
（金鱼）、"海中的鲜花"（贝壳和珊瑚）、"永不凋谢的花朵"（古玩瓷器和历
代书画），写出整个世界到处都是花。李瑛也从水中的倒影写到纸上的倒影
（地方志与旅游指南中的风景画）、脑中的倒影（永远的记忆），用这些个真
真假假的倒影来衬托实实在在的桂林的美。既然是两个桂林，就该有"两倍
的时间和空间"，这推理当然也是错误的，但桂林山水历史悠久、名扬四海
又是千真万确的。诗人虚写古老的波涛拍打这两倍的时间和空间，日日夜夜
回响不息，令人不禁忆起唐朝诗人刘禹锡《石头城》中"山围故国周遭
在，潮打空城寂寞回"的诗句，一种悠远空旷的历史感油然而生，笔虚情
不虚。

诗到此本来可以结束了，但诗人的灵感却没有停歇的意思，它继续扶摇
而上，到达又一个异想天开的境界。好像诗人坐在桌旁展纸提笔写诗，不知
从哪儿来的水把他写在纸上的字一个个地打翻了，使这些无橹、无帆、无锚

的字，像一叶叶扁舟，随水漂去。这是多么有趣，而又多么荒诞不经的情景，但它写出了诗人真实的幻觉。诗人专注于倒影、写水，写出了神，而处于一种迷蒙恍惚的状态，幻觉就产生了，仿佛到处是水，水漫金山，把字都浮起来了，诗人只能无奈地看着它们一沉一浮地渐渐漂远。本来是写桂林的倒影，结尾却写到"我"诗歌的倒影，本来是我看两个桂林的，结尾却让两个桂林看我。一通视觉转换，把主客位置一颠倒，就别有一番风味。这是上叩一关的别出心裁的写法，在西方叫"陌生化"。这一写就把桂林的水写到家了，今后恐怕无人能够超越。

《月色》写的是北国风光，与南疆的桂林山水相比，自然是另一番景象。对此，古代诗人是这样写的，"平沙莽莽黄入天"，"一川碎石大如斗"（岑参）。除了砂砾岩有没有别的，就如艾略特对荒原的描绘一般，"这里没水只有岩石"。尽管如此，在李瑛的笔下戈壁滩却一点也不显得荒凉，竟然是景色优美，生命力旺盛。这一变化诗人是如何完成的呢？一是借助月光的魔力，因为诗人看到的不是艾略特诗中"阳光直晒"下的荒原，也不是岑参眼中"随风满地石乱走"的瀚海，而是无风之夜静卧月下的戈壁。月光能使它照见的一切变形，使粗粝光秃的戈壁变得光影婆娑、如雾如纱、线条柔和。二是依靠诗人自身的想象力，把月光想象成水。这并不难，唐朝诗人赵嘏就有"月光如水水如天"的诗句。经过这客观与主观两道工序一处理，一个清幽生动的水底世界就出现在眼前了。

这是水中的戈壁，与水中的桂林不同。水中的桂林，水是真的，桂林是假的，是倒影；水中的戈壁，戈壁是真的，水是假的，是月光。前者是以假乱真，把倒影看成真的桂林；后者是以真作假，把实实在在的戈壁当作水底世界。这水底世界是假的，由此表达对月下戈壁的感觉则是再真切也没有了。

诗人是怎么描绘这个水底世界的？他变静为动，采用了一名潜水者的视角，随着身子下沉，自上而下地移动目光。从"山头的积雪"到"山麓郁郁苍苍的针叶"，一直到水底"山谷荒滩上的砂砾"，其过程与我们在电视屏幕上看到的拍摄海底世界的情景一样，所不同的是这个水底世界没有"航标"、"号子"、"渔歌"，也没有五颜六色、奇形怪状的海生动物，它是一个静谧、冷幽、深不可测的世界。

这是一般人也能看到的月下戈壁的外观，与水底世界同又不同，它荒寂而无生命。作为诗人则不同，他的眼光要穿透视觉表层，看到别人看不到的无形的时间和有形的历史。月光既然如水，就该有波浪，这波浪澎湃激荡于这漫无边际的空间，自古至今，既无源头，也无堤岸，从茫茫中来，到茫茫中去，这月之波不就是时之波吗？静止的空间一转换成流动的时间，原来早已睡去的"历史和往事"也就——"舒缓地醒来"。如果你想象的真切，就会在这荒寂静谧中听到从遥远的年代传来的隐隐的人喘马嘶、剑戟火并、金鼓齐鸣的声音。能说这水底世界不动人吗？诗人的想象力使死去的一切复活。由此看来，眼前这一块块无生命的石头，都是"历史和往事"的沉淀与凝结，连诗人在这月光下站久了，也觉得自己仿佛变成了石头，故而这些石头实际上都是有生命的、有记忆的。诗人让月光开成一朵朵雪莲，也是想说明在月下戈壁的无生命中寄寓着洁白的生命。如果说这些都是虚空的想象，那么那一堆篝火则确确凿凿是生命实存的明证。它也许是牧民的，也许是商队的，也许是勘探队员或别的什么人的。篝火燃在这夜里犹如水底红珊瑚般热烈、美丽，这是生命的热烈和美丽。从"舒缓地醒来"到"雪莲"再到"红珊瑚"，是生命从萌发到开放再到燃烧的过程。倘说戈壁荒寂，那么这荒寂也恰恰是生命强劲坚韧的反衬。

从这首诗中我们可以体会出深邃的历史感与强烈的生命意识，这正是诗人山水诗的创新所追求的。

原载《语文学习》1995 年

迎向未来的历史回声

——读诗集《生命是一片叶子》

张　炯

　　我在旅途上，在凌云飞翔的机舱里，在驰行群山的汽车中，在客舍繁忙的间隙时刻，一页页阅读李瑛的新诗集《生命是一片叶子》，沉浸在他为人们展开的诗歌的意象和思想情感的激流中。我不仅怀着深深的激动之情，也陷入深深的思索。我实在为这位诗人在从事诗歌创作 50 年之际所出版的第 42 本诗集，感到由衷的高兴。

　　李瑛是我国当代文坛的一名重要的诗人，他的创作始于 40 年代，却于 50 年代以军旅诗知名全国。最近 20 年李瑛大大扩展了自己的诗歌视野，不再仅仅以军人的视角去看待生活，而是越来越自觉地从时代的高度去表达人民的心声，以一种宽阔而博大的胸怀，去拥抱世界，拥抱历史和人类。《生命是一片叶子》是他从 1992 年至 1994 年两年多时间写的诗作中选出的集子，其中既有对于故国和风雨人生的忆旧与眷恋，也有祁连山下河西走廊风情的记录和诗美的撷寻，更有借助种种意象所抒发的对祖国、对人间的过去与未来的希冀和思考。

　　诗集中的《风雨人生》一辑收诗 51 首，从泛思生活到具体吟咏钥匙、家、巢、冬泳、流星、瀑布、墓园、鸟笼、蜡烛、马蹄铁、杏花和回忆童年的种种，题材广泛，仿佛无所不可以入诗。他告诉人们"抓一把脚下的泥土/就知道生活的艰苦"（《生活》），他希望"还给我一个雨后的早晨般/新鲜的世界/醒来的充满活力的世界"（《还给我》），他赞美那"有一片屋顶/把风雨遮在外面/有两扇窗子/可以看风景和宇宙/有一张床和一盏灯/让我读书、工作、听音乐、寻梦"的"家"（《家》）。在《先烈》中他缅怀先烈，不但呼唤用笔和歌声"把他们的微笑/雕成花朵"，而且呼唤"从他们碑上的/最后一个字/出发"。在《遗产》中他看到"将军已经火化/朗朗的阔笑已经枯萎/只身上的弹片/埋在骨灰里/那两块狰狞的、卷曲的、锋利的/钢铁，仍然活着"，"而在它们后面/一个黄金般辉煌的事业/正太阳般腾起"。在《冬泳》中，他歌唱"生命/对血说，你需要燃烧/对肌肉说，你需要磨砺/对骨头说，你需要熔铸和锤炼/还有身后的意志和信念"，于是"它们便像钢锭淬火/一齐跃入隆冬的冷水/顿时/波涛滚沸，江天跃动，风呼云涌……"在《流星》中，他把流星比作"一个赤裸的透明的生命/一只疾飞的鸟/一滴滑下的冷露/一朵雏菊/一个闪着金色眸子的清纯的圣女/由于勇敢又羞涩/而变得惊人的美丽"。而面对瀑布，他又这样描写："你来听它的呼吸/那不息的奔腾和交响/使人战栗/时间穿过拱形的大门/矢志向前，飞泻直下/没有丝毫怯懦、软弱和犹疑/只有刀刃般锋利的意志以及/力和美。"

是的，他的诗就这样善于运用贴切而夸张的优美想象，构造出令人意想不到的新鲜的意象，然而表达的则是充满历史纵深感的富有哲理意味的深刻情思。他的回忆性的诗篇或是记游性的诗篇，更无不充满对于历史空间变迁与时间流逝的苍茫沉思，但在他那里，历史又总是不仅标示过去，而且通向未来。因而在对过去的缅怀里，既有"逝者如斯夫"的感慨，也有对于生命络绎不绝的礼赞，对于光明美好的未来的坚定信念。他吟咏羊角壁饰："它们静静地挂在墙上/强悍的生命仍活在/大山和草根深处/那粗糙扭曲的角质，显示了/战胜生活的骁勇。"（《羊角壁饰》）他感怀古剑，悲悼屈原，访寻深秋，回忆童年那美好的春天、坐在池塘边的青蛙、曲折的山溪以及送行的老师和远方的朋友，无不在诗思中寄寓自己对那"历史，波涛般滚滚而过"的深切怀念和对生命顽强不息的讴歌。而在《祁连山寻梦》所收的19首诗里，这种面对古远历史的悲怆和对于今日新貌的欣喜，更如交响曲般回旋在几乎每一首诗的字里行间。这一辑所展示的诗美，可以概括为从历史纵深的荒原中歌唱蓬勃的永恒的生命。诗人引导人们去巡游祁连山下的河西走廊，瞻仰那古垒、荒滩、戈壁的风、莫高窟的月，乃至骆驼刺和飞翔的鹰与小蜜蜂……他从死寂的沙漠荒滩里看到"浑圆而憨厚的白瓜/像花朵散卧在田野"（《大地上的水》），他感叹"沉郁又苍凉"的"凉州词"像"戈壁滩上铁铸的卵石/永远高昂着头/它裸露的勇敢的灵魂/日日夜夜/辉映着祁连山头的白雪"（《凉州词》），他歌唱汉长城"我们的脊骨/我们民族不朽的尊严/和戈矛、甲胄、带火的战歌一起/在苍茫夕照下/静静地闪光"（《汉长城印象》），他感叹燕鸣壁那叫人"怜爱的悲切的小鸟"，赞美它"那从生命里流出的声音，会使/万里如铁的长城/在苍茫中/战栗不止"（《燕鸣壁》），而祁连山在他眼里也成了"英武的高原魂"，成了"我们民族古老的根/我们民族不屈的生命"（《祁连山》）。面对那"从小是舔着自己的伤口长大的"骆驼刺，他疾呼"你不认识它/就不认识中国西部古荒原/就不认识生命的庄严美和/人间的忠贞与富有"（《骆驼刺：一个低回的旋律》）。

他的这些描绘西部风情的诗，都善于运用声音、色彩和光的明暗，运用极其夸张和形象的笔墨来构造自己的诗的意象，不但诗中有画、画中有诗，而且往往在凝固的画面中充满动态感和音乐感，如歌如吟。比如他写祁连山之鹰，"它坚劲的翅膀拍击着/像风暴和雷霆/使大地上的沙石和碱草/奔驰滚动，迸出火星/不怕坚硬的荒滩/撞烂头颅/也不怕锋利的锐石/剖开前胸/迅疾地一闪而过/箭一般擦地飞行"。这沉雄的生命被写得何等生动而有气势。他写逆风飞行的鸟，不但描绘它在狂怒的风暴里搏击的艰难身态，而且把它比作"是一把火在浪里燃烧/是一朵花开在空中"。这想象是何等奇特、美丽，何等富于色彩和动感。而他写"飞向荒滩深处/在艰辛中创造甜蜜"的小蜜蜂，竟有这样的诗句："在暴戾的大地与石头之间/竟有这样属于抒情的音乐和舞蹈/是从砾石里飞出的，抑或/是从枯黄的草节下飞出的，抑或/是从凋谢的古征战的马蹄窝里飞出的……"在意象的拓展中这小蜜蜂不但富于历史的苍茫感，而且充满坚强生命的美丽的动感与乐感。

《人间拾叶》一辑收诗 36 首，其题材的范围更为广阔和多彩，情思也更为深沉与博大。从歌唱雄鸡的长鸣，城市的雪、月光和梅花，到吟咏春天的树、沙滩上的小船、睡着的水手和寄居蟹；从记录百花洲听雨的情怀、忆念冰糖莲子的美意，到歌唱南方的"金三角"和不羁的扬子江；从讴赞不朽的人生和刘公岛的涛声，到寄情伟大的祖国，可谓既有意蕴隽永、韵味秀美的吟唱，也有气魄豪雄如大江东去的放歌。这些诗都贯通历史、现实与未来，充盈着理想的激情和对于光明、美好的坚定信念。在这些诗中他尝试多种的形式，比如《刘公岛》：

刘公岛

凝重的海礁

　　凝重的铺就小路的巉岩
　　　凝重的树
　　　　凝重的庭院
　　　　　凝重的厅堂和桌椅
　　　　凝重的历史
　　　　　屹立在大海深处
　　　　　　一座何等巍峨的高山

　　这种诗行的排列，就仿佛让人看到一座像战舰的船头那样峭立的悬崖，斜耸在大海之上，尖利而崔巍，给读者以非常强烈的印象。《生命是一片叶子》中的诗，差不多每首都不但句式不同，排列也因诗的题材而异，应该说这都是对新诗艺术表现方面的有益的探索。

　　我国的新诗迄今已走过近百年的道路，众多诗人进行了广泛的形式探索，现在看起来，这条路还很漫长。我比较赞成那种既有浓郁诗意而形式又大体整齐，且容易为读者读懂的诗。我不敢说李瑛的诗都会为人民群众所喜欢，但他的诗大多都是比较容易读懂的。当然，对于诗更重要的还不是形式，而是内容。人们有理由期望，在未来的岁月里，李瑛能为读者写出更多富于丰厚内容而又勇于形式探索的更为人民群众所喜爱的诗歌。

1996 年

原载《文艺报》1996 年 8 月 23 日

思想能转动世界

——读《生命是一片叶子》

古继堂

　　诗人将该诗集定名为"生命是一片叶子",便含有深邃的寓意。既然生命是一片叶子,它必有躯干和主体。诗人的这个意象是从自然景物中采撷来的,而个人的生命本体对时代、国家和人民来说,也是一种个体对整体的关系。从这里,我们可以看出李瑛作品巨大而深邃的主题也就是从这种象征中得到了总的体现的。

　　读李瑛的诗,抓住读者心灵的,不是令人眼花缭乱的诗句。李瑛的诗中没有那种虚浮的、幻象般的语言魔术,他的诗的语言是相当朴实的。那么李瑛的诗的巨大魅力是怎样产生的呢?它来自作品描写和歌颂的对象,来自诗人对对象独具慧眼的深刻开掘和发现。李瑛诗集的第一首诗就是"生活",该诗构思十分独特,从"历史已经醒来"写起,告诉人们应该清醒地生活,应该知道自己的位置,知道双手的意义。生活就是劳动和创造,是父亲的肩膀和母亲的乳房支撑了这个世界。这首诗没有豪言壮语,却有强烈的时代脉搏的跳动;没有写生活的苦难,却使人感到了它沉重的分量;没有对历史的追溯,却使人清晰地感到了生活的来龙去脉。每一行诗,都是生活的注脚;每一句话,都有沉甸甸的生活内涵,"我们把墓碑上的苔藓和水迹/称为历史",无疑告诉人们,历史是由前人的脚迹和生命构成的。荒坟上象征着老祖父的生命和灵魂的野草是史笔,墓碑上的苔藓和水迹是文字,历史就是这样写出来的。面对着荒坟和墓碑组成的历史,我们能够荒唐地亵渎生活和人生吗?言简意赅,内涵丰富而深沉。"你看见那条永不回头的路了吗",为什么永不回头?因为它是历史的伸延。"让母亲怀里的婴儿抬起头来"实际是对我们每个人的呼唤。"把钥匙和智慧交给他/把打开窗子的世界交给他",这里既包含着社会责任感,也包含着历史使命感。作为历史锁链中的中间链条,我们承接了上一代的恩赐,对下一代负有更多的责任,尤其是把"打开窗子的世界交给他",除了顺着历史沿革向前看的内涵之外,还有开放改革新形势下向外看的内涵。李瑛的诗给人一种既高阔又实在、既辽远又踏实的感觉,是因为他十分注意用生动真切的具体形象去充实构思的框架。

李瑛的诗不断地追溯着童年、故乡、玩伴和历史的记忆,《生命是一片叶子》中这种作品占了相当的数量。似乎可能顺着那清晰悠长的叶脉,探索出那片叶子的枝丫、主干和根须,找到那片叶子的老家。从叶子到根须之间,是一片辽阔而广袤的亲情、乡情地带,是一条诞生、成长、跋涉、成熟的道路,这中间有太多的血汗、风雨、哭声、笑声凝成的历史。李瑛写了《家》,写了《摇篮曲》,写了一系列童年和青年时代的回忆。这些诗来自生活的蕴藏,来自诗人的发现和创造。如《红高粱》,诗人把巨大的思想和浓重的抒情紧密地结合在一起,使诗的内容和形式达到了高度的统一。这诗每一节都是一个思想的重锤,而全诗又凝集成一座思想的重镇;每一句都有深刻的思想寓意,而全诗又汇聚成一座思想的宝库。从精壮的血的种子,到攥着拳头生长;从叶片挥舞起大刀,到红穗卷起的滔滔的红浪。不难理解,这是由愤怒到奋起,由星火到燎原的革命的发展过程。诗中许多动词巧妙而恰当的使用,不仅使诗充满动感形象,而且是诗的描写对象和内涵由个体到群体、由点滴到洪流,形成波起浪涌态势的关键所在。尤为精彩的是第五段:"据说,待摇曳的红穗/涌向天边/堆起画布上浓重的油彩/漫天流云便卷起滔滔的红浪。"诗人通过几个动词"涌"、"堆"、"卷"的巧妙运用,把地上的红穗和天上的流云联系起来。红穗映霞、霞映红穗,既铺天盖地,又奔腾万里,这是何等壮阔、威猛、气吞山河的无敌景象。到此,一环套一环的象征手法把诗的思想和气象推向了极致。然而诗人并没有就此打住,而是笔锋一转,把诗的思想和形象更升华和深化一步。一个"直系血亲、兄弟和爹娘"把红高粱和犁铧、镰刀、锄板联系了起来,使人们想起了农民起义的遍地烽火,"根是宣言/叶是旗帜/红高粱是北方历史的诗行",展示了北方粗犷剽悍的地方特色和历史性格。最后一节,把红高粱的形象和象征意义又升华了一步:"一个民族美学和力学的/最高的形象"便水到渠成,跃然而出。这首诗至此，完成了它的最高创意。

李瑛笔下的《家》，是小家也是大家，小到一片瓦，大到故乡和祖国。因而他笔下的爱家之情，也就是爱故土、爱祖国之情。李瑛通过细腻的情感和跳跃的语言，进行疏密相间和极度抒情性的描绘，把中国人特有的爱家乡、爱祖国的情感发挥到了极致。在这首诗里，诗人以充满情趣的、欢乐的形式，表达了非常深沉而沉重的思想和情感。壁橱里、抽屉里、相册里埋着的是很深的根，发黄的记忆，但用茶、用酒来浸泡，却很香、很醇。这里包含着时空对往事的淡化，但是时空淡化了往事，却淡化不了情感，而且人愈老情愈浓，身愈远情愈近。你离开三天，野草便长满台阶，你走出千里万里，那个家总像无言小星星照耀你。即使你在外面化为灰烬，母亲手里的线、门前的小路、无限的乡情，也会唤你回去。诗中满溢的中国情感、中国思维、中国人的处世模式，凝集成鲜明的中国诗的风格。诗的结尾："但你脚趾吻着的/却是殷殷的、殷殷的纯情"，把读者的情绪导入了一片纯洁无瑕的爱的境界之中。

李瑛诗中的思想，不是一般的思想，而是具有诗人独特视角的、创造性的、哲理化了的、堪称为艺术之魂的思想。只有有了这样的思想，诗才能摆脱浅薄和苍白无力的困境，才能产生出超越诗自身的一种文化格式的力量。李瑛的诗读起来之所以深沉、感人，具有一种推动力激发力，靠的就是这种强大的思想威力。李瑛诗中的思想形象和威力，不是靠一两次强烈的地壳运动，或一两次排山倒海的大风暴中崛起的，而是靠漫长的艰苦创造和日积月累，靠山体的自然增长显示的，因而它稳健、扎实，没有溶洞，没有断层，没有错位的裂缝，它是历史和时代的产儿，又产生出推动历史和时代的精神力量，因而正应上他的诗句："思想能转动世界。"也只有有了转动世界思想力量的诗，世界诗坛的荧光屏上，才能显示出这样诗人的形象。

1996 年 4 月 10 日于北京西郊

原载《诗刊》1996 年第 11 期

李瑛诗作的艺术转型

——读《生命是一片叶子》

吴开晋

诗人李瑛从 40 年代开始诗歌创作，至今已 50 余年，共出版了 42 部诗集。这第 42 本，就是《生命是一片叶子》（解放军出版社出版）。这虽不是一部综合性的诗选集，但却是体现着诗人创作转型的一部重要著作。探索一下它在转型方面的几个特点，将会对我们有重要启示。

历史上，由于生活经历的变迁和美学思想的变化，有成就的诗人都有过不同的转型。如郭沫若的诗作，由《女神》的狂放到《星空》的恬淡，再到《前茅》、《恢复》的写实色彩加重；闻一多的诗作，由《红烛》的热烈和诗体的自由到《死水》的深沉、揶揄和形式上的格律化；戴望舒的诗作，由 30 年代的忧郁，低回到 40 年代的明朗和刚劲；艾青由建国前的诗情浓郁、深沉，到新时期的哲理性和多义性的加强；臧克家由建国前的沉郁到建国后的热烈，等等，都有明显的转型，这都是和诗人由于经历的变迁而造成思想的变化及美学上新的追求分不开的。由此考察李瑛的诗作，我们发现，他的诗作在新时期之初已有不少变化（如《我骄傲，我是一棵树》），但变化更为显著的却是这本《生命是一片叶子》。

首先是在题材的选择上，李瑛以往的诗作多选择那些有普遍社会意义的题材入诗，如南疆、海防的战斗生活，国际国内的重大事件，对英雄人物和新生事物的赞颂等。题材虽然广泛而富有典型性，但较少触及诗人身边的实际生活和个人的情感世界。本诗集则突破了原来的局限，有不少作品是从平凡的日常生活中选择的素材。如《钥匙》，诗人以前是无暇顾及它的，现在则能和它正面对话，极富生活情趣。《给我的心脏》，虽是对自己肌体内的一个脏器表达感激之情，但实际上是对生命的礼赞，并带有某种象征色彩和神秘性:"小时候,曾寻找自己的心脏/只感到它遥远而迷茫/其实,无论黑夜和白昼/它都孤寂地跋涉在梦的长巷/长大才知道,像埋在土里水里/它就静静地悬在我胸腔/也许它想看看我,却无法谋面/肋骨紧锁,没有门窗//如一朵花儿,在眼前开放/如一只鸟儿,在林间歌唱/如一只果子,在枝头成熟/如一块石头,静静地跳荡//其实它是一只燃着的灯盏/照透我生命的欢乐和忧伤/有一天,它告别我轻轻熄灭/散一缕轻烟,发出幽香……"这不能不说是诗人在诗艺道路上有价值的探索,给人以全新之感。其他如《两颗心》、《流星》、《影子》、《摇篮曲》、《鸟笼》、《昨天》、《回忆童年》组诗等,也标志着诗人在题材上的拓展与深化。

其次是在感情表达方式上,李瑛以往的多数诗作,在感情表达上虽不像某些诗人那样直抒胸臆、放怀高歌,是通过意境的创造把感情融入其中,但是,其感情还是昂扬乐观的,且比较单向、率直,使读者易于一下子把握住,因而诗作的色调也多是鲜明、亮丽的。而新的诗作则有明显的变化,它不单呈现出感情的多重性,而且增加了更多的智性思维,哲理性和思辨性也加强了,因而诗作的色调也愈加繁富,也出现了一些淡色和冷色,这标志着诗人新探索的成功和艺术风格的更加多样。如《鸟笼》一诗,把树枝上欢快的小鸟同路边出售的鸟笼相联系而发出喟叹和警策:"犹如吃奶的小马/还不认识鞭子/天真活泼的小鸟/你们,可认识它们……//无论圆的或方的/精雕细刻又镶金嵌银的/它们的作用是相同的/它们多么丑陋//笼子里展不开翅膀/只有一根横木属于你/笼子锁死了四季和全部花期/世界和生命距离它/多么遥远。"其感情是复杂的,也是低沉、忧郁的,内里又含着一种警戒天真世人的哲思。诗的色调则是暗淡的,给人以更多的思维空间,这在李瑛以前的诗作中是较少看到的。虽然,他也写过大地的苦难和人民的悲哀,但感情表达是强烈和单向的,不像这首诗的感情深沉而繁复,而且含着人生的深邃哲理。此外,诗人还善于把世人常见的、常想的一些简单命题加以挖掘,把人们想到而一时难以概括出的人生哲理揭示出来,从而开出智性思维的花朵。如小诗《昨天》:"他的面容/和今天一样美丽/可再也没有见到他/他把我送到今天/便独自回去了//我忽然记起/遗落了什么/想回去寻找,却再也/寻不到归去的路//只在窗前沉沉地凝望/一片叶子旋转着/落下来/传来一声遥远的/回响。"此诗把昨天拟人化,抒发了对时光的珍惜和对生命的爱恋之情,也体现了时光难返的忧思,耐人回味,像这样的作品以往也是少见的。

再次是艺术方法上的变化。如果说诗人感情方式的变化更多的是由于经历的变迁而造成思想的演变使然，那么，艺术方法和表现手法的变化则更多地依赖于诗人美学观念的变化。李瑛是在艺术探索上永不满足的诗人，他广泛吸取中外诗歌的艺术营养，不断地调整自己的艺术表达方式。从艺术方法上来讲，他以往的作品基本上属于现实主义的范畴。尽管早年的作品曾一度受过象征主义的影响，但在他加入人民军队后很快便抹掉了，这与当时文坛的总体思潮有关。新时期以来，他逐渐使自己的艺术手段多样化，从而创作出了如《我骄傲，我是一棵树》及《红豆》等那样象征色彩很浓的作品，但他对象征手法的运用还并不普遍。而在这本诗集中，不但较多地运用了这一手法，而且如隐喻、通感、意象叠加等现代诗常用的手法也屡有所见，从而使作品更为飘逸和空灵。如《流星》，诗人把它比为天真清纯的少女，写她为达到自己的目的而勇往直前，有较浓的象征韵味和神秘色彩，同时，用一组各自不同的意象赞颂她如生命本身一样美丽，如其中的最后一句："一个赤裸的透明的生命/一只疾飞的鸟/一滴落下的冷露/一朵雏菊/一个闪着金色眸子的清纯的圣女/由于勇敢又羞涩/而变得惊人的美丽。"诗人从中发现并揭示了自己独特的人生体验，给人一种多彩的空灵美。

正由于李瑛在题材选择、感情表达方式和艺术方法上的转型，因之，其总体艺术风格也有了明显的变化。如果说李瑛以前的诗作给人一种明朗、隽永和清纯之感的话，那么，这本诗集体现出的风格则是沉郁和跌宕。纯真乐观的诗人已经远去，呈现在读者面前的是一位沉思忧虑并有几分豁达的诗人形象。当然，他的许多作品仍在关注着国家民族的命运，但却不是为之呼号呐喊了，而是为之忧虑并提出设想。同时，由于社会经历的丰富，似乎更参透了人生，但注视人世的目光却更为高远了。当然，这种转型还在继续，其艺术探索也并非全部完美无缺，有的作品（如《遗产》）似有添足的议论，个别篇章（如《假如大海没有浪》）理念似嫌过重，这有待诗人在艺术上进一步锤炼。但从总体来说，这部新诗集不仅仅是李瑛个人的成功，也是诗坛上可喜的收获。

1996 年 8—9 月

原载《绿风》1997 年第 1 期

生命的崇高和美丽

——评诗集《生命是一片叶子》

古远清

　　《生命是一片叶子》是李瑛出版的第 42 本书，此诗集共分 3 辑，其中第一辑"风雨人生"，是李瑛寻找生存的价值和生命的意义，或消融于哲学的沉思，或映照出艺术的情韵的好诗。

　　李瑛在诗歌创作上，有许多优势。一是阅历丰富，他长期生活在暴风雨的庄严年代，刚在北大红楼和民主广场学完毕业之后，便在硝烟炮火中，经受了枪林弹雨的洗礼，像他这种经历，在当代诗人中并不多见。二是生活基础厚实，李瑛始终不忘"生活是创作的源泉"，多年来，不管工作再忙，他总要争取外出，到基层去，到大自然中去，参观、讲学、访问和旅行。伟大祖国的壮丽河山，无论是长江还是黄河，乃至一湾小溪或一块石头，都为他揭示出形态神秘的大千世界，揭示出大自然给作者的美学熏陶。三是勤于思考，李瑛从来都注重作品的思想性，不像有些人那样追求"纯诗"，只在形式和技巧上下功夫。他注重诗的深刻内涵的发现，与目前在诗坛上流行的思想苍白、哲学肤浅、信仰虚无、心理孱弱的诗作完全不同。

　　"风雨人生"虽然还不到《生命是一片叶子》诗集的一半，但它的内容却非常丰富。大致区分，有这样几类：一是寻找生命意义的短诗，如《还给我》、《巢》、《幸福》、《你看见了吗》、《冬泳》、《影子》等。二是咏物小诗，如《流星》、《瀑》、《蝴蝶标本》、《静物》等。三是回忆往事的组诗，如《回忆》、《回忆童年》、《回忆：关于春天》、《回忆：关于青蛙》、《回忆：关于山溪》、《回忆：关于野菜》、《回忆：一次送行》等等。

　　李瑛以生命为题材的短诗，品位极高。这里讲的品位，主要指有深刻的内涵，有崇高的生命意义，"让我们站起来/让我们认识自己/让我们更深刻地理解/生命的崇高和美丽"，是响彻这组诗的主旋律。本来，对生命的感悟，并不是哪个诗人的专利，然而能从理解中感到"生命的崇高和美丽"，在这个嘲弄崇高、放纵享受为时髦的年代，就显得难能可贵了。

李瑛为他的生命诗篇采集素材，路子极宽，上至将军，下至刚诞生的婴儿，只要他有兴趣，都会被他写进诗中，一旦经他艺术处理，便发人深省。一般说来，人到生命的黄昏，感觉会钝化，可李瑛不同，他永远保持着敏锐的悟性。距离我们很远的埙，他能感到一股"憨厚而质朴的深情"，它是我们"祖先的一颗跳动的心"（《听埙》）。在"枪声已经成为历史"的年代，他要用笔把先烈们的微笑雕成花朵（《先烈》）。在冬泳中，他感到生命在"对血说，你需要燃烧/对肌肉说，你需要磨砺/对骨头说，你需要熔铸和锤炼"（《冬泳》）。李瑛对天文地理、对人间的万事万物，都有浓厚的兴趣，他都要用哲学家的眼光加以过滤，这正表明他的动力不但没有衰退，相反他的活力和创造力仍非常旺盛，艺术感觉和思维能力比过去更为敏锐。

什么题材都写，且都要联系到生命意义，这是一种冒险行为，因为写多了，难免重复自己。但李瑛的学识、阅历以及他的高超艺术构思及其巧妙的联想能力，使他的"风雨人生"诗篇不管写什么，总有自己的深度，总有一番新意。这新意，又绝不是靠说教去奏效。像《遗产》和《你看见了吗》，都是告诫我们不要忘记过去，但《遗产》的主角是个体——已火化的将军，后者的主角则是群体——那些先烈。《遗产》通过埋在骨灰里的弹片的细节去揭示题旨，后者用浪漫主义手法写虽死犹生的先烈对后人的期望。手法不同，着眼点不同，使这两篇作品互为补充。

都是咏生命的《影子》，又换了一个角度。作者把影子比喻为岩石、小树、溪水，其实这里写影是为了写形。也许有人会认为，这《影子》有鲁迅《影的告别》的影子，其实，两相比较，就不难发现它们之间的差异：《影的告别》是解剖作者灵魂中的阴暗面，《影子》的题旨却是"拒绝黑暗，世界才变得深刻，丰富和完美"，毫无消极意识；《影的告别》是影对形的告别辞，《影子》却是形对影的赞颂。前者是散文诗，后者却是自由诗，两者毫不雷同，李瑛诗艺的独创性，于此可见一斑。

作为一种思想的载体和产物，"风雨人生"在某种程度上突破了抒情文体的特征，熔诗歌和哲理于一炉，有鲜明的哲理化倾向。李瑛在《生命是一片叶子》的《后记》中说："我希望我的诗像春雨渗进脚下的泥土一样渗入人们的心灵，从而有助于人们精神的成熟和发展；我希望我的诗具有强烈的艺术魅力，希望它是有目的、有力量的成为一种有效的劳动工具，或成为一束花，给人以愉悦和芳香……"这里讲的"有助于人们精神的成熟和发展"，离不开理；"给人以愉悦和芳香"，少不了情。李瑛的"风雨人生"诗篇，较好地处理了情感与哲理、知性与感性的问题。像《恐龙骨骼》、《蝴蝶标本》，不仅有浓郁的诗情，而且渗进了许多形而上的思考，传达出他独特的人生哲学。从题材上看，《恐龙骨骼》远离现实，可作者从它的牙齿想到自然，从它的骨头想到哲学，从它的脊骨想到历史，这种对历史的反刍给诗作涂上了一层浓烈的思辨色彩。

李瑛诗作哲理化倾向还有一类是来源于对往事的回忆，对童年的忆念。也许由于生活的积淀越来越多的缘故，李瑛近几年常常想起童年，想起年轻时候的朋友们，想起艰难岁月中的贫困生活，想起经历过的一些惊天动地的事件和蹉跎岁月，《生命是一片叶子》中的回忆组诗，便表现了他这种情感历程。与一般老人的回忆不同的是，李瑛在回忆往事中注入了新鲜的情感，注入了"心灵的纯净和庄严美"，给读者以亘古的昭示。他在回忆凄苦的童年，回忆儿时的小伙伴时，把山溪、虫声、苍天还有野孩子，都经过诗化的处理，向读者描绘出一个诗化的故乡、一次诗化的送行，和"被雨水打湿的尘泥和灰烬里"藏着的故事。以《一只马铁蹄》而论，人们所看到的马铁蹄是带有美的意义，即"和我的青春结成化不开的血肉的马铁蹄"了。由于诗人的回忆不是为了发思古之幽情，而是把过去的岁月看成"我所有书中最深刻的一本"，故能引发不具有这种经历的读者的情思与共鸣。这就是哲理的力量，也就是作品中写的"杏树和风景后边"所站着的严峻的生活真实。

李瑛的"风雨人生"诗篇，不是只靠直感或臆想写作，没有停留在浅层的社会观察和局限于现象的描绘，而是十分注意开拓题材的内涵，因此成了时代的声音和代言人，"如同我们可尊敬的睿智的先人一样"。

原载《文艺报》1996 年 3 月 1 日

崇高美的追求与呼唤

——评《生命是一片叶子》

耿建华

《生命是一片叶子》是著名诗人李瑛的第 42 本书，收入他 1992 年至 1994 年间发表的 110 首诗。这些诗作是诗人对崇高美的追求和呼唤，是他用自己的诗对拜金主义和物欲横流的反抗，是崇高人格和坚强生命力的放射。

诗人在"后记"中说："我希望我们的作品能够致力于表现我们所处的时代和时代精神，表现具有伟大抱负、广阔视野、丰富知识、对历史的深刻认识和高度智慧的新人的心灵，表现不倦地追求真理、追求爱与美的崇高精神，乃至似火的激情，揭示在矛盾和冲突中流淌着的痛楚的眼泪和淋漓的鲜血。这种崇高的理想、感情和风格，是体现我们时代的审美理想、审美情操，是代表当代人民的美学追求的。具有这样深刻性和力度的作品，自会产生强大的推动历史前进的精神力量。"这个集子中的诗作完全体现了他的这些主张，是他诗歌创作中的新的高度。在古典美学中，对于崇高的阐释往往着眼于客体对主体的威压，崇高伴随着主体的恐惧和渺小而产生。当然，那些巨大的、有威力的事物能给人威压，但崇高并不仅仅体现在这种威压上，更重要的是体现在生命个体对这一威压的反抗中，李瑛的诗在表现崇高美时正是从主体对客体的反抗与斗争中去表现个体生命的伟大、心灵的坚强与崇高的。《巢》歌唱了两只不知名的鸟在大树上筑的小小的巢，小鸟和小巢均不是有形式上的崇高，但是那有意把巢筑在"风雨摇动的枝头"敢于迎接闪电雷火的鸟，却放射出了"生命比风雨更强大"的精神力量，诗人认为"它们简陋的巢，就是/大树最美的花朵"。不具体描摹现实生活，而用象征意象去表现抽象层次上的生命思考，是李瑛对他自己以前诗作的一次提升。
《两颗心》写挂在树上的两只果子："两颗果子辉映着生长/两朵花，火一般
开放/而树木是诚实的，如阳光。"两只果子很小、很轻，"而黑夜是浩瀚
的，似海洋"，果子"如两片羽毛，无法称出它的重量"，但它"即使被风雨
击穿/犹身守一缕芬芳"。果子的坚守，即是诗人的坚守，正如诗中所写的：
"静静地挂在那儿/面对面的，在我胸腔/一颗是我的心脏/一颗是诗的心脏。"
在坚守和对抗中，主体的生命之光放射出来，灿烂而夺目。再如《冬泳》同
样在对抗中歌唱生命的成熟和美丽：

> 于是他们便像钢锭淬火
> 一齐跃入隆冬的冷水
> 顿时
> 波涛滚沸，江天跃动，风呼云涌
> 只有铁青着脸的水
> 紧咬着牙齿，沉默不语

　　"钢锭淬火"是巧妙而准确的喻象，把生命热力、活力突现出来。"紧咬
着牙齿，沉默不语"，"铁青着脸的水"反射出生命不可战胜的力量。在这个
诗集中还有"不管夜有多厚/也毅然/劈开它/穿过它/撕裂它"的流量，诗人
赞颂它是"一个赤裸的透明的生命/一只疾飞的鸟/一滴淌下的冷露/一朵雏
菊/一个闪着金色眸子的清纯的圣女/由于勇敢又羞涩/而变得惊人的美
丽"，这种美丽也是渺小与厚重在对抗中放出的光彩。

　　歌唱在痛苦和磨难中放出辉煌的生命，歌唱在坚持和反抗中的崇高人格
是这个诗集的中心主题。诗归根结底是诗人灵魂光芒的放射，也是诗人人格
精神的意象化显现，同时也表现出诗人的美学理想和追求。在李瑛的诗作中
对崇高美的追求是一贯的，在以往的创作中，这种追求体现在他对军旅生活
的写实描绘上，体现在他对重大事件和国际风云的关注上。但在这些诗
中，诗人却从抽象层面上强调出生命的意义和价值，融入生命哲学的思
考，展现出生命的崇高和美丽。他试图从每一细小的事物中去发现生命的反
抗和呐喊，去揭示什么才是有价值、有意义的人生，尤其在物欲横流的背景
上，凸显出独立的人格和崇高的精神追求，这也是诗人在当前情境中的内心
言说。也正因为如此，他才对嘉峪关附近戈壁深处那些经风雨侵蚀过的石头

情有独钟："不要惊扰它们的梦/它们会感到痛苦/不要把它们带回城市放在客厅/它们会感到羞耻/这烽烟熏过、烈日烧过、霜雪打过的风雨石/只属于大西北的风雨石/每个生命都是庄严的"，"这马蹄踏过、斧钺砍过、鲜血浸过的风雨石/伤痕累累的风雨石/每个生命都是骄傲的"。诗人在他去过的地方，不论是嘉峪关，还是莫高窟；不论是古凉州，还是汉长城，都听见了生命的呼喊。诗人在他见过每一事物中，不论是逆风飞行的鸟，还是荒原上的向日葵；不论是早梅，还是柳枝，都看见了生命的闪光。

在李瑛过去的诗作中，曾有过不少欧化的长句，但这个集子中的诗作多用简洁有力的短句，语言更为纯净，使意象突显出来，给人强烈的美感冲击，如《巢》、《流星》、《红高粱》等，意象纯度很高。李瑛很注意捕捉具有强烈冲突的瞬间，从而创造出富有张力的意象。如《逆风飞行的鸟》："在狂怒的风暴里/几乎摔落地面/忽又猛的飞升/蜷缩的腿爪在奋力蹬动/从它几乎被撕裂的翅膀/我听见艰难的喘息和苦痛。"再如《荒原上的向日葵》："阳光的熔液从花盘和/粗壮的茎秆上泻下来/把阔大叶子的叶脉都涨得很鼓。"前者是鸟逆风飞行中的瞬间动态造型，后者则用"熔液"使阳光更有质感和力度。《落日》写太阳落山的一瞬，更是惊心动魄："有翅膀的太阳/比鹰隼飞得更快/从云朵和红柳梢上/倏忽，轰然坠下/头颅/直扎向荆丛遍地的荒原/那声音很大/你必须捂住耳朵/顿时溅起四射的沙石/它迸出的锋芒/能刺穿你的皮肉/让你不敢睁眼/接着大地便燃烧起来/它的血燃烧起来/使赤裸的荒原壮丽而凄凉。"这节诗写出了落日那爆炸般的冲击力，有声有色，也有内在体验和感受，让人看到"美丽得使人痛苦"的瞬间，把崇高和悲壮展现得淋漓尽致。

与过去的诗作相比，李瑛诗作的意象纯度提高了，主体的直接言说成分减少了。但在有些诗作中，直接言说的句子仍存在，卒章显志的手法仍在袭用，这就减弱了诗的暗示力量。如把那些过于明显的句段删除，使意象更纯净，诗会有更多的言外之意和味外之味，也许就更加耐人咀嚼了。

原载《作家报》1996 年 8 月 31 日

叶子里的生命

苗得雨

叶子里的生命

李瑛同志的第 42 本诗集，书名叫《生命是一片叶子》。这个书名，本身就是一首诗，一首哲理意味很深、可以让人浮想联翩久久思考的诗。

人一生，其意义不仅仅在于生命本身的存在，更在于它是怎样的存在。有重于泰山，有轻如鸿毛；有短暂，有久远。一个伟大的科学家、哲学家、文学家、革命家，和一个吃人民一辈子小米，于人于世未曾有一益的人，又怎么能相比？人从生物学意义上说，生命是有限的。可是，有些人的生命是无限的，他们尽管已不在世多少年，可是他曾有益于人类，而今仍有益于人类，他的生命便仍然存在，这样的人，是永远活着的人。

爱因斯坦说："一个人的价值，应当看他贡献什么，而不应当看他取得什么。"那种轻易的取得，不管多大的"大"或多大的"富"，都不可羡慕，这样的"大款"不要去"傍"。靠飞机送上山顶的"登山者"，也不可羡慕。靠人吹出的"大名鼎鼎"，不管什么"星"或什么"家"，不可去"傍"，也不可去跟着吹。膨胀的氢气球，纵然拽着飞一气，一旦破了，也跟着摔掉。

马列主义经典作家告诉我们，人一生就两件事：认识世界和改造世界。马克思又说："哲学家们只是用不同的方式解释世界，而问题在于改变世界。"解释世界，目的在于改变世界。这世界包括客观世界和主观世界，主观世界解释不清楚，客观世界也改变不清楚。

我有时想，生命的意义，从某种意义上说，需要我们尽其一生的精力去探究，甚至一生的时间也不可能穷究。作为一门学问，它是无穷尽也无止境的。

文学是人学，诗学也应该是人学。诗人对人生的意义，对生命意义的认识，有更特殊的使命和贡献。

李瑛同志的诗，思想和艺术都早已达到了相当的高度。但他还在追求，还在探求，还在开掘与攀登。《生命是一片叶子》就是他对人生意义在新的高度上所做的探索，一首首诗就是一串串深深的脚印。李瑛同志自己说："我常想，许多科学家合起来才能创造一个世界，一个哲学家就足以创造一个世界，而一个诗人却能够创造许多个世界。"（《远方的怀念》，《文汇报》1996 年 1 月 21 日）一个大的宇宙中，有许多个星球。一个大的境界里，有许多不同层次不同角度的境地。他对人生意义的探寻，就是为我们创造了多层次多角度的许多个诗的"世界"。

望着这书名，我想到好多：绿色是生物富有生机的表现，是大自然的生机，也是人的生机；人最好的时光叫"青春"，是"春"连一个"青"。"青"、"绿"的具体物就是一片片叶子，绿，表现着大自然的生机，环保工作，不也叫"绿色工程"、"绿色事业"吗？

"红花再好，还要绿叶来衬。"绿叶是衬红花的，是一种无声的助人精神。世界上所有无名英雄和甘当无名英雄的精神，都是叶子精神。

一棵树有根、有干、有枝、有叶，都不可缺少。根可吸收养分，可使全树立得牢。叶可做光合作用，它从另一个角度上吸收养分。叶有早生晚生，也有早熟晚熟。早落的，有的是受害，有的是早衰，有的是早熟。李瑛同志在诗集后记中有一段话，讲到取这个书名的想法："眼下正是秋天，我窗外花园里的景色分外娇娆，有的花朵已经开过，更多的正在怒放；我更喜欢是树林里许多树的叶子，重重叠叠的树冠，绿的、黄的、红的，一层层、一片片，在微风中以不同的姿势摆动着，表示它们生命的存在。它们从春天舒青开始，已庄严地工作至今。我每天到那里去散步都看到它们，它们是认识我的。我闻着那里飘逸出泥土的潮气和叶子的芳香，想到它们是有思想有记忆的，现在似乎已经成熟了；它们仿佛已有所准备，即使到冬天告别世界，也仍然是美丽的。在神秘而又庄严的瞬间，我感到它们是不亢不卑、无愧无悔的，正期待着在雪后的春天来临时有新的叶子来接替它们。我整理完这本诗集，望着窗外的花园和那些树木的叶子，想到处于永恒运动变化和发展之中的这个自然界，在不可能终极的时间与空间中的生命和生命现象，在森罗万象的大自然中，生命很可能是最脆弱的，但如果它们有思想、理想和信念，生命就可能是最坚强的了，我就以它们做了我这本诗集的名字。"这里从大自然的规律讲到人生，秋天到了，冬天来了，正是树叶在纷纷降落之时，它也如同果实，成熟了，要落叶归根了。生命像一片叶子，在大自然中可能是最脆弱的，说落就落，或到了该落的时候就落，但只要是无愧无悔的，当春天来临有新的叶子来接替，它即使在冬天到来时告别这个世界，也仍然是美丽的。

在这里，我补充一个发现。我已观察很久，就一棵树来说，看来是叶子最容易落，最不坚强。可是，我见台风中，也在一般大风中，有时一整棵树刮倒了，或连根拔出了，或刮断了一些枝条，但单单哗哗刮掉了树叶的，我似乎没见过。叶儿别看薄薄的，柄儿细细的，被刮得翻来覆去，简直要撕碎了似的，当风停了，却见它几乎都完好无损。在这里，我发现了，叶子柔软的韧性成了它的优点。

因此，我说，树叶也是坚强的，有时它跟着被刮断的枝条折下来，也还一片片在枝条上。

"它们深深懂得"与"我不知道"

"两只小鸟"把"小小的巢"筑在"多风雨摇动的枝头"，是李瑛的诗《巢》中的一个景象。由这一景象，产生出关于人生只有经风雨才能得到锻炼，只有投入到生活的激流和站在生活的高处才能有更光彩夺目的人生的想象，战胜了风雨的生命，"比风雨更强大"。这里写弱小走向勇敢，也可以成为强大的生命这样一个哲理。

这是一首小小的咏物诗，在这里，不管是小鸟，还是小巢，它在高空中生活了下来，它生活的天地就宽了：所有天空的路都属于它们/所有四海不眠的星星都属于它们/当呼啸的风雨过后/它们便和太阳一起/飞翔。这想象是合理的，又是别人不曾道出的。诗人写小鸟飞，让太阳也飞，这飞又真正是飞；小鸟与太阳一起飞，便成了不一般的飞，便成了一种辉煌的景象。

诗中常有这种语言，不懂得的说懂得，知道的说不知道，诗人不光自己和自己对话，也可以和不会说话的事物对话。诗人问小鸟："空中有云，有闪电雷火，你们知道吗？"诗没有写小鸟的回答，却分明写了它们的回答："它们深深懂得／只有在万丈云空／才能望穿千寻海壑／当冬天树叶落尽／它们简陋的巢，就是／大树最美的花朵。"小鸟不是高级动物，似乎绝对不会有人的智慧，但实际上有时比人的智慧高，它们的行动是分明深深懂得的。它们不懂得，能敢于把小巢建在云空吗？建在有风雨雷火的地方吗？并日夜生活劳作在那地方吗？

"也许我们，并不比它们知道得更多"，确实也是，因为"生活总是充满艰辛和痛苦"，然而"艰辛和痛苦，是美丽的"。这一点，小鸟是懂得的，是比我们有些人知道得更多的。

"我不知道这大树是什么树，也不知道这鸟的名字。"这个"不知道"不是真不知道，而是诗的一种表述方法，要写知道了，一切都局限住了，一切的想象、发挥都被那具体的树名和鸟名的限制束缚了手脚。因为诗人在这里写树其实不是在写树，写鸟不是在写鸟，而是从两个连接着的想象写一种精神：我"只知道它们勇敢的魂魄／比胸前的红羽毛／更值得自豪"。这里鸟的羽毛，也是既实又虚的，是鸟的也可能是人的。诗人最后道出"生命比风雨更强大"，自然也主要讲的人的精神了，讲的人的生命的意义。然而，这一切，不是空讲的。空讲，那不是诗，要借助具体的形象来讲。讲也不直讲，于是就有了似乎并不深深懂得的小鸟"深深懂得"，一切都知道的诗人，却"我不知道"。

可以与自己的心脏对话

没有人与自己的心脏对过话，也没有人给自己的心脏写过信，在《写自己的心脏对话》中，李瑛却要同它对话，给它写信。

心脏是自己的，又是独立的。是一个分明有全部结构的人，因为"也许它想看看我"，想看看，就已有了眼睛。在这里，心脏既是自己的组成部分，又是一位伙伴。在自己的体内，能帮助自己的伙伴。

这位伙伴像什么呢？像一朵在眼前开放的花儿，像一只在林间歌唱的鸟儿，像一只在枝头成熟的果子，像一块静静跳荡的石头……不，这一些好像都不是，"其实，它是一只燃着的灯盏／照透我生命的欢乐和忧伤"。心脏是一盏灯，欢乐它照着，忧伤它照着。这盏灯却是一直燃着的，欢乐也照得透，忧伤也照得透。照得透，也就使自己能理解欢乐是什么，忧伤是什么，就不会使欢乐乐得失去了理智，使忧伤忧得失去了信心。它是生命的一盏灯，一旦"有一天，它告别我悄悄熄灭/散一缕轻烟，发出幽香"。心脏熄灭了，自己不也就熄灭了吗？它发出幽香，还能闻到吗？

是能闻到的，只要自己的一生是无愧的，是对得起它的，对得起"它给我的帮助和忠诚"。它是自己的好伙伴，自己也是它的好伙伴。

人体唯心脏从不休歇，它一生都在跳荡，"无论黑夜和白昼，它都孤寂地跋涉在梦的长巷"。人的骨骼肌、平滑肌损坏了能增生，心肌不能增生，它对人尤为宝贵，但这位伙伴对人的帮助是从不自我宣扬的。想给它写封感谢的信，但是"又不知寄往何方"。

人和人的关系不也是这样吗？像心脏那样忠诚地不停地帮助自己的伙伴，不是曾有过，也仍有着吗？婴儿躺在母亲的怀里安静地睡着，那是听着母亲心脏不停跳动的声响。还有，我们的国家、我们的时代，都是有一颗心脏在跳动的，我们每个人都离不开的。这就是我们时代的精神、时代的灵魂。它不需要人们感谢或报偿，而只需要人们都知道：不要背离它，不要有愧于它。

是看得见的

岁月是看得见的——是李瑛在《你看见了吗》中对人生所做的富有哲理意义的感悟。

历史一段段过去了。过去了又没过去，看不见了又仍看得见。一段段都仍活着，有仍看得见的遗迹，更有仍看得见的思想和精神。那山仍在，那水仍在，大地和那些千年松柏仍在。今天的已不同于昨天的，今天是昨天的发展，也是昨天的延伸和继续。历史也如人，也仍在生长，今天是昨天的生长，明天是今天的生长。

历史上的人，一代代都不在世了，留下的子孙——仍活着的我们，不仍在世吗？他们的思想和精神、他们的知识和智慧，不仍在传播着吗？他们的形象仍立在人们面前，仍活在人们心中。

我们每个人，每天，都遇到这个问题："你看见了吗？"我们中间许多人是仍然看得见的，那先烈们"一双双如火、如闪电、如锋刃的目光"，也能触摸到那仍"渗出鲜血"的"足迹"，感到他们和我们仍活在同一个世界，并从那熟悉的目光里，看到了他们的放心和不放心。他们也听得见有人说"今天是今天，昨天是昨天"，听到了那认为先辈的未竟事业不要再继续的人的声音，他们看到了一些不肖子孙的所作所为，那分不清昼夜的醉生梦死，那以权谋私、权钱交易等严重腐败现象。这个"你看见了吗"的提问，是很严峻的。我们读这样的诗，就是每天每时要警示自己。这样的诗多些与多些这样诗的读者，世上就多些自觉拷问自己的人，人"该怎样死，怎样生"，就不是糊涂问题。然而遗憾的是，今天糊涂讲人生的文章与诗，也真不少，所以，也需要特别给他们说一句：你看见了吗？

壮观的生命景象与发现

李瑛的《瀑》，写的是大自然中的瀑布，也是写的一种人生境界。

这人生，是"年轻的大地"般的人生，是"永不衰老的雷电和火炬"般的人生。年轻的大地是有生机的，也产生着有生机的万物。"雷电和火炬"永不衰老，就永远有云雨飞腾，就永远有力量，就永远有壮丽的景象："有时是花/有时是群峰/有时是星光或迸溅的血。"

这人生，是有声有色的，是"不息地奔腾和交响"的"呼吸"，这"使人战栗"的生命，它"矢志向前"，"没有丝毫的怯懦、软弱和犹疑/只有刀刃般的锋利的意志以及/力和美"。只要有勇往直前的意志，有刀刃般锋利的意志，就有力量做一番事业。这作为，这一切，便都是美丽的。我们的英雄，有杀死了大量敌人牺牲的，有与敌人同归于尽的，有落于敌手至死不屈的，他们都是英雄，他们的生命都是壮丽的。我们的战友，有大智大勇、九死一生过来的，有经过了无数失败、挫折成长起来的，他们都是可敬的。我们在相同的战线上或不同的事业中，有擎千钧力的，有拧螺丝钉的，有的有惊人壮举如金星闪亮，有默默无闻、一生都在洒心血汗水的无名英雄，也无不都是可钦佩的。

是历史的警示牌在望着人们

李瑛的《我望着你》是一支让人唱着心里涩涩的酸酸的歌，诗的表述方法十分含蓄，似平静如水的语言，却火一般烫人。

是创造世界，还是消耗世界，这两种不同的世界观，在目前，已造成了一种严酷的现实。

"有时是波浪"，是波浪，也不是波浪，但它是在波浪中或像波浪流动似的游着；"有时是摇曳的水草"，水草在生长着，有着生机，活着的一切，都是一种水草；"有时是浅底卵石跳荡的阳光"，阳光在水的浅底卵石上跳荡，那活着的美丽的物体也在跳荡，使阳光也富有生机。水死了，水中的活的物体死了，阳光还活吗？

可是，它有多也好，有少也好，都到砧板上见了，都砸到砧板上了，把流动砸得不流动，把摇曳砸得不摇曳，把跳荡砸得不跳荡。一切都砸上，一切都砸死。让河流空流着远去，是远去了，是失去的远去了，生活里有了多少干涸的泥沟。

这一切，也是被火烧尽了，都烧上了瓷盘。一个活的世界，在这里，已成了死的世界，"在世界之外"的世界。都烧尽了，"一切活泼的鳃、鳍和思想"。呼吸烧尽了，行走永止了，思想也化为灰烬而随风而去。

吃啊吃啊，"过把瘾"又"过把瘾"地吃啊。"人生要享乐"，"要会享乐"啊，"要当享乐型"啊。看哪一条街没有多少酒家、酒城，多少人在天旋地转地吃。要什么，就有什么上"瓷盘"，"老子有钱"或"反正不是自家花钱"。几年前就听说每年吃喝公款上千亿，几年来有了多少减少？上千亿是多少？有一年山东南部遭受水灾，损失是六十亿。六十亿的十倍是六百亿，千亿之外可救多少灾？那些酒囊饭袋，可知道全世界一年能采到多少燕窝？全国一年可捕得几只熊掌？可知道，就是一只海参，那捕捞者潜到深海（我知道像胶州湾这样的地方采不到海参），一次才捕捉上一只来。到存下来变成席上鲜物，可有多少道工序？有人觉得只要有钱，要吃龙肉，也能从天上割下一块来！千亿不光是人民的多少血汗钱，也是多少资源、多少祖业。人们可知道，我们的祖业，在什么时候有吃光的时候？岂止那"一条鱼骨"，那"比针更锋利"的"一根根坚硬的刺"在闪光！在"酒杯和世界之间"闪光。虽然"静静"的，可多么的不平静啊！这正是两种事物在较量。人们啊，这"酒杯"也是能把世界碰碎的啊！

是诗人在"望着你"，也是历史的警示牌在望着我们每个人。

诗人的心

人都有一颗心，可有两颗的？诗人有。一颗是和大家相同的，一颗是作为诗人的。李瑛的诗《两颗心》，我们可以理解为它讲了诗和诗人的关系。讲诗是什么？它也是一颗心。与自己原本有的一颗心是相连着的，是"面对面的"在同一棵树上"挂在那儿"，是"两颗果子辉映着生长"，是"两朵花，火一般开放"，而那同一棵的树木，"是诚实的，如阳光"。诗与诗人是一致的，要给诗以阳光，让花儿开放，果子生长。果子一颗也好，两颗也好，是相映相衬的同时生长的。

诗人原本的心和诗的心同在一体了，才如同"两盏灯照亮黑夜／两只鸟儿把刻骨的爱和滴血的恨／不息地歌唱"，而不管"黑夜是浩瀚的，似海洋"。

它们也许"很轻，如两片羽毛"，它在胸膛里挂着，轻重是看不见的，但"却无法称出它们的重量"，"即使被风雨击穿／犹自守一缕芬芳"。

一首好诗，一首千古绝唱，能称得出它的重量吗？一位伟大的诗人，能说出他的尺寸是多少吗？他存在于一代代人的心中，那尺寸是无限的，而且还在一代代存在下去。

"它们是崇高的"，诗和诗人。要做这样的诗人，有两颗心脏，"一颗是我的心脏，一颗是诗的心脏"，"静静地挂在那儿，面对面的，在我胸腔"，"它们是崇高的／它们美丽而坚强／圣洁的血泪是它们的营养"。

诗是血和泪的结晶，是"把心都呕了出来"，才能传世。人间好诗，无不是诗人用心写出。

灵感是什么

李瑛同志的《灵感》，是诗，不是理论，但我们可以从理论的角度上，听一听他讲灵感是什么。

是什么，是走了很久才找到的。"为寻找它／我赤着脚浪迹天涯"，"直到隆冬/飞雪迷茫"。又见到了什么呢？是"山野，只悬挂一串深深浅浅的/脚印，储满我呕出的/不冻的血浆"。这就是灵感，是心之旅的鲜明印迹。

是灵感吗？还不是。是在这之后，"突然，一只白色小鸟/撕裂倾斜的天空/倏忽而下/使我猝不及防"，是"猝不及防"的"一只白色小鸟"闪电般到来。闪电般却不是闪电，而是"白色的小鸟"，是可爱的白色的小鸟，虽"猝不及防"而来。小鸟有白色的吗？有，不然，它又怎么能这么可爱？它是怎样的可爱？"像长久渴望的情人的目光/像深谷怒放的玫瑰散发幽香/像笛眼飞出纯净的音符/发出阳光流动的声响"，是这样的可爱。阳光可有声响？阳光在闪射，闪射是物体快速运动，也即快速流动。物体既流动，就有声响，阳光有了声响，就有声有色了。

于是诗人"狂喜里，我攫住了它/彼此从不认识的眼睛/又仿佛曾久久凝望"。是不曾认识的，又是久久凝望过的，像"情人的目光"，自是早就认识的。是久恋又久盼的，所以，一见面"它便把心掏给我"。于是"顿时/我的诗红润起来"，于是诗就"有了脉搏和呼吸/有了巨大的欢乐/及无法言喻的痛苦和忧伤"。欢乐是巨大的，痛苦和忧伤是无法言喻的，自然也是巨大的。于是，"飞雪、大地、笔和我的心/一起急剧地颤动/我灼热的泪珠/欢快地流淌"。心在颤动，笔在颤动，大地和飞雪都在颤动。灵感不是小东西，是诗人的心和笔与万物一起都在震撼，是欢快流淌的诗人灼热的泪水。

诗最后一段，集中讲了灵感是什么，也讲了诗是什么，人生是什么，"因为在这个动人的世界里/我发现了爱/发现了美/发现了一个生命的诞生和/死亡"。诗的灵感就是"在动人的世界"里的发现，是爱与美的发现，生与死的发现。诗就是发现。诗人一生也都是在忙着"发现"这样一件创造的工作，这是在"这个动人的世界里"，诗人独有的创新的工作。

原载《昆仑》1997 年第 6 期

理性与情感的交响

——读诗集《生命是一片叶子》

何宇宏

　　这本诗集，透示着他几十年人生体验的积淀，《生命是一片叶子》，这题目已昭示了诗集的主题——对生命本体的哲理性思考与省视。年纪较大的人容易忆旧与内省，他们常常专注于对生命历程的回顾、对生命问题的思索，特别是像李瑛这样感情丰富、思想敏锐、认真生活、珍重生命的诗人，而"生命"又是一个带有深刻哲学内涵的诗学命题。李瑛则从一片叶子见出生命的真谛：渺小不失庄严，脆弱不失坚毅。生命的一切意义与价值都深藏于物象的大小、空间的远近、时间的短暂与永恒这些矛盾之中。

　　这种思考与省视，在李瑛的诗中不再是偶尔的闪现，它已成为诗人内心的自然需要和创作的主要追求。以《清明》中一节为例："这一天，揭开隐痛和伤口的人几乎死去/而死去的人将都回到家里/使生存和死亡的界限/变得模糊/这一天，在人间，本来是有限的距离/却凝成无限的痛苦/时间和空间酿成一碗烈性酒。"诗的表层展现人们祭奠亲人时的痛苦，诗的深层，将对生命的考察投向了宇宙和人类精神两个层面。简洁的语言、朴实的情境所蕴涵的，是复杂深刻的哲理。这种对"生命"的多角度观照，同样体现在灵活多样的结构方式中。《钥匙》、《家》、《巢》、《泪》等侧重于从平凡细微的物象中发掘不凡的生命价值与意义，《溶洞纪游》、《恐龙骨骼》、《嘉峪关》、《月牙泉》等则更多借助于古迹、传说，带我们进入时间的隧道，穿梭于历史与现实之间。历史的永恒留存与现实的短暂易逝并置，从而产生强大的张力，冲击着、震颤着读者的心灵，发人深思。《羊角壁饰》、《我望着你》、《蜡烛》却又是通过蒙太奇式的空间转换与组接，形成场景的反衬与对比，以凸显主题，其反映的不仅是创作技巧的高超，更是诗人思考的全面与深入。

李瑛不愧是一个抒情诗人，他诗中的哲理总是被融于充沛的情感、精巧的构思与奇丽的想象之中，并且处处洋溢着个性风采，因而变得既丰富、深广又生动、直观。例如"婴儿"、"荒坟"、"墓园"、"门窗"等几个意象被诗人反复运用于多首诗中，他不是对意象进行具体精巧的描绘而是以简洁之笔勾勒限定意象的角度与意味，挖掘出它们外在形象的巨大差异中隐含的内在精神的惊人相似。

生命是由壮丽的波涛与轻柔的细流交汇而成的风景，其间每一个画面都引人驻足、教人顾念。李瑛却摆脱了具体过程的诱惑，将目光投向生命的两端。这正反映了他一贯的美学追求：避开波峰险浪而关注波浪下的潜流，轰轰烈烈后的余韵。因为他喜爱峰巅之外的哑默，喜爱哑默中的饱满与凝重。这些意象的选择与把握，反映着李瑛诗歌创作的个性，也反映着他对生命的独特理解与认识。更重要的是，将多种形象在不同诗中反复进行相同的定位，客观上就透露出诗人某种久聚于心的情结。这也使意象的身后背负上了强烈的来自诗人灵魂深处的主观情感，而不仅是单纯的理性意义。于是，抽象的哲理变成富有感染力的形象与情蕴，从诗中流逸而出。

与李瑛以前的诗集相比，《生命是一片叶子》其意旨是内敛的，其诗境却又是包容了整个宇宙与人类的。李瑛总是不停地捕捉客观物象与自我灵魂的契合与呼应，使诗集处处弥漫着内外世界的共鸣。因而，透过幅幅现实的画面，诗人搭建出的是一座灵魂的海市蜃楼，其间有智性的省视，也有情感的波澜，它让我们在惊奇中动情，更让我们在动情中深思，领略咀之不尽的生命意蕴。

原载《解放军报》1996 年 7 月 2 日

思考生命并放歌生命

——读《生命是一片叶子》

胡世宗

　　收到李瑛同志惠寄的新出版的诗集《生命是一片叶子》，已到了岁末。在东北，正是风冷雪寒的时候。那些不耐寒的树种，叶子已经全落光了；而那些冰雪世界里的英雄们——青松翠柏针状的叶子，仍呈现出鲜绿的色泽和锐利的锋芒。

> 只在窗前沉沉地凝望
> 一片叶子旋转着
> 落下来
> 传来一声遥远的
> 　　回响

　　李瑛的这部诗集，从不同的角度，选不同的景事，用不同的笔法，集中地淋漓酣畅地抒写了两个大字："生命"！他在"后记"里这样写道："一个人需要多么长的时间才能严肃意识到、认真思考到、真正懂得大自然赋予我们的恩泽呢？我年轻时从未想过这些问题。似乎它根本也不是问题，正如日常生活中并未想到自身还需要不息地呼吸一样。……在生命的黄昏中，我想把自己也把自己所生活、所理解的人类置放在广袤的宇宙之间，从那里寻找出生存的价值和生命的意义。"我把这段话当作读懂、领会和消化这本诗集的导引。

　　实际上，早在1943年他17岁时最初发表的一首17行的诗《播谷鸟的故事》，写一只呼唤播种的鸟，最后竭死在墓旁，也没能呼唤来到土地上劳作的人。这里写的是生命及与生命极为相关的情景，短短数句，就刻画出一个荒芜、饥馑的年代。

在这部《生命是一片叶子》里，李瑛从摇篮写到墓园，从各种状态的生写到不同价值的死，几乎可以看作生命的教科书。

对生命价值的探讨，始终是他笔下的一个不舍的课题，《先烈》、《遗产》、《你看见了吗》这三首都是献给先烈的歌。在晚年——生命的黄昏，更加倍地怀念曾在参加革命初期所经历的血火斗争，更加倍地想到为这个民族的崛起、为这个国家的建立而奉献出了生命的人们。或许他看见那些颓伏下去的生命，才这样大声地呼唤吧："让我们站起来/让我们认识自己/让我们更深刻地理解/生命的崇高和美丽/然后，从他们碑上的/最后一个字/出发。"写"山溪"："它的道路曲折/心灵却很正直/千里万里，它要远行/明知未及汇入江河/也许就将夭折/但仍不驻足回首……峡谷里是大江/千山外是大海/它要到大海去……"写"野菜"："在苍天下/在云和蜂蝶都不屑一顾的地方/积蓄自己的乳汁/金子般诚实地守着自己的尊严和圣洁/倔强地生长。"通过抒写山溪和野菜，巧妙地表达了自己对生命的认识和感慨。在《梦里追寻的声音》和《诗的青春》里，李瑛歌唱了艾青和臧克家那样美丽的生命，使我想起我曾读到过的他 1979 年写的另一首题为《生命》的诗，歌唱"美丽——像花，明亮——像星"的生命。那生命"每个细胞都旺盛而健康，每节脊骨都坚强而刚正"，他歌唱了张志新那样坚韧不屈的生命。

在他的笔下，所有生命都有了光彩：深秋季节，群雁的翅膀在搏击轻云浅水，心满意足的向日葵在闭着眼低头沉思，一只孤独的蟋蟀从深秋的缝隙悄悄流出怯生生的鸣叫，从吐蕾到凋零转瞬即逝的杏花，在狂怒的风暴里几乎摔落地面忽又猛地飞升的逆风飞行的鸟，不倦地扑打着翅膀，飞向荒滩深处，在艰辛中创造甜蜜的小蜜蜂，所有这些，都在"诠释着生命的美"。在李瑛的笔下，所有无生命的物件也都有了生命。"一只马蹄铁"，想起崎岖的山路便会喘息，想起趟过火光映红的河水便会激动，想起枪声和炮声便会嘶鸣着向前冲去，当年迸出的火星至今不灭！那陈列在金饰店里的项链和指环，"是从胸膛里抽出一条肋骨打成的，是从血管里舀出一捧鲜血酿成的，是从长长的睫毛里流出的眼波铸成的"。

诗人庄严地思考生命的存在和消失，他站在时间这头，隔着有血有肉的千万年，召唤和触摸远古的恐龙（《恐龙骨骼》）；叹息那孤零零地伏在玻璃盒子里，已感受不到阳光、风和草原的《蝴蝶标本》。他对那虽然挂在城市四十层高楼大厅，但强悍的生命仍活在大山和草根深处的羊角（《羊角壁饰》）充满敬意。

在这部诗集里，有两首诗——《鸟笼》和《寄居蟹》与往常的诗在思想锋芒上有大的不同。在《鸟笼》里，一开首，就把路边在出售鸟笼和树上跳着唧唧喳喳的小鸟摆开来，把那小鸟比作还不认识鞭子的吃奶的小马。在笼子和鸟的关系上做文章，他入木三分地写道："如果一只鸟没有翅膀会多么悲哀/但如果有翅膀却不能飞翔/会悲哀三倍！"他急迫地提醒小鸟——这大自然美丽的精灵，留心"田野大张着的网罗"和"树后黑闪闪的枪口"。在《寄居蟹》里，他用寄居蟹的意象，告诫人们："屈辱地活着并不难/正直地活着却不易/单靠躲避不够/必须准备自己的钳子！"这两首同样写生命的诗，却把"艰危"二字放到了相当的位置上，对世人是多么具有力度的警策啊！

诗集后记里说："而今则更喜欢读过去所不愿读的那些与人生密切相关的理论性书籍了，包括曾经认为是乏味的中国和外国的哲学著作。"我在读这部诗集时，常常被诗中的哲学意趣所感染。如在《家》里写的往事，它"压在相册里已经发黄，但/泡在茶杯里，很浓/斟在酒杯里，很醇"。往事在相册里虽然发黄了，但人们在饮茶饮酒时谈起它，仍是很浓很醇的。如在《巢》里，写了巢的简陋——多风雨摇动的枝头和巢的壮丽——所有的天空和路都属于它们，所有四海不眠的星星都属于它们。当呼啸的风雨过后，它们便和太阳一起飞翔……这里面的辩证法令人震撼和鼓舞。同样这首诗中，还写到鸟儿勇敢的魂魄和胸前的红羽毛的关系，诗人说前者比后者更值得自豪，这也是写到人的外表和内里哪个更有意义的哲学命题。如在《静物》里，写静物不静，他说："其实，生活/何曾有片刻静默/连时间也锈成碎片扑簌簌剥落。"他写到生活是永动的，从静中看到不静。

这是李瑛的第 42 本诗作，像一位老到的雕刻家，不管是木、石、泥，到了他的雕刀下，都那么得心应手，他在这部诗集里表现出的炉火纯青的艺术造诣令人羡艳。他把自己的心脏当作一位忠贞的朋友去写，写出了所有人的共同感受，并且在诗的节奏和韵脚的创造上，给人一种如心跳般的默默的美感。在《灵感》中，他赋予灵感多么灵动而美好的形象啊："像长久渴望的情人的目光/像深谷怒放的玫瑰散出的幽香/像笛眼飞出的纯净的音符/发出阳光流动的声响。"写出了诗人灵感的脚印,"储满我呕出的不冻的血浆"。这是寻诗者执着追求灵感的真实贴切的写照。把人出生的第一声啼哭,比作一朵花或一簇火苗;把飞流直下的时间比作不息奔腾和交响的瀑布;把清明那一天的太阳比作复原的古陶罐,把那一天的日历比作一方湿手帕或一张薄薄的剖心的刀片。诗人写中学时代,"背满袋挤得透不过气来的汉字","从那些汉字的缝隙总听见唤我的铃声"。写对朋友的怀念:"只有怀念抽成的丝/织一幅褪色的风景/悬挂在我生命的长廊",而朋友的"一滴浪迹天涯的泪"竟"会使我的诗永不枯萎"。写《红高粱》:"在长城以北/猛烈的风雨和炎阳/使它们总是攥着拳头生长","据说,它们修长的大叶子/恣意挥舞/选择的是大刀的形象"。这里,"攥着拳头生长"和选择大刀形象,极富感染力,看得出他对要抒写的景物描写之真来自观察之细和思考之深。

初读《生命是一片叶子》,获益匪浅。近日,我翻找旧稿,一下子找出我在 1965 年生活在红九连时,给解放军文艺寄的诗稿,那上面有李瑛同志用铅笔写的批改意见;还有一份 1973 年,我的第一本诗集出版之前,他看了全部的书稿给我写来的一封长信,倍觉珍贵。我想到 70 年代后期,我在《解放军文艺》诗歌组帮助工作时,每天坐在李瑛对面,他随时给我的一些教诲,当时我都做了笔录或追记。这些难忘的回忆,加深了我对诗人的人格和诗的感情印象。我生命和诗的叶子,曾得到他的雨露滋养,让我诚挚地向他表示敬意和谢意!

1996 年 1 月 10 日

艺术与人生的完美结合

——读诗集《生命是一片叶子》

钱庆灿

  打开李瑛的诗集《生命是一片叶子》，里面陈列着一件件精巧的壁饰、古旧的埙、嶙峋的恐龙骨骼……这一系列看似琐屑陈旧的物件，在诗人眼里却是"多么值得骄傲"——它会让"世界和历史在眼睛里闪着光亮"。你会"感受到人与自然的和谐，感受到人类悲壮而雄丽的文明史，也感受到生命的苦难和欢欣"（谢冕语）。

  诗人李瑛始终都在歌吟处于逆境中的生命力的坚忍：荒原上令人战栗的骆驼刺，祁连山下逆风而行的飞鸟，黄土地上攥着拳头生长的红高粱……正是这些看似纤弱而又顽强的"生命的叶子"，浓缩着诗人对处于历史长流中的生命的情结。如《文明之光》的组诗中，一个在半坡村被发掘出的尖底瓶也会让"物体力学和生命的智慧/从瓶口流出来/浸遍无际的荒山野水"。而诗人似乎又能看见"时间如彗星匆匆滑过"，"只尖底瓶仍挂在这儿/静静地向你讲述历史和人类的成长"。一首首落笔凝重的力作，引领着读者步入一个个异彩纷呈的生命境地，而凝重深厚的作品需要的是诗人感情的孕育和深刻的思想力量。反观现代新诗不乏精巧的富于诗的肌质的作品，不乏发自诗人心灵深处的具有生命意识的作品，但缺少有力度、有深度、关注现实的大气磅礴的作品。而李瑛的诗歌却能弥补当代诗坛的这一欠缺，从而给人以心灵的震撼，这也许得益于他长期的军人生涯经历。只有成熟的人生加上成熟的艺术实践，才会造就这位风格独特的诗人。

  "李瑛的诗有一种细微和宏阔结合的艺术魅力，细微体现艺术的绵密，宏阔则展现这位诗人思考的深邃。"（谢冕语）加上这本诗集富有张力的抒情密度与具有深度的抒情纯度自然就会产生出隽永的诗味和圆融的诗风。这在《红高粱》一诗中可以窥见一斑："北方，红高粱/从秋的最高处挂下来/一粒粒血的种子/殷实而精壮"，"据说，它们钢筋般的根/紧攫住泥土/甚至虬曲地裸露地表/显示生命的执著与坚强"。最后诗人直抒胸臆："红高粱/是北方历史的诗行"，是"一个民族美学和力学的最高形象"。诗句充满来自生命深处的铁质和盐分，具有一份沉甸甸的厚重与纯净。近年来，诗人似乎更加注重把笔触伸及命运与灵魂所依存的大地，形成日渐明晰的厚重苍凉之风，逐渐凸现其独特的诗歌品质。那是一种对永恒生命与广袤大地的歌唱，是对艰难生存条件下不屈生存的生命歌吟，体现出诗人对大地的钟情，对生命的热爱和对精神家园的追寻。如《端阳》写道："溅起水花平息之后，所有的江河都迷失了方向，使两千年前的鱼，失眠至今。"这是婉转中寓大气魄的诗；这是悠久的文化承传借助于精微的艺术表现，造就的审美震撼；这是一种成熟的诗艺的表征。李瑛的诗像一串圆熟的葡萄，晶莹剔透，令人回味无穷。

李瑛的诗歌创作是继承了传统诗歌斐然的文采，瑰丽的语言又融入了个体的生命体验，但又超脱一般的借景生情，而以坚厚的诗质抒发了超越时空的情怀。另外，诗思流布的密度又给读者留下"再创作"的余地。这样的作品自然显得深沉、厚重，耐人寻味，值得反复吟咏。诗的创作贵在新，但无论怎样创新，都不能游离于艺术与人生相融的创作领地，否则，是产生不出震撼心灵的艺术作品。这是《生命是一片叶子》给予我们的启迪。

原载《福州日报》1999 年 10 月 30 日

生命的意味

——读李瑛的诗《生命》①

叶　櫓

　　写过《我骄傲，我是一棵树》的李瑛，曾经以何等深挚的热爱在歌颂生命的价值。如今读他的这首以《生命》为题的诗，却沉重地感受到他对生命的失落所持的批判与鞭策的态度。

　　熟知李瑛诗歌的人，大概对他的诗中的意象的平凡与丰富会保留深刻印象。说他的诗的意象平凡，是因为他所攫取的素材均为人们所耳熟能详的；说它们丰富，是由于在这些平凡的事物中往往能开掘出某种人生的感悟，化平凡为深邃。

　　《生命》以"阳光在沙滩上燃烧/一条条鱼静静地晾在绳子上"这一触目惊心的对比，强烈地冲击着读者的心灵。对于这种普通的乃至人们习以为常的场景，一般人并不去多加凝目与思索，而只是作为一种理当如此的生活景象一瞥而过，李瑛却在它的景象中发觉了一种也许是他经常思索的生命现象，他从这种景象的"对应性"中似乎把握住了一个折磨他心灵的情结。一个本来鲜活的生命，在它由于某种外在的原因而丧失其活力之后，周围的世界依然是"阳光在沙滩上燃烧"。对于丧失生命的鱼来说，它自身的悲剧似乎在暗示着什么，这是不是李瑛正在思考的一种现象呢？

　　作为一首诗，《生命》所揭示的主题不能算很新鲜，但是它的演绎方式却有独到之处。除了在第一二节的强烈对比中显示出李瑛对意象运用的娴熟之外，他对作为生命悲剧的象征物的"鱼"，有一种直抵其灵魂隐秘的深刻

---

① 《生命》，1993 年作，载《生命是一片叶子》诗集中。

把握。严格说来,成了"鱼干"的鱼已经不再是鱼,但李瑛在表现它的"内心"时,依然使人感觉到它的"痛苦"。"它们大张的嘴/要哭,已经失声","仍然大睁着"的双眼,"只最后的一滴泪/在眼角凝成一粒闪光的盐/冷冷地照着这个世界"。人们似乎很难明确地破译李瑛在这些诗句中要表达的,究竟是"鱼"对自身生命悲剧的哀叹,还是它对周围世界的困惑,然而正是这种"模棱两可"的表现,却增加了诗的意象传达出的蕴涵和韵味。

一般来说,仅仅从"主题"的意义上来解读一首诗,往往会使诗变成乏味的教条,所以我并不很看重"生命"的主题何在。我觉得李瑛也许是有感于许多令他困惑的生命现象之后,才从这一日常景象中获得某种启悟而写下这首诗的。生命本身的存在,也许就是一个永远包含着随时可能向多极发展的个体。在生命的过程中演绎着正剧、喜剧、悲剧、滑稽剧、荒诞剧的每一情节与时段时,人们将如何以清醒睿智的目光来凝眸审视,最终达到启悟后人的目的,才是一切有良知的诗人的抱负。李瑛在这首诗中所揭示的生命现象,依我看来,在生命二字之上是可以加上引号,或在其后加上问号的。

诚然,李瑛是一个相当典型的抒情诗人,所以这首诗的表现方式和语言方式,处处突现着一个抒情诗人对外在世界的具象和感性的把握。不说别的,单是它的开头和结尾两节的有意重复着:

> 阳光在沙滩上燃烧
> 一条条鱼静静地悬挂在绳子上

我们在这样的阅读中是否感受和体验到诗人内心一种复杂万端的情绪了呢?然而,你不妨再比较一下那不同的末句:

> 海,对它们已经关上了门
> 大地映出一道道凝重的投影

这些诗句的意味是什么?大概是值得悉心品味的罢!

原载《诗探索》2002年第1—2期

与人生、自然、历史一同思索

——读诗集《黄昏与黎明》

张　炯

　　又收到李瑛同志的一本新诗集《黄昏与黎明》，我真惊叹他的多产和勤奋，在当今中国，他恐怕是诗集出得最多的诗人了。打开诗集，我发现他许多诗都是同一天写的，甚至一天写五六首！在他的写作历史上，很多年代他都每年出版两本诗集，1963年他甚至出版三本。如今年过花甲仍然这么勤奋和多产，实在令人佩服！

　　《黄昏与黎明》共四辑，第一辑"黄土地上的蒲公英"是作者访问陕西所写的诗，轩辕柏，古青铜器，汉刻石马，半坡村的尖底瓶和项链，陕北的窑洞、腰鼓和信天游……全都激发他的诗情；第二辑"青海的地平线"记述了这个高原的湖泊、高山和运输线的种种风景，抒发了高原人和战士的英姿与豪情；第三辑"大地情歌"，是他对近年我国人民所进行的朝气蓬勃的建设和对时代的讴歌，从乡恋到边城黎明、大亚湾的核电站和南京的城墙，皆唤起他的如缕深情和睿敏思考；而第四辑则是他游览埃及，放舟尼罗河，徜徉于金字塔、博物馆、塞得港和卢克索古宫殿遗迹所生发的感慨，可以说这是一本题材异常广阔的诗集。

　　李瑛的诗历来富于联想和想象，他总从某一具象出发，通过自己丰富的联想和想象，开掘自己的诗思，不仅使描写的对象富于诗情与画意，而且见出广阔的时空和深邃的寓意，从中让读者感受到诗人广袤的历史视野和扎根于时代与人民的美好而崇高的胸怀。他写陕北的蒲公英："用金铂打成的花瓣儿/轻轻摇曳在春天里/……瞩望过秦宫汉阙的兴衰/倾听着晨钟暮鼓的鸣响/陪伴着遭受五千年/风雨切割的黄土地/以无畏的坚毅和淳朴/构成生命的重量。"他写轩辕手植柏："将耳朵贴在树干上/便听见日月起落的声音/把眼睛放在叶子上/便看见星光点点压弯了枝头/将骨头放在它的虬根上/便变得嶙峋而坚强/把心悬挂在它最高的枝头吧/让它一边经受风雨/一边在晨曦中永恒地上升。"他总是这样,于静中见动,小中见大,有限中见无限,善于在人们不注意的事物中展开自己宏阔的诗思,开掘出一种崇高的诗美!从霍去病墓前的石马,他看出那个时代的"一种生命力量/一种哲学和艺术美学";从西安的碑林,他看到"历史在这里静静地站着/充满了生命/音乐的旋律/舞蹈的节奏/图画的线条",看到"闪烁着一个民族的/文明、美和智慧之光";从腰鼓群,他看到"黄土地上开放的野花"、"簇簇跳动的火苗"和"高原的呐喊";而面对关中被发掘的古老黄土层,他却听到"从昨天传来的是战马的嘶鸣/从今天传来的是机器的轰响"。

在这本诗集中有许多风物人情的描画,像青海湖的碧水和鸟群,高原的雪山和浮云,塔尔寺黄昏的金顶,长江源头的牧民、牦牛和琴声;像童年的蟋蟀、故乡的井、电站的新姿,僰人悬棺和边城"背篓里背着山歌"的"苗族姑娘";像尼罗河畔的纸草、三角帆和舞女、金字塔、狮身人面像,而无处不在的则是诗人与历史的对话。无论是自然的风景,还是历史的文物,都唤起诗人的思古之幽情。虽然诗篇也给人以历史的苍茫感,但却不是"前不见古人,后不见来者,念天地之悠悠,独怆然而涕下"的那种无可奈何的苍茫感,而是洋溢着主动性创造性的作为历史主体的新一代人的沉思。他总把昨天与今天对比,虽感慨时光之流逝,却对今天和未来充满自豪和自信。他从陕北黄土地的"历史的喧嚣中"看见"明日,一个时代的辉煌"。他面对"高昂着头"的古青铜器,感到它们"屹立在太阳和大地之间/万古不灭"。他感叹"时间如彗星匆匆滑过",而半坡村的尖底瓶"仍挂在这儿/静静地向你讲述历史和人类的成长"。他读《拉贝日记》披露的南京大屠杀,便愤怒地喊出"比起刺刀写的历史/墨写的更久长"。他望见"一簇簇,一棵棵,摇曳在尼罗河上"的纸草,便惊呼:"博物馆里,石头和青铜都已腐烂/只它们蓬蓬勃勃,万古青苍!"而昂视"守望着日出/守望着人世的忧患与沧桑"的狮身人面像,他遐想"也许有一天,它会/抖落沙尘站起来/身后是五千年坍塌的碎片/面前已是一个新世界"。

李瑛确是始终保持着对时代和社会的关注,不断地到生活和大自然中去体验、观察和思考美,从而与时代一同呼吸,与人生、自然、历史一同思索的诗人,《黄昏与黎明》这本诗集又一次证明了这一点。

原载《人民日报》1999 年 7 月 2 日

辉煌战栗的生命感动

——读诗集《黄昏与黎明》

王志清

李瑛，我宁可把他作为一种现象来读。

读罢李瑛新著《黄昏与黎明》（解放军文艺出版社 1998 年 6 月版），理智和感情的冲撞而滋生出这样一种感觉：李瑛进入到他一生创作的巅峰状态，至少可以说是他越发的"现代"了。

在中国当代诗歌史上，李瑛的意义主要还不在于他 50 年歌唱不衰，不断地突破自己而时有新的旋律，更重要的还在于他不仅完成了他自己的诗由白话自由体向现代诗的蜕变，同时也标示出中国现代诗自艰涩到圆熟的转型过程的完成。

李瑛，已经走入辉光灿然的夕照里。他晚年的诗歌创作，却以磅礴的创造活力告示世人，李瑛结束了一个过去的时代，而到达了一个崭新的时代。

一

李瑛曾经应当划归为军旅诗人。其实他不只是军旅诗人的代表，也是 50 年代走过来的一批杰出诗人的合适代表，是走在中国当代诗歌前列的重要诗人。

在共和国的晨曦里，李瑛以标准的战士诗人姿态出现在诗坛，他的第一声歌唱就符合"火把和旗帜"的时代要求。而他一生金戈铁马的歌唱，在中国诗歌的历史上，最能让我们联想到的一位诗人便是陆游。我们这样比喻，出于两种考虑，一是李瑛军旅诗的多产和高质，一是他对于军旅题材的执着和热爱。

战争画卷和军营生活是李瑛 50 年代、60 年代以及 70 年代和 80 年代的一贯性题材，他始终是以使命感极强的战士目光和感情来观照世界，把握和处理题材的。其最主要的特征便是特别擅长从社会政治的视角发现和表现人民军队中的美的因素，敏锐感应时代的精神，追踪历史的进程。

著名长诗《一月的哀思》是李瑛新时期创作开始的标志，这也标志着他开始从更开阔的角度来感应社会情绪，追求"兵"的情绪之外的大众情绪。

20 世纪 90 年代的中国，社会形态发生了深刻的变化，历史进入重大的转型期。市场经济大潮的强烈冲击，使对时代精神特别敏锐的李瑛受到强烈的震撼，而此时的诗人也从部队领导岗位上退了下来，他有更多的时间和精力观察和思考，更加深刻地从更为宽泛的哲学、美学、史学、人类学、社会学等角度对具有时代典型意义的思想情绪以艺术表现。古稀之年的李瑛写诗已不是博取荣誉的手段了，而真正成为其内在生命激情难以遏止的真实流露。这个时期诗人表现出对于历史、生命、人生思考的极大兴趣，也表现出对于"思想的知觉化"的热情而追求一种表达之外的深度指向的艺术姿态。如果说原先李瑛的诗只有一个主题，或者说是他以全部的热情和才智将其诗聚焦和引领一个主题，即英雄战士对于英雄母亲（祖国、人民、党）的忠诚与眷顾，那么，他晚年的诗的主题则是繁复多姿的状态，呈现出关于历史、还乡和生命的三大主题。

二

"我从喧嚣的大城市来/从老远就看出/这就是我的村庄/我的根生长的亲爱的村庄。"（《走进半坡村》）诗人走入新石器时代的远古，走入历史，是一种漫步行吟的主体形象，一反昔日灼热、俊逸、美丽而年轻的跳跃的呼啸。诗人以与民族历史丰厚意蕴的自然风光为题材，流连于半坡村、碑林、轩辕柏之间。我们看到的是并非轻捷的沉重，看到的是并非径直的曲婉，他以庄重的历史感去寻觅浓缩了历史厚重的历史见证物，将这些见证物对应化为诗性思考的意象。即使是那些并无历史意蕴的物象，比如石头，他也能将关于历史的沉思投身进去。李瑛太喜欢用"石头"的意象了，40 年代，他的《石头，奴隶们的武器》以一个具体的反抗者的情感去认识石头，赋予石头以同样的正义的品格。80 年代，他在《石头》诗里这样写道："站在石头前/像站在宇宙面前/我想起生命。"在石头上,诗人的灵视和智听使他听到了石头里血液的流淌,看到了石头里恐龙的映象,感受到了石头的死灭和新生,表现出作者包容广大的情感世界。显而易见,诗人的想象视野已经有了更为自由而不黏滞的超越。90年代,石头在李瑛的诗里则成为更具深沉内涵的象征寓体,他在《历史》中借助石碾置换历史,诗人的触角穿透了石头的表面,切入到民族文化心理的深层结构中去了。"石碾死去了",在"滚了几个世代"之后,"只有一小片比自身还重的影子/静静地,铺在时间之外"。诗人在进行了沉思凝想的引领之后,直接跳跃:"日浮在潮中/月沉在汐里/一些东西诞生,一些东西死去/这就是历史。"石碾与历史迅速等价对应,历史成为具体可感的物象。诗人在出访埃及时,又以"石头"为题作诗,诗的开篇是这样的:"石头/委弃在历史的最高处/这些赤裸的生命/使苍茫如烟的历史/成为真实。"历史在诗人眼里是"深刻"而"缄默"的一部书,是一种"谔谔无语的思想",一种"生命的原始曙光"。诗人的这种情感和知觉的幻化,读石头如读历史,把历史贴附于石头,应该说石头成为诗人历史情思的容器,成为富有历史意蕴的意象性象征。

石头意象的频繁出现,说明诗人审美习惯和思维方式的稳定性,而石头隐喻指向和内涵的变化则表现出诗人自觉不自觉的创造性超越,其智性、情感和人生艺术的经验所构成的新颖的隐喻关系则显示出诗人于斜暮光景时其创造精神的年轻而先锋的特征。黑格尔认为诗歌的"出发点就是诗人的内心和灵魂,较具体的说就是他的具体的情调和情境"(《美学》第三卷,第192页)。现时现境诗人心灵的表情具有现实时空的质的规定性,诗人生命的沧桑感以及由此而生成的主体语势也因为具体的时空情境而具有了更加热烈的强度,具有了历史意味的思想厚重。

《黄昏与黎明》的第四辑"埃及之旅"是在"寻找人类的童年"的过程中而寻找到了"远古的回声",诗人把历史题材放置于哲学背景里推演和发展,将思考的能量全力发散出来。这种对于历史发掘是经过哲思的蒸馏之后的凝定,因此便有了厚重的历史感,便有了深沉的沧桑感,有了使人觉悟升华的启迪性。面对历史,无论是华夏的历史还是古埃及的历史,李瑛全然是一种智者沉思的姿态,一种跃跃欲试的对话姿态,而大多时候则是一种自说自话的评判姿态,而少见其早期诗作的情绪倾诉性表现。从美感经验上来说,只有在历史的东西转化为个人的东西,而以个人的情绪代替历史的情绪的时候，才可能烛照幽深，抵达历史的深部，揭示历史的辩证法，形成智慧独到的活生生的生命感悟，让读者置身于历史场景中，感受历史的意绪。诚如李瑛在《乘船在尼罗河上想起历史》一诗中写道："昨天已经消隐，活在今天/今天是昨天的再生/从这里便会认识时间的深度和重量"，"我们已不能回去/大门关闭了，再不能抵达/我们只能从浪涛般的回想中/在哲学的重量和历史中/成长起来"。在哲学和历史中成长起来的李瑛，其晚年的历史歌叹，秋光一样的澄明和静穆。

三

像一只鸟
我要到黄土地去
看一棵树
兀立在旱风和黄云之下的
黄土坡上的一棵小树。

——《去看一棵树》

我来看你，如回到故乡
……真想跳进河里
便成一尾原始的鱼
随你游去，游向太阳。

——《沱沱河》

我的长不大的乳名
现在踟躇在何方
今夜，像用童声召唤我
嘱我莫忘当年的故乡。

——《乳名》

《黄昏与黎明》里给人强烈的感觉便是诗人的急不可耐的还乡意识，诗中怀旧怀远的情调是李瑛以前诗中很少见的。诗人把对乡土的眷恋、对人类母亲大自然"原始意象"的眷恋，提升到亲和自然而逃离尘嚣的寓言。他追寻精神家园，回归到大自然中去，发现那里的一切都是快乐的。"比起在摇滚着腰肢的/喧嚣的城市/比起把心和丝袜一起/挂在墙上出卖的城市/它们更爱这高天远地//这里/没有脂粉的污浊和欺诈/没有刀一样锋利的酒/它们是快乐的/这里/没有一块不诚实的石头/没有一片不诚实的云/没有一支不诚实的花朵/它们是快乐的//闪耀在沱沱河水底和上空的星星/无论用肺呼吸或用鳃呼吸/都生活得纯净和质朴//它们的天真和无邪/使装饰城市夜街的灯/显得虚伪。"(《沱沱河的星星》)诗人何其羡慕那些无忧无虑的自由生活的大千世界里的生命啊,他期望远离城市,远离欺诈和虚伪。城市的异化便是他还乡和回归的心理激发,是他寻找精神家园的情感冲动。诗人的情感根须,急切需要没有污染的土地来自由而快乐地伸展。于是,儿时记忆复活了,像深埋于历史长河里的莲子,那口让母亲梳妆的井,那挂着镰刀的矮墙,那铺着苇席的土炕,那火苗摇曳的油盏,这一些最容易让人对比现代物质文明而发生感触的远去的生活,在诗人的回忆生活中显得特别的亲切。诗人急切寻找的是一种情感上的关顾,是久违了的母亲的呵护,我们从他的《蟋蟀》诗里便可以窥其还乡感情的全部。诗的第一段把蟋蟀的悲响视觉化,那是"夜,剩下来的一个最瘦的音符",代替了油盏,执着地弹跳在"秋的深处,夜的深处,梦的深处"。因为最瘦,虽然执着、尖厉但也病弱。第二段又进一层渲染那发自生命深处的全力唱叹,那是"一只没有家,没有寒衣的蟋蟀",挣扎着噜噜,"如一根最细的金属丝/从它生命的最深处抽出来/颤抖在落叶的霜风里"。生的无奈,然而却是顽强的抗争。蟋蟀是一种对应的意念,是"我"的一种变相的替身还原。蟋蟀的孤独、冷落、迷失,正是人类生命与环境关系的比照,寓意着人的生命本性在现代文明中的可悲失落。诗的第三段则快速转换:"会叫的白露/会叫的霜花/是我童年从豆秧下捉到的那一只吗/养在陶罐用草茎拨动它的长须/现在,我的童年早已枯萎。"一个跳跃性的假想,接通了今昔,让两个特定时空在运动中迅速重合。"现在,我的童年早已枯萎"一句,则马上又从耽于幻想的虚境中抽了回来,表现出异常理智的清醒,也异常缺憾的失意,诗人不无忧伤而沉郁地唱叹道:"而今,这孤凄的叫声/像敲打着我永远不会开启的门/震撼着我多风多雨的六十个寒暑/六十年和今天的距离只有几米/但我不能回去。"无家可归的状态是用蟋蟀这个"原始意象"的酵母发酵起来的,发育了诗人对于乡土这个生命本原的深度眷恋。"六十年和今天的距离只有几米/但我不能回去",诗人只有在情感中回去和重复。卡西尔是十分看好回忆的心理学意义和认识论意义的，他说："它与其说是在重复，不如说是往事的新生；它包含着一个创造性和构造性的过程。"（《人论》，第65页）"回忆"让李瑛寻回了失落的世界，成为他自身现实的一种心灵补偿，这是一种告别尘嚣的自我拯救，是一种生命的积极"反刍"，是一种灵魂的真实轮回。

对于现实存在的深刻厌倦，使李瑛焦灼地企盼追回时光，以一种重新为生命命名的形式寻回自己的本真，寻回存在的使命，寻回生命全面呈现的永恒价值。诺瓦利斯说得好："哲学原就是怀着一种乡愁的冲动到处去寻找家园。"其实，诗和哲学一样，真正的诗人和哲学家一样，无一不是精神家园的清醒守望者。晚年的李瑛更是十分渴望栖居于精神生活的意义世界，而以对生命的追问和家园的追寻中，完成不断为生命命名的深刻体验。

四

在一部《黄昏与黎明》的诗集里，"生命"和"时间"的词重复得太多了，合并计算不下百次。李瑛说："没有什么比时间更真实。"晚年的李瑛在真实的时间面前也表现出一种焦虑和旷茫的生命悸动。我们民族的忧患本身就是时间化了的，"日月忽其不淹兮，恐美人之迟暮"。时间是中国诗人最为普遍的主题，是最敏感的触发动机。李瑛说："我听见时间/从我生命的最深处穿过。"（《时间》）李瑛又说："拂去时间和空间的苍茫/抚摸着远祖的根和自己。"（《感激土地》）百年瞬间，不希望这么快到来的老年如期而至了，时间流走真快。

> 从四月的额头垂下来
> 从柳丝到水面的距离很短
> 柳絮飘落了
>
> 折柳丝作柳哨的
> 是我的母亲
> 欢乐的四月是会叫的
> 我的小脚上沾满了春泥
>
> 从九月的额头垂下来

从柳条到水面的距离很短
柳叶飘落了

拂开柳条偎坐在长椅上的
是我的妻子
温馨的九月是静谧的
没有柳条圆月挂在哪儿呢

从一月的额头垂下来
从柳枝到水面的距离很短
柳枝断落了

拣一根柳枝走在结冰的河面上
牵着我的孙子
肃穆的一月是深刻的
距离，在人生的深处闪光

——《距离》

从这首诗的表面看，李瑛在时间面前显得极为平静，情绪上有一种处顺的随适，但是，生命过程三级跳，诗歌段与段之间的空白所形成的强烈的运动感则让人感到了生命流逝的律动。在时间面前，古人所表现出来的更多的是一种无奈和悲哀，人生如寄，死生昼夜。李瑛对于生命存在的思考克服了物态生命快速流逝而造成的常有的悲痛和忧伤。人生的距离很短，人的生命的绿色相当得脆弱。李瑛以意象思考，隐寓着对生命永恒意义的追寻。他的这类诗多复沓式，比如《一坛老酒》，比如《听顺天游》，深沉而悠远，却无哀怨伤怀的澄明。现实时间以心理时间的顺序而片断排列，把不同的静态意象并列在一起，呈并列而递进的运动。诗人内在心绪和外在情境交感沉思而逐步深入，透露出灵魂的无垠空间，而不是他早期诗歌中经常出现的一泻千里的奔流跳荡的抒情特征。

关于生命的咏叹，《黄昏与黎明》一书中大致可分为三种视角，一是发怀古之幽思，二是以回忆而重复生命的体验，三是对于高原战士永恒生命的意义追寻。

生命的活动和过程除了具有其物质性外，更重要的是其精神性。人只有生活在意义的世界里，才成为真正的人。李瑛以诗的形式，集中讴歌生命，多层面地开发出生命的奥义。诗集的第二辑"青海的地平线"是他考察生命的无人区里崇高生命活动的收获。诗人在年届七旬时勇敢地攀上海拔五千多米的唐古拉山，这本身就是对生命的物质存在的超越，是其拒绝生命有限而完成的对于生命的精神性的创造。"只有死亡/属于天涯的大西北/苍茫的，混沌的，寂寥的/铁已锈蚀/经幡飘动/没有回声。"（《启示》）死亡是这里的一种风景，在这崇高灵魂的归依之地，诗人不仅看到了瑰丽无比的生命景观，更重要的是他从审美的哲学的层面看到了生命超越的可能，他对生命的意义和存在的价值有了深刻而精辟的理解："你们倒下了/把意志和决心/交给不屈的枪和远征的车轮。"（《写在格尔木烈士陵园》）诗人认为世界上没有谁比这些遇难战士更懂得生命的价值，他们的生命通过枪杆不屈地存在，通过车轮无尽地延长，诗人激情难抑地抒怀告白："中国地形图上/标出这真正的高峰吧！"

李瑛晚年的这些诗与他早期的作品比，所不同者在于诗人以悲剧的审美来解读，表现出生命激动人心的超越。生命把人逼进了绝境，而在绝境中存在的生命表现出超强度的生命景观。生命的意义不在于是否活着，而在于为什么活着。生命的物质存在可以因为诗意的栖居获得超越而生生不灭，李瑛在他的《爱》里歌唱："越过灵魂和肉体/在生命终结的地方，由于爱/我看到了生命的开始。"诗歌是人生的返照，是生命的顿悟。人类生命的空间和境界因为对于生命极限和有限的征服而辉煌无比，而绿色永远。李瑛感受到了时间对于存在的沉重压迫，体味到了死亡对于生命的无情威胁，然而他在时间和存在的尖锐对峙中则表现出异常的镇定、从容而且充实乃至超逸，仿佛"进入玫瑰园中"的感觉（艾略特语）。尽管《黄昏与黎明》书里的诗都是他70岁以后的作品，但其表现出来的生命力却格外的蓬勃和生动。诗人是用诗歌对于自身的生命状态和生命精神以乐观性的寄托和寓喻，这为我们对于生命奥义的理解以智性的烛照。

五

泰戈尔理直气壮地说：什么叫现代，即"是以永恒的迷恋爱情看待世界"(《诗人的追求》，漓江出版社 1995 年版，第 244 页）。关键问题是"看待"，看待中的普遍人性，看待中的乐观意念，看待中的审美态度，这一切规范着观照的视觉、视角和视点。

这是理性自觉规范着的感性深入的诗性取向。

这是生命汁液对于被看待世界灌注和营养的感应运动。

一向看重生活而于生活中不断地营养汲取的李瑛，其晚年诗作依然具有强烈的写实性，具有鲜明的行吟即兴特征。尽管其中有的作品似乎还属于印象性的心理速写，未及充分演化和提升而略显粗疏和浅近；尽管有的作品似乎还不敢强行扩张，缺乏俯仰自得、八面顾盼的纵横活力，但是，因为是"以永恒的迷恋爱情看待世界"，那被"看待"的世界便不是单一的平面的刻板的了，而"看待"的主体与被"看待"的客体的关系便也不是依附的坐实的对应的了。

因为理性自觉，使李瑛变得冷峻而沉静，获得了透视生活的合适距离；因为感性的深入，则使他获得了对于具体景象和具体感情超越的诗性自由。

诗人在生活中找到了足够的支持，找到了坚定的依凭，找到了进入生活真理层面审美象征意蕴的途径。他的意象密码，如石头、高地、陶罐、飞鸟、游鱼等等，便是其"激动起来的想象所应用的形式"（苏珊·朗格语），是其内在心理对于外部世界感通交流后的隐喻意味的生命感动的凝定，而这些意象构成了李瑛晚年诗歌激情和哲理交融的形象世界，一种极富个性化的诗性现实。诗人的诗风也趋于宁静和肃穆为表象的沉郁，绝不同于他先期诗作的英气飒爽和心性开张的俊朗。

李瑛这样描述他在黄土高坡听歌的感觉："沉郁又苍凉的歌/淌着血，扯着火/从辛酸的骨节里流下来/从嘴唇紧闭的一双双眸子里流出来/从死去活来的喉管里流出来/谁听了都会战栗/之后，之后便是哑默。"（《听歌》）听李瑛晚年的歌唱，听那从"骨节缝里流出来"的高倍音量的生命感动，我们何尝不是这样的一种"战栗"的感觉呢！战栗之后呢？便是哑默，再之后便是袅袅升腾起来的内心的欢呼。

原载《文艺理论与批评》1999 年第 6 期

"礼赞历史的真实和生命的美"

——读诗集《黄昏与黎明》

古远清

读罢李瑛新出的诗集《黄昏与黎明》，已是抗洪决战阶段的 8 月下旬。我站在长江大桥，一面望着汹涌而来的特大洪水，一面默诵着李瑛的诗句：

> 摸一摸坚实的坝体
> 手指仍感到发烫
> 浇筑它用钢筋水泥
> 更多的是骨头、胆识和鲜活的思想
> 坚如铁，坚如山冈
> ……

这首诗写于 1995 年，赞美的是隔河岩水电站，但我觉得用它来赞美 1998 年夏季军民筑成的"坚如铁，坚如山冈"的防洪堤坝，也是适用的。虽然浇筑它的主要是沙石而不是钢筋水泥，但它同样是由"骨头、胆识和鲜活的思想"所构成。李瑛还有一篇咏秦汉雕刻的《卧马》，我读了后也和眼前发生的抗洪战斗联系起来，感到这军民筑成的堤坝，在洪水退后也将会如卧马一样"成为历史的一部分"：

> 成为一个符号
> 代表一个时代
> 一种生命力量
> 一种哲学和艺术的美学

不应责备我的联想离开了文本，读者读作品，本来是一种再创造，更何况有高度概括力的诗作从来不受作品所写的题材的局限。臧克家的《有的人》，明明是 1949 年所写，系为纪念鲁迅而作，可在丙辰清明节中，广大人民却用它来怀念周总理，批判"四人帮"。李瑛的诗也有这种强大的张力，他写的虽然是某座雕塑、某个水电站，但由于作者不满足于孤立、静止地表现，而追求从一滴水中看太阳、从一粒沙去看世界这种宏观性的意蕴，所以，他那些描写昨日具体生活场景的短章，仍可使人感到这些燃烧的文字在现实中所产生的冲击力量。这也说明只要作者的笔能传达出生活所给予自己的感悟和爱憎，能以"一种信念、一种力量、一种精神渗进石头和青铜"，作品就能超越题材本身，获得永恒的生命。

过去被人们引为骄傲的诗歌，始终以崇高的精神和高度的艺术力量显示自己的价值和意义。可现在有人认为，90 年代已不是表现崇高的时代。其实，我们大可不必因否定被"四人帮"亵渎过的崇高，而将真崇高也当脏水一起泼掉了。作为一个有社会责任感的作家，是不会躲避崇高的。以诗人李瑛而论，他那属于审美范畴的崇高感，是他审美地观照世界的一种情怀。它深入作者的骨髓里，溶化到血液中，无论是写浅滩的蓬草间梳理羽毛的小鸟，还是写黄土地上生出的不起眼的蒲公英，他都能写出"辽阔的大西北，是一个浩瀚的世界"；赞美蒲公英"以一个民族庄严的肤色，开放在陕北春天的身旁"。正是这种"黄河的臂弯"、"秦岭的胸膛"和辽阔的视野，决定了李瑛的人品和诗品。李瑛深知自己生长在我国命运发生深刻历史变化的伟大年代，自己的作品理所当然地应折射出这一非凡的时代的光影及其体现的崇高感。

从 40 年代出版诗集算起，李瑛到现在整整笔耕了半个世纪。这 50 年来，他的歌声如片片落叶，有些难免会被埋进黄土层，但他那些磅礴于雄风和云天上的歌声，生命力则将无限，永远给人们深刻的昭示和鼓舞。我们并不认为李瑛的诗作在"十七年"及其过后流行着那种功利色彩的说教，相反，他的近作少有那种云蒸霞蔚的璀璨色彩和金钲羯鼓的高亢格调，有时倒像——

　　一支苦调的歌谣
　　像一盏黄晕的灯光

半是美丽，半是凄惶

像《盐湖》，一开头就写"母亲的乳，父亲的汗，还有他们混浊的辛酸的泪"。正是这"半是美丽"的乳，"半是凄惶"的汗和泪，才汇聚在湖中结晶为盐。这盐，已不是原生态意义上的食品，而成了艰苦奋斗的象征物，可见，作者是从思考生活的角度去把握盐的特质：

苦咸的人生使大地倾斜

这一结句包含着丰富而复杂的人生启悟主题。诗句结束之时，正是读者联想开始之日。

李瑛在写那些"半是美丽，半是凄惶"的作品时，多次把审视与思索的层面对准自然、历史，对准宇宙、人生。他对大自然风光历来有敏锐的感受，他关注大自然时始终"像沉思的哲学家一样"，思考着人生，思考着社会，乃至思考着埋在大地深处的一坛老酒："酿造它是痛苦？是欢乐？"他捧起这坛酒时，"听到千年前呼啸的风雨，使你流泪，甚至淌血"。原来，《一坛老酒》也是"苦调的歌谣"。这说明作者从更广泛的社会学、人类学、哲学和美学的高度反思着历史深处所埋藏的奥秘，反思着这"从泥土和考古学家文字的缝隙中，流出一串谁也猜不透的谜"。应该承认，这些谜写得并不那么明白易懂，但绝不是深不可测，读者不难从左边的梦、右边的云中慢慢体会出来。值得注意的是，作者不是简单地将自然现象社会化、人格化，而是深入到所描写对象——云朵、鸬鹚、盐湖、群山、地平线的丰富而复杂的本体中，乃至"穿过时空，直达一个遥远的世界"，让我们"聆听人类灵魂深处的倾诉和絮语。"

李瑛的《黄昏与黎明》，由抒写无比辉煌却充满悲壮的 20 世纪与憧憬光辉灿烂的 21 世纪两部分内容所组成，其中有一首《青海湖之恋》云：

放蜂人的歌是甜的
捕鱼人的歌是咸的

如果说，李瑛写逝去的岁月的"黄昏"之歌是咸味的话，那他向往下一世纪的"黎明"之歌则带甜味了。但不能绝对化，准确的说法是，"黎明"之歌甜中带咸，"黄昏"之歌咸中有甜，这便是李瑛晚近诗歌所显示的丰盈与完整。总之，读罢李瑛 1995—1997 年间的诗作，我感到李瑛所从事的也是雕塑家的工作，他在——"用岩石、泥土和铜汁/这些人间最质朴最纯净的东西/这些充满原始的力的物质作语言/礼赞历史的真实和生命的美/使我们认识生活的深度。"

原载《光明日报》1999 年 1 月 28 日

照耀在一切星辰之上

——读李瑛长诗《我的中国》

张同吾

在我国源远流长的诗歌发展历程中，讴歌爱国主义精神已经形成诗的宏大而恒久的主题。每个时代的优秀诗人们，都从自己的具体感悟出发，以共同的锦心和不同的绣口，吟唱出赞美祖国的诗篇，其中许多精湛的诗句，穿越了时间的幛幔，迄今仍能够暖人肺腑点燃热血。

著名诗人李瑛创作的长篇抒情诗《我的中国》，可视为思想深刻的历史沉思录、视野开阔的文化发展史、五彩缤纷的时代风貌图和气壮山河的英雄交响诗。近几年涌现的一些长篇政治抒情诗，其共同的特点是具有较宏大的艺术框架而缺乏新鲜的价值取向和审美判断，从而没能超脱类型化的认知层面和肤浅的抒情方式。意欲摆脱板滞和平凡，则需以观照文化源流和历史现象，才会有新的艺术发现和审美发现，才会有深刻的历史感和思想的厚重感。李瑛像我们共和国每位有良知的公民一样，满怀喜悦迎接盛典，然而他又不同于一般人的是，富有哲人目光的穿透力和诗学文化的聚合力；他遐想着第五十个十月的"屹立在太阳和大地之间/光灿灿的 1 字/是我们远祖手植的古柏/后来化作民族的脊骨/莽莽河山/全靠它的照耀/浩浩天宇/全靠它的支撑"。从这部长诗的切入，便把国庆的意义升华为民族精神的象征，相继便是在江海横流世事沧桑的时间回顾中，去重温中华民族的历史命运，去发现民族性格的文化渊源，因此才会理解"时间都已死去/历史却不会失重/时间都已死去/声音却未冷却"，这是因为"青铜中的殷商/石头里的秦汉/瓦缶上的唐宋/在激流与山岩的缝隙间/在历史和泥土的缝隙间/不时传来汗血马的长嘶"。

　　李瑛鄙弃那种浅薄的数典自傲，而是去寻觅中华民族的精神本质，去谛听磅礴于苍天厚土之间的生命律动，去发现那些挟剑踏歌的先人、秉烛夜读的志士、仗义济贫的豪杰和叱咤风云的英烈的文化内蕴，旨在启迪我们，从第五十个绚丽的朝霞里，应该"遥望几千年前那头/亮着的一朵飘动的/火光"，这样，就把民族魂骨与今日辉煌，内在有机地统一起来，让我们在更高的知性层面上理解，为什么"一只受伤的月亮/沉下黄河/一轮喋血的朝阳/就从长城上升起"，从而又思考当今的民族复兴有着怎样深刻的思想积淀和怎样绵长的文化渊源。因此在人类繁衍发展的过程中，在世界文明光辉的史册上，才具有不平凡的意义。

　　在这部长诗中，李瑛以浓墨重彩描绘了改革开放的时代风貌，以艺术思维方式和诗人特有的敏感，捕捉到崭新的生活现象；以翔实的笔墨和富有跳动感的组接，构制了时空开阔的历史长卷；以真实的笔墨描绘生活图像，并在五彩缤纷的意象群落中流动着真挚的情思。这是一般具有较高艺术表现力的诗人都能做到的，并非唯独李瑛方能企及，但他的超拔脱俗之处，却在于凸显了大诗人独具的禀赋和素质：其一，他从历史哲学的高度理解这个伟大时代的精神本质及其在人类进程中的特殊意义，因此他才能看到"中国，尘封千百年的/钉着巨大铜钉的红漆大门/打开来"，让"涛声、浪影、清新的大气和/大洋上蓝色的海风/一齐涌进"，从而缩短了中国同世界的距离、现实和神话的距离，一个充满生机的民族出现在东方大地上。"甚至在边塞掩埋征人白骨的地方/甚至没有人烟的荒山野水/都一起改变了自己的/命运"。其中，他特别强调人的心理结构的递嬗和文化视野的拓展所产生的巨大物质力量，让全世界的思想者们，去深刻认识中华民族的历史性飞跃，为人类文明提供新鲜的经验。他把中国的历史进程，放在世界格局之中，相互映衬相互关连，从昔日屈辱与今日峥嵘里，显现出中华民族才能焕发的神奇的精神力量。其二，他具有犀利的历史批判和文化批评的目光，当今的读者在经历长久的权力语境的欺弄之后，极其厌弃那种虚假的粉饰和虚飘的赞颂——他们对民族灾难和现实流弊讳莫如深，仿佛只会说一贯正确、莺歌燕舞、伟大光荣，而无视昨天血与泪的浸透，也无视今天璀璨的阳光下确有阴影。李瑛让历史告诉未来：诗的触角伸向历史腹地和灵魂深处，我们的祖国也曾有过"丧失理性的时代"，也曾有过"风狂雨骤的长夜"，指陈其根源是封建的桎梏、残酷和愚昧。他从文化形态与政治现象的内在牵连中，评说历史功罪，旨在发出醒世之言和警世之语，让一个懂得思辨的民族更加成熟和清醒。他也不回避当前的种种腐败现象和人间不平，以冷峻的心态俯瞰历史的轨迹，昭示现代文明的进程是怎样艰辛而又任重道远。其三，李瑛以张弛有度的节奏，表现了中华民族的文化渊源和历史进程，又以虚实相映的手法，表现了时代本质和精神品貌，因而强化了诗的穿透力和感染力。也许是因为运笔的匆忙，也许是因为思维的惯性，其中有些章节仍显泥实而平凡，缺少诗的灵性，却未掩映这部长诗独异的光芒。它以其细腻而又奔放、深邃而又厚重的风格成为一篇讴歌爱国主义精神的力作，将为长篇政治抒情诗的创作，提供许多有益的启迪。爱国情愫恰如永恒的阳光，"照耀在一切星辰之上"，诗的园圃将会生机勃勃。

原载《文艺报》1999 年 4 月 2 日

是在歌颂，更在思考

——李瑛《我的中国》

蓝棣之

　　在开国 50 周年之际，诗人李瑛同志写成了三千多行的长篇抒情诗《我的中国》。1999 年春甫经问世，长诗就获得如潮的好评，中国文联已经开过专门研讨会。这本诗集的校样在我的案头已经好几个月了，读诵再三，仍感未能深入感受李瑛同志深沉而纯净的诗思。

　　祖国本来是我们大家的，李瑛同志用"我的中国"做诗题，是想表明他要在诗里描述他心目中的祖国形象："你在我的爱和创造的光辉中／在我的血中／在我的心中／在我的诗中。"应当承认，每个人心目中，祖国的形象是不尽相同的，对于祖国的感情也会深浅有别。李瑛同志大概是想说他不愿把他对于祖国的描述强加给大家，尽管他一再说他的感情是真实的。我记得香港歌星张明敏在 80 年代一曲《我的中国心》里，曾经异常感人地表达了对于祖国的热爱。郭沫若（当时还在日本）在"五四"时期名篇《炉中煤》里，把"五四"以后的祖国想象成一个聪俊的姑娘，从而写出了眷念祖国的情绪："我为我心爱的人儿／燃到了这般模样。"李瑛同志的长诗同样也是非常个人化的（自然也是典型的，普遍的），诗里的"我"，就是诗人本人，没有任何虚构，更没有任何虚假。诗人说"祖国，我清楚地记得／当年你诞生时／我正跋涉在五岭的密林里"，而此刻，"一个老人含着激动的泪光歌唱"："像天真的波浪一样／快乐地歌唱／像大树的叶子一样／质朴地歌唱"。与郭沫若当年在诗里把祖国比作他的聪俊进取的恋人不一样，李瑛同志把祖国比喻或想象成一个始终以目光"注视我"、"我始终真挚地尊敬和热爱的"、"在忙碌中我常常／忘却了你"、"但你却始终没有忘记我"的父辈和战友。从年龄上说，共和国 50 岁，诗人 70 岁，可是从共和国缔造者、掌舵者的年龄说，例如以三代领导核心毛泽东、邓小平、江泽民的年龄来说，又正好是诗人的父辈（毛、邓）和战友（江）的年纪，而这样一个独特新颖的想象和形象，完全来自诗人质朴真实难得的感情。

《我的中国》首先是颂歌，但颂歌是很难写好的。然而，李瑛同志有坚实的生活基础和特殊的体验，最重要的，有发自内心的动因。因而他的歌颂很新鲜，很激动人心，尽管是一些人所共知的事，却写得充沛着时代的新意和新的体验，一读再读，就能逐步深入地感受李瑛同志那真实的激情。例如他这样写改革开放带来的变化："一扇扇向海的窗子打开了/涛声、浪影、清新的大气和/大洋上蓝色的海风/一齐涌进/看外面/万种风情跃动着世界/色彩、何等绚丽/交响，何等繁富。"真是令人神往。又例如他这样写香港回归："中国历史博物馆前/倒计时牌上/每秒一次的跳动/都是十二亿人/急切的呼唤/然后便听见他们/在极度渴望和泪光中/用还不太标准的母语/歌唱的回应。"对于谁都见过多次的事物，构想很有创意。再例如对人们描写何止千百次的国旗的歌颂，诗人却创造性地在辽阔的国土上选择升旗场景。在长江黄河的源头，在礁滩珊瑚沙之上，在苍郁的白山黑水间，在地球制高点，最后归结为："是我们民族的圣洁的誓词/它以风的姿态展示自由。"还有，对于海外华人和华裔对于祖国的爱的描述，也是前此诗歌里不曾有过的："散布在千帆之外/在世界各地/如满天星斗/他们不是流浪/境外的云/也不是没有家的/风。"诗人说他们身在异域，却总系念祖国。在这些描述里，诗人用母亲这个形象来比喻海外赤子心中的祖国："他们的鞋子不需问路/便能在/白云深处，青史深处，找到永不嫌弃的柴门/妈妈绝不是虚掩的/盼你回来的柴门。"这些颂歌多么深情，又多么有时代性，原因就在于诗人有发自内心的真情，正如李瑛同志自己所说，"像天真的波浪一样，快乐地歌唱"。

然而，长诗又不止于歌颂。"面对你注视我的目光"，诗人感到只歌颂是不够的。共和国 50 年历程，其间巨大的变化，年轻一代提出了种种问题，继往开来，很多问题值得再三思考，因此，思考性就成了《我的中国》的一大特征。我这里所说的思考性，并不是说李瑛同志在诗里用形象来叙述中央文件的精神，把诗写成高级形式的社会文件，也不是说把从哪儿读来的哲学、社会学理念在诗里用形象来展示，而是说李瑛同志在诗里进行独立思考，融会的、贯通的、整体的思考，以回答当代生活中所提出的种种问题。这一点在长诗的第六章，展现得十分突出，或许可以说这一章是经过长久思考而得之的神来之笔。在这里，诗人讨论的中心问题是怎样寻找生活的真正价值，在这个问题中，展开了对于历史与时间、生命和价值的思考，而且以泥土和石头这些根本的意象展开。这些问题与 50 年来共和国的历史紧紧地相连，从内部、从深处相通，毫无疑义地加深了主题。这些问题是那样重要，新时期以来不断地在文学、哲学、历史、伦理学各学科加以讨论。然而，有的很晦涩、很抽象，有的还近于胡说。李瑛同志在这里以追求真理的勇气和 70 年生命历程里所获得的智慧加以讨论的确是使当世振聋发聩的。

在这里，我想用散文的语言，对于李瑛同志在本章的思想脉络做一个阐述。一开始，作为前提，诗人指出历经痛苦的我们比谁都更尊重生命和生活，问题在于要有正确的价值观："我们的生活本身是变动不定的／但生活的真正价值／要从一个不容变动的／永恒秩序中去寻找。"可这些年来我们看到的情况往往是，在生活的变动不居中随波逐流，却根本无视永恒的秩序。这永恒的秩序就是历史，是每个人在生活和创造时所背负的历史和从它获得的历史感。诗人想说"时间"这东西抽象得很，"我们只能把它／放在生活中来考察"，而生命在时间里的进行就是历史。诗人在这里对于时间的体会多么具体，又多么智慧啊。他提醒说："有人把历史／称作时间的灰烬／灰烬是沉默的／但它们在呼吸。"历史是不可能被忘却的。"生命"这个词是 80 年代以来好些诗歌作品里言必称之的，李瑛同志大概有感于此，对此做过很深入的思考，于是他写道："要真正认识这个／会哭会笑的字眼／必须站在生命之上／向上攀登，然后向下俯视。"他说，生命不是从摇篮到墓地的自然距离，生命是责任和使命，它的本质在精神，它简洁得像一滴泪，"它的价值在为了生存／而放弃生存"。诗人最后说，当我们把历史刻在石头上，石头就有了记忆，就有了生命和火种，就会回响我们生长的声音，"在它从顶上垂下的／编年史面前／我们才能学会思考／在思考中成长"。这些诗每一句都有金石之声，让人兴奋。

与以上所分析诗人关于时间、历史、生命和价值的思考相联系，在《我的中国》这部长诗里，诗人还从改革开放的背景，思考我们民族在近现代的革命斗争，它的价值和必要性。在这个问题上，事实上存在着一些糊涂认识，例如，比照过去有歌词把民族革命斗争的胜利描写成"帝国主义夹着尾巴逃跑了"，就有人把改革开放描写成"帝国主义夹着皮包回来了"。李瑛同志针对诸如此类的认识，展开了他的诗思，诗人说"只有当我们站起来，才能正视自己屈辱的历史"，我们是用血泪与"野蛮的文明和文明的野蛮"抗争，野蛮的暴行播下了一粒粒反抗的、渴望自由和尊严的种子，我们要争取"做人的权利"，"为民族的生存和正义/我们不得不作战"。

总之，长诗的思考性加深了它的抒情性，长诗因此更有分量了，也因此更有力量。

李瑛同志说长诗所追求的艺术风格是天真和质朴，照我的理解，天真是它的抒情特征，而质朴，除开说它语言形式的朴素外，就是说它的思考性。思考性使长诗更有魅力，只是这魅力不是来自华丽或雕饰，而是来自它包含的真理性，至少可以说是追求真理的魅力。因为真理是朴素的，对于它的追求自然也要是朴素的。我想顺便地指出，自从 80 年代后期"后现代主义"登陆文化艺术界以来，很少有人再以一种真诚来追求真理了，因为据说真理只是一种语言建构一种虚构。在这种情况下，李瑛同志的精神多少有一点唐吉诃德式的理想主义，可是它多么可爱呀！

李瑛同志一生写过几十部诗集，年逾七十而江郎才不尽。其中的根本原因就在于他的感情不老，在于他不停歇地思考。在他那里，感情与思考互相推动，感情给思考以动因，思考又给感情以方向。

最后，我想借此机会，祝愿李瑛同志的创作永葆活力和朝气，同时也祝愿我们伟大的祖国永远年轻！

原载《诗潮》2000 年 1—2 期

精湛厚重的抒情丰碑

——读长诗《我的中国》

罗勇成

　　"天意君须会，人间要好诗。"真正伟大的诗人，必行伟大之迷途。早已诗名遐迩的老诗人李瑛，秉承时代之呼唤，焕发盎然之青春，以他那深邃的情思、富于个性的真诚探索和圆融的笔致为我们隆重推出了坚实、厚重、震撼人心的作品——《我的中国》。这部三千六百行的长诗不仅为建国五十周年献上了一份非同寻常的厚礼，而且它还将作为伟大的抒情丰碑，矗立在中国新诗史的世纪之交处。

　　《我的中国》这部长诗，把握住了中华民族立体价值取向和审美传统。诗人站在本民族五千年厚重文明历史的基石上，以一颗浸透血缘深情的赤子之心，去感受历史的兴衰存绝和祖国现实的风云际会，从而开创了一个波澜壮阔、沉郁奔放的精神世界。诗人还以超人的勇气，对古今中外各种创作手法进行融汇转化，建构了一种崭新的诗学形态。读者在长诗的诗行里行走，定会被那句句含情、语语沉重的火热情感而感染，定会对那异彩纷呈的比喻、纵横开阔的想象而景慕。正是在诗人的这些努力下，这部长诗，充满了巨大的文化内蕴和审美含量。

一、回视与前瞻：深厚的历史感

　　这部长诗之所以能充溢着史诗的深度和力度，开创了如此广阔复杂的情感世界，一个重要原因就在于诗人自觉地把沉郁而透彻的历史感倾注在诗行里。诗人的这种历史感的自觉，来源于他能清醒地认识到，如果囿于现实的视角，仅仅满足于与当下的现实"对话"，而不去积极地理解过去，那么就会轻易地丧失本民族五千年厚重的文明积淀。即使煞费苦心地营造出气氛热烈、词采富丽的诗篇，也会因缺乏历史底蕴，而很难融入本民族的文化长河。倘如此，作品必然经不起时间的考验，而将很快地"寿终正寝"。杨炼曾经对诗的历史感发表过这样的看法："倘若屈原只是直接表达出他在当代社会条件下的追求和悲情，而没有在《离骚》、《天问》等诗中叩问历史、自然乃至宇宙的起源，他将不足以作为一个中国诗人最伟大代表和民族精神的象征。"① 这里他对历史感对诗的重要性做了强调。何谓历史感？简而言之就是指人在现在对过去的回视和对将来的前瞻中体现出来的某种自觉意识和反思。其价值何在？在历史学家看来，"把过去同一个新颖的现在联系起来时，人们才能够导引这个过去，通过最认真的探索，把迄今还隐蔽着的奥秘揭橥出来"。② 虽然，文学不能等同于历史，但文学家同样需要靠历史感来揭示过去对现在的影响，也只有如此才能认同民族文化，并汲纳其精华，然后孕育出具有生命力和开放性的作品。这部长诗正是因为有了这种历史感，所以才有可能在时间的辗转中获得"永久性魅力"。

　　这部长诗历史感的建构，是靠个人感受与时空推移的结合来完成的。诗人没有拘囿于对历史表象的罗列，而是在个人感受的升华中准确驾驭历史快车：诗人把时空从崭新的现在，推移到遥远的历史开端处，然后才开始自己夸父逐日式的精神历程。首先叩问"我是谁"、"我从哪里来"这些人生之谜，"我就是从那／黑得发亮的头发和／浑厚的黄土般的肤色／开始认识你我的祖先和民族的／……我就是从一杯酒／认识酿造它的是／昆仑山头的白雪／屈原的叹息和／杜甫的期盼"；"我们是从／龙骨山的洞穴／走来的人……在黄河岸边／我们和野牛、赤鹿／一起生长"，这是诗人对民族的认同，也是寻找生命的原点。"在我们的生活中／有一种世界性的东西／一种具有强大威力和／光芒四射的东西／凝聚着东方民族本质的东西／就是我们古国人民的精神和文化品格。"这是对民族文化性格的体认。诗人清醒地认识到，对于用母语写作的人来说，对本民族文化性格、文化语境的追寻是至关重要的。时空由远古推移过辉煌的汉唐，直抵屈辱的近代，诗人在此反思："武装侵略和精神奴役／

<hr />

① 杨炼：《智力的空间》，《磁场与魔方》，第 125 页，北京师范大学出版社出版。
② 《现代西方史学流派文选》，第 101 页，上海人民出版社 1982 年版。

像两张磨盘/磨研着我的民族和祖国。"一部近代史，就是中华民族的屈辱史，如果忘却这惨痛的过去就不能透彻地理解今天。经过朝气蓬勃的新中国，诗人又抚摸着祖国在"文革"中的创伤，"许多人丢失了自己/许多人变成了疯子/整整十年，十个寒暑/整个社会都失去了秩序"。诗人在反思中试图揭示历史的隐秘，当时空重新回到现在，诗人开始领悟改革开放二十年来的风云际会。就是在"现实—中华史—现实"这种时空推移中，诗人对历史、文化、民族、国家进行了探寻、反思、批判。也就是在这种回视与前瞻中，长诗具有了厚重的历史感。

二、忠诚与忧郁：涌动的时代主体精神

解读这首长诗，我常常能够聆听到时代脉搏的跳动。这是由于诗人准确地把握住了涌动着的时代主体精神，有力地传达了中国人历史的和现实的精神面貌。

当代的诗人，现在已拙于或者很少能创作出概括一个时代、抒发一代人心愿的大诗。

生活于世纪之交的诗人，面临理想泯灭、物质膨胀、人欲横流的时代，已很难把握、坚守自己的传统信念。在商业飓风的席卷下，很多诗人感到无所适从和命运的荒诞。处于"边缘"状态的诗人们，由于失去现实"代言者"的光环，很多人对现实采取了虚妄、弱视甚至袖手旁观的态度。

正如谢冕所指出的那样："大量的诗也表现了对历史的隔膜和对现世的疏离，在标举诗与'代言'无关而倡导'纯粹'的背后，无须否认，其间也有刻意的回避与隐匿。"[①]

任何一个积极向上的时代，都呼唤能代表时代主体精神的诗篇。特别是当我们站在世纪之交处，感受这个惊心动魄的时代，更应该认识到前人已把太多的忧患、荣耀、焦灼和梦想留给了我们。如果不能用优秀的诗歌证实这个时代和我们自身，那么我们这个"泱泱诗国"必将失去它应有的光辉。

正是在这种背景下，诗人李瑛能自觉地承担为苦难民族、伟大时代代言的重任，对时下的诗坛来讲，这首长诗不啻于在瓦釜群鸣中轰响的黄钟

① 谢冕：《丰富而又贫乏的时代》，《文学评论》1998 年第 1 期。

大吕。

诗人如何在诗中体现时代主体精神？光有些文学功力，而缺乏对社会进步、民众忧患的极深理解，是不可能创造出有时代主体精神的作品的。诗人李瑛将自己的触角伸向生活的底层，倾听人民的心声，将自己的感情和人民的普遍情绪融合在一起，然后去感受、理解、分析、评价现实生活，寻找民族主体的价值取向。将自己的个人命运和祖国人民的命运连接起来，在荣辱、浮沉中涌动一颗忠诚而忧郁的赤子之心。诗人通过自己的上下求索最终唱出了时代的最强音："对于人类/五大洲钟表指针/旋转的速度/是相等的/但人们的心境/却各不相同/对于我们/是充满希望和无限生机的时代/是连鸽子也充满欢乐和幻想的时代/是必将获得全面胜利的时代。"诗人没有一味地对现实唱颂歌，而是以自己的忠诚之心和责任感，勇敢地正视社会矛盾和弊端，更加准确地反映出了人民的情绪。"在每一个普通的白天和夜晚/这里也有触目惊心的贪污和腐化/也有失业者的焦虑和求职的渴盼/也有权力和金钱的交易/也有制假贩假的诡秘/也有官僚主义和可怜的逢迎/也有取悦权势的庸俗和卑鄙/也有凶杀、抢劫、诈骗和勒索……"能看出现实中的危险，能写出老百姓心目中的社会本色而不是被渲染的社会表象，才有可能写出"言必中当世之过"（苏轼语）的"大气"的作品。我们知道，诗人作为生活的目击者和意义的揭示者一直是人们讴歌的对象，诗也因承载了社会的忧患而获得了公众的同情与承认。如果诗歌不能反映时代的主体精神，不能表现出大多数人的真情实感、社会生活的真实情况，它就会丧失吸引力，沦落到孤芳自怜的可悲境地。这首长诗，正是由于忠诚而忧郁地涌动着时代主体精神，而成为时代的精品。

三、融汇与转化：独特的诗学形态

我历来看重长诗，一直认为长诗往往是一个诗人全部才华的集中体现，是诗人对现实的关注中最为强烈的表述。长诗具有短诗无可比拟的优势，但同时长诗也对诗人提出了苛刻的要求，对诗的传达提出了强大的挑战。它要求诗人在中心意识、语汇意识、节奏意识诸方面都必须有深层次的把握，毕竟长诗不能简单地等同于写得长的诗。

诗人李瑛"站在为新时代创造新文化的理性巅峰上，俯览顺流而下的民族文化大河，以百川归海的信念，肩负起创造新文学的重任"，① 以富有个性的真诚探索，融汇并转化古今中外各种创作手法，建构起独特的诗学形态。

在中心意识上，作为一部长诗，如果没有一个主题思想作为统率，全诗就会因没有向心力，而显得松散、空泛，就会因没有明晰、精湛的主题而显得臃肿、浑浊。诗人找到了统摄全诗的中心意识，它就是亿万人民和抒情主人公自己与祖国的血缘深情。这个中心意识，贯穿整首长诗，使长诗成为一个完整的生命体，长诗虽长达三千六百行，但却没有任何段落、章节游离此中心。

在诗的视角上，诗人寻求独特的切入点，以求从感性到知性、从表面激动到内在激情的诗性转换，寻求历史的个人化视角，通过个人与历史的对话，升华个人的感受为历史忧患意识。诗人从中华古代史去寻觅民族认同，从屈辱的近代史中，感受民族、国家的伤痛。从新中国几十年的风风雨雨中，感受现实的风云际会。在对这些历史的演义中，自觉地超越历史表象拘囿，在对历史资料的驾驭中，注入自己智性、悟性的穿透，以独特的拟人、借喻进行多层组合，产生富有生命力的形象喻体，令诗充满张力。"他的话/落在南方渔村/便耸立起繁华的新城/落在滨海大城/便激起黄浦的潮涌/落在深山/便亮起灯光……他的话/唤起一个大汗淋漓、热气腾腾的中国。"用一连串形象的喻体，来表现邓小平南巡讲话所带来的巨大的社会进步，既生动、准确又令人感到诗性愉悦。

在语汇意识上，诗人努力锻造新鲜、凝练、有生命感的语言，使诗的意象纷呈，诗意更加含蓄、隽永。如："在忙碌中我常常/忘却了你/犹如生命常常忘记/需要须臾不停地呼吸。"这里用须臾不能离的"呼吸"这一意象深刻地揭示人民与祖国的血缘关系，立刻使板滞的语言，获得了无穷生命力，并非常准确地表达了作者的意图。"锋利的龙骨/剖开中国海的胸膛/掀起层层铁青的浪涛"，"阳光终于从坚硬的黑夜/照到黎明"，"一个具有/瓷的品质/丝的光泽/和茶的清香的/社会主义新中国"，等等。诗人在语言上可谓苦心经营，以期挖掘语言本身的潜能，从而呈现原象鲜为人察而又熟然于胸

---

① 陈丽贞：《文化夹缝中缪斯家园的定位与守望——20 世纪中国文学发展中的一种二律背反现象》，《文艺争鸣》1998 年第 1 期。

的特征。"海的胸膛被剖开"、"铁青的浪涛"、"坚硬的黑夜"、"瓷的品质"、"丝的光泽"、"茶的清香",诗人在一般语言中捕捉到原象,通过心灵化过程,来进行分解、组合,寻求形象的喻体、纷呈的意象,从而在审美符号系统中呈现出诗美来。

在节奏意识上,长诗作为现代自由诗没有固定的格律,但诗人还是要寻求韵律感,讲究诗自身内在的情感逻辑,在长诗的每一部分的开头与结尾,都一唱三叹地抒情,体现诗歌的旋律、节奏。长诗特别注重整体流动的韵律感,像一部激昂的交响乐。在声部组合上,用"我"、"我们"、"他们"、"他"分别代表抒情主人公、生活在大陆的人民、海外侨胞、一位为祖国献身的战士,通过多层次、多声部尽抒民众心声。在节奏上,讲究大跨度跳跃,情绪在诗行中大幅度跳跃前进,由现实到过去又回到现实,由祖国南北跨到西东,由大陆联系到港、澳、台。在动态中连绵起伏,延伸发展,形成回肠荡气的激昂乐章。多声部、快节奏的情感走向,使诗情汹涌澎湃、波澜壮阔。在围绕基调——亿万人民与祖国血缘深情的演进中,时而低缓,时而高亢,气势磅礴,震撼人心。整首长诗演奏出一曲发自人民心底的惊天地、泣鬼神的民族悲歌。

《我的中国》这部长诗,以厚重的历史感、涌动的时代主体精神、独特的诗学形态证实了我们这个伟大的时代和我们自身。诗人以自己痛彻心肺的燃烧,富于个性的探索,在世纪之交新诗苍茫的地平线上,树立了巍峨的丰碑。

1999 年 5 月

原载《飞天》1999 年第 8 期

史诗性的歌唱

——读长诗《我的中国》

吴 海

自 1949 年 10 月 1 日毛泽东主席在天安门城楼以洪钟般的声音宣告"中国人民从此站起来了",人民共和国已走过了 50 年的辉煌历程。整整半个世纪,经与风雨的搏击,共和国进入稳健而成熟的发展期。"古老的巨龙腾飞了","中国创造了奇迹",其间该孕育了多少诗、多少歌!就在举国上下即将欢天喜地庆贺共和国 50 华诞的前夕,诗人李瑛苦心耕耘一年之久,给我们捧出了洋洋 3600 行的政治抒情长诗《我的中国》(百花洲文艺出版社出版),向共和国母亲的生日献上了一份沉甸甸的厚礼,也为我国文坛开展庆贺活动率先亮出了一道风景!

我有机会能早早读到这首长诗,实为一大快事,在阅读中我无时不被诗人对祖国、对民族的那份真情、那份深情所感动。李瑛是位有数十年军旅生涯的老诗人,他伴随着共和国前进的步履成长起来,到目前为止共创作出版 45 部诗集,可谓著作等身。但他在伟大祖国母亲面前,一片赤子之心纯洁而炽热,他这样抒写着:"亲爱的祖国/我要把我所有的一切/都献给你,我的/眼睛、耳朵、喉咙/左手和右手/当然还有我的/心脏、肺叶以及/几十年日夜不息地流动的/O 型的血","但仍嫌不够","连同我的影子都献给你/直到我一无所有","在时间和空间中/我对你的爱永难穷尽/哦,祖国。"诗人将这部长诗命名为《我的中国》,就把"我"与"中国"融为一体了,这饱含何等深切的赤子情怀!一气呵成、洋洋洒洒的 3600 行,不要说是诗人半个世纪创作生涯中最长的一部作品,就是在我国当代诗坛似也不曾多见,我们称这部长诗为李瑛的生命之作、心血之作并不为过。

《我的中国》无疑是一首颂诗，但绝不是那种庸常的、廉价的应景之作，我们读完全诗，听到的分明是一曲雄浑、深沉的史诗性的歌唱，撼彻肺腑。在这里，作者首先把思绪引入漫长的历史隧道，让笔触"穿过五十万年，五万年，五千年"，探寻着"青铜中的殷商／石头里的秦汉／瓦缶上的唐宋"的历史足迹。当然，诗人并非为了发思古之幽情，而是意在颂扬中华民族的诞生与崛起，描述中华民族的伟大创造和悠久的文化史，开掘民族的"根"和祖国的"根"。但诗人对历朝历代又不是平均使用笔墨，全诗除"序诗"和"尾声"外，还有 15 章，其中写古代的一章，写近代的一章，而绝大部分篇幅是热情讴歌共和国的巨变，特别是近 20 年的历史性飞跃，描绘了一幅幅未曾有过的斑斓多彩的改革开放图景。读着这样的诗，漫漫历史，悠悠岁月，上下几千年，纵横数万里，尽收眼底，激荡心胸。诗人以广阔的视野、自由的联想，在诗中营造了一个巨大的全景式的审美空间，谱写了一部中华民族的抗争史、奋斗史、发展史，赋予作品以鲜明强烈的史诗品格。

《我的中国》是颂歌，也是忧歌。诗人凭着正直的人格力量，对祖国的历史与现实做了冷峻、严肃的审视。他对祖国的一切进步都满腔热情地赞美，而对共和国土地上在不同时期出现的种种阴暗的、丑恶的东西又都予以痛心疾首的鞭挞与批判，在诗中注入了强烈的忧患意识。第 4 章，可说是对十年"文革"的集中批判："我们可爱的祖国／刚刚醒来，却变成一片／史前野蛮的大陆／纵火的大地／煎熬着一个不幸的民族／黑暗／笼罩着每个／疯狂的白天和夜晚"，"在长长的恐怖和痛苦中／一些人过早地死亡／一些人在无奈里偷生／一些人疯狂地狞笑／一些人在颤抖中沉思"。真是字字血、声声泪，振聋发聩，促人深思，像"文革"这样的历史悲剧岂能再演?! 作者即使对改革开放取得翻天覆地变化的今天，也仍然清醒地看到了另一种真实的现实："这里，也有忧伤的云／有污浊的大气／窒息的河流／倾斜的夜街。"在此，诗人的爱与憎、喜与忧、追求与摒弃的思情不正冲击着我们的心灵而与之共鸣?! 可见，凝聚着正直与理想的忧患意识，使作品更具一种力度。

诗是抒情的艺术，但情与理又常常是互融互渗的。《我的中国》不仅有着诗人的爱国主义激情充盈其间，也不乏诗人具有真知灼见的理性闪光。在第 6 章中，诗人的理性思维被历史与现实激活，时而"我想起无数先烈"，时而"我想起历史和时间"，时而"我想起血"，时而"我想起生命"，时而"我想起泥土"，时而"我想起石头"。当我阅读时，我的视线被深深吸住，不得不在这些诗行中、诗节中徘徊又徘徊，反复领悟与咀嚼着诗人对历史、对人生的理性发现。例如，写先烈："他们的生命/永远屹立在永恒之上"；写生命："它的价值在为了生存而放弃生存/为了生存而奋斗终生"；写泥土："它是离我们生命/最近的东西/紧连着我们的根/神经和感情"。这些诗句似可作为格言，可作为座右铭，它们是诗人情感的升华，是人生感悟的艺术结晶。

愿《我的中国》这时代旋律回荡在千百万读者的心灵空间……

原载《文艺报》1999 年 3 月 27 日

波澜壮阔的历史画卷

——读李瑛长诗《我的中国》

郭韦求

　　"如果我一生只有一滴泪/这滴泪只能流给你/如果我一生只有一滴血/这滴血也只能给你。"这是一位老诗人面对祖国发自肺腑的声音。他，就是我国诗坛一位十分勤奋、充满历史使命感的著名诗人——李瑛。从 1944 年第一部处女作问世至今，他总共向读者捧出了 40 多部诗集，真可谓成就卓著、硕果累累。他是一位创作态度十分严谨，为人质朴正直、爱憎分明，具有高尚审美情操和美学追求的探求者。他的诗，始终追踪时代的脚步，他用自己的全部感官，目光炯炯地注视着生活，时刻思索着祖国的命运和未来。他总是不倦地追求真理，追求爱与美，以火一般的热情，颂扬劳动人民的伟大创造和豪迈业绩，讴歌新生活的庄严与美丽。80 年代以后，诗人逐渐走向成熟，他以犀利的目光，对社会生活进行深层次的思考和审视，努力"表现我们所处的时代和时代精神"，"揭示在矛盾和冲突中流淌着的痛楚的眼泪和淋漓的鲜血"。于是便"引发出心灵的折射，或消融于哲学的沉思，或映照艺术的情韵"，并且，"把自己所生活、所理解的人类置放在广袤的宇宙之间，从那里寻找出生存的价值和生命的意义"，从而使自己的作品具有深刻的内涵。以上这些美学观点和诗歌主张，在长诗《我的中国》中得到了印证。这部厚重的抒情长诗，是李瑛献给祖国母亲 50 岁生日的礼物。诗人用他那支充满爱心的滚烫的笔，以博大的胸怀和炽热的情感，用激越、悲壮、高亢、雄奇的诗句，礼赞这个令 12 亿中国人深感自豪的日子。这部三千多行的抒情长诗，璀璨纯净，冷峻凝重，风格飘逸，匠心独运，读后令人荡气回肠。这位诚挚的老诗人，阅尽人世沧桑，向读者捧出了一颗晶莹透明的诗心。

作者以深邃的目光，扫描中国五千年的历史，展现在读者面前的，是一个在严酷的风雨雷火中冶炼，在失败和磨难中不屈不挠的伟大民族。诗人唱道："打开历史教科书吧/无论翻到第几页/都会听见一个民族/攥紧骨节的炸响。"诗人还从远古的龟甲、兽骨、碑碣中，从陶片、瓦罐、铜车兵马和透迄于千山万岭的亘古荒凉的长城上，看到了中国人民的智慧和勤劳；从青铜编钟、《诗经》、《离骚》里，看到了我们祖先的远大襟怀和哲学思辨才能，从而使今天的读者，仍能听到"历史的呼吸和先人的召唤"。

《我的中国》风格沉雄浑朴，处处闪烁着思想、智慧和诗意的火光，具有独特的艺术个性与魅力。诗人以汪洋恣肆的笔触和江河激荡的旋律，展现了新中国50年波澜壮阔、狂飙突进的时代风貌，反映了中华民族的觉醒与新生。诗中有对革命先烈的深情缅怀，有对十年浩劫的深刻反思，有对丧权辱国的满腔悲愤，有对新时代的热情讴歌。作品语言纯净朴素、韵味隽永绵长，蕴寓了诗人的审美理想。全诗弥漫着深沉浓郁的爱国之情，洋溢着一股阳刚之气和雄性的力量，气度恢弘、慷慨悲壮，有着强烈的力度感。

从1840年鸦片战争以来，我们这个受尽凌辱的苦难民族，积蓄了太多的"眼泪和血债"，太多的"怒吼和雷火"。诗人写道："历史/倚着愤怒的废墟/站在地狱的门口/以热血/一次次淘洗我们/黎明前的祖国。"他大声呼喊：不要忘记南京城头那些"被砍落的手脚、被割下的乳房"以及"高悬在城门口上的一颗颗头颅"。诗人与养育自己的祖国，有着梦牵魂萦、难以割舍的情结。他对祖国壮丽的山河，怀有无比强烈的爱，甚至一块石头、一株小草、一抔泥土、一缕霞光、一粒谷种、一朵鲜花，都能化作诗的音符，在诗人心底那根琴弦上颤动。读者从诗作中，似乎能听见时代车轮隆隆前进的声音。

诗人以其对生活敏锐的洞察力和深刻感受，热烈赞美中国的改革开放。诗里行间，渗透着浓烈的现代观念和忧患意识。他热情赞美那"摧枯拉朽的崩裂的声音"，渴望能尽快创造一个五彩缤纷的绚丽世界，处处流露出对祖国对人民深沉、炽热的爱恋之情。长诗从不同的侧面，勾画了改革开放20年来的风雨历程，给读者以多层面的直觉感知与哲理思考。平凡朴实的诗句中，蕴含着深刻的真理，收到了外观清纯、内涵繁富的艺术效果，使读者的思想感情随之得到升华。诗人以斩钉截铁的语言发出誓言："我们绝不能跪着进入新时代！"字字铿锵，令人警醒！

当我们读着这部色彩斑斓的史诗时，思绪也随着闪光的诗行一起流动，从而感悟到生命的真谛。是的，"生命不应只是/从摇篮到墓地的自然距离/……生命是一种责任和使命"。尽管"人类的理性和良知/正在唤起明天的希望"，然而，通往未来的道路，仍充满艰险和危难，"我们仍需要躬身挽纤/哪怕肩头/被号子和纤绳勒出血来"。一颗拳拳赤子之心，溢于言表。

在《我的中国》里，诗人为我们构筑了一座诗的摩天大厦。50 年大幅度的时空跨越，历史事件的纵横交错，无疑是一项难度很大的工程。假如没有高度的提炼概括能力和娴熟的艺术技巧，是难以驾驭这样一个重大主题的。

期望李瑛响亮的歌声飞进千万读者的心灵！

原载《文艺报》1999 年 4 月 3 日

倾注整个心灵的歌唱

——读长诗《我的中国》

余　悦

　　真正的诗永远是心灵的诗，永远是心灵的歌，是在人的灵魂里熊熊燃烧、发热发光的一团火。读着老诗人李瑛创作的长诗《我的中国》，我们深切地感受到情感的真挚而热烈，信念的执着而淳朴，爱心的纯洁而坚定。这是倾注着整个心灵的歌唱，正如"序诗"中写道的："每一笔都是滚烫的/每个字都跳着我的脉搏。"

　　献给中国的诗，唱给祖国的歌，从古以今，难以数计，然而，像李瑛一样始终把歌唱祖国作为诗歌创作的动力与主调的，却不是很多。作为著名诗人，在半个多世纪的漫长岁月里，从炮火连天的战争风云，到社会主义革命和建设的年代，他都以千辛万苦的努力、千回百曲的不懈，一直吟诵着歌唱祖国的颂歌，歌唱人民的情歌，歌唱军队的赞歌。而在"即将送走一个百年又迎来一个新的百年"，"即将送走一个千年又迎来一个新的千年的历史性时刻"，年逾古稀的老诗人依然保持着青春和活力，高扬着豪情与壮志，创作了《我的中国》。这首抒情长诗以特有的恢弘气势，以激越的满腔热情，以高亢的有力节奏，成为义薄云天的篇章。在 3600 余行的鸿篇巨制中，在包括"序诗"、"尾声"融汇成的 17 部分的立体构架中，在一气呵成而又精心锤炼的字里行间中，诗人虽然是"以最简单、最纯真的方式"表示对祖国的爱，却又那么炽热，那么铿锵："离我心脏最近的，是你/守护着山的尊严水的歌唱的，是你/照耀在一切星辰之上的，是你/呵！我的中国！"

　　但是，作品并不是平面展开却终归浅薄的廉价"颂歌"，也并不是重复以往却缺乏深意的情感流露。与五六十年代的社会赞歌式、70 年代末 80 年代初的伤痕反思式、80 年代中后期 90 年代初的"自恋轻化"式不同,《我的中国》追求的是具有纵深度、具有厚重感、具有辐射力的多维世界,追求的是"给我们以无尽的/启示和思考",追求的是"一个个简单或深奥的/哲学命题的/诠释"。于是,诗人把目光投向祖国的过去、今天和未来,诗情穿越着时光的隧道:"从斑驳的/龟甲、兽骨、碑碣到/竹简、木版、土纸上的/第一个字和最后一个字/写的都是我们的历史";"从前天的风/昨天的雨和/今天的阳光/开始认识我的祖国和自己的"。诗人在以灼热的诗句高赞祖国"为人类作出辉煌贡献/推动历史加速前进的"同时,也毫不回避:"后来却遭到/一次次宰割的凌辱/至今,也未愈合/流血的伤口。"当然,诗人并不是铺陈苦难,而是重在展示出不屈的民族精神:"炸响在掌心的是/一个民族不屈的/怒吼和雷火/一个个不死的精魂/一个个活泼的生命/永远挺立在/春天也不再舒青的石头里。"

如果说这些历史的描绘透出的是冷峻,那么对于现实和未来则凸显的是深沉。诗人把自己的命运和时代紧紧融合在一起,把自己的声音汇进开放时代的交响乐章里,诗中洋溢着一种强烈的时代色彩和开放心态。从"一个极具历史远见和洞察力的化身",到"一个崭新社会形态的中国";从"农村里/土地签约大会刚刚结束",到"人民大会堂里/来自八方的各族人民代表/不断地思考、议论、表决";从"人们用双手/实现几代人从不敢想象的/渴望",到"我们建立了社会的法制/给人和人的关系、人的行为/以新的准则"。改革开放的每一个领域、每一个角落,几乎都在诗人的笔下熠熠生辉。但是,诗人在引吭高歌的同时,也有忧郁的低吟;欣喜地看到祖国"在闪亮的大道上/飞奔",又存在着忧患的意识。对于刻骨铭心的"文革"十年,诗中艺术地进行了深层的剖析,那"丧失理性的年代",那"风狂雨骤的长夜","没有一个人不被卷进/恶浪的漩涡/许多人丢失了自己/许多人变成了疯子"。对于和平与发展这今天世界的两大主题,诗中也做了率直的回答:"我们不喜欢用枪口/对世界说话/也不习惯用刺刀/思考矛盾/我们爱和平/我们懂得人类的/行为规范和理性。"但是,血与火的战斗难以避免,牺牲随时存在。诗中着力描述了 30 年前一个青年战士英勇献身的故事,还毫不顾忌诗篇的协调,直接录下了三封"写在笔记本上/没有发出的信",让我们"看到倒下的死亡和/站着的胜利"。更难能可贵的是,在歌颂我们这个"大流动、大变革的时代"时,诗人保持着清醒的头脑:"在霓红灯跳跃旋转/闪动得使人眩晕中/在到处都有的/角逐、压榨和搏斗中/这里，也有忧伤的云/有污浊的大气/窒息的河流/倾斜的夜街。"这犹如长鸣的警钟，在时刻震响。这也走出了单纯"歌颂"或"揭露"的"怪圈"，展示了中国的全貌和真实。诗中之所以有比过去更为浓郁的个性化思考和抒情性色彩，就因为诗人和祖国一起享受过巨大的胜利与喜悦，也经历过深重的艰难与痛苦，有过惶惑，也有过迷惘。

原载《文艺报》1999 年 4 月 3 日

"每个字都跳着我的脉搏"

——读长诗《我的中国》

陈良运

    李瑛同志的抒情长诗《我的中国》（百花洲文艺出版社出版），一改以往同类题材的表达方式，它既有面的广阔度又有历史的纵深度，既有光又有影，既有激情的喷薄，又有深沉冷峻的思索，因而不是一首平面展开虽有情感的浪峰却终归浅薄的"颂歌"，而是一如诗人本人，是有血有肉有骨的立体。似一气呵成又见精心锤炼之迹的三千六百余行诗所融汇组合的情感结构，在我阅读的感觉中有鲜明的立体感，可以从四方上下、古往今来的方位打量它，得到的不是一片绚丽的印象、一股来去方向分明的激情流，而是有从幽而明或从明而幽的景深层次，是一脉爱恨互体、忧乐互参、思情互动、具有多向度辐射力的"意识流"。

    诗人有五十余年的军旅生涯，走遍了祖国大地，本来东西南北现实景色的迭映就可敷衍成篇，但我们看到的是诗人向历史的深处走去又走回，"时间都已死去/历史却并未失重/时间都已死去/声音却并未冷却"，虽然陈列了大量的历史名词和意象（"墩台"、"矢堞"、"青铜"、"瓦缶"等等），我们却可切实地感觉到"沉埋地下却依然/活着的世界/仍给我们以无尽的/启示和思考"，那就是获得了"一个个简单或深奥的/哲学命题的/诠释/并且知道了/我们在人类和世界中的/位置"。诗人找到了诗的出发点，正是有了"哲学"的思考和诠释，使他把祖国过去、今天、未来的命运联成了一条纵深的贯穿线。诗情展开所必需的广度，便是纵深的剖断面所展示的广度。他写受着侵略者欺凌的祖国，甚至描写了惨不忍睹的南京大屠杀的血淋淋画面而真正震撼心灵的诗句是："在中国许多地方/在瓦砾和草根之下/随意捡起一块石头/都会看见一片火光/炸响在掌心的是/一个民族不屈的/怒吼和雷火/一个个不死的精魂/一个个活泼的生命/永远挺立在/春天也不再舒青的石头里/历史/倚着愤怒的废墟/站在地狱的门口/以热血/一次次淘洗我们/黎明前的祖国！"这些经过高度凝缩的诗句，蕴涵了深不可测的潜在的力度。

"当天安门前的石狮/被朝阳染红"，诗人又在当代中国的历史与现实之域逡巡，于是我们看到光明与阴影的交相迭映，听到亢奋的高歌与忧郁的低吟呼应交响，"欢愉之辞难工，穷苦之言易好"。或许是亲身经历刻骨铭心所致，当诗人写到"我们的祖国/还有更长的丧失理性的年代/还有更暗的风狂雨骤的长夜"，如十年"文革"浩劫，谁能不再度深沉地思索？当诗人写到"成千上万双力图脱贫的眼睛/竞相搜寻致富之路的时候"，也看到"在霓虹灯跳跃旋转/闪动得使人眩晕中/在到处都有的/角逐、压榨和搏斗中/这里，也有忧伤的云/有污浊的大气/窒息的河流/倾斜的夜街"。我很看重这些具有忧患意识的描写，并不是鼓吹"暴露"的文学。假若诗人回避了现当代社会这些"忧伤的云"，还可能有"我的中国"的历史与现实的真实吗？艺术的虚伪正是以前的"颂歌"廉价原因之所在，灿烂的人造强光之下一切景物都失去了层次感、立体感，这样的"创作"有什么欣赏的价值！

在一个庞大的审美对象面前，诗人能否张扬自己的个性而歌唱？《我的中国》从很多细节上，已能看出不同于过去的"颂歌"体一味作群体性类型化的情感抒发，而多了个性化抒情的色彩，有的段落还相当浓郁。诗人在这样的大题材中不回避写自己的人生经历，回忆他的第一个十月我正"跋涉在五岭的密林里"，第二个十月"我正在南海铁青的波涛里"，第三个十月"在异国战场上"；也不回避展示自己的感情经历："坎坷的人生/时代的风雨/心灵深处隐痛的创伤和/凄苦中纯真的爱情。"本诗第十章集中笔力描述了三十年前一个青年战士英勇献身的故事，诗人直接录下了三封三十年前"写在笔记本上/没有发出的信"。那位 23 岁正在恋爱中的副连长，留恋生之美好，也勇于面对死的威胁："走在前面随时都有触雷牺牲的危险，咱俩去当尖兵吧！"结果他留在世界上的只有三封信，有幸在《我的中国》中获得永恒。诗人充满激情地写道："三十年了，三封信/覆盖在死亡之上/它屹立的每一个字/都是一个民族的精神/都是正义的血肉和/祖国的历史"，"已是三十年前的往事/那座曾经战斗过的小高地/把这位二十三岁的英雄介绍给我/让我看到倒下的死亡和/站着的胜利。"这是浸透了诗人感情极富个性化色彩的诗句。

在我读诗的记忆中,李瑛以写短诗见长。《一月的哀思》虽也长达近六百行,其规模远不能与《我的中国》相比。他已逾古稀之年,还能如此大气磅礴地歌唱,从总体而观,这首长诗确是诗人"以最简单、最纯真的方式"表示他对祖国的爱,这些诗句,"是执着而淳朴的/它们的每一笔都是滚烫的/每个字都跳着我的脉搏"。

原载《诗刊》1999 年第 7 期

论"个体化"的"政治抒情"

——读李瑛长诗《我的中国》

邹建军

今年的十月一日，是新中国建国五十周年的纪念日。五十岁，对一个人来说是"知天命"之年，而对一个国家来说，则是象征收获与成熟的季节。作为一个受她抚育与呵护的子民，此时此刻是不能无动于衷的。果然，著名诗人李瑛将一部长达三千六百行的长诗《我的中国》，作为生日礼物，郑重地献给她——我们神圣而伟大的祖国。我认为，这是一部我们时代真正的艺术作品，无论在思想情感的深度，还是在艺术形式、技巧的开拓上，都有可圈可点之处。

"政治抒情诗"创作，在五六十年代的郭小川、贺敬之"诗代"似乎已经到达顶峰。近二十年来整个诗坛潮流的转向，让它没有再掀起大的波澜，并且有的人还对"政治抒情诗"另眼相看。其实，作为一种在现当代诗歌史上发挥过很大影响的、独特的诗体，我想，它的作用也许是其他任何诗体都难于代替的。李瑛这部独具风力的长诗，是他继《一月的哀思》、《一个星座、一座城市和一个民族的盛大节日》等长诗之后的重要收获，也标志着我国"政治抒情长诗"创作到达一个新阶段。

宏大而严谨的艺术结构

我以为李瑛的诗情纵以天地，横以古今，思维闪跃，想象丰富，让这首长诗结构恢弘、气势浩大。当我们翻开《我的中国》的封面，就会看到作为主题曲的《献辞》，表达出一个儿子对于母亲般的真心真意真情："离我心脏最近的，是你/守护着山的尊严水的歌唱的，是你/照耀在一切星辰之上的，是你/呵！我的晨风吹拂的中国。"晨风吹拂的中国"，这就是诗人对他眼前祖国的富有诗情画意的概括。这，就是诗人心中的祖国；这，就是长诗的情感与旋律的基调。

他由此开始他深情的歌唱，他由此而展开多声部的"大合唱"：除了"序诗"和"尾声"之外，长诗共有十五个乐章。从中国上古灿烂的历史与辉煌的文化到近、现代所受到的刻骨铭心的屈辱；从中国共产党所领导的革命，到新中国艰难而壮丽的诞生；从十年"文革"的动乱与动荡给国家带来的深重灾难，到对"民族"、"生命"、"泥土"与"石头"的哲理性沉思；从邓小平对中国将来的总体设计，到改革开放时代中国在各个方面所发生的巨变；从对"法治"、"反腐"等治国方略的认识到对于牺牲英雄的动人歌唱；从对"和平"、"宗教"、"文化"等的思考，到对海外儿女爱国情怀的写照；从世界各地的红旗飞扬到对中国美好未来的向往，等等。可以说，诗人对中国历史与文化的反思，对中国美丽河山的礼赞，对中国光明未来的向往，显得气势非凡，犹如一条感情的河流，一泻千里，让人感到诗人情绪的落差，感受到它是一首有力度、有幅度、有深度的壮美的诗篇。

政治性的主题，民族性的精神，时代性的情绪，但都出之以个体化的表达，气度恢弘，笼罩天地，历史与现实交织一体，政治与宗教熔于一炉，文化与哲学相互对话，过去与未来相互沟通，都表明这个时代的"主旋律"创作到达的一个新时段。

从艺术结构来说，从古到今、从天到地，都通过诗人自己的情感与想象贯穿起来，让全诗构成一个艺术整体。前有序诗、后有尾声，中间每一诗节各有所重，都是诗人对于祖国各个历史时段和各个方面的歌唱，也都是诗人的内在情感与思想的有机组成部分。长诗显得相当完整，没有游离的情节和语言。它没有叙述，没有描写，也没有空洞的议论，有的只是个人对于祖国的感情的抒写与咏唱，这与那种只写自己的私情、与自己的时代和人民一点都不相通的诗比起来，显然是不同的。无论是从主旨与结构来说，都是如此。当然，诗的结构主要是一种意象化的结构，以此而论，此诗的结构是以情绪为线索、经意象为单元、以改革开放后的中国为主体歌唱对象的。它主次分明、详略得当，艺术布局相当得体，气度不凡而结构宏大，这不是那种大而不当的、空洞的、花拳绣腿的长诗所能相比的。

丰厚的意象化诗歌语言

诗歌语言的特质，是将诗人所要表现的一切，转化为种种可感的意象，在诗中加以呈现。它绝对不是纯粹的描写、叙述与议论，如果如此，即非诗矣。作为一个与同代诗艺同步的诗人，李瑛深知此理。如果说改革开放以前的政治抒情诗，有时流于一种空泛的议论与抒情的话，那么，李瑛《我的中国》，则完全抛开了"口号"与"标语"，而基本做到让每一节、每一行都成为真正的意象化的诗句，从而让读者可感、可想、可味、可品。全诗的开始即《序诗》："又是十月，又是十月/十月的第一天是大写的日子/经过丽日，经过风雨/今天是第五十个十月的开始/屹立在太阳与天地之间的/光灿灿的1字/是我们远祖手植的古柏/后来化作民族的脊骨/莽莽河山/全靠它的照耀/浩浩天宇/全靠它的支撑。"这里的"丽日"、"风雨"、"古柏"、"脊骨"、"河山"、"天宇"等等，都不是种种空空的概念化的语词，而是种种具体的、鲜丽的、崇高的意象化词语，让人能从中感到"十月一日"的具体外形与内在精神。

"祖国"只是一个普通的名词，长期身处国内的人，也许并没有什么具体而深刻的印象，但诗人在诗中的呈现却让我们感到惊异，因为它将其意象化为可视可触的形体："你无时不用/慈祥的眼睛/健壮的手臂/温暖的胸膛/拥抱我，像/阳光照耀一棵小树/泥土滋润一棵小草/我热爱你因劳动/而皲裂的粗糙的手指/我熟悉你因风霜/而变形的赤裸的双脚/甚至你的声音/你的体温/你的气息。"（《序诗》）所以，"祖国"在他的诗里是一个热爱劳动、饱经风霜、有血有肉的亲人，是一个让每一个国民感到亲切、慈祥、和蔼、温暖的母亲。"祖国"不仅有"慈祥的眼睛"、"健壮的手臂"、"温暖的胸膛"，还有"粗糙的手指"、"赤裸的双脚"，而诗人则像"小树"、"小草"，受到母亲"阳光"和"泥土"的爱护。这种意象化的语言，比那上千句空喊的"我的祖国"更有力量。诗人在这里所呈现出来的"祖国"意象，也许是一种新的创造，它会永远烙在全体国民的记忆深处。

对"历史"事件的呈现，也是以种种具体而真实的意象出之。他这样写"南京大屠杀"："至今，连太阳也不敢睁眼/只有砖石缝隙间/生长的苍苔下/三十万双比刺刀/更锋利的目光/仍凛然望着这个世界/而在墙角下埋葬的是/

数不清的横陈的白骨/男人、女人、老人和孩子的/臂骨、腿骨、肋骨、脊骨/模糊的头颅/深陷的眼窝/坚利的牙齿以及无数无数个心头的/理想和梦幻/瞬间，都凝成了/喘不过气来的/历史。"日本罪人在南京城残杀了中国三十万军民，史称"南京大屠杀"。诗不是事件报告，也不是历史论文，所以诗人没有复述历史与议论历史，而是以种种惊心触目的意象来加以呈现：那三十万双比刺刀更锋利的"目光"，是死不瞑目的；那数不清的横陈的"白骨"，还在燃烧着悲愤；那"理想和梦幻"，是每一个地之子民都应有的、天赋的权利。而所有这些，在一瞬之间就凝成了"喘不过气来的/历史"，连"太阳"至今也不敢睁眼！这才是活的"历史"，这才是诗中的"历史"，却又是绝对真实的、黑暗的、耻辱的"历史"。读了李瑛这里的诗行，谁也无法抑制住自己的情绪，谁也无法忘记那种火种烙下的耻辱。

中国必须新生，中国必定强大。这是每一个中国人心底的愿望，也是上百年来多少英雄豪杰抛头颅、洒热血的目标所在。因为中国历史悠久、文化灿烂、地域辽阔、资源丰富，因为中国人的坚强、平和、善良、进取的人生态度。诗人这样歌颂自己的国家："看它巍巍群山，浩浩江河/看它莽莽平原，茫茫草地/看它以何等丰沛的乳汁喂养/北方无尽的红松和冷杉/南方苍苍柳林和蔗林/看它有何等旺盛的精力/早晨两点，乌苏里江的浪尖/已被旭日染红/晚上十点，公格尔山头/才送走落日/看它有何等豪迈的性格/南沙岛群，照着/四十度的炎阳/北国山河，却是/零下二十度的冰雪/看我们嫩绿的/浆果一样的江南/看我们褐色的/坚果一样的塞北。"这是现实的中国，也是诗人心中的中国，我们分不清哪是现实哪是理想，哪是描写哪是抒情。"浆果一样的江南"、"坚果一样的塞北"，这就是"祖国"。如果不是意象化的呈现，祖国给我们的印象不会这样完整而美好。

中国的强胜之路，就是一条开放的路，开放，本身也是强盛的表现。他这样写中国的"开放"："中国，尘封千百年的/钉着巨大铜钉的红漆大门/打开来/锈蚀的门轴的声音/回响在世界/一扇扇向海的窗子打开了/涛声、浪影、清新的大气和/大洋上蓝色的海风/一齐涌进/看外面/万种风情跃动的世界/色彩，何等绚丽/交响，何等繁富。"运用"红漆大门"的打开和面海的"窗子"的意象，就非常形象而深厚地表现了中国改革开放之初的生动情景。其实，这里的每一个诗行都有相当丰厚的内涵，都值得我们去解读。"尘封千百年"、"锈蚀的门柱"、"一扇扇向海的窗子"、"涛声、浪影、清新的大气"、"大洋上蓝色的海风"、"万种风情跃动的世界"等意象，都会让我们产生广泛的联想，带来丰富的审美想象。所以，"意象化"是诗歌语言的内在特质和外在表征，也是诗歌与其他文体一个最重要的区别。但是目前许多诗人还没有意识到这一诗艺真理，这并不奇怪！

"自我"入诗更精彩

关于"小我"与"大我"的争论，在诗坛似乎从来就没有间断过，其实完全没有必要去讨论它。只要诗人所抒写的诗情是真诚的而不是虚伪的，是出自内在心灵的而不是出自已成共识的，是不得不发的而不是无病呻吟，并且这种种情感是美的，是对人生与社会有益处的，那它就是可以生存的。也就是说，"小我"必能通向"大我"之境，而"大我"则必须通过"小我"呈现。在政治抒情诗里，有没有"小我"则非常重要，它是政治抒情诗有没有个性与风采、有没有魅力与生命力的基础。

李瑛在《我的中国》里，始终以"自我"抒情，总是将自我的人生经历和情感体验，在诗中进行真切而生动的抒写，读来让人倍感亲切、实在和温暖，"如今已是第五十个十月/我已进入老年/读起五千年前/那株古柏的自传/就更深地了解了/我们民族的历史/想起隐去的战争/已如遥远的雷声/当年我在日记本中/夹的一片叶子/早已枯萎。"这里所写，显然是一个与共和国历史一同行进的诗人自己的形象与情感，而绝不是什么假托。李瑛今年已经是七十二岁的老人了，所以他在诗中的情感，才这样深情而真诚。如果只是个二十岁的年轻人，他不可能有这种体验，也不可能写出这样深沉而动人的诗句。

他还这样唱道："太阳/当你走过北京/是否看见一个老人/含着激动的泪光/歌唱/像天真的波浪一样/欢乐地歌唱/像大树的叶子一样/质朴地歌唱/生我养我的祖国/你在我的爱和创造的光辉中/在我的血中/在我的心中/在我的诗中/一颗照耀宇宙的/光芒四射的恒星/——中国。"(《尾声》)这是这首长诗的结束，也是以自我的形象来结束。改革开放以前的政治抒情诗，过于强调表现政治性的情感，所以有时就会流于一种空洞的说教和虚伪的想象。李瑛此诗，每一行都以表达自我的感情为是，将自我的生命与祖国的生命融为一体，表现出一个为了中国的成长和发展，南下华南、东到海疆、北到哨所、西到山口的"战士"的人生历程和情感体验。共和国成立之前,诗人就从北大毕业随军南下,五十年来,一直是作为一个"军旅诗人"在中国诗坛活动着。如果没有这样的经历,那他这首诗就很难达到如此高超的境界。

诗中两次写到"叶子"的意象,一是当年在战争中夹的"一片叶子""早已枯萎",一是说他自己"像大树的叶子一样""质朴地歌唱"。"叶子",这是李瑛带有私人性的意象。他前几年所创作的一部诗集《生命是一片叶子》,曾获中国文学最高奖的"鲁迅文学奖"的诗歌奖。"一片叶子",也就是诗人自己的象征,其内涵是非常深厚的。

"自我",就是天地间生存与生活的个体生命,是人类之所以能生存和发展的基础;国家,是每一个个体所能更好生存和发展的条件。所以,无论是在生活中还是在诗中,两者都应该有机的结合起来、统一起来,而李瑛此诗正是以此为成功的基石。以前的政治抒情诗过于强调集体性,而90年代以来的"个体化写作"又过于强调"私语性"。李瑛《我的中国》将二者融为一体,既是个人的也是与共和国相通的,个性既非常突出,又能体现出共和国公民的心声,并且将这种种心动出之以意象,让全诗多有闪光之处。这是诗人个性的闪光,这是诗人情感的闪光,这是感性与理性相互渗透之后的闪耀。

上升到哲学层面的思考

《我的中国》中也有些诗段进入了哲学思考的层面,让诗情达到了很高的境界。面对我们古老而神秘的汉字:"它们无论横排或竖排/无论繁体或简体/都源自黄河淤积泥沙上/兽蹄鸟爪的遗迹/像粒粒宝石或颗颗星星/闪射着永恒之光/是我们民族文化的魂魄。"这里显然有一种哲理之光。汉字本来是一种交流的工具,它的历史虽然古老,并且特性鲜明,也只不过是一种文字,但诗人却将它作为民族文化的"魂魄"来抒写,体现了它的文化底蕴与哲学精神。它是"宝石"与"星星",并且它来自于黄河淤积的泥沙上"兽蹄鸟爪"的遗迹,其神秘与高贵是自不待言的,这好像就是哲学家之言。

他在诗中作了这样的想象:"今天,九岁的孩子/坐在明亮的教室/摇摆着头/背诵历史故事时/他们睁大着眼睛/遥望几千年前那头/亮着的一朵飘动的/火光/惊异地发现/呵,我/原来属于这样一个/值得自豪的古老民族和/国家。"这当然是一种美好的想象,也是对中国现实与历史的思考。一头是"九岁的孩子",一头是"亮着的一朵飘动的火光",一头是"眼前",一头是"远古",这种诗意的发现与写照,显然也是有哲学意味的。还有他对于"文革"十年动乱的思考,都是很有理性深度的。

诗人那种对祖国的深情,既是非常感性的,也是相当理性的,是以理性为基质,以感性为外在的表现形式。所以,他这首诗不比一般的祖国颂歌,而是一个七十多岁的老人的心声之自然而然的流露。他这样唱道:"亲爱的祖国/我要把我所有的一切/都献给你,我的/眼睛、耳朵、喉咙/左手和右手/当然还有我的/心脏、肺叶以及/几十年日夜不息地流动的 O 型的血。"(《序诗》)这不是随便哪个都可以说的话,也不是随便哪个都可以说出的话,而只有将个人的生命与祖国的生命连在一起的人,只有为了祖国的利益而心甘情愿地献出自己的所有的人,视祖国利益高于一切的人,才可能达到那种精神境界,也才可能写出这样的诗句。这是没有哲理的哲理,是上升到了精神层面上的哲理。如果我们每一个中国人,对自己的国家都能如此,那中国则定会屹立于世界民族之林。可惜我们还有一些国人根本没有这种意识,没有这种意识的人算不算中国人,我们不得不表示怀疑!

楼梯式诗体取得新进展

《我的中国》是中国"楼梯式"诗歌形式取得新进展的标志。

前苏联诗人马雅可夫斯基等人所创制的楼梯式诗体,在三四十年代传到中国,在田间等诗人那里得到了初步的实践,后又被当代诗人贺敬之和郭小川根据自己的需要加以改造,形成了具有汉语特色的新的楼梯式诗体,并在诗坛产生了非常广泛而深远的影响。那种以政治抒情为主体的诗体在中国当代所取得的成就,无论如何是不可轻易抹煞的。因为那是一种艺术探索,体现出了一代诗人的才华。真正的文学评论不应受政治性因素的干扰,文学史的写作与研究,就更是如此。所以,我们对于楼梯式诗体,还是要有公正的估价。

但在近二十年来,这种楼梯式诗体没有得到广泛或成功的运用,也就是说没有得到应有的发展。去年纪宇的长诗《97 诗韵》在政治抒情诗创作上,有了成功的尝试,但他采用的不是楼梯式诗体。我认为,李瑛这首长诗，打破了贺敬之《雷锋之歌》和《放声歌唱》所开创的过于整齐的形式，也打破了旧有的押韵方式，而追求一种更为自由与变化的形式，以表达大开大阖、大起大落、潇洒飘移的爱国诗情。节与节不相等甚至也不基本相等，行与行不相同甚至也不基本相同，而是按照诗人思绪的流动而随情赋形，随物赋体，表现出了诗人汪洋恣肆的才情。

"在海边，蓝色的波涛/拍打着一座座新港码头/拍打着外堤和浮标/昨天，又一艘巨轮/在彩带飘动、海鸥环舞中/从船台滑道驶向远海/主机马力、车叶、船壳、骨架、锚链和绞盘/都是忠实的/在我们的海域深处/翻滚的白浪/拍打着屹立的采油平台。"这里的语言完全是自由的，一点都没有押韵，也一点都不整齐，但它前后有意错开，的确是一种楼梯式。这首诗比起贺敬之楼梯式更为自然、更为自由、更为自在、更为纯粹，只有到了艺术探索的后期才可能达到这种炉火纯青的诗艺境界，正像艾青到了80年代的诗的高超境界。

在第十章中，诗人还打破了全诗的楼梯式诗的形式，连续引用了70年代末和80年代初，在南部边疆保卫祖国的战斗中流血牺牲无名的战士的"三封家信"，并且也不分行排列成诗形，是这首诗的一个特别之处。我想，这是诗人独到的艺术构思的体现，它不仅显得真实，而且也显得突兀，给人带来一种好像是诗之外的而其实是诗之中的惊人的艺术效果。这是全诗最令人感动的诗节，也是诗人匠心独运的艺术方略的体现。

《我的中国》在新中国建国五十周年之前出版，在中国新诗八十年纪念活动之际出版，无论从政治还是艺术来讲，从中国政治抒情诗创作还是从楼梯式诗体的发展来讲，从李瑛个人创作历程还是从我国诗歌创作的潮流来讲，都有其不可低估的积极的意义。

1997 年 5 月 10 日于北京

凝重的历史与激越的诗美融合

——读李瑛长诗《一个星座、一座城市和一个民族的盛大节日》[①]

峭 岩

　　李瑛不愧为忠诚的时代的歌手，不愧为负有政治责任感的优秀诗人，每逢社会发生重大历史转变、重大历史事件，都有他的疾呼与呐喊，而且是黄钟大吕般的声音。发表在 1997 年 4 月 24 日《人民日报》上的这首长诗，为我们又一次印证了这样的事实。

　　香港回归这一重大事件，可以说牵动着 12 亿人民的心灵。回归这一天，香港历史将从新开始，"一百年，一个世纪/多少痛苦的日日夜夜/霜雪，泥泞，诞生和死亡/一天咬着一天的尾巴/终于过去了"。当百年的等待一朝实现时，给人们带来的必将是"人类良知、正义和真理的盛大节日"，必将是"悲愤、痛苦、渴望和今天的欢乐，一起火山般地喷发"。诗人以他多年磨砺的思想触角，经过日日夜夜苦苦思索后，终于诞生了这一鸿篇巨制。

　　也许差一种诗人间的共鸣感，我曾深怀信心地等待他的诗，希望每天的报纸为我带来喜讯。因为每当历史的潮流涌动、祖国的命运转折、民族存亡的关键时刻面前，李瑛是不会沉默的。记得在这之前举行的一次诗歌座谈会上，我见到他刻满往日的辛劳又含无限喜悦的面孔，三言两语的交谈中，透射出"利剑待发"的意味。直感告诉我，他又将有"大作"问世。那次集会不几天，这首长诗发表了，果然应验了我的感觉。当我捧读时，我的心、我

---

　　① 《一个星座、一座城市和一个民族的盛大节日》，1997 年作，载《情歌和挽救》诗集中。

的呼吸、我的热血、我的眼泪，几乎合在一个节拍里，沉浸在一个氛围里，激动不能自制。我想冲出家门，走上大街，告诉人们快读读这首诗吧，它是一部历史性的、时代性的，然而又是饱含诗意美的史诗呵！

李瑛是善于思索大主题的，他从不沉醉于小花小草的浅薄俏丽上，祖国、民族、人类，前途、命运、发展，一直是他关注的焦点。早年有他《献给十月革命的炮击》、《我们心中的歌》，近年有他《难忘的一九七六》、《关于今天的战斗》、《一月的哀思》、《寻找一座城》这样气势宏大、意义深远的力作，可说都是划时代的作品，是对每个时代的重大历史事件最形象、最概括、最杰出的诗的总结。

诗人站在历史的峰巅，眺望百年风云变幻，聚焦在香港这片失去又将回归的美丽国土上："我睁着几代人的眼睛/终于望穿，像星光望穿夜空。"凝视香港的过去与现在，诗人大声申辩这样一个历史事实："有陶片和古墓可以作证/有珍珠般的汗滴可以作证/五千年风雨沧桑/沧桑风雨吹打着/东方哲学、华夏文明和九州神韵/香港是一个民族的尊严/是一个庞大的精神宇宙。"香港是中华民族躯体上的器官，是华夏大地的一方沃土。"我们是炎黄子孙/我们是山顶洞人的后裔/我们的根紧扎在诗经楚辞的深处/在甲骨和竹简上/都刻有我们的名字。"骨肉分离，造成百年耻辱的是列强的鸦片和枪弹。诗人回溯到过去，"今天，我又清晰地听见/从1840年传来的凝重的回声/先是比刀更锋利的钢的龙骨/横穿历史，切开海洋，闯来/肆意宰割我们的土地/接着便是一只只狰狞的锚/锐爪深深刺进我们的肉里。"从此，"欧洲'文明'的大盗匪/在这里剔着撕扯着血淋淋食物的牙齿/从那个没有月亮的午夜/荒村犬吠声中/世界留下一桩丑陋的纪录/中国留下一道滴血的伤口。"香港割让了，变成铁蹄下啼哭的孩子，但民族的脊梁并没有弯下，"我们贫穷，但我们有纯洁的金属/有血肉和火焰般跳动的思想/我们把长矛和大刀/读成一种精神/至今，在南海波涛上/仍闪着林则徐炯炯的目光/含恨的炮台上/仍燃着关天培殷红的血/到中国每片海域去打捞吧/到处炸响的是不息的雷火"。

诗人从香港悲愤的历史、屈辱的遭际中，觅到这样的真理："是枪炮声惊醒了我们/教会我们用怎样的方式/行动和思考。""在一粒仇恨的种子上/我站起来，我们站起来/一个民族站起来/一粒倔强苦难的种子/穿过血泊、历史和黑夜/在二十世纪中叶/拂晓前的地火奔突中/在石头、哭喊和史诗文字的缝隙间/蓬勃地发芽了/历史并没有忘却/生活的秩序和光荣。"诗人忠告我们，问题不在于压迫和屈辱，而在于从压迫和屈辱中得到了什么，这就是斗争哲学的含义之所在。

百年沧桑结束了，香港回来了，诗人发出满心的欢悦："我要大张开双臂抱紧你/我要用滚热的胸膛、赤裸的双脚/吻遍你每一寸红土壤的大地。"诗人含笑望着远方，"穿苏格兰裙的英军士兵/吹着风笛回去了/步兵团来福枪营中/大胡子的廓尔喀士兵/背着行囊离去了"。五星红旗在诗人的期待的眼神中升起来了，"望着满地盛开的带露的紫荆花/望着飞旋在签字大厅上空/和楼群间的鸽子洁白的翅膀/望着一个明亮的城市。对它说/记住这一天/这是你的生日"。

幸福的记忆里，诗人没忘掉一位老人，是他"用干练的手指/轻捷地掀开了/历史的新篇章/它的第一页写的是友谊和和平/第二页写的是/繁荣和进步"。只是在香港回归前夕，老人走了，留下无法弥补的遗憾。我们只有和诗人一起凝目他化作早霞的橘红、大海的蔚蓝、高高飘扬的旗帜，思考如何实现他留下的遗愿，这是诗给我们带来的想象空间和深深的内驱动力呵。

诗是抒情的艺术，历来忌讳说教和口号，李瑛多年遵守这一禁律，认认真真对待自己的诗歌。这首诗的成功之处就在于，他把重大的政治主题，融进了形象化的意象中，融进了具体化的形象中。别林斯基曾指出：诗的本质就是在于要"给予无实体的概念以生动的、感性的、美丽的形象"。香港回归这一事物中，有许多概念的东西，但诗人就是把这些抽象的事物经过再造、整合后，使之形象生动起来。列夫·托尔斯泰说："艺术是这样一种人类活动：一个人用某种外在的标志有意识地把自己体验过的感情传达给别人，而别人受到感染，也体验到这些感情。"对于诗人来说，思想高下是取决作品价值的主要条件，但感情的有无、真假，艺术的灵性、枯竭，却也是至关重要的。我们发现，首先，李瑛以拟人化的手法把香港回归这一事物活画出来了。从"老榕树下威武的炮群/饮恨地凝望着你已一百年"开始，展开了一系列人格化的叙述："今天，我穿上红色的衬衫/领你回家，我想/用背篓背你、箩筐挑你/领你回家，不要哭/让我擦干你脸上的泪珠。"香港回来了，回到祖国的怀抱，"看她在世界的大街上/从容地笑着，走着/多么自信、庄严而强大"。诗中的"你"就是感情的定位，一下子拉近了读者的感情，找到了情感迸发、情感回流的"出入口"。随着诗人大跨度地跳跃或是娓娓地诉说，读者都能可触、可感、可见。

把"大"化"小"、把抽象化为具象，是李瑛最擅长的诗艺技巧。那场鸦片战争诗人是这样诗化的："从英国战舰冲下的一双双/皇家海军陆战队士兵的牛皮靴/强行踏上我们的土地/霜刃般赤裸地/屠杀、威逼、抢掠/终于把你挟持而去。"从此，"侵略和抗争/火绳枪和鹅毛笔/投影在十九世纪中叶"。中华民族的反抗、不屈在诗人的笔下更加悲壮："后来血和枪一齐站起来/我的胼手胝足的民族站起来/耻辱和痛苦把我们的力量，加速催熟了/天安门前的英雄纪念碑/便是高昂的头颅和脊骨的影子。"读着这些掷地有声有色有味的诗句，不能不为诗人的丰富想象力和诗艺的再造力所折服。

在本文结束时，我想起李瑛在一次诗歌座谈会上的讲话，思之再三，意味深长。他说，左右世界的有四种力量，军事的、政治的、科技的、精神的。诗歌是精神的最高载体，从五千年的发展史看，从《诗经》、《楚辞》的流传不朽看，诗歌的精神是永存的。由此看来，诗人的责任是重大的。作为诗人一定思考时代，思考社会，思考人生，"使命感"是诗人与生俱来的天职。诗人的话语和实践，为我们拓展了广阔的空间和最有前途的道路。诗人们，让我们应着他的召唤，沿着他的足迹，为我们社会主义光辉灿烂的伟大事业高歌、献诗吧！

原载《峭岩文集》解放军文艺出版社，2014 年出版

对诗艺诗美的新开拓

——读《李瑛近作选》和《倾诉》

吴开晋

　　进入新世纪后，老诗人李瑛一连出版了两本新诗集：《李瑛近作选》和《倾诉》。其中绝大部分写于 20 世纪 90 年代，少数是 80 年代后期的作品。诗人并未因年龄的增长使诗情减弱，相反，他在走遍祖国大西北和江南水乡以及西南边陲之际，仍用他充满激情的诗笔讴歌或吟咏他所见到的真实而美好的事物，并对某些因贫困带来的落后景象表现了深深的忧患之情。正如他在《倾诉·自序》中所说："我从不认为自己心灵贫瘠，精神匮乏。但我从不愿把自己关进书斋一味低吟浅唱那些完全囿于个人化的狭窄的内心世界。我向往大自然，我向往窗外无限广阔的天地，我热爱着在那里劳动着、创造着的人民群众。"作者实践了自己的艺术宣言，更重要的是，比之于他建国初期及 20 世纪六七十年代的作品，又有了若干新的艺术探索。

　　其一是融入更多的人生体味，张扬强劲的生命诗学。在诗人的青壮年时代，他同样走遍了塞北江南的许多地方，讴歌了许多美好的人和景物，给诗坛留下了一组组绚丽的图画。不可否认，由于时代的影响和诗学观念的不同，那些作品还很少去开掘生命的底蕴，也较少融入纯个人的人生体验，而这些新作都恰恰在这方面有了新的突破。中外诗坛皆有"以生命为诗"或"以诗为生命"的提法，但究其实质，还是指的一种对诗的态度；而生命诗学则指的是在作品中体现出来的生命意识，如对生命的珍惜、对命运的抗争、生命存在的价值与某些心理、生理的强烈感受等，用智利诗人聂鲁达的形象说法，即"诗歌应是一种有机的组织——它奔涌在诗人们的血液中，是诗人整个存在的脉搏和颤动"。① 的确，真正的好诗，要让自己的血流进去，并和自己的心脏一同搏动。我们读李瑛的近作，首先会发现这一特色，如《生命》一诗，就是通过观察到晾在绳子上的鱼，而昭示出诗人对丧失生命的一切生物的惋惜。诗人哀悼它们："生命本该永远不息地奔腾/如今，它们已失去活力和声音/已失去光和柔美/一条条身体和思想都已干瘪的鱼/僵硬的晾在绳子上/风干//它们大张的嘴/要哭，已经失声/一双双眼仍然大睁着/只最后的一滴泪/在眼角凝成一粒闪光的盐/冷冷地照着这个世界。"这里充满着强烈的求生欲望，用生动的意象唱出了一曲生命之歌。其他如《寄居蟹》中要用钳子告别屈辱的蟹子；《想家的石头》中，日夜渴望着回到大西北，不然就会爆炸的石头；《墓园》中并未死亡，仍在张望人世的倔强的灵魂；《野马群》中那充满着野性的血的、"已奔跑了三千年"的野马群，"即使死去，它们/剽悍勇敢的灵魂/也在奔跑"。这些，无不向世人发出高亢的生命呐喊，使人们体味到生命的宝贵价值。而《昨天》一诗，则又不同于这种基调高昂、色彩绚丽的对生命的礼赞，而是用一种平静的心态，透射出诗人对时光如涛、生命需要珍惜的恬淡情怀，这里似乎包容了诗人对人生的更深刻的体验。在叙述了"昨天"告别人间后诗人说："我忽然记起/遗落了什么/想回去寻找，却再也/寻不到归去的路//只在窗前沉沉地凝望/一片叶子旋转着/落下来/传来一声遥远的/回声。"昨天已一去不归，而昨天还在枝头悬挂的树叶，今天却已飘落，它也回不到树上去了。人们哪，还不应该珍惜时光和生命吗？

其二是用以小见大的艺术概括力展现对社会现实的沉重忧患及对大自然的美的倾慕。不论是表达对社会问题的关注还是对大自然的赞颂，诗人并非泛泛地着笔，而是通过某一个小小角度或景物的某一焦点，抒发情怀，内里却包容着更丰厚的内涵，这方面也给人以突出印象。在写社会问题方面，比如《饥饿的孩子们的眼睛》和《我的另一个祖国》，诗人都真实地揭示了某些社会阴暗面和不良现象，具有某种新的特质。而所采用的艺术方法，则是从某一小角度入手，以独具的艺术概括力，创造出更广阔的艺术氛围，使人们联想到范围更大的现实场景，如这样的诗句："他们的眼睛和/他们小小的胃和/他们冷却的锅/静静地望着我/目光，钉子般/从我的骨缝直刺进心窝/

---

① 《〈聂鲁达选集〉俄译本·序》。

他们不认识我/却信任这荒山冻云的祖国。"（《饥饿的孩子们的眼睛》）诗人从饥饿孩子的眼睛看到了仍然还有贫困落后的祖国的另一部分，读来让人心颤。

在描绘大自然壮丽风光的诗作中，诗人同样用以小见大的艺术概括力展现出更宽广的自然境界，并寄予深厚的情怀。如《红高粱》，诗人通过对北方这挥舞大刀的独特植物的描写，概括出了我们民族充满"火"、"汗"、"血"的气息的美和力的最高形象；《盐湖》，则以其闪光结晶的纯净的盐之形成，概括出苦咸人生的漫长与结局；《从壶口回来》，则从那沉雷般的瀑布声中听到了伟大民族的精神；《黄河落日》，则从落日的辉煌中看到了一个英雄民族的成长；《到高原去》则把一处处高原之美，加以概括提炼，使人看到了大自然的无比壮丽和它强大的震撼力。如这样的诗句："到高原去/去看眼泪和欢笑合成的生命/去看诞生在那里的新物种/去看顽强的生命，磅礴的膂力/去看大自然的率真、雄奇和/使人惊心的赤裸之美。"显然，诗人已从对高原具体景象的捕写中加以艺术升华了，这一新的特质，开拓了作者的艺术表现范畴。

其三是象征和隐喻性的增强。李瑛 20 世纪 40 年代末就读于北京大学时，曾接触过一些西方及中国"五四"后的象征派与现代派诗作，但后来的军旅生涯及诗学观念的变化，使他更着力于用现实主义的艺术手法去描绘部队生活的观感与祖国山川的风貌，已有许多佳作传留于世。但相对说来，艺术境界的开拓、诗艺与诗美的探索，路子还显得不够宽阔。进入新时期以来，从《我骄傲，我是一棵树》开始，又逐渐把一些象征性、隐喻性的艺术手法融入诗作，使其艺术表现的张力更加丰厚。当然，这首先得益于他人生经历的复杂和多层次，同时，也和他广泛吸取中外诗歌的艺术营养分不开。诗人梁宗岱说："象征的微妙，'依微拟义'这几个字颇能道出。当一件外物，譬如，一片自然风景映进我们的眼帘的时候，我们猛然感到它当时或喜，或忧，或哀伤，或恬适的心情相仿佛、相逼肖、相会合。我们不摹拟我们的心情而把那片自然风景作传达心情的符号，或者，较准确一点，把我们的心情印上那片风景去，这就是象征。"① 可见，象征乃至隐喻实是一种有益的创作手法，并不影响诗人对现实生活的价值判断和采取的爱憎态度。随

---

① 《象征主义》，见《中国现代诗论》上册。

着人生阅历和艺术创作经验的日益丰富，李瑛更悟此道，许多新作运用了这种艺术手段，因而，这部分作品更显得空灵。如《偶遇》，写与一分别 40 年又相逢于候机厅 10 分钟的友人见面，诗人说"时间和空间压缩在十分钟里"。显然，这 10 分钟便是 40 年或者整个人生的浓缩，天涯漂泊，生离死别，人生中又有多少风风雨雨！诗人最后说："海倾斜着／天倾斜着／心头正流过／万古不衰的江河。"这 10 分钟乃至整个人生是多么漫长而曲折，但和万古不衰的江河以及整个大宇宙相比，又是多么短暂！此外，如《影子》，写一个真实的"我"和一个虚幻的"我"之间的依存关系；《演员》写演员的两副面孔，台上台下两种人生，又颇具隐喻性。《过红卫兵墓》，又象征着一个时代的终结，等等，都提供给读者许多遐思的空间。还值得人们关注的是《塔尔寺的黄昏》，诗人又把我们带入藏传佛教的圣地，写一种精神、力量支持着那些虔诚的信徒，这力量"渗进石头和青铜／穿过时空，直达／一个遥远的世界，聆听／人类灵魂深处的／倾诉和絮语"。诗人自然不是宣传宗教信仰，而是在揭示某种神秘的精神力量对世人的影响，也给人以空灵的艺术享受。总之，李瑛在诗艺诗美方面的新探索已达到了更高的艺术境界。

2002 年 5—6 月

原载《吴开晋诗文选集》，大众文艺出版社 2008 年版

剽悍勇敢的心灵赞歌

——读李瑛近作《倾诉》

古远清

在共和国诞生前后登上文坛的诗人，到了 90 年代后不少均从诗坛消失，有的虽未消失，却改行写杂文或散文，而李瑛是个异数，他始终活跃在诗坛，成了老一辈诗人永葆创作青春的代表。

创作精力的旺盛固然和李瑛本人的勤奋有关，然而，我们还要看到李瑛在这一历史进程中与众不同的表现：他以自己独特的声音汇入了 90 年代的"合唱"，在诗坛难以寻觅到"生命的圣洁"和"灵魂的芬芳"的情况下，他扮演着填补空白的角色。李瑛诗中有数不尽的严峻、艰辛、凄苦，但绝不缺少欢乐。以他今年年初出版的新著《倾诉》（作家出版社 2001 年版）为例，他主要是写荒僻峁源、瀚海戈壁，尖利的碎石和呼啸的风雨，较少写到人，但只要涉及到人，也是——

> 昂着头站着
> 而不是跪着
> 走进历史

这启示我们考察 20 世纪末的诗歌时，除了从市场角度加以思考外，也要从人文精神角度加以审视。对中国当代诗坛而言，李瑛反复追求"一种比历史更富哲学意义、更高的东西"，也许不为某些年轻诗人所认同，但他代表了老一辈从战争年代走过来的诗人的创作倾向。李瑛没有简单地重复自己，而是用极富地方色彩的风俗画与风景画去表现历史、自然、诗、美和生命的密切关系。进入李瑛诗歌的艺术境界，我们不仅可对李瑛的近作与 20

世纪末的文化进行梳理，而且可以从这一个案入手考察新时期诗坛的另一独特风景线。

众所周知，李瑛不以叙事诗见长，他最钟情的是直接以个人心灵抒情的艺术形式的诗。在他的创作中，从不躲避崇高，作者在战争年代所形成的心理素质显然起着重要作用。《倾诉》无论是写《太阳的孩子》，还是礼赞《雅鲁藏布江的霞光》，或写《贺兰山谷的回声》，均以浓厚的高原色彩抒写"生命最高的动作和人间无畏的庄严美"。像《一朵小红花》，作者以战士的情怀写怒放在山丘上的小红花：不怕呼啸的狂风将其撕烂，更不怕惨白的冰雪将其封冻。她面对野蜂和苍鹰的恐吓，摇摇头从容地说：

> 我不怕峭厉的风和冰雪
> 也不怕恐怖和孤寂
> 在这个筑路战士的墓上
> 在这片铁青的荒原上
> 我是他永恒的碑，生命的火
>
> 我的根深扎在他心中
> 有他滚烫的血滋养我
> 我的灵魂便勇敢而坚强
> 心中充满骄傲和幸福。

这里写的小红花，是战士人格的写照，或者说就是诗中所出现的"筑路战士"的英魂再现。在不少人关进书斋一味低吟浅唱的今天，我们是多么需要这种礼赞"永恒的碑、生命的火"的阳刚诗篇。《野马群》同样有自己独特的表现方式，它充满野性，具有"强烈的生存意识"。作者用粗犷的笔触把支撑着长天和大团大团云朵的野马群生动地描绘出来：

> 刨起石砾、草根和
> 团团尘沙
> 搅动荒滩
> 染黄风和云
> 使地平线不住地颤动

这种充满着张力的诗句，就似一幅水墨画，其中有些警句更是使人过目难忘——

> 即使死去，它们
> 剽悍勇敢的灵魂
> 也在奔跑

作者充分调动自己的想象力，创构出一种烟尘蔽日、枯槁的鬃毛击打着山壁的阔大境界。它的豪放风格，潜藏着巨大的精神力量，给读者进取、奋发和超越之感。

李瑛写高山大河的诗，常用排比对偶句，以强化豪放的语言风格，如《到高原去》的末两段：

> 到高原去
> 去看眼泪和欢笑合成的生命
> 去看诞生在那里的新物种
> 丢看顽强的生命、磅礴的膂力
> 去看大自然的率真、雄奇和
> 使人惊心的赤裸之美
>
> 到高原去
> 到自洪荒以来死寂的深处去
> 到咄咄逼人的高山大河的源头去
> 今天，人类文明和闪光的钢铁
> 已闯进风和沙之间
> 去看钻塔已屹立在荒漠腹地
> 塔尖拂动的红旗
> 是一支春的颂歌。

这种内烈外刚的句式和韵脚，强化了诗作奔放酣畅的气势，和作品中写的"顽强的生命，磅礴的膂力"正相吻合。在改革开放、经济腾飞的年代里，我们固然需要情调缠绵、风姿袅娜的婉约诗，但同样需要这种抒写意气风发、劲健奔放的阳刚诗。

在 20 世纪最后 10 年里，李瑛不顾年迈，在黄河岸边、腾格里沙漠、雅鲁藏布江上"行走"，但他写的不是那种到此一游的"行走诗歌"，而是通过突起的群山、咆哮的山河，在写自己对生活的思考和感悟。在人生的秋天过去时，李瑛也难免会想到告别世界，诗中亦不时透露着"死亡意识"，但这是积极的，而不是教人消沉的。如作者所写的《一只死去的藏羚羊》，尽管呼吸脉搏都已停止，一双圆溜溜的眼睛不再转动，但四只轻捷的蹄子和一具结结实实的肌腱和骨架沉沉地压着地平线，"一如它的生命和性格/倔强地坚挺在空间"。这里写死亡，不会使人觉得心灵的战栗和毛骨之悚然，而是感到藏羚羊死得悲壮、崇高。由于字里行间贯穿着理想性，并把这点推向"成为荒原的新高度/使大地更加沉郁和冷峻"的极致，故给人强烈的冲击感，这说明作者即使写死亡也具有一种宏大的气势。只有经过大爱、大恨和大痛锤炼过的人，才能抵达这种质朴而又崇高的境界，这正是李瑛诗作的魅力所在。

李瑛近作还有不少咏物诗，这种咏物诗大都含有象征意味。像《一只小牦牛》，写小牦牛的憨厚和淳朴，其象征意是"一如它的父兄"。作者咏物时抓住小牦牛的特征，没离得过远，便避免了"晦而不明"的毛病。作者也同时没就事论事，为物所拘，故此事的象征意蕴十分畅达。《根》写草根、树根，深扎进大地的泥土里，它们像无数倔强的手指，用闪光的信念无畏的钻进，"为使世界有歌声和色彩/比春天的早晨更动人"。这种象征的手法也用得不黏不脱、不即不离，这说明李瑛的咏物诗与现实主义相沟通，与民族传统相融和，但同时又具有现代意识、技巧和风格。

李瑛从 40 年代初期登上诗坛，已有近 60 年的诗龄。半个多世纪来，李瑛一直不故步自封，在进行各种艺术形式的探索，《倾听》正是他新的探索产物。但无论如何探索，他的诗总是那样富有时代气息、生活实感和真情韵味。多读这类诗，无疑有助于扩展人们对生活真理的认识，促进对社会和人生的了解，增强对时代理想的热爱。

原载《银河系》2002 年 38—39 期

倾听一种美的、真实的声音

——读李瑛诗集《倾诉》

胡世宗

李瑛是我敬慕的诗人之一，他在诗的田野里执着地、不懈地耕耘，取得了耀眼的成就。新近出版的《倾诉》是他的第 48 本书，是他的第 47 本诗集，也是他诗歌生涯中较为厚重的一本。

近 10 年来，李瑛较为专注地访问了新疆、云南、甘肃、陕西、西藏等我国西部的广大地区，先后写出了《戈壁海》、《黄土地情思》、《红土地之恋》、《漓江的微笑》、《祁连山寻梦》等一些较大的组诗，分别收入《多梦的西高原》、《睡着的山和醒着的河》、《生命是一片叶子》等诗集中；这部《倾诉》主要收入了诗人访问陕西和西藏时所写的《黄土地上的蒲公英》、《青海的地平线》、《雅鲁藏布江上的霞光》、《贺兰山谷的回声》等几个组诗。《倾诉》，让我们倾听到一种美的、真实的声音。

李瑛真是位矢志于诗、终生不悔的诗人，他在近 10 年的时间里，那么专注地访问我国西部，执着地讴歌我国西部，成为我国诗坛鲜见的风景，而且在他访问和歌唱中间，我国西部开发才真正轰轰烈烈地叫响起来。李瑛说过："一个诗人不仅是美的代表，同时还应是而且首先还应是真实的代表。一个诗人应该成为一个种族的触角，任何时候都不应淡化自己作为社会良知的声音。"他希望写出"有时代气息、有生活实感、有真情韵味和有新鲜艺术追求的诗"，"使自己笔下恢复最初的朴素，不断达到一种新的深度：思想道德上的深度、语言的深度、意象的深度和感情的深度"。

只有三户人家的残壁旁那几棵苦命的葵花，映入了诗人的视线，成为了诗人借以抒情的物件。诗人把葵花称作"太阳的孩子"，在以这个称谓命题的诗中，诗人从日落写到日出，写葵花从垂下头颅到更高的扬头。风的撕扯、沙的击打、云的狂卷，都不能阻止它们坚强的挺立，都无法掩饰对生的执着和信念。在日落的时候，它们成为孤儿，但它们并不消极，它们深知自己的使命：给人家以温暖，给孩子们以安慰。它们本身就是"孩子"，它们是"太阳的孩子"。在日出的时候，它们受到太阳的抚慰，它们向太阳扬着头颅，它们的根却深扎在大地上。这就是诗人给我们描画的西部荒原上的一种形象，这是充满生气的形象，这是充满寓意的形象。

在月夜里，诗人走进了西部的也是中国的历史。这首《走进半坡村》从诗人与月光一起走进了村庄，写到他与月光一起走出村庄，所有的感慨都从这"走进"、"走出"之间诞生。诗人以娴熟的笔调，为我们描画了这个村庄的昔时画图："最初一尾鱼游进了陶罐/最后一只鸟飞进土壤/蹲着的磨盘、石斧在想些什么/木桩结实地夯进历史的脊梁。"诗人展开想象的翅膀，歌唱艰辛的劳动和圣洁的爱情，歌唱在爱和痛苦中倔强成长的生命。寻找到了自己根的诗人，不再有任何的矜持和犹豫，他这样忘情地抒怀："挥去漠漠云烟喊一声娘/我们的根原就扎在这黝暗的土房！"我特欣赏这样美的句子："野花静静地开放又枯萎/正像人不息地诞生和死亡。"

诗人年轻的时候曾访问过海南，年逾古稀又一次来到鹿回头这个写满爱情神话的地方，他写出了重访海南鹿回头的《甜甜的爱情》：

......

我年轻时留在这里的脚印

已经死去

在野花背后

故事却活着

......

如今，我已变老

故事却没变老

那青年，那少女，那金鹿

仍像我年轻时听到的

那么年轻，年轻得能渗出水来。

诗人无限感叹，生活在这个世界上的人们都可能变老，而爱情的传说和爱情
这个美丽的字眼是不会老的。这既是一种向往，也是一种现实。

在《最亮的风景》里，诗人把一个 7 岁的小女孩背着书包上学的情景写
得那么美！小女孩身后的荒山和历史她并不懂，她太小，但她上学这一天却
是她生命中开的第一枝花朵。诗人从这个小女孩上学看到了令人喜悦的希望
之光，他写道："对于她/坚硬的世界裂开一道口子/她就将看见明亮的生
活……"也许，这只是诗人美好的设想和期冀吧！诗人把这个小女孩上学的
情景写得有声有色，阿妈和阿妈摇动的转经筒，翻飞的欢乐的小雀子，身后
还有一只狗，那是她的小伙伴，我们从这首诗看到西部深刻的变化和希望。

诗集中有两首诗不大像诗人以往的作品，这就是《一次筵席》和《晚宴
之后》，这两首诗让人读了心上都能流血。一只牦牛被屠杀了，它被摆上了
盛筵，从那"细瓷盘"、油煎的"铁板"、"拉上窗帘举起酒杯"，读者能猜得
到参加筵宴的是些什么人，特别是主人抹一把滴油的嘴说："这肉很粗，还
有点土腥！"我们可以断定这不是一般饲养牦牛的劳动者。而可以作为它的
续篇的《晚宴之后》，进一步确认了这是些有着酡红的脸的"打着饱嗝散去
了"的男人和女人。诗人感叹这只有太阳和闪光的雪线的地方，"少了一只
牦牛/多了一堆白骨"，诗人怀着愤怒的心情，写牦牛的叫声：

> 那野性的哞哞的叫声
>
> 如大提琴的低音
>
> 不断地撞击耳鼓
>
> 最初充满柔情，像抚摸
>
> 接着是令人心碎的哀告，像哭泣
>
> 最后成了愤怒地咆哮，像爆炸。

可以想象诗人写这两首诗时的心情是怎样充满了苦味，诗人把这种感觉通过
诗传达给了读者，留给读者巨大的思考空间。

李瑛是善于写树的诗人，他用不同的方式在他的诗里写了各种各样的
树。在这本诗集里，我喜欢他写的《腾格里沙漠边的一棵小树》和《银杏
树》。腾格里沙漠边的那棵小树，周身伤痕累累却仍尊严地站着，这棵小树
有着雄伟的抱负，"它矢志要找一条绳子/把腾格里捆起来/悬挂在枝丫上/拍
打和刷洗"，诗人说这是他到这里来遇到的第一位真正的英雄，当然这是诗

人渴望的英雄，是诗人塑造的英雄。诗人所写银杏树，是雌雄异株、生长极慢的一种树，诗人赋予了它爱情的内涵，歌唱"所幸有真情相互抚慰/千万年的爱矢志不渝"，提炼出"爱的忠贞使生命延续/忠贞的爱能创造奇迹"的哲理。即使这样，诗人仍觉得无法深入写出银杏树给人的启示，他在结尾时写道："我想为你们写一首诗/纸太单薄，笔又无力！"

远离城市，远离喧嚣，远离华艳。诗人在《芦花》一诗中，深切地表达了自己的这样一种选择、一种倾向、一种执着。他这样称颂芦花："一穗穗野芦花/是人们心头一片遥远的云/是一片朦胧的梦幻和柔情/是一株黄色大地上摇曳的波光/一个美的生命、符号、形体和意义/比起大城里/浓妆艳抹的/争奇斗艳的花/都更质朴和率真，且/长年不谢。"诗人觉得带走一束黄河滩头的野芦花，就是带走了粗犷的大西北！

诗集中有一首最短的诗《黄河》和一首最长的诗《倾诉》。无论长歌短章，都是放声歌唱我们的祖国、我们的民族。在《黄河》里，诗人写黄河无论惊涛裂岸还是沉波隐隐，都是我们民族的根，是我们的母亲。岁月悠悠，"浩瀚时空已化成远去的白云"，我们中华民族已"从褴褛长成了巨人"！在《倾诉》里，诗人把自己挚爱的情感敬献给共和国的50年华诞。诗人把自己定位为一片叶子，这片叶子是长在祖国这棵大树上的。我们的祖国，"用几百年，讲了一个/被欺凌屈辱的民族/死而复生的传说/又用五十年，讲了你的人民/历尽坎坷终于腾飞的故事"。诗人用雪莲、礁石、甲骨、山鹰，写出祖国的美丽、坚强、历史和未来。诗人写自己远游时对祖国无比的思恋，他用一个人们非常熟悉的比喻：小时候在外面玩，天要下雨了，该吃饭了，母亲呼他的乳名，唤他回家……他写道："远方，也有和我的祖国相同的/闪烁的灯光/摇曳的大树/识路的鸽子/却没有东方黄土的气息和/黄河的精魂/没有民族心灵的亲情和/我们生活的韵致的美/只能在夜半梦醒，计算归期。"读着这样的诗句，我想到了诗人在著名长诗《我的中国》中歌唱祖国的情景：

太阳
当你走过北京
是否看见一个老人
含着激动的泪光

> 歌唱
> 像天真的波浪一样
> 欢乐地歌唱
> 像大树的叶子一样
> 质朴的歌唱
> 生我养我的祖国……

我们可以把诗人全部的作品都看成是一种倾诉，这是真情的倾诉，这是美的倾诉，这是充满着时代气息的倾诉，这是令人动容的倾诉。我们从这倾诉中听到了诗人内心最动人的声音，听到了一位诗人与时代与祖国与人民同步前进的声音。

2002 年 1 月 11 日于沈阳

原载《中国诗人》2002 年第 2 期

李瑛诗歌意象的创新营构

——兼谈李瑛诗集《出发》

杨四平

即使是在文革样板诗歌一统天下的年代，李瑛的《红花满山》、《枣林村集》、《北疆红似火》等诗集，也以反拨当时引以为诗歌时尚的"政治的直接美学化"而为读者所喜爱和被当代文学史家所称道。达成共识的论点是："北方乡村和驻守在北疆深山、林区的士兵的日常生活，在李瑛的诗中，自然也是提升为对'路线斗争'和'世界革命'的表达的出发点，但作者惯有的对景物、色彩的敏感，语言、叙述方式的某些清新柔和的因素，是对普遍性语言和情感粗糙、僵硬的有限的偏移，因而获得许多读者的喜爱。"①

尽管它指称的是李瑛在新时期到来以前的诗，不能代表对李瑛一生诗歌的艺术概括，但是，这里吐露了李瑛诗歌成功的一个非常重要的秘密，那就是他始终重视对诗歌意象的营构。李瑛很早就说过："诗人是通过形象创造世界的。"② 最近，李瑛仍在强调说："我不太喜欢某些过于苛刻的理性色彩和惯于分析思维的诗歌……我更喜欢充满东方文化意韵的抒情味浓、联想丰富、结构精湛、语言典雅的诗。"③

李瑛不但重视诗歌意象的使用，而且更重视诗歌意象的创新，他曾鲜明地表示要"不倦地寻找新的表现手段和新的表现手法"④。具言之，如果说，新时期以前的李瑛诗歌意象系统的母系统是边防、海防和农村，那

---

① 洪子诚：《中国当代文学史》，北京大学出版社 1999 年版，第 208 页。
② 李瑛：《李瑛抒情诗选》，人民文学出版社 1983 年版，第 704 页。
③ 张大为：《李瑛访谈录》，《诗刊》2003 年 7 月号（上半月刊）。
④ 李瑛：《李瑛抒情诗选》，人民文学出版社 1983 年版，第 704 页。

么，新时期以来，李瑛诗歌的意象系统的母系统就是视境更为开阔的对生活的认识和对历史的反思以及对终极的追问。他说："特别是从 1988 年离职至今，十五年间，我出版的 16 本书中，由于再未接触部队，就再没有写一首军旅诗了。"① 新时期以来，李瑛诗歌始终把创新当作诗人可贵的思想品质，而且把沉思作为真正现代化的健康的诗歌精神不懈地追求着。

在本文，我将以具有这种代表性意义的李瑛新近出版的诗集《出发》为观察点，来管窥新世纪李瑛诗歌意象的创新性营构。在"后记"里，他自己说："这里的绝大部分都是我进入新世纪后两三年内所写的短诗新作，是我创作征程上的新的出发和开始。"显然，这种新的出发和开始，既丰富又痛苦又兴奋。这让我想起了穆旦在《出发》里的那句诗："你给我们丰富，和丰富的痛苦。"

有人说，李瑛是位游吟诗人，我同意此说。李瑛的足迹几乎遍及祖国的大江南北，乃至世界各地。在中国诗人中，几乎没有其他诗人能像他那样在大地上到处奔走。他走一路，写一路，就这样，他的一本本诗集就接二连三地问世了。当然，李瑛的这些诗已经远远超出了一般意义上的山水诗的性征，而拥有了更普遍的意义。李瑛说："我不会闭门造车、无病呻吟，我的诗都是根据生活中原生的事实受到的激发，心有所感、情有所动写出来的。"② 在《一尾东海鱼》里，他也写到："我的感情是真实的／真实得如一粒盐／真实得可以滴血。"

李瑛的诗，既是他行游各地的记录，又是他叩问、探索、反思、总结历史之旅与人生心路的实录，更是他以个体生命体验，以发现、重温历史和现实的方式，走上文化苦旅之途，拾掇、整合文明的碎片，并由此重构中国当代知识分子的文化人格。李瑛诗歌的意象系统，呈现给我们的是思想的力量、理想的情怀和悲剧的体验，创造的是一种悲壮、辉煌、清雄、婉丽的诗歌境界。下面，我就分五个方面具体来分析李瑛诗歌意象在营构方面的创新表现。

一、祖国的辽阔苍凉。在《李瑛抒情诗选》里，对自己以前写的诗，李瑛说过："这些书，记录了我的成长，记录了我的苦难祖国的成长，以及我

① 张大为《李瑛访谈录》，《诗刊》2003 年 7 月号（上半月刊）。
② 张大为：《李瑛访谈录》，《诗刊》2003 年 7 月号（上半月刊）。

们人民的斗争和我所看到的新世界。"不同于以前对于"新世界"的感奋与遐想，以长诗《我的中国》为代表的李瑛新时期以来的诗歌，更多的是表现出对苦难现实的比较清醒比较深入的关切。李瑛说："我有幸走过许多地方，从国内到国外，亲临了许多终生难以忘怀的场景：看到一个饱经磨难的古老民族奋起推翻旧世界的悲壮场面……看到深山腹地解放已五十年却依然衣衫褴褛、不得温饱的孩子们的眼睛……怎能不使我浮想联翩、百感交集。"① 所以，当他看到北方农村玉米秆倔强而强悍的根，联想到的是"这些有深刻理想的根/是我们生命的起点/没有谁比它们更热爱土地"，联想到的是"一个种族的/强烈情欲和渴望"（《北方的根》）；当他看到自己小孙子从半坡带回来的一只埙，联想到的是我们中华"民族古老的灵魂"（《小孙子和埙》）。而《童年时的小村》则是对辽阔苍凉的祖国的概写：

> 土路扬着黄尘、秸秆和草叶
> 穿过村庄
> 是风的道路
> 是无数只脚离家的道路
> 生活像已熄灭又像在燃烧

尤其是李瑛写大西北的那些诗，写辽远偏僻的老根据地的那些诗，更显现出祖国的辽阔苍凉。李瑛的这类诗使用了诗歌的反义要素，鲜明准确地表达出了生活在中国偏远贫瘠地区人们的全部身世和生存景况，务求把这种真实困苦的生活说透。诗人是通过痛苦之极的带血带泪的爱，照亮了这些不幸与苦难。它们沉思的现代性品格让我想起了美国黑人诗人郎士顿·休士类似的诗句："让美国重新成为美国/让它成为人们的梦想/像已往那样/让它成为荒原的开拓者/寻找着自由的家乡/但美国从来不是我的美国。"不同于休斯让绝望说话，让绝望照亮自己，李瑛仍然是用希望照亮那些常常被现代化遗忘的贫困，希望它们会被现代化照亮。新时期的李瑛，总是把诗歌看成自己的"第二个祖国"，这不但是李瑛对自己曾经写祖国诗歌的超越，而且也是对同时期其他诗人写祖国诗歌的超越。

二、人民生活的艰辛。在《李瑛抒情诗选·序》里，李瑛曾说："多年

---

① 张大为：《李瑛访谈录》，《诗刊》2003 年 7 月号（上半月刊）。

以来，我就是这样，蘸着阳光、大海、风霜、雨雪来写诗，蘸着人民的汗水和血泪来写诗。"如果说李瑛早年写诗还具有较浓的知识分子气息的话，那么新世纪李瑛写诗就常常将心灵探索和生活探索结合起来。

李瑛诗歌的人民性与现实性就联系得更紧密了，对此，李瑛的理想是："诗要更多地关注国家民族的命运和时代生活的回响，要讲思想的内蕴深度、心灵的真情和对诗美的要求。"① 在《出发》这本诗集里，李瑛主要是通过一组回忆自己童年生活的诗，来反思历史，触摸中国人民苦难生活的根部，同时，也让苦难历史找到了可以系舟的地方。

历史和现实本身是苦涩的，而寻访它们的过程却是甜蜜的。如在《井的怀念》里，诗人写道："只有它永远记得我/井水是苦涩的/却始终珍藏着/我污脏的小脸和/母亲年轻的容颜/……/井水是苦涩的/我却总觉得它是甜的/沉积井底的我童年的岁月/已无法打捞。"又如《苍苍芦苇》末节："今天，在这个/充满欲望和激情的世界/想起我被一次次狂风/刮远的童年/想起贫穷悲切的芦苇/眼前便有一盏跳荡的火苗/而后面是母亲和/一个苦难时代的身影。"而《她》则是"不幸的一群"的精神面影，请读其中两节："她走了半夜山路/淋了半夜山雨/油纸伞遮着背篓/背篓里是草药和她的孩子"；"我不敢看她的眼睛/一双瞳仁转动在/大山缝隙、生活缝隙/我的诗却执拗地凝望着/这泥泞的现实，战栗"。

李瑛诗歌的人民性又是与时代性紧密相连的，所以，当政府提出开发西部，当他走上那片曾经战斗过、采访过的热土时，感受到的是时代脉搏的剧烈跳动，比如在《醒来的塔里木》里，就有许多闪光的诗句："如今，这个/被苦难啃剩终于崛起的/民族/从海滨转过身来/像奔驰的群山阔水，向西/回望自己古老的源头/当报纸的第一版上/套红的新闻，号召——/集合时代的/钢铁、电子、光缆、水泥和/闪光的文明，一齐/向西部进军/声音，直震颤/中国大地上的/每一粒石子，相信/在坚挺的思想、信念和坚挺的货币后面/是汗的闪光和/幸福。"

总之，李瑛诗歌的人民情结是很强烈的。早在那首获奖诗歌《我骄傲，我是一棵树》里，他就曾这样深情地表白过："人民啊/如果我刹那间忘却了你/我的心将枯萎/像飘零的叶子/在风中旋转着/沉落……"

---

① 张大为：《李瑛访谈录》，《诗刊》2003 年 7 月号（上半月刊）。

不难看出，李瑛是一个新浪漫主义者。他一方面看到了现实的苦难，另一方面也听到了它的轰然而去和新曙光的破晓而鸣。所以，李瑛是"在艰苦中抒情，在爱情中长大"（《黄菜花》）。在《海西北印象》的最后，他写道："如今，沉默已到尽头／一个蛮荒的沙碛的帝国／就将陷落。"而《雷声滚过》的末节也是如此。乃至，当他听到从驻扎在昆仑山口钻探队帐篷里飞出的琴声时，会做这样的畅想："无论燃烧或流淌／都会使这个／拥挤着冰雪和巉岩的坚硬的世界，这个／寂寥、忧郁、痛苦的世界，这个／严峻得发苦的凝固的世界／消融。"记得当年王佐良曾经说过，在中国，浪漫主义的路还远未走完。无论李瑛诗歌融入了多少域外艺术营养，究其实质，它们依然是浪漫主义性质的。

三、大自然的雄奇、神秘、壮美。李瑛似乎对江南、内地的青山秀水兴趣不大，而对西部、边地的自然风物、人文景观情有独钟。究其原因，首先就是那里的一切对诗人来说都是陌生而新鲜的，朔风、沙碛、大野、雪线、黄沙、白草、青稞、牛粪、烈马、羚羊、牦牛、雄鹰、皮革、古谣等，它们就像诗人在《新千年，我所写的第一首诗》里所说的："我身边又有那么多／有强大力量的／庄严的名词／精力充沛的动词／五彩缤纷而又不安分的形容词／总不断撞击我的胸膛。"它们总在激荡着诗人，召唤着诗人，也在鼓舞着诗人。细心的读者可能会发现，李瑛的这类诗，有一个关键词，那就是"我的心在西部、在边疆"；有一种共通的召唤式的价值取向，那就是"到西部去，到边疆去"。请读《高原：我们血肉的故乡》里的一节：

> 到高原去
> 看大陆漂移，地壳升降
> 看群山苍莽，江河浩荡
> 去倾听青铜里的钟声
> 思考佛祖的奥秘
> 听讲蘸了胆汁磨剑的历史
> 看千里大漠、千里白杨
> 以及悠悠白云下
> 生生不息的我们匍匐着
> 前进的村庄

诗人对高原进行了自然、科学、历史、文化等多维度的百科全书式的观照，突显出高原的富饶、神奇、美丽、率真、崇高、圣洁、质朴、悲壮，"金子的品质、岩石的硬度/自然的纯净和沉默的力量"，表明高原对于诗人生命和诗歌的源头性意义，就像彭斯当年所说的"我的心呀在高原"，而李瑛则说"那里有我/半个生命和半个心脏"。在《土林》一诗中，诗人号召人们"到土林去"，在那里，诗人诧异于大自然的造化，还深切地体会到："大自然的创造远比人的创造/更壮美和神奇百倍。"

这里有死因不明的恐龙化石，有旷野里一株"小得像一滴惹人怜爱的泪"的小草，有像一支无声的歌的从崖壁石缝里长出的一串鲜红的浆果，有像一个幸福的鸟巢，有用它们的站立支撑着我们的站立的啄木鸟，有声音纯净质朴的琴蛙，有死守着荒原高度的藏羚羊，等等，这一切都体现出西部、边地大自然悲壮的原生的美和文化的深奥神秘。

然而，就在这原本是生长牧歌和情歌的地方，却出现了人对大自然和谐秩序的破坏，出现了生态失衡的征兆，比如《问题》。人扮演了悲剧制造者即把美好的东西毁灭掉的角色，成为大自然的不肖之子。请读《关于一只雪豹》的首节："是陷阱或铁夹欺骗了它/如今，它被关在笼子里/西藏高原便再不完美"；而被关在笼子里的这个高原雪域的主人、这个冰国的大地之子，对于人类，"它眼里有仇恨但更多是轻蔑"。不同于里尔克笔下的《豹》，李瑛笔下的雪豹"周身是一团火"，"紧紧攥住尊严和自由"。

总之，大自然本身是雄奇神秘美丽的，而大自然与人类的斗争却是悲壮惨烈的。李瑛号召人们到大自然去，是要人们在善待自然、保持生态平衡的前提下，开发自然，造福人类。因而，这里既没有工业革命初期人们对于现代机械文明的盲目兴奋，也不像邵燕祥当年提出的"到远方去"那样空茫，更没有现代派诗人对现代工业文明的一味的诅咒。

四、对历史的理性思辨。有位论者在他的《诗人思维结构的新组合》里写道："应当指出，在新时期，在自己的诗中注入历史元素的，并不仅是邵燕祥。作为我们今日诗坛中坚力量一翼的中年一代诗人，邵燕祥的同辈，如公刘、李瑛、流沙河、白桦等等，在近几年中，都写出了令人瞩目的优秀诗篇，而且，在抒情诗中，都融汇了历史的元素与力量。这些诗篇，或者是反思民族的历史道路，或者表明诗人摧不垮的追求光明的信念，或者是对我们国家指导力量的深情信赖。内容的重心虽各有差别，但都在自己的诗中注入了历史元素。"① 而在诗歌中注入历史元素，是诗人思维结构发生变化的表征，李瑛的独特就在于他是用理性思辨来组合这些历史元素的。

历史和历史的替代物，总是教会那些懂得历史重量的人用历史充饥，乃至可以咀嚼到一言不发的历史的骨头，同时，引发自己的或我们这个民族的历史隐痛，比如《一个陈旧的故事》由卢沟桥事变想到的是"一些语言之外的深刻的东西"。

李瑛在处理这类题材时，总是喜欢运用"微言大义法"、"见微知著法"：事先，以日常生活的一些普通事物入题，以此为中心，向历史时空发散，然后，寓诗意于哲理中，融放纵于控制中。比如，一面镜子、一只沙滩上的锚、灯、椅子、笔、盆花、书等都成了历史的替代物，都成了触发诗人灵感的兴奋点，也是诗人对历史元素进行理性思辨的逻辑起点。请读《古巴》首节：

> 最绚烂的花朵
> 是历史的血
> 最真实的历史
> 是老人的伤疤
> 一个时代死去了，只留下
> 监狱、城堡，一言不发
> 石砌的西班牙式古建筑群，一言不发
> 风灯和石板铺就的小巷，一言不发
> 一张渔网晾在海滩上
> 哦，早晨和古巴。

在这里，一切历史的遗留物，都在散发着历史的气息，并由此唤起人们对它们的记忆。这是象征主义诗人常常使用"化腐朽为神奇"的手法，就是戴望舒的《我底记忆》也莫不如此。

李瑛使历史复活，并非是把它们当作证明今天来之不易的工具，相反，李瑛思考的是历史本身，思考的是让自己活下去的历史依据。正如他在《风雪山海关》里讲到的"看不见长城就像丢失了自己"，又如《马埃斯特腊

---

① 刘再复：《诗人思维结构的新组台》，《读书》1983 年第 6 期。

山之鹰——不落的星：切·格瓦拉》

> 啊，一朵花
>
> 在世界的最高处怒放
>
> 又在最高处凋谢了
>
> 历史的隐痛
>
> 使我的诗句燃烧
>
> 没有了鹰
>
> 谁来告诉我们
>
> 天空的高度和暴风雨的强度
>
> 以及夜的深度。

诗人自己的历史隐痛与人类的历史隐痛交相辉映。真乃"历史不幸诗歌幸"。诗人抚古思今，最终还是迫切地要确立自己主体价值认同。

五、对终极价值的追问。李瑛不是一个实用主义者，在很大程度上，他是一个感伤的浪漫主义者、一个充满忧患意识的现代主义者。因此，对人类终极价值的追问，也是李瑛诗歌的一类核心意象。他把许多物象作为生命的符号，把人类与物象置于同等地位来进行思考，因而，一只沙滩的锚也能进行生命的追求，天空里的星星就可以是我们的故乡，世界也就可以冷眼地看着我们。

李瑛这类诗歌表现得最突出的，是对生和死的追问。比如《一颗新星》："当美睁开眼睛/当爱展开翅膀/谁说，它因一个人的诞生而诞生/或许，也会因一个人的死亡而死亡。"又如《落叶》："树叶落下来了/但并不是死亡。"显然，李瑛对于生的思考要比对于死的思考多些。他不但写到了生的平凡卑微，而且写到了生的表演性和负重感，还写了生里面的暖色亮色，那就是爱与美。对此，李瑛也是运用辩证法来考察的，他认为尽管美有它的规定性和自足性，但是，美与爱一样既强大又脆弱，爱与痛苦相伴相生，爱与美都是无言的。人只有在爱中燃烧，才能使自己的人生美丽，因为"高昂和燃烧/原本是我们生命真正的形式"（《这里将建起一座火车站》）。请读《鲁迅——纪念鲁迅诞辰 120 周年·他的存在是无限的》之末节：

> 离我们越久

> 越显出他的意义
> 他的存在是无限的
> 他是美和真理

在这里，通过鲁迅的生命形式，形象地告诉人们时间给我们留下的东西。实质上，李瑛对终极价值的追问是通过心灵的探索来实现的。李瑛没有去以玄说玄，也没有使心理粗俗化，他在有所反思、有所批判的同时，给人们以岛屿般坚实的东西——坚持的位置、足下的土地。

在《山草青青·自序》里，李瑛总结了自己创作的审美表达机制，他说："我的感情便找到思想，思想找到形象，形象找到语言"。质言之，李瑛对以上各种意象营构是与他的情感、思想、语言是血肉不分的。最后，我将援引李瑛《听一位诗人谈诗》的片段，并以此来结束全文：

> 我的诗是一种生命形式
> 一种力量和精神
> 它的第一个字就是种族的触须
> 而最后一个字是开始
> 我选择的词语都是站立的
> 它们的密度、厚度和深度
> 会把生命、爱，甚至死亡打开

原载《诗歌月刊》2004 年 12 期

鲁迅精神的再现与呼唤

——读李瑛近作《鲁迅七首》①

丁　芒

　　正当人们热情如火，前呼后拥地在"走近鲁迅"，或者以各种不同的方式在释放"鲁迅情结"，让鲁迅与当代对话的时候，著名诗人李瑛在 2001 年《诗刊》十月号发表了《鲁迅七首》，引起了广大读者的共鸣，认为它产生的异乎寻常的震撼力，是这组诗强烈地再现了鲁迅精神，而且通过动人深刻的鲁迅形象，在呼唤人们拥抱现实，拥抱时代、民族和人民！

　　鲁迅精神，也就是诗人所揭示的"美和真理"是爱和恨的组合，是以自己的生命背负一个民族、肩负时代重任的圣哲和士兵。

　　不错，鲁迅的生命价值、鲁迅精神的精髓，人们经过大半世纪的研究、论证，都已洞若观火。它是超越不同的时代、超越文学遍及各个领域的一种根本性的普遍性的，因而也是相对永恒的共识。鲁迅绝不是天上突然来的神仙，他是中华民族几千年来正直正义、忧国忧民知识分子精神传统的传承者、凝铸者；鲁迅更不是一方天然水晶，他是一个在那个时代、那个社会的时空坐标上生活着的人，他决然不是超乎物外的偶像，人们是从这两个方面来考察他、辨识他、肯定他、尊崇他的，越是唯物主义地看待他，才越能认识他的生命价值所在和这种价值的永恒。诗人李瑛的七首短诗，正是用诗的表现来概括、来透视了鲁迅的伟大的精神境界、生命价值，其独到却也是"蹈险犯难"之举，唯其如此，我们才越发现其思想的深刻与诗艺表现的不

---

　　① 《鲁迅七首》，2001 年为纪念鲁迅诞辰 120 周年而作，作者并在北京纪念大会上朗诵，后在当年《诗刊》第 10 期发表。

凡。不妨请先细读这七首诗的精彩之处：

第一首《他的存在是无限的》是全组诗的缘起，叙其逝世迄今总体地评价了他的生命价值，结论是："他的存在是无限的/他是美和真理。"

第二首《那个时代和他》：前两段写他那个时代，后两段写他的两种态度："一只眼含满柔情/一只眼在瞄准"，也即鲁迅自述的"横眉冷对千夫指，俯首甘为孺子牛"，是爱和恨组合而成的生命。

第三首《他的生命如此强大》：只两段，先写其生命的脆弱——重病，以衬其强大：背负着疼痛，却"要扶一个民族站起来"。

第四首《打开他沉重的书》：写自己读鲁迅著作的感受：看到一个时代的伤痛和鲁迅的牙眼，看到他的彷徨与呐喊。

第五首《伟人或士兵》：写人们读鲁迅著作所能得到的知识、理念和感动。最后，人们对他的共同结论："是一个赋予时代历史重量的伟人/是一个圣哲/或一个士兵。"

第六首《对他的认识》：写诗人第一次读他的书，知道他是个作家；第二次，知道他是个战斗者；第三次，知道他是个"医生"，"解剖着我们民族的灵魂"，最后表示自己怎样接受鲁迅精神去写作。

第七首《必须仰望的雕像》：是这组诗的结论，也是对鲁迅精神、生命价值的最后"定格"形象——只有在"珠穆朗玛峰巅"才能雕出他的形象。雕像是他清醒灵魂与瘦削脸庞的结合体，是俯首耕耘的牛与激怒咆哮的狮子的结合体，雕像岩石里的"每一粒火种"都是他生命的精神和思想，宣告着："恨比爱更古老/尊严和自由比太阳还亮。"

细读这七首诗，如浴烈火，灵爽叩心。也许只有喜爱诗的人读到这诗，才能体悟到喜悦、兴奋的激动。深思之，这种激动来源于这组诗对我们理性认识上的种种启导。

一、这组诗之所以获得成功，是在于作者对所抒写的对象（人事、物事）的理解深刻、到位。纵飞的诗情、精到的抒描，恍如放飞的风筝，莫不通过一条线，根系于作者的心扉。鲁迅是一个客观存在，鲁迅的生命价值在于人们对他的精神价值深刻而普遍的共识。这种共识，在他逝世六十五年之间已达"定位"的高度。任何具有正确的唯物史观和人生观的诗人以及一切正直的忧国忧民的诗人作家，莫不首肯。这种定位，和某些人指责的所谓"公共话语"内涵上完全是两码事。诗人如果自己的胸怀抱负和思维认识够不上，对鲁迅价值的认识就不可能到达这一"定位"的高度。李瑛诗之所以成功和获得好评，最根本的原因正在于此，他把鲁迅精神放在历史和时代的坐标上归纳为两条：一条是爱，爱民族，爱大众，为之肝脑涂地，甘为其牛；一条是恨，恨那些蠹国病民的蟊贼，因而为祖国浴血战斗，至死不渝。作者表现了鲁迅的这种为"扶一个民族站起来"的使命感，这种"赋予时代历史重量"的伟大人格，便使这组诗穿越了历史，发出了振聋发聩的呼唤。认识达不到这个高度，语言就无法到位，这是颠扑不破的真理。

二、作者面对鲁迅，能写出如此深刻而又到位的诗，我认为，主要是诗人的"立身之本"和敏锐的思想洞察力，与对抒写对象的共振共鸣，这是"认识"根株所植的土壤。诗主情，情出于"心"。每日每时只为自己沉浮着想，每步每趋只为一己名利所动，等等，这样的心灵，面对鲁迅那怀抱巨大的爱与恨，自觉地为大众而呼号、为邪恶而喋血的心灵，根本就无法理解，也无法引起共鸣。卑劣与伟大是背道而驰的人格的两极，两种人生境界结果必然生出两种作为。诗人李瑛早在建国前就参加革命，一直在革命队伍里从事文学创作，也曾经历过漫长坎坷、苦难的岁月，在他生命底层，曾被"民族、社会、阶级和革命/这些凝重的庄严的词"所浸透，因此他才能洞见鲁迅的肺腑，在诗中直接地深刻地表现鲁迅心中的这种"凝重与庄严"。

有人会说："这还不就是那种'公共话语'吗？我们要的是'个人化写作'！"说句彻底的话，你心中没有"公共"，你才厌弃"公共"；你心中只有极端的"个人"，你才把个人的无病呻吟也当作《圣经》。不错，一首好诗，也的确是激荡着诗人自己的心灵和生命体验，诗应是个人感情的抒发。我也厌弃那种只知掇拾政治口号、翻译革命概念的"诗"，因为这些诗中往往没有诗人自己的真实感情和社会良知的抒发。但又不能因为有这一类诗而否定了真正抒发了自己宏伟的、庄严的革命感情的政治诗，甚至更绝对化地认为：凡写"公共"的就反对，就鄙弃，就一脚踢；凡写"个人"的，哪怕是极端的"个人化写作"、"下半身写作"，哪怕是谁也看不懂的晦涩离奇的"绝作"，就一概捧上天，甚至认定这是唯一的一条通向"世界"之路。

三、从诗歌艺术创造角度，我认为李瑛这组诗也有许多经验值得探究。李瑛在40年代上大学时就开始写诗。建国后，他的诗名与共和国龄同步增长，成为驰名中外的军旅诗人，直到高龄不但始终未放下诗笔，而且诗艺也与日俱进、愈趋成熟。他诗龄长、产量丰，直至晚年，还不断推陈出新，写出不少名篇。他一贯的现实主义诗风，对我国诗坛曾产生深远影响，同代诗人恐怕没有不熟悉他的。我和他作为战友、诗友，一直敬佩他、关注他的诗作。我的印象：他过去的诗，才华横溢，诗味浓郁丰沛，惯以一泻千里的气势，倾泻其澎湃沸腾的感情，读去如沐瀑布，如冲激浪，心灵也被他震撼。这次细读其《鲁讯》七首，发现它已大不相同，似乎触摸到他发展的新的轨迹、成熟的晶体。

1. 最令我倾倒的是这组诗高度的凝练：作为他抒写对象的鲁迅，他的伟大内涵，该用多少语言才能概括得完备？何况有关鲁迅的专著、评传、诗传等等，无法计数。他必须探究鲁迅精神的内核，必须从哲理高度进行概括，必须以精到的语言加以形象化表现。没有深度的思维、高度的概括力、纯熟的形象联想能力、沙里淘金般的炼字和诗化语言能力，就完成不了这高度的凝炼。从诗里可以体现其凝练，具体表现在：

（1）形象表现得准确、到位，这毋须一一指出，读者一看便知；

（2）把甚至是极大的概念，凝缩在极小的可观可触的具象里。如"把半个中国藏在胡子里"，"历史打一个寒噤，睡去了"，"永远不肯休息的笔是他的一根肋骨"，"即使敌人，也必须仰望"，等等。

（3）锻造成内涵更为深广、意义却要永恒的警句，"恨比爱更古老，庄严和自由比太阳更亮"，等等。

由于这许多准确到位的喻象、抒叙紧密的抒发和精辟的警策，使这组诗的凝练感，到达厚重、沉实的地步，获得耐人的咀嚼、久久寻味的阅读效果。精炼抒情诗、智性思维需要实在太多了！这是李瑛诗艺成熟的一大标志。

2. 深度结构的意象化，却又以平俗易懂的语言出之。意象的深度结构，这是现代诗歌的主要特色，也应是诗歌审美的主要视点。那些朦胧诗、新潮诗，光从诗的艺术表现手法上说，他们追求意象的深度结构，我认为方向还是对头的，也是他们的艺术特色，不应一概抹杀。但是：

（1）他们把意象强调到绝对化的程度，并弃绝诗的其他要素，甚至连主题、题材以及语言等重大问题，都硬是置之不顾，故意反道而行，片面地把"唯艺术而艺术"的观点推行到极限。

（2）深度结构不是故意违反意象之间科学逻辑、生活逻辑、习惯逻辑，出于炫奇作怪的心理，进行胡乱的颠倒、错列、割裂，读者无逻辑的道路（哪怕是暗示）可循，这是看不懂的根本原因。

（3）如何表现意象之间的结构，如何暗示、解读这种深度的结构，就要靠语言。他们却往往故意制造艰深，删除连接（如特别强调跳跃、隐略），摒弃暗示，于是彻底封锁了索解语言的通道，制造了音像迷宫，反以此自鸣得意，自以为彻底"现代化"了。

李瑛这组诗之所以高人一筹，就是与此恰恰相反。他这组诗具有强烈的现代感，每一首都可以看出他对意象结构进行深化的创造苦心。拿《雕像》来解剖：他选择珠穆朗玛峰巅的岩石，作为鲁迅雕像的象征物，这是全诗的主意象；敌人也"必须仰望"，是主意象派生的分枝意象，视点向主意象集中。耕牛和狮子是鲁迅精神两面的象征意象，他用血沫和胆汁"磨亮投枪"，血沫从耕牛来（前诗已以"咳血"表现了鲁迅病重），胆汁从狮子（战斗精神的象征）来，而终于以一个"磨"字，使这一段诗与主意象（岩石）发生了习惯逻辑关联，"磨"是要在石头上磨的。末段说："如今这石头里每一粒火种/燃着的都是他的精神和思想。"这"石头"，读者一目了然，当然是指那岩石，也即鲁迅的雕像，因此，石头里的火种这一意象，又向主意象集中。虽然意象纷呈，却是主次分明、结构有序，加之语言平俗、纯净、晓畅，读来一点也没有晦涩离奇之处。我想只要不是诗盲，都可以清清楚楚领略到它的浓洌深重的内涵与韵味。

李瑛是一位成就卓著的诗人，年逾七旬，还如此勤奋，坚持他的现实主义道路，又不断吸取西方诗歌艺术的精华，使传统与现代冶于一炉，从而进行了出色的创造，以上一切，都表现在他的《鲁迅》七首的组诗之中，可以说这是作者成熟的人生体验与艺术创造两者完美结合所构成的审美震撼。身处此时此刻，一再诵读组诗，我真切地听到了作者的呼唤，也听到了鲁迅的呼唤！

2001 年 12 月 4 日　南京

原载《华夏诗报》2002 年 3 月 25 日

诗语创造与意境美的构成

——读李瑛诗集《野豆荚集》

牟心海

　　李瑛最近由长征出版社推出的新作《野豆荚集》，是他的第 53 本诗集。李瑛是我国诗坛上的有影响有成就的著名诗人，读他的诗和见到他本人一样，有着一种亲切感。他是诗界的长老，具有大家风度，尽管他已近 80 岁的高龄，对于诗还是在不断地探索。回顾他在创作时期，几乎平均每年出一部诗集，甚是高产。他在书的后记中说："时代的鼓舞、生活的激发，以及我对诗始终不渝的迷恋和信念，使我无怨无悔地坚持了对它的探索勇气和创造精神的追求，直到如今。"他的创作道路，从解放前中学时代开始，到现在已经历了不同的社会变革和发展阶段。对于诗的创作他有着深刻的认识和感触，他在"后记"中说："在学诗过程中，随着时代的发展、科技的进步，人类面临的生活背景发生深刻变化，人的思想方式和情感方式也相应发生了变化，使我不能不以发展变化的观念与视角，思索和发现新诗在创作中出现的问题。"我国很多诗人在学诗过程中，都曾是学习李瑛的诗向前迈步。当代很多诗人和读者都熟悉他的创作倾向和诗艺特点，现在我拜读他这本诗集也深有感触，感到这位有广泛影响的老诗人，真是像他自己说的那样，在不断更新观念，不断探索，使诗不断发展，呈现出新的意韵和情象。

　　下面是我读这本《野豆荚集》的体会和所认识到的几个特点。

一、情怀展现与内心世界的开掘

　　诗人写诗无疑是诗人情怀的展现，以什么样的情怀来写诗，展现什么样的情怀，每个诗人也是各不相同的，就是同一个诗人，在不同的历史时期也是变化着的。中国的新诗是在社会矛盾、文化变迁的过程中出现、成长和发展着的，作为审美对象，诗中的人生和世界必然是充分地表现出来。老诗人李瑛的情怀与他人的情怀是不同的，他是在革命斗争中成长起来的诗人，与当下在和平环境中的诗人不同，生活道路与人生价值的取向不同，其诗的内涵也是有差异的。李瑛在以往的诗中，是把军旅生活、革命征途、对国家命运的关怀都凝铸在诗情之中，也就是说"大我"与"小我"是统一在一起的，可以说几十年的工作、斗争、国家的命运同个人的理想、愿望与追求是相融合着的，这是他在诗中情怀的表达。

在《野豆荚集》中，这些诗在情怀的展现上，也不同于以往，因为个性排斥重复与雷同，表现力永远在求新求变。李瑛在诗歌创作上不断求新，随着时代的发展，他对诗的探索和创造、在诗的自我情怀展现上也向更深处的内心世界开掘。李瑛也总结说："从发展来看，过去惯用的思考方法和写作程式，对表现今天的时代和新的人的丰富复杂的世界和现代意识已经不够了，必须开拓新的审美途径和领域，寻求有助于深化主题的新的艺术方法和手段，使心灵的东西借感性化表现出来。"这样的认识，应该说是在总结以往创作历程的经验中体会出来的。我们不难看出，新出版的《野豆荚集》便是这种体会的实践。他有这样诗句："如果能把身体打开/找出过去的自己/该有多好/如果当时能让妈妈/替我把青春保存起来/该有多好/如果那时能把它/珍重地收进抽屉/该有多好……"（《回忆：年轻的时候》）把身体打开，实际上是要把心灵内心世界打开，这不仅是要表达"回忆"的诗意，也是在述说诗要向自己内心开掘的愿望和追求。

他在诗中不断在开掘自己的内心世界，敞开真情去述怀："站在他的沉默里/他是一座安静的岛//对于他/肌腱中闪光的盐/骨缝间酿就的蜜/风和雨/有血有肉的经历/全部凝成了静止的回忆//而今——/在火焰四蹿的生活中/他的白发拒绝黑色的染剂/不求祝福，不要颂词/也不愿再寻找过去的眼泪和叹息/任脚下的路/铺成脸上的皱纹/任风霜沉进血液里/时间把他还原成孩子/天真、纯洁、宽厚/只远方，妈妈曾唤他的乳名/仍大睁着眼，望着/今天的落日。"（《老人》）这位老人的心地，是那么纯真善良，如同孩子的童年，却在望着今天的落日，望着自己走过的道路，也在望着道路前进的方向。这位老人是谁？是他人，也是诗人自己。

诗是要开掘自己的心灵，借助外界的客观事物来展示自己的情感、深处的情感。在黑格尔看来，诗"要表现的不是事物的实在面貌，而是事物的实际情况对主体心情的影响，即内心的经历和对所观照的内心活动的感想，这样就使内心生活的内容和活动成为可以描述的对象。……这种观照和情感虽是诗人个人所特有的而且作为自己的东西表现出来的，却仍然有普遍意义"。① 这里黑格尔是在说明诗人要表现主体"自我"，不能满足于描绘生活的肖像、场景、经历、过程等外在客体特征，那样的话会导致失去"自我"。诗是诗人内心感情特征对外在生活特征的同化，对生活的感受是诗人的自我个性所净化出来的独特感觉，诗人的自我能不能得到表现，取决于诗人能否找到属于自我的特有的感受。李瑛在《野豆荚集》中，很多诗篇中是找到了自我特有的感受，又将这种感受通过感性化的创作，才酿造出一首首感人的诗篇。

二、诗美生成与诗的意象营造

诗是将生命、情感等等和各种内心的真实都融合在一起，形成诗人的审美体验。我们面对的审美对象，还是离不开意象这个范畴。因为诗没有意象便没有诗意，也没有诗味，更没有诗美的生成。李瑛《野豆荚集》里的诗，有多样式的意象，因而有着浓厚的诗意。庞德说："意象主义的要点，就是不把意象用于装饰。意象本身就是语言，意象是超越公式化了的语言的道。"② 营造了意象，便有了诗美。这种诗美的生成，是感性的，是客观对象被作者人情化、审美化了的高层次的情感涌现。苏珊·郎格在《艺术问题》里这样说："一个艺术家表现的是情感，但并不是像一个大发牢骚的政治家或是像一个正在大哭或大笑的儿童所表现出来的情感。艺术家将那些在正常人看来混乱不整的和隐蔽的现实变成了可见的形式，这就是将主观领域客观化的过程。但是，艺术家表现的绝不是他自己的真实情感，而是他认识到的人类情感。一旦艺术家掌握了操纵符号的本领，他所掌握的知识就大大超出了他全部个人经验的总和。艺术品表现的是关于生命、情感和内在现

---

① 黑格尔：《美学》第三卷下，第 188 页，商务印书馆 1981 年版。
② 庞德：转引《意象派诗选》，第 33 页，漓江山版社 1986 年版。

实的概念,它既不是一种自我吐露,又不是一种凝固的'个性',而是一种较为发达的隐喻或一种推理性的符号,它表现的是语言无法表达的东西——意识本身的逻辑。"① 这里所说的不是诗人自己的真实情感,实际上是说诗所表现的不是单纯的个人化的自然情感,而是社会化了的人性和人类情感;它是升华了的直觉,是融合了的审美化了的经验;它是情感力和想象力的扩大,也是内觉与顿悟的转化。在《野豆荚》这首诗里,表现出作者对意象营造的追求实践。野豆荚生长的地方不是好的条件,也不是普通的环境,而是恶劣的难以生存的地方,"这地方的名字被风刮跑了,它/是马刀剑戟进出火星的地方/是石子奔跑沙砾尖叫的地方/没有秋天的荒滩"。野豆荚这个客体在诗中是个中心意象,诗是以对它的发现、观察、思考而展开的。李瑛在诗集的开始有一篇《题记:一棵野豆秧》,这篇序言式的文章,就是一篇散文诗,或者说是一首不分行的诗。谁读了这篇文章都会被感动,诗人在这里描述了一个野生植物野豆秧的形象。它实际上是一首诗的意象,因为它不再是客体了,已经是人化自然了。这个发现过程,是诗人展现自己情怀的过程,对野豆秧的情感和态度,便是一种人生观的写照。在这篇题记中这样写道:"忽然,在脚下沙碛缝隙间,我发现一棵野豆秧,不错,真是一棵野豆秧,孤零零地生长在那儿……枝头高挑着三只黄褐色的干瘪的小豆荚,在暴风雨里瑟瑟颤动。……在这么浩瀚的荒滩上,有谁知道它呢,这个奇怪的勇敢的生命。……它只身离开自己的种群来到这个苦地方,不害怕吗? 不感到孤独无助和寂寞吗? ……世界上没有两粒相同的种子,每个生命都在新变中寻找自己并发现自己,这是它的最高选择。……它可能已意识到了自己非同寻常的生命价值和自己的品格所独具的魅力,它要用生命照耀高原。"读了这篇题记,感到它是《野豆荚》这首诗意象的展开。从野豆秧到野豆荚,这个完整过程,有着诗人完整的感受和意象的营造。诗人在后记中说:"我一生心怀恬淡,安于孤寂……如果读者想了解我,就请到我的诗中去寻找和认识我的性格、人品、秉赋、情趣,乃至我的全部生命吧。"这种通过意象营造,通过意象展开诗意,述说情怀,应该说是促进并推动了诗美的生成,也就是说诗美的生成需要意象的光环辐射。

---

① 苏珊·郎格:《艺术问题》,第 25 页,中国社会科学出版社 1983 年版。

三、诗语创造与诗的意境传递

诗是语言艺术，诗美也是由语言构成。诗的语言，形成了诗的语感，这些也就形成了诗的意境美并担负着诗的意境的传递。维克托·日尔蒙斯基在谈到文学与其他媒介的区别时说："诗的材料不是形象，也不是激情，而是词。"[①] 当文学凭借语言媒介来表达或叙事时，显示出许多同其他媒介不具备也是不能替代的特性。这里不是否定诗中的形象和诗人的激情，而是在强调语言的作用。语言可以打破时间和空间、外表世界与内心世界的界限，更便于开掘人的内心世界。诗要在人的心灵深处使个体经验对象化、普通化、艺术化，都要通过语言的传媒来实现。诗人总是要找一种理解世界感应心灵的特殊表达方式，而不是普通的常见的语言方式。读诗集《野豆荚集》我们会感到，诗人在语言运用上以及诗语创造上，有着自己独特的地方。在组诗《刘胡兰》中，有这样的一些诗语：

> 风雨拉扯她十五年
> 在第十五个年头终于折断了
> 眼眶转了五十多年的泪水
> 终于淌下来
> 打湿她青青的墓草
> 除被斩断的半句染血的呼喊
> 还有什么呢
> 闭着眼睛的大地惨白着脸
> 历史因愤怒而昏厥

在《读〈等待死亡〉》诗中，有这样的诗语：

> 最后一次呼喊妈妈的声音吹断了
> 太阳，终于把他

---

① 维克托·日尔蒙斯基：《诗学的任务》，《俄国形式主义文论选》，第217页，三联书店1989年版。

仅有的泪和血烤干

他的生命再没有重量

在《回忆：三十年前的一个雨夜》诗中，有这样的诗语：

一片沾在玻璃上的黄叶

哭着要进来

那将死去的晚秋

挣扎着要进来

⋯⋯桌椅在战栗

苦难养大的孤独在尖叫

在《寒山寺的一片叶子》诗中，有这样的诗语：

一片叶子掩着半个江南

至今，从叶脉间仍能听见

它的呼吸和流淌的水声

一片叶子染尽浓浓的乡愁、客愁和旅愁

在这些诗语中，有的是拟人化的，有的是隐喻的，有的是发挥通感的作用，有的是想象的，有的是形象的夸张。读起来生动形象、富有诗意，正因为有这样的诗句表述，才增强了诗内涵的张力和对读者的感染力。因为诗在语言上要从呈现更高维度的实在，进到洞察人的内在生活情调；从感觉的心中涌现空灵之美，就需要由实用之词升华到艺术之语；从直接认识与再认识对象的表现，升转到生动的艺术表现层面上来。这种转换体现出诗的艺术生命之价值，进而完成诗的意境的生成与传递。意境是诗人内心意识在诗中体现出的境界，是诗人将客观景物与主观情感相统一而形成的，又能被读者所接受的一种感受境界。传递与接收这是两个对应着的主体的互为行动，在这本诗集里那种互相交织和不断变化的意象营造，想用机械的程式化的符号去表达也是不可能实现的。诗人在将审美心理模式向语言模式转换时，只有在把握了生活和生命活动所具有的特征时，才能做到生动而贴切、形象又得体。李瑛的诗，就体现出这样的诗语特点，具有延展性、多样性和丰富性。

语言是完成传递的媒介，是诗的重要要素。美国语言学家爱德华·萨丕尔曾说过："语言的流动不只是和意识的内在内容相平行，并且是在不同的水平面上和它平等的，这水平面可以低到为个别印象所占据的心理状态，也可以高到注意焦点里只有抽象的概念和它们的关系的心理状态，就是通常所谓推理。可见，语言只有外在的形式是不变的；它的内在意义，它的心灵价值或强度，随着注意或心灵选择的方向而自由变化，不消说还随着心灵的一般发展而自由变化。"① 诗语的创造在于语言的运用，而语言又是在整体语境中出现，是一种生动形象的谐调美。这样诗的境界的实现，这种诗的意境形成，是由多方面的因素促成的。诗的意境是诗的内在功力所展现出的，又通过语言传递给读者，使读者不仅能接收到这种意境的信息，还能让读者发挥出主观能动性，丰富诗的意境的含量和情感的浓度。不难看出，李瑛在《野豆荚集》里体现出这种创造精神，使诗语的创造与诗的意境形成及其传递，发挥出这样的相互作用。

四、感悟生活与诗思的情感流动

任何诗人的创作，都是生活给他激情，生活是他创作的源泉。李瑛对生活有着极强的感悟力，复杂的生活道路、丰富的生活体验促使他的创作不断发展。诗人在"后记"中说："我始终执着于直接参与社会生活，实现真正的写作。我一直认为，只有有血有肉有汗有泪的地方，才是产生具有深度的美的作品的地方，才是产生真诗的地方。……因为我知道我的作品都是来自于它们，是它们的馈赠。"无论从诗人过去的创作，还是从这本《野豆荚集》来看，他的诗篇都是紧贴着生活，来源于对生活的感悟和体验。在《街头》这首诗里，是诗人在生活中遇到一位在困苦中挣扎的 7 岁孩子，那是在天沉着脸、咬着牙齿、撒下横飞的大雪，已把城市严严实实埋起来的时候，那个孩子："瑟瑟地颤抖着/用冻红的小手翻开/白雪覆盖的污黑的垃圾/寻找吃食/……幽灵般/寻找自己的生命//酒楼中，油亮的烤鸭和热气腾腾的火锅/离他很远/水晶包卷卧的小虾/离他很远/……只一只瘦瘪的老狗/紧紧地偎倚着他/不肯走开。"诗人面对这种状况，诗思在波动，情感在流淌。这首诗是

---

① 爱德华·萨丕尔：《语言论》，第 13 页，商务印书馆 1985 年重排第 2 版。

感人的，由对孩子的同情，而产生种种对比的联想，这是将诗思深化了，诗人在"后记"中也是这样说的："诗由情酿成，但却并不排除理性的思考。善于把深刻思想蕴涵于诗的情韵之中，让感性与知性相融，使之发光。……诗有真情才有分量和生命，从潜在的人的心灵到民族特性乃至更大范围的人类精神，写出那些溶于自己血液中的精壮的、滚烫的东西，而不是那些毫无意义的琐屑的东西。"不难看出李瑛的创作，他所表现的"自我"，是将自己的生命融于国家民族的命运中，他所想所思不是单纯的个人隐私和那些无聊琐屑的情感。李瑛就是李瑛，他不是别人，不能拿别人的思维去替代他的思维。谁也没有理由用自己的那一套去否定他，他的"自我"与别人的"自我"在表现上的差异，是由本质上的差异所决定的。

他的诗是沉静的潮涌，是情的滚动，是以自己独具的形式流动着。列夫·托尔斯泰对审美与交流时说："艺术是这样一项人类活动：一个人用某种外在的标志有意识地把自己体验过后的感情传达给别人，而别人也会为这些感情所感染，体验到这些感情……如果一个人在未受到任何特别训练和未改变自己的观点和立场的情况下去阅读、倾听或观看另一个人的作品，如果他能够体验到一种心理状态，这种心理状态又把他自己同这件作品的作者还有欣赏这件作品的其他人联结起来，唤起此种心理状态的东西便是艺术。"①读《野豆荚集》，它能用诗自身的力量感动人，启发人的思考，并能唤起人们共同的心理状态，这也是李瑛不断追求的结果。当然，读者去读这本诗集中的诗，能否接受到诗人所释放的情感、情境、意境，进而促使读者产生出自己的感悟和体验，那还要取决于读者的修养、阅读习惯、对诗歌艺术形式的把握和理解。

总之，李瑛这本诗集的诗是生动感人的，内含量是很大的，它已走向诗人心灵深处，充分展现出自己的情怀，这也是李瑛在高龄时所取得的新成就。

2006 年 5 月

---

① 列夫·托尔斯泰：《什么是艺术》英译本，伦敦牛津大学出版社 1986 年版。

野豆荚传奇

章亚昕

　　当火车进入西藏的高原后，应该会呼唤曾经出现在李瑛笔下的一棵野豆荚。诗人在西藏的高原上发现了这株顽强的植物，不禁赞叹："真是一个奇迹！我想，这偶然的机缘，可是我和美的一次真正的邂逅！在这么浩瀚的荒滩上，有谁知道它呢，这个奇怪的勇敢的生命。这个顽强的生命之美，立即激起我心灵强烈的震撼。"于是他就有了后来出版的诗集《野豆荚集》，上面的一段话就来自这本诗集的《题记：一棵野豆荚》中。李瑛还在这诗集的《后记》中提到，"几十年……因对诗的追求一次次饱尝苦头……"毫无疑问，李瑛属于当代诗坛上最具沧桑感的诗人。早在 20 世纪 40 年代，他已经是才华横溢的诗坛新秀，成为"九叶诗派"大本营《中国新诗》的重要作者之一，被视为与穆旦、杜运燮、袁可嘉齐名的北大才子，而作为师长的沈从文也对他颇为欣赏。不过"七月诗派"作为诗坛主流，抨击《中国新诗》绝不手软，李瑛也曾经被列入"沈从文集团"，并受到嘲讽。北京解放后诗人入伍随即南下，终于成就了李瑛式的崇高。尽管在军中经历了种种考验和磨难，诗人终于完成了诗歌艺术的风格，同时完成了颇具传奇性的自我！诗穷而后工，是校园体验和军营体验的交融成就了李瑛式的崇高，那是一种诗意盎然的人格精神。

　　"野豆荚传奇"可以象征李瑛式的崇高，他向往高原，走遍了高原，有着丰富的"高原体验"。尽管从文化的意义上，从艺术的意义上，高原上存在另一种"缺氧"。几十年来诗人攀登的险山恶岭，远远超过了名山大川；诗人访问的边关哨卡，远远超过了繁华闹市。他在一个艺术氛围相对稀薄的文化环境中，形成了一种社会角色化的严肃诗风。唯其如此，军人身份、战友情怀、战场氛围、铁血精神和精致细腻委婉深厚的审美体验水乳交融。李瑛式的崇高因此而兼容了豪放和婉约，从校园到军营，并且经历了共和国的57个春秋……那是新诗运动中带有普遍性的艺术精神：体验的强度决定了感悟的深度，表现的程度取决于视野的广度。而李瑛，既有丰富的人生阅历，又有开阔的审美视野，《月夜潜听》、《夜过珍珠河》、《戈壁日出》、《雨》展示了战士的情思，《饥饿的孩子们的眼睛》同样表现了军人的情怀！所以，在《野豆荚集》这本诗集中，《盐和糖》是第一首诗，抒情主人公说："血是生命的第一个字，如果加以蒸馏，结晶体中'大部分是盐而小部分是糖'，这里讲的不是化学问题，因为'在我眼里/盐是痛苦、悲伤和孤寂/糖是幸福'。"李瑛式的崇高绝不缺乏悲凉和悲壮的体验，历史的沧桑渗透了诗意。诗集中第二首诗是《镜子》，表达了抒情主人公对于诗的见解："你看它一次/它衰老一次/你信任它/它便尊重你/甚至牵着你的血肉和骨头/甚至了解你的欢乐和痛苦/从灵魂到肉体"……由此可以理解李瑛的诗学：诗美来自生命的顽强和人格的庄严——所谓"野豆荚传奇"，所谓李瑛式的崇高，无非信念与同情的结合、善良与美感的结晶。高尚与细腻在这里浑然合一，美丽与庄严在这里融为一体。

《野豆荚集》让我阅读到崇高与悲壮，阅读到深情和寂寞。犹如《生活》这首诗所说："年轻时，生活/牵着我的手/将一把种子撒在我心头/一粒是希望/一粒是爱/一粒是孤独/一粒是痛苦/并低声嘱咐我/无论哪一粒/都要好好爱它们，尊重它们/让它们呼吸，伴你生活/世上没有任何东西/比它们更值得赞美//而今，几十年过去/把心打开，它们依然/晶莹如水，燃烧似火/一颗颗开出绚丽的花朵/希望教我追求/爱给我幸福/孤独使我清醒/痛苦使我成熟。"——这是诗人对岁月的回顾，也是生活对人性的馈赠。持之以恒的诗学信念，仿佛西藏高原上的野豆荚，尽管如此瘦弱，却如此令人感到震撼，可以从中感受到一位80岁老诗人真实的自我感觉和自我意识，从中领悟到他的诗意为什么很委婉又很坚韧，很从容又很刚强。

原载《人民日报》2006年9月12日

大气·精致·真挚

——李瑛诗歌谈片

雷抒雁

李瑛有一首诗，叫《今秋的最后一个细节》①，写了一只蜗牛，在第三场秋雨后的一次长途旅行，最后，蜗居在我阳台上，一个花盆边沿，"熄灯后睡了"。

> 风吼叫着
> 熟透的露珠即将结霜
> 挥着刀子的冬天就要来了
> 呼啸的大雪就要来了

诗人说"让它好好睡吧"，这是他记录下的"秋天的最后一个细节"。

诗人以他独到的"李瑛式的细致"描写了那只蜗牛的行旅，"轻摇着两对触角/并用顶端的眼睛望着我"，"孤独地搬着梯子/驮着它超现实主义的小屋和/一轮惨淡的夕阳/向上爬行"。

一只蜗牛，值得写吗？是不是题材太小了一些？

其实，从我国最早的一部诗歌结集《诗经》里，就大量地以草木鸟兽昆虫入诗。像蟋蟀这样小的一只昆虫，诗人留下了"七月在野，八月在宇，九月在户，十月蟋蟀入我床下"的诗句，写下了人对自然界各类事物的关注，以及人与自然的亲和。

李瑛注目一只蜗牛在晚秋的一次生命之旅，其间体现了诗人全部的诗歌

---

① 《今秋的最后一个细节》，2004年作，载《野豆荚集》诗集中。

理念、诗歌技巧和生命哲学。

如果我给这一首诗写下评语，我以为可以用三个词概括：大气、精致、真挚。这六个字也可以大致概括李瑛的全部诗歌品质。

李瑛善于细致地表现生活枝节，他会凝神地观察和表现他书写的一切事物。一只小鸟、一朵云彩、一条昆虫，或者一窝刺蓬，在李瑛的笔下都会成为带有浓烈情感色彩的活灵活现的艺术形象。

李瑛不是专注写细碎的、细枝末节题材的诗人，祖国、人民、军队、时代，这些重大的主题，是他诗的主调。他写下无数这样感人的诗篇，但即使是写这样宏大题材的诗章，李瑛也会让形象和细节说话，他鄙弃那种把政治和新闻术语斩断成短句的所谓政治抒情诗。

李瑛是我国当代诗坛一位独特的诗人，他的人生经历决定了他的诗歌写作道路。他在北京大学接受完完整的文学教育之后，在行囊里背着前人的经典诗篇，几千年中国诗歌传承下来的诗歌精神、诗歌立场，以及西方现代的诗歌意识与诗歌技巧，开始了火热的军旅生涯。

在当代诗人中，李瑛大概是独一无二地走遍了祖国的边防线、海防线，上过战场，下过军营。这一切，他都以自己热情的诗篇留下了记录。只要我们细致地阅读李瑛的全部诗作，就会看清诗人一生的履历。

正是这两种身份和经历，使李瑛的诗具备了自己的风格和方式。一方面他摆脱学院派诗歌那种情感苍白、诗意晦涩，语言从书本到书本的欧化枯燥；另一方面，他又不满足军旅诗歌在战争年代为了鼓舞斗志，服务战争的快板诗、墙头诗那种简陋直白。

生活改变着李瑛的诗歌理念，李瑛也改造着军旅诗歌。在上世纪的五六十年代，李瑛就以他的写作实践和在《解放军文艺》诗歌的编辑工作中，改变着军旅诗歌。一批批年轻的军旅诗人，开始写出大量战斗意志饱满、抒情意味浓厚的诗作。即使在"文革"那样极端的年代，李瑛也以他的优秀诗集《红花满山》补充了那个荒漠年代的写作空白。

人民和军队的火热生活成就了李瑛也拯救了李瑛，使他的诗在那个特定年代避免成为某种错误政治理念的传声筒，这是十分难得的！我有幸作为李瑛的部下和学生，和他在《解放军文艺》一起编辑过差不多十年诗歌。有著名作家，写过数以百行的长篇政治抒情诗，阐释《共产党宣言》；也有著名诗人写过百余首歌颂"英明领袖"的诗篇，李瑛同志都委婉地退还给了作者。

在长期的创作实践中，李瑛形成了自己大气、精致、典雅、真挚的诗歌风格。

我们重新回到《今秋的最后一个细节》。那只蜗牛，以孤独者的高傲、跋涉者的执着，旁若无人，面临灾变而从容不迫，诗人以工笔为我们精雕细镂出一只如此生动而独特的艺术形象。

但是，如果只是生动地写了一只蜗牛的旅行过程，那还不是李瑛。李瑛给蜗牛了一个巨大、壮阔、惨烈的背景，"挥着刀子的冬天就要来了/呼啸的大雪就要来了"。

把细小的生活情景，放在一个巨大背景的烛照下，就会产生出另一种出乎意料的效果。杜甫把秋叶的纷谢置于滚滚大江之前，"无边落木萧萧下，不尽长江滚滚来"，就让我们产生出瞬间与永恒和谐的美感与深邃的哲思。

从艺术美学上说，这种泼墨式的背景与工笔式的刻画，是美术大师齐白石常用的手法，也是齐白石画作魅力之所在。

《今秋的最后一个细节》在结构上的匀称、完整，寓言式幽默语言的抒写，都使它映射出一种大师品格。

风暴来临，严寒在即，蜗牛选择了保护自己，躲开伤害。我们可以赞赏高尔基的海燕，翱翔在暴风雨里，但是对于一个渺小的个人，不能对抗时代，保全自己也不失为一种选择。我们看到过太多海燕式的英雄，折翅在自己呼唤的暴风雨里。

李瑛是聪明的，也是智慧和平和的，在中国 60 多年波浪激荡的政治洪流里，他也受到过不少冲击，但他最终都能以低调的哲学保全自己。在今天，在中国，没有哪一位诗人能像李瑛这样写下 60 多部诗集。他扎进生活的底层，写士兵、写人民、写山水、写大地、写文化、写历史，生活保护了李瑛和他的诗。

进入新时期，特别是进入新世纪，李瑛已进入自己人生的晚年，但是他的诗歌艺术青春依然生机勃发。新的生活、新的创作氛围，李瑛在保持自己创作风格的同时，写得更为深沉与凝重，除了歌颂自己的祖国与人民，他更多地给予那些尚处于贫困的群体以同情与关注。在近期他为自己的亡妻写下的一首首追念诗篇，真挚感人，赢得普遍的好评。

> 这一天的日历是一扇门
>
> 你昨晚把它打开
>
> 今天却关闭了
>
> 时间冻结在那儿
>
> 从此我再难推动它
>
> 也没有钥匙能把它打开

阴阳两隔，只有回忆与诗歌的钥匙能打开这扇门。

在李瑛同志获得郭沫若诗歌散文一等奖的会后，我曾真诚地向他祝贺，说了三个愿望：

希望我能幸运地活到他这样的高龄！希望我在这样的高龄上还能写诗！希望那时我的诗还能像他的一样好。

我知道这是很难的，但我以这样的语言表达着我内心对他的敬佩和羡慕。

原载《解放军文艺》2011 年第 2 期

评李瑛的《河流穿过历史》

张　炯

　　李瑛同志前此已出版过 54 本诗集，现在我又收到他的第 55 本沉甸甸的诗集《河流穿过历史》，不禁感慨系之！他已年过八旬，尚勤奋如此，使我既十分敬佩，又为他丰硕的创作成就而高兴！他比我年长，是北京大学的学长。我们差不多同时参加革命，从学校走向了人民军队，参与了人民解放军向南的进军。当战士时我就读过他的诗，岁月悠悠，半个多世纪很快就过去了。我每次读他的诗，总感到他那一颗火热的战士的心的跳动，感到他对于国家和人民的热爱，感到他的每首诗都扎根于时代的脉搏和历史的深厚土壤中。读《河流穿过历史》，这种感觉依然浓烈！但这本诗集已不同于他早年青春岁月充满年轻战士新颖感受和战斗豪气的诗篇，许多诗章的字里行间总流溢出老年人特有的历史沧桑感。

　　这本诗集的题材异常丰富，它分五辑，第一辑记叙了日常生活见闻的种种感触，从土地、野草到盐和糖、磨刀石和镜子、摇篮曲和蜡烛、柳枝和槐花、一块煤和一棵雷击的树……仿佛生活中的一切，都能唤起他的诗情，都能让他捕捉到诗意。第二辑大多是抒写祖国南方的种种情景，从峡江情思到长江夕照，从过汨罗江怀屈原到春雨杏花间赞颂鲁迅，从红豆、椰子、南方印象到桂林五月、夜漓江，从看彝族山民舞蹈到感叹饥饿的孩子们的眼睛，到倾听苦歌和甜歌、感受边城的黎明，在对锦绣江山和众多人物、场景的描绘中，倾泻自己对祖国和人民的深情。第三辑则把画笔转向北方，写霜降的田野、红高粱、野酸枣树、野蒺藜，写悬空寺、雁门关、黄河落日和壶口瀑布，写唢呐、陶片、窗花、小米、石壕村和陕北女人，乃至写六盘山、贺兰山、祁连山和嘉峪关、疏勒河、莫高窟，迥异南方的风物唤起诗人也迥异于南方的情怀，让读者感到思古之幽情的慷慨悲歌。第四辑又把我们领到了空旷古寂的青藏高原，去领略青海的地平线、季节河、野马群和塔尔寺的黄昏，领略沱沱河的星星、可可西里的冬暮、三江源头的见闻和一只死去的藏羚羊，让我们看到达坂城、魔鬼城和拉萨河谷与西藏的种种印象，跟随诗人的画笔和歌声，让我们深感祖国西部的寥廓、荒凉和新时代闪亮的阳光，包括新建的车站、艰辛的车队、温暖的牧民之家，也包括野豆荚、小红花、沙蒿、牦牛等在恶劣自然环境中顽强的生命歌唱。第五辑诗人的诗思回到自己的童年和故乡，在记忆的展开中，与青蛙、蟋蟀对话，从油盏、芦苇而怀念母亲，从看海而怀念父亲，对离世的爱人的怀念与眷恋，更使他写出多篇感人的悼亡诗；诗人还吟咏昙花，感叹自己年轻的岁月，重过天安门想起"民族奋起的呼号"；他还与孩子们谈先烈、谈幸福，抒发长辈对下一代的期待和嘱咐；最后一组《勇敢》、《永不降落的旗》、《箫》、《弹洞》、《红军标语》、《历史的回声》等更燃起高昂的激情去歌颂过去牺牲的战士和战斗的岁月。作为全诗集结束的《我骄傲，我是一棵树》则无异于诗人的自我写照，这棵"山教育我昂首屹立"，"海教育我坦荡磅礴"的树，不仅与土地、人民和祖国紧紧相连，而且即使变成"煤炭"，也"为的是将来献给人间/纯洁的光/炽烈的热"。

这一本诗集的形式多种多样，有自由体，也有注意押韵和节奏的不同样式的格律体，人们可以看到诗人在诗歌形式方面的广泛探索。他的诗是现实主义的，为读者展开许多历史细节的真实，展开特定时代的典型环境和典型人物、典型情感；他的诗又是浪漫主义的，始终燃烧着澎湃的激情和理想的光辉！他始终歌颂人民，歌颂祖国，歌颂革命的战旗，歌颂百折不挠的顽强的生命！他相信，"如果能把我们的诗酿成/一滴蜜、一束光或一团火/就可以以它建设新社会和尊严的城市"（《我们用什么哺育诗歌》）。他歌赞野草"纵使身上结满伤疤/地下钢丝般的根，仍/紧缠着沙砾和石子/在金属的意志和凝重的思想中/只有一个强烈的信念：生长"（《野草》）。李瑛的诗的感觉敏锐地伸向生活的各个领域，小至一草一木，一只蝴蝶或一只苍鹰，一片磨刀石或一个车站，大到国运的起伏、历史的兴衰、沧海桑田的变幻，都能够进入他的诗篇。他的诗歌构思常有这样的特色：小中见大，近中见远，有限中见无限。他极为自由地开掘时空，变换时空，从而使自己的诗歌获得视野的广度和历史的深度，言有尽而意无穷！他写"两只鸟/把小小的巢，筑在/

多风雨摇动的枝头"，接着说，"空中有云/有闪电雷火/你知道吗"，接着说，"它们深深懂得/只有在万丈云空/才能望穿千寻海壑/当冬天树叶落尽/它们简陋的巢，就是/大树最美的花朵/所有天空的路都属于它们/所有四海不眠的星星都属于它们/当呼啸的风雨过后/它们便和太阳一起/飞翔"（《巢》）。他写小小一家花店的开业，"像一双嫩绿的子叶/静静地伸枝打苞"，接下来却写道："是什么鸟叫醒了这里的鲜花/一齐坦然地/张望着这个世界，微笑/张望着大玻璃窗外的/书店、餐厅、宽阔的大道和立交桥/……张望着在自信中前进的中国/给他们创造美、幸福和欢乐/像在燃烧。"（《为一家小小的花店开业所写的贺词》）这就是李瑛许多诗歌构思的特点，他总从一个小小的具象写起，却自由地把时空开掘出去，从而在开阔的想象中，把读者带进无限大的境界，从纤巧中看到雄浑、辽阔的美！祖国的山川，是这本诗集描写的主要题材。对于大西北和青藏高原的描写，为人们展现了那荒凉而雄奇、广漠而壮丽的现实主义的生动图画，是李瑛继前人边塞诗之后所做出的新贡献。

新时期以前，李瑛是著名的军旅诗人。而近 30 年，他已走出军旅诗人的行列，成为视野广阔，思想敏锐，更深厚地扎根祖国大地，更关心国家前途、民族命运和人类未来的诗人。随着年龄的增长，人生经历的丰富，他的诗歌题材和主题更为丰富多彩，他的诗歌风格也有新的变化。早年清新婉约的笔墨在减少，而苍凉的历史感和开阔的视阈日益增添了李瑛诗歌的雄浑和悲壮。这本诗集选诗共 261 首，显见是作者多年的创作积累，从中我们不仅可以看到他的创作题材、主题、形式和风格的发展，也可以看到抒情主人公的阔大、高洁的胸怀和敏锐的诗歌触角以及生命意识、哲理意识的强化和高龄人特有的深刻的历史沧桑悲凉感。李瑛的诗歌在我国诗坛上曾以个人的鲜明风格独树一帜而影响了许多人，而近 30 年的诗作更使他的诗歌成就为共和国文学增添了探索多样、视野宏阔、思想深邃的华彩乐章。我祝愿李瑛同志健康长寿，在未来的岁月为我国人民写出更多优秀的诗作，为我国文学做出更大的贡献！

原载《文艺报》2010 年 5 月 19 日

诗人的精神返乡

——李瑛诗歌新作释读

杨匡汉

    人生之秋同样是收获的季节。现年八十四岁高龄的李瑛依然诗情可掬，不仅有厚重的诗文总集出版，还有始自"我骄傲，我是一棵树"的新时期三十年诗选《河流穿过历史》（作家出版社出版）鸣世。从"诗选"所收二百六十一首新作来看，李瑛诗之羽翼在新时期更广阔的时空飞翔，却又集中于"精神返乡"这一艺术的靶心，爆发出诗意之光。我以为，这种"精神返乡"，是李瑛沧桑淡定后诗性随心所欲的典型心态的呈现，是诗人"独与天地精神往来"的心智样态的展示，也是以心灵的华奕照耀而目送归鸿、手挥五弦的自在表达。胸中湛然天真，在物去其神秘，在己去其迷蒙，在冥漠的运转中领略真实的事物和纯洁的生命，步入富有生生之韵的精神家园。诗歌离开精神便游离失所，在如今功利主义令人迷乱的时候，李瑛的"精神返乡"愈久弥珍。

    诗人的精神返乡，首先是重新调整对大自然的态度。大自然是风雨博施、自在怡然的大存在，有不言、定法、成理的"天地大美"。以往流行的"战天斗地"、"征服自然"，是把人作为自然的主宰去看待。事实上，人和其他生命一样，都是大自然的造物，诚如恩格斯所言："不要过分陶醉于我们对自然界的胜利。对于每一次这样的胜利，自然界都报复了我们……我们必须时时记住：我们统治自然界，绝不像征服者统治异族人那样，绝不像站在自然界之外的人一样——相反的，我们连同我们的肉、血和头脑都是属于自然界，存在于自然之中的。"（《劳动在从猿到人转变过程中的作用》）自然的声音该是诗人心灵最为亲昵的近邻。李瑛敬畏自然，感恩从中得到的慰藉和启迪。他赞美染绿了三月的嫩绿的柳丝，"吐出清香和淡淡的苦涩/充满力量，一如流泻的河水"（《柳枝》）；他钦佩蜜蜂有如石头的坚硬、星星的光芒、喷射的地火，"去创造甜蜜的生活和历史"（《听一只工蜂赞美劳动》）；他惊叹"把雪山上的石头吹落/草滩便有了牦牛"，而这一群群"与闪光的沙碛和干瘪的草籽一起生长"，"活在世界最高处的牦牛/高燃烛天的生命之火/是人间真正的美"（《再写牦牛》）；他倾听河流金属般铿锵的喧响，心仪它"把雪山的影子流向远方/把故事留下来"（《拉萨河》）；他羡慕祁连山下荒原上空的飞鸟，"听见艰难的喘息和苦痛，但它仍挣扎着奋力拼击"（《逆风飞行的鸟》）；他确信"那翅膀拍动的声音/那尾鳍拨水的声音/便是我的诗歌生长的声音"（《生命的美丽》）……诗人深知《周易》上讲的"天地之大德曰生"，自然界的生命都以某种精神的方式释放奔突的力量，自然和生命之诗，被赋予价值感受、价值体验、价值判断的意义。这样，李瑛将大自然的一切伴于左右，诗作也成为自然—生命—心灵—艺境四位一体的生态诗学的践行。

在精神还乡的过程中，诗歌艺术最大的秘密是爱和真诚之心，其最高境界是发掘生命本真中的至诚至性。这个"诚"，是精诚的心境；这个"性"，是尚德的人性。诗人表示，"我用苦涩的嘴/诵诗和唱歌/我用最后一对牙齿/咬着真理像衔着草节"（《我像河流》）。于是，李瑛把一大碗滚烫的感情献给黄土高原上的姐妹，"终生以背挡风，用胸遮雨/用纯净的奶汁喂养孩子/最后被埋在地平线深处"，"她们清贫如水/清贫最接近单纯和洁净/最接近真挚、质朴和原生美"（《陕北女人》）。当人们一致为"好山好水好地方，条条大路都宽畅"而高歌时，李瑛发问：难道这就是我的祖国？他以至诚至性的体察，看到了还有"另一个祖国"——那是在崎岖山路尽头的村庄，散居着"生活中直线的心电图和低血色素/把跃动的生命全部埋葬了"的群落，留存着"低矮的茅顶倚着坍塌的土墙"的黑屋，然而，也正是当诗人的泪水扑簌簌滴在死灰上的时候，忽然听到一片孩子的读书声，这比阳光更明亮的声音，"从哪个缝隙传来/穿透这里全部的死寂、凄惶、严酷和痛苦/把四周的山都震动了！"（《我的另一个祖国》）诗人哀边地民生之多艰，期明日希望之星辰，那才是完整的、真实的、艰辛中成长的祖国啊。这一诗化的人生解读，有大悲悯、大仁爱、大赤诚，因而也更能触摸当今社会现实、底层生活的本真。

精神返乡，还有个灵魂何处安顿的问题。在《我们用什么哺育诗歌》一诗中，李瑛表达了自己的诗歌理念：用血里的铁锻造诗歌，用骨头里的磷点燃诗歌，用搅拌着泪的辛酸、汗的盐碱的苦荞米粥喂养诗歌，进而把诗"酿成一滴蜜、一束光或一团火"。这样，李瑛诗歌中所吟咏与叙唱的一切，都是从心灵里发出，并以心灵的优雅和淳朴的方式呈现出"建造"的努力。他让自己的灵魂安放在美的情境里，恰似幻影萦怀，飘忽缠绵。即便是一些咏物的作品，也是"以心观物"，让一种诗意像一片卷曲的蕨叶，在靠近自己心灵的地方，舒缓地张开叶片。如《睡莲》，写其慵懒与娇羞，再写其温柔的静睡，复写其妩媚的眯眼和甜甜的笑容，进而告示人们切莫把它惊醒，否则会"失去它生命里全部的美/世界将因此大哭失声"。诗是心灵的寓言，在另一层意义上，让诗人自己的灵魂在特定的情境里进行拷问或博弈，人的精神中钻石的一面会放出光彩。在青海，在酒杯摇动的灯下，诗人看到一尾躺在青瓷盘里的东海鱼，银白的皮肤仍射出金光，张合的嘴在无声地呼喊，诗人的灵魂为之战栗，做客的筷子不敢动弹，仿佛还能闻到海风、听到涛音，"难道不该放它到那里去吗？"（《一尾东海鱼》）这是真实的、灵魂滴血的拷问。在西部寥廓天地间，诗人和几个孤零零的旅伴也有心灵的论辩："比较城市的喧嚣/我更爱宁静和率真/这里离生命更近"；"人，跐蹀在世界上/不打开狭窄的心灵/就难以认识世界和自己"（《谈话》），诗人因之而渴念把心埋在高原，把诗带回家园。这种灵魂的论辩，其"会于心"是双方的，在体验的心灵境中获致，既得造化之理，也走向对自身更清醒的认识。

泰戈尔提出的"回到人类智慧的童年"的诗学主张，在李瑛新时期的创作中也得到了回应。诗人精神还乡，又可喜地表现在"返老为童"上。一方面，年少时的经历和经验被重新抽取与提炼出来，成为他生命的肺腑之言。"如今，风，整日摇着/母亲坟上的野草和我的白发"，但诗人总能听见"唤我乳名的歌/歌里有血/有永世难解的情结"——那是"擦洗我灵魂的伤口/滋润我生命的根"的圣洁之歌。诗人忘不了童年那耗尽母亲血汗的苦命的油盏，几十年来一直在他生命的深处流淌黄晕晕的火光，每每孤寂时，"我便寻来当初识的字/拨亮油盏，照耀我/写下激情翻涌的诗行"（《油盏》）。他反复地将战火中的"青春"和"爱"歌哭了一遍又一遍，"你的血和汗凝成的日子，叫往事/长出的野草，叫梦"（《不要忘记走过的路》）。嘚嘚嘚的蹄声早已远去，但在半个世纪以后的今天，"一只和我的青春结成/化不开的血肉的马蹄铁/静静地悬挂在书房的墙上/是我所有书中最深刻的一本"（《一只马蹄铁》）。怀旧是智者的朋友，记忆是恒久的财富，显然，李瑛不信青春唤不回，也不容青史成灰烬。另一方面，诗人对于自身、他人和世界怀有不可遏制的孩子般的好奇心。曾经沧桑的诗人，并不止于体验种种的满足感，相反，诱惑于他的是更大的不满足感——以童心、童趣、童蒙的目光去探寻未知的世界。他研究起各种声音——从树最初听到的风挟云泼的声音，到山最初听到的地壳冲撞的声音（《声音》），终于发现，世上最纯净的声音是婴儿的啼声，"哭声是甜的/没有一个人感到悲伤/哭声是庄严的/只有母亲能听懂"，无论经历多少长途，都能听见从生命原点"传来的自己清晰的回声/有时很近，有时很远"（《对于一个人》）。这样，在"远"与"近"的往返中，既表现了生命的迴环豫如，又回放了醇浓的生命信息，使一种高远的精神落到实处。

李瑛的新近诗作再次表明，"精神返乡"是人生命中一个挥之不去的主题，也应当确认，这是诗歌创作中的生命美学。生命美学跟中国古代的天人合一、知行合一、情景合一等美学命题密切相关，是中国人特有的生命情调和艺术精神的反映。用钱钟书先生的话说，是一种诗学和哲学意义上的"体异性通"。外在物与视知觉、自然之道说主体意识之间的"性通"，外参群意而内缘己心，天地古今群体自我，——随大化氤氲流转，气脉相通地聚集于观照意象之中。正是由于对"体异性通"的勉力求索，李瑛的诗作越来越舒卷如流云自行，在"河流穿过历史"的书写中，有着对文字娴熟的驾驭能力和从容恬静的吟唱方式，更令人感动的是诗行背后所凸显的生命激情和诗意智慧。这样，诗人在精神返乡的过程中，浓缩人生精粹的瞬间狂喜，尽管还有继续打磨和上升的空间，但已不需要用年龄的老或少去考量了。

原载《解放军文艺》2011 年第 2 期

这就是岁月

——读李瑛诗集《河流穿过历史》

韩作荣

《河流穿过历史》是李瑛先生写于新时代的诗歌选集，也是他的第 55 本著作。纵然先生有近 70 年的写作史，但能出版如此多的作品，恐怕在中外诗歌史中也是罕见的，这让我想起"著作等身"这样的话，亦足见其写作的勤奋和永不枯竭的创造力，也让我想起契诃夫所言："诗人如果有才华，就不仅凭质量抓住读者，也凭数量。"

作为后辈，曾经的部队作者，并亲受先生点拨、引领、扶植的我，一直将先生奉为师长而尊崇。我早年的诗深受其影响，他的教诲至今在我的写作中起着潜移默化的作用。他的影响，不仅仅是哺育了我这个年龄的一代人，先生不懈的探寻，打破自身的桎梏，80 余岁高龄仍旧诗如泉涌，且质量越来越好的写作，体现了其不老的诗心与大家风范，亦给诸多的后来者以启迪。

我曾惊异先生 16 岁时写出的诗，鲜活、凝重，颇具象征意味，他于上世纪 40 年代朦胧诗人们尚未出生时就已经写出了早慧的诗章，难怪会受到他的老师沈从文、冯至的青睐了。

40 年的军旅生涯，先生是在枪林弹雨之中，在朝鲜战场的坑道掩体里，东海前线的工事和 10 万大山的哨所里，蘸着硝烟战火，以随时准备付出生命为代价先后写出了 12 部军旅诗集。这些诗，如同挂在他书房的那只马蹄铁一样，坚实、弯环，由于征途的磨削而愈加锋利，曾负载着一个血与火的年代，也负载着一颗敏感、细腻，亦融入金戈铁马之声的诗心。他的诗《关于生命》，曾被战斗英雄、一等功荣立者刘勇抄就揣在怀里，呐喊着冲向战场，可见诗的力量……

新时期以来，30余年里李瑛先生又写出了大量的作品，他的诗随着时间的推移，有了不断的明显的变化。自然，作为一个军人，和祖国、人民同呼吸共命运的一颗赤子之心没有变；真诚、朴素、执着，既忠诚于信仰同时又忠诚于艺术的观念没有变；诗人的敏感、尊严、良善，对美的向往和一以贯之的强盛的创造力没有变。

如果说李瑛过去的诗以清新、明确、细腻委婉、柔中见刚、俊逸优美、感性丰盈见长，多以客观的抒写言志、抒情，表达战士的情怀与祖国、民族的意志，于时代的限制之中亦突显了其独特的写作方式与个性，曾产生了深远的影响，这来源于他对诗之艺术的不离不弃，即使在那个赝品写作风行、崇尚虚假的年代，仍写下了动人心魄的诗篇。而新时期之后，他的诗则有了沉郁与凝重，不仅写得漂亮，且更有分量。他的视野更为开阔，挣脱了羁束，敞开了心灵，使其作品进入了新的境界。

他仍旧行走在江南塞北、高原故土之间，搜寻着诗思，捕捉着意象。他还写《鲁迅》，"把爱和恨藏在眉宇间/把半个中国藏在胡子里"，"一只眼含满柔情/一只眼在瞄准"，扶一个民族站起来的鲁迅；他还写《刘胡兰》——"她的最后一句'我咋个死法？'/让我第一次思考该怎个活法"；面对圣哲和先烈，令人感慨诗人对重大主题驾驭的能力与入骨的深刻。他以饱含激情之笔，写下"忧愤和痛苦煮沸大江"的屈原，又以轻灵之笔写出陆游未曾写出的单眼皮的"失血的杏花"，以及编钟那"不死的青铜"，"从壶口回来，才认识了黄河"的感慨。除此之外，诗人还写出了《我的另一个祖国》，面对在苦涩中独对一堆火的余烬，两眼混浊的老人，面对贫穷和苦难，诗人感到的是"我的心被刺穿/没有什么比这更严酷"；诗人之笔探向底层，写那些"最了解我们民族汗水味道"的山民，"仿佛只因有了他/地球才会艰辛地旋转"的纤夫，"只有花的名字却没有花期的姑娘"，以及饥饿的孩子们的眼睛……这种深沉、凝重，对苦难的悲悯，怀着希望却并不绝望的情怀，是诗人过去的作品所没有的，亦是一种心灵的开拓。

李瑛先生的诗更为明显的变化，是将其长久隐藏在文字背后的"自我"袒露出来，让我看到不同的侧面，更为清晰完整的"另一个李瑛"。诗集的第五辑，皆为诗人的追忆之作。童年，对逝去的母亲、父亲、姐姐的怀念，对逝去不久的爱人的怀念，对朋友、战争与死去的士兵的怀念，都写得情真意切、刻骨铭心。其中，最具感染力的是《等待——一束白花献给我逝去的娟》。这是以记忆和爱，证实彼此存在的诗篇，那是"互相梳理彼此的羽毛/互相舔着彼此的伤口"的爱，"望着彼此的满脸沧桑/我们搀扶着，偎依着/相视而望"的爱，两个生命已结为一体，相濡以沫，时间越长，越情同醇酒，越经磨难，情感越亲密、坚韧，难怪诗人会感叹——"一个人加一个人/才是一个真实的人/而两个人减去一个/便等于零"了。而这难舍难离的情感，让诗人不相信爱人已经离去，甚至认为"你只是出去一会儿/你不放心把我一个人/丢在这偌大的世界……"而要痴痴地等待了。诗由爱的强度和痛苦的强度所引发，写得痛彻心肺，具有强劲的心理穿透力。诗人的这些诗，是将"整个心灵抖擞起来"，充满了爱与人性的作品，以真实撼动人的心魄。正如里尔克谈其任何一首成功的诗，"真实都远远超出任何我所能感觉到的情绪和偏好"。

在这部诗集中，尤令我钦佩的是第一辑中的作品，这是一批感性与理性交融，对生活、社会与人生有着透彻感悟和理解，充溢着智性沉思的作品。令人感觉到含蕴哲理的凝重，充满探索机锋的精神敏感性与灵动。这是一种"豪华胆量"的气象，朴素真纯的境界，已没有刻意的追寻，却自然而又透彻。这是"用血里的铁锻打钉子/用骨头里的磷点燃灯盏"所建造，"还要有一把苦荞米粥喂养/还需搅拌泪的辛酸，汗的盐碱"，并把丢失的声音找回来、瞩望未来的诗歌，有着风骨和气度，有着丰富内涵的诗歌。

面对《时间》，诗人感悟到"生命赐给我的/时间又一点一点向我索回/最终把一切还原成尘土/庄严而宁静地进入永恒"；在《刀和磨刀石》中，诗人看到的是"刀和磨刀石越磨越薄/两个生命一起得到了延伸/牺牲的痛苦是崇高的"；他倾听"生活和死去的时代留下许多声音"的回想；从灵堂和婚宴上的蜡烛，体味蜡泪还是蜜汁；他慨叹"爱情是无法说出的东西/他们相互占有/犹如幸福和痛苦"，而人的《变异》，那可怕的真实是"兽变人，需要亿万数年，人变兽，可以只需瞬间"；他从矿难中看到有血流出的煤，从《弃婴》看到了人性的沦丧……诗人不是用眼睛，而是用心灵看这个世界，他所看到的，却是眼睛看不到的东西，但这不是虚妄和彻底的虚无，而是在及物的把握中领略事物的本质，所谓"思想是一种经验"，是深入的理解，显现的是精神。

诗人在《这就是岁月》中，称"一个个今天，瞬间就变成了昨天/昨天死在脚下，只有真实的今天在你手里"，指出把握今天的重要。诗人是执着、勤奋地把握每一天的创造者，纵然昨天可以死去，可留下的诗仍鲜活可感，一册又一册，对于诗而言，这不竭的创造就是岁月！

2010 年 3 月 28 日于北京

原载《文艺报》2010 年 5 月 19 日

一条深沉浩荡的河流

——读诗集《河流穿过历史》断想

曾凡华

　　时光并非如爱因斯坦定夺的那样不可超越，当我捧读李瑛的新时期诗选《河流穿过历史》时，当我徜徉其间被其极富青春活力的诗行打动时，我的感觉就是这样。

　　我一边读他的诗，一边回想与他交往、和他谈诗的种种情景，内心里升起一种由衷的敬意。在我心目中，李瑛算得上是一位真正意义上的纯粹的诗人，在这个需要纯净的诗来陶冶人们心灵的时代，他的诗更有着非同一般的意义。他诗中所浸润的道德感、责任感，他诗中所表现出的诗人的良知和本分，足以让整个喧哗的世界静默。我的第一直觉是：只有这样的诗才能进入读者心灵深处，才能进入文明历史的永恒层面。

　　读着他的《河流穿过历史》，我能感觉到李瑛诗里所洋溢着的理想与情怀，这种理想与情怀，是与他精湛的诗的技巧完美地融合在一起的，因此才能深深地打动我。他诗中纷繁的意象、隐喻以及纯粹之美，让人过目之后就很难忘怀。他诗歌语言的纯粹性，与其细腻而深沉的情感相映衬，频频跃动于诗里行间，从中不仅能探测到时代的脉搏，也能探究出他诗品和人格形成的轨迹。

　　读了他的《河流穿过历史》，能看出李瑛深厚的诗的素养和美学根基。他的诗，能让人直接化解一些诗歌理论上尚未解决的疑虑。可以说，是他的诗，使我在诗歌创作中，得以成长和进步。甚至也可以说，军队有不少诗人都是在李瑛的影响下成长起来的，既便在诗歌"沉寂却喧嚣"的"文革"时期，作为"硕果仅存"的几个诗人之一，他的诗也卓然独立着，依然充盈着俊朗的诗意和柔美的诗情。他不仅使军旅新诗突现出少有的纯粹性，而且避开了繁冗和不洗练的弊端。我和诗友们曾私下议及李瑛的诗，发现在他的诗里，几乎找不到标语口号式的东西，这在当时是需要些勇气和胆魄的，说明了他在当时情境下不随波逐流、不趋势跟风的诗人品性和人格。当时，他的诗集《红花满山》，几乎成了军旅诗的圭臬，成了我们暗中效仿的模本。他诗中所特有的那种沁人心脾的节奏感和韵律美，曾让我们苦苦求索却难得其鹄。尽管他也难以避开当时环境的压力，但他仍保持着一个正直的诗人对时代和人民的使命感，保持着一个诗人正直的灵魂……

记得"文革"后期，我曾借调在他任职的杂志社工作过一段时间，朝夕相处之间，深得其教益与熏染。他的儒雅又不乏军人豪迈的谈吐，他的深沉又不失天真的举止，给我留下了很深的印象。在班车上、在楼道里，每议及时局，他表现出的忧心忡忡的神情，以及作为诗人和军人的他夹在双重身份间的矛盾心态，这从他《一月的哀思》里可得到验证。

记得1979年在边境作战前线，李瑛和诗人公刘结伴在部队采访，那种履险而不惊的镇定与勇毅，至今让我记忆犹新。我当时就想，只有经历过战争考验的诗人才能具备那样的气质。后来他任总政文化部部长，在主管全军文化工作的大捭大阖中，却没什么官气，依然保留着诗人的本色和风仪。

作为军中的歌者，李瑛忠于他生活的时代、忠于他置身其间的军队，当然，也忠于他立足的那片土地以及土地上生活的人民。在写诗的道路上，他有些卓而不群，他总是以他独有的语言方式、独有的情感体验，来实践他自己对诗的诺言："用血里的铁锻打钉子／用骨头里的磷点燃油盏／用钉子和油盏／建造诗歌……"

如同一棵卓然而立的临风高树，李瑛也曾在诗里坦露过自己的心迹："我骄傲，我是一棵树……"由此也可以看出，李瑛很善于将生动的形象、浓郁的诗情和深刻的哲理，巧妙地结合在诗里。他出手的东西，总是那样精美瑰丽，那样富于旋律美和节奏美……

我从李瑛的一些诗中，也触摸到了某种个性主义的精神，是不同于西方的孤立的个性主义。这种个性主义，是不以剥夺个人自由为替代，是融合了全人类思想的个性主义。他那颗敏感的诗心总随着时事的变幻而颠踬而酸楚甚至痛苦不已，这是我从他的许多诗比如《悼》、《巢》、《垂落的眼泪》等中感悟到的，也是从跟他不算太多的交往和接触中感悟到的："我们只能理好他被风吹乱的头发/以此缓解心头的疼痛/我们不知道再做些什么/只能和世界一起/低着头转过身去……"（《悼》）"也许我们/并不比它们知道得更多/生活总是充满艰辛和痛苦/而艰辛和痛苦/是美丽的……"（《巢》）"无论软弱或坚强/也无论悲伤或狂喜/苦痛和兴奋会凝成沉默/也许泪变成一片枯竭的湖/丰盈的泪水腾起了燃烧的火……"（《垂落的眼泪》）这些诗句，无疑属于李瑛式的沉郁和明丽。

我觉得，和艾青一样，李瑛诗歌艺术的根也是扎在中西文化交汇点上的。尽管他不像艾青那样有较长时间的西方生活经历，但他读过大量西方各种风格、各种流派的作品，并有过较多的出访机会，有对西方现代诗本质特点的深刻探究和把握，因而能身体力行，将其崭新的思想和艺术技巧融入中国传统诗歌艺术之中。无论是具象与意象的运用，无论是形象与象征的"破译"，他都注重"用诗的魅力来创造更美更有深度的境界"，他注重在诗中"刻画个人的感受和内心世界"。从《河流穿过历史》中，我们可以看出，李瑛也是十分善于用有质感的形象，善于用暗示、对比、烘托和联想来表现"内心的世界"的。例如："呼啸，是风的鞭子/飞劈，是雪的刀子/冰碴石子在奔跑/街道和树在奔跑/只铁的严寒挺立不动/静静地倾听着……"（《大寒》）"土碗里摇荡的酒/都像花朵一样凋谢了/昨日射出的箭和流水/再不会回来/只剩斑驳的野史和传说/被牧鞭抽赶着/越传越远……"（《嘉峪关》）我只是从诗集中随意摘取一些句子，就能感受到他那与众不同的语言结构方式和意象运作方式。

李瑛对于诗的执着和专一，是令人感动的。他在长达半个多世纪呕心沥血的诗意探求中，给我们留下了许多值得存之久远的艺术珍品。他的源源不绝的诗的创造力，他的永远闪烁着青春光芒的诗心，他的持之以恒的努力所建筑的诗的丰碑，让我们钦羡不已也惊叹不已。

原载《文艺报》2010 年 5 月 19 日

蓬勃野草的歌声

——读《河流穿过历史》

殷　实

　　所谓全球化的时代，其实就是个人人都容易健忘的时代，人们不断经历新的"奇观"，又将其迅速忘记。我们听到的"眼球经济"的说法，大概是对这样的时代的一个最好注释了：疲累的眼球加繁忙的经济，此即大部分人生命和生活的实况。这个时代的诗人们命运尤为悲惨，他们中没有几个会被谁记住，更没有一首诗还会有人背诵——古代诗人们的一些作品之所以还会被强制阅读，是因为功利主义的家长们基于考试升学考虑，而非陶冶孩子们的情操。正是在这个诗意匮乏的时代里的某一天，我读到了一卷诗集：《河流穿过历史》，作者是李瑛，我相当熟悉，因为在早年的中学课本里，我们曾经学习过他写的一首题为《一月的哀思》的诗，是记录广大人民群众悼念周恩来总理的情景之作，至今印象深刻。

　　但是，这位伴随中华人民共和国的诞生而歌唱了一辈子的诗人，却似乎颇为低调。短短三十年改革开放的历史，中国公众的思想注意力由社会政治而转向经济、市场，情怀价值则由国家民族而转向个人、自我，迅速彻底地完成了"世界观"和"意识"的转型，大部分诗人、作家们亦不遗余力地扮演着传声筒角色，在不同阶段为不同的时尚生活色调添上适当的韵脚。其间出现了许多在西方现代诗歌阴影下的新潮诗歌，但也在莫名其妙以十年为一代的文学分期方式中互相践踏，尽被抛弃。然而，翻开《河流穿过历史》，我却发现了一位没有被完全卷入流风时俗的歌者，他的稍有更改却又不无发展的腔调看来反而是一种令人钦佩的专注，他的单纯不变的感情印证了他基本上没有自我背叛，他笔下的那个抒情主体仍然是我们称之为"大我"的超越者。

那么，我所谓的"专注"、"背叛"、"超越"是什么？

我们来读一读他的作品。《野草》："它是贫贱的/它的形状是火焰的形状/在狂风骤雨中生长/不怕艰辛也不怕爪趾和牙齿/纵使身上结满伤疤/地下钢丝般的根，仍/紧缠住沙砾和石子/在金属的意志和凝重的思想中/只有一个强烈的信念：生长"，"就这样，它以/爱、勇敢和野性的方式/歌唱/把生命献给世界"。再看《野草下是什么》："地平线上生长着/蓬蓬勃勃的野草/草丛下是什么，没有人知道"……李瑛为什么反复写野草？很清楚的一个事实是，他的诗歌中基本没有离开过土地和人民这类意象，他的抒情方式与他的感情态度是与他的艺术对象息息相关的。

三十年过去，他似乎没有发展他的"自我"，总是专注于家园和土地上那个更大群体的命运。野草的人民是一望而可知的，"草丛"的下面是什么？"历史活在野草的苦涩里/绿油油的生命埋葬着死亡/没有人知道。"李瑛敬畏野草这倔强的生命，甚至希望把自己死去的生命埋进大地，"坟头上长出的就是这种野草"。可以说，这是三十年前我们即熟悉的一种感情：一个诗人绝不会赤裸裸地放大自己，只会真诚地贴近他所属的那个群体，去体会他们的力量，描摹他们的感情，传达他们的声音。在故宫，李瑛看到的还是青砖缝中钻出的青草："这是什么地方，它不知道，不知道/这里有几重大门，几把铁锁/这里，院有多深，墙有多高/只见烟云浮起金黄的瓦脊/只见春天轻拂着飞檐的楼角/红墙，石雕，威严中又显出残暴……"小草让他看到生命的春潮，这野性生命的力量更甚于帝王宫阙的死寂存在，象征权贵的城池和无名无姓的青草在诗人心中的地位高下十分清楚。在西北，诗人同样看到荒原上野蒺藜的苦涩之美："没人怜爱的孩子/蛮荒中痛苦的王啊。"还有"腾格里沙漠边的一棵小树"："凶猛的风沙/一百次要吞噬它/尖利的碎石/一百次要啃烂它/它周身伤痕累累/不论谁看了都感到痛苦"，诗人认为："这是我到这里来/遇到的第一位真正的/英雄。"人民想象、人民情怀、家园认同，这就是李瑛诗歌在平和、悠长的旋律中不断呈现的主题，而正是这些在今天未必还合时宜的主题，把李瑛从一般应时应景的诗人中区别出来，也把他从"现代"、"后现代"、"国际化"之类时尚写作中区别出来，更显示出一种持久坚持的品格，他持之以恒的"人民"主题让我们再次看到诗歌的现实主义美学光芒。

诗人对大地上众生的同情是随时随刻的，走过城市，他看到一个弃婴："通红的脸颊贴在皱巴巴的布片上/淡黄的软发黏在泪水里/她身边是塑料袋、果皮和/发霉的烂菜叶子/后边是和她无关的/酒楼、超市、红绿灯和银行。"那个小生命哭着睡去，睡去又饿醒，令诗人的心哀痛战栗："自从那夜我看见她/许多天再没有睡过一次好觉/我翻遍垃圾/寻找人的/尊严、权利和道德的碎片。"在远离首都的贫困地区，诗人走进一个小村庄，"在深深的乌蒙山峡谷里/滚下的石头有一双双眼睛/摇曳的野草有一双双眼睛/芜杂的树枝有一双双眼睛/黑葡萄般滚动的/黑珍珠般明亮的/黑水晶般闪烁的/大眼睛，转动在/蓬乱的头发下/长睫毛的后面/我走进谷底小村，这一双双/只认识风雨冰雹的眼睛/只认识过早日落的山谷的眼睛/便簇拥过来，静静地望着我/像一群缚住翅膀的小鸟/我不认识他们/但我认识饥饿"。锥心的苦痛还不止于对饥饿、贫困的感触，李瑛的家国感情似乎都遭遇到了深刻的危机，因为眼前的图景并非来自电视镜头里遭遇灾祸的非洲，也非战乱中的阿富汗部落，而是自己的祖国、自己的家园。那些孩子们"从惨白的饥饿后面/静静地望着我/他们不认识我/却信任这荒山冻云的祖国"！阅读这样的诗句，需要和诗人同样的情怀，需要在这个虚浮膨胀的时代里我们普遍尚不具备的罪感与谦卑。经济数据换算出的突飞猛进和底层社会的艰难脆弱之间的反差显而易见，但是，能够以坦然的胸怀拥抱贫贱的同胞，觉察到自我的内在矛盾，并且时时渴求精神平衡和心灵安宁者，却似乎只有敏感的诗人之心，我们只能跟随他共同体验难言的苦涩、羞愤和不安。

当诗歌无限贴近大地时，诗人柔软的心会触碰到荒凉和粗粝，甚至会被灼痛划伤，但这或许也正是大地对诗人别样的恩赐。在如今大部分的吟咏都沉湎于微不足道的个人小世界，眷恋着书斋的温馨和象牙之塔的精细时，在李瑛的诗歌中，须臾不离的却是野草、蒺藜、荒山、冻云，这些物象和人民，和大地上苦难者之间的象喻关系始终没有改变过。三十年前，诗人写下《我骄傲，我是一棵树》时，就定下了这样的基调，那是对自己地位的认定："我是广阔田野的一部分，大自然的一部分/我和美是一个整体，不可分割/我属于人民……人民啊，如果我刹那间忘却了你/我的心将枯萎。"所以，诗人的目光随着历史的变迁而伸展，良知和情感却是不变的准绳。当这个世界出现了可怕的精神灾变，诗人惊悸于被"荣誉、财产和情欲搅动的/疯狂的舌头/纵火的眼睛"，他发现"由兽变成人/须经过亿万斯年/而由人变成野兽/可以只需瞬间"（《变异》），而与此同时，在大地上的行旅中他还看到了截然相反的严峻风景："难道这就是我的祖国/大地尽头的最后一座村庄/犹如一堆风卷的枯叶/犹如史前部落的遗址/……低矮的茅顶倚着坍塌的土墙/一户户相拥相挤的苦人家/家家传递的都是愁苦/日子沉重得像石头/贫穷和哑默深不可测……谁也不相信这是一座村庄/千年也割不断和贫困相连的脐带，没有什么比这更凄惶。"（《我的另一个祖国》）是的，我们有理由怀疑，难道这就是我的祖国？一直情系于祖国和人民的诗人并没有被时代牵着鼻子走，他没有背离自己的初衷，更没有背叛自己对土地的深情厚谊。发出这样的声音是需要勇气的，更需要一个诗人真正强大的自我，这个自我以不变应万变，反而获得了尊贵。

祖国和人民都并非抽象简单的概念，也不是可以随便抛弃的旧辞或者是大词，在根据"时代"需要取舍的人那里，它们的重要与否可能已经被颠倒再三，但对于李瑛这样的诗人来说，却是始终如一的。他仿佛被赋予了单纯任务的一个忠诚的哨兵，从没有离开过岗位半步，而与他同处一样时空里的大多数歌者，早已变身无数，变腔变调多次。唐人吴融有诗句云："落落孤松何处寻？月华西畔结根深。"我以为，李瑛先生"从一而终"的情感方式和歌咏表达方式，是适合用这样的诗句来形容的，因为他告诉我们的，是一种诗歌情感、态度的坚定，是对土地、家园母亲的固守，他用三十年的写作时间说明了这一点。

原载《文艺报》2010 年 5 月 19 日

穿越时空的综合

——读《河流穿过历史》

杨四平

　　我几乎读遍了李瑛的诗，也几乎看完了李瑛诗歌评论，还写过李瑛诗歌评论，以及评论之评论，可以说是一个李瑛诗歌的老读者和持久研究者。新近又读到他的新时期诗选《河流穿过历史》，更加坚定了我的一个论点：李瑛诗歌是那种理想中的穿透时空的具有永恒魅力和启示意义的写作。

　　李瑛诗歌为什么能够吸引一代代读者？为什么永不落伍？我想，除了与时俱进外，还有一些比较稳定的属于气质性、风格性的东西在发生作用。也就是说，李瑛诗歌在"常"与"变"中找到了很好的平衡点和生长点。总结起来就是，李瑛诗歌惊人的综合力，这又可以细分出以下几个层面。

　　第一，感性与理性的综合。偏重于感性的诗，容易流露出浪漫主义倾向，而偏重于理性的诗，容易流露出现代主义的倾向。而这两种貌似对立的质素，在李瑛诗歌中得到了有效的综合，并使其产生张力。其中的"陌生化"就是李瑛诗歌"文学性"产生的根本原因。本来是很"具体"的题目，李瑛可以写得很超然，比如《红豆》，从"一个火辣辣的中午/我在南国的灌木丛中"采摘红豆这一细节写起，生发出"没有歌的生活是寂寞的，/没有雨的土地是贫瘠的/没有爱情的心是不能搏动的"这一哲理性主题。本来是很"抽象"的题目，李瑛又可以写得很有实感，很有血肉，很有生气，比如《时间》，通过带有中华民族历史文化记忆的"原型意象"，通过"流水"和"梦"这两个生动比喻，写出时间的永动性和幻象性，也通过"太阳"和"星斗"之间的置换，写出白昼之间的不停交替。反过来看，如果固执于一端，尽管也能写出某一种风格的好诗，但终究没有李瑛诗歌里的这种丰富厚实！

第二，历史与现实的综合。过去很多人总喜欢根据李瑛的军人身份及其早期诗歌里的军事题材，试图把李瑛及其创作锁定在军旅诗人和军旅诗歌上，这一"就事论事"的局限性思维遮蔽了不少人对李瑛诗歌的全面认识。其实，李瑛既是军旅诗人，又并不只是军旅诗人。就是在李瑛早期的所谓军旅诗歌中，在许多情况下，军旅题材也仅仅是一种题材、一类意象，而表达的却是远比军事主题更为博大的思想。新时期以来，李瑛诗歌就更难用军旅诗歌来概括了，极少的军事意象和军事语境仅仅是作为诗人写作的一种远景和记忆，目的而为了从历史的隧道通达现实境地。这种历史与现实交替的思维，是为了思考：现实中哪些东西具有传统的现实正当性？哪些东西歪曲了、否弃了传统？如此一来，李瑛的诗歌就既具有历史纵深感，又富有鲜活的现实感。李瑛从上世纪40年代就开始写诗，至今有60多年了，他经历了中国现当代史上一系列重大的历史事件，足迹几乎踏遍祖国的大江南北。从这本诗集里也可以看到，他时而写南方，时而写西北（尤其是青海和西藏），时而写自己一生的成长历程与记忆。可以说，李瑛的诗是一部生动形象的中国现当代史，也是一部简括的现代中国地理图志；从中，我们不仅可以看到祖国的山山水水，以及诗人在此中的成长片段，还可以了解到中国摆脱屈辱、建立主权国家、不断走向新胜利的历史。比如《历史的回声》，通过与一位生活在大别山区光荣院老人的谈话，贯通昨天和今天、历史与现实，他说："坐在面前的是一位老人/老人是一本合上又打开的/中国革命史，现在/他以浓重的地方口音和方言/向我倾诉传奇的一生/仿佛丢失过自己又重新找到/他强烈的爱憎/使许多历史故事和故事的细节/在唇边一一复活。"李瑛诗歌里的"对话"，以历史的艰辛和光荣，来证实现实的温暖和幸福。

第三，现代性与现代民族国家建立的综合。围绕中国将向何处去？围绕中国的发展道路、发展模式、发展速度等重大命题，现代中国思想界展开了热烈的讨论，集中出现了文化激进主义、文化自由主义、文化保守主义三种倾向。其实，在百年中国现代化进程中，这三股思潮既是对中国社会文化转型的回应，也是面对西方外来文化冲击的应答。其中，激进主义因倡导国家主义，主张暴力革命，一直居于主流的优势地位；自由主义倡导人本主义，主张西化，反对传统，但由于缺乏赖以支撑的中国中产阶级的社会基础，长期遭受激进主义的打压；而保守主义的命运就更惨，几乎等同于落后、迂腐、愚顽之类贬义词，它既反对全盘西化，又反对激进革命，主张以中国传统文化，尤其是儒家文化，作为中国现代化的思想资源，也就是说，它主张在中国传统文化的框架内稳步推进中国现代化，因此遭来了激进主义和自由主义两方面的质疑、否定，始终得不到翻身。只是到了上世纪90年代，随着中国改革开放进一步走向深入，随着市场经济体制的正式确立，国内思想界的内在分歧却在逐渐扩大，那种以西方现代性为绝对律令的启蒙开始了自我瓦解；也就是说，在国内思想大解放和国际新儒学的交互影响下，激进主义称雄天下的地位发生了动摇，自由主义的地位略有上升，而保守主义得以翻身，成为一股不再被小视的崛起的文化思潮，就连80年代一度持激进主义观念的李泽厚这时也提出"告别革命"、"以儒为主，儒道互补"的中国发展纲领，倒向了他曾经不屑一顾的保守主义。这些思想纷争都表明，以往人们大都认为在中国发展现代性与建立现代民族国家之间是彼此矛盾的，而李瑛在看到了两者之间冲突的同时，更重视两者之间的融合，所以我们很难用哪一个"主义"来框定李瑛，这也就是李瑛思想丰富和深邃之所在。也就是说，不管是借鉴西方，还是发掘传统资源，目的只有一个，就是使现代中国强大起来。李瑛诗歌这种高屋建瓴的超越性，使其既拥有现代性又拥有民族性。

第四，忧患与期盼的综合。尽管现代中国在不断地走向美好的未来，一路风雨，一路阳光，风雨兼程，但是，李瑛的诗没有那种常常受人批评的空茫的乐观主义和英雄主义。李瑛用辩证的眼光来看待现代中国的发展，在他的诗中，他既是一个历史的亲历者，又是一个历史的观察者，还是一个历史的评判者。这种多重身份意识，使他的写作获得了可贵的客观理性、有力的思辨性和艺术的丰富性。诗含"多"层意，不求其佳必自佳！正如他在《我们用什么哺育诗歌》里开门见山写到的："用血里的铁锻打钉子/用骨头里的磷点燃油盏/用钉子和油盏/建造诗歌/当然，还要有一把苦荞米粥喂养/还须搅拌泪的辛酸，汗的盐碱/必要时，还须跑回过去的岁月/把丢失的声音找回来/当然，更须让它睁大眼睛/瞩望未来。"他也没有把中国复杂问题简单化、本质化，比如，他的《我的另一个祖国》就看到了，"我的艰辛中成长的祖国"中的地区差异、城乡差异，正视诸如此类的问题，着眼长远发展。还像他说的"站在苦难面前/不能只剩下一双哭泣的眼睛/生活仍将继续……"由此，我们认清了李瑛的诗正视苦难，而且在对苦难的历史辩证的凝视中，产生了坚定的信仰，那就是，苦难终将过去，幸福像一个天真的孩子那样，向我们招手，向我们奔来，这就是李瑛诗歌的写作伦理。

概言之，李瑛诗歌的综合力，不仅是对传统与现代的综合力，也不仅是对中国与西方的综合力，不仅是这样一些艺术层面的概括力，而且是对更为深层次的、更为本质问题的综合而超然的能力，如前面我所讲到过的感性与理性、历史与现实、现代性与现代民族国家以及忧患与期盼等方面的综合力！

原载《人民日报》2010 年 11 月 8 日

诗情又辟新天地

——读李瑛长诗《等待》①

吴　凡

　　近来阅读诗歌，令我感到惊异的是，我看到了素所景仰的诗人李瑛的另一面。无疑，我主要指的是李瑛近期发表的长诗《等待》（《诗刊》2009 年 1 月上半月刊），这首诗引起的我的心灵的长久震颤。我相信，细心的读者一定和我一样注意到了李瑛的这首长诗新作。不错，作为诗坛常青树的李瑛，绿色和红色，似乎构成他诗歌吟咏的主色调（那是军旅诗人和时代歌者的情感色彩）。是的，他常常以精巧的构思、绮丽的想象、优雅的语言和铿锵的节奏，讴歌生活及时代的英雄、领袖、民众，透露出博大的胸襟和关怀意识。80 年代后期以来，他注意到了诗人题材领域的拓宽，技巧的丰富，他抒写故乡、亲人、人生哲理、山河大地以及自己内心世界，其长诗《等待》又敞开诗人心灵另一扇窗户，这是诗人在 82 岁高龄倾注一生爱恋体验而写就的怀念妻子的爱情之歌，笔端凝聚着诗人对亡妻的款款思念之情。同时，此诗也再一次显示了诗人熟练自如地驾驭抒情长诗的能力，我们从中看到了诗人的一颗永不衰老的诗心，看到了他越写越年轻的诗歌风采。

　　时间乃无情之物，在时间向前而去的单向刻度里，我们走向成熟，收获幸福，也在渐渐苍老的同时难免失去亲友。这种生与死的隔绝，是生命的无奈，更是所有文字无法承受的沉重。2008 年 6 月 18 日凌晨，是一个平常的早晨，但对老诗人李瑛而言，却是一个巨大的悲伤降临的早晨。诗人携手一生、相濡以沫、至亲至爱的老伴与诗人最后一次道别了：

---

　　① 《等待》，2008 年作，载《北窗集》诗集中。

你带走了我生命的

一半，三分之二

更准确说是全部

你去了，没有人知道

只有黑夜

泪光闪烁的黑夜

这位与共和国发展建设相伴 60 多年的诗人，用诗歌真情抒发时代精神的不倦歌者，以其历尽沧桑却依然婉转有力的笔触将其难以抑制的爱的情感潮水倾泻于世人面前。

回忆是这类悼亡诗歌的常用手法，诗人无法打通生死的大门，找回离去的妻子，却打开了记忆之门，他以真挚动情的诗句回顾了与妻子相爱相伴的一生。红楼课堂青春洋溢的学生时期，人生坎坷的风风雨雨，正是妻子坚贞不渝的爱情、温情豁达的支持，让诗人总能获得笑对苦难的勇气，总能用阳光抒情的笔调去讴歌时代。在诗人无限清丽阳光的诗风背后。妻子"羸弱的身躯"是坚定不移的情感支柱，在诗人繁忙工作与硕果累累的背后，是妻子忍受"满身历史创伤"的精神支持。即使已脱离工作离休在家，彼此"依然搀扶着，偎依着/相视而笑"。这种笃深而弥坚的爱情，这种历尽沧桑的浪漫，让我们感动，也深情地衬托出妻子在诗人生活中的重要位置，以及老诗人失去爱人后的凄然酸楚的心境。

捕捉恰当的细节是李瑛诗歌创作中擅长的手法，他曾说过："我最大限度地使用自己的全部感官，目光炯炯地注视着、专注着、倾听着和感受着身边发生的一切。我把触角须根般地伸向生活的最底层和人们心灵的最深处，许多动人的景象，促使我用笔来记录它们。"在这首诗中。诗人不厌其详、不厌其细地描绘着妻子生前的诸多细节，将妻子生前所用物件一一扫描，甚至于"不敢触动"，只能"泪眼望着"。然而物是人空，当"杯里残茶已经干涸/窗边，盆花也已枯萎"成为无情的现实时，无限的伤悲，如"梦一般清冷的月光/像一曲哀歌的颤音/从瓦脊缓缓流进来"，流进这位耄耋老人的空巢，流进诗人孤独凄凉的心田。

诗人以爱人最为熟悉的诗歌形式与其对话，他展开想象的翅膀，进行一串丰富而温情的假设："如果能把我们/还给母亲，让我们一起/再重生一次，该有多好／当生命成为枯叶／让我们手挽手一起／轻轻飘落，该有多好。""你只是出去一会儿／还会回到我身边"，"无论走多远／你都会沿着家里／灯光铺就的小路赶回来／在一个清晨或者傍晚／轻轻推开门／亲切地唤我的名字／然后依偎着我／擦去我满脸泪水／把你的心重新／放在我手上／让我在你的爱里／沉沉地睡去。"质朴无华的诗句，营造了平凡、温馨且不乏浪漫的意境。这里我们感受到的似乎不是一位老者的悲怆，而是初恋的纯真。仿佛是一位少年，在向爱恋的少女表达热烈的倾慕之情，在长长的独白之后，等待恋人的回音。

对生命与爱情的重新认识，是优秀的悼亡诗中常见的内容。诗人以比兴的手法表达着与爱人之间关系的思考，"鱼死了，海还活着／鹰死了，山还活着／海和山也会死去／太阳也会死去吗／欢笑和眼泪合成的生命呵／我们只能以记忆和爱／证实彼此的存在"。人毕竟与自然不同。因为有爱，才有记忆，才有欢笑和眼泪；如果没有这些情感和记忆，人的存在与鱼、鹰、海、山何异？转而，诗人开始自责，一连用三个"愚蠢的我"强烈表达了与妻子的相知相伴、生死与共及诗人爱与痛的复杂情感和人生短暂的深切感受。这里诗人选择了"愚蠢的我"这种强烈自贬的称呼，更突出地表达出对爱人生命无法挽留的悲痛心情。因为爱愈深，愧疚之心也愈深，自责也更强烈。李瑛戎马一生，为了工作和事业，一直忙碌和奔波，他在谱写时代的颂歌、生活的诗意，抒发对祖国、对军人的无限深情和探索人的心灵奥秘、感悟社会人生的同时，常常无暇顾及妻子在家深情的守望。

回环往复地抒发情感，是李瑛长诗的特点，这一特点在怀念周恩来总理的长诗《一月的哀思》中成为经典。长诗《等待》的抒情并未追求音节上的回环复沓，而是在诗歌内容上反复吟咏、逐层深入，将情感表达推向高潮。诗歌最后一节，诗人从悲痛与自责中陡生痴幻，在思念情思中仿佛又看到了妻子从前的影子，在似是而非的恍惚中，抒发着自己渴望"还是坚信／你定会回来／从我闪着泪光的／诗的后面回来"。

诗是诗人的生命，也是诗人情感的纽带。老诗人与妻子因诗相爱，也因诗而精彩。在妻子的眼里，李瑛的诗记录了他们患难与共的一生，记录了他们与时代的一次次感动，因而，李瑛坚信他闪着泪光的诗会再次感动他逝去的爱人，甚至感动苍天和死神，让他挚爱的"娟"在蜕去生的躯壳之后，会以一种超越想象力的存在回来，回到诗人的心中，所以诗人在悲痛中没有绝望，他在呼唤，在等待，"亲爱的，时时刻刻/我都在等你回来/日复一日，直到晨星消隐/年复一年，直到雪打灯残"，情感强烈而真挚、思念不尽而伤痛。李瑛的诗因情动人，《等待》一诗更以深切执着的真情、缠绵悱恻的抒情再次让我们唏嘘不已、感动不已。

全诗以倒叙开始，由逝者已逝的悲痛展开情感的追忆，用排比和铺陈渲染悲痛的情感氛围。用饱含深情的咏叹强化诗句的感染，用回忆逝者细节的描写引导对逝者的思念。诗以抒情为主，沿着诗人跌宕有致的情绪，缓缓展开逝者让人追忆的一生，其中总有对逝者的赞颂和对逝者生前片段的愉快追记，让诗歌暂时缓冲悲痛的情绪，却更加强化了对逝者不舍的心痛。这种亦悲亦颂的写法，使李瑛对逝者的追忆诗歌与其他颂诗保持了风格的一致性。可贵的是这首诗在言情方面又有所超越，即情感真挚而不空洞，笔触细腻而不琐碎。

在长达 70 年的创作历程中，诗人能始终保持独特的个性与品质，这是一种绝对的自信与成熟，有着深厚学养的北大学子，一生儒雅，始终保持着委婉清丽的抒情风格，即使在口水诗肆意蔓延的当下，诗人也能独善其身，保持其诗歌的高贵、透亮，而这其实也是诗人高洁情操的写照。

原载《诗刊·上半月刊》2009 年第 11 期

他让诗歌艺术走向深广

——读《李瑛七十年诗选》

吴欢章

李瑛堪称共和国诗人，他的诗歌创作虽然发端于上世纪 40 年代前期，但他的创作生涯主要在新中国成立以后，他是紧密伴随着新中国整个行程的少数诗人之一。李瑛歌唱新中国的峥嵘岁月，歌唱人民军队的丰功伟绩，曾在读者中产生广泛的影响。他写于 1952 年的《在朝鲜战场上有这样一个人》和写于 1976 年至 1977 年的《一月的哀思》，这两首抒情长诗作为历史的丰碑，将永远留存于新中国的诗歌记忆之中。更可贵的是，他能紧跟时代步伐不断前进，感悟历史的发展，也思索历史的曲折，终于在改革开放的新时期来临以后，使自己的诗歌创作走向更成熟的境地，实现了跨越式发展。

在改革开放的岁月，李瑛的诗歌创作出现了什么新的艺术风貌呢？在我看来，主要可以归纳为以下几个方面。

抒情性成为创作的主导元素

向读者敞开内心世界，充分发挥想象力营造浓郁的诗意空间，这对李瑛的诗歌创作来说，是一个不容小觑的变化。新中国成立以后相当长的一段时间内，由于创作生态环境和文艺思潮的缘故，诗歌创作普遍出现了一种倾向：叙事性强化。在许多诗歌创作中，叙事性成为主导的元素，而诗人的感情只能渗透、潜藏甚或外加在叙事里，这不能不在某种程度上影响和束缚了诗人感情的自由抒发，李瑛当时的创作也不能完全避免这种影响和限制。

诗，尤其是抒情诗本是诗人的心灵之歌，它面对广阔的世界，真诚地抒写生活在自己心灵中引起的各种感情回应，才能营造出"以心照亮心"的艺术境界。诗人能不能自由抒写生活所引起的各式各样的感情，是创作个性得以充分释放的重要条件。李瑛在新时期突破以往的创作模式，写出了许多名副其实的抒情诗。他这些作品有两个特点，一是抒情气息特别浓厚，二是想象力特别充沛。其实在诗歌创作中，抒情和想象是一而二、二而一的东西——想象是抒情的翅膀，而抒情是想象的血液。从某种意义上可以说，想象就是抒情，诗人的情感借助想象这个载体才得以酣畅淋漓地表现出来。李瑛写于1980年的《我骄傲，我是一棵树》在其创作行程中可说是具有转折意义的作品，这首抒情长诗以"我是长在黄河岸边的一棵树"为喻，展开纵横驰骋的想象，突破时空的限制，把爱的触须伸向全世界各种境遇下的人民群众，"拉着他们黄色的、黑色的、白色的多茧的手/给他们温暖，使他们欢乐"，淋漓尽致又感人至深地铸造出一个"人类爱"的崇高感情境界。李瑛这种创作方式的变化，不能仅仅看作是艺术技巧转换的问题，它反映了在新时期相对宽松的文艺环境下，诗人的艺术个性得以充分显现，创作思想得以自由发展，这实际上是思想解放的一种成果。近年来，李瑛笔下抒情诗的大量涌现，我国抒情诗的整体繁荣，都应做如是观。

追求艺术深度和历史纵深感

诗人历经历史沧桑，纷繁复杂的生活使他走向深刻。祖国山河大地的每一处风光、每一处胜景、每一种生态，哪怕是微末的生活细节，都能激发他深沉的感情，引起他深沉的思索。他这一时期诗的笔触，从不在事物的表面回旋，而是深入底层去寻找地心的烈火。李瑛善于从物质中去发现精神，窗花是百姓日常生活中的装饰物，但在诗人笔下却别具一番意味。在荒凉的北方黄土高原上，"这里没有花朵"。真的没有花朵吗？你看："家家户户，那些憨厚的婆姨妻女们/以她们的聪慧与灵巧/把窗子当作繁盛的花圃"，"花朵正在开放/开放在崖畔/一扇扇明亮的窗口"。《窗花》这首诗，就是通过窗花作为黄土地的人们"给予生活的/第一个吻"，表现了任何艰难困苦的环境都磨灭不了人民群众对美的不懈追求。唢呐是一种普通的乐器，但李瑛却在大西北找到"它的生命源头"："是刚毅的北方汉子的一凹一凸的腮/是老羊皮筒子裹着的/红铁砧般滚烫的胸膛/是从黄土层的裂罅喷出的激情。"《唢呐》一诗就是这样通过在朔风怒号中"撼动一座座山峁"的唢呐声，讴歌了那昂立在北方寥阔空间里的"黄土魂"。李瑛还善于通过现实去发掘历史，他从来不孤立地观察生活，他总是从动态中去把握似乎静止的现实事物，从眼前的事物看到它的来龙去脉。他在《编钟和我》中，展开同崎岖坎坷的民族历史的长长对话，他透过一个川江纤夫家庭的数代变迁去概括《川江历史》，他从一个农家墙上的《弹洞》看到"一页站着的历史"，把这个"储藏着一滴浓重的夜色/把枪声钉在墙上"的历史伤痕展现在大家面前："它一言不发/又像要诉说什么/又像要呐喊"，给予我们的是远不止于"忆苦思甜"之类的历史启示。

贴近人民心灵

诗人关怀老百姓的生活命运，讴歌普通人的强劲生命力。在近年来李瑛的诗歌创作中，有一个值得我们注意的现象：他用很多篇幅写了荒天瘠地的野草野花，对这些生长在大漠高原的微小生命倾注全部的爱，贴近它们，聆听它们，向它们献出了深情的赞歌。诸如野酸枣树、沙蒿、骆驼刺、蒲公英、野草、芦花、胡杨、野豆荚、野蒺藜等等，都进入他的诗中成为主角。这些诗歌赞美这些平凡植物在艰苦险恶的生存境遇中，默默地以自己的乳汁滋养着大地，用淳朴的微笑辉耀着天空，诗人以高昂的激情讴歌了它们那不屈的意志、反抗的精神，以及百折不挠的顽强生命力。你看那《野酸枣树》："如铁铸就的枝干，像版画/生长在巉崖峭壁和/一蓬蓬草莽荆榛里/连石头都感到惊讶/它的成长是艰难的/艰难的，但却是快乐的。"你看那西北戈壁的《沙蒿》："白天，风用飞火烧它/用牙齿咬它/夜晚，月亮又射下支支冷箭/和数不尽的流星雨/使它遍体伤痕/它身体瘦小如勾勒的铁线/连呼吸也是最轻最细的/但它不哭，不哀伤/仍然昂着头，横着眉，挺着胸/坚定地痛苦地站着/从叶尖迸出反抗的呼喊。"我们再来看一看那《最后一棵胡杨》：它即使死了，"但它仍然庄严地站着/落尽叶子的枝杈/仍疏朗地站着/被风沙摧残的/粗糙的皮和浑身撕裂的伤口/仍然站着/它凄苦的经历、记忆和梦/仍然站着/一种倔强精神/仍然站着"。显而易见，诗人反复讴歌的在艰难困苦环境中顽强奋斗的这些最平凡的花草树木，正是生长在中华大地上的人民群众的象征。他从风云变幻的历史演进中，深切地感到普通人民的坚忍和顽强、反抗和斗争，正是他们支撑着大地，推动着历史，他们才是中华民族的真正脊梁。

诗人只有永远保持同群众的血肉联系，才可能真正把爱和激情献给人民，这是李瑛诗歌向我们传达的一个重要信息。近年来在李瑛的诗歌创作中还有一个值得注意的现象：他写了一系列回忆童年的诗篇，正如《回忆童年（之二）》一诗所言，他的童年是"忧郁"、"饥饿"而又"孤寂"的。童年生活留给他的是不能抚平的心灵创伤："至今，从时间那头/顺着燃烧的草根/仍能摸到我的骨头/从我的泪里/仍能闻到北方农村的苦味儿。"（《风箱响起》）童年生活也给他无尽的精神滋养："谁知道我的忧郁、饥饿和孤寂相加/等于什么，等于我今天/白发里的什么/骨头里的什么/精神里的什么/血里的什么。"（《回忆童年（之二）》）童年生活也成为引领他思考的生活教科书："一个人的生命/和泥土的关系/和草的关系/一个人的生命/和生活的关系/和时代的关系/沉沉埋在我的记忆深处。"（《苍苍芦苇——怀念母亲》）李瑛这一系列回忆童年的诗篇，可以说是他人到老年再一次的寻根之旅。正如《根》这首诗所写的："一条路总有一个起点/埋在那油盏的黄晕光圈下的/是你的根//——那无由选择、不可取代的生命的根/——那尊严、柔情、痛苦和欢乐孕育的根/——那和你骨肉相连、生死同一的根。"诗人通过寻根之旅，重新反省、审视和确认了自己和时代的血肉联系、自己和人民群众的血肉联系。李瑛这种饱含着全部人生经历的诗意反思，给今天的读者、给我们的诗人和诗歌创作，提供了不少值得回味的东西。

创作个性的自由释放和人生经历的综合体验，促成李瑛诗艺的丰富性和诗意的深刻性。近年来，他的视野更宽，取材更广，表现方式更加灵活多变，想象力更为充沛奔放，呈现出刚柔相济、浑厚深沉的艺术风格。他把人生的综合体验熔铸于创作之中，使诗歌跨越浅抒情而进入深抒情的境界。他的艺术构思往往突破生活表象，超越时空局限，在现实感受中沉淀着历史的沧桑和未来的瞩望，以多层次的结构生发着多重的意味，具有深入生活底蕴的艺术魅力。年迈的诗人焕发出青春的异彩，这个现象确实是值得我们深长思之的。

原载《文艺报》2012 年 3 月 14 日

永远不老的是青春

——读李瑛诗集《比一滴水更年轻》

何建明

　　密林中，树在答问——

　　什么是生命

　　健康的灵肉，有思想、会呼吸

　　什么是生活

　　心脏的跳动和地球的旋转，合为一体

　　什么是美

　　不要修饰，赤裸的身体是站着的真理

　　什么是幸福

　　滚烫的泪，滚烫的血支撑着挺立的背脊

　　什么是骄傲

　　让每天的太阳攀着肩头升起

　　什么是渴望

　　从头到脚献出自己，甚至影子

　　什么是欢乐

　　让星星和小鸟营巢，给它们甜蜜

　　什么是理想

　　生活该永远是一支绿色的火炬……

　　这是我近期读到的一位 88 岁长者的诗，也是我近期读到的最年轻和青春的诗，像流水般潺潺地淌在我的心中，像花儿般绽放在我的灵魂，像海潮般激荡着我的血液。

李瑛的新作《比一滴水更年轻》是今年春节我收到的最喜欢的礼物。谁说中国没有好诗？谁说老人不再年轻？李瑛和他的诗永远不老，足足在中国诗坛扬帆了半个多世纪，而今依然闪烁着灿烂光芒。

一年前，我前往李瑛家里探望，我们一见面的话题便是当前的中国诗歌问题，而且一谈就是几个小时。当时老人家给我的全部感觉是，其思想和反应非常年轻——我指的是那颗心和那种诗人的心境。当我知道老前辈虽年事已高，但仍在天天写诗时，颇为感动。现在——365天过去了，李瑛把新书寄给了我，同时附了一封深情的信件，这是我熟悉的笔迹：有些抖动，却依然流畅；有些苍老，却依然刚健。他说我是他新作的第一个读者，还在信中关照我，在从事日常工作之余，"也能关注一下诗歌"。这既是一份信任，更是一份期待，我心头深感温暖。

我很喜欢李瑛的诗，读他的诗不会感觉到与他有年龄上的距离，更没有情感上的差异。他的诗永远有种向上的力量，永远有股奋发的朝气，更有年轻人的一种激情，完全是青春式的，甚至是童音般的清澈与嘹亮。他是一个革命者、一个老军人，他的诗里洋溢着钢铁般的战斗豪情，硝烟烽火，然而更多的是细柔与倾诉，如水如流、如歌如笛。

李瑛是一位长者、一个智者，他的诗里饱含着对人间世故的深刻理性的认知，更有万般温情的明智思辨。无论是部队官兵还是一般的读者，李瑛的诗都具有广泛深刻的影响。同时，像他这样高龄而笔耕不辍的诗人并不多见，尤其是，他的诗永远保持着无穷的激情与青春的韵律。从1942年开始发表作品至今，漫漫70余年，李瑛出版诗集60部，而且始终有广泛的读者群，诗歌也一直保持着青春和孩童般的清脆与纯嫩，这几乎是任何人都难以企及的。

他是一个纯粹的诗人，尽管名气超人、德高望重，然而当我们与先生在一起时，你听不到一丝的杂音噪声。他纯粹得像个婴儿，干净得像个小孩，他的思想里、眼睛里只有诗和诗的朋友。然而他的诗里却有鲜红的血、有带火的炮弹、有燃烧的火焰，更有万般的柔情、激荡的豪情、千丈的深情……而让我感受最强烈的是他的青春激情。

诗集《比一滴水更年轻》是李瑛近两三年中所作的新诗，共142首。纵观新作，皆是一位长者对人世间的深刻回望与温暖的心情，诗作中呈现的是一个长者的理性思考和捕捉到的独特偶得，读来寓意深长、百味交感。

"可以和任何一颗星谈话/可以和任何一棵树谈话/但不要和孩子们谈泪/生活中有许多苦难和辛酸/但不要和孩子们谈血/涂满时代面孔的血/快乐的翅膀会折断/在他们不会辨认红色和白色之前……否则有一天/发生在他们床边的事/会使他们在惊恐中/迷失。"（《把真实生活告诉孩子》）这是一位历经沧桑的长者的深刻教诲，或许也是他一生积聚的人生经验。现实生活中，我们多少人不愿将真实告诉孩子，常用谎言欺骗自己的下一代，结果肯定是可怕的。诗人借此既告诉了我们人生经验，又道出了他的忧思，"它如此精致和完美/无畏地袒露在阳光里/静静地站着，静静地……""它不喧哗，也不哭泣/右边是谬误/左边是美/对它，无论赞美或诅咒/它始终不发一语/没有爱的真理是孤独/从容地站着，从容地/真理/透明，像水晶/锋利，像剑/发光。像太阳/飘扬，像风中的旗帜/是我的哲学和宗教。"（《真理》）是啊，人生复杂而错综，真理在何方？真理是什么？

"当手杖/成为我世界的一部分/我却比一滴水更年轻/因为这个时代/因为我的祖国……"这是一位长者的心声，这心声里让我们深切地感受着岁月的无情与有情——无情的是，苍天留不住生命，有情的是，时代和祖国让留不住的生命"比一滴水更年轻"。是的，水是清新的，像露珠般；水又是活泼的，像生命般；水更是有温度的，像血液般。水是有生命的，比水更年轻的生命一定是有理想、有志向、有信仰的生命，一定是有爱、有义、有情、有智的生命，这样的生命永远年轻。

"现在，我就是这样/生活在我的祖国/在崭新的思想中/在成熟的渴望中/在燃烧的激情里/前方，我们所追求的/梦的现实和现实的梦/就是我们飘扬的精神的旗帜/因为对复兴的渴盼/因为这个时代/因为我的祖国/今天，虽然我已经年老/却比一滴水更年轻。"李瑛先生的诗，是他的生命之歌，其诗篇里荡漾的皆是激荡的青春呐喊和对中国梦的强烈渴望，这样的生命能不"比一滴水更年轻"吗？李瑛先生的诗一如既往地充满了理想主义和浪漫主义的情调，他的诗始终是温暖的阳光和清新的春意，向上、健康、力量、有情是它的主调；青春和活力，是它的躯干。

李瑛的诗常常以细微的事物观察来撬动时代和人生的大主题，常常以"小我"的情思撼动灵魂的天宇，正如他自己所言："一件作品，若能跳出'自我'，超越个体生命的有限存在而复归于人生世界的整体，着眼于追求超功利的境界，追求审美理想和某种深刻的哲思、自由的人格和积极的生活态度，达到情与景相汇、意与境相融的美学境界，才是上乘。"他还说："在我的写作中，我努力追求意境的高远，希望每首诗都能尽量传出一种思想内涵，并营造出一种特有的韵味，使读者透过强烈或恬淡的画面感受到透彻空灵、华美圆融、'意随象生'的美丽境界。我力图使我的表现对象，一水一石，隐含天地间生命的顽强和静穆，一草一木，历数时空往复的流转。阅尽风雨中的飘零与生机，使之具有更广阔的美学背景。""我也越益追求天然、节制、简洁和生动。'天地有大美而不言'，许多话都已融在自然万物的意境之中，大与小、虚与实、浓与淡、含蓄与显现，我更看重它深刻的艺术表现力和容量、它的朴素率真与灵动、它的韵律节奏与和谐之美。"

　　读完如此精辟的诗论，我才真正明白了为什么写了 70 多年诗的李瑛永远比"一滴水更年轻"的生命真谛。正如李瑛所言，是时代、生活和诗把他变成了孩子，而我们也因为这样的诗人的存在，才同样可以学习着"比一滴水更年轻"的心境。

原载《文艺报》2014 年 2 月 21 日

莫道铁骨无柔肠

——读李瑛诗集《逝水》中的怀亲诗

张同吾

　　李瑛作为新中国第一代军旅诗人中的佼佼者而登上诗坛，又作为军旅诗的奠基者和引领者，影响和培育了几代诗人的成长。爱国主义和革命英雄主义是他全部军旅诗作的灵魂，但他的诗很少有金戈铁马刀光剑影的激越，又力避说教和概念，而是以细腻灵动的笔致描绘诗境，从不同侧面窥探战士们崇高的精神境界和美好的心灵，旨在衬托威武雄壮的军魂。然而作为一位大诗人，他一定具有开阔的精神视野、深厚的文化积淀、深邃的爱国情愫、深刻的历史感悟、深切的人文关怀和强烈的哲理思辨，李瑛便是这样，他的目光没有限定于军旅生涯，而是神游天地、情荡古今。他的抒情长诗《一月的哀思》已成为怀人诗的经典之作，《我的中国》可视为思想深刻的历史沉思录、视野开阔的文化发展史、五彩缤纷的时代风貌图和气壮山河的英雄交响诗。李瑛的诗歌创作历经70余年的漫长岁月，出版了60多部内蕴丰盈情思美妙的诗集，他对诗的热爱和笔耕的勤奋，都令我们崇敬。

　　最近，解放军文艺出版社出版《将军文化典藏》，在10位将军诗词选集中，首推《李瑛诗选》，可视为他的一部情思深挚而又意韵绵长的心灵史，仿佛每个字都是他用自己的血液凝注的，是他用颤抖的手从心灵深处摘取下来，又镶嵌在洁白如玉的纸面上。每个字都照耀着阳光，都沐浴着月光，都闪烁着泪光。耄耋之年更觉孤寂，忆旧可有慰藉，可以疗伤，可暖心房。村头的老井、窗台的油灯，就连野菜、风箱以及青蛙和蟋蟀的叫声，都能唤起他浓浓的乡情和亲情，那是"挂着镰刀的矮墙/铺着苇席的土坑/墙洞里，油盏摇曳的火苗/夜夜，把我瘦弱的影子印在纸窗上"（《乳名》），如今

"思念的触须总向童年延伸/却找不到回去的门", "北方田野摇曳的草丛里/父亲的血,母亲的汗/再也不能发芽了"(《回忆童年》);遥隔巨大时空,童年的记忆似乎已经淡然,他说"一生什么都可以遗忘/可莫忘了妈妈和她的影子以及/伴我长大的油盏的灯光"(《油盏》)。于是一件件极其细微的往事,都给他老去的时光和孤寂的心以慰藉和温暖,他想到"年轻时,母亲很穷/甚至买不起一面镜子/她梳完头或从田里回来/便到井边照一照自己","几十年过去,我的欢乐和痛苦/早已结冰//只有这井水和她清澈的目光/日夜涌过我的脉管/滋润我生命的根/并呼唤我的名字"(《井》);于是生活的许多细节,哪怕是一把油纸伞,一件儿时的衣裳都有母亲的体温,这种思念令他魂牵梦萦,既是暖人心肺,又是痛彻情肠。他说这些思念都"静静地躲在我的/皱纹后面、白发后面、泪水后面/是我青春的碎片/像波涛退去留下的空螺/不时,激起我难言的隐痛"(《我青春的碎片》)。只有经历岁月淘洗的老人,才能感悟这是深沉而又悲怆的挽歌。

我通读过李瑛的大量诗歌作品,其中绝少有情诗,我曾为之撰写过几篇评论文章,但从未触及他心灵深处那片温热的圣土。在这部李瑛诗选中,悼念亡妻的几首诗,既是情歌又是挽歌。没有过花前月下的缠绵,没有过男欢女爱的狂热,而情感之凝重、思念之深切,都令人心灵震撼、悲泪盈盈。阅读长诗《等待》,才会进一步感悟和理解汉乐府民歌《上邪》怎样把生死不渝之爱写到了极致,那是"我欲与君相知,长命无绝衰。山无棱、江水为竭、冬雷震震、夏雨雪,天地合,乃敢与君绝"。如今妻子的溘然离去,在李瑛心中确如惊涛拍岸、舟倾揖摧、山崩海裂,因为那是他的神魂相融的人离去了,那是他的生命链条的断裂,甚至是他的全部臆念的消失。此时此刻,"在这没有时间的空间里/这就是严酷的自然/给予我生命的最终的解释/使我战栗//这一天的日历是一扇门/你昨晚把它打开/今天却关闭了/时间冻结在那儿/从此我再难推动它/也没有钥匙能把它打开"。这是死亡对于生命的不可穿越的铁的定律,但"记忆是不容易的/遗忘却更难",怎能忘青春年华,爱情之花的初绽,更难忘艰辛岁月的相濡以沫和幸福小巢中的快乐安恬。"而今,我们的小巢中/镜子仍存有你的容颜/床上仍留有你的温暖/报纸下仍放着你的眼镜/椅背上仍搭着你的头巾……"因物思人疑人犹存,但是"死亡太大,猝然把你带走了/和云相比,它更像闪电/和风相比,它更像潮水/旋转的地球/离我越来越远"。只有爱之切情之深的人,才会有这样真切的感受，只有大诗人才会从博大时空里寻觅到精当的比譬。在极度悲恸中，他与之同生共死的希冀在残酷的现实中泯灭了，他说"如果能把我们/还给母亲，让我们一起/再重生一次，该有多好/当生命成为枯叶/让我们手挽手一起/轻轻飘落，该有多好/但你——一个满身/历史创伤的灵魂/便独自远去了/留给我巨大的懊悔和痛苦/我捧着颤抖的呼唤/让泪珠从指缝间/一滴滴淌下/没有人知道"。在生命的震颤中有理性的升华，于是爱情本质的诗化哲言，关于生命与死亡的诗性警句，便闪着泪光脱颖而出了。他说"鱼死了，海还活着/鹰死了，山还活着/海和山也会死去/太阳也会死去吗/欢笑和眼泪合成的生命呵/我们只能以记忆和爱/证实彼此的存在"；真正灵肉相融、神魂相依的爱人，才会懂得"一个人加一个人/才是一个真实的人/而两个人减去一个/便等于零"；"偶然相聚只是瞬间/只有分离和死灭才是永恒"。尽管如此，他还在时时呼唤："亲爱的，时时刻刻/我都在等你回来/日复一日，直到晨星消隐/年复一年，直到雪打灯灭"，谁能把情歌和挽歌写到如此刻骨铭心而又寸断肝肠呢？这才是"春蚕到死丝方尽，蜡炬成灰泪始干"，这才是人去千山远，夜夜伴魂归。

在痛定思痛之后，李瑛又有《游景山》、《白菊花》、《归》、《树上的星》、《一条花围巾》等许多短章，那是爱意绵绵余音袅袅，在心中萦绕、浸润着浓浓的人性意味，闪烁着人性光彩，我们读到过许多先哲关于爱情的箴言，如恩格斯所说："同一个女人在一起生活了这么久，她的死不能不使我深为悲恸。我感到，我仅余的一点青春已经同她一起埋葬了。"李瑛是以情歌与挽歌的交融重塑了这种人类最深挚的情感。

原载《人民日报》2015 年 2 月 24 日

访问记　访谈录

诗海初泳

——忆与诗人李瑛同窗的岁月

森　林

　　1942 年秋天，唐山这座小城市在日本侵略军铁蹄的践踏下，人们的生活就像一潭激不起涟漪的死水，日子更像在沙漠中行走一样寂寞和难挨。然而，在我就读的一所私立唐山丰滦中学的校园内，还能呼吸到一点新鲜空气，尤如沙漠中的一小块绿地。

　　我喜欢新诗，更喜欢读诗、写诗。我还有一个志趣相投的挚友，那就是同年级的同学李瑛。他高高的个子、修长的身材，说话时还略带一丝腼腆。我俩谈得很投缘，我们的志向就是想打开诗歌王国的大门，去追寻诗的奥秘。

　　这时，一个偶然的机会使我们获得了唐山一家小报的一块副刊版面，条件是每月无偿供稿一次，稿件的取舍由我俩负责，版面出排由报社编辑负责，回报是每月供给 200 张稿纸和 20 份单印的专刊。就这样，我们已感到很满足了，因为我们有了一块属于自己的发表作品的园地。专刊的名称起初叫《学校生活》，经过一段时间，我俩除大力组织同学写稿外，还得到了天津、北京、秦皇岛等地的青年文友的支持，刊登了许多有生气的诗歌、散文等作品，受到了读者的青睐。这时，我俩逐渐感到专刊已经名不副实了。经过与编辑协商，决定改出《田园》文艺半月刊。《田园》是我俩共同起的名字，刊头画是我设计绘制的，很简单，一块空旷的原野，上面落着"田园"二字，意思是召唤文友们都来耕耘这块未开垦的处女地。刊头下面的署名是：李瑛、杨金忠（本文作者原名）主编。

　　我俩的家境都很困难，李瑛的父亲是铁路车站的一名职员，我父亲是一名修表匠，除去养家糊口外，没有富裕的钱供我们去买书。于是，我俩有空就跑书店，或者到街头的旧书摊，贪婪地翻阅着，一看就是半天，汲取着所需要的营养。同时，我们还与同学交换自己手中的书刊，畅谈读书的收获和乐趣。我记得李瑛很喜欢丽尼的《鹰之歌》、何其芳的《画梦录》，还有戴望舒、徐志摩等人的诗歌。有一次，他父亲下狠心用工资为他买了一本泰戈尔的《飞鸟集》，他高兴极了，还向我推荐这本带有哲理味的诗集。

书读得多了，眼界逐渐开阔了，文学创作的题材和体裁也宽广许多。我们边读书、边写诗、边思索、边深化着自己的思想。从最初单纯地认为诗是感情的结晶，逐渐认识到"诗言志"，诗是心灵的呼声，反过来促使我们的诗风有了转变。我在一篇关于诗的评论中写道：我不反对抒情诗，但我反对无病呻吟的抒情诗，要像雨果那样不以主观见解为终结，绝不能脱离大众而存在。

有一阶段，李瑛和我都喜欢起散文来了，我们如饥似渴地阅读着何其芳的《还乡日记》、鲁迅的《野草》，还有李广田、朱自清等名家的散文。我们还偷偷阅读了鲁迅的《二心集》，这对我们抛弃咏叹调，开始向生活贴近，向社会贴近，起到了潜移默化的促进作用。

李瑛在北京一家周报上发表散文《平民》，这是他第一次把汲取素材的目光朝向生活在最底层的人民群众。他写的是在那悲惨的年月里，"为了活命，不论是大人和孩子、男人和女人，冒死扒火车、拣煤核，甚至为了一块煤炭、一小块木板被打得头破血流"。这是一群挣扎在死亡线上的奴隶，一群被侮辱、被损害的人，李瑛开始从那柔弱的散文《山花辑》中走出来了。

我们身边聚集了一批酷爱文学创作的青年同学，大家利用星期日或散学的时间，相聚在一起，谈诗论道，交流创作方法，发泄胸中的苦闷。经过商量，我们成立了田园文艺社，这是一个松散的、没有社章的文学组织。过了不久，大约在初中三年级期末，李瑛和我都萌发了出书的强烈愿望，我们五名"田园"文友，各自挑选了十五六首在报刊上发表过的作品，共同出版了一册诗集。薄薄的一小册，封面是粗糙的蓝灰色包装纸，书名是《石城底青苗》（唐山古时有石城之称），这是李瑛根据他父亲的建议起的，我们觉得书名起得很贴切。遗憾的是，这本诗集我们都没有保存下来。据李瑛讲，前几年他曾在北京图书馆见到过这本书。

1945 年高中毕业后，李瑛以优异的成绩考入了北京大学中文系，进入了著名的红楼学习，使新诗创作更上一层楼。这时，李瑛在北京的报刊上发表了一批优秀的诗作，开始在诗海中自由地遨游。

原载唐山《劳动日报》2001 年 10 月 18 日

"断桥"侧畔忆往事

——《星诗丛》和李瑛的第一本诗集《枪》

黄　耘

当走出噩梦的时候，诗一离我，或者我离诗，已经远隔 30 余年。但是对青少年时期共同吟唱过的伙伴，在漫长的岁月里，那些真挚的友情的火花和他们的诗，永远闪烁在我的记忆里。去年夏天，40 年代的诗友海笛[①]抄寄一首我的旧作：《断桥——读〈脊背〉、〈炉边〉后，遥寄李瑛兄》[②]。这首小诗，我忘记得几乎连影子都没有了；就是对刊发这首诗的杂志，也完全失去了印象，可是李瑛的诗，我却能记得比较清晰。根据诗末签署的时间是1947 年 4 月 9 日于上海，距今已经 43 年，于是引发了我畴昔的记忆和多年来的感怀。

我和李瑛结识的缘分，一直徘徊于被烽火、被风暴一次又一次崩塌的"断桥"之畔。我隔河瞭望，只能在时间流逝的长河岸边，用心灵去捕捉他的歌，遥遥地倾听他将近半个世纪以来很少间断的吟唱：从冲破严寒的《石城底青苗》到高高举起迎接黎明的《枪》，从横穿中国大地的《野战诗集》到唱给祖国母亲的献歌《我骄傲，我是一棵树》，他在《月亮谷》吟咏黄土地的情思，在赣南凝视《历史风景》，风尘仆仆的欧洲之行、万里迢迢的美洲之旅，或是采撷一串樱花四岛的风情……

——我是追寻他诗的脚步，伴随他的歌声，经历了 47 年的风风雨雨，深刻地感受到他赤子之心的跳动，生命之火的燃烧。他把自己融入祖

---

① 　20 世纪 40 年代诗人，著有诗合集《蓬艾集》及《海笛诗存》。

② 　刊载于 1947 年北平《正风月刊》1 卷 3 期，《脊背》、《炉边》为李瑛的诗。

国、人民以至于辽阔的世界：一个真诚的诗的灵魂和诗的自我，覆盖和渗透于明丽繁彩的诗句，迸发自高洁的思绪和宽阔的胸怀。

那还是远在 1943 年，正是祖国大地受难的年代。就在这一年的秋天，是诗把他和我以及在沦陷区各地许多诗友连接起来。虽然大家从未见面，却建立起遥远的友情。诗的苗芽在屈辱、阴冷的日子里悄悄地萌生，稚嫩的声音，激情地呼唤自由和阳光。李瑛和翟尔梅及其他几个青年诗人，在唐山组成《田园文艺社》，我和孟力①在青岛合编一个自发的"地下"诗刊《诗青年》。这本诗刊的创刊号就组编了"纪念鲁迅先生逝世 7 周年特辑"。李瑛寄来诗和他火热的心，我开始和他不断地书信往还。这本书简陋的铅印诗刊，烧痛了敌人的眼睛，引起了惊恐和追查，仅仅出了两期就遭到夭折，我也被迫弃学逃回家乡，与李瑛建立起的心灵之桥，就这样一度中断。

我的家多是离青岛不远的胶县，这是一座寂寞古旧的小城。1944 年的春天，我才和他取得了联系，继续通信。在信中我们崇敬地谈臧克家、艾青、普希金、裴多菲；谈杜甫和陆游，两颗心沉入诗的梦幻；也互相倾吐思想的压抑，生活的苦闷：对敌人的憎恨和感受到的沦丧之痛，对战斗的企望和理想的渴求，只能互相用诗抒发忧悒与愤怒的情愫。那时只是十六七岁的孩子，尽管还天真、幼稚，思想远没有成熟，但在严酷晦冥的岁月里，就过早地萌发对祖国命运的关怀。这可能是 40 年代一些开始起步的诗人，在这特定的历史环境中，几乎都有的类似历程，以至于形成既沉悒又明快、既凝重又激越的共同诗风，直接继承了五四诗歌的战斗传统。李瑛的诗一开始就是抱紧祖国和人民的命运，为时代、为使命而歌唱。

我记得在这一年的秋天，他寄来出版不久的《石城底青苗》这本五人诗合集②，虽然是青青的果实，却散溢着浓郁的芳香。这本淡蓝色封面的薄薄的小书，我一直珍藏到"文革"才被无情地毁掉，现在想起来使我非常惋惜。更为怀念的是，这本诗集的另一位作者，我们共同的朋友翟尔梅，没有唱完他要唱的歌，据说在解放区的一次行军途中，过早地离开了人间。

1945 年迎来了抗战胜利，我与李瑛再一度失去了联系。当年他考入北大读书，我在上海就读于剧专。这已经是面临曙色欲来的前夜，争取民主和

---

① 20 世纪 40 年代诗人，原青岛文联秘书，《海鸥》月刊编辑。

② 李瑛（郑梦）、翟尔梅、曹镜湖、杨金忠、王孝先五人合集，1944 年在唐山出版。

解放的年代，"一个在襁褓里哭啼的中国"① 已经成长壮大，就将要雄立于世界的东方。我听见他用崭新的战斗之音，诅咒黑夜，呼唤黎明。我激动，我兴奋，我又获得了他的行踪，引起我对他无限的怀念。在《断桥》那首小诗里，我曾写给他：江南的春天/落着雨水/我——/咬着苦涩的烟草/从窗口遥望/古城的风沙/在四月里飞扬/你呢/看见——/彼岸的灯火呵/是否燃亮。

1948 年我回到青岛，在一家报社编副刊。由当时在杭州浙大读书的圣野牵头，我与正在青岛的田地、杨唤②筹划编辑一套诗集，定名"星诗丛"。这套诗丛主要是依靠友谊的结合和共同的思想信念，并且得到了许多当时的青年诗人，以及前辈诗人王统照、臧克家的热情关怀和具体支持。诗丛收有：圣野的《列车》、废丁的《新苗》、杨白恺（杨唤）的《乌拉草》、肖明的《八月》、颉颉（郑秉谦）的《电线杆》、朔方的《在窗口唱的》、杨琦的《方向》、李旦的《醒在黑夜里》、田地的《视听》、黄耘的《祭日》。于当年11 月先出版了圣野和废丁的两本诗集，由田地装帧和绘制封面画。这已是解放战争胜利在即，不久田地因返回上海，将颉颉、朔方、杨琦、李旦的原稿带走，肖明也将他自己的原稿带到已解放的济南。这时，李瑛却从北平寄来他的第一本个人结集《枪》的手稿，于是年12 月至次年1 月继续出版了李瑛、杨白恺、黄耘的 3 本诗集，封面画是出自杨唤之手。

李瑛为人、做事都很郑重和细心，工整地抄在装钉好的白板纸上的手稿，约计二十余首诗，都是他在 1946—1948 年两年间，发表于上海唐湜等编的《中国新诗》、朱光潜在北平编的《文学杂志》及天津《大公报》《星期文艺》副刊等报刊上的新作，其中如《枪》、《北平》、《在马房里》、《春的告诫》等篇，在 80 年代初都曾收进他的两本诗选集和圣野等选编的《黎明的呼唤》、重庆出版的《中国四十年代诗选》内。

这套诗丛只出版了 5 本，是在极为艰难的条件下工作的。我们都很穷，有时生活都朝不保夕。由田地和我凑了仅有的一点钱，只够买一部分纸张，利用我在报社工作之便，先在副刊上将每一部诗集，作为个人"诗专页"，分上下两次刊载之后，在印刷工人热心的帮助下，再把原版改拼成书

---

① 李瑛：《历史风景·叶坪》，《诗刊》1990 年第 8 期。

② 台湾诗人，1954 年死于车祸，著有《杨唤全集》。

页版型，偷偷地印刷成书。我至今还深刻地记着那两位印刷工人的名字，是他们不顾个人安危，至少是冒着被打掉饭碗的风险，才得使这五本诗集面世，为反动统治唱出最后的葬歌，以迎接新中国的黎明。李瑛、圣野、杨唤，在他们创作生涯中的第一本诗集，就是如此寒酸而艰难地、悄悄地走进诗的银河。

这套诗丛的作者们，大部分从未谋面。在不可想象的困难条件下，天南地北的诗友，走在一起共同出版诗集，这是发自内心的对光明的挚爱，对黑暗的愤憎，正如圣野在过了 40 年之后在一封信中所说，这是出于"真诚的良心的承诺"。

最后出版的这三本诗集，还未完全装订齐备，仅只拿出来一部分，即被报社发觉，他们纠结反动当局把大部分诗集扣留销毁。我不得不逃离报社，匿藏于杨唤的伯父家中。李瑛的《枪》像石块，一直沉重地压在我的心底。最为遗憾的是，他在漫长的 40 年中，始终未能得知在黎明前夕他的第一本诗集单行本《枪》，已经问世。1949 年青岛解放时，我在青岛人民广播电台从事编辑工作，他却在北京刚一解放即随军南下，辗转在华中、华南解放战场，后又赴朝参加抗美援朝战争，行踪不定。不久我即遭受到不应有的牵连，以莫须有的罪名坠入沉渊，长达 30 余年。

桥——这心灵的桥，最后一次陷入阻断。对李瑛，我怀着难言的隐痛，空对岁月如滚滚的流水，我只能低吟着："如果你问我的思念/仰望含泪的云朵匆匆飘逝/遥听你的歌如簇拥缤纷的花潮。"

1983 年我获得彻底平反，已经是心衰力竭、百病丛生。在这以前，我的全部书籍和资料，包括李瑛的这本《枪》，在几次抄家中，早已化为灰烬。从 80 年代初，我即着手到处寻觅"星诗丛"这五本诗集，尤其是能盼望找到《枪》。我几乎是多方"挖掘"，仅是找到圣野、废丁的两本，这要感谢天津诗友刘燕及①，他把我 40 年前赠他的两本还赠给我。可是李瑛这本他从未见面的诗集，如同石沉大海，使我极为沮丧，这将会成为永远的遗憾。

我希望寻找到《枪》这本诗集，并不只是对李瑛作为友情应有的承诺，最重要的这是他个人第一本专集的出版，树立起步入诗坛的第一块基石；在两个时代衔接的转折点上，标志着他在诗歌创作过程中的发展、演

---

① 20 世纪 40 年代诗人，原天津百花文艺出版社副编审。

变、突越的轨迹，对研讨李瑛的诗歌活动和创作道路也是可贵的资料依据。

我说不清我是否有一种负疚之感，或者是长期形成的孤独心态，也许因为没有找到这本诗集，暂时就不必急于修复这心灵的"断桥"，珍藏于心底的怀念，将会是永恒而美好。去年找到《列车》、《新苗》之后，最近又发觉杨唤生前去台湾时，可能带走了《枪》的原稿。我考虑到有必要告诉李瑛，这一段属于他和他的《枪》的曲折而多难的逸事。

1990 年 11 月 8 日济南

原载《文艺报》1992 年 1 月 12 日

李瑛与《白兰花》

咏 慷

在我同老诗人李瑛一道去青藏线"采风"时，一路上早早就听他念叨："一定要去看看长江源头，一定要去看看长江源头。"他还不时地翻看地图，查找资料，早早地进行着各种准备。

我也是此时才搞清楚，"长江源头"名叫沱沱河，就在青藏线上的万山丛中。

翻越过终年积雪的昆仑山，我这初登世界屋脊的人，高原反应十分明显：只感到脚下轻飘飘的，像踩着一团棉花，头则一直昏沉沉的，仿佛马上就要炸裂。

可是看看年近古稀的李瑛，虽然同样一走路就气喘吁吁，嘴唇也微微发紫，却始终精神振奋、兴致勃勃。

他一到沱沱河兵站，便拉着同伴跑到桥头摄影留念，并频频向当地人打听，一心朝长江源头寻觅。

哦，抬头四望，南北气流的交汇，似乎在天地间留下了雄浑美丽的图画：这里虽然人迹稀少，跃入眼帘的只有砂砾、野草和点点滴滴的野花，但它远离开市井的喧嚣和繁复，因冷落而有清静，而有这别开生面的美。夕阳的余晖将群山的影子投射到大地上，一座座格外错落有致。沱沱河水那夹带涛声的波纹、坚固的钢筋水泥大桥、简朴的赭红色房舍……全都沉浸在一片和谐、浓郁的橙红色中。这整个暖色的调子，使我不由得想到河下游的浩浩长江，是怎样万年不息地奔腾东去，穿过崇山峻岭，越过平原都市，直到浩渺的海洋，这使我不能不产生一种莫名的愉悦。啊，这荒蛮苍凉的高原风光，显然是一种很博大的沧桑。它在我眼里，甚至远远胜过内地那些游人如织的画山绣水。因为那些脂粉山水，有着过多的人为雕琢，而这些伟岸的高山，这些富有顽强生命力的野草，这些难觅的纯净，往往会有令人更惊奇的收获，更接近梦与真实的完美。看看它，再看看身旁的老诗人，更使我确信这样的说法：诗人，能使人长葆青春。

晚间，兵站停电，室外虽有朗月浩水，但那亮色显然因冷傲而寒气袭人。我们回到屋内，兵站的战士们已备好仿佛大炮弹般的氧气罐。只有这时，才使我体会到"氧吧"的妙处。我想，那时髦的东西，在沿海的大城市其实倒不一定必备，但在这世界屋脊，却绝对是不可须臾没有的宝贝。

天已透黑，烛光摇曳，使人感到仿佛是有团团云彩飘进了屋里，使我看不清李瑛的脸。

他的话头扯到了 40 多年前，那时候，李瑛还是个 20 多岁的青年军官，他经过大军南下和抗美援朝，被调到解放军文艺社当诗歌编辑。

李瑛以诗歌为生命，早在学生时代就写出过大量的诗章。

"我的前任名叫乔林，但我和他没有来得及交接，只晓得这位原先的诗歌编辑也是个年轻人，不幸因车祸早逝。

"我每天看稿，编稿，有了诗兴，也用午休时间，躺在用椅子拼成的'床'上哼成几句，晚间回到家里再连缀成诗。

"一天，我发现自己写字台的下橱里有一只大牛皮纸包，打开一看，是一摞潦草的诗稿。

"我至今还记得那开篇的几句：

> 大别山呀高又高，
> 山腰上面乌云绕，
> 山里红旗呼啦啦飘，
> 不怕风吹雨打烈火烧。……"

青年诗人李瑛被另一名早夭的青年诗人的作品深深地吸引住了。

这部名叫《白兰花》的长篇叙事诗，通过一个淳朴、机警、刚毅的山村妇女白兰花的英雄形象，歌颂了大别山根据地人民在革命战争年代里，坚决跟着共产党，对国民党反动统治和日本帝国主义的侵略所进行的英勇不屈的斗争。它是乔林 1951 年在武昌写出初稿，后来先后在广州、北京经过四次修改，才成了当时的那个样子。只是它离发表和出版，显然还有着明显的距离。

于是，李瑛每天的生活又多了一份课题，他争分夺秒地修改、整理乔林的遗稿，许多潦草的字迹需要反复揣度才能确认和抄写下来。他费了好几个月的业余时间，终于在 1956 年 11 月，使一部杰出的诗作问世了。

紧接着而来的诗坛的轰动，就像李季的《王贵与李香香》、阮章竞的《漳河水》、田间的《赶车传》、闻捷的《复仇的火焰》等一样，《白兰花》也成为脍炙人口的长篇叙事诗佳作。人民文学出版社热情介绍，许多专家著文评论，并且先后被编进教科书和当代文学史。然而，有谁知道为了这部长篇叙事诗的问世，责任编辑曾经付出了多少辛劳？

李瑛淡淡地对我说："40 多年来，这段往事我没有向任何人提及过。要不是今夜我们在长江源头谈诗，恐怕还不会谈到呢！"

到了拉萨大站，我就到处寻找《白兰花》，可惜一时没能找到。回到北京，我立即找来《白兰花》细读，不禁深深地被那美妙的诗章所打动。

作为读者，我想到了诗的作者，也想到了诗的编者。我更想到了一种精神，想到了位于长江源头的沱沱河水，想到了几代诗人眼中那不改初衷的光芒……

坚定清醒的李瑛

刘　章

　　诗人李瑛今年76岁，已出版诗集和诗论集49部，是"五四"以后，迄今为止写新诗最多、出版诗集最多又质量整齐的诗人，他和郭小川、贺敬之、公刘是新中国最有影响的诗人，这是中国文艺界公认的。

　　"文革"前，李瑛的诗集《红花满山》像南国的杜鹃、北方的映山红，给诗坛带来无限蓬勃的春色，年轻人群起而效仿"李瑛体"。"文革"中，他的《枣林村集》又给被"四人帮"践踏得万花纷谢的中国，吹起一缕清新的风……李瑛对中国新诗的贡献，是载入诗史的。

　　我钦佩李瑛的诗，更钦佩李瑛的真诗人品格，钦佩他永远那样坚定清醒。

　　1976年清明节，天安门爆发了怀念周总理、反对"四人帮"的运动，由于"四人帮"窃据党内要位，把悼念活动定为"反革命事件"，邓小平因此蒙冤，尽管《诗刊》编辑部从领导到普通工人，都热爱邓小平，痛恨江青、张春桥一伙，在当时也不得不违心地配合。一天，编辑部主任给李瑛打电话："李瑛同志，给《诗刊》写一首批邓的诗吧……"我坐在旁边，李瑛的声音听得清清楚楚："写不了啊，我现在忙得不亦苦乎……"编辑部主任回头对我笑了一下，我心领神会，李瑛不是忙得"不亦苦乎"，而是拒绝"批邓"。那时他回避国内逆流，而写国际题材的诗。这件事，我记忆极深。就是那个时候，由于约稿，有的老诗人有过犹豫，因失之坚定，写了"批邓"诗，成为永远的遗憾；也有的诗人，看来并不清醒，主动投稿。对照李瑛，我也常常反省自己。编辑部让我编五月号民歌，按出版局指示，把诗里"走资派"三个字，统统换成"邓小平"，我极不负责任地照办了；让把民歌中欠缺的内容补全，我很不情愿，拖了几天，发稿前还是遵命补了，仅仅怕领导说我不好。看来，清醒而不坚定，同样会犯错误的，而坚定要源于没有私心……

活跃在五六十年代的诗人们，由于处在特殊的历史时期，往往政治误，诗人误，写了不该写的东西，后来，有些人便得出这样结论：与政治保持距离。纵观李瑛的诗，是政治性十分强烈的，凡民族的大事、国家的大事，李瑛都以诗言志，可谓政治诗，但对错误的政治，李瑛却没有以诗支持过。这不是很值得我们深思吗？记得1998年3月29日，参加第三届国际华文诗会后，我和李瑛自三亚同机飞回北京，闲淡中，他说了一句："我在写作上没犯过错误……"我点头称是，那句话是我1976年春天对他的印象的一个回声。

在近年文艺界有些人哗众取宠，诋毁鲁迅。李瑛在2001年《诗刊》10月号发表了《鲁迅》七首，烈焰腾腾，铿锵作响，让我的心弦阵阵共鸣。他写读鲁迅的书，"比匕首的霜刃更锋利/比骨头的记忆更真实"，他写鲁迅雕像："只有珠穆朗玛峰巅的岩石/才能雕他的形象"，"一头俯首耕耘的牛/一只激怒的咆哮的狮子"。诗为心声，他的诗是钻在书斋里一味"个人化"写作的人断难写出的。

2001年8月

原载《今晚报》2001年8月27日

挽着时代的洪流前进

——诗人李瑛同志创作生活侧记

纪　鹏

　　还是去年初夏的事，我到自卫还击胜利归来的参战部队采访，军用吉普车在广西崎岖的红土公路上飞驰，边防线上不时传来零星的枪炮声和地雷爆炸声……我从车上随手拾起一张满是汗渍、手印，看来已被许多人传看过的五月八日的《广西日报》，上面刊有报道某部战斗英雄刘勇的长篇战斗通讯，文章写了一个曾受林彪、"四人帮"极左思潮毒害的战士，经过现实斗争的教育，他对人生意义获得清晰理解，在战场上英勇杀敌荣立一等功，在火线上入了党，最后被授予战斗英雄的称号。写到他战前的情况时有这么一段文字："刘勇想着生，想着死，想着未来……他还没有想出一个头绪。他从口袋里摸出那个小小的红皮笔记本，翻到从《中国青年》杂志抄来李瑛同志《关于生命》的诗，重新读起来：'生无私，死无愧的伟大的感情，这——才叫生命，连死亡在他面前也要发抖的生命。'这些诗句，他已不知读了多少遍，但在这等待战斗的特殊时刻读起来，更觉新意，更出力量。他掏出钢笔在后面写了四句诗作为自己的感想：'我志从军赴战场，杀敌决心硬过钢，只求祖国多安逸，生死关头不彷徨！'刘勇快慰地把钢笔插进口袋，拍了拍笔记本，自言自语地说：'李瑛同志，我把你这首诗带到战场上去，变成枪，变成手榴弹，变成胜利的鼓角！'"我读着读着，不禁激动得热泪盈眶。我真实而具体地看见了文学的战斗作用和巨大的精神力量，我多么为诗感到骄傲，而对于一个诗人来说，难道还有什么比这更有力更崇高的褒奖吗？

　　当时，诗人李瑛正在云南边防参战的部队采访，他是当战斗在激烈进行的时刻到那里去的。很快，就在不少报刊陆续读到他以《在燃烧的战场》、《为了祖国》、《战地的春天》等为题，发表的几十首诗。谁能估量到这些闪着炮火、染着硝烟的诗章，又会在从事四化伟大事业的广大指战员和青年人心中发出何等巨大的能量呢！

李瑛同志从 1949 年 3 月离开北京大学穿上军装，到现在已经 30 多年了。在这不平凡的战斗岁月里，他随着部队南下，直到大陆解放，继而到战火纷飞的抗美援朝前线，又沿着红军长征的脚印生活采访，还曾先后两次到部队当兵锻炼。从莽莽天山到茫茫东海，从东北风雪边防、内蒙古草原到四季如春的澜沧江畔和西沙群岛，伟大辽阔的祖国疆土，到处都留下他辛勤的足迹。30 多年来，他在出色地完成记者、编辑的本职工作之外，又在业余挤出时间向人民捧献出 20 本诗集。仅在粉碎"四人帮"的短短 3 年里就印了《难忘的一九七六年》、《早春》和《在燃烧的战场》等 3 本诗集。应该说，李瑛同志是一直坚守在诗歌战斗前沿的战士，是文艺战线上优质高产的"劳动能手"，是诗坛群星中一颗明亮的星。

然而，这样一位勤奋的诗人、善唱的歌手，在林彪、"四人帮"彻底"砸烂总政阎王殿"、大批"文艺黑线专政"的恶浪中，也不得不被迫搁笔六七年。在他长期工作的《解放军文艺》被诬蔑为"毒草丛生"的"修正主义黑刊物"勒令停办之后，李瑛竟被赶到山区部队，下放到基层连队工作。他虽身处逆境，但仍注视着奔腾向前的历史洪流，思考着祖国和民族的命运，珍惜和指战员一起摸爬滚打的时光，探索他们心灵深处的美好情操，学习他们在任何艰难情况下都保持着一往无前的高昂斗志，并把他们丰富多彩的战斗生活化为闪光的诗句。

诗人是和人民共呼吸的，在周总理逝世的难忘岁月里，"四人帮"不准人民悼念，李瑛和广大群众一样，心头翻卷着无限的哀痛和极大愤慨，他明知写悼念诗文当时不能发表，仍然用几个通宵暗中含泪写下了令人心碎的长诗《一月的哀思》。他还热情赞扬一位部队年轻诗作者能够写悼念周总理的诗："我想这些诗，你虽然写得很仓促，但却写得很好，可能就是真正发自内心，真正是用自己的心在写诗，所以笔尖上流出的就有很高的温度和感情了，读了它们感到欣慰。"

如果说，李瑛写悼念周总理的诗还只是"藏诸箧底，以寄哀思"，鼓励诗友用真情写诗"发表在总理灵前"，那么，在向"四人帮"发起冲锋的

"丙辰清明"战斗中，他就和群众一起以诗为武器并肩作战了。当时有一位素不相识的青年，满怀悲痛写了两首悼念周总理的诗，寄请李瑛同志阅正。诗人看过，为他做了修改，并热情附信鼓励，那位青年就勇敢地将诗重新抄写，带到天安门广场去朗诵、张贴，因而遭到逮捕、抄家，并查出了李瑛的复信，又进行审查追究……直到这位青年在"天安门事件"平反昭雪，被释出狱，还写信感谢李瑛对他诚挚的帮助、无畏的支持。

可是，在"四人帮"以篡党夺权为罪恶目的、大刮"反击右倾翻案风"的日子里，李瑛却一连10个月愤然搁笔。尽管一些喜欢他的诗的热情读者和关心他的命运的远方朋友，都为他长期未在报刊发表作品而产生种种猜测，或忧虑，或担心，他依旧我行我素，既不按"四人帮"的需要歌唱，又拒绝为当时的"运动"效劳，不写这样的诗，不参加那样的批判会、座谈会。在那"黑云压城城欲摧"的境况里，诗人在沉默、在思考，保持着清醒的头脑，倾听着人民的心声，冷眼怒视着那些人面东西的丑恶表演，表现了作为一个人民诗人的可贵的政治品德和气节。

强烈的无产阶级爱憎，使李瑛始终保持着饱满的政治激情，投身到斗争激流中去。长期以来，他不怕含辛茹苦，不畏酷暑严寒，深入海防前线，走访边疆哨卡，感受指战员的脉搏跳动，体察色彩斑斓的战斗生活，然后提炼、概括、熔铸为诗。

李瑛早在大学毕业之前，就读了许多古今中外文学名著，并开始了写作尝试。30多年来，他在业余的长期创作实践中，仍然坚持不懈地刻苦学习，终于形成了自己的独特艺术风格，正如张光年同志在为他的选集《红柳集》所写的序中称赞的那样："李瑛的诗是写得细致的，细致而不流于纤巧，一般地说，他能够把细致和刚健结合起来，寓刚健于细致之中。"此外，在诗的形式上，他也做了多种有益的尝试和探索，不论自由体的新格律诗、"楼梯式"，还是古典诗词与民歌相结合的那种形式，都能从内容出发，得心应手，运用自如。

李瑛热爱生活，深入生活，但又不拘泥于生活，停滞于生活表象的复述，他咀嚼、反刍生活，使之融化、升华，以奇丽的联想，创造性地再现生活，使读者从中得到意外的发现，这也是一般诗人难以达到的。诚如黑格尔所说："最杰出的艺术本领就是想象"，"不要把想象和纯然被动的幻想混为一事，想象是创造性的"。而且这创造性的想象只能来源于深厚的生活土壤。

还是黑格尔说得好："因为艺术家创作所依靠的是生活的富裕，而不是抽象的普泛观念的富裕。"虽不能说李瑛的诗篇篇珠玑，但从创作态度来说，是绝无苟作的。他之所以超群的重要原因之一，就是他始终联系着火热的斗争生活，并又没有被埋在生活之中，而是站在时代的高度，来俯瞰生活，不为流行一时的"帮风"和廉价的政治术语、口号的喧嚣所动，严格地按照艺术规律、诗歌剖作的形象思维写作，在诗的构思、形象、意境上精思。古人云："诗之不工，只是不精思耳。"李瑛确是从中理解了这一名言的精髓的。

李瑛除写了大量反映部队战士生活、礼赞我国人民战天斗地和讴歌伟大祖国壮丽河山的诗歌之外，他的诗也是向世界发言的。正如高尔基所说："诗人是世界的回声。"在李瑛的作品中，国际题材也是很重要的内容，可以毫不夸大地说，李瑛是建国以来一贯关注世界风云、迅速写出爱憎分明的大量国际题材诗歌的诗人，《友谊的花束》、《献给火的年代》和《站起来的人民》，就是这种国际题材诗的三本专集。

李瑛诗才敏捷，且又有较高的艺术造诣，他善于从五彩缤纷的生活中捕捉诗情，通过自己的独特精巧的构思，生动准确的艺术形象，创作出优美的诗篇来，但只有在他身边工作的战友、熟悉他写作情况的同志，才知道诗人是怎样如磋如磨、精雕细刻、严肃认真地进行创作的。在外出工作之余，他常常不顾旅途的艰辛，及时记下自己的生活感受，记下所得的诗意和断句。然后，经过认真酝酿和缜密的思考，才发展为动人的诗篇。盛夏中午，他挥汗执笔，漫长冬夜，他伴着孤灯展卷，他多次在抄写中竟伏案而睡，一觉醒来，天已微明，新的工作日又开始了。他写诗构思时间长，下笔快，放得久，改得勤，他写的多，寄出的少，编集子时更着意精选精编、反复加工。其实，在他许多选余的诗作中，仍有不少感人的华章。他那意味隽永的诗行，都是他根根早生的华发和滴滴晶莹的汗珠换来的呵！"天才的十分之一是灵感，十分之九是血汗"（列夫·托尔斯泰），"天才就是劳动"（高尔基），这些朴素可贵的真理，在李瑛的诗歌创作中再一次得到证明。

李瑛是随同祖国一起成长起来的有影响、有成就的诗人，他的诗不但在国内读者——特别在青年读者中引起广泛的注意：电台广播，选为学校教材，有些大学和文学研究机构人员从事专题研究，许多报刊已有评论，不少读者、作者投书请教，我国外文出版社曾翻译出版过他的诗歌外文本；在国外，也出版了他的诗集译本，也有些人正在专题研究他的诗作，有的大学生还在写研究李瑛诗作的论文。这些，也都是很自然的。

祖国在新长征的大路上前进，时代的洪流在飞奔向前，诗人李瑛从 40 年代末叶直到现在的诗歌创作活动中，一直在挽着时代的洪流前进，在不懈地从一个"营地"向另一个"营地"前进，努力攀登诗歌的"珠穆朗玛峰"。80 年代第一春已经来临，预祝李瑛同志为中国人民和世界人民写出更加宏伟壮美、奇丽动人的诗篇。

原载《长春》1980 年第 5 期

满山满谷的红花

——李瑛印象

胡世宗

一

那是 1975 年一个秋日的傍晚，我跟随诗人袁鹰，刚刚拜访过当年摆小舟送毛主席渡过金沙江的老船工，背着正在沉落的夕阳和大江奔流的轰响，我们艰难地跋涉在长着野芭蕉和野仙人掌的云南偏僻山区的崎岖小路上。望着那高崖上、深谷里盛开着的清丽的小花儿，我想到李瑛《红花满山》的题记："看那满山满谷的红花，是战士的生命和青春。"于是，我和袁鹰同志攀谈起李瑛和李瑛的诗。我们出发的前一天，李瑛把他刚刚出版的新诗集《北疆红似火》送给了我。此刻，一边走着，我一边喘着粗气背诵了《一座死去的村庄》和《战斗的城》……袁鹰同志很是称道，当即决定由我写一篇介绍《北疆红似火》的短文回去发表，《人民日报》副刊版上的《文艺新书》栏，就是以介绍这本书为开端的。

我很早就读到李瑛的诗，他的《静静的哨所》、他的《花的原野》，都曾使我陶醉和迷恋。而我第一次见到他，却是 1965 年 12 月中旬，那是解放军文艺社召集一些出席全国青年业余文学创作积极分子大会的部队诗作者开座谈会时。会的结尾，李瑛讲了话。当时他讲了些什么，已记不很清，但他那严整的军人装束、炯炯的目光、谦和的微笑、文雅的谈吐，都留给我极深的印象，而且这印象一直保持到今天。从那时起，我们一直通信联系，他把他新出的诗集寄我，甚至把天安门广场的诗抄挂号寄我。在我学诗的路上，他是重要的师长之一。粉碎"四人帮"后，我到解放军文艺社帮助工作，每天就坐在他的对面，也曾到他家做客，这使我有机会更多地了解他。他是那么文静和细心，以致使你有时觉得他是一位阅世很深又平易近人的"大姐姐"。他是那么整洁——衣着、桌面，甚至于诗稿。他总是那么文静的微笑着，但有时笑起来也很响亮。

二

1979 年 1 月，诗刊社召开的全国诗歌创作座谈会上，胡乔木同志谈到新诗的成就时说过："李瑛同志写的关于群众悼念周总理逝世送灵枢那首诗，就是很好的一篇。"这指的是《一月的哀思》。这首长诗写在那个凄风冷雨的年月，像潜流在冰块下面的江水，纤细里充满刚毅，冷静中包容烈火，它是诗人正直的心灵的强音不可抑制的流露。这首诗在"四人帮"垮台后，最初以整版的篇幅发表在《光明日报》上，接着在朗诵会上朗诵，在电台配乐播放，很快传遍四面八方，赢得了异乎寻常的反响。

李瑛是身穿军装的诗人，北平一解放，他就和一批同学一道参军南下了。他在人民解放军的队列里行进了 30 多个年头，他的足迹从北方到南方，从基层到总部，从人民解放战场到朝鲜战场，再到中越边界自卫还击战的战场。他做过新闻记者，当过首长秘书，以后又从事编辑工作。无论在什么岗位，他都那么执着地热爱生活，热爱诗，他总是努力把自己置身于生活斗争的激浪和诗思的旋涡之中，把触角伸向生活的最底层和人民心灵的深处。从焊花飞溅的黄河大坝工地，到烟雾笼罩的繁忙的海港；从祖国东北边城爱辉，到滔滔南海里的西沙小岛；从寒气袭人的喜马拉雅峡谷，到战火烧红了的滇南边境……30 年来，诗人走遍祖国的山山水水，紧紧追随时代前进的步伐，写下了大量表现人民军队生活、抒发人民战士情愫的脍炙人口的短诗；同时，他的眼睛也敏锐地注视着整个祖国、整个世界的变化，他的耳朵专注地倾听着人间每个角落发出的声音。他曾出访过东欧几国和瑞士，满腔热情地为五大洲"站起来的人民"高歌，把"友谊的花束""献给火的年代"，可以说，爱国主义和国际主义是李瑛诗歌创作的总主题。

李瑛始终不渝地忠于人民，忠于生活。在"四人帮"淫威大作的日子里，他曾给我写信说："看到那些文艺界的小丑们的表演，我是下决心不再提笔了。"但他并没有真的停笔。总理逝世后，他悄悄地写了《一月的哀思》，正如他在给我的信中所描述的："夜深人静，自己含着眼泪读罢，自己又默默地收藏起来，那些日子我的心头翻卷着无限的愤慨和哀痛……我的嘴里总是充满着苦味……"在那个哀思的一月，我也于激愤中写出了一组痛悼总理的诗，托一位好友偷偷捎给李瑛。李瑛看后，很快给我写了信来，他说："诗有真挚的感情，有情有景，情景交融，说出了大家想说的话，表达了共同的感情……虽然这诗报刊均不能发表，但就像你说的，发表在我们心上吧，发表在敬爱的总理灵前吧！"这宝贵的有力的支持使我难忘。"四人帮"终于覆灭了，李瑛有"初闻涕泪满衣裳"的兴奋难抑之情，他在信中欢愉地写道："而今，'四人帮'已成狗屎一摊，实在是大快人心！……听说光年、敬之、志民等同志都写了新作，实在使人高兴！我才思短拙，写东西很慢，又不愿把过于粗糙的东西随意拿出，愚弄读者，但我一定尾随在同志们身后，加倍努力，以不辜负读者对我的期望。"这心情与粉碎"四人帮"前的"下决心不再提笔"，恰成鲜明的对照。可见李瑛对真理、对正义的追求，对人民及其事业的忠诚。如果说到诗人个人的愿望和期待，那也是有的，这就是企盼自己的诗能在人民的心田上生根开花，李瑛就写出了一些在人心里开了花的诗。中越边界自卫还击战中，一个叫刘勇的战士，战前曾抄写并背下了李瑛发表在《中国青年》杂志上的一首长诗《关于生命》，这首诗帮助他认识了革命人生的价值和意义，鼓舞他冒着枪林弹雨冲锋陷阵；后来，他在火线上入了党，并荣立了一等功。李瑛在报纸上读到这篇报告文学，深觉欣慰，他在信中谈起这件事时说："我觉得很荣幸，能为我们的战士在杀敌中起到鼓舞和教育的作用，这比给我什么荣誉都崇高。"

三

李瑛有一支管用的、听使唤的笔，这是张光年同志早在 1963 年为《红柳集》作序时说过的话，这也是多年来李瑛的读者共有的感觉。对李瑛这支笔，许多青年诗歌作者都感叹它的神妙奇异：这支笔真管用，好像写什么都行，怎样写都成！这表明了李瑛诗的艺术造诣之深。李瑛 19 岁考入北京大学中国语文学系，有条件系统地读中外古代的文学遗产、19 世纪外国文学名著和我国五四时期的作品。还悄悄借阅苏联的革命文学和解放区的文艺作品，同时读到了一些马列著作和关于哲学、政治经济学、文学和美学方面的书刊。早在三十几年前，他在大学读书时就写出了《石头：奴隶们的武器》、《脊背》、《春的告诫》、《纵火》那样真正可以称作"诗"的诗。这为数不少的诗作，解放前曾发表在《文学杂志》、《中国新诗》、《大公报》等报刊上，如今能读到它的人已经极为有限。最近出版的《李瑛诗选》，从诗人1943年5月至1949年10月的旧作中选出15首，辑题为《黎明前的召唤》，这很有意义，人们不难从诗人的幼作中窥见诗人起步时已经打下的比较厚实的艺术功底。读这些诗你会感到：李瑛的笔从一开始就比较"管用"。

有人说："李瑛的诗受外国诗的影响太深。"这一点也可以不必辩解。影响有之，说深也罢。李瑛在大学时就曾直读外文诗，至今，他的在《世界文学》编辑部工作的夫人冯秀娟，仍常常同他谈一些外国诗人的作品。但李瑛诗的艺术营养绝不是单一的，他把学外国诗，与吸收、消化本民族诗歌传统的养分紧密结合，读者在他的诗作中不仅可见雪莱、海涅……的某些素质，更可见李白、杜甫……的风韵，还可看到我国历代民歌民谣对他的熏陶。《枣林村集》中五十几首短歌，就是他在表现形式、诗句结构和以民间口语谣谚入诗等方面的尝试。

李瑛常说："诗的，总是美的。"他主张诗应该"既有教育意义又有美学价值"。对生活美和艺术美永无止境地探求，使他连连获得成功。生活之水在流动，艺术之舟在前行，诗人岂能守株待兔、刻舟求剑！李瑛善于苦心慎选既美又准的句、词、字，来点染不同的情与景，"夜是肌肉，我们是神经"（《月夜潜听》）；"远处，牧女的银镯子一亮，羊群回圈了……"（《巡逻晚归》）；塞外风沙"像群蛇贴紧地面，一边滑动，一边嘶叫"（《敦煌的早晨》）；"中国，不只在马哥勃罗的航海日记里，她，有闪光的丝绸，但也有火药"（《战斗的城》）；"我只相信，即使把他交给火，也不会垂下辛勤的双臂"（《一月的哀思》）……这些余韵深长的诗句，不是已经成为人们交口称道的新诗名句了吗？应该说，李瑛的风格早在出《红柳集》时就已形成，这就是：鲜明的形象，丰富的联想，细致不流于纤巧，刚健寓于细致之中。

四

许多人听说李瑛是"业余作者"，都表示怀疑，因为无论从数量上或是从质量上，李瑛都堪称诗苑的"劳动模范"。四川刚刚出版的近 700 页的《李瑛诗选》，便是他"高产优质"的证书。这本书只收了他全部诗作的五分之一，又不是专职作家，这巨大的创作成果是怎么取得的呢？依我说，第一是勤奋，第二是勤奋，第三还是勤奋。他始终坚持"业余"写作，直至今天仍担任解放军文艺社党委书记兼社长之职。记得一位哲人说过："时间是个常数，但对勤奋者说来，是个变数。用'分'来计算时间的人，比用'时'来计算时间的人，时间多五十九倍。"李瑛是很会"抠"时间的人，他在给我的信中说过："对诗的思考，我是只要有一分钟也总要想起它……"在解放军文艺社工作的同志都知道，他直至今日是没有午休的，即使炎热盛暑，也从不午睡，常年如一；别人午休午睡，他却读书写作。他很少看平庸的影戏，有一次一个礼堂有会演的节目，我动员他去看，他犹豫再三，最后还是被拉去了。可这个晚会质量实在低劣，去了又走不得，白浪费他三个钟头，为这事我好后悔。李瑛人很沉稳、文静，可他的诗思的节奏却很迅敏，像一个不知疲倦的急匆匆赶路的人。

都说唐代李贺是有"诗囊"的，我觉得李瑛也有"诗囊"，不过不是口袋，而是他的小本子。有时灵感突袭而至，小本子又不在身上，他就随手记到台历上、纸页上，甚至写在报纸的空白边角上。

"看那满山满谷的红花"——李瑛对人民对生活始终不衰的信念和炽烈饱满的感情，在那幽静空旷的山野里展现着，这是他的人和诗的性格。从《野战诗集》到《南海》，一共 23 个集子，长短诗作共发表了 1400 首，真是斑烂耀眼呵！对于李瑛，这已经是"红花满山"了，但他却坚定果决地与这一切告别。他在《李瑛诗选》自序的末尾写道，"让我把我过去所写的二十本极不成熟的小书作为我创作的尝试和准备"，这充分显示了一个有潜力的、不自满的攀登者的勇气和信心。他这话是谦逊的，又是实在的，我们高兴地看到他已经开始了新的征程！

原载《文汇》1982 年 2 月号

温馨的记忆

——关于《红花满山》及其他

李龙年

那是 70 年代初，我 17 岁那年。

极想看书，可那年月，我们地质队，能有啥书呢？管书的老孙晚上总是埋头扑克，去借书时，他每每将钥匙扔给我，任我去翻腾。我总是欣喜，之后便是失望。千余人的单位仅有的那架书橱，除了我读过无数遍的几册鲁迅杂文集外，便永远是《艳阳天》、《虹南作战史》及众多的《石油战线战歌》之类，只好再借一本借过无数次的《准风月谈》。我不由怀念起母校——龙岩一中图书馆那排开放书籍后的无数"禁书"，怀念图书馆角落那堆泛黄、散发出霉味的《新民晚报》、《文汇报》，怀念参加工作时拉在家中那些心爱的《从小就要爱护荣誉》、《山乡巨变》和《苦难的历程》……

紧接着我到了矿区，矿区更没书，但我却因此结下了几位朋友。

矮小忧郁的福州知青小余，招进队里当炊事员几年了。下了班，他也不脱那身油渍衣裳，把鞋一甩，就躺在床上。每每这时，我便来了，掩上门，开始抄他珍藏的《普希金诗集》手抄本。抄着抄着，我的心温柔了，宁静了，感动了，纯净了。那些奇异的、第一次接触到的诗句纷至沓来，点燃了我的灵魂和每一根神经末梢……大海啊，自由的元素、皇村的记忆……此刻，小余不知何时又举起那把旧小提琴，拉起了《致爱丽丝》。心啊，展开诗句和乐符的翅翼，飞向遥远的空间……

而一位 30 来岁的钻工朋友，也有一个旧笔记本，抄着郭沫若的"我的蔷薇/别来不过几日/你便这般的憔悴……"和一篇忘了是谁的散文《橘子又红了》。这散文是写给一位献身山村教育的女教师的，每一段开头都是"橘子又红了，我的同志"，抄下它们后，多少次读着读着，心颤抖了，眼眶一阵湿润……

但是，没有书，没有铅印的书。

不久，我用几个晚上，写出一篇小说《青桐林的山冈》，讲一个老红军，如今的地质队队长，到当年打游击的地方找矿，寻找并和当年救过他的老山民重逢的故事。小说寄给省报，没登，报社却陆续寄来几本文艺创作理论小册子。如今，那些小册子辗转不知去向，但那却是我当时真正拥有的自己的书。

这年 4 月，我离开矿区，当汽车司机，能常到一些城市转转。新华书店无疑是我第一个狩猎目标，但空荡荡的文艺柜，均是稀拉几册落满灰尘的样板戏剧本或画册，站在那里，我心中一阵空旷。

一次，随地质组到一个极偏僻的山里，宿在山中小镇。傍晚，依了习惯，去逛那镇上小百货店。我知道这类店一般有个书柜，虽然比书店还要苍凉。果然，这店也有书柜，不过在光线最暗的角落，同样积满灰尘。我在那堆《大寨战歌》、《红旗渠颂》中翻着找着，忽然，一本洁白的封面燃烧着一簇簇红花的书扑入我眼帘，这是李瑛的诗集《红花满山》！我一阵惊喜，毫不犹豫地买下了它。当晚，我就钻在被窝里用手电筒照着，读这本诗集。诗集中的世界吸引了我，那鲜活的形象、清亮的诗句、奇妙的联想、浓郁的诗意、奔放的情感摄住了我，展示给我另一个清新、纯净、美好的天地，让人直想唱歌，想走遍天涯，去拓荒，去跋涉，去勘探，去守卫边防，让刺刀上挑着几颗晨星；去山野露宿，让小溪录下一夜梦境……

这本诗集伴随我度过好几年时光。在那些岁月里，它曾给我多少慰藉和希望啊（当然，后来又有了手抄的《飞鸟集》、《园丁集》等）。不幸的是一位朋友借去时不慎遗失了，他很是内疚和惭愧。我能说什么呢？我该说什么呢？

书遗失了，可美好的情感没有遗失。如今，十几年过去了，那种纯净、明朗的情感仍渗透在我的生命之中，尽管那本《红花满山》如今我仅仅能记住一句诗："把十万大山抱起来！"

如今，我购置不少书了，但我仍怀念那本《红花满山》，那装帧并不精美、挺薄的一本小册子。这情感真挚、深沉，犹如在荒漠上突然见到一眼甘泉，在夜野里猛地发现一星火光，戈壁上偶尔见到一茎格桑花，雪峰上终于发现一株雪莲那样。那一瞬间，那一片刻，是超越了许多岁月的辉煌和美好，凝聚、升华了人生多少纯真的憧憬和希望。它照亮人生，照亮生命，使人生充实、美丽，充满信心。不是吗?! 我的有和没有这种经历的年轻的和不年轻的朋友……

原载《福建地矿产报》1987 年 12 月 25 日

长城上的号角

——著名诗人李瑛印象记

程步涛

在那洗劫一切的年代，我曾为得到李瑛同志的诗集费尽心思，在布满蛛网的书库里，从十几麻袋书里我翻寻到五本李瑛的诗集，如获至宝地读着，着实地陶醉了一番。

我喜欢李瑛的诗，是因为它是士兵的诗。大草原上的鲜花马蹄，戈壁滩上的驼峰雁翅，吴八老岛上的玉树银花，乃堆拉山口的寒风冷雨，西沙群岛银白色的沙滩，滇南边境黑云般的硝烟……幅幅戍边图，曲曲金石音，篇篇是号角，是屹立在长城上吹奏的昂奋的号角！号音是令人振奋和神往的，那么吹奏这支号角的号手呢？每次翻开李瑛的诗集，我总是努力想象着诗人的风采。

1979年早春，在解放军文艺编辑部一间普通的办公室里，我第一次见到李瑛同志。他是一位身材魁伟的标准的军人，头上已有些许白发，眼睛明亮而深邃。他握着我的手，询问在部队工作、写作的情况，语声谦和，时而助以明确而坚定的手势。一切都在向你表明：这是个一见面便可以给以全部信赖的人。

然而，我更渴望知道他是怎样吹奏他的那支号角的。

不久，对越自卫还击战打响了，编辑部抽出部分同志去前线采访，李瑛同志率先前往。他说过："诗人不是行政机关里的文书员，他应该是一个勘探员或侦察兵。"像当年进军两广和冒着炮火入朝一样，他又在那潮湿的战壕里，在那烛光摇曳的掩蔽部里记录着、倾听着、感受着周围发生的一切。很快，在读着染有硝烟的捷报的同时，我们便读到了诗人寄自前线的那些沉郁悲壮、令人回肠荡气的诗章。

自卫还击战胜利后，在编辑部欢迎从前线归来的同志们的座谈会上，李瑛同志给大家介绍了很多南疆军民可歌可泣的事迹，介绍了跟随部队前进的日日夜夜。他讲得那么忘情，仿佛又回到了战场上。如果说，以前我已经感受到诗人的号音发自对战士的爱的话，那么，此刻我已认识，诗人对战士的爱太深了，军队、士兵已熔铸为他诗的主体，像江河和大海一样密不可分。

就在那几天，报纸上发表了一篇通讯，说一位战士揣着他抄录的李瑛同志关于生命的一首诗，扣响了惩罚邪恶的扳机，这位战士是把李瑛的诗当号角带上战场的，他绝对不会想到，就在他呼喊着为祖国而战的时候，诗人也正在炮火中为士兵的生命而高歌。

有一次，我对李瑛同志说起这件事，他没说什么，但目光却陡然深沉起来。后来，在一次会议的发言中，诗人谈及这件事，他说，他把这看作对一个从事军事文学创作的作家最高的奖赏。是的，古往今来，被鲜血染红的信物何其多，然而一个战士的血染红自己喜爱的当代人的诗篇，怕是不多见的。据说，那诗笺被博物馆收集了去，我想，当人们看到这珍贵的遗物时，该会得到多少启示。

歌颂人民军队，赞美革命战士，是李瑛诗歌创作的重要部分。在已经出版的二十多本集子里，有一半以上是军事题材。他博采中外诗歌遗产之精华，匠心独具地创造了一系列形神兼备、声情并茂的诗章，从 60 年代起，便影响到许多青年作者的创作，在军事文学的诗坛上，形成一个与李瑛诗歌相近的艺术流派。更有一些作者则是由对李瑛的诗的喜爱，进而成为讴歌人民军队的歌手的。如今，谈军事诗则必举李瑛，在军事文学的诗歌阵地上，李瑛同志高高举起了一面大旗。

1926 年 12 月，李瑛同志出生在辽宁锦州，他的父亲是一名铁路职工，随着父亲工作调动，全家也沿着铁路线一次次迁移。小站上寂寞守望的号志灯，孤零零抛在旷野的简陋的月台，蒸汽机车的喷汽声和车轮辗动铁轨的单调的轰响，充斥在他幼年的记忆中。

7 岁时，他被送到村庄凋敝、土墙塌圮的老家——河北丰润县农村读小学。从世代居住在这里的贫穷的家族和乡亲们身上，他开始认识生活和世界。10 岁那年，他又随父亲到天津读书，翌年，卢沟桥事变发生，日本帝国主义者占领天津，他只好又回到故乡附近的唐山勉强读完了小学和初中。

此后，在回忆这一段岁月时，诗人曾这样写道："苦难的农村，萧条的城市，阶级压迫，民族苦难，这一切喂养了我小小的生命，这一切，迫使我严肃地思索着祖国的命运和未来，也迫使我认真寻求那些表达自己思想、认识的方法。"

1945 年夏天，李瑛考入北京大学中国语文学系。这年秋天，抗日战争胜利，但是，燃在人们心中的希望之火，很快便被国民党当局发动的反革命内战的风烟扑灭了。在大学里，李瑛得以系统地阅读中外文学名著，特别是苏联当代文学和解放区的文艺作品，阅读在学生中悄悄流传的马列主义书籍。正是这些书籍，使他在思想和感情上坚强深刻起来，由最初政治上的苦闷、精神上的压抑，变成积极的反抗和对革命的追求。

在学生运动的激流中，他度过了大学生涯，毕业前夕，迎来了北平的解放，此后便是参军、南下、入朝……先是作新闻工作，后从事编辑工作，又做行政领导工作。三十多年来，诗人的足迹遍布南国北疆，和战士同甘共苦，和祖国一起经受一次次突变的风云、磨难和考验。即便在十年动乱期间，诗人也没有放下他的笔，只是把诗稿悄悄地压在箱子底，等待着乌云败走的时刻，他和他的诗一同走过了一条不倦的探索之路。

李瑛认为：诗人的最高规范是生活，作品就是对生活的一种解释——一种称赞或是一种批评。他主张：诗人的党性和作品中生活的真实性应该是统一的，而且是可以统一的。他把诗看作自己的第二个祖国。

正是这样，李瑛始终怀着极大的尊敬和热爱的感情，表现我们的人民和战士，表现他们丰富的感情世界，他们的意志、愿望、精神，以及他们全部的庄严和美丽。他把自己置身于生活的大海中，以强烈的爱憎，寻找着艺术创作的宝藏，靠着坚定的马列主义立场，从不为某种浪潮的力量所左右、所摇摆。

李瑛的创作全是在工作之余进行。一年四季，那些属于人们养神的午休和晚间，却是李瑛写作的黄金时刻，即便担当了全军文化工作的领导职务以后，亦是如此。他像一个最精细的设计师，巧妙地支配着这些零星时间，创造着精神财富和美的价值。李瑛同志在解放军文艺社时，我们的办公室就在他的办公室隔壁，盛夏的中午，常看到他热得耐不住了，打上一盆水擦一擦汗珠，又伏在案头上。当代诗人的作品，像李瑛同志这样质量高产量也高的，为数不多，像李瑛同志这样全靠业余时间写作的，则更是为数不多。也正是这种特有的勤奋，使他能自如地吹奏这支震撼人心的号角。

1983 年，诗人向祖国和军队捧出了金灿灿的收获。春天，他的诗集《我骄傲，我是一棵树》获全国优秀新诗奖；八月，诗集《在燃烧的战场上》又获中国人民解放军文艺奖。

有人曾把李瑛同志的诗称为"波涛举起的钻石"，我打心里钦佩评论者的精到，只有大海的气势、钻石的光芒能概括李瑛同志的诗。然而，我还是愿意把他的诗称为号角！一支在人民军队这座钢铁长城上吹奏的号角！因为他说过："如果我们的战士读了它能说，他像我们队列里的一名老兵，他了解我们……那就是我最大的骄傲和幸福。"

创造时代的精神美

——访诗人李瑛

峭　岩

　　在对越自卫还击战中，一位青年战士怀揣一位诗人写的《关于生命》的诗，昂扬走上战场，在诗人充满革命英雄主义精神的诗句的激励下，青年战士英勇杀敌，荣立了一等战功，并在火线入党——写这首诗的诗人就是《解放军文艺》社社长、诗人李瑛。

　　当我访问他的时候，话题自然就从这里开始。李瑛说："有些事情很难预料，比如《关于生命》这首待，竟对一位英雄的成长起了作用，这件事是一位同志到广西边防采访发现的。"这时，李瑛将一张《广西日报》递给我，上面有关于这位英雄战士的长篇通讯。这位青年战士叫刘勇，当越南侵略强盗在我国边境燃起战火时，激起了他的义愤。在出征的号角声中，他默默读着抄写在笔记本上的李瑛的诗句："生无私，死无愧的伟大感情，这——才叫生命！连死亡在他面前也要发抖的生命！"之后，他掏出钢笔，在后面写了四句诗作为感想："我志从军赴战场，杀敌决心硬过钢，只求祖国多安逸，生死关头不彷徨！"他自言自语地说："李瑛同志，我把你这首诗带到战场，变成枪，变成手榴弹，变成胜利的鼓角！"他在战场上浴血奋战，一个人打退了三十多个敌人的进攻，像钢钉一样铆在阵地上。李瑛深有感触地说："诗是精神美的再现，因而，诗会产生力量的。在刘勇身上，我们看到的是直接作用，还有看不到的、潜移默化的作用。诗是培养高尚道德、铸造纯真灵魂、陶冶革命情操最美好的形式，正因为这样，很多青年人都喜欢诗，喜欢诗就是喜欢美，就是热爱生活。"

　　很多青年非常喜欢李瑛的诗，他的诗总是澎湃着革命的激情，回响着美妙的旋律，展示着美好的意境。这样的诗是怎样写出来的呢？带着这个问题，我请教了李瑛。他说："写诗要有激情。这种激情也非一朝一夕得来。如果说我四十多年一直保持着诗的激情的话，是因为我热爱生活的结果，也是因为我经受了旧社会的苦难和战争的磨炼的结果。"李瑛沉浸在往日的回忆里："我于 1926 年 12 月出生在北方农村，家里很穷，后来到天津上中学，那时就开始写作，抒发我的感受，记录我的思想和我所经历的苦难生活。当时，我所写的作品，较多的流露了在那屈辱年代里产生的忧郁、悲愤的感情和对苦难现实的控诉。1945 年夏天，我考入北京大学读书，有条件读到更多的书籍，毛泽东同志的《在延安文艺座谈会上的讲话》，对我震动很大，我开始认识到自己很幼稚、苍白，必须到火热的斗争中去锻炼、充实自己。所以，大学刚毕业，我舍弃拿文凭的机会，便随军南下了，我是在漫天风雨的追击途中听到祖国诞生的喜讯的。解放后，我还到了朝鲜战场，又经历了中南沿海战斗。前几年，我参加了对越自卫还击战，生活使我充实起来，血与火的洗礼，使我确立了正确的人生观。我永远忘不了那燃烧的战场，那炮声止息后的宁静，那黎明时的一声军号；忘不了战场上一壶水所包含的阶级友爱，忘不了战斗结束后排长清点战士时的眼神，忘不了母亲对战士的嘱托……所有这些，可以说是我的诗的基石和摇篮。正是这些充满斗争的火热生活，赋予了我诗的激情，孕育了我诗的生命。"

说到这里，李瑛激动起来，讲起《朝鲜战场的一个晚上》这首诗的写作过程："我们的战士去追击敌人，路过一个树庄，村头燃着一堆篝火，火堆旁偎依着四个孩子，孩子凝望着战士，战士依恋着孩子，然而，不能停下，只有满怀复仇的义愤去追击敌人。孩子们那逼人的眼神，像烙印一样，烙在我的心上，我感到了肩上的重量。于是我写道：'记住，记住这一片废墟，我们一定要回到这个地方！我们回来，一定要让它洒满阳光，回来，要它变成炊烟四起的村庄。'这一情景，致使我几十年后，行走在戈壁上，或者路过一个小村，只要发现一堆火，就联想起那堆火、那闪亮的一双双的眼睛。这次在对越作战的战场上，我又深深感到战友之间的阶级情谊。比如《傍晚》这首诗，就是抒发这种情怀的。一场激战过后，指挥员瞪大眼睛，一个个清点阵地上的人数，看谁不在了，谁还活着，那种炽烈的亲密的感情，非常动人心魄。诗中写道：指挥所前，营长迎接了我们，两天未见，却像是二十年的别离；他辨认着大家，心痛地和我们一一握手，'感谢你们！'深情全凝进这简短的话语、这思想，这语言，都是生活教给我的，所以，热爱生活，热爱人民，热爱祖国，是我的诗的总题，也是我的座右铭。"

谈到新诗在振兴中华中的作用，李瑛深有感慨。他说："我们的祖国正开始一场新的伟大的革命，我们应当重新认识诗的道德职责。我们必须在如此有声有色的生活中，去发现影响到人们内心变化的是什么，最大限度地去理解人们的心灵，表现他们的感情世界，以及他们全部的庄严和美丽。

"我热爱祖国，同时，对青年人也是满怀希望的。我曾到过瑞士，也曾到过别的一些国家。当我走在瑞士的大街上，我想起了我的祖国。也许，我的祖国没有这么多花，没有这么宁静。它很穷，有的地方很脏，但我还是热恋祖国的。这是因为我们有志气、有理想，不是为了金钱而活着。我们的青年，虽然经过十年内乱，心灵上有创伤，但通过对越还击战来看，这些青年是经受得住生与死的考验的。当祖国需要的时候，他们都变得无畏起来，敢于献出青春热血。所以，《在燃烧的战场出》这本诗，我用了大部分篇章歌颂了新一代，这就是心灵美。我们不是提倡精神文明吗？前些时候，《人民日报》召开座谈会，我发言谈了关于发展军事爱国主义文学的问题。山清水秀是美，燃烧的战场同样是美，是庄严的美、壮丽的美。祖国有刘勇这样的战士保卫，我们的人民才得以安宁。所以，我们的诗应当歌唱这样的美。"

——当访问结束时，李瑛同志谦虚地说："虽然出版了二十三本诗集，但还很不成熟，我还要努力学习其他人的诗，学习外国的诗。有人说我最近的诗突破了我以前的风格，正追求、探索新的表现形式，这是对的，我反对'闭关锁国'，主张借鉴，好的、有益的，都要吸收。今后，我仍然恪守我的信条——忠于生活，忠于艺术，热爱人民，热爱祖国，热爱党，努力写出更多更美的新诗，以报答哺育我的人民。"

原载《文学报》1982 年 4 月 22 日

"五官开放"与美的发现

——访李瑛

叶 鹏

1980年南宁召开的一次诗歌讨论会上，有人提出，李瑛是按波德莱尔的"五官开放"原则进行创作的。在最近的一次访问中，李瑛又一次谈及了它：所谓"五官开放"就是要用整个身心去倾听，去感受生活和发现美。诗人要有明亮的视觉，解析出每一瓣光谱的色彩；诗人要有机警的听觉，搜寻出似断似续的动静；诗人要有灵利的嗅觉，过滤出纯正的芬芳；诗人要有敏锐的触觉，感应出宇宙的恒温；诗人还要有顿悟的心灵，来领受那电光闪烁、稍纵即逝的人类情感的精英。诗人要培育出这种本领，他的五官要触及人们心灵的深处，这关系到能否成为一个真正的诗人，能否发现生活中美的重要问题。

30年前，智利大诗人聂鲁达来中国讲演，他说道："我到哪里，都能感受到生活中的诗。"他怎么也料想不到，这句话今天仍然能掀起李瑛心灵的浪花。

"我小时，睁开眼睛，感受到的就是阶级压迫，整天吃不饱饭，为什么人间有这么多不平等呢？到了上学的时候，日本人打进来，成了亡国奴，这时看到的又是民族压迫，我便是在这么一个历史背景下成长起来的。那时，我看到的尽是黑暗与丑恶。在大学里要求民主、自由，要求认识世界，改变人生，要求认识生活中的美。在历史变革的角逐中，我看到了共和国的美、人民的美、生活的美。我当然要去努力发现它，歌唱它。"李瑛缓缓说道，"生活中不是缺少美，而是缺少发现。"

发现美，可说是李瑛几十年创作的主旨。不用说他广为盛传的《红柳集》曾被一位年轻诗人整本抄录，还把插图也原样画了下来，即使在帮气十足的年代里写下的《红花满山》，至今也散发出迷人的艺术魅力。在丑恶布满祖国天空的日子，他沉默了，然而仍然冒着危险，写出了对于美的象征的颂歌——《一月的哀思》。

1985 年春，《诗刊》函授学院的学生向他发问，其中一个问题是你最喜欢自己的哪些作品。李瑛毫不迟疑地答道：在近阶段，我喜欢《南海》（见《诗刊》1985 年 11 期）。

《南海》是他 1982 年出版的诗集，他 1953 年、1961 年到过渤海，1956 年去过东海、南海，1978 年、1979 年连续两年又去南海。

诗人的想象力在南海上空翱翔，"一个黑点"、"一枚松果"、"一颗桂圆"、"一张叶片"、"一片山茶"、"一叶葵扇"、"一只玉盘"（《赴无名小岛》），一串串珍珠般的比喻宛若海韵款款流涌。你还能听见一个悲怆男子汉对着祖国送去的泥土的呼唤："离开你，我的心会干枯/离开你，我多么痛苦"，"就把心放在上面吧/就把旗插在上面吧/就把祖国的钥匙留在上面吧"（《祖国的泥土》）。感情的水涌，渗进祖国的泥土，心灵的棒杆，在奋力地搅拌，最后捏成了一个古老、温厚、刚强的民族塑像。在《南海》里你还能感受到一个哲人的沉思，"望着那倾斜的海、倾斜的天/我心头忽升起一片庄严的情感"，诗人想起了自己的童年、祖国的童年、人类的童年，以及为着人类生存而进行的不息斗争，他不由得感慨："啊时间/空间/历史邈远/苍穹浩瀚/生命就是从风雨中走出/宇宙就是在生死里变幻。"（《舢板》）战时的南海已具有更高的概括，它带有象征的色彩，它的浪涌间，奔腾的是历史的风暴，它的胸膛里，伫立的是民族精神的冰山，它的潮头上，撞响的是时代的惊雷。《南海》的美既在于它的绚丽、奇伟，更在于它的深沉、它的内蕴、它的反思、它的运动。

《南海》体现了诗人的艺术追求和风格变化，也坚持了他的"生活是创作的唯一源泉"的主张。"在改造世界、矛盾斗争尖锐的地方，跃进步伐较大的地方，人的成熟也就越快，思想感情变化也越大，应当到这些地方去寻找美。"李瑛这样总结道。

"近一年来，解放军文艺出版社让我编选了三十年军事题材诗歌创作精选集《战士们万岁》（256 首），中国青年出版社也将出版《青春祝福——献给青年朋友的 21 首朗诵诗》和《李瑛国际题材诗歌选》，如果把百花文艺出版社出版的百花文艺小文库中的《望星》也算上，我已经出版了 31 部诗集了。"

真令人惊奇！莫说他是一个业余诗人，即使一个专业诗人，也该称得上高产了。

李瑛有时也有些纳闷：一场"文化大革命"仿佛使他变成了两个人。过去有人总说他的作品是"学生腔"，带"洋味"，而现在有人又认为他的诗太"土"了；过去说他太开放，现在又认为他太谨慎……

李瑛笑了笑："我就是我。50年代初，我很少在《解放军文艺》上发诗，因为那时认为军旅诗的正宗是快板诗，我的诗自然不入调。'四人帮'高压下，写了诗不能发，但也还要写，心中有一个目标，要有真情，要有诗味，要有形象，要有美感。虽然那时自己的诗也有诗味不浓的现象，但那属自己艺术能力所限，不是'四人帮'所能左右的。一个诗人要有自己的信念，不能人云亦云，这样是无法创造出自己的风格和特色的。"

谈到当前诗歌发展，李瑛说："现在出现了许多有才华的青年诗人，出现了许多诗刊、诗报，这表明了诗的视野的开阔，诗更直接地渗透到了现实生活之中。

"诗应该成为时代的神经，应感应时代的体温，看来已是不成为什么问题，然而一个新的时代要求诗人走到它的前面，并不是每个诗人都能做到的。生活的变化、价值观的变化、新的文学观念的变化、思维方式的变化要求诗有强烈的时代气息，本质地表现人的感情和人的命运。有一些诗淡化生活、淡化时代，诗应该紧逼个人的心灵，但如果个人感情过于狭窄、过于苍白，就不能正确表现时代。"

诗要有突破，老方法、老观念已难以表现80年代的生活，或者说表现力不强，不能完成生活的使命。他认为，诗人应该不倦地追求新的表现手法、新的美学目标和情趣，要不断开辟新的审美途径。

对于诗坛出现的新现象，李瑛认为也要具体分析，"判断观念新旧的标准，并不能只以时间的先后为主要尺度，主要要看它是否符合艺术规律，看它能否对历史、对社会有推动前进的作用，看它是否有利于民族思想感情的纯净，看它是否有利于对生活的表现。"

谈及有些诗写得晦涩、不易看懂时，李瑛说："我送你一段聂鲁达的话，'一个诗人仅仅不合情理，就只有他自己和他所爱的人看得懂，那十分可悲。一个诗人完全合情合理，甚至笨如牡蛎也看得懂，那也非常可悲。'"

原载《诗歌报》1986年2月21日

对诗的思索

——访诗人李瑛

何　雨

　　尽管人们知道李瑛是位勤奋的高产诗人，但一般读者很难想象，他在出任总政文化部领导之后，在繁重工作之余，仍不断结出丰硕的创作之果。他的新作《江和大地》作为"中国诗库"之一，由作家出版社出版后仅三四个月，就应读者要求再版，山东文艺出版社去冬出版了《李瑛国际题材诗歌选》；1985年四川文艺出版社出版了他的新作《美国之旅》，解放军文艺出版社出版的军事题材诗集《战士们万岁》；1984年，百花文艺出版社作为"百花青年小文库"之一出版的他的诗集《望星》，初版就印了2万余册；1983年冬文化艺术出版社出版了他的新作集《春的笑容》，荣获全国第二届优秀诗集奖。最近，中国青年出版社即将出版的《青春祝福》，是他献给青年朋友的21首篇幅较长的朗诵诗集。

　　也许已经成为他的特殊"习惯"，不论在哪里，不论做什么，他总是时刻不忘作为一个诗人的社会责任。他认为，人们是需要在一切重大的生活课题面前听到诗人的声音的；他认为，诗人的神圣使命，就是要在生活中发现美的东西，以启迪、激励人们更健康地前进；他认为，诗总是要反映时代脉搏、反映社会生活、反映人的美好心灵的。因此，他不断丰富自己诗的表现方法，探索新的审美途径，满腔热情地写了反映我国农村改革的《中国农民的起飞》，写了以远征南极科学考察为内容的《这就是今天的中国》，写了歌颂中国人民探索精神、记叙首漂长江的壮举的《长江魂》，写了老山前线保卫边疆浴血战斗的英雄们，写了人和历史、人和自然以及世界和平与各国人民之间的友谊……

他认为，站在历史的高度，深刻地反映时代和人们的心灵，是诗人不可推卸的社会责任。他在工作之余的中午、深夜，只要能挤出时间，总要尽量阅读报刊上发表的诗作、新出版的诗集和探讨诗歌理论的文章。

在坚持业余诗歌创作的同时，他还尽力支持和关心青年诗友的成长，用业余时间回复一封封青年诗友的来信。1956年1月，部队一位青年编辑不幸因车祸逝世。李瑛发现他遗下一部诗稿，遂积极帮助整理、加工、润色，并即在《解放军文艺》上连载三期，后又帮助推荐出版，这就是日后的著名叙事长诗《白兰花》。近几年，他除积极倡导出版全军中青年诗人诗集《战友诗丛》并亲自参予审稿外，还热情地为青年诗人的新作集和注释的古代战争诗集写了多篇序言。

他深为新时期以来我国诗歌创作挣脱"左"的枷锁而呈现出的新局面而高兴，有益的探索、锐意的创新，在反映人们心灵、生活的深度和广度，以至艺术技巧、形式、风格、美学追求等多方面的开拓，使整个诗坛处于一种不安于现状的骚动和大胆的追求之中。李瑛认为这是可喜的，它说明我们的诗歌创作充满了生机。

但是，他说，一个时代有一个时代的文学，一个时代的文学总应鲜明地反映各自时代的光彩，作为人类心灵产物的诗歌，必须有助于思想情操的纯洁、性格的完整和坚强。李瑛觉得，遗憾的是，近几年来我国诗歌战线上出现了一些远离我国现实生活土壤、远离我们民族审美心理和欣赏习惯的作品，它们不仅在艺术手法和表现形式上生吞活剥地照搬某些外国诗歌作品，更把一些褊狭、阴暗、扭曲、病态的意识和感情，流露在诗作中，它们缺乏社会主义诗歌任何时候都不应缺少的、可贵的人民之情。还有一些使人难以理解的诗篇，它们"美丽"、高傲，意念迷惘，联想荒诞，形式怪异，语言艰涩；而这些似乎十分深奥、无法理解的诗，却往往被认为是"深刻"和"出新"，这不能不发人深思。

李瑛说，他也曾收到一些老山前线文化不低的战士们从猫耳洞写来的信，他们抄来或剪下一些报刊上发表的费解的诗，请求帮助解释，并对这种诗表示不满。李瑛说，他并不一概地反对"朦胧诗"，把是否易于理解作为评诗的唯一标准，显然是不适当的，但的确让读者，甚至许多诗作者、编者、诗评家、诗歌教学研究人员都无法看懂、无法猜透，总不能说是诗作者的"光荣和成功"吧？列夫·托尔斯泰说："反常的艺术可能是人民所不理解的，但好的艺术永远是所有的人都能理解的。"李瑛认为，诗作为感情交流的一种文学形式，能在读者的回音壁上引起回响和共鸣，才能影响、感染甚至激动读者，这是十分自然的。他说，作者应该十分尊重你所表现的对象，同时也应该十分尊重读者。因此，尽量使人能够接受，应该是我们创作作品的起点，如果诗人为读者的理解自行设置一层层障碍，使人无法领会，读者还怎么可能看下去，从而欣赏到你的诗的美，领略到诗意呢？

李瑛说，他在北大读书时，也曾受到西方各种文学思潮的影响。他始终主张诗歌要发展，必须不断刷新诗歌观念，拓展诗的领域，不断突破程式的表现方法，更新知识结构，把自己的创作，永远当作新的起点。这里原因是多方面的，首先是作者，但也不能不提到报刊的编辑和有些文艺评论家。李瑛认为，由于过去"左"的影响，我国文艺界长时期对世界文学艺术的历史和现状缺乏交流和了解，而要开放、要引进，则必须用正确的态度来对待。可是我们有些青年诗作者，既未认真研究已成为全人类精神财富的我国优秀诗歌传统，也未对西方的文学艺术进行深入的探讨和研究，因此，自然难以正确地从形形色色的外国现代诗歌中吸取有益的营养。他说，不做深入的研究，简单地因袭和模仿是最省力的，但却也是最易走弯路的，三十多年台湾新诗的曲折的道路或可证明。当然，青年诗作者这种渴望了解世界诗坛近况和发展的急迫心情是可以理解的，他们寻求突破和探索的精神也是可贵的，但是，李瑛认为，创新是一个踏踏实实的继承和发展的过程，而不能赶时髦、出噱头。作为报刊编辑部和评论家则应满腔热情地正确地引导他们，善于帮助他们，肯定他们应予肯定的东西，同时，鲜明地指出存在的问题，做出切合实际的评判。正确地开展健康的争鸣和研讨，是十分重要的。一些似是而非的理论和无原则的吹捧，不仅贻误了青年，而且还会将我国诗歌创作引向歧途，这是我们编者和文艺评论家不可不严肃对待的问题。

好在，最近这一时期，这一问题似已逐渐引起广大读者乃至社会的重视，不少老、中、青诗人也议论纷纷，越来越多的报刊对此展开了不同观点之间的对话、探讨和辩论，这是好现象。人们总会从这场直接关系到我国新诗创作繁荣和发展的讨论中，得到有益的启示和正确的答案。

总之，诗是不能脱离人民的，脱离人民的文艺，是没有生命力的，诚如裴多菲所说："假如有人不会歌唱别的/只唱自己的欢乐和忧伤/那末，世界并不需要你/不如把你和琴一起抛掉/……每一个诗人都要同人民一起/在水深火热之中前进!"

在谈到当前不少报刊介绍"诗群"和各种诗歌流派现象时，李瑛认为，诗的风格与流派的问题，是一个很复杂的文学现象。由于诗观念、诗意识、诗美价值的判断等不同而产生的对诗持有各种各样的主张和见解，是不足为怪的。据说目前诗坛打出了许多流派旗号，这种自由竞赛的"百舸争流"，只要作者是真诚和严肃地为了诗的繁荣和拓进，当然应该得到确认和尊重，应有这种正常的心理意识和态度。但这还是得从诗作者的创作成就，从诗的艺术风格、特点和对人类精神文明做出的贡献来评定。时代在呼唤中国新时期的诗歌群体，诗人付出艰辛的创造性劳动，必然会出现各具特色的、千姿百态的属于社会时代的诗歌艺术流派，这是要以写出能赢得读者、征服读者、为社会公认的优秀诗作为基础的。如没有对艺术以及对传统的独特的发现，没有对诗学理论和整个艺术哲学的冷静的思考，没有各具特色的个性化的深刻追求，并真正写出优秀诗歌作品作后盾，即便自行宣布自己是什么派，热闹虽热闹，却并无多大意义，也经不住时间浪涛的冲洗和淘汰。因为"一打宣言"，也不如一步行动"，而诗作就是诗人最有力的行动。

原载《文艺报》1987 年 4 月 25 日

地球的骄傲

——听李瑛老师谈树

迟加力

　　李瑛同志的《我骄傲，我是一棵树》选进了新编的中学语文教材，我因编辑这套教材的参考资料辗转得到李瑛老师的地址，于是，在一个冬天的晚上，我们拜访了他。

　　他做了七年总政文化部的部长，但他没有一丝俨然的腔调。他那样亲切、和蔼地坐在我们对面，睿智的大眼细眯着，慢声细语，侃侃而谈。

　　我为"树"而来，因此，我听李瑛老师谈了一晚上的树。

　　"我喜欢树，我爱树。"李瑛老师这样开始他的谈话，"大自然中，树是地球的骄傲。人类发展的初期就与树结下不解之缘，人是从树上下来的，直立行走，脱离动物，成为人；'钻木取火'，也是从树开始，可以说，没有树，就没有人。人类与自然的依附关系十分久远，凡有树林的地方都有村庄，凡有村庄的地方都有树，很难说先有了哪一个。

　　"树，给人许许多多的启示。我在北大上学时（注：北大文学院，沙滩红楼），常上景山，在景山上的古柏下念书。那上千年的古柏，枝叶繁茂，我现在去，还是枝繁叶茂，也不见老。

　　"去年，我到西北的卫星发射场，风很大，刮了一夜。第二天推窗看去，大树的树冠已被吹掉了，可干仍挺立与风搏斗，那种执着与顽强，人可以想见。春天叶子长出来，一块儿长，没有一片偷懒。风雨记载着它的年轮，载着它的坎坷，载着它的梦幻与追求，即使有一天倒下，还要化作煤炭供给人温暖。

　　"树给人的启示是多方面的，树不单自己成材，连影子也奉献于人，为人遮阳。我从 50 年代下放当兵，骄阳下行军，每每渴望前面出现一棵树，在树荫下坐坐，见到遥远的一棵树，就觉得亲切极了。我们的战士死了，常常埋在树下；我们的铁道兵修路，住几日就搬走，最好的纪念就是种下一棵树，等到路修成了，战士们坐着车回来找自己种下的树。

"关于树，人们写得不少，茅盾的《白杨礼赞》、陶铸的《松树的风格》都是写树的。我的很多诗也是写树的，或者说是通过树的形象歌颂人的。比如，我以松树比喻我们的战士，以木棉树赞美对越反击战中的英雄，西沙群岛的羊角树很特别，断到地上又长起，阔叶，长不高，但生命力顽强得令人吃惊，我以它的形象赞颂不屈的勇者、不死的生命，象征我们战士的勇敢与顽强。还有，橡胶树的树液令我想到母亲甘甜的乳汁；榕树的根须硕大，牢牢把握着大地，令我想到人类的执着与求索；刚毅、挺拔的白杨树，两树相架，成一哨所，黑龙江的姑娘民兵安家树上，我想到这些城市姑娘的青春与生命与白杨树融为一体，共现韶华。树是地球的骄傲，我爱树，因此我想写树，但我又不想单写一种树，我想塑造一个概括力很强的树的形象。我想通过这个树的形象给人以启迪，加深人们对树的理解和认识。当然，歌颂树还是为了歌颂人，歌颂那些有远大理想和抱负、志在天下、有为公的胸怀的人。把树作为人的理想的形象和品格来歌颂，也可以说，我这首诗是写给年轻人的。我认为应该对年轻人进行理想道德教育，对年轻人的人生观、理想、抱负、追求要加以引导，培养他们美的情操、美的趣味。我歌颂这样的树，这样的人，也是希望年轻人学习树，做有益于人民的人。"

"关于诗的主题，"李瑛老师笑了笑说，"我这首诗的主题是非常鲜明的。一种高尚的人生、道德、抱负、追求，不是用理性的、逻辑的语言，而是用形象的语言，用树的形象来完成，因为树无论从哪方面说都是美的。这也算是我的人生哲学、道德追求和我对人生价值的理解——高尚纯净的人生。我希望年轻男女们能接受，能得到美的熏陶。不仅是树，要从具体的美好的事物中得到启迪，山的磅礴、海的永远运动不息的气魄，大自然会使心灵获得启示，会净化人的灵魂。

"至于诗的手法，我记得聂鲁达说过：一个诗人如果不是现实主义者，他就会毁灭；如果他仅仅是一个现实主义者，也会毁灭；如果是个非理性主义者，写的诗只有他爱人能懂，这是可悲的；如果仅仅是个理性主义者；连驴子也懂得他的诗，这就更可悲。

"很欣赏聂鲁达的这番话，我认为诗人对生活的观察，反映与小说家不同，角度不同，处理方式也不同。诗是感情领域的艺术，诗人是美的创造者，歌颂美本身是否定丑，即对卑琐、自私的鞭挞，对美的歌颂，是艺术的、美学的追求，也是哲学的、道德的思考。

"前面说过，我这首诗是写给年轻人的，所以我有益写得明快，适于年轻人看。年轻人喜欢诗美好的语言袒露自己的胸襟，表达对生活的信心和对未来的希望。爱诗即爱美，爱生活，爱明天，我是从年轻的时候就开始读诗、写诗的。

"对，你说的是现代先锋诗，跳跃大，意向模糊，不易理解。我想我的诗要极力写流畅，易于朗诵、易懂。艺术手法上基本上是积极浪漫主义，写树的理想、抱负，对老人、对孩子、对新婚的嫁娘等；当然，也借鉴了西方的一些诗的手法，如意象、色彩的流动，大胆的想象，这些都是艺术的概括、艺术的真实。

"构思是很久的，用了很长时间。但写起来很快，一两个晚上。我通常是这样积累、思考，很长时间的生活的积淀，写起来很顺畅，写好后放一两天，反复修改。"

"我对树的感情就是一种长期的积累，你们看那个根雕。"李瑛老师指着房间一角那书柜上的根雕给我们看。那根雕依势成形，既古朴又能显示雕琢的功夫。李瑛老师说："这就是树，树身没有了，根却留下艺术的生命。服务于树，服务于人，热爱土地，质朴刚劲，树本身就有人格化的因素，人应该向树学习。"

李瑛老师谈完树，又带我们去隔壁的书房看他的另一种"作品"。那是两帧奇特的"画"，画面是由几十种各具形色的树叶构成，错落有致地镶嵌在两只黑边的镜框中，没有几种我叫得出名字。李瑛老师说，很多树名他也认不出，这些叶子来自全国各地。每次下连队参观、视察，走到哪里，看到新奇的树叶便搜集起来，几年就集下这许多。李瑛老师很得意自己这两帧佳作，我们也很为李瑛老师的细致多情而感动。

我们听李瑛老师谈了一晚上的树，一晚上的诗，我想，我们听到的不仅仅是树和诗。李瑛老师写树像树，写诗像诗，执着、坚忍、美好、动人。有人说李瑛的诗写到晚年，技巧纯熟，意境却乏新巧了；有人说，李瑛的风格是委婉细致，缺少战士的铿锵。我的感受却不尽然，我觉得李瑛的诗展示于时代与人的不是叱咤风云的威武，也不是绰约袅娜的婉约，那是一种刚柔结合的全心的奉献。诗人的心、他的情感、他的意向、他的一切全部融进了生活，融进了社会。他好像是军队和人民的缪斯，无休地奏着他的弦琴，无休的弹唱，因为歌吟就是他的生命。

李瑛老师送我们出门，时间已是十点半了，李瑛老师说他还要伏案工作一会儿。他没有在十二点以前休息过，他也从未睡过午觉，他的诗全部都是业余写的，现在他离开工作岗位，可以尽兴地写诗了。

出了门来，落雪了，悄无声响。树，被罩上了一层浅浅的白色。

原载《中学语文教学》1989 年第 5 期

我所认识的李瑛

韩作荣

认识李瑛是 70 年代的事。

记得那是 1971 年岁末，工程兵文化部办了个创作班。一天，负责办班的陈淀国对叶文福和我说："《解放军文艺》快复刊了，你们俩到旃坛寺跑一趟，把诗送给李瑛看看。"文福和我听说能见到李瑛，顿时兴奋起来。是啊，学着写诗的人谁没读过李瑛的诗呢？尤其是部队作者，《红柳集》是必读的诗集，一些佳句顺口都能背出来；这次创作班里，天津出版社的编辑带来一本《花的原野》，李瑛这本 60 年代老百花文艺出版社出版的诗集，都快被几个爱诗的人翻烂了。

路上，后来声名大震的叶文福和我都有些忐忑不安，颇有小媳妇要见公婆的味道。在诗坛尚未露头角的文福和我说："这摞诗能发表一首我就满足了。"遗憾的是，到了总政治部二楼的那间房子里，李瑛不在，接待我们俩的是复刊后的文艺社王传洪、张文苑两位副社长。这两位老同志热情、和蔼，我们喝着绿茶，毕恭毕敬地听长者的言谈，临别时被告知，诗一定会转给李瑛看的。

1972 年 5 月，《解放军文艺》复刊号出版了，上面发表了叶文福的组诗和我的一首短诗。随后的 1972 年 7 月号、12 月号，又发表了我的一首长诗和短章。作为一名士兵，第一次在公开发行的大刊物上发表作品，其心情可想而知，而李瑛，作为诗人和编辑，对我还是一个谜。

和李瑛见面是在 1973 年初，当时《解放军文艺》复刊不久，人手不足，我被借调到诗歌组帮助工作。李瑛当时只有 40 余岁，高高的个子，身材胖瘦适中，虽是军人，却清秀、儒雅，带着书卷气，该是腹有诗书气自华那样的感觉；而作为诗人，他似乎很少所谓外在的诗人气质，却给人以英俊、刚健、沉稳而又精审细致的印象。

当时的诗歌组实际上只有李瑛一个人，统率我这个借调来的兵。我是个拙于言词的人，尤其在自己尊敬、钦佩的诗人面前，显得愚笨、木讷。第一次当编辑，一切都透着新鲜，面对诗稿的取舍，心里常常打鼓。记得李瑛第一次嘱咐我的事是看完稿之后要洗洗手，然后再去食堂吃饭。我具体负责诗歌来稿的初审，前几天，我看完的诗稿李瑛都要重新翻阅一遍，我知道那是业务审查，看我是否把好的诗稿漏掉。李瑛则说怕我不熟悉一些诗人，有些不能用的稿子也要退还给作者的。这样连续三天，或许是我对稍有名气的诗人都还知道名字，看稿也认真、细致，拿不准的便向他请教，三天后他对初稿的处理便不再过问。

复刊后的《解放军文艺》借调来的编辑较多，一起住在西直门总政招待所的9号楼。几个年轻人住在一起，聊天，谈部队和家里的事儿，颇为轻松愉快。美术编辑肖映川总是嘻嘻哈哈的，一张生动的脸，一谈起他热恋的姑娘眼睛就闪闪发光；而陈亦逊却老实、忠厚得让人无可奈何，但他的画却让人感到灵动、明艳；雷抒雁是来自西北的诗人，比我晚半个月到了散文组，但他的组诗《沙漠练兵抒怀》却早于他在刊物上亮相了。我们在肖映川的屋子里，拈着耳朵眼儿大的茶杯喝他的广东功夫茶，说起社里的老同志，传洪、文苑、李瑛，都充满温暖和敬意。据说，复刊以来，我是第三个借到诗歌组帮助工作的。第一位是叶文福，我工程兵的朋友。爱开玩笑的王中才告诉我，这老兄在编辑部里蹲在地上分稿，按题材分类，诸如工业、农业、海边防、练兵等等，摆得满地都是，可因夏天开着窗子，有人开门进屋，空气一对流，便把满地的稿子吹得漫空飞舞，像下大雪一样，弄得乱七八糟。加之这老兄总是激情难抑，和谁吵得兴起，便要挥拳；每晚读写至深夜，早晨爬不起来，班车在外面按喇叭，他便裹上衣服从窗子跳出来；看来此兄虽诗才横溢，编辑工作实在是有些做不来的。

在李瑛的手下工作，对我这个初学乍练者，确实能学到不少东西。首先是他对诗的选择，每期我都琢磨他为什么要选这样几首诗，忍不住时也要问一问，初对虽不得要领，但模模糊糊中似乎也能领略一点什么。现在想来，积累我二十来年当编辑的经历，编辑常常练笔是重要的，不仅在于体验创作的甘苦，更重要的是锻炼艺术的敏感，知道一首诗的诗眼在哪里，诗的微妙处在哪里，因为好的诗人知道怎样从总体上把握一首诗，哪些句子是妙手偶得，便能体现作品的诗性意义。在工作时，偶尔向李瑛请教诗的问题，他曾向我大谈公刘的诗。其时是 1973 年，公刘大抵在山西接受劳动改造，还在当右派，置政治问题于不顾，可见李瑛本质上确是个诗人，也说明他对我的信任。

随后，我请李瑛介绍几本必读的诗集，李瑛则庄重地递给我一串钥匙，指着身后的三个大书柜说："诗集都在这里，你自己选吧。现在这些书都被查禁不让看了，你看后放回原处注意锁好就行了。"对于我来说，这一串钥匙无疑是无数个盛大的节日，像个贪婪的拾宝者一样，拾起这个，又怕漏掉那个，我一摞一摞地将诗集抱回宿舍，隔几天再换上一批。如果说后来我对不同时期的诗人、作品都比较熟悉，对中外新诗了解得较多，首先得益于那三个多月的疯狂阅读，那些书是我在部队基层无法读到的。

在那段时间里，我印象最深的是李瑛和我谈诗的一个下午。他静静地将我领到会议室里，回身把门关好，谈了近 3 个小时。所谈从诗的本质到节奏、语言方式，从诗的构思到诗意的追寻，令我获益匪浅。那是江青抓样板诗的年代，一个部队诗人反其道而行之，大谈诗的艺术，不能不说是极为难得的。事后我将他的谈话追记在自己的小本子上，不时翻看，用以对照自己的写作。在我的印象里，李瑛对"文革"式的所谓政治抒情诗和当时被吹捧的什么民歌、儿歌是厌恶的，这从他编选的诗里便能得到证明。而我后来的写作，基本上以反映部队生活为主，这和李瑛对我强调写生活、写自己独特的感受有关。前几年一位刚熟悉的朋友发现了我"文革"期间写的诗，对其中的"火炮，张开巨口/望远镜，睁大了眼睛/'敌人'的头，已跳上了准星"这样的句子，感到有趣，说那个年代能写出这样的诗已经很不错了；其实，我那时的涂鸦之作，不稳定的写作状态，能注意艺术的追求，写出几句稍好的富于表现力的东西，实得益于李瑛的影响，及至后来，我写部队生活的作品大抵是李瑛诗的仿制品。诗人曲有源曾说过，当时学李瑛的诗学得最像的有两个人，一是雷抒雁，一是韩作荣，这和我与雷均在李瑛手下工作过，受他的影响较大有关。至于后来由模仿而逐渐摸索自己的表达方式，也是写作的正常规律。

对于编辑工作，李瑛是异常认真而又细心的。当时我看过的校样，尽管我以为已看过几遍，不会有问题了，他还是能找出一两个错字来。最让我发窘的是，尽管我正文看得很细，却把大标题忽略了，大大的一个错字却没看出来。有一次我觉得总该没问题了，可版式上小标题的位置不统一抑或字号不对，反正他总能挑出毛病来。有时，看他用红笔改过的校样，不同的编辑符号或引出的改正错字，线条潇洒自如、错落有致，那一页纸如同一件艺术品，看起来颇为舒服，我每每效仿，或许是太过用心，总感到重拙、生硬，想学也学不来。

李瑛是1956年1月离开总政文化部部长办公室的秘书之职，调到《解放军文艺》工作的。开始当了一年半编辑，随后便当了管一两个编辑的诗歌组长，一当便是二十几年。在他来之前，诗歌编辑是乔林，一天夜晚他去看电影，回来的路上在前门不幸因车祸去世，李瑛便接替乔林的位置当上了诗歌编辑。说起乔林，爱好诗歌的人自然会想起那部中国诗坛不可多得的长篇叙事诗《白兰花》，实在可称之为中国新诗中的叙事诗有数的几部佳作之一。然而，知乔林此诗者多，知此诗得以发表、出版者恐寥寥无几。乔林死后，接替者李瑛听说他办公桌的抽屉里有一部写了几年仍未定稿的长诗，于是便把抽屉打开，将整理后的遗物转给了乔林唯一的亲人、他守寡多年的妈妈，稿子却留了下来。随后，李瑛用几个月的业余时间，认真披阅、反复修改，付出了大量劳动并向主编建议插图刊用。李瑛的意见被采纳，这样便有了《解放军文艺》分三期连载一部数千行长诗的历史。作品发表后，李瑛又将此诗推荐给人民文学出版社，使此书得以出版，并在之后，一再重印。这样，一位天才诗人的作品才得见天日，几笔稿酬均转给了乔林的妈妈，使之能颐养天年，李瑛丝毫也未留下自己的名字。这样的事，乔林和他的妈妈自然不会知道。我想，乔林如地下有知，也会为有如此肺腑相知的朋友而感到莫大的安慰了。

李瑛在扶持部队作者的工作中，是竭尽心力的。雷抒雁当时告诉我，他的第一本诗集《沙海军歌》，是李瑛推荐给北京出版社出版的；部队诗人在全国诗歌评奖中获奖，都与李瑛的力荐有很大关系，而部队及给《解放军文艺》写稿的地方的一大批诗人，谁的作品或处女作没经过他的手在刊物上发表呢？至于经受他的诗滋养的部队与地方的诗人，可谓数不胜数。

1973年，我在《解放军文艺》工作几个月后，自知当兵才三年多，刚提了个排长的我调不到总政工作，加之急着回家结婚，便提出离开编辑部，而恰恰李瑛要去东北边防组稿（此行便有了后来出版的《北疆红似火》

那本诗集），领导说结婚是好事，不能耽误，可诗歌组空无一人，便在李瑛的建议下将雷抒雁从散文组调到了诗歌组。

1975 年，我再次被调到《解放军文艺》帮忙，那时李瑛被派去为一部电影写《从澜沧江到北京》的长诗，由雷抒雁和我编了一段诗。后来李瑛回来又一起工作了一段时间，李瑛仍在当组长，不过把戏剧曲艺组也合并进来，副组长是写小戏的沈福庆。那时，我对编辑工作已渐熟悉。在我的印象里，李瑛一如既往，总是勤勤恳恳默默无闻地埋头工作，只是有些沉默寡言、不苟言笑。当时印象深刻的事是沈福庆毫不掩饰地放屁，常弄得办公室里不时叮当乱响，我总想笑，可见李瑛一脸严肃和沉默又不敢笑了。后来我也逐渐习惯了，我甚至觉得这种纯天然的天真可爱，因为老沈实在是个好人；再就是韩瑞亭、袁厚春的打乒乓球，因我也是个乒乓球爱好者，一到休息时间就到楼道里乒乓一番。而李瑛这些事是不参与的，一个不打球、不下棋、不打扑克的人，甚至也不跳舞，到了热闹场合就有些拘谨的人，是不是活着太累了？后来，听他的女儿、诗人李小雨说，李瑛确实没有特殊的嗜好，除了工作、读书、写作而外也就是看看展览听听音乐，他喜欢安静，在安静中思考，此外很少做其他的事情。他是视时间如生命的人，一年当中偶尔领着孩子到公园和野外去捉青蛙、放风筝，虽然青蛙捉不到，风筝也放不起来，但留下的那份快乐回忆却是难忘的。他在家里也爱养盆花，在鱼缸里养金鱼，或许是不会侍弄，或许是心思没放在上面，养花则花枯，养鱼则鱼死，最后，他无奈地笑着说看来只能养石头了。

1975 年那次帮忙，李瑛是想把我留到《解放军文艺》编辑部的，他曾征求我的意见，让我半管诗半管戏剧曲艺，而我不懂戏剧曲艺，也没有兴趣去学，便直言后退了。回到部队后，李瑛仍关心我的写作，一段时间里因我追求数量胡写了一通，他曾给我写了一封长达 7 页的信，使我深为感动。他这种给作者写长信的事，我在甘肃、山西的作者那里也听说过，让人不仅感动，而且钦佩。

现在想来，1972—1976 年，这是"文化大革命"的后期。《解放军文艺》的诗歌在李瑛的主持下，还是发表了一些不亚于"文革"前 17 年的比较好的诗作的，虽然有的诗不免带一点儿时代的烙印。在周恩来总理亲自关怀下首先复刊的《解放军文艺》上的一些诗作，尤其是表现部队生活的作品，尚有一定诗的素质。我想文学史家在考虑这一段历史时，建议他们能翻一翻这几年的《解放军文艺》。

作为部队诗人，李瑛最引人注目的事是他不断地上前线，不断地下连当兵，不断地发表作品，不断地出版新诗集。不了解他的人会认为他一帆风顺，从记者、秘书、编辑、组长、主编、社长直至总政文化部部长，不是够顺当地一路升迁吗？可真正了解他的人，却不会得出这样的结论，他实在是个命运坎坷但却永没有停止追寻诗之魂魄的人，是一个生活得十分严肃认真的人。

人的童年生活会影响人的一生。心理学家曾讲人的性格在5岁左右就形成了，幼年的生存环境和经历，会在稚嫩的心灵留下深深的印痕。李瑛的童年是在荒僻的铁路小站和乡村度过的，1926年12月，当锦州的一间火柴盒式的铁路工房里，传来第一声婴儿的啼哭，那声音大抵不会有诗的美妙，疲惫的铁路工人和他的妻子也不会想到诞生的是一位诗人。婴儿是在蒸汽机车的喷汽声和车轮辗动铁轨的单调的轰响里成长的，随后便是从天津到沈阳这一段铁路沿线的三等小站频繁迁徙。在李瑛的记忆里，童年只是寂寞守望的号志灯，孤零零地抛在旷野的简陋月台，小小的无依无靠的铁路工房。我想，这样的生存环境，和李瑛内向、寡言、近于孤僻的性格形成颇有关系。

李瑛7岁时，被送回河北丰润县韩城镇西欢坨村上小学，那时村庄凋敝、残壁颓垣，破衣烂衫的农民住在被炊烟熏黑的低矮的茅屋里，点着油盏，吃着秕糠和野菜。在李瑛的记忆里，印象最深刻的是地主的朱门、高墙大院，凶恶的狗叫，和被吊打的穷人痛苦的呻吟，村头小庙台阶上饿死的人枯槁的头发，以及和他一起拾柴的小伙伴的嶙峋瘦骨和辘辘转的饥饿的大眼睛。这些，已足以构成一个人与当时社会的敌对，并足以说明李瑛为什么在北大读书时便积极地参加学生运动和地下工作，并随大军南下参加解放战争了。

李瑛度过的实际上是没有童年的童年，只有贫苦和饥饿，唯一的乐趣是姐姐带着他或和小伙伴一起到河边去捉小鱼、捉蛐蛐，在田间逮青蛙，或到野地里拾柴搂草时，发现几粒紫红色的小浆果便吃起来，在与自然的接近里才有一点点欢快。童年所留下的纪念，是现已70多岁的姐姐一直保留的一枚骨头雕刻的小象，只有指甲盖大小雕刻得异常精细的小象，是在童年时拣到的，李瑛60多岁时姐姐又重新送还给他，李瑛便珍重地将小象陈列在书柜里。

乡村小学没有读完，李瑛又随父母到天津上学。不久"七七事变"发生了，日本飞机轰炸天津车站，他的家全被炸毁，人幸免于难。父亲也随之失业，于是李瑛又到唐山读书。1942 年，李瑛在唐山读中学时开始学习写作，写小说、散文，也写诗并发表了一些作品。那大抵是对苦难生活的记录，抒写屈辱的年代里的忧郁、悲愤，以及对苦难现实的控诉。也就在这个时候，李瑛与爱好诗歌的同学自费出版了五人诗合集《石城底青苗》（1944年），开始了他诗人的创作生涯。

随后是命运的多难，几个同学因写作被认为思想不良，怀疑与在冀东活动的八路军游击队有勾结，决定先将他们开除学籍，再抓起来送到关外当劳工。得知内情的李瑛和同学们星夜奔逃，到了天津，于是，便有了在天津自学、补习功课，买通了一位私立高中的校长，混了半年每人给了一张毕业证书，到北京考大学的事。好在几个人天性聪颖，都在北京考取了大学。

到北京大学报到的时候，家里给带的简单的衣物行李、干粮在火车上统统丢失了，李瑛便身无分文、两袖清风地进了北大，开始了他的大学生活。

1946 年，西南联大北迁，北大当时的校长是胡适，执教者均为颇有名气的教授。当时，沈从文教创作实习，俞平伯教宋词，游国恩教楚辞和中国文学史，唐兰教文字学，周祖谟教声韵学以及冯至、朱光潜、季羡林等著名教授都在北大。李瑛说，当时他实在大为受益，同时也如饥似渴地在图书馆读了许许多多世界名著和各方面的书籍，他在这里发现了一个新世界，一个无限广阔的新世界。

穷大学生的日子一般都是这样度过的——听课、跑图书馆、勤工俭学。既要学习又要挣口饭吃，那无非是教家馆，到别人家里为孩子补习功课，或为图书馆整理图书、编目、登记卡片之类。除此之外，李瑛还靠写文章得来的微薄稿酬买书，维持生命之需。在大学时他写了很多东西，被冯至、沈从文等教授拿到他们主编的《大公报》、《益世报》、《平明日报》等的文艺副刊和一些杂志上发表。李瑛这一时期的诗，是一种灵魂的战栗，是一个苦难者挣扎与抗击的形象。一些年轻的诗人读到李瑛早期的诗，曾为其新颖的语言方式、诗意的充沛而惊异，没想到他那时能写得那么好。读着"播谷噙着泪，伫立在田野"，"螟虫在飞，蝗虫也在飞/我们的枕畔/铺一个饥荒的梦"的时候，这种与李瑛后期的诗有着很大差异的句子，初时只感到新鲜、纯粹，但若设身处地地投入语言环境之中，了解了生存的痛苦、鲜血和眼泪，对"饥荒的梦"，对"夜/散步在冻结了落叶的冰河上"则会有更为深入的理解。那是加入了"三青团"便可以得到生活补助的日子，但执拗的诗人没有向自己所不齿的人折腰，相反，却冒着被捕的危险参加了党的地下组织和一次次学生运动，罢课、游行、反饥饿、反内战，他们印发传单，将解放区文件套上《秉烛夜谈》这样伪装书籍的封面，单线联系，在夜里放哨，听前来抓人的摩托车响便赶快转移……直到 1949 年初，终于迎来了北平的解放，当时已是共产党员的李瑛便提出要到前线去打仗。那时，四野正在吸收一批文化程度较高的知识青年到部队来，于是，李瑛便和 20 多名北京的大学生一起，组成南下新闻队，随同四野部队南下了，李瑛做了这个新闻队的队长。

5 月中旬经河南解放了武汉，看过孙景瑞所写的《粮食采购队》这部小说的人都会知道，国民党撤离汉口之前将粮食弄空，刚解放的武汉处于饥饿的状态，当时军管会便派了两个人率十几条木帆船顺汉江下襄樊一带采购粮食，以解燃眉之急，所派的两个人就是李瑛和孙景瑞。小说虽有虚构，但大部分是写实。两个人每人带一支手枪，率船队而下，历尽惊险和艰难终于完成任务，把粮食运回了武汉。

采购完粮食的李瑛随后又去追赶已出发的部队，南下解放江西、广东、广西。广州解放后，给李瑛印象最深刻的是珠江大桥的被炸。李瑛目睹了大桥炸毁后的惨状，桥下漂浮着尸首，江边的树枝和电线上到处垂挂着被炸烂的血肉和布片。国民党部队逃跑前怕我军追赶而炸断了大桥，当时桥上的车辆、行人，桥下密集的船家均一无所知，瞬间便被桥墩上捆缚的炸药送进了鬼门关。

1950 年秋天，李瑛被调来北京。不久抗美援朝战争开始，在此期间，李瑛曾三次去过朝鲜战场，在冰山雪岭间，在爆炸火光里，大大加深了他对人类、对和平、对生与死、对荣与辱的理解，艰苦的战斗生活、严峻的感情磨炼，使他健康地成长起来。

诚然，一位军旅诗人，没有战争的经历和真切的体验，没有血与火的喷涌和烛照是写不好军旅诗的，是多次戎马生涯孕育了李瑛的诗，给了他的诗以形体和魂魄，但同时也带给了他坎坷的命运、精神上的极大打击、哀伤与痛苦。

1955 年肃反，一封告密、揭发信声称李瑛是胡风分子，他便被关了起来，同他一起被关的，还有公刘、白桦、林予、沈默君、黄胄等。他们被关在一间大房子里，一次次的审讯，一次次的交代，白天是不住的斥责，夜晚强度的灯光照在头顶，李瑛的家也被抄了，把他的日记、书信，统统抄走审查，他怎么也想不起自己与胡风集团有什么瓜葛，只知道绿原。他喜欢他的《童话》，南下时绿原在武汉《长江日报》当编辑，他们曾见过面。直到最后才被告知，他在北大上学时，曾写过一篇《论诗人绿原的道路》的评论文章，发表在《北方日报》副刊上，后来被《诗号角》转载。他做梦也没有想到，这篇学生时代写的文章，事隔多年，竟会和"胡风反革命集团"有了联系，诗人绿原也不会知道，仅仅因为喜欢他的诗，一个人便被关押了 7 个月。由于关押所遭受的精神刺激，回家后有一段时间他的精神便有些不大正常，常在夜半突然惊醒便去开灯。因为看押期间是不准熄灯睡觉的，这种状态，直到一年多后才有所恢复。

被审查完毕之后，李瑛要求转业，说是要去做文艺工作，坚决不在部队机关工作了，因此又受到批评，最后是为照顾他的要求，把他调到了《解放军文艺》编辑部，这一年年底，李瑛去了舟山群岛和海南，写了一些颇抒情、很漂亮的短诗。这些作品诗的意味很浓，事隔 40 年，今天看来，仍不失为佳作。海的广阔与瞬息万变的色彩能陶冶人的心灵，大自然能医治心的伤痕。我想，也许是有意识的，也许是无意识的，诗人写舰队出港，写"云在海面上大步疾走"，写海贝死去"却留下一只金色的耳朵"，该都与他蜷缩的神经得以舒展和心境的开阔有关。长时间的蜗居才渴望大步疾走，长时间的沉默才善于倾听，从《落呀，落呀，金色的黄昏》、《海风对你说了些什么》，我感受到温柔与平静，从《大海的骑士》、《军港》，我又领略了执着与威严。而"喂养我们长大的是海上的风雨/喂养我们长大的还有温柔的目光/无论什么时候，无论在哪里/我们无时不感到：谁正望着我们/穿过风雨，穿过雾海/谁使我们在凶险的格斗里/战胜死亡"！这样雄奇刚健意蕴深厚的铿锵诗句，它绝不仅仅写的是海上的航行，而是有着更为深刻的人生含义。

1957 年，由于总政文化部部长老将军陈沂被错划成右派，放逐北大荒，曾作为办公室秘书的李瑛则被划为"中右"，下放到福建前线连队当兵，在那里他赶上了"万炮震金门"的不平凡的日子，写着"举杯喝口热开水，笑看金门大火烧"的李瑛，心里大抵是笑不起来的。直到一年之后，方调回编辑部，孰料 1959 年，批判彭德怀的庐山会议开始，曾写过《在朝鲜战场上有这样一个人》，并发表在 1952 年《人民文学》上的这首歌颂彭德怀的诗的李瑛又被审查了近一个月，让他检查划清与彭德怀的思想界线和感情联系，之后饥荒的岁月开始了，又把他下放到东北大孤山的半岛上，再度到连队当兵。就这样，每次运动来了都有他的事，每次结束时就把他下放到连队。他曾几次提出转业工作，可几次都受到批评不肯放他。就这样，他一直当了 20 多年只领导一两个人的诗歌组组长，长期没有得到调级，待他 80 年代当了总政文化部部长时，部里的干事都比他的级别高。那时给他提了一级还要报送军委，因为他是部长。对这些，一些知情人都为他感到不公，可他始终未对任何人说过。就这样几十年来，他总是勤勤恳恳、一声不响地完成各项工作，晚上回家便读书、创作。许多朋友都知道他是从来不睡午觉的人，他在别人休息的时刻，仍在不倦地工作或读书或创作。那时，在编辑部进行创作常常被看为是不务正业和有成名成家的思想，得不到支持。他深感做人的不易和创作的艰难，所以，在 60 年代初作家出版社出版他的第一本诗选的时候，他便将选集命名为《红柳集》。他之所以选了这个名字，一般读者是不知道的。

　　自然，作为"老运动员"的李瑛，"文化大革命"更难逃厄运，虽然在编辑部他只是个组长。造反派先说他是假党员，后又说他是周扬在部队的黑爪牙，文艺黑钱上的人物，免不了一次次地又遭到批判。

　　有一次和小雨聊起了她爸爸，小雨说"文革"不久，李瑛听说造反派已在搜集他的旧作，准备批斗，便让她到北京图书馆去，看那一天有没有穿军装的人去，看他们查了什么报刊，记下来告诉他。那天早晨，小雨起得特早，在图书馆里挤在三个军人的旁边，从登记处记下了他们所借的 1947 年出版的杂志和报纸，回来告诉了李瑛，当时李瑛知道果然正在查他的"罪证"。

　　为了防备再一次抄家，家人将李瑛在上大学时写的 5 本写给爱人和自己看的诗集一把火烧成了灰烬。小雨讲，那是没有发表过的手抄本诗集，李瑛自己抄写，自画插图，设计十分精美，纸叶已经发黄，记得有两本的题目是《森林圆舞曲》、《曲——给艾玲娟》。读过此诗的小雨讲那些大都是写给爱人的很清新的抒情诗，写自己的内心和性灵的短诗。我想那该是当年更真实的李瑛，而现在的李瑛则是残缺的、不完整的。我们看到的，只是他战士的一面，作为情人、爱人与自然人的李瑛，已随着"文化大革命"的一把火消逝了，时光不会倒流，我们再也找不回来他青年时那些动人的声音和纯净的情致了。

被小雨保存下来的，有一部《红花满山》诗集的手抄稿。当时李瑛又被下放到部队基层，小雨的母亲去了干校，一家四口被分成三处。小雨拿着父亲这厚厚的一摞手稿，深怕又被抄走，思前想后，便把住屋门口铺地的一块大方砖掀起来，将砖下挖了一个坑，把稿子用塑料布包了几层埋在砖下。这部诗稿就这样被埋了近两年，直到后来局势稍平稳之后才又挖了出来。

李瑛坎坷的人生道路和境遇养成了他少言寡语、耽于沉思的性格，每当他受到冲击和委屈而又无能为力时，他便一头钻到读诗中去。诗给了他无限安慰和激励，诗帮助了他又教育了他，他常说，读诗写诗便是他最大的快乐和幸福。

对于李瑛的诗，这里不想多说，因为此文不是评论他的诗作，不过在印象里，李瑛的诗很像海底的珊瑚，大的影响是缓慢形成的。似乎任何时候都能达到较高的层次，这种印象，直到他写出悼念周总理的长诗《一月的哀思》时，让我的看法有了改变。那是一首深深打动了我的长诗，是同类诗中写得最好的作品。其实，只要仔细对照一下，李瑛不同时期的诗风与自己比，他思想开掘的深度，艺术表现和美学上的追求，总在不断地发展和变化，不断进取和创新，这对一位写诗已50多年的诗人来说，实在颇为不易。

李瑛是勤奋的，至今已出版了40多种著作，他是那种不写作会感到心境比写作还累的人。据李小雨讲，李瑛过去每天晚上都要写到夜半两点才睡，60年代末，小雨的母亲下放到外地工作，小雨的弟弟出麻疹，李瑛在夜里一手抱着孩子，一手还在读书。李瑛又是个勤俭、朴素的人，多年来衬衣破了总是补了又补，一直到50多岁还穿带补丁的衣服。部长是有专车的，可他办私事从不坐专车而是骑一辆脚踏车，他自奉俭约，不吸烟，也不喝酒，他对人特别重感情，也特别真挚和诚恳，因此他周围总有许多知心的朋友。

我相信真正痴迷于诗的人都是好人、善良的人，正像爱花的人也都会是善良的人一样，这是真、善、美的统一。李瑛先后在社长、部长任上，多年不断有风雨飘零，但他作为领导者处理人事时总是特别慎重，或许这同他自己在历史上受过的伤害过多所致吧。

李瑛感到遗憾的事，是他曾想过却未能实现的如何在部队培养出一个强大的新的军旅诗歌创作的群体，他想在贯彻双百方针和尊重各自艺术个性和不同风格的前提下，组成一个思想倾向、理论主张、创作方法、审美态度以及艺术追求上大体相近的诗歌创作群体，以便更好地创造一种既刚劲、崇高，具有浓烈的时代气息和生活激情，又表现部队气质的富有生命活力的新的军旅诗风。可是后来因种种原因，未能进行，这的确是件遗憾的事。可世上谁没有遗憾呢？况且文学作品本身就是遗憾的艺术。

1996 年 2 月 3 日于北京

原载《中国作家》1996 年第 3 期

海涛与钻石的交响

——访著名诗人李瑛

袁怀田　　杨春云

一

　　1979 年元月 14 日，在一次诗歌创作座谈会上，胡乔木同志说："《诗刊》里面的诗我读得很少，很难做出什么评判，没有发言权。但也读到不少好诗，比如李瑛同志写的关于群众悼念周总理逝世的那首诗，就是很好的一篇，已在群众中广泛流行了。"胡乔木曾是毛主席的秘书及政治评论家，业余从事诗歌创作，他所欣赏的李瑛同志的那首诗歌是《一月的哀思》。的确，长篇政治抒情诗使李瑛的诗歌创作开辟了一个更广阔的领域，那诗歌不仅仅是美丽，同时更要为人民鼓掌与欢呼。

　　我们与李瑛认识十几年了，曾去北京到过他家。后来，他任解放军总政文化部部长，住在总政大院时也去过。老实说他是部长我们不过是个小报编辑，但，他待我十分热情与诚恳。我想我们之间没有功利，只有诗歌将我们紧紧维系在一起。李瑛说他有 5 分钟空闲，都会思考诗的。李瑛目前已出版诗集 41 本，是我国著名诗人，也是质量最优与数量最多的一位。我国著名电影表演艺术家秦怡曾说："我业余时间最喜欢读李瑛的诗歌，他的诗写得清新、有节奏，而且非常美。"我们想政治家、艺术家为李瑛的诗歌评判是有的放矢的，绝不是溢美之词。

　　法国著名的史学家兼批评家丹纳曾在他的艺术哲学里说："种族、环境、时代，对于伟大的艺术家成长起着决定性的作用，艺术家的存在不是孤立的，他只能是艺术家家族的杰出代表，有如百花盛开的园林中的一朵更艳的花，一株茂盛的植物的一根最高的枝条。"李瑛是在祖国的灾难中诞生的，他的每滴血、每根骨、每根毛发均浸染着人民呐喊和时代召唤的殷切，因此他的诗自然代表着他所处的时代的要求和人民的期待。在北大读书后，李瑛的创作条件改善了，他的诗情奔涌，如《石像》、《太阳，啊，太阳》、《北平》、《脊背》均是力作。现在让我们摘录他的《春的告诫》：凡是陈旧的姿态都应该改变/凡事不堪积压的都急速突破/让生者倔强地爆裂开土地/让死者埋下去填补他的空位/啊，那些渴求着光与热的/我给你们年轻的时间/过时不再，过时不再。写这首诗时，李瑛只有 22 岁，诗人语言明朗而清新，抒发他对"陈旧与积压"的不满，如果说他渴盼对年轻时光的期待，不如说是他对新生活新理想的礼赞。这首诗时隔几十年，不减其艺术魅力，可见李瑛的诗歌创作天赋由来已久。

1949 年春天，李瑛带笔从戎，参加了中国人民解放军，随军南下，他回到北京，在解放军总部工作，至今家中墙上，仍挂着他曾在战争年代骑的一匹大白马的蹄铁。抗美援朝战争开始，李瑛曾多次赴朝采访和工作，曾穿着沉重的棉袄，在战场浓烟滚滚的坑道下的掩体里，点着煤油灯，用罐头盒上的纸写出了诗集：《战场上的节日》。那时李瑛削瘦但精神饱满，虽然战斗残酷，采访也是天天冒着美军飞机的轰炸和流弹的袭击，但李瑛将生死度外，可以讲这些诗歌均是枪声、雨声、呐喊声、静静的雪花声融汇起来的，对祖国、对人民的虔诚的爱。诗歌本来是美的，最洁白的最雅致的心灵的倾诉，但在这种艰辛危难的场景中产生的诗歌，没有使命感，是绝对不成的。所以，哲学家兼文学家萨特曾说，聪明人只是能敏捷发现日常生活中的诸事件的彼此联系，而天才都是发现生活中大都习以为常的事件是存在新的思想，这必须有使命感。李瑛，经历在恶劣的环境中，在生存处在危困时，发现美与崇高，这本身就是使命感，是诗歌天赋不凡的表现。

1955 年 4 月，李瑛曾沿着红军长征的足迹，走访革命圣地，了解革命史，听取那里人民的心声，为祖国日新月异的发展而兴奋、而欢乐。1956 年曾深入海防前线，到舟山群岛、海南岛等地采访，此时，李瑛饱蕴深情写出了《井冈山上》等脍炙人口的诗篇。1958 年和 1961 年，被两次下放到海防部队当兵，和许多战士交朋友。这期间，他创作出《塞北早春》、《野营抒情》、《友谊之歌》、《关于人、星球和宇宙》、《献给新疆》、《海防战士抒情诗》等有名诗篇，被战士们所传诵。1961 年夏，李瑛满怀喜悦，去西北边防地区采访，途经甘肃的玉门、敦煌，到达新疆的赛里木湖和伊犁、昭苏等地，1970 年初被下放到部队基层。

1974 年间又曾多次到内蒙古草原、西南澜沧江畔的高黎贡峡谷、东北的黑龙江边以及西藏等地边防部队工作和生活，这期间，他曾创作《日照草原》、《春满林海》、《想起了一条古老的河》、《献给火红的年代》等作品。1977 年李瑛调往解放军文艺社任副社长，同年，曾深入西沙群岛生活和采访。1979 年春，又参加了中越边境自卫还击的战斗，在前线生活了三个月，出版诗集《在燃烧的战场》，同时又为杂志社组稿，培养了大批业余诗作者，后被任命为解放军文艺社社长直至任解放军总政文化部部长、全国文联执行副主席。多年来，李瑛始终投身到部队的火热生活中，走遍大江南北。生活基础丰厚、素材积累翔实，在刻苦创作实践中，思想和艺术性普遍得到提高。1954 年，李瑛曾随部队代表访问苏联、波兰、捷克斯洛伐克、罗马尼亚等国家。1979 年，作为中国作家代表团成员访问过瑞士，1982 年又作为中国作家代表团成员赴美参加中美作家会议，在美诸城进行访问。

近年来，李瑛的诗作连续获得《十月》、《诗刊》及解放军总政治部嘉奖，许多作品被译成多国文字在国外发行，法国一位研究李瑛诗歌的大学生获得博士学位。李瑛是一个极端勤奋的著名诗人，可以说，几十年来他从来没有睡过午觉，纵然年事已高的今天也是如此。他的夫人冯秀娟曾对笔者说，李瑛可逞强了，永远不服输。他经常写作十几个小时，有时晕倒案头，毕竟是 70 岁的人了。他不抽烟、不喝酒，读书、写作、听音乐、看画展、学外语，他的生活充实而又丰富有序。1963 年 9 月，作家出版社出版李瑛的诗集《红柳集》，是李瑛创作诗歌 20 年来的选集，也奠定了他在诗坛的地位。大家知道 60 年代我国公认的青年诗人，有郭小川、闻捷、李瑛、严阵、张永枚等。李瑛的诗，个性鲜明、刚健而细腻，率直明快、清新、雅俗共赏的美学追求。艾青同志曾赞扬李瑛是以勤奋的劳动，写了大量的战士诗，他具有抒情的笔触，语言和形象优美。

1982 年，萧三在漫忆 40 年前诗歌运动发言时称：这里特别要提一提解放军的诗人李瑛同志，他最近送我一本他的诗选，真是美不胜收！他年纪不过 55 岁（正是"出山虎"之年）已经出版过 23 本诗集，可谓高产了！因为他战斗生活经验丰富、诗情茂盛，是解放军文艺的一朵鲜花！

二

谈到李瑛的诗歌艺术，当要想至 1977 年，《光明日报》元月 7 日刊出《一月的哀思》，全诗有 600 余行，一个版面容纳不下，为照顾版面的整齐，便删下了 70 余行。后来，各地出版社将此诗编入悼念周总理的诗集中，大多据此。1977 年李瑛在整理诗集《难忘的一九七六》（此书于 1977 年 9 月由上海人民出版社出版）时，才将原删下的部分重又补上，又调整了个别字，为完整的最后稿本。《一月的哀思》一经发表，得到广大读者的赞誉，国外也译成外文出版，北京曾把它节选编入高中一年级课本，有的大学也用为教材。那么李瑛是如何用自己的血与泪、剑与火，热情与愤慨抒发自己的胸臆、歌颂周总理、鞭挞"四人帮"的呢？李瑛充满深情地说："周总理是 1976 年 1 月 8 日离开我们的，对于周总理，我们每个人心中的天平上都有他的重量，每个人心中的坐标上都有他的位置。近一个世纪以来，在我们越来越小的世界上，他始终处在斗争的中心，领导历史，推动历史，创造历史。可以毫不夸张地说，虽然他不是神，但他却影响了十亿人的命运，我们现在懂得的事情有许多是他教给我们的，当他把最后一丝精力为我们耗尽之后，他就走了。他是穿着那身已经很旧的衣服走的，他是披着一天寒风走的。我清楚地记得周总理逝世后，当时'四人帮'如何千方百计扼杀人民群众对周总理的悼念活动，他们践踏人民意志，蹂躏人民感情，曾引起人们极大的愤慨。那年 1 月 11 日下午 4 时 45 分，总理的遗体移向八宝山火化，这是中国历史上从来未有过的庄严、肃穆、伟大的场面，这一天北京是晴间多云，傍晚，云低阴冷，二三级风。从下午三点多起，首都百万人民扶老携幼，泪洒数十里长街为总理送灵。我觉得这情景是人类历史上从未见过的最庄严、最动人、最壮丽、最撼人心魄，也是最使人肝肠寸断的场面。从北京医院直到八宝山葬礼，车队缓缓驶过，路边的一层一层人群像河床一样，即使车队过去很久也不肯散开，直到夜深风紧，许多人仍在路边等候，想迎接总理的骨灰回来。就是这样的场面，就是这样的景象，全中国在哭泣，而第二天报纸上竟没有一句送灵的报道，广播中也听不到一句描绘这场面的声音。当时我的心里真如刀绞，这是我们共同经历过的一段'黑云压城城欲摧'的日子。"

当时李瑛所在的机关大家也实在无心工作,真正是"拔剑四顾心茫然",痛苦、焦虑、悲愤交织在每个人的心头。于是李瑛利用 3 个通宵写了《一月的哀思》的初稿,因为不能发表,便收藏起来。在"四人帮"的高压控制下,此后几个月未再写诗,同年 7 月,朱德同志去世,曾写了几首诗的片段,均未成稿。直至 9 月毛主席去世,才写了《献诗》抒发对毛主席的悼念之情,在《诗刊》发表。1976 年 10 月,"四人帮"被粉碎后,将《一月的哀思》和悼念朱总的《七月的花环》断稿,重新找出整理。对《一月的哀思》为保留当时的感情,除小做字面润饰外,未做更多改动,只是 12 月,又续写了第五章,于 1977 年 1 月交《光明日报》发表。千山默哀/万水波息/微茫里/却传来/无尽的哀思/哽咽的汽笛/报纸,披着黑纱/电波,浸着泪滴/每盏灯,都像红肿的眼睛/每颗心,都在哀悼伟大的战士/车队像一条河/缓缓地流在深冬的风里。的确,李瑛能将 700 行的长诗,一气呵成,通篇满贯激情,一韵到底,无论从艺术上、审美上,诗歌的布局,高大与微小、远与近、虚与实、喜悦与悲伤、深与浅、感情的宏大与涓细都是无懈可击的。现在看来,这首诗,深刻反映了当时人民内心的呐喊,评论文学作品当要从作者所在特定历史条件下看问题,超前或者用居高临下的先验和激进看待作者都是有失客观和公道的。李瑛的诗作反映咏物题材的作品也很多,比如诗集《春的笑容》、《江和大地》、《红豆》、《多梦的西高原》、《睡着的山和醒着的河》等,所以讲,李瑛从事诗歌创作 50 年,写诗有几千首,不要怕失败,不要怕退稿,坚持写,总会取得进步的。我们也许会赞叹李瑛的创作数量与质量如此丰腴,但是他的确有超越常人的意志,自然他的作品就有着与常人不同的艺术魅力。1979 年《广西日报》上面刊有报道某部战斗英雄刘勇的长篇战斗通讯,文章写了一个曾在自卫反击战中,英勇杀敌,荣立一等功,在火线入了党,最后被授予战斗英雄称号的战士。原来刘勇同志在赴战场前,曾在《中国青年》杂志抄来李瑛同志《关于生命》的诗:"生无私,死无愧的伟大感情,这——才叫生命!连死亡在他面前也要发抖的生命。"这些诗句他不知读了多少遍,但在这等待战斗的特殊时刻读起来,更觉新意,更出力量。刘勇掏出钢笔在行旅笔记本写了四句诗作为自己的感想:"我去从军赴战场,杀敌决心硬过钢,只求祖国多安逸,生死关头不彷徨!"然后,刘勇自言自语地说:"李瑛同志,我把你这首诗带到战场上去,变成枪,变成手榴弹,变成胜利的号角。"这就是李瑛诗的魅力所在，难道世上还有什么比这更珍贵的对诗的厚爱与奖赏！可在"四人帮""砸烂总政阎王殿"时，《解放军文艺》勒令停刊，李瑛曾被赶到山里部队，他身处逆境，对未来却充满信心，他旺盛的工作热情却无比坚韧，他时常彻夜写作，疲倦之极便伏案而睡，一觉醒来却是天明，继续新的一天的工作，让人肃然起敬。

李瑛平时对电影、戏、音乐会很少光顾，当然不排除一些优秀文化活动，他还是乐此不疲参加的。有一次去北京他的家，他同笔者说，晚上有一个演出活动，有关方面再三吩咐让他去，我是最厌烦出去看这种档次不高的节目的，我喜欢安静，我一个人在家待一个星期不出门，也不急，有一本书在手即可。是的，自古以来任何有成就的艺术家都是惜时如金的，不甘于寂寞，没有充分的时间，哪能悟出别人不曾发现的思想与佳句呢？

三

记得诗歌评论家谢冕称李瑛的诗是"海涛和钻石组成的"，这里不仅仅讲到李瑛诗歌的个性也讲到他的诗往往从小角度入手，不断拓宽诗的内涵。当然个性即是风格的组成部分，任何一位作家如果没有个性，就不可能有特色，一旦稳定下来，不断完善，久之便是风格，而风格又是作者的经历和综合素质的表现。从有关方面对李瑛性格心理调查显示，李瑛的气质更接近黏液质加抑郁质，表现为安静、稳重，情绪内在，乐于观察一些细节。如果确定性格类型，属于复杂又单纯，像是理智加内倾加独立型。李瑛的爱好，一般利用业余看一些上乘的美术展览，听音乐，喜爱精巧的工艺品，从这些诗的姊妹艺术中获得丰富的营养，诗人特别爱书，自奉节约，偶而上街去一次无非是为了书。李瑛特别热爱大自然，山水、花草、树木以及小鱼、小鸟们，均是他生活中有趣的伴侣。阿尔卑斯山上一朵小花，波罗的海岸边的一颗卵石，西沙群岛上的一只贝壳，大兴安岭腹地的一只松果，甚至在战争年月他投出的第一枚手榴弹的弦圈，都是他喜爱的珍品并收藏至今，常常给诗人带去无限遐想和美好的回忆。人活着，精神世界里，是需要一些美好的、明朗的色彩和音响的。

人们常说"江山易改，本性难移"。李瑛的作品表现出一个情字，往往浓烈炽热，因为他对生活有深刻的体验，尤其自己贫困的生活底层的遭际，使他具有强烈的同情心。一个作家对童年痛苦的经历是不会随着时光的消逝而消失殆尽的，随着年岁的增长，可不时玩味，扩大着自己的这种痛苦的体验。诗歌是情感病态的产物。李瑛在写《献给琛航岛的十三颗星》悼念1974 年 1 月 19 日西沙自卫反击战中壮烈牺牲的十三位战友时曾这样写道：你们好呵，云朵和海浪间升起的新的星座/你们好呵，海浪和云朵间矗立的十三座山峰/五年了，茫茫万顷的大海呀，曾掠过多少烟踪云影/今天，穿过波涛，穿过风雨/我来看望你们——年轻的海鹰/我来看望你们，未带一杯淡酒/只带来家乡的草香，家乡的月明/只带来千条江河，万条小径/只带灿烂阳光，浩浩东风/西沙哟，谁能说这座座钢铁海岛，不正是一只只威严的舰艇/战友哟，谁能说你脚下波飞涛卷/不仍是你们在破浪巡行/分分秒秒，你们注视着风雪云水/军帽的飘带像仍在轻轻拂动/我知道，这里的每片云，都认识你们呵/海朵浪花都记得你们的姓名/我知道你们的血管里/流动的有鲜血也有海水/而幽深的海水中/有盐硝也有你们的爱情/对这里的任何一滴水——/你们说，这是黄河，这里是扬子/对这里的任何一颗沙——/你们说，这是昆仑，是珠峰/傍晚，你们数着归来的海鸟/看云雾里，少不少一只/清晨，你们护送渔船出海/看花开船舷，霞满帆篷/但你们毕竟英勇地倒下了/倒下了，却并没有失去生命/倒下了，仍选择好的锚位/风里雨里，好准备再次出征。从这首诗来看，李瑛的诗是以情带动联想、意象、夸张和比喻的，整体意境浓郁深沉感人至深，颇有艺术的感染力。

四

李瑛在诗坛勤耕不止，然而，他没有忘记扶植青年诗作者，记得我刚刚开始写诗的时候，将诗寄给他。他热情地回信，并寄他的诗集与我，同时推荐我的作品在刊物上发表，假如我现在写诗有些微小成绩，与他的循循善诱、海人不倦的指导是分不开的。他工作很忙，每次将我写的诗用铅笔全都修改一番，他附信说，如果你看不合适，可以用橡皮擦去的，他就是这样的谦虚。当我在困难的时候，生活中有什么不如意的事，就给他去信，他很快给我回信，对我进行开导，有时竟书写十页信纸几千字，同我谈生活、谈人生、谈文学。其实，他当时已是文化部部长了，天天工作很忙，能为我们这些小作者回信真是难得。当然，我认识他时，他还不是部长，还在解放军文艺社工作。他地位变了，但对人始终随和、谦虚，可以说同他接触十几年，我从内心认识到，他是位艺术家，虽然从政，但仍是儒雅风范，创作数十年如一日，无论从政或者当编辑，均不忘写作。我可以讲，他从政的兴趣不大，恰恰，诗歌正是他第二生命。记得 80 年代末，我去北京，打电话到总政文化部，接电话的同志讲，李瑛已经离开工作岗位了。我听后，突然一愣，在内地，如果听到免职以为犯了什么错误呢？我径直去了他家。看见他精神饱满，正在家搞创作。他同我说："按部队规定，我的年龄到了，该退下来了，让更年轻的同志去岗位上。"言语间，他十分乐观清爽。李瑛现在静静地在书房里读书与思考，有时他凭窗外望看见花园内，花开满枝，树叶茂盛，那一片片落叶，勾起他无限怀想。是的，他对生活生命与周围的事物和年轻时自己的认识和感受，已有很多不同了。比如年轻时喜欢读有影响人物的书，有曲折的故事情节和动人心魄的涉及到人的命运的书，而不愿意读理论性强的学术著作，觉得它们抽象和枯燥，而今则更喜欢读过去所不愿意读的那些与人生密切相关的理论性书籍，包括曾经认为是乏味的中国和外国的哲学著作。他认为充满深刻智慧和美的书，是人类思维的结晶，会赋予人深沉的理性思考，会照亮人们的心灵使之深刻和成熟，甚至他有些懊悔对它们读得太迟了。在日常生活中，他对生命、生活、艺术和美学等含意和价值方面认识，现在比起过去也似乎有了更深的领悟，在思想上，他一向是生活在未来高于生活在现在之中的。而近年，他发现自己常常不自觉的沉浸在对过去生活的回忆之中，也许是由于过去的岁月越来越长，生活的积淀越来越多的缘故。他常常想起父母，想起童年，想一起长大的散居四方的兄弟姐妹，以及他众多的小伙伴和年轻时的朋友，想起当年贫苦年代的艰辛生活。李瑛自信地说，年纪大的人，容易忆旧，这种习惯如果是健康的未必不是好事，同时李瑛解释说："在性格心理上，我已能比较豁达和宽容，我不再多想人们对我有怎样的想法，接受我也好，丢弃我也好，我都会泰然处之，我不会有太多的兴奋和烦恼，几十年过去，我得到了失去岁月的最大补偿是精神自由，我大体已能摆脱某些世俗中不健康的比如妒嫉、怨恨、逢迎和自傲等一些庸俗的东西。近几年，我已一再婉谢让我再去任什么职务，我感谢对我的信任。我只想多读一些书，多写一些诗，多写一点比较成熟、比较坚强有力的、比较美的诗。我不在意人们对我持怎样的态度，因为我始终是在正直地工作和生活的，我想这就够了。"

是的，李瑛的诗歌还在频繁地散见于全国各大报刊。纵观他的诗歌创作，1972 年出版的《枣林村集》共印 30 万册，那是他写农村题材的一个尝试，是以通俗的语言和谣谚入诗的，有英、法、朝三种文字译本的是《红花满山》。在 1983 年全国优秀诗集首届评奖中，在"保卫边疆英雄赞"征文中，和首届"中国人民解放军文艺奖"中均获得一等奖的分别是《我骄傲，我是一棵树》和《在燃烧的战场》。"解放军报"在《文艺评论专页》上刊载了一篇军事题材诗歌阅读情况调查的简况，这是沈阳军区文化部的同志为了了解部队的文化水平和欣赏趣味，了解近年来军事题材诗歌作品在部队的反响而做的调查。他们在 11 个连队、一个师医院和一个高炮营营部总计 1118 人（干部 143 人，战士 975 人）中进行填表调查所得，在"您最喜欢的部队诗人"一栏里，李瑛很荣幸地得到最高的票数，按调查者说："大概是因为既适应干部战士的阅读能力，又蕴涵着耐人寻味的诗意。"

李瑛的诗歌，长期以来无论在军内外和国内外均享有盛誉。这里必须指出，随着市场经济的展开，文化娱乐的增多，诗歌作为古老艺术形式，肯定要有逊于电视电影。因此，诗歌为了生存，其内容和形式，读者对它的要求都会更高、更精。但李瑛始终能在诗坛占有大量读者，诗之青春不老，这是难能可贵的。李瑛坦诚地说："现在，我的动力没有衰退，我的活力和创造力甚至比过去还更旺盛，我的艺术感觉和思维能力似乎比过去更敏锐，我的乐趣和爱好也仍然和当年一样强烈和浓厚。过去的许多欢乐仍不断给我美好的回忆，过去的许多创伤也仍像当时一样疼痛。在我过去的岁月中，曾有不断地被侮辱和损害的经历。我常常想起一个人的生命历程，也许不幸的总和要远远超过幸福的总和。我不大顺从岁月的冲刷，始终保持着自己的一片童心，我不封闭自己，也不让别人堵塞自己的任何一条道路。"

当前，我国诗坛自然有很多成就，但从另一方面看，是否存在一些浮躁、驳杂，流于浅薄甚至混乱呢？李瑛作为诗坛宿将，一针见血地指出：既然诗和真理和美并存，既然我们应在诗中追求一种有意义的生命，那么，我就希望我们的诗歌作者，能更多地加强自身素质的建设。长期以来，我总觉得我们不少作者，在创作上似乎有些准备不足，乃至缺乏准备，主要是缺乏对生活深层的认识，缺乏理论思维，缺乏历史感也缺乏现代意识，他们程度不同地存在哲学肤浅、信仰苍白、思想简单、心理羸弱。他们或者只靠直感或臆意写作，或者只停留于浅层的社会观察和局限于现象的描绘或不断的重复别人的认识和理解，或者流于单纯对形式和技巧的追求，却忽略思考和省视的，他们作品的语言，自然也没有思想和灵魂，因而，也就排斥了美，这样的诗自然不会厚重，因此，也不会有自己独立的人格。我不同意创作无目的性，盲目的艺术家的时代应该结束了。我也不同意从现实到语言笼统地反传统，我国优秀的传统文化，至少在哲学和文学领域中，有许多东西是让我们感到自豪的。我认为一个诗人思想感情的最佳交流对象，首先还应是他的同一代人，首先还应是他所处的时代，他应该明智地让下一代人和下一个时代去选择属于他们自己的声音和代言人，如同我们选择尊敬的睿智的先人一样。萨特在 70 年代曾经同西蒙娜·德·波伏瓦对文学和哲学的对话中称"文学作品和哲学，我主张还是创作给当代人看，我不主张作品发表给未来看的"。萨特曾在 60 年代拒绝荣获诺贝尔文学奖，他的思想曾在欧美青年中很有市场，他的文学观，某些地方同李瑛是不谋而合。是的，李瑛一生从事诗歌创作，而且出版 41 本诗集的（将来定有许多诗集问世）文坛不多，一生从事诗歌创作而且诗风不断更新，在文坛也不多。记得李瑛曾经给我写了一个条幅"热爱生活，热爱劳动，热爱诗"，这是对青年作者的勉励，又何尝不是他自己的写照，因为诗歌是他的第二生命，第二故乡，第二祖国。

原载《都市发展报》1997 年 1 月 27 日

冬日的阳光

——近访李瑛

红　孩

初冬的早晨去聆听一位老诗人讲述他自己的故事，肯定会有一番美好的感受。踏着熟悉的小路，攀着阶梯诗般的楼梯，我又叩响了著名诗人李瑛的家门。窗外的阳光斜斜地映泻在诗人的书案上，经过诗人深邃的双眼再传递给我，我直觉那光束不仅充满温暖，而且还迸发着思想与智慧的光芒。

诗人的书房很清静，但诗人的心房却在沸腾。进入 90 年代以来，诗人又开始了他创作的第二度青春。你看，绵延起伏的祁连山、茫茫的戈壁滩、滔滔奔涌的沱沱河、雄伟壮观的布达拉宫、美丽姑娘阿诗玛的故乡、尚在贫困中挣扎的云南边陲小镇，到处留下诗人坚实的脚印；你听，"祁连山寻梦"、"青海的地平线"、"雅鲁藏布江上的霞光"、"云南的云"、"漓江的微笑"、"我的另一个祖国"，无不流淌着诗人满腔的激情。

1993 年七八月间，已经 68 岁的诗人远离喧闹的都市，徒步登上了青藏高原，走进了献身 4000 里青藏线的战士中间。高原缺氧，气候多变，并未阻止老诗人稳健的步履，更不能遏止他的歌唱。嘉峪关附近的戈壁深处，委弃着大片独具风采的石头，由于它们是由软硬不等、颜色各异的多种元素构成，因而经长期烈日曝晒自然风化成千姿百态、玲珑剔透的"风雨雕"："不要惊扰它们的梦/它们会感到痛苦/不要把它们带回城市放在客厅/它们会感到羞耻/这烽烟熏过、烈日烧过、霜雪打过的风雨石/只属于大西北的风雨石/每个生命都是庄严的。"青海湖上的鸟岛，不知倾倒过多少旅者，面对自然，面对大自然中自由的飞鸟，诗人掩饰不住内心的激动："它们用歌唱催开野花/用快乐的飞旋催湖里的鱼长大/用相互偎依的甜蜜和温暖/教这个不平静的世界中的人们／怎样生活和相爱。"李瑛是军旅诗人，对军人、对祖国更有着深刻的理解，当他来到海拔 5600 米高的唐古拉山口，望着风雨中的军人雕像，不禁热泪横流："历史，把一切／都放在应有的位置／他是真正的战士／自觉地选择在／世界之外，生命之外／他屹立在那里／成为火把／成为旗／成为鲜血流动的霞光。"诗人的诗向以真情打动人心，他的每一缕思绪都是一根激荡的琴弦，站在沱沱河——长江源头，他夜不能寐："夜半，敲我窗棂的小河水／要对我说些什么呢／在这里，最多情的便是它们／永远不知烦忧的便是它们／谁曾听过它们的歌声／这是只属于青海的人间最美的歌声／我想告诉远方／唤我回去的朋友／待歌声里栖息的卵石孵出小鱼／待歌声里撒落的草籽开出花朵／我就回去／此刻，我站在窗前闭着眼／静静地倾听／一颗失眠的心／一颗被欢乐融化的心／一颗被痛苦燃烧的心／陪伴我，直到黎明。"

"近几年，我有机会访问了祖国许多地方。尽管每次访问的时间都不算太长，但无论分别多久，相距多远，那里的山川景物，那里人们的音容笑貌，总不时浮现在我心头，就像昨天在身边一样。"谈到这几年的创作，诗人有着无限的感慨与深情，"大自然是人类的母亲，生活在那里的人们尽管语言不同、风习各异，却有一个共同之点，就是都在自己安身立命的故土上，在艰辛中，认真地生活着，执着地劳动着，满怀信心地建设着未来。在我和他们的接触中，懂得了生活和艺术，他们给了我精血、气韵、形象和生命，使我获得了美丽的源泉；他们使我快乐，也使我痛苦和迷惘，使我的想象得以在大千世界里纵横驰骋，我的心灵因之丰富起来，有时沉湎在亢奋激动之中，心醉神迷，有时又感到天地狭窄得令人窒息和觉醒的痛苦。在他们生生死死地完成自己的过程中，激起我对历史、对社会和人生的深沉思考、对哲学的领悟、对宗教奥秘的思索，我变得成熟和深刻起来。"

今年，诗人一连采访了湘西、贵州、云南、青海、广西 5 个最为贫困的地区，创作出令人振奋的《我的另一个祖国》等组诗，引起诗坛内外的关注。5 月 6 日夜和 6 月 4 日夜，还未脱贫的滇东北昭通地区大关等县连续遭到历史上罕见的风洪冰雹泥石流的袭击，造成重大人员伤亡和经济损失。6 月 6 日，诗人不顾危险前往采访，面对惨景，诗人写道："这里是大地的尽头／深谷下是海洋／风雨卷过／山，站起来／悬泻而下／头上是雷火／脚下是光／暴虐地、愤怒地、呼啸地追逐着／激流滚滚／石头，沙砾，草根和泥浆……／道路找到一节骨头／小河找到泪水的悲伤／屋顶找到片片梦的碎屑／太阳找到颗颗不屈的头颅和心脏。"6月8日，诗人来到全国现存19个贫困区之一——乌蒙山的腹地，当他听说这里尚有130万人未解决温饱问题，甚至有人因为缺衣只好与牛共寝时，诗人感到心如刀绞："假如我忘记你/石头般贫困的小村/像一只从身边飞去的鸟/像一片擦肩而落的叶子/那么，我该怎样/寻找自己的位置/伸展自己的根须扎进泥土/面对你倾斜的黝黑的茅屋/艰辛中生长的洋芋和苦荞/孩子们蓬乱的头发，污脏的小脸/以及那头喘着粗气的拉犁的牛/我该说些什么/自从我走进你/我的心变得比石头更沉重/难道你不是我的另一个祖国。"

诗人居住的院落是静谧的，住在这里的人们常常会看到诗人独自一人在草坪前冥思苦想。诗人在想什么呢？他常想，许多科学家合起来才能创造一个世界，一个哲学家就足以创造一个世界，而一个诗人却能够创造许多个世界。他多么渴望他创造的世界每天都能升起一轮新鲜、美丽而光芒四射的太阳，因为，冬天毕竟是寒冷的。

原载《中国文化报》1997年12月11日

诗伴我行

——近访诗人李瑛

于　烈

烟酒不近，棋牌不沾，只嫌今生读书少，只恨时间不够多，闻鸡起舞，钟鸣就寝，诗人李瑛多年来严守作息时间；从炮火纷飞的战场到轰轰烈烈的和平建设，从一名北大的学子到党和军队的高级干部，从一个铁路工人的后代到享誉国际的诗人，他从1942年创作诗歌至今已出版诗集44本。许多人感叹人生苦短，要么而立之年无建树，要么不惑之年困惑多，而若在李瑛的人生长卷前驻足沉思一番或许能让你浮躁的心态变得踏实，对人也会平和，在心胸淡泊的同时也许会有一番作为。面对记者的采访，李瑛谈得更多的是中国作协、《文艺报》、《诗刊》的工作和诗歌的现状。谈到商品大潮、市场经济下的报刊工作，李瑛说——

不能做高级乞丐

他说《文艺报》的地位作用，体现在反映文学、艺术、文学界或作家队伍的现状和发展，总觉得《文艺报》、《诗刊》、《人民文学》这样的报刊，让它去自负盈亏好像很难，领导人都在忙着维持生存，像高级乞丐一样到处要钱，没有更多的精力来研究如何办好报纸刊物，如何组稿，展开讨论，旗帜鲜明地评价好的作品、宣传好的作品、推广好的作品，对不正确的东西给予和风细雨的、实事求是的、说理的批评。现在读者水平不高，我们还有大量的文盲、半文盲，温饱都不能解决，一个乡出一个大学生这就是大事了。读者要看的书，文艺的作用都要积极地引导、积极地适应，而不要消极地适应，更不要迎合读者的低级趣味。如果我们为了扩大发行，登些格调不高的作品，虽然可以多卖，但违背了办刊宗旨，对人民也没有好处。文学不能迎合读者，我们有责任引导读者提高欣赏趣味，就像别林斯基说普希金：由于一个普希金的出现，提高了整个俄罗斯民族的美学水平。而我们的现状，人均文化程度不高，给他思想深刻的作品他看不懂，给他哲学的、历史的、美学的、比较高级的他更看不懂；许多人只喜欢社会新闻性的快餐，没有多少价值，这就增加了文艺工作者的道德责任；我们要完全迎合他们是不道德的，我们的责任是提高读者的文化水平，要他做好人。冰心老人刚刚过完生日，她是一位世纪老人，她告诉读者爱人类、爱孩子、爱母亲、爱大海、爱大自然，她有种博大的爱，与人为善而不是与人为恶、叫人做坏事，要给读者感情的陶冶、心灵的净化，使之思想深刻，使之爱生活，爱劳动，爱这个国家、民族，这是作家的天职。我们搞报刊工作的同志要很好地完成自己的道德责任，引导他、提高他。报纸要多宣传一些有好德行的作家、多宣传一些真正的好作品。因此我寄希望于我们的《文艺报》《诗刊》等报刊，在办好报刊的前提下扩大发行。而对于作家队伍的现状，李瑛说——

不能太浮躁

对于目前商品大潮冲击下的作家队伍，李瑛显出深切的忧虑，对于很多作家或迫于生计或被物质诱惑改行写电视剧或改写庸俗作品，表示了遗憾和无奈。他说：作家写东西太苦恼，几年时间写一个作品，拿给出版社人家还不愿意印，即使印也要自己拿钱，这是一个现实。一次一些朋友来李瑛家做客时说，《诗刊》做读者调查，在"你印象深刻的诗人"中李瑛排第四。李瑛说："一个诗人要按自己的艺术追求、艺术趣味去创作，我想既使我对诗的神圣事业，没做多少有用的工作，起码我也没有玷污和损害了它。我始终保持内心的自由和对自己人格的坚信，眼睛望着时代，冷静地思考，敞开自己的心灵，唱真情的歌，无愧无悔，我想这就够了。因此，我不虚度一生，不求出名、赚钱，外面有些活动我不愿意参加，沽名钓誉的事我不感兴趣，一些无聊的吃顿饭、拿个礼、说点儿吹捧的话的会我更不愿参加。作家要有见识，耐得住寂寞，经得起诱惑，共同创造一个好的生存环境。"他说，高质量的作家队伍是高质量作品的前提，多到生活当中去，多读书，广泛借鉴古今中外的好东西，广泛涉猎，不能闭关锁国，不能思维惰性，不能浮躁，要始终以热情饱满的心态对待我们的文学事业。和李瑛相识多年，他给我的又一深刻印象是珍惜时间。他说——

不能浪费时间

人活百岁也不过 36000 天，想一想留给自己的还有多少？李瑛家有一奇特的装饰，那就是装在镜框中的树叶。李瑛从五湖四海、世界各地把它们采来装入框中，花开叶落，春去秋来，岁月在默默流逝。李瑛的诗作《生命是一片叶子》获得了首届鲁迅文学奖诗歌奖，李瑛在北大中文系毕业，精通英文，加之他腿勤、手勤、脑勤、笔勤，至今已有 44 部作品问世。离休前他一直在部队工作，军人特有的素质和条件使他到过很多常人去不了的或不爱去的地方，他感慨地说："我去接触生活、认识生活、积累生活，然后分析它、研究它，艺术上我广泛涉猎古今中外的东西，我不聪明，我没有多高的才能，年轻时我一天只睡三四个小时觉，现在年岁大了身体不行了，但我每天都争分夺秒地工作。我不喝酒、不吸烟、不打牌、不钓鱼，兴趣就是读书，就是觉得时间少。我每年安排自己下去几次，我爱去人们不爱去的地方，吃了很多苦头。我年轻时打仗出生入死，几次死里逃生，现在剩下的时间不多了。'文革'十年什么也没干，一生中有几个十年？不让写东西，没有书读，浪费了那么多岁月。"耄耋之年的李瑛勤奋笔耕，发誓追回失去的岁月。1999 年，作为一名跨世纪的诗人李瑛又将出版一本诗集，向新世纪献礼。他说，人生与时代——

不能没有诗

与各种高雅艺术的命运相同，诗歌也从热火朝天走向了被冷淡遭冷漠的境遇。早在 1992 年，艾青在一次谈话中对李瑛说："现在诗歌还有用吗，作家协会现在就是小说家协会。"这表达了艾老对那时诗歌现状的无奈与愤懑。李瑛回忆当时的情景时说："那时的艾老已不大爱讲话，而艾老所讲的现在越来越让人认同，很多刊物包括主要刊物不发诗歌，出版社也不愿意出版诗歌……我批评过《诗刊》，因为我在《诗刊》当编委已有 20 年了，诗刊的作品部分比评论部分好一些，评论部分好像有点图省事，有什么稿发什么稿，我很直率地向他们表示过意见。《文艺报》也是要多发些有分量的文章，有的文章一看便知这是在照顾什么人，那本书明明较平庸，还要吹捧一番，可以看得出来。"李瑛就是这样一个真诚的人，常常是没有保留地、很直率地讲出自己的看法。李瑛接着说："这些刊物能坚持下来已很不容易了。《诗刊》除了办刊物之外应担负活跃、建设社会主义新诗歌的使命，作为作协诗歌刊物的编辑同志们应更多地担负发展繁荣诗歌，推动诗学建设和对外诗歌交流的工作，对好诗集的出版多做宣传；《诗刊》领导在经费上常有后顾之忧，没有钱各种设想无法实现。近年来《诗刊》很有起色，《诗刊》仍是诗歌报刊中最好的，给读者以新鲜的感觉。中国是诗歌的大国，我们有享誉世界的屈原、李白、杜甫，历代都有。"谈到今天，李瑛说：我觉得我们这个时代是应该产生大诗人的时代，有些是诗人们创作的准备不足，有些年轻的诗人很有才华，但一定要走一条正确的路，这个很重要。我已经发现一些年轻的诗人们过去写了一部分诗相当不错，很敏锐，很有艺术感觉，但近几年的诗就退步了，这个都能很清楚地看到。要正确地引导他们走正确的路，比如，诗人要不要关心国家的重大事件，比如香港回归、抗洪救灾，人们互相支援的这种大协作精神、忘我精神的发扬，这类重大事件，要不要进入我们的诗歌领域，现在就有不同看法。在我看来诗人应该写，诗人不能脱离社会，应该去表现。林肯去世，诗人惠特曼就写了《啊，船长，我的船长》、《紫丁香花开放的时候》；列宁去世，马雅可夫斯基写了《列宁》，歌颂十月革命；聂鲁达写了《英雄事业的赞歌》，歌颂卡斯特罗，后来他到中国，写了《新中国之歌》歌颂中国人民，歌颂毛泽东。诗人首先应该是一个深刻的思想家、哲学家、史学家，他应该关心人类生活，关心人类和民族之命运，屈原伟大，李白、杜甫伟大，是因为《离骚》、《三吏三别》等写了民间疾苦，这就是人民性。有些人反对写这些东西，未必是正确的。T. S. 艾略特就曾说过："伟大的诗人在写他自己时，就是在写他的时代。"因为任何人都离不开社会，因为你思想感情和社会是分不开的。香港回归雪百年国耻，民族昂扬振奋，赶走了侵略者，我把这些感触写了，为什么不能写呢？但写这类题材，一定要是诗，不是口号，不是标语。领袖逝世，我写了纪念周总理的《一月的哀思》，发表于《光明日报》，600多行，后来收在高中语文课本里。今年是周总理百年，有关部门还来找我要这首诗，还有一些学校搞朗诵会也来找我。几十年前的诗，还有人记得，我觉得是个安慰。诗人不能单纯地写自己狭小的内心世界，时代的脉搏、人民心灵的声音，要在诗人的作品中得到回响，这是诗人的责任，诗人用形象思维写诗，但他不能排除理性的思考，还要有一个非常鲜明的爱憎感情及非常鲜明的对时代的分析和判断能力。所以恩格斯说诗人应是预言家，但丁的《神曲》预言了欧洲中世纪的消亡和向近代资本主义过渡，所以恩格斯说他是"中世纪的最后一位诗人，同时又是新时代的最初一位诗人"。高尔基的《海燕》形象地描绘了俄国第一次大革命前社会风起云涌的斗争形势，歌颂了革命的必将来临。诗人不应该把自己的心灵弄得非常狭窄，就是写自己的那点小小哀愁，甚至呓语，等等，要做大诗人这样是不行的。诗人要对祖国、民族充满感情，还是要关注人民的冷暖。我跑过几个贫困地区，后来写了两组诗《我的另一个祖国》，在《人民文学》和《诗刊》上发表。我的祖国现在繁荣昌盛了，但看了另一个祖国还有许多人没有吃的、没有电、没有路，大山沟里住着。说到这儿，李瑛捧着《黄昏与黎明》充满深情地为我朗诵了这首诗。

1951年李瑛的第一本诗集出版，全国人口4.5亿，印刷3000册，再版时又印3000册，现在出的诗集仍印3000册，但人口是12亿，远不如那时。尽管现在诗歌处于艰难的时期，无论认识的误区，还是转型期的困难，李瑛仍以诗人特有的气质面对这一切。他讲了一句托尔斯泰的名言：认识真理的障碍不是由于错误，而是由于似是而非的真理，影响你认识真理。李瑛认为诗坛中绽放的应该是真的鲜花，而不要是假花，否则繁荣也是虚假的，时代的诗歌就显得陈旧而生命枯竭。但是"我坚信，诗歌不会死亡"。他希望中国的诗人们坚定自己的信心，做无愧于民族的诗人、真正的大诗人。

窗外清爽的秋韵，坐在屋中已能轻轻地感到：大自然深藏着自己博大精深的内涵。李瑛凭窗远眺，眼中闪烁着诗人深邃的目光，从他身上你会感到人生的意义与价值就在于工作。离休前的李瑛是一位业余诗人，因为几十年担任领导工作，他的作品大都利用业余时间完成，而离休后的诗人倒是可以作为专业诗人，他还担当着五个社会职务，而这些又要占去他不少时间。

当万山红遍层林的时候，人们往往会想到春时播下的希望之种，而当秋的时候，又要想到收获耕耘的果实。

读李瑛的诗，使我想到了他是以炽热的情感和燃烧的文字，表达心灵中感知的真理和对生活的满腔热情，他对艺术的执着的追求，他对于未来的坚定信念，会给我们以新的诗意与启迪。

原载《文艺报》1998年11月7日

诗人李瑛印象记

吴奔星

作为诗人，李瑛同志的诗龄已有五十多年。从 1917 年文学革命导致白话诗的崛起，直到 1998 年，八十多年形成了一支老中青诗人梯队。李瑛介于其间，是一位带有纽带性和桥梁性的诗人。我选读的他那量丰而质高的几十部诗集或诗选，都是写他关切特甚的历史沧桑和感受最深的时代风云的。文学样式很多，而诗却是李瑛唯一的选择，因此，他所感悟的历史使命感和社会责任感，在中国现当代文学史上是最令人瞩目的，——反映于诗，也给了我深切难忘的印象。

对照李瑛创作历程的艰辛和创作实践成果的丰富，似可断言他是最自觉地深入生活、体验生活、积累生活经验最扎实的诗人之一。他由此而进入诗的创作过程，便不期而然地取得了源于生活而又高于生活的艺术效应。他的近著《黄昏与黎明》中的诗与后记，就可证明我的印象并非凭空立说。作为纽带性或桥梁性的当代诗人，李瑛确实是当代军旅诗的开拓者，也是唐代"羌笛何须怨杨柳，春风不度玉门关"之类边塞诗转化为春风吹遍大西南和大西北的赞歌的发展者。他是在 1978—1998 年二十年间改革开放新时期卓有成就的现实主义诗人。

李瑛的诗确是"对人和自然的赞美"，人与自然都是他所体验的深广的生活对象，是他的诗情汩汩不绝的源泉。但从生活源泉跳出来的诗，却比实际生活更集中、更典型、更理想、更带普遍性地给读者以美感。

李瑛不是以写诗为消遣的人，他多年来一贯保持着对时代和社会的关注，他是怀着社会主义时代的历史使命感和社会责任感来写诗的。他始终认为诗人"总要站在时代的前面，以强有力的感情和燃烧的文字，表现自己所感知的社会情绪、创造的艰辛；表现对人的高尚心灵与力量的赞美，呈现人们灵魂的真理和对生活的热爱"。李瑛说："过去，我们曾最引为自豪的始终以崇高精神和高度艺术魅力证实自己价值和意义的我国诗歌，现在显得比什么都软弱；如今，它正被处于极度冷落和困窘之中，而其自身，却又充满盲目的喧嚣与浮躁，使诗失去了它所应具有的尊严，这不能不使一些理智的诗人感到痛苦。我不在意个人的得失，不理会种种议论和嘲讽，甘于清贫和孤寂，恪守自己的信念，坚持自己对诗的认识和理解，怀着对时代、对生活和对艺术的忠诚，做严肃认真的探求。"可能读者嫌我抄得太多，而我却是把它当"议论诗"来读的，我虽然患老年性白内障，只剩 0.3～0.4 的视力了，仍然不忍割爱，我的良知，迫使我将李瑛诗家发自灵魂深处的告白，广为宣传。这是李瑛留给我的最美好也最沉痛的印象。

李瑛的诗在突出主旋律的同时，又告诫着："缺乏艺术性的艺术品，无论政治上怎样进步，也是没有力量的。"他所结集的 90 年代初期的诗，意在送别 20 世纪，迎接 21 世纪，并命名为《黄昏与黎明》中的诗，都充分表明了这一点。

作为诗人的李瑛，是争取有自己的独特的艺术风格和艺术个性的。李瑛不是诗论、诗评和诗的审美专家，但他在诗的创作实践中，却提炼出不少诗论、诗评和诗的审美理论。他是一位从诗的实践中引出诗论，又以这些诗论指导自己的创作实践的诗人。诗的艺术个性的突出和诗的风格的形成，是诗人创作实践达到成熟或成功的标志，这是李瑛的诗和诗论所经常流露于字里行间的。但李瑛为人是谦逊的，他到 90 年代初，才结集出版一部诗论《对诗的思考》。其实，他的每一部诗集或诗选，都有序跋，这些都是他创作诗歌的经验之谈。比如他在 1998 年 6 月出版的《黄昏与黎明》的后记，就是一篇最切实际的诗论。他谈到了自己的创作历程，也谈到了当前新诗的概况以及他的削切的感受；更值得注意的是，他酣畅淋漓地抒发他诗的艺术个性。我在上文引用了一些，这里再补充几句和他的艺术个性有关的话，他说："希望我的笔能传达出在这些地方（指他足迹所到之处——引者）生活时所引发出的我的感悟、我的爱、我对人类精神与人们心灵的讴歌，以及我对大自然的由衷的赞美。希望人们能够听到我心底真诚的声音，尽管这也许是一种令人痛苦的追求……我想，即使我对诗的神圣事业没做多少有用的工作，起码也没有玷污和损害了它。始终保持内心的自由和对自己人格的坚信，眼睛望着时代冷静地思考，敞开自己的心灵唱真情的歌，无愧无悔，我想这就够了。"本来，我还想对李瑛的诗的个性与风格，做一点说明或阐释，但当我抄完后，"我想这就够了"，何必画蛇添足呢？

原载《中国文化报》1999 年 1 月 5 日

用真情勾勒真实的中国

——与诗人李瑛谈长篇抒情诗《我的中国》

邢宇皓

《我的中国》，一部长达 3600 行的长篇抒情诗，饱含着一位 73 岁老人对祖国真挚的感情。受长诗中喷薄而出的激情所感染，记者叩响了著名诗人李瑛先生的家门，和老先生谈起了这首长诗。

记者：回顾您多年来的作品，从表现焦裕禄事迹的《一个纯粹的人的颂歌》到怀念伟人周恩来的《一月的哀思》，从纪念彭加木的《罗布泊的石子》到探讨人生价值的《我骄傲，我是一棵树》，直至近年纪念唐山大地震 20 周年、香港回归的诗作和这部长诗《我的中国》，虽然创作年代不同，但您的诗作却始终关注着其时最令人瞩目的社会焦点。

李瑛：著名诗人艾略特曾说过，诗人表达自己的感情，就是在写他所处的那个时代。在我五十多年的创作中，我写过各种类型的诗，但写得最多的还是这类政治抒情诗。我觉得，一个作家应该怀有崇高的理想，一个诗人，应该时刻关心时代的变化。真正伟大的作品，应该与时代、人民群众的脉搏是相通的。

记者：谈到"政治抒情诗"，经常有朋友这样问："政治抒情诗算不算是诗，是不是一种政治宣传品而不是艺术品？"您对这样的问题怎么看？

李瑛：我写政治抒情诗，同样流露的是我的心灵世界，对世界的认识、对生命的感悟。政治抒情诗首先要是诗，它同样反映的是诗人心灵中最美好的东西，是一种非常真挚的感情的流露。我不会"编诗"、"编故事"，我只是记录了我看到的、内心中永远忘不了的东西。比如在《我的中国》这首长诗中，表达了我对祖国、对我们这个民族真心的爱，我把自己也放到了诗里面，用真情说了我内心的真实感受。

同时，政治抒情诗不是用新闻语言、社论语言去反映国家、民族、人类所面临的重大社会问题。诗人要运用经过提炼的、艺术的语言，选择比较强的、有表现力的词汇，新鲜的意向，准确地反映诗人的思想感情。这样才能使读者产生感情共鸣，得到美学上的享受。

记者： 是什么使您产生了创作《我的中国》这首长诗的想法呢？

李瑛： 今天，我们面临着一个世纪的结束，同时人类将走向一个新的千年纪，今年又是我们新中国五十岁的生日。五十年来，我们的国家经历了多少风风雨雨。作为诗人，我觉得，在这个值得纪念的日子里，应该以我最简单、最纯真的方式表达我对祖国的爱。

《我的中国》凝聚了我多年的生活积累，诗人要关注国家、关注时代，要热爱自己的国家。这并不是挂在嘴上，而是要发自真心。我的祖国是可爱的，她的可爱表现在拥有古老的文明、优秀的民族传统，也包括她近代经历了种种的苦难之后，取得今天这样的成绩。但是，我不想浅薄、表面地美化，庸俗、廉价地吹捧，因为那不是真实的，也不会有力量。我想把一个普通人的情感、真实的内心感受写到这本书里，如实地反映祖国的现状。这几年来，我到过许多地方，目睹了改革开放以来我们取得的辉煌成就，也看到了许多地方的贫穷。在贵州、云南、青海、宁夏、新疆、甘肃，我看到还有许多地方没有脱贫，路不通、没有电，人和牲口在一间房子里共处……可以说，我们的国家很强大也很软弱，很文明也很愚昧，很富有也很贫困，这才是我们今天真正的中国。只有看到了这些，你才能真正体会到建设一个崭新的国家有多么不容易，会使你思考得更多、更全面、更本质也更深刻。多方面的生活积累和感情积累，促使我写这首《我的中国》，我把所有的感情都融入了这首长诗：我爱我的祖国，尽管它现在还有不尽如人意的地方，但它却是大有希望的。

记者： 到目前，您已经出版了 40 多本诗集，近年来仍不断有新作问世，您是如何保持这种旺盛的创作力的呢？

李瑛： 不断学习，不断接触新生活，对诗人感情的不断激发是非常重要的。每一次采风归来，我都会感到自己又有了不少新的收获和感悟。同时，不断地读书、思考，也使我的内心始终涌动着那种创作激情。

近几年来，我从工作岗位退下来以后，有更多的时间读书、思考，我读马克思主义的书，也读西方现代各种哲学流派的书。近年来，诺贝尔文学奖有近一半都授予了诗人，我也在研究他们的作品，他们的诗作在哲学思想、美学观念方面有许多是值得我们学习的。同时，通过对外交往，我也和许多外国的诗人进行了交流，在艺术上、观念上、表现手法上吸收了很多西方的东西，尝试在继承传统的同时运用一些西方现代诗歌的创作手法。通过这些积累和学习，我觉得，自己的诗比过去更有分量、更深沉了。

我提倡诗歌应呈现多种流派、多种风格和形式，希望运用各种艺术表现手法，突破陈旧的、固有的模式。在写《我的中国》的时候，我也在探索，尝试一种富有创新精神，同时更加符合我们民族自己的文化传统和美学情韵的新的创作方式。

原载《光明日报》1999 年 6 月 4 日

以真情颂歌时代最强音

余　玮　　吴志菲

近一段时间以来文坛上写"长诗"的越来越多，这种久违了的"长诗热现象"正在引起人们的关注。

在生活节奏日渐加快、人们更加忙碌的今天，诗人们为何选择了长诗的创作？或许这些诗作者正在探索一条新的诗歌创作之路，或许漫于诗坛的某些诗风（如疏远政治，躲避崇高、怪诞晦涩、矫揉造作等）已经让人产生了厌倦，长诗热正好是对这种不良诗风的纠正。于长诗，如今的青年人想必并不陌生，中学课本上便有老诗人李瑛的长诗《一月的哀思》，成为人们百读不厌的精品。今天，他又写下了3600余行的长篇精品《我的中国》。

回顾著名诗人李瑛多年来的作品，从表现焦裕禄事迹的《一个纯粹的人的颂歌》到怀念伟人周恩来的《一月的哀思》，从纪念彭加木的《罗布泊的石子》到探讨人生价值的《我骄傲，我是一棵树》，直至纪念唐山大地震20周年的《寻找一座城》和香港回归的以及这部长诗《我的中国》，虽然创作年代不同，但诗人的诗作却始终关注着其时最令人瞩目的社会焦点。

对此，李瑛如是说："一个作家应该怀有崇高的理想，一个诗人，应该时刻关心时代的变化。在我50多年的创作中，我写过各种类型的诗，但写得最多的还是这类政治抒情诗。著名诗人艾略特曾说过，诗人表达自己的感情，就是在写他所处的那个时代。我觉得，真正伟大的作品，应该与时代、人民群众的脉搏是相通的。"李瑛讲，他不会"编诗"、"编故事"，只是记录了自己看到的、内心中永远忘不了的东西。正因为他把自己也放到了诗里面，用真情说了自己内心的真实感受，所以他的诗作总是那么脍炙人口，撼人肺腑，《我的中国》这催人奋进的旋律便表达了诗人对祖国、对民族真挚的爱。

李老也承认，政治抒情诗不是用新闻语言、社论语言去反映国家、民族、人类所面临的重大社会问题，"诗人要运用经过提炼的、艺术的语言，选择比较强的、有表现力的词汇，新鲜的意向，准确地反映诗人的思想感情。这样才能使读者产生感情共鸣，得到美学上的享受。"诗人的灵感来自情感的积淀，他的诗乃是"一个老人/含着激动的泪光/歌唱"。

"时间都已死去/历史却并未失重/时间都已死去/声音却并未冷却"。"我就是从一杯酒/认识酿造它的是/昆仑山头的白雪/屈原的叹息和/杜甫的渴盼"。

《我的中国》作为一部抒情长诗，除了充沛感情的始终贯注，思想的深邃和视野的开阔也值得称道。《诗刊》编审、著名诗评家朱先树这么评论李瑛的这部长诗："在诗人的笔下，祖国的概念是深远和丰富的，是辉煌与悲壮的民族生命的历史和精神存在。"长篇抒情诗《我的中国》确实可视为思想深刻的历史沉思录、视野开阔的文化发展史、五彩缤纷的时代风貌图、气壮山河的英雄交响诗。诗人以自己的成长和人生经历，以胜利、欢乐、辛酸、眼泪和鲜血作为见证，要我们珍惜经历改革开放后祖国发展繁荣这来之不易的今天。在这部长诗中，李瑛以浓墨重彩描绘了改革开放的时代风貌，以艺术思维方式和诗人特有的敏感，捕捉到崭新的生活现象，以如实的笔墨和富有跳动感的组接，构制了时空开阔的历史长卷。诗人的颂歌既是唱给今天，也是唱给未来。他面对下一代深情地唱出："现在，在阳光下，让我们一起/从五十个十月用二十世纪末的窗口/眺望未来。"诗人对未来充满热情和自信："让我们相信未来/并满怀信心地走向未来。"

谈起创作长诗《我的中国》的缘由，李瑛感叹："50年来，我们的国家经历了多少风风雨雨。作为诗人，我觉得，在世纪轮回转折这值得纪念的日子里，应该以我最简单、最纯真的方式表达我对祖国的爱。"然而，诗人关注国家、关注时代、热爱自己的国家，并不是浅薄、表面的美化，庸俗、廉价的吹捧，而是把一个普通人的情感、真实的内心感受写到这部长诗里，"我把所有的感情都融入了这首长诗：我爱我的祖国，尽管它现在还有不尽如人意的地方，但它却是大有希望的。"

李瑛出生在一个铁路职工家庭，兄弟姐妹九个。童年和青年时代家境贫苦，作为四男中的老大，他未及高中毕业便被迫离家。还在读中学时，16

岁的他与同窗好友就联合出版了第一部诗集《石城底青苗》。

"我小时候十分喜欢读书，养成了总想争分夺秒读书的习惯，但家境贫寒，没钱买书。"

1945 年，李瑛有幸考进了北京大学文学院中国语文系，于是，他如饥似渴地借读图书馆里早就想读的书，"我是这里的常客，特别在大二大三时，有了常坐的习惯位置"。在这里，除浏览主要的文艺报刊以及借阅课堂上所需的参考书籍外，李瑛更多的是阅读大量国内外文学名著，有诗歌、小说，也有一些文艺理论，大大满足了他难以抑制的求知渴望，"我与图书管理员关系很熟，记得有过几次，我借的书因已被人借走，管理员就把这事记在心头，过一段时间就主动送书给我，并向我推荐有关其他书刊"。为开拓学术视野，念中文的李瑛在校还选修了部分西语系的课，阅读了大量外国不同国家、不同民族、不同流派、不同表现形式和不同艺术风格的文学作品，特别是诗歌。

当时，文学大师沈从文在北大教"创作实习"课程，李瑛至今还清楚记得，大二开学不久，沈先生在课堂上讲解了一些写作体验后便在黑板上写了"钟声"二字，要求学生命题作文。由于沈从文当时在三家报纸的文艺副刊兼任编辑，因而学生们都很想把文章写好，希望能被他拿去发表。

"我写的这篇短文《钟声》，不久便被沈先生拿走，第一次在大报纸上的文艺副刊上发表了，还得了点小稿费补助伙食，心中十分高兴，更激发了我创作的热情与信心。"此后，李瑛时常去沈从文家请教于他，每次沈先生总是十分热情地沏上一杯茶，或冲上一杯牛奶，之后给他讲做人的道理、写作的心得，还不时送李瑛几本自己的著作，"他对我的扶助与教导，我铭记在心，难以忘怀。"

"从中学开始写诗的我，那时对文学并没有多少正确的认识，也没有判断好坏的能力，在大学我才真正懂得文学是什么，艺术是什么，诗是什么，美是什么。"在大学期间，李瑛的生命和诗一起得到了成长，很快，大公报《星期文艺》、益世报《文学周刊》、《文学杂志》与《中国新诗》等好些知名报刊刊用了李瑛不少诗作与评论文章，这些对李瑛以后的文学创作起了莫大的鞭策、激励作用，"尽管那时我的物质生活很差，不敢花钱去吃好的伙食，只是偶尔才去学校边的小饭馆吃碗馄饨，但很满足，毕竟我学识上有长进"。有一段时间，李瑛还抽暇去打工，以补每月伙食费的不足。就是在这拮据的环境中，我们的诗人战胜了自己，成就今天的"人民歌手"。母校使他难忘，他生命中最凝重的底色，无疑是北大赋予的。多年后，李瑛在一篇文章里这样深情地描写北大岁月："在这里……我学习写作，写了不少的诗篇，那一个个不平静的日日夜夜，便是孕育我的诗歌的基因。"

在北大的四年里，李瑛广泛涉猎中外名著，深受中国古典诗词和现代新诗的熏陶，深入接触西方从浪漫主义到现代主义的各种诗潮，并开始发表一些颇具现代意味的诗作。因此，在与新中国同时成长的军旅诗人中，李瑛可说是文化准备和艺术修养最为充分的一个。

不久，读书环境被打破，国民党反动派悍然发动了全面内战。作为地下党员的李瑛，这期间常常撰写、编印一些封面加以伪装的政治宣传品的小册子，铅印装订后暗中发送。他用化名陆续写了许多反映当时学生运动和决心战斗的诗歌作品，抄在墙报上，贴在红楼和民主墙上。在北平迎接黎明的前夜，他的导师们常常会收到一份份振奋人心的传单，那上面带着解放区的春色和战场滚滚的硝烟。李瑛的导师中，许多人都不知道寄传单的，就是他们的这位得意门生。今天，诗人走在北大红楼旧址处，不无追思、感慨。

原载《江南晚报》2007 年 5 月 29 日

祖国的儿子　时代的歌手

胡世宗

在我们共和国成立 50 周年的前夕，诗人李瑛捧出了他的长篇新作《我的中国》，这部洋洋 3600 行的政治抒情长诗，是诗人向共和国母亲生日敬献的一份沉甸甸的厚礼。

亲爱的祖国
我要把我所有的一切，
都献给你
我的
眼睛、耳朵、喉咙
左手和右手
当然还有我的
心脏、肺叶以及
几十年日夜不息地流动的
O 型的血
……
在时间和空间中
我对你的爱永难穷尽
哦，祖国
……

李瑛告诉我，这首长诗他去年底就写完了，又反复推敲，拖至今年 2 月才交给百花洲文艺出版社。他说，还不是很理想，本来还可以改，改起来是没有完的，恐怕一辈子也不会满意，这就是李瑛对诗艺不懈追求、不断探索的真切表白。

李瑛是我始终崇敬着的诗人之一，他最早出版诗集《石城的青苗》（与人合集）的时候是 1944 年，那时他不满 18 岁。50 多年来，他无论从事何种职业，对诗"始终是怀有近乎宗教信仰般的虔诚和近似疯狂的热情"（《黄昏与黎明》后记），仅出版的诗集就达 43 本之多。他的诗尤其是军旅诗，凿凿实实地影响了一代写诗特别是写军旅诗的人；我在学校读书时就读到他的诗，穿上军装以后读得就更多了。我与李瑛相识在 1965 年全国青年业余文学创作积极分子大会上，会间，《解放军文艺》编辑部邀请与会部队作者座谈，我第一次见到了李瑛。那时他不到 40 岁，他那严整的装束、炯炯的目光、谦和的微笑、文雅的谈吐，都给我留下极深的印象，这种印象一直保持到今天。从此我们有了通信联系，凡他出版的诗集大都寄给我。粉碎"四人帮"后，我曾到解放军文艺社帮助工作，每天就坐在他的对面，也曾多次到他家做客，这使我有机会更多地了解他。他文静而温和，阅世很深又平易近人。他随时同我就诗的题目零星地交谈，那些话我认为很重要、很宝贵，事后千方百计追记下来。还记得1973 年我出版第一本诗集《北国兵歌》之前，曾请李瑛审阅了全部诗稿，他于 1972 年 7 月 9 日夜写给我一封长信，谈了对即将出版的诗集的印象，还有对我的期望和祝愿，密密满满的 4 页。

李瑛出生在辽宁锦州，他的父亲从家乡唐山丰润的一个师范学校毕业后，投奔到锦州的一个老乡那里，这个老乡把他介绍到当时叫京奉铁路的锦州列车段当技术员，随后全家人也都跟着他从丰润搬到了锦州。李瑛在锦州度过了一段时光，他说那时他太小，记不起在锦州的事情了。1945 年，李瑛考入北京大学文学院中国语文学系，当时，任教的老师几乎个顶个是了不得的大人物：教"创作实习"的沈从文，教西语的朱光潜、冯至，教"中国文学史"和"楚辞"的游国恩，教"词选"的俞平伯……李瑛和这些老师的关系非常好。这些老师都知道李瑛是一个聪颖、勤勉的学生，却不知道他是个从事革命的地下党员。当时，李瑛的家境不好，很穷困，所以他边念书边做家教或给图书馆整理卡片，赚点钱交伙食费。学生中许多地下党员暴露身份后，只好离校去解放区；李瑛隐蔽得好，他只与外校的地下党员联系，搞串联，写文章，印传单。他把传单从校外寄给自己敬爱的老师沈从文、冯至等，这些老师却不知传单是谁寄的。

1949年，第四野战军组织大学生跟部队南下，李瑛参加了这个工作团，并在由北京和天津20多名男女大学生组成的新闻队担任队长。一个月后又被调出，以新华社部队总分社记者的身份，随军解放河南、武汉、江西、广州直到海南岛，经受了战火的洗礼。解放战争结束后，他被调到总政治部。1950年，李瑛随刘白羽赴朝鲜前线，之后，又曾两次到朝鲜战场。1953年朝鲜停战后，北大校长办公室把保存了4年的李瑛的毕业证书和学位证书给了李瑛。50年代初期，李瑛在总政文化部当秘书，当时的部长是陈沂，副部长是刘白羽。1955年，他调到解放军文艺社，先后任诗歌戏剧组组长、副社长、社长，后又被任命为总政文化部副部长、部长。

30多年间，我同李瑛保持着诗和友情的联系，他的诗和人格为我所崇尚。自从大学毕业走向火热的生活，他一直是纯粹的"业余作者"，他始终不像专业作家那样有较充裕的时间，但他始终锲而不舍地在诗艺的跑道上奋进。他珍惜属于他的每月每日、每时每刻，珍惜每一个黄昏、每一个黎明。他是很会抠时间的人，多年来始终保持着中午不睡午觉的习惯，别人午休时他看书写作。他在给我的信中曾说："对诗的思考，我是只要有一分钟也总要想起它……"

"一个人需要多么长的时间才能严肃意识到、认真思考到、真正懂得大自然赋予我们的恩泽呢?""在生命的黄昏中，我想把自己也把自己所理解的人类置放在广袤的宇宙之间，从那里寻找出生存的价值和生命的意义。"这是李瑛在他的荣登首届鲁迅文学奖新诗奖榜首的诗集《生命是一片叶子》后记中说的话。

> 其实，生活
> 何曾有片刻静默
> 连时间也锈成碎片
> 扑簌簌剥落

生活的永动和时间的飞掠，真是到了一定的年龄才会深切地感受和体验。李瑛差堪自慰的是他没有虚掷宝贵光阴，他这样描述自己的性格："我愿与自己为伴，我不喜欢参加众多人的大聚会；我没有兴趣也无暇去看轻浮无聊、只能用以排遣时间的某些书籍和表演，它们对我毫无意义。我不愿在闲散和嬉笑喧闹中过日子，我喜欢安静和整洁，在安静和整洁的环境中思考，我从未感到寂寞和孤独。我不需要奢侈的生活和享受……"当有人问他吸烟和喝酒与诗的关系时，他回答："我是不吸烟也不喝酒的。如果房子里有烟味，我就要赶紧大开门窗，换一些新鲜的空气进来，然后才能坐下来写诗，至今我还不了解烟酒和诗歌究竟有什么必然的联系。"他安于清苦，只要有诗写，有书读，他便觉得快乐和富足。

李瑛经常强调，在希腊文中，"诗人"这个词的含义就是"创造者"。他引用文艺复兴时期意大利诗人塔索的话"谁配享受到'创造者'的称号，唯有上帝和诗人"之后，说："上帝是不存在的，那么就只有诗人了。但是，今天，我们的诗人们能够在多大程度上配接受这种崇高的荣誉呢？"

我觉得，李瑛是创造者。多年来，他苦心创造的诗的意境和诗的语言已经留存在众多读者的心中。1963 年出版的《红柳集》、1973 年出版的《红花满山》、1980 年出版的《我骄傲，我是一棵树》、1982 年出版的《南海》、1992 年出版的《山草青青》、1995 年出版的《生命是一片叶子》，以及去年出版的《黄昏与黎明》，都可以称作诗的精品。

人们都知道李瑛是部队诗人，的确，他大半生在军营中度过，他的诗也不少是写军人生活、抒发战士情怀的。正如张光年同志早在 1963 年评李瑛的诗时说的："他的思想、感情、经验和才能，就在这个伟大的革命集体中间，年复一年地成长起来。……他学会了用革命战士的眼光来观察世界，观察人，用战士的心胸来感受、思考现实生活中许多动人的事物，并且力求作为普通战士的一员，用健美的语言，向广大读者倾吐自己认真体验过、思考过的种种诗情画意。"李瑛的《一月的哀思》曾使万千读者热泪沾襟，他的《战士们万岁》曾赢得官兵们由衷的赞美，我曾为他《南海》里的那些超拔、空灵的诗作而暗自叫好，也曾为他的《生命是一片叶子》写下感叹的小文。现在，当我捧读他的《黄昏与黎明》，仍为他不锈的笔锋而惊异。他写碑林："在石头深处/带香味的墨汁掺和着血/沿一道道笔锋流出来/在阳光里轻轻颤动并闪光"；他写历史："日浮在潮中，月沉在汐里/一些东西诞生，一些东西死去"；他写烈士陵园："中国地形图上/标出这真正的高峰吧"；他写陕北的小米："至今，摸一摸它们/仍然感到温暖/它们并未因阔别而失去真情/也并未因历史而失去重量"……他的诗笔越发变得灵动和尖厉。可是我更喜欢他的那首《我的另一个祖国》，我甚至希望用这首诗的标题作为整本书的名字。这"另一个祖国"是诗人走进我国西北地区贫困山区老百姓的茅屋之后看到的："低矮的茅顶倚着坍塌的土墙/一户户相拥相挤的苦人家/家家传递的都是愁苦/日子沉重得像石头/贫苦和哑默深不可测/没有什么比这更死寂/

如果不是从墙缝冒出呛人的柴烟／如果不是有狗在门前走过／如果不是墙角开着一株瘦弱的葵花／谁也不相信这是一座村庄／千年也割不断和穷困相连的脐带／没有什么比这更凄惶……"这首 1997 年写于乌蒙山里的诗，透出了诗人沉重的思索，这在李瑛诗中是不多见的。自 1988 年从我军高层文化领导的岗位上退下来，李瑛赢得了 10 年难得的轻松写作的时间，当然他还兼着全国文联副主席等许多社会职务，可是毕竟可以不坐班了，他可以更多地应邀到全国各地去走走，特别是到了我国的西北高原，他看到了穷困地区人民群众真实的生活，感叹祖国在"艰辛中成长"。几十年来，李瑛不怕艰辛，始终保持了不断深入火热生活的习惯，他常说："一个落后于生活的诗人，犹如一名掉队落伍的士兵。"

人们读李瑛的诗往往感受到的只是昂扬向上、挺拔奋进的情绪，却很少有人知晓他遭遇过的挫折和磨难。其实他生命和诗的道路并不是一帆风顺的，1955 年"肃反"时，他曾和公刘、白桦、沈默君、黄胄一起被关押审查；"反右"斗争中，老部长陈沂被打成"右派"，当时包括他在内的两个秘书也跟着吃了"瓜落"，那一位打成"右派"，李瑛被打成"中右"，下放到福建沿海军营里当兵，当时已是营职干部的他，却戴一顶士兵的船形帽儿，成了列兵，但这却使他积累了更多基层战士生活，写作出更多优秀的军事题材诗歌。"文革"中的遭遇就更不用说了，在此期间，他不愿意违心地写作，几乎是搁笔 10 年！

20 世纪即将过去，21 世纪正待黎明。在这个节骨眼儿上，一个老诗人仍满怀自信地歌唱着，他说："我的动力没有衰退，我的活力和创造力甚至比过去还更旺盛，我的艺术感觉和思维能力似乎也比过去更敏锐，我的乐趣和爱好也仍然和当年一样强烈和浓厚，过去的许多欢乐仍不断给我美好的回忆，过去的许多创伤也仍然感到像当时一样疼痛。在我过去的岁月中，曾有不短被侮辱与损害的经历。我常常想起一个人的生命历程，也许不幸的总和要远远超过幸福的总和。我不大顺从岁月的冲刷，始终保持着自己的一片童心。我不封闭自己，也不让别人堵塞自己的任何一条道路。"李瑛这话，饱含着很经琢磨的人生哲理。他年逾古稀之后仍写出《我的中国》这部获得全国优秀图书奖的雄浑深沉、激情不衰的史诗性作品，便是最有力的证明。

原载《辽宁党建》1999 年第 7 期

认识李瑛

韩瑞亭

　　李瑛是一个在诗歌王国里终身服役的勤恳仆人，又是一位甘于为诗而生存、为诗而殉情的痴心恋人。从年方弱冠到临近耄耋之年，不管经历多少社会风雨和人世沧桑，他对诗歌的忠诚与爱恋始终不减，从来未变。这份诚，这份恋，玉成了李瑛和他的诗。

　　迄今为止，李瑛已出版诗集近五十部，按现在通行的计算方法，折合叙事体文字上千万字。数量如此巨大的创作成果，在 20 世纪以来的中国诗人里并不多见。但李瑛绝非是那种恣意挥洒、以创作丰富自乐的浅薄者，他对自己的创作要求甚严、标准甚高，总是孜孜不倦地追求着自己诗作的思想艺术品貌的高标远举、不落凡庸。他的创作一直保持着较高水准的稳定状态，保持着数量与质量的平衡匀称。而到后期，他在创作上的探索愈加活跃，越到老年，他的诗作的思想内蕴与艺术传达方式愈加深化和精到。诚然，一个作家能够写出一两件精品，已属不易，但一个作家在毕生写作中能够始终保持优质高产，并且在每一时段都能拿出属于当时的上乘之作，这就更不容易。在中外文学史上，具备此种长效状态的作家自然有，但不多。李瑛的创作则是又一个显例，可以称之为值得研究的李瑛现象。

　　李瑛并非是一个纯粹的职业作家，他在大半生时间里一直承担了社会分派给他的各种工作职务，或记者、编辑，或出版社社长、文化部部长。他要用相当多的精力和生命时间，去履行这类社会职务赋予他的应尽责任。他的写作都是在业余时间内进行，在别人午休夜寐、喝茶聊天、悠游闲散的时刻，却是他伏案苦思、挥笔成诗的黄金季节。然而，这种职务工作只是消耗着他的生命时光，却不曾磨损和钝化他的创作欲望，也并未捆绑住他的诗情的翅膀。相反，他正是将这类职务工作当成一种生命的触角，随时伸展开去感悟生活，体验人生，观察社会，锻冶心灵，以获取他的诗歌的生活资源和思想资源，为他的诗歌创作输入新的精神动力。李瑛在其新近出版的诗集《倾诉》"自序"中，表白自己对诗与生活之关系的看法，他说："一个落后于现实的诗人犹如一个掉队的士兵，而一个置身于生活之外的诗人则可能是一个荒唐的神话。"李瑛显然是一个与现实保持着密切联系，并时时以真情拥抱生活的诗人。他在 60 年的创作生涯里，一直努力追赶时代、贴近生活，浮游于奔腾不息的生活浪潮里，他或许呛过水、晕过船，有过呕吐和窒息的挫折与磨难，但他却义无反顾地拥抱生活，聆听时代与现实的各种音响，并时时调整着自己的心态，倾力捕捉同时代一起前行的诗情。李瑛的诗是年轻的，因为他一刻也未离开他所热爱的生活，一刻也未离开自己的民族、自己的祖国和人民，他与她们的生存命运和生命呼吸是相连相通的，在她们面前他永远敞开赤子般的爱心，他的诗是为她们而歌唱的。

李瑛的诗是同人民共和国一起诞生、相伴而行的，如果除去他在学生时代所写的早期诗作，李瑛诗歌创作的年轮与人民共和国的生长年轮大体一致，他的诗映射着人民共和国成长发展的历史。李瑛是怀着对新生活的新鲜感与亲近之情，来抒写这一历史生活中令他兴奋、感动的事物和情绪的，这使他的不少诗作往往带有"颂诗"基调。或许有的论者会认为，李瑛的诗作（尤其他前期的诗作）不像有些经历了政治风雨和人生劫难的诗人那样，在诗中带有对历史生活的批判意识，带有对社会现实中某些苦难的揭示，这是否会多少影响到他的诗作的应有深度。这种看法，从某种意义上说固然不是没有一定理由，但就李瑛这样一个具体的诗人而言，他的不少作品基调的形成也有其自身的缘由。他的出身经历和军旅生活环境，使他对自己苦难的民族和新生的人民共和国有一种近乎血缘的亲情，他不能不对她仍欣欣向荣的生活充满爱恋，并由爱而赞，何况这类诗作也并非虚浮苍白、直露浅薄的谀辞，都是带着真情实感的构思精巧、内容广博，源于生活的真诚礼赞，这是每个爱国诗人必然的表现。

李瑛并不只是一位军旅诗人，虽然他在大半生里都是一名职业军人，他所写的军旅诗数量相当可观，这些诗作曾为新中国的军旅诗开拓出一片意象新颖、诗情俊朗的新天地，影响过一代又一代年轻的军旅诗人，滋润过军旅诗的绿色沃土。李瑛的诗意目光在关注军旅生活的同时，也关注着军营以外的世界，他从不将自己的视线仅仅锁定在军旅生活之中。他在上个世纪六七十年代就写过一些农村诗和不少国际题材的诗。80 年代之后，特别在他离开部队生活复原之后，他的诗作的题材领域更为扩展，由军旅生活转向整个社会，由人类社会伸展到自然世界、哲理、生命。他的诗性思维和想象的翅膀，愈加无所窒碍，自由飞翔。对李瑛而言，军旅诗人只是他前期的一种身份，而他更重要的身份是中国公民，他不仅要作为军人向社会发出诗的倾诉，他更要作为中国公民向人类世界发出诗的倾诉。他为寻求自己诗作的表达领域和读者接受领域的不断拓展所作的努力，使他的诗已走出军界，走出国界，走向世界。我看到过一本装帧精美的诗集《日本之旅》，是由日本文化界人士收集编辑并出资在日本为李瑛印制的，足以说明日本友人对于李瑛诗作的珍爱与看重，也证明了李瑛诗的影响已越出了国界。

李瑛的精湛诗艺，得益于他深受传统文化的熏陶，也得益于他在诗歌艺术领域中不倦地探索。他很善于学习和借鉴古今中外各类诗歌艺术的形式和流派的精华，不拘一格，广采博收，化为自己诗艺的养料。他在诗歌艺术上的探索和实验，可谓辛勤劳苦，老而不辍。他从研究外国各种流派、各种风格诗作起步，转而研习中国古典诗词和民歌艺术，同时又吸纳苏俄诗歌与欧美诗歌的新的艺术表现形式，他在自由体、民歌体、楼梯式等诗体方面进行过多样性探索，而在每种体式的探索中他都取得过显著成果，写出了不少精品。李瑛后期的诗作，显得更为自由洒脱，收放自如，飘逸中时见凝重，宏阔中亦露纤巧，其诗艺显然已臻成熟之境。此种境界，乃是他在 60 年的潜心探索中不断地研究、吸收、创化和积累的必然结果。至今，李瑛的诗艺探索犹未止步，他在"从心所欲不逾矩"的年岁，依然如青年人一般在诗歌艺术的海洋中沉浮泅泳，踏浪前行。我说李瑛的诗是年轻的，原因也在于此。

2002 年 4 月

原载《诗探索》2002 年第 3—4 期

我与李瑛的诗

钱振中

我喜欢李瑛的诗，是在参军以后。1969 年迎着珍宝岛的枪声入伍，开始在报纸杂志上读到李瑛的诗作，觉得美妙亲切，从此便一发不可收。大半辈子在读李瑛的诗，沿着他诗的脚印，我在学习，我在感悟，不论顺境还是逆境，他的诗总能给我以鼓舞给我以慰藉，让我感受到诗的灵动、诗的美妙、诗的启迪。

军人，濡染了诗的色彩

在起伏跌宕的人生旅途上，一生有一个最凝重的情结。大半辈子时光，时不时地让我记起六年当兵的历史——激情燃烧的岁月，它给予了我许多，让我终身受用不尽，引以为自豪和光荣。

蜿蜒的行军路上，夜宿雪野人家，极度艰辛的战备施工，热气腾腾的军民联欢晚会……李瑛的诗伴随着我们的军旅生涯，使我们的青春岁月，充满了诗的意韵、诗的色彩，也构成了我们生命的底色。李瑛的诗，浓缩了我们火热的战斗生活，也把我们和诗连在了一起，更使我终生与诗有了不解之缘，读他的诗，学写他的诗，使我有了丰沛的情感体验，在各种境遇下，都能燃起心头激荡的热情，帮助我摆脱繁琐，穿越市俗的烟尘，用诗的智慧感受生活、感受人生，让心头充满阳光。

十八岁参军，正值珍宝岛枪声乍起，怀一腔青春热血，奔赴边疆，那时除了战备训练就是看书读报，我原本喜欢诗歌，特别是反映现代军事题材的作品。当兵以后，报刊上的诗，凡是我喜欢的千方百计把它剪下来或抄下来，百读不厌，其中最多的是李瑛的诗。

记得第一次读到《高山哨所》时，我兴奋不已，为作者深情形象的描绘而赞叹而沉醉，"从什么时候起/这大海忽然静止了奔腾？/威严，雄伟，峥嵘/凝成这险峻的山峰/嗬，看它们一座座凌霄怒耸/黝黑，深紫，透出一片铁青/那里，在那峭拔的山顶/雄峙着我们战士的哨棚。"那时，我们正在大山里驻防，记得，在一个晚霞满天的周末，当我把这首诗读完，大家便边叫好边鼓掌。乘兴，我又读了几首李瑛描写平凡而又紧张战斗生活的诗篇，大家赞叹不已，纷纷抄写，从此，李瑛的名字，深深地印在我们的脑海里。可以说，那时在我们班我们排我们连，在所能看到的报刊上，只要有李瑛的诗，我几乎都要剪裁或抄下来。李瑛的诗成了军旅诗的代表，他优美的诗篇动人心弦，紧贴我们火热的战斗生活，让我们热爱，让我们激动。他的《山中小路》、《紧急集合》、《雪中花》、《海的怀念》、《高高的白杨》等等，我们都非常喜欢，它就像一只报春的鸟，让我们感受到平凡紧张的生活有滋有味，从他的诗里找到了自己，找到了蕴藏在生活中的本真，紧张艰苦的战备生活多了一缕金色的阳光。他在《霜降》这首诗里写一年前，一位老大娘深夜为子弟兵缝补衣裳的故事，有这样的描写："然后又一针针，一针针/缝补我们磨破的衣裳/针呵，线呵，直牵来破晓的阳光/闪亮的白发，摇曳的灯火/干练的手指，深情的目光/永远印在我心上……/此刻呵，我们仍像睡在你身旁/江南塞北的母亲哟，正是你如火的爱/融化了窗外万里寒霜……"读着这样的诗句，我们倍感亲切，我们的眼前浮现出一幕幕感人的场景，想起了远在千里万里的老母亲。这本是发生在我们身边的寻常故事，但在诗人的笔下，却展示出崇高美好情愫的诗的意境。我们在他的诗里找到了自己的影子，升华了自己的境界，培养自己的情操。尽管当时我们意识不到这些，但是，在那个艰苦复杂的环境里，在那个特殊的年代，我们笑对一切艰险，知难而进，快乐地生活，不断地充实提高自己、把握自己，可以说，我们还是一个合格的兵。记得那年老兵复员，在欢送晚会上，我朗诵了一首李瑛《哨所日历》的诗，其中有这样一段："果树在我们身边开花/稻田在我们眼前熟遍/春秋在我们脚下交替/日月在我们肩头换班/那面哨所的小窗呵/就是高悬的日历/那条磨光的石板路呵/记着时间的长短/建设我们伟大的祖国/需要个十年百年/那么，让我们练硬翅膀/一辈子守卫她万水千山……"老兵们感动得流泪了。有的老兵把这首诗抄在自己的笔记本上，作为自己离队的纪念。

这就是李瑛的诗，它让你自觉不自觉地走近他，他的诗总能给你启示，给你鼓舞，给你力量。

红花，战士生命的情意

那时，我们总在猜想，李瑛是怎么样的一个人？他的神来之笔，他作品的鲜活与魅力，让我们感到，他一定是一个生活在战士堆中的大诗人，或者是一个经历非凡、当过兵的、专门写咱们战士的文艺工作者。有的干脆说，李瑛就是李白的转世再生。那时，军旅诗人有许多，我们把李瑛尊为至首。1973 年，部队执行任务，驻防绥棱县阁山，那里是很艰苦的。印象最深的是全排 40 多人，挤在一个大屋子里，又没有水，大家洗脸用一盆水，谁也不准用香皂。尽管很苦，但大家很快乐。附近有一个地区的五七干校，干校有个小商店，在那里我意外的看到李瑛新出版的诗集《红花满山》，我简直喜出望外，我忘情地在那里翻看，有如饥似渴的感觉。记得正是商店下班的时间，我身上的钱又不足，那位售货的女服务员，看我迷恋的神情很感动，我很不情愿的把书交给服务员，并嘱咐一定给我留着。那位服务员看出了我的心事，笑着说，"你们不就是在这山上住吗？"我点点头。"把书拿着吧，不然你会睡不好觉的。"我当时感动得不知道说什么好。那一晚，我们传来传去地翻阅着，大家都很兴奋，特别是篇首题记，如一团火点燃了我们的激情："看那满山满谷的红花，是战士的生命和青春。"从那天晚上，大家记住了这句形象生动情满意浓的格言，而且永远地记住了。记得，第二天我去交钱，随后，战友们蜂拥而至，把所剩的十几本诗集都给包了。那位服务员笑望着说："好家伙，真有号召力，成了抛砖引玉了。"事后听说，那位服务员的丈夫原来也是在部队服役的一位干部。

30 年后，在北京李瑛的寓所，已进入天命之年的我，斗胆捧出我的诗集，并在扉页赠言的落款处写到："我是您满山满谷红花中的一朵……"满头银发、年近八旬的李瑛见此，拍着我的肩膀，开心地笑了。我难忘的阁山，我们在那里度过了一段闪光的日子。那时，不论会不会写诗，人人都写了几首，在诺敏河畔，在高高的山冈在密密的丛林，大家互相朗诵着品评着，充满了无限的乐趣。在那里，我们一有活动，或会餐，或周末三三五五聚会，大家争先恐后地朗诵李瑛的诗，朗诵自己学写李瑛的诗，那种气氛非常热烈。记得，当时我模仿李瑛的《山鹰》也写了一首，30 年后，李瑛认真看了这首同题诗，连连说："写得很好！很好！"不久一个战友探家给我带回一本《枣林村集》，我如获至宝，喜欢得不得了，至今，这本书还伴随着我。作者从一个战士的角度，以清新的笔调、简练的语言刻画出一大群枣林村栩栩如生的农村人物形象，真实细致深刻地反映出那个特殊年代枣林村的生活图景。50 多首诗，我们把千里野营大拉练，一路行军一路歌，所经过的村村屯屯串联起来联想起来，一幅幅山村的生活图景浮现在眼前，一件件感人的故事让人情动于心，一个个鲜活的人物举目可视。特别是我把枣林村视同我梦魂萦绕的故乡，诗中描绘的人物在我眼前活起来，《初进枣林村》、《雪夜》、《编篮》、《队长》、《王老汉》、《"红保管"》、《照相》等我非常喜欢。大家把这本书传来传去，大都是山里娃，读来感到特别亲切。特别是作者刻画的生产队里众多的人物，他们鲜明的时代特点，他们特有的性情禀赋跃然纸上，可以说都是身边的人身边的事。通过《红花满山》和《枣林村集》，我们知道李瑛是个老战士、老首长，又是一个老牌大学生，他不但善于开掘平凡紧张的军营生活，而且还将笔触延伸到小小的山村，写得那样优美动人，战友们由衷地从心里敬佩他。当时我发誓，将来我一定代表你们去看看他，有的打趣地说："你做美梦呢?!"我说，只要咱们坚持写，一定会感动"上帝"的。30 多年了，我没有停笔，尽管遇到那么多艰难困苦沟沟坎坎，诗，给我慰藉给我力量，虽然没有传世之作，但，它抒情言志，让我从纷纭的生活里，感觉一种诗意，寻找一种快乐。多少年来，我每到书店都要找寻李瑛的诗集，归拢起来也有 20 多本。几十年来，李瑛与时俱进，紧跟时代的脚步，坚持为人民歌唱，已出版 50 多部多样题材、多种风格的精品力作，成为中国诗坛的"不老松"。他虽然身居高位，但他始终是个战士，正如有一位评论家所说，李瑛是"战士的卓越诗人，诗人的杰出战士"。李瑛在我们心中就是一朵艳丽的红花，一生怒放在我们这些老兵的心窝里。

诗意的生活　诗意的人生

当兵六年，复原回乡，在辗转的人生路途上，读诗写诗成为我主要的业余爱好。我继续追随李瑛的脚步，感悟他诗的风韵，他燃烧的激情和崇高美好的思想。他的诗，给了我很大的鼓舞，对我的诗歌创作也产生了很大的影响。岁月如流，往事如烟，一晃，我已年过半百。坎坷人生路上，经历了风霜雨雪，但不时觉得心头暖暖的，回首往事，深深地感悟，读诗写诗，丰富了我的精神生活，清净了我蒙尘的凡俗之心，挥抚了我浮躁骚动的足音，有一种疏朗怡然的感觉，使我不论在什么情况下都在努力寻找那种"春柳笼烟织梦"的意境。

系统的读李瑛的诗是从《红花满山》、《枣林村集》开始的，以后又找到《红柳集》、《进军集》，复原回乡以后，读到的就更多了。李瑛的创作真如不竭的喷泉，半个多世纪以来他的多产令人惊叹，而且，每部作品都是沉甸甸的，每首诗都流淌着清馨自然的美，他善于从生活的深处挖掘出诗的意境。如果说，李瑛军旅题材的诗，是战士生活的真实写照，是对他们的鼓舞和讴歌，那么他广阔的社会题材的诗更体现出对党对祖国对人民命运倾注的无限深情，读来让人激情澎湃。《一月的哀思》曾让多少读者热泪横流，《山草青青》、《生命是一片叶子》、《黄昏与黎明》等诗作，滋润读者的心灵，给人美感的享受，深刻的思想反映了他的笔触已伸向他所能感知的每一个角落，具有鲜明的时代感和强烈的艺术魅力。他的诗都是有感而发，虽是抒情诗，但也有的似小叙事诗，读来，感同身受，特别是很多诗充满人文关怀、人生感悟、历史追思的诗深沉而凝重，豪迈而激越。如他写碑林："在石头深处/带香味的墨汁掺和着血/沿一道道笔锋流出来"；他写烈士陵园："中国地形图上/标出这真正的高峰吧"；他写养育中国革命的陕北小米："至今，摸一摸它们/仍然感到温暖/它们并未因阔别而失去真情/也并未因历史而失去重量"……近些年来，他的一些放歌大西北的诗，如《我骄傲，我是一棵树》、《我的另一个祖国》、《多梦的西高原》、《黄土地上的蒲公英》、《远方》等，直面现实人生，把大西北的辽阔苍凉和人民生活的艰辛困苦表达得淋漓尽致，给人以无限的遐想和深深的思索。正如他在《我的关于西藏的诗》中抒发的："我是说我的关于西藏的诗/应该像鹰，或者像牦牛，像青稞，像石头/从心灵、血液到意志/庄严、坚强而美丽/美丽得古朴而神奇/神奇得苦涩而悲楚/我是说我的关于西藏的诗/至少应该是它们生命的深沉的投影。"他在《哈纳斯湖之恋》中写道："一转身，我才发现/我的心已挂在你的枝头上/像一片闪烁的叶子/像一只红红的果子/那不是一只忙碌筑巢的鸟吗/它要在这里终生永住/陪伴你月月年年。"诗人对他脚下大西北的土地，充满了多少深情和爱恋啊。这些以西部诗为代表的大量的非军事题材的诗作，使李瑛的诗又一次异峰突起，可以说，跃上了一个新的高度。当我读了他的《黄昏与黎明》、《出发》的诗章和后记，了解了诗人并非"一帆风顺"的人生，而同样是充满了曲折遭际后，一方面感到震惊，一方面更对诗人的思想感情、性格禀赋，特别是他的使命感责任感，赞叹不已，崇爱有加。他写的父亲、母亲，让我的心灵许久地震撼。他一生写了那么多充满激情充满阳光的诗，没有流露些许的感伤和个人的私怨，这是多么难能可贵啊！他爱诗如爱自己的生命，他为之付出了自己的青春和一切。他晚年写就的《我的中国》、《倾诉》等是那样得细腻优美，是那样含蓄深沉，又是那样大气磅礴，让人读后心灵受到强烈的震撼和深刻的启迪。此外，李瑛还写了那么多海外题材的诗，都写得别有韵致，极富感染力。

一生读李瑛的诗，学写他的诗，但自己只停留在有所感悟上。回首检视自己起伏跌宕的一生，诗歌的信念也是组成我精神动力的重要部分。正如李瑛在接受采访时所说："在我的一生中，诗始终伴随着我，即使在我最繁忙的工作中，只要稍有余暇，我便读诗写诗，或做对诗的思考。……特别是当我苦闷痛苦时，便拿起诗来读，诗常给我慰藉、解脱，给我美的情感享受，使我暂时忘却烦恼；尤其是当我一次次处于逆境时，我常以诗来排遣消极纷乱的思绪，使我进入另一个世界。……可以说，从我接触诗起，它便同我结下了不解之缘，它营养了我的思想感情、性格禀赋，滋润了我的心灵，帮助我生活和成长，但诗也给了我不少磨难和痛苦……"这就是李瑛，他真挚坦诚、深沉凝重的话，代表了我们一辈子读诗写诗的人共同的心声。

五十岁，我紧握诗翁的手

人到了一定的年纪，往往对自己毕生钟爱的事业产生一个大的情结、一个新的意念。一辈子喜欢李瑛的诗，读啊写啊。它滋养了我的心灵，充实了我的生活，在诗的王国有所追寻，有所依托，有所至爱。我在出版了第二本诗集，即域外题材的行吟诗集《在海那边》时，便产生了一个念头，一定进京拜见李瑛老师。在著名诗人，也是老乡挚友李松涛的热情帮助下，于2002年8月份，实现了我的夙愿，这是留给我一生最美好的回忆之一。

记得那天，骄阳似火。我们兴冲冲地登上北京李瑛的寓所，开门迎接我们的正是我急切想见到的李瑛部长（松涛这样称呼他）。当我紧紧握住他的那双温润强健的大手，望着他慈祥亲切的面容，我激动不已，我真的想不到，眼前这位平实质朴的老人，就是我毕生尊崇、做梦都想见的大诗人，就是我紧紧握住的，这双平凡而又温润的大手，竟流淌出那么多情满意浓的优美诗篇。落座后，我们的话题自然是诗。李瑛和松涛都是首届鲁迅文学奖获得者，他们谈起诗界的逸闻趣事，不时发出爽朗的笑声，我一时的拘谨也被打破。松涛向李部长介绍了我的一些情况，他不时地颔首微笑。我向他赠送了我已准备好的两本书，一本是我的诗文集《岁月情结》，一本是域外题材的行吟诗集《在海那边》。他对我的创作成果给以了很多鼓励。我说："你在收到我寄给的诗集后，亲笔复信给我，让我深受感动。"他微笑着说："写得很好，应该鼓励。你们工作在第一线，能写这么多东西，很不容易。"当他看到我在《岁月情结》的扉页赠语："你是让我一生以诗为伴而又精神明亮的人，我是你满山满谷红花中的一朵……"时，他笑了起来。我向他谈了大半辈子读诗写诗的体会和感受，特别是谈了对他的诗的钟情和热爱，他听得非常专注动情，不时地谈起当年的创作背景和一些难以忘怀的往事。给我印象较深的一句话是：诗写出来让人看不懂不行，诗总按着老套子写也不行，诗总是要反映人民反映时代，它更需要有新的表现方法和新的面貌。他的话素朴平淡，却意蕴深沉富有哲理，凝结着他毕生的写作实践和深切的感悟。我们谈得很热烈很深入，仿佛是一对忘年交。这也正是李瑛的魅力所在，也是他能成为战士的歌手、人民的诗人的底蕴所在。我背诵了学写他的诗作《山鹰》，他不由得哈哈地笑起来，连说："看来，你是真的把我的诗读进去了。"我接着说："岂止是读进去了，我们都模仿着写，你的诗对我们的鼓舞教育作用太大了！"我讲了当时的情景。听到这里，李瑛竟像孩子般地朗声大笑起来。他的笑声也感染了我们，也让我们看到了李瑛灵动豪放真挚的诗人气质。那天，碧空如洗阳光灿烂，李瑛部长心情特别好，非常亲切地一一回答了我提出的种种问题，最后，他闪动着深邃而富于想象的眼睛，动情地说："诗写到今天，需要大家共同探索。中国可是一个诗的大国啊！诗的探索是没有止境的……"多么博大的胸怀，多么美好的情愫，多么深刻的感悟，多么深厚的情谊。我望着这位毕生倾情写诗，50多年来共出版了各类诗集和诗论集50多部，可谓当代之最的战士诗人人民诗人，崇高的敬意油然而生。

从那次见到李瑛到现在已经五年了。其间，他老人家竟亲笔签名给我寄来两本新作，一本是《远方》，一本是《出发》。捧起他厚重的诗集，看见他亲切的笔迹，真是感动不已！这是他对于一个远方的业余作者、一个没有名气的读诗写诗的人莫大的鼓励和鞭策。一个宽厚慈爱的大诗人的形象永远令我们后辈垂手仰望，是我们为诗为人的尊师和楷模。

2007 年 12 月 22 日

诗坛的常青树

——访诗人李瑛先生

刘士杰

　　早在大学时代，我就酷爱李瑛的诗，记得那时我经常翻阅的诗集就是他的《红柳集》，我甚至能背诵其中的精彩诗句。我第一次见到李瑛先生，大约是在 70 年代末，那一次我是特地拜访他的。记得那时我非常激动，终于见到我仰慕已久的诗人了！那心情颇类似现今的追星族看到自己所热爱的明星一样。此后，我和他时或在各种诗歌会议上见面。当然，在那种场合是无法畅谈的，而我有一些问题要向他请教，于是，按照我和李瑛先生事先约好的时间，我登门拜访李瑛先生。

　　李瑛先生热情地把我迎进屋内，让我在客厅的沙发上坐下，并端来了一杯茶。我环视四周，这屋子虽然比 20 多年前大多了，可是陈设依然简单，显得朴实无华。

　　李瑛先生说："我可能和一些同志不太一样，我怕见记者，也没有更多的话说。"

　　我笑道："这样看来，我是有大面子了！"

　　李瑛先生也笑了，说："你和他们不一样，我们是老熟人了！"

　　我想：李瑛先生一定还记得我第一次访问他的情景。谈话气氛变得十分亲切。

　　尽管我对李瑛先生的大致情况有所了解，但我还是愿意李瑛先生亲口谈谈他走上诗歌创作道路的经历。

　　李瑛先生告诉我，他的老家是河北省唐山市，父亲在铁路上工作，当个小职员，是个小知识分子，和母亲一起住在铁路上的工房里。李瑛在唐山读高中时，就开始写诗了，还出了第一本诗集，在学校里和同学们搞一些文学活动。后来，他被学校开除了！理由是说他的思想太激进。那时还是日伪统治时期，每个学校都有日本教官。李瑛听说学校还要抓他，于是就流亡到天津。1945年，李瑛考上北京大学。至于为什么要考北大？李瑛是这样解释的："一是因为北大的文学院是很有名的，我特别羡慕北大拥有很多有名的教授、作家、学者；二是我听说北大有最好的图书馆，里面藏书非常多；三是北大是国立的大学，学费就低些。"李瑛先生还告诉我，他读高中、大学，都是自己打工挣学费。在北大，他去图书馆抄卡片，通过学生会找工作，甚至去给小学生代课。在图书馆打工时，他读了很多书，教过他的教授有沈从文、游国恩、俞平伯、冯至、孙楷第等。

我知道抗战爆发后，北大、清华等名牌大学都迁徙到南方昆明，成立西南联大，便问李瑛先生，这个北大与西南联大是什么关系？李瑛先生说："1945年8月15日，日本宣布无条件投降。我们是9月10日开学。西南联大搬回来前，有一个敌伪时期的北大。我们上学时，日本已经投降，就叫临大补习班，直到1946年，西南联大搬回北京，原北大学生一分为三：一部分到清华，一部分去南开，一部分是北大。"

我问："那时师母在哪里？"

李瑛先生说："老伴那时和我一块考的北大，我和她是大学同学。后来她被分到南开，因为她家在天津。我和她一起搞地下工作，她在南开搞学生运动，我在北大搞学生运动。在北大读书时，1946年、1947年爆发了反内战、反饥饿运动。就在1947年，我参加了地下党组织的学生活动，1948年入了党。地下党是不公开的，只是单线联系，有很多系统，互相都不认识。我们系统的同学后来有的留在北大教书，有的在《人民日报》当副总编，有的在新华社工作，现在他们都已离休了。北平解放后，组织上把地下党都公开了。这时候，同学们才发现：你是地下党，我也是地下党，你是这个系统的，我是那个系统的。"

我又问："当时，面对留京还是南下这两条道路，您为什么选择了南下？听说您是大学没上完，就投笔从戎了，是这样吗？"

李瑛先生说："我参加地下党后，读了很多解放区的书。1942年5月，毛主席的《在延安文艺座谈会上的讲话》发表，我在1946年才读到。毛主席不是说有出息的知识分子，要到火热的生活中去吗？我想学校的生活太狭窄，我希望到更广阔的地方去看看。当时组织上跟我谈，问我：'你是留在北平搞接管，还是愿意跟着部队南下？如果你去搞接管，可以分到军管会文教部门，可以去新华社、《人民日报》社以及其他机关搞接管工作。'我说，我要南下去打仗，我要将革命进行到底！1949年1月，解放军进城，我是1949年3月离开北平南下。有的诗歌史说我大学没毕业就南下了，这是不准确的，是毕业了。我们大学四年级的学生，原来每人要交一篇毕业论文，但是适逢北京解放，四年级的学生不再写论文了，都来学党的文件和《将革命进行到底》等一些政策性的文章，学完了就分配工作。参加党的地下工作的党员们因为已经读过这些文件，可以直接分配。我愿意南下打仗，还有一个原因，是因为我想写作。后来，到了1953年，北大在报纸上看到我发表的诗，通过报纸才知道我具体的通讯处，给我来了信，告诉我我的毕业证书在学校放了很久了，因为找不到我。他们说我南下时已经毕业了，因此请我去学校领取毕业证书。"

我问："您南下打仗，那师母呢？"

李瑛先生说："我们是1948年年底在北京结婚的，次年3月我们一起南下。那时，第四野战军政治部组成一个'南下新闻队'，我当队长。队里有二三十个大学生，来自北大、清华、燕京，还有北京师范大学，队员被分在各个部队，跟着部队南下，进行采访、写报道、做战勤工作，我们在追击途中解放武汉、广州。广州解放后，我又到柳州搞接管，回到广州后，部队准备渡海解放海南岛。当时因为没有军舰，靠的是木船，在海边准备了两个半月，直到4月底被调回四野政治部。当时四野文化部成立，部长是陈荒煤，宣传部长是王阑西，政治机关在武汉。"

我又问李瑛先生："开国大典时您在哪里？"

李瑛先生说："开国大典时，我们正在开往广州的进军路上，广州是1949年10月中旬解放的。我回到武汉后，跟陈荒煤工作了4个月。后来总政治部成立了，罗荣桓当主任，要从部队中插调一些文化水平较高的知识分子，把我从武汉调到北京，从此我就一直留在总政治部。我到总政不久，抗美援朝战争爆发了，时在1950年10月。罗荣桓主任说，有些学生、知识分子需要下去锻炼，了解朝鲜战场的情况。当时总政的文化部部长是陈沂，副部长是刘白羽。我跟随刘白羽一起被派去朝鲜，了解出国部队政治工作的情况，并进行战地采访。那时，北朝鲜非常冷，条件又特别艰苦，连防空洞都没有。那一次，我们在朝鲜待了 3 个月，回国后，白羽同志写了一本书《朝鲜在战火中前进》，由上海文艺出版社出版。我写了一本诗集《战场上的节日》，这是我第二本诗集。第一本诗集是《野战诗集》，是我离开学校南下时所写。1950 年整理成书，出版于 1951 年。1953 年 7 月，朝鲜停战，之后，我又随陈沂同志去过朝鲜两次，前后三次加起来有七八个月。"

我有一个长期萦绕心中的问题，现在终于可以寻求到答案了，我问李瑛先生："我冒昧问您一个问题：有人说您是不倒翁，是福将，即使在'文革'中也没有受到冲击，依然可以出诗集，事实是这样的吗？"

李瑛先生笑了，摇摇头说："建国以来的每次政治运动，我都受到牵连。1955 年，批判所谓的胡风反革命集团，仅仅因为我在大学时写过一篇长篇论文，谈绿原的诗，发表在学生的刊物《诗号角》上。因为绿原成了胡风集团的骨干分子，就怀疑我也是胡风分子，就把我关起来了，和白桦、公刘等一块受审。刚放出来，1957 年反右时，陈沂部长被打成右派，我给他和刘白羽当过秘书，自然又审查我，最后定为中右，调离工作，内部控制使用。到了 1959 年反右倾，批判彭德怀，又审查我：因为我去过朝鲜战场，彭德怀接见过我们，请我们吃过饭，我又写过有关彭德怀的文章和诗，在《人民文学》上发表，就说我跟彭德怀有关系，没有划清界限。一直到'文化大革命'，我受的冲击就更多了。那时，《解放军文艺》被指为黑刊物，被迫停刊，人员解散，我被分到原来所在的广州军区等待处理。身上许多病，长期得不到治疗，至于说在'文革'中出版诗集，事实是我在'文革'前就把书稿交给出版社，本来要出版的，'文革'来了，书稿就压在他们那里了。到 1973 年'913'林彪事件以后，开始'批林批孔'，出版社的工作部分恢复，他们就把压着的书稿找出来，我坚决拒绝了当时倡导的诗风，又经审谈，才得出版。"

原来是这样！今天李瑛先生向我讲述往事，总算使我长期的疑团为之冰释。

我又换了一个话题，我问李瑛先生："现在一提起您，人们就会把您和战士诗人联系起来。我想问您：您更希望别人称您为战士诗人，还是知识分子诗人？"

李瑛先生明确地说："我不大同意始终把我称为战士诗人，我在部队里工作，我熟悉部队生活，自然也就比较多的写部队生活。我不能写我不熟悉的生活，这是很自然的，因此，我写了大量的军旅诗。然而我认为，一个诗人，他应该是属于他这个民族，属于他这个国家，属于他这个时代的，而不好先入为主地把他叫作战士诗人、工人诗人、农民诗人或知识分子诗人。写作内容和风格不能完整概括一个诗人，我写部队题材的作品只占我作品的四分之一。我也读到一些写文学史的理论家、诗论家们把我归为战士诗人。我离休至今18年了！18年中出版了18诗集，其中没有再写战士的诗。我在离休前在部队工作的时候，也并不是只写战士诗。我是在战士中间成长起来的，我的作品里面一部分是写我熟悉的部队生活，这是很自然的。但是，我在写这些题材的同时，还到祖国各地，也写了大量军外题材的诗，还访问过很多国家，写了不少歌颂世界人民友谊的国际题材的诗。简单称为军旅诗人，只谈我的部队题材的作品，对一个人的创作来说，未免太片面、太不完整了！我至今出版了50多种诗集，其中军旅题材的诗集还不到10本，大部分都不是军旅题材的。战士诗人是很光荣的称号，说我是军旅诗人的代表人物，没有什么不好，但是如果要完整地论述一个诗人，他的诗的风格和艺术追求有发展，他所写的诗的主题和题材范围也在发展，就须科学和准确，应该全面地看他在诗歌史上所做的工作和贡献。我是有自知之明的，不要不切实际地夸大我，但要客观地、实事求是地评价一个人的功过就好了。"

话题又转到西部诗，我知道李瑛先生这些年写了许多西部诗。其实，李瑛的西部诗最早可以追溯到上个世纪60年代，他的脍炙人口的作品如《敦煌的早晨》、《戈壁日出》、《红柳、沙枣、白茨》都属于西部诗。说起西部诗，李瑛先生显得异常兴奋，滔滔不绝地向我讲述他在西部的经历和体验。李瑛先生有如此浓重的西部情结，真让我感动。

李瑛先生说："我十几年前就有意识地关注西部，就开始写西部诗。"我理解李瑛先生的意思，如果说40多年前，他是偶尔的写了一些西部诗，那么，十几年以前，他是自觉地集中时间和精力投入西部诗的创作了。

李瑛先生接着说："西部地区我几乎全都跑遍了，云南我去了七八次，新疆我去了五六次，西藏也去过好几次。我到新疆写戈壁海，到西藏写雅鲁藏布江，到甘肃写敦煌，到青海写地平线，到宁夏写贺兰山，到云南写云南的云，到广西写漓江的微笑，到山西到陕北写黄土地情思，每一省我写的组诗多的50首。我在70岁的时候，还到了青海唐古拉山海拔5000多米处。我走的是青藏线，就是现在修青藏铁路的地方。那里空气稀薄，有高原反应。我知道，年纪再大，去那里就越来越困难了。我先到西安第四军医大学，医生一定要我检查身体，怕我去那里出事，说没有像你这么大年纪的人还跑这么远。检查结果是我有心脏病，不同意我去。因为我去之前，组织上向他们打过招呼，总后还派了一位同志全程陪着。我对他们说，我从西安到西宁，那里海拔已有 3000 多米，到西宁我就不往前走了。到了西宁之后，又让我检查身体，医生说最好不要去。我说还是看一看，到前面格尔木就回来。我坚持要去，他们只好让我去了，那里有个 22 医院，又要我检查身体。因为按照规定，凡是上线要到拉萨去的，都要在这个医院检查身体。即使像感冒这样的小病，到那里死亡的可能也很大。因为缺氧，走一天也没有人烟，得了病来不及往回送，无法抢救，就相当危险。所以他们不让我去，见我坚持要去，他们只好又增派医生护士，带上氧气，怕汽车抛锚，特地派了两辆车。他们说最大年纪的人只能到昆仑山口，不能去唐古拉山。昆仑山口是海拔 4000 多米，而唐古拉山口则是海拔 5300 多米。我说我到昆仑山口看看，如果喘不过气来，有反应，就立刻回来。他们拗不过我，就这样步步为营，整个翻过了唐古拉山，到了拉萨采访了几天。去那里不可能没有反应，所以，后来他们说：'你真冒险，你还真是不错！走青藏线，而且住下来，采访一个个兵站，你是年龄最大的！'"

我非常佩服李瑛先生的勇气和执着精神，可也为他感到后怕，我问："您回来后肯定写了许多诗吧？我想您是当时记下素材，回来后再写成诗，是吗？"

李瑛先生说："回来后，我写了《青海的地平线》、《雅鲁藏布江的霞光》等组诗，每个组诗都有四五十首，我写了近 400 首的西部诗。按照我的写作习惯，看到那里的景物，激发我的情感，勾起我的一些想法，就记下来。在外地无法写完，回家后就翻这些日记，写成诗。写完后，放一下，过一段时间再修改。"说到这里，李瑛先生似乎沉浸在对西部无限的眷恋之中，他接着说："1956 年我去新疆时激发了心愿：就是以后一定要把我国大西北跑遍，看一看那里的山川草木、少数民族。后来，陆续在工作中，特别在离休后得以实现这个心愿。跑了那么多地方，写了那么多西部诗，后来还出了书，如《睡着的山和醒着的河》、《多梦的西高原》、《黄昏与黎明》、《倾诉》等。后来，中央决定开发大西北，对西部大开发、西气东输、修筑青藏铁路等这些消息感到非常亲切，因为那些地方我都去过。我写了一首 400 多行的长诗《醒来的塔里木》，表现西气东输这一巨大工程，我认为我们诗人到那里去深入反映当地的人民与生活是太不够了。有的同志问我：'这些年你写了大量的西部诗歌，还得了一些奖，为什么他们不把你当作西部诗人呢？'我说：'这个我就不知道了。'怎么称呼我，我也不管。我到那里去时，心里总是十分激动，这是多么好的生活的富矿啊！该好好挖掘，写时代，写社会，写大自然，写那里的老百姓的命运和心灵。我到草原，钻到帐篷里可以喝奶茶，牧民们敬你牦牛奶，甚至还要为你杀羊，款待你这个远方来的客人。你到新疆，当地人会抱着大西瓜，给你馕，给你吃抓饭。你到祁连山、河西走廊，这些古时征战之地，汉代名将卫青、霍去病在西域建功立业的地方。我非常喜欢唐朝的边塞诗，边塞诗中所写的是古人曾经征战的地方。我今天到这人文古迹去寻古，看长城、古战场，你捡起一颗石头来都会引起无限思绪。那里也是革命战争中西路军战斗过的血火纷飞的老地方，那种惨烈与悲壮，使人难忘，我总觉得自己有责任把它们写下来。我不管别人有没有写，凡是激动了我思绪的，我都想写。自然风光我当然很喜欢，但比较起来，我更喜欢人文古迹。自然风光如漓江的山水、黄山的松树和云海、张家界那突起的群峰，这些自然风光给你关于人和自然乃至哲学的很多联想，激发你的诗情，陶冶你的情操，是一种非常美的享受。但是对我来说，我更喜欢人文古迹。比如，你登上嘉峪关的城楼，摸摸城楼上的垛口，这是当年架炮的地方。当年的烽火台现在只剩土堆了，虽然只剩下土堆，我还是愿意去摸一摸、看一看。我去过文成公主走过的地方，如青海湖、倒淌河，还有当年的丝绸之路，行进过商旅、驼队，你看那里的一草一木、一个土炮、一个砖块，都会引起你很多的遐想，有许多故事和传说，为什么不能写出很好的诗呢？我国古老的文化并没有死亡，它们是有巨大生命力，它们企望着后世的子孙能去看望它们。我在新疆茫茫无人的大戈壁里，坐在那里看日出，看日落，这是在别处难以享受得到的。通常人外出都希望到大城市，我对去大城市兴趣不大。因为北京就是大城市，吃住本来就很好了，所以我喜欢到更能体现人和自然和谐相处的、原生态的大自然中去，去追求质朴的美，喜欢游历体现祖国悠久历史的文明古迹、人文景观，喜欢亲自触摸不同民族和种族的绚烂多彩的文化。"

李瑛先生还告诉我，半年前他到山西去，全省都跑遍了。到了古来必争之地雁门关，还去了刘胡兰的家乡云周西村，看了她被捕、审问和就义的地方。回来后，他写了组诗《刘胡兰》。上个月，他刚从四川回来，这次他到了二郎山腹地、茶马古道，看到茶马古道如何穿过深山，知道古驿站是什么样子的，听了许多古道上发生的故事和传说。

我听着李瑛先生饶有兴味的娓娓讲述，不觉心驰神往，仿佛跟随李瑛先生也到了那些神奇而美丽的地方。

最后，我问李瑛先生除了写诗以外，平时还做些什么。李瑛先生说："因为近年视力不好，医院好几次催我动手术，我都没去，所以诗歌报刊就读得比较少了，我对当前诗歌就没有多少发言权了。我尽量减少一些活动，以便腾出时间多读一些以前想读而顾不上读的有关历史、哲学的书。"他还说："你有一篇文章写到我的近作中所出现的现代倾向，与其说是诗风的嬗变，毋宁说是我早期诗风的某种复归，写得比较符合实际。"听到李瑛先生肯定我那篇论文，我感到非常高兴。

告别李瑛先生后，我在回家的路上，陷入沉思：有人说诗是青春的花朵，缪斯只钟情于青年。而李瑛先生年近八旬，却依然诗思如泉涌，佳作迭出，这是为什么呢？我想，这是因为李瑛先生始终保持一颗年轻的诗人的心，始终以纯真好奇的眼光观察世界，始终以如火的热情拥抱生活，所以才能从丰富多彩的生活中，从千姿百态的大千世界中，源源不断地汲取养分，才能不断创新，写出无愧于时代、无愧于人民的优秀诗篇。

诗人的青春永驻！李瑛先生有一本获奖诗集《我骄傲，我是一棵树》，我想，李瑛先生真正堪称诗坛的常青树。

2005 年 4 月 17 日

原载《诗选刊》2005 年第 7 期

李瑛访谈录

张大为

张大为（以下简称张）：您是怎样开始诗歌创作的？

李瑛（以下简称李）：上个世纪 40 年代初，正是我国抗日战争最艰苦的阶段，国家危难民不聊生，处在沦陷区凋敝小城读中学的我，整日只有迷惘和惶惑，许多心头的谜团得不到解答，便从图书馆借书来读，想从中找到对未来的答案。从这时开始，接触到"五四"新文学，最初是鲁迅的小说，后来又读到高尔基和普希金等一些外国作家的作品。当时只是盲目地阅读，但有些小说中人物的命运和诗中的激情，深深地感染了我。那时，学校的国文老师喜欢写诗，我父亲又是旧制师范毕业的学生，他对中国古典小说和诗词的倾慕，都给了我很大影响，便促使我兴起写作的尝试，自然都是表现当时心头的彷徨和苦闷、困惑和疑虑。后来和同学们一起组织了一个"田园文艺社"，开展文学活动，又联系到一家小报的副刊发表作品，就更增加了我写作的兴趣。应该说，当时，我对诗、对文学，既不理解它的深刻含义，也未做过认真的思考，只是出于幼稚的爱好和肤浅的兴趣。1942 年春，我的一首诗《播谷鸟的故事》第一次得到发表，以后，我就把它当作我从事创作生涯的开始，直到后来考入北大读书，才较多地认识了文学，也较多地发表了诗作，坚定了我写诗的决心。

张：是什么样的诗歌信念和精神动力支持着您漫长的 60 年的创作历史、50 本诗集的写作奇迹？诗歌与您的生命历程的关系是怎样的？

李：在我的一生中，诗始终伴随着我，即使在我最繁忙的工作中，只要稍有余暇，我便读诗、写诗或做对诗的思考。特别是当我苦闷痛苦时，便拿起诗来读，诗常给我以慰藉、解脱，给我美的情感享受，使我暂时忘却烦恼；尤其是当我一次次处于逆境时，我常以诗来排遣消极纷乱的思绪，使我进入另一个世界。许多中外诗人的诗和《全唐诗》，都是在我一次次的下放中断断续续读完的。其中不少诗，给我增加了生活的力量、希望和勇气，每读到一首好诗，无论中国的或外国的，常使我多日兴奋不已，捧读再三，直至烂熟于胸。我的不少写边防、海防和农村生活的诗，也都是在我下放部队和农村时直接得到的。可以说，从我接触诗起，它便同我结下了不解之缘，它营养了我的思想感情、性格禀赋，滋润了我的心灵，帮助我生活和成长，但诗也给了我不少磨难和痛苦。应该说，它带给我的苦难远远超过给我的欢乐，这是我始料不及的。这些深埋心底的历史隐痛，过去很少向人倾诉，致使一些朋友们常认为我总是"一帆风顺"！我读中学时即因耽于写诗和组织文学活动，1944 年遭校方以"思想不良"开除，被迫流浪；考入大学后，又因写作，被诬为"文艺骗子沈从文"的集团，和袁可嘉、穆旦、汪曾祺等一起被刊物公开点名批判，在校自然受到不明真相同学的误解和奚落；建国后，1955 年，又因在大学时发表过评价绿原诗的文章，被疑为"胡风分子"，遭隔离、抄家和批斗；1957 年反右时又被划"中右"，长期"内控使用"，1959 年又因写歌颂彭总的诗而遭批判。从 1959 年到 1963 年的饥荒年代，我被三次下放部队基层，两次派去农村"社教"，说是"锻炼"，真是"过几年就来一次"，直到十年浩劫就更无须说了。迎来拨乱反正的好年月，我的黄金岁月却已流逝，白发苍苍、身心俱损。但我仍然要说，有诗为伴我是幸福的。我不甘心就此度过一生，总想实现我过去长期梦寐以求而迄未得到的自由创作的生活，这正是我至今虽已进入暮年却仍不懈追求的动力之一。

　　写作是复杂的精神劳动，要写出精品，不下决心、做艰苦的努力不行；同时，诗人也必须是一个耐得住寂寞的人，是一个沉湎于心灵、甘心在孤独中安身立命的人；写作虽是个体劳动，但却绝不是个人的事。这些都是我从很早就知道的，我是主张诗人讲使命感和责任感的，这是对他的道德要求。诗人的劳动，诚然如布拉加说的：别问诗人是什么职业，这是对他的侮辱，如同问太阳和月亮从事什么职业一样，这也是对它们的侮辱。也正如希尼说的"从某种意义上说，诗歌的功效等于零——从没有一首诗阻止过一辆坦克，在另一种意义上说，它又是无限的"，说得多么好啊！我从未想做诗人，我认为发生于任何诗人的最可怕的事情，就是他总是意识到自己是一个诗人；我也从未想过以写诗来做吃饭的主业或晋升的阶梯，我只是觉得人活着总要做一些有益于人的事情，总要给人生活以乐趣和积极的影响。既然我从很早就对它有至死倾心的热爱，并选择了这条路，就无悔地走下去，不管成果如何，只要是怀着对诗的忠诚和对美的高度自觉做了严肃认真地探求，这就够了。

张：五六十年代，您曾出版过《红花满山》、《静静的哨所》等许多部军旅诗集，这些诗在军内外影响很大，使您成为军旅诗的代表人物，至今仍有人称您为"军旅诗人"，您认为如何？

李：说我是军旅诗的代表人物，愧不敢当。部队过去确实涌现了许多很有才华的优秀诗人，不少人至今仍活跃在诗坛上，为诗歌发展做出很多贡献，这是有目共睹的。至于称我为"军旅诗人"，大概是因为过去我发表和出版了许多军事题材的诗作，再加上在部队工作，所以有这个叫法是很自然的，这是个光荣的称谓。其实，对称我什么，我从不在意，但从另一方面说，我在写部队题材作品的同时，还写了大量军外题材的作品，它们的数量远超过我写部队题材的作品。特别是从 1988 年离职至今 15 年间，我出版的16 本书中，由于未再接触部队，就再没有写一首军旅诗了。若从我全部诗作的总量看，部队内容的诗约占三分之一。所以，如今要对一个诗人做整体论述，应阅读和研究他的全部作品，若只根据他的工作范围和部分作品作简单归类，然后据以评价，难免不够准确和全面。诗人不是球员，可以被某国、某个企业或某个俱乐部雇佣或买走。诗人是时代的一部分、历史的一部分，他应当属于他的民族、他的国家和他的人民。在哪里工作，并不重要。

张：近些年来，您发表了大量西部诗歌，出版了多部表现西部风物、精神的诗集，您似乎没有参加"西部诗歌"的群体写作，但您的西部诗歌中却有大量精品流传，如《我骄傲，我是一棵树》、《我的另一个祖国》、《饥饿的孩子们的眼睛》、《一只山鹰的死》、《逆风飞行的鸟》等等，有些还曾获奖。能否谈谈您的西部诗歌创作呢？

李：谢谢你读了我许多诗作。

50 年代，我第一次去新疆，看到浩瀚无际的大西北，着实使我震惊。那时除感到祖国的辽阔苍凉外，就是深觉人民生活的艰辛、大自然的雄奇严酷以及悲壮的原生之美。我就想，以后我一定要重访这里，这里是产生唐边塞诗的地方，这里会教我生活和思考。以后，又有机会去西藏，西藏和新疆相比，有许多绝然不同之处，它的大自然、它冷峻的品格、它特殊的文化背景、它深奥神秘的色彩，使我迷惑甚至畏惧，尽管那时到新疆、西藏去，交通和生活都十分不便，冒了许多危险，吃了许多苦头，但却越发坚定了我以后要深入访问整个祖国西部地区的决心。我想对那里的自然、历史、哲学、宗教、生命和诗，做更深些的思考，并尽可能写点什么。从那以后，总觉西部高原的神奇和悲壮时时在诱惑着我，但"文革"浩劫，一过就是十年，我的这个愿望始终埋在心底，不敢示人。直到新时期来了，有了较为宽松的环境，我就想，我的宿愿有了实现的可能，我便在这以后的十多年里，陆续访问了十几个省区，做了大量采访笔记。最多的省区去过七次，少的去过三次；每次居留的时间，长的近两个月，短的七八天，后来，便先后写出了《戈壁海》、《雅鲁藏布江上的霞光》、《祁连山寻梦》、《青海的地平线》、《贺兰山谷的回声》、《红土地之恋》、《漓江的微笑》、《黄土地上的蒲公英》、《黄土地情思》等几个大型组诗，加上以后零星修改完稿的共约三百首，分别编进陆续出版的七本诗集中，现在有些诗在国外已有译本。

上个世纪末，祖国吹响了西部大开发的号角，我过去十多年里到过的那些地方，如今开始起步腾飞了，这是多么振奋人心的喜讯！至今，当时访问中曾接触到的一些人，有的还始终和我保持着联系，他们经常告诉我一些那里发生的一切。

这是我个人小小生命中的一个不算微小的工程，我对能实现这个愿望感到欣慰。但过去访问过的有的地方，至今还未能写出或未能完全定稿，而生活已经大大前进了。我很想再创造条件尽可能努力完成它，并希望能比现在写出的有所超越。

张：在几乎没有边界的题材范围之内进行的您的诗歌写作，所拥有的是一种怎样富足的情感状态和精神状态？您能谈谈这方面的体会吗？

李：我的笔的确接触了比较广泛的生活领域，写了不少各类题材、各种主题的诗作，这是因为我虽然是一个业余作者，但生活在这样一个轰轰烈烈的不平凡的年代，使我必然要保持对现实的深切关注，把心灵的触须敏锐地伸向所感知的每一个角落。一个经历了人类史和民族史上大灾难的人，一个从战场上走下来的人，不可能不对他所处的时代和时代的变化变得十分敏感。因此，在心理上，我尽可能保持着一个诗人所应具有的感受能力、直觉能力、洞察能力和激情。我有幸走过许多地方，从国内到国外，亲临了许多终生难以忘怀的场景：看到一个饱经磨难的古老民族奋起推翻旧世界的悲壮场面，看到火线上战士即将投入殊死厮杀的动人心魄的豪情，看到深山腹地解放已五十年却仍然衣衫褴褛、不得温饱的孩子们的眼睛，看到在时间和人们心灵褶皱里隐藏着那么多闪光的深刻美好的东西……怎能不使我浮想联翩、百感交集，怎能不使我把对生活的认识和对历史的反思引向对终极的追问，这种强烈的不可遏制的创作欲望，这种勃发性甚至近乎疯狂忘形的情绪状态，常使我寝食不安，迫使我不能不立即动手把它们写下来，这时我的笔尖犹如火山的喷口。当然创作时，我总是注意到力求使复杂的生活现象尽可能得到准确鲜明的表现。我不会闭门造车，无病呻吟，我的诗都是根据生活中原生的事实受到激发，心有所感、情有所动写出来的。每个诗人都有各自不同的感受方式和写作习惯，我的习惯是，尽管这时写下的东西难免匆忙和粗糙，也尽管在生活面前常感到文字和艺术形式都失之于浅薄、软弱和难以为力，但它所保留的原始真情却是十分可贵的。写下后放一放，择机再做潜心的润饰和修改。有时由于工作关系，一直搁置很久始能定稿，但当我重新拾起它们时，我的心又会重新燃烧起来。当然，这时很可能使我对当时的感受又有了新的认识和更深层的理解。因此我始终认为，没有生活激发的强烈冲动，艺术的创造不可能发生；而缺乏深入的理性思考和精心的艺术处理，就难免草率和粗疏。当然，诗人的创作激情是长期生活积累、情感体验、理性思考的结果。生活是生生不息的永远在自身的基础上以变化多姿的身影向前运动，诗人的创作也就由此获得永不枯竭的源泉，而诗人的艺术追求和发现也应是永无止境的。

张：您的诗歌写作在各个不同阶段，风格与艺术追求有哪些变化？在思想解放后期，我们注意到您的诗歌有了很大变化，更加贴近表现现代人的自我内心的真实，抒写人生旅程，使诗更内在，更深沉凝重，艺术手法也更丰富了，您是怎样认识和转变的？

李：作家的风格是作家在创作总体上表现出来的思想与艺术的个性特点，一个成熟的作家，总会从思想与艺术的完美统一上，追求属于自己而异于他人的独特艺术风格。这种风格表现在创作的各个环节、渗透在作品的许多因素之中，这是和作家个人的生活经验、精神个性、思想人格、艺术素养、气质禀赋等密不可分的，这就是刘勰所说的"各师其心，其异如面"、苏轼讲的"其文如其人"吧。作家的创作风格是其刻意追求，独辟蹊径的结晶。除上面所说的主观因素外，历史、时代、阶级、环境、民族等等是铸成作家风格的客观因素。一般来说，诗人在长期艺术实践中，凝定的艺术风格，会在一个相当长的时期内保持相对的一贯性和稳定性。但制约艺术风格的主客观因素的发展和变化，往往也会使其风格随之有某些发展和变化。在我所经的六十年创作历程中，最初尝试写作时是不稳定的，谈不到风格。及至大学读书时，受到冯至、朱自清、沈从文等先生的教诲，他们深刻的人文精神、丰厚的文化底蕴，他们诗文的含蓄深沉的韵致、细腻优美的情感形态，令人难忘；当时又读到艾青的诗，眼睛为之一亮。它清新的气息和浓郁的诗情，那种洒脱、自然、质朴的美使我惊异，大大拓宽了我对诗美的认识，之后读到何其芳、绿原等人的诗也十分喜爱。那时能涉猎到许多中外古今名著，自然影响了我的文学观念、艺术风格和气质。我不太喜欢某些过于苛刻的理性色彩和惯于分析思维的诗歌，当然，我理解和尊重作者的思想个性和传统，我更喜欢充满东方文化意韵的抒情味浓、联想丰富、结构精湛、语言典雅的诗。歌德的反映资产阶级上升时期欧洲文化和他基本建筑在唯物主义基础上的哲学、美学思想，以及海涅提出的积极浪漫主义的主张，和他坚持艺术必须具备本质的真实等，也给我留下很深印象。我这时所写的诗，从艺术倾向到语言表达，有较浓的知识分子气息。大学毕业后参军作记者，立即投入紧张的战斗，在此之后几年的战斗生活中，在当时倡导的现实主义的创作原则下，受到生活的激发，我追求的是在原有认识的基础上，力求使自己所写的反映战士战斗生活的作品，能为广大战士接受和热爱；在艺术上，我主张不能仍停留在当时部队风行的快板诗、枪杆诗这类简单的"兵歌"上，从形式到语言，必须发展、提高。诗要有诗味，要具有较深的思想内涵和较强的诗美素质。这时，我的创作风格较在大学时有了新变化。其后，在强调文艺为政治服务和长期处于封闭状态、政治运动频繁的年代里，我所写的诗包括一些重大题材的作品仍始终坚持诗必须是诗，必须通过艺术手段传达思想感情，要能给人以心灵共鸣、震撼和值得回味的艺术享受；即使当时有人指责我采用的文学语言是"学生腔"，艺术上加强抒情，运用了一些有助于增强表现力的简单的艺术手法，也被说成是非工农兵的"小资感情"，但我迄今未改初衷。直到"文革"期间，处在高压的严酷统治之下，我仍坚持对诗的本质认识和信念，写诗总要依照它特有的艺术规律和美学原则来进行，这体现在我所编的刊物的诗歌栏目中。即使如此，我仍未能完全摆脱当时种种条件的制约和影响。改革开放的历史新时期，随着社会发展、科技进步，人类所面临的生存背景发生了深刻变化，面对着身边的新生活和成长起来的具有更为深刻、更为丰富、复杂的心灵世界的新人，以及逐渐走向成熟的读者；从接受角度考虑，诗除了感染人、激动人外，还应对人有智性的启迪、精神意识的震撼，以及语言的愉悦等等。因此我感到，我们的诗如仍囿于过去相对积久的形式、长期惯用的艺术手法、模式化的思路和陈旧的词语，显然是不够了，必须从对诗的观念到多种现代艺术技法的运用、意象的营造、语言的选择，以及美学追求等多方面，从一个新的文化层面上寻求探索和突破。诗人最危险的是精神的禁锢，你的诗必须具有现代意识，才能深入现代人的心灵。当然，这绝不是如某些诗人那样脱离时代和生活的浅薄的无病呻吟，甚至是低俗的宣泄，诗人要尊重他所处的时代和读者。刚才你提到更加贴近表现现代人的自我内心的真实，我则想到为什么不可以把心灵纵深层次的探索和社会生活的探索结合起来呢？不能盲目创新，寻求怪异，特别是这时能接触到许多过去长期难以读到的外国不同形式、风格的诗作，使我在进一步继承传统的同时，研究、借鉴西方诗作中某些新鲜的优秀的东西，力求使自己的诗既具深刻的思想智慧，又富较强的艺术魅力。我常想，中国诗人写的诗必须是中国诗，否则，以师承西方某一流派为荣，寄人篱下就太可悲了。这是我漫长迂回的新的精神经历，我的艺术追求和作品风格自然又有了新的变化和发展。

一个真正的诗人，应该永远是一个拓荒者，他常常要离开人们走惯的熟路去开辟一条新径，正如一个真正的哲学家所做的追求一样，学诗几十年使我深感诗的训练之残酷和艰辛！

张：您经常关注当下的诗坛状况吗？您如何评价汉语诗歌一个世纪的成就及其前景？

李：作为一个生活在今天并为诗辛勤耕耘的作者，自然十分关注诗坛的状况。尽管艺术的生产与物质生产的发展之间存在着不平衡的关系，且艺术的生产发展有其自身的规律，但一定时代的文艺受一定时代社会生活和物质生产的制约，随一定时代社会生产的发展而发展则是无疑的。近百年来，我国新诗从"五四"时期打破了旧体诗的"格"与"律"的严格限制，取得了在形式表现、语言表达上的诗体大变革。这个发展过程，经历了从半新、半旧、半自由、半解放，到全新、全自由、全解放的过渡。其间，外国诗歌艺术技巧的引进，起了很大推动作用。在最初，新诗处于发育成长的阶段里，诗作文本视为实验性的尝试探索的产品也未尝不可。改革开放的新时期以来，宽松的社会环境和丰富多彩的现实生活，给诗人们提供了充分自由表达、自由抒情的广阔空间，在诗人思想解放、观念嬗变和个性得以充分发挥的情境中，新诗的路子越走越宽，创作取得了骄人的实绩，可以说，达到了空前的高度。而在此之前几十年的岁月里，诗歌在艰辛的探索成长中，诗人们执着地追求，惨淡经营，但阵阵肆虐的风雨，严重地影响和干扰了诗歌的成长和发展。对于这几十年漫长复杂历史年代中的诗歌该如何评价，现在似乎认识不一，需要实事求是的深入细致地考察和分析，但有一种全面否定的说法，是否过于简单、武断不无偏执呢?!

对当前诗坛状况，我的看法是：一方面，有人认为新诗面临末路，即将消亡，这种悲观论调是没有根据的。新诗的成长，需要时间和一个过程，需要在不断探索、认识和扎扎实实的艺术实践中，逐渐走向成熟。另一方面，在肯定诗歌取得巨大成就的同时，也须看到还存在良莠不齐的状况，一些关涉到诗歌繁荣发展的问题，还值得进一步认真思考。比如，诗要更多地关注国家民族的命运和时代生活的回响，要讲思想的内蕴深度、心灵的真情和对诗美的要求，要进一步重视民族文化传统的研究和继承，等等，社会有关方面也需给予更多关注和健康的引导。我相信，处于当今我国社会存在巨大物质诱惑、世风浮躁、心理粗俗化状态背景下的我国诗人，会在自己不断地学习和实践中，逐渐调整自己的位置，使冷静的艺术沉着多于纷扰与喧嚣，自觉的、历史的、全面的，根据文化自身发展逻辑，就诗在道德、价值与美学等方面，做出思考与回答。在老中青诗人之间，在诗人彼此之间，存在一些不同的认识和观点是正常的，应以开放的心态和高度融合的气魄，学会倾听、理解、自省和宽容，使不同认识、见解，不同形式风格的诗作都得到尊重，不必强求一统，可以多元共存，时间和广大读者将会对我们做出客观的评价。

令人高兴的是，这些年来涌现了不少很有才华、有敏锐艺术感觉和较高艺术表现能力的中青年诗人，他们对诗做了多方面的尝试并取得卓著的成就，这是十分可喜的。要保护和尊重这种艺术上严肃的创新精神，创新是一个人可贵的政治品质。

我对新诗的发展前景是乐观的。因为从现在广大诗人队伍的沉思中，可以看到一种真正现代化的健康的诗歌精神在上升。

2003 年 4 月 18 日

原载诗集《出发》，华文出版社，2004 年 1 月出版

与诗歌同在

——记诗人李瑛

大　泽

平静地写诗，快乐仿佛渐渐涨大起来

李瑛是从河北乡下柴烟熏黑四壁的草房里走出来的，他是兄弟姐妹九人中的长子，大家庭的艰辛养成了他沉稳的性格、强烈的责任感和吃苦耐劳的精神。冬天没有钱买袜子，他就空着肚子、光着脚走进中学。他一边读文学名著、一边写诗，笔下全是挥之不去的多灾多难的土地和乡下的青苗。1944年，他和同学们共同出版了诗歌合集《石城底青苗》，那年他16岁。

后经过两年的失学和流浪，他借钱考上了北大。选择北大，一方面是因为北大有全国最好的中文系，更因为北大是国立大学，不收学费。

在北大，他加入的是"吃窝头的食堂"和文艺社，出墙报、撒传单，激扬文字，聆听师教。沈从文先生和冯至先生给他的创作以极大的帮助，与他讨论诗歌，帮他发表作品，并给了他家庭般的亲情和温暖。他的诗《歌》，就诞生于北平的学生运动高潮中。四年之后，他怀揣北大特有的自由空气，带着满脸的阳光，告别了沙滩红楼，参加了南下的第四野战军。解放武汉后，他和孙景瑞奉命带领十七八条大木帆船，沿汉水到襄樊紧急采购粮食，沿途土匪出没，暗打黑枪，保、甲长公开阻止群众卖粮，而群众也疑虑重重。他们人生地不熟，连语言都不通，最恐怖的是听见枪响却无法断定谁是暗藏的敌人。于是，他们白天做群众工作，买粮食，天黑了，怕敌人半夜摸上来，就每晚换船睡。终于，在洪水下来之前，凭两支手枪完成了任务。后来同行的孙景瑞同志据此写了长篇小说《粮食采购队》，并搬上银幕。

李瑛随军继续南下，上级给他配备了一匹白马，但他很少骑，都用来驮粮食或伤员。长途跋山涉水，磨破了白马的背，他不忍再让它驮东西，就自己背上了粮袋和盐袋。适逢下雨，盐水顺着脖子往下流，山陡路滑，满脚是泡。经过昼夜急行军，部队终于赶到了广州，然而，广州留给他们的却是国民党逃跑时炸毁的珠江大桥，江面上漂着尸体，树枝和电线上挂满了血肉模糊的布片。残酷的战争使李瑛读懂了书本之外的更多的知识，那就是正义与邪恶、祖国和民族。当他的白马上缴时，他恋恋不舍地留下了白马的一片蹄铁——记录着他们共同跨过的千山万水、日日夜夜的蹄铁。如今，这片长满黄锈、磨得又薄又弯的马蹄铁，仍然端放在他的书柜里。为了纪念这匹白马，他还写了一首诗《一只马蹄铁》。

李瑛自大学毕业穿上军装，40 年的军旅生活，使他能在滚滚硝烟中疾步如飞，在细腻清新的诗风中融入金戈之声。在朝鲜战场，他与刘白羽、郑律成、欧阳山尊等坐在卡车上沿着大同江、冒着敌人呼啸的榴弹炮前进；在浓烟滚滚的坑道掩体里，他点着煤油灯，用罐头盒上的纸写出了《战场上的节日》；在东海前线的工事里，他写下《寄自海防前线的诗》；在广西 10 万大山的哨所中，他写下了《红花满山》；最后，他给那些与他同呼吸共命运的牺牲了的和活着的军人们献上了一本厚厚的《战士们万岁》，这是他用情感筑构的诗意的边关，也是他向着军营的永远的敬礼。

丰富的生活成为他创作的源泉，他多次获奖，许多人记住了他的诗句。记得 1979 年《广西日报》上有一则报道：广西某部队战斗英雄、一等功荣立者刘勇，上战场前曾在笔记本上抄下了李瑛的诗句《关于生命》，然后揣在怀里，呐喊着向敌人冲去……这就是诗歌的力量！

1976 年 1 月，周总理逝世，他连夜写下了长诗《一月的哀思》。写作时，泪水落在了稿纸上。当时不能拿出去发表，他就把这首诗默默地藏在抽屉底层，直到粉碎"四人帮"才得以见天日。这首诗说出了那个黑暗年代中每一个正直的中国人想说的话，它表现了诗人的勇气、信心和忠诚。

我知道李瑛因诗受的磨难还有许多，1955 年反胡风运动中，他曾因为在大学时代写过评绿原先生诗的文章而被隔离审查，放回来之后，睡着睡着，就会突然坐起来拉灯绳，满身冷汗。原来，在他被审查时，每夜都被大灯泡照着，所以留下了后遗症，一年多后才渐渐减缓了症状。1957 年，因为株连，又被划为"中右"。1959 年，又因为曾写过歌颂彭德怀元帅的诗《在朝鲜战场上有这样一个人》而又被第三次审查、下放……

因诗而痛，因痛而思，因患而无悔地歌唱。对于身心所受到的极大伤害，李瑛只是埋首诗中，以诗来抚摸自己的伤口，以诗代言。这是无奈，更是另一种痛苦的激励，好诗只能从伤口中长出。回顾往昔漫长岁月，近80岁的诗人满脸沧桑。他心怀对诗的感激，只轻轻说了一句："坐在书堆中，百年只似一日，是诗拯救了我！"

十多年来他用手写下了那么多的字

虽然诗人获奖无数，但他却说，诗歌是贫穷的，获奖也是一时的。我问诗人："什么最能使你快乐？"他眯着眼，仔细想了想说："能让我平静地写诗，就是我这一生最大的快乐。"是啊，生活如水，荣辱皆去，而最后剩下的，还是写作。不断地角逐生活，不断地追寻艺术，而只有在这个寻找的过程中，才能体现出人生的价值。哦，多么难得的平静的写作！……平静地写诗，平静地读诗，快乐仿佛渐渐涨大起来，如小灯溢出的温馨。这声音，那么清冽，那么甘美……十多年来，他写下了那么多的字，但他自己并不在意个人的荣誉，更看重的是诗歌带给读者的愉悦和力量。

李瑛在《解放军文艺》当诗歌编辑几十年，他编发了大量有影响的好诗，除了朱德、陈毅等老帅的作品外，萧华同志的《长征组歌》就是由他们共同商改后发表的，还有大量的处女作和战士诗抄。他还创办了大型文学刊物《昆仑》，并培养了一大批青年诗人，比如雷抒雁、叶文福、韩作荣等。他对编辑工作勤恳认真，无论是改稿或是复信，他都一丝不苟。凡是给他寄信、寄稿、寄书的，他一律亲笔回信，不管是天涯海角、贫困山村，或是陌生的基层作者，他帮人家转稿、编书、推荐出版……直到现在，还有不少作者保留着诗人给他们的复信。他说：再忙也得回信，这是对作者的尊重！

李瑛最珍惜的是时间，他60年来从没睡过一天午觉，因此才得以完成大量的超负荷的工作并坚持写作。离休10多年来，他仍保持着这个习惯。

诗人的爱是最不易觉察的爱

诗歌是抒情的，直到今天，李瑛心里仍涌动着巨大的情感波澜。他要倾诉给他奔走一生的土地、血脉相连的故乡和养育了他的祖国，这是割舍不断的感情。他早已走遍西部大地，两去西藏。在 70 岁，翻越海拔 5300 米的唐古拉山口时，站在大风吹动的群山之巅，仰望着士兵的巨石雕像，他决心继续写下西部的雄伟和辉煌。在云南昭通，他亲眼看到了乌蒙峡谷中生活的贫困山民，恶劣的条件和泥石流使得他们家徒四壁、饥寒交迫，站在低矮的茅棚和坍塌的土墙前，他流下了眼泪。他和采访团的成员们纷纷解囊捐款，面对地区宾馆的盛宴，他一口也咽不下去。回京后，他写的第一组诗，题目就叫《我的另一个祖国》。那是没有粉饰、绝对真实、少有人知的现实，是只有经过饥饿、流浪、战乱、来自底层的人才能懂得的真实，那是诗人献给全中国 5 百万尚未脱贫的人们的长歌。记得其中有一首《饥饿的孩子们的眼睛》："那黑葡萄般滚动的眼睛/黑水晶般闪烁的眼睛/黑珍珠般明亮的眼睛/转动在蓬乱的头发下/长睫毛的后面/像一群缚住翅膀的小鸟/静静地望着我/我不认识他们/但我认识饥饿/比霜刃更锋利的饥饿/我从他们的眉梢看到了荆棘/从他们的眼里看到了泪水/此刻又加了几分怯生和羞涩/就这样/他们的眼睛/和他们小小的胃/和他们空空的碗/和他们冷却的锅/静静地望着我/目光钉子般地/从我的骨缝直刺进心窝/他们不认识我/却信任着荒山冻云的祖国……""我弯下腰拥抱了他们/摘下他们头发上沾着的草节/亲吻他们泥污的小脸/然后便离开了乱山丛中/……世间所有的东西都会消失/只有这比潭水更深/比星星更亮/比火焰更单纯的眼睛不会消失/他们从惨白的饥饿后面静静地望着我/越发使我痛苦/我心头的血一直滴落/在时间和生命之上/直到今天"。诗人用情感透视出苦难背后的人性，他的责任感使他为早日消除贫困而呼喊，他用另一种声音歌唱着祖国，不是交响乐，而是颤抖的喉咙。

李瑛还热爱阳光、拂过田野的风、温润的小雨、可爱的动物、昆虫和花草树木，他对自然万物是那样的虔诚。他家镜框里挂的不是名画，而是他在各地采集的树叶，五彩缤纷、姹紫嫣红，书柜里摆放的也都是石头、贝壳、动物的造型。每天每天，他就拥着这一方小小的自然写诗，仿佛自己也融进了八面来风……

采访结束了，我知道，诗人的爱是最不易觉察的爱，它就藏在他闪烁的白发中，默默无言的脚步中，藏在偶尔回头那突然的一瞥中……

原载《解放军文艺》2006 年 11 期

李瑛：以心中的火点燃诗

孟晓云

燃烧的八十岁

去年 11 月 13 日，中国文联八代会与中国作协七代会期间，温家宝总理同文学艺术家谈心，席间问："李瑛来了没有？"坐在第九排的李瑛站起来，大家都热烈地鼓掌，后来这件事被传为佳话。

李瑛告诉记者，与温总理的交往是在去年。2006 年 7 月，温总理出访非洲 7 国后，写了一首诗，委托范敬宜转达向李瑛请教之意。李瑛很惊讶：总理这么忙，还知道我的名字？于是，李瑛和温总理有了书信往来。温总理在给他的一封复信中说："……先生的诗作为人，我早已景仰，今日相识，引以为豪。我喜欢诗词，可惜只能读，不能作，倘能从您那里学得一点，深为幸事……"80 岁的老诗人捧读来信，深为感动：温总理才学渊博，涉猎广泛，心灵是开放的，又那么谦逊好学；而他谈心式的报告，不仅生动形象，也反映出他喜欢与文艺界交朋友的心情，显得那么平易，那么亲切！李瑛心中燃起了一团火。

李瑛自学生时代开始写诗，已有 60 多年的诗歌生涯。离休 18 年来，他仍笔耕不辍，对诗歌永远有着火一样的热情。在李瑛的一生中，诗始终伴随着他，即使在最繁忙的工作中，只要稍有余暇，他便读诗、写诗，对诗歌常有很深的思考。

是什么使李瑛保持 60 多年不变的创作热情？80 岁高龄为何还能对生活怀有激情？李瑛做了如下的回答：

"一个经历了人类历史和民族历史上大灾大难的人，一个从战场上走下来的人，不可能不对他所处的时代和时代的变化深切关注。因此，在心理上，我尽可能保持着一个诗人所应具有的感受能力、直觉能力、洞察能力和激情。"李瑛告诉记者，他有幸走过许多地方，从国内到国外，亲历了终生难以忘怀的种种场景。他看到过一个饱经磨难的古老民族奋起推翻旧世界的悲壮场面，看到过火线上战士即将投入殊死厮杀的动人心魄的瞬间，看到过深山腹地不得温饱的孩子们的眼睛……这一切，至今想来仍使诗人激动不已。他说："看到在时间和人们心灵褶皱里隐藏着那么多深刻的闪光的东西，这怎能不使我浮想联翩，百感交集？怎能不使我把对生活的认识和反思引向对终极的追问？这种强烈的不可遏制的创作欲望，这种勃发性甚至近乎忘形的情绪状态，常使我久久寝食不安，迫使我不能不立即动手写作，于是，笔下便犹如火山般喷发。"

中国诗坛的一棵常青树

不抽烟、不喝酒、不打麻将、不跳舞，除了写诗就是写诗。李瑛，似乎就是为诗而生的，从 16 岁写诗到 80 岁，60 多年来，他已经磨秃半抽屉铅笔，出版的诗集达 54 部。他为人内向而质朴，而诗歌中却燃烧着火热的激情——这就是李瑛。

李瑛一直称自己是"业余诗人"，那是因为他多年担任行政领导职务，事务繁忙，只能挤出业余时间创作。离休之后，时间和空间一下子变得宽阔起来，可以使自己的思想更自由地飞翔。十几年前，他给自己制订了一个对他个人生命来说是不小的计划：要跑遍祖国的西部。果然，西藏、新疆、宁夏、甘肃、内蒙古、陕西等 12 个省区，都留下了他的足迹。大西北的辽阔雄浑，大戈壁的苍茫浩瀚，西部人民的坚忍顽强，西部那种自然淳朴而又大气磅礴的美，深深震撼了李瑛。他陆续写了 300 首关于西北的诗，出了十几本诗集。

76 岁那年，李瑛完成了第 51 本诗集，取名《出发》。李瑛说，这本书意味着我青春的再出发，我觉得自己还可以探索更多的新鲜的东西，写出比过去更进步的诗。

李瑛一直被誉为中国诗坛的一棵常青树。

李瑛曾度过了 40 年的军旅生涯，许多年来，作为一名战士和诗人，他经历过解放战争渡江战役的枪林弹雨，奔赴过抗美援朝战场，曾亲眼目睹自己亲密的战友倒在弹雨之中；他曾去过北疆的吴八老岛、珍宝岛，南疆的西沙群岛；他也曾去过风雪迷漫的乃堆拉山口哨所，和战士们一起巡逻；他曾沿着当年红军长征的足迹做了一次寻根旅行，探访老红军，祭扫烈士墓……他用革命战士的眼光观察世界，观察人，用战士的心胸感受、思考现实生活中许多动人的事物。因此，抒写战士生活的诗最能代表他抒情诗创作的特点。

李瑛发表了悼念周恩来的抒情长诗《一月的哀思》，引起强烈反响，李瑛的长篇政治抒情诗的创作，也由此走向了新的高峰。1999年他以数千行长诗《我的中国》向祖国50年华诞献礼，赤子的诗心、充沛的诗情和炉火纯青的诗艺，再次赢得了人们普遍的钦敬。由于时代的变动、社会的进步、人生阅历的加深，他的诗得以站在人生历史的更高视点上，从而取材广泛、视野开阔、情感深邃，并且显示出思想的锋芒。而《我骄傲，我是一棵树》、《生命是一片叶子》等诗集，还实现了艺术把握与表达方式上的探索与新变。近些年来，他的许多诗表现了对人生的思考、对故土的回望、对生命的关爱、对人与自然的和谐这些重大主题。诗歌的年轻使他始终站在中国诗界的前列，并且将创作热情与活力延续到了新的世纪，李瑛就这样成为了中国新诗史上持续不断地活跃整整半个世纪的一个"特殊现象"。

生命是一片叶子

在女儿李小雨的眼中，李瑛正如自己一部诗集的名字《生命是一片叶子》一样，有着质朴而热情的人生。

李瑛出生在一个铁路职工家庭，兄弟姐妹九个。童年和青年时代家境贫苦，作为四男中的老大，他未及高中毕业便被迫流浪，他至今还保留着节俭的习惯。

李小雨告诉记者："父亲俭朴是出了名的，甚至极为顽固。他有个'宝贝'——一个黑色人造革手提箱，是多年前开会发的，一直用到现在。一次在机场，它被五颜六色的皮箱包围在中央，许多人对父亲大叫：'怎么，你还用这个？早该扔了！'父亲拍拍小包说：'这个包又轻又软，现在想买还买不到呢！'母亲怕黑包难认，便在提把上拴了一条红绸子，于是破包加条红绸子，成了一道风景。"

李瑛待人宽厚而真诚，他曾在《解放军文艺》当诗歌编辑几十年，凡是给他寄信、寄稿、寄书的，一律亲笔回信，不管是天涯海角、贫困山村。"再忙也得回信啊，这是对作者的尊重！"他始终认为，编辑如烛，燃烧自己，照亮他人。

来到李瑛的住所，房间里洒满了冬日的阳光，书架上、写字台上、角落里堆满了书籍。闲谈间，他用平和的语气对我说："我喜欢听音乐，看画展，收集小工艺品，这些都能激发我的灵感和想象力，艺术是相通的。再有，就是读书和思考。我在有计划地读我过去买了多年未来得及读的书，趁我在世读完，不然太遗憾了！

"诗人心里应该永远怀着火炽的感情，而不是无病呻吟和趋炎附势。心里有一团火，不管爱还是恨，应该更美、更坚强、更成熟。在当今这个复杂而浮躁的诗界，有人认为诗歌只是'玩一玩'，可有可无，我不能认同；或者只写一些个人的小感伤和小欢乐，恐怕是不能作用于这个世界的。诗人应该有一种使命感和强烈的责任感，陶冶人的感情，引人向上，给人美感，提高人的审美趣味。"

老诗人李瑛回顾往昔，似乎总结般地说"永远保持着对生活的爱和激情，才能写出激动人心的诗"；"不管怎样，创作的时候是我最幸福的时刻"。

是的，直到今天，他心里仍涌动着巨大的情感波澜，要倾诉给他奔走一生的土地、血脉相连的故乡和养育了他的祖国。

"以心中的火点燃诗，以诗照亮生活"，这难道不是李瑛一生的写照吗？

原载《人民日报》（海外版）2007 年 1 月 9 日

李瑛：诗歌里的祖国

付小悦

1949年10月1目，李瑛和他的战友们正在粤北大山冒雨追赶白崇禧的军队，目标是十月中旬解放广州。他们并不知道，此时此刻，在几千里外的北京天安门城楼上所发生的惊天动地的事情。直到一两天后，领导宣布了这个喜讯。战友们兴奋地边行军边猜测：天安门升起的五星红旗是什么样子？我们要建立一个什么样的国家？我们民族的命运将如何？那一刻，身旁就是悬崖，常能听见马匹失足滚下的声音……

60年后的今天，83岁的李瑛将站在天安门前的观礼台上，亲眼见到长安街上雄伟的阅兵队伍，感受人们的鲜花与激情，他不能不心潮汹涌。

"战友们深情的向往仍萦绕在我耳际，刻在我的情感中，渗透在我的诗里，告诉我什么是尊严，什么是人性，告诉我建设国家需要什么样的人。"

67年的创作生涯，出版50多本诗集，写下3000多首诗歌。李瑛总在思考，自己这一生，和时代、和祖国、和诗的关系。"假如没有祖国/我可能只像山上滚下的一粒石子/我可能只像半空游荡的一缕轻云/我可能只像草尖垂落的一颗露滴。"他写下过这样一首《关于我自己》。

抗战胜利那年，他考进了北大。解放战争开始了，北大学生分成两个阵营，他参加了进步组织，入了党，"把解放区的作品偷偷带进来，找地下印刷厂，买通工人，半夜排字印刷。把政策性文件，像《新民主主义论》等印成传单散发……在深夜无人的教室，在女生宿舍，秘密工作着，又害怕，又兴奋。"他的诗《歌》，就诞生于北平学生运动高潮中。

告别北大红楼，他参加第四野战军作为随军记者南下，解放武汉，解放广州……后来，他又屡次上过前线。在朝鲜战场，他写下诗集《战场上的节日》；在东海前线的工事里，他写下《寄自海防前线的诗》；在广西 10 万大山的哨所中，他写下《红花满山》。

他不能忘记 1979 年 3 月的老山前线，在等待冲锋的战壕里，战士们的谈话。战士们畅想着胜利后想干的事，背后是祖国，前面是敌人。有一个战士是学地质的大学生，在前线捡到块沉甸甸的木化石，一直背在行囊中，执行任务前，他交给李瑛保管。战友再也没有回来，如今，这块黑色的木化石就在李瑛的书柜中，抬眼即见。

"见到过一个饱经磨难的古老民族奋起推翻旧世界的悲壮场面，看到过火线上战士即将投入殊死厮杀的动人心魄的豪情，我怎能不思考；在大时代里，个人与祖国、民族的命运，是怎样联系在一起。"

1976 年 1 月，周总理逝世，李瑛连夜写下长诗《一月的哀思》，泪水打湿了稿纸。他把这首诗默默地藏在抽屉底层，直到粉碎"四人帮"才在《光明日报》上发表。这首诗，说出了那个年代每一个正直的中国人想说的话。

新的时代催生了新的诗情。

"我们所处的这个时代里，我们身边轰轰烈烈的生活中，蕴藏着无比丰富、无比生动活泼、无比自然质朴的东西，在时间和人们生活褶皱里隐藏着那么多闪光的深刻美好的东西，那是真正的诗。"李瑛说。在诗里，记录他所深切了解的祖国，从内蒙古牧场到东北林区，从天山雪岭到东南海疆，尤其是祖国的西部。70 岁时，沿着青藏线的一个个兵站，站在大风吹动的群山之巅，他决心继续写下西部的雄伟和辉煌，遍访西部 12 省区，诗情如火山般喷发，化作三四百首诗歌。诗里，有新疆的戈壁滩，甘肃的敦煌，青海的地平线，宁夏的贺兰山，漓江的微笑，黄土地的情思，有那首《我骄傲，我是一棵树》，也有那首直面西部贫困的《我的另一个祖国》，诗里咏叹："我的艰辛中成长的祖国呵。"后来，西部大开发号角吹响，他又欣喜地为青藏铁路、为西气东输写下新的诗篇……

2006 年 11 月 13 日，中国文联八代会和中国作协七代会期间，温家宝总理同文学艺术家谈心，谈及和李瑛的通信："先生的诗作和为人，我早已景仰，今日相识，引以为豪。"总理问："李瑛来了没有？"坐在第九排中间的李瑛站起来，共和国总理和满堂文艺家一起热烈地鼓掌。

谁说缪斯只钟情于青春？诗人写给祖国的情歌一唱就是 60 年，沧桑而又年轻。他曾写下《放在长城上的一束野菊花》，献给第 40 个 10 月的共和国："让我采一束带露的野菊/把它和我的诗一起/放在长城上/请接受吧亲爱的祖国/这是我献给你的/献给你的一片永世不渝的/爱情。"

他曾写下 3600 行的长诗《我的中国》，为共和国 50 岁生日送上献辞："离我心脏最近的，是你/守护着山的尊严水的歌唱的，是你/照耀在一切星辰之上的，是你/呵！我的中国。"

这个阳光明媚的秋日，李瑛念起他新写的诗《一个人的历史》，献给 60 岁的共和国："七十年前……/夜半惊醒的梦是祖国/最早认识的是军靴和刺刀/六十年前/我用仇恨擦亮一颗红星/把它端端地镶在头顶/……/如今/我不愿再把自己的故事告诉孩子/他们却从民族史书后/依稀听到风雨和月光的声音/是我的诗句流出的声音/我心跳的回响。"

阳光照进来，照着老人的白发。周围寂静，只听见钟表在嘀嗒嘀嗒。

仿佛听见共和国 60 岁生日到来的脚步声。

原载《光明日报》2009 年 10 月 1 日

不像一粒沙古老，但比一滴水年轻

——访诗人李瑛

安　阳　　王振江

人的精神如何永远像春天般不断涌动生命力？走近素有"诗坛常青树"之称的李瑛便能找到答案。

今年 88 岁的李瑛，70 余年不停歇地坚持思考和创作。最近，他的新作《比一滴水更年轻》（作家出版社出版）以青春、自然的面孔与读者见面。142 首新诗，篇篇如诗集的名字一样，虽然主题不同、内容也很宽泛，但都是李瑛在壮丽的现实激发下，情感生活的投影和心灵世界的写照，他说："我虽不像一粒沙古老，但比一滴水年轻。"

谈创作道路——

"生活营养了我，不能不写下来"

很多人可能都有这样的疑问：李瑛 70 余年坚持诗歌创作的动力是什么？诗人的回答十分简短却掷地有声："生活营养了我，不能不写下来。"循着一首首常读常新的诗篇，李瑛探索诗美的艰辛足迹和心灵轨迹铺展开来。

1943 年，只有十六七岁的李瑛，寥寥数笔便写就了具有象征品格和现代写意手法的诗作《播谷鸟的故事》，可见其对生活感受的深邃和诗的敏锐；1945 年，李瑛考入北大中文系，师承冯至、朱光潜、沈从文等名师大家，在校期间博览群书，为日后的诗歌创作做足了准备；1949 年，他大学毕业后参军，跟随第四野战军一路南下；1951 年 1 月，李瑛作为总政工作组成员赴朝鲜战场，其间写下了《血火朝鲜》、《战场上的节日》等作品；1958 年春天，李瑛深入到福建前线部队，和战士们生活了 8 个月，他回忆那段时光："在那里，过去曾经是比较抽象的概念性的东西，变得具体起来，特别是我和战友们一起担负着祖国的信任，经历着共同的欢乐和悲伤"；1959 年到 1962 年，李瑛开始深入到祖国各地，北国长城、内蒙古牧场、天山雪线、东南海岸、南方边陲都遍布了他的足迹，他以拿枪的姿态执笔，用诗来歌唱站岗、巡逻、紧急集合的战士的生活……

"我这一辈子，虽然没有太多在火线直接作战的经历，但也赶上了解放战争的尾巴，又到了严酷惨烈的抗美援朝战场，以及之后的边境自卫反击战。我跟战士们一块儿生活，身临战场，看着他们倒在枪林弹雨之中……这些震撼人心的事情逼迫你不得不用笔写下来。"说起这些往事时，眼角泛起泪光的李瑛释然地说，"我这一辈子的生命是充实的。"

"我们所处的这个时代里，我们身边轰轰烈烈的生活中，蕴藏着无比丰富、无比生动活泼、自然质朴的东西，在时间和人们生活的褶皱里隐藏着那么多闪光的深刻美好的东西，那才是真正的诗。"李瑛告诉记者，"见到过一个饱经磨难的古老民族奋起推翻旧世界的悲壮场面，看到过火线上战士即将投入殊死厮杀的动人心魄的豪情，我怎能不思考：在大时代里，个人与祖国、民族的命运，是怎样紧紧地联系在一起的？"

70 余年的创作生涯，李瑛从来没有停止过阅读和思考，他总说自己由于本职工作的繁重，业余很少有完整的时间写小说、写剧本，只能写些字数较少的诗，抄写起来也比较方便，但他那一句"我这一辈子就是一首诗"足以令人肃然起敬。

谈诗学主张——

"诗人属于时代　诗歌真实地反映内心世界和生活"

李瑛始终坚持"诗人属于时代"的诗歌美学，他提出"诗是时代的一部分、历史的一部分，诗人属于他的民族、他的国家和他的人民"，意在强调诗人庄严、神圣的使命和责任。他深谙文学创作，就是要了解生活、了解社会、了解时代；他珍惜诗人这份荣誉，所以他主张诗歌要贴近时代、忠于生活，而选择做诗人就应该做一个哲学、文学、美学兼修的学者型诗人。

在采访中，李瑛十分强调诗歌创作与时代的关系，"我曾处在血与火的年代，它直接作用于我的精神品格的培养和思想情感的成熟。有无这段不平凡的经历是不一样的，它不能不激起你要来反映这个火热的年代。"李瑛的作品总能够与时代发展同频共振，生动记录社会生活的壮丽图景，但他的诗作不是一般化地反映生活表象，而是站在时代的高度，准确地洞见和把握时代进步的先声，因而能够直达繁复生活的本质。

在李瑛的标准里，优秀的诗歌一是要有思想的深度，"我不认为诗歌是用来'玩'的、可有可无的东西，或者只写一些个人琐屑的小感伤和小欢乐这些没有什么意义的东西，这恐怕是不能有益于广大读者和这个世界的。"二是要有时代气息，他认为："一个作家应该怀有崇高的理想，一个诗人应该时刻关心时代的变化，真正伟大的作品，应该与时代、与人民群众的脉搏是相通的。"三是要"美"，李瑛敬畏诗歌，他极为重视诗歌的美学意识和美学品格，他认为诗一定要表现美，追求生动的意象、精巧的构思、语言的韵律和节奏。他把诗人比作是以创造"美"为自己职业的人，即诗人应该是"美"的创造者。

谈到当下诗歌创作，李瑛则寄希望于年轻的诗人朋友，要多读书、多思考，以严谨的态度、大胆的探索创作出更多能够潜移默化作用于人的精神世界、提升读者思想感情的诗歌。

离休之后的李瑛，谢绝了太多的社会活动和浮泛的应酬，以更多的时间用来读书、写作和思考。如今虽已年近九旬，但他近期的诗作让人深深感到他仍才思敏捷，激情不减，他的心灵是开放的，视野是开阔的，这真是一个奇迹。

谈新作特色——

"时代、生活和诗把我变成了孩子"

"只说在以各自不同的生活/让春天充满梦和渴望/为创造一个共同的美的世界/把蓬勃的未来交给希望。"翻开诗集的第一篇便是《春天》，诗人似有意而为之。李瑛的诗是他的生命之歌，诗行里激荡着青春式的呐喊和对民族伟大复兴的强烈渴望。细细品渎"春水小集""红樱桃小集""白鹭小集""野草小集"等 7 章，无不洋溢着一如既往的理想和浪漫色彩，延续着一股积极向上、富于活力的力量。

在诗集《比一滴水更年轻》的《序》中，李瑛这样写道："这就是我多年来所做的探索。"他在探索什么？多年的创作经历，让诗人越来越深刻地感受到中国古代文明的博大精深，特别是在哲学、文学和美学领域。他的诗常常以细微的事物观察来透视时代和人生，虽是"小我"的姿态，却有"大我"的情怀。正如他所说："一件作品若能跳出'自我'，超越个体生命的有限存在而复归于人生世界的整体，着眼于追求超功利的境界，追求审美理想和某种深刻的哲思、自由的人格和积极的生活态度，达到情与景交汇、意与境相融的美学境界，才是上乘。"李瑛认为，每件作品的意境，都来自于作者的思想、性情、襟抱，人生境界的高低，最终决定其作品艺术水平的高低。

从这本诗集不难读出李瑛的探索，一水一石，隐含天地间生命的顽强和静穆；一草一木，历数时空往复的流转，阅尽风雨中的飘零与生机。每首诗都能传达出一种思想的内涵，并营造了一种特有的韵味。在构思和艺术处理上，他借鉴西方多种流派的艺术表现手法，融入东方美学的境界之中；语言上天然、节制、简洁、生动。大与小、虚与实、浓与淡、秀与隐，"天地有大美而不言"，彰显了李瑛更为看重诗作深刻的艺术表现力与容量、率真与灵动以及韵律与节奏的和谐之美。

"当手杖/成为我世界的一部分/我却比一滴水更年轻/因为这个时代/因为我的祖国。"感召于时代沸腾的生活和日新月异的现实，李瑛始终处于无比的憧憬、激动和感奋中。不只这一首诗，诗集中的所有诗都在讲述着李瑛《比一滴水更年轻》的心境，"想起年轻时我渴望的一切，今天都已变成现实，我更坚信未来在我们手中必将有更多奇迹发生。"李瑛说，"时代、生活和诗把我变成了孩子，我便把这首诗的题名作了这本诗集的名字。"

结束了和记者的对话，李瑛移步书房，他在自己刚刚出版的新作《比一滴水更年轻》的扉页上，写下："读诗可以使你生活得聪明而勇敢。"不像一粒沙那么古老，但比一滴水更年轻，楼下的白玉兰似乎也开得更旺盛了！

原载《解放军报》2014 年 4 月 1 日

他为诗而生

小 雨

　　我的父亲李瑛是个诗人，在这个世界上，能把诗作为自己毕生至爱并坚持不懈、历尽磨难而无悔的人本来就少，而在今天这个日益物质化的现实社会中，仍不改初衷，以诗为荣、为乐、为叹、为痛的人则更是少之又少。然而，我的父亲却做到了：他从 16 岁写诗到 84 岁，这 70 年来，磨秃的铅笔有半抽屉，抄录的笔记本有几尺厚，出版的诗集达 56 部，其中一版的发行量最高达 30 万册。他的生活中似乎缺少很多东西，他不抽烟，不喝酒，不打麻将，不跳舞，但他却永远遨游在自己创造的精神世界里，他用诗诠释了自己的一生。

诗之痛

　　在我儿时的印象里，父亲始终是个瘦高、严肃、穿着一身绿色军装的英姿勃勃的年轻军人，早出晚归的父亲像一阵风。那年，我家搬到鼓楼附近，上班下班，父亲就骑着自行车准点擦过晨钟暮鼓，穿过雨雪风霜，来往于北京一条偏僻狭小的胡同里。每天回家，一放好车，他必先去北屋看望年迈的爷爷奶奶，有时还给他们捎去路上买来的点心，然后就一头扎在我们的小南屋里，静静地看书写作，直到深夜。院子里的丁香花、枣花开了又谢，一年又一年。那时候，我并不理会诗是什么，也不了解父亲为什么这么呕心沥血地痴迷于这些分行的文字，直到有一天，一场风暴惊醒了我少年的梦，我才明白了我的父亲和诗……

　　1966 年，我上初中，在一片"破四旧"、"打倒帝修反"的批判声中，我每天悄悄把父亲出国访问时带回来的东欧各国的纪念章等装满一兜，趁大雾天走到后海，一把一把扔到湖中，湖水的溅落让我心惊。我还推着小车到胡同口卖掉了家里的一批藏书，记得有一本淡黄色封面的《飘》，竖版，扉页上的题字是1948年送给我父母订婚纪念的。抚摸着这本精心保存了多年的书，厚纸的封面，光滑如缎，我犹豫再三，终于横下心来，把它放入书堆，以三分钱一斤的价格处理掉了。过完秤，在回来的路上，我的心又疼痛又麻木……最令我感到对不起父亲的，是在一个阴暗的下午，我烧毁了他珍藏多年的四五本手抄诗集。那是他大学时代写的许多旧作，暗蓝色封面，发黄的厚纸，父亲工整的蓝色的蝇头小字，还配着精美的钢笔插图……我没想到父亲还有这么高的美术天分，这么漂亮的字！记得其中有一本名叫《曲——给艾玲娟》，是父亲写给母亲的爱情诗集，浪漫、忧郁、纯美，如森林中的舞会，这是40年代父亲的"朦胧诗"啊！它使我既感到新鲜，又感到莫名的紧张、慌乱。现在，这该不是"有问题"的东西吧？当我看着火焰渐渐吞噬了父亲工整的字迹时，我似乎已经感觉到无可挽回地做错了什么。事后，我喃喃地向父亲说起这件事，可能父亲已经预感到单位里日渐紧张的大批判风暴，他只是沉重地点了点头，一句话也没有说……直到"文革"以后，父亲还曾亲自去首都图书馆翻找以前发表的旧作，但每次都收获甚微。我也暗下决心钻图书馆去弥补自己的过失，但也都因为各种原因没能实现。其实，我心里深知这些诗是再不可能复还的了，它们已经随着时间和青烟一起飘散，一起飘散的还有父亲的一部分生命。每当我看到父亲徒劳地给一些朋友写信，希望帮助找到那些过去的诗的线索时，我都会陷入无言的、深深的懊悔和自责。

第二年冬天，母亲带着弟弟去了河南干校，我在家里等待插队，父亲也被下放到连队当兵。临走时，他交给我两大捆用油布包裹得严严实实的东西，我明白，这可能是父亲最无法割舍的重要之物。夜里，我一人躺在四壁空空的床上，巡视小小的房间，想着如何可能保存这两包"秘密文件"。突然，我想到一进门的方砖地。这老屋的方砖十分结实，又可以撬起来，如果抄家的人来了，势必会站在紧贴门槛的方砖上，环顾四周，绝不会想到脚下的"机关"。我真为我的主意激动！待到月上中天、万籁俱寂时，我翻身下床，用铁铲一点点撬起青砖，挖出深深的湿土，待到把两包稿子放妥，再填土踩实盖上沉沉的青砖，已经过去一个多小时了。之后，我去插队，全家四口人分为三处，都不在北京，这个地下秘密也就在两年之后才被打开，原来这就是父亲"文革"前写就的《枣林村集》和《红花满山》的手稿。此后，在"文革"后期，由北京人民出版社和人民文学出版社出版，前者发行30多万册。

以后，我才又渐渐地知道，父亲因诗而受的磨难还有许多。1955年反胡风运动中，他曾因为在大学时代写过评绿原先生诗的文章而被隔离审查。听妈妈说："你爸爸放回来以后，夜里睡着睡着，就会突然坐起来拉灯绳，满身冷汗，真吓人。"原来，在父亲被审查时，每夜都被大灯泡照着，所以留下了后遗症，一年多后才渐渐减缓了症状。1957年，只是因为株连，又被划为"中右"。1959年，又因为曾写过歌颂彭德怀元帅的诗文《在朝鲜战场上有这样一个人》等，而又被第三次审查、三次下放，后来又两次派往农村"四清"……

因诗而痛，因痛而思，因思而无悔地歌唱。对于身心所受到的极大伤害，父亲只是埋首诗中，以诗来抚摸自己的伤口，以诗代言。

诗之乐

诗路漫漫，不因满程风雨而感伤，却为随时可以采掬到的一朵小花而惊喜，是诗给了父亲全新的世界和亮丽的生活。

父亲是从河北乡下柴烟熏黑四壁的草房里走出来的，他是兄弟姐妹9人中的长子，大家庭的艰辛养成了他沉稳的性格、强烈的责任感和吃苦耐劳的精神。冬天没有钱买袜子，他空着肚子，光着脚走进中学。他一边读文学名著，一边写诗，笔下全是挥之不去的多灾多难的土地和乡下的青苗。1944年，他和同学们共同出版了一本诗歌合集《石城底青苗》，那时他身穿铜纽扣制服，头戴硬檐帽，16岁的眼睛从发黄的旧照片上兴奋地望着我。

又经过一年多的失学和流浪，父亲借钱考上北大。在唐山到北京的火车上，父亲雪上加霜地丢掉了祖母给他拼凑的白色包袱，里面有他的全部衣服和干粮，父亲就一袭长衫、两袖清风地跨进了北大。

在北大，他加入的是"吃窝头的食堂"和文艺社。沈从文先生和冯至先生给他的创作以极大的帮助，与他讨论诗歌，帮他发表作品，并给了父亲家庭般的亲情和温暖。父亲的诗歌，就诞生于北平"反饥饿、反内战、反迫害"的学生运动高潮中，他在这期间加入了中国共产党。4 年之后，他怀揣北大特有的自由空气，带着满脸阳光，告别了沙滩红楼，参加了第四野战军南下。父亲自大学毕业穿上军装，几十年的军旅生活，使他能在滚滚硝烟中疾步如飞，使他能在细腻清新的诗风中融入金戈之声，丰富的生活成为他创作的源泉。他多次获奖，许多人记住了他的诗句。

然而，诗歌是贫穷的，获奖也是一时的。有一天我问父亲："关于诗歌，你感到什么最能使你快乐？"父亲眯着眼，仔细想了想说："什么都不是。能让我平静地写诗，就是我这一生最大的快乐。"是啊，生活如水，荣辱皆去，而最后剩下的，还是写作。

诗之情

回想起我年轻的时候，对父亲的爱懂得很少，等到自己比当年父亲的岁数还要大了，回头一看，才发现父亲的感情里有波澜，也有涓涓细流——他的目光总流在我的身上。

父亲会煮挂面，父亲煮的挂面不放什么东西就很香。于是，每当我去父亲家，再三声明吃过饭了，妈妈仍会说："你爸爸已经把挂面煮上了。"过一会儿，父亲就会抖着双手，颤颤巍巍地给我捧出一碗香喷喷的汤面。我吃着热热的面条，又想起了饥饿的 60 年代，父亲晚上回家，把中午省下来的一块白面饼带给我……

我插队时，迁户口，打行李，到长途汽车站，父亲一句话也没说，全家从此四分五散。待到第二年夏天，我抽空回家，父亲正好也暂时回京看病，看到穿着破旧宽大的军装、满身汗碱、挽着袖子的我突然出现在小南屋里，父亲似乎又惊喜又平静。正当我扔下行包，扭身关门时，忽听到昏暗里的父亲轻叹一声，慢慢地说："看把孩子咬的……"只一句话，就让我背转身去，抚着胳膊上跳蚤咬起的大包，泪流满面……

我还有很多张小纸条，都是父亲需要提醒我注意而随时交给我的，一律用铅笔书写、一、二、三、四……条条款款清清楚楚。内容十分丰富：有我当兵时父亲为我摘抄的学习重点、发言要点，有我在工作时应该注意的事项，包括如何写退稿信，如何给不同的作者用不同的致敬语，而现在更多的则是怕我遗漏的事、要办的事……事无巨细，殷殷叮咛。想起人的一生纷纭繁杂，父亲竟为我思前想后，努力地助我从待人接物做起，用笔为我开出一条世间比较顺畅的路，拳拳之心尽含在这几十年如一日的小字里了！随着时光的推移，纸条上的笔画变得越来越颤抖，父亲现在已经有些难于把握笔了。

我最遗憾的是因为工作太忙，离父母家又太远，不能经常去探望，也无法为他们做任何一点什么，而我最忘不了的，却是每当我看望他们时，父母都要给我装上大包小包吃的用的带走。父亲还要抢先给我提下楼，装上自行车，又推着走很远的路，直送到地铁站。他花白的头发在风中飘着，而我的母亲则站在车水马龙的大路边，一直远望着我们……

我知道，父亲的爱是最不易觉察的爱，它就藏在父亲闪烁的白发中，藏在父亲默默无言的脚步中，藏在偶尔回头那突然的一瞥中……

原载《解放军报》2011 年 1 月 12 日

李瑛性格心理调查表

郭　晨

调查人：郭晨

姓名：李瑛

性别：男

年龄：56 岁

文化程度：大学毕业

调查时间：1982 年

主要工作成就：

读中学时即开始写作尝试，写过诗、散文，也写过小说，读大学时发表了一些作品，较多的是散文和诗歌。后来参加了解放战争，在部队做过记者和行政工作，较长时期的是作编辑，以至于今，由于条件限制，主要就是写诗了。虽也曾出版了二十几本长短诗集，但因自己水平不高，又只能利用仅有的业余时间来从事，所以成就不大。

父母职业：

母亲是旧社会北方农村的劳动妇女，家里很穷。她没上过学，但非常聪明贤慧。她很小就帮助大人起早贪黑地劳动，长大后，即使拼命出力，仍然难得温饱，夜里便又点起油盏在柴烟熏黑四壁的草房里，在土炕上编织苇席，好在天亮之后拿到集市出卖。

父亲是铁路职工，是个独子。他的父亲曾饱受地主剥削之苦，至死也未得解脱；他的母亲很早便守寡，带着这个孩子，拼死拼活也要拿钱供他读书。他小时念私塾，好学上进，为上学每天要走二十多里的路程，但他聪敏过人、成绩极好，后来被保送到县的中等师范去深造，毕业后考进了铁路，作小员司。此后，我们的家便随他工作的调动，在铁路线的三等小站上频繁地迁徙，直到他六十岁退休，始终未离开铁路。他对自己的工作严肃认真，对生活艰苦朴素，由于我们兄弟姐妹较多，而他月入甚微，难以糊口，他曾在下班后教过夜校，他的英文不错，又写得一笔好字，我从小便受了他一些诗书的熏陶和影响。

幼年少年对你影响最大的人：

我的母亲、我的姐妹和兄弟，都在我的心灵中留下深刻的记忆，但对我影响最大的要算是我的父亲。

我的父亲由于不堪世代遭受的奴役和剥削，矢志发愤读书。屈辱的地位、险恶的境遇，养成了他倔强正直的品格。他身上总有一股子奋进不息的劲头和争强好胜的志气；做什么事，从不希求侥幸，从不贪图便宜，总是严格要求自己，不做好不罢休；他小时读书用功，便也以同样的标准要求他的儿女。我在少年时代，他便给我讲过古人悬梁刺骨、囊萤映雪等刻苦好学的故事，给我留下很深的印象；他的毛笔字写得很好，每年春节总要写一些诗句作为对联贴在门上，邻里街坊也常请他来写字；他爱读古典文学，有不错的古文根基，常常哼一些诗词的佳句。他特别推崇《聊斋志异》，称赞这部作品文笔最简练，情节最引人。我清楚地记得，在我受难的童年生活里，有一段长时间，每天总是盼望父亲下班回家。晚饭后，便围在小油盏下，要他为我们讲《聊斋》中鬼狐的故事。他照了书，讲完一篇又是一篇，我们姐妹兄弟都听得十分入神，即使听到一些狐鬼妖怪，不免毛骨悚然，但望一望映在四壁的人影，还总是要求他再讲一个，再讲一个，直到有谁已睁不开眼，才带着天真的却很复杂的感情入睡。

我的小学，是离开了铁路小站到故乡农村去读的。记得每到期末父亲总是要我们给他写信，报告考试成绩，而每次去信不久总要收到他的来信，把我们信上的语病和错别字，逐一改过寄回；这就使我们以后每次给他写信，总要十分仔细认真，总要打了草稿，一遍遍修改才能抄出。后来我们的家搬到天津，便又和他生活在一起了；每次同他一起外出，他常是指了街头商店的招牌匾额，考问我们这个字的读法，那个字的含意。一次去公园，他指着"鹿囿"的"囿"字，问我该怎样念，我读不出，他便告诉我，并且讲了许多围了四方框框的形状的字。我从他的谈话中，才第一次知道中国字的象形象声的创造。我小时，每年端午，家家都有插艾草、吃粽子的习俗，记得有一次，他问我们，谁知道为什么要吃粽子呢，我们谁也答不出，他便对我们讲屈原投江的故事。后来我以优异的成绩升入高小，这给终年劳碌的父亲带来了很大的安慰。那年春节，父亲兴致很高，专门买了一包瓜子准备留作待客之用。春节晚上，他把我们叫到跟前，他轻轻地捉起两只黑瓜子摆在掌心说："这是个谜语，你们猜猜看，打一古国名。"我们谁也猜不出这个古怪的谜语，他说是"孤竹"，你看瓜子两个，不是"孤竹"二字吗？接着他就讲起了孤竹君之二子的历史故事。

可以说，在我系统地学习中国文学之前，有许多片段的中国古典文学常识都是父亲断断续续讲过的。当然，在那时，父亲并未想过要使我们长大成为文人，不过他确是希望我们一定要有文化知识，特别对我们男孩子，要求更高。

父亲常爱不时地考问我们这个那个，可是他并不严厉，也从不发火，我们兄弟姐妹谁也不害怕他，倒是常常在答不出问题时感到羞涩和惭愧。

我刚刚进入中学，能够思考一些问题，但对遇到的许多社会问题得不到解答，便想从书本中寻找答案，这就使我十分喜欢读书，但是，家里经济条件很差，怎能有钱买书呢。记得那时，我常常是到街头卖报纸和旧书刊的地摊上去蹲着看书，自然，这要经常注意观察卖书的老头的脸色，常常免不了受到他的斥责。那时我还没有什么分辨问题的能力，我看的书很杂很乱。不过，在我看过的书中，对文艺兴趣最大。我曾梦想过，什么时候我能有一些自己喜爱的文艺书籍呢！记得我第一次买文艺书，是父亲下决心把他领来的半袋杂合面省下后，卖了钱带我去旧书店买来的。我清楚地记得，我在那充满发霉气息的书架前，流连很久，选择再三，最后经父亲同意才买回了一本冰心的散文集，一本没有封面的《世界名著小说选》和一本《作文描写辞源》；这本《辞源》并不厚，是从五四以来的许多文艺作品中摘录了一些描写风景人物的段落汇编而成的，它曾帮助了我完成学校的作文，特别是从中使我知道了很多过去从不知道的我国作家和作品的名字，这几本书，后来一直陪伴我生活了多年。

在我幼年和少年时期，我就逐渐养成了爱读书、爱思考问题的习惯；性格上我喜欢安静，不爱讲话，家中来客人，我总是羞于见人，常常是匆忙地躲起来，给人一个十分腼腆甚至孤僻的印象。

在您成功的道路上有哪些特点帮助了您：

实在不能说我取得了什么"成功"，只能说在我的成长过程中，有属于我自己的一些特定条件和境遇。

一、在我从事写作的近 40 年里，我觉得倒是些不利条件和因素从另一方面帮助了我。我的写作条件并不好，直到现在我仍然只能是在仅有的业余时间里从事读书和创作。几十年来，即使我曾到过许多地方，也大都是为了工作的需要才外出的；加之几十年间，我也曾受到过委屈，也曾有过心灰意冷，这之间，曾几次决心辍笔，最后却还是又写了下来，党组织和许多的同志帮助了我。为了挤出一分一秒的时间，我抓紧等车、排队、上下班骑车途中等短暂时间，随时进行观察和思考。时间长了，便养成自己在任何情况下都可以不受干扰、能专心读书写作的习惯；在朝鲜的坑道里，在地震棚的小灯下，在越南战场的猫耳洞中，在宿舍的嘈杂喧闹声里，都能随时记下自己的思绪和感受，是一股子精神韧性和信念支持着自己坚持习作的。就在少年时就知道要珍惜光阴，到青年之后，如果有一天虚度，我便觉得十分可惜和空虚，总要想方设法来补偿。在很长的时期里，我一般每天晚上总要到夜半一点或两点之后才睡，天一亮又起床上班，40 余年来，至今也没有睡午觉的习惯，我很少看电影和晚会，不知道这是收益或损失，但我却这么做了，直到今天。

二、我觉得要从事文学创作，特别是诗歌创作，必须保持对生活的极大热情和敏感，不论是在顺利中还是在逆境里，都要不失对生活的热爱、追求和信心，并且保持正直的品格。越能广泛、深入地接触社会基层，越能紧密地联系人民群众，就越好，永远对生活和未来抱有一颗赤子之心；永远感到生活对你的召唤，这比什么都诱人。有这种热情，才会有对它的敏感。一个诗人对生活的敏感，应该说是他的诗歌赖以孕育的灵魂。我觉得只有深入生活、熟悉生活、热爱你所要表现的对象，才能保持自己新鲜活泼的思想，才能发现别人所不能发现的题材和诗意；同时，还要勤于观察、善于思索，才能从生活中概括和挖掘出具有典型意义的深刻的主题，保持高度的艺术感觉。基于这一认识，我每年总要结合工作，尽可能到生活中去，到部队基层去，去感受时代的脉搏。如今，我跑遍了许多深埋在千山万水间的艰苦的部队和没有人烟的边防、海防，但有许多大城市还从未到过。我很笨，但我不怕苦，也不怕累，我曾和战士们一起行军、执勤，徒步爬过许多座大山；曾被暴风困在孤零零的小岛上，在台风里，在远航的小艇上曾吐得一塌糊涂；在 1961 年艰苦的年月，去新疆的漫漫长路上，曾整整两天没有吃上一顿饭……但我是愉快的。当然，还必须永远不要满足，要永远打开自己的心灵，不断研究新事物和新问题，追求新的表现方法；要保持自己的艺术风格，同时又要不断丰富、发展和突破；既不盲从，又不保守，不断地吸取，又不断地融合，以形成最深刻和最准确地表现自己的认识的艺术魅力。

三、生活中我最不喜欢懒散，无所事事，最不喜欢拖拉和脏乱，我觉得，这是一个人生活秩序和精神状态的反映，一个人应该生活得纯洁而健康。我过惯了严肃紧张的生活，我感觉浪费光阴是太可怕了。对于我，如果能有充裕的时间可以坐在椅子上读一本早就想读的书，或完整地、从容地思索一些问题，这就是我最好的休息和莫大的享受。

请确定您的气质：

我不知道我属于哪一种类型的气质，可能更近于黏液质加抑郁质，表现为安静、稳重、情绪内在，乐于观察一些细节。

请确定您的性格类型：

复杂又单纯，像是理智型加内倾型加独立型。

您的业余爱好：

喜欢看美术展览，听音乐，喜爱精巧的工艺品，从这些诗的姊妹艺术中我获益良多；我特别爱书，我自奉俭约，不吸烟也不喝酒，只喜欢买书，这是我到街上去的一件乐趣；我还特别热爱大自然，山木、花草、树木以及小鱼、小鸟们，都是我生活中有趣的侣伴。阿尔卑斯山上的一朵小花、波罗的海岸边的一颗卵石、西沙群岛上的一只贝壳、大兴安岭腹地的一只松果，甚至在战争年月我投出的第一枚手榴弹的弦圈，和随我长途行军的战马的一只蹄铁，都是我喜爱的珍品而收藏至今，它们常带给我许多遐想、情思和美好的回忆。人生活着，在他的精神世界里，是需要一些美好的、明朗的色彩和音响的。

您所要讲的话：

一、要进行文学创作，首先要做正直的人，要努力使自己具有一颗美的心灵；不为潮流而盲动，不为私利而起心，永远保持纯洁的品格，做一个有益于人民的人。牢记：写作是十分严肃的劳动，切莫玷污了诗。

二、不怕艰难险阻。要勇于追求，锲而不舍地追求；要有信心，百折不挠的信心。泪是酸的，血是红的。既然热爱这一庄严的事业，就要准备把自己的一切都献给它，不要期求所走的路都会像长安街一样笔直，在困难中前进常会获得意想不到的快乐和幸福。

原载《丑小鸭》1982 年第 7 期

附

录

李瑛诗歌研究述评

杨四平

　　李瑛（1926— ）是50年代在部队里成长起来的诗人，他从17岁写作处女诗作《播谷鸟的故事》到现在，共写了几千首诗歌。李瑛及其大量优秀诗歌的出现，给中国当代文坛带来了不少新的东西。正是这些新的东西，引起了人们的浓厚兴趣与研究激情。多年来，李瑛的诗集如《红柳集》、《红花满山》、《南海》、《战士万岁》、《我骄傲，我是一棵树》、《春的笑容》、《在燃烧的战场》、《生命是一片叶子》、《李瑛抒情诗选》等和李瑛的长诗如《一月的哀思》、《我的中国》等，广为流传，且好评如潮。它们或被时人所反复吟诵，或被选入大中学校的教科书，或被研究者长期研究，或被翻译成多种外国文字。种种情况表明，在中国当代诗歌发展史上，李瑛是不能被轻易绕过去的。

　　本文仅就建国以来李瑛研究的情况做一番考察。

一

　　我认为，李瑛研究大体上经历了滥觞期、沉寂期、复苏期、发展期和沉思期。

　　根据现有的资料来看，对李瑛的研究始于50年代末期，我把五六十年代称为李瑛研究的滥觞时期。最早发表的李瑛研究的文章是《激情的战歌——〈寄自海防前线的诗〉读后》。① 这是一篇读后感式的书评，它属于

---

① 季石：《激情的战歌——〈寄自海防前线的诗〉读后》，《读书》1959年第22期。

那种印象式的批评。好在这位批评者的感觉还很到位，因为他抓住了这一时期李瑛诗歌写作的主题——"战歌"与李瑛诗歌写作的心理机制——"激情"。虽然文中的意识形态色泽很浓，但是它已初步显露出李瑛研究的可能性的动向。显然，这篇文章具有开先河的意义。直到 60 年代中期以前（1964 年以前），随着李瑛诗集一本接着一本地出版和在社会上广为流传，尤其是他的第一本诗歌选集《红柳集》的出版和流传，诗歌研究界也开始慢慢地将李瑛纳入自己的批评视野。所以，我们可以看到，在 60 年代初期的一些重要的报刊杂志上，已有零星的研究李瑛的文章发表。它们之中，以张光年的《李瑛的诗——序〈红柳集〉》① 和宋垒的《谈诗意和李瑛的诗》② 最有代表性，代表了滥觞期李瑛研究的最高水平。

张光年是左翼文学的领导，他是用革命的、阶级的、集体的眼光来看李瑛的，同时，他又是以革命同志般的情谊、以饱含革命激情的散文笔调来写他的这篇评论李瑛诗集的文章的。他说，李瑛是从革命军队"这个熔炉里炼出的一批文学新人中的一个"，"虽然不能说是完全摆脱了知识分子趣味和学生腔，但是十分可贵的是，他学会了用革命战士的眼光来观察世界，观察人，用战士的心胸来感受、思考现实生活中许多动人的事物，并且力求作为普通战士的一员，用健美的语言，向广大读者倾吐自己认真体验过、思考过、激动过的种种诗情画意"，"从而学会了这种本领：以战士的笔抒战士之情"。他还在文中肯定了李瑛诗歌写作的诗性想象、有声有色的语言和"因小及大"的手法。尽管他总结出了李瑛诗歌的艺术风格——"细致而不流于纤巧"，"寓刚健于细致之中"，但是他对李瑛的那些描写新生活的抒情小品感到不十分满意，他觉得它们的深度和力度不够。同时，他也站在文学长者的立场对解决这一新课题提出了自己的看法，他说"只要在歌颂正面形象的时候，诗人心目中确实有一个对立面存在"就行了。从张光年的这些表述中，人们已经看到了李瑛这位"文学新人"已正式被主流话语所接受。可以想到，李瑛是从他的《红柳集》和张光年为其所写的序言，才真正走进合法化的中国当代文学史。如果说《红柳集》是李瑛真正成为知名诗人的界碑，那么《李瑛的诗——序〈红柳集〉》就是李瑛研究的第一块界碑。正是

---

① 张光年：《李瑛的诗——序〈红柳集〉》，《文艺报》1963 年第 3 期。
② 宋垒：《谈诗意和李瑛的诗》，《解放军文艺》1962 年 9 月号。

张光年的这篇文章为日后的李瑛研究定了"调子",它的"因子"已决定了以后相当长一段时期李瑛研究的定势和格局。

比李瑛长一岁的诗评家宋垒写的《谈诗意和李瑛的诗》就不像张光年写的"序"那样充满感性,而是多了些学理性。换句话说,宋垒是用写学术论文的方法和思维来写他的这篇长文的,它也是李瑛研究滥觞期出现的一篇难得的研究文章,因为它可以说是最早的自觉地从诗歌美学的角度来研究李瑛诗歌的文章。他首先考察了李瑛诗歌里的诗意的想象——"那优美、壮美或谐趣的美的想象"和李瑛诗歌想象的各种形态——视觉想象(有超越时间限制的想象、有超越空间限制的想象和光线与色彩变幻的想象三种)和听觉想象,以及变形的想象和象征性的想象。其次,他考察了李瑛诗歌是如何让"局部的诗意服从于整体形象的塑造,创造出完整的艺术品来"。最后他考察了李瑛诗歌诗意想象的来源,尤其感兴趣于诗歌里的拟人化手法、锤词炼字、蒙太奇的联想等。在那样革命情绪高涨的年代,宋垒能不为时势所左右,静下心来写这样出色的纯学术的论文,实属不易!我甚至认为它的出现是那个年代李瑛研究的一个奇迹。

如果说张光年的那篇文章偏重思想性,宋垒的那篇文章倾向艺术性;那么,易征的《读李瑛诗的两点印象》①就是思想性和艺术性的结合。所谓"两点印象",第一点印象是谈李瑛诗歌思想感情的革命化、战士化,第二点印象是谈李瑛诗歌"诗中有画"的特色。前者,走的是一条张光年式研究李瑛的路子;后者,走的是一条宋垒式的研究李瑛的路子。

总结一下,我们就知道:在滥觞时期,李瑛研究就由上文列举的《李瑛的诗——序〈红柳集〉》、《谈诗意和李瑛的诗》、《读李瑛诗的两点印象》三篇文章分别呈现出李瑛研究的偏向思想的、偏向艺术的和思想与艺术相结合的三种研究路向。

二

可惜好景不长,由于众所周知的原因,才刚刚起步的李瑛研究就被迫归

---

① 易征:《读李瑛诗的两点印象》,写于 1964 年秋天,《诗的艺术》,广西人民出版社 1978 版。

于令人窒息的沉寂。我把这段时期称为李瑛研究的沉寂时期，这段时期大约是从 1964 年到 1971 年。

大家知道，"文革"期间中的 1972 年是一个有着特殊意义的年份，也就是在这一年，李瑛研究出现了起死回生的征兆。我把从 1972 年开始到 1976 年的这一段时期称为李瑛研究的复苏期，这当然与李瑛这——"文革"后期特有的"诗歌现象"有关。洪子诚就曾惊叹于此，他说，在一片假大空的"伪文学"的叫嚣声里，几乎所有真正的作家诗人被迫停止了写作，纵使有极少数拥有写作权力的人也难以写出好的作品，"民间式"的"文革"时期的地下文学也只能处于一种潜在的写作状态。李瑛却是个特别的特别——他的诗歌在"文革"后期既能公开发表又能以其清新的、细腻的、绘声绘色的艺术个性被广大读者所喜爱，一句话，李瑛是"文革"后期发表诗作最多的诗人，同时，也是最受读者所喜爱的诗人。①

也许因为这是个非常时期，复苏期的李瑛研究几乎只继承了滥觞期李瑛个路向中的一个：那就是选取了李瑛诗歌的思想性来进行阐发。此期，也仅有不足十篇评论文章发表，这些评论文章的题目就可以看出那个极端革命时代的印记，比如"战斗"、"红花"、"沸腾"、"斗志高"等。这些文章几乎都有故意拔高李瑛诗歌的思想价值，而又故意处处遮蔽李瑛诗歌的艺术价值。它们之中，有一定价值的文章是诗评家谢冕的《战斗前沿的红花——诗集〈红花满山〉读后》②。他在文章里，在当时那个时世艰难的非常时期，在文章即将要结束时，表达了他内心的困惑和矛盾："作者可以有自己的艺术风格，读者也可以有自己的艺术爱好，但艺术形式毕竟是服从于所表现的思想内容的。"其实，我更愿意把它解读成谢冕已隐约地感觉到了李瑛此期诗歌写作的那属于他"自己的艺术风格"及其努力处理好诗人的艺术个性和时代主题之间的和谐关系。细心的读者不难发现，复苏期的李瑛研究的文章几乎都是篇幅不长的"书评"、"读后感"，这些文章大都停留在研究对象的表面进行浅层的描述、抒情，因而它们的学术研究价值极少。

比较而言，尽管李瑛研究此期出现了令人喜出望外的复苏，但是复苏期

---

① 洪子诚：《中国当代文学史》，北京大学出版社 1999 年版。

② 谢冕：《战斗前沿的红花——诗集〈红花满山〉读后》，《解放军文艺》1973 年 8 月号。

的李瑛研究因受到来自外界的有形或无形的巨大威慑和压力而没有滥觞期，李瑛研究的曲折性刚好反映了中国当代历史进程的曲折性。

三

进入新时期，李瑛研究开始摆脱复苏期的贫弱状态，走向前所未有的发展时期。此前的许多已经探讨过的问题，在这一时期基本上得到了回应；而此前没有来得及展开的课题，在这一时期得到了较为充分的发挥；更叫人欣慰的是，此前根本就没有涉及过的课题，在这一时期已经有了开疆拓土的迹象，这些都表明李瑛研究者既稳健又富于探索的创新精神。因此，我把70年代末至80年代这一时段称为李瑛研究的发展期。

发展期的李瑛研究，总的来说，还是沿着滥觞期的李瑛研究所开辟的三条道路而进行的，换言之，发展期的李瑛研究，在许多方面还是在滥觞期的李瑛研究所确立的模子里进行。比如，萧三在回忆40年代的诗歌运动时仍将李瑛称为"解放军的诗人"，[①] 而艾青在1980年写《中国新诗六十年》时仍把李瑛的诗叫作"战士诗"[②] 等。但是，不能说，此期的李瑛研究完全是滥觞期李瑛研究的无谓的重复。我们的研究者在他们的文章里总是要显示出自己的批评个性的，比如，艾青在上篇文章里谈到李瑛的诗歌特色时说："他具有细致的抒情笔触，语言和形象比较清新。"我们应该注意到艾青的说法与张光年的"寓刚健于细致之中"的说法之间的差异。艾青认为，李瑛诗歌的艺术风格是"细致"，而没有谈到"刚健"。但是，很显然，评论家都一致把"细致"作为李瑛诗歌的主导风格。

此期的李瑛研究比起此前的李瑛研究在内部已经发生了很大的偏向，这就是从此前的侧重研究李瑛诗歌的思想题旨转向了侧重研究李瑛诗歌的艺术个性。此前的很多文章用干巴巴的散文语言不厌其烦地转述李瑛细致、刚健而清新的诗歌，大约是受新时期整个思想和文艺观念的更新这一"大气候"的影响吧，人们在研究李瑛时也在策略上自动地做了相应的调整。他们很明智地有所为有所不为，而不是眉毛胡须一把抓。当然，在今天看来，这种调

---

① 萧三：《漫忆四十年前的诗歌运动》，《诗刊》1982年5月号。
② 艾青：《中国新诗六十年》，《文艺研究》1980年第5期。

整对李瑛研究来说是远远不够的。

由于转向作品的艺术创造和诗人的艺术个性的研究，此期的李瑛研究在以下五个方面取得了可喜的成绩。

第一，进一步挖掘李瑛诗歌的艺术内涵，将此前文章里的星星点点的论点发挥成熊熊大火，它们集中表现在研究李瑛诗歌的抒情个性上。这有几篇文章富有代表性。

谢冕是位长期关注、研究李瑛的学者，如果说他在"文革"后期写的那篇《战斗前沿的红花——诗集〈红花满山〉读后》里多少表现出了对于提出"作者可以有自己的艺术风格，读者也可以有自己的艺术爱好"这一当时还很扎眼的观点的隐忧心理，那么，在新时期到来的时候，他当年的那种隐忧心理自然消除，他可以发挥这种艺术观念，并深入地研究这种艺术观念了。在70年代末，谢冕写有两篇专研李瑛的诗歌评论，一篇是《他的诗，由钻石和波涛组成——谈李瑛的诗》[1]，另一篇是《一个士兵的歌唱——中国当代诗人李瑛》[2]。说是两篇文章，其实是一篇文章，后一篇是对前一篇的改写。他仍坚持说："李瑛毕竟不是一个纯粹的抒情诗人，他毕竟是个士兵"，[3] "人民战士的生活、思想、情怀，是李瑛诗的'三原色'"[4]。他还进一步发挥地说："李瑛有他自己的抒情个性，我们不仅可以把他和不是部队的诗人加以区别，而且可以把他同部队的诗人加以区别。他已是一个有着独立的艺术风格的诗人"[5]，"也许，有人以为李瑛笔下显得文雅的战士形象，未免缺少了些什么，但不曾缺少的却是李瑛个性化的艺术追求。李瑛当然不是雄而不丽的诗人，却也不是丽而不雄的诗人。他把雄丽如水乳般化在他的诗中。李瑛以自己特有的抒情个性来写豪迈的、粗犷的生活和斗争，他把雄丽、刚柔这些看来对立的特点糅合起来，形成了自己的艺术风格"。[6]

如果说谢冕的这些观念和张光年的那些观念基本相似并已经使李瑛研究成为定论的话，如果说他们的观点还是显得太宏观的话，如果说他们的论述多少显得太行色匆匆的话，那么在80年代初期出现的两篇长文则在微观上、缜密上弥补了以上两位论者的不足，或者说是把以上两位论者的观念充分地

---

①③④⑤ 谢冕：《他的诗，由钻石和波涛组成——谈李瑛的诗》，《诗刊》1979年第10期。

②⑥ 谢冕：《一个士兵的歌唱——中国当代诗人李瑛》，《中国文学》（英、法文）1979年，第10期。

铺衍开来，同时提出了属于自己的新见，因而更见学理性、更见力度，它们就是韦苇的《刺刀映着红花——试谈李瑛的抒情个性》① 和任愫的《一阵清风万里涛声——论李瑛诗的艺术风格》②。

先来看韦苇的这篇文章，从文章的标题可以看出作者的观念受到了谢冕的影响：谢冕评论李瑛的文章标题如《战斗前沿的红花》和《他的诗，由钻石和波涛组成》，用的是二元对立的两个元素构组而成，如"战斗"与"红花"，"钻石"与"波涛"，即一刚一柔，刚柔相济，韦苇的标题也是这样的组构即由"刺刀"与"红花"构成。我想这绝不是偶合，同时，这也说明了韦苇在对李瑛诗歌的抒情个性上与谢冕的认识相似。只不过，韦苇更具体、更深入些。我注意到他在文中提出了一个重要的概念——"李瑛式诗风"（即健美清新的诗风）。到 90 年代，韩作荣也说到过这种"新的军旅诗风"，他说："李瑛感到遗憾的事，是他曾想过却未能实现的如何在部队培养出一个强大的新的军旅诗歌创作的群体。他想在贯彻双百方针和尊重各自艺术个性和不同风格的前提下，组成一个思想倾向、理论主张、创作方法、审美态度以及艺术追求上大体相近的诗歌创作群体，以便更好地创造一种既刚健、崇高，具有浓烈的时代气息和生活激情，又表现部队气质的富有生命力的新的军旅诗风，可是后来因种种原因，未能进行。"③ 依我看，李瑛的这一主观努力并没有失败，它还是取得了一定的客观效果。比如，当年至少在部队里就有相当一批诗歌写作者受到李瑛这一健美清新的诗风的浸染，学着李瑛去写诗。据我所知，曾在李瑛身边工作过的后来成名的诗人雷抒雁、韩作荣等人就是在"李瑛式诗风"的影响下成长起来的。韦苇那么早就提出了这样一个命题，足见他的敏感。可惜的是，时至今日，它一直悬而未决，没有引起评论界足够的重视。韦苇首先分析了李瑛抒情个性形成的四点原因——与"他一贯地坚持以战士身份反映生活有关"，与"他比较解放地在诗创作过程中外在表现自己的世界观、性格、情趣、爱好和审美理想"有关，"与他对诗歌功能的认识有关"，"与他曾经是老北京大学文学院学生的深厚文学涵养有关"。其次分析了"李瑛的抒情个性在感情上表现为：真实、

---

① 韦苇：《刺刀映着红花——试谈李瑛的抒情个性》，《浙江师院学报》1981 年第 1 期。
② 任愫：《一阵清风　万里涛声——论李瑛诗的艺术风格》，《文学评论》1982 年第 4 期。
③ 韩作荣：《我所认识的李瑛》，《中国作家》1996 年第 3 期。

亲切、深挚";接着分析了"李瑛的抒情个性在构思上表现为:精致、清新、优美";最后分析了"李瑛的抒情个性在想象和语言上表现为:细腻、丰富、奇丽"。可以说,这是一篇李瑛研究的重头文章,因为它提出"李瑛式诗风"这个很有分量的诗学观念,并且从感情上、构思上、想象和语言上进行细致的诗歌文本分析和科学的论证。

任愫也试图在他的文章里说出别人没有说出的话来,即他试图找出被人们所忽略的李瑛诗歌里的新东西来,他是在别人的差异处、在注意到李瑛创作的变动性这两个地方出发来考察李瑛诗歌的艺术风格的。他说:"我们现在研究李瑛的艺术风格,应看到他各个时期、各种题材、各种形式的诗作。"他认为,自《红柳集》之后,李瑛诗歌里出现了新的东西——"向深挚方面发展了","向清雄方面转化了"。这篇文章是用比较的观点和方法来研究李瑛诗歌的艺术风格,将李瑛研究放置于一个纵深的、开阔的场景中进行考察,从而有理有节地、有力有美地把李瑛研究推向一个新的高度。

此外,这一时期还有一篇文章因其角度和方法较新而值得一提。它就是李元洛的《李瑛诗作艺术片论》①,他从诗歌美学的角度来探讨李瑛诗歌里的生活美、诗人美的情思和它诉诸读者的审美情感。同时,他还能从与同辈诗人的比较里来考察李瑛的独特风格和价值。他是这样来说的:"李瑛的风格,不同于郭小川的雄浑深沉,也不同于贺敬之的豪放俊逸;不同于闻捷的优美豪迈,也不同于公刘的凝练深隽","我认为,他的艺术风格的特点是:刚柔并济、刚健与细腻交融、明丽与质朴统一"。

第二,采用新视角、新方法,努力突破既有的研究框架,开辟李瑛研究的新天地。如我们刚才在上文提到的任愫的文章,它注重李瑛诗歌的动态变化,它似乎在呼唤人们多多去关心李瑛诗歌创作里出现的新的东西。此期,洪子诚的《新的尝试和探索——读李瑛的近作》②就是这样一篇具有开拓意义的文章。他认为,李瑛诗歌新的尝试和探索从两个方面得到展示:一方面是"思想感情的深化",一方面是"艺术上的突破"。他说,1978年后李瑛诗歌的思想形象深度有明显的加强,而且它有一个发展过程。那么,李瑛是怎样取得思想感情的深化的呢?洪子诚分了五个层次来论述这个问题。

---

① 李元洛:《李瑛诗作艺术片论》,《文艺报》1982年第4期。
② 洪子诚:《新的尝试和探索——读李瑛的近作》,《文学评论丛刊》第12辑。

他说："这种探索，首先表现在选材和表现角度上，李瑛在继续发挥他那种从具体生活情景入手，揭示其思想和美学的时代特征的特长的同时，也尝试从正面、从比较广泛的生活范围和历史背景上，去反映我们时代的重大冲突、重大事件"；"其次，在李瑛为加强自己作品的思想情感的时代感而写作长篇政治抒情诗的同时，另一方面，对于那些描述具体生活情景的短章，也竭力不做孤立的观察，而是从与生活主要潮流的联系上，去提炼自己的情感，阐发事件的意义"；"第三，为了加强自己诗作的思想力量和感情深度，李瑛对社会生活提出的迫切问题有了更热情的关切，力求更加努力去准确把握现实跳动的脉搏"。洪子诚论述了李瑛诗歌写作既感兴趣于具体生活又感兴趣于时代的重大事件，因而既讲究正面进入又讲究侧面进入；既有长篇政治抒情诗又有描述具体生活情景的短章，既有极强的现实感又不乏厚重的历史感。洪子诚在这里从诗人主体思维空间的拓展谈到了诗歌写作的方法的更新，因而，它不失为发展期的李瑛研究的又一篇重要的文章。

方法的更新会带来观念的更新，我们不仅要研究李瑛诗歌创作本身的变化，而且也要研究考察李瑛诗歌的方法。80年代，"三论"新方法被介绍给中国学人后，引发了中国学界的阵痛。面对这样的挑战，有极个别研究李瑛的学者开始尝试着将"三论"引进到李瑛研究的领域里来。可惜的是，这方面的成果少得可怜，有许多该做而没有做的工作就这样放任自流了。这里我要特别提到杨匡汉，因为他最早把系统论与李瑛诗歌这两者联系起来，从而创造了李瑛研究新的美学空间。这就是他在1984年写的长文《李瑛的感情投影系统》①。他认为，过去人们评论诗人的作品时，是用所谓的"解析"的方法孤立地肢解它们，而诗人的一系列作品实际上组成的是诗人的感情投影系统。正是在这个认识的基准上，他说："李瑛的作品也构成了自己的系统。他作为一个中国士兵的歌唱，在抒情写怀时，也是将自己的情感客观化、对象化，使一系列艺术形象的情感为中介得以连续、推移及加深、形成了具有'系统'的活力的艺术掌握世界的方式。因此，如果要充分认识李瑛的诗歌，就不能不考察他的感情投影系统，考察他抒情方式的有机、完整的统一，方可摆脱某些片面或单一的注释。"接着，他分析了李瑛的情感投影

① 杨匡汉：《李瑛的感情投影系统》，收入《诗美的积淀与选择》，人民文学出版社1987年版。

形成的动因。他说："李瑛的心胸，是胜利了的，同时还是战斗着的中国士兵美好又崇高的性格和情操的文库。"最后，他用了很大篇幅着重研究和论述了李瑛诗歌感情投影系统所呈现的美学色彩。他讲了三个方面的内容：第一，李瑛诗歌感情投影系统所呈现的美学色彩表现在诗人审美注意力的集中性和作品的有机完整性；第二，是李瑛作品中的情感和情景的流动性；第三，是李瑛作品的"心择"性（就是"'打碎'生活，重新以自己的'心择'去组合、变形，创造出内心的视觉形象"）。杨匡汉正是使用系统论的新方法，才发现了李瑛诗歌的心理结构，发现了李瑛情感的"反射"和"回音"，最终发现了李瑛诗歌的"兵之情"为什么能成为"这个"的奥秘。这样的方法、这样的视角、这样的论述、这样的观念，都是我们在以前的李瑛研究里所没有看到的，这就表明新方法的运用会给李瑛研究带来新的阐释空间。

第三，围绕李瑛《一月的哀思》而形成的一股小小的研讨热。《一月的哀思》是李瑛最有影响的代表作，也是粉碎"四人帮"前后中国当代诗歌的"扛鼎之作"，同时，因为它被选入大中学校的教科书而引起语文教育界和学术界广泛关注。一时间，在全国的许多报刊杂志上和各种书籍里发表了许多评析《一月的哀思》的文章和"教材式"介绍李瑛的片段，仅以赏析《一月的哀思》的文章计算就有几十篇。李瑛研究这一时期出现了实用性和研究性并重的局面，这当然是李瑛研究史上出现的新景观。

第四，李瑛研究资料的收集和整理，使李瑛研究走上更加扎实、更加稳健的道路，为进一步系统地、科学地研究李瑛做了基础性的准备。随着李瑛研究价值的不断凸显，人们越来越认识到李瑛诗歌的重要性。因此，要想真正深入地走进李瑛的精神世界和艺术世界，首先有必要对李瑛的成长经历和创作历程做一番细致的考察，从而挖掘出李瑛写作的文化背景和艺术因子。作家专访、人物素描是最好的写作形式。因此，此期出现了不少篇访问李瑛的文章。这里，我要特别提出《李瑛性格心理调查表》①。这篇文章篇幅虽短，但信息量很大，它可以让我们比较全面地了解李瑛的方方面面。它是以"问答式"成文的，其中，有几个问题对我们很有启示，比如，在回答"请确定您的气质"时，李瑛说："我不知道我属于哪一种类型的气质，可能更

---

① 郭晨：《李瑛性格心理调查表》，《丑小鸭》1982 年第 7 期。

近于黏液质加抑郁质，表现为安静、稳重、情绪内在，乐于观察一些细节。"
在回答"请确定您的性格类型"时，李瑛又说："复杂又单纯，像是理智型
加内倾型加独立型。"这些文章虽然研究性很弱，但是可读性很强，它们记
载了诗人李瑛的童年经验、流浪艰辛、初遇诗神、"北大"传统、战斗青春、
遭遇政治、几度沉浮、诗名远播、写诗不懈，等等。它们为我们研究李瑛提
供了大量的第一手材料，有不少的地方可以说具有史料钩沉的意义。

李瑛研究资料的收集和整理，也从另外一个角度上得到展开。那就是把
李瑛本人创作经验谈，别人写的有关李瑛生平和创作实践的访问记，以及评
论李瑛诗歌的文章作尽可能收集和整理，并以专书的形式出版。这项工作启
动的较早，有两本这样的书值得一提。一本是 1979 年由北京师范学院中文
系资料室编印的《李瑛研究资料》，另一本是 1983 年被编入"中国当代文学
研究资料丛书"的《李瑛研究专集》①。后者收入的文章更为全面，因而它
的意义超过前者。它们的出版有两方面的意义：一方面，给有志于研究李瑛
的人提供资料的来源，既方便又实效；另一方面，有利于集中保存李瑛研究
的相关资料，对后人来说，无疑具有"文献学"的价值。

第五，80 年代中期，有两本专门研究李瑛诗歌的学术著作出版，结束
了李瑛研究过程中没有学术专著的历史，把李瑛研究推向一个新的台阶，标
志着李瑛研究的重大收获。第一本书是 1986 年出版的《新诗别一奇葩——
李瑛诗论》②，作者是杨柳。正如王先需在该书的序言里所言："这本诗论就
是杨柳用他燃烧着诗的情热的心灵去感受李瑛诗作而得的领悟。"全书 8
章，33 节。第二本是 1987 年出版的《李瑛诗论》③，作者有于丛杨、周岩、
吴开晋，在书的体例上有章无节。全书共 11 章，其中，第 5、10、11 章写
得很精彩。比如，第 5 章"'以画写情'的抒情方式"里讲了李瑛诗歌 6 种
"以画写情"的抒情方式，即"用画面描绘心理状态"、"风景画"、"抒情的
映衬画、人物活动的背景画"、"触发感情的媒介画"、"人物素描画"、"咏物
画面"。又比如，在第 10 章"别开生面的表现手法与语言技巧"里，用充满
诗意的语言论述李瑛诗歌五种别开生面的表现手法与语言技巧，它们分别是

---

① 李泱和李一娟编的《李瑛研究专集》，解放军文艺出版社 1983 年版。
② 杨柳：《新诗别一奇葩——李瑛诗论》，湖南文艺出版社 1986 年版。
③ 于丛杨、周岩、吴开晋：《李瑛诗论》，长城出版社 1987 年版。

"在比喻的王国里流连忘返"、"一拟的追求"、"动词的乐园"、"向多彩的世界'借代'意象"、"'拈'出来的诗意"。这真是用诗心去感受诗心、用诗心去表述诗心，它也是我所看到的李瑛研究里最含有诗情画意的学术表述。还值得称道的是这本专著对于研究对象所持的实事求是的科学态度，体现了研究者可贵的治学精神和追求真理的勇气。在第 11 章"枯枝与斑点"里，他们在较为全面地研究李瑛诗歌的基础上也看到了李瑛诗歌创作的不足，比如，"对时代的深刻哲理思考还嫌不够"，"在诗意的创造和语言的运用上，还有程式化的现象"，"有些语言书卷气太浓，生活气息不足，个别语言有雕琢的痕迹"。这种研究态度不像有的研究者，在研究他的研究对象时总是"报喜不报忧"，完全淹没在研究对象里，被研究对象所同化。

总的来说，发展期的李瑛研究成绩巨大。但并不是说，李瑛研究已经饱和了，相反，我们的研究工作老是跟不上诗人创作的节奏，老是处于被动的局面，老是难得出现高屋建瓴的研究风范和气度。因此，从这个意义上说，李瑛研究还有许多领域有待研究。也许正是这样，李瑛研究就自然地从 80 年代的发展期进入 90 年代的沉思期。

四

90 年代李瑛研究虽然不像 80 年代出现了两本学术专著，也不像 80 年代那样有资料汇编式"李瑛研究专集"出版，甚至也不像 80 年代有那么多的诗人访问记发表，但是，经过 30 年来李瑛研究的学术积累，90 年代的李瑛研究向更深的研究层次掘进，在近 10 年又取得了令人欣慰的成果。因此，我把这一个时段称为李瑛研究的沉思期。

进入 90 年代，仍有少数的诗人访问记、印象记的感性文章发表，虽然它们不能构成李瑛研究的主体，但是，它们还是多少在向我们的研究者不断地提供新的关于李瑛的信息，其中，以韩作荣的文章《我所认识的李瑛》①最有价值。他以一个文学晚辈的身份和口吻来写他（包括诗人叶文福）由最初对于李瑛的神秘化的想象和盼望早日见到李瑛的急切心情，到后来终于有机会到李瑛手下工作，跟李瑛学诗学艺和所受到的李瑛人格魅力的深刻影

---

① 韩作荣：《我所认识的李瑛》，《中国作家》1996 年第 3 期。

响，以及从他的角度所知道的李瑛的坎坷的命运和写诗的历程。这篇两万字的长文，可以看成韩作荣撰写的散文形态的"李瑛传"。文中有的史料是首次公开披露的，比如，李瑛在大学时期写的几本手抄本"情诗"以及在"文革"期间被家人焚毁的事实。我觉得，在现已发表的所有关于李瑛的生活写真的纪事文章里，都没有写李瑛青年时期的爱情和他个人的、可以公开而至今没有公开的"隐秘生活"，这不能不说是所有这类性质文章的一份遗憾。

沉思期的李瑛研究出现的主要的研究形态是许多对李瑛诗集的评论。几乎是李瑛每出版一本新诗集，就有数篇这类诗集评论发表，不过，此期的李瑛诗集评论与发展期的李瑛诗集评论在写法上有明显的不同。这些书评，往往是以点带面或者说是从面来写点，很少就事论事，因此，它们比起发展期的李瑛诗集评论来，多少也体现了沉思期的李瑛研究。比如，当李瑛的《多梦的西高原》在 1991 年出版后，张炯就撰文《在苍茫时空中发掘美——读李瑛诗集〈多梦的西高原〉》① 说："整部诗集不只是苍茫高原和生命张力的颂歌，也是自强不息的民族魂灵的颂歌。"同时，他又说："《多梦的西高原》虽然有过多的历史沉思，而对西高原的新的生活变幻的描写笔力欠弱。"当李瑛的《山草青青》在 1992 年出版后，就有一篇名为《评李瑛〈山草青青〉的艺术精神》② 发表。文章写道："李瑛的诗风凝重、深邃，这部诗集不仅发扬过去的风格，并走向平淡、朴素无华。"作者在这里就用了比较的方法，同时，他还用"内热"二字来概括李瑛诗作的艺术精神。吴奔星的《新时期的山水诗——读李瑛〈睡着的山和醒着的河〉》③ 也是将《睡着的山和醒着的河》和《多梦的西高原》和《山草青青》放在一起来谈中国新时期山水诗的总的特色。

1995 年李瑛又一部重要诗集《生命是一片叶子》出版后，引起了评论界的广泛关注，后来荣获首届鲁迅文学奖。比较重要的评论文章有耿建华的

---

① 张炯：《在苍茫时空中发掘美——读李瑛诗集〈多梦的西高原〉》，《文艺报》1992年 10 月 24 日。

② 刘强：《评李瑛〈山草青青〉的艺术精神》，《理论与批评》1993 年第 3 期。

③ 吴奔星：《新时期的山水诗——读李瑛〈睡着的山和醒着的河〉》，《星星》1993 年11 月号。

《崇高美的追求与呼唤——评〈生命是一片叶子〉》①、吴开晋的《李瑛诗作的艺术转型——读〈生命是一片叶子〉》②、蒋登科的《李瑛诗歌的新形态》③ 等等。耿建华在《崇高美的追求与呼唤——评〈生命是一片叶子〉》里说："歌唱在痛苦和磨难中放出辉煌的生命，歌唱在坚持和反抗中的崇高的人格，是这个诗集的中心主题"，"李瑛的诗在表现崇高美时正是从主体对客体的反抗和斗争中去表现个体生命的伟大、心灵的坚强和崇高的。"他揭示了李瑛诗歌里的这样一个哲思：美丽需要痛苦来培养，也需要痛苦来承担。另外，此前袁忠岳的《生命、历史和美——读两本诗集》④ 就专门谈到过李瑛诗歌在历史感里呈现生命的崇高美。《李瑛诗作的艺术转型——读〈生命是一片叶子〉》和《李瑛诗歌的新形态》都提出李瑛诗歌写作出现了可喜的艺术转型和新形态，那就是"走向开阔：历史意识与人类意识的加入"，"走向深入：关于生命的哲学思考"，"人文关怀：现代诗歌精神的闪光"。可以说，这些文章已经论证了李瑛诗歌写作的深度和力度都在加深加强。

对李瑛的诗集《黄昏与黎明》，也有几篇重要的论文发表。像老诗人绿原写了《李瑛的"秘密"》⑤ 就指出了李瑛诗歌成功的秘密有三点："一是正确的指导思想，二是要真诚地面向生活，三是大胆的艺术追求。"张同吾写了《发掘华夏文明的魂骨——读〈黄昏与黎明〉》⑥ 从动态的过程中来说明李瑛诗歌已经出现了题旨的多样性和意象的不确指性。张炯的《与人生、自然、历史一同思索——读李瑛的诗集〈黄昏与黎明〉》⑦，古远清的《"礼

---

① 耿建华：《崇高美的追求与呼唤——评〈生命是一片叶子〉》，《作家报》1996 年 8 月 31 日。

② 吴开晋：《李瑛诗作的艺术转型——读〈生命是一片叶子〉》，刊于《绿风》1997 年第 1 期。该文还以《李瑛的第 42 本诗集》为名，刊于《太原日报》1996 年 10 月 21 日。

③ 蒋登科：《李瑛诗歌的新形态》，《文艺理论与批评》1997 年第 2 期。

④ 袁忠岳：《生命、历史和美——评李瑛的两本诗集》，《昆仑》1993 年第 3 期。

⑤ 绿原：《李瑛的"秘密"》，《文学报》1999 年 9 月 9 日。

⑥ 张同吾：《发掘华夏文明的魂骨——读〈黄昏与黎明〉》，《解放军文艺》1999 年第 5 期。

⑦ 张炯：《与人生、自然、历史一同思索——读李瑛的诗集〈黄昏与黎明〉》，《人民日报》1999 年 7 月 2 日。

赞历史的真实和生命的美"——读李瑛的〈黄昏与黎明〉》①，和一位青年学者写的《辉煌战栗的生命感动——读李瑛新著〈黄昏与黎明〉》②，分别从不同的角度论证了李瑛诗歌里几个相互碰撞的因素：历史、自然、生命、人生、诗美和诗人自己。

在90年代末期，李瑛老骥伏枥地又向世人奉献出一部政治抒情长诗《我的中国》。1999年4月3日，《文艺报》发表了《李瑛政治抒情长诗〈我的中国〉六人谈》，总题为《诗人的情怀因为时代的伟大而雄浑豪迈时代的旋律因为诗人的吟咏而高亢激越》。同时，还有其他相关论文发表。其中，蓝棣之的《是在歌颂，更在思考：李瑛〈我的中国〉》③有代表性。他说，这部长诗不是简单的颂歌，里面掺和进了忧患意识，忧患意识的加入又加强了长诗的思考性，"长诗的思考性加深了它的抒情性"；此外，他还从李瑛要建构长诗的天真和质朴的艺术风格这一点上，说明了"李瑛同志的精神多少有一点唐吉诃德式的理想主义"。

此期还有一些把李瑛的"近作"即李瑛新近出版的几本诗集结合在一起进行考察的文章，而不像我刚才所说的那些文章是以单本诗集为研究对象。比如，尹在勤的《李瑛近作谈片》④、杨四平的《李瑛诗歌意象的创新营构》⑤和张同吾的《走向无涯之海——李瑛近作的意象内涵》⑥都谈到了李瑛诗歌已经注意到了意象的营造，谈到了它因为融入了丰厚的文化意蕴、人类意识和历史感，而使意象超出了实指性，从而使意象有了神秘的陌生感。

当然，沉思期的李瑛研究的真正亮点是以下的几篇重头文章。

首先，我要说的是一篇名为《布谷鸟最初的啼鸣——建国前诗人李瑛的生活和诗的轨迹》⑦。从副标题，我们就知道，它考察的是建国前的李

① 古远清：《"礼赞历史的真实和生命的美"——读李瑛的〈黄昏与黎明〉》，《光明日报》1999年1月28日。
② 王志清：《辉煌战栗的生命感动——读李瑛新著〈黄昏与黎明〉》，《文艺理论与批评》1999年第6期。
③ 蓝棣之：《是在歌颂，更在思考：李瑛〈我的中国〉》，《诗潮》2000年1—2月号。
④ 尹在勤：《李瑛近作谈片》，《诗刊》1993年9月号。
⑤ 杨四平：《李瑛诗歌意象的创新营构》，《诗歌月刊》2004年12月。
⑥ 张同吾：《走向无涯之海——李瑛近作的意象内涵》《光明日报》1994年11月9日。
⑦ 霍清安：《布谷鸟最初的啼鸣——建国前诗人李瑛的生活和诗的轨迹》，《唐山师专、唐山教育学院学报》（社科版）1990年3—4期。

瑛，它由三个部分组成，即"苦难孕育出一颗顽强的会唱歌的星星"、"布谷鸟最初的啼鸣"、"加入四十年代后期国统区进步诗歌的合唱"。以前许多文章只是粗略地提到建国前李瑛的一些情况，而且对于建国前的李瑛的诗歌活动和创作情况提到的比较少（曹辛之[①]和唐湜的回忆文章[②]里有零星的片段），这篇文章为我们弥补了这方面的严重不足，所以它拓展了李瑛研究的新的空间，将李瑛研究向前、向源头推进了几十年。我们现有的李瑛研究的文章绝大多数是建国后的，给人看到的是一个当代诗人的李瑛，而这篇文章给我们看见了一个较为形象的现代诗人的李瑛。当然，向后看是为了更好地向前看。

对李瑛创作历程的研究在此期也有起步了，有人主张"三分法"，而有人主张"四分法"。前者认为在李瑛的诗歌创作史上有过三次艺术飞跃：第一次飞跃是以《一月的哀思》为标志，"表现革命英雄主义与诚挚的爱国情思"。第二次飞跃发生在 80 年代，"突出地表现了思想拓展和艺术探索的青春气息"。第三次飞跃发生在 90 年代，"以飞荡之气开拓着他的诗学疆域"，"使诗的意象融入更丰厚的文化意蕴、人类意识和历史感"。而后者则这样说："在完成由战时军旅诗向和平军旅诗的转变时"，李瑛的诗风"由急风暴雨转变为清丽柔婉"；"近些年以来，李瑛创作的艺术风格又有一次转变"。这一主张还认为，李瑛近作中的现代倾向，与其说是李瑛诗风的嬗变，毋宁说是他早期诗风的某种复归，"当然不是简单的重复和回归，而是一种螺旋形的上升"。这种说法中特别提到了"早期"，即李瑛大学时期的诗歌创作时期。不过，这两种主张都认为，李瑛最后一个时期的诗歌创作已经注入了新的美学因素——后象征主义和印象主义的分子。比如，前者提到了李瑛的《端阳》，后者提到了《假如我忘记你》和《我望着你》，这些提法无疑对我们研究李瑛提供了新的参照体系。

最后，我要提到 90 年代中期出现的两篇最重要的李瑛研究论文，代表了沉思期李瑛研究的最高学术水平。它们都有两万字左右，发表在《文艺研

---

① 曹辛之：《面对严肃的时辰：忆〈诗创造〉和〈中国新诗〉》，《读书》1983 年 11 月号，文中有这样一段话："李瑛的《沉痛的悼念》……绝大部分是抒写当时国统区人民的苦难、斗争和对光明的渴望。"

② 唐湜：《"九叶"长青》，《读书》1995 年 11 月号。文中有这样一段话："九叶以外，当时在《诗创造》和《中国新诗》上发诗的有李瑛等。"

究》和《文学评论》这样重要的学术刊物上，可见其影响之深广。一篇文章是《艺术的自觉与灵魂的自由——论李瑛新时期诗歌的美学趋向》①，另一篇是《中国新诗传统现代化的艺术道路——评李瑛近年来的诗歌创作》②。相同的是，两者都以李瑛新时期的创作为考察对象，不同的是，前者主要谈它的美学趋向，后者主要谈它的艺术道路。前文在大量分析李瑛诗歌的基础上，总结、提炼出李瑛诗歌的精神内涵和美学意蕴，基点扎实、眼界开阔、论点信实。我认为，后文更不同凡响，这篇文章不但从文体和美学的角度高度地总结了李瑛诗歌艺术创造以及对中国新诗的重大贡献，而且，李瑛的成就还从他接通现代新诗并创造性地使它的传统进行了现代化的转变这一点上得到体现，可谓高屋建瓴！它纵横交错，谈"古"论今，发前人之未发，言前人之未言。正是在这一点上，我认为，它是我至今所看到的最深入、最沉思地研究李瑛诗歌和艺术经验的一篇佳作。

掐指算来，李瑛研究已有 40 多年的历史了，经历了 4 个发展阶段，而且各阶段发展不平衡。通过上文的回顾和分析，我们知道，李瑛研究已有几百篇论文、两本研究专著两本资料汇编专集；这绝不仅是简单的量的堆积，而是有过几次质变与飞跃，取得了可喜的成绩。同时，我们也应该看到，李瑛研究有不容乐观的地方，那就是，从面上看，全面的研究还是很少，对李瑛诗歌的"谱系"关注不够；从点上看，深入的研究也很少。李瑛研究还有很多急需进一步开拓的时空，比如对建国前李瑛的创作研究，对90 年代李瑛诗歌里的现代主义因素的研究，运用新方法、新视野对李瑛诗歌文本分析和深度的挖掘，对李瑛进一步作"专集"、"专著"性的集束式研究，等等，我期待李瑛研究的新飞跃早日到来。

原载《解放军艺术学院学报》2005 年第 3 期

---

① 张同吾：《艺术的自觉与灵魂的自由——论李瑛新时期诗歌的美学趋向》，《文学评论》1995 年第 1 期。

② 姜耕玉：《中国新诗传统现代化的艺术道路——评李瑛近年来的诗歌创作》，《文艺研究》1994 年第 4 期。

李瑛诗歌研究综述

颜同林

李瑛是中国新诗史上艺术个性特别鲜明、创作实绩异常丰富的诗坛"常青树"，他自 40 年代早期发表诗歌习作始，到今天已有 60 余年的创作历程，其间公开出版诗集 51 部。进入古稀之年的李瑛仍然诗情满怀，继续在写作、思考，发表诗作、出版诗集。可以说，李瑛把才情和生命全都贡献给了中国的新诗事业，在新诗民族化与古典化相结合道路上走出了一条李瑛式的道路。从李瑛诗歌的研究情况来看，在几个重要的历史时期，都能听到不同评论者的声音，不同层次、年龄的研究者就李瑛的生平、生活道路，诗作的艺术风格、传统渊源、美学内涵和文学史意义，进行了深入、扎实的讨论、研究。

——

李瑛研究大体上可以分为彼此相对独立的两个时期，即解放后 17 年和新时期以后至目前两个长的时段。其中，新时期以后的这一时段还可以划分两个阶段，大致以 1986 年前后到 1988 年李瑛离职退休为界。

李瑛在读中学期间便开始持笔写诗，最初发表作品应是 1943 年 5 月的处女作《播谷鸟的故事》。1944 年李瑛以郑梦的笔名和几位同学自费出版了练笔性质的五人诗歌合集《石城底青苗》，其中收入李瑛诗作 17 首。后来李瑛于 1945 夏考入北京大学，在冯至、卞之琳、沈从文等著名教授影响下潜心写诗，大学期间在《大公报》等平津报刊上一共发表了 200 余首诗，并写过三篇思辨性强的诗人论，分别是《读郑敏的诗》、《读〈穆旦诗集〉》和

《论绿原的道路》，① 从中可见李瑛早期的诗生活、审美趣味与现代派诗人有点相近，诗风带有现代派风格，1948 年李瑛还出版了诗歌专集《枪》。可以说，在北大四年期间，李瑛收获颇丰，除诗歌创造成绩突出之外，李瑛还从事进步学生运动，一边读书一边参加、组织社团活动，秘密印发传单，和同学一起游行示威，直至中国人民解放军和平解放北平。随后，李瑛便参加了四野随新闻队南下。综观这一时期，作为学生的李瑛，虽然发表了较多的作品，但不无令人扼腕的是没有一篇完整的评论文章，笔者目前所见的只有当时一读者在评述时文时以"亢爽"来概括点及。② 而且富于戏剧意味的是，李瑛最早的诗论倒异常扎眼。1947 年 10 月沈从文就在一篇文章里表达了这种欣慰："写穆旦及郑敏诗评文章极好的李瑛，还在大二读书。"③ 也许是历史所开的玩笑吧，李瑛后来没有继续以诗论为主的道路，早期作品也大多散失。

解放后，随着生活圈子大致圈定于火热而沸腾的军旅生活之中，所以李瑛在解放后几年的所思所写，几乎都与军旅生活、军旅诗歌结下了不解之缘。在出版第一本诗歌选集《红柳集》时，张光年为该选集作序，李瑛研究才开始出现带有定评性的研究文章——《李瑛的诗·序〈红柳集〉》，这篇文章除收入 1963 年出版的《红柳集》之外，还发表在 1963 年 3 期的《文艺报》上。在李瑛研究的第一个时期，这篇文章的意义显得尤其突出。张光年在此文中把李瑛的诗歌创作与革命军队联系起来加以考察，对其诗歌风格也做了概括："细致而不流于纤巧"，"能够把细致和刚健结合起来，寓刚健于细致之中"。风格的成型，标志着诗人的成熟。张光年的眼光无疑十分准确、贴切，以至于新时期初的文学史著作在论述军旅诗歌和李瑛诗歌创作情况时，均有所借鉴。④

除张光年的文章之外，在这一时期还有几篇文章值得注意：宋垒的《谈

---

① 分别载《益世报·文学周刊》1947 年 3 月 22 日、1947 年 9 月 27 日，《诗号角》第四期《诗论专号》1948 年 11 月 1 日。

② 莎生：《文学杂志的来去今》，《民国日报·文艺》1948 年 2 月 19 日第 111 期。

③ 沈从文：《新废邮存底·二十六》第 17 页，《沈从文文集·十二卷》，花城、三联书店 1984 年 7 月版。

④ 可参见张钟等著的《当代文学概观》，北京大学出版社 1980 年 7 月版；郭志刚等编《中国当代文学史初稿》（上册），人民文学出版社 1980 年 12 月版等著作中有关李瑛的论述。

诗意和李瑛的诗》、闻山的《歌勇士——读李瑛的几首诗》、季石的《激情的战歌——〈寄白海防前线的诗〉读后》和谢冕的《战斗前沿的红花——诗集〈红花满山〉读后》。① 这几篇文章，除谢冕的文章外，都比张光年的序言要早，显然对人们认识李瑛起了重要的铺垫作用与参考价值。宋垒的论文从诗意入手，对李瑛诗作中表现出来的美的想象功用、类别、形态，以及局部诗意与整体形象之间的关系和艺术手法等方面进行了比较详尽的分析与阐述；季石作为目前见到的李瑛研究第一篇论文，则针对诗人的几首诗谈了自己的感受，开始凸显出李瑛诗作反映了战士生活本质的特点，在风格上具有"古典诗词、民歌和部队所熟悉的快板诗融为一体"的特点；闻山的论文论述了李瑛一组歌颂祖国海防战士的诗。相对于后来的研究者而言，仍有人对闻山最早论述过的诗作做了阐述与赏析。②

由于在特殊年代里军人身份本身的特殊性，李瑛在 1972 始又重新编辑《解放军文艺》，并拥有写作与发表诗作的权利，因此在"文革"后期，李瑛还侥幸地出版了 4 本诗集，③ 这些诗集的题材都是歌颂军人、赞美祖国之类，这些诗明显有悖于当时"四人帮"高压下倡导的诗风，这很不容易的。这一期间谢冕为《红花满山》所写的书评性论文显得较为重要，它和在今天仍然耐读的李瑛诗作一样，仍具有思想性与艺术性相结合的审美价值，这一点在"文革"诗歌中几乎是个奇迹。

总之，这一时期的李瑛诗歌研究，论文数量不多，论述时的思路较为狭窄，但大体上对李瑛诗歌的分析、概括和评价还是比较具有学理性的，肯定的声音较多，一般在论文结束后提出一些希望，这也从一个侧面反映了李瑛诗作的稳健性和生长性。

---

① 分别载《解放军文艺》1962 年 9 期、《诗刊》1962 年 5 期、《读书》1959 年 22 期、《解放军文艺》1973 年 8 期。

② 如袁珍琴《灵心慧眼　真情挚爱》，《名作欣赏》1998 年 4 期。

③ 分别是《枣林村集》，北京人民出版社 1973 年版；《红花满山》，人民文学出版社 1973 年版；《北疆红似火》，人民文学出版社 1975 年版；《站起来的人民》，北京人民出版社 1976 年版。

二

众所周知，随着为李瑛赢得巨大声誉的、"被撰文评介和分析得最多、转载最多"① 的长篇政治抒情诗《一月的哀思》的诞生，李瑛迎来了新的历史时期。从新时期到 1986 年之间这样一个不长的时间里，一时评论风起，更加牢固地奠定了李瑛诗歌创作的整体风貌和文学史地位。应该说这一时期是李瑛研究的高潮时期。这一时期有如下几个特点。

一、整理出版了《李瑛研究专集》。② 可以说，李瑛研究挟带着名篇力作的新鲜力量在新的历史条件下和新的文学语境中得以展开和深入下去，取得了一批新的重要的成果，《李瑛研究专集》便是其中之一。作为李瑛研究的阶段性标志，全书共分四辑，分别是：一、李瑛的生平和创作；二、评论文章选辑；三、李瑛作品目录；四、评论文章目录索引，其中评论文章选辑收录了包括第一期在内的李瑛研究的主要代表作。

从研究者个人和研究论文来看，在李瑛诗歌研究方面，谢冕是一个一直都关注李瑛诗歌创作的权威研究者。专集曾收入他的另外两篇重要评论，即《他的诗，由钻石和波涛组成——谈李瑛的诗》和《一个士兵的歌唱——中国当代诗人李瑛》，③ 后者还用英、法文向国外读者介绍李瑛的创作情况。前文全面具体回顾了李瑛诗歌创作 30 年来的大致情形，对李瑛诗中的抒情主人公形象、抒情个性、艺术风格、创作精神、言说方式、力量源泉、思想内蕴等诸方面均有精确的洞见。至于《一个士兵的歌唱——中国当代诗人李瑛》，因为是为英、法文版《中国文学》作，所以相对而言与前文有所重复，但概括得更为简洁和果断，即"一个士兵的歌唱"。与谢冕一样一直对李瑛研究有兴趣、在综合论述方面强调战士形象的评论者还有黎山峣、霍清

---

① 李瑛：《关于诗歌创作的十则答问》，见《对诗的思考》，北京：解放军文艺出版社 1991 年 9 月版，第 61 页。

② 李浈、李一娟编：《李瑛研究专集》，解放军文艺出版社 1983 年 7 月版，中国当代文学研究资料丛书之一。

③ 分别载《诗刊》1979 年 10 期，《湖岸诗评》，昆明：云南人民出版社 1980 年 7 月版。

安和李元洛等人。① 洪子诚的《新的尝试和探索——读李瑛的近作》②，霍清安《给人以力量的歌》从不同角度论述了李瑛的近作，韦苇的《刺刀映着红花》则论述了诗人的艺术个性，任愫《一阵清风　万里涛声》③ 从风格角度着眼，认为还有深挚、清雄的一面，易征的《读李瑛诗的两点印象》一文分析了诗人的两个惯有的艺术特点：一是"努力使自己作品的思想感情化、革命化、战士化"，二是"诗中有画"。④

此外，这一时期来不及收入专集的重要单篇论文还有以下三篇：金川的《富有时代特色和战士气质的诗情》，杨匡汉的《李瑛的感情投影系统》和晓雪的《我们时代的热情歌手——略论诗人李瑛》。⑤ 金川的论文主要从情与景的关系出发去论述李瑛的抒情方式，杨匡汉的论文阐明了李瑛感情投影系统所呈现的美学色彩与格调，晓雪的文章则跳出军旅诗歌这个圈子。

二、这一时期出版了二本李瑛研究专著，分别是杨柳的《新诗别一奇葩——李瑛诗论》和于丛杨、周岩、吴开晋合著的《李瑛诗论》。⑥《新诗别一奇葩》是李瑛研究领域的第一本专著，应当说在 14 万余字的篇幅中对李瑛做出了较深的研究。《新诗别一奇葩》一共分为八章，分别从思想内容、意境、语言诉诸主体感官的因素、结构、时代性、创作历程和创作渊源等八个方面展开论述，试图从中概括出李瑛创作的发展脉络和大致风貌。总的来

---

　　① 　黎山峣：《花为战士而开》，载《解放军文艺》1981 年第 2 期；霍清安：《战士的本色》，《新文学论丛》1980 年第 3 期；李元洛：《李瑛诗作艺术片论》，《文艺报》1982 年第 4 期。

　　② 　载《文学评论丛刊》第 12 辑；后来洪子诚进一步论述了这种变化，补充了一些方面："李瑛审视和思考的层次也转向历史、人生、生命和自然"以及"在诗歌意象本身丰富性的发掘上，在围绕意象所展开的想象方式上，有了不同于过去黏滞于事实的更自由的超越。"参见洪子诚刘登翰：《中国当代新诗史》，人民文学出版社 1993 年 5 月版，第 346—347 页。

　　③ 　分别载《浙江师院学报》1981 年 1 期、《文学评论》1982 年 4 期。

　　④ 　易征：《诗的艺术》，南宁：广西人民出版社 1978 年 10 月版。

　　⑤ 　分别载《吉林大学学报》1984 年 3 期、《文艺研究》1984 年 2 期、《诗刊》1984 年 12 期。

　　⑥ 　杨柳：《新诗别一奇葩》湖南文艺出版社，1986 年 6 月版；于丛杨、周岩、吴开晋：《李瑛诗论》，长城出版社 1987 年 10 月版（此书虽然出版于 1987 年，但书中重要的篇章均发表于 1987 年之前，如《论李瑛艺术风格的形成与演变》，《文史哲》83 年 4 期；《李瑛的语言技巧》，《山东大学文科论文集刊》84 年 2 期；《"以画写情"的抒情方式》，《诗探索》总 11 期，故纳入此时期）。

说，杨柳在书中对李瑛诗歌的把握是比较贴切、得体的，在意境美、诗歌结构以及把诗人生活道路分为五个时期、创作道路分为四个时期等方面的创见也有积极的意义。但客观说来，杨柳的著作还停留在用自己诗的情感去感悟的阶段，是"一个诗歌作者对于诗的评论，""善于发现诗的'泉眼'，召唤读者同自己一道来品尝，而把对'泉水'成分的定量分析分在第二位，"因此总的来说"艺术感受能力超过他的理论演绎能力"。①

于丛杨等三人合著的《李瑛诗论》，总体格局分为 11 章，基本上从时代感、题材范围、抒情方式、结构艺术、艺术风格、语言等角度全方位论述，对李瑛诗作中的优劣做出了一定的理论总结。其中概括李瑛抒情方式主要是"以画写情"、诗人想象中的第二形象论、刻画形象的三种笔法几个方面的论述较为新颖别致。此外，全书还专门将李瑛创作中出现的"枯枝和斑点"单列成全书最后一章，指出了诗人创作中程式化的局限性和诗歌语言中的瑕疵，都较好地回答了李瑛诗歌数量众多而徘徊在同一条水平线上的情形所进行的深入分析。

三

从 1986 年到 80 年代末，李瑛研究几乎没有重要的理论文字面世，这一情况直到 90 年代，才得以彻底改观，出现了许多新的喜人气象，李瑛研究吸引了众多著名诗评家、学者的目光，逐渐进入到一个艺术多样化、研究进一步深化的整体趋势之中。这一时期的李瑛研究，主要集中体现在三个方面：一是书评性质的文章多，二是出现了一批着服于李瑛 90 年代诗歌创作的论文，三是历史地还原、把握李瑛研究的文章开始涌现。

由于李瑛是一个一直从事勤奋笔耕的诗人，诗集数量多，诗歌创作异常丰富。这样给书评性论文创造了条件，这一时期李瑛出版了《红豆》、《日本之旅》、《多梦的西高原》、《睡着的山和醒着的河》、《生命是一片叶子》、《我的中国》、《倾诉》等十六七本诗集或选集。在这些针对某本诗集的评论中，以《我的中国》和《生命是一片叶子》这两本诗集最多——当然这与两本诗集分别获得了"全国图书奖"、全国"五个一工程奖"和"鲁迅文学

---

① 王先霈：《新诗别一奇葩·序》，湖南文艺出版社 1986 年 6 月版。

奖"、"1995—1996 年全国优秀诗歌奖"有密切关系。据粗略统计，评论《我的中国》的论文有十三四篇，比较突出的是蓝棣之的《是在歌颂，更在思考：李瑛〈我的中国〉》、陈良运的《"每个字都跳着我的脉搏"》、邹建军的《宏大主题的艺术化与个性化表现》，① 此外还有两个专栏，分别由《光明日报》与《文艺报》组织。② 总体而言，这些专栏文章都从爱国主义、时代感出发，挖掘其中的丰厚内涵和美学思想。评论《生命是一片叶子》的论文有六七篇，成绩较为突出的是谢冕作为评奖人时所写的评点，张炯的《迎向未来的历史回声》、古继堂的《思想能转动世界》、耿建华的《崇高美的追求与呼唤》等。③ 这些文章从不同层面概述了《生命是一片叶子》的思想内容、哲理情思、艺术手法、主题意象，特别是对诗集中表现出来的新的艺术变化均有所交代，实际这也是李瑛艺术转型较为集中的载体。

除此以外，还有下面的诗集得到过或多或少的评论，张炯的《在苍茫的时空中发掘美》和袁忠岳的《生命、历史和美》对诗集《多梦的西高原》的评价，刘强的《评李瑛〈山草青青〉的艺术精神》对诗集《山草青青》的评价，张炯的《与人生、自然、历史一同思索》、古远清的《"礼赞历史的真实和生命的美》和王志清的《辉煌战栗的生命感动》对诗集《黄昏与黎明》的评价。④ 这些长短不一、带有随笔性质的论文，在把握在所论诗集的题材范围、表达技巧、审美取向等方面都比较准确、切近，而且一个几乎共同的特点是，这些书评都能跳出所论诗集，牵涉到了李瑛的风格演变、艺术转型等方面的特点，这些评论无疑对后来研究者的综论打下了良好的基础。

这一历史时期李瑛研究的第二个方面的特点便是出现了一批很有分量的

---

① 分别载《诗潮》2000 年 1—2 期、《诗刊》1999 年 7 期、《写作》1999 年 10 期。

② 分别载《光明日报》1999 年 6 月 4 日 [10]，此外同一版页上还有邢宇浩：《用真情勾勒真实的中国》和邓光东：《让历史告诉未来》，《文艺报》1999 年 4 月 3 日 [2]，具体篇目是张同吾：《照耀在一切星辰之上》、朱先树：《民族生命的历史颂歌》、余悦：《倾注整个心灵的歌唱》、郭韦求：《波澜壮阔的历史画卷》、晓张：《不可能不是人民的》、金可挥：《诗歌中的中国》。

③ 分别载《诗刊》1998 年 3 期、《文艺报》1996 年 8 月 23 日 [2]、《诗刊》1996 年 11 期、《作家报》1996 年 8 月 31 日。

④ 分别载《文艺报》1992 年 10 月 24 日 [2]、《昆仑》1993 年 4 期、《理论与创作》1993 年 3 期、《人民日报》1999 年 7 月 2 日、《光明日报》1999 年 1 月 28 日：《文艺理论与批评》1999 年 6 期。

综论性论文，它们虽然大都着眼于诗人的 90 年代，但几乎都是以李瑛的整个创作生涯作为参照系的。姜耕玉的长文《中国新诗传统现代化的艺术道路》主要描述了李瑛糅合中外传统将新诗传统推向前进的轨迹。① 张同吾的长文《艺术的自觉与灵魂的自由》，则从诗学与美学、历史与文化的理论层面综论了李瑛新时期以来的诗歌的美学趋向，拓展了美学观念与文化视野，走上了一条艺术上自觉、灵魂上自由的艺术之路。② 蒋登科的论文《李瑛诗歌的新形态》集中论述了李瑛的艺术转型，认为诗李瑛诗歌的变化主要是"诗人切入生命的艺术视角的调整"，③ 颜同林的专论《站立的灵魂与游动的精灵》，主要分析树与鱼两个主体意象在李瑛各个历史时期诗作中的变异与多义，这两个意象都频繁出现，具有虚实相生的艺术内蕴，表明了诗人审美习惯和思维方式的稳定性和超越性。④ 叶橹的《生命和艺术的自觉提升》、张志忠的《所有的生命都张开了翅膀》和李润霞的《历史与生命的长歌》是比较集中考察诗人生命意识的综合性专论。⑤ 与上述三篇文章立论殊途同归的是刘士杰的论述，他认为："在李瑛近作中所出现的现代倾向，与其说是李瑛诗风的嬗变，毋宁说是他早期诗风的某种复归。"⑥ 显然，这些论述全都潜藏着一个这样的命题，即对诗人早期诗作的重新重视。从新的时代语境下去观照李瑛早期作品，势必引起研究者的关注，而它本身对李瑛研究的整体性是有帮助意义的。

李瑛创作 60 周年之际举办的李瑛诗歌创作研究会更是把李瑛研究推上了一个新的历史阶段，由中国当代文学研究会、解放军文艺出版社、首都师范大学中国诗歌研究中心联合主办的"李瑛诗歌创作研讨会"在首都师大举行，张炯、谢冕、屠岸、牛汉、张志忠、苗雨时、雷抒雁、韩作荣、张同

---

① 《文艺研究》1994 年 5 期。

② 《文学评论》1995 年 1 期。

③ 《文艺理论与批评》1997 年 2 期。

④ 《文艺理论与批评》2004 年 4 期，此文大致来自笔者本人的硕士学位论文《四重奏：独特的声部与永恒的旋律》，未发表。

⑤ 分别载《解放军文艺》2002 年 4 期、《解放军文艺》2002 年 8 期、《江汉论坛》2003 年 9 期。

⑥ 刘士杰：《走向边缘的诗神》，太原：山西教育出版社 1999 年版，第 122 页。

吾、杨匡汉、刘士杰、孙玉石等人在大会上做了典型发言,① 此外还收到近 20 篇学术论文。会后,《诗刊》以"编者按"的方式发表了张炯与谢冕的发言。② 《诗探索》也开辟了一期"李瑛诗歌创作研讨会论文选辑"专栏,刊载了韩瑞亭、吴奔星、王向晖、马新莉、孟泽、马艺的文章。在这些文章中,韩瑞亭称李瑛的创作为"值得研究的李瑛现象"。王向晖从时间之思与生命之思入手,试图阐述哲理性存在与心灵、宇宙、自然之间的一些关系;孟泽对李瑛写作范式的基本构成与有效性的分析,都较有创意地对李瑛诗歌特色做出了令人信服的回答。③

对李瑛 40 年代的诗歌进行专题研究的文章有霍清安的《布谷鸟最初的啼鸣》、孙玉石的《起点的意义》。④ 前文把李瑛与九叶诗人做了对比,后文主要以李瑛在 40 年代所作的论文为材料,探讨了他 40 年代诗学追求的价值:李瑛在各个历史时期诗歌写作中对诗美的保留实得益于早年诗论中先锋性与现代性的制衡性因子。这一深刻的洞见带给今天的人们一种客观、历史的眼光。此外,对李瑛的军旅诗歌持比较全面肯定态度的文章应是朱向前的《铁板铜琶唱大风——新中国军旅诗五十年述略》一文,该文"真正使当代军旅诗歌艺术臻于成熟和规范,并使之产生广泛而久远的影响的还是李瑛",并进一步指出了"'文革'初期乃至此后的大批青年作者,几乎都是以李瑛的诗作为自己学习写诗的蓝本"的史实。⑤ 本时期对李瑛生平的研究,主要体现在李瑛本人的《我的大学生活》、韩作荣的《我所认识的李瑛》等文章中。⑥

如果说第一个时期的研究重在李瑛的发现与定位,第二个时期主要是对其作品进行研究分析,在方法上呈现出多元的局面并取得一批重要的研究成果的话,那么第三个时期主要展开立体性地、多层面地展现了李瑛诗歌创作

---

① 参见马光:《时代的歌者——"李瑛诗歌创作研讨会"综述》,《扬子江》2002 年 5 期。

② 均见《诗刊》2002 年 11 月上半月刊。

③ 分别是韩瑞亭的《认识李瑛》、王向晖的《时间之思与生命之思》、孟泽的《一种写作范式的基本构成及其有效性》,均见《诗探索》2002 年第 3—4 辑。

④ 分别载《河南大学学报》1992 年 3 期,《新文学史料》2004 年 2 期。

⑤ 参见《解放军报》1999.9.23. [7],同时收入张炯等主编的《中华文学通史》(第八卷当代文学编),北京:华艺出版社 1997 年 9 月版。

⑥ 分别载《新文学史料》2001 年 1 期、《中国作家》1996 年 3 期。

的全貌和独特风范。

四

纵览近50年来研究者们对李瑛诗歌的评论、研究，可以说已经取得了相当突出的成绩。但是，如果比较苛求的话，仍有许多令人遗憾的地方，与李瑛创作的成就比较而言，仍然有许多值得挖掘的课题。

首先表现在对李瑛创作实绩的不甚了解，有时甚至是以偏概全、比较笼统的，相当多的论文缺乏一种宏观俯视的气度与美学视野。由于李瑛创作时间漫长而曲折，诗集出版数量多，有些诗集版本也不尽相同，而且还有一些诗作在各类刊物上发表，但没有收入集子，因此无形中给研究者造成了难以找全所有资料的困扰，于是便出现了一些论文在碰到类似问题时就巧妙地绕道而行的局面，对诗集中所具体反映的生活与主题、思想内涵与时代美学特点，均难以准确把握。此外，李瑛的大多数诗作都构思独特、立意新颖，但也存在一部分诗作在不同的集子中或题目相同而内容不同，或内容相同而题目不同的情况，这些都还没有引起研究者的注意。到目前为止，仍没有诞生一本与李瑛创作实绩相称的专著。

其次，对李瑛的具体作品，较多的还停留在人云亦云的阶段，由于李瑛的大多数诗作应归属于诗意明确、主题集中、艺术手法并不繁杂的那一类，因此作品解读起来便出现了既容易读懂但又分析起来不知从何入手等困难的尴尬局面，而如何去洞悉其独有的审美体验，如何去把握其运思方式与生成模式，则需相当的耐心与理论素养。譬如对他作品的读解除《一月的哀思》得到过较多的阐述赏析外，绝大多数作品仍然没有得到仔细的关注，而全面准确把握李瑛的创作风貌，这种具体作品的读解显然是不可或缺的；同时，解读中方法论的突破与多样化也显得很迫切，不能只是运用社会历史学的方法去研究李瑛的内在召唤更为强烈。

再次，李瑛研究本身也还留有许多开拓的领域。比如，李瑛解放后的作品，有些被翻译成各种外文向国外读者介绍，因此从某一种意义来说，李瑛具有一定的国际性影响，但关于这方面的文章还没有出现；其次，李瑛还创作了不少长篇政治抒情诗和叙事诗,① 这些长诗除《一月的哀思》和《我的中国》有较多的反响与研究外，还有一些没有引起人们的关注，而这方面的整理、开掘无疑有其独特的价值。

总之，半个世纪的李瑛研究，既取得了可喜的成绩，也尚有不少值得开拓的课题。在新的世纪里，回顾、整理李瑛所留下的宝贵而丰富的诗歌财产，为新诗赢得健康发展，无疑具有巨大的参照性价值。我相信，随着人们思想的活跃与自由，方法论上的日益多样，李瑛研究也将迈上新的台阶，走向新的诗美之旅。

---

① 可参见李瑛诗集《难忘的一九七六》（上海人民出版社 1977 年版）和《进军集》（人民文学出版社 1976 年版）等中的长诗及《1979——1999 长诗存目》（见《李瑛近作选》，人民文学出版社 2000 年版，第 452 页）。

李瑛诗歌研究综述

乔军豫

在中国新诗发展史上，李瑛是一个"坐标式"的诗人。时代的风云和人生的气象在他的诗中源远流长，影响一代又一代的诗人和读者，也进入了诗评家和文学史家们的研究视野，他们不断地发掘李瑛诗歌的价值和意义。现在，我们就以"萌芽期"、"活跃期"、"持续发展期"、"丰收期"来打量和考察对李瑛研究的成果。

一、"萌芽期"

李瑛诗歌创作始于 20 世纪 40 年代，以诗集《石城底青苗》（五人合集）在诗坛崭露头角。稍后进北京大学读书，有幸得到了杨振声、沈从文、冯至、朱光潜等先生的指点和栽培，在诗歌创作上进步很快。《大公报·星期文艺》、《益世报·文学周刊》、《平明日报·文学周刊》、《华北日报·文学》、《文学杂志》、《中国新诗》、《新路》等报刊发表了他不少诗作、散文和诗评，反响较好："写穆旦及郑敏诗评文章极好的李瑛，还在大二读书……"[1]"王忠的质朴、汪曾祺的清隽、毕基初的深厚、李瑛的亢爽，十年二十年也许成为一代宗师"。[2]

1949 年春，李瑛在大学毕业前夕，投笔参加解放战争，随后又奔赴朝鲜战场。战斗的生活和战士的生涯赋予他丰富的灵感，他创作了大量的军旅

---

[1] 沈从文：《新废邮存底》（三二四），《益世报·文学周刊》1947 年 10 月 25 日。
[2] 莎生：《文学杂志的来去今》，《民国日报·文艺》1948 年 2 月 19 日。

诗，引起了诗评界的注意。季石在《激情的战歌——〈寄自海防前线的诗〉读后》写道："这些诗之所以能激动人心，更主要的还是因为诗人走入了英雄战士的心灵，深刻动人地写出了战士的崇高的精神世界，写出了战士对祖国、领袖、战友的深沉的爱，和对敌人的无比仇恨。"① 这篇读后感式的诗评主观色彩浓厚，但谈到李瑛诗歌创作方面的探索和收获是颇有道理的。随着李瑛诗集一部部地出版，他的名字越来越被诗评界所熟知。60 年代初期有四篇论文分别对李瑛加以肯定："李瑛同志近一二年来的诗，有新的发展"②，有"局部的诗意和整体形象"③ 的结合，"他学会了用革命战士的眼光来观察世界、观察人，用战士的心胸来感受、思考现实生活中许多动人的事物，并且力求作为普通战士的一员，用健美的语言，向广大读者倾吐自己认真体验过、思考过、激动过的种种诗情画意。"④"李瑛诗的第一特点，是努力使自己作品的思想感情革命化、战士化，第二特点是诗中有画。"⑤ 四篇论文尽管侧重点不同，但都谈到了李瑛诗歌的思想内容和艺术特征，具有理论的深度。尤其是张光年的评论堪称经典之作："正是张光年的这篇文章为日后的李瑛研究定了'调子'，它的'因子'已决定了以后相当长一段时期李瑛研究的定势和格局。"⑥

　　"文革"期间，是诗人们集体失声的年代，李瑛是十年浩劫中少有的没有完全中断思考的诗人，他在不多的创作中，始终坚持忠于人民、忠于生活、忠于艺术的原则，抒写战士和各族人民的生活面貌。这一时期，关于李瑛的评论文章不多，有影响的就更少，大多从革命的角度出发，意识形态性很强，学术价值不高。值得参照和认真阅读的论文是谢冕的《战斗前沿的红花——诗集〈红花满山〉读后》，有着敏锐的眼光和感知力的谢冕在充满困惑和痛苦的时代面前道出了自己的忧思："作者可以有自己的艺术风格，读

① 季石：《激情的战歌——〈寄自海防前线的诗〉读后》，《读书》1959 年第 22 期。
② 闻山：《歌勇士——读李瑛的几首诗》，《诗刊》1962 年第 5 期。
③ 宋垒：《谈诗意和李瑛的诗》，《解放军文艺》1962 年第 9 期。
④ 张光年：《李瑛的诗——序〈红柳集〉》，《文艺报》1963 年第 3 期。
⑤ 易征：《读李瑛诗的两点印象》，《诗的艺术》第 51—57 页，广西人民出版社 1978 年版。
⑥ 杨四平：《李瑛诗歌研究述评》，《解放军艺术学院学报》2005 年第 3 期。

者也可以有自己的艺术爱好，但艺术形式毕竟是服从于所表现的思想内容的。"① 我们可以从这句话中读出二层含义：一是作为诗评家谢冕的无奈，二是为服从思想内容粗暴践踏艺术的现象是多么的严重。

二、"活跃期"

"活跃期"的李瑛研究我们可以把它界定为 70 年代末至 80 年代这一时段。70 年代末期，文学的冰冻期即将过去，"百花齐放"的年景就要来临，李瑛研究逐渐"活跃"起来。谢冕显出诗评家的气魄，接连写了两篇评论：《他的诗，由钻石和波涛组成——谈李瑛的诗》和《一个士兵的歌唱——中国当代诗人李瑛》。这两篇论文互为映衬、互为补充，从题目看，前者暗示出李瑛诗歌的艺术本色："用钻石和波涛组成的诗"② 有刚柔并济的特点，后者点出了诗人的身份和诗歌的功用。1979 年谢冕还在《文学评论》上撰文指出："李瑛的诗风细腻，但不纤弱；李瑛的语言精巧，但不轻柔。"③ 谢冕在评论李瑛诗歌创作时明确了自己的诗学观点，这和李瑛自觉追求艺术风格是吻合的，他的评价是极其到位的。1976 年周恩来总理逝世后，李瑛悲痛地写下一首长诗《一月的哀思》，发表后，一石激起千层浪，这里只举一例略作说明。邹荻帆在《〈一月的哀思〉的艺术》里指出：此诗"达到思想与感情境界的高度和深度"。④《一月的哀思》是思想感情和艺术形式运用得较好的典范之作。

80 年代以来，李瑛研究火速升温。艾青在《中国新诗六十年》里评价李瑛的诗"具有细致的抒情笔触，语言和形象比较清新"，⑤ 艾青的评论从宏观上高度凝练、概括。以下五篇文章则是从微观上分析李瑛诗歌的艺术特色，这五篇文章分别为韦苇的《刺刀映着红花——试谈李瑛的抒情个性》

---

① 谢冕：《战斗前沿的红花——诗集〈红花满山〉读后》，《解放军文艺》1973 年第 8 期。

② 谢冕：《他的诗：由钻石和波涛组成——谈李瑛的诗》，《诗刊》1979 年第 10 期。

③ 谢冕：《和新中国一起歌唱——建国三十年诗歌创作的简单回顾》，《文学评论》1979 年第 4 期。

④ 邹荻帆：《〈一月的哀思〉的艺术》，《天津文艺》1978 年第 4 期。

⑤ 艾青：《中国新诗六十年》，《文艺研究》1980 年第 5 期。

（以下简称韦文）、李元洛的《李瑛诗作艺术片论》（以下简称李文）、任愫的《一阵清风万里涛声——论李瑛诗的艺术风格》（以下简称任文）、陈国屏的《从战士的脚步获得节拍——论李瑛诗作的艺术特色》（以下简称陈文）、于丛杨等人的《包孕诗情的多彩形象——李瑛诗论之一》（以下简称于文）。韦文在分析了李瑛的抒情个性形成的五个原因后指出："李瑛的抒情个性在感情上表现为：真实、亲切、深挚，在构思上表现为：精致、清新、优美；在想象和语言上表现为：细腻、丰富、奇丽。"① 李文指出："李瑛的诗感觉精微，诗思锐敏，意象清超，力求独创，给人以新鲜的美的感受，这是他的诗作弥足珍贵的一个艺术特征。"② 任文显然在张光年研究的基础上进一步指出李瑛的诗具有"精致细腻、清雄深挚的艺术风格"。③ 陈文先提出李瑛诗歌总的风格特征是"雄壮和奇丽的结合，刚健和柔媚的统一，将激情纳入画幅之内，使豪迈寓于细描之中，以华美写奔放，以精巧写粗狂，明朗而不浅露，含蓄而不晦涩"，④ 接着分析了风格形成的四个方面的原因。于文指出："我们展开诗人所创造的绚丽多姿的时代画卷，从那放射着浓郁诗情的灿烂形象上，可以清晰地看出诗人创造形象的本领。"⑤ 然后一一论述了"创造形象的本领"。需要说明的是这篇论文是晚于其四年出版的《李瑛诗论》中的第六章。以上五篇诗评结合具体诗作运笔绵密，学理性较强。

在"活跃期"，还有论者从李瑛诗歌的"感情投影系统"、时代特色与诗情关系、具体创作、军旅诗等方面进行评述，立意新颖。杨匡汉在《李瑛的感情投影系统》里提出："他作为一个中国士兵的歌唱，在抒情写怀时，也是将自己的情感客观化、对象化，使一系列艺术形象以情感为中介得以连续、推移及加深，形成了具有'系统'的活力的艺术掌握世界的方式。"⑥ 金川在《富有时代特色和战士气质的诗情——李瑛诗论》中总结出李瑛诗歌

① 韦苇：《刺刀映着红花——试谈李瑛的抒情个性》，《浙江师院学报》1981 年第 1 期。

② 李元洛：《李瑛诗作艺术片论》，《文艺报》1982 年第 4 期。

③ 任愫：《一阵清风　万里涛声——论李瑛诗的艺术风格》，《文学评论》1982 第 4 期。

④ 陈国屏：《从战士的脚步获得节拍——论李瑛诗作的艺术特色》，《北方论丛》1982 年第 5 期。

⑤ 于丛杨、周岩、吴开晋：《包孕诗情的多彩形象——李瑛诗论之一》，《社会科学战线》1983 年第 3 期。

⑥ 杨匡汉：《李瑛的感情投影系统》，《文艺研究》1984 年第 2 期。

反映时代精神方面的特色的四点："以小见大，从内到外，由实入虚，由近及远。"① 独特的"诗情""体现出时代的风貌"，他的诗"以画写情"。姚善义在《他献给祖国：战士的忠诚和深情——李瑛诗歌创作简论》里是给李瑛诗歌这样定位的："热情地歌唱我们的战士、歌唱祖国和人民"，"献给祖国的，是一片战士的深情和忠诚"。② 这个定位是恰当的。李瑛是一名战士，军人是他的正式职业，诗歌创作是他在完成部队任务的空余时间里进行的。此文还揭示了李瑛诗歌具有的特色，举出许多具体诗句来论证则是本文的特色。谢冕的《一个独特的诗歌世界——论当代中国军旅诗》主要阐释了当代军旅诗的现状及其所起的作用，在具体论述军旅诗时明确指出："李瑛的贡献在于细致的彩笔把现代士兵的美好内心借壮丽的祖国山水精心的展示。"③ 面对众多的军旅诗人，谢冕的点评显示了李瑛在军旅诗中的重要地位。

此外，发表于 80 年代初期且收录于李泱、李一娟编的《李瑛研究专集》里的十一篇评论也不可漏读，④ 这些诗评大多属于印象式批评，在语言的表达、观点和立意上有近乎雷同的地方，多是有感而发，理论的可操作性较差。但作为李瑛的研究资料，有史学和文献的价值。《李瑛研究专集》内容较全面、翔实，是目前一部最完整的研究专集，它的不足之处是由于出版较早，有些文章观点陈旧，缺少 90 年代以来的研究成果，这个缺憾只好留待后人去弥补了。

---

① 金川：《富有时代特色和战士气质的诗情——李瑛诗论》，《吉林大学社会科学学报》1984 年第 3 期。

② 姚善义：《他献给祖国：战士的忠诚和深情——李瑛诗歌创作简论》，《当代作家评论》1984 年第 4 期。

③ 谢冕：《一个独特的诗歌世界——论当代中国军旅诗》，《当代作家评论》1985 年第 4 期。

④ 王颖：《燃烧的激情——读李瑛的新诗集〈在燃烧的战场〉》；霍清安：《战士的本色——读李瑛同志的诗作》，《给人以力量的歌——读李瑛近几年的诗作》；黎山嵝：《花为战士而开——论李瑛的诗歌创作》，《喷吐如霞似火的诗和美——读李瑛的诗》；仰民、学群：《一曲曲革命英雄主义的赞歌——读李瑛新诗集〈在燃烧的战场〉》；洪子诚：《新的尝试和探索——读李瑛的近作》；牟志祥：《生命的海艺术的海——读李瑛〈南海〉组诗》；秦兆基、李宁：《李瑛诗歌中的景物描写》；丁国成：《美的礼赞——李瑛诗集〈我骄傲，我是一棵树〉读后》；王伟中：《情、巧、美——浅析李瑛写部队生活的诗作》。

这一时期李瑛研究已进入文学史家们的视野，出现在高校中文系的教材中。① 文学史家们不惜笔墨，即使不以专节论出，也占用一定的篇幅。一些评论集也出现了李瑛的专篇，谢冕在《中国现代诗人论》里有专篇《钻石与波涛的流韵——论李瑛》，② 此文与他发表于 1979 年 10 月《诗刊》上的《他的诗，由钻石和波涛组成——谈李瑛的诗》雷同，可见《诗刊》上的这篇文章是后被收录于《中国现代诗人论》的。晓雪在《诗的美学》里有专篇《我们时代的热情歌手——略论诗人李瑛》，③ 以诗人的热情高度评价了李瑛。还有值得庆贺的是这一期间出版了李瑛研究的两部专著，④ 研究涉及面较广、挖掘得较深，体现了论者严谨的治学态度和深厚的理论修养。

三、"持续发展期"

90 年代为李瑛研究的"持续发展期"，李瑛研究在这一时期不温不火、循序渐进。四篇论文内容厚实，颇显分量。它们分别是：张同吾的《艺术的自觉与灵魂的自由——论李瑛新时期诗歌的美学趋向》（以下简称张文）、程光炜的《在历史话语的转换之间——对李瑛作品文本的一次"重读"》（以下简称程文）、蒋登科的《李瑛诗歌的新形态》（以下简称蒋文）、姜耕玉的《中国新诗传统现代化的艺术道路——评李瑛近年来的诗歌创作》（以下简称姜文）。张文指出"李瑛新时期诗歌的美学趋向"的三个特征："诗境崇高美、构思精巧美、想象开阔美、情韵飘逸美——时代规范性和审美个性的参差与和谐、顺应与调整"；"精神视野的开阔，意象内涵的拓展：从对现实生活的讴歌到对历史精魂的钩沉，从生命意识的复活到悲剧崇高感的诗化"；"历史在文化源流中浸润，风骨在人格模式中重塑，哲理在意象群落中闪

---

① 冯刚等：《中国当代文学史初稿》，人民文学出版社 1980 年版；二十二院校：《中国当代文学史》，福建人民出版社 1981 年版；吉林五院校：《中国当代文学史》，吉林人民出版社 1984 年版；公仲：《中国当代文学史新编》，江西教育出版社 1985 年版。

② 谢冕：《钻石与波涛的流韵——论李瑛》，《中国现代诗人论》，重庆出版社 1986 年版。

③ 晓雪：《我们时代的热情歌手——略论诗人李瑛》，《诗的美学》，中国文联出版公司 1985 年版。

④ 杨柳：《新诗别一奇葩——李瑛诗论》，湖南文艺出版社 1986 年版；于丛杨、周岩、吴开晋：《李瑛诗论》，长城出版社 1987 年版。

烁，确指性与暗示性错落交融，阳刚美与阴柔美相映成趣"。① 程文从"历史话语的转换"角度"把李瑛半个世纪的创作尽量放在一个复杂的视野和背景之上"，旨在"与李瑛包括喜爱李瑛作品读者之间"进行"一场积极的对话"。② 蒋文提出李瑛诗歌呈现出新的形态："走向开阔：历史意识与人类意识的加入"，"走向深入：关于生命的哲学思考"，"人文关怀：现代诗歌精神的闪光"，③ 此文厘清李瑛诗歌变化的轨迹，概括得十分彻底。姜文则着眼于"从李瑛的诗歌艺术的革新中，可以透视新诗传统艺术拓展的进程"，④这也许是此文的要义吧。

李瑛在 90 年代创作迅猛，出版了 10 部诗集，几乎以一年一部的速度问世。这个时期李瑛研究的特点出现了对诗集的"集束式"评论，选取 10 篇代表性文章便能说明这个问题。⑤ 这些文章以评论整部诗集来凸显李瑛整体诗歌创作的特点和艺术特色，成功地运用了"以小见大"的方法，达到了"窥一斑而知全豹"的效果。还有两篇谈李瑛诗歌意象的文章，⑥ 也不失为李瑛研究的一个亮点。

90 年代有少量的关于诗人的访问记、访谈录方面的文章，可读性较

① 张同吾：《艺术的自觉与灵魂的自由——论李瑛新时期诗歌的美学趋向》，《文学评论》1995 年第 1 期。

② 程光炜：《在历史话语的转换之间——对李瑛作品文本的一次"重读"》，《诗探索》1994 年第 3 期。

③ 蒋登科：《李瑛诗歌的新形态》，《文艺理论与批评》1997 年第 2 期。

④ 姜耕玉：《中国新诗传统现代化的艺术道路——评李瑛近年来的诗歌创作》，《文艺研究》1994 年第 5 期。

⑤ 张炯：《在苍茫时空中发掘美——读李瑛诗集〈多梦的西高原〉》，《文艺报》1992 年 10 月 24 日；《与人生、自然、历史一同思索——读李瑛的诗集〈黄昏与黎明〉》，《人民日报》1999 年 7 月 2 日；吴奔星：《新时期的山水诗——读李瑛〈睡着的山和醒着的河〉》，《星星》1993 年 11 月号；耿建华：《崇高美的追求与呼唤——评〈生命是一片叶子〉》，《作家报》1996 年 8 月 31 日；吴开晋：《李瑛诗作的艺术转型——读〈生命是一片叶子〉》，《绿风》1997 年第 1 期；袁忠岳：《生命、历史和美——评李瑛的两本诗集》，《昆仑》1993 年第 3 期；张同吾：《发掘华夏文明的魂骨——读〈黄昏与黎明〉》，《解放军文艺》1999 年第 5 期；古远清：《"礼赞历史的真实和生命的美"——读李瑛的〈黄昏与黎明〉》，《光明日报》1999 年 1 月 28 日；王志清：《辉煌战栗的生命感动——读李瑛新著〈黄昏与黎明〉》，《文艺理论与批评》1999 年第 6 期；姜耕玉：《拓展诗歌艺术的新天地——评李瑛〈多梦的西高原〉》，《文艺理论与批评》1994 年第 2 期。

⑥ 尹在勤：《李瑛近作谈片》，《诗刊》1993 年 9 期；张同吾：《走向无涯之海——李瑛近作的意象内涵》，《光明日报》1994 年 11 月 9 日。

强，为研究者提供了李瑛创作的信息，拓展了研究的思路，弥补了理论方面的不足。代表性的文章有吴奔星的《诗人李瑛印象记》、华子的《李瑛谈诗》、于烈的《诗伴我行——近访诗人李瑛》、韩作荣的《我所认识的李瑛》等。① 这些文章以叙述的方式告白李瑛一些鲜为人知的故事，便于研究者"知人论世"，这一时期文学史方面的代表是洪子诚著的《中国当代文学史》。② 与以往的文学史有所区别，评论的文字少了，介绍的文字多了，所占篇幅很小，更不用说用专节来论述了。吴开晋主编的《新时期诗潮论》③里有涉及李瑛的文字，提炼出李瑛在新时期诗歌创作的三个特点，论述条理性很强，同时也指出李瑛创作的不足，期待诗人能克服"模式"的影响。谢冕在这一时期依然密切关注着李瑛，并自觉把他纳入自己的研究视野，在《浪漫星空》里称道了"李瑛在中国新诗中的贡献"，④ 所言令不少诗评家都有同感。90 年代有一篇较为特殊的文章，发表在《河南大学学报》（社会科学版）上，⑤ 按理说应为一篇学术文章，然而通读全文才知多是叙述或介绍性文字，严格说来不算是一篇论文。它主要是对建国前李瑛的生活与诗的轨迹做了一个回顾和梳理，以时间为线，上面缀满了李瑛建国前的一些事迹。文章也提出一个观点：李瑛与"九叶诗人""同一种属"，在诗歌艺术的追求上有与他们相似的地方。读了这篇文章，我们对建国前的李瑛有了一个较为清晰的轮廓。

四、"丰收期"

21 世纪，李瑛研究进入了"丰收期"。步入老年阶段的李瑛仍笔耕不辍，诗集不断涌出，让新老学者聚焦，研究文章遍地开花也就不足为奇了。孙玉石的《起点的意义——关于 20 世纪 40 年代李瑛诗学追求的一些资料和

---

① 吴奔星：《诗人李瑛印象记》，《文论报》1999 年 3 月 18 日；华子：《李瑛谈诗》，《春秋》1994 年第 2 期；于烈：《诗伴我行——近访诗人李瑛》，《文艺报》1998 年 11 月 7 日。

② 洪子诚：《中国当代文学史》，北京大学出版社 1999 年版。

③ 吴开晋：《新时期诗潮论》，济南出版社 1991 年版。

④ 谢冕：《浪漫星空》第 9 页，广东人民出版社 1999 年版。

⑤ 霍清安：《布谷鸟最初的啼鸣——建国前李瑛的生活与诗的轨迹》，《河南大学学报》（社会科学版）1992 年第 2 期。

思考》对李瑛"起点的意义"进行了"探索和思考"。① 张同吾的《时代之光与民族之魂——李瑛诗歌的文化意蕴》启示"我们解读李瑛的意义不仅在于开掘一个大诗人的诗学宝库，而且在于思考历史和文化对于诗歌自身的深层影响"。② 段美乔在《论 40 年代的李瑛》中指出："在李瑛 20 世纪 50 年代后的多次转折中呈现出的美学风格、诗歌观念上的变化，我们都能在其 40 年代的作品中发现端倪。"③ 这个观点并不新颖，与上述孙玉石论文里的观点似乎相似，二者都强调了 40 年代"起点的意义"。苗雨时的《赤诚情愫绽放的艺术枝条——李瑛论》④ 一文从副标题来看作为"李瑛论"短小了些，改成"李瑛简论"更为合适。汪亚明的《论李瑛诗风的流变及其成因》"通过对李瑛早中晚三个时段诗歌写作的梳理与分析，勾画出李瑛诗风在 60 年间的流变轨迹及两大文化成因，由此亦可窥见当代中国诗歌发展的整体风貌"。⑤ 张永健的《同新中国一道走向辉煌——李瑛新中国诗歌创作 60 年》把李瑛定义为"战士、诗人、哲学家"。⑥ 的确，李瑛的诗歌创作是与新中国的命运休戚相关。张志忠的《"所有的生命都张开了翅膀"——李瑛诗歌近作谈片》"以李瑛 20 世纪 80 年代以来的诗歌创作为考察重点"，提出"生命，不止是李瑛诗歌创作的新视点，而且构成李瑛诗歌的语言方式"。⑦ 叶橹的《生命和艺术的自觉提升——李瑛 90 年代诗歌解析》⑧ 和刘士杰的《诗人的生命：不断地自我超越——论李瑛近作》⑨ 都以"生命"为关键词

① 孙玉石：《起点的意义——关于 20 世纪 40 年代李瑛诗学追求的一些资料和思考》，《新文学史料》2004 年第 2 期。
② 张同吾：《时代之光与民族之魂——李瑛诗歌的文化意蕴》，《唯实》2003 年第 3 期。
③ 段美乔：《论 40 年代的李瑛》，《中国现代文学研究丛刊》2008 年第 4 期。
④ 苗雨时：《赤诚情愫绽放的艺术枝条——李瑛论》，《文学前沿》2002 年第 2 期。
⑤ 汪亚明：《论李瑛诗风的流变及其成因》，《浙江师范大学学报》（社会科学版）2003 年第 6 期。
⑥ 张永健：《同新中国一道走向辉煌——李瑛新中国诗歌创作 60 年》，《信阳师范学院学报》（哲学社会科学版）2009 年第 6 期。
⑦ 张志忠：《"所有的生命都张开了翅膀"——李瑛诗歌近作谈片》，《解放军艺术学院学报》2002 年第 2 期。
⑧ 叶橹：《生命和艺术的自觉提升——李瑛 90 年代诗歌解析》，《南方文坛》2002 年第 1 期。
⑨ 刘士杰：《诗人的生命：不断地自我超越——论李瑛近作》，《文学前沿》2002 年第 2 期。

道出了李瑛诗歌创作的真谛。80 年代尤其是 90 年代以后，李瑛自觉地向"反观生命本性的诗歌视觉"转移，他的诗字里行间透露出浓郁的生命气息。这一时期发表在学术期刊的其他论文或从点谈起或从面概括或点面结合论述，① 值得借鉴和参考。

　　新世纪以来，访谈方面的文章不多。李瑛曾善意地拒绝多家记者的采访，这缘于他谦逊沉稳的性格和默默不张扬的姿态，他更希望过一种低调自持有规律的生活。我们择取五篇有代表性的文章：张大为的《李瑛访谈录》、② 大泽的《与诗歌同在——记诗人李瑛》、③ 孟晓云的《李瑛：以心中的火点燃诗》、④ 余玮的《李瑛：用真情歌颂时代最强音》。⑤ 这些访谈录、访问记从生活的细节和日常的视角描写了诗人李瑛，近距离地观察了李瑛，用深情的笔塑造了一个栩栩如生的"诗人"形象。

　　谭五昌认为："诗坛'常青树'李瑛，其宏大主题的诗歌就涵盖个人深

　　① 叶橹：《生命的意味——读李瑛的诗〈生命〉》，《诗探索》2000 年第 1—2 辑；潘大华：《长绿的生命之树——李瑛创作现象的启示》，《文学前沿》2002 年第 2 期；韩瑞亭：《认识李瑛》，《诗探索》2002 年第 3—4 辑；杨远宏：《李瑛诗歌创作简论》，《海南师范学院学报》（社会科学版）2005 年第 4 期；邹建军：《论"个体化"的"政治抒情"——从李瑛〈我的中国〉论抒情长诗创作》，《乐山师范学院学报》2001 年第 1 期；杨文琴：《论李瑛 90 年代诗歌新的艺术基元》，《文学前沿》2002 年第 2 期；王向晖：《时间之思与生命之思——谈李瑛的近期诗歌》，《诗探索》2002 年第 3—4 辑；马新莉，《90 年代诗歌中的李瑛》，《诗探索》2002 年第 3—4 辑；李骞：《诗心如火：论李瑛四十年代的诗歌》，《昭通师范高等专科学校学报》2000 年第 4 期；《崇高的美：论李瑛的西部诗歌》，《昭通师范高等专科学校学报》2002 年第 1 期；王晓生：《李瑛诗歌论》，《文学前沿》2002 年第 2 期；马艺：《时代的歌者——"李瑛诗歌创作研讨会"综述》，《诗探索》2002 年第 3—4 辑；孟泽：《一种写作范式的基本构成及其有效性——读李瑛诗札记》，《诗探索》2002 年第 3—4 辑；李志元：《从放声歌唱到潜在写作——简论 20 世纪 50 年代初到 70 年代中期的诗歌创作》，《延安大学学报》（社会科学版）2005 年第 4 期；颜同林：《沉默的言说与无名的心绪——略论李瑛诗歌中石头和鸟两个主体意象》，《长江师范学院学报》2008 年第 1 期；《站立的灵魂与游动的精灵——试论李瑛诗歌中树和鱼两个主体意象》，《文艺理论与批评》2004 年第 4 期；《李瑛诗歌意象艺术略论》，《钦州师范高等专科学校学报》2006 年第 1 期；李润霞：《历史与生命的长歌——论李瑛 20 世纪 90 年代的诗歌创作》，《江汉论坛》2003 年第 9 期；杜红：《文本的觉醒与语言的爆炸——论第三代军旅诗》，《解放军艺术学院学报》2004 年第 1 期。
　　② 张大为：《李瑛访谈录》，收入《出发》，第 299—310 页，华文出版社 2004 年版。
　　③ 大泽：《与诗歌同在——记诗人李瑛》，《北京晚报》2005 年 12 月 17 日。
　　④ 孟晓云：《李瑛：以心中的火点燃诗》，《人民日报》（海外版）2007 年 1 月 9 日。
　　⑤ 余玮：《李瑛：用真情歌颂时代最强音》，《人民日报》（海外版）2005 年 7 月 21 日。

层的生命体验，具有独特的审美价值。"① 这是李瑛的文学史地位和诗歌史地位得到文学史家们和诗歌史家们认可的富有代表性的声音。这一时期出版的较权威的文学史或诗歌史有洪子诚的《中国当代文学史》（修订版），② 较1999年版语言表述更为简洁和准确。董健、丁帆、王彬彬主编的《中国当代文学史新稿》，③ 以具体三首诗来例证李瑛诗歌的风格，更具说服力。朱向前主编的《中国军旅文学五十年》，主要从军旅诗歌的角度概括出"李瑛模式"，即"奇巧的构思，清丽的想象，优雅的语言，四节至六节不等，大致整齐押韵；经由具象的描述与铺垫，最后进入哲理升华或情感爆发的思维逻辑。"④ 是李瑛的艺术特色和个人风格，他的诗广受喜爱，影响很大，当时许多诗人特别是部队诗人纷纷模仿，成为所谓的"李瑛模式"。其实李瑛曾一再叮嘱他们不要一味模仿，而要寻找自己独辟蹊径，形成自己的艺术个性。洪子诚、刘登翰合著的《中国当代新诗史》，⑤ 与洪子诚著的《中国当代文学史》相互参照可以发现孰详孰略，诗人李瑛并不太认可这两部书对他的评论。程光炜的《中国当代诗歌史》也是一部力作，文中论出李瑛："倾力最久、用力最勤、成就最高的仍然是军旅诗。"⑥ "倾力最久、用力最勤"是否属实不得而知，这需问诗人本人，"成就最高"就更值得商榷了。从目前研究者来看更多的是关注和涉及到他90年代以来的诗，这是不是从侧面印证了90年代以来的诗价值更大成就更高？"仁者见仁，智者见智"，这无可厚非，但作为一部高校中文系广泛使用的教材应讲究稳妥性，一连用三个"最"字是不是太主观了一点？吴秀明主编的《当代中国文学五十年》⑦ 强调了李瑛诗的"抒情"特色，概括较抽象，对李瑛诗歌的研究没有做进一步深的挖掘，自然也就没有什么新的发现。

　　这一时期关于一些涉及李瑛的评论集和论著也不应被忽视。谢冕在《谢冕论诗歌》中指出："李瑛的诗语言清丽，有丰富的想象力，他能够细微地

① 赵红、吴楠：《诗歌西线无战事——2009年诗坛现状谈》，《中国教育报》2010年1月30日。
② 洪子诚：《中国当代文学史》（修订版），北京大学出版社2007年版。
③ 董健、丁帆、王彬彬：《中国当代文学史新稿》，人民文学出版社2005年版。
④ 朱向前：《中国军旅文学五十年》第206页，解放军文艺出版社2007年版。
⑤ 洪子诚、刘登翰：《中国当代新诗史》（修订版），北京大学出版社2005年版。
⑥ 程光炜：《中国当代诗歌史》，第79页，中国人民大学出版社2003年版。
⑦ 吴秀明：《当代中国文学五十年》，第60—70页，浙江文艺出版社2004年版。

捕捉自然界的声音色彩入诗，他的诗风偏于细微。"① 洪子诚、赵祖谟合著的《中国当代文学概观》② 评论较浅，可视为通俗读本。周良沛的《中国现代新诗序集》（下册）③ 涉及到李瑛一节多用平实的介绍性文字，做一般常识了解即可。陈晓明在《中国当代文学主潮》里指出："他的诗从来不平铺直叙，总是隐含着巧妙的修辞，在艺术上的起点较高。"④ 他的论断是有道理的。李瑛曾入北京大学读书，从杨振声、沈从文、冯至、朱光潜等先生那里亲承音旨，得闻绪论，创作起点较高。朱向前的《朱向前文学理论批评选》⑤ "管窥"了李瑛50年诗歌创作的道路，书中关于李瑛的这篇文章与朱向前主编的《中国军旅文学五十年》的篇章几乎完全一样，只是出自不同的版本而已。杨四平的《20世纪中国新诗主流》探讨了李瑛诗歌意象的创新性营构，提出了其五个方面的来源："祖国的辽阔苍凉"，"人民生活的艰辛"，"大自然的雄奇、神秘、壮美"，"对历史的理性思辨"、"对终极价值的追问"。⑥ 杨四平的观点较新，他对李瑛了解和研究得较深，也敢于提出自己独到的见解。颜同林的《现代新诗与文化研究论集》⑦ 里的关于李瑛的一篇论文是他硕士学位论文第三部分的改写。颜同林写了不少研究李瑛的论文，在这方面有发言权，可以说，他真正的学术研究是从李瑛这里起步的。此外，还有几篇硕士学位论文对李瑛诗歌主体意象、创作的精神特质、"中国新诗派"诗学等进行了专题研究。⑧

　　纵观李瑛创作和研究的历程，我们看到他坎坷曲折的人生命运和创作道路。对李瑛研究各个阶段做一个系统的梳理和考察，我们可以进一步了解他创作方面的得失和研究方面的脉络。在我们对李瑛研究的回顾和分析中发

---

① 谢冕：《谢冕论诗歌》，第89—90页，江西高校出版社2002年版。

② 洪子诚、赵祖谟：《中国当代文学概观》（修订版），北京大学出版社2002年版。

③ 周良沛：《中国现代新诗序集》（下册），第1076—1085页，海天出版社2006年版。

④ 陈晓明：《中国当代文学主潮》，第176页，北京大学出版社2009年版。

⑤ 朱向前：《朱向前文学理论批评选》，第61—65页，人民文学出版社2003年版。

⑥ 杨四平：《20世纪中国新诗主流》，第272—283页，安徽教育出版社2004年版。

⑦ 颜同林：《现代新诗与文化研究论集》，第235—248页，四川出版集团巴蜀书社2008年版。

⑧ 颜同林：《四重奏：独特的声部与永恒的旋律——李瑛诗歌主体意象综论》，西南师范大学2004年；毛永强：《当代中国诗意情怀的坚守与回归——论李瑛诗歌创作的精神特质》，山东大学2008年版；邱雪松：《论"中国新诗派"诗学》，四川师范大学2006年版。

现，90 年代是李瑛创作的"丰收期"，但不是研究的"丰收期"。这一时期产出的论文数量相对较少，创作和研究是不对称的，这值得我们去分析和思考。90 年代他的诗歌创作出现"向内转"的倾向，为什么"向内转"，提这些问题旨在抛砖引玉，期待更多的学者对李瑛做进一步深入的研究和探讨。

诗作综合性研究专著书目

《李瑛研究专集》

（中国当代文学研究资料丛书）

李泱　李一娟编

解放军文艺出版社 1983 年 7 月版

《新诗别一奇葩——李瑛诗论》

杨柳著

湖南文艺出版社 1986 年 6 月版

《李瑛诗论》

于丛杨　周岩　吴开晋著

长城出版社 1987 年 10 月版

李瑛著作书目索引

书　　名	出版年份	出版单位	附　记
石城底青苗（五人合集）	1944	河北唐山	
枪	1948	青岛文艺社	
野战诗集	1951	上海杂志出版社	
战场上的节日	1952	上海杂志出版社	有献辞
天安门上的红灯	1954	人民文学出版社	
友谊的花束	1955	新文艺出版社	
早　晨	1957	作家出版社	有后记
时代纪事	1959	长江文艺出版社	
寄自海防前线的诗	1959	解放军文艺出版社	有后记
颂　歌	1961	北京人民出版社	
花的原野	1963	百花文艺出版社	
静静的哨所	1963	解放军文艺出版社	
红柳集	1963	作家出版社	有序和后记
献给火的年代	1964	作家出版社	有后记
枣林村集	1972	北京人民出版社	
红花满山	1973	人民文学出版社	有题记
北疆红似火	1975	人民文学出版社	
站起来的人民	1976	北京人民出版社	有代序
进军集	1976	人民文学出版社	
难忘的一九七六	1977	上海人民出版社	
早　春	1979	人民文学出版社	
在燃烧的战场	1980	广东人民出版社	有献辞

我骄傲，我是一棵树	1980	江苏人民出版社	
李瑛诗选	1981	四川人民出版社	有自序
南 海	1982	上海文艺出版社	
春的笑容	1983	文化艺术出版社	
李瑛抒情诗选	1983	人民文学出版社	有 序
望 星	1984	百花文艺出版社	有题记
美国之旅	1985	四川文艺出版社	有后记
战士们万岁	1985	解放军文艺出版社	有自序
江河大地	1986	作家出版社	
李瑛国际题材诗歌选	1986	山东文艺出版社	有 序
青春祝福	1987	中国青年出版社	
红 豆	1988	湖南文艺出版社	
月亮谷	1990	北岳文艺出版社	
日本之旅	1990	日本国（株）德间交流公司	有后记
对诗的思考	1991	解放军文艺出版社	
多梦的西高原	1991	中国文联出版公司	有自序
山草青青	1992	四川文艺出版社	有自序
睡着的山和醒着的河	1992	华艺出版社	有后记
纸 鹤	1993	大众文艺出版社	有后记
生命是一片叶子	1995	解放军出版社	有后记
远 方	1996	中国文联出版公司	有后记
黄昏与黎明	1998	解放军文艺出版社	有后记
我的中国	1998	百花洲文艺出版社	有献辞和后记
情歌和挽歌	2000	中国青年出版社	有后记
李瑛近作选	2000	人民文学出版社	有自序
倾 诉	2001	作家出版社	有自序
诗美的追寻	2002	中国文联出版社	
李瑛短诗选	2002	银河出版社	有出版前言
出 发	2004	华文出版社	有访谈录和后记
野豆荚集	2005	长征出版社	有题记和后记
中国当代名诗人选集·李瑛卷	2006	人民文学出版社	有出版说明